BASTEI LÜBBE

PAT
CONROY

Die Herren der Insel

ROMAN
VERFILMT UNTER DEM TITEL ‘HERR DER GEZEITEN’

Aus dem Englischen von
Hartmut Zahn und Christel Rost

BASTEI
LÜBBE

BASTEI-LÜBBE-TASCHENBUCH
Band 25 241

Titel der amerikanischen Originalausgabe:
THE PRINCE OF TIDES

Printed in Germany Januar 1995
Einbandgestaltung: K.K.K.
Titelfoto: Columbia TriStar Film
Satz: KCS GmbH, Buchholz/Hamburg
Druck und Bindung: Elsner-Druck-Berlin
ISBN 3-404-25241-1

Der Preis dieses Bandes versteht sich einschließlich der
gesetzlichen Mehrwertsteuer

Dieses Buch ist in Liebe und Dankbarkeit meiner Frau, Lenore Gurewitz Conroy, gewidmet, die den Mond erscheinen ließ; meinen Lindern Jessica, Melissa, Megan und Susannah (allesamt Conroys); Gregory und Emily Fleischer; meinen Geschwistern Carol, Michael, James, Timothy und Thomas; meinem Vater Colonel a.D. Donald Conroy – noch immer groß, noch immer Santini; dem Andenken meiner Mutter, Peg, der außergewöhnlichen Frau, die dieses Haus errichtet hat und sein guter Geist gewesen ist.

DANKSAGUNG

Bei der Arbeit an diesem Buch haben mich zahlreiche Menschen großzügig unterstützt. Mein Stiefvater, Captain John Egan, USN, brachte mir und meiner Familie in der Zeit, da unsere Mutter an Leukämie starb, viel Liebe und Verständnis entgegen. Turner und Mary Ball überließen mir während langer Phasen meiner Arbeit ihr Haus in den Bergen, ebenso wie James Landon und Al Campbell, die mir ihr Haus in Highlands/North Carolina zur Verfügung stellten. Richter Alex Sanders, ein großer Sohn South Carolinas, erzählte mir im Hause von Emily Cumming in Tate Mountain viele Geschichten, die Eingang in dieses Buch gefunden haben. Nan Talese ist eine hervorragende Lektorin und zudem eine ungewöhnlich schöne Frau. Sarah Flynn war großartig. Julian Bach ist mein literarischer Agent und einer der feinsten Kerle, die mir je begegnet sind. Houghton Mifflin, mein Verlag, gehört zur Familie. Barbara Conroy war eine blendende Rechtsanwältin und unseren Kindern eine Traummutter. Cliff Graubart vom *Old New York Book Shop* war wunderbar, Derrill Randel außerordentlich tapfer. Dank auch Dent Acree, Peggy Houghton und Richter William Sherrill. Freundschaften haben mein Leben glücklich gemacht. Ich danke allen Freunden in Atlanta und Rom – und denen dazwischen. Ich schließe euch in die Arme – und denke das nächstemal auch an eure Namen.

PROLOG

I Meine Heimat ist meine Wunde, aber sie ist auch mein Ankerplatz, mein sicherer Hafen.

Ich wuchs auf im Marschland von Colleton unter dem steten Wechsel der Gezeiten. Braungebrannt waren meine Arme und stark, denn ich arbeitete von früh bis spät unter der sengenden Sonne South Carolinas auf den Krabbenfischerbooten. Ich arbeitete, seitdem ich laufen konnte, denn ich war ein Wingo. Mit fünf konnte ich eine Blaukrabbe ausnehmen, mit sieben erlegte ich meinen ersten Hirsch und mit neun sorgte ich dafür, daß regelmäßig Fleisch auf den Tisch der Familie kam. Ich wurde auf einer Insel vor Carolina geboren und aufgezogen und trug das dunkle Gold der Marschensonne auf meinem Rücken und auf meinen Schultern. Als kleiner Junge war es mein höchstes Glück, ein kleines Boot durch die Kanäle zu steuern und die stummen Austernvölker zu beobachten, die das Niedrigwasser auf braunen Sandbänken freigab. Ich kannte alle Krabbenfischer beim Namen, und sie kannten mich. Wenn ich draußen auf dem Fluß angelte, grüßten sie mich im Vorbeifahren mit dem Signalhorn.

Als ich zehn Jahre alt war, schoß ich einen Seeadler, obwohl ich die göttliche, atemberaubende Schönheit seines einsamen Fluges über den Weißfischschwärmen bewunderte. Ich tat es aus einer Laune heraus, es war ganz einfach eine einmalige, unerhörte Tat, und das machte mir Spaß. Nie zuvor hatte ich ein Tier erlegt, das ich überhaupt nicht kannte. Weil ich das Gesetz mißachtet und den letzten Adler in Colleton County abgeschossen hatte, verabreichte mir mein Vater eine Tracht Prügel. Dann zwang er mich, Feuer zu machen, den Vogel zu rupfen, ihn zu braten und von seinem Fleisch zu essen. Die Tränen liefen mir über das Gesicht. Anschließend lieferte er mich beim Sheriff Benson ab, der mich in eine Zelle sperrte und erst nach einer guten Stunde wieder herausließ. Mein Vater nahm die Federn des Adlers und fertigte daraus mehr schlecht als recht einen Indianerkopfputz, den ich in der

Schule tragen mußte; er glaubte eben an Schuld und Sühne. Ich trug den Kopfputz wochenlang, bis er Feder für Feder auseinanderfiel. Die Federn folgten mir in den Fluren der Schule wie einem in Ungnade gefallenen Engel in der Mauser.

»Töte nie etwas Seltenes!« schärfte mein Vater mir ein.

»Ich bin froh, daß ich keinen Elefanten geschossen habe«, erwiderte ich.

»Ja, da hättest du 'ne mächtig große Mahlzeit verdrücken müssen«, antwortete er.

Mein Vater duldete kein Verbrechen an der Natur. Ich bin später zwar wieder jagen gegangen, doch Adler waren von nun an vor mir sicher.

Es war meine Mutter, die den Geist der Südstaaten in seiner innigsten und zartesten Ausprägung an mich weitergab. Meine Mutter glaubte an die Träume von Blumen und Tieren. Bevor wir als kleine Kinder abends zu Bett gingen, offenbarte sie uns im Tonfall einer Märchenerzählerin, daß Lachse von steil herabstürzenden Gebirgsbächen träumen und von braunen Grizzlyköpfen, die, über Stromschnellen gebeugt, auf sie warten. Die Kupferkopf-Ottern, erzählte sie, träumen davon, ihre Giftzähne in die Waden von Jägern zu schlagen. Während Fischadler schlafen, stürzt sich im Traum ihr zweites gefiedertes Ich zeitlupenhaft und kreischend hinab in die Tiefe, um nach Heringen zu tauchen. Mächtiges Flügelrauschen von Eulen erfüllt die Alpträume der Hermeline, und das Anpirschen der Wölfe gegen den Wind stört die Nachtruhe der Wapitis.

Über die Träume unserer eigenen Mutter erfuhren wir Kinder jedoch nie etwas. Sie hielt ihr Innenleben vor uns verborgen. Wir wußten, daß Bienen von Rosen träumen, daß Rosen von den bleichen Händen der Blumenfrauen träumen und Spinnen von den großen Nachtfaltern, die sich in silbernen Netzen verfangen. Unsere Mutter ließ uns zwar als ihre Vertrauten an den berauschenden Serenaden ihrer Phantasie teilhaben, aber daß auch Mütter träumen – das ahnten wir nicht.

Jeden Tag ging sie mit uns in den Wald oder in den Garten und erfand Namen für alle Tiere und Blumen, die wir sahen. Ein Königsfalter wurde zum ›orchideenküssenden Schwarzstrumpf‹; ein Lilienfeld im April hieß bei ihr ›Tanz der Butterfrauen mit Häubchen‹. In ihrer hellwachen Art konnte meine Mutter aus einem Spaziergang über die Insel die reinste Entdeckungsreise machen. Ihre Augen waren für uns die Schlüssel zum Palast der Wildnis.

Meine Familie lebte in herrlicher Abgeschiedenheit auf Melrose Island in einem kleinen weißen Haus, an dem noch mein Großvater mitgebaut hatte. Das Haus lag an der inneren Fahrrinne, und ein Stück flußabwärts konnte man das Städtchen Colleton mit seinen weißen, herrschaftlichen Häusern erkennen, die wie Schachfiguren aus dem flachen Marschland aufragten.

Melrose Island war ein rautenförmiges Stück Land, etwa zwölfhundert Morgen groß und an allen vier Seiten von Brackwasserflüssen und Prielen umgeben. Die Inselwelt, in der ich aufwuchs, gehörte zu einem fruchtbaren, subtropischen Archipel, das den anbrandenden Ozean sanft auf die große Landmasse des amerikanischen Festlands vorbereitete. Melrose war eine von sechzig Inseln vor der Küste von Colleton County. Dem östlichen Zipfel des County waren wie eine Barriere sechs weitere Inseln vorgelagert, eine jede geformt vom täglichen Kampf mit dem Atlantik. Die anderen Inseln, wie Melrose ins weite Marschland eingebettet, waren grüne Schutzgebiete, die in der Paarungszeit von braunen und weißen Krabben aufgesucht wurden. Wann immer es soweit war, wurden sie schon von meinem Vater und den anderen Männern in ihren langen, schönen Booten erwartet.

Als ich acht Jahre alt war, half ich meinem Vater beim Bau einer kleinen Holzbrücke, die unser Fleckchen Erde mit einem schmalen Damm verband, der zu der erheblich größeren Insel St. Anne führte, welche ihrerseits durch eine lange, stählerne Zugbrücke mit der Stadt Colleton verbunden war. Dank der Brücke brauchte mein Vater mit dem Lieferwagen nur noch eine Viertelstunde bis Colleton. Als es sie noch nicht gab, fuhr uns Mutter immer mit dem Boot zur Schule. Mochte das Wetter auch noch so schlecht sein – sie brachte uns jeden Morgen über den Fluß und holte uns nachmittags an der öffentlichen Anlegestelle wieder ab. Mit dem *Boston Whaler* waren wir schneller in Colleton, als es einem Auto je möglich gewesen wäre. Ich habe in meinem Leben kaum einen Menschen gesehen, der geschickter mit einem kleinen Boot umzugehen verstand als meine Mutter – Jahre des Fährdienstes für ihre schulpflichtigen Kinder hatten sie in dieser Kunst vervollkommnet. Doch als die Brücke stand, rührte sie das Boot kaum noch an.

Für uns Kinder war die Holzbrücke eine Verbindung zur Stadt, meine Mutter jedoch fühlte sich durch sie mit der so unendlich verheißungsvollen Welt jenseits von Melrose Island verbunden.

Melrose war der einzig nennenswerte Besitz der Familie meines Vaters, eines heißblütigen, aber glücklosen Clans, dessen Niedergang sich seit dem Bürgerkrieg ebenso rasch wie vermutlich unabwendbar vollzogen hatte. Mein Ururgroßvater, Winston Shadrach Wingo, hatte beim Beschuß von Fort Sumter unter Beauregard das Kommando über eine Artilleriestellung gehabt. Er starb verarmt in Charleston, im Heim für ehemalige Soldaten der Konföderierten, und er weigerte sich bis an sein Lebensende, mit einem Yankee zu sprechen, egal ob Mann oder Frau. Melrose Island hatte er kurz vor seinem Tod beim Hufeisenwerfen gewonnen. Die Insel, ungerodet und malariaverseucht, wurde von drei Generationen Wingos (mit denen es stetig bergab ging) bis zu meinem Vater weitergereicht, der die Schulden ablöste. Großvater war es leid gewesen, die Insel zu besitzen, und Vater war der einzige Wingo, der sich bereit erklärte, die Staats- und Bundessteuern zu bezahlen und so das Inselchen vor dem Zugriff des Fiskus zu bewahren.

Jenes historische Hufeisenwerfen wurde in unserer Familiengeschichte übrigens zu enormer Bedeutung hochgejubelt, und wir ehrten Winston Shadrach Wingo stets als den ersten Sportsmann von Rang aus unseren Reihen.

Ich weiß nicht, wann meine Mutter und mein Vater ihren langen, nervenaufreibenden Krieg gegeneinander begonnen haben. Die meisten ihrer Scharmützel waren wie mittelalterliche Kampfspiele. In langen Zermürbungsschlachten mußten die Seelen ihrer Kinder gleichsam als zerfetzte Beutefahnen herhalten. Keiner von beiden bedachte den möglichen Schaden, der entstehen kann, wenn man um etwas derart Zerbrechliches und Ungefestigtes wie um die Seele eines Kindes kämpft. Ich glaube noch immer fest daran, daß unsere Eltern uns innig liebten, aber wie bei so vielen Eltern war das Gefährliche und Bedrohliche an ihnen eben gerade ihre Liebe.

Allerdings hatten Vater und Mutter auch eine ganze Reihe hervorragender Eigenschaften, so daß das Gute, das sie uns mit auf den Weg gaben, fast alle jene Verheerungen wettmachte, die sie in ihrer Gedankenlosigkeit anrichteten.

Ich war der Sohn einer schönen, wortgewandten Frau und

sehnte mich nach ihrer Berührung noch Jahre, nachdem sie schon längst keine Veranlassung mehr sah, mich anzufassen. Bis ans Ende meiner Tage werde ich sie dafür verehren, daß sie mich gelehrt hat, die Schönheit der Natur in all ihren Formen und ihrer wunderbaren Gestaltungskraft zu erkennen. Es war meine Mutter, die mich lehrte, in sternklaren Nächten die Laternen der Fischer und im Morgengrauen den Tiefflug der braunen Pelikane dicht über den schäumenden, sich brechenden Wellen zu bewundern. Sie machte mich aufmerksam auf die vollendete Prägung der flachen Seeigelschalen, die wir ›Sand-Dollars‹ nannten; auf die Umrisse der unter dem Sand versteckten Flundern, die sich reliefartig abzeichneten wie die Silhouetten von Frauenköpfen in Gemmen; auf das gestrandete Wrack nahe der Brücke von Colleton, in dem es von nimmermüden Seeottern wimmelte. Sie sah die Welt durch das gleißende Prisma ihrer unverfälschten Vorstellungskraft, und so war diese Lila Wingo auch imstande, aus dem Rohmaterial einer Tochter eine Dichterin und Psychopathin zu machen. Mit ihren Söhnen ging sie behutsamer um, und die Ergebnisse ließen folglich länger auf sich warten. Sie bewahrte mir ein facettenreiches Bild meiner Kindheit, die Porträts und Stilleben, auf die ich in meinen Gedanken wie durch ein blütenumrahmtes Fenster zurückblicke. In den Augen des ehrfurchtsvoll zu ihr aufblickenden Sohnes herrschte sie wie eine Königin über jene kostbaren Bilder, doch kann ich ihr nicht verzeihen, daß sie mir nie von jenem einen Traum erzählte, der sie selbst während meiner Kindheit aufrechterhielt – ein Traum, der schließlich den Untergang unserer Familie heraufbeschwor und Schuld trug am Tod eines der Unsrigen.

Ich war Kind einer wunderschönen Frau, doch zugleich auch der Sohn eines Krabbenfischers und als solcher verliebt in die Formen von Booten. Ich wuchs auf als ein Junge vom Fluß, den die Gerüche der weiten Salzmarschen bis in den Schlaf hinein verfolgten. Im Sommer arbeiteten mein Bruder, meine Schwester und ich als Hilfskräfte auf dem Boot meines Vaters. Nichts war für mich schöner als der Anblick der Krabbenfischerflotte beim Auslaufen vor Sonnenaufgang, unterwegs zu den wimmelnden Krabbenschwärmen, die in den noch vom Mondlicht gezähmten Fluten zu tanzen schienen. Mein Vater stand am Steuer, trank seinen schwarzen Kaffee und lauschte den Stimmen der anderen Kapitäne, die sich in ihrem harten Akzent über die Wellen hinweg unterhielten. Die Kleidung meines Vaters roch nach Krabben, und nichts, weder Wasser Seife noch die fleißigen Hände meiner Mutter konnten daran etwas ändern. Wenn er hart arbeitete, veränderte sich sein Geruch, denn dann vermischte sich der Schweiß mit dem Fischgeruch zu etwas anderem, Wunderbarem. Als kleiner Junge stand ich oft neben ihm, drückte meine Nase an sein Hemd und fand, daß er wie ein warmer, fruchtbarer Acker roch. Wenn dieser Henry Wingo nicht so gewalttätig gewesen wäre – er hätte einen fabelhaften Vater abgegeben!

Einmal, in einer hellen Sommernacht – wir waren noch sehr klein, und die feuchte Luft hing schwer wie nasses Moos über dem Flachland –, konnten mein Bruder, meine Schwester und ich nicht einschlafen. Savannah (so hieß meine Schwester) und ich hatten einen Sommerschnupfen und Luke einen Hitzeausschlag. Da kam unsere Mutter herein und nahm uns mit hinunter zum Fluß. Wir gingen zum Anlegesteg.

»Ich habe eine Überraschung für meine Lieblinge«, verkündete sie, während wir einer Seeschildkröte nachblickten, die durch das ruhige, metallisch schimmernde Wasser in den Atlantik hinausschwamm. Wir setzten uns auf den Rand des Pontons, baumelten mit den Beinen und versuchten, mit den Fußspitzen das Wasser zu berühren.

»Ich möchte, daß ihr euch etwas anseht. Es wird euch beim Einschlafen helfen. Schaut mal, da drüben, Kinder«, sagte sie und wies zum östlichen Horizont.

Es war ein langer, südlicher Abend, und noch immer war das letzte Licht des Tages nicht verschwunden. Plötzlich erhob genau da, wohin Musters Finger zeigte, der Mond seine strahlend goldene Stirn und stieg empor aus filigranartigen, lichtdurchströmten Wolken, die erwartungsvoll wie Schleier über dem Horizont hingen.

Gleichzeitig ging hinter uns – und ebenso schnell – die Sonne unter, und der Fluß flammte auf in einem stillen, goldenen Duell... Da war das frische Gold des Mondes, den wir staunend am Himmel emporsteigen sahen, und das verblassende Gold der Sonne, die sich nach einem weiten Bogen im Westen selbst auslöschte – es war der uralte Reigen der Tage in den Marschen von Carolina, der atemberaubende Tod eines Tages vor unseren Kinderaugen. Bevor die Sonne ganz verschwand, legte sie noch als letztes Signal einen Schimmer Altgold über die Spitzen der Mooreichen. Unterdessen stieg der Mond schnell wie ein Vogel aus dem Wasser. Immer höher kletterte er über die Bäume, die Inseln – anfänglich golden, dann gelb, blaßgelb, blaßsilbern, silbrig glänzend und schließlich irgendwie verwünschen, makellos strahlend in einer Farbe jenseits von allem Silber, wie es sie nur in südlichen Nächten gibt.

Wie gebannt saßen wir Kinder unter diesem Mond, den unsere Mutter aus dem Wasser gezaubert hatte. Als er im hellsten Silber erglänzte, rief Savannah, damals gerade erst drei Jahre alt, meiner Mutter, Luke und mir, dem Fluß und dem Mond mit lauter Stimme zu: »Oh, Mama, mach's noch einmal!« Das ist meine früheste Erinnerung.

So verbrachten wir die entscheidenden Jahre unserer Kindheit. Wir staunten über unsere Mutter, diese wunderbare Frau, die uns die Träume von Reiherpärchen erzählte, die den Mond herbeizaubern und die Sonne nach Westen verbannen konnte, nur um am nächsten Morgen dann eine brandneue Sonne hinter den fernen Wellenbrechern aus dem Atlantik zu locken. Für Lila Wingo, meine Mutter, war Wissenschaft nicht von Interesse; ihr ganze leidenschaftliche Zuneigung gehörte der Natur.

Um unsere Jugend im Flachland von South Carolina richtig zu beschreiben, müßte ich meine Leser an einem Frühlingstag mit in die Marschen nehmen, den Silberreiher aus seinem gemächlichen Treiben aufscheuchen und Sumpfhühner verjagen (wobei wir bis zu den Knien im Schlamm versinken würden). Ich müßte mit dem Taschenmesser eine Auster öffnen, sie meinen Gast aus der Schale schlürfen lassen und dann sagen: »Hier, das ist der Geschmack meiner Kindheit.« Vielleicht würde ich auch sagen: »Tief durchatmen!«, und Sie würden sich die Lungen füllen und den Duft nie wieder vergessen können, dieses satte, üppige Aroma der Marschen und ihrer Gezeiten, einzigartig und sinnlich, Geruch des brünstigen Südens, frische Milch und Samen und vergossener Wein in einem, parfümiert mit Salzwasser. Die Seele weidet sich wie ein Lamm an den Schönheiten von Ebbe und Flut.

Mein Patriotismus gilt einer auf diesem Planeten einzigartigen Gegend, und wenn ich von meiner Heimat spreche, durchströmt mich ein fast religiöses Gefühl. Voll Andacht und Stolz gedenke ich jener Landschaft. Im hektischen Betrieb der Städte bewege ich mich stets vorsichtig, wachsam und voller Argwohn, denn mein Herz gehört dem Marschland. Der Knabe in mir erinnert sich gern an jene Zeit, da ich in der Dämmerung Krebsreusen aus dem Colleton River zog und das Leben am Fluß mich prägte, halb Kind noch und schon halb Herr der von den Gezeiten umspülten kleinen Insel.

Einmal, beim Baden an einem menschenleeren Strand in der Nähe von Colleton, rief Savannah mir und unserem Bruder Luke plötzlich zu, wir sollten hinaus aufs Meer schauen. Sie schrie und zeigte aufgeregt auf eine Schule Grindwale, die offenbar die Orientierung verloren hatten und aus dem Meer aufgetaucht waren. Um uns herum wimmelte es von den Tieren. Sie schwammen an uns vorbei, und es dauerte nicht lange, bis vierzig lederschwarz glänzende Wale, gestrandet und dem Tod geweiht, am Ufer lagen.

Stundenlang liefen wir zwischen den sterbenden Riesensäugern hin und her, wir schrieen sie mit unseren Kinderstimmen an und wollten sie dazu bringen, doch wenigstens zu versuchen, ins Wasser zurückzukehren. Wir waren so klein und sie so schön! Von weitem sahen sie aus wie schwarze, glänzende Schuhe von Riesen. Wir flüsterten mit ihnen, putzten den Sand aus ihren Atemlöchern, begossen sie mit Seewasser, beschworen sie weiterzuleben, und sei es nur um unseretwillen. Sie waren aus dem Meer gekommen, rätselhaft und großartig, und wir Kinder sprachen zu ihnen, von Säugetier zu Säugetier, flehend, besorgt, niedergeschlagen, nicht vertraut mit solch willkürlichem Sterben. Den ganzen Tag verbrachten wir bei ihnen, immer wieder versuchten wir, sie an ihren großen Flossen zurück ins Wasser zu ziehen, bis sich mit der Dunkelheit Erschöpfung und Stille einstellten. Wir blieben bei ihnen, bis sie schließlich einer nach dem anderen verendeten. Wir streichelten die riesigen Köpfe der Wale und beteten, bis ihre Seelen aus den großen, schwarzen Leibern flohen und wie stolze Fregatten durch die Nacht hinaus aufs Meer segelten, dem Licht dieser Welt entgegen.

Wenn wir später von unserer Kindheit sprachen, erschien sie uns halb wie ein grandioses Gedicht, halb wie ein Alptraum. Als meine Schwester, nachdem sie die Bücher geschrieben hatte, die sie berühmt machten, von Journalisten gefragt wurde, wie ihre Kindheit verlaufen sei, da lehnte sie sich zurück, strich sich die Haare aus der Stirn, machte ein ernstes Gesicht und antwortete: »Als ich ein Kind war, gingen meine Brüder und ich manchmal auf den Rücken von Delphinen und Walen spazieren.« Delphine hatte es natürlich in unserer Kindheit nicht gegeben, aber meine Schwester tat trotzdem so. Sie hatte beschlossen, sich so an jene magischen Jahre zu erinnern, ihrer so zu gedenken und sie so aufzuschreiben.

An Alpträumen ist jedoch nichts Magisches. Mir ist es immer schwergefallen, der Wahrheit über meine Kindheit ins Gesicht zu sehen, denn dazu hätte es der Bereitschaft bedurft, das Wesen und die Besonderheiten einer Geschichte zu erforschen, die ich lieber vergessen hätte. Jahrelang blieb es mir erspart, den Dämonen meiner Jugend in die Augen zu schauen – ich verdrängte sie einfach und fand Trost bei den gnädigen Zaubertricks des Vergessens, suchte Zuflucht in der kalten, herrlichen Finsternis des Unbewußten. Aber durch ein einziges Telefonat wurde ich wieder eingeholt von der Geschichte meiner Familie und von den Fehlschlägen meines eigenen Daseins als Erwachsener.

Ich wünschte, es gäbe keine Geschichte, über die hier zu berichten wäre. Lange Zeit habe ich so getan, als hätte meine Kindheit nicht stattgefunden. Ich hielt sie tief in meiner Brust verschlossen. Nein, ich konnte sie nicht herauslassen, ich folgte dem fragwürdigen Beispiel meiner Mutter. Gedächtnis ist auch eine Sache des Willens, und ich entschied mich gegen mein Gedächtnis. Da ich die Liebe zu meiner Mutter und meinem Vater brauchte, trotz all ihrer menschlichen Schwächen und Gebrechen, konnte ich es mir nicht leisten, sie unverblümt auf die schweren Vergehen anzusprechen, die sie an uns Kindern begangen hatten. Ich konnte sie nicht verantwortlich machen oder ihnen die Schuld an schweren Fehlern geben, die sie nicht hatten verhindern können. Sie hatten ihre eigene Geschichte, eine Geschichte, an die ich mich nur mit Zärtlichkeit und Schmerz zugleich erinnere und die mich all ihre Vergehen an den eigenen Kindern verzeihen ließ. In Familien gibt es kein Verbrechen, das nicht vergeben werden könnte.

Nach Savannahs zweitem Selbstmordversuch besuchte ich sie in New York in einer psychiatrischen Klinik. Ich beugte mich zu ihr hinab, um sie in europäischer Manier auf beide Wangen zu küssen. Nachdem ich tief in ihre erschöpften Augen geblickt hatte, stellte ich ihr eine Reihe von Fragen – wie stets, wenn wir uns nach langer Trennung wiedersahen.

»Wie war dein Familienleben, Savannah?« erkundigte ich mich in Tonfall eines Interviewers.

»Hiroshima«, flüsterte sie.

»Und wie war dein Leben, seit du den sicheren, warmen Schoß deiner fürsorglichen, einträchtigen Familie verlassen hast?«

»Nagasaki«, antwortete sie mit einem bitteren Lächeln um den Mund.

»Du bist eine Dichterin, Savannah«, sagte ich und ließ sie nicht aus den Augen. »Vergleiche jetzt bitte deine Familie mit einem Schiff!«

»Die *Titanic*.«

»Und wie, Savannah, lautet der Titel des Gedichtes, das du deiner Familie gewidmet hast?«

»Die Geschichte von Auschwitz.« Hier mußten wir beide lachen.

»Und jetzt kommt die wichtigste Frage«, sagte ich, beugte mich vor und flüsterte ihr leise ins Ohr: »Wen liebst du mehr als jeden anderen Menschen auf der Welt?«

Savannah hob ihren Kopf aus den Kissen, und ihre blauen Augen leuchteten vor Überzeugung, als sie mit blassen, aufgesprungenen Lippen sagte: »Ich liebe Tom Wingo, meinen Zwillingsbruder. Und wen liebt mein Bruder mehr als sonst jemanden auf der Welt?«

Ich nahm ihre Hand und antwortete: »Auch ich liebe Tom Wingo am meisten.«

»Gib mir nicht noch mal so 'ne falsche Antwort, du Klugscheißer!« sagte Savannah matt.

Ich sah ihr in die Augen und hielt ihren Kopf in meinen Händen. Meine Stimme brach, Tränen liefen mir über das Gesicht, und es zerriß mich fast, als ich stöhnte: »Ich liebe meine Schwester, die große Savannah Wingo aus Colleton in South Carolina.«

»Halt mich fest, Tom, halt mich fest!«

Worte wie diese waren die Schlüssel zu unserem Dasein.

Dieses Jahrhundert hat es den Menschen nicht leicht gemacht. Ich selbst betrat die Bühne des Lebens mitten in einem Weltkrieg, als schon das Atomzeitalter mit all seinen Schrecken heraufdämmerte. Als weißer Südstaatler wuchs ich in South Carolina auf, gut gerüstet und trainiert in meinem Haß auf Schwarze, als mich völlig unvorbereitet draußen vor den Barrikaden die Bürgerrechtsbewegung erwischte und mir zeigte, daß ich nicht nur bösartig, sondern außerdem im Unrecht war. Als nachdenklicher Junge mit Sinn für Gerechtigkeit arbeitete ich daraufhin hart an mir, um mich zu ändern und eine kleine, unbedeutende Rolle innerhalb jener Bewegung zu spielen. Es dauerte nicht lange, da war es mir gelungen, und ich konnte ungeheuer stolz auf mich sein. Aber dann nahm ich eines Tages an einem ausschließlich weißen, durch und durch ›männlichen‹ Aufmarsch des Ausbildungskorps für Reserveoffiziere am College teil und wurde dabei von Demonstranten der Friedensbewegung, die sich allein schon durch meine Uniform beleidigt fühlten, angespuckt. Später gehörte ich selbst zu den Demonstranten, aber ich habe trotzdem nie jemanden angespuckt, der nicht meiner Meinung war. Schon glaubte ich, ich könnte meine Dreißiger in aller Ruhe als nachdenklicher Mensch mit einer humanen und unwiderlegbaren Philosophie beginnen, da überraschte mich die Women's-Lib-Bewegung, und ich stellte fest, daß ich wieder mal auf der falschen Seite der Barrikaden stand. Offenbar verkörpere ich all das, was im zwanzigsten Jahrhundert nicht so ganz stimmt.

Es war meine Schwester, die mich zwang, diesem Jahrhundert die Stirn zu bieten und mich innerlich so weit zu befreien, daß ich mich der Wahrheit über jene Tage unserer Kindheit am Fluß stellen konnte. Es war, als hätte ich mein Leben lang in allzu seichten Gewässern gestanden. Savannah führte mich vorsichtig ins Tiefere, dorthin, wo all die Gerippe, die Wracks und die abgetakelten Schiffsrümpfe einer zögernden Besichtigung durch mich harrten.

Die Wahrheit ist: Meiner Familie sind viele Dinge widerfahren, und vieles daran war ungewöhnlich. Ich kenne Familien, deren Schicksal in ruhigen Bahnen verläuft und denen nie etwas Besonderes zustößt. Solche Familien habe ich stets beneidet. Die Wingos hingegen wurden vom Schicksal vor tausenderlei Prüfungen gestellt und dann schutzlos, gedemütigt und entehrt im Stich gelassen. Allerdings ging meine Familie nicht ohne gewisse Trümpfe in den Kampf, und ihnen ist es zu verdanken, daß fast alle von uns den Ansturm der Furien überlebt haben – es sei denn, Sie schenken Savannah Glauben, die behauptet, in Wirklichkeit sei kein Wingo davongekommen.

Ich werde Ihnen jetzt meine Geschichte erzählen, und ich werde nichts auslassen.

Das verspreche ich.

1

Um fünf Uhr nachmittags klingelte bei uns daheim auf Sullivan Island in South Carolina das Telefon. Meine Frau Sallie und ich hatten uns gerade zu einem Drink auf die Terrasse gesetzt – mit Blick über den Hafen von Charleston und auf den Atlantik. Sallie ging ins Haus ans Telefon, und ich rief ihr hinterher: »Ich bin nicht da, egal wer dran ist!«

»Es ist deine Mutter«, sagte Sallie, als sie zurückkam.

»Sag ihr, ich sei tot«, bettelte ich. »Sag ihr, ich sei letzte Woche gestorben, und du hättest zu viel um die Ohren gehabt, um sie anzurufen.«

»Sprich mit ihr, bitte! Sie sagt, es sei dringend.«

»Das sagt sie immer, aber es stimmt nie.«

»Ich glaube aber, daß es diesmal wirklich dringend ist. Sie weint.«

»Das ist bei Mom ganz normal. Ich kann mich an keinen Tag erinnern, an dem sie nicht geweint hätte.«

»Tom, sie wartet.«

Als ich aufstand, um ans Telefon zu gehen, sagte meine Frau: »Sei nett zu ihr, Tom. Du bist immer so unfreundlich, wenn du mit deiner Mutter sprichst.«

»Ich hasse meine Mutter, Sallie«, erklärte ich. »Warum versuchst du eigentlich, mir die kleinen Freuden des Lebens zu zerstören?«

»Nun sei lieb und gehorch deiner Sallie!«

»Falls sie uns ihren Besuch für heute abend ankündigt, lasse ich mich von dir scheiden! Ich hab' nichts gegen dich, Sallie, aber schließlich zwingst *du* mich, ans Telefon zu gehen.« Ich ging.

»Hallo, liebste Mutter!« tönte ich fröhlich in den Hörer, obwohl mir klar war, daß meine Mutter durch solch fadenscheinige Freundlichkeit nicht zu täuschen war.

»Ich habe sehr schlechte Nachrichten, Tom«, sagte meine Mutter.

»Hat es in unserer Familie jemals andere gegeben, Mom?«

»Diesmal ist es wirklich schlimm. Tragisch.«

»Ich kann's kaum abwarten.«

»Und ich möchte es dir nicht am Telefon erzählen. Kann ich vorbeikommen?«

»Wann du willst.«

»Ich will aber nur, wenn auch du willst, daß ich komme.«

»*Du* hast gesagt, du willst kommen. Ich hab' nie behauptet, daß ich es will.«

»Warum mußt du mir immer weh tun, sogar in einem Augenblick wie diesem?«

»Mom, ich weiß nicht, was an diesem Augenblick besonderes daran sein soll. Du hast mir noch nicht gesagt, was los ist. Nun komm schon rüber zu uns, dann können wir uns gegenseitig ein bißchen die Zähne zeigen.«

Ich legte auf und brüllte aus vollem Hals: »Scheidung!«

Während ich auf meine Mutter wartete, beobachtete ich gedankenverloren meine drei Töchter, die am Strand vor dem Haus Muscheln sammelten. Sie waren zehn, neun und sieben, zwei brünette Mädchen mit einer Blondine dazwischen. Immer wieder staunte ich darüber, wie alt, groß und schön sie schon waren. An ihrem unbeschwerten Heranreifen konnte ich mein eigenes Dahinwelken ablesen. Man hätte an die Geburt von Göttinnen glauben können, wenn man zusah, wie der Wind das Haar dieser kleinen Mädchen zerzauste und wie ihre gebräunten Händchen es immer wieder mit zierlichen Bewegungen aus den Augen strichen, während sich ihr Lachen mit dem Rauschen der Brandung mischte. Jennifer rief nach den anderen beiden; sie hielt ein Schneckenhaus gegen das Sonnenlicht. Ich stand auf und trat ans Geländer. Von dort aus konnte ich einen Nachbarn sehen, der stehengeblieben war, um mit den Mädchen zu plaudern.

»Mr. Brighton!« rief ich. »Können Sie bitte aufpassen, daß die Mädchen am Strand nicht wieder Dope rauchen?«

Meine Töchter blickten auf, winkten Mr. Brighton zu und rannten durch die Dünen und den Strandhafer hinauf zum Haus. Ihre

Muschelsammlung packten sie auf den Tisch neben meinen Drink.

Jennifer, die Älteste, sagte: »Dad, immer blamierst du uns bei anderen Leuten.«

»Wir haben eine Schnecke gefunden«, quäkte Chandler, die Jüngste. »Es lebt!«

»*Sie* lebt«, korrigierte ich und drehte das Schneckenhaus um. »Wir können ein Abendessen daraus machen.«

»Oh, toll, Dad!« meinte Lucy. »Toller Fraß!«

»Nee«, widersprach die Kleinste, »ich bring' sie wieder an den Strand und leg' sie zurück ins Wasser. Die kriegt doch Angst, die Schnecke, wenn sie hört, daß ihr sie essen wollt.«

»Ach, Chandler«, sagte Jennifer, »das ist doch albern! Schnecken können kein Englisch.«

»Woher willst du das wissen, Jennifer?« zweifelte Lucy. »Du weißt nicht alles, du bist nicht die Königin der ganzen Welt.«

»Richtig«, stimmte ich zu, »du bist nicht die Königin der ganzen Welt.«

»Ich wünschte, ich hätte zwei Brüder«, meinte Jennifer.

»Und wir wünschen uns einen älteren Bruder«, meldete sich Lucy mit jener niedlichen Entrüstung zu Wort, die Blondinen so gut steht.

»Bringst du jetzt die olle Schnecke um, Dad?« wollte Jennifer wissen.

»Dann wird Chandler bestimmt stinksauer«, wandte Lucy ein.

»Ja, bring sie lieber zurück an den Strand«, entschied ich. »Ich kann mich doch nicht von Chandler Mörder schimpfen lassen. Und nun hopp! Alle auf Daddys Schoß!«

Die drei Mädchen plazierten ein bißchen halbherzig ihre hübschen Popos auf meine Beine, und ich küßte sie auf Hals und Nacken, jede für sich.

»Dies ist das letzte Jahr, in dem wir so was noch machen können. Ihr werdet mir einfach zu dick und schwer, meine Süßen.«

»Dick? Ich werde bestimmt nicht dick, Dad«, protestierte Jennifer.

»Sag Daddy zu mir.«

»Nur Babys nennen ihre Väter Daddy.«

»Dann brauch' ich dich auch nicht mehr Daddy zu nennen«, mischte sich Chandler ein.

»Ich bin aber gern euer Daddy! Das klingt nach Verehrung. Also Mädchen, jetzt frage ich euch etwas, und ich will, daß ihr mir vollkommen ehrlich antwortet, auch wenn's weh tut. Keine Schonung für euren Daddy! Sagt einfach frei heraus, was ihr denkt.«

Jennifer verdrehte die Augen und klagte: »Oh, nicht schon wieder dies Spiel, Dad.«

Ich fragte: »Wer ist der tollste Mensch, den ihr kennt auf dieser Welt?«

»Mama«, antwortete Lucy und grinste mich an.

»Fast richtig«, erwiderte ich. »Versuchen wir's noch mal. Denkt einfach an die brillanteste, wundervollste Person, die ihr kennt. Die Antwort sollte wie aus der Pistole geschossen kommen.«

»Du bist's!« rief Chandler.

»Mein Engel, mein reiner, schneeweißer Engel! Und so schlau! Was willst du dafür haben, Chandler? Geld? Juwelen? Pelze? Aktien und Pfandbriefe? Egal was – dein lieber Daddy wird es dir besorgen.«

»Ich will nur, daß du die Schnecke nicht umbringst.«

»Ich und diese Schnecke töten! Ich schick' sie aufs College und lasse sie einen anständigen Beruf lernen.«

»Dad«, protestierte Jennifer, »wir sind schon ein bißchen zu alt, um uns von dir so auf den Arm nehmen zu lassen! Immer machst du uns vor unseren Freunden lächerlich.«

»Bei wem zum Beispiel?«

»Johnny.«

»Meinst du etwa diese kaugummimampfende, pickelquetschende, schlaffe kleine Flasche?«

»Er ist mein Freund«, erwiderte Jennifer stolz.

»Und er ist ein Ekel, Jennifer«, ergänzte Lucy.

»Jedenfalls ist er besser als der Knirps, mit dem du da rumläufst«, schoß Jennifer zurück.

»Ich hab' euch vor den Jungens gewarnt, Mädchen, sie sind allesamt kleine, ekelhafte, verkommene Wilde mit schmutzigen Gedanken und üblen Gewohnheiten. Sie pinkeln Bäume an und popeln in der Nase.«

»Du warst auch mal ein kleiner Junge«, sagte Lucy.

»He, könnt ihr euch unseren Dad als kleinen Jungen vorstellen?« kam Jennifer ihr zu Hilfe. »Ich finde das irre komisch!«

»Bei mir war das alles ganz anders! Ich war ein Prinz, ein seltener Lichtblick. Trotzdem – ich werde mich nie in dein Liebesleben einmischen, Jennifer. Du kennst mich doch, ich bin nicht einer von diesen lästigen Vätern, die an jedem Jungen, den ihre Töchter anschleppen, etwas auszusetzen haben. Ihr könnt heiraten, wen ihr wollt, Mädels – sobald ihr mit der *Medical School* fertig seid.«

»Ich will aber nicht zur *Medical School*«, sagte Lucy. »Weißt du eigentlich, daß Mama anderen Leuten den Finger in den Hintern stecken muß? Ich will lieber Dichterin werden wie Savannah.«

»Aha! Dann wird also geheiratet, sobald du deinen ersten Gedichtband veröffentlicht hast? Meinetwegen! Ich will mal nicht so sein.«

»Ich kann dann sowieso heiraten, wen und wann *ich* will«, beharrte Lucy. »Sobald ich erwachsen bin, brauch' ich deine Erlaubnis nicht mehr.«

»Genau die richtige Einstellung«, erwiderte ich beifällig. »Hört bloß nicht auf eure Eltern. Dies ist die einzige Grundregel, von der ich hoffe, daß ihr sie kapiert und befolgt.«

»Das meinst du doch nicht im Ernst, das sagst du nur so, Daddy«, meinte Chandler, kuschelte ihren Kopf unter mein Kinn und fügte schnell hinzu: »Ich wollte natürlich sagen: *Dad*.«

»Denkt dran, was ich euch gesagt habe. Mir hat das als Kind niemand beigebracht«, sagte ich ernst. »Im Gegenteil. Eltern sind wohl nur dazu da, ihre Kinder kaputtzumachen. Das ist anscheinend eins von Gottes wichtigsten Geboten. Hört mir jetzt mal gut zu: Euer Job ist es, mich und Mama glauben zu lassen, daß ihr all das denkt und tut, was wir von euch erwarten. In Wirklichkeit macht ihr das natürlich nicht, ihr denkt, was ihr wollt, und ihr geht heimlich eure eigenen Wege – weil Mama und ich euch nur kaputtmachen.«

»Und wie macht ihr uns kaputt?« wollte Jennifer wissen.

»Indem sie uns vor unseren Freunden ständig blamieren«, meinte Lucy.

»Nein, das tun wir nicht, aber ich weiß, daß wir euch trotzdem jeden Tag ein bißchen kaputter machen. Wenn wir selber wüßten, wie und warum wir das machen, würden wir damit aufhören. Wir würden es nie wieder tun, denn wir beten euch an, aber wir sind nun mal Eltern, und dagegen können wir nichts tun. Unser Job ist es, euch kaputtzukriegen. Versteht ihr?«

»Nein«, erscholl es einmütig im Chor.

»Na gut«, sagte ich und nippte an meinem Drink. »Ihr sollt uns ja auch nicht verstehen. Wir sind eure Feinde. Ihr solltet einen Guerillakrieg gegen uns führen.«

»Aber wir sind keine Gorillas, wir sind kleine Mädchen«, stellte Lucy pikiert fest.

Sallie kam in einem nicht ganz blütenweißen Sommerkleid auf die Veranda. Ihre hübschen, langen Beine waren sonnengebräunt.

»Hab' ich etwa eine von Dr. Spocks gesammelten Vorlesungen unterbrochen?« spottete sie und lächelte die Kinder an.

»Dad hat gesagt, wir sind Gorillas«, erklärte Chandler und kletterte von meinem Schoß hinüber auf den ihrer Mutter.

»Ich hab' 'n bißchen aufgeräumt – wegen deiner Mutter«, sagte Sallie zu mir und zündete sich eine Zigarette an.

»Wenn du weiter so rauchst, wirst du noch an Krebs sterben, Mom«, sagte Jennifer. »Du wirst eines Tages Blut husten und daran ersticken. Das haben wir in der Schule gelernt.«

»Von mir aus braucht ihr nicht in solch eine Schule zu gehen«, erwiderte Sallie und atmete den Rauch aus.

»Warum hast du aufgeräumt?« fragte ich.

»Weil ich es nicht leiden kann, wie deine Mutter unser Haus inspiziert, wenn sie zu Besuch ist. Sobald sie das Chaos in der Küche sieht, setzt sie ein Gesicht auf, als müsse sie die Kinder sofort gegen Typhus impfen.«

»Sie ist nur neidisch, weil du einen Doktortitel hast, während sie außer dem einen gewonnenen Rechtschreibwettbewerb damals in der dritten Klasse nichts vorzuweisen hat. Deshalb brauchst du aber nicht jedesmal aufzuräumen, wenn sie vorbeikommt, um uns die Hölle heißzumachen. Verbrenn die Möbel und versprüh Desinfektionsmittel, sobald sie wieder weg ist, das genügt.«

»Du bist ein bißchen zu streng mit deiner Mutter, Tom. Sie versucht nur, wieder eine gute Mutter zu sein, auf ihre Weise halt.« Sallie inspizierte Chandlers Haar.

Jennifer wollte wissen: »Wieso magst du unsere Grandma eigentlich nicht, Dad?«

»Wer sagt das?«

Lucy fragte: »He, Dad, warum schreist du immer gleich: *Ich bin nicht da,* wenn sie anruft?«

»Das ist eine reine Schutzmaßnahme, mein Schatz. Du weißt

doch, daß ein Wal Wasser braucht, wenn er Gefahr spürt. Nun, genauso ist's, wenn Grandma anruft. Ich tauche kurz auf, blase alles raus und rufe, daß ich nicht da bin. Würde großartig klappen, wenn deine Mutter mich nicht immer verraten würde.«

Lucy fragte weiter: »Sobald wir groß sind, sollen wir dann auch rufen: *Ich bin nicht da!,* wenn du anrufst?«

»Na klar«, antwortete ich heftiger, als ich eigentlich beabsichtigt hatte. »Denn auch euch wird es bald zum Hals raushängen, wenn ich immer nur rumquengele und zu euch sage: ›Warum sehen wir uns denn nie, Liebes?‹ Oder: ›Mein Geburtstag war vergangenen Donnerstag.‹ Oder: ›Nächsten Dienstag muß ich zur Herztransplantation, aber das interessiert dich sicher nicht!‹ Oder: ›Könntest du nicht wenigstens mal vorbeikommen und den Staub von meiner eisernen Lunge wischen?‹ – Wenn ihr erst erwachsen und außer Haus seid, Kinder, dann bleibt mir nur noch eine einzige Aufgabe, und zwar die, euch Schuldkomplexe einzureden. Nur so kann ich dann noch versuchen, euch das Leben schwerzumachen.«

»Dad glaubt, er weiß alles«, sagte Lucy zu Sallie, und zwei Köpfe, kühler als meiner, nickten einander einträchtig zu.

»Was höre ich? Kritik von meinen eigenen Kindern? Mein eigen Fleisch und Blut glaubt, Mängel an meinem Charakter festzustellen? Alles kann ich vertragen, nur keine Kritik, Lucy!«

»Mama, alle unsere Freunde glauben, Dad ist verrückt«, ließ Jennifer sich vernehmen. »Du verhältst dich wie eine richtige Mutter, aber Dad benimmt sich nicht wie die anderen Väter.«

»Jetzt geht's aber los! Es naht der gefürchtete Moment, da die eigenen Kinder auf einen losgehen und einem die Eingeweide rausreißen! Wären wir in Rußland, dann würden sie mich bei den Kommunisten anzeigen, und ich könnte mir in irgendeinem sibirischen Salzbergwerk den Arsch abfrieren.«

»Er hat ein schlimmes Wort gesagt, Mama«, bemerkte Lucy.

»Ja, Liebes, ich hab's gehört.«

»Übrigens müßte der Rasen mal wieder gemäht werden«, sagte ich schnell.

»Immer, wenn er solche Worte sagt, muß gerade der Rasen gemäht werden«, stellte Jennifer fest.

»In diesem Augenblick geht meine Mutter gerade über die Shem-Creek-Brücke«, sagte ich. »Alle Vögel verstummen, wenn meine Mutter unterwegs zu uns ist.«

»Sei ein bißchen nett zu ihr, Tom«, beschwichtigte mich Sallie in ihrem professionellen Tonfall, der mich nur noch mehr aufregte. »Laß sie einfach nicht an dich rankommen.«

Ich stöhnte und nahm einen großen Schluck von meinem Drink. »Mein Gott, ich möchte wissen, was sie will! Sie kommt nur her, wenn sie mir mit irgendeiner krummen Tour das Leben versauern kann. Sie ist Spezialistin für gescheiterte Existenzen, sie könnte Lehrgänge über dieses Thema abhalten. Angeblich hat sie schlechte Nachrichten. Schlechte Nachrichten in unserer Familie bedeuten immer gleich etwas Gräßliches, Biblisches, direkt aus dem Buch Hiob.«

»Gib wenigstens zu, daß sich deine Mutter sehr bemüht, dir wieder eine richtige Freundin zu sein.«

»Zugegeben, sie bemüht sich«, sagte ich müde, »aber mir war sie lieber, als sie es noch nicht versuchte und einfach nur ein reueloses Monster war.«

»Was gibt's heute abend zu essen, Tom?« fragte Sallie, um das Thema zu wechseln. »Irgendwas riecht hier herrlich!«

»Das ist frisches Brot. Ich hab' heute morgen an den Klippen Flundern geangelt und sie mit Krebsfleisch und Krabben gefüllt. Dazu gibt's frischen Spinatsalat mit sautierten Zucchini und Schalotten.«

»Wunderbar!« sagte Sallie und hielt erschrocken inne. »Ich sollte mein Glas wohl besser nicht austrinken. Heute abend habe ich Bereitschaftsdienst.«

»Und ich würde lieber Hähnchen essen«, meinte Lucy. »Laßt uns doch im *Colonel Sanders* essen.«

»Warum kochst du überhaupt, Dad?« fragte Jennifer plötzlich. »Mr. Brighton muß immer lachen, wenn wir sagen, daß du für Mama das Essen kochst.«

»Stimmt«, fügte Lucy hinzu, »er sagt, das sei so, weil Mama doppelt so viel Geld verdient wie du.«

»Der miese Scheißkerl!« flüsterte Sallie zwischen zusammengebissenen Zähnen.

»Das stimmt nicht«, sagte ich. »Ich koche, weil Mama vier- oder fünfmal soviel Geld verdient wie ich.«

»Denkt immer daran, Mädchen, daß es euer Daddy war, der mich während meines Medizinstudiums durchgefüttert hat. Und du bist nie wieder so frech zu deinem Vater, Lucy, ja! Ihr dürft nicht alles glauben, was Mr. Brighton sagt. Euer Vater und ich, wir versuchen, uns die Hausarbeit zu teilen.«

»Alle anderen Mamis, die ich kenne, kochen für ihre Familie«, sagte Jennifer kühn, trotz der Verbitterung in Sallies grauen Augen. »Nur du nicht.«

»Da haben wir's, Sallie«, sagte ich zu meiner Frau und betrachtete Jennifers Haar. »Kinder, die du im Süden großziehst, werden eben Südstaatler. Und Südstaatler sind nun mal von Natur aus Idioten, das hat der liebe Gott so eingerichtet.«

»Wir sind auch aus dem Süden, aber wir sind keine Idioten«, erwiderte Sallie.

»Dann sind wir eben Fehlentwicklungen, Liebste. So was kommt ein- oder zweimal in jeder Generation vor.«

»Geht jetzt nach oben und wascht euch, Mädchen! Lila wird gleich hier sein«, befahl Sallie.

»Warum mag sie es nicht, wenn wir sie Grandma nennen?« fragte Lucy.

»Weil sie sich dann alt fühlt. Nun lauft schon!« Sallie schob die Mädchen vor sich her ins Haus. Als sie zurückkam, beugte sie sich über mich und berührte meine Stirn mit den Lippen. »Tut mir leid, was Lucy da gesagt hat. Sie ist so verdammt konventionell.«

»Macht mir nichts aus, Sallie, ich schwör's dir. Du weißt doch, wie ich meine Märtyrerrolle liebe und wie ich aufblühe, sobald das Selbstmitleid mich überkommt. Der arme hirnlose Tom Wingo! Sitzt zu Hause und putzt Silber, während seine Frau ein Mittel gegen Krebs entdeckt. Der traurige Tom Wingo, der ein perfektes Soufflé macht, während seine Frau hunderttausend im Jahr verdient. Uns war klar, daß es so kommen würde, Sallie. Wir haben schon mal darüber geredet.«

»Mir stinkt es trotzdem. Ich trau' dem männlichen Ego nicht, das sich in dir aufplustert. Ich kann mir vorstellen, wie es in dir aussieht, und ich fühl' mich entsetzlich schuldig. *Mir* ist klar, daß die Mädchen nicht verstehen können, warum ich nicht mit Milch und Keksen auf sie warte, wenn sie aus der Schule kommen.«

»Aber sie sind doch so stolz, daß ihre Mutter Ärztin ist!«

»Und sie sind *nicht* stolz darauf, daß du Lehrer und Trainer bist, Tom.«

»*War*, Sallie. Vergangenheitsform. Ich bin rausgeflogen – oder hast du das vergessen? Oh, Gott, ist das etwa Mutters Wagen, den ich da in der Auffahrt höre? Kann ich bitte drei Valium haben, Frau Doktor?«

»Die habe ich schon selber geschluckt, Tom. Denk dran, ich muß die Hausinspektion deiner Mutter ertragen, bevor du dran bist«, sagte Sallie.

»Alkohol hilft überhaupt nicht«, klagte ich. »Warum betäubt Alkohol meinen Verstand gerade dann nicht, wenn ich es am meisten brauche? Soll ich Mutter zum Abendessen einladen?«

»Natürlich, aber du weißt doch, daß sie nicht bleibt.«

»Großartig. Dann lade ich sie ein.«

»Sei nett zu deiner Mutter, Tom«, flehte Sallie. »Sie ist so traurig und will dir unbedingt wieder eine Freundin sein.«

»Freundschaft und Mutterschaft sind unvereinbar.«

»Glaubst du, daß unsere Kinder auch so denken werden?«

»Nein, unsere Kinder werden nur ihren Vater hassen. Hast du bemerkt, wie sehr ihnen mein Humor schon jetzt auf die Nerven geht? Und dabei ist die Ältere gerade mal zehn! Ich muß mir wohl ein paar neue Nummern ausdenken.«

»Ich mag deine Standardnummern, Tom. Ich finde sie witzig. Das war einer der Gründe, weshalb ich dich geheiratet habe. Ich wußte, daß wir oft und viel zusammen lachen würden.«

»Gott sei Dank, Frau Doktor. – Aha, da kommt Mutter. Kannst du mir schnell noch ein bißchen Knoblauch um den Hals binden und mir ein Kruzifix bringen?«

»Psst, Tom, sie kann dich hören!«

Gleich darauf stand meine Mutter in der Tür, makellos gekleidet und gepflegt. Ihr Parfüm war ihr um einige Augenblicke vorausgeeilt; man roch es auf der Terrasse, bevor sie selbst erschien. Immer gebärdete sie sich so, als betrete sie die inneren Gemächer einer Königin. Sie hatte etwas von der vollendeten Form einer Yacht – schnittig, ganz auf Leistung getrimmt, teuer. Eigentlich sah sie viel zu schön aus, um meine Mutter zu sein. Es hatte in meinem Leben eine Zeit gegeben, in der die Leute mich für ihren Ehemann hielten. Meiner Mutter gefiel das ungeheuer.

»Da seid ihr ja«, sagte sie. »Wie geht's euch, meine Lieben?« Sie gab jedem von uns einen Kuß und schien ganz heiter, aber die schlechten Nachrichten standen ihr ins Gesicht geschrieben. »Du wirst von Mal zu Mal schöner, Sallie. Findest du nicht auch, Tom?«

»Aber sicher, Mutter, du übrigens auch«, antwortete ich und unterdrückte ein Gähnen. Meine Mutter verstand es jedesmal, mir einen ganzen Sturzbach von solch hirnrissigen Trivialitäten zu entlocken.

»Danke, Tom, es ist lieb von dir, deiner alten Mutter so was zu sagen.«

»Meine alte Mutter hat noch immer die beste Figur in ganz South Carolina«, erwiderte ich in einer zweiten Salve Schwachsinn.

»Nun, ich tue auch etwas dafür, das kann ich dir sagen! Ihr Männer wißt gar nicht, was wir Frauen auf uns nehmen müssen, um unsere mädchenhafte Figur zu behalten, stimmt's, Sallie?«

»Nein, das wissen sie wirklich nicht.«

»Aber du hast zugenommen!« bemerkte meine Mutter fröhlich.

»Ja, und ihr Frauen wißt gar nicht, was wir Männer alles auf uns nehmen, um solche Fettwänste zu werden.«

»Na, na, ich wollte dich ja nicht kritisieren«, sagte meine Mutter scheinheilig mit gekränkter Stimme. »Wenn du so empfindlich bist, werde ich kein Wort mehr darüber verlieren. Es steht dir doch ganz gut. Du hast immer besser ausgesehen, wenn dein Gesicht etwas voller war. Ich bin aber nicht gekommen, um mit dir zu streiten. Ich habe sehr schlechte Nachrichten. Darf ich mich setzen?«

»Natürlich, Lila, ich mach' dir einen Drink«, sagte Sallie.

»Bitte einen Gin-Tonic, Darling. Mit einem Spritzer Lime Juice, wenn's recht ist. Wo sind eigentlich die Kinder, Tom? Ich möchte nicht, daß sie zuhören.«

»Oben«, antwortete ich, betrachtete den Sonnenuntergang und wartete ab.

»Savannah hat wieder versucht, sich umzubringen.«

»Oh Gott!« entfuhr es Sallie, und sie blieb an der Tür stehen. »Wann?«

»Anscheinend letzte Woche. Man weiß es nicht genau. Sie war im Koma, als sie gefunden wurde. Jetzt ist sie aus dem Koma raus, aber –«

» – aber was?« drängte ich.

»Sie hat wieder so einen komischen Anfall, wie immer, wenn sie will, daß sich alle um sie kümmern.«

»Das nennt man einen ›psychotischen Schub‹, Mutter.«

»Ja, sie behauptet ja selbst, Psychopathin zu sein«, erwiderte Lila Wingo bissig. »Ich sage dir: Sie ist keine echte Psychopathin, wirklich nicht!«

Bevor ich etwas entgegnen konnte, fragte Sallie rasch: »Wo ist sie denn jetzt, Lila?«

»In einer psychiatrischen Klinik in New York City. *Bellevue* oder so ähnlich. Der Name fällt mir jetzt nicht ein, ich hab's zu Hause auf einem Zettel notiert. Eine Frau hat angerufen. Sie ist Ärztin wie du, Sallie, allerdings Psychiaterin. Wahrscheinlich hat sie es in der praktischen Medizin nicht sehr weit gebrach...«

»Ich hätte mich beinahe auch auf Psychiatrie spezialisiert«, meinte Sallie.

»Ja, man muß sich wirklich freuen, wenn man sieht, wie weit es junge Frauen heutzutage im Berufsleben bringen. *Ich* hatte als Mädchen nicht solche Möglichkeiten. Jedenfalls rief mich diese Frau an, um mir die tragische Nachricht mitzuteilen.«

»Wie hat es Savannah diesmal getan, Mom?« wollte ich wissen. Ich mußte an mich halten, um mir nichts anmerken zu lassen, denn ich spürte, wie mich meine Selbstbeherrschung verließ.

»Sie hat sich wieder mal die Pulsadern aufgeschnitten, Tom«, antwortete meine Mutter und begann zu weinen. »Warum tut sie mir das an? Hab' ich nicht schon genug gelitten?«

»Sie tut es sich selber an, Mom.«

»Ich hol' dir jetzt deinen Drink, Lila«, sagte Sallie und ging ins Haus.

Meine Mutter zog ein Taschentuch aus der Handtasche und trocknete ihre Tränen. Dann sagte sie: »Die Ärztin ist Jüdin, glaube ich, sie hat einen von diesen unmöglichen Namen. Vielleicht kennt Aaron sie.«

»Aaron stammt aus South Carolina, Mom, und nur weil er Jude ist, heißt das noch lange nicht, daß er jeden Juden in ganz Amerika kennt.«

»Aber er wird wissen, wie man ein bißchen mehr erfahren kann. Seine Familie hat 'ne Menge Beziehungen. Ich will ja nur herausbekommen, ob es mit Savannah bergauf geht.«

»Ja, ja, wenn sie Jüdin ist, hat Aarons Familie sicher eine Akte über sie angelegt...«

»Du brauchst nicht so sarkastisch zu mir zu sein, Tom. Was glaubst du wohl, wie ich mich fühle? Weißt du eigentlich, wie es in mir aussieht, wenn sich meine Kinder so schreckliche Dinge antun? Ich komme mir wie eine Versagerin vor. Unvorstellbar, was man in besseren Kreisen von mir denken wird, wenn das alles rauskommt.«

»Du fährst nach New York?«

»Oh, ich kann unmöglich fahren, Tom, ich hab' zuviel zu tun. Am Sonnabend geben wir eine Dinnerparty, die schon seit Monaten geplant ist. Und dann die Kosten! Ich bin mir übrigens sicher, daß Savannah in guten Händen ist. Wir können da wirklich nichts tun.«

»Bei ihr sein, heißt, etwas zu tun, Mom. Das hast du nie begriffen.«

»Ich habe der Psychiaterin gesagt, du würdest vielleicht kommen«, sagte meine Mutter zaghaft und hoffnungsvoll.

»Natürlich werde ich hinfahren.«

»Du hast doch jetzt keinen Job...«

»Mein Job ist es, Jobs zu suchen.«

»Ich finde, du hättest die Stellung als Versicherungsvertreter annehmen sollen. Das ist meine ehrliche Überzeugung, aber du hast mich ja natürlich nicht um Rat gefragt.«

»Woher weißt du davon?«

»Sallie hat es mir gesagt.«

»Sie?«

»Ja, sie macht sich Sorgen um dich. Das tun wir alle, Tom. Du kannst nicht erwarten, daß Sallie dich bis an dein Lebensende durchfüttert.«

»Hat sie das auch zu dir gesagt?«

»Nein, ich sage nur, was ich weiß. Du mußt den Tatsachen ins Auge sehen. Du wirst nie wieder unterrichten oder als Trainer arbeiten können, solange du in South Carolina lebst. Du mußt ganz neu anfangen, dich von unten hochzuarbeiten, und du mußt bei jedem Arbeitgeber, der dir eine Chance gibt, erst einmal beweisen, was du kannst.«

»Und du redest, als ob ich noch nie einen Job gehabt hätte, Mom«, erwiderte ich matt und versuchte, dem Blick meiner Mutter auszuweichen. Zugleich wünschte ich, die Sonne würde schneller untergehen, damit es endlich dunkel wäre.

»Es ist ziemlich lange her, seit du deinen Job gehabt hast.« Mutter ließ nicht locker. »Und auf die Dauer kann keine Frau einen

Mann respektieren, der nicht bereit ist, einen Teil der Brötchen selbst zu verdienen, das kann ich dir sagen. Sallie hat sich wie ein Engel benommen, aber man kann nicht von ihr erwarten, daß sie das ganze Geld allein verdient, während du hier auf der Veranda vor dich hinbrütest.«

»Ich hab' mich um mehr als siebzig Stellen beworben, Mom.«

»Mein Mann könnte dir Arbeit geben. Er bietet dir schon wer weiß wie lange an, dich einzuarbeiten.«

»Du weißt ganz genau, daß ich von deinem Mann keine Hilfe annehmen kann, und *du* wenigstens solltest das verstehen.«

»Ich verstehe das überhaupt nicht!« brauste sie auf. »Wieso sollte ich? Er sieht deine ganze Familie leiden, nur weil du deinen fetten Hintern nicht hochkriegst und keinen Job findest. Er möchte Sallie und den Mädchen helfen, nicht dir! Er will nicht, daß sie noch mehr leiden müssen, als sie es ohnehin schon tun. Deshalb will er dir helfen, obwohl er ganz genau weiß, wie sehr du ihn haßt.«

»Ich bin froh, daß er das weiß«, sagte ich.

Sallie kam mit dem Drink für meine Mutter und einem weiteren für mich zurück auf die Veranda. Ich hätte das Zeug am liebsten ausgekippt und ins Glas gebissen.

»Tom hat mich gerade wissen lassen, wie sehr er mich und alles, wofür ich einstehe, verabscheut«, sagte meine Mutter zu Sallie.

»Nachdem du mich provoziert hast, hab' ich nur gesagt, daß ich deinen Mann hasse. Und du bist es gewesen, die mit diesem leidigen Thema überhaupt erst angefangen hat!«

»Ich hab' nur mit einem Thema angefangen, deiner Arbeitslosigkeit. Das geht nun schon über ein Jahr so, Tom, und für einen Mann mit deinen Fähigkeiten ist das ziemlich viel Zeit. Meinst du nicht auch, daß es für Sallie beschämend ist, einen erwachsenen Mann im Vollbesitz seiner Kräfte ernähren zu müssen?«

»Das reicht, Lila«, mischte sich Sallie ärgerlich ein. »Du hast kein Recht, Tom zu kränken und dich dabei auf mich zu berufen.«

»Ich versuche doch nur, Tom zu helfen! Merkst du das nicht, Sallie?«

»Nein, so nicht. Nie und nimmer! Das ist nicht der richtige Weg, Lila.«

»Ich muß morgen nach New York, Sallie«, sagte ich.

»Ja, natürlich«, antwortete meine Frau.

»Du wirst ihr doch Grüße von mir ausrichten, Tom, nicht wahr?« fragte meine Mutter.

»Natürlich, Mom.«

»Ich weiß, daß sie genauso gegen mich ist wie du«, jammerte sie.

»Wir sind nicht gegen dich.«

»Doch, das seid ihr! Glaubt ihr denn, ich spüre eure Verachtung nicht? Meint ihr etwa, ich wüßte nicht, wie wenig es euch paßt, daß ich nun endlich doch noch glücklich geworden bin? Als ich unglücklich war und noch mit deinem Vater zusammenlebte, ja, das gefiel dir...«

»Nein, das hat uns ganz und gar nicht gefallen. Wir hatten eine scheußliche Kindheit. Genau der richtige Start für ein ebenso miserables Erwachsenendasein.«

»Bitte hört auf!« flehte Sallie. »Bitte hört doch auf, euch gegenseitig weh zu tun!«

»Ich weiß, was es heißt, mit einem Wingo verheiratet zu sein, Sallie, mir ist klar, was du ertragen mußt.«

»Mom, du solltest uns wirklich öfter besuchen. Stell dir vor, kurz bevor du kamst, war ich richtig glücklich.«

»Ich will, daß ihr aufhört, und zwar auf der Stelle!« befahl Sallie. »Wir müssen nachdenken, wie wir Savannah helfen können.«

»Ich habe alles für Savannah getan, was in meiner Macht steht«, verkündete meine Mutter. »Was sie auch anstellt – immer gibt sie mir die Schuld.«

»Savannah ist krank«, sagte Sallie. »Das weißt du doch, Lila.«

Sofort hellte sich das Gesicht meiner Mutter auf. Sie nahm ihren Drink in die linke Hand und beugte sich näher zu Sallie hin. »Du bist vom Fach, Sallie«, sagte sie. »Weißt du, ich habe in letzter Zeit viel über Psychosen gelesen. Bedeutende Spezialisten haben entdeckt, daß alles von einem chemischen Ungleichgewicht herrührt und nichts mit Veranlagung oder Umwelteinflüssen zu tun hat.«

»Dann hat es bei uns in der Familie reichlich viel chemisches Ungleichgewicht gegeben«, erwiderte ich, kaum noch imstande, meine Wut zu bändigen.

»Manche Ärzte meinen, Salzmangel sei die Ursache.«

»Salz!« schrie ich. »Dann werde ich Savannah eine Riesenpackung Salz mitbringen, damit sie sie auslöffeln kann. Ja, ich werde ihr eine Diät verschreiben, nach der sie aussieht wie Lots Weib.«

»Ich hab' doch nur ein paar berühmte Spezialisten zitiert. Mach' dich nur über mich lustig, Tom! Das ist ja so einfach mit einer alten Frau, die ihren Kindern die besten Jahre ihres Lebens geopfert hat.«

»Mom, warum füllst du eigentlich nicht Schuldgefühle in Flaschen ab? Wir könnten sie an all die amerikanischen Eltern verkaufen, die noch nicht die hohe Kunst beherrschen, ihre Kinder so zu behandeln, daß sie sich ständig beschissen fühlen. Mit dem Patent hättest du bestimmt einen Bombenerfolg.«

»Und vielleicht hättest du dann endlich einen Job, mein Sohn«, erwiderte sie kühl und erhob sich von ihrem Stuhl. »Bitte ruf mich an, wenn du bei Savannah gewesen bist. Du kannst es als R-Gespräch anmelden.«

»Warum bleibst du nicht zum Essen da, Lila? Du hast doch die Kinder noch gar nicht gesehen«, sagte Sallie.

»Ich komm' euch besuchen, wenn Tom in New York ist. Am liebsten würde ich mit den Kindern für ein paar Wochen nach Pawleys Island fahren – natürlich nur, wenn du nichts dagegen hast.«

»Das wäre wirklich nett.«

»Lebwohl, mein Sohn«, sagte meine Mutter, an mich gewandt. »Kümmere dich gut um deine Schwester.«

»Wiedersehen, Mutter«, antwortete ich und stand auf, um sie auf die Wange zu küssen. »Das hab' ich immer getan.«

Nach dem Abendessen brachten Sallie und ich die Mädchen ins Bett. Dann machten wir einen Spaziergang am Strand. Wir schlugen die Richtung zum Leuchtturm ein und schlenderten barfuß durch die auslaufenden Wellen, vorbei an Fort Moutrie. Sallie nahm meine Hand und, zerstreut und besorgt wie ich war, kam mir plötzlich in den Sinn, wie lange es schon her war, seit wir uns zum letztenmal berührt hatten und ich ihr als Liebhaber oder Freund oder so ähnlich begegnet war. Mein Körper hatte sich schon lange nicht mehr wie ein Instrument der Liebe oder der Leidenschaft angefühlt. Hinter uns lag ein Winter dumpfer Ernsthaftigkeit, in dem die Restbestände aller Illusionen und hochfliegender Träume aus meinen frühen Zwanzigern dahingewelkt und abgestorben waren, und für meine Träume hatte ich keine inneren Kraftreserven mehr. Ich war viel zu beschäftigt mit der Trauer um die alten und mit dem Grübeln darüber, wie ich es schaffen sollte, ohne sie weiterzuleben. Sicher würde ich jene Träume irgendwann durch andere ersetzen, aber ich wußte nicht zu sagen, ob ich jemals ihr ursprüngliches Strahlen und ihren Talmiglanz wieder herstellen könnte. Dies war der Grund, warum ich mich monatelang nicht um die Bedürfnisse meiner Frau gekümmert und sie nicht berührt oder gestreichelt hatte, bis sie anfing, sich wohlig wie eine Katze unter meinen Händen zu winden; ich hatte nicht reagiert, wenn sie ihr nacktes Bein an meines oder ihre Hand auf meinen Schenkel legte, während wir nebeneinander schlaflose Nächte durchwachten. Wenn in meinem Kopf ruhelose Anspannung herrscht, versagt mein Körper.

Nun lehnte sich Sallie an mich, und zusammen stemmten wir uns gegen den Sommerwind, während die Wellen unsere Füße umspülten. Über uns stand der Jäger Orion am Himmel, gegürtet und bewaffnet, König dieser sternklaren, mondlosen Nacht.

Sallie drückte meine Hand und sagte: »Tom, sag mir, was in dir vorgeht? Du bist wieder mal so schweigsam, daß ich nicht an dich rankomme.«

»Ich versuche nur herauszufinden, womit ich mein Leben ruiniert habe«, sagte ich, als redete ich mit Orion. »Ich wüßte gern genau, seit wann es mir vorbestimmt ist, solch ein jämmerliches Dasein zu führen und alle, die ich liebe, mit in den Keller zu ziehen.«

»Aber du besitzt doch etwas, wofür es sich zu kämpfen lohnt! Und trotzdem scheinst du einfach aufzugeben. Deine Vergangenheit macht uns alle kaputt.«

»Schau, da ist der Große Bär«, sagte ich halbherzig und deutete auf das Sternbild.

»Ich pfeife auf den Großen Bären!« entfuhr es Sallie. »Jetzt rede ich nicht über den Großen Bären, und ich will auch nicht, daß du versuchst, das Thema zu wechseln. Nicht einmal das kannst du richtig!«

»Warum macht mich alles, was meine Mutter sagt, jede einzelne Silbe, jeder heuchlerische Ton so sauer? Warum kann ich sie nicht einfach ignorieren, Sallie? Wieso kann ich nicht einfach abschalten, wenn sie bei uns ist? Wenn ich nicht auf sie reagieren würde, könnte sie mich nicht treffen. Dabei weiß ich, daß sie mich von ganzem Herzen liebt, aber sobald wir zusammensitzen, werfen wir uns nur Dinge an den Kopf, die kränken, verletzen und zerstören. Wenn sie wieder geht, haben wir beide Blut an den Händen. Sie weint, ich trinke zu viel, und prompt fängt sie dann auch an zu trinken. Du willst vermitteln, Sallie, aber wir ignorieren dich und nehmen dir allein schon den Versuch übel. Es ist wie in einem schaurigen Passionsspiel: Wir kreuzigen uns gegenseitig, immer abwechselnd. Und es ist völlig unklar, wer schuld daran ist.«

»Sie will doch nur, daß du einen Job findest und glücklich wirst«, wandte Sallie ein.

»Das will ich auch. Ich bin ganz wild darauf, aber ich schaff' es einfach nicht, jemanden zu finden, der mir Arbeit gibt. Es gibt Dutzende von Antwortschreiben, von denen ich dir nichts gesagt habe – alle sehr höflich, alle mit dem gleichen Inhalt, alle unerträglich demütigend.«

»Du hättest den Versicherungsjob annehmen können.«

»Ja, das hätte ich, aber es war nicht irgend so ein Versicherungsjob, Sallie. Ich wäre Versicherungskassierer geworden, hätte an Tagelöhnerhütten auf Edisto Island klopfen und irgendwelchen armen Schwarzen ein paar Münzen abknöpfen müssen, Leuten, die sich nur versichert haben, damit sie irgendwann ein anständiges Begräbnis bekommen.«

Sallie drückte wieder meine Hand und sagte: »Es wäre immerhin ein Anfang gewesen, Tom. Besser als im Haus rumzusitzen und Kochrezepte auszuschneiden. Es wäre etwas gewesen, woran du vielleicht hättest Halt finden können.«

Gekränkt antwortete ich: »Ich hab' es mir genau überlegt, und für mich steht fest, daß ich meine Zeit nicht verplempert habe.«

»Ich wollte dich auch nicht kritisieren, Tom, wirklich nicht. Aber...«

»Jedesmal, wenn du diesen bemerkenswerten Satz sagst, Sallie«, unterbrach ich sie, »dann meinst du es erst recht als beinharte Kritik, aber mach nur so weiter! Nach Mom könnte ich eine ganze Kavallerieattacke von Hunnen und Elefanten überstehen.«

»Ich hab' das nicht als Kritik gemeint, wirklich nicht. Ich wollte sogar, daß es liebevoll klingt. Seit der Sache mit Luke bist du so grüblerisch und verbittert, so voller Selbstmitleid. Du mußt vergessen, was passiert ist, und neu anfangen, gleich jetzt! Dein Leben ist noch längst nicht vorbei, Tom. Ein Abschnitt deines Lebens, ja, aber jetzt mußt du herausfinden, wie der nächste aussehen wird.«

Ein paar Minuten lang gingen wir schweigend nebeneinander her, jeder für sich und einsam, wie es einem Paar manchmal zu den unpassendsten Zeiten passiert. Mir war das alles nicht neu. Ich habe eine grenzenlose Begabung, die zarten Seelen, die mir am nächsten stehen, von mir zu stoßen.

Ich unternahm einen Versuch, den Graben zu überwinden, die Berührung wiederherzustellen. »Ich bin mir noch längst nicht über alles im klaren«, sagte ich. »Und ich kann nicht verstehen, warum ich mich selbst mehr hasse als irgendeinen anderen Menschen auf der Welt. Für mich ergibt das keinen Sinn. Selbst wenn Mom und Dad Monster gewesen wären, hätte ich doch aus allem zumindest mit ein bißchen Respekt vor mir selbst als Überlebenskünstler hervorgehen können. Ich hätte wenigstens ein aufrichtiger Mensch werden können, aber ich bin die unaufrichtigste Person, die ich kenne. Nie weiß ich genau, was ich von etwas halten soll. Immer bleibt da irgendein Geheimnis für mich.«

»Du brauchst auch nicht die absolute Wahrheit zu kennen. Die kennt niemand. Du mußt nur genug verstehen, um zurechtzukommen.«

»Nein, Sallie«, sagte ich, blieb abrupt im Wasser stehen, legte die Hände auf ihre Schultern und drehte sie zu mir hin. »Genauso hab' ich bisher gelebt, ich hab' mich nur an meine eigenen kleinen Wahrheiten gehalten – bis sie mich einholten. Laß uns South Carolina verlassen! In diesem Staat bekomme ich nie wieder einen Job. Zu viele Leute kennen den Namen Wingo und was sich damit verbindet. Es ist ihnen zuwider, sie mögen es nicht.«

Sallie senkte den Blick und nahm meine Hände in ihre. Doch dann sah sie mir in die Augen und sagte: »Ich will nicht aus Charleston fort, Tom. Ich habe einen wunderbaren Job, und ich liebe unser Zuhause und unsere Freunde. Warum willst du jetzt sogar alle guten Dinge aufgeben?«

»Weil sie für mich nicht mehr gut *sind*. Und weil ich an mein Leben hier nicht mehr glauben kann.«

»Aber ich glaub' an meins.«

»Ja, und du verdienst das Geld«, sagte ich und erschrak, wie verbittert, wie gockelhaft ›männlich‹ das klang.

»Das hast du gesagt, Tom, nicht ich.«

»Es tut mir leid, wirklich. Ich möchte nicht nach New York fahren, und schon gar nicht will ich Savannah sehen. Ich bin sauer, stinksauer auf sie, weil sie es wieder versucht hat. Es ärgert mich, daß sie verrückt ist – nein, daß sie so verrückt sein *darf*, wie sie es ist. Ich beneide sie darum. Aber ich weiß, daß sie von mir erwartet, da zu sein, wenn sie mal wieder an ihren Pulsadern rumgesäbelt hat. Es ist der altbekannte Tanz, und ich kenne jeden Schritt.«

»Dann fahr doch nicht hin«, sagte Sallie und entzog sich mir wieder.

»Ich muß aber hinfahren! Du weißt das genau. Es ist die einzige Rolle, die ich richtig gut spiele. Der Held der Stunde! Der galante Ritter! Der arbeitslose Galahad! Das ist die fatale Schwäche aller Wingos, Mom ausgenommen. Sie gibt Dinnerparties, die sie monatelang im voraus plant und läßt sich dabei auch durch Selbstmordversuche ihrer Kinder nicht stören.«

»Du gibst für so vieles deinen Eltern die Schuld. Wann fängst du endlich an, selbst Verantwortung zu tragen? Wann willst du dein Leben endlich selbst in die Hand nehmen? Wann wirst du anfangen, Lob oder Tadel für das, was du tust, anzunehmen und gelten zu lassen?«

»Keine Ahnung, Sallie. Ich verstehe nichts mehr, ich blicke überhaupt nicht mehr durch. Ich weiß nicht, was das alles zu bedeuten hat.«

Sallie wandte sich ab und ging ein paar Schritte vor mir her den Strand entlang.

»Es ist nicht gut für uns, Tom«, sagte sie.

»Ich weiß«, stimmte ich zu und ging schneller, um sie einzuholen. Ich nahm ihre Hand und drückte sie, aber es kam kein Druck als Antwort. »Ich staune selber, was für ein mieser Ehemann ich bin. Früher hab' ich mal gedacht, ich sei ein ganz großartiger, immer charmant, feinfühlig, liebevoll und aufmerksam. Alles, wovon eine Frau träumt. Es tut mir leid, Sallie, daß ich nicht mehr gut zu dir bin. Es tut mir selber weh, und ich verspreche dir, daß ich mich bessere, sobald wir aus diesem Staat weggezogen sind.«

»Ich werde aber nicht aus dem Staat wegziehen«, sagte sie mit

Bestimmtheit. »Ich führe hier ein absolut glückliches Leben. Dies ist mein Zuhause, hier gehöre ich hin.«

»Was meinst du damit, Sallie?«

»Ich meine, daß das, was dich glücklich macht, nicht unbedingt auch mich glücklich machen muß. Ich mache mir meine eigenen Gedanken und versuche zu verstehen, was mit uns los ist. Es steht anscheinend nicht mehr gut um uns.«

»Sallie, das ist bestimmt nicht der richtige Augenblick, um mir so etwas zu sagen.«

»Seit der Sache mit Luke ist es zwischen uns nie mehr so gewesen wie früher«, sagte sie.

»Nichts ist mehr wie früher«, erwiderte ich.

»Du hast etwas vergessen, was du für Luke hättest tun müssen«, sagte sie.

»Was denn?« fragte ich.

»Du hast vergessen zu weinen.«

Ich schaute über den Strand bis zum Leuchtturm, dann ließ ich meinen Blick über den Hafen wandern, zurück zu den Lichtern von James Island.

»Deine Trauer hat keine Verjährungsfrist, sie ist undurchdringlich. Mich hast du vollkommen aus deinem Leben ausgeschlossen.«

»Hast du was dagegen, wenn wir das Thema wechseln?» fragte ich mit einem bösen Unterton in der Stimme.

»Das Thema sind wir selbst«, sagte Sallie. »Mein Thema ist, ob du mich noch liebst, Tom.«

»Ich habe gerade erfahren, daß meine Schwester versucht hat, sich umzubringen!« schrie ich Sallie an.

Sie antwortete mit fester Stimme: »Nein, du hast gerade erfahren, daß deine Frau glaubt, daß du sie nicht mehr liebst.«

»Was soll ich dazu sagen?« fragte ich, aber ich spürte ihr Drängen, ihren starken Wunsch, etwas in mir anzurühren, das unerreichbar für sie war.

Sie war den Tränen nahe, als sie sagte: »Versuch es mal, es ist ganz leicht. Sag: ›Ich liebe dich, Sallie, und ich glaube, ich könnte keinen einzigen Tag ohne dich leben.‹« Da lag aber noch etwas in ihren Augen und ihrer Stimme, etwas, das eine viel düstere Botschaft enthielt. Ich sagte zu ihr: »Da ist doch noch etwas anderes, oder?«

Sallie fing an, leise zu weinen, und ihre Stimme klang zugleich verzweifelt und verräterisch, als sie zu mir sagte: »Nicht *etwas* anderes, Tom, sondern ein *anderer*.«

»Herrgott!« schrie ich den Lichtern auf der Island of Palms zu. »Zuerst Savannah und jetzt das!«

Hinter mir hörte ich Sallie sagen: »Das war das erstemal seit Monaten, daß du mich wenigstens angesehen hast. Anscheinend muß ich meinem Ehemann erst beichten, daß ich eine Affäre habe, damit er überhaupt merkt, daß es mich noch gibt, verdammt noch mal!«

»O Gott, Sallie, bitte nicht!« flüsterte ich und stolperte weiter, fort von ihr.

»Eigentlich wollte ich es dir zu einem günstigeren Zeitpunkt sagen«, fuhr Sallie fort. »Ich finde es schlimm, daß es jetzt sein muß, aber du fährst morgen weg.«

»Nein, ich fahre nicht weg, nicht unter diesen Umständen.«

»Ich möchte aber, daß du fährst, Tom! Ich will herausfinden, wie ernst es mir mit dieser Sache ist, ob was dran ist oder nicht. Wer weiß, vielleicht mache ich das nur, um dir weh zu tun.«

»Darf ich fragen, wer es ist?«

»Nein, noch nicht.«

»Ich verspreche dir, nichts Unüberlegtes oder Brutales zu tun zumindest nicht, bis ich aus New York zurück bin. Ich möchte einfach nur Bescheid wissen.«

»Es ist Doktor Cleveland.«

»O nein!« rief ich. »Bitte nicht dieses angeberische, unmögliche Arschloch! Um Himmels willen, Sallie, der gehört zu diesen Typen, die Motorrad fahren und Meerschaumpfeifen rauchen!«

»Immer noch besser als die zweitklassige Tanzmaus, mit der du was hattest«, erwiderte sie wütend.

»Ich wußte, daß du damit kommst! Ich wußte, daß mich dieser knackige, verführerische Hintern und diese großen Titten bis ans Ende meiner Tage verfolgen würden! Es tut mir leid, Sallie, es tut mir sehr, sehr leid! Ich war dumm, furchtbar dumm!«

»Mich hat das mehr gekränkt, als du jemals verstehen wirst.«

»Aber ich habe dich doch um Verzeihung gebeten, Sallie! Und ich flehe dich jetzt wieder an, mir zu verzeihen. Ich hab's getan, ich hab' deswegen weiß Gott genug gelitten, und ich habe dir auf Knien versprochen, es nie wieder zu tun.«

»Jetzt brauchst du dich nicht mehr an das Versprechen zu halten, Tom. Dr. Cleveland ist übrigens genauso in mich verliebt wie ich in ihn.«

»Ich pfeife auf deinen Dr. Cleveland! Aber was ist mit Mrs. Cleveland, dieser traurigen, stockdummen Stütze der menschlichen Gesellschaft? Hat der Herr Doktor es ihr schon gesagt?«

»Nein, er wartet auf den richtigen Zeitpunkt. Wir wollen uns beide sicher sein. Und wir wollen niemanden unnötig verletzen.«

»Wie großmütig! Kann ich dich was fragen, Sallie? Wenn nachts dieser kleine Apparat zu piepsen anfängt und du mal wieder zu einem deiner vielen Notfälle ins Krankenhaus mußt – bist du dann in Wirklichkeit vielleicht nur rübergefahren, um das Meerschaumpfeichen vom lieben Onkel Doktor zu inspizieren?«

»Du bist abscheulich, Tom, und das weißt du!«

»Ich will doch nur wissen, ob ihr beide das piepsende Zauberkästchen, dieses idiotische, hochheilige Symbol von all den Arschlöchern, die sich in Amerika Arzt schimpfen, für eure Zwecke mißbraucht.«

»Ja!« schrie sie mir ins Gesicht. »Ich hab's ein paarmal gemacht, wenn's nicht anders ging. Und ich werd's auch wieder tun, wenn es nicht anders geht.«

Ich fühlte ein unwiderstehliches Verlangen, sie zu schlagen, ich spürte, wie das Erbe meines gewalttätigen Vaters in meinem Blut die Oberhand gewann und in meinem Herzen die Macht an sich riß. Mit geballten Fäusten stand ich da und kämpfte sekundenlang mit aller Kraft dagegen an. Als ich mich wieder in der Gewalt hatte, schickte ich meinen Vater zurück in die Verbannung. Meine Fäuste öffneten sich. Ich holte tief Luft und rief: »Bin ich dir vielleicht zu fett geworden, Sallie? Sag mir, daß es daran liegt! Oder ist es, weil mir die Haare ausfallen? Oder weil ich dir gesagt habe, daß ich selbst meinen Pimmel zu klein finde? Weißt du eigentlich, daß ich einer von den ganz wenigen Männern in Amerika bin, die von sich aus zugeben, daß sie einen zu kleinen Pimmel haben? Dabei hab ich's eigentlich nur gesagt, weil du immer wegen deinem zu kleinen Busen so deprimiert warst.«

»Mein Busen ist aber nicht zu klein!«

»Nein, und mein armer, verleumdeter Penis auch nicht.«

Ich war verblüfft, als Sallie plötzlich laut loslachte. Ihr Sinn für Humor hatte etwas Reines, Spontanes, das selbst in den schwersten Augenblicken ihres Lebens die Oberhand behielt. Ihr Lachen kam aus den Tiefen ihres großzügigen Wesens, das sich auf Dauer nicht unterdrücken ließ.

»Siehst du, es gibt noch Hoffnung, Sallie. Du findest mich immer noch komisch. Übrigens weiß ich zufällig, wann dieser Doktor Cleveland zum letztenmal gelacht hat: kurz nachdem Wilson die Präsidentschaftswahl gewonnen hatte.«

»Aber er ist doch nur elf Jahre älter als ich.«

»Ha! Er gehört zu 'ner ganz anderen Generation. Ich hasse alte Männer, die auf Motorrädern rumfahren. Ich hasse auch junge Kerle, die Motorrad fahren.«

Sallie rümpfte die Nase. »Er ist ein Motorradnarr, und er sammelt nur englische Maschinen.«

»Bitte erspar mir die Details! Erzähl mir nicht, daß du mich wegen eines Typen verläßt, der Meerschaumpfeifen und englische Motorräder sammelt. Es wäre mir lieber, wenn du mich wegen einem Tätowierten oder einem Wasserkopf oder einem Zwerg auf dem Hochrad verlassen würdest!«

»Ich habe nicht gesagt, daß ich dich verlassen will, Tom, ich sagte, ich denke darüber nach. Ich habe jemanden gefunden, der mich wunderbar findet.«

»Du *bist* wunderbar!« winselte ich.

»Laß uns heute nicht weiter drüber reden, Tom! Es war schwer genug, es dir zu sagen, und ich wollte dir eigentlich nicht noch mehr Sorgen machen.«

»Ha!« Ich lachte bitter und trat mit dem Fuß nach einer Welle. »Kaum der Rede wert.«

Eine Zeitlang schwiegen wir. Dann sagte Sallie: »Ich geh' jetzt zurück und sag' den Mädchen gute Nacht. Kommst du mit?«

»Nein, ich komm' später nach und geb' ihnen einen Kuß. Ich bleib' noch ein bißchen hier draußen. Jetzt muß ich erst mal über alles nachdenken.«

Sallie sagte mit Zärtlichkeit in der Stimme: »Ich weiß nicht, was passiert ist, und ich weiß auch nicht, was aus dem Kämpfer geworden ist, den ich damals geheiratet habe.«

»O doch, das weißt du genau«, widersprach ich. »Denk nur an die Sache mit Luke.«

Plötzlich umarmte sie mich stürmisch und küßte mich auf den Hals, doch in der vollen Blüte meiner Selbstgerechtigkeit wurde ich zum Inbegriff – und zum Sklaven – des männlichen Egos, die patriarchalische Verbohrtheit des verschmähten Mannes gestattete mir weder, den Kuß zu erwidern, noch, diesem Augenblick der Gnade irgendeinen Wert abzugewinnen. Ungeküßt wandte Sallie sich ab und ging über den Strand auf unser Haus zu.

Ich selbst lief am Meer entlang, zuerst ruhig und beherrscht, doch dann fing ich an, mich selbst voranzutreiben, ließ alles raus, bis ich dahinjagte, daß mir der Schweiß ausbrach und ich nach Luft rang. Wenn ich meinem Körper Schmerzen zufügte, so hoffte ich, würde ich nicht merken, wie es meine Seele zerriß. Während ich den Strand entlangrannte, kam mir in den Sinn, wie traurig körperlicher Verfall ist. Ich strengte mich an, meine Geschwindigkeit noch zu steigern, und mir fiel ein, daß ich einst der schnellste *quarterback* in ganz South Carolina gewesen war. Blond und flink, tauchte ich damals immer aus der Tiefe des Spielfeldes auf, und während die gegnerischen Verteidiger schwerfällig und wie in Trance auf mich zustürmten, schlug ich Haken unter dem begeisterten Johlen der Menge und staunte selbst darüber, wie ich mit gesenktem Kopf instinktiv die richtigen Bewegungen machte, blitzschnelle Bewegungen, die irgendwoher aus meinem Inneren kamen, ein herrliches Gefühl. Aber natürlich habe ich damals in der High School niemals beim Rennen geweint. Jetzt lief ich hier über den Strand, schwerfällig, verzweifelt, fort von meiner Frau, die sich einen Liebhaber genommen hatte, weil ich als Liebhaber versagte, fort von der Schwester, die allzu schnell zur Rasierklinge griff, fort auch von der Mutter, die nicht begriff, wie schrecklich die Geschichte ihrer Beziehung zu ihren eigenen Söhnen war. Ich redete mir ein, ich könnte vor dieser Geschichte weglaufen, dieser niederschmetternden, typisch amerikanischen Geschichte, der Geschichte meines eigenen verpfuschten Lebens. Oder lief ich vielleicht nur einem neuen Abschnitt dieser Geschichte entgegen? Ich drosselte das Tempo. Schwitzend und erschöpft machte ich mich auf den Weg nach Hause.

2

Der Stadt New York den ihr angemessenen Haß entgegenzubringen, ist schon beinahe eine Kunstform. Ich selbst bin darin wohl eher ein Leichtgewicht zu nennen, und es wäre mir auch viel zu mühselig und zu zeitraubend, all das, was mir an dieser Stadt zuwider ist, aufzuzählen. Am Ende hätte meine Liste den gleichen Umfang wie die Gelben Seiten im Telefonbuch von Manhattan – und wäre immer noch nur ein Prolog. Jedesmal, wenn ich mich der Arroganz dieser angeberischen Stadt aussetze und mich mit ihren wogenden Menschenmassen dahintreiben lasse, überkommt mich das ebenso starke wie unangenehme Gefühl, fehl am Platze zu sein. Dann spüre ich, wie in mir gewissermaßen der genetische Code meiner mühsam errungenen Unverwechselbarkeit in die Brüche geht. Diese Stadt verunstaltet meine Seele mit äußerst profanen, unauslöschlichen Graffiti. Von allem gibt es dort viel zu viel. Bei jedem Besuch stehe ich irgendwann einmal auf einem Hafenpier, den Lärm der Stadt im Rücken, blicke auf den glänzenden, sachte dahinströmenden Hudson River hinaus und gedenke einer Tatsache, die allen mir bekannten New Yorkern unbekannt zu sein scheint, nämlich, daß diese Insel einst von einem großartigen Sumpfgebiet mit zahlreichen Wasserarmen umgeben war und daß jener äußerst komplexe Lebensraum nun unter der Steinwüste von New York City begraben liegt. Städte, die keinen Respekt vor ihren eigenen Sümpfen haben, kann ich nicht leiden.

Meine Schwester Savannah trotzt meiner Abscheu natürlich mit ihrer zwar heroischen, aber doch ziemlich perversen Zuneigung. Selbst die Straßenräuber, die Rauschgiftsüchtigen, die Säufer und Nutten, all diese verkrachten, kaputten Existenzen, die inmitten der Menschenmillionen ihr freudloses Dasein fristen, sind für sie ein Teil von New Yorks unwiderstehlichem Zauber. Diese flügellahmen Paradiesvögel, meint sie, diese ausgebrannten Wracks, die sich in schmuddeligen Gassen herumtreiben, geben den äußersten Grenzbereichen der Stadt ihr eigenes Gesicht, und Savannah glaubt sogar in solchen Grenzbereichen Schönheit entdecken zu können. In ihrer Brust hegt sie eine unerschütterliche Loyalität gegenüber all den Invaliden, die am Rande der Gesellschaft und ihrer Gesetze dahinvegetieren und sich nur auf ihre schwarzen Künste verstehen. Für Savannah sind sie die eigentlichen Akteure auf der Bühne dieser Stadt. Sie hat sie in ihren Gedichten beschrieben, sich von ihnen in einige der schwarzen Künste einweihen lassen und ihr verkommenes Milieu gut kennengelernt.

Schon lange bevor in Savannah der Wunsch keimte, Dichterin zu werden, war ihr klar, daß sie in New York leben wollte. Sie war eben eine dieser jungen Frauen aus dem Süden, die seit frühester Jugend wußten, daß der Süden für sie nie mehr als ein duftender, von einer Sippe liebevoller, aber hinterhältiger Verwandter gehüteter Käfig sein konnte.

Als sie fünfzehn Jahre alt war, schenkte ihr meine Großmutter zu Weihnachten ein Abonnement der Zeitschrift *The New Yorker.* Woche für Woche wartete sie atemlos auf das neue Heft, und dann saß sie stundenlang darüber gebeugt und betrachtete kichernd die Karikaturen. Später starrten dann Luke und ich gemeinsam und ungläubig auf dieselben Zeichnungen. Wir erwarteten, daß der Witz auch bei uns zündete, aber was die Menschen in New York vor Lachen wiehern und sich auf die Knie schlagen ließ, war für uns in Colleton, irgendwo in South Carolina, ein unergründliches Rätsel, eine Art Keilschrift des Humors, und jedesmal, wenn ich Savannah fragte, was zum Teufel sie daran so lustig fände, seufzte sie nur ungehalten und speiste mich mit einer abgeschmackten Phrase ab, die sie unter einem anderen Cartoon gelesen hatte. Angesichts einer Schwester, die es als Demütigung empfand, in South Carolina geboren zu sein, und die sich aufführte wie eine New Yorkerin im Exil, entwickelte ich schon lange, bevor ich zum ersten Mal die glorreichen Flüsse der Stadt überquerte, einen regelrechten Haß auf New York.

Savannah ging schon bald, nachdem wir die High School in Colleton hinter uns gebracht hatten, nach Norden. Das tat sie gegen den Wunsch unserer Eltern, die sie gar nicht erst um ihre Erlaubnis und Zustimmung bat. Sie wollte ihr Leben selbst in die Hand nehmen und folgte dabei einem genauen Plan. Von Krabbenfischern und deren Frauen, die sich dafür entschieden hatten, ihr Leben an irgendeinem Wasserarm in South Carolina zu fristen, brauchte sie keine Ratschläge. Instinktiv wußte sie, daß sie in eine Großstadt gehörte und daß sie längst alles über ihre kleine Heimatstadt wußte, was sich zu wissen lohnte. Mit New York hatte sie sich für eine Stadt entschieden, die lebenslange Aufmerksamkeit und Wachsamkeit von ihr fordern würde, eine Stadt, die ihrem Charakter entsprach.

Vom ersten Tag an hatte sie alles an New York geliebt: das pulsierende Leben, den Daseinskampf, den nie versiegenden Strom von Menschen und Ideen, die aberwitzige und zugleich grandiose Herausforderung, diese sagenhafte Stadt zu meistern und ihr eine persönliche, liebenswerte Seite abzugewinnen. Savannah nahm New York so, wie es ist. Sie wurde zu einer Sammlerin und Archivarin von Erfahrungen, wie sie nur diese Stadt bietet. Etwas mußte bloß mit New York zu tun haben und durch den Stempel *Manhattan* beglaubigt sein, damit Savannah sich dafür mit geradezu religiöser Inbrunst erwärmte. Von Anfang an schlug sie bei der Verteidigung von New Yorks innerer Größe lyrische Töne an. Für sie war diese Größe unbestreitbar und wurde nicht in Frage gestellt. Ich jedoch bestritt sie und stellte sie beharrlich in Frage.

»Ihr habt nie hier gelebt und könnt euch deshalb kein Urteil erlauben«, sagte Savannah rundweg zu Luke und mir, als wir sie zum erstenmal in New York besuchten.

»Ich habe auch nie in Peking gelebt«, erwiderte ich, »aber ich weiß trotzdem, daß es in der Stadt von diesen kleinen, gelben Leuten wimmelt.«

»Es liegt garantiert an den Abgasen von den vielen Autos, Savannah«, bemerkte Luke mit einem Blick auf die Autoschlangen, die jetzt, in der Hauptverkehrszeit, auf die Brücken zukrochen. »So was ist schädlich für die Gehirnzellen. Und wenn die Gehirnzellen erst mal futsch sind, fängt man an, diesen Scheißhaufen zu mögen.«

»Gebt doch der Stadt eine Chance, ihr Spinner! Wartet nur ab! Wenn euch erstmal das New-York-Fieber gepackt hat, dann ist euch auch nichts anderes mehr gut genug. Spürt ihr nicht, wieviel Energie in der Stadt steckt? Na los, macht die Augen zu und laßt euch einfach mitreißen!«

Luke und ich schlossen die Augen.

»Das ist keine Energie«, sagte Luke. »Das ist Krach.«

Am Anfang hielt sich unsere Schwester als Kellnerin in einem vegetarischen Restaurant im West Village über Wasser. Sie schrieb sich auch in der New Yorker Volkshochschule ein und belegte ausschließlich Kurse, die sie interessierten. Um alles andere machte sie einen großen Bogen. Sie wohnte in der Grove Street nahe dem Sheridan Square in einer Sozialwohnung, die sie sehr hübsch eingerichtet hatte. Dort kämpfte sie mutterseelenallein mit den Mystenen und den Feinheiten der Sprache. So entstanden nach und nach die Gedichte, die sie schon vor Vollendung ihres fünfundzwanzigsten Lebensjahres in Kennerkreisen berühmt machten. Meine Eltern hatten sie voller Widerstreben und mit apokalyptischen Prophezeiungen in den Zug nach Norden gesetzt und danach ihren beiden Söhnen gegenüber durchblicken lassen, Savannah würde es mit Sicherheit nicht einmal einen Monat in der großen Stadt aushalten. Doch sie hatte sich dem Rhythmus von New York harmonisch angepaßt. »In New York zu leben ist so, als würde man in einem Cartoon aus dem *New Yorker* leben«, schrieb sie in ihrem ersten Brief. Prompt fingen wir an, in alten Ausgaben ihrer Lieblingszeitschrift zu blättern. Aus den Cartoons schlossen wir, daß die New Yorker auf ihren Dinnerparties im kleinen Kreis lauter geheimnisvolle Gescheitheiten von sich gaben. Mein Vater interessierte sich nicht für die Cartoons und betrachtete lieber die Anzeigen. Sein Kommentar lautete: »Für wen halten die sich eigentlich?«

Als 1972 Savannahs erster Gedichtband im Verlag *Random House* erschien, fuhren Luke und ich nach New York zu den Parties und Lesungen, die nach der Veröffentlichung stattfanden. Savannah und ich saßen abends beisammen an ihrem hübschen Schreibtisch unter den Kletterpflanzen. Luke war noch auf der Suche nach einem sicheren Parkplatz für die Nacht. Savannah schlug ein Exemplar von *Die Tochter des Krabbenfischers* auf und schrieb eine Widmung hinein. Aufmerksam beobachtete sie mein Gesicht, während ich las: »Für meinen Bruder Tom Wingo, dank dessen Liebe und Treue sich der Weg gelohnt hat. Alles Lob gebührt meinem wunderbaren Zwillingsbruder.« Die Augen wurden mir naß beim Lesen dieser Widmung, und ich fragte mich verwundert, wie meine Schwester nach einer Kindheit wie der unseren überhaupt ein einziges Gedicht hatte schreiben können.

»Ein echter Sportsmann weint nicht«, sagte sie und umarmte mich. »Dieser schon«, antwortete ich.

Da zeigte sie mir die letzte Ausgabe des *New Yorker* vom siebten März 1972. Auf Seite 37 war das Titelgedicht ihres Buches abgedruckt. Wir johlten wie die Verrückten, bis Luke wenig später die Wohnung betrat, und als er den Grund erfuhr, fing auch er an. Er riß ein Fenster auf, kletterte behende auf die Feuertreppe und rief den Passanten unten in der Grove Street zu: »Meine kleine Schwester ist im *New Yorker*, ihr beschissenen Yankees!«

Abends gingen wir zu ihrer ersten wichtigen Dichterlesung. Sie fand im West Village in einer ehemaligen anglikanischen Kirche statt und stand unter der Schirmherrschaft des Frauenvereins gegen die Penisherrschaft oder irgendeiner anderen verrückten Splittergruppe, in deren Bannkreis Savannah immer mehr geraten war. Savannahs erste und liebste Freundinnen im Village waren die Mitglieder einer feministischen Studiengruppe. Sie lernten Virginia Woolfe auswendig, trugen schwarze Gürtel, ertüchtigten sich durch Gewichtheben und schmissen an ihren freien Wochenenden so manchen Hafenarbeiter aus seiner Stammkneipe. »Tief gestaffelte Verteidigung«, flüsterte mir Luke zu, als wir uns der schwach beleuchteten Kirche näherten und die grimmige Phalanx weiblicher Krieger erblickten, die im Vorraum der Garderobe die Eintrittskarten kontrollierten. Sie sahen aus, als hätten sie ihr ganzes Leben lang Sappho übersetzt und Fliegenblut getrunken. Dies war wirklich eine schwierige Epoche in der Geschichte der Beziehungen zwischen den Geschlechtern, und Savannah hatte sowohl Luke als auch mir eingebleut, im Kreis dieser schlagkräftigen Braunhemden der Frauenbewegung sehr behutsam aufzutreten. Savannahs eigene Entwicklung befand sich gerade in einer politisch militanten Phase, weshalb sie ihre beiden ungehobelten Brüder aus dem Süden manchmal als peinliches Ärgernis empfand. Sie hatte uns zwitterhaften Sanftmut antrainiert, und so machten wir jetzt fast einen artigen Knicks, als wir uns von ihren feindselig blickenden Freundinnen umringt sahen. Inmitten dieser angsteinflögenden Schar täuschten wir eine Penislosigkeit vor, von der wir hofften, daß sie Savannahs Ängste bei solchen Konfrontationen mit ihren Freundinnen milderte. »Sie alle haben durch *Männer* Schaden erlitten«, hatte uns Savannah erklärt. »Besonders durch Väter und Brüder. Ihr ahnt ja nicht, wie furchtbar es ist, eine Frau in Amerika zu sein.«

Nach dem Aussehen der weiblichen Eintrittskartenkontrolleure zu schließen, mußte es in der Tat grauenhaft sein. Doch das war ein heimlicher, verbotener Gedanke, und wir hatten gelernt, dergleichen nie laut auszusprechen, wenn Savannah in Hörweite war, denn sie schrie uns jedesmal an, wenn wir ihrer neuen Philosophie unseren Respekt versagten oder wenn ihr unsere Stellungnahmen unverbesserlich machohaft vorkamen. Ohne unser Zutun strahlte unser Mannestum auf Savannahs Welt aus, und das bekümmerte uns sehr, denn damals waren wir noch zu dumm und naiv, um die Probleme unserer Schwester mit der Männerwelt im Kern zu begreifen.

Beim Betreten der Kirche unterlief Luke der Fehler, einer hübschen Frau mit einem Gelehrtengesicht, die nach uns eintrat, die Tür aufzuhalten. Uns Burschen aus dem Süden hatte man von kleinauf mit dem öligen Serum instinktiver Wohlerzogenheit geimpft, und es wäre uns zu jenem Zeitpunkt undenkbar erschienen, einer Lady *nicht* die Tür aufzuhalten. Die Dame reagierte auf das Serum jedoch anders als erwartet. Mit einer überraschend flinken Bewegung packte sie Luke mit einer Hand an der Kehle und drückte ihm gleichzeitig die scharfen Nägel von zwei Fingern der anderen Hand unterhalb der Augäpfel ins Fleisch.

»Mach das noch mal, du Arschloch, und ich kratz' dir deine beschissenen Augen aus!« drohte sie.

Luke antworte leise und voller Respekt vor den beiden gefährlichen Fingern: »Ich versichere Ihnen, Madame, daß ich in New York nie mehr einer Dame die Tür aufhalten werde.«

»Einer Frau, du Idiot!« zischte die Frau. »Frau, nicht Dame!«

»Einer Frau«, korrigierte sich Luke. Daraufhin ließ ihn die Frau los und rauschte triumphierend von dannen, hinein in die Kirche.

Luke rieb sich die Kehle und sah ihr nach, bis sie in der Menschenmenge verschwand. Erst dann flüsterte er: »Ich mach' in dieser Stadt nie wieder so 'ner verdammten Schreckschraube die Tür auf, Tom. Wenn die wüßte, daß ich im Vietnamkrieg war!«

»Ich glaub', darum hätte sie sich einen Dreck geschert, alter Knabe.«

»Jedenfalls haben wir was gelernt, Tom: Wenn eine Tür aufgeht, gib dem Menschen vor dir einen Tritt in den Arsch und drängel dich durch. So wird das in New York City gemacht.«

Die Kirche war fast voll, als Savannah aus der Garderobe kam.

Sie wurde dem Publikum von einem hochnäsigen, bärtigen Kerl vorgestellt, der einen Poncho, eine Baskenmütze und Sandalen mit Lederriemchen trug. Laut Programm war er eine führende Persönlichkeit der New Yorker Volkshochschule und hielt außerdem am Hunter College eine Vorlesung mit dem Titel *Poesie, Revolution und Orgasmus*. Ich fand ihn vom ersten Augenblick an widerwärtig, änderte meine Meinung jedoch sofort, als sich seine einleitenden Worte über Savannah als tief empfunden und großherzig herausstellten. Er sprach über Savannahs Herkunft: ihre Kindheit auf der Insel, ihren Vater, den Kapitän auf einem Krabbenkutter, ihre Mutter, eine Schönheit vom Lande und eine wahre Tigerin, wenn es um ihre Familie ging, ihren Großvater, den Barbier, der nebenbei Bibeln verkaufte, und ihre Großmutter, die bei ihren Besuchen auf dem Friedhof von Colleton vor den Gräbern toter Verwandter Selbstgespräche führte. Anschließend pries der Redner Savannahs Werk: den leidenschaftlichen, lyrischen Ton ihrer Hymnen an die Natur, ihre technische Virtuosität und ihre feierliche Beschwörung weiblicher Spiritualität. Es sei erstaunlich, schloß er, all dies bei einer Frau anzutreffen, die fast ihr gesamtes bisheriges Leben auf einer kleinen Insel vor der amerikanischen Südküste verbracht habe. Dann erteilte er Savannah das Wort.

Sie wurde von mäßigem, höflichem Applaus empfangen, wenn man von einem langgezogenen, markerschütternden, von Fußgetrampel begleiteten Kriegsschrei absieht, der natürlich aus Lukes Kehle brach, als er seine kleine Schwester in jener Kirche wie eine Flamme leuchten sah, blond, scheu und ätherisch, mit streng zurückgekämmtem Haar, das sich dennoch in üppiger Fülle auf ihre Schultern ergoß.

Seit eh und je liebe ich die Stimme meiner Schwester. Sie ist klar und hell, eine Stimme ohne Jahreszeiten, wie Glockengeläut über einer grünen Stadt, wie Schneeflocken auf Orchideenwurzeln. Ja, aus dieser Stimme spricht ein Grünen, sie ist ein Feind des Sturms, der Finsternis und des Winters. Savannah sprach jedes Wort mit großer Sorgfalt, als kostete sie von einer Frucht. Die Worte ihrer Gedichte verströmten den Duft eines abgeschiedenen Obstgartens.

Zwar war sie anfänglich kaum zu vernehmen, und mir war klar, daß sie sich allzu sehr ihrer Zuhörerschaft bewußt war, doch allmählich ließ sie sich von ihrer eigenen Sprache mitreißen. Diese Sprache, diese Gedichte festigten sich ebenso wie ihre Stimme, sie schwollen an und wurden zuversichtlich, bis es geschah: Savannah Wingo nahm ihre Zuhörer, diese Leute aus dem West Village, das gebildete, verwöhnte, mit allen Wassern gewaschene New Yorker Publikum, im Sturm. Ich kannte alle ihre Gedichte auswendig, meine Lippen bewegten sich synchron mit ihren und erzählten im Gleichtakt mit ihr die Geschichten aus unserem Leben. Zugleich spürte ich, wie die übernatürliche Kraft ihrer Poesie das Publikum in den Bann schlug. Savannahs Stimme schwang sich empor zur Chorgalerie der Kirche, glitt an den glänzenden Flanken des Empire State Building hinauf in den Sternenhimmel über dem Hudson und entführte uns ins Flachland von South Carolina, wo meine schöne Schwester in ein Leben voll Kummer und Gram hineingeboren wurde und wo all diese Gedichte, aus Fragmenten und Bildern zusammengesetzt, in der Dunkelheit wuchsen wie scharfe Korallensplitter und darauf warteten, an einem Abend wie diesem vor einem ergriffen lauschenden Publikum verkündet zu werden, aus dem Herzen kommende Gedichte, die Savannah mit uns teilte, indem sie ihre Sprache gleichzeitig zum Singen und zum Bluten brachte.

Als sie die Hälfte ihrer Lesung hinter sich gebracht hatte, schaute Savannah auf und ließ den Blick über ihre Zuhörer schweifen. Sie entdeckte Luke und mich in der fünfzehnten Reihe sofort, denn unsere Jacketts und Krawatten waren nicht zu übersehen. Lächelnd winkte sie uns zu. Da rief Luke: »He, Savannah, das machst du großartig, du lieber Schatz!« Die Zuhörer lachten.

»Meine beiden Brüder Luke und Tom sind extra mit dem Auto aus South Carolina zu dieser Lesung gekommen. Ich möchte ihnen das nächste Gedicht widmen«, verkündete Savannah.

Die Frau, die Luke an der Tür gedroht hatte, ihm die Augen auszukratzen, hatte sich, von uns unbemerkt, ein bißchen links in die Bankreihe direkt vor uns gesetzt. Wir orteten sie, als Savannah uns aufstehen ließ, damit die Leute uns besser sehen konnten. Rein aus Gefälligkeit ernteten wir verhaltenen Applaus. Luke winkte den anderen Zuhörern mit hoch erhobenen Armen zu, beugte sich dann zu der Frau hinunter und sagte: »He, Sie haben wohl gedacht, ich sei ein Niemand, stimmt's, Sie Miststück?«

Ich zog ihn zurück auf seinen Platz und sagte warnend: »Paß gut auf deine Augen auf, wenn du diese Frau beleidigst, sonst müssen wir dir einen Blindenhund kaufen.«

Dann ließen wir uns wieder von Savannahs Stimme einfangen. Sie las noch eine ganze Stunde, und alles verdichtete sich zu einer richtigen Geschichte: Ein Mädchen armer Eltern war eines Tages in South Carolina zur Welt gekommen. Die Kleine wuchs barfüßig und sonnengebräunt im Rhythmus der Gezeiten inmitten der Marschen von Colleton auf und lernte, die Jahreszeiten von den Wanderungen der Krabbenschwärme, vom Flug der Zugvögel und vom Reifen der Tomaten abzulesen. Das Mädchen klammerte sich an das Licht ihrer großen, namenlosen Einzigartigkeit, bekannte sich dazu, daß sie anders war als die anderen, und fühlte, wie sich die Kraft der Sprache in ihr rührte, wenn sie den leisen Rufen der Eulen im Dachgebälk der Scheune und dem Singen des Windes bei den Bojen an der Fahrrinne lauschte. Dann schlug die Welt zurück, wie sie es immer tut. Das Kind, wehrlos und verstört, mußte sich fortan mit all der Wildheit und Grausamkeit dieser Welt herumschlagen. In ihren letzten Gedichten erzählte Savannah von ihren Zusammenbrüchen, ihren Dämonen, ihrem kranken Geist. Sie fand Worte voll respektvollen Staunens und herzzerreißender Trauer. Doch selbst ihre Dämonen kleidete sie in das Gewand außerordentlicher Schönheit und adelte sie mit der Würde ihrer Hinwendung. In ihrem Werk gab es keine Teufelsfratzen, sondern nur gefallene Engel, die die verlorene Heimat beweinten. Für New York waren dies neue Töne, nicht jedoch für Luke und mich. Wir hatten dem schöpferischen Akt als Zeugen beigewohnt, in unserem Elternhaus am Fluß hatten wir eine Dichterin heranwachsen sehen.

Während sie an diesem Abend ihr letztes Gedicht las, kam mir ein Traum in den Sinn, den ich immer wieder träumte: Savannah und ich befanden uns noch im Mutterleib, Seite an Seite schwebten wir wie in einem mütterlichen Binnenmeer, unsere Herzen entwickelten sich gleichzeitig, wir bewegten die Finger, unsere beiden Augenpaare nahmen in der Dunkelheit geduldig ihre blaue Farbe an, blondes Haar wogte sacht wie Seegras unter Wasser hin und her, halb entwickelte Gehirne registrierten die Nähe des anderen und bezogen Trost aus dem namenlosen Einssein, das uns schon lange vor unserer Geburt beseelte. In jenem Leben vor dem Leben, in der atemlosen Stille des Mutterleibes und der wortlosen Sicherheit des uns durchströmenden Blutes träumte ich, daß uns etwas Besonderes widerfuhr, daß uns einen Augenblick lang ein göttlicher Anblick vergönnt war, wie ihn nur Zwillinge haben können, ein Erkennen am Ende einer langsamen Drehung, zu der wir Wochen brauchten. »Hallo, Tom!« sagte Savannah, und ich, der sich im Laufe der Zeit an Wunder gewöhnen und immer an Magie glauben sollte, rief dann im Traum aus: »Hallo, Savannah!« Beglückt und verklärt warteten wir auf unsere Geburt, damit unser lebenslanges Zwiegespräch beginnen konnte. So leuchtete mir das Licht meiner Schwester zum erstenmal in der Finsternis. Ich konnte nicht wissen, wieviel von dieser Finsternis sie auf ihrer Reise durchs Leben begleiten würde. Ja, ich glaube an die Verbundenheit von Zwillingen, an ihr vollkommenes, schier übermenschliches Einssein.

Als Savannah verstummte, spendete ihr das Publikum donnernden Applaus. Die Leute standen auf und bejubelten meine Schwester minutenlang. Ich mußte hastig auf Luke einreden, um ihn davon abzuhalten, quer durch die Kirche nach vorne zu rennen und Savannah auf seinen Schultern den Mittelgang entlangzutragen. Am Ende begnügte er sich mit ein paar seiner ohrenbetäubenden Kriegsschreie zu Ehren seiner Schwester. Ich hingegen bückte mich, getreu meiner Rolle der personifizierten Rührseligkeit in unserer Familie, zwischen den Bankreihen, um an meinen Schuhen herumzunesteln und um mir die Augen mit der Krawatte zu trocknen.

In späteren Zeiten schätzten wir uns immer glücklicher, daß wir an jenem Märzabend dabeigewesen waren, als Savannah ihr triumphales Debüt in der talenteverschlingenden Subkultur des New Yorker Schriftstellermilieus feierte. Vieles von dem, was an dieser Stadt New York so großartig ist, lag an jenem Abend in der Luft, und nach dem Dinner im Coach House blieben wir noch lange auf, betrachteten den Mond, der über die Skyline wanderte, fühlten uns von Savannahs Triumph befeuert, schwatzten und zechten mit ihren Freundinnen und waren erfüllt von freudigem Staunen darüber, wie mühelos und vorherbestimmt alles schien, wie ein Mädchen aus South Carolina hier eine Botschaft hatte verbreiten können, die die scheinbar steinernen Herzen der Menschen zu erleuchten vermochte.

Wäre ich am nächsten Tag abgereist, dann hätte in mir vielleicht Liebe zu dieser Stadt keimen können. Aber Luke und ich lungerten noch ein bißchen in New York herum, und Savannah wollte uns zeigen, warum sie die Stadt so sehr liebte und weshalb sie uns niemals mehr zurück nach Hause folgen konnte. Also schauten wir uns *Macy's* an, gingen zu einem Spiel der Yankees, machten eine Rundfahrt und gönnten uns ein Picknick unter dem Dach des Empire State Building. Savannah traktierte uns geschickt mit allem, was in New York Spaß macht und eindeutig zum Lebensstil der Stadt gehört. Aber es gab andere Seiten von New York, finstere und unberechenbare Aspekte, die unsere Schwester lieber beiseite ließ, während sie uns im Eiltempo durch Manhattan hetzte.

Im Village, genau gesagt im westlichen Teil der 12. Straße zeigte sich uns die Stadt New York dann von einer verräterischen, jedoch nicht weniger aufschlußreichen Seite. Von weitem beobachteten wir eine alte Frau, die mühsam die Freitreppe eines aus roten Ziegeln erbauten Mietshauses hinabstieg und nach jedem Schritt pausierte, um auf ihren greisen, kaum noch gehfähigen Pudel zu warten. In der Art und Weise, wie Frau und Hund langsam die Treppe bewältigten, lag eine unbeirrbare Würde. Der Pudel und die alte Dame waren farbig recht gut aufeinander abgestimmt, und ihrer beider hinkender und dennoch unbekümmerter Gang verriet, daß sie einträchtig miteinander alt geworden waren. Als die alte Frau das Trottoir erreicht hatte, bemerkte sie nicht den Mann, der plötzlich hinter ihr auftauchte, und uns blieb keine Zeit, ihr eine Warnung zuzurufen. Der Kerl war schnell, er ging professionell vor und wußte genau, was er wollte. Er riß so heftig an ihren goldenen Ohrringen, daß die durchbohrten Ohrläppchen zerfetzt wurden. Die alte Dame brach zuerst in die Knie und schlug dann der Länge nach aufs Pflaster. Da packte der Räuber ihre goldene Halskette und zerrte mit einem solchen Ruck daran, daß sie aufsprang. Die Frau kreischte laut, ihre Ohren bluteten. Der Mann schlug sie mit der Faust ins Gesicht, bis sie verstummte. Er ließ die Greisin einfach liegen und machte sich mit betonter Unbekümmertheit und ohne sonderliche Eile aus dem Staub. Er hatte jedoch einen schweren taktischen Fehler begangen: Seine Fluchtroute führte ihn geradewegs in die Arme der beiden Wingo-Brüder aus South Carolina.

Nun gibt es gewiß viel Schlimmes über unsere Erziehung in der Tradition der Südstaaten zu sagen, aber mein Bruder und ich waren uns trotzdem wortlos darin einig, wie man mit einem jungen Kerl umzuspringen hatte, der die Ohren alter Damen mit Pudel derart zurichtete. Der Mann überquerte die Straße und fing erst an zu rennen, als er uns drohend auf sich zukommen sah, während Savannah eine Trillerpfeife hervorzauberte und damit einen Höllenlärm machte. Luke scherte geduckt und wieselflink zur Seite aus, ich schnitt dem Räuber den Weg ab. Irgendwo hinter mir zerbrach klirrend eine Flasche. Plötzlich zückte der Straßenräuber ein Messer. Ich vernahm ein leises Klicken und sah die blitzende Klinge, dennoch ging ich unbeirrbar auf den Mann los.

»Ich stech' dich ab, du Wichser!« brüllte der Kerl und rannte mit vorgehaltenem Messer direkt auf mich zu. Ich blieb mit einem Ruck mitten auf der Straße stehen, riß blitzschnell meinen Gürtel aus den Schlaufen meiner Hose und wickelte ihn mir ein paarmal ums Handgelenk, bis das Ende mit der Schnalle nur noch einen knappen halben Meter lang war. Schon stürzte sich der Straßenräuber auf mich und zielte mit dem Messer nach meiner Kehle, aber ich trat rasch einen Schritt zurück und ließ den Gürtel durch die Luft sausen. Die Schnalle traf den Kerl am Backenknochen unter dem Auge und hinterließ eine tiefe Wunde. Er schrie auf, ließ das Messer fallen und konnte mir gerade noch einen Blick zuwerfen, bevor Luke, einst Verteidiger eines der besten Football-Teams der amerikanischen High Schools, ihn von schräg hinten über den Haufen rannte, so daß er mit dem Gesicht nach unten auf die Kühlerhaube eines Thunderbird knallte. Mein Bruder packte das Haar des Mannes und schlug ihn mit der Faust so wuchtig auf den Hinterkopf, daß seine Nase brach und im Blech des Autos eine Beule hinterließ. Eine Menschenmenge umringte uns, Leute aus der Nachbarschaft redeten auf uns ein, ergraute Zivilschutzleute fuchtelten mit ihren Waffen, und manch einer äußerte den Wunsch, den Missetäter vor Eintreffen der Polizei in seine Einzelteile zu zerlegen. Savannah drückte den Hals einer zerbrochenen Coca-Cola-Flasche gegen die Halsschlagader des Gangsters, und in der Ferne heulten Polizeisirenen. Die alte Frau, von Nachbarn umsorgt, hockte weinend auf einer Treppenstufe, und der Pudel leckte ihre blutenden Ohren.

»Wirklich eine nette Stadt, Savannah«, sagte Luke und verpaßte dem Straßenräuber noch einen Schlag. »Verdammt nette Stadt.«

»So was kann überall passieren«, antwortete Savannah, in die

Defensive gedrängt. »New York ist trotzdem die phantastischste Stadt aller Zeiten.«

»Frag mal die alte Dame, ob diese Stadt wirklich so phantastisch ist.«

New York stellt eben seine treuesten Anhänger, genau wie seine Bewohner, immer wieder aufs neue auf die Probe. An jeder Straßenecke offenbart sich die endlose Vielfalt dieser Stadt der tausend Gesichter in immer neuen Spielarten des Grauens und der Erhabenheit. Es ist eine Stadt, die zu viele Geschichten zu erzählen hat und zu viele Fremde beherbergt. Damals in jener denkwürdigen Woche gelang es weder Savannah noch mir, Luke davon abzuhalten, jedem besoffenen Penner seine Hilfe anzubieten. Lukes ganzes Wesen machte es ihm unmöglich, diese hilflosen, heruntergekommenen Parias, die halb sitzend, halb liegend in irgendeiner Toreinfahrt lehnten und nach Wein und Erbrochenem stanken, einfach zu ignorieren. Nein, er mußte sie aufrichten und notdürftig reinigen. Dann hielt er ihnen einen kleinen Vortrag über die Notwendigkeit, mehr auf ihre Gesundheit zu achten, und steckte ihnen schließlich einen Dollar zu, womit er, wie Savannah ihn aufklärte, lediglich sicherstellte, daß diese Leute sich sofort eine neue Flasche Wein kauften, sobald sie von der Sonne geweckt wurden und den wundersamen Dollar fanden.

»Sie sind absolut glücklich«, behauptete Savannah. »Das hat mir ein Polizist kurz nach meiner Ankunft gesagt, als ich einem von ihnen helfen wollte.«

Doch Luke ließ sich nicht abschrecken und bot weiterhin jedem Betrunkenen, an dem wir vorbeikamen, Hilfe an – bis er eines Tages in einer kleinen Grünanlage an der Seventh Avenue auf einer Holzbank einen jungen Burschen fand, der nicht im geringsten auf seine Fürsorge reagierte. Als Luke den Jungen anfaßte, stellte er fest, daß die Leichenstarre schon vor Stunden eingesetzt haben mußte.

In der Jackentasche des Toten fand er eine Injektionsnadel und einen Führerschein mit einer Adresse in der Stadt Raleigh, North Carolina.

»Der ist absolut glücklich, Savannah«, höhnte Luke, als Sanitäter den Jungen wegtrugen.

Das Schicksal des Jungen ließ Luke nicht los, weil er Südstaatler gewesen war wie er selbst. Für Luke war es eine widernatürliche Vorstellung, zwischen Hudson und East River könne irgendein Mensch gedeihen, der in der lässigeren und unbekümmerten Atmosphäre eines südlichen Landesteiles aufgewachsen war. Als Südstaatler hätte er sich grundlegend ändern müssen, um ein New Yorker zu werden, sagte sich Luke. Diese neue Theorie erläuterte er Savannah und mir eines Morgens, als wir bei Croissants und französischem Kaffee am Frühstückstisch saßen.

»Ebenso kannst du versuchen, einen Fisch in ein Fahrrad zu verwandeln, Savannah«, sagte Luke und zeigte mit seinem Croissant auf sie. »Es geht einfach nicht. Wart's nur ab. Du kannst so tun, als warst du aus New York, aber du bist eine waschechte Südstaatlerin, Savannah. Das kannst du nicht einfach ausziehen wie 'n Hemd.«

»Mein Bruder, der weiße Blut- und Boden-Philosoph aus dem Süden«, spottete Savannah und schenkte Kaffee nach.

»Ich hab' nichts dagegen, ein weißer Südstaatler zu sein«, entgegnete Luke. »Das Schlimme an diesen Leuten ist nur, daß sie die Nigger und die halbe Welt derartig hassen. Ich hasse niemanden, die New Yorker ausgenommen. Ja, ich bin grad dabei zu lernen, wie man acht Millionen Schwachköpfe haßt, die zulassen, daß Kinder zusammengekrümmt auf Parkbänken verrecken und alte Männer in Toreinfahrten verrotten. Ich hab' für solche Leute kein Verständnis.«

»Und meine Freunde? Magst du die auch nicht, Luke?«

»Die sind okay, Savannah. Toll find' ich sie auch nicht, ehrlich, aber sie sind in Ordnung. Ich will dir nichts vormachen. Weißt du, mir ist nicht entgangen, wie sie Tom und mich ansehen – ich meine, sie wirkten richtig überrascht, daß wir überhaupt sprechen können, wo wir doch aus South Carolina sind und so. Dieser eine Typ da, der dich bei der Lesung vorgestellt hat, hat jedesmal gelacht, wenn ich den Mund aufmachte.«

»Er freute sich über deinen Südstaatenakzent, das hat er mir hinterher selber gesagt. Er meinte, es klingt wie im Kino.«

»Kino? Nix da! Er sprach mit Luke Wingo, und ich wette, er hat noch nie in seinem Leben einen Fisch gefangen. Allenfalls hat er sich einen aus der Tiefkühltruhe im Supermarkt geangelt.«

»Der Mann ist ein Dichter und ein Intellektueller, Luke«, wandte Savannah ziemlich erregt ein. »Es ist nicht seine Aufgabe, Fische zu angeln.«

»Und es ist auch nicht seine Aufgabe, Leute auszulachen, die das tun. Sag mal, was ist eigentlich mit dem Burschen los? Er bewegt seine Hände so komisch.«

»Er ist homosexuell, Luke. Viele meiner Freunde sind schwul.«

»Mach keine Witze«, sagte Luke nach einem betroffenen Schweigen. »Du meinst, er ist einer von denen, die es mit anderen Kerlen treiben?«

»Genau.«

»Warum hast du mir das nicht vorher gesagt, Savannah?« empörte sich Luke. »Das macht ihn gleich viel interessanter! Ich hab' gehört, daß es bei euch hier oben 'ne Menge von diesen Burschen gibt, aber ich hätte nie geglaubt, daß ich mal einen mit eigenen Augen sehen würde. Weißt du, ich würd' ihm gern ein paar Fragen stellen, wissenschaftliche Fragen. Es gibt da ein paar Dinge, die ich nie verstanden hab'. Er hätte mir alles genau erklären können.«

»Gott sei Dank hast du ihm nichts gesagt, Savannah«, stöhnte ich.

»Luke, das ist doch seine Privatangelegenheit«, meinte Savannah.

»Privat! Dem ist seine Privatsphäre doch scheißegal.«

»Woher willst du das denn wissen, Luke?«

»Schau doch, wo er lebt! In New York, verdammt noch mal! Ein Mensch der Wert auf sein Privatleben legt, würde niemals hier wohnen!«

»Das ist genau das, was du nicht verstehst, Luke. Jemand, der wirklich für sich sein will, würde garantiert nach New York ziehen. Hier kannst du Orang-Utans oder Paviane bumsen, ohne daß sich jemand darüber aufregt.«

»Na gut, falls ich jemals Lust auf einen Pavian oder 'ne Tunte hab', kannst du mir ja helfen, hier 'ne Wohnung zu finden, Schwesterlein. Du hast nämlich recht: So was könnte man sich zu Hause in Colleton nie erlauben. Vergiß nicht, woher du kommst, Savannah. Ich möchte nicht, daß du wie diese Leute wirst.«

»Ich hasse die Gegend, aus der ich komme, Luke. Deshalb bin ich ja nach New York gezogen. Hier will ich meine Vergangenheit loswerden. Meine Kindheit mit allem Drum und Dran hab' ich schon immer schrecklich gefunden. Ich liebe New York, weil mich diese Stadt überhaupt nicht an Colleton erinnert. Nichts von allem, was ich hier sehe, absolut nichts, erinnert mich an meine Kindheit.«

»Erinnern Luke und ich dich an deine Kindheit?« fragte ich gekränkt.

»Ja, aber an den guten Teil«, antwortete sie voller Inbrunst.

»Dann sollten wir uns jetzt einen antrinken und ein anständiges Stück Fleisch zu Mittag essen.«

»Das ändert nichts an der Vergangenheit«, erwiderte Savannah.

»Wie steht es eigentlich mit dir? Warum hat dir die Kindheit nicht so sehr geschadet wie mir?«

»Weil ich nicht so viel darüber nachdenke, Savannah«, antwortete ich. »Ich tu' so, als wäre nichts passiert.«

»Es ist ausgestanden, Schwesterherz«, mischte sich Luke ein. »Wir haben es überlebt. Außerdem sind wir jetzt erwachsen und müssen uns Gedanken über unser restliches Leben machen.«

»Solange ich nicht mit der Vergangenheit klargekommen bin, halte ich den Gedanken an mein restliches Leben nicht aus. Die Vergangenheit hat mich kaputtgemacht, versteht ihr das nicht? Ich spinne derartig, daß ich seltsame Sachen sehe und höre – die ganze Zeit. Ich denk' mir das nicht nur für meine Gedichte aus. Seit ich in New York lebe, gehe ich regelmäßig zu einem Psychiater.«

»Was für Sachen siehst und hörst du denn?« erkundigte ich mich.

»Das sag' ich euch, bevor ihr zurückfahrt. Ich verspreche es. Jetzt behalte ich es lieber für mich.«

»Das kommt davon, wenn man solchen Mist wie das hier frißt«, sagte Luke und übertrug seine Abneigung gegen New York auf das nicht sehr frische Croissant. »Es ist nicht gut für den Körper. In Vietnam hatte ich auch die ganze Zeit Durchfall, weil ich den Fraß von diesen schlitzäugigen Burschen gegessen hab'.«

»Bitte sei still, Luke«, sagte ich. »Savannah redet über seelische Störungen, nicht über Durchfall.«

»Und woher willst du wissen, ob eine Geisteskrankheit nichts anderes ist als eine Art Durchfall des Gehirns, Großer? Wenn irgendwo 'ne Sicherung durchbrennt, dann kann der Körper dir auf tausend Arten zu verstehen geben, daß was nicht stimmt. Der Körper ist ein Ganzes. Man braucht nur immer gut acht zu geben.«

In unserer letzten Nacht in New York fuhr ich irgendwann aus dem Schlaf hoch und hörte eine Stimme, die aus Savannahs Zimmer kam. Luke und ich schliefen in ihrem Wohnzimmer auf dem Fußboden. Eine Straßenlaterne verbreitete weiches, vom Nebel gefiltertes Licht. Die Stimme gehörte meiner Schwester. Sie klang angsterfüllt und gespenstisch. Anscheinend sprach sie mal wieder mit ihren Geistern. Ich stand auf, ging zu ihrer Tür und klopfte leise an. Als keine Antwort kam, machte ich auf und trat ein.

Savannah saß in ihrem Bett und sprach zu etwas Unsichtbarem an der gegenüberliegenden Wand. Sie schien mich auch dann noch nicht zu sehen, als ich in ihrem Gesichtsfeld stand. Ihre Lippen zitterten, Speichel rann aus ihrem Mund. Ich hörte sie sagen: »Nein, ich werde nicht tun, was du von mir verlangst. Nicht mal für dich tue ich das. Ausgerechnet du! Nein, nicht jetzt. Bitte laß mich in Ruhe und komm nicht wieder. Komm nie mehr in diese Wohnung. Ich laß dich nicht mehr rein. Ich hab' noch viel Arbeit vor mir, aber wenn ich deine Stimme in meiner Wohnung höre, kann ich nicht arbeiten.«

Ich ging zu ihr und berührte sie an der Schulter. »Savannah!« sagte ich. »Was ist los?«

»Sie sind wieder da, Tom. Sie kommen immer wieder.«

»Wer ist wieder da?« fragte ich, setzte mich neben sie auf das Bett und wischte ihren Mund mit dem Bettbezug ab.

»Die Leute, die hinter mir her sind. Ich kann sie sehen, Tom. Siehst du sie auch?«

»Wo sollen sie denn sein, Liebes?«

»Da drüben, an der Wand. Und dort am Fenster. Ich sehe sie so deutlich, Tom, aber du kommst mir unwirklich vor. Sie wirken ganz real. Kannst du sie nicht hören? Hörst du nicht, wie sie mich anschreien? Es sieht mal wieder schlimm aus, Tom. Es wird mal wieder richtig schlimm. Ich muß mich dagegen wehren. Ich kann nicht schreiben, wenn sie da sind. Sie bleiben immer so lange! Sie wollen mir weh tun. Warum gehen sie nicht weg? Warum hören sie nicht auf mich?«

»Wer sind sie, Savannah? Sag mir, wer sie sind.«

»Da!« sagte sie und zeigte auf die Wand.

»Da hängen sie an der Wand. Du kannst sie nicht sehen, stimmt's?«

»Es ist nur eine Wand, Savannah. Da ist wirklich nichts, glaub mir. Du halluzinierst mal wieder, nichts weiter. Es ist nichts dahinter, das schwöre ich dir.«

»Nein, sie sind real, schrecklich real. Sie sehen wirklicher aus als du oder ich. Und sie reden mit mir. Sie schreien mich an. Sie sagen mir furchtbare Dinge. Es ist gräßlich!«

»Wie sehen sie aus? Sag mir, wie sie aussehen, damit ich dir helfen kann.«

»Da!« Sie zeigte wieder auf eine Stelle, und ihr ganzer Körper zitterte, als sie sich an mich preßte. »Engel! Man hat sie gelyncht. Sie hängen an der Wand, Dutzende. Sie kreischen, und von ihren Genitalien tropft Blut. Sie schreien mich an. Sag etwas zu mir, Tom, bitte rede mit mir! Mach etwas, damit sie still sind!«

»Ja, ich will mich mit dir unterhalten, Savannah. Hör zu: Das alles existiert nur in deinem Kopf. Hier im Zimmer gibt es keine Geister, es gibt überhaupt nirgends in der Welt Geister. Sie existieren nur in dir, das mußt du dir immer wieder selbst sagen. Du mußt fest daran glauben, dann kannst du dich dagegen wehren. Ich weiß, was ich sage. Vergiß nicht, daß ich das alles schon mal mitgemacht habe. Du kannst sie wegjagen, aber du mußt Geduld haben. So etwas braucht Zeit.«

»Was ist damals zu Hause passiert, Tom?«

»Denk jetzt nicht dran, Savannah. Nichts ist passiert. Deine Phantasie spielt dir mal wieder einen Streich.«

»Da drüben sind sie, Tom! Neben der Tür. Sie machen ihre Gürtel auf und kreischen. Sie haben Gesichter wie Totenschädel. Sie brüllen. Da, der Tiger! Er brüllt auch. Ich halte das nicht aus! Sag mir nochmals, daß ich mir das alles nur einbilde, Tom. Ich muß deine Stimme hören! Sie stöhnen und kreischen und scheißen auf den Boden.«

»Wann hast du das zum erstenmal gehört, Savannah?« fragte ich zutiefst besorgt. »Früher hast du dir nur eingebildet, etwas zu *sehen*. Bist du sicher, daß du jetzt auch etwas hörst?«

»Da drüben sind die Hunde. Die schwarzen Hunde. Schwarz und glatt. Hunde mit menschlichen Stimmen. Wenn die schwarzen Hunde kommen, sind die anderen still. Die Engel verstummen. Der Tiger hat Respekt vor ihnen, das sieht man. Das Dobermann-Rudel beherrscht die dunkle Welt, Tom. Wenn diese Hunde näherkommen, ist es besonders schlimm. Sie machen mich kaputt, Tom.«

»Nichts macht dich kaputt, Savannah. Ich bin hier, und ich werde nicht zulassen, daß dir etwas passiert. Wenn dir jemand zu nahe kommt, bringe ich ihn um. Ich bin stark genug, um es zu tun. Ich schwör's dir. Hörst du mich? Es tut mir so leid, daß du das alles aushalten mußt, Liebste. Es tut mir so leid. Ich wünschte, es würde mich treffen. Dann würde ich die Tiger und Hunde und Engel aus diesem Zimmer schmeißen, ja, ich würde sie alle fertigmachen, und wir wären beide in Sicherheit.«

»Du weißt nicht, wie das ist, wenn sie da sind, Tom. Es dauert so lange, bis man sie endlich wieder los ist. Es ist so mühsam, gegen sie zu kämpfen. Sie kommen immer nur, um mir weh zu tun.«

»Beschreib sie mir! Bitte erklär mir, wie sie aussehen und woher sie kommen. Ich kann dir nicht helfen, wenn ich nichts über sie weiß, Savannah. Ich hab' noch nie Halluzinationen gehabt. Sind sie so wie Träume oder Alpträume?«

»Schlimmer, oh, viel schlimmer, Tom, aber trotzdem irgendwie ähnlich. Nur eines ist ganz anders: Man wacht auf und weiß, daß man wach ist, aber man weiß auch, daß sie kommen, weil man krank und hilflos ist und keine Kraft hat, sie zu verscheuchen. Sie kommen immer dann, wenn sie deine Schwäche wittern, wenn sie spüren, daß du am liebsten sterben würdest und kaum noch Kraft hast, dich dagegen zu wehren. Es gibt zu viele von ihnen, Tausende, endlos viele. Ich versuche immer, mir nichts anmerken zu lassen, besonders dir und Luke gegenüber. Ich tu' so, als wären sie nicht da, aber gestern abend, als wir durch den Dunst gegangen sind, sind sie wiedergekommen. Ich sah die Engel an jeder Straßenlaterne hängen. Zuerst waren sie still, aber als wir weitergingen, fingen sie an zu stöhnen und wurden immer mehr, bis sie an jedem Fensterkreuz hingen, stöhnend und blutend. Sie kommen, weil sie mich kaputtmachen wollen. Ich hab' ihr Kommen schon seit Wochen gespürt. Wäre ich doch bloß nicht zu dieser Lesung gegangen! Sie hat mich so viel gekostet, so viel Kraft, die mir jetzt fehlt, um weiter gegen sie zu kämpfen.«

»Ich hab' die Kraft, die wir brauchen, Savannah, genug, um sie zu besiegen. Sag mir nur, wie wir es schaffen können. Sag mir, wie ich dir helfen kann! ich kann sie nicht hören und sehen. Für mich sind sie nicht real, und ich verstehe nicht, warum sie dir so real erscheinen.«

»Sie lachen mich aus, weil ich mit dir rede, Tom. Sie lachen – alle. Der eine Dobermann hat gerade gesagt: ›Der kann dir nicht helfen. Niemand kann dir helfen. Niemand kann dich vor uns retten. Niemand auf der ganzen Welt. Niemand kann uns berühren. Niemand glaubt, daß es uns wirklich gibt, weil wir nur zu dir gehören. Wir sind wiedergekommen, um dich zu holen. Wir werden immer wieder kommen. Wieder und wieder. Bis du mit uns gehst. Du sollst mit uns gehen!‹«

»Hör nicht hin, Savannah! Das ist deine Krankheit, die das spricht. Das alles ist nicht real. Es ist nur der Schmerz und das Leid, das auf diese Weise in dir hochsteigt. Es erzeugt solche geisterhaften Bilder. Schau, ich bin bei dir, und du kannst mich hören. Du kannst mich sogar fühlen. Spürst du, wie ich dich berühre? Das ist echt, das bin ich, Savannah. Diese Stimme gehört mir, und mit dieser Stimme sage ich, daß ich dich liebhabe.«

Sie wandte sich mir zu. Ihr Gesicht war schweißüberströmt, in ihren Augen lagen Trostlosigkeit und Schmerz. »Nein, Tom, ich kann deiner Stimme nicht trauen.«

»Aber warum?«

»Weil *sie* alle möglichen Stimmen benutzen. Erinnerst du dich daran, wie ich mir zum erstenmal die Pulsadern aufgeschnitten habe?«

»Ja, natürlich.«

»Damals hatten sie auch verschiedene Stimmen. Die schwarzen Hunde kamen, sie kamen und füllten den ganzen Raum. Ihre Augen glühten im Dunkeln. Sie schnappten mit ihren furchtbaren Zähnen nach meinem Gesicht – alle außer einem. Da war auch einer mit einem guten Gesicht. Für mich war es der gute Hund. Er sprach zu mir, aber nicht mit seiner eigenen Stimme. Jetzt mag ich seine Stimme, aber damals mochte ich sie nicht.«

»Wessen Stimme war es, Savannah? Ich verstehe nicht, was du meinst.«

»Der gute Hund sprach zu mir und sagte: ›Wir wollen, daß du dich umbringst, Savannah. Tu es deiner Familie zuliebe, und weil du uns liebst.‹ Das sagte er mit Moms Stimme.«

»Aber es war nicht Mom!«

»Ich schrie: ›Nein!‹ Ich wußte, daß es eine Falle war, doch da hörte ich, wie auch Dad sagte, ich solle mich umbringen. Seine Stimme war sanft und verführerisch, aber das war noch längst nicht das Schlimmste. Der gute Hund ging ganz dicht an mein Ohr heran, ich spürte ihn nahe an meiner Kehle, und er sagte mit einer Stimme, die so gütig klang wie keine andere: ›Bring dich um, bitte bring dich um, damit deine Familie nicht mehr leiden muß. Wenn du uns liebhast, dann nimmst du jetzt das Rasiermesser, Savannah. Ich helfe dir dabei.‹ So war das, als ich mir zum erstenmal die Handgelenke aufgeschlitzt hab', Tom. Niemand wußte damals etwas über diese Stimmen. Ich brachte es nicht über mich, jemandem in Colleton zu erzählen, daß ich Erscheinungen sah und Stimmen hörte.«

»Aber jetzt wirst du dir nichts antun, Savannah, diesmal hörst du nicht auf sie, nicht wahr?«

»Nein, aber ich muß allein sein, um gegen sie zu kämpfen. Sie werden lang dableiben, aber ich weiß jetzt besser, wie ich mich gegen sie wehren kann. Glaub mir. Geh jetzt wieder schlafen. Tut mir leid, daß ich dich geweckt habe.«

»Nein, ich bleibe hier, bis sie dich in Ruhe lassen.«

»Ich muß aber allein mit ihnen kämpfen, Tom, es gibt keine andere Möglichkeit. Das ist mir längst klar. Bitte schlaf ein bißchen. Ich fühl' mich besser, weil du Bescheid weißt. Danke, daß du gekommen bist. Ich brauchte dich so sehr.«

»Ich wünschte, ich könnte etwas tun, aber ich weiß nicht, wie ich gegen etwas kämpfen soll, das ich nicht sehen und hören kann.«

»Ich weiß, wie«, sagte sie. »Und ich muß es allein schaffen. Gute Nacht, Tom, ich hab' dich sehr lieb.«

Ich gab ihr einen Kuß und zog sie an mich. Dann wischte ich ihr mit meinen Händen den Schweiß von der Stirn und gab ihr noch einen Kuß.

Bevor ich das Zimmer verließ, drehte ich mich noch einmal zu ihr um. Sie saß im Bett, mehrere Kissen im Rücken, und starrte die Wand an, bereit, es ganz allein mit den schrecklichen Geistern aufzunehmen.

»Savannah! Diese Stimme, diese letzte Stimme, die dich aufforderte, dich umzubringen: Wessen Stimme war das? Du hast es mir nicht gesagt.«

Sie blickte mich an, ihren nächsten Verwandten, ihren Zwillingsbruder.

»Das war die gütigste und zugleich schrecklichste Stimme von allen, Tom. Sie benutzten *deine* Stimme, die Stimme, die ich mehr als alle anderen liebe...«

Im Wohnzimmer stellte ich fest, das Luke aufgewacht war und lauschte. Er lehnte an der Wand, rauchte eine Zigarette und starrte die Tür zu Savannahs Zimmer an. Er gab mir ein Zeichen, und ich ging hin und setzte mich neben ihn.

»Ich hab' alles mitgehört, Tom«, flüsterte er und blies quer durch das Zimmer Rauchringe in Richtung von Savannahs Farnen. »Sie ist reif für die Klapsmühle.«

»Nein, sie wird damit fertig«, erwiderte ich leise, verärgert über seine Ausdrucksweise.

»Warum glaubt sie dir nicht einfach, daß da niemand ist?«

»Weil da etwas *ist*, Luke! Das ist der springende Punkt.«

»Nein, da ist nichts. Sie hat wieder diese psychischen Probleme, nichts weiter. Ich glaub', im Grunde hat sie Spaß daran.«

»Du hast wieder mit Mom darüber gesprochen, stimmt's?«

»Ich krieg's mit der Angst, wenn Savannah sich so benimmt. Am liebsten würde ich dann immer weglaufen, möglichst weit weg von ihr. Sie wird zu einem anderen Menschen, zu jemandem, den ich nicht kenne, wenn sie mit den Wänden redet. Dann gibt sie immer ihrer Familie die Schuld. Besonders Mom und Dad. Wenn unsere Eltern so verdammt böse zu uns waren, warum sehen *wir* dann keine Hunde an der Wand? Warum sind wir nicht so kaputt wie Savannah?«

»Wer sagt denn, daß wir es nicht sind?«

»Du und ich, wir sind nicht verrückt, Tom, wir sind normal, besonders ich. Du bist manchmal ein bißchen komisch, aber das liegt wohl daran, daß du so viel liest. Leute, die gern lesen, sind meist ein bißchen wirr im Kopf. Am besten, wir holen unsere Schwester hier raus und nehmen sie morgen mit zurück nach Colleton. Ich nehm' sie mit auf einem Krabbenfänger. Die salzige Luft wird dafür sorgen, daß sie einen klaren Kopf bekommt. Wenn die Krabbenschwärme kommen und man kräftig zupacken muß, kommen einem keine verrückten Gedanken. Man hat gar keine Zeit dazu. Savannah ist der lebende Beweis, daß Gedichte schreiben und Bücher lesen dem Gehirn schadet.«

»Und du bist der lebende Beweis dafür, daß die Krabbenfischerei dasselbe bewirkt, verdammt noch mal«, schimpfte ich leise. »Unsere Schwester ist *krank*, Luke. Es ist, als hätte sie einen

Gehirntumor oder was ähnlich Schlimmes. Hilft dir der Vergleich vielleicht ein bißchen weiter? Was sie hat, kann auch tödlich sein.«

»Bitte reg dich nicht auf, Tom! Ich versuche das alles auf meine Weise zu verstehen, und ich weiß, daß du die Sache anders siehst. Ich hätte ein besseres Gefühl, wenn wir Savannah in unserer Nähe hätten. Sie könnte bei mir wohnen. Ich würde mich um sie kümmern. Ich glaube, daß ich ihr helfen könnte. Ehrlich.«

»Vorhin hat sie auch die Sache erwähnt, die damals auf der Insel passiert ist.«

»Ja, ich hab's gehört. Du hättest ihr sagen können, daß in Wirklichkeit nichts passiert ist.«

»Das hab' ich ihr gesagt.«

»Du weißt selbst, daß Mom behauptet, es sei nichts geschehen.«

»Ja, aber Mom behauptet auch, daß Dad uns nie geschlagen hat. Sie hat uns weismachen wollen, daß wir von einer aristokratischen Familie aus dem Süden abstammen, und sie hat noch Millionen anderer Dinge gesagt, die alle nicht wahr sind, Luke.«

»Ich erinnere mich kaum noch daran, was an dem Tag passiert ist.«

Ich packte meinen Bruder an der Schulter, zog ihn näher zu mir heran und flüsterte ihm hämisch ins Ohr: »Ich erinnere mich an alles, Luke, ich weiß noch bis ins kleinste Detail, was an dem Tag passiert ist, und ich erinnere mich in allen Einzelheiten an unsere Kindheit. Ich wäre ein gottverdammter Lügner, wenn ich mir einreden würde, ich hätte das alles vergessen.«

»Du hast geschworen, es nie wieder zu erwähnen! Wir alle haben es geschworen. Es ist besser für uns, wenn wir gewisse Dinge vergessen. Ich möchte nicht daran denken, ich will auch nicht darüber reden, und ich mag es nicht, wenn du mit Savannah darüber sprichst. Das hilft ihr nicht weiter, und außerdem steht für mich fest, daß sie sich an nichts erinnert.«

»Na gut«, sagte ich, »aber *du* sollst nicht so tun, als hätte es diesen Tag in unserem Leben nie gegeben. Das würde mich irrsinnig wütend machen. Unsere Familie hat sich immer zuviel vorgemacht, viel zuviel unter den Teppich gekehrt. Ich glaube, wir alle werden noch einen hohen Preis dafür zahlen müssen, daß wir uns nie der Wahrheit gestellt haben.«

»Meinst du etwa, daß Savannah sich da drin der Wahrheit stellt?« fragte Luke und wies auf die Tür. »Indem sie zu ihren

Engeln und Hunden redet, sich in die Hosen macht und sich ab und zu in die Klapsmühle einweisen läßt? Verstehst du das unter ›sich der Wahrheit stellen.?«

»Nein, ich wollte nur sagen, daß die Wahrheit ganz von selbst aus Savannah heraussickert. Ich glaube nicht, daß sie mit der Wahrheit besser fertig geworden ist als du und ich. Wahrscheinlich kann sie sie nur nicht so gut verdrängen wie wir.«

»Sie ist verrückt, weil sie dieses Zeug schreibt.«

»Nein, das Zeug, worüber sie schreibt, macht sie verrückt. Sie schreibt über ein junges Mädchen, das in South Carolina aufgewachsen ist, und es gibt nichts in der Welt, womit sie sich besser auskennt. Worüber sollte sie denn deiner Meinung nach schreiben? Etwas über Zulu-Teenager oder rauschgiftsüchtige Eskimos?«

»Sie könnte über etwas schreiben, das ihr nicht weh tut und das nicht diese Gespensterhunde anlockt.«

»Sie *muß* darüber schreiben, Luke! Das sind die Dinge, aus denen ihre Gedichte entstehen. Ohne sie würde nie ein Gedicht geschrieben.«

»Mir macht das angst, Tom. Eines Tages wird sie sich umbringen.«

»Sie ist stärker als wir glauben. Und sie will noch eine Menge Gedichte schreiben. Damit wird sie sich am Leben halten. Es gibt nicht genügend Hunde in ihrem Kopf, die sie dazu bringen könnten, mit dem Schreiben aufzuhören. Komm, laß uns jetzt ein bißchen schlafen! Wir haben morgen eine lange Autofahrt vor uns.«

»Aber wir können sie doch nicht in diesem Zustand hierlassen!«

»Es bleibt uns nicht anderes übrig. So, wie sie jetzt ist, ist sie die meiste Zeit, Luke.«

»Ich möchte dir was sagen, Tom, und ich möchte, daß du gut zuhörst: Ich verstehe nicht, was mit Savannah los ist. Um das zu verstehen, müßte ich ein anderer Mensch sein, aber ich liebe sie genauso sehr wie du.«

»Das weiß ich, Luke. Und sie weiß es auch.«

In jener denkwürdigen Nacht vor unserer Abreise aus New York fand ich keinen Schlaf mehr. Ich lag da und grübelte darüber nach, wie wir alle in diese Lage geraten waren, wieviel Gutes und Schlechtes uns unsere Kindheit auf der Insel gebracht hatte und welche unabweisliche, unentrinnbare Rolle jeder von uns im grotesken Melodram unserer Familie spielte. Von klein auf war es Savannah bestimmt gewesen, in sich die ganze Last der psychotischen Energien unserer Familie zu tragen. Mit ihrer hellwachen Empfindsamkeit war sie besonders empfänglich für die stets latente Gewalt und Lieblosigkeit in unserer Familie, und so benutzten wir sie als Schuttabladeplatz für unsere Verbitterung und Gehässigkeit. Mir war jetzt alles klar: Ein Familienmitglied war mittels eines ebenso willkürlichen wie verhängnisvollen Auswahlverfahrens in die Rolle der Geistesgestörten gedrängt worden, und so hatten sich alle Familienneurosen, alle Wildheit und alles unbewältigte Leid wie eine Staubschicht über die äußerst empfindsame und verletzliche Seele unserer Schwester gebreitet. Der Wahnsinn kann in den sanftesten Augen wohnen und die zarteste Seele strangulieren. Wann wurde Savannah dazu auserwählt, für unsere Familie die Verrückte zu sein? fragte ich mich. Wann fiel die Entscheidung? Wann einigten wir uns stillschweigend auf sie? Hatte ich, ihr Zwillingsbruder, die Entscheidung etwa gutgeheißen? Hatte ich dabei mitgewirkt, die blutenden Engel an die Wand ihres Zimmers zu hängen, und konnte ich mithelfen, sie abzuschneiden?

Ich versuchte, mir all unsere Rollen zu vergegenwärtigen. Luke hatte Gelegenheit erhalten, Kraft und ein schlichtes Gemüt zu verkörpern. Dafür hatte er als Kind unter der schrecklichen Bürde gelitten, das Familienmitglied mit den geringsten intellektuellen Gaben zu sein. Aus seiner Unbedarftheit und seinem undifferenzierten Sinn für Gerechtigkeit und Beständigkeit hatte er im Lauf der Zeit einen Fetisch gemacht. Da er in der Schule nicht als begabt galt und außerdem das älteste Kind war, entluden sich die plötzlichen Wutanfälle meines Vaters vor allem über ihm. Er mußte gleichsam den armen Hirten spielen, der in der Bedrängnis stets zuerst seine Schäflein in Sicherheit brachte, bevor er sich mutterseelenallein dem väterlichen Zorn aussetzte. Es fiel mir schwer, den Schaden zu ermessen, das Gesamtmaß des Leides zu benennen, das Luke durch seinen Platz innerhalb unserer Familie erwachsen war. Seiner enormen Stärke wegen ging immer etwas Unbezwingbares von ihm aus. Seine Seele glich einer Festung, und seine Augen betrachteten die Welt nun schon allzu lange wie von einem zinnenbewehrten Turm herab. Er hatte sich in seinem starken Körper mitsamt seinen Glaubenssätzen und Überzeugungen verschanzt. Seine Verletzungen waren alle innerlich, und ich fragte mich, ob er jemals im Leben genötigt sein würde, eine Bilanz seiner eigenen Versehrtheit zu ziehen. Mir war klar, daß Luke nie verstehen würde, warum sich unsere Schwester mit der Vergangenheit herumschlug, warum ihre eigenen, unverwechselbaren Dämonen sie selbst am hellichten Tag bedrängten. Andererseits konnte ich mir nicht vorstellen, daß Savannah auch nur die geringste Ahnung hatte, wie groß Lukes Dilemma war, wie sehr ihn die wegen seiner unartikulierten Kraft auferlegten Verantwortlichkeiten und Pflichten zermürbten. Luke handelte, sobald jemand an sein Herz appellierte. Seine ›Poesie‹ war wortlos. Er war kein Poet, aber auch kein Psychopath, sondern ein Mensch der Tat. Diese unsägliche Bürde war ihm von seiner Familie aufgehalst worden, nur weil er der Erstgeborene war.

Und ich? Was war aus mir geworden? Diese Frage stellte ich mir, schlaflos und verstört vom Anblick der monströsen Racheengel, die sich vor meiner Schwester aufgepflanzt hatten. Welche Rolle war mir zugefallen? Enthielt sie Elemente der Größe oder des Scheiterns? Meine Bestimmung war offenbar, die Normalität in der Familie zu verkörpern. Ich war das ausgeglichene Kind, die geborene Führernatur, die selbst unter heftigem Beschuß kühle Gelassenheit bewahrte. Unverrückbar wie ein Fels – so pflegte mich meine Mutter gegenüber Bekannten zu beschreiben, und ich hielt einen solchen Vergleich für durchaus angemessen. Ich war zuvorkommend, aufgeweckt, beliebt und fromm. Ich benahm mich wie ein neutrales Land, ich war die Schweiz innerhalb unserer privaten Völkerfamilie. Ich versuchte, ein wahrer Ausbund an Rechtschaffenheit zu werden, und beugte mich ehrfurchtsvoll dem Diktat, das von allen Eltern so heiß ersehnte Kind ohne Fehl und Tadel zu spielen. Von Respekt für Sitte und Anstand erfüllt, wirkte ich, sobald ich erwachsen war, eher scheu und war eifrig darauf bedacht, anderen Menschen zu gefallen. Während meine Schwester in dieser Nacht schreiend gegen die Hunde ihrer Unterwelt kämpfte und mein Bruder seelenruhig wie ein Kleinkind schlief, lag ich wach und machte mir klar, daß ich eine wichtige Woche meines Lebens hinter mir hatte. Ich war nun schon seit fast sechs Jahren verheiratet, hatte mein Berufsziel als Lehrer und Trainer erreicht und führte das Leben eines mittelmäßigen Menschen.

3

Neun Jahre waren vergangen, seit ich bei meinem ersten New Yorker Aufenthalt Savannahs triumphale Lesung in Greenwich Village miterlebt hatte. Und ganze drei Jahre war es her, seit Savannah und ich, einst unzertrennliche Zwillinge, das letzte Mal miteinander geredet hatten. Ich konnte ihren Namen nicht aussprechen, ohne Schmerz dabei zu empfinden, und es zerriß mich fast, wenn ich an die hinter mir liegenden fünf Jahre dachte. Mein Gedächtnis kam mir vor wie ein Abstellplatz für Alpträume, als ich jetzt im Taxi nach Manhattan hineinfuhr, der edle Ritter, dem die Pflicht, seiner Schwester von Zeit zu Zeit zu Hilfe zu eilen, fast schon zur Gewohnheit geworden war.

Dr. Lowenstein, Savannahs Therapeutin, hatte ihre Praxis in einem eleganten Gebäude aus braunem Sandstein im Osten einer der Siebziger-Straßen. Das Wartezimmer bestand aus lauter Leder und Tweed. Die Aschenbecher waren so schwer, daß man damit einen Hund hätte erschlagen können. Zwei moderne Gemälde, verrückt genug, damit man sich beim Betrachten schizophren vorkam, hingen an zwei gegenüberliegenden Wänden. Sie sahen aus wie die Tintenkleckserejen eines Rorschach-Tests in einem Lilienfeld. Ich starrte lange das hinter dem Schreibtisch der Empfangsdame hängende der beiden Bilder an, bevor ich den Mund aufmachte und die propere, offenbar zu keinerlei Späßen aufgelegte Farbige fragte: »Hat wirklich jemand für dieses Ding Geld ausgegeben?«

»Dreitausend Dollar. Der Kunsthändler sagte zu Dr. Lowenstein, das sei halb geschenkt«, antwortete die Frau kühl und ohne aufzublicken.

»Hat der Künstler sich den Finger in den Hals gesteckt und die Leinwand vollgekotzt, oder glauben Sie, daß er Farbe verwendet hat?«

»Haben Sie einen Termin?« fragte sie zurück.

»Jawohl, Madam, ich soll mich um drei Uhr bei Frau Doktor melden.«

»Mr. Wingo?« fragte sie nach einem prüfenden Blick auf ihren

Zeitplan und mein Gesicht. »Wollen Sie hier vielleicht übernachten? Wir sind kein Hotel?«

»Ich hatte keine Zeit, meinen Koffer zu meiner Schwester zu bringen. Sie haben doch nichts dagegen, daß ich ihn solange hierlasse, während ich mit der Frau Doktor rede, nicht wahr?«

»Wo sind Sie her?« wollte die Frau wissen.

Einen Moment lang fühlte ich mich versucht, zu lügen und zu behaupten, ich sei aus Sausalito in Kalifornien. Wenn man von dort stammt, mag einen jeder sofort, gibt man aber zu, daß man aus dem Süden ist, dann begegnen einem die Leute mit einer Mischung aus Sorge und Abscheu. Ich bin schon Farbigen begegnet, die mich am liebsten in Stücke gerissen hätten, wenn ich mit meinem typischen Südstaatlerakzent »Colleton in South Carolina« brummte. Ich konnte von ihren Augen ablesen, wie sich in ihrem Inneren der Gedanke formte, die Welt von einem dieser traurigen Spinner zu befreien und so ihre Ahnen zu rächen, die vor Jahrhunderten irgendwo in der afrikanischen Steppe gekidnappt und blutend und in Ketten in einer südlichen Hafenstadt unseres Landes an Land gebracht worden waren.

»Aus South Carolina«, sagte ich.

»Das tut mir leid für Sie«, sagte die Farbige lächelnd und ohne aufzublicken.

Musik von Bach erfüllte den Raum und drang mir ins Gehirn. Die Blumen auf dem kleinen Tischchen am anderen Ende des Zimmers waren frisch; es waren purpurrote, sorgsam arrangierte Schwertlilien. Sie beugten sich mir entgegen wie kleine, zarte Vogelköpfe. Ich schloß die Augen und versuchte, mich ganz entspannt der Musik hinzugeben und ihrer Verführung zu erliegen. Diese Musik ließ mein Herz langsamer schlagen und fühlte sich dicht unter den Augen an wie Rosen. Da ich leichte Kopfschmerzen hatte, machte ich die Augen wieder auf und fragte mich, ob ich wohl Aspirin in meinen Koffer gepackt hatte. In einem Regal erblickte ich ein paar Bücher. Ich stand auf, um sie zu inspizieren. Das Bach-Konzert war zu Ende. Musik von Vivaldi durchflutete den Raum. Die Bücher schienen mit Liebe und Sorgfalt ausgesucht worden zu sein. Einige von ihnen waren von den Verfassern signiert. Die Widmungen klangen persönlich. Ich begriff, daß manch einer dieser Schriftsteller vor mir in diesem Wartezimmer gesessen und mit Schaudern die gräßliche Vision eines unbekannten Malers von unserer Welt betrachtet haben mußte. Auf dem obersten Regal entdeckte ich *Die Herren der Insel*, Savannahs zweiten Gedichtband. Ich schlug die Seite mit der Widmung auf, und als ich die Worte las, wurden mir fast die Augen feucht. Es war ein gutes Gefühl, den Tränen nahe zu sein. Das bewies, daß ich innen noch lebendig war, irgendwo tief innen, wo alles, woran ich litt, fest verschlossen in der bitteren Schale meines Mannestums ruhte. Meines Mannestums? Wie ich es haßte, ein Mann zu sein, ein männliches Wesen mit strengen Verpflichtungen, pausenloser Kraftmeierei und ebenso stupider wie verbissener Bravour. Wie sehr ich Kraft und Pflicht und Beständigkeit haßte! Wie es mir vor dem Anblick meiner schönen Schwester mit ihren verbundenen Handgelenken graute, vor den Schläuchen in ihrer Nase und den mit Glukose gefüllten Flaschen, die wie gläserne Embryos über ihrem Bett baumelten. Aber ich kannte meine Rolle inzwischen genau, wußte über die Tyrannei und Bosheit der Männerwelt Bescheid. Dennoch wollte ich auch diesmal wieder stark wie ein Baum vor meine Schwester treten, mich mit ihr über ihre baldige Genesung freuen und ihr tröstliche Worte sagen. Mir ist meine Kraft gegeben worden, damit ich sie zeige. Mit Sicherheit wird mich das irgendwann umbringen.

Ich schlug in Savannahs Buch die Seite mit dem ersten Gedicht auf, las es laut, begleitet von Violinen und Schwertlilien und Vivaldi, versuchte ihren Tonfall nachzuahmen, diese ergreifende Andacht, die von ihr ausging, wenn sie aus ihrem eigenen Werk las.

Ich glühe vor tiefer, düsterer Magie,
wittere Lust wie ein balzender Reiher,
alle Worte forme ich zu Festungen
und stürme sie dann mit Söldnern der Luft.
Was ich begehre, fällt mir nicht in den Schoß,
doch meine Armeen sind stark und kampferprobt.
Dichterin bin ich, und meine Bataillone sollen
mit Worten wie mit scharfen Klingen fechten.
Im Morgenlicht werd Schönheit ich von ihnen fordern
und den Beweis, daß sie ihr Handwerk nun erlernt.
Am Abend werd' ich sie um Nachsicht bitten,
wenn ich das Messer ihnen an die Kehle setze.

Meine Geschwader pflügen durch das Meer der Sprache,
Zerstörer lodern hell auf hoher See.
Ich mache die Insel reif für die Landung,
meinem Wort gehorcht eine finstere Armee,
dichtend führe ich Krieg gegen die Welt.
Ich glühe vor tiefer, südlicher Magie,
Mittagszeit – die Kanoniere rücken ab,
aus Palästen dringt lautes Klagen,
Der Mond ist ein Reiher in Flammen.

Ich blätterte zurück zu der Seite mit der Widmung und las:

Der Mensch denkt, Gott lenkt, er allein weiß,
wann die Herren der Insel sterben müssen.

Als ich aufblickte, sah ich Dr. Lowenstein, die in der Tür ihres Sprechzimmers stand und mich unverwandt anstarrte. Sie war schlank, hatte dunkle Augen, die keiner kosmetischen Verschönerung bedurften, und sie war teuer gekleidet. Im Dämmerlicht jenes von den sanften Wellen Vivaldischer Musik durchströmten Raumes wirkte sie atemberaubend schön. Sie hatte etwas von der Furchtlosigkeit gewisser New Yorker Frauen, die sich mit der unantastbaren Würde von Löwinnen bewegen. Hochgewachsen und dunkelhaarig, sah sie aus, als hätte sie Stil und Geschmack bereits mit der Muttermilch eingesogen.

»Wer sind eigentlich die Herren der Insel?« fragte sie, auf alle Formalitäten verzichtend.

»Warum fragen Sie nicht Savannah?«

»Das werde ich tun, sobald sie wieder reden kann. Allerdings könnte das eine Weile dauern«, erwiderte sie und strich ihre Kostümjacke glatt.

»Nichts für ungut. Ich bin übrigens Dr. Lowenstein, und Sie sind Tom, nicht wahr?«

»Ja, Madam«, sagte ich. Ich stand auf und folgte ihr in das Sprechzimmer.

»Möchten Sie eine Tasse Kaffee, Tom?«

»Gern, Madam«, antwortete ich nervös.

»Warum nennen Sie mich Madam? Wenn ich mich nicht täusche, sind wir genau gleich alt.«

»Das liegt an meiner guten Erziehung. Außerdem bin ich nervös.«

»Warum sind Sie nervös? Übrigens – wie trinken Sie Ihren Kaffee?«

»Mit Zucker und Sahne. Mir gehen jedesmal die Nerven durch, wenn meine Schwester sich die Pulsadern aufschneidet. Das ist so eine Macke von mir.«

»Haben Sie schon einmal mit einem Psychiater zu tun gehabt?« erkundigte sie sich und ging zu einem kleinen Schränkchen neben ihrem Schreibtisch, um zwei Kaffeetassen zu holen. Ihr Gang war anmutig und selbstsicher.

»Ja, ich glaube, daß ich irgendwann jeden von Savannahs Psychiatern kennengelernt habe.«

»Hat sie schon einmal versucht, sich umzubringen?«

»Ja, ein- oder zweimal. Schöne Bescherung.«

»Warum sagen Sie ›schöne Bescherung‹?«

»Tut mir leid, ich wollte nicht zynisch sein, aber das liegt wohl in der Familie.«

»Ist Savannah auch zynisch?«

»Nein, von diesem Teil unserer familiären Horrorgeschichte ist sie verschont geblieben.«

»Das klingt fast so, als täte Ihnen das leid.«

»Sie versucht statt dessen dauernd, sich umzubringen, Frau Doktor. Mir wäre es bei weitem lieber, eine zynische Schwester zu haben. Wie geht es ihr eigentlich? Wo ist sie? Wann kann ich sie sehen? Und warum stellen Sie mir diese Fragen? Sie haben mir noch nichts über ihren Zustand gesagt.«

»Ist der Kaffee so recht, Tom?« fragte sie, ohne mit der Wimper zu zucken.

»Ja, er ist fabelhaft. Wir sprachen über Savannah.«

»Ich muß Sie bitten, noch ein bißchen Geduld zu haben, bevor wir über Savannah sprechen.« Sie hatte den mütterlichen und zugleich herablassenden Tonfall einer Frau mit wer weiß wie vielen akademischen Titeln. »Wenn wir Savannah helfen wollen, muß ich Ihnen zuerst ein paar persönliche Fragen stellen. Und wir wollen Ihrer Schwester doch helfen, nicht wahr?«

»Nicht, wenn Sie weiter so unerträglich arrogant daherreden, Frau Doktor. Hören Sie auf, so zu tun, als wäre ich ein Affe, dem Sie das Schreiben beibringen wollen! Und sagen Sie mir jetzt gefälligst, wo meine Schwester ist!« Ich schob meine unkontrollierbar zitternden Hände unter meine Oberschenkel. Der Kaffee verstärkte meine Kopfschmerzen, und die gedämpfte Musik kratzte an meinen Trommelfellen wie mit spitzen Nägeln.

Dr. Lowenstein, an Feindseligkeit in all ihren Erscheinungsformen gewöhnt, schenkte mir einen kühlen Blick. »Also gut, Tom, ich werde Ihnen sagen, was ich über Savannah weiß. Werden Sie mir dann helfen?«

»Ich weiß nicht, was Sie von mir erwarten.«

»Ich möchte mehr über ihr Leben erfahren, alles, was Sie darüber wissen. Ich will von Ihnen die Geschichte ihrer Kindheit hören. Es ist wichtig, daß ich weiß, wann sich diese Symptome zum erstenmal bemerkbar gemacht haben, wann Ihnen zum erstenmal Anzeichen einer Krankheit an Ihrer Schwester aufgefallen sind. Sie wußten doch über ihre psychischen Probleme Bescheid, nicht wahr, Tom?«

»Ja, natürlich«, antwortete ich. »Die Hälfte ihrer Gedichte handelt von ihrer Geisteskrankheit. Sie schreibt darüber so ähnlich wie Hemingway über die Löwenjagd. Sie macht aus ihrem Irrsinn Kunst. Aber ich habe es satt, eine verrückte Schwester zu haben. Mir hängt dieser ganze Quatsch à la Sylvia Plath zum Hals raus! Als sie sich letztesmal die Adern aufgeschnitten hatte, da sagte ich zu ihr, sie solle bitte das nächstemal gründlichere Arbeit leisten. Ich schlug vor, sich die Mündung einer Schrotflinte in den Mund zu stecken und sich die Schädeldecke wegzupusten. Aber nein, sie hat nun mal diese Vorliebe für Rasierklingen! Verstehen Sie? Ich halte den Anblick ihrer Schnittwunden einfach nicht aus, Doktor! Ich ertrage es nicht, sie im Bett liegen zu sehen, mit Schläuchen in der Nase. Ich bin ihr immer ein guter Bruder gewesen, aber ich weiß nicht mehr, was ich zu ihr sagen soll, wenn sie sich wieder einmal aufgeschlitzt hat, als wollte sie ein Stück Wild auswaiden. Für so etwas tauge ich nicht, Doktor! Kein einziger von diesen gottverdammten Seelenklempnern – und davon hat es schon Dutzende gegeben – hat Savannah bisher helfen können, sich von den Dämonen zu befreien, die ihre Seele foltern. Können Sie es vielleicht, Madam? Na los, nun reden Sie schon! Können Sie es?«

Dr. Lowenstein nippte an ihrer Kaffeetasse. Ihre stoische Gelassenheit machte mich um so wütender, als sie mit schwungvollem Strich hingemalte Parenthesen um meine Unbeherrschtheit legte.

Mit leisem Klicken stellte die Ärztin ihre Tasse auf die Untertasse zurück, genau in die dafür vorgesehene Mulde. »Möchten Sie noch einen Kaffee, Tom?« erkundigte sie sich.

»Nein.«

»Ich weiß nicht, ob ich Ihrer Schwester helfen kann«, sagte sie und fixierte mich wieder mit diesem professionellen Blick. »Ihr Selbstmordversuch liegt eine Woche zurück. Sie ist jetzt außer Lebensgefahr, aber in der ersten Nacht in der Bellevue-Klinik wäre sie fast gestorben, hätte der Arzt in der Notaufnahme nicht so ausgezeichnete Arbeit geleistet. Sie lag im Koma, als ich sie zum erstenmal besuchte, und niemand wußte, ob sie durchkommen würde. Sobald sie sich ein bißchen erholt hatte, fing sie an zu schreien. Sie können sich bestimmt vorstellen, wie gräßlich es war, aber zugleich hatte ihr Geschrei auch etwas hochgradig Poetisches und Bildhaftes. Ich habe es auf Band aufgenommen. Vielleicht gibt es uns ein paar Aufschlüsse über die bislang letzte Phase ihrer Krankheit. Seit gestern ist sie verändert. Sie will nichts mehr sagen. Ich rief eine Bekannte an, die auch schreibt. Sie hat sich von Savannahs Nachbarn die Telefonnummer Ihrer Mutter besorgt. Daraufhin schickte ich Ihrem Vater ein Telegramm, aber er hat nicht geantwortet. Haben Sie eine Ahnung, warum er nicht reagiert?«

»Weil Sie aus New York sind. Weil Sie eine Frau sind. Weil Sie Jüdin sind. Weil Sie Psychiaterin sind. Außerdem hat er eine Heidenangst davor, Savannah zu sehen, wenn sie einen von ihren Anfällen hat.«

»Er zieht sich also aus der Affäre, indem er sich taub stellt gegenüber ihren Hilferufen?«

»Nein. Wenn Savannah wirklich um Hilfe rufen würde, wäre er sehr schnell bei ihr. Für ihn besteht die Menschheit aus normalen Wingos, aus Arschlöchern und ein paar Wingos, die leider auch Arschlöcher sind. Savannah ist für ihn einfach nur eine Wingo.«

»Und ich bin ein Arschloch?« fragte Dr. Lowenstein ungerührt.

»Erraten«, antwortete ich grinsend. »Übrigens kann es gut sein, daß mein Vater Ihr Telegramm nicht erhalten hat.«

»Sind die Leute in Ihrer Familie Judenhasser?«

»Meine Familie hat einen Haß auf die ganze Welt. Nehmen Sie es nicht zu persönlich.«

»Wurde in Ihrer Familie während Ihrer Kindheit das Wort *Nigger* benützt?«

»Natürlich, Doktor«, antwortete ich und wunderte mich, was das mit Savannah zu tun hatte. »Ich bin schließlich in South Carolina aufgewachsen.«

»Aber es muß dort auch ein paar gebildete, aufgeklärte Menschen gegeben haben, die solche schlimmen Worte nicht in den Mund nahmen.«

»Ja, aber die Wingos zählen nicht dazu, meine Mutter ausgenommen. Sie sagte immer, daß nur weißes Pack solche Ausdrücke benutzte, und für sie war es Ehrensache, Negro zu sagen – mit langem O. Anscheinend dachte sie, sie würde dadurch automatisch in die höheren Kreise human gesinnter Menschen aufgenommen.«

»Sagen Sie manchmal Nigger, Tom?«

Ich betrachtete das hübsche Gesicht dieser Frau und versuchte zu erraten, ob sie sich mit mir einen Spaß erlaubte, aber dies war für sie als Ärztin ein ganz normaler Arbeitstag. Sie wirkte ernst und schien keine Zeit für kleine humorvolle Eskapaden zu haben.

»Ich benutze das Wort nur, wenn ich mich in Gesellschaft von hochnäsigen Yankees wie Ihnen befinde, Doktor. Dann bin ich nicht zu bremsen. Nigger, Nigger, Nigger, Nigger, Nigger, Nigger«, sagte ich.

»Sind Sie fertig?« fragte sie, und ich stellte zu meiner freudigen Überraschung fest, daß ich ihre Gefühle trotz der dicken Polsterung an einer empfindlichen Stelle verletzt hatte.

»O ja, ich bin fertig«, sagte ich.

»Ich wünsche dieses Wort in meinem Büro nicht wieder zu hören.«

»Nigger, Nigger, Nigger, Nigger, Nigger, Nigger«, sagte ich ein zweitesmal.

Sie nahm sich mit sichtlicher Mühe zusammen, und ihre Stimme klang gepreßt, als sie sagte: »Es war nicht meine Absicht, Sie herablassend zu behandeln, Tom. Falls ich es Ihrer Meinung nach dennoch getan habe, bitte ich um Verzeihung. Ich war nur einigermaßen überrascht, daß in Savannah Wingos Familie solche Worte benutzt werden. Kaum zu glauben, daß es auch bei Leuten wie Ihnen rassische Vorurteile gibt.«

»Savannah ist das geworden, was sie ist, weil außer ihr alle in unserer Familie Rassisten sind. Sie hat immer gegen ihre Familie aufbegehrt, und ihre Schreiberei war von Anfang an ein Protest dagegen, aus einer solchen Familie zu stammen.«

»Sind auch Sie darüber empört?«

»Ja, aber ich glaube, ich hätte gegen jede Familie etwas einzuwenden. Trotzdem wäre ich lieber ein Rockefeller oder ein Carnegie geworden, wenn ich damals die Wahl gehabt hätte. Als Wingo hat man es im Leben ein bißchen schwerer.«

»Wie meinen Sie das?«

»Ich glaube, alle Menschen leiden am Leben, aber es ist besonders schwer zu ertragen, wenn man ein Wingo ist. Natürlich bin ich nie etwas anderes gewesen und kann die Sache deshalb nur rein theoretisch betrachten. «

»Welcher Konfession gehört Ihre Familie an?« fragte die Ärztin.

»Wir sind katholisch, römisch-katholisch. Mein Gott, Sie haben keine Ahnung wie verrückt es ist, als Katholik im tiefen Süden aufzuwachsen.«

»Vielleicht doch«, erwiderte sie. »Sie haben bestimmt keine Ahnung, wie verrückt es ist, als Jüdin irgendwo auf der Welt groß zu werden.«

»Ich hab' auch Philip Roth gelesen«, sagte ich.

»Na und?« erwiderte sie, und jetzt lag in ihrer Stimme echte Feindseligkeit.

»Vergessen Sie's. Es war nur ein kümmerlicher Versuch, ein dünnes Band zwischen uns zu knüpfen.«

»Philip Roth verabscheut Juden *und* Frauen. Um das zu begreifen, braucht man weder das eine noch das andere zu sein.« Das sagte sie, als wäre dieses Thema damit ein für allemal erledigt.

»Savannah ist auch dieser Meinung«, pflichtete ich ihr bei und mußte lächeln, als ich mich daran erinnerte, wie heftig und dogmatisch Savannah auf dasselbe Thema reagiert hatte.

»Was geht Ihnen gerade durch den Kopf, Tom?«

»Wollen Sie das wirklich wissen?«

»Ja, unbedingt.«

»Nun, bei allem schuldigen Respekt bin ich der Meinung, daß nicht Savannah, sondern auch Sie den Kopf voll Scheiße haben, was dieses Thema anbelangt.«

»Ebenfalls bei allem schuldigen Respekt: Warum sollten wir die Meinung eines machohaften, aus den Südstaaten stammenden Weißen teilen?«

Ich beugte mich vor und erwiderte leise: »Weil ich alles andere als ein Dummkopf bin, auch wenn Sie glauben, daß ich mich von Wurzeln und Beeren ernähre, es gern auf einem Baumstumpf stehend mit Maultieren treibe und am liebsten in aller Gemütsruhe hinter dem Haus Schweine abmurkse.«

Sie betrachtete lächelnd ihre Fingernägel. Während wir schwiegen, füllte die sanfte Musik den Raum ganz aus. Jeder Ton war hell und klar, wie bei einem Walzer, dessen Klänge über einen See geweht werden.

Dr. Lowenstein nahm einen neuen Anlauf: »Sind Sie in den Gedichten ihrer Schwester der Krabbenfängerbruder oder der Trainerbruder, Tom?«

Ich begriff, daß mir diese Frau mehr als gewachsen war. »Der Trainer«, sagte ich.

»Warum reden Sie auf einmal so leise? Schämen Sie sich etwa, ein Trainer zu sein?«

»Nein, mir macht nur zu schaffen, wie man als Trainer von anderen Leuten angesehen wird, besonders von weiblichen Psychiatern in New York.«

»Was glauben Sie denn, was ich ganz allgemein von Trainern halte?« fragte sie. Sie hatte sich jetzt wieder ganz unter Kontrolle.

»Wie viele Trainer kennen Sie denn, ganz allgemein gesprochen?«

»Keinen. In meinen Kreisen gibt es wohl keine.«

»Und wenn Sie einen kennenlernen würden, würden Sie ihn nicht in Ihre Kreise reinlassen.«

»Damit haben Sie wahrscheinlich recht, Tom. Woraus setzen sich denn Ihre Kreise in South Carolina zusammen?«

»Lauter Trainer«, antwortete ich. Ich fühlte mich in diesem wohlriechenden Zimmer beengt und wie in einer Falle gefangen. Ich roch ihr Parfüm, und obwohl es mir bekannt vorkam, hätte ich nicht sagen können, warum. »Wir treffen uns, lesen zusammen den Sportteil, tun was für unsere Muskeln und verarzten uns gegenseitig unsere Blutblasen.«

»Sie sind ein rätselhafter Mensch, Tom. Wie soll ich Ihrer Schwester helfen, wenn Sie meine Fragen nur mit Albernheiten oder Ausflüchten beantworten? Es ist wichtig, daß Sie mir vertrauen. Verstehen Sie das nicht?«

»Ich kenne Sie nicht, Madam. Es fällt mir sogar schwer, mit

Menschen, die ich liebe, über persönliche Dinge zu reden, und Ihnen bin ich vor einer halben Stunde zum erstenmal begegnet.«

»Mir scheint, daß Sie sich wegen der gesellschaftlichen Unterschiede zwischen uns zu viel Gedanken machen.«

»Ich spüre, daß Sie mich im Grunde verachten«, antwortete ich und schloß die Augen, um die sich die Kopfschmerzen zusammengezogen hatten wie die Maschen eines Netzes.

»Ich Sie verachten?« sagte sie ungläubig. »Selbst wenn mir alles zuwider wäre, was Sie verkörpern, würde ich Sie nicht verachten. Ich brauche Sie, um Ihrer Schwester helfen zu können – sofern Sie das überhaupt wollen. Ich kenne ihr Werk sehr genau, aber ich brauche Einzelheiten aus ihrem Leben, damit ich, sobald sich ihr Zustand gebessert hat, versuchen kann, sie von diesen selbstzerstörerischen Zwängen zu befreien, von denen sie anscheinend schon wer weiß wie lange besessen ist. Falls ich in ihrer Lebensgeschichte ein paar brauchbare Hinweise finde, kann ich ihr vielleicht helfen, eine Überlebensstrategie zu entwickeln, so daß sie sich ohne solche lebensgefährliche Konsequenzen weiterhin ihrer Kunst widmen kann.«

»Aha, jetzt hab' ich kapiert«, sagte ich, stand auf und ging im Raum hin und her. Ich fühlte mich vollkommen fehl am Platz und spürte, wie mir immer mehr die Kontrolle über mich selbst entglitt. Die Pastellfarben des Zimmers erzeugten eine Art Schwindelgefühl in meinem Kopf. »Sie sind die Heldin in diesem Drama des ausgehenden 20. Jahrhunderts. Die einfühlsame, hingebungsvolle Therapeutin, die dafür sorgt, daß die feministische Dichterin der Nachwelt erhalten bleibt. Sie legen Ihre heilenden, manikürten Hände auf die klaffenden Wunden der Künstlerin, und mit Hilfe der heiligen Lehren eines Sigmund Freud holen Sie sie vom Rand des Abgrundes zurück. Dafür bekommen Sie eine kleine, aber ehrfurchtsvolle Fußnote in der Literaturgeschichte.« Ich preßte beide Hände gegen meinen Kopf und begann, meine Schläfen zu massieren.

»Haben Sie Kopfschmerzen, Tom?« erkundigte sie sich.

»Ja, schreckliche Kopfschmerzen. Haben Sie vielleicht gerade eine Morphiumspritze parat, Frau Doktor?«

»Nein, aber ich kann Ihnen Aspirin geben. Warum haben Sie nichts gesagt?«

»Weil ich mir blöd vorkomme, wenn ich mich über Kopfschmerzen beklage, während meine Schwester mit durchschnittenen Pulsadern im Bett liegt.«

Dr. Lowenstein ging zu ihrem Schreibtisch und schüttelte aus einem Röhrchen zwei Tabletten in ihre Handfläche. Dann goß sie mir noch eine Tasse Kaffee ein. Nachdem ich das Aspirin geschluckt hatte, fragte sie mich: »Möchten Sie sich ein bißchen auf die Couch legen?«

»Um Himmels willen, nein! Ich hab' die ganze Zeit Angst gehabt, Sie könnten mich dazu auffordern, genau wie im Kino.«

»Ich versuche anders zu arbeiten als meine Kollegen im Kino. Hören Sie, Tom, ich würde Ihnen gern den Schock ersparen, aber als ich Ihre Schwester zum erstenmal sah, beschmierte sie sich gerade mit ihren eigenen Exkrementen.«

»Das schockiert mich nicht.«

»Wieso nicht?«

»Weil ich schon mal gesehen habe, wie sie sich mit Scheiße beschmiert hat. Die ersten beiden Male ist es schockierend, aber dann gewöhnt man sich daran, und es gehört sozusagen zur Szenerie.«

»Wann haben Sie sie zum erstenmal so gesehen?«

»In San Francisco. Sie war auf Tournee mit ihren Dichterlesungen. Das Hotel, in dem sie abstieg, war die reinste Klapsmühle, der fürchterlichste Schuppen, den ich je gesehen hab'. Es war so schlimm, daß ich nicht zu sagen wüßte, ob sie sich aus Selbsthaß mit Kot beschmierte oder weil sie ihr Zimmer verschönern wollte.«

»Sie machen Scherze über die Psychose Ihrer Schwester. Was für ein seltsamer Mensch Sie sind!«

»Das ist eben meine südländische Art, Doktor.«

»Südländisch?«

»Ein Lieblingsausdruck meiner Mutter. Er bedeutet, daß wir lachen, wenn der Schmerz zu groß wird. Wir lachen übrigens auch, wenn die Erbärmlichkeit des Lebens zu... zu erbärmlich wird. Wir lachen immer dann, wenn uns nichts anderes übrigbleibt.«

»Und wann weint ihr, – in eurer südländischen Art?«

»Nach dem Lachen, Doktor, immer nach dem Lachen.«

»Na gut. Wir könnten uns im Krankenhaus treffen. Sagen wir um sieben Uhr?«

»In Ordnung. Seien Sie mir wegen der einen oder anderen Sache, die ich zu Ihnen gesagt habe, nicht böse, Doktor. Und vielen Dank, daß Sie mich nicht gleich hinausgeworfen haben.«

»Ich danke Ihnen, daß Sie gekommen sind«, erwiderte sie und fügte neckisch hinzu: »Bis heute abend – Trainer!«

In den psychiatrischen Abteilungen der Krankenhäuser, mögen sie noch so human und modern sein, ist der Schlüsselbund die Verkörperung der Macht, das stählerne Symbol für Freiheit und Freizügigkeit. Hin- und hereilende Krankenpfleger und -schwestern sind begleitet von der befremdlichen Kakophonie der Schlüssel, die bei jedem Schritt gegen ihre Schenkel schlagen und mit ihrem Geklimper verkünden: Hier geht ein freier Mensch. Sofern man nicht selbst zu jenen gehört, die über einen solchen Schlüsselbund verfügen, vermittelt einem das Geklimper eine an Wissen grenzende Ahnung von dem Grauen, das in der Seele jener wohnt, denen wie Verbannten jeder Kontakt mit der Außenwelt versagt ist. Die geheime Macht der Schlüssel begriff ich erstmals beim Lesen eines Gedichtes, das meine Schwester kurz nach ihrem ersten Krankenhausaufenthalt auf einen Sitz niederschrieb. Für sie waren Schlüssel gleichsam Talismane und Sinnbilder ihres eigenen Dilemmas, genauer gesagt, des uneingestandenen Krieges, den sie gegen sich selbst führte. Immer wenn sie krank war, vernahm sie beim Erwachen als erstes das abweisende Geklapper von Schlüsseln.

Als Dr. Lowenstein und ich an jenem Abend Savannah besuchten, kauerte sie in einer Ecke des Zimmers. Die Arme hatte sie um die angezogenen Beine gelegt. So lehnte sie, mit dem Rücken zur Tür, an der Wand. Im Raum roch es nach Exkrementen und Ammoniak. Das ist die allgegenwärtige, übelkeitserregende Duftnote, die den Kranken ihre endlos langen Stunden vergällt, der unverkennbare Geruch nach einer psychiatrischen Abteilung amerikanischen Stils. Als wir eintraten, bewegte sich Savannah nicht und schaute auch nicht auf. Da wußte ich, daß es diesmal wieder besonders schlimm war. Dr. Lowenstein ging zu ihr hin und berührte sacht ihre Schulter. »Savannah, ich habe eine Überraschung für Sie. Ich habe Ihren Bruder Tom mitgebracht.«

Meine Schwester rührte sich nicht. Ihr Geist hatte sich vom Körper getrennt, und sie war gleichsam zu Stein erstarrt, eine unantastbare Göttin in der Nacht ihres Wahns. Mir sind an Katatonie leidende Menschen immer besonders heilig vorgekommen, denn von ihrem Schweigegelübde geht eine große Würde aus, und ihre Reglosigkeit verleiht ihnen etwas Sakrales. Die Tragödie ihrer zerbrochenen Seele ist geräuschlos, eine feierliche Generalprobe des Todes. Ich sah meine Schwester nicht zum erstenmal in diesem reglosen Zustand und kam mir fast schon vor wie ein gewohnheitsmäßiger Augenzeuge ihrer stummen, unheilvollen Isolation. Beim erstenmal hatte ich, von Schmerz überwältigt, die Hände vors Gesicht geschlagen. Jetzt erinnerte ich mich an etwas, das sie irgendwann zu mir gesagt hatte: Tief in der Stille und Einsamkeit heile sich ihr Geist an einem unzugänglichen Ort selbst, in den abgelegensten Regionen ihrer Seele schürfe er nach den Reichtümern verborgener Erzlager. Und dann hatte meine Schwester noch hinzugefügt, sie könne sich im Zustand der Starre nichts antun, sondern sich nur innerlich reinigen und sich auf den Tag vorbereiten, an dem sie wieder zum Licht emportauchen würde.

Ich war fest entschlossen, bei ihr zu sein, wenn sie aus ihrer Umnachtung auftauchte.

Ich setzte mich neben sie, legte einen Arm um ihre Schultern, gab ihr einen Kuß auf den Nacken, zog sie an mich heran und kuschelte mein Gesicht in ihr Haar. Dabei vermied ich es, ihre bandagierten Handgelenke anzuschauen. »He, Savannah, wie geht es dir, Darling?« sagte ich leise. »Alles wird wieder gut, denn jetzt ist dein Bruderherz bei dir. Es tut mir so leid, daß es dir schlecht geht, aber ich bleibe so lange hier, bis du wieder gesund bist. Neulich habe ich Dad besucht. Er läßt dich lieb grüßen. Nein, keine Sorge, er hat sich nicht verändert, er ist noch immer derselbe Dummkopf. Mom konnte diesmal nicht mitkommen. Sie hat sich mal wieder vor Angst fast in die Hosen gemacht. Sallie und den Kindern geht's gut. Jennifer hat schon richtige kleine Brüste. Neulich kam sie abends nach dem Baden zu mir, schlug das Handtuch auseinander und sagte: ›Schau mal, was für Dinger ich da habe, Daddy!‹ Dann rannte sie kichernd und kreischend die Treppe runter, und ich tat, als wäre ich ein alter Lüstling, der sie verfolgt. In South Carolina hat sich kaum was verändert. Es hält sich immer noch für den kulturellen Mittelpunkt der Welt. Sogar Sullivan Island kriegt nach und nach ein bißchen Kultur ab. Vor kurzem wurde draußen an der Landstraße feierlich ein überdachter Grillplatz eingeweiht. Ich hab' noch immer keine Arbeit, aber ich streng' mich mächtig an, einen Job zu finden. Mach dir deswegen nicht so viele Sorgen. Vor ein paar Tagen habe ich Grandma Wingo in ihrem Pflegeheim in Charleston besucht. Sie hatte Geburtstag und dachte, wir schrieben das Jahr 1920. Sie hielt mich für den Bischof von Charleston und glaubte, ich sei gekommen, um mich an ihr zu vergreifen. Ach ja, später traf ich...« So redete ich eine halbe Stunde auf meine Schwester ein, bis Dr. Lowenstein meinen Monolog unterbrach, indem sie mir auf die Schulter tippte und mir durch Zeichen zu verstehen gab, daß es Zeit sei zu gehen. Ich stand auf, hob Savannah vom Boden auf und trug sie zu ihrem Bett. Sie war abgemagert, ihre Wangen waren eingefallen. Die Augen registrierten nichts, sie ähnelten zwei reglosen, türkisfarbenen Edelsteinen in einer weißlichen Fassung. Als ich Savannah behutsam aufs Bett legte, rollte sie sich wie ein Embryo zusammen. Ich zog eine Bürste aus meiner Tasche und machte mich daran, ihr verschwitztes, wirres Haar zu bürsten. Ich ließ nicht ab, bis es wieder einen goldenen Schimmer hatte. Dann sang ich meiner Schwester ein Lied aus unserer Kindheit vor, stand noch eine Weile schweigend über sie gebeugt und sagte schließlich: »Ich komme morgen wieder, Savannah. Du kannst mich hören, das weiß ich, und deshalb will ich dich an etwas erinnern: Dies alles ist für uns nichts Neues, und du wirst es auch diesmal wieder schaffen. Es wird eine Zeit dauern, aber danach singen und tanzen wir wieder zusammen, und ich sag' wieder lauter blödes Zeug über New York, damit du mich wieder boxen und mich einen spießigen Südstaatler nennen kannst. Ich bin bei dir, Liebste, und ich werde so lange bei dir bleiben, wie du mich brauchst.«

Ich gab meiner Zwillingsschwester einen Kuß auf die Lippen und deckte sie sorgfältig zu.

Draußen, in der Luft des späten Frühlings, fragte mich Dr. Lowenstein, ob ich schon gegessen hätte, und mir fiel ein, daß ich tatsächlich noch nichts zu mir genommen hatte. Sie schlug ein kleines französisches Restaurant namens *Petite Marmite* vor und meinte, es sei dort sehr nett. Sofort dachte ich an die Kosten. Das war die automatische Reaktion eines kleinen Schullehrers aus South Carolina, der sich jahrelang demütig mit einem Hungerlohn hat abspeisen lassen. Daß ich arbeitslos war, kam mir in diesem Augenblick nicht in den Sinn.

»Ist es teuer, Doktor? Ich hab' in dieser Stadt in manchen Restaurants das Gefühl gehabt, daß ich einem Sohn des Küchenchefs den Besuch seiner Privatschule mitfinanziere.«

»Nein, für New Yorker Verhältnisse sind die Preise vernünftig, glaube ich.«

»Warten Sie hier, ich ruf' mal eben meine Bank wegen einem Kredit an.«

»Heute lade ich Sie ein.«

»Als vorurteilsfreier Mann nehme ich dankend an, Doktor.«

Der Oberkellner begrüßte Dr. Lowenstein mit jener diskreten Vertraulichkeit, die mich erraten ließ, daß sie hier Stammgast war. Er führte uns zu einem Ecktisch. Am Nebentisch saß ein Pärchen, das Händchen hielt und sich leidenschaftlich anstöhnte.

Meine Begleiterin bestellte eine Flasche weißen Mâcon und warf anschließend einen flüchtigen Blick auf die in Leder gebundene Speisekarte.

»Bekomme ich eine Vorspeise?« fragte ich.

»Natürlich. Alles, wozu Sie Lust haben.«

»Kann ich *alle* Vorspeisen haben?«

»Nein, Sie sollten eine ausgewogene Mahlzeit zu sich nehmen.« Sie mußte lächeln, wurde jedoch rasch wieder ernst und fragte: »Wie fanden Sie eigentlich Savannah?«

»Sie war noch nie so schlimm dran. Trotzdem fühle ich mich jetzt viel besser.«

»Das verstehe ich nicht ganz.«

»Ich komme mit ihr viel schlechter zu Rande, wenn sie Halluzinationen hat, sich die Kehle aus dem Hals schreit und nicht zu bändigen ist. Heute hatte ich das Gefühl, daß sie sich ausruht und Kräfte sammelt, um sich wieder dem Leben stellen zu können. In ein bis zwei Monaten hat sie es überstanden, das verspreche ich Ihnen, Doktor.«

»Trauen Sie sich wirklich eine solche Voraussage zu?«

»Eigentlich nicht, aber bisher war es immer so.«

»Warum haben Sie zur Zeit keine Arbeit?«

»Weil man mich entlassen hat.«

»Darf ich fragen, wieso?«

»Das ist eine lange Geschichte«, sagte ich, »und die werde ich Ihnen vorläufig nicht erzählen.«

Der Weinkellner kam mit einer Flasche und ließ Dr. Lowenstein probieren. Sie nahm einen Schluck, rollte ihn auf der Zunge hin und her und nickte. Ich liebe solche kleinen theatralischen Auftritte bei Tisch, solche mit Eleganz gepaarten Rituale. Erfreut kostete ich ebenfalls von dem Wein und überließ mich seiner Wirkung. Vor mir lag wieder einmal eine lange, nächtliche Belagerung durch die Migräne. Ich wußte, daß Alkohol nicht gut für mich war, aber ich hatte Lust auf ein Glas Wein. Hier saß ich mit einer Frau an einem Tisch, und diese Frau erwartete von mir, daß ich ihr meine Geschichte erzählte, um meiner Schwester zu helfen. Ich hatte mich jedoch für eine andere Strategie entschieden: Ich wollte ihr meine Geschichte erzählen, um mich vor mir selbst zu retten.

»Ich hab' mal wieder Migräne, Doktor«, sagte ich. »Ich bin arbeitslos und habe kaum eine Chance, einen Job zu bekommen. Meine Frau ist Internisten. Sie hat gerade eine Affäre mit einem Kardiologen, und sie überlegt, ob sie mich verlassen soll. Ich hasse meine Mutter und meinen Vater, aber in fünf Minuten werde ich Ihnen bestimmt versichern, daß ich es nicht so gemeint habe und daß ich meine Eltern von ganzem Herzen liebe. Mein Bruder Luke ist ein tragischer Fall. Sie haben wohl schon von ihm gehört, aber Sie wissen noch nicht, wie sein Verhältnis zu Savannah ist. Hab' ich Ihnen eigentlich schon erzählt, daß mein Vater im Gefängnis sitzt? Deshalb hat er auf Ihr Telegramm nicht reagiert. Die Chronik der Wingos ist eine Mischung aus Schwank, Groteske und Tragödie, Betonung auf Tragödie. Sie werden bald feststellen, daß Savannahs psychische Störungen im Grunde die einzig natürliche Reaktion auf unser Familienleben waren. Und daß meine Reaktion folglich unnatürlich war.«

»Wie haben Sie denn reagiert?

»Ich hab' so getan, als wäre nichts passiert. Das Talent, alles zu verdrängen, hab' ich von meiner Mutter geerbt, und ich mache eifrig davon Gebrauch. Meine Schwester nennt mich den Verdrängungskünstler. Trotzdem glaube ich, daß ich mich an viel mehr erinnere als sie.«

»Und jetzt?«

»Jetzt geht bei mir alles in die Brüche. Auf eine solche Rolle bin ich nicht vorbereitet. Meine Familie erwartet von mir immer, daß ich stark wie ein Bär bin, der Schiedsrichter mit der Trillerpfeife, der tüchtige Trainer. Im Melodram meiner Familie hab' ich seit eh und je den Protokollführer und Kronzeugen gespielt.«

»Tragen Sie nicht ein bißchen dick auf, Tom?«

»Ja, und ich hör' jetzt auf damit und bin nur noch charmant.«

Nachdem wir bestellt hatten, erzählte sie mir aus ihrem Leben. Im Kerzenlicht wirkte sie viel weicher. Da sie Krabben mit Mandeln aß, erzählte ich ihr von der Krabbenfischerei im Colleton River. Ich hatte Lachs in Dillsauce bestellt. Prompt schilderte sie mir, wie sie den Lachsfischern in Schottland zugeschaut hatte. Auf die erste Flasche Wein folgte eine zweite, und dazu wurde ein Pilzsalat serviert, der so frisch war, daß man feuchten Waldboden zu riechen glaubte. Die Sauce vinaigrette war mit frischem Basilikum angemacht. Meine Kopfschmerzen hatten sich verflüchtigt, aber ich spürte, daß mir die Migräne im Nacken saß und langsam höher kroch, wie ein Zug auf einer steilen Gebirgsstrecke. Zum Nachtisch bestellte ich Himbeeren mit Sahne. Sobald meiner Begleiterin ihr Sorbet serviert wurde, fing sie wieder an, mir Fragen wegen Savannah zu stellen.

»Können Sie mit dem Wort *Callanwolde* etwas anfangen, Tom?« wollte sie wissen.

»Allerdings. Was ist damit?«

»Es ist eines der Worte, die Savannah ständig wiederholt hat, als sie zum erstenmal zu sich kam. Sie hat es pausenlos herausgeschrien.« Sie reichte mir einen Zettel und bat mich, ihn zu lesen. »Ich habe Ihnen wohl gesagt, daß ich alles, was Savannah in den ersten Tagen äußerte, auf Tonband aufgenommen habe. Ich dachte, es könnte mir später bei der Therapie nützlich sein. Dies habe ich aus über zwölf Stunden unverständlichem Geplapper herausgesiebt.«

Ich griff nach meinem Weinglas und begann zu lesen:

Klapse für den Herrn der Insel. Hunde auf meiner Geburtstagsparty. Komm, wohn im weißen Haus, die Sümpfe sind nie sicher. Schwarzer Hund ist nicht mit Tigern verwandt. Daddy, hol die Kamera. Daddy, hol die Kamera. Die Hunde streunen in Rotten. Drei Männer kommen die Straße entlang. Callanwolde. Callanwolde. Aus den Wäldern von Callanwolde und dann weiter zum Haus an der Rosedale Road. Schläge für den Herrn der Insel. Der

Mund des Bruders ist nicht sicher. Der Sumpf ist nie sicher. Die Krabben kommen, die Krabben kommen, die Hunde rennen. Caesar. Rote Kegel und Gardenien. Jetzt. Jetzt. Der Riese und Coca-Cola. Bring den Tiger zur Hintertür. Spiel Dixieland für die Seehunde. Eine Wurzel für die toten Männer bei der Krähe. Hörst du jemanden, Mutter? Die Gräber sprechen wieder. Jemand draußen? Jemand, der hübsch ist, Mutter. Snow ist dem Fluß gestohlen worden, und jemand ist hübscher als ich, Mutter. Wie viele Engel, die aus dem Mutterleib gefallen sind, sind im Frühjahr zu Häßlichkeit erblüht? Wo ist Obst und Opas Kreuz? Halt das Boot an. Bitte, halt das Boot an. Ich werd' lange bei dir bleiben. Tu' dir weh. Ich verspreche, daß ich dir weh tue. Ich tu' dem Tigermann weh. Tu' dem Tigermann weh. Ich bring' den Tigermann um. Halt das Boot an. Wo ist Agnes Day?

Als ich alles gelesen hatte, sagte ich nur: »Mein Gott.«

Dr. Lowenstein nahm mir den Zettel weg und faltete ihn sorgfältig zusammen. »Haben Sie irgend etwas wiedererkannt, das Ihrer Meinung nach wichtig ist?«

»Ich hab' 'ne Menge wiedererkannt. Und alles scheint mir wichtig zu sein.«

»Was hat das alles zu bedeuten?«

»Savannah schreit ihren ganzen Lebenslauf hinaus – für jeden, der ihr zuhört... und für sich selbst.«

»Ihren Lebenslauf? Wollen Sie nicht eine Weile in New York bleiben und mir alles erzählen, was Sie wissen?«

»Ja, Doktor, von Anfang bis Ende, und ich bleibe so lange, wie Sie mich hier brauchen.«

»Können wir morgen nachmittag um fünf anfangen?«

»In Ordnung«, antwortete ich. »Ich muß Ihnen ein paar schlimme Dinge erzählen.«

»Danke, daß Sie Savannah helfen wollen, Tom«, sagte sie.

»Nein«, erwiderte ich. Es schnürte mir fast die Kehle ab, aber ich fügte hinzu: »Ich will *mir* helfen.«

Mitternacht war schon vorbei, als ich die Wohnung meiner Schwester in der Grove Street betrat. Der Sheridan Square wirkte in dieser mondlosen Nacht tot und unwirklich. Ein paar heimatlose

Nachtschwärmer drifteten vorbei. Gewiß kreuzten sich manchmal ihre Wege, doch nie gaben sie sich ein Erkennungszeichen. Immer wirkten sie ein wenig aufgescheucht und zugleich sehnsüchtig. Nachtschwärmer – bedenkenlos hatte ich jeden einzelnen von ihnen im Vorübergehen genau betrachtet und mich dabei selbst vergessen. Ich versuchte, ihr unverwechselbares, geisterhaftes Minenspiel nachzuahmen, aber mein Gesicht ist ein miserabler Schauspieler. Im Gegensatz zu mir wissen solche Leute genau, wie man sich in einer großen Stadt bewegt. Ich war ein Fremder, ein Besucher, aber ich erkannte den Geruch des Meeres, als ich in der Diele von Savannahs Wohnung stand, den altvertrauten Duft der Ostküste, den der Wind vor sich her durch die Avenuen trieb.

Der hochbetagte Fahrstuhl von der Größe und Form eines Sarges quälte sich ächzend und stöhnend bis zum sechsten Stockwerk hinauf. ich stellte meine Koffer auf die Marmorfliesen und mußte ein Dutzend Schlüssel probieren, bevor ich die vier gefunden hatte, die die dicken Bolzen der vier Schlösser bewegten, welche meine Schwester vor der Außenwelt schützten.

Ich ließ die Wohnungstür hinter mir offen, betrat Savannahs Schlafzimmer und ließ die Koffer auf ihr Bett fallen. Dann knipste ich die Lampe neben dem Bett an, aber offenbar war die Glühbirne durchgebrannt. In der Dunkelheit tastete ich an der Wand nach dem Schalter der Deckenlampe und stieß dabei gegen eine Blumenvase aus geschliffenem Glas. Krachend zerbarst sie auf dem Fußboden, und gleich darauf schrie jemand hinter mir im Flur: »Halt! Keine Bewegung, du Scheißkerl! Diese Pistole ist geladen, und ich kann verdammt gut schießen. Es wäre mir ein Vergnügen, einen Gauner wie dich kaltblütig abzuknallen.«

»Ich bin's, Eddie!« rief ich durch die Schlafzimmertür. »Um Gottes willen, ich bin's nur, Tom!«

»Tom?« wiederholte Eddie Detreville verblüfft. Dann fing er an zu schimpfen: »Tom, du solltest in New York niemals in eine fremde Wohnung einbrechen, ohne vorher Bescheid zu sagen.«

»Ich bin aber nicht eingebrochen, Eddie, ich hab' einen Schlüsselbund.«

»Das macht dich noch lange nicht zum einsamen Herrscher über diese Gemächer, mein Süßer. Savannah streut ihre Schlüssel untere Volk wie Bonbons.«

»Warum hast du mich nicht angerufen, als die Sache mit Savannah passiert ist, Eddie?« fragte ich. Daran hatte ich bislang noch gar nicht gedacht.

»Jetzt werd bloß nicht wütend, Tom! Mit mir kannst du das nicht machen. Sie hat mir strikte Anweisungen gegeben, niemals ihre Familie zu alarmieren, es sei denn nach ihrem Tod. Glaubst du etwa, das fiele mir leicht? Ich war derjenige, der sie gefunden hat, ich hörte, wie sie im Badezimmer zu Boden stürzte. Sie war monatelang fort gewesen. Monatelang! Ich hatte keine Ahnung, daß sie zurück war. Zuerst dachte ich, irgendein Krimineller habe sie ermordet. Zitternd vor Angst schlich ich mit dieser Pistole hier in die Wohnung und fand sie im Badezimmer auf dem Fußboden in einer Blutlache. Es war eine Riesenschweinerei. Fast wäre ich ohnmächtig geworden, das kannst du mir glauben. Ich brauch' nur dran zu denken, schon bin ich das reinste Nervenbündel.«

»*Du* hast sie also gefunden? Das wußte ich nicht –«

»Ja. Es war furchtbar. Ich brauchte mehrere Tage, um alle Blutspuren zu beseitigen. Da drin sah es aus wie nach einem Schlachtfest.«

»Du hast ihr das Leben gerettet«, sagte ich zu Eddie, der noch immer im spärlich erleuchteten Flur stand.

»Ja, ich seh' mich auch lieber als Helden in dieser schlimmen Geschichte.«

»Hör mal, Eddie, du könntest jetzt aufhören, mit der Pistole auf mich zu zielen«, sagte ich.

»Ach ja, tut mir leid, Tom«, erwiderte er und ließ die Waffe sinken. »Bei mir ist dieses Jahr schon zweimal eingebrochen worden.«

»Schließt du denn deine Tür nie ab?«

»Meine Tür hat mehr Schlösser als Shirley Temple Locken auf dem Kopf, mein Lieber. Diese Einbrecher sind die reinsten Akrobaten. Einer ist von der Feuerleiter auf mein Fensterbrett gesprungen. Seitdem beschmiere ich es immer mit Schmierseife, aber diese Typen sind Profis, ehrlich. Wenn du wüßtest, was mich meine Versicherung kostet! Eine astronomische Summe. Sag mal, wie geht es dir eigentlich, Tom? Ich hab' dich noch gar nicht richtig begrüßt.«

Ich trat in den Flur hinaus und umarmte Eddie Detreville. Er küßte mich auf die Wange, und ich erwiderte den Kuß. Dann gingen wir nebeneinander ins Wohnzimmer. Er knipste eine Lampe an, und ich ließ mich müde in einen Sessel sinken. Das Licht schmerzte mich in den Augen, mit lähmender Grausamkeit setzte es mein Hirn unter Hochspannung.

»Wo ist Andrew?« fragte ich mit geschlossenen Augen.

»Er hat mich wegen eines jüngeren Mannes verlassen, Tom. Eine alte Tunte hat er mich genannt, eine alte, ausgebrannte Tunte. Von Zeit zu Zeit ruft er mich an. Vielleicht schließen wir ja wieder Frieden miteinander. Savannah hat sich wie ein Engel benommen, als es passierte. Eine Zeitlang hab' ich praktisch bei ihr gewohnt.«

»Tut mir leid für dich«, sagte ich und öffnete die Augen. Jetzt gab mir das grelle Licht ein Gefühl, als hätte mir jemand Säure auf die Netzhäute gespritzt. »Ich mochte Andrew gern. Ihr habt gut zueinander gepaßt. Ist irgendein anderer netter Junge in Sicht?«

»Ach was! Nicht ein einziger – es sei denn, ich kann dich vor deiner Abreise dazu verführen, zu uns überzulaufen. Oder klammerst du dich immer noch an die lächerliche Vorstellung, du seist unheilbar heterosexuell?«

»Nein, ich bin neuerdings ein Neutrum«, erwiderte ich. »Mit Sex kann ich nichts mehr anfangen. Ich suhle mich jetzt in meinem Selbstmitleid.«

»Ich mach' dir einen Drink«, sagte Eddie. »Und danach fange ich an, dich ganz langsam und sinnlich zu verführen.«

»Treib's nicht zu toll, Eddie, bei mir ist mal wieder eine Migräne im Anmarsch.«

»Warst du schon bei Savannah?«

»Ja, ich hab' mich gefühlt, als redete ich mit einer Zimmerpflanze.«

»Eine Zeitlang war sie völlig außer sich. Du kannst es dir nicht vorstellen. Reif für die Klapsmühle.«

»Hast du Kopfschmerztabletten? Ich hab' meine zu Hause vergessen.«

»Tabletten?« wiederholte er. »Bei mir kannst du alles haben: Tabletten zum Aufputschen und zum Abschlaffen, schwache, mittelstarke und richtige Hämmer. Mein Badezimmerschränkchen ist die reinste Apotheke. Es ist aber nicht gut, Pillen zu schlucken, wenn man Alkohol getrunken hat.«

»Seit wann tue ich etwas, das gut für mich ist?«

»Du siehst schlimm aus, Tom. Ich hab' dich noch nie in einem so üblen Zustand gesehen. Sonst warst du immer so hübsch.«

»Sind das etwa deine ›sinnlichen Verführungskünste‹?« spottete ich und lächelte ihn an. »Kein Wunder, daß du allein bist.«

»Ich hab's nicht böse gemeint«, verteidigte er sich und ging zu der kleinen Hausbar neben Savannahs Schreibtisch, um uns einen Drink zu machen. »Huch, bist du sensibel! Übrigens hast du mir noch nicht gesagt, wie ich dir zur Zeit gefalle.«

Er brachte mir einen Cognac. Ich beobachtete ihn, als er quer durch das Zimmer auf mich zusteuerte. Eddie Detreville war ein eleganter und kultivierter Mann mittleren Alters. Seine Schläfen waren ergraut, und auch durch sein makellos gekämmtes braunes Haar zogen sich schon silberne Fäden. Er hatte das Gesicht eines müden Königs. Seine Haut war zart, um Mund und Augen schon ein wenig schlaff. Über das leicht vergilbte Weiß seiner Augäpfel zog sich ein Netz feiner, roter Äderchen. Eddies Augen wirkten, als blickten sie durch einen hauchdünnen Schleier.

»Ich hab's dir schon oft gesagt, Eddie, und ich sag's dir noch einmal: Du bist einer der bestaussehenden Männer dieses Planeten.«

»Das sagst du nur, weil ich mir von dir schamlos ein Kompliment ergaunert habe. Aber ich entschuldige mich trotzdem nicht.«

»Du siehst so appetitlich aus, daß man dich am liebsten fressen möchte.«

»Nun, das ließe sich unter Umständen arrangieren.«

»So hab' ich es nicht gemeint, Eddie.«

»Immer diese leeren Versprechungen! Aber meinst du wirklich, daß ich gut aussehe? Und daß ich noch nicht zu sehr gealtert bin?«

»Das fragst du mich jedesmal, Eddie.«

»Dein Urteil bedeutet mir viel. Da ich dich nur selten sehe, kannst du meinen körperlichen Niedergang am besten beurteilen. Weißt du, Tom, vor ein paar Tagen fand ich zufällig ein paar alte Bilder von mir, da mußte ich einfach weinen. Ich war damals so schön! Ja, als junger Mann war ich eine richtige Schönheit. Wenn ich mich jetzt rasiere, knipse ich im Badezimmer nie das Licht an. Ich kann mein Spiegelbild nicht ertragen, es ist einfach *zu* traurig. Seit einiger Zeit treibe ich mich wieder in diesen Bars rum, und neulich abends hab' ich einen jungen Mann angesprochen, ein hübscher Kerl. Ich wollte ihn nur zu einem Drink einladen, aber er sagte zu mir: ›Willst mich wohl anmachen, Opa?‹ Ich war ganz schön erschüttert.«

»Wenn der wüßte, was er verpaßt hat, Eddie«, sagte ich.

»Ich hab' vor dem Altwerden viel mehr Angst als vor dem Sterben. Aber wir wollen nicht nur über mich reden. Wie lange wirst du diesmal in New York bleiben, Tom?«

»Keine Ahnung. Savannahs Therapeutin möchte, daß ich vor ihren Augen die ganze schmutzige Wäsche unserer Familie wasche. Sie meint, daß sie mein Schwesterherz dann seelisch besser zusammenflicken kann. Am liebsten würde ich ihr sagen: Mami hat 'nen Knall, Papi hat 'nen Knall, und alle anderen Wingos, einschließlich Savannah, haben auch 'nen Knall.«

»Wann hast du eigentlich zum letztenmal mit Savannah gesprochen oder von ihr ein Lebenszeichen erhalten, Tom?«

»Vor über drei Jahren«, antwortete ich und staunte, wie lange das schon her war. »Sie sagte damals, ich erinnere sie zu sehr an Luke.«

»Tom, ich will dir was sagen: Ich glaube nicht, daß Savannah es noch mal schafft. Meiner Meinung nach hat sie diesmal zu viel abgekriegt. Sie ist mit ihren Kräften am Ende und zu müde, um weiter dagegen anzukämpfen.«

»Sag das nicht, Eddie. Sag alles, was du willst, aber das nicht!«

»Tut mir leid, Tom, ich hab' nur ausgesprochen, was ich schon lange spüre.«

»Meinetwegen spür's, Eddie, aber sprich's nicht aus.«

»Ja, das war dumm von mir. Ich nehme alles zurück. Kann ich dich morgen abend zum Essen einladen?«

»Sehr gerne, aber ich muß erst abwarten, wie ich mich morgen früh fühle.«

Nachdem Eddie gegangen war, nahm ich die Wohnung in Augenschein und machte mich innerlich darauf gefaßt, daß die Migräne sich wie der große Schatten einer Mondfinsternis über mein Gehirn legen würde. Bis dahin waren es noch zwei Stunden, aber ich spürte schon, wie der Druck an einer Stelle meiner Schädelbasis zunahm. Dieser Schmerz würde mich allerdings erst in die Knie zwingen, sobald er die linke Schläfe erreicht hatte. Ich nahm die erste Tablette ein und spülte sie mit einem letzten Schluck Cognac hinunter. Dabei ruhte mein Blick auf dem Foto, das Savannah über ihren Schreibtisch an die Wand gehängt hatte.

Mein Vater hatte es gegen Ende unserer High-School-Zeit an Deck seines Krabbenfängers gemacht. Luke und ich lächelten in die Kamera. Wir hatten Savannah zwischen uns genommen und unsere Arme um ihre Schultern gelegt. Savannah lachte auf dem Bild und blickte mit reiner, unkomplizierter Zuneigung zu Luke auf. Wir waren alle drei jung, braungebrannt und – ja, wir waren schön. Im Hintergrund, kaum noch zu erkennen, jenseits des Anlegeplatzes und des sumpfigen Uferstreifens, stand Mutter vor unserem kleinen weißen Haus und winkte Vater zu. Hätte einer von uns damals gewußt, was uns jenes Jahr bringen sollte, wäre uns das Lächeln wohl vergangen. Aber dieses Foto hatte die Zeit zum Stillstand gebracht, und deshalb würden die drei Wingo-Kinder für alle Zeiten an Deck des Bootes stehen und sich gegenseitig Halt geben, verbunden durch das zarte, aber unverbrüchliche Band der Liebe.

Ich zog meine Brieftasche hervor und entnahm ihr den zusammengefalteten, schon ziemlich ramponierten Brief, den Savannah mir nach dem ersten Spiel der ersten Football-Mannschaft, die ich trainierte, geschrieben hatte. Ich starrte das lachende Mädchen auf dem Foto an und fragte mich, wann genau, in welchem Augenblick ich sie verloren hatte, wann sie mir zu weit entglitten war, wann ich sie verraten und an die Welt ausgeliefert hatte. Das Bild brannte sich in mein Herz, während ich mit lauter Stimme las:

Lieber Trainer,
ich hab' darüber nachgedacht, was Du Deinen Boys alles beibringen kannst, Tom, und mit welchen Worten Du Dir ihre Zuneigung sicherst, wenn Du sie über eine Rasenfläche treibst, die Du selbst gemäht hast. Als ich zusah, wie Deine Mannschaft ihr erstes Spiel gewann, zeigte sich mir der Sport in all seiner Magie, und ich glaubte silberhelle Stimmen zu hören, die wie Trillerpfeifen klangen. Mir fehlen die Worte, um zu beschreiben, wie schön Du aussahst, während Du den Verteidigern wichtige Anweisungen gabst, Spieler austauschtest und auf dem unnatürlich grünen, grell angestrahlten Seitenstreifen hin und herliefst, geliebt von Deiner Schwester wegen Deiner unvorstellbaren Liebe zum Spiel, wegen dieser sanften, weichen, unendlichen Liebe zu Deinen Boys und zu allen Spielen der Welt.
Es gibt jedoch ein paar Dinge, die eine Schwester ihrem Bruder,

der Trainer ist, mit auf den Weg geben kann. Lehre Deine Boys vor allem dies, und gib acht, daß sie es gut lernen: Lehre sie solch stille Worte wie Güte, hilf ihnen, über sich selbst hinauszuwachsen, dräng sie, ihr Bestes zu geben, zwing sie zur Sanftmut zieh sie ganz in Deinen Bann und hilf ihnen, Männer zu werden, aber sei dabei behutsam wie ein Engel, der den Himmel mit Wolken schmückt. Mach, daß Dein Geist sie so sanft durchdringt, wie ich von ihm durchdrungen bin. Gestern abend, als ich Deine Stimme aus dem Lärm der Menge heraushörte, mußte ich weinen. Ich hörte, wie Du einen ungeschickten Stürmer oder einen langsamen Verteidiger mit der süßen Musik Deines Lobes ansporntest. Tom, mein Bruder, mein goldener, verwundeter Löwe: Lehre sie vor allem, was das Beste an Dir selbst ist. Kein Brief und kein Gedicht könnte Deinen Boys verständlich machen, worin Deine überragende Gabe besteht. Mögen sie von Dir lernen, wie man seiner Schwester der gütigste und vollkommenste Bruder wird.

Savannah

Ich betrachtete noch einmal das Foto, nachdem ich den Brief gelesen hatte. Schließlich verwahrte ich ihn in meiner Brieftasche, ging ins Schlafzimmer, ersetzte die Glühbirne der Nachttischlampe durch eine neue und fegte die Glassplitter der zerbrochenen Vase auf. Dann zog ich mich schnell aus und warf meine Kleidung auf einen Stuhl. Schließlich schlug ich die Decke zurück und legte mich ins Ben. Ich schloß die Augen, öffnete sie jedoch nach einer Weile wieder.

Und dann überfiel mich der Schmerz. Wie eine Säule aus Feuer brannte er hinter meinen Augen. Mit grausamer Plötzlichkeit schlug er zu.

Von tiefer Stille umgeben, lag ich in dem dunklen Zimmer und schwor mir, mein Leben zu ändern.

4

Über die eigene Kindheit kann man kein endgültiges Urteil fällen, sondern nur feststellen, daß sie Spuren hinterlassen hat und das Vermächtnis klarer Erinnerungen. Ich möchte nun von den sonnendurchglühten, tief empfundenen Tagen meiner frühen Jugend erzählen. Obgleich ich eher zum Märchenerzähler als zum getreuen Chronisten tauge, werde ich versuchen, einen Eindruck der heillosen, bisher nie erzählten Schrecken und Nöte meiner Jugend zu vermitteln. Dabei begehe ich notgedrungen Verrat an der Geschichte meiner Familie, da ich dazu neige, alles, selbst die traurigen Dinge, romantisch zu verbrämen. An dieser Geschichte ist jedoch nichts Romantisches: Sie ist eine Geschichte wie jede andere.

Beginnen wir mit einer einfachen Feststellung: Die Hunde auf der Insel bellten und heulten wie verrückt.

Es war Nacht. Meinem Großvater, der den Hunden eine Weile zugehört hatte, kam das Geheul nicht geheuer vor. Die ganze wehmütige Einsamkeit unserer Heimat lag darin. Die Hunde der Insel hatten Angst. Es war der vierte Oktober 1944, zehn Uhr nachts. Die Flut stieg und sollte ihren höchsten Stand erst um 1 Uhr 49 am nächsten Morgen erreichen.

Meine Schwester wurde in dem weißen Haus am Fluß geboren. Sie war seit einem Monat überfällig, doch das sei nur am Rande bemerkt. Sarah Jenkins, eine Schwarze, fünfundachtzig Jahre alt und seit sechzig Jahren Hebamme, stand über meine Mutter gebeugt, während Savannah zur Welt kam. Um dieselbe Zeit lag Dr. Bannister, der einzige Arzt von Colleton, in Charleston im Sterben.

Als Sarah Jenkins sich zu Savannah hinunterbeugte, sah sie, daß plötzlich noch ein Kinderkopf auftauchte. Es war meiner. Ich kam völlig überraschend, gleichsam wie ein nachträglicher Einfall, zur Welt.

Ein Hurrikan bewegte sich auf Melrose Island zu. Mein Großvater dichtete die Fenster mit Klebestreifen ab. Dann warf er einen langen, gedankenverlorenen Blick auf Luke, der schlafend in der Wiege lag, und horchte noch einmal auf das Gekläffe der Hunde. Bei dem starken Wind war es kaum noch zu hören. Der Strom war schon vor einer Stunde ausgefallen, so daß ich bei Kerzenlicht geboren wurde.

Nachdem Sarah Jenkins uns sorgfältig gewaschen hatte, kümmerte sie sich um unsere Mutter. Es war eine schwere Geburt gewesen; Mutter hatte viel Blut verloren. Sarah befürchtete, daß es Komplikationen geben könnte. Sie war in einer kleinen Hütte hinter der Barnwell Plantage als Sklavin geboren worden und war die letzte ehemalige Sklavin in Colleton. Sie hatte ein ledernes, glänzendes Gesicht und milchkaffeefarbene Haut.

»Ah, Sarah«, seufzte mein Großvater zufrieden, als er Savannah emporhob, um sie im Schein der Kerze zu betrachten. »Ein gutes Zeichen. Seit drei Generationen endlich wieder ein Mädchen in der Wingo-Familie!«

»Der Mama geht's nicht gut.«

»Kannst du ihr helfen?«

»Kann jetzt nicht mehr viel tun. Sie braucht einen Arzt.«

»Der Wind wird immer stärker, Sarah.«

»So wie damals, 1903. Schlimmer Sturm. Hat viele arme Menschen getötet.«

»Hast du keine Angst?«

»An irgendwas muß man sterben«, entgegnete sie trocken.

»Gut, daß du gekommen bist, Sarah.«

»Ich bin gern bei meinen Töchtern, wenn ihre Zeit gekommen ist. Schwarz oder weiß. – Egal. Alle sind meine Töchter. Hab' tausend Kinder hier auf Inseln rumlaufen.«

»Weißt du noch, wie ich auf die Welt kam?« fragte mein Großvater.

»Sie waren 'n kleiner Schreihals!«

»Zwillinge«, sagte mein Großvater nachdenklich. »Was bedeutet das?«

»Glück«, erwiderte die Schwarze und wandte sich wieder meiner Mutter zu. »Gott schenkt der bösen Welt ein doppeltes Lächeln.«

Draußen im Wald zerrte und rüttelte der Wind an den Bäumen, während der herabstürzende Regen wie mit kleinen, kraftvollen Fingern das Erdreich lockerte. Klatschend schlugen die Wellen über den Anlegesteg. Die Schlangen verließen ihre Höhlen und krochen auf die Bäume. Sie spürten das Herannahen der Flut. Eine kleine, entwurzelte Palme kullerte den Weg entlang, der zum Haus führte, holpernd und schlingernd wie ein auf der Erde sich wälzender Mensch. Keine einzige Vogelstimme war mehr auf der Insel zu hören, und selbst die Insekten waren verstummt.

Mein Großvater ging ins Schlafzimmer, wo meine Mutter, völlig erschöpft, gerade am Einschlafen war. Sarah Jenkins wischte ihr mit einem Tuch den Schweiß vom Gesicht.

»Meinen Glückwunsch, liebe Lila! Du hast gute Arbeit geleistet heute nacht.«

»Danke, Dad«, sagte sie matt. »Was macht der Sturm?«

»Sieht ganz ungefährlich aus«, log er. »Schlaf du nur und laß den Sturm meine Sorge sein.« Er ging zurück ins Wohnzimmer und zog ein Telegramm aus der Hosentasche, das das Kriegsministerium vor zwei Tagen an meine Mutter geschickt hatte. Mein Vater, so hieß es, sei während eines Luftangriffs über Deutschland abgeschossen und als vermißt gemeldet worden. Man vermute, daß er tot sei. Der alte Mann weinte bittere Tränen um seinen Sohn, doch dann dachte er an seine Pflichten und daran, daß Zwillinge Glück bedeuten.

Er ging in die Küche, kochte eine Kanne Kaffee für sich und Sarah und brachte ihr eine Tasse hinüber. Kurze Zeit später spürte er, wie der Sturm sich gegen das Haus warf, und vernahm das gefährlich tiefe Summen vibrierender Fensterscheiben. Das Wasser hatte inzwischen fast die Oberkante des Steges erreicht, und die Flut, windgepeitscht und voller Heimtücke, drang immer weiter ins Hinterland vor. Das Nest eines Fischadlers, das vom Wipfel eines abgestorbenen Baumes heruntergerissen worden war, wurde wie ein Damenhütchen über den Hof gewirbelt. Der Fluß trug es rasch stromabwärts.

Mein Großvater nahm die weiße Bibel, die er meinen Eltern zur Hochzeit geschenkt hatte, und schlug die glänzenden, unbedruckten Seiten zwischen dem Alten und dem Neuen Testament auf. Meine Mutter hatte zwei Namen ausgewählt, einen, falls es ein Junge, und einen, falls es ein Mädchen werden würde. Mit einem Füllfederhalter schrieb er unter Lukes Namen: Savannah Constance Wingo. Darunter trug er meinen Namen ein: Thomas Catlett Wingo.

Der Sturm wurde später von den schwarzen Einheimischen des Tieflandes ›Bathseba‹ getauft. Er kostete zweihundertundsiebzehn Menschen entlang der Küste von South Carolina das Leben.

Mein Großvater sah auf die Uhr. Es war fast elf. Er öffnete das Buch Hiob und las eine Stunde lang darin. Manchmal wanderten seine Gedanken zu seinem Sohn und zu seiner Frau. Meine Großmutter hatte ihn zur Zeit der großen Wirtschaftskrise verlassen, weshalb er zuweilen tief in seinem Herzen Bitterkeit gegen Gott hegte. Doch wenn er im Buch Hiob las, fühlte er sich getröstet.

Abermals weinte er um seinen Sohn. Schließlich stand er auf und starrte hinaus. Ein unirdisches Licht, ein gespenstisches Leuchten hatte bisher den Sturm begleitet, doch jetzt war der Fluß nicht mehr zu erkennen. Rasch streifte er sich Stiefel, Regenmantel und Hut über und holte eine Laterne aus der Küche. Er sah noch einmal nach meiner Mutter und nach Sarah und warf einen prüfenden Blick auf die beiden Babys. Dann ging er in den Sturm hinaus.

Die Tür wurde fast aus den Angeln gerissen, als er sie öffnete, und er mußte all seine Kraft aufbieten, um sie wieder zu schließen. Verbissen stemmte er sich gegen den Wind und stapfte mit schwankenden Schritten über den Hof auf den Fluß zu. Ein Zweig schlug gegen seine Stirn und versetzte ihm einen Schnitt, wie mit einem scharfen Messer. Mit der Hand schirmte er die Augen ab und lauschte auf das Geräusch der brechenden Bäume entlang des Flusses. Zwanzig Meter vom Ufer entfernt reichte ihm das Wasser bereits bis zu den Knien. Äußerst beunruhigt beugte er sich, blind vom Regen, hinunter, um einen Schluck zu probieren: Es schmeckte salzig.

Er betete zu dem Gott Abrahams, zu dem Gott, der das Rote Meer geteilt hatte, zu dem Gott, der die ganze Welt mit Wasser vernichtet hatte. Er betete um Kraft.

Der Sturm trug Großvater förmlich zum Haus zurück. Vergeblich versuchte er die Haustür zu öffnen; der Wind hielt sie fest verschlossen. Als er zur Hintertür rannte, wurde er unterwegs von einem Ast, der von der Eiche vor dem elterlichen Schlafzimmer abgebrochen war, zu Boden gestreckt. Benommen und mit einer blutenden Wunde am Hinterkopf richtete er sich wieder auf und kroch auf allen vieren auf die Hintertür zu. Der Sturm glich einer Felswand, die sich gegen ihn preßte. Wasser ergoß sich in die Küche, als er die Tür aufstieß, und einen Augenblick lang lag er wie betäubt auf dem Fußboden. Doch dann fiel ihm die steigende

Flut ein. Über dem Spülstein wusch er sich das Blut vom Kopf. Anschließend ging er zu meiner Mutter ins Schlafzimmer. Der Schein der Laterne verlieh ihm etwas Unmenschliches, denn er warf einen riesigen, gespenstischen Schatten.

Sarah Jenkins schlief auf einem Stuhl neben dem Bett meiner Mutter. Sanft rüttelte er sie wach.

»Der Fluß«, flüsterte er. »Er ist über die Ufer getreten, Sarah!«

Zu genau demselben Zeitpunkt lag mein Vater in Deutschland, in einem Dorf namens Diesen, hinter einer Kirchenempore versteckt und beobachtete einen katholischen Priester bei der Messe. Vaters linke Gesichtshälfte war gelähmt, sein linker Arm war steif und brannte, Blut verschleierte seinen Blick. Aufmerksam betrachtete er den Priester, der die Messe auf lateinisch las. In seiner Unwissenheit hielt mein Vater es für Deutsch. Er beobachtete die Gesten des Priesters, die Art und Weise, wie er vor dem Kreuz kniete, seinen Gesichtsausdruck, als er sich umwandte, um drei gebeugte, vom Schicksal gezeichnete alte Frauen zu segnen, die mitten im Krieg zu dieser Frühmesse gekommen waren, oder wie er den Abendmahlskelch emporhob. Mein Vater versuchte, sich daraus ein Urteil über den Charakter des Mannes zu bilden. Ob er mir wohl helfen würde? fragte er sich. Ich habe mit meinen Bomben seine Landsleute getötet, doch wie denkt ein Mann Gottes über Hitler? Wie würde dieser Mann Gottes reagieren, wenn ich ihn um Hilfe bitten würde. Mein Vater war in seinem ganzen Leben noch nie in einer katholischen Kirche gewesen. Er hatte nie nähere Bekanntschaft mit einem Katholiken gemacht und noch nie einen Priester gesehen.

»Agnus Dei qui tollis peccata mundi«, hörte er den Priester sprechen, und die Schönheit dieser Worte beeindruckte ihn, auch wenn er ihren Sinn nicht verstand.

»Agnus Dei.« Abermals vernahm er diese Worte. Er senkte die Pistole, die er auf den Priester gerichtet hatte, und sah zu, wie die drei Frauen vortraten, um die heilige Kommunion zu empfangen. Er glaubte zu sehen, wie der Priester jede der drei Frauen anlächelte, doch er war sich nicht sicher. Sein Kopf schmerzte. Er hatte noch nie solche Schmerzen erlebt, nicht gewußt, daß es solche Schmerzen überhaupt gab. Kurz vor Ende der Messe verlor er, den Kopf gegen das steinerne Geländer gelehnt und den Körper zwischen Orgel und Wand geklemmt, das Bewußtsein.

Der Priester hieß Pater Günter Kraus. Er war ein sechzigjähriger Deutscher aus München. Sein weißes Haar und das kräftige Gesicht mit der scharfgeschnittenen Nase verliehen seinem Aussehen etwas merkwürdig Inquisitorisches. Ein düsteres Gesicht, hinter dem sich ein im Grunde freundlicher Mensch verbarg. Seine unstillbare Sehnsucht nach Einfachheit und Schlichtheit war mit ein Grund gewesen, warum er das Amt des Priesters gewählt hatte. Bevor er sich mit seinem Bischof überworfen hatte, weil dieser mit den Nazis zusammenarbeitete, war er Pfarrer der drittgrößten Kirchengemeinde in München gewesen. Nach dem Streit hatte der Bischof Pater Kraus – zu dessen Wohl – ins bayerische Hinterland verbannt. Einige seiner Kollegen, die mutiger waren als er, hatten jüdische Familien bei sich versteckt gehalten und waren später deshalb in Dachau gestorben. Er selbst hatte einmal einer jüdischen Familie, die in seiner Kirche Zuflucht suchte, die Aufnahme verweigert – eine Sünde, die ihm, so glaubte er, kein noch so barmherziger Gott jemals vergeben würde. Mein Vater war also in die Kirche eines nicht sehr mutigen, dafür aber guten Menschen geraten.

Nach der Messe begleitete Pater Kraus die drei Frauen durch das Portal hinaus und plauderte noch ein Weilchen mit ihnen auf den Kirchenstufen.

Der Meßdiener löschte inzwischen die Kerzen, wusch den Kelch aus und hängte Chorhemd und Soutane in den schmalen Garderobenschrank des Priesters. Er bemerkte als erster das eingeschlagene Fenster im Badezimmer, übersah jedoch die Blutspuren auf dem Boden neben dem Waschbecken. Beim Hinausgehen sagte er dem Priester, der immer noch vor der Kirche stand, kurz wegen des Fensters Bescheid.

In der Ferne sah der Priester die schneebedeckten, im Sonnenlicht gleißenden Gipfel der Alpen. Vergangene Nacht hatten die Alliierten vier deutsche Städte bombardiert.

Er schloß das Kirchenportal ab, sah nach, ob noch genügend Weihwasser im Becken war, und ging dann zu einem Seitenaltar hinüber, wo er vor der kleinen Marmorstatue des ›Jesuskindes von Prag‹ eine Kerze anzündete. Er betete für den Frieden.

Ein Tropfen fiel auf sein weißes Gewand und hinterließ einen dunkelroten Fleck. Ein weiterer landete auf seinen zum Gebet gefalteten Händen. Pater Kraus blickte nach oben, und ein Tropfen Blut klatschte ihm mitten ins Gesicht.

Als mein Vater wieder zu sich kam, sah er den Priester mit forschendem Blick über sich gebeugt, sichtlich bemüht, zu einem Entschluß zu gelangen.

»Buenos días, Señor«, sprach er den Priester an. Dieser schwieg, doch seine Hände zitterten.

»Bonjour, Monsieur«, versuchte es mein Vater erneut.

»Engländer?« fragte der Priester.

»Amerikaner.«

»Sie können nicht hierbleiben.«

»Es sieht nicht so aus, als ob wir beide viel daran ändern können. Mir scheint, Sie und ich, wir sind ein Team.«

»Langsam, langsam. Mein Englisch ist nicht sehr gut.«

»Ich brauche Ihre Hilfe. Jeder Deutsche hier in ›Krautland‹ wird nach mir suchen, wenn mein Flugzeug gefunden wird.«

»Ich kann Ihnen nicht helfen.«

»Warum nicht?«

»Ich habe Angst.«

»Angst«, echote mein Vater. »Ich hatte die ganze letzte Nacht Angst. Sind Sie ein Nazi?«

»Nein, ich bin Priester. Ich muß Sie melden. Nicht, daß ich es möchte, aber es ist besser so. Für mich, für Sie, für jeden. Man wird Ihre Wunden behandeln und weiteren Blutverlust verhindern.«

Mein Vater hob die Pistole und richtete sie auf den Priester.

»Böser Sturm«, bemerkte Sarah Jenkins, als sie sich erhob. »Wie 1903.«

»Wir müssen zum Stall hinüber und auf den Heuboden klettern«, sagte mein Großvater.

»Schlimm für die Babys, schlimm für die Mama.«

»Kann man nicht ändern, Sarah«, entgegnete er. »Ich bringe zuerst dich raus.«

»Was reden Sie da? Sarah ist alt, aber Sarah ist noch nicht tot! Ich helfe mit den Babys, Amos«, widersprach sie entschieden. Sarah Jenkins nahm sich das Recht heraus, auch Männer bei ihren

Vornamen anzusprechen – sofern sie ihnen auf die Welt geholfen hatte.

Mein Großvater hob mich aus dem Bettchen und legte mich vorsichtig in Sarahs Arme, wo ich ruhig weiterschlief. Sie schlang sich ihr Tuch um die Schultern und drückte mich fest an ihre Brust. Savannah und Luke wickelte er in eine Baumwolldecke und breitete noch seinen Regenmantel über sie.

Sie öffneten die Hintertür und rannten durch den Sturzregen auf den Stall zu. Die Nacht war erfüllt von dem dämonischen Heulen der Stunnböen, die eine Geschwindigkeit von bis zu dreihundert Kilometern pro Stunde erreichten. Sarah verlor das Gleichgewicht und wurde quer über den Hof geweht, wobei sich ihr Schultertuch wie ein Segel blähte. Sie hielt mich auch dann noch fest an sich gepreßt, als sie gegen die Wand eines Nebengebäudes geworfen wurde.

Mühsam kämpfte sich mein Großvater zu ihr durch, faßte sie mit einem Arm um die Taille und riß sie so heftig hoch, daß er ihr weh tat. Einen Augenblick lang hielten sie sich umklammert, schlammbespritzt und vom Regen durchweicht, dann bahnten sie sich mühselig, mit drei schreienden Kindern im Arm, einen Weg zum Stall. Auch hier hielt der Wind die Tür fest verschlossen. Als mein Grandpa sie gewaltsam öffnete, krachte sie gegen die Stallwand und zersplitterte.

Sie gingen hinein, und er stieg die Leiter hinauf, die über ihren Köpfen in der Dunkelheit verschwand. Seite an Seite rettete er Luke und meine Schwester in das duftende Heu. Die Panik der Tiere im Stall war deutlich zu spüren. Er kletterte wieder hinunter, um Sarah und mich zu holen. »Sarah ist schwer verletzt«, wimmerte die alte Frau. »Kann nicht hinaufsteigen.«

Kurz entschlossen nahm er sie auf den Arm. Sie war so zerbrechlich wie ein Kind, und sie stöhnte, als er mit ihr die Leiter emporstieg, während ich noch unten auf dem Stallboden lag. Der Sturm brauste durch die Türöffnung. Oben angelangt, setzte er sie neben Luke und Savannah und lehnte ihren Rücken gegen einen Heuballen. Sogleich tastete sie nach den Kindern und versuchte, sie irgendwie trocken zu bekommen, doch das war sinnlos – trotz Decken und Kleidung waren sie bis auf die Haut durchnäßt. Da knüpfte sie die Bluse auf und drückte die beiden fest an ihre nackten Brüste, um sie mit ihrem Körper zu wärmen.

Als mein Großvater wieder aus der Dunkelheit auftauchte, diesmal mit mir im Arm, legte sie mich zwischen meine Geschwister. Eilends kletterte der alte Mann die Leiter wieder hinunter und ging in den brüllenden Sturm hinaus, zurück zum Haus.

Das Wasser drang schon durch die vordere Türe. Amos Wingo starrte hinaus in die Dunkelheit, und den Anblick, der sich ihm jetzt bot, sollte er für den Rest seines Lebens nie vergessen: Die reißenden, wilden Fluten des Flusses wälzten sich direkt auf unser Haus zu. Ein losgerissenes Ruderboot wirbelte durch die Luft, und mein Großvater glaubte zu träumen, als es aus der Finsternis heraus auf ihn zugeschossen kam. Er hob seine Hand, wie um es aufzuhalten, und schloß die Augen, als es auf der anderen Seite des Zimmers durch das Fenster krachte und den Eßzimmertisch zerschmetterte. Ein Glassplitter bohrte sich in seinen Arm. Während er in das Zimmer rannte, in dem meine Mutter lag, schickte er ein Stoßgebet gen Himmel.

Der Priester zitterte heftig beim Anblick der Pistole. Er schloß die Augen, faltete die Hände vor der Brust und segnete den Unbekannten auf lateinisch. Mein Vater senkte die Pistole. Der Priester öffnete die Augen.

»Ich kann nicht auf jemanden schießen, der so gekleidet ist wie Sie, Pater«, sagte mein Vater schwach.

»Sind Sie schwer verletzt?« fragte der Priester.

Mein Vater lachte. »Sehr schwer.«

»Kommen Sie. Ich werde Sie später melden.«

Pater Kraus half meinem Vater, der sich mit seinem ganzen Körpergewicht auf ihn stützte, auf die Beine und führte ihn durch eine nahegelegene Tür in den Aufgang zum Glockenturm, von dem aus man das ganze Dorf überblicken konnte. Während sie sich langsam die enge Treppe hinaufkämpften, tropfte Blut auf jede Stufe, die sie erklommen. Als sie den kleinen Raum am Ende der Treppe erreicht hatten, ließ der Priester meinen Vater vorsichtig zu Boden gleiten. Er zog ihm die zerfetzte, blutverschmierte Uniform aus und schob sie ihm als Kissen unter den Kopf. Dann riß er sein Meßgewand in lange Streifen und verband damit die Wunden.

»Sie haben viel Blut verloren«, bemerkte der Priester. »Ich muß Wasser holen, um die Wunden zu säubern.«

Mein Vater sah zu dem Priester auf und sagte: »Gesundheit.«

Es war das einzige deutsche Wort, das er kannte. Dann verlor er erneut das Bewußtsein.

Als er in der folgenden Nacht wieder zu sich kam, erblickte er den Priester, der sich über ihn beugte und die Letzte Ölung vornahm. Der Priester war sich im klaren darüber, daß der verwundete Pilot hohes Fieber und lebensgefährliche Verletzungen hatte. Mein Vater konnte auf dem linken Auge nichts sehen, aber er spürte die Hände des Priesters, die ihn mit geweihtem Öl betupften.

»Warum?« fragte er.

»Weil ich glaube, daß Sie bald sterben müssen«, antwortete der Priester. »Ich möchte Ihnen die Beichte abnehmen. Sind Sie Katholik?«

»Baptist.«

»Ah, Sie sind also getauft. Ich war mir nicht sicher. Deshalb habe ich vor wenigen Minuten die Taufe vollzogen.«

»Danke. Ich wurde im Colleton River getauft.«

»Ach ja? In einem richtigen Fluß?«

»Ja.«

»Ich habe Sie also ein zweites Mal getauft.«

»Das kann nicht schaden.«

»Ich habe etwas zu Essen mitgebracht. Haben Sie Hunger?«

Noch Jahre später beschrieb uns mein Vater immer wieder mit derselben unverminderten Bewunderung den Geschmack jenes deutschen Schwarzbrotes, der dick aufgetragenen Butter und des Rotweins, den der Priester ihm zu trinken gab.

Eine deutsche Patrouille hatte inzwischen das Flugzeugwrack entdeckt und die ganze Umgegend alarmiert, daß sich ein amerikanischer Pilot in der Nähe befinden müsse. Auf seine Ergreifung wurde eine Belohnung ausgesetzt, und man drohte, jeden, der ihm Hilfe leistete, standrechtlich zu erschießen.

»Man sucht Sie bereits«, informierte der Priester meinen Vater, als er gegessen hatte. »Sie waren heute hier im Dorf.«

»Waren sie auch in der Kirche?«

»Ja. Ich sagte ihnen, daß ich Sie eigenhändig umbringen würde, falls ich Sie fände. Es amüsierte sie, solche Worte von einem Priester zu hören. Aber sie werden wiederkommen – da bin ich mir sicher.«

»Ich verschwinde, sobald ich wieder einigermaßen auf dem Damm bin.«

»Ich wünschte, Sie wären nie hierher gekommen.«

»Das war auch nicht meine Absicht. Man hat mein Flugzeug abgeschossen.«

»Dann war es also Gott selbst, der Sie hierher geführt hat«, bemerkte der Priester.

»Nein, mein Herr. Ich glaube eher, es waren die Nazis.«

»Ich habe heute für Sie gebetet.«

»Vielen Dank.«

»Ich habe Gott gebeten, Sie sterben zu lassen«, erklärte der Priester. »Doch dann schämte ich mich und betete um Ihr Leben. Ein Priester sollte Gott nur um Leben bitten. Ich habe eine große Sünde begangen. Bitte verzeihen Sie mir.«

»Gesundheit«, sagte mein Vater und wünschte inständig, der Priester möge einmal niesen, damit er das Wort im richtigen Zusammenhang gebrauchen könnte. Dann fragte er: »Wo haben Sie Englisch gelernt?«

»In Berlin, im Seminar. Ich liebe amerikanische Filme. Vor allem Cowboy-Filme.«

»Ich bin Cowboy«, sagte mein Vater. –

»Warum hast du ihn angelogen, Dad?« pflegte Luke an dieser Stelle immer dazwischenzufragen und die Erzählung meines Vaters zu unterbrechen. »Dieser nette Mensch war halb wahnsinnig vor Angst, und du hast dich einfach als Cowboy ausgegeben!«

»Nun, Luke«, antwortete mein Vater dann jeweils, »das war meine Chance.« Er überdachte nochmals, wie er sich in der Situation damals verhalten hatte. »Stell dir vor, ich bin halb blind und fast tot. Jeder Deutsche im Land macht Jagd auf mein junges Leben, während ich mit diesem total nervösen Priester zusammensitze, der zufällig eine Schwäche für Cowboys hat. Da treffe ich eine blitzschnelle Entscheidung: Ich schenke ihm einen echten, lebendigen Cowboy, den er versorgen darf. Er mag Tom Mix, also spiele ich Tom Mix.« –

Bevor der Priester den Glockenturm hinunterstieg und meinen Vater allein in seinem Versteck zurückließ, sagte er noch: »Schlafen Sie jetzt. Mein Name ist übrigens Günter Kraus.«

»Und ich heiße Henry Wingo, Günter.«

Der Priester segnete meinen Vater auf lateinisch; mein Vater dachte wieder, es sei Deutsch.

Er schlief, als die Soldaten in der Nacht nach ihm suchten, und erwachte vom morgendlichen Läuten der Kirchenglocken. Es war einer jener goldenen, klaren Tage, wie es sie nur im Oktober gibt. Unten in der Kirche hörte er Günter Kraus schöne alte Gebete sprechen. Sein Frühstück stand auf einem Tablett neben ihm. Ein kleiner Zettel lag dabei. *Seien Sie brav,* las er, *und essen Sie alles auf. Es wird Sie stärken. Letzte Nacht haben sie ganz in der Nähe von hier einen amerikanischen Piloten gefangengenommen. Ich glaube, Sie sind jetzt sicher. Beten wir zu Gott, daß ich recht habe. Ihr Freund, Pater Günter Kraus.*

Mein Großvater rüttelte meine Mutter sanft wach. »Lila, Liebes, glaub mir, ich hasse es, dich jetzt aufzuwecken.«

»Die Babys«, murmelte meine Mutter schlaftrunken. »Ist alles in Ordnung mit ihnen?«

»Es geht ihnen prächtig, mein Liebes. Sie haben kräftige Lungen. Schöne, kräftige Lungen.«

»Was macht der Sturm?«

»Ich muß dich hier rausschaffen, Liebes. Der Fluß ist über die Ufer getreten.«

»Die Babys!« schrie sie auf.

»Keine Angst. Sarah und ich haben sie auf den Heuboden in Sicherheit gebracht.«

»Dad, du warst mit meinen Babys in diesem Sturm draußen?«

»Uns blieb nichts anderes übrig, Lila.«

»Ich bin zu müde, Dad. Laß mich schlafen.«

»Ich werde dich tragen, Liebes. Ich habe bloß Angst, dir weh zu tun. Ich weiß, daß es dir nicht gut geht. Du hast prima Arbeit geleistet heute nacht, Liebes. Zwei prächtige Wingos. Wunderschöne Kinder.«

»Henry ist tot, Dad! Henry wird sie niemals sehen«, rief sie und fing an zu weinen.

»Hilf mir, Lila. Hilf mir, so gut du kannst.«

»Henry ist tot, Dad! Die Kinder werden keinen Vater haben!«

»Sie werden keine Mutter haben, wenn du jetzt nicht aufstehst«, sagte mein Großvater ungeduldig. »Man *vermutet*, daß er tot ist, aber vermuten heißt, daß man nichts Genaues weiß. Henry ist ein Sohn des Flusses, und das sind zähe Burschen.«

Er schob seine Hände unter ihren Rücken, hob sie aus dem Bett und trug sie aus dem Zimmer. Jeder Schritt, den er machte, tat ihr weh. Als er durch die Hintertür trat, stand er bis zu den Knien in den Fluten. Der Sturm und das Wasser rissen ihn beinahe zu Boden. Langsam und vorsichtig tastete er sich voran, immer um festen Halt bemüht, bevor er den nächsten Schritt machte. Grausam schlug ihm der Regen wie mit spitzen Nadeln ins Gesicht. Er dachte an Josef, der Maria und das Jesuskind auf der Flucht vor Herodes nach Ägypten gebracht hatte. Josef ist ein starker, gottesfürchtiger Mann gewesen, dachte mein Großvater, während er sich durch das Wasser kämpfte. Er selbst war zwar nur Amos Wingo, aber keine Frau und kein Mann auf der ganzen Welt hätte einem Vergleich mit seiner uneingeschränkten, staunenswerten Liebe zu Gott standhalten können.

Meine Mutter, die sich wie ein Kind an ihn klammerte, stöhnte vor Schmerz, als er die ersten Stufen der Leiter erklomm und er sie nur noch mit einem Arm festhalten konnte. Er tat ihr jetzt wirklich sehr weh. Die Decke, in die er sie eingewickelt hatte, war blutdurchtränkt, als sie endlich bei Sarah und den Babys angekommen waren.

Es dauerte über eine Stunde, bis Großvater Mutters starke Blutungen zum Stillstand gebracht hatte, und es war ihm für den Rest seines Lebens unbegreiflich, was die Ursache dafür gewesen war. Er hatte sich das Hemd vom Leib gerissen und zwischen ihre Beine gepreßt, während ihr Blut bei jedem Herzschlag zwischen seinen Fingern hindurchquoll. Hinter ihm kümmerte sich Sarah, so gut sie konnte, um die drei schreienden Kinder und wimmerte jedesmal vor Schmerz, wenn sie ihr Körpergewicht verlagern mußte.

Meine Mutter wurde zusehends schwächer, und Großvater war davon überzeugt, daß sie sterben würde, doch die noch immer steigenden, unaufhaltsamen Fluten, die jetzt durch den Stall strömten, wischten jeden klaren Gedanken daran fort. Unter sich hörte er das Angstgebrüll der Tiere und den mit dämonischer, zerstörerischer Wut durch den Stall tosenden Sturm. Er fühlte die Spannung der Nägel im Holz, das plötzlich, als sei es lebendig geworden, anschwoll und das Wasser, mit dem es sich vollsaugte, durch seine längst abgestorbene Maserung wie durch Adern strömen ließ. Er spürte das Holz bis in die kleinste Faser hinein erzittern.

Als das Wasser die Füße des Maultiers erreichte, begann dieses voller Panik gegen die Stalltür zu treten. Unterdessen hielt Amos das einst weiße Hemd noch immer verzweifelt zwischen die Beine meiner Mutter gepreßt, um den schrecklichen, tödlichen Blutstrom aufzuhalten. Er sah, wie das kleine Boot, das er vor der Flut in den Stall gezogen hatte, vom Wasser erfaßt wurde und auf die Rückwand zutrieb.

Es war zwei Uhr morgens, und die Flut hätte ihren Höhepunkt eigentlich bereits überschritten haben sollen. Er konnte sich nicht erklären, warum das Wasser nicht fiel. Die Gezeiten waren eine jener unveränderlichen Konstanten, die das Leben am Fluß bestimmten, und es war ihm unbegreiflich, weshalb sie gerade diesen Zeitpunkt gewählt hatten, um ihn und seine Familie heimtückisch zu bedrohen. Mit einer Geschwindigkeit von dreihundert Kilometern pro Stunde knickte der Orkan draußen die Bäume der Insel. Dicke Eichen wurden aus dem Boden gerissen wie Kerzen, die ein Kind aus seinem Geburtstagskuchen herauszieht. Kleinere Bäume flogen wie Blätter durch die Luft. Aha, dachte mein Großvater, als er dem Wind lauschte, der durch den Stall fegte. Er hörte sich an wie ein Zug, der in einen schmalen Tunnel hineinfährt. Aha, es liegt am Wind, daß die Ebbe nicht einsetzen kann. Ihm wurde klar, daß dieser Sturm der Anziehungskraft des Mondes spottete und während seiner Herrschaft sämtliche, den Tag und die Nacht regelnde Gesetze aufhob. Das Wasser kann nicht zurückfließen, dachte er. Es steigt gegen seinen Willen.

Er verringerte den Druck auf sein zusammengeknülltes Hemd und weinte fast vor Freude, als er sah, daß die Blutung aufgehört hatte. Meine Mutter war ohnmächtig geworden. Still und erschöpft lagen Sarah und die Babys neben ihr. Mein Großvater suchte den Heuboden ab und fand eine ölverschmierte Plane, die er über meine Mutter breitete und mit Stroh bedeckte.

Dann kletterte er die Leiter hinunter, sprang ins Wasser und schwamm die Boxen entlang, um die Türen aufzumachen und das Vieh zu befreien. In dem höllischen Durcheinander der flüchtenden Tiere wurde er beinahe von den Hörnern einer Kuh aufgespießt, die bei der verzweifelten Anstrengung, aus dem Stall herauszuschwimmen, mit ihm zusammenprallte. Bevor er wieder auf den Heuboden stieg, band er noch das Boot an der Leiter fest.

Die drei Babys lagen bleich wie helle Rundhölzer nebeneinander auf Sarahs Brust. Die Alte hielt sie mit ihren dunklen Armen fest umschlungen. Amos beugte sich zu meiner Mutter hinunter, um zu sehen, ob sie noch lebte. Ihr Puls war sehr schwach, doch sie atmete noch.

Völlig erschöpft und zerschlagen sank er zu Boden und lauschte den Stimmen des Sturms, die ihm allmählich fast menschlich vorkamen. Er dachte an seinen Sohn Henry und stellte sich vor, wie dieser verkohlt und mit verkrümmten Gliedmaßen unter dem ausgebrannten Stahlgerippe eines abgestürzten Flugzeugs lag. Dann malte er sich aus, wie die Seele seines Sohnes, vom Körper befreit, kraftvoll und wendig wie ein junger Hirsch, vom sanften Atem Gottes gelenkt, dem Paradies zu flog.

»Ich habe genug gegeben, Herr«, sprach mein Großvater zum Wind. »Mehr werde ich nicht opfern.«

Trotz seiner Erschöpfung kämpfte er noch eine Weile gegen den Schlaf an, bis er ihn schließlich doch übermannte.

Vogelgezwitscher und strahlender Sonnenschein begrüßten ihn, als er erwachte. Er blickte hinunter und sah das Boot auf dem schlammbedeckten Stallboden liegen. Ich wachte auf und fing an zu schreien. Im selben Augenblick schlug meine Mutter die Augen auf, und ihre Milch begann zu strömen.

Sarah Jenkins war tot. Mein Großvater hatte Mühe, ihre Arme von den drei weißen Kindern zu lösen, die sie zu retten geholfen hatte. Meine erste Nacht auf Erden war überstanden.

Drei Wochen lang hauste mein Vater in dem Glockenturm und lauschte den Geräuschen aus dem deutschen Dorf unter ihm. Der Priester besuchte ihn jede Nacht, wechselte seine Verbände, lehrte ihn ein wenig Deutsch und erzählte ihm Neuigkeiten über den Krieg. Er brachte immer etwas mit: Würste, ganze Brotlaibe, große Steinguttöpfe, bis zum Rand gefüllt mit würzigem Sauerkraut, Wein und das beste Bier, das mein Vater jemals getrunken hatte. Die ersten Tage waren sehr schlimm für ihn, denn er hatte furchtbare Schmerzen. In einer langen, harten Nacht, als er dachte, er müßte sterben, pflegte ihn der Priester hingebungsvoll mit unbeholfenen, doch sanften Händen. Danach erholte er sich zusehends.

Zuerst war Angst der Grund, warum der Priester nur nachts kam. Die Vorstellung von Nazis, die mit schweren Stiefeln die Tür eintraten, ließ ihn nicht los, und er wußte sehr wohl, daß das unschuldige, sommersprossige Gesicht meines Vaters diese Vorstellung Wirklichkeit werden lassen könnte. Die Anwesenheit dieses einen Menschen hatte den Priester in einen schrecklichen Gewissenskonflikt gestürzt, der seinen Charakter gründlich auf die Probe stellte.

Pater Kraus hatte das Gefühl, in einer Zeit, in der er das Herz eines Löwen benötigt hätte, das Herz eines Hasen in sich zu tragen. Nach der ersten, gemeinsam verbrachten Woche erzählte er das meinem Vater, dessen überraschendes Auftauchen in ihm den Priester über den Menschen hatte siegen lassen.

Während die Wunden meines Vaters allmählich verheilten, zogen sich die abendlichen Besuche des Priesters immer mehr in die Länge. Die drückende Einsamkeit der Nächte, die sein Amt mit sich brachte, war ihm manchmal unerträglich. Er sehnte sich nach unbeschwerten, einfachen Freundschaften, wie er sie gelegentlich zwischen den Dorfbewohnern beobachtete. Oft saß er von Sonnenuntergang bis tief in die Nacht mit meinem Vater zusammen. In ihm hatte Günter Kraus den idealen Freund gefunden: gefangen, verletzt, immer verfügbar.

»Wieso bist du Priester geworden?« fragte ihn mein Vater eines Nachts.

»Den Ersten Weltkrieg verbrachte ich in den Schützengräben an der Westfront. Damals leistete ich Gott den Eid, Priester zu werden, wenn ich lebend herauskommen würde. Deshalb.«

»Hast du dir nie eine Familie, eine Frau gewünscht?«

»Ich bin sehr häßlich«, erwiderte der Priester schlicht. »Als junger Mann traute ich mich nicht einmal, mit Mädchen zu sprechen.«

»Ich hab' daheim einen Sohn. Er heißt Luke.«

»Schön, sehr schön... ich frage mich oft, wie *mein* Sohn wohl sein würde. Manchmal träume ich von den Söhnen und Töchtern, die ich nie haben werde.«

»Hast du jemals eine Frau geliebt?« fragte mein Vater.

»Einmal«, antwortete der Priester. »In München. Ich liebte eine sehr hübsche Frau, die mit einem Bankier verheiratet war. Eine gute Frau. Sie war ein sehr guter Mensch, trotzdem hatte sie viele Probleme. Sie kam, um sich bei mir Rat zu holen. Also half ich ihr. Dann fing ich an, sie zu lieben. Ich fühlte es in mir. Ich glaube, sie liebte mich auch, aber rein freundschaftlich. Ich sagte ihr, daß sie Gottes Willen befolgen müsse und ihren Mann nicht verlassen dürfe. Doch er hat sie immer wieder geschlagen. Also verließ sie ihn doch und zog nach Hamburg, in das Haus ihrer Mutter. Beim Abschied küßte sie mich auf die Wange. Ich habe sehr oft daran gedacht, nach Hamburg zu fahren. Ich glaube, ich liebte sie mehr als Gott. Trotzdem habe ich sie nie wiedergesehen.«

»Warum bist du nicht einfach nach Hamburg gefahren und hast an ihrer Tür geklingelt?«

»Weil ich Gott fürchtete.«

»Schau, Günter«, sagte mein Vater, »ER hätte das bestimmt verstanden. Aus irgendeinem Grund hat er diese Frau schön gemacht – für dich. Er hat wahrscheinlich lange gebraucht, um sie zu erschaffen. Hatte sie eine hübsche Figur?«

»Bitte! Ich bin Priester! Auf solche Dinge achte ich nicht.«

»Ach ja, ich vergaß.«

»Sie hatte ein gutes Herz. Ich hoffe, ich begegne ihr in einem Leben nach dem Tod.«

»Ich bin froh, daß du dieser Frau nicht nach Hamburg gefolgt bist, Günter.«

»Weil du glaubst, daß es eine Sünde gewesen wäre?«

»Nein. Weil du dann nicht in dieser Kirche gewesen wärst, als ich dich brauchte.«

»Ach. Warum hast du dir eigentlich ausgerechnet meine Kirche ausgesucht? Das hättest du mir ersparen können.«

»Nun, jedenfalls hast du diesem alten Ochsen hier das Leben gerettet«, sagte mein Vater, drehte den Kopf auf dem Kissen herum und sah dem Priester direkt in die Augen. »Ich möchte, daß du mich nach dem Krieg besuchen kommst.«

»Dieser Krieg wird nie aufhören. Hitler ist verrückt. Ich bete jeden Tag, daß Gott einen guten Menschen aus ihm macht, aber meine Gebete bedeuten Gott offenbar nichts.«

»Du kannst aus Hühnerscheiße keinen Geflügelsalat machen.«

»Wie bitte?«

»Ist nur ein Sprichwort.«

»Ich bete sehr viel, aber Hitler bleibt Hitler.«

Es war eine Vollmondnacht, als mein Vater den Glockenturm verließ. Seinen linken Arm konnte er schon wieder etwas bewegen, doch sein Gesicht war immer noch teilweise gelähmt. Der Priester hatte ihm Kleidung für die Reise mitgebracht. Sie nahmen ihre letzte Mahlzeit zusammen ein, und mein Vater, gerührt und voller Dankbarkeit, versuchte Worte der Anerkennung für den alten Mann zu finden. Doch ihm fiel nichts ein, und so aßen sie in fast vollkommenem Schweigen.

Danach studierte mein Vater die Fluchtroute, die ihm der Priester aufgezeichnet hatte; er markierte außer den Stellen, an denen er sehr wahrscheinlich auf Nazipatrouillen stoßen würde, auch genau den Ort, von dem aus er in die Schweiz gelangen konnte.

»Hier, nimm diese Hacke! Die kannst du mitnehmen, Henry«, sagte der Priester.

»Wozu?«

»Weil dann jeder, der dich sieht, glaubt, daß du ein Bauer bist. Wenn du müde bist, kannst du in einer Scheune schlafen. Paß gut auf dich auf, Henry. In diesen Beutel habe ich noch etwas Essen eingepackt, aber es wird nicht reichen. Du mußt jetzt gehen, Henry.«

»Du bist so gut zu mir gewesen«, sagte mein Vater, überwältigt von der Liebe, die dieser Mann ihm entgegenbrachte.

»Du hast Hilfe gebraucht, Henry.«

»Aber du hättest mir nicht helfen müssen. Trotzdem hast du es getan. Ich weiß nicht, wie ich dir dafür danken soll.«

»Ich bin froh, daß du gekommen bist. Das gab mir die Chance, wirklich Priester zu sein. Das erste Mal, als Gott mich geprüft hat, habe ich nicht wie ein Priester gehandelt.«

»Was ist da passiert?«

»Vor längerer Zeit kam eine Familie hierher. Es waren Juden. Den Vater kannte ich recht gut. Es war ein guter Mensch. Ein Kaufmann aus der nächsten Stadt. Er hatte drei Kinder. Lauter Mädchen. Eine nette Frau, sehr dick. Eines Nachts kam er zu mir und sagte: ›Pater, bitte verstecke uns vor den Nazis.‹ Ich weigerte mich. Das war schon schlimm genug, doch dann hab' ich sie sogar den Nazis ausgeliefert, vor lauter Angst. Sie sind alle gestorben. Ich wollte Buße tun für das, was ich der Familie Fischer angetan habe. Ich bat Gott, das Blut der Fischers von meinen Händen zu waschen. Doch selbst Gott ist wohl nicht so allmächtig. Selbst

Gott konnte mir nicht vergeben. Die Augen dieser Familie verfolgten mich ständig. Sie starrten mich an, wenn ich die Messe las. Sie verhöhnten mein Priesteramt. Sie kannten die ganze Wahrheit über Günter Kraus. Wenn ich also damals die Fischers nicht ausgeliefert hätte, hätte ich dich nicht aufgenommen, Henry. Ich hätte es nicht ertragen können, wenn mich noch ein Augenpaar verfolgt hätte. Ich fürchte mich vor so vielen Dingen. Ich habe so viel Angst.«

»Das mit den Fischers tut mir leid, Günter. Ich glaube, daß auch ich ihnen etwas schulde. Nach dem Krieg werde ich dich besuchen. Dann fahren wir mal nach München, gehen Biertrinken und steigen den Frauen nach.«

»Ach, ich bin doch Priester! Ich steige keinen Frauen nach. Ich werde zu Gott beten, daß er dich heil zu deiner Familie zurückbringt, Henry. Ich werde jeden Tag für dich beten. In meinem Herzen werde ich dich auf deinem Weg begleiten. Ich werde dich vermissen, Henry Wingo. Du mußt jetzt gehen. Es ist spät.«

»Bevor ich gehe, Pater, habe ich noch einen Wunsch.«

»Ja, Henry?«

»Nach dem *Agnus Dei* in der Messe – weißt du, welchen Teil ich meine? Du liest es jeden Morgen für die drei Frauen, die immer in die Kirche kommen. Nach dem Glockengeläut schiebst du ihnen dann etwas in den Mund. Das hab' ich am ersten Morgen gesehen.«

»Das ist das heilige Abendmahl, Henry. Ich gebe ihnen vom Leib und vom Blut Christi zu essen.«

»Ich möchte gerne, daß du mir auch davon gibst, bevor ich gehe.«

»Nein, Henry, das ist unmöglich«, entgegnete der Priester. »Du mußt Katholik sein, bevor ich dir die Kommunion erteilen kann.«

»Dann werde ich Katholik«, meinte mein Vater ungerührt. »Mach mich jetzt gleich zu einem! Vielleicht bringt es mir Glück.«

»So einfach geht das nicht, Henry. Du mußt eine Menge lernen, bevor du Katholik werden kannst.«

»Das lerne ich später, Günter. Ich verspreche es dir. Jetzt haben wir keine Zeit. Es ist Krieg. Schau, du hast mich getauft, mir die Letzte Ölung gegeben. Zum Teufel, eine kleine Kommunion würde doch nicht schaden.«

»Das entspricht nicht den Regeln.« Nachdenklich rieb sich der Priester das Kinn. »Aber was entspricht schon den Regeln? Also gut, zuerst muß ich dir die Beichte abnehmen.«

»Gut. Aber was ist das?« fragte mein Vater.

»Du mußt mir alle deine Sünden beichten. Alle Fehler, die du seit deiner Kindheit begangen hast.«

»Das kann ich nicht – es sind zu viele.«

»Dann sag mir, daß du deine Sünden bereust, das reicht dann schon.«

Pater Kraus rezitierte die klangvollen Gebete, die er als Beichtvater sprechen mußte. Dann sagte er meinen Vater von all seinen Sünden los, während der silberweiße Mond wie eine gereinigte Seele leuchtete und die beiden Männer, die unter der Kirchenglocke über den Dächern von Diessen standen, in sein helles Licht tauchte.

Sie gingen die Treppe hinunter, die in die Kirche führte. Der Priester schnitt zum Altar, öffnete mit einem goldenen Schlüssel das Tabernakel und nahm einen goldenen Abendmahlkelch heraus. Einen Augenblick lang kniete er vor dem Kreuz nieder. Das Bildnis des so grausam gekreuzigten Christus blickte auf die Gestalt meines Vaters herab, der in der kalten Dunkelheit der Kirche kniete und um Erlösung betete. Der Priester drehte sich um und sah ihn an.

»Henry, du bist jetzt Katholik«, sagte er feierlich.

»Ich werde mich bemühen, ein guter Katholik zu sein, Günter.«

»Du mußt auch deine Kinder katholisch erziehen«, fuhr der Priester fort.

»Das werde ich tun«, versicherte mein Vater. »Ist das der Leib und das Blut Christi?«

»Ich muß es erst segnen.«

»Das heißt, du mußt das *Agnus Dei* sprechen?«

Pater Kraus segnete die Hostie auf lateinisch, dann wandte er sich dem neuen Mitglied der römisch-katholischen Kirche zu. (Dieser Augenblick sollte die Geschichte meiner Familie für immer verändern.)

Der Priester kniete sich neben meinen Vater, und sie beteten gemeinsam, der Priester und der Soldat, vom silbernen Licht des Mondes, von den Wirren des Krieges und vom Schicksal seltsam verwandelt. Ihre Seelen, erfüllt von bangen Fragen und heimlicher

Sehnsucht, hielten Einkehr. Als sie sich schließlich erhoben, schloß mein Vater den Priester fest in seine Arme.

»Danke, Günter«, sagte er leise. »Vielen, vielen Dank.«

»Ich wünschte, die Fischers könnten dasselbe zu mir sagen, Henry. Jetzt bin ich endlich wieder ein echter Priester.«

»Nach dem Krieg werde ich dich besuchen.«

»Das würde mich freuen. Sehr sogar.«

Zögernd griff mein Vater nach der Hacke und dem Beutel, hielt inne und umarmte den Priester noch einmal.

Günter Kraus sah meinem Vater in die Augen. »Gott hat mir für drei Wochen einen Sohn ins Haus geschickt. Ich werde dich vermissen, Henry Wingo. Ich werde dich sehr vermissen«, sagte er.

Henry Wingo schlüpfte durch die Seitentür der Sakristei hinaus in die mondbeschienene Landschaft. Er drehte sich noch einmal um und winkte dem Priester, der in der Tür stand, ein letztes Lebewohl zu. Der Priester segnete ihn. Dann machte sich mein Vater auf den Weg, erlöst und von allen Sünden befreit. Zwei Wochen lang lief er, den klaren Wassern des Lech folgend, durch das bayerische Hügelland, wobei er sich an der Position der Sterne orientierte und den zurückgelegten Weg, so gut er konnte, auf der Landkarte einzeichnete, die Pater Kraus ihm mitgegeben hatte. Es erfüllte ihn mit Staunen, daß die Sterne über Deutschland dieselben waren wie die, die am Himmel von Colleton leuchteten. Sah er nachts zum Firmament auf, fühlte er sich wie zu Hause.

Tagsüber schlief er in Scheunen und auf Heuböden, oder er rollte sich irgendwo im Wald zusammen. Hunde wurden zu seinen größten Feinden, wenn er nachts an Bauernhäusern vorbeischlich. Eines Nachts mußte er zwei von ihnen mit der Hacke erschlagen und das Blut in einem klaren, von den Bergen kommenden Fluß abwaschen. Allmählich näherte er sich dem Gebirge. Als er einmal tagsüber aufwachte, sah er die Alpen ganz deutlich vor sich und fragte sich, wie er als Fremder jemals die richtigen Täler und unbewachten Grenzübergänge finden sollte, die in die Freiheit führten. Aufgewachsen im flachen Küstenland des amerikanischen Südens, kannte er weder Schnee noch die Geheimnisse der Berge. Doch er war umsichtig und vorsichtig und lernte viel unterwegs. Eine Bauersfrau entdeckte ihn eines Tages, als er in ihrer Scheune schlief. Sie war schwanger und hatte sehr dunkles Haar. Ihr hübsches Gesicht erinnerte ihn an meine Mutter. Sie schrie und rannte weg, um ihren Mann zu holen. Mein Vater flüchtete über Weizen- und Kornfelder und versteckte sich für den Rest des Tages in einer kleinen Höhle neben einem Bach, der zwischen den Hügeln hervorsprudelte. Von diesem Tag an traute er nichts und und niemandem mehr. Bauernhäusern näherte er sich nur noch, wenn er Hunger hatte. Im Schutz der Dunkelheit molk er Kühe und trank die warme Milch aus Kübeln. Er stahl Eier, die er ausschlürfte, und er plünderte Obst- und Gemüsegärten. Er fieberte der Nacht entgegen und war voller Unruhe, solange die Sonne schien. Die Flucht hatte ihn zu einem Geschöpf der Nacht gemacht, doch als er die Berge erreicht hatte, wurde es zu gefährlich, im Dunkeln zu wandern, da er allzuleicht die Orientierung verlieren konnte.

Durch puren Zufall stellte er fest, daß die Hacke ihn schützte, ihm Glaubwürdigkeit verlieh: Ein Bauer, der ein an einem Hang gelegenes Feld umpflügte, erspähte meinen Vater, als er kurz nach Sonnenaufgang einen Feldweg entlangging. Trotz der weiten Entfernung winkte er ihm zu. Freundlich winkte mein Vater zurück. Mutiger geworden, ging er nun am hellichten Tage auf versteckten, kaum begangenen Wegen weiter. Einmal überraschte ihn eine lange Lastwagenkolonne mit Hunderten von deutschen Soldaten. Sie fuhr mit hoher Geschwindigkeit am ihm vorbei. Mit gespielter Begeisterung winkte er den Deutschen, ein breites Grinsen auf seinem Gesicht. Einige von ihnen, die ihn vielleicht beneideten, winkten zurück. Die Hacke rechtfertigte seine Existenz, denn die Arbeit von Händen wie den seinen trug zur Lebensmittelproduktion bei, die ihrerseits die deutsche Kriegsmaschinerie in Gang hielt. Er begann beinahe, selbst daran zu glauben. Nachdem er in einiger Entfernung an Oberammergau vorbeigewandert war, passierte er ungesehen die Grenze nach Österreich.

Angesichts der hohen Berge packte ihn zum erstenmal Verzweiflung. Eine Woche kletterte er ununterbrochen bergauf. Die Bauernhäuser blieben zurück. Er kämpfte sich durch eine atemberaubend schöne und gleichzeitig beängstigende Landschaft, vorbei an tiefen Schluchten und schwindelerregend steilen Felswänden. Oberhalb der Baumgrenze verlor er schließlich jegliche Orientierung. Die Landkarte war nutzlos geworden. Selbst die Sterne halfen nicht mehr weiter. Er lernte die Heimtücke der Berge kennen, ihre trügerischen Pässe und Sackgassen. So stieg er manchmal einen Berg hinauf, nur um oben festzustellen, daß auf der anderen Seite kein Abstieg möglich war. Also ging er denselben Weg zurück und erklomm einen anderen Gipfel. Jeder Berg hatte seine Überraschungen und Eigenheiten. Zum erstenmal in seinem Leben kam er mit Schnee in Berührung. Er aß Schnee. Er aß Käfer und Maden. Nachts deckte er sich mit Tannenzweigen zu, um nicht zu erfrieren. Wie kann ein Mensch im Oktober erfrieren? fragte sich der Mann aus Carolina. Halbtot stieg er schließlich bergab und erreichte schon bald ein kleines Dorf namens Klosters. Da er glaubte, noch in Österreich zu sein, betrat er das Dorf, dessen erstaunte Bewohner ihn auf deutsch mit erhobenen Händen ansprachen. An jenem Abend war er zu Gast im Haus des Bürgermeisters von Klosters.

Drei Tage später erhielt meine Mutter ein Telegramm von meinem Vater, in dem er ihr mitteilte, er sei noch am Leben, es gehe ihm gut und er sei zum römisch-katholischen Glauben übergetreten...

Mein Vater kehrte später zu seiner Staffel zurück und flog für den Rest des Krieges Einsätze über deutschem Gebiet. Jedesmal, wenn er seine Bomben über verdunkelten Städten abwarf und sie unter ihm zu riesigen Feuerbällen explodierten, flüsterte er: »Fischer. Fischer. Fischer. Fischer.« *Fischer* wurde der Schlachtruf meines Vaters, wenn er, ein überragender Pilot, auf seinen Sturzflügen einen Teppich aus Feuer und Tod unter sich ausbreitete.

Nach dem Krieg, als mein Vater bei den Besatzungstruppen blieb, kehrte er nach Diessen zurück, um Pater Günter Kraus nochmals zu danken und ihm zu gestehen, daß es in South Carolina gar keine Cowboys gibt.

Doch Diessen hatte mittlerweile einen neuen, noch sehr jungen Priester mit einem Pferdegesicht, der meinen Vater auf den Friedhof hinter der Kirche führte, um ihm Pater Kraus' Grab zu zeigen. Zwei Monate, nachdem das Flugzeug meines Vaters abgeschossen worden war, hatten sich zwei britische Piloten in der Nähe von Diessen mit dem Fallschirm in Sicherheit gebracht. Bei einer der darauffolgenden Hausdurchsuchungen fanden die Deutschen die blutverschmierte Uniform meines Vaters, die der Priester als kostbares Andenken aufgehoben hatte. Unter den Qualen der Folter gestand er schließlich, daß er einmal einen amerikanischen Piloten bei sich versteckt gehalten und ihm später geholfen hatte, in die

Schweiz zu fliehen. Sie knüpften Günter Kraus im Glockenturm auf, wo sein Körper eine Woche lang als sichtbare Warnung für die Dorfbewohner baumelte. Seine wenigen Habseligkeiten hatte der Priester einer Frau in Hamburg vermacht. Eine sehr sonderbare und traurige Geschichte, meinte der junge Priester. Günter Kraus sei, nebenbei bemerkt, nie ein sehr guter Priester gewesen. Das sei auch den Leuten im Dorf wohlbekannt.

Mein Vater zündete vor der Statue des Prager Jesuskindes eine Kerze an, genau an der Stelle, wo sein Blut damals auf den Priester getropft war, der ihm dann das Leben rettete. Er betete um Frieden für Günter Kraus' Seele und die Seelen der Familie Fischer. Dann erhob er sich mit Tränen in den Augen, versetzte dem jungen Priester eine Ohrfeige und warnte ihn, nie wieder so respektlos von Pater Günter Kraus zu sprechen. Der junge Priester rannte hinaus. Mein Vater klemmte sich die Statue des Prager Kindes unter den Arm und verließ ebenfalls die Kirche. Er war jetzt Katholik, und er wußte, daß Katholiken die Reliquien ihrer Heiligen aufbewahren. Der Krieg war damit für meinen Vater zu Ende.

Jedes Jahr an meinem Geburtstag besuchte meine Mutter mit Savannah, Luke und mir den abgelegenen, völlig verwahrlosten kleinen Negerfriedhof, auf dem Sarah Jenkins begraben lag. Immer wieder erzählte sie uns dort deren Geschichte, bis ich sie schließlich in- und auswendig kannte. Am selben Tag ließ mein Vater auf das Grab von Günter Kraus immer einen Rosenstrauß legen. Diese beiden heroischen Gestalten, Sarah Jenkins und Günter Kraus, umgab für uns Kinder ein Mythos der Unsterblichkeit, der einem Julius Caesar zur Ehre gereicht hätte. Später jedoch fragte ich mich zuweilen, ob ihr Mut und ihre Aufopferungsbereitschaft, ihre selbstlose Entscheidung, die einerseits ihren Tod, andererseits das Überleben der Wingos zur Folge gehabt hatte, nicht Teil eines makabren Scherzes war, dessen Pointe sich erst nach Jahren herauskristallisieren sollte.

Als wir alt genug waren, kauften wir Wingo-Kinder einen Grabstein für Sarah Jenkins. Ein Jahr, bevor ich Sallie heiratete, unternahm ich eine kurze Reise nach Europa, wo ich unter anderem das Grab von Günter Kraus besuchte. In ganz Europa gab es nichts, weder die Gemälde im Louvre noch die vollkommene Schönheit des römischen Forums, was mich auch nur annähernd so rührte wie der Anblick seines in den grauen Grabstein eingemeißelten

Namens. Ich stieg den Kirchturm hinauf, wo mein Vater sich damals versteckt hatte. Ich fuhr nach Klosters, wo sich mein Vater kurze Zeit aufgehalten hatte, als er von den Bergen hinabgestiegen war. Ich speiste dort im Haus des Bürgermeisters. Ich versuchte, die ganze Geschichte nachzuerleben. Jedenfalls dachte ich das, aber die Geschichte meines Vaters war nicht vollständig. Einen Teil hatte er ausgelassen.

Als ich in der nächsten Sitzung Dr. Lowenstein diesen Teil der Geschichte erzählte, hörte sie zu, ohne mich auch nur ein einziges Mal zu unterbrechen.

»Was hat er ausgelassen?« fragte sie mich.

»Ein kleines, unbedeutendes Detail«, antwortete ich. »Erinnern Sie sich, wie ich Ihnen von der schwangeren Bauersfrau erzählte, die ihn im Schlaf überraschte?«

»Das war doch die, die ihn mit ihrem hübschen Gesicht an seine Frau, also an Ihre Mutter erinnerte«, entgegnete sie.

»Ich erzählte Ihnen, daß sie schrie und weglief, um ihren Mann zu holen«, fuhr ich fort. »Bis hierher stimmt auch alles, doch mein Vater ist nicht davongerannt, um sich in einer Höhle neben einem Bach zu verstecken. Vielmehr rannte er hinter der hübschen Frau her, erwischte sie in der Scheune und erwürgte sie. Als Pilot hatte er die Gesichter der Menschen, die er umbrachte, nie gesehen. Doch nun war das Gesicht dieser deutschen Frau nur wenige Zentimeter von seinem entfernt, als er ihr den Kehlkopf zudrückte und sie qualvoll direkt vor seinen Augen starb.«

»Wann haben Sie diesen Teil der Geschichte herausgefunden, Tom?« fragte Dr. Lowenstein.

»Er hat sie mir in der Nacht erzählt, in der meine Mutter ihn verließ«, erklärte ich. »Ich glaube, er wollte mir und sich selbst eine Begründung dafür liefern, warum er ein Mensch geworden ist, vor dem man Angst haben muß. Diese deutsche Frau war ein Geheimnis, dessen er sich furchtbar schämte. Wir sind eine Familie der wohlbehüteten Geheimnisse. Sie werden uns alle früher oder später einholen und fast umbringen.«

»Das ist eine faszinierende Geschichte, doch bin ich mir nicht sicher, ob ich daraus irgendeinen Aufschluß über Savannah gewinnen kann.«

»Die Tonbänder, ihre Aufzeichnungen!« widersprach ich. »Darin hat sie einiges erwähnt.«

»Wie, Tom?« fragte sie. »Wo? Sie enthielten nichts über Deutschland oder den Sturm. Nichts über den Priester oder die Hebamme.«

»Doch! Zumindest glaube ich das. Sie erwähnte eine Frau, Agnes Day. Ich hab' Ihnen vorhin davon erzählt, ich meine vom Ursprung dieses Namens. Ich erzählte Ihnen, woher Agnes Day kommt.«

»Tut mir leid, Tom, das haben Sie nicht«, sagte Dr. Lowenstein mit gerunzelter Stirn.

»Als Kinder, Doktor, hörten wir diese Geschichte sehr oft. Für uns war das wie eine Gute-Nacht-Geschichte. Wir konnten sie nicht oft genug erzählt bekommen: Wie sah Pater Kraus aus? Hatte er einen Bart? Wo lebte Sarah Jenkins? Wie viele Kinder hatten die Fischers? Wir konnten Pater Kraus im Geiste sehen, wie er die Messe las – zumindest glaubten wir, daß wir es konnten. Aber als Kinder haben wir die Geschichte durcheinandergebracht. So war es Sarah Jenkins, die meinen Vater im Glockenturm versorgte, oder Pater Kraus, der meine Mutter durch das Hochwasser trug. Sie wissen doch, was Kinder aus solchen Geschichten machen. Sie kennen das sicher, wie sie Einzelheiten verwechseln und ganz neue Geschichten erfinden.«

»Aber wer ist Agnes Day?«

»Sie entstand durch einen Irrtum. Savannah beging ihn als erste. Luke und ich übernahmen ihn. Savannah schrie den Namen auf ihre Bänder. ›Agnes Day‹ war das erste, was mein Vater den Priester sagen hörte.«

»Ich kann mich nicht daran erinnern, Tom.«

»*Agnus Dei!* Oben auf der Kirchenempore. Savannah dachte, daß Agnes Day die Frau aus Hamburg war, die der Priester liebte, und sie glaubte, er habe sie so sehr geliebt, daß er sogar während der Messe ihren Namen rief.«

»Wunderbar«, sagte Dr. Lowenstein. »Einfach fabelhaft!«

5

Nach der ersten Woche begann sich allmählich abzuzeichnen, warum ich all diese sommerlichen Tage in New York verbrachte – Tage der Einkehr und des Bekennens, in deren Verlauf ich vor Savannahs hübscher Therapeutin die Geschichte unserer unseligen, leidgeplagten Familie ausbreitete, bloß weil diese Frau es sich zur Aufgabe gemacht hatte, den Schaden zu reparieren, den ein Mitglied unserer Familie erlitten hatte.

Nach und nach entfaltete sich meine Geschichte, und während sie wuchs, spürte ich, wie sich in meinem Inneren eine neue Kraft regte. Die ersten paar Tage verbrachte ich damit, die Tonbänder abzuhören, die auf so erschütternde Weise das ganze Ausmaß des Zusammenbruchs meiner Schwester belegten: Savannahs Sprache bestand nur aus Bruchstücken. Ich brachte zu Papier, was sie in ihrem Schmerz herausgeschrien hatte, sichtete alles gründlich und stellte jeden Tag überrascht fest, daß ich mich wieder ganz klar an irgendein verdrängtes oder vergessenes Stück Vergangenheit erinnern konnte. Jeder Satz meiner Schwester, mochte er auch noch so irreal oder widersinnig klingen, hatte einen Bezug zur Wirklichkeit, und jede Erinnerung löste eine andere aus, bis sich in meinem Kopf lauter komplizierte geometrische Formen zu einem leuchtenden Muster der Erkenntnis zusammenfügten. An manchen Tagen konnte ich es kaum erwarten, bis es endlich fünf Uhr war und ich wieder einmal bei Dr. Lowenstein saß.

Im Garten des Unbewußten stieß ich ebenso auf Wildwuchs wie auf weitläufige, wohlbestellte Weinberge. Ich bemühte mich, Oberflächliches oder Triviales auszusondern, doch zugleich wußte ich, daß die großen Wahrheiten zwischen Klee, saftigem Gras und wilder Minze verborgen lagen. Als Zaungast der kummervollen Lebensgeschichte meiner Schwester wollte ich nichts auslassen, sondern um jeden Preis die eine Rose finden, die irgendwo an einem Spalier rankte und mit ihrer Blüte das Bild des Tigers umschloß – vielleicht.

Meine Feinde waren Unschlüssigkeit und Orientierungslosigkeit, wenn ich von Büchern und Pflanzen umgeben im Wohnzimmer meiner Schwester saß. Die Aufgabe, die ich mir in jenem Sommer stellte, schien leicht zu bewältigen: Ich brauchte mich nur auf eine große Selbsterkundungsreise zu begeben, und es galt, alle Umstände und Geschehnisse zu untersuchen, die an der Entstehung meines mittelmäßigen, defensiven Wesens mitgewirkt hatten. Jene Tage zogen langsam an mir vorbei. Sacht, beinahe höflich schob die Zeit mich vor sich her, während ich die Bahn der Sonne über Manhattan verfolgte. Ich versuchte dorthin zu gelangen, wo die Ströme zusammenflossen, ich bemühte mich, die Trabanten, die meinen Wesenskern umkreisten, so leidenschaftslos zu studieren wie irgendein Astronom die zwölf Monde im Kraftfeld der perligen Masse des Jupiter.

Allmählich fand ich Gefallen an der Ruhe der frühen Vormittage. In aller Stille begann ich, ein Tagebuch zu führen. Feierlich machte ich Eintragungen mit meiner steifen, schülerhaften Handschrift, deren Buchstaben von Jahr zu Jahr kleiner geworden waren, eine Spiegelung meines eigenen Schrumpfens. Anfänglich konzentrierte ich mich auf alles, was mir im Zusammenhang mit Savannahs Geschichte wichtig erschien, doch immer wieder kehrte ich zu mir selbst zurück, denn ich konnte die Geschichte nur so erzählen, wie ich sie sah. Sobald ich sie aus Savannahs Blickwinkel interpretierte, verlor ich jede Glaubwürdigkeit. Ich tat meiner Schwester den größten Gefallen, wenn ich meine eigene Lebensgeschichte möglichst ehrlich erzählte. Hinter mir lag ein bemerkenswert mutloses Leben, ein passives und dennoch argwöhnisches Dasein, randvoll mit Angst und Schrecken. Die Kraft, die mich bewogen hatte, eine Aufgabe wie diese anzupacken, bezog ich aus der Tatsache, daß ich bei fast allen bedeutsamen Anlässen in Savannahs bisherigem Leben dabei gewesen war. Und nun wollte ich als Zeuge meine Seele erheben zu reinem, läuterndem Gesang.

Ich hatte eine Mission zu erfüllen, eine Pflicht. Ich wollte eine Erklärung dafür liefern, warum meine Schwester, meine Zwillingsschwester, sich die Pulsadern aufschnitt, gräßliche Visionen hatte und von einer an Konflikten und Entwürdigungen reichen Kindheit derartig verfolgt wurde, daß sie kaum eine Chance hatte, jemals mit ihr zurechtzukommen. Wenn es mir gelang, die Fesseln meines Gedächtnisses zu sprengen, konnte ich das Treibgut sichten, das sich auf den nur in meiner Phantasie leeren und trockenen Straßen der einzigen von mir jemals geliebten Stadt angehäuft hatte. Falls ich den Mut dazu aufbrachte, würde ich Dr. Lowenstein ohne jede Beschönigung vom Niedergang Colletons berichten. Im Geiste all die traurig schönen Weisen summend, die uns begleitet hatten, während wir beherzt einem unentrinnbaren Schicksal entgegenmarschierten, könnte ich der Ärztin klarzumachen versuchen, warum meine Schwester auf so herzzerreißende Weise an der Welt zu zerbrechen drohte.

Doch zuvor mußte ich mir selbst eine Zeit der Erneuerung gönnen, eine Frist zum Erlernen einer für mich neuen Art der Selbstbetrachtung. Fast siebenunddreißig Jahre meines Lebens hatte ich dafür geopfert, dem Bild ähnlich zu werden, das ich mir auch jetzt noch von mir machte. Ich hatte mich buchstäblich in eine Sackgasse manövriert, indem ich so zu sein versuchte, wie meine Eltern mich haben wollten. Sie hatten von Anfang an eine genaue Vorstellung von mir gehabt und gleichsam den geheimnisvollen Sinn einer Hieroglyphe in ein verständliches Wort übersetzt. Mein Leben lang hatte ich mich bemüht, dieser Definition gerecht zu werden. Auf diese Weise war es meinen Eltern gelungen, mich mir selbst zu entfremden. Sie hatten an meinem gefügigen Wesen so lange herummodelliert, bis ich der musterhafte Sohn geworden war, der ihren damaligen Bedürfnissen entsprach. Sie brauchten nur zu pfeifen, damit ich wie ein Hündchen gelaufen kam und vor unserem Haus allerlei putzige Kunststücke vollführte. Meine Eltern wollten einen wohlerzogenen Sohn haben, und deshalb taten sie alles, damit ich in alter Südstaatenmanier vor Artigkeit und Höflichkeit geradezu überfloß. Nachdem sie begriffen hatten, daß Savannah immer ihr geheimer Schandfleck bleiben würde, wünschten sie sich von mir, Savannahs Zwillingsbruder, einen stabilen Charakter, damit ich innerhalb der Familie die Funktion eines Gegengewichtes spielen konnte. Leider gelang es ihnen nicht nur, mich zu einem ›normalen‹ Menschen zu machen, sondern auch zu einem langweiligen, aber diese böse Bescherung wurde ihnen nie bewußt. Ich sehnte mich nach ihrer Zustimmung, ihrem Beifall, ihrer reinen, unkomplizierten Liebe. Selbst nach Jahren, als ich längst begriffen hatte, daß sie nicht imstande waren, mir diese Liebe zu schenken, verzehrte ich mich noch immer nach ihr. Die eigenen Kinder zu lieben heißt sich selbst lieben, aber diese Gnade war meinen Eltern aufgrund ihrer Geburt und anderer Umstände verwehrt.

Und jetzt saß ich hier, erfüllt von dem dringenden Wunsch, an etwas anzuknüpfen, das ich irgendwann verloren hatte. Irgendwann hatte ich das Bild des Menschen aus den Augen verloren, der ich eigentlich hätte werden können. Es verlangte mich danach, mich mit jenem ungeborenen Menschen zu versöhnen, ihn behutsam auf den Weg zur Reife zu bringen.

Wieder und wieder mußte ich an Sallie und an unsere Kinder denken. Ich hatte die erste Frau geheiratet, die sich von mir küssen ließ. Und ich hatte in dem Glauben gelebt, sie zur Frau genommen zu haben, weil sie – abgesehen von ihrem gesunden Menschenverstand – Pfiff hatte, hübsch und vor allem ganz anders als meine Mutter war. Doch in Wahrheit war meine Ehefrau einfach ein schöner, durch und durch anständiger Mensch, den ich, meinen eigenen Selbsterhaltungstrieb über Bord werfend, im Lauf der Zeit geschickt und einfallsreich mittels Nachlässigkeit, Herzenskälte und Verrat in das exakte Ebenbild meiner Mutter umgeformt hatte. Wegen irgendeines endemischen Makels meiner Männernatur konnte ich mich nicht mit Sallies Rolle als Ehefrau und Geliebte begnügen. Nein, ich brauchte sie auch als sanftmütige Feindin, die mich mit schaurigen Wiegenliedern einlullte, als hinterhältige Scharfschützin, die in einem mit bunten Blumen bedruckten Sommerkleid von einem Glockenturm herab auf mich zielte. Nie fühlte ich mich wohl mit jemandem, der nichts an mir auszusetzen hatte, und mochte ich mich noch so verzweifelt bemühen, das unerreichbar hoch gesteckte Ziel zu erreichen und es allen Leuten recht zu machen, so machte ich doch nie etwas ganz richtig. Das hatte zur Folge, daß ich mich allmählich mit der Vorstellung unvermeidlichen Scheiterns abfand. Ich haßte meine Mutter, und ich zahlte es ihr heim, indem ich Sallie dazu nötigte, ihre Rolle zu spielen. So wurde meine eigene Ehefrau gewissermaßen eine verfeinerte Version meiner Mutter, und wie meine Mutter hatte Sallie im Lauf der Jahre gelernt, sich meiner ein wenig zu schämen und von mir enttäuscht zu sein. Meine Schwäche bildete den Rahmen für ihre Stärke.

Auch meinen Vater haßte ich, aber diese Haßgefühle drückte ich aus, indem ich ihn nachahmte, von Tag zu Tag ein wenig lebensunfähiger wurde und so all die unerfreulichen Prophezeiungen meiner Mutter wahr werden ließ. Eine Zeitlang glaubte ich, es sei mir gelungen, kein gewalttätiger Mensch zu werden, doch auch diese Überzeugung ging bald in die Brüche: Meine Gewalttätigkeit blühte im verborgenen. Gerade mein Schweigen und meine Unzugänglichkeit hatte ich in gefährliche Waffen umgeschmiedet. Meine Bosheit lauerte in der schrecklichen Winterkälte meiner blauen Augen, deren verwundeter Ausdruck den sonnigsten Nachmittag in einen eisigen Wintertag verwandeln konnte.

Ich stand kurz vor meinem siebenunddreißigsten Geburtstag, und mit einem gewissen Maß an Geschicklichkeit und angeborenem Talent hatte ich alles so eingerichtet, daß ich ein absolut bedeutungsloses Leben führen konnte, allerdings ein Leben, das unmerklich, aber auch unweigerlich das Leben der Menschen in meiner nächsten Nähe zerstörte.

Diese Sommertage in New York waren für mich vielleicht die letzte Chance, als Mensch und Mann Bilanz zu ziehen, ein sorgenvoller Aufschub, bevor ich zaghaft die Schwelle zur zweiten Lebenshälfte überschritt. Durch einen Willensakt wollte ich diese Tage zu einer Zeit der Abrechnung mit mir selbst machen, mit etwas Glück vielleicht sogar zu einer Zeit der Wiederherstellung und Gesundung meiner verfinsterten Seele.

Indem ich mich an alles erinnerte, wollte ich versuchen, mich selbst zu heilen und die Kraft zu schöpfen, die ich brauchte, um mich Dr. Lowenstein zu offenbaren und ihr auf dem Weg in die Vergangenheit voranzugehen, entlang an Klippen und Abgründen.

Gewöhnlich erwachte ich bei Tagesanbruch, rekapitulierte flüchtig die Träume der Nacht, stand auf, nahm eine Dusche und zog mich an. Dann trank ich ein Glas frisch gepreßten Orangensaft und genoß dabei das säuerliche Prickeln der Zitrussäure auf meiner Zunge. Anschließend ging ich die rückwärtige Treppe hinab, die zum Hinterausgang führte, und trat auf die Grove Street hinaus. Auf dem Sheridan Square kaufte ich bei einem Zeitungsverkäufer, dessen austauschbare Anonymität mir zu schaffen machte, die *New York Times*. Der Mann war ein typischer Vertreter jenes Bevölkerungsteils von New York, dessen Mitglieder Tag für Tag ihrem undankbaren und doch so wichtigen Job nachgehen und sich so ähnlich sehen wie ein U-Bahn-Schild dem anderen. Auf dem Heimweg machte ich jedesmal einen Umweg über die Bleecker Street, um in einer französischen, von einer sorglosen Madame aus Lyon geleiteten Bäckerei zwei Croissants zu erstehen. Es waren wunderbare Croissants, leicht und warm wie Vögel. Wenn man sie zerbrach, bestanden sie aus lauter knusprigen

Schichten von Blätterteig, denen eine Ahnung von Ofenhitze entströmte. Meine Hände rochen nach gutem Brot, wenn ich mich schließlich an den Wohnzimmertisch setzte und den Sportteil der Zeitung aufschlug. Anscheinend bin ich dazu verurteilt, bis an mein Lebensende eine Morgenzeitung zu kaufen, die Sportberichte zu lesen und mir die langen, übersichtlich gegliederten Tabellen einzuprägen.

Wenn ich mit dem Lesen fertig war, lagen die einzelnen Seiten rings um mich verstreut. Dann fragte ich mich, welche bösen Überraschungen dieser Sommermorgen wohl für mich bereithielt. Jedesmal war ich auf das Schlimmste gefaßt.

Der Thermostat der Klimaanlage in Dr. Lowensteins Praxis war immer zu niedrig eingestellt. Verschmitzt und mit dem Schmutz der Großstadt besudelt, erschauerte ich nach der schwülen Hitze der Straßen unwillkürlich, wenn ich die Flucht eleganter Räume mit ihrem künstlichen, keiner Jahreszeit unterworfenen Klima betrat. Die Vorzimmerdame, eine Mrs. Barber, sorgte stets dafür, daß es in ihrem Büro ein paar Grade wärmer war als im Wartezimmer, wo eine frostige, fast arktische Temperatur herrschte. Das nachmittägliche Sonnenlicht teilte ihr Gesicht in zwei symmetrische Hälften, eine helle und eine dunkle, wenn ich an Wochentagen zu einem meiner Zwiegespräche mit Dr. Lowenstein erschien.

»Oh, Mr. Wingo«, sagte Mrs. Barber an diesem Tag und warf einen Blick auf ihren Terminkalender. »Ihr Termin muß heute leider verschoben werden. Dr. Lowenstein läßt Sie grüßen und bittet um Ihr Verständnis.«

»Was ist denn passiert?«

»Ein Notfall. Ein Bekannter ist gekommen, er war furchtbar aufgeregt. Ich soll Sie fragen, ob Sie vielleicht ein bißchen warten können. Später könnten Sie beide irgendwo hingehen und etwas trinken.«

»Ja«, antwortete ich, »keine schlechte Idee. Kann ich mich erst mal einfach ins Wartezimmer setzen und in den alten, todschicken Magazinen blättern?«

»Gut, ich sag' ihr Bescheid«, erwiderte Mrs. Barber. Sie schenkte mir einen gütigen, mütterlichen Blick und erkundigte sich: »Alles in Ordnung, Carolina?«

»Nein, ehrlich gesagt nicht, Mrs. Barber«, antwortete ich. Vor lauter Überraschung über meine eigene Ehrlichkeit klang meine Stimme sanft und bebte leise.

»Für einen, dem's nicht gut geht, grinsen und witzeln Sie aber ganz schön rum«, meinte sie.

»Bei mir blicken Sie nicht durch, stimmt's?«

»Quatsch«, erwiderte sie und sah mir in die Augen. »Mir können Sie nichts vormachen. Ich hab' schon wer weiß wie lange mit Leuten zu tun, bei denen was nicht stimmt. Man braucht ihnen nur in die Augen zu sehen. Falls ich irgend etwas für Sie tun kann, brauchen Sie nur nach mir zu rufen.«

»Mrs. Barber, würden Sie mal kurz aufstehen?« fragte ich, plötzlich überwältigt von riesengroßer, fast unerträglicher Liebe zu dieser fremden Frau.

»Was haben Sie vor, mein Bester?«

»Ach, ich will nur vor Ihnen auf die Knie fallen und Ihnen einen Kuß auf den Po geben. Das mache ich seit einiger Zeit automatisch, wenn jemand ein bißchen nett zu mir ist.«

»Sie machen sich große Sorgen um Ihre Schwester, stimmt's?«

»Nein, überhaupt nicht«, schwindelte ich. »Das ist nur ein Vorwand. Jedesmal, wenn's mir richtig dreckig geht, verschanze ich mich feige hinter ihrem Elend und mache sie für mein eigenes Leid verantwortlich.«

»Das hier wird Ihnen helfen«, sagte sie nach einem raschen Blick auf die Tür, die ins Arbeitszimmer ihrer Chefin führte, und öffnete ihre große Handtasche. »Immer wenn ich mich mit meinem Mann in die Haare kriege oder wenn mir wegen den Kindern die Nerven durchgehen, hole ich mir ein bißchen Trost bei Dr. Jack.«

Mit diesen Worten zog sie eine Halbliterflasche Jack-Daniel's-Whisky aus ihrer Handtasche und goß einen kräftigen Schluck in einen Pappbecher. »Dr. Jack macht jederzeit Hausbesuche und heilt alle Beschwerden.«

Ich kippte den Whisky hinunter und spürte, wie sich goldbraune Wärme in meinem Magen ausbreitete. »Vielen Dank, Mrs. Barber«, sagte ich.

»Erzählen Sie das bloß nicht Dr. Lowenstein, daß ich Ihnen was zum Trinken gegeben hab'«, ermahnte sie mich.

»Ich kann schweigen wie ein Grab«, versprach ich. »Übrigens – wie geht's den Pinguinen?«

»Was für Pinguinen?« fragte sie argwöhnisch zurück.

»Hier drin ist es so kalt, daß ich mir dachte, entweder züchtet die Frau Doktor Pinguine oder die meisten von ihren Patienten sind manisch-depressive Eskimos.«

»Sie gehen jetzt besser, Sie Südstaaten-Witzbold!« erwiderte Mrs. Barber und entließ mich mit einer ungnädigen Handbewegung. »Dr. Lowenstein hat's gern kühl im Sommer und warm im Winter. Den ganzen Sommer über muß ich Pullover tragen, und wenn Sie's genau wissen wollen, hab' ich auch keine Lust, im Februar, wenn draußen der Schnee meterhoch liegt, hier drinnen im Bikini rumzulaufen.«

»Sie kuriert also 'ne Menge verrückter Leute, bloß damit sie anschließend an Lungenentzündung zugrunde gehen?«

»Raus!« befahl Mrs. Barber und wandte sich wieder ihrer Schreibmaschine zu.

Ein Frösteln überlief mich, als ich den eisgekühlten Vorraum zum Allerheiligsten betrat, in dem Dr. Lowensteins Patienten darauf harrten, vorgelassen zu werden.

Auf einem kleinen Tisch lag ein ganzer Stapel der Zeitschrift *Architectural Digest*. Ich begann, lustlos in den Heften zu blättern, und mußte unwillkürlich bei der Vorstellung lachen, in solchen luxuriös eingerichteten Räumen könnten Menschen leben und leiden und allerlei Spielchen miteinander treiben. Jedes einzelne Haus, das ich mir näher anschaute, schien die Ausgeburt einer überspitzten Sensibilität zu sein. Beispielsweise die Bibliothek eines italienischen Architekten, die derart schwülstig und überladen war, daß sich garantiert noch kein einziger Mensch in einen der glänzenden, in wohlbedachten Abständen aufgestellten Ledersessel gesetzt hatte, um eines der zahllosen Bücher zu lesen; die waren gewissermaßen zu Einrichtungsgegenständen geworden. Die persönliche Note war dem unerbittlichen Diktat eines überzogenen Schönheitssinnes zum Opfer gefallen.

»Wo ist das Katzenklo? Wo sind die Buntstifte, die Papierkörbe und die Aschenbecher?« fragte ich laut und blätterte weiter, um die Fotos eines restaurierten Schlosses im Loire-Tal zu betrachten. »Wo ist die Kleenex-Schachtel, das Toilettenpapier, das Aufwischtuch und der Becher mit den Zahnbürsten am Waschbecken?« Mit Magazinen und Zeitungen zu reden, war für mich ein beliebter Zeitvertreib, eine Art geistiger Gymnastik. In meinem Eifer merkte ich nicht, daß eine Frau das Wartezimmer betrat und neben der Tür Platz nahm.

Kerzengerade saß sie auf ihrem Stuhl, kummervoll und ausgebrannt. Ihre Reglosigkeit hatte etwas Geisterhaftes. Sie war eine jener klassisch schönen Frauen, die mich immer in sprachloses Staunen versetzen. Es gibt tatsächlich so etwas wie ein Übermaß an weiblicher Schönheit, und es kann eine ebenso schwere Bürde sein wie Häßlichkeit, nur daß große Schönheit viel gefährlicher ist. Eine Frau braucht viel Glück und Charakter, um mit der Gabe vollendeter Schönheit leben zu können, zumal deren größte Tücke in ihrer Vergänglichkeit ruht.

Die Frau weinte, ohne eine einzige Träne zu vergießen, und es klang, als würde sie ersticken. Ihr Gesicht war entstellt vor lauter Anstrengung, den Schmerz in den Griff zu bekommen. Sie sah aus wie eine jener leidgeprüften, erschöpften Pietà-Madonnen, die sich über ihren geschundenen Sohn beugen.

Da saßen wir also beide im selben Zimmer, und ich murmelte leise vor mich hin, während ich mir Fotos anschaute, aber die Frau blickte nicht einmal auf. Auch sonst gab sie durch nichts zu verstehen, daß sie mich bemerkt hatte.

Ha! Eine New Yorkerin, dachte ich. Bei der hilft kein Schwätzchen oder irgendeine kleine Artigkeit, um die Peinlichkeit der Begegnung zu überspielen. Ich konzentrierte mich wieder auf *Architectural Digest*, enthielt mich allerdings jeden kritischen Kommentars. Minutenlang herrschte Stille, während ich las, dann hörte ich die Frau schluchzen, und jetzt vergoß sie tatsächlich Tränen.

Sorgfältig erwog ich die verschiedensten Annäherungsversuche. Sollte ich sie vorerst einfach ignorieren und mich um meine eigenen Angelegenheiten kümmern? Nein, ein solches Vorgehen schied aus, denn es stand nicht in Einklang mit meinem neugierigen und zugleich wohlmeinenden Wesen. Sollte ich mich vielleicht auf professionelle Weise fürsorglich zeigen, oder war es besser, sie direkt zu fragen, wo sie der Schuh drückte und ob ich ihr irgendwie helfen konnte?

Da sie schön war, würde sie denken, daß ich mich an sie heranmachen wollte, egal was ich sagte oder tat. Auf dieses Risiko muß man bei schönen Frauen gefaßt sein, vor allem wenn sie Kummer haben, und dieser schönen Frau wollte ich nicht noch mehr Kummer bereiten. Na gut, dachte ich, dann muß es eben die direkte Methode sein. Ich werde ihr gleich zu Beginn unseres Gesprächs eröffnen, daß ich impotent bin, daß man mich kastriert hat, daß ich in einem türkischen Knabenchor singe, daß ich schwul bin, daß ich ein Verhältnis mit einem Hafenarbeiter habe und daß ich ihr gern helfen würde, weil ich es nicht ertrage, sie so leiden zu sehen.

Ich sagte jedoch nichts dergleichen, denn ich hatte keine Ahnung, wie man in New York gekonnt ein Gespräch anfängt. Deshalb sagte ich mir: Ich muß ihr klarmachen, daß ich ein Fremdling bin, jemand, der sich nicht mit den Regeln und Konventionen auskennt, die das Verhalten der Menschen in den gläsernen Schluchten dieser glorreichen Stadt lenken. Sonst wird sie glauben, daß ich genauso bin wie alle anderen Irren und für sie nicht mehr empfinde als für irgendeinen Penner, der eine U-Bahn-Treppe vollkotzt. Wenn diese Frau häßlich oder durchschnittlich oder einfach nur hübsch gewesen wäre, das war mir absolut klar, hätte ich sie sofort angesprochen. Ich hätte ihr angeboten, ihr mein Taschentuch zu leihen, eine Pizza für sie holen zu lassen, sie zu einem Martini einzuladen, ihr Blumen zu schenken oder sogar ihren Ehemann zu verprügeln, wenn er sie schlecht behandelte. Doch statt dessen saß ich da, geblendet von ihrer Schönheit, und brachte kein Wort heraus. Jeder Frau, die mit der unübersehbaren Gabe außergewöhnlicher Körperlichkeit durchs Leben geht, ist auch der Schlüssel zu unsäglicher Einsamkeit ausgehändigt worden. Sie ist die unabwendbare Beigabe der Schönheit, der Preis, den solche Frauen zu zahlen haben.

Ich ließ die Zeitschrift sinken und sagte ohne aufzublicken: »Entschuldigen Sie, Madam, mein Name ist Tom Wingo und ich bin aus South Carolina. Kann ich irgend etwas für Sie tun? Es macht mir sehr zu schaffen, daß es Ihnen so schlecht geht.«

Sie antwortete nicht, sondern schüttelte bloß ärgerlich den Kopf und weinte noch heftiger. Der Klang meiner Stimme schien ihre Erregung nur zu steigern.

»Bitte seien Sie mir nicht böse«, fuhr ich betreten fort, »aber soll ich Ihnen vielleicht ein Glas Wasser holen?«

»Ich bin hier, weil ich mit dieser Therapeutin reden will, verdammt noch mal, und nicht, um mir von einem ihrer bekloppten Patienten Hilfe anbieten zu lassen«, stieß die Frau zwischen Seufzern und Schluchzern hervor.

»Aha! Sie haben mich offenbar ein bißchen mißverstanden. Ich bin kein Patient von Dr. Lowenstein.«

»Warum sitzen Sie dann in diesem Wartezimmer herum? Das ist hier keine Bushaltestelle.« Sie öffnete ihre Handtasche und kramte darin herum. Ich vernahm das leise metallische Klirren von Schlüsseln. »Bitte, könnten Sie mir ein Kleenex besorgen? Ich hab' meine anscheinend vergessen.«

Ich sprintete zur Tür, erleichtert darüber, mich nützlich machen zu können, aber auch dankbar, daß mir die Erklärung erspart blieb, wieso ich in diesem Zimmer herumtrödelte. Als mir Mrs. Barber ein Papiertaschentuch gab, flüsterte sie mir zu: »Junge, die hat's ganz schön erwischt!«

Ich ging ins Wartezimmer zurück und gab der Frau das Taschentuch. Sie bedankte sich und schneuzte sich die Nase. Mir ist es schon immer seltsam grotesk vorgekommen, das selbst strahlend schöne Frauen sich die Nase putzen müssen und auch von allen anderen banalen Körperfunktionen nicht ausgenommen sind.

Die Frau trocknete ihre Tränen und verschmierte dabei den Lidschatten. Auf ihren Wangen hatten sich unregelmäßige, purpurrote Flecken gebildet. Einem Gucci-Täschchen entnahm sie eine Puderdose und machte sich daran, ihr Make-up zu reparieren.

»Vielen Dank«, sagte sie zu mir, als sie sich wieder einigermaßen zurechtgemacht hatte. »Tut mir leid, daß ich vorhin so schnippisch war. Mir geht es zur Zeit sehr schlecht.«

»Ist es wegen einem Mann?« erkundigte ich mich.

»Ist nicht immer irgendein Mann an allem schuld?« fragte sie verbittert und vergrämt zurück.

»Soll ich ihn verprügeln?« erbot ich mich.

»Nein, natürlich nicht«, wehrte sie pikiert ab. »Ich liebe ihn sehr.«

»War ja nur ein Angebot«, meinte ich. »Mein Bruder Luke hat das damals immer zu meiner Schwester und mir gesagt, wenn wir in der Schule gehänselt wurden, aber wir haben nie davon Gebrauch gemacht. Trotzdem fühlten wir uns immer viel besser.«

Sie schenkte mir ein Lächeln, das jedoch zu einer schmerzlichen Grimasse verunglückte. Wie schön diese Frau war, zeigte sich daran, daß selbst diese Grimasse noch den Liebreiz ihres Gesichtes mit den hohen Wangenknochen erhöhte.

»Seit über vier Jahren bin ich nun schon bei einem Psychiater in

Behandlung«, sagte sie und betupfte wieder ihre Augen, »aber ich weiß immer noch nicht, ob ich den blöden Kerl überhaupt leiden kann.«

»Sie müssen gut versichert sein«, erwiderte ich. »Meine Versicherungspolice deckt keine psychischen Erkrankungen ab.«

»Ich bin nicht psychisch krank!« verwahrte sich die Frau und rutschte unruhig auf ihrem Stuhl hin und her. »Ich bin nur ziemlich neurotisch und verliebe mich ständig in nichtsnutzige Idioten.«

»Die Menschheit besteht zu einem hohen Prozentsatz aus Idioten. Ich hab' mal versucht, es mathematisch genau auszurechnen und bin auf ungefähr dreiundsiebzig Prozent gekommen – mit steigender Tendenz.«

»Und Sie? Zu welcher Kategorie gehören Sie selbst?« wollte sie wissen.

»Ich? Oh, ich bin einer von diesen Idioten, mit Stempel im Ausweis und auf Lebenszeit. Das einzig Gute ist, daß man in dem Verein keinen Mitgliedsbeitrag bezahlen muß und daß man das beruhigende Gefühl hat, zur absoluten Mehrheit zu gehören.«

Ihr Gelächter klang humor- und lustlos. »Womit verdienen Sie sich ihren Lebensunterhalt?« wollte sie wissen.

»Ich bin der Trainer einer Football-Mannschaft an einer High School – das heißt, genau gesagt war ich das bis vor einiger Zeit« sagte ich schamhaft und war nicht überrascht, als sie mir das nicht glaubte.

»Sehr witzig«, sagte sie, »aber was sind Sie wirklich von Beruf?«

»Ich bin Rechtsanwalt«, antwortete ich und sehnte mich nach einem raschen Ende dieses demütigenden Gespräches. Ich hatte mich schon immer in der spontanen Bewunderung fremder Menschen gesonnt, wenn ich ihnen eröffnete, ich sei der Rechtsberater eines als besonders aggressiv und gefräßig verschrienen multinationalen Unternehmens.

»Sie sehen nicht aus wie ein Anwalt«, meinte sie und warf einen argwöhnischen Blick auf meine Khakihosen und mein verblichenes Lacoste-Hemd, dessen aufgenähtes Wappentier sich schon halb vom Stoff gelöst hatte. »Sie sind auch nicht wie ein Anwalt gekleidet. An welcher Uni waren Sie?«

»In Harvard«, antwortete ich bescheiden. »Hören Sie, ich

könnte Ihnen jetzt von meinem Jurastudium erzählen, von meiner aufreibenden Tätigkeit als Herausgeber der *Law Review* und von meiner Enttäuschung, daß ich damals nur als Zweitbester meines Jahrgangs abgeschlossen habe, aber das würde Sie nur langweilen.«

»Tut mir leid, daß ich vorhin so geweint habe«, sagte sie und kam wieder auf sich selbst zu sprechen.

»Halb so schlimm«, antwortete ich und freute mich, daß ich das Vorstellungsgespräch offenbar bestanden hatte.

»Ich dachte zuerst, Sie wollten sich an mich ranmachen. Deshalb war ich so unhöflich zu Ihnen.«

»Ich habe keine Ahnung, wie man sich an fremde Frauen ranmacht.«

»Sie sind verheiratet«, bemerkte sie mit einem Blick auf meinen Ehering. »Sie müssen sich also zumindest erfolgreich an die Frau rangemacht haben, die dann Ihre Frau geworden ist.«

»Nein, Madam, sie hat mich in einer Einkaufspassage in eine Ecke gedrängt und mit den Zähnen den Reißverschluß von meiner Hose aufgemacht. Da hab' ich endlich kapiert, daß sie was von mir wollte. Als junger Mann war ich furchtbar schüchtern.«

»Ich bin eine Freundin von Dr. Lowenstein«, ließ sie mich wissen und schob sich mit einer geistesabwesenden, gleichgültigen Bewegung eine Strähne ihres üppigen blonden Haares aus der Stirn. »Dummerweise ist mein Psychiater verreist. Immer wenn der blöde Kerl nicht da ist, springt Dr. Lowenstein notfalls für ihn ein.«

»Nett von ihr.«

»Sie ist ein wunderbarer Mensch, und obwohl sie selbst Probleme hat wie wir alle, ist man bei ihr gut aufgehoben. Herrje, was ist das heute nur für ein beschissener Tag!«

»Was ist denn los?« fragte ich.

Sie warf mir einen seltsamen Blick zu, und dann sagte sie kühl, aber, soweit ich das beurteilen konnte, ohne Bosheit: »Hören Sie, Mister Anwalt, wenn ich eines Tages mein Testament machen will, rufe ich Sie vielleicht an, aber mit meinen persönlichen Problemen gehe ich lieber zu einem Spezialisten.«

»Bitte verzeihen Sie mir«, sagte ich. »Und glauben Sie mir, daß ich mich nicht einmischen wollte.«

Sie fing wieder an zu weinen und vergrub das Gesicht in den Händen.

Nach einer Weile kam Dr. Lowenstein aus ihrem Sprechzimmer und sagte: »Hallo, Monique, bitte komm rein.« Nachdem sie Monique an sich vorbeigelassen hatte, sagte sie rasch zu mir: »Ich hoffe, Sie haben nichts dagegen, Tom. Sie ist eine Freundin, und es geht ihr sehr schlecht. Ich lad' Sie später auf einen Drink ein.«

»Es wird mir ein Vergnügen sein, Frau Doktor.«

Meine Schwester und ich begannen also unser Leben in Colleton als Kinder des Sturms, als Bathsebas Zwillinge. Während der ersten sechs Jahre verließen wir Colleton County nicht ein einziges Mal. An jene Zeit versuche ich mich vergeblich zu erinnern, sie liegt verschollen unter den vielen Schichten eines Gedächtnisses, das bis zum Bersten mit der unendlich märchenhaften Bilderwelt einer kleinen Insel vor der Küste von Carolina vollgestopft ist. Deshalb kann ich hier nur wiedergeben, wie meine Mutter jene Zeit geschildert hat: Ihre Kinder nahmen die Aufgabe, möglichst schnell groß zu werden, sehr ernst, und sie war immer an unserer Seite, während wir unsere ersten Gehversuche machten, die ersten Worte lallten und uns auf duftenden Sommerwiesen tummelten.

So vergingen die Jahre meiner ins Dunkel des Vergessens gehüllten frühen Kindheit. Ein milder Sommer folgte dem anderen, und ich wuchs spielend heran unter den zerstreuten Blicken meiner stolzen, blauäugigen Mutter. Wenn sie mich betrachtete, kamen mir ihre Augen wie Blumen vor, und ich hatte das Gefühl, daß sie sich an ihren Kindern nicht satt sehen konnte. Alles, was wir sagten oder taten, bereitete ihr offenbar Vergnügen. Während jener sechs verzauberten, sonnigen Jahre widmete sie sich mit ganzem Herzen ihren Pflichten als Mutter und Erzieherin. Sie selbst hatte es in jener Zeit nicht leicht, und solange wir in unserem Elternhaus lebten, ließ sie es sich nicht nehmen, tagtäglich darauf hinzuweisen, welche Entbehrungen sie auf sich nehmen mußte. Wir waren blonde, quirlige Kinder, die nichts anderes im Kopf hatten als zu spielen, die Geheimnisse der Wälder zu erkunden und staunend unserer Mutter zu lauschen, wenn sie uns einen Einblick in ihre unverwechselbaren Anschauungen von den Dingen dieser Welt gewährte. Wir konnten damals nicht wissen, daß sie im Grunde eine sehr unglückliche Frau war. Nie hat sie uns ganz verzeihen können, daß wir ihr allmählich entwuchsen, aber auch das ahnten wir natürlich nicht. Unser Heranwachsen war zudem in den Augen unserer Mutter nur ein läßliche Sünde im Vergleich zu einem anderen, dem unverzeihlichen Verbrechen, welches darin bestand, daß es uns überhaupt gab. Wirklich, unsere Mutter war nicht leicht zu verstehen, und in unserem Elternhaus gab es von Anfang an Verwicklungen, Tragik und Leid. Wir waren eben eine typische Südstaatenfamilie. In jedem Südstaatler verbirgt sich unter der äußeren Hülle eine bis in die tiefsten Schichten von Klischees geprägte Persönlichkeit, die dennoch enorme Kräfte entfalten kann, wenn sie sich einem Kind zuwendet.

Mein Vater kam meist erst nach Hause, wenn es schon dunkel war, und ich lag im Bett, wenn ich seine Schritte auf der Veranda hörte. Allmählich gehörten er und die Dunkelheit in meiner Vorstellung zusammen. Die Stimme meiner Mutter veränderte sich und verlor ihren musikalischen Klang, sobald er da war. Er brauchte nur die Tür zu öffnen, schon wurde sie zu einer anderen Frau, und die Stimmung im Haus schlug um. Ich weiß nicht, wie oft ich ihren leisen, murmelnden Stimmen gelauscht habe, wenn sie spätabends am Eßtisch saßen und versuchten, uns Kinder nicht zu wecken, während sie die Geschehnisse des Tages besprachen.

Einmal hörte ich meine Mutter laut schluchzen, nachdem mein Vater sie offenbar geschlagen hatte, aber am nächsten Morgen gab sie ihm wieder einen Kuß auf die Lippen, bevor er in die Dunkelheit hinaustrat und zur Arbeit ging.

Es gab Tage, an denen unsere Mutter kein Wort zu uns sagte. Dann saß sie auf der Veranda, blickte starr über den Fluß zum Städtchen Colleton, und ihre Augen lagen hinter einem Schleier aus Melancholie und Verdrossenheit, gegen den sogar unser Weinen nichts vermochte. Geistesabwesend fuhr sie uns dann wohl mit ihren langfingerigen Händen übers Haar, während sich ihre Augen mit Tränen füllten, ohne daß sich deshalb ihr Gesichtsausdruck veränderte. Wir lernten, unseren Kummer schweigend zu ertragen, und jedesmal, wenn unsere Mutter in einen solchen Gemütszustand verfiel, bildeten wir mit unseren blonden Haaren einen schützenden Kreis um sie, aber nie konnten wir ganz zu ihr vordringen, denn sie war nicht bereit, ihr Leid mit uns zu teilen. Was meine Mutter der Außenwelt und ihrer Familie von sich darbot, glich einer weißen, undurchsichtigen Masse oder manchmal auch einer mit dem feinen Filigran von Brokatstoff verzierten Fassade, aber insgesamt war dies der kleinste und unerheblichste Teil ihres Wesens. Ich habe mich mein ganzes Leben lang mit meiner Mutter befaßt, und ich kann noch immer nicht sagen, daß ich sie gut kenne. In mancherlei Hinsicht war sie mir immer eine perfekte Mutter, doch zugleich wurde sie für mich im Lauf der Zeit zum Sinnbild der Apokalypse.

Ich habe stets versucht, Frauen zu verstehen, aber dieses an Besessenheit grenzende Bemühen hat nur bewirkt, daß ich oft große Wut empfand und mir zugleich lächerlich vorkam. Die Kluft ist so breit und tückisch wie ein Ozean. Zwischen den Geschlechtern erhebt sich ein trennender Gebirgszug, und dort wohnt kein exotisches Volk von Sherpas, das uns das Geheimnis der tödlichen Abgründe erklären könnte. Da es mir versagt blieb, meine Mutter zu verstehen, wurde mir auch nicht die Gnade zuteil, andere Frauen zu begreifen, die meinen Weg kreuzten.

Wenn meine Mutter traurig oder wehmütig war, suchte ich die Schuld dafür immer bei mir, denn ich hatte das Gefühl, irgend etwas Unverzeihliches begangen zu haben. Eine gehörige Portion Schuldgefühle gehört zur Standardausrüstung eines jeden Jungen aus den Südstaaten. Unser Leben lang erfinden wir lauter ausgefallene, an den Haaren herbeigezogene Entschuldigungen für unsere Mütter, bloß weil unsere Väter solch miserable Ehemänner waren. Kaum ein Knabe kann lange den Druck und das Gewicht einer fehlgeleiteten mütterlichen Leidenschaft ertragen, doch der eine oder andere widersteht den aus der Einsamkeit geborenen, auf unschuldige Art verführerischen Avancen seiner Mutter. Es liegt so viel verbotene Süße darin, der heimliche, keusche Geliebte der Frau des eigenen Vaters zu werden, es erzeugt ein solches Triumphgefühl, die Rolle des hinterhältigen Nebenbuhlers zu spielen, der unter dem Dach des elterlichen Hauses die unendlich zarte Liebe einer vermeintlich zerbrechlichen Frau empfängt. Nichts auf der Welt ist erotischer als ein Knabe, der sich in die Gestalt und in die Berührungen seiner Mutter verliebt hat. Es ist die exquisiteste, verbotenste Form der Lust – aber auch die natürlichste und schädlichste.

Meine Mutter stammte aus dem gebirgigen Norden Georgias. Bergbewohner sind oft Einzelgänger, Insulaner hingegen Weltbürger. Ein Inselbewohner winkt einem Fremdling von weitem zu, der im Gebirge beheimatete Mensch fragt sich, warum der Fremde gekommen ist. Das Gesicht meiner Mutter, von ätherischer Lieblichkeit und unablässig lächelnd, war wie ein Fenster zwischen ihr und der Welt, aber nur in einer Richtung. Meisterhaft verstand sie sich darauf, mit ein paar Strichen das verletzliche, anfällige Wesen anderer Menschen zu skizzieren, aber genauso geschickt vermied sie es, auch nur die Spur eines wichtigen Zuges ihres eigenen Charakters preiszugeben. Sie und mein Vater waren ein seltsames Paar. Ihr gemeinsames Leben war so etwas wie ein dreißigjähriger Krieg. Die einzigen Gefangenen, die sie dabei machen konnten, waren ihre eigenen Kinder. Es gab viele Verhandlungen und Feuerpausen und Waffenstillstände, bevor wir alt genug waren, um die Verheerungen dieses Krieges ermessen zu können. So sah unsere Kindheit aus, unser Leben, unser Schicksal. Wir richteten uns, so gut es ging, in diesem Dasein ein, und zum Glück war unsere Insel schön und uns wohlgesinnt.

Dann, ganz plötzlich, mußten wir von der Insel fort, und es folgte ein Lebensabschnitt, an den ich mich fast bis in die kleinsten Einzelheiten erinnere.

Im August 1950 erlebte mein Vater die unangenehme Überraschung, erneut zu den Streitkräften einberufen und nach Korea abkommandiert zu werden. Da meine Mutter überzeugt war, daß es für eine Frau mit drei kleinen Kindern zu gefährlich sei, ohne Mann auf Melrose Island zu leben, nahm sie die Einladung meiner Großmutter an, für ein Jahr zu ihr nach Atlanta zu ziehen. Sie hatte ein Haus an der Rosedale Road. Ich erfuhr damals zum erstenmal, daß ich eine Großmutter hatte. Meine Eltern hatten sie nie erwähnt. Deshalb war sie für uns Kinder von Anfang an ein Geheimnis und ein unerwartetes Geschenk.

Wir sagten Grandpa Wingo in Colleton Lebewohl, schlossen die Tür unseres weißen Hauses ab und fuhren nach Atlanta, dem einzigen Jahr unserer Kindheit entgegen, das wir in einer Stadt verbrachten. In der Rosedale Road gab ich der Mutter meines Vaters den ersten Kuß, bevor sie uns die schmale Auffahrt entlang zu ihrem Haus führte. Großmutter lebte bei einem Mann namens John Stanopoulos, genannt Papa John. Meinen Großvater – und ihren einzigen Sohn, meinen Vater – hatte sie in den Wirren der Weltwirtschaftskrise verlassen und war nach Atlanta gegangen, um sich eine Arbeit zu suchen. Ein Jahr lang arbeitete sie in der Wäscheabteilung von Ritch's Kaufhaus. Die Hälfte ihres Monatslohnes schickte sie ihrer Familie in Colleton. Gleich nach der Scheidung heiratete sie Papa John, den sie eine Woche zuvor kennengelernt hatte, als er sich in die Wäscheabteilung verirrte. Sie schwindelte ihm vor, sie sei noch nie verheiratet gewesen. Und nun hörte ich verblüfft, wie mein Vater uns Papa John als Cousin seiner Frau, unserer Großmutter, vorstellte. Es sollte Jahre dauern, bis wir den wahren Sachverhalt durchschauten, denn meine Eltern erzählten uns nur das, was wir ihrer Meinung nach unbeschadet wissen durften. Damals, bei unserer Ankunft in der Rosedale Road, hatten wir schon längst gelernt, den Mund zu halten und uns unseren Teil zu denken. Mein Vater stellte mich also meiner eigenen Großmutter, Tolitha Stanopoulos vor, und befahl mir, sie Cousine Tolitha zu nennen. Als gehorsamer Knabe tat ich genau, wie mir geheißen. Als ich noch am selben Abend meine Mutter um eine Erklärung bat, fertigte sie mich mit der Bemerkung ab, das ginge mich nichts an, und sie werde mir mehr erzählen, sobald ich älter sei.

Damals erholte sich Papa John gerade von der ersten einer ganzen Reihe von Herzattacken, die ihn eines Tages das Leben kosten sollten. Er hatte ein langes, hageres Gesicht und eine riesige, phantastische Nase, die an einen Erker aus Stein erinnerte. Seine spiegelnde Glatze trug er mit der Würde eines Königs. Selbst kinderlos, liebte er uns inbrünstig vom ersten Augenblick an, da wir das Zimmer betraten, welches eines Tages sein Sterbezimmer werden sollte. Er konnte nicht genug davon bekommen, uns mit Küssen zu überschütten, denn er liebte den Geschmack und den Geruch und die Stimmen von Kindern. Meinen Vater nannte er Cousin Henry.

Unser Haus stand auf einer Anhöhe, umgeben von ähnlichen, in einem hübschen, aber unprätentiösen Baustil errichteten Häusern. Dieser Teil von Atlanta war unter dem Namen Virginia-Highlands bekannt, aber meine Großmutter behauptete hartnäckig, sie wohne im Stadtteil Druid Hills, der in Wirklichkeit ein paar Querstraßen weiter östlich begann und eine viel feinere Adresse war. Das Haus war aus Ziegeln gebaut, deren Farbe von geronnenem, dunklem Blut dem ganzen Nordosten von Atlanta die düstere Patina verrosteten Eisens verlieh. Großmutters Haus hatte spitze Türmchen und steile Giebel. Drinnen herrschte ein kunterbuntes Durcheinander. Die Zimmer waren bedrückend eng und klein, aber dafür gab es viele von ihnen, alle mit bizarren Grundrissen, gespenstischen Winkeln, Nischen, Ausbuchtungen und Verstecken für uns Kinder. Dieses Haus war die ideale Kulisse für kindliche Alpträume.

Unter dem Haus verbarg sich ein schauerlicher, halbfertiger Keller. Er schürte unsere schlimmsten Phantasien und war so gräßlich, daß sogar meine Mutter sich weigerte, nach Einbruch der Nacht hinabzusteigen. Zwei Regenwasser und Bodenfeuchtigkeit ausschwitzende Betonmauern konkurrierten mit zwei ebenso nassen, nackten und häßlichen Wänden, die einfach aus der roten Erde Georgias herausgehauen worden waren. Zur Straße hin wurde das Haus von vier riesigen Eichen fast verdeckt, die ihr Geäst wie einen dunklen Sonnenschirm über das Dach breiteten. Die Wipfel der Bäume waren so breit und ausladend, daß das Gebäude bei Gewittern kaum naß wurde. Irgendwie gehörten Eichen zum Gesamtbild der Stadt, denn als man Atlanta baute, nahm man Rücksicht auf den vorhandenen Baumbestand. Opossums und Waschbären kamen nachts bis dicht an die hintere Haustür. Meine Mutter warf ihnen immer ein paar Honigkekse hin. Im Frühjahr duftete es nach grünen, frisch gemähten Rasenflächen. Wenn man durch die von Weiden gesäumten Straßen in Richtung der Stillwood Avenue ging und aufblickte, wölbte sich über einem ein Himmel so weiß wie ein Brautkleid.

Es war eine Zeit, in der ich ganz davon ausgefüllt war, ein Kind zu sein. Doch ein Jahr kann lang sein und ein Kind viel lehren. Damals in Atlanta dämmerte mir, daß ich nur einer von vielen Bewohnern dieser Welt bin. Während der ersten Woche erwischte Großmutter uns Kinder dabei, wie wir uns mit einem Knäuel Bindfaden, einem Eimer und ein paar Hühnerköpfen aus der Hintertür stahlen, um Krabben fischen zu gehen. Wir waren fest entschlossen, die Meeresküste oder zumindest einen Meeresarm zu finden, an dem Atlanta unserer Meinung nach liegen mußte. Wir konnten uns einfach nicht vorstellen, daß man in dieser Stadt, in der das Leben so viel Spaß machte, nicht Krabbenfischen gehen konnte, und wir vermochten nicht zu glauben, daß es Straßen gab, die nicht früher oder später am Wasser endeten. Aber ausgerechnet die Straße, an deren Ende wir uns in dieser ozeanlosen Stadt den simplen Freuden des Krabbenfischens hinzugeben gedachten, führte bis zum Fuß des Stone Mountain.

Am letzten Samstag vor seiner Abreise nach Korea fuhr mein Vater mit uns kurz vor Tagesanbruch im Auto aus Atlanta hinaus, parkte irgendwo im Dunkeln und ging uns auf dem Fußweg voran bis zum Gipfel des Stone Mountain. Dort blickten wir nach Osten und warteten auf den Sonnenaufgang. Während wir auf der Spitze des granitenen Berges standen und das Morgenlicht allmählich ganz Georgia überflutete, hatten wir das Gefühl, den Erdkreis vollständig überblicken zu können. In der Ferne sahen wir die eher bescheidene Skyline Atlantas im morgendlichen Sonnenschein. In die steinerne Flanke des Berges waren die gewaltigen Skulpturen der Präsidenten Robert E. Lee, Jefferson Davis und Stonewall Jackson geschlagen, halbfertige Reiter, die für alle Ewigkeit gemächlich über die granitene Fläche zu traben schienen.

Meine Mutter hatte einen Picknickkorb mitgenommen. Dessen Inhalt breitete sie nun auf dem Gipfel des großen, blankgefegten Granitmassivs auf ein weißes Tischtuch. Es war ein windstiller, klarer Tag. Das Tischtuch klebte am Fels wie eine Briefmarke am Papier. Wir Kinder balgten uns spielerisch mit unserem Vater. Der ganze Berg gehörte uns! Dort oben auf dem Stone Mountain sollte ich die erste Lektion über den wahren Charakter meines Vaters erhalten und eine Ahnung davon, wie nachhaltig er schließlich mit seinem Charakter meine Kindheit prägte. An jenem Tag wurde mein Bewußtsein geweckt, und ich war fortan hellwach für die Gefahren, die unserer Familie drohten.

»Daddy, warum mußt du wieder zurück in den Krieg?« wollte Savannah von meinem Vater wissen, der rücklings auf dem nackten Steinboden lag und in den blauen Himmel starrte. Über seine Unterarme schlängelten sich dicke blaue Adern wie Taue auf einem Bootsdeck.

»Der Teufel soll mich holen, aber diesmal weiß ich es selbst nicht, mein Engel«, antwortete er und stemmte meine Schwester in die Höhe.

Luke warf einen Blick in die Runde und verkündete: »Ich will zurück nach Colleton. Hier gibt's keine Krabben.«

»Ich muß nur für ein Jahr fort«, tröstete ihn mein Vater. »Danach fahren wir alle zurück nach Colleton.«

Meine Mutter hatte inzwischen den ganzen Festtagsschmaus

ausgebreitet: Schinkenbrötchen, hartgekochte Eier, Kartoffelsalat. Sie wunderte sich, als ein ganzes Ameisenvolk in Reih und Glied schnurstracks auf die Speisen zumarschierte.

»Ich werd' meine Kleinen sehr vermissen«, sagte Vater und warf unserer Mutter einen langen Blick zu. »Jede Woche werd' ich euch einen Brief schreiben und euch eine Million Küsse schicken, aber die sind nur für dich und Savannah gedacht. Euch Jungen liegt doch stimmt nichts an Küssen, oder?«

»Nein, Daddy«, antworteten Luke und ich wie aus einem Munde.

»Ich werd' aus meinen Jungs richtige Kämpfer machen, jawohl! Ich brauch' keine Söhne, die nur Liebe im Kopf haben«, fuhr Vater fort und gab uns eine deftige Kopfnuß. »Versprecht mir, daß ihr euch von eurer Mutter nicht zu verschmusten Memmen machen laßt, wenn ich weg bin. Sie packt euch nicht hart genug an. Paßt auf, daß sie euch nicht Mädchenkleider anzieht und mit euch auf Kaffeekränzchen geht. Ihr müßt mir etwas versprechen, Jungs. Versprecht mir, daß ihr hier in Atlanta jeden Tag einen anderen Jungen verprügelt. Wenn ich aus Korea zurückkomme, will ich nicht erleben, daß meine Söhne sich wie hochnäsige Großstadtschnösel benehmen, okay? Vergeßt nicht: Ihr seid Burschen vom Land, und das sind immer richtige Kämpfer.«

»Nein«, widersprach meine Mutter mit ruhiger, aber fester Stimme. »Meine Söhne sollen auch was für die Liebe übrig haben. Sie sollen die nettesten Burschen werden, die die Welt gesehen hat.« Meine Mutter zeigte auf Savannah. »Da hast du deinen Kämpfer, Henry!«

»O ja, Daddy«, sagte Savannah begeistert. »Ich bin ein Kämpfer, ich kann Tom jederzeit verprügeln. Und ich schaff' auch fast Luke, wenn er sich nur mit einem Arm wehrt.«

»Quatsch, du bist ein Mädchen, und Mädchen sind für die Liebe da. Ich will nicht, daß du dich mit Jungs prügelst. Du sollst ganz sanft und zuckersüß sein, dann bist du Daddys Liebling aus Milch und Honig.«

»Ich will nicht aus Milch und Honig sein«, protestierte Savannah.

»Bist du sowieso nicht«, mischte ich mich ein.

Savannah, die stärker und flinker war als ich, versetzte mir einen kräftigen Schlag in die Magengrube. Ich fing an zu weinen und flüchtete mich zu meiner Mutter, die mich mit ihren Armen umfing.

»Savannah, du sollst Tom nicht schlagen! Warum mußt du ihn immer piesacken?« tadelte sie meine Schwester.

»Siehst du?« sagte Savannah zu meinem Vater. »Ich bin ein Kämpfer.«

»Tom, ich schäme mich für dich«, sagte Vater. Er blickte über Savannah hinweg, als wäre sie Luft. »Dich braucht nur ein kleines Mädchen zu schlagen, und schon heulst du los. Schrecklich. Ein richtiger Junge weint nicht. Nie. Egal, was passiert.«

»Er ist eben ein zartes Kind, Henry«, sagte meine Mutter und strich mir übers Haar. »Zart und so empfindlich.«

»Oho, empfindlich!« spottete mein Vater. »Na gut, dann will ich lieber nichts sagen, was ein so empfindliches Kind kränken könnte. Luke würde wegen einer solchen Kleinigkeit niemals wie ein Säugling plärren. Ich hab' Luke schon mit einem Ledergürtel verprügelt, aber ich hab' nie 'ne Träne bei ihm gesehen. Er ist schon als richtiger kleiner Mann auf die Welt gekommen. Los, Tom, komm her und kämpf mit deiner Schwester! Erteil ihr eine Lektion!«

»Das soll er lieber nicht tun, sonst hau' ich ihn noch mal«, drohte Savannah, aber ich konnte ihrer Stimme anhören, daß ihr das, was sie angerichtet hatte, leid tat.

»Nein, Henry«, sagte meine Mutter. »Das ist nicht die richtige Art.«

»Erzieh du deine Tochter, Lila!« brummte mein Vater. »Ich kümmer' mich um die Jungen. Na los, komm her, Tom!«

Ich löste mich aus den Armen meiner Mutter und machte hoch oben auf dem Stone Mountain fünf Schritte auf meinen Vater zu. Mir schien es eine Ewigkeit zu dauern, bis ich endlich vor ihm stand.

»Hör sofort auf zu weinen, du Memme!« befahl er, und prompt heulte ich noch herzzerreißender.

»Hör auf, Henry«, bat meine Mutter.

»Hör auf zu weinen, sonst sorg' ich dafür, daß du nicht ohne Grund heulst!« drohte mein Vater.

»Ich kann aber nicht aufhören«, sagte ich, von Schluchzen geschüttelt.

»Ich bin schuld, Daddy!« rief Savannah.

Mein Vater gab mir eine so heftige Ohrfeige, daß ich zu Boden stürzte. »Ich hab' dir doch gesagt, du sollst nicht wie ein kleines Mädchen flennen!« Er wirkte riesengroß, wie er da über mir stand.

Halb betäubt vor Schmerz preßte ich mein Gesicht gegen das Felsgestein und schluchzte trostlos.

»Tu das nicht noch mal, Henry!« hörte ich meine Mutter sagen.

»Kümmer dich um deinen eigenen Dreck, Lila!« sagte er und wandte sich zu ihr um. »Du bist eine Frau, nichts als eine gottverdammte Frau, und deshalb sollst du dein gottverdammtes Mundwerk halten, wenn ich einem von den Jungs zeige, wo's langgeht. Mir ist es scheißegal, was du mit Savannah machst und wie du sie erziehst, aber mir liegt viel dran, daß aus den Jungens was wird. Es gibt auf der ganzen Welt nichts Schlimmeres als einen Jungen, der keinen Mumm in den Knochen hat.«

Ich blickte auf und sah, daß Vater unsere Mutter an den Schultern gepackt hatte und sie heftig schüttelte. In ihren Augen glitzerten Tränen der Demütigung. Nie habe ich einen Menschen so geliebt, wie ich Mutter in jenen Augenblicken liebte. Ich sah meinen Vater an, der mir den Rücken zukehrte, und fühlte, wie sich in einem dunklen Winkel meiner Seele Haß rührte.

»Laß Mama los«, sagte Luke.

Nicht nur mein Vater, sondern wir alle wandten uns zu ihm um und sahen, daß er das kleine spitze Messer aus dem Picknickkorb in der Hand hielt.

»Nein, Luke, es ist schon alles gut, mein Kleiner«, sagte meine Mutter.

»Nichts ist gut«, erwiderte er. Seine Augen blitzten vor Zorn. »Laß Mama sofort los, und schlag nie wieder meinen Bruder!«

Mein Vater starrte seinen Ältesten an, und plötzlich mußte er lachen. Ich stand auf und stürzte mich wieder in die Arme meiner Mutter, verfolgt vom Gelächter meines Vaters. Mein ganzes Leben lang sollte ich vor diesem höhnischen, verächtlichen Lachen meines Vaters davonlaufen, immer auf der Suche nach der weichen Geborgenheit einer Umarmung.

»Was hast du mit dem Messer vor, Junge?« fragte mein Vater Luke, der ihn umkreiste.

»Hör auf, Luke!« kreischte Savannah. »Sonst verhaut er dich!«

»Ja, hör auf, Luke!« bat auch meine Mutter. »Er hat deiner Mama nichts getan, er hat nur Spaß gemacht.«

»Hörst du nicht, Luke? Ich hab' nur Spaß gemacht«, sagte mein Vater.

»Nein, das war kein Spaß«, erwiderte Luke. »Du bist böse.«

»Gib mir das Messer!« befahl mein Vater. »Sonst hau' ich dir den Hintern mit meinem Gürtel blutig.«

»Nein«, sagte Luke. »Warum bist du so böse? Warum mußt du Mama immer weh tun? Warum willst du einen netten kleinen Kerl wie Tom immer verprügeln?«

»Leg jetzt das Messer weg, Luke!« bat meine Mutter wieder. Sie ließ mich stehen und stellte sich zwischen meinen Vater und meinen Bruder.

Vater stieß sie grob beiseite. »Ich brauch' mich von keiner Frau vor einem siebenjährigen Jungen beschützen lassen«, sagte er.

»Ich will ihn vor *dir* schützen!« schrie meine Mutter. Ihr Schrei hallte über den ganzen Berg und wurde tief unten von den Baumwipfeln verschluckt.

»Ich kann dir das Messer wegnehmen, Luke«, sagte mein Vater, ging in die Knie und bewegte sich langsam auf seinen Sohn zu.

»Ich weiß, daß du das kannst«, erwiderte Luke. Das Messer blitzte in seiner Hand. »Aber du kannst es nur, weil ich noch so klein bin.«

Der Arm meines Vaters schnellte vor. Er packte Lukes Handgelenk und drehte es, bis das Messer auf den Felsboden fiel. Dann zog mein Vater ganz langsam den Gürtel aus seiner Hose und fing an, Luke brutal auf den Hintern und die Oberschenkel zu schlagen, wobei sein rotbehaarter Arm immer wieder blitzschnell durch die Luft sauste. Meine Mutter, Savannah und ich schmiegten uns eng aneinander und weinten, erfüllt von Angst und Schmerz. Luke blickte starr auf die Stadt hinab und ertrug die Schläge, die Brutalität und die Demütigung, ohne eine einzige Träne zu vergießen. Nur die Scham über das eigene Tun und die Erschöpfung, nichts weiter, ließen meinen Vater schließlich innehalten. Er fädelte den Gürtel wieder durch die Schlaufen seiner Hose, dann nahm er die Szenerie des verunglückten Picknicks an seinem letzten Tag in Amerika in Augenschein.

Luke wandte sich ihm zu, und mit seiner zitternden Kinderstimme, in der die unerschütterliche Würde lag, die ihm wie ein Markenzeichen bis an sein Lebensende anhaften sollte, sagte er:

»Hoffentlich kommst du in Korea um. Ich werde darum beten, daß man dich in Korea umbringt.«

Mein Vater griff wieder nach seinem Gürtel, zog ihn jedoch nur halb aus den Schlaufen. Sein Blick wanderte von Luke zu uns.

»He, was ist los mit euch!« sagte er. »Was soll das Geheule? Verträgt denn niemand in dieser Familie einen Spaß?«

Luke wandte ihm den Rücken zu. Da sahen wir das Blut an seiner Hose.

Am nächsten Tag reiste mein Vater nach Korea ab und gab ein weiteres Jahr seines Lebens für irgendeinen Krieg dran. Er weckte uns frühmorgens auf und küßte uns unbeholfen auf die Wange. Es war der letzte Kuß, den ich von meinem Vater bekam. Luke konnte eine Woche lang nicht gehen, aber ich strolchte munter wie ein junger Hund die Gehsteige von Atlantas Straßen entlang und freute mich, daß mein Vater fort war.

Nachts flüsterte ich heimlich verbotene Gebete und wünschte mir inständig, sein Flugzeug würde abgeschossen. Diese Gebete durchzogen meinen tiefen Kinderschlaf wie die Leuchtspurgeschosse einer Flakbatterie. Träumend sah ich meinen Vater aus einem flammenden Himmel herabstürzen und sich im Sterben taumelnd überschlagen, aber dies waren keine Alpträume. Es waren die lustvollen Träume eines sechsjährigen Jungen, der schlagartig hatte begreifen müssen, daß er in das Haus seines schlimmsten Feindes hineingeboren worden war.

Ich habe später noch oft den Stone Mountain bestiegen, und immer erwartete mich oben die Erinnerung an den sechsjährigen Knaben, der sich wehrlos und starr vor Schrecken dem Zugriff seines Vaters ausgesetzt sah. Ich brauche nur hinaufzuwandern auf den Gipfel, und schon stehe ich wieder vor den kaum sichtbaren Rissen im Granit, wo mein Vater mich einst eine Memme schimpfte. Nie werde ich vergessen, was er an jenem Tag sagte, wie sich mein Gesicht anfühlte, nachdem er mich geschlagen hatte, wie Luke aussah, als er mit blutverschmierten Hosen dastand. Zwar verstand ich nichts, aber eines wußte ich genau: Daß ich fortan meiner Mutter nacheifern wollte. Von jenem Tag an verbot ich mir, so zu werden wie mein Vater, und mir war der Gedanke verhaßt, ein männliches Wesen zu sein.

Im September begann die Schule. Savannah und ich kamen in die erste Klasse. Mutter und Großmutter brachten uns zur Bushaltestelle in der Briarcliff Road. Luke hatte schon sein erstes Schuljahr hinter sich. Er wurde damit beauftragt, uns sicher und pünktlich zur Schule zu bringen. Unsere Mutter hatte mit Sicherheitsnadeln Zettel an unseren weißen Baumwollhemden befestigt. Auf meinem stand: »Hallo, ich heiße Tom Wingo und gehe in die erste Klasse. Falls ich mich verirre, ruft bitte meine Mutter Lila Wingo an. Ihre Telefonnummer ist: BR3–7929. Sie macht sich große Sorgen um mich, wenn ich nicht rechtzeitig nach Hause komme. Vielen Dank, liebe Nachbarn!«

Unsere neuen Brotbüchsen baumelten an einem Riemen um den Hals, und wir trugen nagelneue Schnallenschuhe. Die Lehrerin der ersten Klasse war eine schmächtige, scheue Nonne, die selbst die Statur eines Kindes hatte. In ihrer liebevollen Art sorgte sie dafür, daß unser Eintritt ins furchteinflößende Reich des Wissens sich so behutsam wie möglich vollzog. Mutter fuhr an jenem ersten Tag dann doch im Bus mit uns zur Schule und erklärte uns unterwegs, daß wir nun Lesen und Schreiben lernen würden, und daß uns das erste Abenteuer des Geistes bevorstünde. Ich fing erst an zu weinen, als sie mich auf dem Schulhof allein ließ. Still und unauffällig huschte sie davon, und als ich aufblickte, stand sie schon auf dem Gehsteig der Courtland Avenue und sah zu, wie die Nonne uns Erstkläßler in einer Reihe antreten ließ.

Als Savannah mich weinen sah, schloß sie sich mir an. Wir ließen die anderen Kinder, die ebenso plötzlich ihre Mutter verloren hatten wie wir, stehen und rannten zu unserer Mami hinüber, wobei unsere Brotbüchsen scheppernd gegen die Knie und Schenkel schlugen. Mutter lief uns ein Stück entgegen und kniete sich dann hin, um uns mit ihren Armen aufzufangen. Wir weinten alle drei, und ich umarmte sie mit der leidenschaftlichsten, hingebungsvollsten Inbrunst. Ich hatte nur den einen Wunsch, nie wieder ihren Armen entrissen zu werden.

Schwester Immaculata ging auf uns zu, zwinkerte meiner Mutter zu und führte uns alle drei ins Klassenzimmer, wo die Hälfte der Kinder weinend nach ihren Müttern verlangte. Ein paar Mütter, die zwischen den winzigen Schreibpulten riesig groß wirkten, trösteten sich gegenseitig, während sie sich sacht von ihren Kleinen befreiten, die ihre nylonbestrumpften Beine umklammerten.

Der Raum war erfüllt von Kummer und Schmerz. Aus den Augen der zartfühlenden Frauen sprach leidvoller Verzicht und die Trauer um Vergangenes.

Unsere neue Lehrerin, die Nonne, mußte sie einzeln zur Tür geleiten. Zwischendurch zeigte sie Savannah und mir das Lesebuch, das wir ein Jahr lang benutzen würden. Sie machte uns auch mit Dick und Jane bekannt, die neben uns sitzen sollten. Dann führte sie uns in eine Ecke des Raumes, wo wir die Äpfel und Orangen abzählen durften, die in der Mittagspause an uns Kinder verteilt wurden. Meine Mutter hatte uns von der Tür aus noch einen letzten Blick zugeworfen, bevor sie verschwand. Schwester Immaculata strich uns mit ihren weichen, weißen Händen über Haar und Wangen und gab sich große Mühe, das Klassenzimmer zu unserem zweiten Zuhause zu machen. Am Ende jenes ersten Tages konnte Savannah schon das ganze ABC, ich selbst nur bis zum Buchstaben D. Savannah sang der Klasse das ABC vor wie ein Lied. Schwester Immaculata, gesegnet mit der unauffälligen Weisheit der geborenen Lehrerin, hatte einer zukünftigen Dichterin die Schlüssel zur englischen Sprache in die Hand gegeben. Als Savannah ihr erstes Buch veröffentlichte, enthielt es auch ein Gedicht mit dem Titel ›Immaculata‹. Darin war die Rede von einer zartgliedrigen, feinfühligen Frau in der schwarzen Kutte ihres religiösen Ordens, die uns Kindern das Klassenzimmer zu einer paradiesischen Oase gemacht hatte. Und Jahre später, als Savannah erfuhr, daß Schwester Immaculata im Mercy Hospital von Atlanta im Sterben lag, flog sie von New York aus ans Krankenbett unserer ehemaligen Lehrerin, las ihr das Gedicht vor und hielt ihr die Hand an ihrem letzten Lebenstag.

An unserem ersten Schultag weinte ich noch ein zweitesmal, nämlich als ich in meiner Frühstücksbüchse einen Zettel fand, auf den meine Mutter etwas geschrieben hatte. Schwester Immaculata las ihn mir vor. Die Worte lauteten: »Ich bin so stolz auf dich, Tom. Ich liebe dich, und ich vermisse dich sehr! Mommy.« Das stand auf dem Zettel, nicht mehr und nicht weniger. Ich weinte in den Armen der guten Nonne. Und ich betete, daß der Koreakrieg nie enden möge.

Daheim, in dem Haus an der Rosedale Road, lag Papa John Stanapoulos im rückwärtigen Schlafzimmer und ließ sich Zeit mit dem Sterben. Mutter verlangte von uns Kindern, daß wir uns im Haus mucksmäuschenstill verhielten. Wir lernten, uns nur flüsternd zu unterhalten, geräuschlos zu lachen und uns in den Zimmern, in denen wir uns spielend herumtrieben und deren Türen zu Papa Johns Schlafzimmer führten, so leise zu verhalten wie herumhuschende Insekten.

Nach unserer Heimkehr aus der Schule setzten wir uns immer in die Küche, aßen Kekse, tranken Milch dazu und erzählten uns gegenseitig, was wir tagsüber gelernt hatten. Savannah schien grundsätzlich doppelt so viel aufzuschnappen wie Luke oder ich. Mein Bruder wußte fast immer von irgendeiner Untat zu berichten, die die fürchterliche Schwester Irene im Namen der katholischen Erziehungslehre begangen hatte. Dann runzelte meine Mutter die Stirn, denn Lukes Leidensgeschichten erfüllten sie mit Kummer und Sorge. Nach einer Weile stand sie auf und führte uns leise in Papa Johns Schlafzimmer zu einem halbstündigen Besuch.

Papa Johns Kopf wurde von drei weichen Kissen gestützt. In dem Zimmer war es immer ziemlich dunkel, denn die Rollos waren halb heruntergelassen und durch die Lamellen fiel nur spärliches Licht, das das ganze Zimmer in gleichmäßige, hell-dunkle Bahnen unterteilte. Die Luft roch nach Arznei und Zigarrenrauch.

Papa Johns Haut war von krankhafter Blässe, seine Brust unbehaart und weiß wie der Bauch eines Fisches. Auf dem Nachttisch lagen Bücher und Zeitschriften herum. Bei unserem Eintreten beugte er sich stets vor, um die Lampe anzuknipsen. Wir kletterten dann auf sein Bett und bedeckten seinen Hals und sein Gesicht mit Küssen, wobei uns unsere Mutter und unsere Großmutter immer wieder ermahnten, vorsichtig zu sein. Mit liebevoller Fürsorge schauten sie uns zu. Papa John, dessen Augen so hell leuchteten wie die eines Jagdhundes, winkte ihnen beruhigend zu. Lachend ließ er es sich gefallen, daß wir auf ihm herumkrabbelten, und mit seiner heroischen Nase, diesem schattenspendenden Gesichtserker, kitzelte er uns immer unter den Armen.

»Hol eine Silbermünze aus deiner Nase, Papa John!« bat Savannah.

Mit umständlichen übertriebenen Gebärden und ein paar griechischen Zauberworten förderte er dann tatsächlich eine kleine Münze aus seiner Nase zutage und reichte sie Savannah.

»Sind da noch mehr Münzen drin, Papa John?« wollte Luke wissen und spähte angestrengt in die dunklen, geräumigen Nüstern.

»Keine Ahnung, Luke«, antwortete Papa John betrübt. »Ich hab' mir vorhin die Nase geschneuzt, und da sind hier überall im Zimmer Münzen rumgekullert. Aber was ist das? Ich hab' so ein komisches Gefühl in den Ohren.«

Wir stocherten mit den Fingern in seinen großen, grau behaarten Ohren herum, fanden aber nichts. Da wiederholte er einfach die griechische Zauberformel, fuchtelte theatralisch mit den Händen, rief *»Presto!«*, zog zwei silbern glänzende Münzen hinter seinen fleischigen Ohrläppchen hervor und legte sie uns in die eifrig hingehaltenen Hände.

Abends vor dem Zubettgehen gestattete uns Mutter noch einen Besuch in Papa Johns Schlafzimmer. Frisch gebadet und nach Sauberkeit riechend, kuschelten wir uns rings um Papa Johns Kissenberg, wie drei hell leuchtende Monde eines Planeten. Jeden Abend durfte eins von uns eine der Zigarren anzünden, die eigentlich ärztlich verboten waren. Papa John lehnte sich dann bequem zurück, das Gesicht von einer Wolke duftenden Rauchs umgeben, und gab eine seiner Gute-Nacht-Geschichten zum besten.

»Soll ich ihnen vielleicht erzählen, wie ich damals von zweihundert Türken gefangengenommen wurde, Tolitha?« fragte er beispielsweise meine Großmutter, die an der Tür stand und zuschaute.

»Nein, mach ihnen vor dem Schlafengehen keine Angst«, antwortete sie dann wohl.

»Doch, bitte erzähl uns von den Türken!« bettelte Luke.

»Sie machen kein Auge zu, wenn du ihnen die Geschichte erzählst, Papa John«, wandte meine Mutter ein.

»Bitte, Mommy!« meldete sich Savannah. »Nur wenn er uns *nicht* von den Türken erzählt, machen wir kein Auge zu.«

So entführte uns der ausgemergelte, gebrechliche Mann Abend für Abend auf eine unwahrscheinliche, atemberaubende Reise rund um die Welt. Unterwegs hatte er sich ganzer Heerscharen hinterhältiger Türken zu erwehren, und Abend für Abend ersann er eine neue Methode, sie in die Flucht zu schlagen und unversehrt in die Sicherheit seines weiß bezogenen Bettes zurückzukehren, wo er langsam und unter Schmerzen dahinsiechte. Dort konnte er nicht auf den Beistand von Agamemnons Soldaten hoffen, und während er seinem ruhmlosen Tod entgegensah, war er nicht von Türken umringt, sondern von drei kleinen Kindern, die miterlebten, wie er von Tag zu Tag schwächer wurde, und wie seine Geschichten allmählich für ihn selbst dieselbe Bedeutung gewannen, die sie für uns hatten. Papa Johns Phantasie flackerte bis zum Ende immer wieder auf und erfüllte den Raum mit sanftem Feuerschein. Eigene Kinder hatte er nie gehabt, doch nun brachen diese Geschichten aus ihm hervor wie muntere Sturzbäche.

Nach der Gute-Nacht-Geschichte verließen wir hinter meiner Mutter das Schlafzimmer und traten hinaus in den spärlich erleuchteten Flur. Es ging vorbei an der Tür, die in den gespenstischen Keller führte, und dann eine Wendeltreppe hinauf in den ersten Stock, wo unser großes, gemütliches Kinderschlafzimmer lag. Wenn draußen der Wind wehte, kratzten die Zweige der gebeugten Eichen an den Fensterscheiben. Unsere drei Betten standen nebeneinander. Savannah schlief in der Mitte, flankiert von ihren beiden Brüdern. Eine kleine Nachttischlampe war die einzige Lichtquelle. An den schrägen Wänden, die uns ein Gefühl von Geborgenheit vermittelten, zeichneten sich unsere Schatten riesengroß ab.

Einmal in der Woche erhielt Mutter einen Brief von Vater. Sie las ihn uns immer abends vor, kurz bevor wir zu Bett gingen. Vater schrieb eine knappe, soldatische Prosa, die wie ein Tagesbefehl klang. Er schilderte uns jeden seiner Fronteinsätze so, als wäre er mal eben Brot kaufen gegangen oder als hätte er das Auto vollgetankt: »Hab' heute mit Bill Lundin einen Erkundungsflug gemacht. Wir sollten aus der Luft auf eine Abteilung von unseren Jungs aufpassen, die sich irgendeinen Berg raufquälten. Auf einmal kommt es mir ein Stück weiter oben nicht ganz geheuer vor. Sag' ich über Funk zu Bill: ›He, Bill, siehst du auch, was ich sehe?‹ Ich schau' zu Bills Maschine rüber und sehe, wie er mächtig seine Augen anstrengt, und natürlich sieht's der gute alte Bill auch: Etwa auf halber Höhe des Berges lagen ca. dreihundert nordkoreanische Soldaten im Hinterhalt und warteten auf unsere Jungs, diese armen Teufel. Ich schnapp' mir das Mikrophon von meinem Funkgerät und funke zu ihnen runter: ›He, Boys, macht mal 'ne kleine Pause auf eurem Tagesausflug!‹ – ›Warum?‹ fragt mich ihr Funker, und ich antworte: ›Weil euch ein Stück weiter oben die halbe nordkoreanische Armee mit offenen Armen erwartet!‹ Daraufhin bringen die sich da unten in Sicherheit, und Bill und ich beschließen, ein Stück weiter runter zu gehen und den schlitzäugigen Brüdern gehörig den Nachmittag zu vermasseln. Ich greife als erster an und schmeiß' ihnen ein paar Napalmbomben auf den Kopf. Die müssen ganz schön geschaut haben. Ich hab' von oben zugesehen, wie ungefähr drei Dutzend Männer versuchten, mit den Händen ihre brennenden Klamotten zu löschen. Sah aus, als würden sie den Staub rausklopfen. Aber so leicht geht das bei Napalm nicht. Danach legte Bill ihnen noch ein paar Eier ins Nest. Für uns war das der reinste Spaziergang. Per Funk sagte ich den anderen Maschinen von unserer Staffel Bescheid, und sie kamen alle, um mitzumachen. Drei Tage lang haben wir das koreanische Bataillon gejagt. Wir haben immer nur kurz getankt und sind gleich wieder hinter ihnen her. Am Schluß, als nicht mehr viel von ihnen übrig war, haben wir sie erwischt, als sie gerade über den Naktong-Fluß rüber wollten. Nicht die Spur von Deckung hatten sie. Den ganzen Fluß haben sie rot gefärbt mit ihrem Blut. Uns hat's Spaß gemacht, aber genützt hat es nicht viel. Diese Leute vermehren sich wie die Karnickel, und wo die herkommen, gibt's noch jede Menge von ihnen. Sag den Kindern, daß ich sie sehr liebhabe. Sag ihnen, sie sollen für ihren alten Daddy beten und gut auf ihre Mummy aufpassen.«

»Wer ist eigentlich Papa John, Mama?« fragte Savannah unsere Mutter eines Abends.

»Er ist Tolithas Mann, das weißt du doch«, antwortete sie.

»Aber wer ist er für uns? Ist er unser Großvater?«

»Nein, euer Großvater Amos wohnt in Colleton. Auch das weißt du.«

»Aber Tolitha ist unsere Großmutter, stimmt's?«

»Solange wir hier bei ihr wohnen, ist sie eure Cousine. Sie will nicht, daß Papa John erfährt, daß ihr ihre Enkel seid.«

»Aber sie ist doch Daddys Mutter, oder?«

»Solange wir hier in diesem Haus sind, ist sie die Cousine von eurem Vater. Frag mich nicht, warum. Es ist zu kompliziert. Ich versteh' es selbst nicht.«

»Warum ist sie nicht mehr mit Grandpa Wingo verheiratet?«

»Sie sind schon seit vielen Jahren nicht mehr verheiratet.

Irgendwann wirst du begreifen, warum das so ist. Stell mir jetzt nicht so viele Fragen. Das alles geht dich nichts an. Außerdem behandelt euch Papa John doch wie seine Enkel, nicht wahr?«

»Ja, Mama«, meinte Luke. »Ist er vielleicht *dein* Vater, Mama? Wo sind eigentlich deine Eltern?«

»Sie sind lange vor deiner Geburt gestorben.«

»Und wie hießen sie?« wollte ich wissen.

»Thomas und Helen Trent«, antwortete sie.

»Wie waren sie?« erkundigte sich Savannah.

»Sie waren zwei sehr schöne Menschen, und sie sahen aus wie ein Prinz und eine Prinzessin. Das sagte jeder.«

»Waren sie reich?«

»Ja, vor der großen Wirtschaftskrise waren sie reich, aber dann haben sie alles verloren.«

»Hast du Bilder von ihnen?«

»Nein, sie wurden alle vernichtet, als ihr Haus abbrannte.«

»Sind sie dabei umgekommen?«

»Ja, es war ein schreckliches Feuer«, erwiderte meine Mutter umgerührt mit strengem, abweisendem Gesicht. Meine schöne Mutter! Meine Mutter, die Lügnerin.

Wir Kinder hatten daheim nur eine wichtige Aufgabe. Papa John unterhielt im Keller eine Spinnenzucht, genauer gesagt, er besaß eine ganze Sammlung von Schwarzen Witwen, die er in Weckgläsern aufbewahrte. Das war sein Steckenpferd. Die lebenden Insekten verkaufte er an Biologielehrer, Entomologen, zoologische Gärten und an private Sammler. Uns beauftragte er damit, die kleinen, böswilligen Wesen zu versorgen, die wie schwarze Kameen in ihren Einweckgläsern hingen. Zweimal in der Woche stiegen Savannah und ich hinab in die düstere, feuchte Gruft, um das stumme Getier im Licht einer nackten Glühbirne zu füttern. Jede dieser Spinnen, versicherte uns der redselige Papa John, könne uns ›mit einem Biß mausetot machen‹. Wir hatten schon beim Hühnerfüttern geholfen, kaum daß wir laufen gelernt hatten, doch diese Ausflüge in die Unterwelt verlangten uns einen Mut und eine Opferbereitschaft ab, die wir für Geflügel niemals aufgebracht hätten. Sobald die Stunde der Fütterung nahte, begaben wir uns in Papa Johns Schlafzimmer, lauschten seinen genauen Instruktionen und stiegen anschließend die hölzerne Kellertreppe hinab zu dem winzigen, satanischen Privatzoo. Die Spinnen schienen uns in ihrer Grabesstille zu beobachten, als belauerten sie ein paar herumschwirrende Fliegen.

Samstags brachten wir die Einweckgläser nach oben zu Papa John, damit er sie inspizieren konnte. Dann wischte er mit einem Baumwolltuch den Staub von den Behältern und begutachtete seine Spinnen sorgfältig. Dabei stellte er uns Fragen über ihre Freßgewohnheiten. Er zählte auch die birnenförmigen Eiersäcke der Weibchen und machte Eintragungen in einem kleinen Notizbuch, wenn es Nachwuchs gab. Manchmal holte er auch vorsichtig eine der Spinnen aus ihrem Glas und ließ sie auf einem flachen Teller hin- und herlaufen. Wenn sich das Tier allzu sehr dem Tellerrand näherte, drehte er es mit Hilfe einer Pinzette in eine andere Richtung. Mit derselben Pinzette zeigte er uns auch eine Art rote Tätowierung von der Form einer Sanduhr auf dem Unterleib der Spinnenweibchen. »Das ist die Stelle, vor der ihr euch in acht nehmen müßt«, ermahnte er uns. »Diese Sanduhr kann tödlich sein.«

»Warum sammelst du Schwarze Witwen, Papa John?« fragte

Savannah eines Tages. »Warum keine Goldfische oder Briefmarken oder irgendwas anderes Hübsches?«

»Weil ich früher Schuhverkäufer war, meine Süße«, antwortete er. »Jawohl, ich war Schuhverkäufer, und ein verdammt guter, aber das ist natürlich der banalste Beruf der Welt, und deshalb wollte ich etwas tun, was keiner von meinen Bekannten tat. Etwas Besonderes. Auf diese Weise wurde ich ein Schuhverkäufer, der im Keller Schwarze Witwen züchtet. So was finden die Leute interessant.«

»Fressen die Weibchen wirklich ihre Männer?« wollte Luke wissen.

»Ja, mit diesen Weibchen ist nicht zu spaßen«, antwortete Papa John. »Sie fressen ihre Männchen gleich nach der Paarung.«

»Und können die einen wirklich umbringen?« fragte ich.

»Ja, ich glaub' schon, daß sie ohne weiteres ein Kind töten können«, erwiderte er. »Aber ich bin mir nicht sicher, ob sie auch einen Erwachsenen umbringen könnten. Der Bursche, der mich auf diese Sache gebracht hat, ist sogar zweimal gebissen worden. Er meinte, man käme sich vor, als müßte man sterben. Aber er lief hinterher trotzdem munter durch die Gegend.«

»Wie kam es, daß er gebissen wurde?« erkundigte ich mich.

»Schwarze Witwen sind ziemlich scheu – außer wenn sie ihre Eier verteidigen. Dann werden sie ein bißchen aggressiv. Mein Bekannter ließ sie immer auf seinem Arm rumkrabbeln«, erklärte Papa John lächelnd.

Savannah sagte: »Mir wird schlecht, wenn ich daran denke.«

»Trotzdem hat mein Bekannter wirklich hübsche Spinnen gezüchtet«, beendete Papa John das Gespräch und wandte sich wieder seinen Lieblingen zu.

Die Aufgabe, für die Schwarzen Witwen zu sorgen, verlieh uns eine Geduld und ein Pflichtgefühl, wie man sie bei so kleinen Kindern sonst nur selten antrifft. Wir nahmen unsere Aufgabe ernst und studierten den Lebenszyklus der Spinnen mit einem Feuereifer, der von dem Bewußtsein genährt wurde, daß diese Kreaturen tödlich sein konnten. Meine lebenslange Zuneigung zu Spinnen und anderen Insekten begann damals, als ich mir die Nase an den Einweckgläsern plattdrückte und das öde, schauerliche Dasein Schwarzer Witwen beobachtete. Reglos hingen die Tiere in den feinen Netzen, die sie aus ihrem Leibesinnern hervorgebracht und selbst gewebt hatten. Wenn sie sich doch einmal schnell bewegten, dann stets mit der Absicht zu töten. Im Verlauf der Monate erlebten wir immer wieder, wie die Weibchen ihre Männchen umbrachten und verschlangen. Bald waren wir ganz eingestimmt auf den Lebensrhythmus von Spinnen, und wir hatten das Gefühl, daß sie mit ihrer rötlichen, sanduhrförmigen Tätowierung nicht nur mißgestaltete Spinnweben, sondern auch Zeit hervorbrachten, ihre und unsere Zeit. Wir sahen zu, wie die Eier aufplatzten und es in einem der Weckgläser plötzlich von winzigen neuen Spinnen wimmelte, braun und orangefarben wie kleine Samenkörner. Unsere Furcht wich allmählich der Faszination und der Bereitschaft, diese Geschöpfe in Schutz zu nehmen. In der Ökonomie ihrer Lebensführung lag so viel Schönheit. Wenn sie über ihre Spinnweben krochen, dann sah man ihnen an, daß sie die Geheimnisse des Spitzenklöppelns und der Seidenspinnerei in den Lenden trugen. Sie waren Hochseilartisten in einem Liter Südstaatenluft, und sie verstanden sich gut auf die Vorrichtungen, derentwegen sie geboren worden waren.

Hinter Großmutters Haus erstreckte sich ein großer, von einer niedrigen Steinmauer umgebener Laubwald bis zur Briarcliff Road. Alle hundert Schritte waren an der Mauer Schilder mit der Aufschrift BETRETEN VERBOTEN! angebracht. Unsere Großmutter informierte uns mit atemloser, verschwörerischer Stimme, der Besitz gehöre ›sehr, sehr reichen Leuten‹, und sie verbot uns nachdrücklich, jemals über die Mauer zu klettern, um in dem verbotenen Wald zu spielen. Er gehöre nämlich der Candler-Familie, den Erben von Coca-Cola. Jedesmal wenn Großmutter jenen Namen nannte, hatte man das Gefühl, daß sie von den Mitgliedern eines piekfeinen, äußerst exklusiven Adelsklubs redete. Für sie waren die Candlers in Atlanta das einzige, was einer königlichen Familie nahekam, und deshalb verbot sie uns, die mauerumgürtete Latifundie zu entweihen, indem wir sie betraten.

Trotzdem gingen wir jeden Tag nach der Schule zu dieser Mauer, blickten hinüber in das duftende, dunkelgrüne Reich, das uns verwehrt war, und atmeten den Geruch von viel Geld ein, der zwischen den Bäumen zu hängen schien. Wir sehnten uns danach, ein einziges Mal ein Mitglied jener vornehmen, verzauberten Familie zu sehen. Da wir Kinder waren, dauerte es nicht lange, bis wir über die Mauer kletterten und drüben ein paar verbotene Schritte in den Wald hinein machten, um uns anschließend rasch wieder in Sicherheit zu bringen. Beim nächstenmal wurde aus den paar Schritten schon ein gutes Dutzend, bevor uns der Mut verließ und wir uns in den Hof von Großmutters Haus flüchteten. Auf diese Weise entzauberten wir allmählich den verbotenen Wald, und es kam der Tag, an dem wir uns besser darin auskannten, als sich irgendein Mitglied der Candler-Familie wohl jemals darin ausgekannt hatte. Wir erforschten seine Geheimnisse und erkundeten seine Grenzen, wir versteckten uns im Unterholz und in dichten Baumgruppen – und wir genossen den uralten Nervenkitzel des Ungehorsams, der in jungen Herzen wohnt, die tapfer genug sind, den seltsamen Gesetzen der Erwachsenen zu trotzen. In den Tiefen jenes Waldes machten wir mit unseren Steinschleudern Jagd auf Eichhörnchen, und manchmal, wenn wir im Geäst eines hohen Baumes hockten, konnten wir die vom Glück verwöhnten Kinder des Hauses Candler beobachten, wie sie mit ernster, gelangweilter Miene auf edlen Pferden in leichtem Trab die Waldwege unter uns entlangritten. Hin und wieder legten wir uns auch auf die Lauer, um dem Gärtner zuzusehen, wie er die Azaleenbeete düngte.

Und dann kam die warme Novembernacht, in der wir aus einem Fenster unseres im ersten Stock gelegenen Schlafzimmers stiegen und die riesige, diesen Teil des Hauses beherrschende Eiche hinabkletterten, um quer durch den Wald bis in die unmittelbare Nähe des Candlerschen Herrenhauses vorzudringen. Auf dem Bauch liegend, krochen wir durch dickes Gras auf das im Tudor-Stil errichtete Gebäude zu und beobachteten durch die in silberhellem Lichterglanz erstrahlenden Fenstertüren hindurch die ganze vornehme Familie beim Abendessen. Diener rollten Speisen auf Servierwagen hin und her, während die Candlers mit steifem Rücken und ernster, ausdrucksloser Miene ihre Mahlzeit verzehrten, als wohnten sie einem Gottesdienst in der Kirche bei.

Auf der großen Tafel erblickten wir Kandelaber, die so viele Arme hatten wie ein brennendes Hirschgeweih. Sanfter Kerzenschein überstrahlte den maßvollen Prunk der Räume und die gedämpfte Mattigkeit ihrer Bewohner. Wir lagen auf einer frisch gemähten Rasenfläche und ließen uns auch nicht die kleinste Kleinigkeit jener beschaulichen Mahlzeit entgehen. Da die Mitglieder dieser königlichen Familie nie lachten und sich nicht einmal miteinander unterhielten, folgerten wir, daß reiche Leute stumm wie Fische sind. Die Diener bewegten sich steif und feierlich wie Pinguine, während sie über den reibungslosen Ablauf des Mahles wachten und Wein nachschenkten, kaum daß die Gläser halb leer waren. Ohne unsere Gegenwart zu erahnen, schwebten sie mit dem zeremoniellen Gehabe von Totengräbern hinter den Fenstern vorbei. Wir kleinen Geschöpfe der Nacht sogen draußen die köstlichen Düfte der Speisen ein und fühlten uns, in unserem Versteck wie Mitglieder der Familie, die an diesem Abend erstmals in die außerordentlichen Rituale und Sitten der Coca-Cola-Dynastie eingeweiht wurden. In Wahrheit gehörte der Wald uns, aber das wußte da drinnen niemand.

Das ganze Anwesen hieß Callanwolde.

Der Wald von Callanwolde entschädigte uns in angemessener Weise für unsere heimatliche Insel, auf die wir wegen des Korea-Krieges hatten verzichten müssen. Im Wipfel einer der mächtigen Eichen auf dem Anwesen bauten wir uns eine Baumhütte. So setzten wir nach einer kurzen Unterbrechung unser Leben als Kinder vom Land fort – mitten in der größten Stadt der Südstaaten. In der Abenddämmerung lauschten wir dem Ruf der Wachteln. Unter dem Wurzelballen einer umgestürzten Pappel hauste eine ganze Familie von Graufüchsen.

Immer wieder zog es uns in jenen Wald, denn er erinnerte uns daran, wer wir eigentlich waren, woher wir stammten und wohin wir eines Tages zurückkehren würden. Sobald wir über die Mauer geklettert waren und das verbotene Gelände wieder in Besitz genommen hatten, war Atlanta für uns die wunderbarste aller Städte.

Erst sehr viel später begriff ich, daß ich Atlanta damals liebte, weil ich dort ohne meinen Vater wohnen durfte. Doch als mir dies klar wurde, hatte sich das Bild der Stadt für mich schon längst verfinstert. Denn inzwischen war der Riese in unser Leben getreten, und uns Kindern, die wir vor giftigen Spinnen keine Angst hatten, war die strenge Lektion erteilt worden, daß wir von den Erwachsenen und ihrer Welt nicht nur viel zu lernen, sondern auch viel zu befürchten hatten.

Es war Anfang März, und der Hartriegel begann zu blühen. Die ganze Erde erbebte im grünen Aufruhr knospender, von mildem Sonnenschein überglänzter Tage. Wir streiften durch den Wald und hielten nach kleinen Schildkröten Ausschau.

Savannah sah ihn zuerst. Sie blieb wie angewurzelt stehen und zeigte mit dem Finger auf irgend etwas vor uns.

Er stand neben einem moosbewachsenen Baum und entleerte seine Blase. Er war der größte und stärkste Mann, den ich jemals gesehen hatte, und immerhin war ich in Colleton unter Krabbenfischern großgeworden und folglich von klein auf an den Anblick bärenstarker Männer gewöhnt. Dieser Hüne schien in der Erde zu wurzeln wie ein phantastischer, grotesker Baum. Sein Körper war stämmig, grandios, kolossal. Der Blick seiner blauen Augen wirkte seltsam leer. Ein rötlicher Bart verdeckte den unteren Teil seines Gesichtes. Irgend etwas stimmte mit diesem Kerl nicht. Es war die Art, wie er uns anschaute. Sie glich überhaupt nicht der Art und Weise, wie Erwachsene normalerweise Kinder betrachten. Sofort witterten wir Gefahr. Wir spürten genau die Drohung, die in diesem starren, teilnahmslosen Blick lag. Nichts schien diesen Hünen mit allen anderen Menschen zu verbinden.

Er zog den Reißverschluß seiner Hose hoch und wandte sich

zu uns um. Er war mindestens zwei Meter groß. Wir rannten davon.

In Windeseile kletterten wir über die Mauer. Schreiend vor Angst erreichten wir den Hof hinter unserem Haus. Als wir uns, an der rückwärtigen Terrasse angelangt, umdrehten, sahen wir ihn am Waldrand stehen. Er beobachtete uns. Die Mauer reichte ihm knapp bis zur Taille. Unsere Mutter kam aus dem Hintereingang, alarmiert von unserem ängstlichen Geschrei. Wir zeigten auf den Mann am Waldrand.

»Was wollen Sie hier, Mister?« rief meine Mutter hinüber und machte ein paar Schritte auf den Hünen zu.

Es entging ihr ebensowenig wie uns, daß sich der Gesichtsausdruck des Kerls plötzlich veränderte, und auch sie muß den kalten, dämonischen Irrsinn in seinen Augen gespürt haben.

»*Dich* will ich!« sagte er zu ihr mit einer seltsam hohen Stimme, die überhaupt nicht zu seinem hünenhaften Wuchs paßte. Er wirkte weder grausam noch geistesgestört, sondern einfach nur unmenschlich.

»Was haben Sie gesagt?« fragte meine Mutter, erschrocken über so viel kaltschnäuzige Frechheit.

»*Dich* will ich!« wiederholte der Riese und machte einen Schritt auf sie zu.

Wir rannten alle ins Haus, und während meine Mutter die hintere Tür verriegelte, sah ich, daß der Kerl sie durch das Küchenfenster beobachtete. In seinen Augen lag so viel primitive, mörderische Gier, wie ich sie noch nie bei einem Mann gesehen hatte.

Als meine Mutter ihn draußen vor dem Fenster stehen sah, ging sie hin und ließ den Rolladen runter.

»Ich komm' zurück!« drohte der Mann, und wir konnten ihn lachen hören, während meine Mutter die Telefonnummer der Polizei wählte.

Als die Polizei kam, war er fort. Die Beamten durchkämmten den Wald, aber sie fanden nur unser Baumhaus und einen einzigen Schuhabdruck von der Größe 46. Meine Mutter versohlte uns den Hintern, weil wir uns trotz ihres Verbotes im Wald von Callanwolde herumgetrieben hatten.

Ich glaube, daß unsere Kinderseelen fortan von der Gewißheit erfüllt waren, wir selbst hätten den Unhold herbeizitiert, als sichtbare Verkörperung unseres vorsätzlichen Ungehorsams. Ja, wir waren davon überzeugt, daß er vom lieben Gott als Werkzeug einer unbestechlichen Gerechtigkeit aus der Finsternis des Waldes gerufen worden war, um uns zu bestrafen, weil wir über jene Mauer geklettert und die mit einem Tabu belegten Grenzen von Callanwolde verletzt hatten.

Danach betraten wir das Anwesen nie wieder, aber das nutzte nichts, denn der riesige Kerl hatte unwiderruflich die ganze Tragweite unseres Vergehens aufgedeckt. Irgendwann würde er von uns eine Sühne verlangen. Durch ihn reichte Callanwolde bis an unser Haus. Eines Tages würde er als strenger Inquisitor erscheinen und die Sünden der Wingo-Kinder in einer ebenso abartigen wie infamen Weise ahnden. Nicht uns arme Sünder würde er wegen unserer Vergehen bestrafen – nein, dazu wußte er zu gut, wo man Kinder am schmerzlichsten trifft. Er würde wiederkommen, um sich an unserer Mutter zu vergreifen.

Den endlosen Schwindeleien in unserem Haus wurde eine weitere hinzugefügt: Wir durften Papa John gegenüber den zudringlichen Fremden aus dem Wald nicht erwähnen. »Weil er solch ein schwaches Herz hat, mein Schatz«, rechtfertigte Großmutter das Verbot, aber ich war trotzdem der Meinung, daß man ihm gleich alles hätte erzählen sollen, denn für mich war es eine ausgemachte Sache, daß wir, für den Fall, daß der Riese wiederkam, unbedingt den Mann auf unserer Seite brauchten, der einst zweihundert Türken besiegt hatte. Meine Großmutter beruhigte uns jedoch mit den Worten, sie und unsere Mutter seien erwachsene Frauen und würden allein mit der Angelegenheit fertig.

Die ganze nächste Woche über verhielten wir uns vorsichtig und wachsam, aber die Tage verstrichen ohne besondere Vorkommnisse. Meine Mutter schrieb Grandpa Wingo einen Brief und teilte ihm das genaue Datum unserer Rückkehr mit. Sie bat ihn auch, dafür zu sorgen, daß irgendeine Farbige das Haus vor unserer Ankunft gründlich putzte, und sie vergaß nicht, unserem Großvater herzliche Grüße von seiner ehemaligen Frau, unserer Großmutter, auszurichten. Am Schluß ließ sie jedes von uns Kindern unten auf den Briefbogen die Worte »Ich hab' dich lieb, Grandpa!« schreiben. Den Brief adressierte sie an unser Haus auf Melrose Island, denn sie wußte, daß Großvater öfter in unserem Briefkasten nachschaute als in seinem eigenen. Nachdem meine Mutter den Brief in der Rosedale Road eingeworfen hatte, schickte sie uns an jenem Freitagmorgen zur Schule. Erst nach unserer Rückkehr auf die Insel erfuhren wir, daß Großvater den Brief nie erhalten hatte. Es sollte noch mehr als ein Jahrzehnt vergehen, bis er endlich ankam.

Am Samstag abend waren wir alle im Wohnzimmer vor dem Fernseher versammelt und schauten uns die *Ed Sullivan Show* an. Meine Großmutter und meine Mutter saßen in den wuchtigen, braunen Polstersesseln. Ich hockte auf dem Boden zwischen den Beinen meiner Mutter. Luke lag auf dem Bauch, warf ab und zu einen Blick auf den Bildschirm und versuchte gleichzeitig, seine Hausaufgabe in Rechnen zu machen. Savannah saß auf Großmutters Schoß. Meine Mutter reichte mir eine Schüssel mit Puffreis. Ich langte kräftig zu, und dabei fielen zwei der aufgeplatzten Maiskörner auf den Teppich. Ich hob sie auf und steckte sie in den Mund. In diesem Augenblick hörte ich Savannah ein einziges, elektrisierendes Wort sagen: »Callanwolde!« Ich spürte, wie alles im Raum vor Todesangst erstarrte.

Er stand auf der dunklen Terrasse und starrte uns durch die verglaste Tür an. Natürlich wußte ich nicht, wie lange er uns schon so beobachtete, aber er hatte etwas von der zähen, stillen Ausdauer einer Kletterpflanze, die fern von ihren Artgenossen und unbemerkt von uns dort draußen, ganz in unserer Nähe, Wurzeln geschlagen hatte. Seine Augen waren starr auf meine Mutter gerichtet. Er war ihretwegen wiedergekommen, nur ihretwegen. Seine Haut war von krankhafter Blässe und durchscheinend wie Alabaster. Er füllte das Rechteck der Tür aus, als wäre er eine dicke Säule, die eine Ruine am Einstürzen hindert.

Eine seiner riesigen Hände schloß sich um den Türknauf und drehte ihn mit einem heftigen Ruck herum. Wir hörten ein metallisches Knirschen. Meine Mutter stand auf und sagte zu meiner Großmutter: »Geh möglichst unauffällig in den Flur und ruf die Polizei, Tolitha.« Mit ein paar Schritten war meine Mutter an der verglasten Terrassentür und stellte sich vor dem Fremden auf. »Was wollen Sie hier?« fragte sie ihn.

»Lila«, antwortete der Kerl. Als unsere Mutter ihren eigenen Namen hörte, wich sie vor Schreck einen Schritt zurück. Die Stimme des Mannes klang so hoch und paßte so wenig zu ihm wie beim erstenmal. Sein Gesicht verzog sich zu einem schauerlichen Lächeln. Wieder drehte er am Türknauf.

In diesem Augenblick sah meine Mutter seinen Penis. Nackt und riesengroß ragte er aus der Leibesmitte des Mannes hervor. Er hatte die Farbe von rohem Schweinefleisch. Savannah kreischte, als sie einen Blick darauf warf. Ich sah, wie Luke aufsprang.

»Die Polizei ist gleich da«, sagte meine Mutter.

Der Mann hob blitzschnell einen Arm und zertrümmerte mit einem Ziegelstein die Glasscheibe. Seine Hand fuhr durch das Loch und tastete an der Innenseite der Tür nach dem Schlüssel. Dabei schnitt er sich und begann am Handgelenk zu bluten. Meine Mutter packte seinen Arm und versuchte ihn daran zu hindern, die Tür aufzuschließen. Der ungleiche Kampf dauerte nur wenige Augenblicke. Nach einem Faustschlag vor die Brust stürzte meine Mutter rücklings zu Boden. Ich hörte Savannah und Luke schreien. Ihre Stimmen klangen, als wären sie weit fort, seltsam hohl und gedämpft wie unter Wasser. Ich spürte meinen Körper nicht mehr. Er war betäubt wie Zahnfleisch nach einer Novocain-Spritze.

Der Unhold hatte den Riegel zurückgeschoben und fummelte an dem Schlüssel herum, dem einzigen Hindernis zwischen ihm und uns. Schon drehte er den Schlüssel um, da entfuhr ihm ein tierhaftes Heulen. Luke hatte sich von der Seite an die Tür herangemacht, mit einem eisernen Schürhaken weit ausgeholt und ihn mit ganzer Kraft auf das Handgelenk des Kerls hinabsausen lassen. Vor Schmerz brüllend zog der Mann den Arm zurück. Gleich darauf versuchte er es noch einmal, aber Luke stand da und wartete nur darauf, daß der Arm wieder erschien. Mit der ganzen Kraft, die der siebenjährige Knabe aufbrachte, schlug er erneut zu.

Hinter mir vernahm ich ein Geräusch. Die Pantoffeln meiner Großmutter schlurften über den spiegelglatten Fußboden im Flur. Ich fuhr herum und sah gerade noch, wie sie um die Ecke bog. In der Hand hielt sie einen kleinen Revolver.

»Duck dich, Luke!« befahl sie. Luke warf sich flach auf den Boden.

Tohtha, unsere Großmutter, zielte auf die Glastür und drückte ab.

Der Hüne drehte sich um und rannte davon, als ein Geschoß dicht neben seinem Kopf die Glasscheibe zerschmetterte. Beim Rennen schlenkerte sein Penis hin und her und schlug gegen seine

Schenkel. Mit einem Satz sprang er von der niedrigen Terrasse und sprintete auf den schützenden Wald von Callanwolde zu. In der Ferne hörten wir eine Polizeisirene.

Meine Großmutter trat auf die Terrasse hinaus und schrie in die Dunkelheit: »Das wird dich lehren, eine Frau vom Land in Ruhe zu lassen, du Ficker!«

»Paß auf, was du sagst, Tolitha!« sagte meine Mutter. Sie stand noch immer unter Schock. »Denk an die Kinder.«

»Die Kinder haben gerade einen Kerl gesehen, der seinen Schwengel in der Hand hielt und sich an ihrer Mutter vergreifen wollte«, erwiderte Großmutter. »Da werden solche Worte bei ihnen keinen Schaden anrichten.« Als meine Mutter ihren Schock überwunden hatte, stellte sie fest, daß ich vor dem Fernseher saß, und mir die *Ed Sullivan Show* anschaute und Popcorn knabberte, als sei nichts geschehen. Während der nächsten beiden Tage brachte ich jedoch kein Wort heraus. Papa John hatte geschlafen, als sich der Vorfall ereignete, und weder der Revolverschuß noch die Ankunft der Polizei hatten ihn geweckt. Als er sich über mein beharrliches Schweigen wunderte, behauptete Mutter einfach, ich hätte eine Mandelentzündung, und Großmutter schloß sich dem kleinen Schwindel an. Die beiden waren eben Frauen aus dem Süden. Sie hielten es für ihre Pflicht, ihre Männer vor Gefahren und schlechten Nachrichten in Schutz zu nehmen. Mein Schweigen, diese klägliche Wortlosigkeit, bestätigte sie in ihrer Überzeugung, Männer seien im Grunde höchst schwache und zerbrechliche Wesen.

Eine Woche lang parkte in der Rosedale Road ein Polizeiauto, und ein Beamter in Zivil drehte nachts eine Runde nach der anderen um unser Haus. Meine Mutter fand in jener Zeit keinen Schlaf. Nach Mitternacht ertappten wir sie immer wieder dabei, daß sie wie ein Spuk durch unser Zimmer schwebte und die Riegel am Fenster überprüfte. Als ich einmal aufwachte, erblickte ich im Mondlicht die Umrisse ihrer Gestalt. Sie stand da und schaute unverwandt zum Wald von Callanwolde hinüber. Zum erstenmal fielen mir die weichen, wollüstigen Rundungen ihres Körpers auf. Ich erschrak darüber und fühlte mich schuldig, aber ich bewunderte trotzdem die Kurven ihrer vollen Brüste und den Schwung ihrer Taille, wie sie dort stand und angestrengt Ausschau hielt nach ihrem Feind.

Das Wort *Callanwolde* machte bei uns in der Folge einen Bedeutungswandel durch: Wir folgten Savannahs Beispiel und tauften den unheimlichen Fremden auf diesen Namen. »War Callanwolde gestern nacht da?« fragten wir manchmal am Frühstückstisch. Oder wir wollten abends nach der Gute-Nacht-Geschichte von unserer Mutter wissen: »Hat die Polizei Callanwolde immer noch nicht geschnappt, Mama?« Der Name wurde für uns zum Inbegriff von allem, was in der Welt böse und gemein war. Wenn uns Schwester Immaculata mit ihrer lieblichen Stimme die Schrecken der Hölle schilderte, dann dachten Savannah und ich unwillkürlich an Callanwolde. Und wenn in einem Brief meines Vaters stand, sein Flugzeug sei von Maschinengewehren beschädigt worden, er habe es aber trotzdem mit Müh und Not zurück bis zum Stützpunkt geschafft, obwohl er immer mehr Öldruck und Höhe verlor und seine Maschine eine schwarze Rauchfahne hinter sich herzog, so daß er die ganze Zeit fürchten mußte, in die Luft zu fliegen – wenn mein Vater dergleichen schrieb, dann war das für uns ein *Callanwolde*. Es war der Name für eine bestimmte Person und für einen bestimmten Ort, aber darüber hinaus auch eine allgemeine Bezeichnung für eine plötzlich furchterregende Welt und für ein willkürliches, unentrinnbares Schicksal.

Nach zwei Wochen unablässigen Patrouillierens versicherte die Polizei meiner Mutter, daß der Unhold unser Haus künftig bestimmt in Ruhe lassen würde.

Doch ausgerechnet in jener Nacht kam er zurück!

Wir saßen abends wieder vor dem Fernseher und knabberten Popcorn, als im Flur das Telefon klingelte. Meine Mutter ging hin und nahm den Hörer ab. Wir hörten, wie sie Mrs. Fordham begrüßte, die alte Dame, die im Haus nebenan wohnte. Als meine Muner wenig später den Hörer auflegte, blickte ich zu ihr hin und sah, wie sie leichenblaß wurde. Mit tonloser Stimme sagte sie: »Er ist auf dem Dach.«

Ängstlich schauten wir zur Zimmerdecke auf, und nun hörten auch wir das entfernte Geräusch von Schritten auf der einen Seite des abschüssigen, mit Schindeln gedeckten Hausdaches.

»Geht nicht rauf!« sagte meine Mutter. »Vielleicht ist er schon im Haus.« Dann rief sie die Polizei.

Während der nächsten zehn Minuten hörten wir, wie jemand

oben auf dem Dach in aller Ruhe hin- und herging. Der Unbekannte machte keinen Versuch, durch eines der Fenster ins Haus zu gelangen. Wir konnten uns den Besuch nur so erklären, daß der Mann sich uns in Erinnerung bringen und die in unseren Herzen schlummernde Todesangst wecken wollte. Als endlich irgendwo weit fort in der Stadt die Sirenen von Polizeiautos gellten, klang dies in unseren Ohren wie das Geheul von Racheengeln. Wir hörten eilige Schritte auf dem Dach und gleich darauf ein Rascheln im Geäst der riesigen Eiche, die neben der Auffahrt stand. Meine Mutter ging hinüber ins Musikzimmer und sah durch das große Fenster, wie der Kerl gerade den Boden erreichte. Er zögerte, warf einen Blick über die Schulter und bemerkte sie hinter der Fensterscheibe. Er winkte ihr zu, grinste und rannte dann sorglos und locker dem dunklen Wald entgegen, der hinter unserem Haus auf ihn wartete.

Am nächsten Tag durchstreifte die Polizei mit Bluthunden den Wald von Callanwolde, aber an der Briarcliff Road verloren die Tiere die Fährte.

Während der nächsten beiden Monate ließ sich der Unhold nicht bei uns blicken.

Aber er war auch dann da, wenn er nicht da war. Er lauerte in jeder Nische und Ecke des Hauses, und wir konnten keine Tür öffnen, ohne das Gefühl zu haben, daß er dahinter auf uns wartete. Schon lange bevor es Abend wurde, begannen wir uns zu fürchten. Die Nächte, in denen er nicht erschien, erschöpften uns innerlich genauso, als wäre er gekommen. Die Bäume draußen vor dem Haus büßten ihre vor Gesundheit strotzende, üppige Schönheit ein und wurden uns zu grotesken Wesen. Der Wald von Callanwolde war das Reich des Unholds, sein sicherer Zufluchtsort, aber wir machten in unserer Phantasie daraus einen Hort unermeßlichen Grauens. In jedem Fenster glaubten wir das Gesicht des Riesen zu erblicken, und wir brauchten nur die Augen zu schließen, damit sich sein Bild in unser Bewußtsein drängte wie eine Gestalt hinter einem dünnen Schleier. Mit seinen mörderischen Augen verfolgte er uns bis in unsere Träume. Aus dem Antlitz unserer Mutter sprach nackte Angst; tagsüber schlief sie, und nachts streifte sie durch das Haus, um alle Schlösser und Riegel zu überprüfen.

Mit ihrer Erlaubnis holten wir die vierzig Einweckgläser mit den

Schwarzen Witwen aus dem Keller und trugen sie mit ernsten, angespannten Gesichtern vorsichtig in unser Schlafzimmer im ersten Stock, denn wir brachten es nicht mehr über uns, in jenen schauerlichen Keller hinabzusteigen, seit Callanwolde um das Haus strich. Außerdem gab es dort unten eine Tür, die ins Freie führte. Die Polizei hatte zu meiner Großmutter gesagt, eine solche Tür verschaffe einem Eindringling am leichtesten Zugang zum Haus. Deshalb war sie ebenso erleichtert wie wir, als wir die Einweckgläser mit den Spinnen nebeneinander in ein leeres Bücherregal in der hintersten Ecke unseres Zimmers stellten. Kurze Zeit später wurde in der Herz-Jesu-Schule, die wir besuchten, ein Tag der Haustiere veranstaltet. Jedes von uns nahm eine Schwarze Witwe mit zur Schule, und prompt gewannen wir den Preis für das ausgefallenste Haustier.

Nachts, wenn das Haus im Lichterglanz erstrahlte, hatten wir das Gefühl, in einem Aquarium zu leben. Wir schwebten von Raum zu Raum, und ständig glaubten wir zu spüren, daß Callanwolde unter einer der düsteren Eichen stand und uns unverwandt anstarrte. Er war gleichsam allgegenwärtig und wartete nur auf einen geeigneten Augenblick für seinen nächsten Überfall auf uns. So schwammen wir denn wie Fische im kalten elektrischen Licht des belagerten Hauses, in dem die angespannte Atmosphäre atemloser Erwartung herrschte. Jede Nacht machte die Polizei zweimal einen Kontrollgang. Mit Taschenlampen durchkämmten die Beamten den Wald und das Unterholz, aber kaum waren sie fort, gehörte die Nacht wieder ihm, dem Unhold.

In jenem Jahr blieb Luke in der zweiten Klasse sitzen, für ihn eine Demütigung, aber für Savannah und mich Anlaß zu großer Freude, denn nun würden wir nach unserer Rückkehr in Colleton alle drei gemeinsam die Schulbank drücken. In jenem Jahr verlor ich meinen ersten Zahn, Savannah und ich bekamen die Masern, und ein Wirbelsturm zerstörte drei Häuser im Stadtteil Druid Hills. Dennoch blieb dieses Jahr in den unergründlichen Tiefen unseres Unterbewußtseins das Jahr von Callanwolde.

Nur noch eine Woche, dann sollte mein Vater aus Korea heimkehren. Auch an diesem Abend hatten wir Papa John in seinem Schlafzimmer besucht, um ihm einen Gutenachtkuß zu geben. Er wirkte ausgebrannt und müde. Der Arzt hatte ihm verboten, uns vor dem Schlafengehen Geschichten zu erzählen. Wir waren Zeugen geworden, wie er mit jedem Tag seinem Siechtum ein wenig mehr erlag, und wie ihn seine einst sprühende Lebenskraft verließ. Während er uns immer mehr entglitt, vermittelte er uns eine Ahnung vom Tod. Schon nahmen seine Augen die Welt nicht mehr wahr.

Meine Großmutter trank jetzt abends immer sehr viel, aber meine Mutter fühlte sich ein wenig sicherer, weil die Heimkehr ihres Mannes unmittelbar bevorstand. Wir alle warteten auf ihn wie auf einen Helden, einen Erlöser, einen tapferen Ritter, der uns von allem Kummer – und von der Angst vor Callanwolde – befreien konnte. Ich wünschte meinem Vater in meinen Gebeten nicht mehr den Tod, sondern ich betete darum, ihn bald bei mir zu haben, und ich bat den lieben Gott, ihn meine Mutter retten zu lassen.

Eines Abends, als unsere Mutter ein Kapitel aus *The Yearling* vorlas, erhob sich draußen ein starker Wind, der das Geäst der Bäume gegen das Haus drückte. Wir sagten gemeinsam unser Gebet auf, dann gab uns unsere Mutter einen Gutenachtkuß, löschte das Licht und ging. Als wir ihre Schritte schon auf der Wendeltreppe hörten, hing bei uns im Zimmer noch immer ihr Parfüm in der Luft. Ich lauschte dem Wind, der die Bäume zauste. Kurze Zeit später war ich eingeschlafen.

Zwei Stunden später wachte ich auf und sah sein Gesicht hinter dem Fenster. Er starrte mich an und legte zum Zeichen, daß ich mich still verhalten sollte, einen Finger auf die Lippen. Gleich darauf hörte ich, wie er den Moskitodraht mit dem Messer aufschlitzte, als wäre es ein Stück billigen Seidenstoffs. Ich rührte mich nicht und brachte keinen Laut heraus. Ein unsäglicher, fast köstlicher Schrecken durchfuhr jede Faser meines Körpers und lähmte mich. Die Augen des Kerls mußten mich verhext haben, denn ich lag starr da wie eine Maus in Erwartung der Giftschlange.

Doch da erwachte Savannah und begann zu schreien.

Sein Fuß zertrümmerte mit einem brutalen Tritt das Fenster, daß die Glasscherben nur so flogen.

Luke rollte sich aus dem Bett und rief laut nach unserer Mutter.

Ich rührte mich immer noch nicht.

Savannah packte eine große Schere, die auf ihrem Nachttisch

lag, und als sich ein dicker Arm durch das Loch in der Fensterscheibe schob und nach dem Riegel tastete, stach sie zu.

Die Schere bohrte sich unterhalb des Ellbogens tief ins Fleisch. Der Mann heulte auf vor Schmerz und zog den Arm zurück. Er trat mit dem Fuß gegen den Fensterrahmen, so daß Holzsplitter ins Zimmer prasselten.

Sein Kopf, raubtierhaft und grausam, erschien in der Öffnung. Er grinste, als er sah, daß meine Mutter in der Tür zum Flur stand und ihm entgegenblickte.

»Bitte, gehen Sie weg!« flehte sie ihn zitternd an. »Bitte, gehen Sie! «

Savannah schleuderte ihm eine Haarbürste ins Gesicht. Er lachte, und als er merkte, wie sehr meine Mutter sich anstrengte, ihr Zittern zu unterdrücken, lachte er noch mehr.

Da zerschellte dicht neben seinem Kopf das erste Einweckglas an der Wand!

Beim zweitenmal zielte Luke auf Callanwoldes Gesicht, aber er verfehlte es. Das Glas zerbarst am Fenstersims.

Der Kopf des Mannes verschwand. Gleich darauf schwang sich ein riesiges Bein über das Fensterbrett und schob sich langsam ins Zimmer herein. Der Riese machte sich so klein wie möglich und versuchte, sich durch die Fensteröffnung zu zwängen. Luke nahm die Deckel von vier Einmachgläsern und schüttete ihren Inhalt auf das Bein. Savannah rannte zum Bücherregal, holte sich ebenfalls ein Glas, drehte es über dem Bein um und ließ es dann auf den Fußboden fallen, wo es krachend zersplitterte. Meine Mutter schrie laut nach unserer Großmutter. Schon erschien das zweite Bein des Mannes in der Fensteröffnung. Er krümmte sich zusammen und wollte sich gerade ins Zimmer gleiten lassen, als ihn die erste Schwarze Witwe biß und ihr Gift in seine Blutbahn spritzte. Von dem, was dann geschah, prägte sich unserem Gedächtnis am stärksten das ohrenbetäubende Gebrüll ein. Im trüben, aus dem Flur hereinfallenden Licht sahen wir, wie der Kerl seine beiden stämmigen Beine zurückzog, aber es entging uns auch nicht das kleine Spinnenvölkchen, das sich unversehens in Freiheit fand und aufgeregt in den Falten der Hose herumkrabbelte. Der Riese mußte die Spinnen auch gespürt haben, denn in heller Panik rollte er sich überschlagend die Dachschräge hinab. Wir hörten, wie sein Körper irgendwo unterhalb des Fensters aufschlug. Aus dem

Gebrüll war inzwischen ein Kreischen geworden. Wie von Sinnen rollte er sich auf der Erde und schlug sich mit seinen riesengroßen Händen gegen Hose und Lenden.

Nach einer Weile rappelte er sich auf und blickte zu meiner Mutter hoch, die in der leeren Fensterhöhle stand und ihn beobachtete. Er stieg noch einen markerschütterden Schrei aus und rannte dann wie von Hunden gehetzt auf den Wald von Callanwolde zu.

Wir haben niemals erfahren, wie viele Spinnen ihn gebissen hatten. Am nächsten Tag kam die Polizei mit Spürhunden, aber an der Tankstelle in der Stillwood Avenue verlor sich seine Spur. Die Polizei forschte in jedem Krankenhaus des Staates Georgia nach einem über zwei Meter großen, rotbärtigen Mann, der von Schwarzen Witwen gebissen worden war, aber in keinem hatte jemand, auf den diese Beschreibung paßte, um ärztliche Hilfe ersucht. Das spurlose Verschwinden des Riesen war ebenso geheimnisumwittert wie sein plötzliches Auftauchen.

Am Wochenende kehrte unser Vater heim, und noch am selben Tag kehrten wir auf unsere Insel zurück. Unsere Mutter verbot uns, ihm auch nur ein einziges Wort von dem Mann zu erzählen, der unser ganzes Dasein umgekrempelt hatte. Als wir wissen wollten, warum, erklärte sie, unser Vater sei gerade aus einem Krieg zurückgekehrt und habe ein Recht darauf, eine glückliche Familie vorzufinden. Ein wenig rätselhafter fügte sie hinzu, er könne womöglich auf den Gedanken kommen, sie habe Callanwolde absichtlich auf sich aufmerksam gemacht. Tatsächlich hörte ich meinen Vater häufig zu ihr sagen, nur solche Frauen würden vergewaltigt, die es darauf anlegten. Unsere Mutter sprach sehr sachlich mit uns und meinte abschließend, es gäbe gewisse Dinge, die Männer eben nicht verstünden.

Luke, Savannah und ich verbrachten die nächsten drei Tage damit, die Spinnen wieder einzusammeln. Wir fanden sechs Stück in unserem Schlafzimmer, zwei auf dem Dachboden und eine in einem meiner alten Tennisschuhe. In unserem Schlafzimmer haben wir nicht noch einmal übernachtet. Nach unserer Abreise fand Großmutter noch an verschiedenen Stellen des Hauses die eine oder andere Schwarze Witwe. Und als Papa John starb, ließ sie die Spinnen tief im Wald von Callanwolde frei. Nie wieder hat einer von uns einem solchen Insekt etwas zuleide getan. Spinnen galten seit diesem Vorfall in unserer Familie als heilige Tiere.

Als ich viele Jahre später in der Stadtbibliothek von Atlanta in alten Zeitungsausschnitten blätterte, stieß ich auf ein Foto und eine Pressenotiz: *Gestern abend wurde in Austell (Georgia) der einunddreißigjährige Otis Miller verhaftet. Er steht unter dem Verdacht, die von ihrem Mann getrennt lebende Lehrerin Mrs. Bessie Furman vergewaltigt und anschließend ermordet zu haben.*

Ich machte eine Fotokopie von dem Zeitungsausschnitt und schrieb mit Filzstift ein einziges Wort quer über das Blatt: Callanwolde.

6

Wir gingen durch die Halle des Plaza-Hotels, vorbei an üppigen Palmen und unverschämt glotzenden Pagen. Im ›Oak Room‹ suchten wir uns einen Tisch in einer lauschigen Ecke und nahmen Platz. Es dauerte fünf Minuten, bis ein Kellner erschien. Sein Gesicht verriet eine Mischung aus kaum verhohlener Hochnäsigkeit und unerschütterlicher Gleichgültigkeit. Herablassend, fast herrisch nahm er unsere Bestellung entgegen. Ich spielte kurz mit dem Gedanken, eine Ochsenschwanzsuppe oder Schweinsohren in Aspik zu bestellen, aber der Mann sah nicht aus, als fände er so etwas lustig. So orderte ich denn einen *Martini on the Rocks* mit einem Spritzer Zitrone, obwohl ich wußte, daß er mir meinen Drink mit einer dicken grünen Olive verschandeln würde. In gewissen teuren Hotelbars versteht man automatisch Olive, wenn ein Gast Zitrone sagt. Dr. Lowenstein bestellte für sich ein Glas *Pouilly Fuissé*.

Als die Drinks kamen, fischte ich die Olive aus dem Martini und legte sie in den Aschenbecher.

»Sie sagten *mit Olive*«, konstatierte der Kellner und stolzierte von dannen.

»Der Fehler passiert mir ständig«, rief ich ihm hinterher.

»Sind die New Yorker Kellner nicht fabelhaft?« fragte Dr. Lowenstein.

»Ich glaube, mir sind verbrecherische Nazis lieber, aber ganz sicher bin ich mir nicht. Ich bin nämlich noch nie einem begegnet.« Ich hob mein Glas. »Auf Ihre Gesundheit, Sie Heilerin kranker Seelen! Mein Gott, Doktor, wie halten Sie es bloß aus, sich Tag für Tag mit kaputten Leuten zu beschäftigen?« Sie nippte an ihrem Wein und hinterließ am Rand des Glases eine Spur Lippenstift. »Ich halte es aus, weil ich mir einrede, ihnen helfen zu können.«

»Aber ist das nicht deprimierend?« wollte ich wissen. »Macht einen das auf die Dauer nicht fertig?«

»Die Probleme meiner Patienten sind nicht meine Probleme. Ich hab' genug eigene Sorgen.«

»Haha!« lachte ich. »Ich würde gern Ihre Sorgen haben, das können Sie mir glauben.«

»Da haben wir's mal wieder«, seufzte sie. »Sie sind sich absolut sicher, daß Sie mit meinen Problemen fertig werden könnten, aber mit Ihren eigenen kommen Sie nicht zu Rande. Ich will Ihnen sagen, wie ich es mit meiner Arbeit halte: Wenn ich meine Praxis um sechs Uhr nachmittags verlasse, bleibt alles hinter mir zurück. Ich verschwende keinen Gedanken mehr an die Patienten, die ich tagsüber empfangen habe. Ich habe eben gelernt, Beruf und Privatleben zu trennen.«

»Ich finde, das klingt irgendwie kaltherzig und mitleidlos«, hielt ich ihr entgegen. »Jedenfalls könnte ich kein Psychiater sein. Wenn ich mir den ganzen Tag solche Geschichten anhören müßte, würde ich nachts durchdrehen.«

»Dann könnten Sie niemandem helfen. Man muß eine gewisse Distanz wahren, Tom. Bestimmt kam während Ihrer Zeit als Lehrer der eine oder andere Student mit seinem Kummer zu Ihnen.«

»Na klar, Doc«, gab ich zu. Ich nahm einen Schluck von dem Martini und zuckte zusammen, als ich feststellte, daß der salzige, stechende Geschmack der verabscheuten Olive noch immer in meinem Glas herumgeisterte. »Aber ich konnte es nicht ausstehen. Ich werde damit fertig, daß Erwachsene Probleme haben, aber es bringt mich fast um, wenn ich einen jungen Menschen leiden sehe. Ich denke da besonders an ein Mädchen. Sie hatte im zweiten College-Jahr Englisch bei mir. Sie war häßlich, aber ein prima Kumpel. Immer quietschvergnügt. Dabei hatte sie schreckliche Pickel. Akne. Trotzdem kam sie bei den Jungs gut an. Sie hatte einfach Charme und eine unglaubliche Lebensfreude. Eines Tages kam sie mit einem furchtbar zugerichteten Gesicht zur Schule. Ihr linkes Auge war zugeschwollen, ihre Unterlippe eine dicke Wulst. Sie hat kein Wort darüber verloren, nicht einmal als die anderen sie damit hänselten. Im Gegenteil, sie hat selbst Witze drüber gemacht. Nach dem Unterricht nahm ich sie beiseite und fragte sie, was passiert sei. Sie hieß übrigens Sue Ellen. Sobald alle anderen Studenten den Raum verlassen hatten, fing sie an zu weinen. Ihr Vater hatte sie und ihre Mutter am Vorabend verprügelt. Normalerweise schlage er nur dorthin, wo man hinterher keine blauen Flecken sehe, berichtete sie, doch gestern abend seien anscheinend die Gesichter dran gewesen. Sehen sie, Doc, da stand ich also und mußte mir anhören, daß diesem prima Mädchen von ihrem Vater das Gesicht grün und blau geschlagen worden war. Ich bin nicht der Typ, der bei so etwas kühl bleibt und professionelle Distanz wahrt.«

»Wie haben Sie denn reagiert?« wollte Dr. Lowenstein von mir wissen.

»Ich bin mir nicht sicher, ob es das Beste für Sue Ellen, ihre Familie und mich war, aber jedenfalls habe ich gehandelt.«

»Hoffentlich nicht zu überstürzt.«

»Vielleicht kommt es Ihnen so vor«, erwiderte ich. »Die Erinnerung an Sue Ellens Gesicht ließ mich den ganzen Tag über nicht los, verstehen Sie? Abends, nach dem Training, bin ich rübergefahren zur Isle of Palms und hab' das kleine Haus gesucht, in dem Sue Ellen wohnte. Ich klopfte an die Tür. Ihr Vater machte auf. Ich sagte zu ihm, ich müsse mit ihm über Sue Ellen reden. Er erwiderte, ich solle mich zum Teufel scheren. Da hörte ich Sue Ellen irgendwo im Haus leise wimmern. Ich schubste ihren Vater beiseite und ging hinein. Sie lag auf der Couch. Als sie zu mir aufblickte, sah ich, daß ihre Nase blutete. Die Situation war ihr offensichtlich peinlich, denn sie sagte: ›Hallo, das ist ja Mr. Wingo, unser Trainer! Was führt Sie denn in diese abgelegene Gegend?‹«

»Meiner Meinung nach hätten Sie diese Angelegenheit von Anfang an in die richtigen Kanäle leiten müssen«, unterbrach mich Dr. Lowenstein. »Sie hätten sich an die zuständigen Behörden wenden sollen.«

»Da haben Sie natürlich recht, Doktor. Dies ist einer der Gründe, warum Sie reich und angesehen sind, während ich im Sweatshirt zur Arbeit gehe.«

»Wie ging die Geschichte weiter?«

»Ich hab' dem Kerl ein paar gescheuert, daß er quer durch die Bude flog. Ich hab' ihn gegen die Wand geschmissen und seinen

Schädel ein paarmal gegen den Boden gehauen. Dann hörte ich ein Geräusch, es klang wie in einem Traum, aber es kam von Sue Ellen. Sie feuerte mich so laut an, daß sich ihre Stimme fast überschlug. Gleichzeitig kreischte ihre Mutter, ich solle sofort aufhören. Als Sue Ellens Vater wieder einigermaßen klar denken konnte, sagte ich zu ihm, ich würde zurückkommen und ihn umbringen, wenn er seiner Tochter noch einmal etwas antäte.«

»Das ist die gewalttätigste Geschichte, die ich je gehört habe, Tom«, sagte Dr. Lowenstein entsetzt. »Ehrlich gesagt glaube ich, daß Sie mit einer anderen Methode mehr ausgerichtet hätten. Reagieren Sie immer so übertrieben emotional?«

»Sue Ellen lebt nicht mehr, Doktor Lowenstein«, sagte ich und blickte in ihre dunkelbraunen Augen.

»Wie bitte?«

»Wie viele andere Mädchen suchte sie sich einen Mann, der sie an ihren Vater erinnerte. Irgendwie kann ich das verstehen. Solche Mädchen verknüpfen irgendwann die Liebe mit dem Schmerz, und dann fangen sie an, nach Männern Ausschau zu halten, die ihnen weh tun, aber die ganze Zeit glauben sie, daß sie nach Liebe suchen. Sue Ellen entschied sich für einen dieser kaputten Typen, und prompt brachte er sie bei einem Ehekrach um. Er nahm eine Schrotflinte und erschoß sie.«

»Wie gräßlich«, entfuhr es Dr. Lowenstein. »Wie Sie sehen, hat Ihr gewaltsames Eingreifen nichts genützt. Man soll eben nicht Gewalt mit Gewalt vergelten. Mein Gott, was für schreckliche Existenzen! Welche Hoffnungslosigkeit!«

»Heute hätte ich am liebsten Ihrer Freundin Monique von Sue Ellen erzählt. Ich war nämlich neugierig. Wissen Sie, ich hab' noch nie eine schönere Frau gesehen als diese Monique. Und ich hab' jahrelang geglaubt, Sue Ellen hätte deshalb so viel Pech gehabt, weil sie nicht hübsch war.«

»Das ist falsch, Tom, und Sie wissen es.«

»Da bin ich mir nicht so sicher, Doktor. Ich versuch' mir nur einen Reim auf alles zu machen. Warum richtet es das Schicksal so ein, daß manche Leute häßlich *und* unglücklich sind? Wo einem doch weiß Gott schon eins von beiden das Leben schwer genug machen kann! ich hätte gern Moniques Geschichte mit der Sue Ellens verglichen, nur um herauszufinden, ob es Monique wirklich so schlecht ging, wie es den Anschein hatte.«

»Moniques Kummer ist nicht weniger echt als es Sue Ellens Kummer war, da bin ich mir absolut sicher. Niemand kann ein Monopol beanspruchen, wenn es ums Leiden geht. Und jeder Mensch leidet auf andere Weise und aus anderen Gründen.«

»Ich würde wohl einen lausigen Psychiater abgeben.«

»Stimmt, Sie wären wirklich ein lausiger Psychiater«, pflichtete sie mir bei, und nach kurzem Nachdenken fragte sie mich: »Was haben Sie aus dem Vorfall mit Sue Ellen gelernt, Tom? Was bedeutet Ihnen diese Geschichte jetzt?«

Ich dachte kurz nach, strengte mich an, das Gesicht des toten Mädchens vor meinem inneren Auge heraufzubeschwören, und sagte schließlich:

»Nichts.«

»Überhaupt nichts?« fragte sie verwundert.

»Schauen Sie, Doktor, ich habe mich jahrelang im Spiegel dieser Geschichte betrachtet. Sie sagt 'ne Menge über mein Temperament aus, über mein Gefühl für richtig und falsch...«

»Glauben Sie, daß es richtig war, zu ihr nach Hause zu gehen und ihren Vater zu verprügeln?«

»Nein, aber es war auch nicht absolut falsch.«

»Das müssen Sie mir genauer erklären.«

»Ich weiß nicht, ob Sie mich verstehen werden, aber als ich ein kleiner Junge war und mein Vater sich an uns Kindern vergriff oder auf meine Mutter losging, schwor ich mir, niemals zuzulassen, daß ein Mann seine Frau oder seine Kinder schlägt, wenn ich es verhindern könnte. Auf diese Weise bin ich in viele unangenehme, ja sogar gräßliche Szenen verwickelt worden. Auf Flughäfen hab' ich wildfremde Väter daran gehindert, ihre Kinder zu schlagen, ich hab' mich in die Ehekräche von Leuten eingemischt, die ich noch nie zuvor gesehen hatte – und ich hab' Sue Ellens Vater vermöbelt. Irgendwas packt mich dann, für das ich keine Erklärung habe, aber ich glaube, daß ich mich allmählich ändere.«

»Vielleicht werden Sie erwachsen.«

»Nein, ich glaube, daß mir solche Dinge nichts mehr ausmachen.«

»Haben Sie jemals Ihre Frau oder Ihre Kinder geschlagen?« fragte sie mit plötzlichem Eifer.

»Warum fragen Sie das, Doktor?«

»Weil aggressive Männer meist zu Hause besonders aggressiv

sind. Sie lassen ihre Gewalttätigkeit gern an wehrlosen Menschen aus.«

»Und Sie sind zu dem Schluß gekommen, ich sei ein gewalttätiger Mensch?«

»Sie haben mir gerade eine Szene beschrieben, in der Sie Gewalt angewendet haben. Und Sie haben sich als Trainer für eine gewalttätige Sportart entschieden.«

»Nein«, sagte ich und schwenkte mein Glas mit den halb geschmolzenen Eiswürfeln. »Ich wäre nie imstande, mich an meiner Frau oder an meinen Kindern zu vergreifen. Irgendwann hab' ich mir vorgenommen, meinem Vater in nichts ähnlich zu werden.«

»Und, hat es geklappt?«

»Nein«, gestand ich lächelnd. »Ich bin fast in jeder Hinsicht wie mein Vater, nur mein Verhältnis zur Gewalt ist anders. Gegen die Chromosomen kommt man nur schwer an, glaube ich.«

»Mir kommen Sie manchmal zu schwach vor«, erwiderte Dr. Lowenstein. Sie trank ihr Glas leer und gab dem Kellner einen Wink. »Möchten Sie noch einen Drink?«

»Ja, gern.«

Der Kellner kam und schaute auf uns herab. Seine Lippen waren leicht gekräuselt zum Zeichen, daß er bereit war, eine Bestellung entgegenzunehmen.

»Noch einen *Martini on the Rocks* mit einer Olive«, sagte ich.

»Und für mich noch einen Weißwein«, sagte Dr. Lowenstein. Der Kellner kam diesmal ziemlich rasch von der Bar zurück. Triumphierend vermerkte ich, daß in meinem Glas zwischen den Eiswürfeln eine Zitronenscheibe schwamm.

Dr. Lowensteins Gesicht wurde weicher, und ich glaubte, kleine violette Funken in ihren dunklen Augen aufblitzen zu sehen, als sie ihr Weinglas mit den Worten an die Lippen führte: »Ihre Mutter hat mich heute angerufen, Tom.«

Ich hob beide Arme, als wollte ich einen Schlag abwehren. »Ich würde es als einen Akt der Gnade betrachten, Doktor, wenn Sie mich nie wieder an meine Mutter erinnern. Sie ist eine der Hauptfiguren in unserer familiären Leichenschau, und Sie werden bald erfahren, daß sie ihre Lebensaufgabe darin sieht, andere zum Wahnsinn zu treiben. Sie braucht bloß im Supermarkt am Gemüsestand vorbeilaufen, und nicht einmal der Rosenkohl bleibt von Schizophrenie verschont.«

»Aber wenn Sie von ihr erzählen, hat man den Eindruck, daß sie ein großartiger Mensch ist«, wandte Dr. Lowenstein ein.

»Als ich klein war, war meine Mutter für mich die wunderbarste Frau der Welt«, gab ich zu. »Aber ich bin wohl nicht der erste Sohn, der sich in seiner Mutter vollkommen getäuscht hat.«

»Sie war sehr nett am Telefon und klang sehr besorgt.«

»Reine Fassade«, antwortete ich. »Sie hat irgendwann mal in irgendeinem siebengescheiten Buch gelesen, daß seit jeher von Müttern erwartet wird, Schmerz und Besorgnis an den Tag zu legen, wenn sich ihre Töchter die Pulsadern aufschneiden. Mutters Anruf war lediglich das Resultat einer genau berechneten Strategie. Mit Instinkt hatte er nichts zu tun.«

Dr. Lowenstein betrachtete mich mit ihren heiteren, unergründlichen Augen und meinte: »Sie hat behauptet, daß Sie sie hassen.«

»Das ist nicht wahr«, protestierte ich. »Es ist einfach nur so, daß ich ihr nichts glaube. Ich hab' sie jahrelang beobachtet und war immer wieder verblüfft über ihre Fähigkeit zu lügen. Trotzdem hoffe ich noch immer, daß sie irgendwann mal so richtig in der Scheiße sitzt und endlich einmal gezwungen ist, die Wahrheit zu sagen. Als Lügnerin verdient sie einen Orden erster Klasse mit Eichenlaub und Schwertern. Sie versteht sich ebenso gut auf kleine Schwindeleien wie auf gigantische Lügen, mit denen man Regierungen stürzen könnte.«

Dr. Lowenstein meinte lächelnd: »Das klingt lustig. Ihre Mutter hat mich übrigens gewarnt, daß Sie mir wahrscheinlich eine Menge Lügen über sie erzählen würden.«

»Mom weiß genau, daß ich keine halben Sachen mache, Doktor. Sie weiß, daß ich Ihnen Dinge erzählen werde, an die sich Savannah nicht erinnern und die meine Mutter nicht zugeben will, weil sie zu sehr schmerzen.«

»Sie weinte am Telefon, als sie mir klarzumachen versuchte, was Sie und Savannah für sie empfinden. Ich muß gestehen, daß ich sehr bewegt war, Tom.«

»Wenn meine Mutter weint«, warnte ich, »dann erinnert sie mich an ein Krokodil im Nil, das ab und zu einen von den Eingeborenen frißt, die am Ufer ihre Wäsche waschen. Die Tränen meiner Mutter sind Waffen, und je mehr sie vergießt, desto mehr muß man sich darauf gefaßt machen, daß sie etwas im Schilde führt.«

»Sie ist so stolz auf ihre Kinder. Und sie ist auch stolz auf Savannah, weil sie eine Dichterin ist.«

»Hat sie Ihnen auch erzählt, daß sie von Savannah seit drei Jahren nichts gehört hat?«

»Nein, das hat sie nicht, aber sie hat gesagt, daß Sie der beste Lehrer der Welt sind und daß eine von Ihnen trainierte Football-Mannschaft Landesmeister geworden ist.«

»Jedesmal, wenn man von Mom gelobt wird, fährt man unwillkürlich herum, und mit ein bißchen Glück erwischt man sie genau in dem Moment, da sie einem den Dolch in den Rücken stoßen will«, sagte ich und freute mich insgeheim darüber, daß es auf der Welt so etwas wie Gin gab und daß in meinem Drink welcher drin war. »Nachdem sie Ihnen all diese wunderbaren Dinge über mich erzählt hat, Doktor, hat sie Ihnen bestimmt auch ganz atemlos berichtet, daß ich mal einen Nervenzusammenbruch hatte.«

»Ja«, gab Dr. Lowenstein zu und schenkte mir einen Blick voll klarsichtiger Zärtlichkeit. »Genau das hat sie gesagt.«

»Ein Nervenzusammenbruch«, sagte ich. »Ich hab' schon immer gefunden, daß das gut klingt. Es klingt so vernünftig und sicher.«

»Ihren Bruder Luke hat sie nicht ein einziges Mal erwähnt«, sagte Dr. Lowenstein.

»Natürlich nicht. Sein Name ist tabu. Ich erkläre Ihnen später, warum sie sich über ihn ausschweigt. Wenn ich Ihnen all diese Geschichten erzähle, Dr. Lowenstein, dürfen Sie Luke dabei nie aus den Augen verlieren. Keiner von uns hat es je gemerkt, aber Luke war von Anfang an der einzige, der ein sinnvolles, lohnendes Leben führte.« Das Gespräch über meine Mutter hatte mich irgendwie erschöpft.

»Sie scheinen es trotzdem gut überstanden zu haben«, sagte sie, und ihre Stimme klang fast ein bißchen verliebt. »Egal, was passiert ist.«

»Für meine Familie in South Carolina war immer ich derjenige, mit dem man Mitleid haben mußte«, sagte ich. »Eigentlich wollte ich kein Wort darüber verlieren, wie es mit mir stetig bergab gegangen ist. Diesen Teil der Geschichte wollte ich für mich behalten, denn ich hatte mir vorgenommen, mit Ihnen zu üben, wie man ein völlig neuer Mensch wird. Ich hab' versucht, charmant und witzig zu sein. Insgeheim habe ich sogar gehofft, Sie könnten mich ein bißchen attraktiv finden.«

Ihre Stimme klang kühler, als sie antwortete: »Warum möchten Sie, daß ich Sie attraktiv finde, Tom? Ich sehe nicht ganz, wie das Ihnen und Ihrer Schwester weiterhelfen soll.«

»Kein Grund zur Sorge, Doc«, beschwichtigte ich sie. »Hab' mich wohl nicht richtig ausgedrückt. Mein Gott, wenn Sie wollen, entschuldige ich mich sogar. Anscheinend hab' ich im zentralen Nervensystem einer überzeugten Feministin irgendein Warnsystem aktiviert, aber ich wollte doch nur, daß Sie mich mögen, weil Sie solch eine gescheite und schöne Frau sind. Ich hab' mich als Mann schon seit langem nicht mehr attraktiv gefühlt, Doktor Lowenstein.«

Wieder wurde ihr Gesicht weicher, und ich konnte sehen, wie sich ihr Mund entspannte, als sie sagte: »Ich als Frau auch nicht, Tom.«

Ein einziger Blick reichte, damit ich zu meiner Verblüffung begriff, daß sie eine schmerzliche Wahrheit ausgesprochen hatte. Hinter der Bar gab es einen großen Spiegel, in dem ich unter einer Reihe glitzernder Cocktailgläser unsere wehmütigen Gesichter sah.

»Erkennen Sie sich dort im Spiegel, Dr. Lowenstein?« fragte ich.

Sie blickte zur Bar hinüber. »Ja, natürlich.«

»Was Sie da sehen, ist kein attraktives Gesicht«, sagte ich und stand auf, um zu gehen. »Nach allen gültigen Maßstäben ist das ein *schönes* Gesicht. Es war mir ein Vergnügen, mich während der vergangenen beiden Wochen an der Schönheit dieses Gesichtes weiden zu können.«

»Mein Mann findet mich nicht sehr attraktiv«, sagte sie. »Es war nett von Ihnen, das zu sagen.«

»Wenn Ihr Mann Sie nicht attraktiv findet«, erwiderte ich, »dann ist er entweder schwul oder ein Idiot. Sie sehen fabelhaft aus, Dr. Lowenstein, und ich glaube, es ist höchste Zeit, daß Sie aus dieser Tatsache wieder ein bißchen Lebensfreude ableiten. Meinen Sie, daß ich Savannah morgen besuchen darf?«

»Sie haben das Thema gewechselt«, sagte sie.

»Ich dachte mir, Sie könnten denken, daß ich mit Ihnen flirte.«

»Und, haben Sie geflirtet, Tom?«

»Nein, ich war drauf und dran, aber die meisten Frauen müssen immer lachen, wenn ich mit ihnen flirte. Sie finden das lächerlich.«

»Ein paar Ärzte und Krankenschwestern sind der Meinung, daß Ihre Besuche Savannah aufregen.«

»Stimmt. Mein Anblick tut ihr weh, aber das ginge ihr mit jedem anderen Wingo genauso.«

»Vor ein paar Tagen wurde die Medikation umgestellt. Ich glaube, daß wir die Halluzinationen jetzt im Griff haben, aber ihre Angstzustände verstärken sich seit einiger Zeit. Wollen Sie mit Ihrem Besuch nicht lieber noch ein bißchen warten, Tom? Ich spreche mit Savannahs Ärzten und sage Ihnen dann Bescheid.«

»Ich sag' bestimmt nichts zu ihr, was sie aufregen könnte, das verspreche ich. Ich werd' nur über Dinge reden, die sie glücklich machen. Zum Beispiel könnte ich ihr Gedichte vorlesen.«

»Hat sie überhaupt schon ein Wort mit Ihnen gesprochen, Tom?«

»Nein. Ist sie Ihnen gegenüber gesprächiger?«

»Das Ganze ist ein langwieriger Prozeß. Sie hat mir gesagt, daß Sie sie nicht mehr besuchen sollen.«

»Hat sie sich wirklich so ausgedrückt?«

»Genau so, Tom. Tut mir leid für Sie.«

Meine Großmutter, Tolitha Wingo, wartet in Charleston in einem Pflegeheim auf den Tod. In Gedanken sei sie manchmal schon woanders, heißt es, aber es gebe bei ihr auch Augenblicke großer geistiger Klarheit, und dann könne man noch einmal hinter dem Schleier der Senilität einen Blick auf ihre leuchtende Persönlichkeit erhaschen. Die Kapillargefäße in ihrem Gehirn scheinen langsam auszutrocknen, als wären sie kleine Bäche, die einen vom Versiegen bedrohten Fluß speisen. Zeit bedeutet für meine Großmutter nicht mehr dasselbe wie für uns. Sie mißt sie nicht mehr in Tagen und Stunden. Zeit ist ein Fluß, den sie von der Quelle bis zur Mündung abschreitet. Es gibt Augenblicke, in denen sie ein kleines Mädchen ist, das seine Mutter um eine neue Puppe bittet. Eine Sekunde später ist sie eine Gärtnerin, die sich besorgt über ihre Dahlien beugt. Oder eine Großmutter, die sich darüber beklagt, daß ihre Enkel sie nie besuchen. Bei meinen

Besuchen hat sie mich manchmal mit ihrem Mann, ihrer besten Freundin, meinem Vater oder einem Farmer aus Rhodesien namens Philip, der anscheinend einmal ihr Geliebter gewesen ist, verwechselt. Ich weiß nie, an welcher Stelle ich mich dem Strom der Zeit überlassen soll, wenn ich mich ihrem Rollstuhl nähere. Beim letztenmal hob sie bei meinem Anblick die Arme und sagte mit ihrer zitterigen Stimme: »Oh Daddy, oh Daddy, komm, nimm mich in den Arm!« Ich nahm sie behutsam auf den Schoß und fühlte dabei die erschreckende Zerbrechlichkeit ihrer Knochen. Sie legte den Kopf an meine Brust wie ein achtjähriges Kind und ließ sich von ihrem Vater trösten, obwohl der schon vor vierzig Jahren gestorben war. Jetzt wiegt sie um die vierzig Kilo. Irgendwann wird sie an dem sterben, woran alle alten Leute in Amerika sterben: an den erlittenen Demütigungen, an der eigenen Maßlosigkeit, an Überdruß und Lieblosigkeit.

Manchmal, wenn ihr Verstand klar und scharf ist, erkennt sie mich. Dann vergeht der Tag mit viel Gelächter, und wir schwelgen in alten Erinnerungen. Doch wenn ich dann aufstehe um zu gehen, stehen Angst und tiefe Enttäuschung in ihren Augen. Ihre knochige, von bläulichen Adern überzogene Hand klammert sich um meine, und sie bettelt: »Nimm mich mit heim, Tom! Ich will nicht bei lauter Fremden sterben. Bitte, Tom! Ich weiß, daß wenigstens du mich verstehst.« Von mir verlassen zu werden, bringt sie jedesmal dem Tod ein Stückchen näher. Es gibt auf der ganzen Welt niemanden, den ich mehr liebe als sie, aber ich erlaube ihr trotzdem nicht, bei mir zu wohnen. Mir fehlt der Mut, sie zu füttern, sie von ihrem Kot zu säubern, ihre Schmerzen zu lindern und ihre abgrundtiefe Einsamkeit zu mildern. Da ich Amerikaner bin, lasse ich sie auf Raten sterben, isoliert und von ihrer Familie im Stich gelassen. Wie oft hat sie mich schon gebeten, sie aus Güte und Nächstenliebe zu töten. Dabei bringe ich kaum den Mut auf, sie zu besuchen. Im Empfangszimmer des Pflegeheimes vertrödle ich immer viel Zeit, indem ich mich mit den Ärzten und Krankenschwestern herumstreite. Ich herrsche sie an und versuche ihnen klarzumachen, daß unter ihnen eine außergewöhnliche Frau lebt, eine Frau, die all ihrer liebevollen Rücksicht würdig ist. Ich beklage mich über die Herzenskälte und die berufliche Inkompetenz des Personals. Ich versteife mich zu der Behauptung, daß man dort alte Leute behandelt, als wären sie Rinderhälften an den

Fleischhaken in einer Kühlkammer. Besonders eine der dort arbeitenden Pflegerinnen, eine ungefähr fünfzig Jahre alte Farbige namens Wilhelmina Jones, muß immer meinen geballten Unmut über sich ergehen lassen. Einmal sagte sie zu mir: »Wenn sie solch eine außergewöhnliche Frau ist, Mr. Wingo – warum läßt ihre Familie sie dann in diesem Rattenloch verkümmern? Tolitha ist für uns kein totes Stück Fleisch, und wir behandeln sie auch nicht so. Die arme Seele ist eben schon sehr alt, und freiwillig ist sie bestimmt nicht zu uns gekommen. Sie wurde von euch hierhergeschleppt, und zwar gegen ihren Willen.«

Diese Wilhelmina Jones hat meine Telefonnummer. Ich bin sozusagen der Verwalter der letzten Tage meiner Großmutter auf dieser Erde, und mit meinem ausgesprochenen Mangel an Schneid und Barmherzigkeit habe ich mich mitschuldig daran gemacht, daß diese Tage öde, unerträglich und hoffnungslos sind. Jedesmal, wenn ich meine Großmutter küsse, trage ich die Maske eines Verräters. Als ich sie in das Pflegeheim brachte, belog ich sie und behauptete, ich wolle mit ihr nur eine lange Fahrt übers Land machen. Eigentlich war es nicht einmal eine Lüge, denn die Fahrt ist noch immer nicht ganz zu Ende.

Als Papa John Stanopoulos Ende 1951 starb, ließ Tolitha ihn in allen Ehren auf dem Oak Lawn Cemetery, dem Friedhof von Atlanta, beisetzen, verkaufte das Haus an der Rosedale Road und machte sich auf zu einer extravaganten Odyssee, in deren Verlauf sie innerhalb von drei Jahren die Welt umrundete. Für sie bestand eine so innige Beziehung zwischen dem Schmerz über den Verlust von Papa John und der Stadt Atlanta, daß sie nie mehr dorthin zurückkehrte, nicht einmal auf einen Besuch. Sie war der Typ Frau, der instinktiv weiß, daß sich extremes Glück nicht wiederholen läßt. Deshalb zog sie einen endgültigen Schlußstrich unter ihre Vergangenheit.

Tolitha reiste per Schiff, immer erster Klasse, und in jenen wenigen Jahren unablässigen, ziellosen Reisens schaffte sie es, insgesamt siebenundvierzig Länder zu besuchen. Sie schickte uns Hunderte von Postkarten, farbenfrohe Belege ihrer Weitgereistheit. Jene Karten, bekritzelt mit ihrer kaum leserlichen Schrift, waren für uns Kinder sozusagen die erste Reiselektüre. Rechts oben in der Ecke leuchtete uns jeweils eine der wunderbaren Briefmarken entgegen, Miniatur-Aquarelle und Landschaften aus entlegenen Ländern, großartige Reproduktionen weltbekannter Kunstwerke aus europäischen Museen. Die afrikanischen Nationen feierten auf ihren Postwertzeichen den sagenumwobenen Sonnenschein über Regenwäldern und die Endlosigkeit der Savannen. Auch prangten auf ihren Briefmarken leuchtende Früchte, in Mangobäumen hockende Papageien, Mandrill-Affen mit furchteinflößenden, regenbogenfarbenen Gesichtern, Elefanten an den Furten tiefer Flüsse oder Gazellenherden im Flachland am Fuß des Kilimandscharo. Ohne es zu ahnen, machte uns Großmutter zu leidenschaftlichen Briefmarkensammlern, indem sie uns dazu nötigte, ihre hastig hingeworfenen Reiseberichte zu entziffern, während sie selbst irgendwo im Atlantik am Rand der sogenannten ›Roßbreiten‹ Stürme überstand oder auf anderen Wasserstraßen durch die Welt fuhr. Wenn sie einmal einen Brief schrieb, enthielt er stets eine Handvoll Münzen aus all den Ländern, die sie in der Zwischenzeit kennengelernt hatte. Jene Geldstücke, solide und exotisch, machten uns mit den müßigen Freuden der Numismatik bekannt. Wir bewahrten sie in einem großen Marmeladenglas auf. Manchmal schütteten wir sie auf den Wohnzimmertisch, auf dem wir zuvor eine Weltkarte ausgebreitet hatten, die mein Vater gekauft hatte, um Tolithas Reiseroute mitverfolgen zu können. Dann legten wir die einzelnen Münzen auf das jeweilige Land, zu dem sie gehörten. Außerdem malten wir mit einem Stift alle Länder gelb an, deren Boden Tolitha betreten hatte. Auf diese Weise war uns bald eine Menge geheimnisumwitterter Namen geläufig: Sansibar, Belgisch-Kongo, Moçambique, Singapur, Goa, Kambodscha... In unseren Mündern hinterließen diese Namen einen rauchigen Geschmack, und ihr dunkler Glockenklang erzeugte in uns einen Nachhall, eine Ahnung vom primitiven, urtümlichen Leben. Für uns Kinder war Tolitha ein tapferer, großherziger, vom Glück gesegneter Mensch. An dem Tag, an dem Savannah, Luke und ich vom Bischof von Charleston gefirmt wurden, rammte ein weißes Rhinozeros im flachen Land von Kenia den Jeep, in dem unsere Großmutter saß.

Eine Woche nach unserer Versetzung in die dritte Klasse beschrieb sie uns die Steinigung einer Ehebrecherin in Saudi Arabien. Sie ging immer die größten Risiken ein und schilderte sie uns mit unbekümmerter Freude am Detail. Am Oberlauf des Amazonas beobachtete sie, wie ein Piranha-Schwarm in wenigen, von Angst und Schrecken erfüllten Minuten einen Tapir in ein Knochengerippe verwandelte. Die Schreie des Tieres wurden vom undurchdringlichen Dschungel wie von einer Wand zurückgeworfen – bis die Fische die Zunge erreichten. Diese Zunge sei sozusagen die Nachspeise gewesen, kommentierte Großmutter boshaft, ein ebenso köstliches wie schauerliches Beispiel dafür, daß ihre Prosa um so lebendiger und anschaulicher wurde, je mehr sich bei ihren gemächlichen Weltumsegelungen ihr Blick schärfte. Aus den Folies-Bergère in Paris schrieb sie, sie habe auf der Bühne mehr Euter gesehen als auf einer Milchfarm. Aus Rom schickte sie uns eine Postkarte, auf der ein makaberes Arrangement von Mönchsschädeln abgebildet war: Man hatte sie im seitlichen Altarraum der Kapuziner-Katakomben wie Kanonenkugeln übereinandergestapelt. Sie schickte uns auch Schachteln voll Muscheln, die sie an der ostafrikanischen Küste gesammelt hatte, und einen Schrumpfkopf, den sie einem bekehrten Kopfjäger mit schlechten Zähnen in Brasilien abgekauft hatte. Meinem Vater schenkte sie einmal zu Weihnachten die gepökelte Zunge eines Wasserbüffels. Ein andermal ließ sie uns per Post eine Flöte zukommen, wie sie Schlangenbeschwörer benützen, oder ein Stück vom echten Kreuz Jesu, das ihr ein einäugiger Araber angedreht hatte, oder einen Kamelzahn, oder die Fänge einer Giftschlange, oder ein Lendentuch, das sie irgendeinem Wilden einfach von den Genitalien weggekauft hatte (meine Mutter verbrannte es umgehend mit den Worten, wir hätten in South Carolina schon genügend Krankheitserreger und brauchten nicht noch welche aus Afrika.) Tolitha fand ein kindliches Vergnügen an bizarren, surrealen, wirklich einzigartigen Dingen.

Volle drei Jahre lang war sie in ihrem Reisefieber nicht zu bremsen. Die fremden Länder waren für sie gleichsam ein dickes Buch mit vielen Fußnoten, das es ihr gestattete, zu sich selbst zu finden. Später äußerte sie einmal, ihr habe vor allem vorgeschwebt, sich auf ihre alten Tage einen Vorrat an leuchtenden Erinnerungen zuzulegen. Sie reiste, um das Staunen zu lernen und um sich in eine Frau zu verwandeln, die sie ihrer Herkunft wegen nie hatte sein dürfen. Ohne es darauf anzulegen, war sie die erste in unserer Familie, die das Reisen zu einer Philosophie machte. Denn während sie sich in der Welt herumtrieb, kam sie dahinter, daß es gerade in den Grenzbereichen des Lebens und in extremen Situationen viel zu lernen gibt.

Am Tag der Sommersonnenwende des Jahres 1954 brach meine Großmutter mit einer kleinen Gruppe gutmütiger Sherpas zu einem zweiwöchentlichen Treck durch den Himalaya auf. Dort, auf dem eisigkalten Dach der Welt, erlebte sie eines Morgens, wie die Sonne mit ihren ersten Strahlen die schneebedeckten Flanken des Mount Everest aufleuchten ließ. Einen Monat später befand sie sich auf dem Heimweg. Im Südchinesischen Meer beobachtete sie ganze Schwärme von Seeschlangen auf der Wanderschaft.

Ziemlich erschöpft und ausgelaugt traf sie in Colleton ein. Bezeichnenderweise war sie bei ihrer Rückkehr auch völlig mittellos.

Meine Mutter versteifte sich geradezu darauf, ihr laut vorzurechnen, wieviel sie durchgebracht hatte. Stöhnend verkündete sie, die gute Tolitha habe über einhunderttausend Dollar ausgegeben. Doch wenn unsere Großmutter schon die eigene Familie – und unser Städtchen – in Erstaunen versetzt hatte, indem sie ihrer angeborenen Reiselust nachgab, so schockierte uns allesamt die Art und Weise, wie sie wieder seßhaft wurde. Ohne unser Wissen hatte sie diplomatische Beziehungen zu unserem Großvater aufgenommen und alle freundschaftlichen oder liebevollen Gefühle reaktiviert, die damals, in den Tagen der Weltwirtschaftskrise, verschüttet worden waren. Sie tat dies, indem sie ihrem geschiedenen Mann während der ganzen Dauer ihrer Irrfahrten innige, schwesterliche Briefe schrieb. Ich weiß nicht, ob sich unser Großvater von Taktgefühl oder seinem Sinn fürs Private leiten ließ – fest steht, daß er diese Briefe uns gegenüber nie erwähnte. Er war der einzige Wingo und auch der einzige Bürger unseres Städtchens, der nicht wie vom Donner gerührt war, als Großmutter nach über zwanzig Jahren nach Colleton zurückkehrte, sich schnurstracks zu seinem Haus an der Barnwell Street begab, ihre Sachen auspackte und sie in den Schubladen derselben Kommode verstaute, die sie damals, vor so langer Zeit, ausgeräumt hatte. »Sogar ein Wandervogel muß irgendwann zur Ruhe kommen«, war alles, was Großmutter dazu zu sagen hatte. Zehn Schiffskoffer, gefüllt mit den wunderbarsten und nutzlosesten Exotica, trafen in ihrem Gefolge in Colleton ein. Das Haus meines Großvaters wurde überschwemmt von einer Flut exzentrischer Mitbringsel, die die Phantasie meiner Großmutter irgendwo auf diesem Planeten beflügelt hatten. Das Wohnzimmer, bisher gerade die Quintessenz einer für die Südstaaten typischen Lebensweise, füllte sich mit Masken und allerlei Kunstgegenständen aus Afrika, mit thailändischen Keramikelefanten und anderem Tand, den Tolitha auf den Marktplätzen Asiens erbeutet hatte. Hinter jedem dieser Gegenstände verbarg sich eine Geschichte, ein Land, eine Anzahl unverwechselbarer Abenteuer. Großmutter brauchte nur ihren Blick durch das Zimmer schweifen zu lassen, um im Geiste die lange Reise noch einmal zu machen. Ihr Geheimnis, das dämmerte uns allmählich, bestand darin, daß diese Reise noch längst nicht zu Ende war, sondern sich im stillen Kämmerlein fortsetzte.

Als die Familie meines Vaters endlich wieder vollzählig war, stand er selbst im vierunddreißigsten Lebensjahr. Meiner Mutter schien es ein unsägliches Vergnügen zu bereiten, das Leben und die Erlebnisse unserer Großmutter schlechtzumachen. Für sie war jede andere Frau automatisch eine Nebenbuhlerin. Nach Großmutters Rückkehr in den Schoß der Familie schwoll die rechtschaffene Empörung unserer Mutter zu wahren Sturzbächen an. »Ich verstehe nicht, wie eine Mutter mitten in der größten wirtschaftlichen Not ihr Kind im Stich lassen kann«, entrüstete sie sich manchmal im Kreis der Familie. »Ständig hört man, daß Männer ihren Frauen und Kindern davonlaufen, aber doch nicht eine *Mutter*! Eure Großmutter hat sich an der Natur versündigt, sie hat sich gegen eines ihrer Gesetze vergangen, aber meines Wissens hat sie nie ein Wort darüber verloren. Dabei hätte sie euren Vater auf den Knien um Verzeihung bitten müssen! Glaubt bloß nicht, es hätte eurem Vater nichts ausgemacht und er hätte deswegen nicht gelitten. All seine Probleme haben nachweislich an dem Tag angefangen, an dem er aufwachte und feststellen mußte, daß er keine Mama mehr hatte, die ihn fütterte und umsorgte. Deshalb ist er nicht ganz richtig im Kopf und benimmt sich manchmal wie ein Tier. Aber zu allem Überfluß zieht Tolitha dann auch noch los und verschleudert ein Vermögen, statt ihr Geld auf ein Sparkonto einzuzahlen. Keinen Heller hatte sie in der Tasche, als sie zurückkam! Ich an Amos' Stelle hätte ihr gar nicht erst die Tür aufgemacht! Aber Männer sind eben sentimentaler als wir Frauen. Merkt euch meine Worte!«

Ihrem Unmut ließ sie nur uns Kindern gegenüber freien Lauf. In Tolithas Gegenwart pries sie deren Selbständigkeit, Mut und absolute Souveränität, was anderer Leute Meinung über sie anbetraf. Tatsächlich kümmerte sich unsere Großmutter einen feuchten Kehricht um die öffentliche Meinung in Colleton. Sie war die erste und einzige geschiedene Frau, der ich während meiner frühen Jugend begegnet bin. In vielerlei Hinsicht war sie sogar die erste moderne Frau, die das Städtchen Colleton hervorgebracht hat. Sie versuchte nie, ihre Handlungsweise zu erklären oder zu rechtfertigen. Nach ihrer Heimkehr wurde getuschelt, sie habe unterwegs mehrmals geheiratet, so manchem Mann auf einer Seereise die Einsamkeit vertrieben und sich nicht nur aus Liebe, sondern auch aus Berechnung auf allerlei Affären eingelassen. Tolitha schwieg sich darüber aus. Sie zog einfach wieder in Großvaters Haus und lebte mit ihm wie einst als seine Ehefrau. Auch jetzt fand sie ihren Amos und dessen inbrünstige, unerschütterliche Frömmigkeit noch genauso langweilig wie früher, doch eine schwer zu beschreibende, tröstliche Wohlgesonnenheit verband die beiden. Großvater war entzückt, daß sie wieder da war. Er hatte sich nie nach einer anderen Frau umgesehen, denn er war einer jenen seltenen Männer, die nur einmal im Leben richtig lieben können. Meine Großmutter jedoch, glaube ich, hätte hundert Männer lieben können, und je älter ich wurde und je besser ich sie verstehen lernte, desto fester war ich davon überzeugt, daß sie das sogar getan hatte.

Heute bin ich der Meinung, daß sie heimkehrte, weil sie alles getan hatte, was sie sich vorgenommen hatte. Ich glaube auch, daß sie zurückkam, um ihre Enkel vor dem Jähzorn ihres Sohnes und der Gefühlskälte ihrer Schwiegertochter zu retten. Auf jeden Fall war sie ein Mensch mit einem Gewissen, eine Stimme innerhalb unserer Familie, eine Instanz, auf die wir uns in kritischen Situationen berufen konnten. Sie wußte um das Wesen der Sünde, ihr war klar, daß die am schwersten dingfest zu machende Form der Sünde jene ist, die sich selbst nicht in ihrer Sündhaftigkeit begreift. Wie so viele Menschen, die mit ihren eigenen Kindern ungeheuerliche, nicht wiedergutzumachende Fehler begangen haben, tat sie Buße, indem sie eine tadellose Großmutter wurde. Nie schalt, züchtigte oder tadelte sie uns, und sie machte ihre Liebe zu uns nicht von unserem Benehmen abhängig. Sie vergötterte uns vielmehr in jeder erdenklichen Weise. Aus ihren Fehlern hatte sie einen ebenso schlichten wie unverfälschten ethischen Grundsatz hergeleitet: Liebe ist nicht die Brautjungfer der Verzweiflung; Liebe muß kein Leid erzeugen. Mit so mächtigen Überzeugungen ausgerüstet, knüpfte sie unauffällig an ihr früheres Leben an. Wenn Vater uns Kinder schlug, pflegte Mutter zu sagen: »Das tut er, weil er euch liebt.« Und auch wenn sie selbst uns mit einer Haarbürste, einem Besen oder nur mit der Hand einen Schlag versetzte, tat sie dies im Namen der Liebe, aber es war eine heruntergekommene, ruinöse Liebe, die unter dem Zeichen des Kriegsgottes Mars stand. Meine Großmutter hingegen hatte von ihren Reisen eine geradezu revolutionäre Doktrin mitgebracht: Liebe braucht keine Waffen, und sie ballt keine Fäuste. Liebe hinterläßt keine blauen Flecken und vergießt kein Blut. Anfänglich wichen wir Kinder zurück, wenn sie uns umarmen oder auf den Schoß nehmen wollte. Doch sie streichelte so lange unser Haar und unsere Gesichter, sie gab uns so viele Küsse, bis wir wie Katzen schnurrten. Sie sang Loblieder auf uns, die sie selbst erfunden hatte. Sie sagte uns, wie schön sie uns fand, wie außergewöhnlich wir seien, und daß wir im Leben große Dinge vollbringen würden.

Ihre Heimkehr stärkte die ohnehin schon große Macht der Frauen in der Wingo-Sippe. Diese hatte zwar starke Männer hervorgebracht, aber niemand von uns konnte es mit den Frauen aufnehmen. Aus ihren Augen sprach manchmal die metallische Härte von Diktatoren, die kalte Herablassung von Tyrannen. Mit Tolithas Rückkehr begann ein Machtkampf, der erst fünfundzwanzig Jahre später endete, an dem Tag, da meine Mutter und ich die alte Frau nach Charleston ins Pflegeheim brachten.

Der Mann, zu dem meine Großmutter zurückkehrte, Amos Wingo, war einer der seltsamsten Menschen, dem ich je begegnet bin, aber auch einer der wertvollsten. Sein ganzes Leben war ein Gesang zu Ehren Gottes, eine einzigartige Lobeshymne, ebenso lang wie langweilig. Das Beten bildete seinen einzigen Zeitvertreib, und Gott der Allmächtige, der dreifaltige Gott, war sein Lebensinhalt.

Will man die viel ungestümere, durch und durch weltliche Biographie meiner Großmutter verstehen, muß man angesichts der unmöglichen Aufgabe, die Frau eines Mannes zu sein, der sich einem Leben in Heiligkeit verschrieben hatte, ein gewisses Maß an Mitleid für sie aufbringen. Heilige ergeben wunderbare Großväter, aber sie sind miserable Ehemänner. Jahre später verriet uns Großmutter, Amos habe selbst beim Liebesakt ständig gestöhnt: »Ich danke dir, Jesus, ich danke dir!« Sie meinte auch, sie sei nie richtig bei der Sache gewesen, weil ihr Mann immer den Herren Jesus ins Ehebett eingeladen habe.

Als wir noch ganz klein waren, spazierte Großvater einmal mit uns Kindern zur Landungsbrücke von Melrose Island. Dort plätscherte er mit seinen langen, hageren Füßen im Colleton River und erzählte uns die Geschichte seines frommen Lebens. Ich war nicht im geringsten erstaunt, als ich vernahm, der liebe Gott sei ihm in seiner Jugend höchstpersönlich erschienen und habe ihm befohlen, nach seinem Wort zu handeln. Sein ganzes Leben lang wurde Großvater nach eigenem Bekunden immer wieder vom lieben Gott mit solchen Plauderstündchen beehrt. Der gute Amos verfaßte danach jedesmal lange Briefe an den Herausgeber der *Colleton Gazette* und legte detailliert dar, an welchem Ort die jeweilige Erscheinung stattgefunden hatte und was ihm vom Schöpfer im genauen Wortlaut mitgeteilt worden war. Aus diesen Schreiben, die Savannah wie einen Schatz aufbewahrt hat, war unschwer zu entnehmen, daß Gott offenbar auf Grammatik und Rechtschreibung keinen Wert legte, sondern eine eindeutige Vorliebe für den Jargon der Südstaaten hatte.

»Der liebe Gott redet wie ein weißer Südstaatler«, sagte Luke einmal nach der Lektüre einer solchen Epistel, und tatsächlich: Die Ausdrucksweise des Allmächtigen ähnelte auf verblüffende Weise der unseres Großvaters. Jene weitschweifigen Briefe an die Bürger unseres Städtchens waren mir in meiner frühen Kindheit ein großes Ärgernis, bereiteten mir aber auch heimliches Entzücken. Amos selbst gab übrigens zu, daß es schwer war, ein normales Leben zu führen, wenn einen der liebe Gott dauernd mit aufsehenerregenden und zeitraubenden Zwiegesprächen ablenkte.

Es war Savannah, die sich als erste zu fragen traute: »Wie sieht Gott eigentlich aus, Grandpa?«

»Nun, Savannah«, antwortete unser Großvater, »er ist ein recht gutaussehender Bursche, aber wegen dem grellen Licht, das ihn umgibt, kann ich ihn nie deutlich erkennen. Ich weiß nur, daß er regelmäßige Gesichtszüge hat, und daß sein Haar dunkler ist, als man vermuten würde. Es ist auch recht lang, und ich hab' mir schon überlegt, ob ich ihm anbieten soll, es zu schneiden, besonders an den Seiten. Ich würde auch keinen Cent dafür verlangen.«

Savannah war auch der erste Mensch, der es wagte, laut auszusprechen, daß Grandpa Wingo verrückt sei.

Mag sein, daß das stimmte, aber es war eine gütige, unkomplizierte Verrücktheit. In den Wirren der Weltwirtschaftskrise erschien ihm Gott schließlich fast jeden Tag. Seine Familie mußte unterdessen von dem leben, was sie aus dem Colleton River fischte.

Großvater hatte nämlich seinen Beruf als Barbier an den Nagel gehängt und verkaufte auch keine Bibeln mehr, denn er war überzeugt, daß die Weltwirtschaftskrise ein Wink des Himmels sei und daß die Wiederkehr Christi unmittelbar bevorstand. Großvater begann, an Straßenecken zu predigen und alle Menschen, die sich in Hörweite befanden, mit bizarren Psalmen voll gläubiger Inbrunst und düsteren Prophezeiungen zu überschütten. Manchmal sprudelte auch das furchteinflößende urtümliche Vokabular einer fremden Sprache aus ihm heraus, in der sich die qualvollen Zuckungen einer gemarterten Seele offenbarten.

Grandpa Wingo war eine Art Wandervogel, ein ›Mensch mit Zigeunerblut in den Adern‹, wie meine Großmutter es nannte, aber das war spöttisch gemeint, denn sie war überzeugt, daß ihr Amos zum Reisen eigentlich nicht genug Phantasie hatte. Er mochte einfach nur das Gefühl, unterwegs zu sein, und es kam ihm nicht darauf an, wohin die Reise ging. Seine Visionen überfielen ihn ohne Vorwarnung. Dann brach er unverzüglich auf, um sich manchmal monatelang zu Fuß im Süden unseres Landes herumzutreiben. Unterwegs verkaufte er Bibeln und schnitt den Leuten das Haar. Selbst im Ruhezustand hatte er eine unübersehbare nervöse Marotte: Sein rechtes Bein zitterte und bebte, als liefe in der Kniekehle ein kleiner Motor im Leerlauf. Das vibrierende Bein war eine stete Erinnerung daran, daß Großvater schon am nächsten Tag fort sein konnte, unterwegs nach Florida im Süden oder nach Westen zum Mississippi, um dort das Wort des Herrn zu verkünden – und um Talkumpuder auf frisch barbierte Nacken zu streuen. In seiner unbefangenen Art bestäubte er gleichsam die Stempel und Staubgefäße in den Seelen aller Menschen, die seinen Weg kreuzten, mit dem Wort Gottes.

Auf seinen Wanderschaften durch die ländlichen Gegenden des Südens führte er stets zwei Koffer mit: Der kleinere enthielt seine Kleidung und seine Barbierausrüstung, der größere war mit Bibeln in allen Formaten und Aufmachungen vollgestopft. Die billigste Bibelausgabe war ein kleines, schwarzes Buch für den täglichen Gebrauch, nicht größer als ein Kinderschuh. Der Text war so klein gedruckt, daß man sich die Augen verderben konnte, wenn man bei schlechten Lichtverhältnissen allzu eifrig in dem Büchlein las. Großvater hielt es für seine Pflicht, vor allem die prunkvollen Bibelausgaben an den Mann zu bringen. Die Krönung bildete eine in feines, weiß gegerbtes Leder gebundene Bibel mit goldenen Bändern als Lesezeichen. Sie war üppig mit biblischen Szenen von der Hand der ›Großen Meister‹ illustriert, doch das Besondere an diesem Prachtband war die Tatsache, daß alle Worte Jesu leuchtend rot gedruckt waren. Auf diese Bibeln, teurer als alle anderen, stürzten sich ausgerechnet die ärmsten Familien, zumal ihnen eine scheinbar bequeme Ratenzahlung gewährt wurde. So kam es, daß im Kielwasser meines Großvaters manch armer Christenmensch vor die schmerzliche Wahl gestellt wurde, entweder die nächste Monatsrate für die protzige weiße Bibel zu bezahlen oder es bleiben zu lassen und statt dessen seiner hungrigen Familie etwas Eßbares zu besorgen. Die Erinnerung an die fromme, gottesfürchtige Gestalt meines Großvaters muß den Leuten die Wahl noch schwerer gemacht haben, als sie es ohnehin schon war. Die Nichteinhaltung einer Zahlungsverpflichtung war für Großvater eine schwere, unaussprechliche Sünde, aber er konnte sich nie dazu überwinden, einem säumigen Schuldner die Bibel wieder wegzunehmen, nachdem er selbst eigenhändig auf den in der Mitte des Buches dafür vorgesehenen freien Seiten die Namen und Daten aller Familienmitglieder eingetragen hatte. Großvater war überzeugt, daß keine amerikanische Familie sich halbwegs sicher und geborgen fühlen konnte, solange nicht alle Namen in einer anständigen Bibel eingetragen waren, möglichst in einer, in der die Worte Jesu rot gedruckt waren. Zwar wurde sein Verhältnis zu der Firma, die ihn mit Bibeln belieferte, dadurch manchmal belastet, dennoch weigerte er sich standhaft, armen Leuten das Wort Gottes wieder wegzunehmen. Das Unternehmen schickte schließlich andere Männer los, die im Kielwasser meines Großvaters so manche Bibel wieder einsammelten oder fällige Ratenzahlungen eintrieben. Es lohnte sich, denn Grandpa Wingo verkaufte mehr weiße Bibeln als jeder andere Vertreter.

In den kleinen Provinzstädten der Südstaaten wurde mein Großvater bald zu einer Art Legende. Er ging von Tür zu Tür, und wenn eine Familie keine Bibel brauchte, fand sich fast immer jemand, der mal wieder zum Friseur mußte. Wenn sich alle Familienangehörigen von ihm die Haare schneiden ließen, gewährte er Gruppenrabatt. Er liebte es, Menschenhaar zwischen den Fingern zu spüren, aber für glatzköpfige Menschen empfand er eine uneingestandene Zuneigung. Widerspenstigen Jungen und Mädchen erzählte er, während er ihnen die Mähnen stutzte, aus dem Leben Jesu. Als er sich zur Ruhe setzte, schenkte ihm die Bibel-Firma eine vergoldete Friseurschere und überreichte ihm eine Anerkennungsurkunde, in der schwarz auf weiß zu lesen stand, was wir alle schon seit langem vermutet hatten: In der ganzen Geschichte des Unternehmens hatte nie ein Vertreter mehr Bibeln verkauft als Amos Wingo. In einer ebenso seltenen wie verblüffenden poetischen Anwandlung bekam unser Großvater den Titel ›Amos Wingo – König der Bibelverkäufer‹.

Als ambulanter Verkäufer, dessen Tätigkeitsbereich fünf Staaten im Süden der USA umfaßte, mußte mein Großvater seinen Sohn, unseren Vater, oft der Obhut unzuverlässiger Kindermädchen, Kusinen, altjüngferlicher Tanten oder irgendeiner anderen Person überlassen, die sich von ihm dazu hatte überreden lassen, für seinen Sprößling zu sorgen. Aus verschiedenen Gründen brachten es weder unser Großvater noch unsere Großmutter fertig, ihrem einzigen Kind eine anständige Erziehung zuteil werden zu lassen. Vielleicht wirkte mein Vater in seinem heillosen Zerwürfnis mit der Welt deshalb immer wie jemand, der von klein auf im Stich gelassen worden ist. Seine Kindheit stand im Zeichen einer notdürftig bemäntelten, katastrophalen Vernachlässigung durch seine Eltern, unsere Großeltern, die zwar nie zur Rechenschaft gezogen wurden, jedoch stets wie bleiche Schemen zugegen waren, wenn unser Vater ihre Verfehlungen an uns Kinder weitergab, indem er uns mißhandelte.

Meine Großeltern glichen zwei grundverschiedenen Kindern, und für mich hatte ihr Haus etwas von einer heiligen Stätte, aber auch von einem Kindergarten. Wenn sie miteinander sprachen, bezeugten sie sich gegenseitig die allergrößte Achtung. Längere Unterhaltungen kannten sie ebensowenig wie leichte, beschwingte Plaudereien, neckische Scherzworte oder kleine Klatschgeschichten. Nie hatte man bei ihnen das Gefühl, daß sie wirklich miteinander lebten, nicht einmal nach Großmutters Heimkehr. In ihre niemals hinterfragte Zuneigung füreinander mischte sich nichts Menschlich-allzu-menschliches. Mir flößte ihre Beziehung fast so etwas wie Staunen ein, denn ich vermochte mir nicht zu erklären, wie dergleichen funktionieren konnte. Gewiß, ich spürte, daß sich diese beiden Menschen liebten, aber es war eine Liebe ohne die Flamme der Leidenschaft. Auch gab es bei ihnen keinen lang anhaltenden Groll und keine hitzige Wut, kein An- und Abschwellen der Gezeiten des Herzens, sondern nur Stille und Resignation. Ihre Ehe war nicht den Launen des Wetters ausgesetzt, sie erlebten lauter windstille Tage und ließen sich im Golfstrom ihres geruhsamen Alterns treiben. Die unkomplizierte Art, in der sie sich über die Gegenwart des anderen freuten, ließ die Ehe unserer Eltern geradezu obszön erscheinen. Unsere Großeltern waren ein halbes Leben lang getrennt gewesen, aber offenbar nur, um am Ende ideale Partner zu werden.

Ich suchte in ihnen eine Erklärung für das Wesen meines Vaters, fand jedoch nichts. Aus ihren Augen sprach nichts, das an ihn erinnerte. Ihre Verbindung hatte etwas völlig Neues, bisher noch nicht Dagewesenes hervorgebracht. Nie hörte ich, daß Tolitha und Amos gegen jemanden die Stimme erhoben. Nie züchtigten sie uns, und nach dem leisesten Tadel entschuldigten sie sich fast bei uns. Dennoch waren sie die Erzeuger des Mannes, den ich Vater nannte, der mich schlug, der meine Mutter schlug, der meinen Bruder und meine Schwester schlug. Nein, im Haus meiner Großeltern fand ich dafür keine Erklärung. Gerade ihre Anständigkeit und ihre unerschütterliche Ruhe verwirrten mich. Sie konnten mir keinen Aufschluß darüber geben, woher ich selbst kam. Zwischen ihnen und mir stand eine unbeantwortete Frage, fehlte ein Bindeglied. Diese beiden gütigen Menschen hatten einen gewalttätigen Sohn gezeugt, und dieser Sohn hatte mich gezeugt. Ich wuchs im Haus eines Krabbenfängers auf, vor dem alle Angst hatten, aber niemand sprach es jemals aus. Meine Mutter verbot uns, einem Außenstehenden zu erzählen, daß mein Vater uns schlug. An der Spitze ihrer Werteskala stand der Begriff ›Loyalität innerhalb der Familie‹, und sie duldete kein Verhalten, das ihr wie Verrat oder Auflehnung vorkam. Uns Kindern war nicht erlaubt, unseren Vater zu kritisieren oder uns über die Art und Weise zu beschweren, wie er mit uns umsprang. Meinen Bruder Luke schlug er bis zu dessen zehntem Geburtstag dreimal bewußtlos. Luke war stets das erste Opfer seines Zorns, danach wurde meist meine Mutter geschlagen, wenn sie versuchte, Luke in Schutz zu nehmen. Savannah und ich kamen erst an die Reihe, wenn wir versuchten, unseren Vater von unserer Mutter wegzuzerren. So kam scheinbar zufällig ein mörderischer Zyklus zustande.

Während meiner ganzen Kindheit war ich darauf gefaßt, eines Tages von meinem Vater umgebracht zu werden. Ich lebte in einer Welt, in der man Kindern nichts erklärte, sondern ihnen lediglich einbleute, daß Loyalität innerhalb der eigenen Familie das Allerwichtigste sei.

Am Beispiel meiner Mutter lernte ich, was Menschen wie sie unter Loyalität verstehen: sich hinter einem gefälligen Gesicht verstecken, obwohl das eigene Leben ein einziges, ungeheuerliches Lügengebäude ist.

Wir Kinder unterschieden damals die Jahre voneinander, indem wir uns merkten, wie oft unser Vater uns schlug. Die Schläge waren schlimm genug, aber schlimmer noch war das unberechenbare Wesen unseres Vaters. Nie wußten wir, was ihn das nächste Mal in Rage bringen würde, und wir konnten auch nie jene Veränderungen in seinem Gemüt voraussagen, die bewirkten, daß er bei uns daheim wie ein Tier wütete. Es gab keine geregelten Abläufe, an die man sich hätte halten können, keine noch so improvisierte Gegenstrategie und – abgesehen von unserer Großmutter – auch keine unabhängige Instanz, an die wir uns hilfesuchend hätten wenden können. Wir verbrachten unsere Kindheit in der ständigen Erwartung des nächsten Angriffs unseres Vaters. Im Laufe des Jahres 1955 schlug er mich dreimal zu Boden. 1956 haute er mich fünfmal um. 1957 ›liebte‹ er mich sogar noch öfter, und 1958 nahm seine Liebe ein weiteres Mal zu. Jedes Jahr liebte er mich mehr, während ich mich unter Schmerzen mühte, ein Mann zu werden.

Seit dem in Atlanta verbrachten Jahr hatte ich Gott in meinen Gebeten angefleht, ihn zu vernichten. »Töte ihn, bitte töte ihn, lieber Gott!« flüsterte ich immer wieder auf den Knien. Wenn es nach mir gegangen wäre, hätte ein Sumpf meinen Vater verschluckt. Ich flehte den Mond an, den Ozean in einer riesigen Flutwelle über ihn hereinbrechen zu lassen, und in meiner Phantasie sah ich, wie Krebse über sein Gesicht krabbelten und sich über seine Augen hermachten. Ich lernte, meine Gebete wie eine tödliche Waffe einzusetzen, und statt Gott zu preisen, gab ich mich meinem Haß hin. Die Kontrolle über die Art und Weise, wie ich betete, war mir entglitten. Wenn ich mich innerlich Gott zuwandte, strömte mir sofort das Gift aus allen Poren. Mit gefalteten Händen stimmte ich innerhalb der Mauern meiner Festung einen Gesang voll Mord und Totschlag an, und mein Rosenkranz wurde zur Schlinge eines Galgens. Das waren einsame, gefährliche Jahre für mich. Wenn ich einen Hirsch erlegte, erblickte ich unter dem Geweih meines Vaters Gesicht, und es war meines Vaters Herz, das ich herausschnitt und zum Himmel emporhielt; es war der Körper meines Vaters, den ich aufbrach und auswaidete. Ich verwandelte mich in etwas Abscheuliches, in ein Verbrechen wider die Natur.

Nach der Rückkehr meiner Großmutter dämmerte mir allmählich, daß sie ein Mensch war, den mein Vater fürchtete. So heftete ich denn mein Schicksal an das einer Frau, die den Mut gehabt hatte, ihre Familie inmitten der Weltwirtschaftskrise zu verlassen, und die sich niemals mit einem Wort dafür entschuldigt hatte. Diese gütige Frau und ihr ebenso gütiger Mann waren die Eltern meines Vaters, eines Menschen, der eine Gefahr für seine Kinder darstellte. Meine Mutter schärfte uns ein, es sei die höchste Form der Loyalität, unsere Wunden zu vertuschen, und beim Anblick des Blutes, das wir im Spiegel an uns entdeckten, zu lächeln. Bei mir bewirkte sie damit, daß ich keinen Ausdruck mehr hasse als ›Loyalität innerhalb der Familie‹.

Wer Eltern hatte, die nie mit ihm einverstanden waren und die ihn ihre ständige Mißbilligung auf abgefeimte Weise spüren ließen, wird nie von vorne anfangen und seinen eigenen Wert neu bestimmen können. Die in der Kindheit angerichteten Schäden sind nicht wiedergutzumachen. Allenfalls kann solch ein armer Schlucker darauf hoffen, daß es ihm irgendwie gelingt, sich über Wasser zu halten.

7

Ich war schon fast zwei Wochen in New York, als ich an mir die ersten unmißverständlichen Anzeichen dafür entdeckte, daß mir das Nichtstun nicht bekam. In dieser Stadt hatte ich jedesmal Schuldgefühle, wenn ich es mir einfach gutgehen ließ, obwohl so viele großartige Museen, Bibliotheken, Theater, Konzertsäle und das ganze riesige Angebot an kulturellen Ereignissen mich mit der Verheißung geistiger Bereicherung lockten. Ich bekam Schlafstörungen und hatte das Gefühl, ich müßte das Gesamtwerk von Proust lesen, eine Fremdsprache erlernen, meine eigene italienische *Pasta* herstellen oder an der Volkshochschule einen Kurs über Filmgeschichte belegen. New York erweckte in mir unfehlbar einen verschütteten Selbstverbesserungstrieb. Ich fühlte mich für diese Stadt nie tauglich, aber mein Befinden wurde erträglicher, sobald ich Dinge tat, die den hier geltenden, enorm hohen Maßstäben gerecht wurden.

Nachts, wenn ich nicht schlafen konnte, weil mir der Verkehrslärm nach Mitternacht allzu schrill in den Ohren klang oder weil sich in der alle Zeitschranken überspringenden Gegenwärtigkeit eines Traums die Vergangenheit vor mir wie eine verwüstete Stadt erstreckte, verließ ich das Bett, das meiner Schwester gehörte, und kleidete mich in der Dunkelheit an. Zu Beginn meines Aufenthaltes in New York hatte ich einmal versucht, in den frühen Morgenstunden bis nach Brooklyn zu joggen, hatte es jedoch nur bis zur Bowery geschafft. Dort stolperte ich fast über die zusammengekrümmten Gestalten übelriechender Penner, die in den Eingängen Dutzender, hell erleuchteter Lampengeschäfte schliefen. Am folgenden Morgen schlug ich eine andere Richtung ein. Es war noch dunkel, als ich mich zu meiner Überraschung in dem Teil der Stadt wiederfand, wo um diese Stunde die duftende, aus Orchideen, Lilien, Rosen und anderen Blumen bestehende Fracht vieler Lastwagen gelöscht wird. Ich fühlte mich, als krabbelte ich wie ein Insekt über das Handgelenk einer schönen Frau, die ihre blau geäderte Haut mit allerlei duftenden Wässerchen betupft hatte. Ich hatte in dieser Stadt schon viele Gerüche registriert, aber das unter der süßen Herrschaft von tausend dahingemetzelten Gärten stehende New York war für mich neu. Wenn sich New York von seiner besten Seite zeigte, war es eine Stadt unvermuteter Offenbarungen. Ich gelobte, mich solchen Augenblicken zu öffnen, während ich mich in jenem Sommer durch die Straßen treiben ließ.

Im Geiste stellte ich eine Liste der Dinge zusammen, die ich vor meiner Rückkehr nach South Carolina vollbringen wollte. Ich nahm mir vor, sechs Meilen in weniger als fünfzig Minuten zu laufen. Ich wollte im Bücherregal meiner Schwester nach zehn wichtigen Büchern suchen, die ich noch nicht kannte, und sie lesen. Ich würde alles tun, um meinen Wortschatz zu vergrößern. Ich würde lernen, eine *beurre blanc* zu machen, die nicht gerann. Ich wollte je einmal im *Lutèce, Four Seasons, La Grenouille, La Côte Basque* und *La Tulipe* essen. Ich mußte unbedingt die Mets gegen die Atlanta Braves und die Yankees gegen die Boston Red Sox spielen sehen. Ich wollte mir drei Theaterstücke und fünf ausländische Filme ansehen. Ich war fest entschlossen, täglich Tagebuch zu führen und meiner Familie dreimal die Woche zu schreiben. Ich wollte fünfzig Liegestütze und Kniebeugen nach dem Aufstehen machen. Und ich würde Dr. Lowenstein alle Familiengeschichten erzählen, die mithelfen könnten, meine Schwester am Leben zu erhalten.

Im Verlauf des Sommers wollte ich diese Liste nach Bedarf ergänzen. Was ich vorhatte, schien einfach zu sein: Indem ich die düsteren, glanzlosen Seiten unserer Familienchronik aufschlug und grell ausleuchtete, hoffte ich den munteren, mit den Fingern schnippenden, zielstrebigen Knaben wiederzuentdecken, der ich auf jener kleinen Insel vor der Küste von Carolina gewesen war – damals, als ich jedes Meerestier beim Namen nennen konnte, wenn ich auf Deck von meines Vaters Krabbenfischerboot ein mit wimmelndem Leben gefülltes Netz öffnete. Wenn alles gut ging, dann wollte ich in Höchstform in das Land meiner Kindheit zurückkehren. Mein körperlicher Zustand machte mir sehr zu schaffen, aber als ungewöhnlich tüchtiger Trainer wußte ich genau, was zu tun war und wie ich mich für die jahrelange Vernachlässigung meines Körpers bestrafen konnte.

Eine Woche war seit meinem letzten Besuch bei Savannah vergangen, als ich gegenüber Dr. Lowenstein den Verlust meiner Privilegien als bevorzugter Besucher zur Sprache brachte. Die Ärztin hatte mir für den späten Dienstag nachmittag einen Termin gegeben. An jenem Tag wirkte sie auf mich zerstreut und nervös, und als sie während der letzten zehn Minuten unserer einstündigen Sitzung dreimal auf die Uhr schaute, gelang es mir kaum, meinen Unmut zu verbergen.

Es war kurz vor sieben, als sie sich erhob und mir dadurch zu verstehen gab, daß unser Gespräch für heute beendet sei. Zugleich bat sie mich mit einer wortlosen Geste, noch zu bleiben, und ging zu ihrem Schreibtisch, um zu telefonieren.

»Hallo, Darling«, hörte ich sie leichthin sagen. »Tut mir leid, daß ich dich erst jetzt anrufe, aber es ging nicht eher. Glaubst du, daß du dich heute um das Abendessen kümmern kannst?«

Vor Erschöpfung wirkte ihr Gesicht zart und schutzlos. Sie war eine Frau, der das Älterwerden außerordentlich gut stand.

Abgesehen von den feinen Linien um Augen und Mund – Lachfalten, die eher im Einverständnis mit der verrinnenden Zeit als im Kampf gegen sie entstanden sein mußten – hätte man sie ohne weiteres für eine Zwanzigjährige halten können. Das schwarze, üppige Haar trug sie auf einer Seite schwungvoll nach hinten gekämmt. Beim Reden strich sie sich immer wieder mit einer nervösen, aber anmutigen Gebärde eine widerspenstige Strähne aus der Stirn.

»Tut mir leid für dich, daß die Probe so schlecht läuft, Darling«, sagte sie. »Ja, natürlich verstehe ich das. Bernard wird übrigens morgen abend zum Essen kommen. Er wird enttäuscht sein, daß du nicht kannst. Schade. Bis nachher. Auf Wiedersehen.«

Als sie sich zu mir umwandte, hatte sie einen gekränkten, enttäuschten Zug um den Mund, aber sie nahm sich rasch zusammen, lächelte mich an und schaute in ihrem Terminkalender nach, wann sie das nächstemal für mich Zeit hatte.

»Wann kann ich meine Schwester sehen?« fragte ich. »Ich bin nach New York gekommen, weil ich glaubte, es würde ihr gut tun zu wissen, daß jemand aus ihrer Familie in der Nähe ist. Außerdem habe ich ein Anrecht darauf, Savannah zu sehen, glaube ich.«

Dr. Lowenstein blickte nicht auf, als sie antwortete: »Morgen um zwei Uhr hätte ich Zeit, weil ein Patient abgesagt hat. Würde Ihnen das passen, Tom?«

»Sie sind nicht auf meine Frage eingegangen«, erwiderte ich.

»Ich bin überzeugt, daß es Savannah guttut, wenn sie sieht, daß ich noch immer da bin und daß ich versuche, ihr zu helfen.«

»Tut mir sehr leid, Tom«, sagte Dr. Lowenstein. »Ich habe Ihnen schon gesagt, daß Ihre Besuche Savannah enorm aufregen, und daß die Ärzte deswegen dagegen sind. Außerdem hat sie selbst darum gebeten, daß Sie Ihre Besuche für eine Weile einstellen.«

»Hat sie gesagt, warum?«

»Ja, Tom.« Dr. Lowenstein blickte mich jetzt direkt an. »Das hat sie.«

»Hätten Sie etwas dagegen, mich den Grund wissen zu lassen?«

»Savannah ist meine Patientin, Tom. Was sie mir erzählt, unterliegt der ärztlichen Schweigepflicht. Bitte, haben Sie Vertrauen zu mir und zu den Ärzten im Krankenhaus.«

»Hören Sie mir bloß auf mit ihren Ärzten! Mein Gott, wenn ich nur an diese Psychiaterin denke, die Savannah einmal in der Woche mit soviel Drogen vollpumpt, daß man damit einen Walfisch betäuben könnte! Warum holen Sie meine Schwester da nicht raus, Dr. Lowenstein, und stecken sie lieber in irgendein schickes Erholungsheim auf dem Land?«

»Weil Savannah noch immer eine Gefahr für sich selbst und für andere Menschen darstellt«, antwortete sie und nahm wieder Platz. »Sie muß so lange in der Bellevue-Klinik bleiben, bis sie wieder einigermaßen mit sich selbst ins reine gekommen ist und sich ihr Zustand genügend stabilisiert hat.«

»Sie meinen: bis sie genügend Drogen im Körper hat!« Meine Stimme klang lauter als beabsichtigt. »Bis sie randvoll ist mit Thorazin oder Stelazin oder Artan oder Trilafon oder irgendeiner anderen gottverdammten ›Droge des Monats‹, die bei den Ärzten derzeit besonders beliebt ist. Stabilisiert! Herrgott, meine Schwester ist kein Kreiselkompaß, Dr. Lowenstein! Sie ist eine Dichterin, und sie kann nicht schreiben, wenn sie mehr Drogen im Blut als weiße Blutkörperchen im Gehirn hat.«

»Wie viele Gedichte wird Savannah Ihrer Meinung nach noch schreiben, Tom, bis es ihr tatsächlich gelingt, sich umzubringen?« fragte mich Dr. Lowenstein aufgebracht.

»Die Frage ist unfair, Doktor«, erwiderte ich und ließ den Kopf hängen.

»Nein, Tom, das ist eine sehr faire und wichtige Frage. Als ich Savannah nach ihrem Selbstmordversuch zum erstenmal in der

Bellevue-Klinik besuchte, war ich den dortigen Ärzten sehr dankbar, denn sie taten etwas für sie, während meine eigenen Therapien allesamt versagt hatten. Wissen Sie, Tom, Ihre Schwester ist Medikamenten gegenüber genauso mißtrauisch und ängstlich wie Sie selbst und hat sich deshalb von mir nie das Mittel verschreiben lassen, das sie vor einem Selbstmordversuch bewahrt hätte. Ich freue mich, daß sie jetzt in einem Krankenhaus ist, wo man sie zur Einnahme solcher Medikamente zwingt, wenn sie Scherereien macht. Ich will alles tun, damit Savannah am Leben bleibt, Tom. Drogen, Voodoo, Weihwasser oder Tarot-Karten – ich bin mit allem einverstanden. Hauptsache, sie kommt durch.«

»Sie haben kein Recht, mich von meiner Schwester fernzuhalten, Doktor«, sagte ich.

»Recht? Daß ich nicht lache!«

»Was soll ich eigentlich hier? Warum sitze ich hier rum und mache mühsam eine Abschrift von einem Tonband, das Sie aufgenommen haben, als Savannah in ihrer schlimmsten Phase war und sich aufgeführt hat wie eine arme Irre, die von den anderen zum Oberbefehlshaber der ganzen Klapsmühle gewählt worden ist? Ich weiß ja nicht mal genau, was all das unverständliche Zeug bedeuten soll, das sie aus sich herausgeschrien hat. Manches ergibt für mich einen Sinn, aber vielleicht hat es für Sie eine ganz andere Bedeutung. Hier bei Ihnen fühle ich mich, als wäre *ich* in ärztlicher Behandlung. Woher wissen Sie eigentlich, daß ich meiner Schwester helfen kann, indem ich meine schreckliche Kindheit vor Ihnen aufrolle? Es war schlimm, in einer solchen Familie ein kleiner Junge zu sein, aber für ein Mädchen muß es noch viel schlimmer gewesen sein. Gehen Sie zu meiner Schwester, damit sie Ihnen all diese Geschichten erzählt. Ich fahre lieber dahin, wo ich hingehöre, nämlich nach Hause, und kümmere mich um meinen eigenen Dreck.«

»Sie sind nicht mein Patient, Tom«, sagte Dr. Lowenstein leise. »Ich versuche verzweifelt, Ihrer Schwester zu helfen. Sie interessieren mich nur insofern, als Sie ein Licht auf die Lebensgeschichte Ihrer Schwester werfen können. Savannahs Lage ist fast aussichtslos. Ich habe noch nie bei einem meiner Patienten so viel Verzweiflung erlebt. Deshalb brauche ich hier Ihre Hilfe, Tom. Es ist unwichtig, ob wir uns mögen oder nicht. Uns darf es nur darum gehen, Ihre Schwester zu retten!«

»Was zahlt man Ihnen dafür, Dr. Lowenstein?« fragte ich.

»Geld spielt für mich in diesem Fall keine Rolle. Ich tue nur meine ärztliche Pflicht.«

»Was Sie nicht sagen!« spottete ich. »Ein Psychiater, der nicht hinter Geld her ist, kommt mir vor wie ein japanischer Sumo-Ringkämpfer ohne Fettpolster.«

»Lachen Sie mich ruhig aus, Tom. Mir macht das nichts aus. Meinetwegen können Sie sogar noch einen Schritt weitergehen und mir ganz andere Motive unterstellen, beispielsweise, daß ich mich auf einem Ego-Trip befinde, bei dem es darauf ankommt, die Psyche einer Dichterin zu reparieren, indem ich sie aus allen Einzelheiten wieder zusammensetze. Genau diesen Dienst will ich Ihrer Schwester von ganzem Herzen erweisen.«

»Und Savannah, durch magisches Handauflegen geheilt, würde hinterher mit endlos langen Gedichten die wundersamen Kräfte ihrer Psychiaterin feiern, weil jene ihre zarte, von Dämonen besessene Seele gerettet hat.«

»Stimmt, Tom. Es würde meinem Ruf nicht eben schaden, wenn ich helfen und ihr die Lebenskraft wiedergeben könnte, die sie zum Schreiben braucht. Aber da ist noch etwas anderes, das Sie nicht wissen können: Ich liebte die Gedichte Ihrer Schwester schon lange, bevor ich auch nur ahnen konnte, daß ich eines Tages ihre Ärztin sein würde. Ja, ich habe diese Gedichte von Anfang an geliebt und liebe sie noch immer. Lesen Sie sie doch einfach selbst, Tom, damit Sie –«

»Was sagen Sie da?« legte ich los, stemmte mich aus meinem Sessel hoch und machte wütend ein paar Schritte auf Dr. Lowenstein zu. »Ich soll einfach die Gedichte meiner Schwester lesen? Ich sagte, ich sei Trainer, aber das macht mich noch lange nicht zu einem Menschenaffen, Frau Doktor! Außerdem haben Sie anscheinend eine andere unwichtige Einzelheit in meinem Lebenslauf übersehen. Ich bin auch Englischlehrer, und zwar angeblich ein verdammt guter mit dem verblüffenden, überragenden Talent, mundfaule Dummköpfe aus den Südstaaten so weit zu bringen, daß sie sich in die Sprache verlieben, die zu verhunzen sie offenbar geboren sind. Ich habe Savannahs Gedichte schon lange vor der Zeit gelesen, als Sie sich zum erstenmal mit einem ihrer hoffnungslosen Neurotiker unterhalten haben, teure Freundin!«

»Tut mir leid, Tom«, sagte sie. »Ich muß mich bei Ihnen entschuldigen, aber ich habe Sie nicht als Ärztin aufgefordert, die Gedichte noch einmal zu lesen, sondern weil sie auf eine so persönliche Art für und über Frauen geschrieben sind.«

»Nein, das sind sie nicht«, erwiderte ich mit einem verdrossenen Seufzer. »Das sind sie absolut nicht, verdammt noch mal! Warum sind die Menschen in dieser blöden Stadt so borniert? Warum sagen alle dasselbe über die Gedichte meiner Schwester? Ihr Werk wird dadurch herabgesetzt. Das Werk von *jedem* Dichter würde dadurch herabgesetzt.«

»Sie glauben also nicht, daß Savannah hauptsächlich für Frauen geschrieben hat?«

»Nein, sie hat für *Menschen* geschrieben, für Männer und Frauen mit leidenschaftlichen Gefühlen. Savannah will ihre Leser ein Stück weiterbringen und sie aufrütteln. Um ihr Werk zu verstehen oder um sich an ihm zu erfreuen, braucht man keine besondere politische Einstellung. Was an ihren Gedichten außerordentlich ist, ist eben gerade *nicht* die politische Aussage. Die bringt ihre Poesie höchstens in Gefahr, abgedroschen und trivial zu wirken. In dieser Stadt gibt es eine Million kaputte Frauen, die dieselben politischen Ideen im Kopf haben, aber keine kann wie Savannah ihr Denken und Fühlen so in Worte fassen, daß es wie das Flügelrauschen eines Vogels oder wie der Gesang eines verwundeten Engels klingt.«

»Man kann wohl kaum von Ihnen erwarten, daß Sie den feministischen Standpunkt verstehen«, sagte Dr. Lowenstein verärgert.

Ich blickte sie an, und plötzlich kam mir etwas an ihrer Art und ihrem Aussehen allzu glatt und peinlich genau einstudiert vor.

»Warum fragen Sie mich nicht, ob ich Feminist bin, Doktor?« fragte ich sie.

Sie lachte und fragte mit spöttischem Unterton: »Sind Sie Feminist, Tom?«

»Ja«, antwortete ich.

»Ja?« Wieder lachte sie, und es war das erste echte Lachen, das ich der beherrschten, unerschütterlichen Psychiaterin Dr. Lowenstein hatte entlocken können.

»Wieso lachen Sie?« wollte ich wissen.

»Weil es die letzte Antwort war, auf die ich mich bei ihnen gefaßt gemacht hätte.«

»Sie meinen: weißer männlicher Südstaatler und so weiter. Stimmt's?«

»Ja«, erwiderte sie ernst. »Weißer männlicher Südstaatler und so weiter.«

»Sie können mich mal!« meinte ich ungerührt.

»Ich wußte, daß Sie ein Chauvinist sind«, antwortete sie.

»Savannah hat mir beigebracht, so zu reden, Doktor. Ihre feministische Patientin hat mich, ihren Bruder, aufgefordert, mir nie etwas gefallen zu lassen – von Feministinnen ebensowenig wie von Antiimperialisten, Obskurantisten, Löwenbändigern oder einarmigen Jongleuren. Sie meint, ich solle mich ruhig von meinen Instinkten leiten lassen und solchen Leuten gehörig Bescheid sagen, wenn ich überzeugt bin, daß sie im Unrecht sind.«

»Großartig, Tom. Für einen Trainer klingt das sehr fortschrittlich.«

»Wie heißen Sie eigentlich mit Vornamen, Doktor?« fragte ich und blickte sie unverwandt an. »Ich komme jetzt schon seit fast drei Wochen zu Ihnen und kenne noch immer nicht Ihren Vornamen.«

»Der tut nichts zur Sache. Meine Patienten reden mich nicht mit dem Vornamen an.«

»Verdammt, ich bin ja auch kein Patient! Meine Schwester ist bei Ihnen in Behandlung, ich bin nur ihr Bruder, der Höhlenmensch, und ich möchte gern Ihren Vornamen wissen. Ich kenne in dieser Stadt kaum jemanden, nur ein paar Freunde von Savannah, und ich fühle mich plötzlich sehr einsam. Nun hat man mir sogar verboten, meine Schwester zu besuchen. Dabei spüre ich genau, daß sie mich gerade jetzt mehr braucht als irgend etwas anderes auf der Welt. Sie nennen mich die ganze Zeit Tom. Deshalb möchte ich Sie auch gern mit dem Vornamen anreden.«

»Mir ist es lieber, wenn wir nüchtern und sachlich bleiben«, antwortete sie. Plötzlich fühlte ich mich in der Sterilität dieses wesenlosen Raumes wie in einer Falle gefangen. Ich fand all die Pastellfarben und den diskreten guten Geschmack geradezu erdrückend. »Sie sind zwar nicht mein Patient«, fuhr sie fort, »aber Sie sind hier, weil Sie mir mit einer meiner Patientinnen weiterhelfen wollen. Ich lege Wert darauf, daß Sie mich Doktor nennen, weil ich mich hier in dieser Umgebung in meiner Haut am wohlsten fühle, wenn man mich so anredet. Außerdem bekomme ich es mit der Angst zu tun, wenn mir ein Mann wie Sie zu nahetritt, Tom.«

»In Ordnung, Doktor«, sagte ich. Ich hatte die ganze Sache gründlich satt. »Ich bin einverstanden, aber nur, wenn Sie aufhören, mich Tom zu nennen. Ich möchte, daß Sie mich mit meiner Berufsbezeichnung anreden.«

»Und die wäre?« fragte sie.

»Trainer. Ich will, daß Sie mich Trainer nennen.«

»Aha! Der feministische Trainer.«

»Ja, der feministische Trainer.«

»Gehört das zu dem Teil von Ihnen, der Frauen haßt, Tom?« fragte sie und beugte sich zu mir hin.

»Ja«, antwortete ich und hielt dem bohrenden Blick aus ihren dunklen Augen stand.

»Haben Sie eine Ahnung, warum Sie Frauen hassen?« fragte sie weiter. Jetzt war sie wieder in ihre Rolle als Ärztin geschlüpft, und diese Rolle paßte ihr wie angegossen.

»Ja, ich weiß genau, warum ich Frauen hasse: Weil ich von einer Frau erzogen wurde. Die nächste Frage bitte! Die nächste logische Frage.«

»Ich fürchte, ich verstehe Sie nicht ganz.«

»Fragen Sie mich, ob ich Männer hasse, liebe feministische Frau Doktor aus New York!« sagte ich. »Na los, fragen Sie schon!«

»Hassen Sie Männer?« fragte sie.

»Ja«, antwortete ich. »Ich hasse Männer, weil ich von einem Mann erzogen wurde.«

Für ein paar Augenblicke hielt sich unsere Feindseligkeit bei dieser Kraftprobe die Waage. Ich hatte am ganzen Körper zu zittern angefangen, und eine große Traurigkeit machte sich in meinem Herzen breit. Die ganze Zeit fühlte ich mich in diesem Zimmer, als würde irgend etwas in mir sterben, und ich konnte nichts dagegen tun.

»Ich heiße Susan«, sagte Dr. Lowenstein ruhig.

»Vielen Dank, Doktor.« Ich stöhnte fast auf vor dankbarer Erleichterung. »Ich werde Ihren Namen nicht verwenden. Es reicht nur, daß ich weiß, wie Sie heißen.«

Ich sah, wie sich ihre Züge um die Augen herum entspannten, während wir beide stillschweigend den Rückzug antraten. Gewiß, sie hatte ein hitziges Temperament, aber sie war auch bereit, klein beizugeben und darauf zu verzichten, ihrem Gegner noch mehr Wunden zu schlagen. Es lag eine gewisse Eleganz und eine tadellose Anständigkeit in der Art und Weise, wie sie bei unserem nicht ungefährlichen Duell etwas Wesentliches vor Schaden bewahrt hatte. An dem kleinen, in seinen Folgen unerheblichen Sieg, den sie mir zugestanden hatte, zählte für mich nur ihr freiwilliges Einlenken.

»Danke, Dr. Lowenstein«, sagte ich noch. »Sie haben sich großartig aus der Affäre gezogen. Ich finde nichts dabei, aus mir einen Narren zu machen, aber ich hasse es, einen *männlichen* Narren aus mir zu machen.«

Sie schwieg eine Weile, dann fragte sie unvermittelt: »Warum sind Sie im Süden geblieben, Tom?«

»Ja, ich hätte weggehen sollen«, antwortete ich. »Aber mir fehlte der Mut. Da bei mir in der Kindheit alles schiefgelaufen war, dachte ich, ich müßte nur im Süden bleiben und als Erwachsener ein vorbildliches Leben führen, damit alles wieder gut würde. Ich bin ein bißchen herumgereist, aber es hat mir nicht so recht geschmeckt. Ich bin nirgends richtig warm geworden. Deshalb bin ich Idiot in South Carolina geblieben. Schuld war nicht so sehr mein Mangel an Entscheidungsfreudigkeit, sondern mein Mangel an Phantasie.«

»Und?« fragte sie.

»Jedes Jahr büße ich ein bißchen mehr von dem ein, was mich damals von anderen Kindern unterschied. Ich denke weniger nach als früher und stelle weniger Fragen. Ich riskiere nichts und stelle nichts auf die Beine. Was mich früher begeistert hat, kommt mir jetzt dürftig und abgeschmackt vor. Dabei habe ich einst davon geträumt, ein großer Mann zu werden, Dr. Lowenstein. Jetzt kann ich höchstens noch darauf hoffen, es mit Müh und Not zu schaffen, wieder ein ganz normaler, mittelmäßiger Mensch zu werden.«

»Das klingt nach einem Leben voller Verzweiflung.«

»Nein«, widersprach ich, »ich finde, es klingt nach einem ganz gewöhnlichen Leben. Aber lassen wir das. Ich hab' Sie sowieso schon zu lange aufgehalten. Darf ich Sie als Buße für mein unmögliches Benehmen zum Essen einladen?«

»Eigentlich wollte ich heute abend mit meinem Mann ausgehen, aber bei seinen Proben scheint etwas schiefgelaufen zu sein.«

»Es gibt da ein Restaurant, in das ich Luke und Savannah eingeladen habe, als Savannahs erstes Buch herauskam.«

»Wie heißt es?«

»The Coach House.«

Sie wiederholte lachend: »*The Coach House*? War das Absicht*?«

»Nein, das war es nicht«, gab ich zu. »Savannah glaubte zwar, es sei ein Gag, den ich mir ausgedacht hatte, aber sie mußte mich erst auf das simple Wortspiel hinweisen, bevor ich es kapiert hab'. Ich hatte einfach nur in der Zeitung gelesen, *The Coach House* sei eines der tonangebenden Restaurants in New York.«

»Eigentlich sollte ich nach Hause gehen«, sagte sie. »Mein Sohn kommt morgen aus dem Internat heim.«

»Schlagen Sie nie freies Essen und Trinken aus, Dr. Lowenstein«, sagte ich. »Das bringt Pech, und es gehört sich nicht.«

»Also gut«, sagte sie. »Zum Teufel mit den Bedenken! Mein Mann hat mich in den letzten zwei Wochen viermal sitzen lassen. Ich komme mit, aber Sie müssen mir etwas versprechen, Tom.«

»Ich verspreche Ihnen, was Sie wollen.«

»Sie müssen mir beim Essen ab und zu sagen, daß Sie mich schön finden. Sie würden wahrscheinlich staunen, Tom, wenn Sie wüßten, wie oft ich seit unserem Essen im Plaza Hotel an Ihre Worte gedacht habe.«

Ich stand auf und bot ihr meinen Arm.

»Will die schöne Susan Lowenstein den Trainer Tom Wingo in ein tonangebendes New Yorker Restaurant begleiten?«

»Ja«, antwortete sie, »die schöne Susan Lowenstein würde sich glücklich schätzen.«

Bis zum Jahr 1953 waren wir in Colleton die einzige katholische Familie. Der in Kriegszeiten erfolgte Konfessionswechsel meines Vaters blieb in geistiger Hinsicht die einzige radikale Tat seines Lebens, Beginn einer gefährlichen und zugleich kraftspendenden Reise durch das von allerlei Schlingpflanzen wimmelnde Meer des Glaubens. Meine Mutter nahm ihren damit automatisch verbundenen Übertritt zum Katholizismus ohne ein Wort des Wider-

* Coach = Kutsche, aber auch Trainer (Anm. d. Übers.)

spruchs hin. Auch für sie war die wundersame Errettung meines Vaters in Deutschland ein schlagender Beweis dafür, daß es Gott tatsächlich gab, und daß er immer wieder in die alltäglichen Belange von uns Menschen eingriff. Meine Mutter war sogar so naiv zu glauben, daß sie als frisch bekehrte Katholikin die soziale Stufenleiter ein Stück hinaufrutschen würde, doch langsam und unter Schmerzen mußte sie sich damit abfinden, daß es im Süden der USA kaum etwas Befremdlicheres gibt als einen Menschen, der sich zum römisch-katholischen Glauben bekennt.

Meine Eltern waren blanke Ignoranten, als die Frömmigkeit sie überkam. Von dem gigantischen, komplizierten Unterbau, auf dem der Heilige Stuhl ruht, hatten sie keinen blassen Schimmer, und ihre theologischen Grundkenntnisse mußten sie sich bröckchenweise erwerben. Wie die meisten Konvertiten legten sie bei dem Versuch, die ersten praktizierenden Papisten an ihrem Teil der amerikanischen Atlantikküste zu werden, besonderen Eifer an den Tag. Doch obwohl sie sich den Korpus katholischer Dogmen einverleibten, als handle es sich um einen leckeren Schweinebraten, war alles nur Maskerade: Unter den bunten Schleiern und Gewändern ihres neuen, sinnenfrohen Glaubensbekenntnisses blieben sie zwei hartgesottene Baptisten. Ihre Seelen waren wie Felder im Frühsommer, die, an einheimische Getreidesorten gewöhnt, plötzlich allerlei exotisches, widernatürliches Gewächs hervorbringen sollen. Alles in allem hatten meine Eltern von der inneren Gesetzmäßigkeit der Kirche immer nur nebulöse Vorstellungen.

Jahrelang las uns unsere Mutter abends nach dem Essen aus der Bibel vor, genauer gesagt, aus der sogenannten King-James-Version. In atemlosen Arpeggien durchlief ihre schöne Stimme dann hüpfend die ganze Stufenleiter ihrer Ausdrucksfähigkeit. Ich war schon zehn Jahre alt, als meine Mutter erfuhr, daß die Kirche, der sie nun angehörte, das Lesen in jenem wohlklingenden Werk postelisabethanischer Prosa streng verboten hatte und statt dessen ihre Gläubigen zum Studium der eher hausbackenen Verse der Douay-Rheims-Version anhielt. Von den Gesetzen der Imprimatur hatte meine Mutter keine Ahnung, aber sie stellte sich rasch um, und so hallte denn die letzte Phase unserer Jugend wider von der derben, handfesten Phraseologie der katholischen Bibel. Nicht einmal die Stimme meiner Mutter vermochte den Versen dieser Douay-Rheims-Version irgendeinen rhythmischen Reiz abzugewinnen. Was sie uns da vorlas, klang immer ein bißchen daneben wie eine schlecht gestimmte Gitarre. Für den Verzicht auf Poesie wurden wir jedoch mit dem Bewußtsein entschädigt, einen theologischen Irrtum berichtigt zu haben. Meine Mutter behauptete sogar, ihr sei die Douay-Rheims-Version viel lieber, und sie habe sofort gewußt, daß dies die wahre Bibel sei, als sie zum erstenmal aufs Geratewohl eine Seite aufgeschlagen und im Deuteronomium zu lesen begonnen habe.

Die Einfalt meiner Eltern war so groß, daß sie wahrscheinlich als einzige Katholiken in ganz Amerika die päpstliche Doktrin hinsichtlich der Geburtenkontrolle befolgten. Trotz ihrer menschlichen Entfremdung unterhielten sie als Eheleute offenbar ganz normale, ja sogar sehr intensive sexuelle Beziehungen. Ein Indiz dafür sind die vielen Schwangerschaften meiner Mutter. In späteren Jahren fand ich heraus, daß sich mein Vater und meine Mutter eifrig an die Knaus-Ogino-Methode hielten. Jeden Abend konsultierten sie den Kalender und besprachen miteinander, ob sie der leiblichen Liebe frönen sollten oder nicht. (Ihre Ausdrucksweise in Sachen Sex war immer ziemlich keusch und nebulös.)

In den fünfziger Jahren unseres Jahrhunderts sind bestimmt mehr Kinder dank der Knaus-Ogino-Methode gezeugt worden als aus Unvorsichtigkeit. Meine Schwester Savannah, in solchen Dingen bestimmt mit viel mehr instinktivem Verständnis ausgestattet als ihre beiden Brüder, verpaßte unserer Mutter eines schönen Tages den Spitznamen ›Die hl. Jungfrau von den Menses‹. Meine Mutter fand das, als sie dahinterkam, zwar gar nicht lustig, aber Savannah hatte trotzdem mit viel Witz ins Schwarze getroffen.

Vier Jahre lang, genau gesagt von 1952 bis 1956, war unsere Mutter nahezu pausenlos schwanger. Sie hatte keine einzige Frühgeburt, aber alle Kinder kamen tot zur Welt. Wir begruben jedes dieser blinden, stummen, halbfertigen Kinder hinter dem Haus zwischen den paar Eichen, die dort standen, und kennzeichneten die Stelle mit einem grob zusammengezimmerten Holzkreuz, in das wir zuvor den jeweiligen Namen geschnitzt hatten. Unterdessen lag meine Mutter im Bett und weinte. Vater nahm nie an diesen kleinen Trauerfeierlichkeiten teil. Er ließ sich auch niemals etwas anmerken, das man als Schmerz über den Verlust der Kinder hätte deuten können. Nachdem er sie flüchtig mit Leitungswasser aus der Küche getauft hatte, wickelte er sie einfach in eine

Plastiktüte und bewahrte sie in der Tiefkühltruhe auf, bis sich unsere Mutter so weit erholt hatte, daß sie das Krankenhaus verlassen konnte. »Diese hier heißt Rose Aster«, sagte mein Vater irgendwann im Jahr 1956 zu uns. Wir saßen schweigend am Küchentisch und sahen ihm zu. »Auf einem Krabbenfängerboot hätte sie sowieso nicht viel getaugt, nehme ich an.«

»Aber ich bin doch gut beim Krabbenfischen zu gebrauchen, Daddy!« wandte Savannah ein, die traurigen Augen starr auf das tote Schwesterchen gerichtet.

»Quatsch, einen Dreck taugst du an Bord!« erwiderte Vater. »Du weißt, wie man Krabben köpft, weiter nichts.« Dann taufte er die zartknochige Rose Aster im Namen des Vaters, des Sohnes und des Heiligen Geistes. Er tat dies mit einer flachen, tonlosen Stimme, in der nicht die Spur von Trauer oder Bedauern mitschwang. Es klang so, als würde er bei Tisch ein Dankgebet sprechen. Anschließend ging er uns voraus durch die Hintertür ins Freie, packte die winzige Kinderleiche in eine durchsichtige Plastiktüte und legte sie in die Tiefkühltruhe oben auf die mit gefrorenen Krabben und Fischen gefüllten Schachteln.

»Ich hab' nicht mal Zeit gehabt, mich von meiner Schwester zu verabschieden, Daddy«, sagte Savannah, die sich dicht neben ihn gestellt hatte.

Da hob er den Deckel der Kühltruhe mit den Worten hoch: »Dann tu's jetzt! Sag hallo zu ihr, oder sag irgendwas anderes. Es ist ja sowieso egal. Rose Aster ist nur ein Stück totes Fleisch, weiter nichts. Hast du verstanden? Sie ist wie fünf Pfund tote Krabben. Hat keinen Sinn, sich von ihr zu verabschieden. Wir bewahren sie nur so lange auf, bis eure Mutter wieder da ist. Dann kommt sie unter die Erde.«

Als mein Vater am nächsten Morgen zum Krabbenfischen ging, lag ich wach in meinem Bett. Irgendwann vernahm ich ein leises, nicht genau zu bestimmendes Geräusch, das wie das Wimmern eines Tieres klang. Zuerst dachte ich, eine Wildkatze habe sich ins Haus geschlichen, um dort ihre Jungen zur Welt zu bringen, aber ich war mir nicht mehr sicher. Ich stand auf und ging ins Wohnzimmer. Das Geräusch kam eindeutig aus Savannahs Zimmer. Bevor ich bei ihr anklopfte, lauschte ich ein Weilchen ihrem krampfhaften, herzzerreißenden Weinen, in das sie sich in späteren Jahren bei ihren Anfällen geistiger Umnachtung immer wieder flüchten sollte. Leise und ängstlich trat ich ein. Sie saß da und preßte irgend etwas fest an ihre Brust. Aus ihren Schluchzern sprach so viel Angst, daß ich es fast nicht über mich brachte, mich bemerkbar zu machen, doch auch ein solch untröstlicher, abgrundtiefer Kummer, daß ich sie damit nicht einfach allein lassen konnte. In einer Aufwallung verständnislosen, brüderlichen Mitgefühls drehte ich sie zu mir hin und bog ihre Ärmchen auseinander, die die eiskalte, leblose Rose Aster umklammert hielten.

»Laß sie mir, Tom!« rief Savannah. »Sie ist unsere Schwester, und wir haben sie doch immer lieb gehabt, oder? Ich möchte noch eine Weile mit ihr reden und ihr klarmachen, daß nicht alle Leute wie unsere Eltern sind.«

»Das geht nicht, Savannah«, flüsterte ich. »Du kannst ihr nichts mehr klarmachen. Mom und Dad verprügeln dich, wenn sie dahinterkommen, daß du Rose Aster aus der Kühltruhe geholt hast. Du solltest übrigens aufpassen, daß sie nicht verdirbt, bevor wir sie begraben können.«

»Es gibt etwas, das ich ihr unbedingt erzählen will«, sagte Savannah, entriß mir das kleine Bündel und preßte es wieder an ihre Brust. »Ich hab' ihr sogar 'ne Menge zu erzählen. Gerade hab' ich zu ihr gesagt, daß wir uns gut um sie gekümmert hätten. Wir hätten nicht zugelassen, daß man ihr irgendwie weh tut. Wir hätten sie auch vor *ihnen* beschützt. Sag es ihr, Tom, es ist wichtig, daß sie das weiß.«

»Savannah, hör auf, so zu reden! Der liebe Gott kann alles hören. Es ist eine Sünde, so über die eigenen Eltern zu reden.«

»Sie ist das vierte Baby, das gestorben ist, Tom. Gott will uns einen Wink geben, glaubst du nicht auch? Vielleicht wollten die armen Kleinen überhaupt nicht leben. Vielleicht haben sie gehört, was hier bei uns zu Hause los ist, und da haben sie sich gesagt: ›Oh nein, das ist nichts für uns.‹ Wie sollten sie auch wissen, daß wir – Luke, du und ich – gute Menschen sind?«

»Mama sagt immer, wir seien böse«, sagte ich. »Jeden Tag sagt sie das. Und sie sagt, daß es von Jahr zu Jahr schlimmer mit uns wird. Dad meint, sie würde ihre Babys verlieren, weil wir so böse sind und sie nie in Ruhe lassen.«

»Ja, sie gibt uns die ganze Schuld, aber weißt du, was ich glaube, Tom? Ich glaube, daß die kleine Rose Aster und die anderen besser dran sind als wir. Sie waren schlauer, und sie wußten genau, daß Mom und Dad böse sind. Als sie spürten, daß es Zeit war, auf die Welt zu kommen, haben sie sich wahrscheinlich in Moms Bauch selbst umgebracht. Ich wünschte, ich wäre auch so schlau gewesen.«

»Komm, laß mich Rose Aster wieder in die Kühltruhe legen, Savannah. Ich glaube, es ist eine Todsünde, ein Baby wie sie aus der Kühltruhe zu nehmen.«

»Aber ich tröste sie nur ein bißchen, Tom! Sie hat überhaupt nichts von der schönen Welt gesehen.«

»Sie ist jetzt im Himmel. Dad hat sie getauft.«

»Wie hießen eigentlich die anderen? Ich vergesse immer ihre Namen.«

»Da war zuerst David Tucker, dann kam Robert Middleton, danach Ruth Frances und jetzt Rose Aster.«

»Wir wären eine große Familie, wenn alle leben würden.«

»Aber sie leben nicht, Savannah. Mom sagt, sie sind alle im Himmel und beten für uns.«

»Verdammt, dann hat es bisher aber wenig genutzt!« sagte sie so verbittert, daß ich staunte.

»Die Sonne geht bald auf, Savannah. Es wird im ganzen Haus nach Rose Aster riechen, und dann kriegen wir 'ne Menge Kummer.«

»Sie hat die ganze Nacht bei mir geschlafen. Schau mal, was für hübsche Hände und Füße sie hat. So kleine Finger und Zehen hast du bestimmt noch nie gesehen. Ich hab' die ganze Nacht darüber nachgedacht, wie schön es wäre, eine kleine Schwester zu haben. Weißt du, ich hätte Mom und Dad umgebracht, wenn sie ihr etwas angetan hätten.«

»Mom und Dad hätten sie geliebt«, wandte ich verwirrt ein. »Sie hätten sie genauso geliebt wie uns.«

Savannah lachte lautlos. »Mom und Dad lieben uns nicht, Tom. Hast du das noch immer nicht begriffen?«

»Es ist schlimm, so etwas zu sagen! Du solltest es nicht einmal denken. Natürlich lieben sie uns. Wir sind ihre Kinder.«

»Nein, sie hassen uns, Tom«, erwiderte meine Schwester. Im fahlen Morgenlicht hatten ihre Augen einen verlorenen und gleichzeitig altklugen Ausdruck. »Das sieht man sofort.« Sie hob die kleine Kinderleiche mit beiden Händen in die Höhe und drückte einen zärtlichen Kuß auf das kahle Köpfchen. »Rose Aster ist besser dran als wir. Ich hab' geweint, weil ich sie beneide. Am liebsten wäre ich bei ihr und den anderen.«

Ganz behutsam nahm ich meiner Schwester den kleinen, bläulich-weißen Kinderkörper fort und trat durch die Hintertür hinaus auf die rückwärtige Veranda. Während ich mein totes Schwesterchen wieder in Plastik einwickelte und zu den tiefgefrorenen Krabben und Fischen legte, ging am Horizont die Sonne auf.

Drinnen im Haus fand ich eine Savannah vor, die in einem mir gänzlich fremden Tonfall mit sich selbst redete, doch diesmal ließ ich sie in Ruhe. Ich machte Feuer im Herd und legte sechs Scheiben durchwachsenen Speck in die eiserne Bratpfanne. Heute war ich an der Reihe mit dem Frühstück. Am Nachmittag sollte unsere Mutter aus dem Krankenhaus heimkehren.

Gegen Abend, rechtzeitig bevor unser Vater von der Arbeit auf dem Fluß zurückkam, begruben wir Rose Aster in ungeweihter Erde. Die Großeltern hatten unsere Mutter mit dem Auto aus dem Krankenhaus abgeholt. Sie lag im Bett, als wir aus der Schule kamen, und hatte die Großeltern mit dem Hinweis fortgeschickt, sie habe das dringende Bedürfnis, allein zu sein.

Luke und ich hoben eine Grube aus. Savannah wickelte den zweimal tiefgefrorenen Leichnam in eine saubere weiße Decke, die Mutter aus dem Krankenhaus mitgebracht hatte. Mutter blieb in ihrem Zimmer, bis Luke ins Haus ging, um sie abzuholen. Als sie ins Freie trat und über den Hof ging, lehnte sie sich schwer auf ihn, und sie bewegte sich, als bereite ihr jeder Schritt höllische Schmerzen. Savannah hatte einen Küchenstuhl aus dem Haus geholt. Darauf nahm unsere Mutter Platz. Ihr Gesicht, blutleer und vom Kummer gezeichnet, war das einer byzantinischen Schmerzensmutter, die unter dem Kreuz auf den Tod ihres verklärten Sohnes wartete. Vor lauter Gram war ihr Mund zu einer dünnen, bitteren Linie geworden. Seit ihrer Rückkehr hatte sie kein einziges Wort zu uns gesagt, und sie hatte auch nicht zugelassen, daß wir ihr sagten, wie leid uns alles tat. Kaum hatte sie sich auf den Stuhl gesetzt, da forderte sie Luke und mich mit einem Kopfnicken auf, mit dem Begräbnis zu beginnen.

Savannah hatte Rose Aster in die kleine Holzkiste gelegt, die wir für diesen Anlaß gezimmert hatten. Sie war nicht viel länger als ein geräumiges Vogelhaus, und das tote Kind darin sah aus wie ein seltsames, mißgestaltetes Küken ohne Gefieder. Wir nagelten den Kindersarg zu und legten ihn unserer Mutter auf den Schoß. Sie blickte starr darauf hinab, während ihr die Tränen übers Gesicht liefen. Nach einer Weile hob sie die Kiste ein wenig an und bedeckte sie mit Küssen. Dann richtete sie die Augen himmelwärts und schrie plötzlich in hilfloser Wut: »Nein, Gott, das verzeihe ich dir nicht, dazu hattest du kein Recht! Ich hab' jetzt vier Kinder unter diesem Baum begraben. Noch eines gebe ich dir nicht. Kannst du mich hören, Gott? Ich kümmere mich nicht länger um deinen heiligen Willen. Wage es nicht, mir noch ein Kind zu nehmen! Untersteh dich!« Sie schlug die Augen nieder und sagte zu uns: »Holt eure Schwester, Jungs! Wir wollen alle zusammen beten. Wir haben dem Himmel noch einen Engel geschenkt. Möge der Herr dich mit offenen Armen empfangen, Rose Aster! Wache über die Familie, die dich geliebt und behütet und vor Schaden bewahrt hätte. Du wirst jetzt einer von Gottes kleinen Engeln sein. Wache zusammen mit deinen Geschwistern über dieses Haus. Ihr seid jetzt vier Wingo-Engel, und das sollte reichen, um über unser Haus zu wachen. Falls nicht, möge der Herr uns gnädig sein. Sein Wille geschehe, nicht meiner. Seine Wege sind für uns alle hier auf Erden, die wir ihn verehren, ein Geheimnis. O Gott! O Gott! Verdammter Gott!«

Wir konnten zwar das Confiteor auf lateinisch hersagen, und wir glaubten auch an die Fleischwerdung Gottes und an die Seelenwanderung, aber in unseren Gemütern gab es etwas Fremdes, Ungezähmtes, das bewirkte, daß wir mehr zur Ekstase und zum Rausch neigten als zu simpler Kirchenfrömmigkeit. Die katholische Seele ist ihrem Wesen nach mediterran und barock. Deshalb wurzelt und gedeiht sie nicht allzu leicht im unwirtlichen Boden des amerikanischen Südens.

»Das mindeste, was ihr für eure tote Schwester tun könnt, ist, für sie zu beten«, sagte unsere Mutter. »Los, auf die Knie! Ich rufe euch, wenn das Abendessen fertig ist.«

»Aber es zieht ein Gewitter auf, Mama«, hörte ich Luke sagen.

»Ihr wollt nicht einmal für die Seele eurer Schwester beten!« erwiderte meine Mutter mit ihrer dünnen, erschöpften Stimme.

Wir fielen auf die Knie, ließen die Köpfe hängen und schlossen die Augen. Mutter ging mit schleppenden Schritten zurück zum

Haus. Der Wind riß kleine Moosstückchen von den Baumstämmen. Dunkle Wolken kamen zornig von Norden her gebraust. Ich betete voller Inbrunst für Rose Asters kleine Seele, die ich mir leicht und duftend wie einen lockeren Kuchen vorstellte. Ich glaubte fast zu spüren, wie sie sich aus dem Grab erhob und in den Gewitterhimmel über der Insel aufstieg. Zuckende Blitze zogen sie immer weiter empor, und der Donner war wie eine Lobpreisung jenes winzig kleinen, zerbrechlichen Reliktes unseres verzweifelten Daseins. Der Regen prasselte auf uns herab. Wir schauten immer wieder zum Haus und warteten darauf, daß unsere Mutter uns rief.

Neben mir hörte ich Savannah sagen: »Du hast Glück gehabt, Rose Aster. Du bist besser dran als wir, weil du nicht mit ihnen leben mußt.«

»Wenn ein Blitz in diesen Baum schlägt, begräbt er uns alle unter sich«, meinte Luke.

»Wir sollen hier beten«, erinnerte ich ihn.

»Wenn der liebe Gott will, daß wir im Regen beten – warum läßt er uns Menschen dann überhaupt Kirchen bauen?« hielt Luke dagegen.

»O Gott, sie sind beide verrückt«, sagte Savannah, die Hände noch immer vor der Brust gefaltet. »Sie sind beide verrückt, lieber Gott. Bitte hilf uns, hier herauszukommen.«

»Halt den Mund, Savannah! Gott will so was nicht hören« ermahnte ich sie.

»Kann sein, daß er so was nicht hören will, aber ich sag's ihm trotzdem. Er hat uns in diese Lage gebracht, und er weiß bestimmt, daß unsere Eltern total verrückt sind.«

»Nein, sie sind nicht verrückt, Savannah, sie sind unsere Eltern, und wir lieben sie.«

»Ich hab' beobachtet, wie sich andere Leute benehmen, Tom. Ich hab' genau hingesehen. Niemand ist so wie sie. Glaub mir, sie sind nicht ganz richtig im Kopf.«

»Stimmt!« pflichtete ihr Luke bei. »Wer hat schon mal von Eltern gehört, die ihre Kinder mitten in einem Gewitter für ein totes Baby beten lassen?«

»Aber wir wollen doch, daß Rose Aster in den Himmel kommt«, gab ich zu bedenken.

»Quatsch!« sagte Savannah. »Sag mir einen guten Grund, warum Rose Aster nicht jetzt schon im Himmel sein sollte? Was wäre das für ein Gott, der ein Baby wie sie in die Hölle schickt?«

»Das ist seine Entscheidung, nicht unsere«, sagte ich fromm.

»Zum Teufel! Warum müssen wir uns hier draußen bis auf die Knochen naß regnen lassen? Die arme kleine Rose Aster ist tot zur Welt gekommen, in der Küche unter dem Wasserhahn getauft und dann in die Kühltruhe zu hundert Pfund Krabben und Makrelen gepackt worden. Jetzt erklär du mir mal, Tom Wingo, warum sie in die Hölle gehört? Was hat sie denn getan?«

»Das weiß der liebe Gott allein. Uns geht das nichts an.«

»Aber sie ist meine Schwester, und deshalb geht es mich sehr wohl etwas an! Besonders wenn ich hier draußen im Regen knien und für sie beten muß«, sagte Savannah. Ihr wirres, triefend nasses Haar war viel dunkler als sonst.

Das Unwetter wurde immer schlimmer. Fröstelnd wischte ich mir das Wasser aus den Augen und blickte mich nach dem Haus um. Der Regen war so dicht, daß ich es kaum erkennen konnte. »Warum ist Mom eigentlich immer schwanger?« fragte ich meine Schwester aufs Geratewohl, ohne unbedingt eine Antwort von ihr zu erwarten.

Savannah, die die Hände in einer Geste übertriebener Frömmigkeit gefaltet hielt, seufzte und verkündete mit Nachdruck: »Weil sie und Dad ständig Geschlechtsverkehr haben.«

»Hört auf mit dem Quatsch!« ermahnte uns Luke, ohne mit Beten aufzuhören. Er war der einzige, der sich völlig auf das Seelenheil unseres toten Schwesterchens konzentrieren konnte.

»Tun sie das?« fragte ich. Es war das erstemal, daß ich den gleichermaßen phantasieanregenden wie befremdlichen Ausdruck ›Geschlechtsverkehr‹ vernahm.

»Allerdings!« antwortete Savannah mit Nachdruck. »Mir wird richtig schlecht, wenn ich daran denke. Luke weiß übrigens genau Bescheid. Er will nur nicht darüber reden, weil er so schüchtern ist.«

»Ich bin kein bißchen schüchtern, aber du bist eine ordinäre Proletin!«

»Proletin? Ich? Mom hat mir unter vier Augen gesagt, daß wir mit den aristokratischsten Familien des Südens verwandt sind und daß man mir die vornehme Abstammung ganz schön anmerkt.«

»Haha!« spottete ich. »Gestern nacht hast du wirklich vornehm ausgesehen, als du Rose Aster zu dir ins Bett genommen hast.«

»*Was* hat sie?« entfuhr es Luke.

Savannah blickte mich im strömenden Regen verblüfft und verständnislos an wie jemand, der die Pointe von einem Witz verpaßt hat. »Was redest du da, Tom?«

»Ich rede davon, daß du gestern nacht das tote Baby aus der Kühltruhe geholt und zu dir ins Bett gepackt hast.«

»So was würde ich nicht tun, Tom«, verwahrte sie sich entschieden und tat Lukes entsetzte Blicke mit einem Achselzucken ab.

»Welcher Mensch würde etwas so Verrücktes tun? Für mich gibt es nichts Unheimlicheres als ein totes Baby.«

»Ich hab' dich aber gesehen, Savannah«, beharrte ich. »Und außerdem hab' ich es selbst wieder in die Kühltruhe gelegt.«

»Junge, Junge, du mußt geträumt haben«, sagte Luke.

»Wie könnte ich so was träumen? Los, Savannah, sag's ihm! Sag ihm, daß es kein Traum war.«

»Für mich klingt es wie ein Alptraum, Tom«, sagte sie. »Ich weiß nicht, was das alles soll.«

Ich wollte darauf etwas erwidern, aber in diesem Augenblick hörten wir Vaters Lieferwagen auf dem schlammigen Weg, der zu unserem Haus führte. Sofort senkten wir alle drei die Köpfe und beteten wieder inbrünstig für das neue Wingo-Engelchen. Vater fuhr von hinten so dicht an uns heran, daß wir hören konnten, wie die Scheibenwischer leise klatschend den Regen beiseite schoben. Eine, vielleicht sogar zwei Minuten lang betrachtete er uns ziemlich ratlos und erstaunt, dann fragte er: »Habt ihr den Verstand verloren, ihr verdammten Idioten?«

»Mama hat gesagt, wir sollen für Rose Aster beten«, erklärte Luke. »Und genau das tun wir hier, Daddy. Wir haben sie heute begraben.«

»Wir müssen euch drei auch bald unter diesem Baum verbuddeln, wenn ihr euch noch lange im Regen rumtreibt! Es reicht ihr wohl nicht, daß die anderen tot geboren wurden. Jetzt will sie euch auch noch umbringen. Los, macht daß ihr ins Haus kommt!«

»Mom ist bestimmt wütend, wenn wir jetzt schon reingehen«, sagte ich.

»Wie lange kniet ihr hier schon bei diesem Wetter?«

»Schätzungsweise eine Stunde«, sagte Luke.

»Ach du liebe Güte! Hört bloß nicht auf eure Mutter, wenn es um Religion geht. Als Kind hat sie sogar Klapperschlangen angefaßt, um zu beweisen, wie sehr sie Gott den Herrn liebt. Hört mal, ich habe Rose Aster getauft. Ihr geht es jetzt verdammt gut, besser als jedem von uns. Also nehmt jetzt gefälligst die Beine unter den Arm und macht, daß ihr ins Haus kommt! Ich kümmer' mich um eure Mutter. Sie hat gerade das, was man ›Wochenbettdepression‹ nennt. Das ist für eine Frau besonders schlimm, wenn sie ein Kind verloren hat. Seid also in den nächsten Wochen besonders nett zu eurer Mama! Schenkt ihr Blumen und gebt ihr das Gefühl, etwas Besonderes zu sein!«

»Hast du ihr Blumen geschenkt, Dad?« wollte Savannah wissen.

»Nein, aber ich hab' dran gedacht«, antwortete er und fuhr mit dem Lieferwagen in Richtung Schuppen davon.

Klatschnaß und fröstelnd erhoben wir uns von den Knien. »Was für ein süßer Mensch er ist!« sagte Savannah. »Eins von seinen Kindern stirbt, aber er bringt seiner Frau nicht mal Blumen.«

»Wenigstens hat er dran gedacht«, sagte Luke.

»Stimmt«, pflichtete ich ihm bei. »Fast hätte sie welche von ihm gekriegt.«

Beim Betreten des Hauses unterdrückten wir ein verbotenes, aufmüpfiges Lachen. Es entsprang dem krankhaften Sinn für Humor, den glücklose, geknebelte Kinder manchmal entwickeln. Dieses Gelächter war der Abschluß der Gebetsstunde am Grab unserer kleinen Schwester. Es verlieh uns Kraft und stützte uns, als wir uns von den in ihrem Gärtchen schlafenden Wingo-Kindern ab- und unserem Elternhaus zuwandten.

Später pflanzte meine Mutter auf jedem der Gräber Rosen, die sich zu üppiger Pracht entfalteten, indem sie sich ihre Farben und ihre Schönheit aus den saftigen Säuglingsherzen holten. Mutter nannte unsere toten Geschwister ›die Gartenengel‹. Jedes Frühjahr erzählten uns die Rosen aufs neue ihre stumme Geschichte.

An jenem Abend blieb unsere Mutter in ihrem Schlafzimmer. Wir Kinder machten uns ein paar Brote mit Erdnußbutter und Marmelade, aber für sie bereiteten wir eine, wie uns schien, elegante Mahlzeit aus gebratenen Krabben und Maiskolben zu, die wir ihr zusammen mit einem Strauß Feldblumen ans Bett brachten. Sie konnte aber nicht mit Weinen aufhören, aß nur eine Krabbe und rührte den Mais nicht an. Mein Vater saß unterdessen im vorderen Zimmer und las in alten Ausgaben des *Southern Fisherman*. Ärgerlich blätterte er in den Heften und warf gelegentlich einen Blick nach hinten in den Raum, in dem seine Ehefrau lag. Seine Augen glitzerten im elektrischen Licht, als hätte er sie mit Vaseline eingecremt. Er war einer jener Männer, die nicht die kleinste zärtliche Geste zustande bringen. Seine Gefühlswelt glich einem schroffen Gebirgsmassiv mit einem wolkenverhangenen Gipfel. Wenn ich mir seine Seele vorzustellen und mir auszumalen versuchte, was an ihm echt und wichtig war, dann sah ich immer nur eine endlose Eiswüste.

»Tom«, sagte er, als er mich dabei ertappte, wie ich ihn anstarrte. »Geh rein und sag deiner Mutter, sie soll mit dem Geheule aufhören. Das ist doch kein Weltuntergang.«

»Sie ist traurig wegen dem Baby«, sagte ich.

»Ich weiß, warum sie traurig ist, aber ihr Geweine nützt jetzt niemandem mehr. Also los, geh schon! Ihr Kinder habt die Pflicht, dafür zu sorgen, daß sich eure Mutter besser fühlt.«

Auf Zehenspitzen ging ich zu ihr ins Schlafzimmer. Sie lag auf dem Rücken und weinte still in sich hinein. Ich traute mich nicht, näher zu treten, sondern blieb unschlüssig in der Tür stehen. Sie starrte mich mit dem untröstlichsten, vergrämtesten Gesicht an, das ich jemals gesehen hatte. Aus ihren Augen sprach nichts als Verzweiflung und Hoffnungslosigkeit.

»Daddy läßt fragen, ob du etwas brauchst, Mama«, flüsterte ich.

»Ich hab' genau gehört, was er gesagt hat«, erwiderte sie schluchzend. »Komm her zu mir, Tom, leg dich neben mich.«

Ich kletterte ins Bett und kuschelte mich an sie. Nachdem sie ihren Kopf auf meine Schulter gelegt hatte, fing sie ganz schlimm zu weinen an, wobei sich ihre Fingernägel in meinen Arm krallten und ihre Tränen mein Gesicht benetzten. Ich lag reglos da, gelähmt von so viel plötzlicher, leidenschaftlicher Intimität. Sie preßte sich so sehr an mich, daß ich den Druck ihrer Brüste spürte. Sie waren prall mit Milch gefüllt, für die es jetzt keine Verwendung mehr gab. Zuerst küßte mich meine Mutter auf den Nacken und den Mund, dann zog sie mein Hemd hoch und bedeckte meine Brust mit Küssen. Ich rührte mich nicht, lauschte jedoch mit gespitzten Ohren den Geräuschen im Wohnzimmer.

»Ich hab' nur dich, Tom«, flüsterte sie mir in wilder Verzweiflung zu. »Nur dich, niemanden sonst! Alles hängt jetzt von dir ab.«

»Nein, wir sind alle für dich da, Mama«, sagte ich ruhig.

»Du verstehst mich nicht! Ich habe nichts und niemanden. Wenn man einen Niemand heiratet, dann wird man selbst ein Niemand. Weißt du, für was uns die Leute in der Stadt halten?«

»Sie können uns alle gut leiden, Mama. Besonders dich, aber Dad auch, weil er ein guter Krabbenfischer ist.«

»Nein, für sie sind wir ein Stück Dreck, Tom. Das Wort hast du doch schon oft gehört, stimmt's? Dein Vater sagt es pausenlos. Die Leute halten uns für ein Stück Dreck, das im Fluß treibt. Für sie sind wir der reinste Abschaum. Wir müssen es ihnen zeigen, Tom! Alles hängt jetzt von dir ab, nur von dir. Luke taugt nichts, er ist dumm. Und Savannah scheidet aus, weil sie nur ein Mädchen ist.«

»Luke ist nicht dumm, Mama.«

»Man könnte ihn glatt für geistesbehindert halten, so schlecht ist er in der Schule, Tom. Der Arzt hat gesagt, es liegt vielleicht daran, daß sie ihn bei der Geburt mit der Zange holen mußten. Nur du und ich können der Stadt zeigen, aus welchem Holz wir geschnitzt sind.«

»Aus welchem Holz, Mama?«

»Ja, wir müssen ihnen zeigen, daß wir mehr taugen als alle anderen.«

»Ja, Mama, wir taugen mehr als sie.«

»Aber wir müssen es ihnen *beweisen*! Ich wollte dieses Haus mit Kindern füllen, mit acht oder neun klugen Kindern, auf die ich stolz sein konnte. Irgendwann hätte uns die ganze Stadt gehört. Ich werde Savannah mit dem reichsten jungen Mann weit und breit verheiraten. Was aus Luke werden soll, weiß ich noch nicht so recht. Vielleicht Hilfssheriff? Aber du, Tom, du bist meine Hoffnung für die Zukunft.«

»Ich werde mich anstrengen, Mama, das verspreche ich.«

»Versprich mir, daß du auf keinen Fall so wirst wie dein Vater!«

»Ich verspreche es, Mama.«

»Sag's noch mal, los, sag es mir noch mal!«

»Ich verspreche, daß ich auf keinen Fall so werde wie Vater.«

»Versprich mir auch, daß du in allem der Beste sein wirst!«

»Ich werde in allem der Beste sein, Mama.«

»Der Allerbeste?«

»Der Allerbeste.«

»Und ich werde nicht in einem Haus wie diesem sterben, Tom, darauf kannst du dich verlassen. Das weiß niemand außer mir, aber ich bin eine außergewöhnliche Frau. Du bist der erste, dem ich das sage. Glaubst du mir?«

»Ja, Mama.«

»Ich werde es ihnen allen beweisen, auch deinem Vater.«

»Ja, Mama.«

»Du wirst nicht zulassen, daß mir jemand was zuleide tut, nicht wahr, Tom? Ich kann mit dir rechnen, egal was ich tue, stimmt's?«

»Ja, Mama«, sagte ich ein weiteres Mal. Die Einsamkeit und die brennende Intensität in ihren Augen hatten mich in den Bann geschlagen.

»Du bist der einzige, dem ich trauen kann«, wisperte sie. »Auf dieser Insel bin ich so isoliert, so allein! Mit deinem Vater stimmt etwas nicht. Wir werden noch viel unter ihm leiden müssen.«

»Aber wieso?«

»Weil er ein kranker Mann ist, Tom, sehr krank.«

»Wir sollten es jemandem sagen.«

»Nein, wir müssen loyal sein. Loyalität innerhalb einer Familie ist wichtiger als alles andere. Laß uns abwarten und für ihn beten. Wir müssen beten, daß seine guten Charaktereigenschaften stärker sind als seine schlechten.«

»Ich werde beten, das verspreche ich. Kann ich jetzt zurück ins Wohnzimmer gehen?«

»Ja, Tom. Danke, daß du gekommen bist. Ich mußte es dir sagen. Noch etwas, Lieber, etwas sehr, sehr Wichtiges: Ich liebe dich mehr als alle anderen. Mehr als alle anderen zusammen. Und ich weiß, daß du für mich dasselbe fühlst.«

»Aber Luke und Savannah lieben dich genauso –«

»Nein!« fiel sie mir ins Wort und zog mich wieder an sich. »Savannah ist ein schreckliches Kind. Sie hat von klein auf nichts getaugt. Nie will sie gehorchen. Luke ist ein dummer Tölpel. Du bist der einzige, den ich liebe, aber das muß unter uns bleiben. Du kannst doch mit deiner Mama ein Geheimnis bewahren, oder?«

»Ja, Mama«, sagte ich und machte ein paar Schritte auf die Tür zu. »Wenn du irgend etwas brauchst, ruf mich bitte, damit ich es dir bringe.«

»Ich weiß, daß du das tun würdest, Lieber, ich habe es immer gewußt, seit der Nacht, als du geboren wurdest.«

Als ich aus dem Zimmer stolperte, war mir, als lastete ein furchtbares, unzumutbares Gewicht auf meinen Schultern. Kaum ertrug ich die verwunderten Blicke meiner Geschwister. Die monströse Unverblümtheit, mit der sich meine Mutter mir offenbart hatte, hatte mich erschüttert, und ich fragte mich, inwieweit der Verlust ihres Kindes an ihrem Verhalten schuld war. Durch die schonungslose Offenheit ihres Bekenntnisses war ich gleichsam zu ihrem Gefangenen geworden. Indem sie mich ins Vertrauen zog, machte sie mich gegen meinen Willen zum Komplizen in ihrem heimlichen Krieg gegen Luke und Savannah. Ich geriet dadurch in ein unlösbares Dilemma: Wenn ich nachgab und ihr nächster Vertrauter und Verbündeter wurde, verriet ich gleichzeitig die beiden Menschen, die ich über alles liebte. Das wilde Ungestüm meiner Mutter, der Druck ihrer Lippen auf meiner Brust und Kehle – all dies verstieß nach meinem Gefühl gegen die feste Ordnung der Dinge in dieser Welt, doch zugleich war es verlockend, sich an dem Tag, an dem die eigene Mutter aus Schmerz über den Verlust eines anderen Kindes halb von Sinnen war, als ihr auserwählter Liebling zu fühlen. Ich empfand das als eine Ehre und sah im übrigen darin den Beweis, daß ich etwas Besonderes war. Meine Mutter konnte sicher sein, daß ich unser Geheimnis nie ausplaudern würde. Dazu war es viel zu skandalös. Vater hätte mir kein Wort geglaubt, wäre ich zu ihm gegangen und hätte ihm wortwörtlich alles erzählt. Niemals würde ich es über mich bringen, meinen Geschwistern weh zu tun, indem ich ihnen verriet, mit welch leidenschaftlicher Inbrunst unsere Mutter sie als mögliche Verbündete verstoßen hatte. Wirklich, sie suchte nach Mitverschwörern, nicht nach Verwandten. Ich hatte zwar keine Ahnung, wie sie vorzugehen gedachte, aber mir war klargeworden, daß diese Frau, die für mich bisher einfach nur meine Mutter gewesen war, irgendeinen nebulösen Schlachtplan ersonnen hatte, und daß sie ihn eines Tages in die Tat würde umsetzen müssen. Bis zu diesem Tag war sie mir nur schön und unnahbar erschienen, aber jetzt glaubte ich in dem schönsten Augenpaar der Welt etwas Unbefriedigtes, ja sogar Hinterhältiges zu entdecken. Als ich ihr Schlafzimmer verließ, blieb ein Stück meiner Kindheit zurück. In meinem Herzen wohnten die Ängste eines Erwachsenen, als ich den anderen Familienmitgliedern gegenübertrat. Ich wußte nun, daß meine Mutter ihre Einsamkeit und Märtyrerrolle in dem Haus am Fluß gründlich satt hatte. Seit jenem Abend begann ich die Frau, die ich so lange unterschätzt hatte, gründlich zu beobachten. Fast täglich mußte ich meine Ansichten über sie revidieren. Ich lernte, auch die Dinge zu fürchten, die sie nicht aussprach. Meine Mutter wurde an jenem Abend in meinem Bewußtsein neu geboren. Zum erstenmal in meinem noch so kurzen Dasein fühlte ich mich als ein lebendiges, erkenntnisfähiges Wesen.

Viele Jahre später verriet ich Luke und Savannah, was unsere Mutter mir an jenem Abend in ihrem Schlafzimmer anvertraut hatte. Ich war bei den beiden auf Wut und Enttäuschung gefaßt, denn schließlich hatte die eigene Mutter sich mit mir in einem geheimen Pakt gegen den Rest der Familie und gegen ganz Colleton verschworen – aber solch hinterhältiges Getuschel löste bei meinen Geschwistern keinen Zorn aus, sondern ganz im Gegenteil die allergrößte Belustigung. Luke und Savannah lachten schallend, als ich sie in das einweihte, das mich mit so schlimmen Schuldgefühlen und so viel Scham erfüllt hatte. Meine Mutter mag damals in der Kunst des Intrigierens noch ziemlich unbewandert gewesen sein, doch beherrschte sie schon alle Tricks und Kniffe mit der Gewandtheit eines Naturtalents. Es war noch keine Woche seit Rose Asters Beerdigung vergangen, da nahm sie nacheinander Luke und Savannah beiseite und zog sie unter dem Siegel der Verschwiegenheit ins Vertrauen. Sie sagte zu ihnen genau das, was sie zu mir gesagt hatte, nämlich, daß sie niemandem sonst vertrauen könne und daß alle anderen unzuverlässig seien. Savannah und Luke wurden aufgefordert, ihrer Mutter einen hochheiligen Treueschwur zu leisten und ihr feierlich zu versichern, daß sie in allen Wirren und Stürmen des Lebens an ihrer Seite stehen würden. Ich erfuhr später von meinen Geschwistern, daß unsere Mutter ihnen gegenüber geäußert hatte, ich sei ängstlich, labil und in kritischen Situationen nicht zu gebrauchen. Ihre Tochter Savannah spannte sie vor ihren Karren, weil sie ein Mädchen war und deshalb intuitiv begriff, wie ungerecht und schwierig ihre Situation als Frau war. Der starke unerschütterliche Luke gab einen perfekten Soldaten ab. Ihn brauchte sie mal als Ausputzer, mal als Schutzschild. Wir ließen uns alle drei von dem ungeschminkten Eingeständnis unserer Mutter verführen, daß sie uns dringend brauche. Eine Verweigerung kam ebensowenig in Frage wie eine Aufdeckung des Komplotts. Ihr Glaube an uns versetzte uns in furchtsames Staunen. Indem sie uns entzweite, sicherte sie ihre eigene Machtposition. Still und heimlich wurde sie zum unergründlichen Rätsel unseres Lebens.

Bis Luke, Savannah und ich anfingen, uns in Briefen die Wahrheit zu sagen, hatte sich unsere Mutter längst als die furchteinflößendste Frau entpuppt, die jemals durch die Straßen von Colleton gegangen war.

Es regnete noch immer, als wir an jenem Abend zu Bett gingen. Mein Vater knipste im ganzen Haus die Lampen aus und rauchte vorn auf der verglasten Veranda noch eine Pfeife, bevor er selbst schlafen ging. Wenn meine Mutter einmal nicht den Alltag in unserem Haushalt bestimmte, schien er mit uns Kindern nicht viel anfangen zu können. Im Laufe des Abends hatte er uns mehrmals angeschnauzt, weil ihn irgendeine Kleinigkeit störte. Vater war leicht zu durchschauen. Bei ihm wußte man instinktiv, wann es brenzlig wurde und man ihm besser aus dem Weg ging. Er hatte eine natürliche Veranlagung zum Haustyrannen, aber es mangelte ihm an einer klaren Strategie. Er war ebenso brutal wie ungeschickt, und in seinem eigenen Haus blieb er immer ein Fremder. Uns, seine Kinder, behandelte er wie Tagelöhner auf der Durchreise. Er war die einzige Person in meinem Leben, die die Kindheit als einen verächtlichen Zustand ansah, den man möglichst rasch hinter sich brachte. Wegen seiner Schwächen und seiner Verschrobenheit hätte man ihn fast liebhaben können, wäre er dem Wesen nach nicht ein so unberechenbarer und gewalttätiger Mensch gewesen. Ich glaube, daß Vater uns liebte, aber es hat wohl nie eine ähnliche abartige und unbeholfene Liebe gegeben. Ohrfeigen teilte er aus, als wären sie Geschenke. In seiner Kindheit hatte er sich vernachlässigt und alleingelassen gefühlt, und er war nie von seinen Eltern gezüchtigt worden. Von seinen eigenen Kindern nahm er nur Notiz, um sie auszuschimpfen. Nie berührte er uns, es sei denn im Zorn. Abends, im Kreis seiner Familie, wirkte er wie ein gefangenes Tier. Durch ihn erfuhr ich viel über die Menschen und ihre selbstverschuldete Einsamkeit. Ich begann mein bewußtes Leben als Gefangener im Haus meines Vaters, und als ich später den ersten Schritt zur Tür hinaus ins Dasein eines erwachsenen Mannes machte, da mußte ich über meinen Vater hinwegsteigen.

Als Savannah mich an jenem Abend zu einem Gespräch in ihr Zimmer bat, trommelte der Regen auf das Kupferdach, daß es wie muntere Musik klang. Ich setzte mich neben ihrem Bett auf den Boden, und gemeinsam beobachteten wir das Wetterleuchten über den nördlichen Inseln.

»Tom«, flüsterte sie nach einer Weile, »wirst du mir antworten, wenn ich dich etwas Ernstes frage?«

»Na klar.«

»Bitte, lach mich nicht aus! Dies ist zu wichtig.«

»Okay.«

»Lag ich heute morgen wirklich mit Rose Aster im Bett?«

»Natürlich!« antwortete ich irritiert. »Warum hast du eigentlich Luke angelogen?«

»Ich hab' nicht gelogen, Tom«, versicherte sie und machte im Dunkeln ein sorgenvolles Gesicht. »Ich kann mich einfach an nichts erinnern.«

»Du hast sie im Arm gehalten, als ich zu dir reinging. Wenn Dad dich so gesehen hätte, hätte er dich umgebracht.«

»Ich dachte im ersten Moment, du seist übergeschnappt, als du das draußen im Hof gesagt hast.«

»Haha! Wer von uns beiden ist wohl übergeschnappt?«

»Ich hab' dir nicht geglaubt, bis ich heute abend zu Bett gegangen bin.«

»Und wieso hast du deine Meinung geändert?«

»Weil es in meinem Bett einen nassen Fleck gibt.«

»Sie war in der Kühltruhe, und als ich zu dir ins Zimmer kam, war sie schon ziemlich aufgetaut.«

»Das ist ja furchtbar, Tom! Ich erinnere mich an nichts!«

»Mach dir nichts draus, Savannah, ich erzähl' es nicht weiter.«

»Aber es gibt 'ne Menge Dinge, an die ich mich nicht erinnere, obwohl sie passiert sind. Hinterher muß ich immer so tun, als ob ich noch alles ganz genau wüßte. Ich bin schon ganz durcheinander.«

»Was meinst du?«

»Erinnerst du dich an damals in Atlanta, als wir auf dem Stone Mountain waren?«

»Klar. Du warst an dem Tag ganz schön eklig.«

»Ich erinnere mich an nichts mehr. Der ganze Tag ist wie ausgelöscht, als hätte es ihn nie gegeben. Und dann der Riese! Als er in dein Zimmer reinwollte, haben Luke und ich mit all den Weckgläsern, in denen die Spinnen waren, nach ihm geworfen...«

»Ja, und ich lag die ganze Zeit auf dem Bett und konnte mich nicht rühren.«

»Ich erinnere mich kein bißchen mehr an den Abend. Ich weiß nur, daß es passiert ist, weil ihr mir davon erzählt habt.«

»Ehrlich?«

»Ja, Tom. Ich brauch' dich, weil du dich an alles erinnern kannst. Bei mir setzt es manchmal aus. Es gibt schon zu viele Tage, die wie weggewischt sind. Das macht mir furchtbar Angst. Ich hab' versucht, mit Mama darüber zu reden, aber sie hat mich ausgelacht und gesagt, ich soll mich zusammenreißen.«

»Na gut, Savannah, ich erzähl' dir gern alles, aber hör auf, mich einen Lügner zu nennen, wenn ich dir etwas sage, das tatsächlich passiert ist. Luke hat mich wie einen Irren angesehen, als ich heute die Sache mit Rose Aster erwähnt habe.«

»Tom, ich hab' dir erst geglaubt, als ich den nassen Fleck im Bett gespürt hab'. Mein Nachthemd war auch feucht. Kannst du mir sagen, warum ich so was tue?«

»Weil du wegen dem Baby traurig warst, und weil du gedacht hast, daß es sich einsam fühlt. Du hast es nicht böse gemeint, Savannah. Dir gehen eben manche Dinge sehr zu Herzen. Mom sagt, du seist überempfindlich, weil du ein Mädchen bist. Sie meint, daß dir das im Leben noch viel Kummer machen wird.«

»Irgendwas stimmt nicht mit mir, Tom.« Sie nahm meine Hand und blickte aufs sturmgepeitschte Wasser hinaus. »Es ist was ganz Schlimmes.«

»Ach was!« sagte ich. »Du bist meine Zwillingsschwester, und du bist wunderbar. Du und ich, wir sind uns total ähnlich.«

»Nein! Nein! Du mußt für uns beide aufpassen und dich an alles erinnern, Tom. Ich kümmere mich um den Rest, das verspreche ich. Du mußt mir alles erzählen, was passiert. Ich fang' jetzt an, ein Tagebuch zu führen und alles aufzuschreiben, was du mir erzählst.«

Savannah fing also an zu schreiben. Nach und nach füllte sie ein Schulheft mit dem ganzen Drum und Dran ihres Alltags. Aus diesen frühen Aufzeichnungen sprach keine Aufsässigkeit oder Zerrissenheit, sondern sie waren frisch und kindlich. Savannah gab beispielsweise Gespräche mit ihren Lieblingspuppen oder mit imaginären Spielkameraden im Wortlaut wieder. Schon damals war ihr ihr eigenes Innenleben viel wichtiger als die Außenwelt.

Es war das Jahr, in dem unsere Mutter uns dazu nötigte, zu unseren Schutzengeln zu beten. Alles, was mit Religion zu tun hatte, lernten wir auswendig, indem wir es unserer Mutter nachplapperten. Es gelang ihr nie, uns zu unserer völligen Zufriedenheit zu erklären, wer unsere Schutzengel nun tatsächlich waren. Angeblich waren sie namenlose Geschöpfe, die auf unserer rechten Schulter saßen und uns etwas ins Ohr flüsterten, wenn wir uns blindlings in Handlungen verrannten, die eine Kränkung Gottes darstellen konnten. Unser Schutzengel sei uns gleich nach unserer Geburt zugeteilt worden, meinte unsere Mutter, und er werde bis zu unserem Tod seinen Platz dicht über unserem rechten Schulterblatt nicht verlassen. Die ganze Zeit führe er peinlich genau Buch über unsere Sünden. Auf unserer linken Schulter hocke als Gegengewicht zu unserem Schutzengel und als Verkörperung des Bösen ein Abgesandter Satans. Dieser Teufel, ein schwarzer, wortgewandter Seraph, habe nur eines im Sinn, nämlich uns durch allerlei Verlockungen ins Verderben zu stürzen.

Diese Dualität stiftete in uns keine geringe theologische Verwirrung, aber Savannah hieß die beiden unsichtbaren Kumpane kurzerhand in ihrem Leben willkommen, indem sie den guten Engel Aretha und den bösen Engel Norton taufte.

In unserer Vorstellungswelt schwebten viele solcher Engel wie die Seelen von Azaleen um unser Haus und über den Stellen, wo die totgeborenen Wingo-Kinder unter dornigen Rosen schlummerten. Die Schutzengel hatten den göttlichen Auftrag, unser Haus zu schützen und uns mit ihrer Liebe zu umhüllen. Sie wohnten in den Baumwipfeln, sprachen gemeinsam mit uns Abendgebete und behüteten uns. All dies taten sie nicht so sehr, weil Gott es ihnen befohlen hatte, sondern weil sie uns liebhatten und gar nicht anders konnten. Savannah kommandierte Norton, ihren bösen Engel, sogar als einfachen Soldaten zu der unsichtbaren Besatzungsarmee ab, deren Vorhut im Wind über dem Fluß patrouillierte. Selbst der Geist des Bösen konnte sich eben ihren enthusiastischen Aufschwüngen nicht entziehen. Sie war nie so recht davon überzeugt, daß Norton tatsächlich ein Abgesandter Satans war, sondern machte ihn einfach zu einem Presbyterianer.

Leider schritten unsere Schutzengel nicht ein, als Mutter Savannahs Tagebuch im Ofen verbrannte, nachdem sie entdeckt hatte, daß meine Schwester Wort für Wort einen Streit zwischen unseren Eltern aufgezeichnet hatte. In einem Wutanfall verbrannte unsere Mutter Seite für Seite die Arbeit eines ganzen Jahres, mochte Savannah sie unter Tränen noch so sehr bitten aufzuhören. Die Worte eines Kindes gingen über der Insel in Rauch auf, Sätze erhielten Flügel und fielen irgendwann als schwarzer Ascheregen in den Fluß. Mutter schrie Savannah an, sie solle sich nie wieder unterstehen, auch nur ein einziges Wort über unsere Familie zu schreiben.

Eine Woche später beobachtete ich Savannah, wie sie bei Ebbe im Fluß auf einer Sandbank kniete und fast wütend mit dem Zeigefinger irgend etwas in den Sand schrieb. Ich sah ihr vom Ufer aus eine halbe Stunde lang zu. Als sie fertig war, begann die steigende Flut schon, ihre Worte auszulöschen. Sie stand auf, blickte sich nach unserem Haus um und sah, daß ich sie beobachtet hatte.

»Mein Tagebuch!« rief sie mir fröhlich zu.

Im *Coach House* herrschte eine so klare und verfeinerte Atmosphäre, daß man sich gleich wie zu Hause fühlte. Offenbar haftet jedem ehemaligen Kutscherhaus noch insgeheim die Erinnerung an die edlen, müden Pferde an, die dort einst gefüttert wurden. Ein solches Gebäude stellt man sich immer mit anmutigen, unaufdringlichen Proportionen vor. Ich habe noch nie ein Kutscherhaus gesehen, das nicht einen zauberhaften Wohnsitz oder ein ebenso zauberhaftes Restaurant abgegeben hätte. Dieses *Coach House*, am Waverly Place 110 gelegen, war ein Paradebeispiel seiner Gattung. Meine Seele empfand allein schon das äußere Erscheinungsbild als eine Wohltat. Drinnen sprach alles von ernsthafter Beschäftigung mit der Kochkunst, und den Kellnern hätte man ohne weiteres den sachkundigen Umgang mit Rassepferden zugetraut.

Dies war das einzige Restaurant in New York, das ich ohne Savannahs Hilfe gefunden hatte. Hierhin hatten Luke und ich unsere Schwester nach dem Erscheinen ihres Buches *Des Krabbenfischers Tochter* abends zum Essen ausgeführt. Man hatte uns ein köstliches Mahl serviert, in dessen Verlauf Luke und ich immer wieder einen Toast auf Savannah ausbrachten. Luke hatte sie sogar zwei, für unseren Kellner und für Leon Lianides, den Besitzer des Restaurants, bestimmte Exemplare ihres Buches signieren lassen. Bevor wir aufbrachen, spendierte Mr. Lianides jedem von uns einen Cognac. Im Rückblick hat jener Abend für mich all die schwerelose, grandiose Feierlichkeit eines großen Festes. Während eine Köstlichkeit nach der anderen aufgetragen wurde, fühlten wir uns der Zeit entzückt und spürten zugleich, wie die Liebe, jene vollendete und extravagante Zuneigung, die wir füreinander empfanden, ungehindert zwischen uns hin- und herfloß. Ich verschloß die Erinnerung an jenen makellosen, heiteren Abend tief in mir, aber ich habe sie seitdem in Zeiten der Trauer, des Leidens und der Niedergeschlagenheit immer wieder hervorgeholt, um erneut den beseligenden Geschmack von Champagner auf der Zunge zu schmecken und um meine Augen zum Lachen zu zwingen, während meine Welt Stück für Stück in die Brüche ging, mein Bruder der Insel unserer Kindheit den Rücken kehrte und meine Schwester eine gefährliche Vorliebe für scharfe Klingen entwickelte. Jener Abend blieb das letzte, rundum glückliche Erlebnis, das wir drei Geschwister miteinander teilten.

Es regnete, als ich um neun Uhr dreißig im *Coach House* eintraf, um mit Susan Lowenstein zu Abend zu essen. Der Oberkellner führte mich zu einem gemütlichen Tisch an einer rötlichen Ziegelwand, an der ein paar Gemälde mit volkstümlichen Motiven dekorativ vor sich hinalterten. Ich bestellte einen Manhattan zu Ehren der Insel, auf der ich mich befand, und erst als ich das schauerliche Zeug schon auf der Zunge schmeckte, wurde mir wieder einmal klar, warum ich gerade für diesen Cocktail nie eine besondere Vorliebe entwickelt hatte. Der Kellner hatte dafür vollstes Verständnis. Er brachte mir einen trockenen Martini, sozusagen um meinen Gaumen zu reinigen.

Ich beobachtete die manierierte Gestik, mit der andere Gäste im geheimnisvollen, leicht melancholischen Schein der Kerzen ihr Essen bestellten oder sich miteinander unterhielten. Während ich dort allein saß, vor mir ein Glas, fühlte ich mich zuinnerst eins mit mir selbst und gab mich der seltsam erhebenden Empfindung hin, ein Fremdling zu sein, dem diese Stadt nach und nach Zugang zu ihren dunkelsten und verlockendsten Bereichen gewährte. In einem guten Restaurant fühlte ich mich frei von der desolaten

Enge und der unabänderlichen Dürftigkeit einer Erfahrungswelt, die Menschen aus der Provinz als unfreiwilliges Erkennungszeichen mit sich herumtragen und derer sich nicht wenige von ihnen sogar rühmen. Ich saß an einem schön gedeckten Tisch und konnte mir für einen Abend meinen eigenen Platz in dieser Stadt erkaufen – und ich konnte mir ein Menü zusammenstellen, an das ich mich gewiß bis ans Ende meiner Tage mit ungetrübter Freude erinnern würde. Während ich an dem Martini nippte, dachte ich darüber nach, wieviel köstliche Mahlzeiten wohl in diesem Moment überall in Manhattan zubereitet wurden. Mein Besuch im *Coach House* war für mich ein Vorstoß in die heeren Gefilde der *grande cuisine* dieser Weltstadt. Zwar verstieg ich mich oft zu endlosen Tiraden gegen New York, aber es gab auch Zeiten, da ich mich in dieser unvergleichlichen, verwirrenden Stadt bei einem guten Essen und einer Flasche Wein wie der glücklichste Mensch der Welt fühlte.

Während ich die mit untadeliger Schönheit gestaltete Liste der Vorspeisen studierte, trat Susan Lowenstein, von mir unbemerkt, an meinen Tisch. Ich schnupperte erst einmal den Duft ihres Parfums, das sich mit dem der frischen Blumen zu einer neuen, bescheideneren Note verband, bevor ich den Kopf hob und ihr Gesicht über mir sah.

Sie hatte eines jener Gesichter, die bei jeder Begegnung anders aussehen. Es war in jeder Hinsicht schön und ebenmäßig, aber es schien nicht zu einer Person, sondern zu einer ganzen Legion schöner Frauen zu gehören. Sie brauchte nur ihre Frisur ein wenig zu verändern, damit alle Welt ein anderes Bild von ihr empfing. Ihre Schönheit war dem Wesen nach vage und unfaßbar. Ich hätte wetten mögen, daß sie nicht sehr fotogen war. Sie trug ein weißes, tief ausgeschnittenes Kleid. Zum erstenmal wurde mir bewußt, was für eine prachtvolle Figur die Therapeutin meiner Schwester hatte. Das schwarze Haar trug sie zu einer hohen Frisur aufgetürmt, große Ohrringe baumelten neben ihren Backenknochen und eine schwere goldene Kette schmückte ihren Hals.

»Susan Lowenstein, Sie sehen heute abend gefährlich aus«, sagte ich.

Sie lachte geschmeichelt und sagte: »Ich hab' mir dieses Kleid letztes Jahr selbst geschenkt, aber es kostet mich jedesmal Überwindung, es anzuziehen. Mein Mann meint, ich sehe in Weiß zu jungfräulich aus.«

Ich betrachtete sie mit unverhohlener Bewunderung. »Nein, Sie sehen in Weiß nicht jungfräulich aus, Mrs. Lowenstein.«

»Was für gute Sachen gibt's denn hier zu essen, Tom?« fragte sie und quittierte mein Kompliment mit einem Lächeln. »Ich bin halb tot vor Hunger.«

»Hier ist alles gut«, antwortete ich. Der Kellner kam mit einer Flasche gut gekühltem Chablis, die ich schon im voraus zum Eintreffen meines Gastes bestellt hatte. »Das Lokal ist berühmt für seine schwarze Bohnensuppe, aber ich persönlich ziehe die Hummercremesuppe vor. Der poschierte Trommelfisch ist Spitzenklasse, und nirgendwo wird jede Art von rotem Fleisch so tadellos zubereitet und präsentiert. Die Vorspeisen sind eine Wucht, besonders die geräucherte Forelle mit Meerrettichsoße, und die Desserts sind das reinste Ambrosia.«

»Wie kommt es, daß Sie so viel vom Essen verstehen?« wollte sie wissen.

»Dafür gibt es zwei Gründe«, antwortete ich und hob mein Glas. »Meine Mutter war als Südstaatlerin schon immer eine gute Köchin, aber sie redete sich ein, sie könnte ihren gesellschaftlichen Status verbessern, wenn sie die französische Küche erlernte. Ihr Sozialprestige blieb zwar weiterhin eine heikle Angelegenheit, aber ihre Soßen waren seitdem einfach umwerfend. Als Sallie noch Medizin studierte, blieb mir nichts anderes übrig, als kochen zu lernen. Irgendwann stellte ich überrascht fest, daß es mir sogar Spaß machte.«

»Gott sei Dank kann ich mir eine Köchin leisten«, sagte sie. »Sonst würde meine Familie an Unterernährung zugrunde gehen. Ich hab' mich in der Küche immer wie ein Galeerensklave gefühlt. Dieser Wein schmeckt übrigens wunderbar.«

»Er ist ja auch teuer genug. Ich werde diese Mahlzeit per Kreditkarte bezahlen. Meine Frau kann dann in South Carolina die Rechnung begleichen.«

»Haben Sie seit Ihrer Ankunft in New York von Ihrer Frau gehört?«

»Nein, ich hab' ein paarmal mit den Kindern telefoniert, aber sie war nie zu Hause.«

»Fehlt sie Ihnen?«

Ich sah, daß sich ihre goldene Halskette in meinem Glas spiegelte. »Nein, Dr. Lowenstein«, sagte ich. »Seit über zwei Jahren bin ich ein lausiger Ehemann. Ich bin geradezu dankbar, meine Frau und die Kinder für eine Weile los zu sein. Jetzt kann ich wenigstens versuchen, mich so weit aufzurappeln, daß ich wieder Ähnlichkeit mit einem richtigen Mann habe.«

»Jedesmal, wenn Sie etwas Persönliches sagen, Tom, habe ich das Gefühl, als würden Sie innerlich von mir abrücken. Manchmal geben Sie sich ganz offen und zugänglich, aber der Schein trügt.«

»Ich bin eben ein amerikanischer Macho, Frau Doktor«, erwiderte ich lächelnd. »Es ist nicht meine Aufgabe, offen und zugänglich zu sein.«

»Worin besteht denn die Aufgabe eines amerikanischen Machos?« fragte sie.

»Ein nervtötender, undurchschaubarer, tyrannischer, gefühlloser Dickschädel zu sein«, antwortete ich.

»Sie würden bestimmt ganz schön über die verschiedenen Standpunkte staunen, die meine männlichen und weiblichen Patienten vertreten«, meinte sie. »Manchmal ist es, als würde ich mit Menschen aus ganz verschiedenen Ländern reden.«

»Es gibt nur ein Verbrechen, das einer Frau nie verziehen wird«, sagte ich. »Kein Ehemann wird seiner Frau jemals verzeihen, daß sie ihn geheiratet hat. Dem typischen amerikanischen Mann schlottern vor lauter Unsicherheit die Knie. Wenn eine Frau den Fehler macht, ihn zu lieben, wird er dafür sorgen, daß sie für diese nicht zu überbietende Geschmacklosigkeit schrecklich büßen muß. Ich glaube, daß Männer wie wir es unseren Frauen nie vergeben können, uns allen anderen Männern vorgezogen zu haben.«

»Sagten Sie nicht, daß Sallie eine Affäre mit einem anderen Mann hat, Tom?«

»Ja, und das Lustige daran ist, daß ich zum erstenmal seit einem Jahr wieder Augen für meine Frau habe. Erst als sie aufhörte, mich zu lieben, merkte ich, wie sehr ich sie liebe.«

»Haben Sie Ihrer Frau gesagt, daß Sie sie lieben?« fragte sie und trank einen Schluck Wein.

»Ich bin ein Ehemann, Dr. Lowenstein«, verwahrte ich mich. »Deshalb habe ich meiner Frau natürlich nicht gesagt, daß ich sie liebe.«

»Warum machen Sie Witze, wenn ich Ihnen eine so ernste Frage stelle, Tom? Sie weichen brenzligen Fragen immer mit Ihrem Humor aus.«

»Allein schon der Gedanke an Sallie tut mir weh«, erwiderte ich. »Wenn ich über sie rede, kann ich kaum noch atmen. Lachen ist das einzige Mittel, das mir weiterhilft, wenn alles andere in die Brüche geht.«

»Ich glaube, daß Tränen viel wirksamer wären als Witze.«

»Anscheinend kommen mir nur bei völlig unwichtigen Anlässen die Tränen. Ich weine, wenn ich mir im Fernsehen die Olympischen Spiele anschaue, wenn ich die Nationalhymne höre oder wenn irgend jemand geheiratet oder seinen Doktor gemacht hat.«

»Sie reden über Sentimentalität, aber ich sprach von Kummer und Schmerz.«

»Für uns Leute aus dem Süden ist Sentimentalität kein Charakterfehler, Dr. Lowenstein. Ein Südstaatler läßt sich von den absurdesten Dingen zu Tränen bewegen. Das verbindet uns alle miteinander und läßt uns hier oben im Nordosten so lächerlich erscheinen. Meiner Meinung nach hat das mehr mit dem Klima als mit dem Temperament zu tun. Wenn es um Leid und Schmerz geht, ist unsere Sprache verkümmert. Als Leidender wird man nur bewundert, wenn man seinen Kummer in aller Stille mit sich selbst ausmacht.«

Sie lehnte sich über den Tisch und sagte: »Savannahs Sprache ist in puncto Leid und Schmerz alles andere als verkümmert, Tom. Ihre Gedichte sind randvoll von einer übermächtigen Angst, die sie brillant artikuliert. Sie enthalten kein Tröpfchen Sentimentalität, obwohl Savannah selbst Südstaatlerin ist.«

»Sie ist in der Klapsmühle, Doc«, sagte ich, »während ich hier im *Coach House* sitze und mit ihrem Seelendoktor Chablis trinke. Sie hat für ihren Mangel an Sentimentalität teuer bezahlen müssen.«

Ich war dankbar für die Ablenkung, als der Kellner erschien, um unsere Bestellungen entgegenzunehmen. Es war mir nicht entgangen, wie verärgert Susan Lowenstein auf meine geschmacklose Bemerkung über die Einweisung meiner Schwester in eine psychiatrische Klinik reagiert hatte. Mich beunruhigte die beharrliche Neugier, mit der sie der Frage nachging, warum von zwei aus den Südstaaten stammenden Zwillingen die eine eine hochbegabte Dichterin mit einer Neigung zum Selbstmord, und der andere ein auf die abschüssige Bahn geratener Trainer werden konnte. Manchmal betrachtete sie mich mit einer solch sengend heißen Intensität, daß sie mir wie ein Geologe vorkam, der im Gneisglanz den Schimmer von Gold zu entdecken hoffte. Außerdem hatte ich das beunruhigende Gefühl, daß mir Dr. Lowenstein etwas Wichtiges verschwieg, das Savannahs Zustand betraf. Die Verweigerung der Besuchserlaubnis kam mir zwar seltsam, aber auch irgendwie unvermeidlich vor, so als hätte Savannah lange vor ihrer Einweisung ins Krankenhaus dafür gesorgt, daß ich nicht zu ihr durfte. Immer wenn ich Dr. Lowenstein ein Stück Familiengeschichte erzählte, war ich darauf gefaßt, daß sie sagte: »Genau so hat sich Savannah daran erinnert«, oder: »Das ist eine nützliche Ergänzung zu dem, was Savannah mir erzählt hat, Tom.« Mir war zumute, als würde ich etwas in eine Höhle ohne Echo hineinrufen, zu der mir der Zutritt vermehrt war. Offenbar erwartete man von mir, daß ich bei diesem Verhör brav nach einer fremden Pfeife tanzte und meine Deutung der waidwunden Schreie meiner Schwester zum besten gab. Als Gegenleistung durfte ich auf keinerlei Anerkennung hoffen, auf keinen Beifall für meine Ehrlichkeit, auf keine Nachsicht für meine Lügen. Stets bekam ich von Susan Lowenstein lediglich die nächste Frage vorgesetzt. Irgendwie war ich zum Speicher der gesammelten Erinnerungen unserer Familie geworden – und das bei einer Familie, in der jegliches Erinnern untrennbar mit Leid und Schmerz verbunden war. Ich war der einzige Zeuge, der zu erklären vermochte, warum die Geisteskrankheit meiner Schwester nur eine natürliche Antwort auf einen verderbenbringenden Teufelskreis war, der niemanden von uns ungeschoren entlassen hatte.

Ich wandte mein Augenmerk der Speisekarte zu und bestellte zum Auftakt in Butter und Zitronensaft sautierte weichschalige Krabben und dazu eine mit Kapern angerichtete *beurre-blanc*-Soße. Dr. Lowenstein hatte sich für die geräucherte Forelle als Appetitanreger und den pochierten Trommelfisch als Vorspeise entschieden. Auf der Speisekarte gab es keine einzige Vorspeise, die mir nicht den Mund wässerig machte, doch am Ende fiel meine Wahl auf Kalbsbries in einer Weinsoße mit Morcheln.

»Bries?« wunderte sich Dr. Lowenstein und zog die Augenbrauen in die Höhe.

»Ja, das ist ein Teil unserer Familienchronik«, sagte ich. »Auf Savannahs Tonbändern ist an einer Stelle eine versteckte Anspielung darauf. Meine Mutter hat uns offenbar ein einziges Mal Kalbsbries vorgesetzt – mit der Folge, daß es zwischen ihr und unserem Vater zu ziemlichen Reibereien kam.«

»Von Ihrer Mutter reden Sie immer mit einer Mischung aus staunender Bewunderung und uneingestandener Verachtung«, bemerkte sie. »Ich werde daraus nicht schlau.«

»Und ich glaube, daß ich zeige, wie ausgewogen mein Urteil über sie ist, wenn ich so über sie rede«, rechtfertigte ich mich. »Sie ist eine schöne und bemerkenswerte Frau, die ihr Leben lang herauszufinden versucht hat, wer sie wirklich ist. Mit ihren mörderischen Talenten hätte sie lieber Scharfrichterin werden sollen, statt ihre Begabung zu vergeuden.«

»Teilt Savannah Ihre übertriebenen Ansichten von den Befähigungen Ihrer Mutter?« fragte Dr. Lowenstein, und wieder hatte ich das beklemmende Gefühl, daß sie mit jeder weiteren Frage eine neue Bresche zu schlagen versuchte.

»Eigentlich sollten Sie die Antwort auf diese Frage besser kennen als ich«, sagte ich gerade in dem Augenblick, als der Kellner mit unseren Appetithappen auf uns zusteuerte. »Savannah ist Ihre Patientin. Ich bin mir sicher, daß sie auf dieses Thema sehr heftig reagieren würde.«

»Tom«, sagte Dr. Lowenstein, »Ihre Schwester war vor ihrem Selbstmordversuch nur zwei Monate lang bei mir in Behandlung. In dieser kurzen Zeit habe ich Dinge in Erfahrung gebracht, über die ich jetzt nicht mit Ihnen reden darf, aber ich will versuchen, Ihnen später alles zu erzählen. Ich bräuchte dazu Savannahs Erlaubnis, aber die kann sie mir gegenwärtig nicht geben.«

»Sie wissen also in Wirklichkeit nicht viel über Savannah, stimmt's?« fragte ich.

»Nein, Tom, ich weiß tatsächlich nicht viel über sie, aber ich erfahre die ganze Zeit die erstaunlichsten Dinge, und mir ist längst klar, daß ich instinktiv richtig gehandelt habe, als ich Sie bat, einstweilen in New York zu bleiben.«

»Savannah könnte Ihnen die Geschichten viel besser erzählen als ich«, wandte ich ein.

»Ja, aber könnte sie mir auch in einem Restaurant wie diesem solch ein ausgezeichnetes Essen empfehlen?« erwiderte Dr. Lowenstein und aß ein Stück von der geräucherten Forelle, das sie zuvor in die Meerrettichsoße getunkt hatte.

»Nein, Savannah ist eine von diesen magersüchtigen New Yorkerinnen, die von Salaten, Tofu und Diabetikergetränken leben«, sagte ich. »Sie würde nichts anrühren, das ein ganzes Nest voll hinterhältiger Kalorien oder eine Prise von tierischem Fett enthalten könnte. Mit Savannah essen zu gehen, ist eher eine asketische als eine lustvolle Erfahrung.«

»Sie und ich haben mal unsere Ernährungsweise verglichen«, berichtete Dr. Lowenstein. »Ihre Schwester kann ohne weiteres zwei Mahlzeiten pro Tag unter den Tisch fallen lassen. Ich hingegen hab' mir alle Bücher über Diät gekauft, die in den letzten zehn Jahren in Amerika erschienen sind, aber –«

»Aber warum?« fiel ich ihr ins Wort und ließ mir die Schere einer weichschaligen Krabbe schmecken.

»Weil mein Ehemann behauptet, ich sei zu dick«, antwortete sie. Aus der Art, wie sie dieses Eingeständnis machte, sprach echter Schmerz.

Ich lächelte und widmete mich weiterhin meiner Krabbe. Der Kellner kam, um Wein nachzuschenken.

»Warum lächeln Sie, Tom?«

Ich warf ihr quer über den Tisch einen Blick zu und sagte: »Ihr Ehemann ist mal wieder im Irrtum. Sie sehen weder jungfräulich aus, noch sind Sie zu dick. Es ist eine Schande, daß Sie und Ihr Mann aus dieser Tatsache offenbar nicht allzuviel Vergnügen zu ziehen verstehen.«

Sie wechselte das Thema, indem sie anfing, von ihrer Kindheit zu erzählen, aber es war ihr anzumerken, daß sie sich über das Kompliment gefreut hatte. Sie sprach über die Herzenskälte ihrer Mutter, die so groß gewesen war, daß sie sich nicht erinnern konnte, ein einziges Mal das Gefühl gehabt zu haben, von ihrer Mutter völlig akzeptiert zu werden. Als Folge hatte sie sich darauf verlegt, die Anerkennung ihres Vaters zu gewinnen, die ihr so wertvoll war, daß sie sich dafür sogar von ihm erpressen ließ. Er war nämlich einer jener Väter, die ihren Töchtern nie verzeihen, ein geschlechtliches Wesen zu sein. Bis zur Pubertät war sie sein Liebling, dann verstieß er sie zugunsten eines jüngeren Bruders. Später waren zwar beide Elternteile stolz, daß ihre Tochter Medizin studierte, doch als sie sich auf Psychiatrie spezialisierte, reagierten sie mit Entsetzen. Sie selbst hatte geglaubt, ihre von Verzicht und Nöten geprägte Kindheit würde ihr helfen, diejenigen ihrer künftigen Patienten besser zu verstehen, denen man ihre eigenen desolaten Kindheitserfahrungen von den Augen ablesen konnte. Sie spürte in sich die Gabe des Mitgefühls für jene ausgehungerten Seelen, die davon in ihrem Elternhaus nicht genug erhalten hatten. Wenn Mitleid und Verständnis bei der Therapie nicht halfen, verschrieb sie ihren Patienten ein Medikament und schickte sie zur nächsten Apotheke. Als Therapeutin kam sie sich oft wie ein allmächtiger Vater vor, allerdings wie einer, der seinen Töchtern nie einen Vorwurf daraus machen würde, daß sie irgendwann aufhören, Kinder zu sein und zu Frauen heranwachsen. Die Macht, die ihr ihr Beruf verlieh, die unbedingte Ernsthaftigkeit der Beziehung zwischen ihr und ihren Patienten, die Zerbrechlichkeit und Anfälligkeit dieses Verhältnisses und die verantwortungsvolle Aufgabe, behutsam, demütig und doch auch zuversichtlich an jeden neuen Fall heranzugehen – all dies lockte und erschreckte sie zugleich.

Während wir aßen und uns unterhielten, entging mir nicht, daß sich Susan Lowensteins Gesicht allmählich entspannte. Nach und nach blätterte die resolute, professionelle Art, die sie in der Praxis zur Schau zu tragen pflegte, von ihr ab. Wenn sie von ihren Patienten erzählte, hatte ihre Stimme einen weichen, liebevollen Unterton. Ich stellte mir vor, wie wunderbar es sein mußte, sich in New York seelisch in die Knie zwingen zu lassen und sich dann in dem warmen, verständnisvollen Blick dieser Frau sonnen zu dürfen. Die betont professionelle Allüre war nur Fassade und Schutzschirm gegen die recht bröckelige Überlegenheit von Männern wie mir oder ihrem eigenen Vater. Wenn sie von diesem Vater sprach, der sie anfänglich verehrt und dann im Stich gelassen hatte, klang es, als redete sie über eine absolut einmalige Erfahrung, doch in ihrer Stimme schwangen auch all die Untertöne einer mühsam erworbenen Weisheit mit: Sie wußte, daß ihres Vaters Geschichte nichts anderes war als die älteste und betrüblichste Geschichte der Welt. Ich mußte unwillkürlich an all die Frauen in meinem Leben denken – an meine Mutter, meine Schwester, meine Ehefrau und auch an meine Töchter – und daran, daß ich sie alle betrogen hatte, indem ich ihnen ausgerechnet dann meine Liebe entzog, als sie sie am dringendsten brauchten. Wenn ich Susan über ihren Vater reden hörte, krümmte ich mich innerlich zusammen, denn es erinnerte mich an das Leid, das ich den

Frauen in meiner eigenen Familie zugefügt hatte. In glücklichen Zeiten entströmte mir die Liebe wie goldgelber Honig aus einer stiebitzten Wabe, aber in Zeiten des Leides und der Verlorenheit zog ich mich hinter den selbst gebastelten Palisadenzaun meiner Einsamkeit zurück. Die Frauen, die mich dort zu erreichen versuchten, zuckten allesamt erschrocken und gekränkt zurück, denn ich tat alles, um sie zu verletzen, weil sie gewagt hatten, mich zu lieben, wo ich doch wußte, wie korrupt und verlogen meine eigene Liebe war. Ich gehörte schon immer zu den Männern, die die Frauen in ihrem Leben langsam umbringen. Meine Liebe war wie eine Blutvergiftung, die das zarte Gewebe der Seele zerstörte. Ich hatte eine Schwester, die einen Selbstmordversuch unternommen hatte und mich nicht zu sehen wünschte, eine Frau, die sich einen neuen Geliebten gesucht hatte; Töchter, die so gut wie nichts über mich wußten; eine Mutter, die zu gut über mich Bescheid wußte. »Du mußt das alles ändern«, sagte ich zu mir selbst, während ich da saß, Susan Lowenstein zuhörte und mit ansah, wie sie sich unter dem Einfluß des Weines und der gedämpften Atmosphäre im *Coach House* immer mehr entspannte. »Du mußt dich selbst verändern, und zwar radikal.«

Das Hauptgericht wurde aufgetragen. Es schmeckte himmlisch. Das Kalbsbries war zart und köstlich, die Morcheln hatten einen erdigen Geschmack, der an Trüffel oder an schwarzgeräuchertes Fleisch erinnerte. Ich hörte Susan entzückt stöhnen, als sie von ihrem Trommelfisch kostete, dessen weißes, glänzendes Fleisch sich mühelos in saftigen Stücken von der Gräte lösen ließ. Dies war ein solches Fest für den Gaumen, daß ich Gott für das Fingerspitzengefühl begabter Köche und die unausschöpfbare Schönheit von Frauen wie Susan Lowenstein dankte. Ich sah ihr zu, wie sie sich an den Speisen freute und einen Wein trank, der für uns, nur für uns, auf den altehrwürdigen, freigebigen Gefilden Frankreichs gereift war. Zu Ehren dieses glorreichen Weinlandes bestellte ich gleich noch eine zweite Flasche.

Susan erzählte mir, daß sie nachts geträumt habe, wir seien uns zufällig in einem Schneesturm begegnet. Um uns vor dem Unwetter zu retten, hätten wir uns ins Rockefeller Center geflüchtet und seien mit dem Fahrstuhl bis zum obersten Stockwerk hinaufgefahren. Dort hätten wir bei einem Drink im Rainbow Room zugesehen, wie die Stadt hinter einem weißen

Schleier aus Schnee verschwand. Anschließend hätten wir ganz langsam miteinander getanzt, während der Sturm draußen so wild wütete, daß von New York nicht mehr das geringste zu sehen war.

»Was für ein großartiger Traum, Doc«, sagte ich. »Ich kann mich nie an meine Träume erinnern. Ich wache zwar manchmal mit dem Gefühl auf, etwas Gräßliches geträumt zu haben, aber ich kann mir hinterher kein einziges Bild ins Gedächtnis rufen.«

»Dann verpassen Sie einen wunderbaren und wichtigen Teil Ihres Lebens, Tom. Für mich waren Träume schon immer Liebes- oder Schmähbriefe des Unbewußten. Man braucht eine bestimmte Art von Disziplin, um sich an seine Träume erinnern zu können.«

»Auf die Schmähbriefe verzichte ich gern«, erwiderte ich. »Ich hab' in meinem Leben ganze Stapel davon verfaßt und an mich selbst geschickt.«

»Aber ist es nicht ziemlich erstaunlich, daß Sie in einem meiner Träume vorgekommen sind, wo wir uns doch erst seit so kurzer Zeit kennen?«

»Ich freue mich, daß Sie diese Begegnung nicht als Alptraum dargestellt haben.«

»Nein, ein Alptraum war es nicht, das kann ich Ihnen versichern«, sagte sie lachend. »Übrigens, Tom: Gehen Sie gern ins Konzert?«

»Sicher«, antwortete ich. »Nur mit zeitgenössischer Musik kann ich nichts anfangen. In meinen Ohren klingt so was wie Forellenfürze in Salzwasser. Savannah liebt natürlich moderne Musik.«

»Warum ist sie Ihrer Meinung nach der zeitgenössischen Kultur gegenüber aufgeschlossen, während Sie nichts damit anfangen können? Ich muß zugeben, Tom, daß es mich jedesmal irritiert, wenn Sie sich das Mäntelchen eines Kulturbanausen umhängen, der sich von einer großen Stadt einschüchtern läßt. Sie sind ein viel zu kluger Mensch, um diese Rolle überzeugend zu spielen.«

»Tut mir leid, aber niemand findet meine Rolle als Verleumder von New York und als kultureller Hinterwäldler ermüdender als ich selbst. Mir wäre es viel lieber, wenn mein Haß auf New York nicht so viel von einem Klischee hätte, sondern statt dessen etwas von einer verblüffenden Theorie, die ein gewisser Tom Wingo erfunden hat.«

»Jedesmal, wenn ich Sie sagen höre, daß Sie New York hassen, habe ich automatisch das Gefühl, daß Sie Antisemit sind.«

»Erklären Sie mir bitte die Verbindung zwischen dem Antisemitismus und dem Widerwillen gegen New York, Dr. Lowenstein. Ich komme aus Colleton in South Carolina, und deshalb verwirren mich solche begrifflichen Unterscheidungen manchmal.«

»In New York leben mehr Juden als in Israel«, sagte sie.

»Gewiß, aber es gibt hier wahrscheinlich auch mehr Albanier als in Albanien, mehr Haitianer als in Haiti und mehr Iren als in Irland. Es könnte sogar sein, daß es hier mehr Südstaatler gibt als in ganz Georgia, wer weiß. Ich mag New York nicht, weil hier alles so groß und unpersönlich ist. Aber reagieren Sie eigentlich immer so paranoid?«

»Ja«, gab sie zu. »Ich war schon immer der Meinung, daß die Paranoia eine durchaus vertretbare Geisteshaltung darstellt.«

»Dann müßten Sie gut verstehen, wie ich mich hier in New York als Südstaatler fühle. Welche Meinung hatten Sie eigentlich vom Süden unseres Landes, bevor Sie mich und meine Schwester Savannah kennenlernten?«

»Dieselbe wie jetzt, Tom. Ich halte die Südstaaten für die reaktionärste und gefährlichste Gegend der USA.«

»Aber Sie mögen sie, stimmt's?«

Sie lachte, und es war ein gutes Lachen, aber ich war nicht mehr zu bremsen. »Warum gibt es eigentlich in der Geschichte Zeiten, in denen es ganz in Ordnung ist, Juden oder Amerikaner oder Schwarze oder Zigeuner zu hassen? In jeder Generation gibt es immer irgendeine Gruppierung, die den Haß der anderen auf sich zieht. Jeder, der nicht mitmacht, ist dann verdächtig. Mir hat man in meiner Jugend beigebracht, die Kommunisten zu hassen. Ich bin nie einem begegnet, aber gehaßt hab' ich die Scheißkerle trotzdem. Die Schwarzen konnte ich nicht leiden, weil in unserem Teil der Welt der Glaube an die Überlegenheit der weißen Rasse sozusagen religiös verankert war. Für mich ist es interessant, nach New York zu kommen und hier nicht gemocht zu werden, bloß weil ich ein weißer Südstaatler bin. Es gibt einem ein komisches Gefühl, aber irgendwie ist es auch erfrischend und stärkt einem das Rückgrat. Ich kann Ihre Theorie über Paranoia recht gut verstehen.«

»Ich hab' Sie vorhin gefragt, Tom, ob Sie gern ins Konzert

gehen, weil mein Mann nächsten Monat eins gibt. Ich hab' eine Karte für Sie und würde Sie gern einladen.«

»Ich geh' gern mit, wenn Sie versprechen, daß Ihr Mann nichts Modernes spielt.«

»Ich glaube, auf dem Programm steht fast nur Barockmusik.«

»Wie heißt Ihr Mann eigentlich?«

»Herbert Woodruff.«

»Meinen Sie etwa *den* Herbert Woodruff?« fragte ich überrascht.

»Ja, genau den.«

»Sie sind mit Herbert Woodruff verheiratet? Herrgott, Doc, dann steigen Sie ja jeden Abend mit einem weltberühmten Mann in die Heia!«

»Leider nicht jeden Abend. Herbert ist die Hälfte des Jahres auf Tournee. Er ist eben sehr gefragt, besonders in Europa.«

»Wir haben Platten von ihm, mindestens zwei, wenn nicht mehr. Sallie und ich legen sie manchmal auf, wenn wir einen Schwips haben. Phantastisch! Ich hab' Lust, Sallie anzurufen und ein bißchen anzugeben. Ist er eigentlich auch Jude, Doc?«

»Nein. Warum fragen Sie?«

»Weil ich dachte, daß ihr Juden so ähnlich seid wie wir Katholiken. Als ich keine Katholikin heiratete, benahm sich mein Vater, als hätte ich in der Kirche ins Weihwasserbecken gepinkelt.«

»Mein Vater ist der unauffälligste Jude, den ich je kennengelernt habe«, verkündete Dr. Lowenstein mit ernstem Gesicht. »Wir sind nie in die Synagoge gegangen, haben nie das Passah-Fest gefeiert, aber bei uns gab es im Dezember immer einen Weihnachtsbaum. Wie ernst mein Vater seinen Glauben nahm, wurde mir erst klar, als ich einen Christen heiratete. Ich hätte mich nicht gewundert, wenn er für mich am Hochzeitstag *schiwa* gesessen hätte.«

»Was ist das, *schiwa*?«

»Die Trauerwoche, ein jüdisches Totenritual.«

»Aber er muß doch stolz sein, daß er einen weltberühmten Schwiegersohn hat.«

»Ach was, er hat mir nie verziehen. Er will ja nicht einmal seinen Enkel sehen.«

»Jetzt wird mir einiges klar, Lowenstein«, sagte ich. »Ich hatte immer das Gefühl, Sie seien irgendwann vom presbyterianischen zum mosaischen Glauben übergewechselt. Warum haben Sie nicht den Familiennamen Ihres Mannes angenommen?«

»Dafür gab es gute Gründe«, sagte sie und beendete damit nachdrücklich diesen Teil unserer Unterhaltung.

»Wie alt ist Ihr Sohn?« erkundigte ich mich, um das Thema zu wechseln.

»Ehrlich gesagt, wollte ich mit Ihnen über meinen Sohn reden, Tom. Deshalb hab' ich mich auf dieses Abendessen mit ihnen gefreut.«

»Was ist mit Ihrem Sohn?« fragte ich verwundert.

»Er interessiert sich sehr für Sport«, antwortete sie.

»Machen Sie keine Witze!«

»Warum sagen Sie das?« fragte sie. Es gelang ihr nicht, ihren Ärger zu verbergen.

»Ich bin einfach nur überrascht«, sagte ich, »weil ich nicht davon ausgehe, daß er daheim in seinen sportlichen Neigungen sehr bestärkt worden ist.«

»Im Gegenteil. Bernards Vater ist schockiert. Bernard besucht die Phillips-Exeter-Universität und ist im ersten Semester. Vor kurzem erhielten wir das Jahrbuch der Uni. Mein Mann entdeckte darin ein Foto, auf dem unser Sohn als Mitglied der Football-Mannschaft abgebildet war. Wir haben ihm nie erlaubt, an solchen rauhbeinigen Mannschaftsspielen teilzunehmen, weil wir um seine Hände Angst hatten. Wir möchten nämlich lieber, daß sich Bernard ganz auf sein Violinspiel konzentriert.«

»Haha!« entfuhr es mir. »Da haben Sie ein richtiges schwarzes Schaf in der Familie.«

Sie lächelte. »Das ist nicht spaßig. Besonders schlimm an dieser ganzen Angelegenheit ist, daß Bernard uns angelogen hat. Zumindest hat er uns nicht die Wahrheit gesagt. Wissen sie, er hat sogar in der Juniorenmannschaft der Uni Basketball gespielt. Offenbar ist er ziemlich tüchtig.«

»Warum lassen Sie ihn nicht einfach Ball *und* Geige spielen?«

»Weil mein Mann aus Bernard einen Vollblutmusiker machen will.«

»Hat er das Zeug dazu?«

»Ja, das hat er, obwohl er kein Genie ist. Aber Sie können sich wohl vorstellen, Tom, wie schwer es ist, in die Fußstapfen eines Herbert Woodruff zu treten. Ich war immer der Meinung, daß wir unseren Sohn nicht dasselbe Instrument erlernen lassen sollten, das sein Vater spielt. Bernard müßte dann den Vergleich nicht so sehr fürchten. Mein Mann hat schon mit neunzehn einen internationalen Wettbewerb gewonnen.«

»Als Trainer wird man oft mit solchen Problemen konfrontiert. Sie ahnen nicht, wie viele junge Burschen sich in irgendwelchen Mannschaften abrackern müssen, bloß weil die Väter meinen, sich mit Hilfe ihrer Söhne noch mal jung fühlen zu können. Wenn es dann nicht klappt, sind sie traurig und enttäuscht.«

»Wer, die Väter oder die Söhne?« fragte sie tiefernst.

»Die Söhne«, antwortete ich. »Zum Teufel mit den Vätern! Die sollten es eigentlich besser wissen.«

»Ich glaube, daß bei meinem Mann die Dinge ganz anders liegen«, meinte sie. »Für ihn gibt es nur sein Instrument, und er liebt die Violine so sehr, daß er sich niemanden vorstellen kann, der diese Liebe nicht teilt, besonders nicht in der eigenen Familie und ganz besonders nicht der einzige Sohn.«

»Wie kommen sie denn miteinander aus?« erkundigte ich mich.

Ihr Gesicht verdüsterte sich. Sie überlegte sich ihre Antwort sorgfältig, und ich konnte spüren, welches Gewicht und welche Bedeutsamkeit jedes einzelne Wort für sie hatte, als sie sagte: »Bernard empfindet vor seinem Vater großen Respekt. Er ist sehr stolz auf ihn und auf das, was er im Leben vollbracht hat.«

»Aber sind sie auch gute Kumpels? Gehen sie zusammen zu irgendwelchen Sportveranstaltungen? Rennen sie zusammen im Park herum? Machen sie im Wohnzimmer mal einen kleinen Ringkampf oder so was Ähnliches?«

Sie lachte, aber es war ein nervöses, unfrohes Lachen. Offenbar hatte ich in diesem Gespräch über ihren Sohn einen wunden Punkt in ihr berührt.

»Ich kann mir keinen Herbert vorstellen, der sich im Wohnzimmer auf dem Fußboden wälzt. Er ist ein sehr eigener und ernster Mensch. Außerdem könnten dabei seine Hände Schaden nehmen, und seine Hände sind sein ganzes Leben.«

»Aber albert er mit ihm herum, Doc?« fragte ich. »Darauf kommt es mir vor allem an.«

Sie dachte lange nach und antwortete dann schlicht: »Nein, ich würde nicht sagen, daß Herbert herumalbert, jedenfalls nicht mit seinem halbwüchsigen Sohn. Ich glaube, daß Bernard seinen

Vater viel mehr schätzen wird, wenn er selbst erst erwachsen ist.«

»Erzählen Sie mir mehr über Bernard.« Mir entging nicht, daß sich wieder etwas Unsichtbares über ihre Augen legte, als würde sie sich innerlich gegen meine Fragen abschotten. Der Gedanke beschlich mich, daß diese Therapeutin jetzt lieber in ihrer Praxis den Sorgen und Nöten anderer Menschen gelauscht hätte, statt hier von dem zu sprechen, was sie selbst bedrückte. Ihr Gesicht war bleich. Sie lehnte sich zurück, so daß ihr Kopf an der roten Ziegelwand hinter ihr ruhte. Jetzt sah sie aus wie eine jener schwanenhalsigen, eleganten Frauen, wie man sie manchmal auf Kameen vor dem Hintergrund von dunklem Achat dargestellt sieht.

»Bernard ist schwer zu beschreiben«, begann sie nach einem tiefen Seufzer. »Er ist ein attraktiver Bursche, der sich für häßlich hält. Er ist groß, viel größer als sein Vater. Er hat riesige Füße und schwarzes gelocktes Haar. Er ist wortkarg, besonders gegenüber Erwachsenen. Er ist ein mittelmäßiger Student. Wir mußten alle Beziehungen spielen lassen, um ihn in Exeter unterzubringen. Wir haben seine Intelligenz testen lassen, und er hat glänzend abgeschnitten, aber er ist faul, und ich glaube, daß er Spaß daran hat, seine Eltern mit schlechten Noten zu ärgern. Was könnte ich sonst noch über ihn sagen, Tom? Die Jugendjahre sind für alle Menschen problematisch.«

»Ist er ein bißchen wirr im Kopf?«

»Nein!« antwortete sie energisch. »Er ist kein Wirrkopf, sondern ein ganz normaler Teenager mit berufstätigen Eltern. Herbert und ich haben vielleicht einen Fehler gemacht und sind in den entscheidenden Jahren nicht genug für ihn da gewesen. Das muß ich leider gestehen, aber ich übernehme die volle Verantwortung.«

»Warum erzählen Sie mir das alles?«

»Ich dachte mir, Tom, daß Sie hier anscheinend viel Zeit haben und vielleicht ein-, zweimal in der Woche mit Bernard trainieren könnten«, sagte sie und beugte sich näher zu mir hin.

»Der erste Job, der mir seit vielen Monden angeboten wird.«

»Würden Sie das tun?«

»Haben Sie schon mit Bernard darüber geredet?«

»Warum sollte ich das?«

»Weil er vielleicht gar keinen Trainer will und weil man ihn schon allein aus reiner Höflichkeit fragen sollte. Warum schicken

Sie Herbert und Bernard nicht einfach in den Central Park? Ihr Mann könnte Ihrem Sohn dort die Bälle zuwerfen, damit er sich mit dem Schlagstock üben kann. Vielleicht trommelt Bernard sogar eine richtige kleine Baseballmannschaft zusammen.«

»Herbert haßt alles, was mit Sport zu tun hat, Tom«, sagte sie und kicherte über meine Idee. »Ehrlich gesagt wäre er sogar wütend, wenn er wüßte, daß ich für seinen Sohn einen Trainer suche. Aber Bernard hat mir gesagt, daß er nächstes Jahr viel Sport treiben will, egal was wir davon halten. Außerdem glaube ich, daß Sie ihm guttäten, Tom. Ich bin überzeugt, daß er Sie mögen würde, weil Sie so sind, wie er sich immer seinen Vater erträumt hat: athletisch, humorvoll, respektlos. Ich möchte wetten, daß Sie nicht Geige spielen können.«

»Sie sollten mal 'ne Aufnahme von mir hören – Tom Wingo spielt alte Meister, daß die Wände wackeln. Sie haben mal wieder eine vorgefaßte Meinung über mich, Doktor.«

»Und Sie über mich«, verwahrte sie sich kühl.

»Nein, das stimmt nicht.«

»Doch, es stimmt, Tom, geben Sie es ruhig zu! Sie dachten vorhin: Die arme Susan Lowenstein! Ist Therapeutin und hilft psychisch Kranken, aber als Mutter kann sie nicht einmal ihren eigenen Sohn glücklich machen.«

»Stimmt«, gestand ich ein. »Genau das hab' ich gedacht. Es muß einen Grund dafür geben, warum Psychiater keine Kinder erziehen können. Ich weiß, es ist ein Klischee, aber es ist trotzdem was dran, oder?«

»Das gilt nicht für mich«, erklärte sie mit Entschiedenheit. »Bernard ist einfach nur ein bißchen schüchtern. Er wird aus all diesen Problemen herauswachsen. Meiner Meinung nach kommen manche Analytiker – nicht alle, das versichere ich Ihnen! – mit ihren eigenen Kindern nicht zurecht, weil sie zu viel über die schädlichen Konsequenzen einer unglücklichen Kindheit wissen. Das lähmt sie und macht ihnen angst vor dem kleinsten Fehler. Ein Übermaß an liebevoller Sorge kann sich am Ende genauso auswirken wie Nachlässigkeit. Aber reden wir lieber über Ihre Honorarvorstellungen.«

»Über Geld? Ach was, vergessen Sie das.«

»Nein, ich bestehe darauf, daß wir diese Angelegenheit ganz sachlich und nüchtern regeln. Was ist Ihr Tarif?«

»Mein Tarif? Sie machen wohl Witze!«

»Hören Sie, für mich ist dies wirklich ein Geschäft. Was verlangen Sie als Trainer pro Stunde?«

Sie hatte ihrer Handtasche ein Notizbuch entnommen und machte sich mit einem dünnen Dupont-Füller eine Notiz.

»Was verlangen Sie denn pro Stunde?« gab ich die Frage zurück.

»Ich sehe nicht ganz, was das eine mit dem anderen zu tun hat«, erwiderte sie und blickte von ihrem Notizbuch auf.

»Das werde ich Ihnen sagen, Doc. Da Sie darauf bestehen, diese Angelegenheit wie ein ganz normales Geschäft zu behandeln, muß ich versuchen, mich mit Ihnen zu einigen. Dazu brauche ich ein paar Zahlen, denn ich habe keine Ahnung, was man hier in New York verlangen kann.«

»Ich berechne fünfundsiebzig Dollar die Stunde«, sagte sie.

»Prima.« Ich grinste. »Ich auch. Abgemacht?«

»Nein. Ich habe nie gesagt, daß ich Ihnen soviel zahlen will.«

»Hören Sie, Doc, da Sie ein Freund der Familie sind, kriegen Sie von mir Rabatt. Sagen wir sechzig Dollar die Stunde... Nein, Sie brauchen sich bei mir nicht zu bedanken.«

»Ich glaube nicht, daß eine Trainerstunde mit einer Stunde therapeutischer Behandlung zu vergleichen ist«, sagte sie sachlich, aber mir gefiel die leicht spöttische Betonung des Wortes *Trainer* nicht.

»Ach ja? Warum nicht? Worin besteht der Unterschied?« wollte ich wissen.

»Sie haben keine Ahnung, was ein Medizinstudium kostet.«

»Doch, hab' ich. Meine Frau hat auch Medizin studiert.«

»Wie hoch war Ihr bisheriges Spitzengehalt als Trainer?«

»Siebzehntausend Dollar im Jahr, vor Steuern«, antwortete ich.

»Was ergibt das für einen Stundenlohn?«

»Nun, wir können von dreihundertfünfundsechzig Tagen ausgehen, weil ich zwar nur neun Monate im Jahr unterrichte und als Trainer arbeite, aber in den Sommerferien auch eine Baseball-Mannschaft betreue. Wenn ich mich nicht täusche, ergibt das sechsundvierzig Dollar am Tag. Die müssen wir durch zehn Arbeitsstunden teilen.«

Nachdem sie diese Zahlen in ihrem Büchlein notiert hatte,

blickte sie auf und verkündete: »Das macht vier Dollar und sechzig Cent pro Stunde. Ich zahle Ihnen fünf.«

»Wie großzügig«, sagte ich.

»Das ist der höchste Lohn, den Sie jemals erhalten haben.«

»Oh je, diese Demütigung!« stöhnte ich und blickte mich im Restaurant um. »Diese ständigen furchtbaren Erniedrigungen! Da steigt man als Trainer mit einer Psychiaterin in den Ring und wird glatt nach Punkten besiegt! Siebzig schöne runde Dollars!«

»Dann ist es also abgemacht«, sagte sie und klappte ihr Notizbuch zu.

»Nein«, erwiderte ich. »Nachdem Sie mich auf diesem Schlachtfeld niedergemetzelt haben, würde ich gern aus diesem Debakel ein bißchen Selbstachtung für mich retten. Ich will Bernard gratis trainieren, Doktor. Wieder einmal bin ich vernichtend geschlagen worden, als ich versuchte, mich als Trainer auf die gleiche Stufe mit jemandem zu stellen, der seinen Lebensunterhalt auf anständige Weise verdient. Sagen Sie Ihrem Sohn, daß wir meinetwegen übermorgen anfangen können. Und jetzt lassen Sie uns eine tolle Nachspeise bestellen!«

»Nein, ich hab' schon viel zu viel gegessen.«

»Machen Sie sich wegen Ihrer Figur keine Sorgen, Lowenstein«, sagte ich. »Wir suchen uns gleich nach dem Essen einen von diesen Straßenräubern, damit er Sie von hier bis zum Central Park jagt. Das ist eine ideale Methode, um nach einer üppigen New Yorker Mahlzeit Kalorien zu verpulvern.«

»Bevor ich's vergesse«, sagte sie. »Erinnern Sie sich an eine gewisse Monique? Sie haben sie in meiner Praxis kennengelernt. Warum haben Sie ihr eigentlich erzählt, Sie seien als Anwalt für eine große Firma tätig? Monique hat mir das gleich hinterher in meinem Büro erzählt.«

»Sie hat mir nicht geglaubt, als ich sagte, ich sei Trainer«, sagte ich. »Außerdem fand ich sie schön und wollte sie beeindrucken. Ich fühlte mich gerade ziemlich einsam. Deshalb hab' ich sie angesprochen.«

»Finden Sie sie schön?«

»Ja, sie kam mir wie die schönste Frau vor, die ich je gesehen hatte«, gab ich zu.

»Es ist alles sehr seltsam, Tom. Monique ist nun schon zweimal zu mir in die Praxis gekommen, und jedesmal war sie hysterisch und ganz aus der Fassung. Sie hat eine schreckliche Affäre mit einem Investment-Banker, der für Salomon Brothers arbeitet – jedenfalls behauptet sie das.«

»Zu mir hat sie gesagt, ihr Seelenklempner sei gerade verreist«, sagte ich. »Gibt es in dieser Stadt auch Menschen, die nicht ständig zu einem Psychiater rennen? Oder hat man sämtliche normale Leute nach New Jersey abgeschoben?«

»Monique ist Flötistin im Ensemble meines Mannes«, eröffnete mir Dr. Lowenstein. »Sie werden Sie also nächsten Monat erleben.«

»Mist! Dann fragt sie mich bestimmt, wie meine Anwaltskanzlei läuft«, sagte ich. »Lassen Sie sich von mir einen Cognac spendieren, Susan. Sie haben recht, das Dessert lassen wir lieber unter den Tisch fallen.«

Als der Cognac gebracht wurde, prosteten wir uns zu. Der Geschmack des Getränks entführte mich in Windeseile in die Vergangenheit, und ich mußte daran denken, daß ich irgendwann mit meinen Geschwistern in diesem Restaurant gesessen hatte. Während wir an dem Cognac nippten, den uns der Inhaber spendierte, hatte Savannah vier neue Gedichte hervorgezogen, an denen sie gerade arbeitete, und sie uns, ihren Brüdern, vorgelesen. Sie plante damals eine Autobiographie in Form eines langen Gedichtzyklus. Was sie uns vorlas, war in einer üppigen, glutvollen Sprache geschrieben. Die Bilder, die sie heraufbeschwor, leuchteten wie Pfirsiche in einem duftenden Obstgarten. So wie sie ihre Gedichte vortrug, fühlte man sich von ihr wie mit reifen Früchten beschenkt, zu deren Duft sich das Aroma des Cognacs gesellte.

»Woran denken Sie, Tom?« fragte Susan.

»Ich dachte an den Abend, den ich hier mit Luke und Savannah verbracht habe. Wir waren damals so glücklich.«

»Was ist dann passiert?«

»Die Natur scheint kein Vakuum zu dulden, aber noch weniger duldet sie vollendetes Glück«, sinnierte ich. »Erinnern Sie sich daran, daß ich einmal meinen Nervenzusammenbruch erwähnte, Susan?«

»Natürlich«, antwortete sie leise.

»Nun, es war kein Nervenzusammenbruch, sondern eine so überwältigende Traurigkeit, daß ich kaum reden oder mich bewegen konnte. Damals kam ich nicht auf den Gedanken, daß es sich um eine psychische Erkrankung handeln könnte, und ich glaube es auch jetzt nicht. In den beiden darauffolgenden Jahren schaffte ich es irgendwie, normal weiterzuleben, aber ich schleppte diesen Kummer immer in meinem Herzen mit mir herum. Ich hatte einen furchtbaren Verlust erlitten und war schlicht untröstlich. Als Trainer war ich in drei verschiedenen Sportarten tätig und mußte außerdem pro Tag fünf Englischstunden geben. Meine Arbeit hielt mich aufrecht, aber irgendwann konnte ich die Last des Schmerzes nicht mehr tragen. Eines Tages las ich während des Unterrichts einer meiner Schulklassen das Gedicht *Fern Hill* von Dylan Thomas vor. Es ging mir so zu Herzen, daß es mir die Tränen in die Augen trieb. Es ist ja auch ein schönes Gedicht, und ich bin jedesmal gerührt, wenn ich es lese, aber jenes eine Mal war alles anders. Ich konnte nämlich nicht aufhören zu weinen. Meine Schüler waren ratlos, und auch ich wußte nicht, wie mir geschah, aber ich konnte einfach nicht anders.«

»Und so etwas würden Sie auf keinen Fall als Zusammenbruch bezeichnen, Tom?« fragte sie leise.

»Nein«, antwortete ich. »Ich hielt es für eine normale Reaktion auf einen großen Kummer. Abnorm daran war, daß ich diesen Kummer so lange mit mir herumgetragen hatte, ohne eine Träne zu vergießen. Eine Woche später ging ich am Strand spazieren. Da begegnete ich einem Mann, der meinem Bruder ähnelte. Prompt ging es wieder los. Ich saß auf den Felsen, von denen man auf den Hafen von Charleston blickt, und wurde eine Stunde lang von einem Weinkrampf geschüttelt. Irgendwann hatte ich das Gefühl, etwas versäumt zu haben. Ja, ich hatte etwas Wichtiges vergessen, aber ich wußte nicht was. Als Sallie mich später am Abend fand, saß ich am Strand und zitterte vor Kälte.«

»Was hatten Sie vergessen?«

»Ein Spiel. Ich hatte vergessen, daß meine Mannschaft an diesem Abend ein Spiel austragen mußte. Meine eigene Mannschaft, die ich trainiert und gedrillt und auf Vordermann gebracht hatte, sollte an jenem Abend spielen, und ich hatte es vergessen!«

»Wurden Sie deshalb entlassen?«

»Ja, deswegen hab' ich meine Stellung verloren«, bestätigte ich. »Von da an saß ich zu Hause rum und weigerte mich, mir von irgend jemanden helfen zu lassen. Ich gab mich ganz meinem

Kummer hin. Es hatte mich schlimm erwischt. Nach einem Monat legten mir meine Frau und meine Mutter ein paar Papiere zur Unterschrift vor und brachten mich in ein Krankenhaus, wo man mich ein paarmal mit einer Schocktherapie behandelte.«

»Sie brauchen mir das alles nicht zu erzählen, Tom«, sagte Dr. Lowenstein.

»Stimmt, aber da ich Ihren Sohn Bernard trainieren soll, dachte ich mir, es sei besser, wenn Sie Bescheid wissen, was für ein faules Früchtchen Sie eingekauft haben.«

»Halten Sie sich für einen guten Trainer?«

»Ja, ich bin als Trainer große Klasse, Susan.«

»Dann freue ich mich, daß Sie ausgerechnet jetzt in mein Leben getreten sind. Danke, daß Sie mir das alles erzählt haben. Ich freue mich, daß wir hier sitzen und nicht in meinem Büro. Sie und ich, wir werden gute Freunde, davon bin ich überzeugt.«

»Es ist da etwas über Savannah, das Sie vor mir geheimhalten, stimmt's?«

»Es gibt eine Menge Dinge über Savannah, die ich Ihnen nicht erzählen darf«, sagte sie.

»Und ich verschweige Ihnen auch vieles andere. Vorhin, als ich diese Monique erwähnte, hat es mich fast umgebracht, als Sie sagten, daß Sie sie schön finden.«

»Wieso?«

»Weil ich glaube, daß mein Mann eine Affäre mit ihr hat.«

»Warum glauben Sie das?«

»Ich kenne meinen Mann sehr gut«, sagte sie. »Monique hat mich schon mehrmals um Hilfe gebeten, aber vielleicht steckt etwas ganz anderes dahinter – Grausamkeit oder Neugier. Ich muß ihr jedesmal hoch und heilig versprechen, Herbert nicht zu sagen, daß sie bei mir war.«

»Tut mir leid für Sie, Susan«, sagte ich. »Aber vielleicht bilden Sie sich das alles nur ein.«

»Nein, das glaube ich nicht.«

»Hören Sie, Mrs. Lowenstein, ich habe Sie kennengelernt und ich bin auch Monique begegnet. Monique sieht toll aus, aber sie hat einen lausigen Charakter und ist mit Vorsicht zu genießen. Da Sie heute abend in diesem umwerfenden Kleid erschienen sind, kann ich nicht umhin zu bemerken, daß Ihre Figur einfach Weltklasse ist. Für meinen Geschmack sind Sie ein bißchen zu ernst, aber ich bin trotzdem gern mit Ihnen zusammen. Monique kann Ihnen nicht das Wasser reichen, Schätzchen.«

»Ich bin kein Schätzchen, Tom«, wehrte sie lächelnd ab. »Vergessen Sie nicht: Ich bin Feministin.«

»Also gut. Monique kann Ihnen nicht das Wasser reichen, Sie Feministin.«

»Vielen Dank, Herr Trainer.«

»Machen wir ein Tänzchen im Rainbow Room?«

»Nein, nicht heute abend, Tom, aber versuchen Sie es im Sommer noch mal bei mir.«

»Versprechen Sie mir, daß Sie dann wieder dieses Kleid anziehen?«

»Ich muß jetzt nach Hause, und zwar schleunigst.«

»Sie haben absolut nichts zu befürchten, Dr. Lowenstein, mich hat man mit einer Elektroschock-Therapie entschärft«, beruhigte ich sie und erhob mich.

»Gehen wir? Ich unterschreibe nur noch schnell die Rechnung und hole Ihnen eins von diesen gräßlich bunten Taxis mit einem farbigen Fahrer.«

»Der Abend war wundervoll«, sagte Susan Lowenstein, als ich ihr wenig später draußen auf der Waverly Place im Nieselregen die Taxitür aufhielt. Sie gab mir einen kleinen Kuß auf die Lippen, und dann stand ich da und sah ihrem Taxi nach, bis es im Regendunst verschwunden war.

8

Wenige Wochen nach ihrer überraschenden Rückkehr ging Großmutter zu Winthrop Ogletree und kaufte sich ihren eigenen Sarg. Wir kamen dahinter, daß sie gern auf den Friedhof von Colleton ging, um mit den Toten zu reden. Wie bei so vielen Menschen aus den Südstaaten hatte sich auch bei Tolitha der Ahnenkult zu einer kleinen, sehr persönlichen Kunstform entwickelt. Die ungetrübte Geborgenheit von Friedhöfen machte sie glücklich. Für sie war der Tod eine Art dunkler, nicht zu lokalisierender Wendekreis, der die geheime Geographie der Erde umschloß. Das Wissen um ihre eigene Sterblichkeit erfüllte sie mit angenehmen Träumen von einer baldigen Reise voller Überraschungen.

Da Großmutter nicht regelmäßig zur Kirche ging und auch niemals öffentlich ihren Glauben an einen Gott bekundet hatte, konnte sie sich andere, exotischere Labsale des Geistes gönnen, anregende oder beruhigende Destillate, mit denen sie ihr durchaus eigenständiges Weitbild würzte. Da sie sich ihren schlichten Glauben an Horoskope bewahrt hatte, richtete sie sich in ihrem Alltag nach den gebieterischen Konstellationen der Himmelskörper und nach den geheimen Botschaften ihres eigenen Sternbildes. Mit nie ermattender Neugier suchte sie bei Wahrsagern Rat. Sie glaubte an die Kräfte glänzender Kristallkugeln, an die kryptischen Zeichen in der Änderung von Teeblättern, an die von sorgfältig gemischten Tarot-Karten abgelesenen Instruktionen und überhaupt an alles, das in einer Kleinstadt des Südens verdächtig und umstürzlerisch erscheinen mußte. In Marseille hatte ein Zigeuner Tolitha aus der Hand gelesen und ihr nach eingehender Betrachtung ihrer kurzen, gegabelten Lebenslinie vorausgesagt, sie würde höchstens sechzig Jahre alt werden. Tolitha hatte gerade ihren sechsundfünfzigsten Geburtstag gefeiert, als sie sich in Colleton niederließ, um Frieden mit der Weit zu schließen. Täglich konsultierte sie den *I Ging*, den mein Großvater milde ausgedrückt, für einen satanischen Text hielt. Sie glaubte felsenfest an die spiritistische Alphabettafel, mochten deren Aussagen und Verlautbarungen auch noch so abwegig und obskur erscheinen. Großmutters Glaubenswelt bildete einen ganzen Katechismus unreflektierter Scheinwahrheiten. Sie beriet sich mit Wunderheilern, Zauberern und Wahrsagern, um sich von ihnen die Witterungsverhältnisse in ihrer quicklebendigen, unverzagten Seele prophezeien zu lassen. Tolitha war im Grunde die christlichste Frau, die mir je begegnet ist.

Das Todesurteil des Zigeuners nahm sie mit würdevoller Besonnenheit und stoischem Ernst hin. Die Vorbereitungen für ihr eigenes Ableben traf sie, als handelte es sich um eine Seefahrt zu einem sagenumwobenen Land, dessen Grenzen lange Zeit den Reisenden verschlossen gewesen waren. Als sie den Zeitpunkt für gekommen hielt, sich einen Sarg zu kaufen und die letzten Vorkehrungen für ihre eigene Bestattung zu treffen, bestand sie darauf, daß ihre Enkel sie begleiteten. Immer darauf bedacht, uns etwas zu lehren, wollte sie uns zeigen, daß man den Tod nicht fürchten muß. Über den Sargkauf äußerte sie sich mit heiterer Gelassenheit und benahm sich überhaupt so, als sei sie im Begriff, am Ende einer äußerst beschwerlichen Reise ein seit langem reserviertes Hotelzimmer zu beziehen.

»Dies ist einfach nur die letzte und möglicherweise interessanteste Station im Leben«, sagte sie, als wir, Bekannten und Fremden gleichermaßen einen guten Tag wünschend, die Street of Tides mit ihren vielen Geschäften entlanggingen.

»Aber du bist doch völlig gesund, Tolitha«, meinte Luke. »Ich hab' Dad sagen gehört, daß du am Ende noch auf unser aller Gräber pinkelst.«

»Dein Vater ist ein vulgärer Kerl, Luke. Du solltest nicht die Redeweise eines Krabbenfischers nachahmen«, ermahnte Großmutter ihn. Stolz wie ein Segelschiff setzte sie unbeirrbar ihren Weg fort. »Natürlich werde ich meinen sechzigsten Geburtstag nicht überleben. Das war nicht irgendein Zigeuner, der mir aus der Hand gelesen hat, das war der *König* der Zigeuner! Ich höre immer nur auf Leute, die etwas von ihrem Fach verstehen. In meinem ganzen Leben bin ich noch nie zu einem Pfuscher gegangen.«

»Mama hat gesagt, es sei eine Sünde, sich von einem Zigeuner die Zukunft weissagen zu lassen«, meldete sich Savannah, die an Großmutters Hand die Straße entlangtrippelte.

»Deine Mutter hat in ihrem ganzen Leben nur zwei Staaten der USA kennengelernt«, erwiderte Tolitha hochnäsig. »Sie verfügt nicht über meine Kenntnisse von der Welt.«

»Hat der Zigeuner gesagt, woran du sterben wirst?« fragte ich und ließ sie vor lauter Sorge, sie könnte auf der Stelle tot umfallen, nicht aus dem Auge.

»Ja, an Herzversagen«, verkündete Großmutter stolz. »Ich werde umfallen, als hätte mich der Blitz getroffen.«

»Läßt du dich als Zen-Buddhistin begraben?« wollte Savannah wissen.

»Nein, das ist zu unpraktisch«, antwortete Tolitha und nickte Jason Fordham, dem Besitzer des Eisenwarenladens, gnädig zu. »Ich habe euren Großvater gebeten, mich nach Atlanta zu bringen und mich nackt auf den Stone Mountain zu legen, damit die Geier meine irdische Hülle fressen, aber er war darüber entsetzt. In Indien wird das so gemacht. Wer weiß, ob es in Georgia überhaupt genug Geier gibt, damit die Sache funktioniert.«

»Das ist das Schrecklichste, das ich jemals gehört habe, Tolitha«, sagte Luke und blickte voll echter Bewunderung zu ihr auf.

»Ich hasse es, etwas auf die übliche Art zu tun, Kinder, aber was soll ich machen? Jedes Land hat seine eigenen Sitten.«

»Du hast keine Angst vor dem Sterben, Tolitha, stimmt's?« fragte ich.

»Irgendwann müssen wir alle den Löffel aus der Hand legen, Tom«, antwortete sie. »Glücklicherweise kann ich mich um alles kümmern, bevor es soweit ist. Auf diese Weise ist es nicht so schockierend für meine Familie. Ich werde dafür sorgen, daß alles bereit ist.«

»Was für einen Sarg willst du kaufen, Tolitha?« erkundigte sich Savannah.

»Eine Kiste aus Kiefernholz. Nichts Pompöses. Ich will, daß die Würmer so schnell wie möglich an mich rankommen. Seien wir doch mal ehrlich: Das ist eben die Art, wie sich die Würmer durchs Leben schlagen. Ich hab' noch nie etwas dagegen einzuwenden gehabt, daß jemand tut, was er tun muß.«

»Wie können dich die Würmer überhaupt fressen? Sie haben doch gar keine Zähne«, gab Luke zu bedenken, gerade als wir an Wayne Fenders Friseurladen vorbeikamen.

»Zuerst müssen sie abwarten, bis man unter der Erde ein bißchen weicher geworden ist«, erklärte Tolitha, deren Stimme dabei einen schrilleren Klang annahm. Solche grausigen Einzelheiten erregten und animierten unsere Großmutter. »Ihr müßt wissen, daß der Leichenbestatter einem vorher das ganze Blut abzapft, so daß man so trocken ist wie ein Maiskolben. Danach wird einem ein Konservierungsmittel in die Adern gepumpt, damit man nicht so schnell verfault.«

»Warum läßt er einem nicht das eigene Blut?« fragte Savannah mit vor Schrecken weit aufgerissenen Augen.

»Weil man mit Blut zu rasch verwest.«

»Aber sie decken einen doch mit Erde zu, damit man schnell verwest!« wunderte ich mich.

»Stimmt, aber sie wollen nicht, daß du schon bei deiner eigenen Beerdigung stinkst. Habt ihr Kinder schon jemals eine Leiche gerochen, die nicht mehr ganz frisch war?«

»Nein. Wie riecht das, Tolitha?« erkundigte sich Luke.

»Es stinkt wie hundert Pfund verrottete Krabben.«
»So schlimm?«
»Schlimmer. Ich brauch' nur dran zu denken, schon wird mir übel.«

Wir erreichten die Stelle, wo sich die Baitery Road und die Street of Tides kreuzten. Es war einer der beiden Plätze in Colleton mit Verkehrsampeln. Draußen im Hafen krängten Segelboote im Wind, ihre Segel papierweiß im überwältigenden Sonnenlicht. Eine fünfzig Fuß lange Jacht wendete draußen auf dem Fluß und schickte vier heisere Hornsignale zum Hafenmeister hinüber. Mr. Fruit, ausgestattet mit Baseball-Mütze und weißen Handschuhen, lenkte den Verkehr auf der Kreuzung. Wir warteten, bis er uns gnädigst das Überqueren der Straße gestattete. Mr. Fruit kümmerte sich nicht darum, ob die Ampeln rot oder grün waren. Er verließ sich bei der Aufgabe, den Verkehr in ›seinem‹ Teil der Welt zu dirigieren, nur auf seine Intuition und auf sein inneres Gespür für Ausgewogenheit und Symmetrie.

Eine bizarre, wachsame Phantasiegestalt, schien dieser hochgewachsene, schlacksige Farbige unbestimmten Alters die Stadt Colleton als den Wirkungsbereich zu betrachten, für den er verantwortlich war. Bis auf den heutigen Tag ist mir nicht klar, ob Mr. Fruit geistig zurückgeblieben oder übergeschnappt oder einfach nur ein netter Spinner war, dem man Narrenfreiheit gewährte und der sich, seinen Mitbürgern auf seine eigene, wortlose Art die Freuden der Frömmigkeit vorlebend, in den Straßen seiner Heimatstadt herumtrieb. Ich weiß nicht, wie er in Wahrheit hieß, ob er Familie hatte und wo er seine Nächte verbrachte. Ich weiß nur, daß er eine Art Eingeborener war und daß niemand auf die Idee kam, ihm das Recht abzusprechen, den Verkehr auf jener Kreuzung zu dirigieren.

Es gab eine Zeit, da versuchte ein neu gewählter Stadtrat Mr. Fruit den Unterschied zwischen einer roten und einer grünen Ampel beizubringen, aber Mr. Fruit widerstand allen Bestrebungen zu verändern, was viele Jahre perfekt funktioniert hatte. Er registrierte nicht nur das Kommen und Gehen in unserer Stadt, nein, er brach auch der heimlichen, tief eingefleischten Bosheit, die in gewissen Randbezirken des Bewußtseins seiner Mitbürger nistete, die Spitze ab. Jede Gemeinschaft kann hinsichtlich ihrer Menschlichkeit oder Verderbtheit nach der Art und Weise beurteilt werden, wie sie mit den Mr. Fruits dieser Welt umgeht. Die Stadt Colleton unterwarf sich einfach dem harmoniespendenden Wirken und den Rezepturen ihres Mr. Fruit. Er tat, was immer ihm geboten schien, und er tat es mit Stil. »Das ist die südliche Manier«, meinte unsere Großmutter. »Es ist die gefällige Art.«

»He, Baby!« rief er uns bei unserem Anblick zu, worauf wir »He, Baby!« zurückriefen. Er trug eine silberne Trillerpfeife um den Hals und ein seliges, unauslöschbares Lächeln auf dem Gesicht. Wenn er in die Pfeife blies, ruderte er dazu übertrieben, aber doch elegant mit seinen langen Armen. Gerade drehte er sich auf dem Absatz und bewegte sich mit tänzelnden Schritten auf ein näher kommendes Auto zu, wobei das knochige Handgelenk seines linken Armes im rechten Winkel geknickt war. Das Auto stoppte, und Mr. Fruit gab uns das Zeichen zum Überqueren der Straße. Dabei blies er immer wieder im Takt der Schritte meiner Großmutter kurz in seine Trillerpfeife. Mr. Fruit war eben der geborene Verkehrspolizist. Übrigens lenkte er auch alle Umzüge und Paraden durch Colleton, gleich wie feierlich und erhaben der Anlaß sein mochte. Er hatte zwei Lebensaufgaben in unserer Stadt, und er erfüllte sie sehr gut. Großvater sagte oft zu uns, Mr. Fruit sei auf seine Art ein ebenso tüchtiger Mensch wie jeder andere, dem er, Amos, jemals begegnet sei.

Das Städtchen Colleton zählte rund zehntausend hinterwäldlerische Seelen, als ich geboren wurde, aber jedes Jahr war ein geringfügiger Bevölkerungsrückgang zu verzeichnen. Colleton lag auf dem ehemaligen Gebiet der *Yemassee*-Indianer, von denen es auf der ganzen Welt keinen einzigen mehr gab, was sich die Leute bei uns hoch anrechneten. Das Wort Yemassee verbreitete den düsteren Schimmer gewaltsamer Ausrottung. Die letzte Schlacht zwischen den Siedlern und den Ureinwohnern dieses Landes war auf unserer Insel ausgetragen worden, genau gesagt am Nordufer von Melrose Island. Colletons Bürgermiliz war bei einem nächtlichen Überraschungsangriff über den Stamm hergefallen und hatte möglichst viele Indianer im Schlaf abgeschlachtet. Die Überlebenden waren von scharfen Hunden wie flüchtiges Wild durch die Wälder gehetzt, im Morgengrauen über die flachen, sandigen Ufergestade in den Fluß getrieben und dort mit Säbeln und Musketen niedergemacht worden, wobei man auch Frauen und Kinder nicht verschonte. Eines Tages, als ich mit Luke und Savannah nach Pfeilkraut suchte, fand ich einen kleinen menschlichen Schädel. Unter der Schädeldecke kullerte eine Musketenkugel hin und her und rollte mir durch die Mundöffnung in die Hand, als ich den Fund aus dem Gestrüpp zog.

Nun, da wir die Street of Tides hinuntergingen, vorbei an der Reihe prächtiger weißer Bürgerhäuser, kamen wir auch an jenem Gebäude vorbei, in dem sich, ohne daß wir es ahnen konnten, der bedrohlichste Alptraum unserer Zeit zusammenbraute. Wir winkten Reese Newbury zu, der auf seiner Veranda stand und auf den Fluß hinausblickte. Er war Colletons mächtigster Bürger, ein brillanter Rechtsanwalt und gleichzeitig der Besitzer der einzigen Bank sowie riesiger, im ganzen Landkreis verstreuter Ländereien. Außerdem war er Vorsitzender des Stadtrates. Mit unserem Gruß anerkannten wir den verwegensten Träumer unserer Stadt und sahen gleichsam unserer eigenen Zukunft ins Auge. Arglos lächelnd winkten wir dem Niedergang des Hauses Wingo zu.

Winthrop Ogletree, der Leichenbestatter, erwartete uns im Vorraum des großen, prunkvollen viktorianischen Hauses am Ende der Street of Tides, in dem er seinem Gewerbe nachging. Er trug einen dunklen Anzug, und seine Hände waren in einer Attitüde betulicher Frömmigkeit vor dem Bauch gefaltet. Er war hochgewachsen und dürr, sein Gesicht hatte die Farbe eines Ziegenkäses, der schon allzu lange auf dem Tisch stand. In seinem Beerdigungsinstitut roch es nach verwelkten Blumen und nicht erhörten Gebeten. Als er uns begrüßte, klang seine Stimme kriecherisch und salbungsvoll. Man wußte sofort, daß er sich nur in Gesellschaft von Toten richtig wohl fühlte. Er sah aus, als sei er selbst schon zwei- oder dreimal gestorben, um allen Feinheiten seines Berufes besser gerecht werden zu können. Sein Gesicht war das eines unglücklichen Vampirs, der noch nie eine sattmachende Portion Blut hatte ergattern können.

»Ich will gleich zur Sache kommen, Winthrop«, erklärte unsere Großmutter in geschäftsmäßigem Ton. »Ich werde kurz vor meinem sechzigsten Geburtstag sterben und will meiner Familie dann möglichst nicht zur Last fallen. Deshalb werd' ich mir jetzt in deiner Leichenhalle den billigsten Sarg aussuchen. Versuch bloß nicht, mir mit aller Gewalt irgendeine sündhafte teure Luxuskiste aufzuschwatzen!«

Mr. Ogletree zog ein gekränktes Gesicht, antwortete jedoch

beschwichtigend: »Oh Tolitha, Tolitha, Tolitha, ich bin doch nur hier, um deinen Interessen zu dienen. Nie käme es mir in den Sinn, einen Kunden zu etwas zu überreden. Ich bin hier, um deine Fragen zu beantworten und um dir zu Diensten zu sein. Übrigens hatte ich keine Ahnung, daß du krank bist. Du siehst aus, als könntest du tausend Jahre alt werden.«

»Ein schlimmeres Schicksal könnte ich mir nicht vorstellen«, antwortete sie und warf einen verstohlenen Blick in den Nebenraum zu ihrer Rechten, wo eine Leiche in einem offenen Sarg lag. »Ist das Johnny Grindley?«

»Ja, er ist gestern früh dahingegangen.«

»Dann arbeitest du aber schnell, Winthrop.«

»Ich tue mein Bestes, Tolitha«, erwiderte Mr. Ogletree mit demütig gesenktem Kopf. »Er hat das Leben eines anständigen Christen geführt, und ich schätze mich glücklich, ihm einen würdevollen Abgang von dieser Welt gewährleisten zu können.«

»Johnny war der gemeinste Hurensohn, der sich jemals hier herumgetrieben hat, Winthrop«, sagte Großmutter, ging zu dem Sarg und blickte auf Johnny Grindleys wachsbleiches, entmenschtes Gesicht hinab. Wir drei Kinder stellten uns um den Sarg auf und betrachteten eingehend die Züge des Toten.

»Er sieht aus, als würde er grade ein Nickerchen machen, stimmt's?« brüstete sich Mr. Ogletree.

»Quatsch, er wirkt so tot wie ein gefällter Baum«, wies Großmutter ihn zurecht.

»Durchaus nicht, Tolitha«, verteidigte sich Mr. Ogletree, sichtbar beleidigt. »Für mich sieht er aus, als könnte er jederzeit aufstehen und einen Marsch von John Philip Sousa pfeifen. Beachte bitte seinen lebhaften Gesichtsausdruck! Und diese Andeutung eines Lächelns – du hast keine Ahnung, wie schwer es ist, ein Lächeln auf das Gesicht eines Krebsopfers zu zaubern. O ja, gewiß, jeder kann das Gesicht einer Leiche zum Lächeln bringen, aber es braucht einen Künstler, damit das Lächeln natürlich wirkt.«

»Ich will kein Lächeln auf dem Gesicht, wenn ich abkratze, Winthrop«, verkündete Tolitha entschieden. »Schreib dir das auf! Ich will nicht grinsen wie eine schnurrende Katze, während die Leute mich über den Sargrand begaffen. Außerdem will ich, daß du mich mit meinem eigenen Make-up herrichtest und nicht mit dem billigen Zeug, das du sonst verwendest.«

»Ich benutze nur die feinsten Kosmetika, die für Geld zu haben sind, Tolitha«, sagte er und richtete sich zu voller Größe auf.

»Und ich möchte als Tote hübsch aussehen«, befahl Tolitha, ohne auf seine Worte einzugehen.

»Du wirst prächtig aussehen, dafür werde ich sorgen«, versicherte er und schlug bescheiden die Augen nieder.

»Der arme Johnny Grindley«, sagte Tolitha und starrte den Toten seltsam zärtlich an. »Wißt ihr, Kinder, ich erinnere mich noch genau an den Tag, an dem Johnny drüben in der Huger Street im Haus seiner Mami zur Welt kam. Ich war damals acht Jahre alt, aber ich weiß es noch so genau, als wäre es vor einer Viertelstunde passiert. Das ist das einzige, das ich in meinem Leben nie so ganz verstanden habe, nämlich daß ich mich noch immer wie ein achtjähriges Mädchen fühle, das mit dem Körper einer alten Frau rumläuft. Johnny war von Anfang an häßlich wie eine Moschusratte.«

»Ihm war ein erfülltes Leben vergönnt«, intonierte Mr. Ogletree mit dem feierlichen Ernst eines Orgelakkords in h-Moll.

»Er hat sein Leben lang nichts Vernünftiges getan, Winthrop«, entgegnete Großmutter. »So, jetzt zeig mir mal den Raum, wo du die Sargmodelle aufbewahrst.«

»Ich hab' da einen, der dir wie auf den Leib geschneidert ist, Tolitha«, sagte Mr. Ogletree, während er uns eine Wendeltreppe hinaufführte. Wir kamen an einem überkonfessionellen Andachtsraum vorbei und betraten gleich darauf ein Zimmer, in dem eine Vielzahl von Särgen der unterschiedlichsten Formen und Größen ausgestellt war. Mr. Ogletree begab sich schnurstracks zu einem Mahagonisarg in der Mitte des Raumes, tätschelte ihn liebevoll mit der Hand und erklärte: »Du brauchst dich gar nicht weiter umzusehen, Tolitha. Dies ist der angemessene Sarg für eine Dame deines gesellschaftlichen Standes.«

»Wo finde ich hier eine Kiste aus Kiefernholz?« fragte Tolitha und blickte sich um. »Ich will meiner Familie nicht zur Last fallen.«

»Das ist kein Problem. Wir bieten unseren Kunden eine bequeme Ratenzahlung. Du brauchst nur jeden Monat ein paar Dollar einzuzahlen. Wenn Gott der Herr dich dann endlich heimholt, muß deine Familie keinen Cent mehr aufbringen.«

Tolitha betrachtete den Sarg lange mit einem pfiffigen Gesichtsausdruck. Sie strich mit der Hand über die reich bestickte Seide, mit der der Sarg innen ausgeschlagen war. Ich ging zu einem Sarg, auf dessen mit Seide bezogener Deckelinnenseite ein Bild von Jesus Christus beim Abendmahl im Kreis seiner Apostel zu sehen war.

»Das ist eine besonders schöne Ausführung, Tom«, ließ sich Mr. Ogletree vernehmen. »Gewiß ist dir aufgefallen, daß Judas nicht abgebildet ist. Es ist ein erhebendes Gefühl, in der Gemeinschaft mit Jesus und dessen Jüngern begraben zu werden, aber klugerweise haben sich die Hersteller dafür entschieden, Judas keinen Platz in der letzten Heimstatt eines guten Christenmenschen zu gönnen.«

»Ja, ich finde, der hier sieht richtig nett aus«, sagte ich.

»Ekliges Ding«, flüsterte Savannah.

»Ich mag den mit den betenden Händen drauf lieber«, rief Luke quer durch den Raum.

»Der ist besonders bei Methodisten beliebt«, verkündete ein hocherfreuter Mr. Ogletree, »obwohl er überkonfessionell ist. Die betenden Hände könnten genausogut einem Buddhisten wie einem Mohammedaner gehören. Versteht ihr, was ich meine? Ich glaube jedoch, daß Tolitha kein Bild in ihrer letzten Bleibe haben will. Sie hat immer schlichte Eleganz geschätzt – wenn du mir dieses Kompliment gestattest, Tolitha.«

»Ich brauch' keine Komplimente, Winthrop«, entgegnete

Großmutter schroff. »Wieviel kostet das Modell, das du mir zuerst gezeigt hast?«

»Normalerweise kostet es knapp tausend Dollar«, antwortete er, und seine Stimme wurde zu einem Murmeln, als würde er beten. »Doch da du eine Freundin des Hauses bist, lasse ich ihn dir für achthundertfünfundzwanzig Dollar und sechzehn Cent – plus Steuern.«

»Ich werd' es mir überlegen, Winthrop«, sagte sie. »Würdest du mich jetzt mit meinen Enkeln ein Weilchen alleine lassen, damit wir uns beraten können? Das ist doch eine ziemlich wichtige Entscheidung. Ich möchte nur im kleinsten Kreis darüber reden.«

»Natürlich, dafür habe ich vollstes Verständnis. Ich hätte es von mir aus vorgeschlagen, Tolitha. Also, ich geh' jetzt runter in mein Büro. Bitte schaut noch kurz rein, bevor ihr geht. Falls du hier nichts findest, das dich zufriedenstellt, zeige ich dir einen speziellen Versandhauskatalog in dem alle Särge abgebildet sind, die in den USA hergestellt werden.«

»Was ist denn die billigste Kiste, die du hier herumstehen hast?«

Winthrop Ogletree schnaubte durch die Nase, als gälte es, einen lästigen Schmutz aus seinen Nüstern zu pusten. Mit steifem Rücken stolzierte er zu einer dunklen Ecke des Zimmers und tippte dort leicht angeekelt an einen kleinen, unscheinbaren Sarg von der Farbe eines Gewehrlaufes.

»Dieses armselige Ding ist für zweihundert Dollar zu haben, Tolitha, aber ich würde niemals zulassen, daß eine Frau deines Ansehens in einem solchen Kasten begraben wird. Lediglich nicht zu identifizierende Landstreicher und die niedere Sorte von Farbigen kommen in solchen Kästen unter die Erde. Nein, du wirst deiner Familie doch sicher die Peinlichkeit ersparen wollen, dich in diesem Ding liegen zu sehen.«

Er warf unserer Großmutter einen Blick zu, als hätte sie ihm vorgeschlagen, er solle sie bis zum Hals in Hühnerdreck verbuddeln. Dann machte er eine tiefe Verbeugung und ließ uns allein.

Als wir das Geräusch seiner Schritte auf der Treppe hörten, sagte Großmutter: »Mir wird schlecht, wenn ich daran denke, daß dieser Widerling mich splitternackt sehen wird, wenn ich tot bin.«

»Wie eklig!« entfuhr es Savannah. »Wir werden es nicht zulassen, nicht einmal einen kurzen Blick!«

»Er muß einen aber nackt ausziehen, wenn er einem die Adern aufschneidet, um das Blut abzulassen. Eigentlich könnte es mir ja egal sein, aber es wäre mir doch lieber, wenn es ein anderer machen würde als Winthrop Ogletree. Der hat eine Stimme, daß man sie nur mit ein bißchen Essig verrühren müßte, um eine prima süßsaure Salatsoße zu erhalten. – So, jetzt brauch' ich mal einen von euch, der mit diesem Ding umgehen kann.« Sie zog einen kleinen Fotoapparat aus ihrer Handtasche und reichte ihn Luke.

»Was hast du vor, Tolitha?« fragte Luke.

Großmutter schob einen Stuhl neben den ersten Sarg, den ihr Winthrop Ogletree vorgeführt hatte. Vorsichtig zog sie ihre Schuhe aus und kletterte darauf. Wir sahen ihr wortlos zu. Jetzt ließ sie sich in den Sarg hinab, als wäre er ein Bett in einem Schlafwagenabteil erster Klasse. Sie legte sich auf den Rücken, machte es sich bequem, indem sie ein paarmal hin und her rutschte, wackelte mit den Zehen und reckte sich, soweit es ging. Dann schloß sie die Augen und lag reglos da.

»Ich mag nicht, wie das Ding gepolstert ist«, sagte sie nach einer Weile, ohne die Augen aufzuschlagen.

»Das ist ja auch keine Matratze, Tolitha«, gab Savannah zu bedenken. »Du sollst dich darin nicht fühlen wie in einem Hotelbett.«

»Woher zum Teufel weißt du, wie ich mich fühlen soll?« fragte Tolitha. »Ich soll für das Ding 'ne Menge Geld berappen, verstehst du? Dafür können sie es einem wenigstens bequem machen. Außerdem muß ich es ja in diesem Sarg eine ganze Weile aushalten.«

»Komm schnell raus!« bat ich unsere Großmutter und rannte zum Fenster. »Wenn dich jemand erwischt, sind wir alle dran.«

»Wie sehe ich aus?« fragte Großmutter ungerührt.

»Wie du aussiehst?« fragte Savannah zurück. »Einfach großartig!«

»Ich meine: Wie sehe ich im Sarg aus?« Großmutter machte noch immer nicht die Augen auf. »Paßt dieses Kleid farblich, oder soll ich das purpurrote anziehen, das ich letzte Ostern in Hongkong getragen habe?«

»Wir waren in Hongkong nicht mit dabei«, bemerkte Luke.

»Stimmt. Nun, ich glaube, dieses Kleid hat mehr Würde. Ich kann es nicht leiden, wenn Tote frivol aussehen. Los, Luke, mach ein paar Schnappschüsse von mir!«

»Das geht nicht, Tolitha, es ist nicht recht.«

»Hör mal, ich werd' doch dieses Ding nicht kaufen, ohne zu wissen, wie ich darin aussehe! Man probiert doch auch ein Kleid an, bevor man es kauft, stimmt's?«

Luke machte ein paar Fotos aus verschiedenen Winkeln und blickte uns jedesmal achselzuckend an, wenn er den Film weiterdrehte.

»Mrs. Blankenship kommt auf das Haus zu, Tolitha!« rief ich. »Bitte komm jetzt da raus!«

»Was kümmert's mich, was die alte Ziege von mir hält! Wir sind zusammen zur Schule gegangen. Sie hat damals nichts getaugt, und sie ist auch jetzt keinen Pfifferling wert. Hört mir mal gut zu, Kinder: Ich will, daß mein Haar schön frisiert wird, wenn ich sterbe. Das soll Nellie Rae Baskins erledigen und auf keinen Fall

– ich wiederhole: *auf keinen Fall* – Wilma Hotchkiss. Der sollte man nur erlauben, im Friseursalon Haare aufzukehren, aber keines anzurühren. Sagt Nellie Rae, daß ich mir eine von diesen pompösen französischen Frisuren wünsche, über die seit einiger Zeit so viel geschrieben wird. Ich will was Todschickes und Ausgefallenes, damit sich gewisse Leute auch nach meinem Tod noch das Maul zerreißen können. Außerdem will ich – aber schreibt von euch überhaupt jemand mit? Einer von euch sollte das notieren. Ihr Kinder erinnert euch später bestimmt nicht an alles... Außerdem will ich, daß man mir das Haar rot färbt.«

»Rot?« entfuhr es der verblüfften Savannah. »Du wirst als Rotschopf albern aussehen, Tolitha. So was sieht nicht natürlich aus.«

Großmutter, deren Augen noch immer fest geschlossen waren, und deren Kopf bequem auf einem Satinkissen ruhte, erwiderte seelenruhig: »Ich war als Mädchen rothaarig. Jawohl, ich hatte schönes rotes Haar und nicht so eine widerliche messingfarbene Mähne wie die kleine Tolliver, die in der Burnchurch Road wohnt. Ich hab' mir mit fünfzehn eine Locke abgeschnitten und besitze sie noch immer. Danach kann sich Nellie Rae richten. Sie versteht sich aufs Färben. Wilma könnte nicht mal ein Osterei färben, ohne es zu verpfuschen. Außerdem, Savannah: Wer will schon als Leiche natürlich aussehen? Mein Gott, ich versuch' doch nur, ein bißchen Pep in meine eigene Beerdigung zu bringen!«

»Von einer Beerdigung erwartet man nicht, daß sie Pep hat«, hielt Savannah dagegen. »Bitte kletter jetzt aus dem Sarg, bevor Mr. Ogletree nachschauen kommt.«

»Was ist mit meinem Mund?« fragte Tolitha. »Ich will, daß mein Mund genauso ist wie jetzt, glaube ich. Mach noch einen Schnappschuß, Luke! Vergeßt nicht, ich will nicht, daß dieser blödsinnige Ogletree mir dieses Grinsen verpaßt, für das er berüchtigt ist. Glücklich mit Jesus im Himmel vereint und der ganze Quatsch – na, ihr wißt schon. Ich will ernst und würdevoll aussehen, wie eine verwitwete Königin. Savannah, Schatz, gib mir die Puderdose aus meiner Handtasche! Mal sehen, was mit meinem Make-up los ist.«

Savannah griff in die gigantische Handtasche, angelte eine kleine goldene Puderdose heraus und reichte sie unserer auf dem Rücken liegenden Großmutter. Tolitha ließ die Dose aufschnappen und betrachtete ihr Gesicht in dem kleinen runden Spiegel. Sie tupfte ein bißchen Puder auf ihre Nase und ihre Wangen. Zufrieden mit dem Resultat, ließ sie die Dose zuschnappen, gab sie Savannah und schloß wieder die Augen.

»Ausgezeichnet. Jetzt ist mein Make-up perfekt. Genau so will ich es haben. Mach noch einen Schnappschuß von mir, Luke. Das ist exakt der Lippenstift, den man verwenden soll. Ogletree benutzt irgendein Zeug, mit dem andere Leute Feuerwehrautos lackieren würden. Man sollte ihm nur erlauben, Nigger anzumalen...«

»Da kommt jemand!« rief ich kläglich und zeigte auf die Tür. »Tolitha, bitte komm jetzt aus dem Sarg raus!«

»Du bist kein bißchen hübsch, Tom, wenn du so hysterisch bist.«

»Und du solltest nicht das Wort *Nigger* benutzen, Tolitha«, tadelte Savannah. »Das ist nicht nett.«

»Ja, du hast recht, Prinzeßchen. Ich tu' es nicht wieder.«

»Da kommt jemand, Tolitha«, sagte nun auch Luke. Flüsternd fügte er hinzu: »Bitte komm jetzt da raus!«

»Hihihi!« kicherte Großmutter. »Eine Generalprobe! Phantastisch!«

Ruby Blankenship kam königlich und wißbegierig ins Zimmer gerauscht. Das graue Haar trug sie streng nach hinten gebürstet. Ihre Augen saßen wie zwei Weintrauben im wabbeligen Teig ihres Gesichts. Sie war eine hochgewachsene Matrone mit ausladenden Formen, bei deren Anblick sich augenblicklich in jedem Kind Furcht regte. In Colleton galt sie allgemein als eine ›unübersehbare Persönlichkeit‹. Wie sie nun dort in der Tür stand, beäugte sie uns mit jener seltsam bohrenden Eindringlichkeit, die bei manchen älteren Leuten, zumal bei solchen, die kleine Kinder hassen, bis zur Perfektion entwickelt ist. Einen Teil ihrer Berühmtheit verdankte sie der unersättlichen Neugier, mit der sie sich für den Gesundheitszustand ihrer Mitbürger interessierte. Im Krankenhaus und beim Leichenbestatter war sie gewissermaßen Stammgast. Wenn irgendwo ein Feuer ausbrach, war sie nicht zu halten. Sowohl zu Hause als auch in ihrem Auto hörte sie den Polizeifunk ab, und selbst nach dem gräßlichsten Unfall ließ sie es sich nicht nehmen, die Wrackteile zu inspizieren.

»Was habt ihr Wingo-Kinder hier zu suchen?« fragte sie und blieb nach ein paar schwungvollen Schritten mitten im Raum stehen. »In eurer Familie hat's doch seit Jahren keinen Todesfall gegeben.«

Bevor wir antworten konnten, hatte sie schon Tolitha entdeckt, die mit friedlich über dem Bauch gefalteten Händen noch immer in dem Sarg lag.

»Das muß aber schnell gegangen sein! Sonst hätte ich längst davon gehört«, sagte Mrs. Blankenship.

Ohne uns eines weiteren Blickes zu würdigen, ging sie mit flinken Schritten quer durch den Raum, stellte sich neben den Sarg und betrachtete unsere Großmutter kritisch.

»Schaut euch das stupide Grinsen an, das ihr der arme Ogletree verpaßt hat«, sagte sie und winkte Luke mit einem knochigen, blutleeren Zeigefinger zu sich heran. »Der wird dafür sorgen, daß die ganze Stadt grinsend unter die Erde kommt. Sonst hat er bei ihr gute Arbeit geleistet. Sieht sie nicht natürlich aus, Kinder? Ich finde, sie wirkt fast lebendig.«

»Ja, Ma'am«, sagte Luke.

»Woran ist sie eigentlich gestorben?«

»Das weiß ich nicht genau, Ma'am«, antwortete Luke kläglich. Hilfesuchend blickte er sich nach uns um. Savannah und ich schüttelten einmütig den Kopf zum Zeichen, daß er in diesem Fall nicht mit uns rechnen konnte. Savannah ging zum Fenster und blickte auf den Fluß hinaus. Ihre Schultern bebten wie bei einem unterdrückten Lachkrampf. Mir war alles viel zu peinlich, als daß ich das Komische an dieser Situation hätte ermessen können.

»Du weißt es nicht? Was soll das heißen?« fragte Mrs. Blankenship herrisch. »War es ihr Herz? Oder irgendeine Art von Krebs, den sie sich in Afrika geholt hat? Oder die Leber? Ja, ich möchte wetten, daß es die Leber war. Sie hat immer viel zu viel getrunken, aber das könnt ihr natürlich nicht wissen. Euren Großvater hat sie mitten in der Weltwirtschaftskrise verlassen. Ich erinnere mich noch genau, daß ich an dem Tag zu eurem Opa ging, um einen Kochtopf zurückzugeben. Schätze, daß es ihr ganz schön schwerfallen wird, sich vor dem Allmächtigen zu rechtfertigen. Wann soll die Beerdigung stattfinden?«

»Das weiß ich nicht genau, Ma'am«, sagte Luke.

»Was, du weißt nicht, wann deine eigene Großmutter begraben wird?« wunderte sich Mrs. Blankenship.

»Nein, Ma'am«, sagte Luke.

»Wann ist es denn passiert?«

»Bitte, Ma'am, ich bin zu aufgeregt, um darüber zu reden«, sagte Luke und schlug plötzlich die Hände vors Gesicht. Jetzt zuckten auch seine Schultern vor unterdrücktem Gelächter.

»Reg dich nicht auf, Kleiner«, sagte Mrs. Blankenship freundlich. »Der Tod ist etwas ganz Natürliches. Eines Tages holt der Sensenmann jeden von uns und reitet mit uns zum Ort des Jüngsten Gerichts. Deshalb sollten wir immer bereit sein, für den Fall, daß der Herr uns plötzlich zu sich ruft. Bestimmt quält dich die Vorstellung, daß deine Großmutter jetzt in der Hölle schmort, aber sie hat es ja nicht anders gewollt. Sie hat ein sündiges Leben geführt und kann uns allen nur als warnendes Beispiel dienen, auf daß wir versuchen, hier auf Erden anständiger zu leben. Da, ich hab' jedem von euch ein Stück Juicy Fruit mitgebracht.« Sie zog ein offenes Päckchen Kaugummi aus der Tasche und ließ geschickt drei gelb verpackte Streifen in ihre Handfläche rutschen. »Kaugummi ist gut gegen Tränen und hält den Atem frisch. Mir ist heute wieder aufgefallen, wie schlimm viele kleine Kinder aus dem Mund riechen. Wißt ihr warum? Weil ihre Mütter sie nicht mehr dazu anhalten, sich die Zungen zu bürsten. Ja, ich weiß, ihr glaubt, ich sei verrückt, aber meine Mutter hat mir gezeigt, wie wichtig es ist, daß man sich die Zunge genauso eifrig bürstet wie die Zähne.«

Sie hielt Luke einen Streifen Kaugummi hin, erstarrte jedoch mitten in der Bewegung, denn Tolitha hatte sich plötzlich kerzengrade im Sarg aufgesetzt, sie zuerst am Gelenk gepackt und ihr dann den Kaugummi aus der Hand gerissen. Sie wickelte ihn aus, schob ihn sich in den Mund, ließ sich wieder langsam in den Sarg zurücksinken und blieb gemächlich kauend liegen.

Einen Augenblick lang herrschte Grabesstille, dann stieß Ruby Blankenship einen schrillen Schrei aus und stürzte zur Tür. Wir hörten, daß sie drei Stufen auf einmal nahm, als sie die Treppe hinabpolterte.

Unsere Großmutter Tolitha hüpfte flink aus dem Sarg, wobei sie sich mit beiden Händen am Rand festhielt und fast eine Flanke machte. Sie schlüpfte in ihre Schuhe und flüsterte mit dämonischem Lächeln: »Kommt, ich weiß, wo der Hinterausgang ist!«

Eine Treppe tiefer versuchte die hysterische Mrs. Blankenship, dem armen Winthrop Ogletree klarzumachen, was sie soeben mit eigenen Augen gesehen hatte, aber sie war zu sehr durcheinander, um einen zusammenhängenden Bericht zustande zubringen. Wir stiegen hinter unserer Großmutter eine schmale rückwärtige Treppe hinab und durchquerten den kleinen, von einer Ziegelmauer umschlossenen Hof hinter der Leichenhalle. Als wir uns außer Sichtweite befanden, warfen wir uns alle vier auf eine kleine Rasenfläche und brüllten vor Lachen, bis uns die Bäuche weh taten. Tolitha wälzte sich auf den Rücken und streckte die Beine in die Luft, so daß ihr Rock verrutschte und man ihren Schlüpfer sehen konnte. Savannah und ich rollten uns eng umschlungen im Gras und versuchten unser Lachen zu unterdrücken, indem wir den Mund gegen die Schulter des anderen preßten. Nur Luke lachte lautlos, aber er kugelte sich auf dem Boden und zuckte dabei so heftig wie ein nasser, frierender Hund.

Es war jedoch Tolitha, die mit ihrem Lachen den Vogel abschoß. Sie hatte eine Lache, nach der sich alle Köpfe umdrehten, musikalisch und metallisch hell, als läute in ihrer Kehle ein zerborstenes Glöckchen. Dieses Lachen war eine titanische, leidenschaftliche Angelegenheit. Es packte sie wie eine Welle, die sich zu ihren Füßen aufschaukelte und bis zu ihrem Mund hochbrandete.

Zwischen zwei krampfhaften Lachanfällen hörten wir sie mit flehender Stimme sagen: »Bitte helft mir aufzuhören! Bitte helft mir!«

Als ich endlich wieder reden konnte, fragte ich: »Helfen? Wieso?«

Sie lachte noch eine Weile weiter, hilflos, entkräftet, dann brachte sie keuchend heraus: »Weil ich mir immer die Hosen naßmache, wenn ich so schlimm lachen muß.«

Das reichte, um mein eigenes Lachen zu lassen, aber Luke und Savannah prusteten los, daß sie fast platzten.

»Tolitha, bitte mach dir nicht in die Hosen! Du bist doch unsere Großmutter!« sagte ich, aber der würdevolle Ernst und der bittende Unterton in meiner Stimme brachten sie wieder richtig in Fahrt. Ihre dünnen Beine zappelten über ihrem Kopf hin und her wie bei einem umgekippten Käfer, und ihr knappes weißes Höschen leuchtete im Sonnenschein.

»Die Beine runter, Tolitha! Ich kann dein Dingsda sehen«, flehte ich.

»Ich mach' mich naß, ich mach' mich naß, lieber Gott, ich kann nicht anders!« kreischte Tolitha ekstatisch. Sie stand auf, lief hinter einen Azaleenbusch, zog das Höschen aus und lachte so hemmungslos, daß ihr die Tränen übers Gesicht liefen, während sie mit lautem Plätschern die Azalee goß.

»Lieber Gott!« rief ich. »Unsere Oma pinkelt mitten in der Stadt auf die Pflanzen!«

»Still, mein Junge!« sagte sie, als sie ihren Atem wieder unter Kontrolle hatte. »Sei still und reich mir meinen Schlüpfer!«

Sie zog ihr Höschen wieder an, und als sie hinter dem Azaleenbusch hervorkam, waren die hinreißende Weiblichkeit ihrer Erscheinung und ihre achtunggebietende Miene wiederhergestellt.

Aus der viktorianischen Villa des Leichenbestatters mit ihren weitläufigen, hallenden Fluren drang noch immer das Gekreische von Ruby Blankenship an unser Ohr.

Wir hakten uns alle vier unter, gingen die Street of Tides hinunter und überquerten auf ein Zeichen von Mr. Fruit ein weiteres Mal die Kreuzung.

9

Im Frühjahr trug meine Mutter immer eine Gardenie im Haar. Wenn sie abends zu uns ins Zimmer kam, um uns einen Gutenachtkuß zu geben, funkelte auf ihrem Kopf weiß wie ein Juwel eine Blüte, die aus dem Gewächshaus eines Königs hätte stammen können. Wenn dann der Gardenienbusch seine Kräfte verausgabt hatte und seine welken Blüten auf dem Boden lagen, war die Luft mit dem süßen Duft ihres Sterbens erfüllt, und wir wußten, daß die Rosen ihnen bald folgen würden. Im Frühjahr und im Sommer konnten wir Kinder die einzelnen Tage auseinanderhalten, indem wir uns merkten, welche Gartenblume jeweils das Haar unserer Mutter geschmückt hatte. Der Anblick einer Frau, die die Arme hebt und eine Blüte zwischen ihre Locken steckt, ist für mich auch jetzt noch ein Erlebnis von unbeschreiblicher Zartheit und Schönheit. Diese sinnliche Geste erweckt in mir all das traurige Mitgefühl, das ich für das Los der Mütter aufzubringen vermag. Im Zusammenhang mit dieser ebenso unschuldigen wie bezaubernden Gewohnheit wurde mir auch die erste, unvergeßliche Lektion über die zerstörerische Grausamkeit von Klassenunterschieden in meiner eigenen südlichen Heimatstadt erteilt. Ihr sollten noch viele andere folgen, aber keine hat mich so geschmerzt wie die erste; keine von ihnen hat sich mir mit solch unauslöschlicher Klarheit eingeprägt.

Mutter trug auch dann stets eine Gardenie im Haar, wenn sie nach Colleton zum Einkaufen ging. Zwar kaufte sie nie viel, aber sie liebte die kleinen Rituale und höflichen Gepflogenheiten in den kleinstädtischen Geschäften, die Scherzworte über den Ladentisch hinweg, das aufgeräumte Schwatzen der Ladeninhaber und das emsige Gewimmel in den Straßen. Zu einem solchen Stadtbummel kleidete sie sich immer sehr sorgfältig. Wenn sie dann die Street of Tides entlangging, war Lila Wingo die hübscheste Frau von Colleton – und sie wußte es. Es war ein Vergnügen, sie so dahinschlendern zu sehen und den ebenso neugierigen wie respektvollen Ausdruck in den Augen der Männer zu registrieren, an denen sie vorbeikam. Aus dem Blick der Frauen, denen sie begegnete, sprach etwas anderes. Ich habe in den Augen der Bürgerinnen von Colleton neidische Bewunderung erblickt, während meine Mutter an den Schaufenstern vorbeiflanierte, dann und wann kurz innehielt, um ihr eigenes Spiegelbild zu bewundern, und sich über das Aufsehen freute, das sie erregte. Sie bewegte sich mit unfehlbarer, geschmeidiger Instinktsicherheit, und das Ergebnis war Schönheit, reine Schönheit.

Im Mai 1955 betrat sie, sorgfältig geschminkt und eine Gardenie im Haar, Sarah Postons Modesalon. Sie sagte »Guten Morgen« zu Isabelle Newbury und Tina Blanchard, die sich gerade ein Kleid für das alljährlich stattfindende Frühlingsfest des Frauenvereins von Colleton aussuchten. Mrs. Newbury und Mrs. Blanchard erwiderten ihren Gruß höflich. Meine Mutter nahm ein Kleid, das sie sich nicht leisten konnte, vom Kleiderständer und ging in das kleine Hinterzimmer des Ladens, um es anzuprobieren. Luke und ich schauten uns unterdessen in Fordhams Haushaltswarengeschäft Angelruten an. Als sie in dem Umkleideraum stand, hörte meine Mutter Isabelle Newbury zu deren Freundin sagen: »Ich wäre nicht überrascht, wenn Lila mit einer Rose zwischen den Zähnen zu einem Galadinner erscheinen und wie eine Flamencotänzerin mit den Fingern schnippen würde. Sie hat eben einen unfehlbaren Instinkt für nicht allzu geschmackvolle Auftritte. Manchmal würde ich ihr am liebsten diese Blumen aus dem Haar reißen und ihr zeigen, wie man sich die Fingernägel manikürt.«

Savannah war bei meiner Mutter im Umkleideraum, als diese Worte fielen. Isabelle Newbury hatte nicht bemerkt, daß die beiden nach hinten gegangen waren. Meine Mutter lächelte und legte einen Finger auf die Lippen. Dann drehte sie sich um und betrachtete sich im Spiegel. Sie hob den Arm, nahm die Gardenie aus dem Haar und ließ sie in den Papierkorb fallen. Dann betrachtete sie ihre Fingernägel.

Meine Mutter und meine Schwester blieben eine Stunde lang in jenem Umkleideraum, und die ganze Zeit tat meine Mutter so, als überlegte sie, ob sie das Kleid, das sie sich gar nicht leisten konnte, kaufen sollte. Von jenem Tag an hat sie ihr prachtvolles Haar nie wieder mit einer einzigen Blüte geschmückt. Auch wurde sie in den langen Jahren unserer Kindheit nicht ein einziges Mal zu einer Galaveranstaltung eingeladen. Ich vermißte die Gardenien und sehnte mich nach den Zeiten zurück, in denen mir jedesmal, wenn sie an mir vorbeikam, ihr Duft in die Nase stieg, der sie wie ein unsichtbares Gewand umgab und ihr bei ihren Bienen und ihrem sie anbetenden Sohn eine unwiderstehliche Attraktivität verlieh. Noch heute kann ich keine Gardenie riechen, ohne an meine Mutter zu denken, wie ich sie als Knabe erlebt habe, und ich kann nicht an die Fingernägel einer Frau denken, ohne Isabelle Newbury zu hassen, weil sie mich damals um die Blumen im Haar meiner Mutter betrog.

Es gibt zwei Arten von Wingos. Einmal den Typus des nachsichtigen, verzeihenden Wingo, für den mein Großvater ein Beispiel war, denn er vergab seinen Mitmenschen ein Leben lang all ihre Sünden und Vergehen gegen ihn. Und dann gibt es den Wingo, dessen nachtragender Groll ein ganzes Jahrhundert und mehr währen könnte. Letzterer hatte innerhalb unserer Familie schon immer die Mehrheit gebildet und seit eh und je ein gnadenloses, angeborenes, fast heroisches Erinnerungsvermögen für alle Beleidigungen und Ungerechtigkeiten gehabt. Wer sich gegen solche Wingos versündigte, der mußte sich auf die Rachegelüste der nächsten Wingogeneration gefaßt machen. Menschen dieses Schlages geben nämlich alles, was sie bedrückt, an ihre Kinder weiter. Wir trugen also den Keim zu mancher Fehde oder

Vendetta als unerfreuliches Erbteil im Blut mit uns herum. Übrigens rechne ich mich selbst zu jener zweiten Kategorie von Wingos.

Unser Vater pflegte uns mit diesem Kapitel familiärer Gepflogenheiten vertraut zu machen, wenn er am Ruder seines Kutters stand und sagte: »Wenn ihr in der Schule einen Gegner nicht verprügeln könnt, dann wartet einfach zwanzig Jahre ab, bis ihr seine Frau und seine Kinder verprügeln könnt.«

»Immer eine Klasse besser sein, was, Daddy?« mochte Savannah dann wohl antworten, eine von Mutters liebsten Phrasen wiederholend.

»Man muß den Leuten zeigen, was Sache ist, Savannah«, antwortete Vater. »Wenn sie absolut nicht kapieren wollen, dann muß man ihnen eben eins auf die Nase geben.«

»Mama will nicht, daß wir uns prügeln«, sagte ich.

»Ha!« machte Vater mit seiner röhrenden Stimme. »Eure Mutter! Wenn einer in unserer Familie das Zeug zu einem Killer hat, dann sie. So ein Weibsbild schneidet dir das Herz raus und frißt es vor deinen eigenen Augen auf, wenn du nicht aufpaßt.«

Das sagte er voller Bewunderung.

Etwa ein Jahr nach jenem schicksalhaften Einkaufsbummel wiederholte sich die Sache mit den Gardenien in anderer Form. Ich hatte gerade die Cafeteria unserer Schule verlassen und war unterwegs zu meinem Spind im Umkleideraum, da erblickte ich Todd Newbury mit drei Freunden, die auf meine Füße zeigten. Todd war das einzige Kind von Isabelle und Reese Newbury. Er bewegte sich mit der für viele Einzelkinder so typischen Selbstsicherheit. Er wirkte in jeder Hinsicht angeberisch und verzogen. Dicky Dickson und Farley Bledsoe waren die Söhne von Bankangestellten, die für Reese Newbury arbeiteten. Marvin Grants Vater vertrat die Bank als Rechtsanwalt. Wir kannten uns alle seit unserer frühesten Kindheit.

»Hübsche Schuhe trägst du da, Wingo!« rief mir Todd zu, als ich an ihm vorbeiging. Die anderen lachten über seine Worte.

Ich schaute auf meine Tennisschuhe hinab. Es waren dieselben, die ich mir morgens angezogen hatte: Sie waren weder alt noch neu, nur gut eingelaufen.

»Freut mich, daß sie dir gefallen, Todd«, sagte ich. Das brachte die anderen Jungen noch mehr zum Lachen.

»Die sehen aus, als hättest du sie einem toten Nigger geklaut«, sagte Todd. »Und stinken tun sie, daß man sie bis hierher riecht. Hast wohl keine anständigen Schuhe?«

»Doch, zu Hause hab' ich welche«, antwortete ich.

»Die ziehste wohl nur im Frühjahr zum Pflügen an, was? Na los, gib schon zu, daß du noch nie ein paar gute Schuhe gehabt hast.«

»Mein Daddy sagt, daß deine Familie nicht mal genug Geld hat, um sich 'nen abgenagten Suppenknochen zu kaufen«, spottete Farley Bledsoe. »Wie solltest du dir da ein Paar Bass Weejuns leisten können, Wingo?«

»Ich hab' aber welche zu Hause, Farley«, behauptete ich. »Ich darf sie nur nicht zur Schule anziehen.«

»Du bist ein Lügner, Wingo!« sagte Todd. »Flußratten wie du sind alle durch die Bank Lügner. Neulich hab' ich meine Mama sagen hören, daß solche Leute wie ihr Wingos zum schlimmsten weißen Abschaum auf der Welt gehören, und ich hab' das sichere Gefühl, daß meine Mama recht hat.«

Er entnahm seiner Brieftasche einen Fünf-Dollar-Schein und warf ihn vor mir auf den Fußboden.

»Da, nimm! Davon kannst du dir zwar keine anständigen Schuhe kaufen, aber du hast ja schon ein Paar zu Hause, oder, du Lügner? Kauf dir einfach ein paar Filzpantoffeln. Vielleicht muß man dann nicht mehr so 'nen weiten Bogen um deine stinkenden Füße machen.«

Ich bückte mich, nahm den Geldschein auf und hielt ihn Todd Newbury mit den Worten hin: »Nein, danke, Todd. Hier, steck das wieder in deine Brieftasche. Ich brauch' dein Geld nicht.«

»Aber ich versuch' doch nur, ein guter Christ zu sein und dafür zu sorgen, daß arme Leute wie du was zum Anziehen haben, Wingo.«

»Bitte nimm das Geld zurück, Todd. Steck's wieder ein! Das ist eine höfliche Bitte.«

»Nein, nicht nachdem du es angefaßt hast, du dreckige Flußratte! Jetzt kleben deine Bazillen dran«, antwortete Todd. Seine Kumpels belohnten den flotten Spruch mit schallendem Gelächter.

»Wenn du das Geld nicht sofort einsteckst, Todd, dann zwinge ich dich, es zu fressen!« drohte ich. Die Art und Weise, wie Todd Newbury darauf reagierte, machte mir zum erstenmal in meinem Leben meine eigene Körperkraft bewußt.

»Mit vier auf einmal kannst du es nicht aufnehmen, Wingo«, sagte Todd zuversichtlich.

»Doch, das kann ich«, widersprach ich und schlug zu.

Mit drei Fausthieben mitten ins Gesicht, jeder stark genug, um die Nase meines Gegners zum Bluten zu bringen, brachte ich Todd zum Schweigen. Er taumelte gegen eine Wand und ging langsam in die Knie. Ungläubig blickte er seine Kumpane an. »Los, schnappt ihn euch!« rief er. »Er hat mir was getan!« Aber die anderen drei Jungen kniffen und zogen sich zurück.

»So, jetzt steck den Geldschein in den Mund und schluck ihn runter!« befahl ich. »Sonst hau' ich dir noch eine rein!«

»Das kannst du mit mir nicht machen, du Scheißkerl!« brüllte er. Ich schlug noch einmal zu.

Gerade schickte er sich an, die Banknote herunterzuschlucken, ab mich ein Lehrer von hinten packte und mich zum Büro des Direktors schleppte.

Auf den Fluren der Schule brach die Hölle los, als sich die Kunde von dem Zweikampf unter den Schülern verbreitete. Todds Blut hatte auf meinem weißen T-Shirt rote Flecken hinterlassen, und so stand ich, den Beweis für meine Schuld deutlich sichtbar auf der Brust, vor Mr. Carlton Roe, dem Direktor.

Mr. Roe war ein drahtiger, blondhaariger Mensch, der als Student ein guter Sportler gewesen war. Normalerweise wirkte er gut gelaunt, doch wenn ihn etwas wütend machte, zeigte sich, daß er ein hitziges Temperament hatte. Er war einer jener seltenen Erzieher, die ihr ganzes Leben in den Dienst der Schule stellen. Balgereien auf den Fluren duldete er nicht. Mit mir hatte er bis zum heutigen Tag noch keinen Ärger gehabt.

»Okay, Tom«, sagte er lässig, als der andere Lehrer fort war. »Jetzt erzähl mir mal, was passiert ist.«

»Todd hat was Schlechtes über meine Schuhe gesagt«, berichtete ich mit gesenktem Kopf.

»Und deshalb hast du ihn verprügelt?«

»Nein, Sir, er hat mich und meine Familie dreckige Flußratten genannt. Und er hat mir fünf Dollar für ein Paar Schuhe gegeben.«

»Aha. Daraufhin hast du zugeschlagen?«

»Ja, Sir. Da hab' ich zugeschlagen.«

Die Tür flog auf. Todd Newbury kam ins Zimmer gestürmt. Er hielt ein blutiges Taschentuch vor den Mund gepreßt.

»Verdreschen Sie ihn richtig, Mr. Roe! Prügeln Sie ihn halbtot. Ich hab' grad meinen Daddy angerufen. Er meint, daß er vielleicht die Polizei einschaltet.«

»Was ist los, Todd?« fragte Mr. Roe. »Meines Wissens hab' ich dich nicht rufen lassen.«

»Ich stand vor meinem Spind, Sir, und ich war auf nichts gefaßt, als dieser Kerl mich von hinten ansprang. Ich hab' drei Zeugen dafür.«

»Was hast du zu Tom gesagt?« fragte Mr. Roe mit ausdruckslosen Augen.

»Nichts hab' ich zu ihm gesagt! Warum sollte ich mit ihm reden?« Er blickte mich an und fügte hinzu: »Hoffentlich gefällt's dir im Erziehungsheim, Wingo!«

Das Telefon klingelte. Ohne Todd aus den Augen zu lassen, nahm Mr. Roe den Hörer ab. Der für unsere Schule zuständige Oberschulrat war am Apparat. Ich hörte Mr. Roe sagen: »Ja, Mr. Aimar, ich überblicke die Situation durchaus. Beide Schüler sind gerade in meinem Büro. Nein. Wenn mich Mr. Newbury zu sprechen wünscht, werde ich ihn hier gern empfangen. Dies ist eine dienstliche Angelegenheit. Deshalb sehe ich keine Veranlassung, ihn in seinem Büro aufzusuchen. Jawohl, Sir. Ich werde die Sache regeln. Danke für den Anruf.«

»Ihr werdet alle lernen, euch nicht mit den Newburys anzulegen!« sagte Todd. »Das garantiere ich.«

»Halt den Mund, Todd!« befahl Mr. Roe.

»So sollten Sie nicht mit mir reden, Mr. Roe! Mein Vater kann so was nicht leiden.«

»Ich sagte: Halt den Mund, Todd!« wiederholte der Direktor. »Und jetzt raus mit dir! Der Unterricht beginnt gleich. Ich werde mir jetzt mal den jungen Mr. Wingo vorknöpfen.«

»Kriegt er anständig was mit dem Paddel ab?« fragte Todd, der noch immer das Taschentuch gegen seine Lippen preßte.

»Darauf kannst du dich verlassen«, antwortete Mr. Roe und griff nach einem hölzernen Paddel, das auf seinem Schreibtisch lag. Todd grinste mich hämisch an, bevor er den Raum verließ.

Mr. Roe trat mit drohend erhobenem Paddel auf mich zu. Er

befahl mir aufzustehen, mich weit vorzubeugen und mit den Händen meine Fußgelenke zu umklammern. Dann holte er mit dem Paddel aus, als wollte er mich damit in Stücke schlagen. Er gab mir jedoch nur einen leichten, fast liebevollen Klaps auf den Hintern. Es war ungefähr so, als würde ein Bischof einem frisch konfirmierten Kind die Wangen tätscheln.

»Wenn du dich in meiner Schule noch mal auf eine Schlägerei einläßt, Tom, dann hau' ich dir den Hintern blutig, das verspreche ich dir! Und wenn du diesem Todd Newbury bei der nächsten Prügelei nicht besser das Maul stopfst, dann verdresch' ich dich so lange, bis du halb tot bist! Hast du mich verstanden?«

»Jawohl, Sir«, antwortete ich.

»Ich werde jetzt mit diesem Paddel auf den Atlas hauen, und du wirst bei jedem Schlag einen Schrei ausstoßen. Streng dich an, damit es überzeugend klingt. Ich werd' nämlich diesem Reese Newbury erzählen, daß ich dir fürchterlich den Hintern versohlt habe.«

Das Paddel sauste mit voller Wucht auf den Atlas hinab, und ich einen Schmerzensschrei aus. An jenem Tag, im Büro von Mr. Roe, beschloß ich, selbst Lehrer zu werden.

Meine Mutter wartete schon auf mich, als ich an jenem Tag aus der Schule heimkam. Es war nicht das erstemal, daß ich sie wütend sah, aber noch nie hatte ich sie so absolut unbeherrscht gesehen. Kaum hatte ich das Haus durch die Hintertür betreten, da fing sie schon an, mich zu ohrfeigen. Luke und Savannah kamen mir zur Hilfe, indem sie unsere Mutter mit vereinten Kräften von mir wegzuziehen versuchten. »Wenn du dich mit jemandem prügeln willst, du verdammter kleiner Prolet, dann prügel dich mit mir!« schrie sie, während sie immer wieder zuschlug und ich mich schutzsuchend in die Ecke zwischen Herd und Kühlschrank zurückzog. »Wenn du unbedingt so sein willst wie alle andern, dann werd' ich dich auch wie alle anderen behandeln! Du wagst es, Schande über mich und unsere Familie zu bringen? Dich wie der letzte Abschaum zu benehmen, nach allem, was ich dich gelehrt habe?«

»Es tut mir leid, Mama!« jammerte ich und schützte mein Gesicht, so gut es ging, mit den Armen.

»Laß ihn in Ruhe!« kreischte Savannah und klammerte sich an einen Arm unserer Mutter. »Er hat schon vom Direktor eine Tracht Prügel gekriegt!«

»Aber keine wie die, die er jetzt von mir kriegt!«

»Hör auf, Mama!« bat auch Luke. »Hör sofort auf! Er hatte recht, als er diesem Newbury eine reingehauen hat.«

»Was sollen die Leute denken, wenn sich meine Kinder zu Schlägern entwickeln? Kein nettes Kind wird sich mehr mit euch abgeben!«

»Todd Newbury hat unsere Familie beleidigt, Mama«, erklärte Luke. »Deswegen hat Tom ihn gehauen. Ich hätte ihm auch eine geklebt.«

»Was hat er denn über unsere Familie gesagt?« fragte Mutter und hielt mitten in der Bewegung inne.

»Er hat uns Abschaum genannt«, sagte ich und ließ die Arme sinken.

Sie gab mir eine schallende Ohrfeige. Ich ging rasch wieder in Deckung.

»Und dann hast du ihm gezeigt, wie recht er hat, du Vollidiot! Du willst mein Sohn sein? Du bist ein Schwachkopf! Ignorieren hättest du ihn sollen! Dann hätte er gemerkt, daß du mehr taugst als er und daß du besser erzogen bist. Wozu hab' ich eigentlich versucht, aus dir einen richtigen Gentleman zu machen?«

»Oh Mutter!« sagte Savannah. »Du klingst schon wieder wie die Vorsitzende vom vaterländischen Frauenverein.«

»Ich habe immer so zu leben versucht, daß ich mit stolz erhobenem Kopf durch die Straßen gehen kann, aber jetzt müssen alle Leute denken, ich würde meine Kinder zu Schlägern statt zu anständigen Menschen erziehen!«

»Willst du etwa zulassen, daß Todd Newbury, diese kleine Rotznase, unsere Familie beleidigt?« fragte Savannah.

»Jeder kann reden und denken, was er will«, erwiderte Mutter. Sie hatte vor Wut und Verzweiflung zu weinen begonnen. »Ich glaube an Artikel vier unserer Verfassung – oder ist es ein anderer Artikel? –, und der garantiert allen Amerikanern Meinungsfreiheit. Was dieser Newbury von uns denkt, darf uns überhaupt nicht kümmern. Wir sollten solchen Leuten einfach die kalte Schulter zeigen, damit sie merken, daß wir zu fein und zu stolz sind, um uns für ihre Meinung zu interessieren.«

»Ich interessier' mich aber für ihre Meinung«, sagte ich.

Sie verpaßte mir noch eine Ohrfeige und schrie: »Du solltest dich lieber dafür interessieren, was ich denke, weil ich dir nämlich auf Biegen und Brechen beibringen werde, wie man sich in dieser Welt zu benehmen hat, selbst wenn ich dich dabei halb totschlagen muß! Ich werde nicht zulassen, daß du so wirst wie dein Vater! Ich werde es nicht erlauben. Hast du mich verstanden?«

»Du benimmst dich aber gerade selbst wie Vater«, sagte Savannah.

Plötzlich war es in unserem Haus totenstill.

Mutter drehte sich langsam zu ihrer einzigen Tochter um.

»Ich benehme mich genau so, Savannah, wie ich mich benehmen muß, und ich schlage deinen Bruder, weil ich weiß, was für ein Mensch er zu werden droht. Ich kenne alle Gefahren, die euch drohen. Wenn ich euch nicht richtig erziehe, wenn ich euch nicht antreibe und alles aus euch herauszuholen versuche, dann werdet ihr hier in dieser Stadt, die genauso stinkt und böse ist wie die ganze Welt, lebendig gefressen! Glaubt ihr etwa, ich hätte nicht aus meinen eigenen Fehlern gelernt? Schaut mich an! Was bin ich denn? Nichts! Eine absolute Null! Ich bin die Frau eines mittellosen Krabbenfängers, und ich lebe in einem kleinen Haus auf einer Insel. Glaubt bloß nicht, ich wüßte nicht, was die Leute von mir Leute und wie sie mir hinterherblicken! Aber mich werden sie nicht kleinkriegen!«

»Du machst dir zu viele Gedanken, Mama«, sagte Savannah. »Die ganze Zeit strengst du dich an, jemand zu sein, der du nicht bist.«

»Und ich verbiete euch, eure Probleme mit den Fäusten zu lösen! Das ist der Einfluß eures Vaters.«

»Tom hat den Leuten nur etwas gezeigt, das jeder kapieren kann, Mama«, schaltete sich Luke ein. »Es ist leicht, sich über einen Wingo lustig zu machen, aber klug ist es nicht. Meinetwegen sollen die Leute uns Wingos ruhig für den letzten Dreck halten, aber sie sollen sich hüten, das laut auszusprechen!«

»Prügeleien beweisen mir, daß sie recht haben. Ein Gentleman prügelt sich nicht.«

»Tom hat *deine* Ehre verteidigt, Mama! Er weiß, wie wichtig dir ist, was andere Leute von uns halten. Dad ist das egal – und uns auch«, erklärte Luke.

»Mir ist es nicht egal«, sagte ich.

»Wenn es dir nicht egal ist«, sagte meine Mutter und wandte sich wieder mir zu, »dann gehst du mit mir zu den Newburys und entschuldigst dich bei Todd von Mann zu Mann. Du wirst dich auch bei seiner Mutter entschuldigen! Sie hat mich heute angerufen und die gräßlichsten Sachen über uns gesagt.«

»Aha! Deshalb bist du so wütend«, meinte Savannah. »Deshalb versuchst du Tom totzuschlagen! Nur wegen Isabelle Newbury.«

»Ich werd' mich nicht bei ihm entschuldigen, Mama«, sagte ich. »Du kannst mit mir machen, was du willst, aber ich werd' mich nicht bei diesem Affen entschuldigen! Niemals!«

Das Haus der Newburys stand unter dem schützenden Laubdach eines kleinen Eichenwäldchens auf einem niedrigen Hügel ein wenig abseits von der Street of Tides, und es bildete den Mittelpunkt einer Gruppe von elf vornehmen, hochbetagten Herrenhäusern, in denen die aristokratischen Plantagenbesitzer gelebt hatten, bis der amerikanische Bürgerkrieg das System, auf das sich die Aristokratie stützte, endgültig beseitigte. Vor dem Krieg hatte sich im Haus der Familie Newbury ein geheimes Spalterparlament versammelt, um über das Zustandekommen einer Konföderation der Südstaaten zu braten. Isabelle Newburys Urgroßvater, Robert Letellier, hatte den Vorsitz bei jener Versammlung gehabt. Er war später während eines Artillerieduells im Verlauf der Schlacht von Tulafinny gefallen. Das Städtchen Colleton mußte sich nach dem Seegefecht von Port Royal Sound den Truppen der Union ergeben, die das Haus der Familie Newbury kurzerhand beschlagnahmten und zu einem Lazarett machten. Verwundete Soldaten hatten ihre Namen in die marmornen Kaminsimse und in die Holzfußböden geritzt. Wenn das Haus etwas Besonderes darstellte, so verdankte es diese Tatsache den noch immer sichtbaren Spuren, die jene von höllischen Schmerzen gequälten Männer hinterlassen hatten. Menschliches Leid war jenseits des Portals unter der lichtspendenden Lünette zu einem Stück Geschichte geronnen. Ausgerechnet die Kritzeleien anonymer Männer, die die Maserung von Marmor und Holz entweihten, verliehen dem Haus, in dem Todd Newbury seine Kindheit verbrachte, eine Aura zeitloser Vornehmheit.

Als wir durch den Vorgarten auf das Eingangsportal zusteuerten, gab mir meine Mutter die letzten, geflüsterten Instruktionen über untertäniges Verhalten in Gegenwart einer feinen Dame.

»Sag ihr geradeheraus, daß du alles dafür geben würdest, um die

Sache ungeschehen zu machen. Sag ihr auch, daß du gestern nacht nicht schlafen konntest, und daß dir das, was du getan hast, sehr zu schaffen macht.«

»Aber ich hab' doch geschlafen wie ein kleines Baby!« wandte ich ein. »Und ich hab' nicht ein einziges Mal daran gedacht.«

»Still! Ich sag' dir jetzt, was du sagen sollst. Schau her und hör gut zu! Wenn du dich anstrengst und richtig nett bist, dann zeigt sie dir vielleicht die Namen, die die armen Yankees damals in ihren Kamin geritzt haben. Da sieht man, was passiert, wenn man Yankees in ein feines Haus läßt! Sie haben alles mit ihren Namen verschandelt, weil man sie nicht richtig erzogen hatte. Ein junger Mann aus dem Süden würde so was nie tun.«

Wir gingen die Vortreppe hinauf. Meine Mutter klopfte mit dem blitzblanken Türklopfer aus Messing gegen das Eichenholz der Tür. Es klang, als würde ein Anker unter Wasser dröhnend gegen einen Schiffsrumpf schlagen. Ich stand im Sonnenlicht auf der Veranda, hüstelte verlegen, fummelte an meiner Gürtelschnalle herum und trat unruhig von einem Bein aufs andere. Sicherlich hatte ich mich im Leben schon in unangenehmeren Situationen befunden, aber das war mir in diesen Augenblicken ein schwacher Trost.

Drinnen näherte sich jemand leichtfüßig der Tür, und gleich darauf sahen wir uns Isabelle Newbury gegenüber. Wie nie zuvor – und auch wie später nie wieder – hatte ich bei ihrem Anblick das Gefühl, daß eine kalte Hand nach meinem Herzen griffe. Ihr Mund mit den dünnen, blutleeren Lippen war zu einem sehr beredten Ausdruck permanenter Mißbilligung gefroren. Die Nase, schmalrückig und edel, war das einzig wirklich Wohlgeformte in ihrem Gesicht. Es sah hübsch aus, wie die Nasenflügel leicht bebten, während Isabelle Newbury in der dämmerigen Halle ihres Hauses stand. Man hätte meinen können, daß ich einen Geruch verbreitete, der ihr zuwider war. Ihr Haar war blond, aber man hatte der Natur ein wenig nachgeholfen. Es war jedoch der kalte, stahlblaue Glanz ihrer von einem Netz feiner, strahlenförmig zu den Schläfen hin verlaufender Falten umgebenen Augen, der meine ganze atemlose Aufmerksamkeit auf sich zog. Diese Augen erinnerten an Darstellungen der Sonne auf Kinderzeichnungen. Drei tiefe Sorgenfalten furchten in regelmäßigem Abstand Mrs. Newburys Stirn. Wenn diese gerunzelt wurde, bewegten sich die Falten im

Einklang. Jede Kränkung, jeder erlittene Kummer hatte auf diesem Gesicht seine Signatur hinterlassen, vergleichbar den Kritzeleien der Yankee-Soldaten, die hier einst dem Messer der Chirurgen entgegengebangt hatten. Diese Frau war ein Jahr jünger als meine Mutter. Zum erstenmal begriff ich, daß Menschen unterschiedlich schnell altern. Die üppige Schönheit meiner Mutter vertiefte sich mit jedem Jahr, und ich hatte geglaubt, dies sei so bei allen Frauen. Während ich dort stand, stumm und beschämt, wußte ich instinktiv ein für allemal, warum Isabelle Newbury meine Mutter nicht mochte, und daß ihre Abneigung nichts damit zu tun hatte, daß meine Mutter eine Wingo war. Die Zeit hatte dem Gesicht Isabelle Newburys grausam und vor der Zeit ihren unauslöschlichen Stempel aufgedrückt. Eine Aura von Kränklichkeit umgab diese Frau. Es war jene besondere Art des Verfalls, der im Herzen beginnt und der sich langsam auf dem Weg nach außen bis zu den Augen vorarbeitet.

»Ja bitte?« ließ sie sich schließlich herbei zu sagen.

»Mein Sohn hat Ihnen etwas mitzuteilen, Isabelle«, sagte meine Mutter. In ihrer Stimme lag Hoffnung und Reue, als hätte sie Todd Newbury geschlagen, nicht ich.

»Ja, Mrs. Newbury – äh – Ma'am«, stammelte ich. »Was gestern passiert ist, tut mir ehrlich leid, und ich möchte mich bei Todd, bei Ihnen und bei Mr. Newbury entschuldigen. Das Ganze war meine Schuld. Ich übernehme die volle Verantwortung.«

»Er war vor Schuldgefühlen ganz krank, Isabelle«, schaltete sich meine Mutter ein. »Das kann ich bezeugen. Gestern nacht hat er kein Auge zugetan. Er ist sogar mitten in der Nacht zu mir gekommen, um mir zu sagen, daß er heute unbedingt hierherkommen wolle, um ihnen zu sagen, wie leid ihm alles tut.«

»Wie rührend«, ließ sich die Hausherrin vernehmen.

»Ist Todd da, Mrs. Newbury? Ich würde gern mit ihm sprechen, wenn Sie nichts dagegen haben«, sagte ich.

»Gewiß, aber ich bin mir nicht sicher, ob auch er mit dir sprechen möchte. Warte hier, ich geh' ihn fragen.«

Sie schloß die Tür. Meine Mutter und ich standen draußen auf der Veranda und sahen uns beklommen an.

»Ist das nicht ein hübscher Ausblick?« sagte meine Mutter schließlich, stellte sich an das Geländer und blickte durch die Fächerpalmen auf die Bucht hinaus. »Ich hab' immer davon geträumt, in solch einem Heus zu wohnen. Als dein Daddy mich damals nach Colleton holte, versprach er mir, solch ein Herrenhaus zu kaufen, sobald er ans große Geld käme.«

Sie machte eine kurze Pause und fuhr dann fort: »Es gibt nicht genug Krabben in diesem Teil der Welt, um dafür solch ein Haus zu kaufen.«

»Nett von ihr, uns hereinzubitten, Mom«, sagte ich wütend.

»Ach, das macht nichts. Wir haben sie wahrscheinlich derartig überrascht, daß sie für ein paar Momente die Umgangsformen außer acht gelassen hat.«

»Nein, das war Absicht.«

»Würdest du nicht auch gern abends in einem Korbsessel sitzen, geeisten Tee trinken und ab und zu winken, während da unten die ganze Stadt vorbeiflaniert?«

»Ich will nach Hause«, sagte ich.

»Erst mußt du dich bei Todd entschuldigen! Wie sehr ich mich noch immer für dich schäme!«

Die Tür wurde wieder geöffnet. Die gestrenge Mrs. Newbury trat wie ein Geist aus dem dämmerigen Haus ins Helle. Meine Mutter und ich wandten uns ihr zu.

»Mein Sohn hat dir nichts zu sagen, Junge«, sagte sie, und die Art, wie sie ›Junge‹ sagte, verhieß nichts Gutes. »Er will, daß du sofort unser Grundstück verläßt.«

»Wenn Tom Ihren Sohn nur kurz sprechen könnte, Isabelle, nur für eine Sekunde! Ich bin überzeugt, daß sie danach als gute Freunde auseinandergehen würden.«

»Freunde! Ich würde es Todd nicht gestatten, mit einem solchen Jungen Freundschaft zu schließen.«

»Aber Isabelle!« beharrte meine Mutter. »Sie und ich – wir sind doch befreundet, wir kennen uns schon seit eh und je. Wissen Sie was? Gerade neulich hab' ich Henry erzählt, was Sie auf dem letzten Elternabend gesagt haben, und wir haben beide herzhaft darüber gelacht.«

»Wir kennen uns, Lila, das stimmt, aber dies ist eine kleine Stadt. Ich kenne hier jeden, aber nicht jeder ist mein Freund. Eines möchte ich Ihnen sagen: Wenn dieser kleine Schläger jemals wieder meinen Todd anrührt, schalte ich die Polizei ein! Guten Tag! Sie kennen ja wohl den Weg, nicht wahr?«

»O ja«, hörte ich meine Mutter mit einer Stimme sagen, die verriet, daß sich etwas in ihr verkrampfte. »Wie sollten wir den Weg nicht kennen, wo wir doch nicht ins Haus gebeten worden sind? Auf Wiedersehen, Isabelle – und vielen Dank für Ihre wertvolle Zeit!«

Während ich hinter meiner Mutter her über die Veranda und die Treppen hinunterging, hörte ich, wie sie leise vor sich hinfluchte. Mit raschen Schritten ging sie den Weg zwischen zwei sorgfältig gepflegten Rasenflächen entlang. Normalerweise bewegte sie sich eher im Bummeltempo. Ich wußte, daß sie um so schneller ging, je ärgerlicher sie war.

Als sie links abbog, rannte sie um ein Haar Reese Newbury über den Haufen.

»Nanu, Lila«, sagte er. »Du solltest ein Glöckchen am Hals tragen.«

»Oh, hallo, Reese!« antwortete sie verlegen.

»Was führt dich in diese Gegend?« erkundigte er sich. Als er mich im Windschatten meiner Mutter entdeckte, verfinsterte sich sein Gesicht.

»Unsere Söhne haben sich gestern ein bißchen gekabbelt, Reese. Wahrscheinlich haben Sie schon davon gehört.«

»O ja, das habe ich«, sagte Mr. Newbury und starrte mich grimmig an.

»Also, ich bin mit Tom gekommen, weil er sich entschuldigen will. Ich selbst glaube, daß Ihr Sohn das verdient hat.«

»Das ist mächtig nett von Ihnen, Lila«, sagte er. Seine Augen blickten milder, als er sich wieder meiner Mutter zuwandte, aber mir war die kalte, stahlharte Wut nicht entgangen, die Augenblicke lang in ihnen gefunkelt hatte. »Jungens kriegen sich in dem Alter manchmal in die Haare. Davon kriegen sie Mumm in die Knochen. So was macht einen Jungen erst zu einem *echten* Jungen.«

»Aber ich dulde solch ein Benehmen nicht, Reese, nicht bei meinen Söhnen! Als der Direktor gestern abend anrief, hab' ich mir meinen Tom sofort vorgeknöpft und ihn windelweich geprügelt.«

Er wandte sich wieder mir zu. Sein abschätzender Blick ruhte so lange auf mir, als sähe er mich zum erstenmal und als verdiente ich aufgrund irgendeines Umstands plötzlich seine Aufmerksamkeit.

»Man braucht 'ne Menge Charakter, um sich freiwillig zu entschuldigen, mein Sohn«, sagte er. »Ich bin darin, ehrlich gesagt, nicht sonderlich gut.«

»Ihr Sohn auch nicht«, sagte ich.

»Was willst du damit sagen?«

»Er wollte nicht mal runterkommen, um meine Entschuldigung entgegenzunehmen«, erklärte ich. »Er hat uns nur ausrichten lassen, daß wir sofort das Grundstück verlassen sollen.«

»Kommt bitte mit!« sagte er und verschob seinen Spaziergang kurzerhand auf später. Schon eilte er, zwei Stufen auf einmal nehmend, die Treppe zur Veranda hinauf. Ohne auf uns zu warten, verschwand er im Haus. Wir blieben zögernd auf dem Treppenabsatz stehen. Nach einer Weile betraten wir mit ein paar zaghaften Schritten die Eingangshalle, um dort zu warten, bis man uns rief. Ein orientalischer Läufer verlief quer durch die geräumige Halle bis zu der geschwungenen Mahagonitreppe im rückwärtigen Teil des Hauses. Meine Mutter zeigte auf den Teppich und sagte: »Ein Orient-Teppich. Er kommt aus dem Orient.«

Mit dem Kinn wies sie auf einen Kandelaber über unseren Köpfen. »Englisch«, flüsterte sie. »In England hergestellt. Im Frühjahr konnte jeder das Haus besichtigen. Ich erinnere mich noch genau.«

»Warum kommen die Leute nicht unser Haus besichtigen?« fragte ich leise. Es war der klägliche Versuch zu scherzen.

»Weil wir in einer Bruchbude hausen«, antwortete meine Mutter ruhig.

»Wieso flüstern wir eigentlich?«

»Weil man sich im Haus der Familie Newbury besser ein bißchen zurückhält. Das gehört sich so.«

»Ach ja? Wir sind hier also Gäste?«

»Natürlich! Wie nett von ihm, uns hereinzubitten!«

Wir hörten, wie eine Tür zugeschlagen wurde, dann sahen wir Mr. Newbury quer durch die Halle auf uns zukommen.

»Isabelle ist ausgegangen, um ein paar Erledigungen zu machen, Lila, aber sie läßt Ihnen ausrichten, daß Sie sich hier wie zu Hause fühlen sollen. Wie wär's mit einem Gläschen aus der Hausbar, während ich mit Tom raufsehe zu meinem Sohn?«

Er bot meiner Mutter seinen Arm und führte sie quer durch den Salon in einen kleineren, getäfelten, prunkvoll eingerichteten Raum mit matt glänzenden Ledersesseln.

»Was soll's denn sein, Lila?« fragte er meine Mutter lächelnd. »Was darf ich Ihnen servieren, Madam?«

»Ich glaube, ein Gläschen Wein wäre genau das Richtige,

Reese«, antwortete meine Mutter. »Was für ein hübscher Raum!«

Er schenkte ihr ein Glas Wein ein und geleitete sie zu einem Sessel am Kamin.

»Bitte machen Sie es sich bequem! Ich bin gleich zurück«, sagte er mit einer Stimme so süß und klebrig wie Sirup. »Wir Männer ziehen uns mal eben in mein Arbeitszimmer zu einem kleinen Palaver zurück.«

»Ich kann Ihnen gar nicht sagen, wie dankbar ich Ihnen bin, Reese«, sagte meine Mutter. »Es ist wirklich sehr freundlich, daß Sie sich darum kümmern.«

»Ich mag Jungen, die Mumm in den Knochen haben. Mir hat man früher ja auch nicht gerade nachgesagt, ich sei zimperlich, nicht wahr?« erwiderte er lachend. »Komm, Tom, gehen wir!«

Ich folgte ihm die Treppe hinauf und konnte dabei ein Stück von seinen weißen, fleischigen Waden oberhalb der Socken sehen. Er war ein großer Mann mit einem wabbeligen Körper.

Im Arbeitszimmer gab es an einer Wand ein großes Regal, in dem lauter Bücher mit Lederrücken standen. Mr. Newbury ließ mich auf einem Stuhl vor seinem Schreibtisch Platz nehmen und ging dann seinen Sohn holen. Ich entzifferte einige Titel auf den Büchern: *Thackerays Werke, Dickens' Werke, Charles Lambs Werke, Shakespeare...* Als Todd hinter seinem Vater den Raum betrat, blickte ich nicht auf. Mr. Newbury ließ Todd auf einem Stuhl dicht neben meinem Platz nehmen, dann ging er um seinen Schreibtisch herum und setzte sich in seinen eigenen, überdimensionierten Sessel. Einem Kästchen entnahm er eine Zigarre, biß deren eines Ende ab, zog ein goldenes Feuerzeug aus der Tasche und zündete die Zigarre an.

»Du hast meinem Sohn etwas mitzuteilen, wenn ich mich nicht täusche«, sagte er zu mir. Als ich Todd ansah, erschrak ich, so entstellt war sein Gesicht. Die Lippen waren geschwollen, und unter dem rechten Auge hatte er einen häßlichen blauen Fleck. Jetzt verstand ich, warum er mich nicht sehen wollte.

»Todd«, sagte ich, »ich bin gekommen, um mich bei dir zu entschuldigen. Was ich getan habe, tut mir schrecklich leid. Es wird nicht wieder passieren. Ich dachte mir, wir könnten uns die Hand geben und uns wieder vertragen.«

»Dir geb' ich auf keinen Fall die Hand«, sagte Todd und starrte seinen Vater an.

»Warum hast du meinen Sohn geschlagen, Tom Wingo?« fragte Mr. Newbury und blies mir eine Schwade Zigarrenqualm ins Gesicht.

Todd mischte sich vorlaut ein: »Er und sein Bruder haben mir auf dem Schulhof aufgelauert, Dad. Ich kam an ihnen vorbei und war auf nichts gefaßt, aber da hat mich sein Bruder von hinten angesprungen, und er selbst hat angefangen, mich ins Gesicht zu hauen.«

»Warum ist dein Bruder nicht auch gekommen, um sich zu entschuldigen?« fragte Mr. Newbury mich. »Zwei gegen einen – das hat mir noch nie gefallen.«

»Wieso lügst du, Todd?« fragte ich ungläubig. »Du weißt genau, daß Luke ganz woanders war, als es passierte. Außerdem hätte mich Luke überhaupt nicht gebraucht. Mensch, er könnte dich ganz alleine zur Schnecke machen, und du weißt das genau.«

»Erzählst du mir wirklich die Wahrheit, Sohn?« fragte Mr. Newbury Todd.

»Wenn du lieber diesem Mistkerl glaubst als mir, Dad, dann mach nur so weiter! Meinetwegen. Glaub ja nicht, daß es mir was ausmacht.«

»Er hat unsere Familie gestern Abschaum genannt, Mr. Newbury«, sagte ich und schaute Todds Vater gerade in die Augen.

»Hast du was über seine Familie gesagt, Todd?«

Todd blickte sich verstört im Raum um, dann sagte er: »Ich hab' ihm nur richtig Bescheid gesagt und ihn ein bißchen aufgezogen.«

»Hast du seine Familie Abschaum genannt?«

»Ja, so was Ähnliches hab' ich wohl gesagt, aber ich erinnere mich nicht mehr genau.«

Mr. Newbury richtete seinen fragenden Blick auf mich. »Darauf hast du dich beleidigt gefühlt und hast zusammen mit deinem Bruder meinen Sohn verprügelt?«

»Nein, mein Bruder hat mit der Sache nichts zu tun.«

»Wingo, du bist ein gottverdammter Lügner!« rief Todd und sprang von seinem Stuhl auf.

»Mr. Newbury«, appellierte ich an seinen Vater, »ich brauche keine Hilfe von meinem Bruder gegen Todd. Er ist so schwach wie ein kleines Mädchen.«

»Warum hast du seine Familie Abschaum genannt, mein Sohn?«

fragte Mr. Newbury, ohne mich eine Sekunde aus den Augen zu lassen.

»Weil sie Abschaum ist! Die Wingos sind in dieser Stadt schon immer so was Ähnliches wie weiße Nigger gewesen.« Diese Worte schrie mir Todd ins Gesicht.

»Jetzt wissen Sie, warum Ihr Sohn Dresche gekriegt hat, Mr. Newbury«, sagte ich wütend. »Er weiß eben nicht, wann er den Mund halten muß.«

»Hier braucht er nicht den Mund zu halten, Tom«, sagte Mr. Newbury. »Hier ist er zu Hause.«

»Und ich mag keinen Stinker wie ihn in unserem Haus!« rief Todd.

»Nicht so laut, mein Sohn! Mrs. Wingo ist unten«, warnte Mr. Newbury seinen Sprößling. Zu mir gewandt fuhr er fort: »Was für eine Meinung hast du eigentlich von deiner Familie, Tom? Das würde mich interessieren. Sogar sehr.«

»Ich bin stolz auf meine Familie.«

»Stolz? Warum? Deine Mutter ist eine feine Frau, vielleicht ein bißchen ungehobelt, aber sie gibt sich redliche Mühe. Aber sonst? Dein Großvater ist nicht ganz richtig im Kopf. Deine Großmutter könnte man eine Hure nennen, wenn es ihr nicht gelungen wäre, ein paar Versager vor den Altar zu schleppen. Dein Vater hat sich bei allem, was er angefaßt hat, als Niete erwiesen. Ich hab' sogar noch deinen Urgroßvater kennengelernt. Das war ein harmloser Säufer, der seine Frau ab und zu halb totgeschlagen hat. Ehrlich gesagt, verstehe ich nicht, warum du auf Todd so wütend bist, bloß weil er dir die Wahrheit gesagt hat. Warum siehst du den Dingen nicht ins Auge und gibst zu, daß deine Familie einen Dreck wert ist? Man muß ein ganzer Kerl sein, um sich der Wirklichkeit zu stellen und gewisse Tatsachen zu verkraften.«

Mir hatte es die Sprache verschlagen. Ich saß da und sah Mr. Newbury an, der mir durch den Zigarrenqualm hindurch zulächelte.

»Für den Fall, daß du noch immer nicht kapiert hast, Tom, will ich dir etwas sagen: Wenn du dich noch einmal an meinem Sohn vergreifst – ich meine: wenn du ihn auch nur mit einem Finger antippst, dann sorge ich dafür, daß dich irgendwo im Fluß die Krabben fressen! Meine Frau wollte den Sheriff rufen, aber das ist nicht meine Art, zu bereinigen. Ich hab' meine eigenen Methoden. Und ich kann warten. Irgendwann würde ich dich erwischen, und dann bist du dran, aber du würdest nicht einmal wissen, daß ich dahinterstecke. Das heißt, vielleicht kommst du doch drauf. Klug genug bist du ja. Ich will, daß du aus dieser Erfahrung etwas lernst: Ein Wingo traut sich nicht, einen Newbury anzufassen. Das ist in dieser Stadt Gesetz. Bis heute war dir das nicht klar, aber jetzt weißt du es. Du hast mich doch verstanden, Tom, nicht wahr?«

»Ja, Sir.«

»Sehr gut, mein Junge. Und jetzt, Todd, will ich, daß du und Tom euch die Hand gebt.«

»Ich will ihm aber nicht die Hand geben!«

»Steh auf! Du wirst tun, was ich dir gesagt habe!« befahl Todds Vater. »Aber bevor ihr euch die Hand gebt, sollst du ihm eine Ohrfeige verpassen, und zwar eine saftige!«

Todd starrte seinen Vater fassungslos an. Ich begriff, daß er den Tränen nahe war, aber nicht nur er. In diesem Raum gab es zwei Jungen, die am liebsten laut losgeheult hätten.

»Ich kann es nicht tun, Daddy! Sonst verprügelt er mich in der Schule.«

»Er wird sich nie wieder an dir vergreifen, das verspreche ich dir.«

»Ich kann nicht, Daddy. Bitte! Ich kann niemanden einfach so ins Gesicht schlagen.«

»Nur eine Ohrfeige, Todd! Schau dich im Spiegel an, dann siehst du, wie er dich zugerichtet hat. Los, jetzt werd mal richtig wütend! Sieh doch, wie er dich gedemütigt hat! Geh hin und schlag ihn mit der flachen Hand in sein häßliches Gesicht! Ein Newbury läßt sich von niemandem so behandeln. Da sitzt er, und er will geradezu, daß du ihn schlägst! Er ist heute extra hergekommen, um die Sache mit dir auszumachen. Jetzt kriecht er vor dir, weil er genau weiß, daß es nicht sehr schlau ist, die Newburys gegen sich zu haben.«

»Ich kann nicht, ich kann wirklich nicht, Daddy! Warum mußt du immer alles noch schlimmer machen? Warum mischst du dich immer ein?«

Mr. Newbury stand aus seinem Sessel auf und drückte seine Zigarre im Aschenbecher aus. Er ging um seinen Schreibtisch herum, vorbei an seinem Sohn, und blieb vor mir stehen. Ich ließ den Kopf hängen und betrachtete angestrengt das Teppichmuster.

»Schau mich an, Tom!« sagte er.

Als ich den Kopf hob, schlug er kräftig zu und verpaßte mir eine einzige Ohrfeige.

Ich fing an zu weinen, und auch Todd neben mir schluchzte.

Mr. Newbury blickte auf mich hinab und sagte leise: »Sag niemals einem anderen Menschen, daß ich das getan habe, Tom! Ich habe dich zu deinem eigenen Besten geschlagen. Falls du auch nur ein Wort darüber verlierst, jage ich deine Familie aus dieser Stadt. Und sei bitte nicht noch einmal so dumm, dich mit einem Newbury anzulegen. So, und jetzt gebt ihr euch beide die Hand und vertragt euch wieder. Danach wäschst du dir das Gesicht und kommst nach unten. Ich werd' mich unterdessen ein bißchen mit deiner hübschen Mutter unterhalten –«

Noch immer weinend, gaben Todd Newbury und ich uns die Hand. Todds Vater ließ uns allein.

Ich wußte, daß ich irgendwann hinuntergehen und mich den Fragen meiner Mutter stellen mußte. Ich war in nicht zu überbietender Weise gedemütigt worden, aber das wollte ich mit mir allein, ohne meine Mutter ausmachen. Ich sagte mir, daß ich auf eine primitive Weise hinter das Geheimnis gekommen war, wie mächtige Männer in dieser Welt an die Macht kommen und ihre Macht verteidigen. In einem an das Arbeitszimmer angrenzenden Badezimmer trocknete ich meine Tränen und wusch mir das Gesicht. Ich ließ das Wasser lange laufen, und als ich fertig war, pinkelte ich mit Bedacht den ganzen Fußboden voll. Tom Wingo, der unverbesserliche Prolet bis zum bittern Ende, ging mir dabei durch den Kopf.

Ins Arbeitszimmer zurückgekehrt, stellte ich fest, daß Todd noch immer weinte. Die Tränen strömten über seine pummeligen Backen.

»Bitte sag niemanden was davon, Tom! Vor allem nicht in der Schule. Bitte! Dort kann mich sowieso niemand leiden.«

»Wenn du nicht so ein Angeber wärst, hätte niemand was gegen dich, Todd«, sagte ich.

»Doch, sie wären trotzdem gegen mich, allein schon wegen meinem Vater. Alle hassen ihn. Ich konnte ihn vorhin nicht stoppen. Das begreifst du doch, oder?«

»Ja, ich weiß. Es war nicht deine Schuld.«

»So was macht er pausenlos, und ich muß irgendwie damit leben.«

»Warum hast du zu ihm gesagt, Luke sei mir zu Hilfe gekommen?«

»Weil ich nicht anders konnte. Mein Vater hat dafür Verständnis, wenn ich von zwei Gegnern verprügelt werde, aber wenn er wüßte, daß ich mich nur gegen dich wehren mußte, würde er mich zwingen, noch einmal gegen dich anzutreten. Wenn er richtig wütend ist, kann man Angst vor ihm kriegen.«

»Mein Vater ist genauso.«

»Aber dein Vater haßt dich nicht. Mein Vater hat mich von klein auf nicht leiden können.«

»Warum?«

»Weil ich nicht gut aussehe. Weil ich nicht stark bin. Weil ich nicht so bin wie er.«

»Darüber wäre ich an deiner Stelle froh.«

»Er ist aber der berühmteste Mensch in ganz South Carolina«, verteidigte sich Todd.

»Na und? Du hast doch gesagt, daß ihn niemand leiden kann.«

»Er sagt, man kann alle Menschen beherrschen, die Angst vor einem haben.«

»Einer wie er sitzt ganz allein in einem großen Haus rum und ohrfeigt kleine Jungen, die sich an seinem Söhnchen vergreifen. Ich freu' mich für dich, Todd, daß du aus einer alten, reichen und mächtigen Familie stammst, aber für mich wäre das nichts.«

»Tom, ich hätte nicht sagen sollen, was ich über deine Familie gesagt hab'.«

»Stimmt«, pflichtete ich ihm bei. »Das hättest du nicht tun sollen.«

»Eigentlich seid ihr gar kein Abschaum. In Colleton gibt es Dutzende von Familien, die viel schlimmer sind als eure. Sogar Hunderte.«

»Danke für die Blumen, Fettsau!« Mir kam die Wut wieder hoch.

»So hab' ich es doch gar nicht gemeint! Ich hab' mich nur falsch ausgedrückt. Eigentlich wollte ich dir nur sagen, daß du mich jederzeit besuchen kannst. Ich hab' 'ne Briefmarkensammlung und einen eigenen Billardtisch. Nach der Schule könnten wir zusammen was unternehmen.«

»Ich will dieses Haus nie wieder betreten.«

»Ich könnte dir auch zeigen, wo die armen Yankees ihre Namen eingekratzt haben.«

»Meinetwegen kannst du mir zeigen, wo General Sherman zum Kacken gegangen ist. Ich hab' in diesem Haus nichts mehr zu suchen.«

»Könnte ich dann vielleicht von Zeit zu Zeit bei dir vorbeischauen?«

»Du weißt ja noch nicht mal, wo ich wohne.«

»Doch, du wohnst draußen auf Melrose Island«, sagte er, stand auf und ging zu einer großen, den ganzen Landkreis umfassenden Karte. Es war eine Seekarte, auf der mit kleinen Zahlen alle Wassertiefen in den Flüssen und Bächen verzeichnet waren.

Ich schaute zur Landkarte und folgte mit den Augen den Umrissen unserer Insel. Sie sah aus wie ein unregelmäßig geformter, grüner Diamant mit einer blauen Fassung.

»Warum ist unsere Insel mit einem roten Fähnchen markiert?« fragte ich. Die ganze Lardkarte war scheinbar willkürlich mit solchen Fähnchen gespickt.

»Oh, das! Dad piekt überall rote Fähnchen rein, wo er Land kaufen will. Die grünen bedeuten, daß ihm das Land schon gehört.«

»Dann gehört ihm schon fast der ganze verdammte Landkreis! Wozu braucht er noch unsere Insel?«

»Land kaufen ist sein Hobby. Er sagt, Land sei so gut wie Geld.«

»Unsere Insel wird ihm nie gehören, das verspreche ich.«

»Er kriegt sie, wenn er sie wirklich haben will«, konstatierte Todd sachlich. » Er kriegt immer alles.«

»Wenn du unbedingt willst, kannst du ja mal zu uns rauskommen, Todd. Ich kann dich nicht dran hindern.«

»Aber es wäre dir lieber, wenn ich nicht komme, stimmt's?«

»Richtig. So, jetzt werd' ich mal zu meiner Mutter gehen.«

»Weißt du, was ich nicht kapiere, Tom? Ich kapier' nicht, warum dich die andern in der Schule so mögen und mich nicht.«

»Das ist doch klar, Todd. Das ist kein Geheimnis. Sie mögen mich, weil ich viel netter bin als du. Ich grüße alle, und mir ist ganz egal, wie ihre Väter ihr Geld verdienen. Du glaubst, du seist was Besonderes, und deshalb sagst du nicht zu jedem hallo.«

»Das tu' ich nicht, weil ich mir komisch vorkommen würde.«

»Wie du meinst, aber dann darfst du dich auch nicht aufregen, wenn die andern dich für ein Arschloch halten.«

»Komm, ich werd' dich runterbegleiten.«

Meine Mutter saß in dem kleinen Salon und kicherte über alles, das Mr. Newbury zu ihr sagte. Die Beine hatte sie kokett übereinander geschlagen. Ab und zu trank sie ein Schlückchen Wein. Mr. Newbury gab sich als charmanter Gastgeber. Was er erzählte, unterstrich er mit knappen, feierlichen Gesten. Während ich das Ende der Geschichte abwartete, die er gerade zum besten gab, hatte ich Zeit, mir sorgfältig seine Gesichtszüge einzuprägen. Er gehörte demselben blauäugigen Menschenschlag an wie seine Frau, doch seine Augen hatten manchmal einen grünlichen Schimmer. Er hatte kleine pummelige Hände ohne die Spur einer Schwiele. Seine Bewegungen waren eher lethargisch, als wäre sein zentrales Nervensystem von einer dünnen, isolierenden Zellophanhülle umgeben. Seine Stimme hatte einen tiefen, dumpfen Klang. Wenn er redete, ergaben seine wohlgesetzten Worte immer einen fast priesterlichen, vor Eigenlob strotzenden Sermon. Das hinderte meine Mutter nicht daran, hingerissen an seinen Lippen zu hängen.

»... also sagte ich zu dem Gouverneur: ›Hören Sie, Fred, ich glaube nicht, daß es Sinn hat, diese Sache hier bei einem Drink zu besprechen. Kommen Sie nächste Woche nach Colleton zu mir ins Büro, dann bringen wir den Fall in Ordnung.‹ Montag früh stand er bei mir im Vorzimmer, mit dem Hut in der Hand. Wissen Sie, Lila, ich hab' zwar 'ne Menge Respekt vor unserem Gouverneur – schließlich war ich ja selbst in seinem Wahlkampfausschuß –, aber mein Grundsatz lautet: Geschäft ist Geschäft.«

»Da kann ich Ihnen nur voll und ganz beistimmen, Reese«, sagte meine Mutter enthusiastisch. »Ich war schon immer der Meinung, daß man Freundschaft und Geschäfte auseinanderhalten soll.«

Mr. Newbury blickte auf. Als er Todd und mich in der offenen Tür stehen sah, winkte er uns zu sich heran. Bevor er ein Wort sagen konnte, hörte ich, wie meine Mutter, die Todd in diesem Zustand zum erstenmal sah, vor Schreck tief Luft holte.

»Oh Todd, du armer Kerl! Dein Gesicht!« sagte sie, stemmte sich aus ihrem Sessel hoch und ging hin, um Todds Gesicht übertrieben liebevoll zu streicheln. »O Gott, wie leid mir das tut! Ich hoffe, Tom hat dir erzählt, daß ich ihn gestern abend anständig verprügelt habe. O Todd, du armer kleiner Liebling!«

»Schon gut, Mrs. Wingo, ich hab's verdient«, sagte Todd zu meiner allergrößten Erleichterung.

»Habt ihr Jungs euch richtig ausgesprochen?« fragte Mr. Newbury mit strenger Miene.

»Jawohl, Sir«, antwortete ich.

»Falls Sie jemals Probleme haben, Lila«, sagte Mr. Newbury, der aufgestanden war, um uns zur Tür zu begleiten, »dann zögern Sie nicht, auf mich zurückzugreifen. Wozu sind wir schließlich Nachbarn.«

Draußen, vor der Eingangstür, legte mir Mr. Newbury den Arm um die Schulter und ging neben mir die Treppe hinunter. Sekundenlang verstärkte sich der Druck seiner Hand um meine linke Schulter, und ich verstand, daß es eine Warnung war.

»Man braucht 'ne Menge Charakter, um sich zu entschuldigen, Tom. Ich weiß es zu schätzen, daß du gekommen bist, um diese Sache zu bereinigen. Von mir wird niemand etwas erfahren, und ich bin mir sicher, daß auch du dichthalten wirst. Für mich hat sich der ganze Tag gelohnt, weil ich dich ein bißchen besser kennengelernt hab'. Ich hab' mich schon immer für die Jugend interessiert. Ihr seid unsere Zukunft. Jawohl, von euch hängt die Zukunft dieser ganzen Stadt ab.«

»Wiedersehen, Tom. Hab' mich gefreut, mit dir zu reden«, sagte Todd, der hinter seinem Vater stand.

»Wiedersehen, Todd.«

»Tschüßchen, Reese! Leb wohl, Todd, mein Schatz!« flötete meine Mutter.

Kurz bevor wir die nächste Querstraße erreichten, sagte meine Mutter, beschwipst vom Wein und von dem erhebenden Gefühl, eine halbe Stunde lang Gas im Haus der Newburys gewesen zu sein: »Ich hab' ja immer zu jedem, der zuhören will, gesagt: Die nettesten Männer sind die, die den meisten Erfolg haben.«

»Tom, warum haben Sie mir diese Geschichte erzählt?« fragte mich Dr. Lowenstein. Ich saß in ihrem Büro und hatte fast eine Stunde lang pausenlos geredet.

»Das alles scheint mir mit Savannah nichts zu tun zu haben. Es wirft zwar ein Licht auf die Frage, warum Sie der Mensch geworden sind, der Sie sind, aber inwiefern betrifft es auch Ihre Schwester? Sie war ja nicht einmal dabei, als Mr. Newbury Sie ohrfeigte.«

»Gewiß, aber Savannah ist der einzige Mensch, dem ich alles erzählt habe. Meinem Vater und meinem Bruder Luke habe ich alles verschwiegen, weil ich befürchtete, sie würden sich Mr. Newbury am hellichten Tag auf der Straße vorknöpfen und ihm beide Beine brechen. Also hab' ich an jenem Abend nur Savannah eingeweiht. Wir haben dann bis spät in die Nacht hinein miteinander geredet und zu verstehen versucht was das alles bedeutete.«

»Aber die Angelegenheit betraf Savannah nicht direkt. Ich meine, sie hat natürlich mit Ihnen sympathisiert. Sie hat Ihre Erniedrigung und Ihre Wut geteilt, aber das Ereignis hat keinen bestimmenden Einfluß auf ihr späteres Leben gehabt.«

»Trotzdem ist diese Geschichte auch für ihr Leben wichtig gewesen, Doktor. Vielleicht können Sie das jetzt noch nicht ganz verstehen, aber ich komme darauf zurück. Aus Zeitgründen werde ich ziemlich schnell reden und versuchen, all das wegzulassen, was nur mich angeht, obwohl es mir mittlerweile so vorkommt, als wäre alles miteinander verflochten. In meinem Kopf fügen sich die einzelnen Teile so nahtlos zusammen wie noch nie.«

»Das kann ich von mir nicht sagen. Sie müssen mich unbedingt gleich auf eine Querverbindung aufmerksam machen, sobald Sie eine sehen. Ich glaube begriffen zu haben, daß die Paranoia Ihrer Mutter hinsichtlich ihrer gesellschaftlichen Stellung tiefe Spuren in Savannahs Wesen hinterlassen hat. Das haben Sie mir in aller Ausführlichkeit dargelegt, aber hat Savannah jemals mit der Familie Newbury zu tun gehabt?«

»Hat meine Mutter Ihnen jemals geschrieben?«

»Ja, gleich nach unserem ersten Telefonat.«

»Haben Sie den Brief noch?«

Dr. Lowenstein ging zu einem Aktenschrank neben ihrem Schreibtisch und kam mit einem Brief zurück. Ich erkannte die Handschrift meiner Mutter auf dem Umschlag.

»Da ist er. Es ist ein sehr verständnisvoller, hilfsbereiter Brief.«

»Ja, meine Mutter schreibt wundervolle Briefe. Sie kann mit Worten umgehen. Irgendwoher muß Savannah ja ihr Talent haben. Ist Ihnen an der Adresse des Absenders etwas aufgefallen?«

»Nur der Name der Stadt Charleston«, sagte Dr. Lowenstein und griff nach dem Kuvert.

»Und was noch?«

»Nein!« rief sie verblüfft aus. »Das kann nicht sein!«

»Doch, so ist es«, sagte ich.

10

Im Central Park schaute ich einem Eisbären zu, der mit stummer Würde an der schwülen Hitze der späten Junitage litt. Hinter mir, an der Südseite des Parks, ragten dicht gedrängt die Wolkenkratzer in den Himmel und warfen meilenlange Schatten, so daß der Zoo fast kein Sonnenlicht abbekam, was das Los des Eisbären kaum erleichterte. Eine Taube, auf den warmen Luftströmen zwischen dem Sherry-Netherland Hotel und dem Zoo dahintreibend, übersah den Habicht, der sich mit angelegten Schwingen und gespreizten Fängen zweihundert Fuß tief wie ein Stein auf sie hinabfallen ließ. Beim Aufprall brach er ihr den Rücken. Ein paar kleine Federn fielen auf den Paviankäfig. Wahrscheinlich hatte die Taube genau wie ich geglaubt, als Bürger von New York City sei man zumindest vor Habichten sicher, doch diese Stadt wartete mit immer neuen Überraschungen auf.

Wenn ich durch den Zoo schlenderte, war ich stets darauf gefaßt, aus den Käfigen von seltsamen Tieren angestarrt zu werden – von Tieren, die zu dieser Stadt paßten: ein Einhorn, das sich das spiralförmige Gehörn an verwitterten Gitterstangen wetzte, oder ein Drache, der mit seinem feurigen Atem die aus der *Daily News* stammenden, auf dem Gehweg im Wind raschelnden Seiten in Brand setzte. Statt dessen erblickte ich Damhirsche, die scheu mit den Hufen über den festgetrampelten Boden scharrten, und Ozelots, die lästige Fliegen von ihrem schimmernden Pelz verscheuchten.

Nach dem Zoobesuch durchquerte ich den Park und begab mich zu der Stelle, wo ich mich mit Susan Lowensteins Sohn treffen sollte. Unterwegs hielt ich nach einem weiteren Habicht Ausschau, aber wohin ich auch blickte, sah ich nur die Reihe riesiger Gebäude, die eng aneinandergedrängt den Park einrahmten.

Bernard Woodruff erwartete mich unter einer jungen Eiche nicht weit von der elterlichen Wohnung an der Westseite des Central

Parks. Während ich auf ihn zuging, registrierte ich, daß er von seiner Mutter die hübsche Ebenmäßigkeit des Gesichts geerbt hatte. Allerdings war seine Nase stattlicher und länger. Bernard war größer, als ich ihn mir vorgestellt hatte. Seine Hände waren lang und schön geformt. Wenn er die Arme hängen ließ, konnte er mit den Fingerspitzen fast seine Knie berühren. Sein prächtiger, schwarzer Haarschopf umrahmte, sein schmales Gesicht wie ein üppig gelockter Kranz. Mich störte jedoch augenblicklich seine Ausstrahlung. Das Gesicht verriet kaum verhohlene Überheblichkeit. Mir fiel die mit jünglingshaftem Dünkel leicht vorgeschobene Unterlippe ebenso auf wie der aufsässige Trotz in seiner Haltung und der leicht gekränkte Gesichtsausdruck, den junge Burschen aus einem Gefühl der Machtlosigkeit und aus Angst heraus, sich bloßzustellen, wie eine Maske aufsetzen. Bernard hatte offensichtlich vor, mir gegenüber den harten Kerl zu spielen, den kampferprobten Jungen aus Manhattan, das Großetadtkind. Noch bevor einer von uns das erste Wort sagte, sah ich, der erfahrene Trainer einer ganzen Legion von jungen Leuten, das nächtliche Gewitter, das in Bernards dunklen Augen weit hinten über dem Horizont flackerte. Ich konnte geradezu den Geschützdonner seines kleinen und dennoch für ihn so folgenreichen Krieges gegen die ganze Welt hören.

»Hallo, Bernard«, rief ich ihm von weitem zu, um ihn rechtzeitig auf mich aufmerksam zu machen. »Ich bin's, Tom Wingo.«

Er entgegnete nichts, blickte jedoch zu mir hin und betrachtete mich lange mit einer Mischung aus Argwohn und Überdruß.

»Yeah, so hab' ich Sie mir vorgestellt«, sagte er, als ich vor ihm stehenblieb.

»Wie geht's dir?« fragte ich und streckte ihm meine Hand hin.

»Alles okay«, antwortete er, wobei er über die vorbeifahrenden Autos hinweg in die Ferne blickte und meine Hand ignorierte.

»Hübscher Tag, um 'n bißchen Football zu spielen, nicht?« fragte ich.

»Stimmt«, antwortete er. Seine Stimme hatte einen feindseligen Unterton. Ich begriff, daß Bernard es mir bei dieser ersten Begegnung nicht leichtmachen würde.

»Hast du hier schon lange gewartet?«

»Lange genug«, sagte er eher zu den Autos auf der Straße als zu mir.

»Hab' mich verlaufen«, gestand ich ein. »Das passiert mir jedesmal im Central Park. Er ist immer viel größer, als ich mich an ihn erinnere.«

»Niemand hat Sie gezwungen, hierher zu kommen«, sagte er und blickte mich flüchtig an.

»Irrtum, du Schlaumeier«, sagte ich absichtlich leise. Seine rüpelhafte Hochnäsigkeit ging mir auf die Nerven. »Deine Mutter hat mich drum gebeten.«

»Ständig denkt sie sich für mich Sachen aus, die mich überhaupt nicht interessieren.«

»Ach ja?«

»Yeah«, sagte er. »Genauso ist es.«

»Du willst also nicht, daß ich dich trainiere?«

»He, Sie kapieren aber schnell! Ich hab' übrigens schon einen Trainer in der Schule.«

»Hast du letztes Jahr in einer Mannschaft gespielt?« Ich hätte wetten mögen, daß er den Zweifel in meiner Stimme nicht überhört hatte.

»Letztes Jahr? Da war ich im ersten Semester.«

»Hast du letztes Jahr in einer Mannschaft gespielt?« wiederholte ich die Frage.

»Nein. Wo sind Sie eigentlich Trainer?«

»In South Carolina.«

»He!« Er lachte spöttisch. »Dann sind Sie ja 'ne ganz große Kanone.«

»Nein, das bin ich nicht, Bernard.« In meiner Stimme lag so viel Kälte, daß es mich fast im Hals fror. »Aber laß dir eins sagen: Ich hab' Mannschaften trainiert, die jede Mannschaft, die deine Uni jemals hervorgebracht hat, jederzeit zur Schnecke machen könnten. Sie würden eure Jungs glatt in den Atlantik schmeißen!«

»Wie können Sie das wissen?« fragte er verächtlich.

»Weil ich keine kleinen Muttersöhnchen aus reichem Hause trainiere, die von ihren Eltern in Internate abgeschoben werden, weil sie ihnen zu Hause auf den Wecker gehen.«

»Na und?«

Ich spürte, daß ich ihn an einer wunden Stelle getroffen hatte. Aber so billig sollte er mir nicht davonkommen. »Von meinen Jungs spielt keiner Geige, Bernard. Die würden einen, der Geige spielt, glatt zum Frühstück fressen.«

»Yeah, kann sein«, meinte er. »Möchte wetten, daß niemand auf die Idee kommen würde, einen von denen zum Geigespielen zu zwingen.«

»Und ich werd' dich nicht zwingen, bei mir ein bißchen was über Football zu lernen«, sagte ich. »Ich verplemper' meine Zeit nicht gern mit rotznäsigen und vorlauten Bürschchen. Ich unterrichte nur Jungs, die gern spielen, aber keine Muttersöhnchen, bloß weil Mami es so will.«

»Meine Mutter hat keine Ahnung, daß ich letztes Jahr Football gespielt hab'.«

»Aber du hast doch letztes Jahr überhaupt nicht gespielt, Bernard«, sagte ich. Ich wunderte mich über die Hartnäckigkeit, mit der dieser Bursche jeden Blickkontakt mit mir vermied. »Du hast mir doch vorhin gesagt, daß du letztes Jahr überhaupt nicht aufgestellt wurdest.«

»Verstehen Sie denn nicht?« fragte er kläglich. »Ich war einfach weit hinter den anderen zurück, weil ich noch nie in einer Schule mit einer eigenen Football-Mannschaft war.«

»Als was würdest du dich denn aufstellen lassen?«

»Als *quarterback.*«

»Bin früher selbst einer gewesen«, sagte ich.

»Na und?« sagte er wieder. Er schnitt dabei eine so häßliche Grimasse, daß sie die ganz e rechte Seite seines Gesichtes entstellte. »Ich bin eigentlich nur hergekommen, um Ihnen zu sagen, daß ich Sie nicht brauche.«

Ich warf ihm ohne Vorwarnung aus der Hüfte den Ball zu. Er fing ihn geschickt auf. Da rannte ich los, und als ich ungefähr zehn Meter von ihm weg war, rief ich ihm zu: »Na los, schick mal einen anständigen Paß rüber!«

Sein Wurf, mit runden, glatten Bewegungen ausgeführt, war zielgenau. Der Ball eierte zwar ein bißchen, beschrieb aber einen hübschen Bogen. Ich fing auf, wandte mich ohne ein weiteres Wort ab und strebte ohne Eile dem Ausgang des Parks zu. Mir war klar, daß Bernard mir mit den Blicken folgte.

»He, wo gehen Sie hin ?« rief er mir nach.

»Nach Hause.« Ich drehte mich nicht nach ihm um. Gleich darauf vernahm ich hinter mir Laufschritte.

»Warum?« fragte er, als er mich eingeholt hatte.

»Weil du für diesen Sport einen Dreck taugst«, sagte ich grob.

»Geh nach Hause, üb schön Geige und mach deine Eltern glücklich. Übrigens gefällt mir deine Einstellung zu der Sache nicht. Wie willst du mit solch einer Haltung jemals die Nummer eins in einer Mannschaft werden? Wie soll ich eine weinerliche Memme, die vor Selbstmitleid überfließt, jemals zu einem anständigen *quarterback* machen?«

»Hören Sie«, erwiderte er, »das war der erste Paß, den ich seit sechs Monaten geworfen hab'.«

Meine Gemütsverfassung ließ in diesen Augenblicken keinen Akt der Nächstenliebe und der Nachsicht zu. Deshalb antwortete ich: »Der Paß sah aus wie der erste, den du jemals in deinem Leben geworfen hast.«

»Lassen Sie es mich noch mal probieren«, sagte er mit veränderter Stimme.

»Nein. Zuerst müssen wir miteinander reden.«

Ich blieb stehen und drehte mich zu ihm um.

»Reden? Worüber?«

»Beispielsweise über dein Mundwerk.«

»Was ist damit?«

»Du solltest öfters mal die Klappe halten, mein Sohn«, sagte ich streng.

»Hör mal, Bernard, mir ist es egal, ob du mich magst oder nicht, und ich bin mir durchaus nicht sicher, ob ich dich überhaupt trainieren möchte, mein Freund, aber wenn ich mit dir rede, dann möchte ich, daß du mir in die Augen schaust! Kapiert? Das tut nicht weh. Wenn ich dir das nächstemal die Hand hinstrecke und du tust wieder, als würdest du sie nicht sehen, dann brech' ich dir jeden einzelnen Knochen von deiner rechten Hand! Noch etwas: Du solltest dir ein bißchen mehr Respekt und Freundlichkeit angewöhnen, wenn du mit mir redest. Jetzt erzähl mir mal, warum du auf die ganze Welt so 'ne Stinkwut hast. Ich werd' deiner Mutter kein Wörtchen davon erzählen, das verspreche ich. Du bist ein frecher kleiner Scheißkerl, und ich möchte dir helfen rauszufinden, warum du so bist.«

Er atmete heftig und zitterte vor innerer Erregung. »Mensch, hauen Sie doch ab!« sagte er mit einer Stimme, als wollte er gleich in Tränen ausbrechen. »Rutschen Sie sich selbst den Buckel runter!«

»Das hab' ich schon getan, als ich mich mit dir einließ.«

»Ich weiß nicht, was Sie gegen mich haben«, brachte er gequält heraus.

Jetzt hatte ich ihn in die Enge getrieben. »Du bist einer der unglücklichsten Burschen, denen ich jemals in meinem Leben begegnet bin«, sagte ich. »Ich hab' etwas Wichtiges über dich erfahren, obwohl ich dich erst seit fünf Minuten kenne: Du hast auf der ganzen gottverdammten Welt keinen einzigen Freund, mein Junge! In Phillips Exeter ist es im Winter ganz schön einsam, stimmt's? Hacken die anderen auf dir rum, Bernard? Hänseln sie dich? Schneiden sie dich und machen sie dir das Leben zur Hölle, Bernard? Schubsen sie dich rum, Bernard? Wie du siehst, kenn' ich mich mit Leuten deines Alters ganz gut aus. Ich weiß genau, wie sie mit Außenseitern umspringen. Wie heißt denn dein bester Freund, Bernard? Na los, sag mir seinen Namen!«

Er fing an zu weinen, und obwohl er versuchte, die Tränen zurückzuhalten, überschwemmten sie seine Augen wie die Sturmflut einen Damm. Seine Schultern zuckten. Laut schluchzend schlug er die Hände vors Gesicht, aber die Tränen sickerten zwischen seinen Fingern hindurch und fielen ins Gras.

Nach einer Weile blickte er auf und starrte seine nassen Hände an. »Ich weine!« wunderte er sich. »Sie haben mich zum Weinen gebracht!«

»Ich hab' dich mal richtig zusammengestaucht, Bernard«, antwortete ich. »Ehrlich gesagt, hab' ich gehofft, daß du zu weinen anfängst, weil ich sehen wollte, ob du nicht doch ein ganz normaler Mensch bist.«

»Arbeiten Sie als Trainer immer so?« fragte er verbittert.

»Nein, nur mit Jungen wie dir«, antwortete ich.

»Ich finde das nicht in Ordnung.«

»Das ist mir scheißegal, mein Junge.«

»Meine Mutter hat behauptet, Sie seien ein netter Mensch. Alles Schwindel.«

»Zu netten Menschen bin ich nett, und ganz besonders nett bin ich zu Leuten, die mich mögen.«

»Ich werd' ihr erzählen, was Sie zu mir gesagt haben«, drohte er. »Ich sag' ihr, wie Sie mich behandelt haben. Ich sag' ihr alles.«

»Junge, Junge, mir werden plötzlich die Knie weich!«

»Sie sagt immer, Erwachsene sollen Kinder wie Erwachsene behandeln.«

»Tatsächlich?«

»Allerdings. Was Sie mit mir gemacht haben, wird ihr kein bißchen gefallen, das kann ich Ihnen sagen.« Bernard schaffte es noch immer nicht, seinen Atem unter Kontrolle zu bringen.

»Gehen wir doch einfach zu ihr«, schlug ich vor. »jetzt gleich.«

»Nein, sie arbeitet. Sie hat jetzt 'ne Menge Patienten.«

Ich ließ nicht locker. »Na und? Wir warten einfach ab, bis sie mal für ein paar Minuten Pause macht. Dann kannst du ihr alles petzen, was ich zu dir gesagt hab'. Danach erklär' ich ihr, warum.«

»Sie mag aber nicht gestört werden, wenn sie arbeitet.«

»Ich auch nicht, mein Junge. Ich hab' hier schon 'ne Menge Zeit mit dir vergeudet.«

»Nennen Sie das hier etwa arbeiten?« fragte er und zog wieder seine verächtliche Grimasse.

»Ja, ich nenne das harte Arbeit, Bernard!« Unwillkürlich hatte ich lauter gesprochen. »Für mich ist das die reinste Strafe. Eine Quälerei. Ich hasse es, mich mit Burschen wie dir herumärgern zu müssen.«

»Wer zwingt Sie denn dazu?« erwiderte er sichtlich gekränkt.

»Deine Mutter will es so. Also los, gehen wir zu ihr ins Büro und bringen die Sache hinter uns!«

»Nein. Ich will nicht noch mehr Probleme.«

»Ach was, Bernard, sie würde doch nur mit dir reden wie mit einem Erwachsenen«, spottete ich.

»Hm. Ich erzähl' alles meinem Vater. Der wird Ihnen ganz schön Bescheid sagen. Und meiner Mutter auch.«

»Gegen mich hast du keine Chance, Bernard.«

»Ach nein?« sagte er und zeigte mit dem Finger auf mich. »Wissen Sie eigentlich, wer mein Vater ist?«

»Nein. Ich höre.«

»Herbert Woodruff ist mein Vater!«

»Aha. Ihr habt wohl denselben Familiennamen, was?« Ich hatte Bernard inzwischen gründlich satt.

»Sie wissen nicht, wer er ist?« schrie Bernard fast. »Er ist einer der berühmtesten Geiger der Welt!«

»Vor Geigern hab' ich schon immer Schiß gehabt«, höhnte ich.

»Er kennt ein paar verdammt einflußreiche Leute, Mister. Richtig mächtige Leute.« Bernard klang jetzt so erbärmlich und fassungslos, daß ich darauf gefaßt war, ihn gleich wieder weinen zu sehen.

»Ist es schlimm, Bernard?« fragte ich verdrossen. »Ich meine: Ist es schlimm, sich wie der dümmste Idiot vorzukommen? Das hab' ich schon immer mal fragen wollen, aber irgendwie hat es nie geklappt.«

Mit einer seltsam linkischen Geste warf er die Hände in die Luft und sagte: »Das also halten Sie von mir, wie? Dabei kennen Sie mich überhaupt nicht! Niemand kann einen anderen Menschen nach einer Viertelstunde beurteilen.«

»Du täuschst dich mal wieder, Bernard. Manchmal weiß man schon nach dreißig Sekunden über jemanden Bescheid.«

Er wandte sich ab, als wollte er weggehen, aber schon nach ein paar Schritten blieb er stehen. Er atmete wieder heftig. »Ich möchte nicht, daß Sie mit meiner Mutter reden«, sagte er leise.

»In Ordnung«, antwortete ich.

»Sie gehen also nicht zu ihr?« Er drehte sich zu mir um.

»Nein. Ich finde deine Bitte verständlich, und außerdem hast du sie so nett vorgetragen. Gutes Benehmen wird von mir immer belohnt.«

»Was werden Sie ihr erzählen, wenn Sie sie sehen?«

»Daß du ein Prachtkerl ist, der lieber Geige übt, als sich von mir trainieren zu lassen.«

Er hielt meinem Blick nicht stand, sondern schaute zu Boden und stocherte mit der Spitze seines Turnschuhes in der losen Erde herum. »Ich hab' letztes Jahr überhaupt nicht Football gespielt.«

»Deine Mama sagte aber, dein Daddy hätte dich auf einem Mannschaftsfoto entdeckt.«

»Ach was, ich hab' mich nur um die Ausrüstung gekümmert. Ich hatte mich zwar darum beworben, in der Mannschaft aufgestellt zu werden, aber der Trainer wollte gleich am ersten Tag sehen, ob ich einen gegnerischen Stürmer stoppen kann, und ich hatte in meinem ganzen Leben noch nie jemanden gestoppt. Sie haben mich alle ausgelacht.«

»Weißt du noch, wer am meisten gelacht hat?«

»Natürlich. Warum?«

»Weil ich dafür sorgen würde, daß diesem Burschen das Lachen vergeht, wenn ich dein Trainer wäre, Bernard. Ich würde dir beibringen, jeden Gegner so hart anzugehen, daß er das Gefühl hätte, unter ein Auto geraten zu sein. Aber sag mal: Warum hast du eigentlich deinem Daddy erzählt, du hättest in der Mannschaft gespielt?«

»Weil ich ihm was vormachen wollte.«

»Wieso?«

»Weiß nicht«, gab Bernard zu. »Vielleicht weil ich wußte, daß er sich darüber ärgern würde. Er haßt Sport. Es macht ihn wütend, daß ich mich für Sport interessiere.«

»Aber du interessierst dich doch gar nicht, Bernard! Du hast dich heute nachmittag mächtig angestrengt, mir das klarzumachen.«

»Sie können mich nicht leiden, stimmt's?« fragte er halb verzagt, halb flehend.

»Ja, ich kann dich kein bißchen leiden, Bernard«, erwiderte ich. »Ich mag die Art und Weise nicht, wie du dich mir gegenüber benommen hast. Und ich mag deine Einstellung nicht. Du bist ein verdorbener, unglücklicher Dreckskerl, und ich weiß nicht, ob dir ein bißchen Sport weiterhelfen könnte. Weißt du, das einzige Gute an einem Sport wie Football ist, daß er eine Menge Spaß machen kann. Weiter ist nichts dran. Ohne Spaß ist es nur ein stupides, nutzloses Spiel. Du siehst nicht so aus, als hätte dir im Leben jemals irgend etwas richtig Spaß gemacht. Für mich ist ausschlaggebend, daß es mir bestimmt keinen Spaß bringen würde, dein Trainer zu sein. Ich liebe nämlich meinen Beruf. Und ich nehme ihn ernst. Football hat für mich etwas mit Lebensfreude zu tun, und die lasse ich mir nicht von dir ruinieren.«

»Mein Vater verlangt von mir, daß ich täglich zwei Stunden Geige übe«, antwortete er mannhaft.

»Bernard, ich würde auch lieber Geige spielen können als Football, das kannst du mir glauben. Ich würde so lange üben, bis ich das verdammte Ding so gut beherrschen würde, daß die Vögel vor Neid vom Ast fallen würden.«

»Spielen Sie irgendein Instrument?«

»Nein, aber soll ich dir was sagen? Ich kann einen Ball noch immer vierzig Meter hoch in die Luft schießen. Das ist meine große Nummer bei Gartenfesten. Also gut, Bernard, ich muß jetzt gehen. War nett, dich kennengelernt zu haben. Tut mir leid, daß es mit uns beiden nicht geklappt hat. Ich find' deine Mutter prima. Keine Angst, ich erzähl' ihr nichts. Das ist ein Versprechen.«

Ich ließ diesen innerlich zerrissenen, unfrohen Jungen stehen und nahm Kurs auf die Fifth Avenue. Meine rechte Hand umspannte den Ball. Ich genoß das Gefühl, wie sich die Verschnürung in meinen Handballen drückte. Bernard hatte mir nicht auf Wiedersehen gesagt, er hatte überhaupt nichts gesagt.

Ich hatte kaum zwanzig Schritte gemacht, da hörte ich ihn hinter mir rufen: »Trainer Wingo!«

Es war schon lange her, seit mich ein Junge seines Alters zum letztenmal Trainer genannt hatte. Ich war überrascht und gerührt zugleich. Als ich mich umdrehte, stand er da mit leicht angewinkelten Armen, eine traurige, bittende Geste. »Bitte bringen Sie mir was bei!« sagte er. Seine Stimme zitterte, überschlug sich fast und versagte dann den Dienst, als er sich anstrengte, noch etwas Zusammenhängendes herauszubringen. Die Tränen schossen ihm in die Augen, als er schließlich stammelte: »Zeigen Sie mir, wie es geht! Bitte! Ich will, daß ihnen das Lachen vergeht!«

Ich ging zurück, und mir war bei jedem Schritt klar, daß mit mir etwas Neues, nie Gekanntes in Bernhard Woodruffs Leben trat. Ich kehrte zurück als sein Mentor, sein Trainer.

»Sie werden Blut und Wasser schwitzen!« sagte ich zu ihm. »Zuerst werden sie noch lachen, aber dann werden sie bluten, das verspreche ich. Aber jetzt mußt auch du mir ein paar Dinge versprechen.«

»Was?« fragte er mißtrauisch.

»Daß du die Klappe halten wirst, Bernard«, sagte ich. »Dein loses Mundwerk bringt mich auf die Palme.«

»Okay«, sagte er und holte tief Luft. »Abgemacht.«

»›Ja, Sir‹ lautet von jetzt an die korrekte Antwort, Bernard«, sagte ich. »Wir werden uns an gewisse Höflichkeitsformen halten. Wenn wir uns hier zum Trainieren treffen, dann kannst du mich entweder Trainer oder Sir nennen, ganz wie es dir beliebt. Auf keinen Fall darfst du zu spät kommen. Du wirst tun, was ich dir sage, und du wirst es mit Begeisterung tun! Wir fangen gleich morgen mit dem Krafttraining an. Ich werd' dich jeden Tag durch den Park hetzen, bis dir die Zunge raushängt. Dein Familienleben, deine Geigenstunden, deine Mädchengeschichten, deine Pickel oder sonstwas interessieren mich nicht. Ich werde kein guter Kumpel für dich sein, und ich hab' nicht die Absicht, dich zu beeindrucken, sondern ich werde dir nur beibringen, wie ein richtiger Football-

Spieler auszusehen hat und dich wie ein solcher zu benehmen. Ich will dich lehren, wie man dribbelt, Haken schlägt, Angreifer stoppt und genaue Pässe spielt. Du hast die richtige Größe, und wenn du tust, was ich dir sage, dann hast du auch bald die nötige Kraft. Ich werd' dafür sorgen, daß du so in Form kommst, wie du es nie für möglich gehalten hast – und weißt du, wie ich das machen werde? Indem ich dich gegen mich antreten lasse!«

»Aber Sie sind viel größer als ich!«

»Halt die Klappe, Bernard!« sagte ich.

»Jawohl, Sir!« antwortete er.

»Wenn du so lange gerannt bist, bis du halb tot bist, werd' ich dich Gewichte stemmen lassen, bis du keinen Finger mehr rühren kannst! Danach kommen die Liegestütze dran, bis du auf dem Bauch liegst und Gras frißt. Anschließend mußt du mit mir in den Clinch, bis du Krämpfe in den Armen hast. Das geht so lange weiter, bis etwas passiert, was in deinem ganzen beschissenen Leben noch nicht passiert ist.«

»Was meinen Sie, Sir? «

»Du wirst mir vor lauter Dankbarkeit die Füße küssen, Bernard.«

11

Meine Mutter war unablässig damit beschäftigt, einen anderen Menschen aus sich selbst zu machen, aber diese Aufgabe bewältigte sie nie ganz. Selten erzählte sie eine Geschichte aus ihrer Kindheit, die keine Lüge war. Ihre eigene Vergangenheit faßte sie nämlich mit der unerschrockenen Respektlosigkeit einer Märchenerzählerin ins Auge. Mit einer so störenden Sache wie der Wahrheit hatte sie nie viel im Sinn. Im Gegenteil, sie machte ihre eigenen Lebenslügen zu einem wesentlichen Bestandteil der Identität ihrer Kinder.

Während meiner Kindheit bot sich mir an tausend Tagen ein tausendfach abgewandeltes Bild meiner Mutter. Als Sohn hatte ich nie eine klare Vorstellung von ihr, und als erwachsener Mann sah ich sie nie ein eindeutiges Signal aussenden. Ich wurde gewissermaßen auf Lebenszeit zum Kartographen des Charakters meiner

Mutter, aber es gab da in der Gegend der Antipoden und in den heißen Zonen gewisse Unregelmäßigkeiten, mit denen ich nie zu Rande kam. Meine Mutter konnte lächeln, daß ich mir unwillkürlich dachte: So scheu und zart müssen Engel miteinander umgehen. Doch dasselbe Lächeln konnte schon einen Augenblick später den Gedanken an giftige Nattern oder an eine Mördergrube nahelegen. Für mich war sie einfach zu sehr Frau.

Stillschweigend hatte sie sich ohne vorherige Erprobung eine ganze Reihe von Verhaltensregeln verordnet, nach denen sie sich bei all ihren schlau eingefädelten Unternehmungen richtete. In ganz Colleton gab es, uns eingeschlossen, keinen einzigen Menschen, der die in Lila Wingo schlummernden Kräfte unterschätzte. Ich brauchte jedoch dreißig Jahre, bis mir dämmerte, daß die Frau, die mich erzogen hatte, eine Kämpferin mit verschleißfreien Talenten war. Als wir Kinder uns später einmal über ihre vielseitige Begabung unterhielten, stellten wir auch eine Liste der Berufe und Tätigkeiten auf, in denen sich unsere Mutter mit Sicherheit hervorgetan hätte. Wir kamen zu dem Schluß, daß sie sich als Prinzessin in einem obskuren Königreich irgendwo im Himalaja ebenso bewährt hätte wie als politische Attentäterin, Feuerschluckerin, Gattin des Generaldirektors der Telefongesellschaft AT & T oder als Bauchtänzerin, die sich vom König die Köpfe von Heiligen zu Füßen legen läßt. Als ich Luke einmal fragte, ob er unsere Mutter hübsch fände, erinnerte er mich daran, daß ihre Schönheit einst ausgereicht hatte, einen mordgierigen Hünen aus den Wäldern von Atlanta zu locken und in ihm, Callanwolde, eine dämonische Besessenheit zu entfachen.

»Und das ist für dich der Beweis für ihre damalige Schönheit?« hatte ich meinen Bruder gefragt.

»Ja, so ist es«, hatte seine Antwort gelautet.

Unsere Mutter hatte im Bergland von Georgia eine gräßliche Kindheit verbracht. Ihr Vater, ein jähzorniger Trinker, war an ihrem zwölften Geburtstag an Leberzirrhose gestorben. Die Mutter machte Nachtschichten in einer Spinnerei und starb, als ihre Tochter Lila erst sechzehn Jahre alt war. Nach ihrem Tod bestieg unsere Mutter kurzerhand den Bus nach Atlanta, nahm sich dort im Imperial Hotel ein Zimmer und fing in Davison's Kaufhaus als Lehrling an. Doch schon zwei Monate später lernte sie unseren Vater kennen und beging den kindischen Fehler, sich in den lustigen, wortgewandten Piloten aus South Carolina zu verlieben. Er gab vor, im Flachland ausgedehnte Ländereien zu besitzen, an »fischverarbeitenden Industrien« beteiligt zu sein und ansonsten das Leben eines *gentleman farmer* zu führen. Erst nach der Ankunft auf Melrose Island stellte sich heraus, daß er in Wirklichkeit nichts weiter als ein Krabbenfischer war.

Meine Mutter hatte jedoch längst begonnen, ihren eigenen Lebenslauf umzumodeln. In Colleton erzählte sie den Leuten, ihr Vater sei in Dahlonega, Georgia, ein erfolgreicher Bankier gewesen, den die Weltwirtschaftskrise ruiniert habe. Durch einen simplen Akt der Willkür verwandelte sie ihre strenge Mutter – auf einer Fotografie wirkte ihr vergrämtes Gesicht so flach und nichtssagend wie ein Kotlett – in eine große Dame von Welt, die angeblich in den feinsten Kreisen verkehrt hatte. »Jawohl, in den feinsten Kreisen!« hörten wir unsere Mutter in all den Jahren immer wieder beteuern. Die Atemlosigkeit, mit der sie das sagte, beschwor die Vorstellung von einer privilegierten Kaste herauf, deren Mitglieder über grüne Golfplätze wandelten, müßig an türkisfarbenen Swimmingpools beieinander saßen, im Dämmerlicht endlos langer Abende gelassen miteinander plauderten und sich von weiß behandschuhten Domestiken kühle Getränke servieren ließen. Wir Kinder bastelten uns nach und nach ein ungenaues Bild von uns selbst zusammen, und wir beriefen uns dabei auf den aus lauter Lügen bestehenden Glaspalast unserer verträumten Mutter. Savannah wurde die erste Dichterin unserer Familie, aber Lila Wingo tat sich sicherlich erstmals durch die Verbreitung frei erfundener Geschichten hervor.

Uns, ihre Kinder, betrachtete sie widersinnigerweise als ihre Komplizen, aber auch als ihre Gegner. Sie war die einzige Mutter, der ich je begegnet bin, die ihre Kinder für die unglückliche Wahl eines Ehemannes verantwortlich machte. Unsere Geburt war für sie ein von uns gegen sie begangenes Verbrechen. Allerdings kam es außerordentlich selten vor, daß sie sich über ihr Schicksal beklagte. Von seltenen Anwandlungen der Ehrlichkeit abgesehen, konnte sie sich nicht zu dem Eingeständnis durchringen, daß es in ihrem Leben irgend etwas Unangenehmes gab. Sie verfügte über einen Schatz an Phrasen von geradezu heroischem Optimismus. In der Öffentlichkeit gab sie sich übertrieben glücklich und trug eine streitbare Unbekümmerheit zur Schau. Sobald wir alt genug für die Schule waren, wirkte sie in Colleton an allen karitativen Aktivitäten als Freiwillige mit. Allmählich erwarb sie sich in unserem Städtchen den Ruf eines Menschen, auf den man sich hundertprozentig verlassen konnte. Für Außenstehende war sie eine schöne, fleißige, gütige Frau, viel zu gut für unseren Vater. Gewiß war Lila Wingo all das – und ein Feldmarschall dazu.

Von meinem Vater habe ich einen bestimmten Sinn für Humor, die Fähigkeit hart zu arbeit en, die Körperkraft, das unberechenbare Temperament, die Liebe zum Meer und den Hang zum Versagen geerbt.

Von meiner Mutter wurden mir viel bedenklichere, aber auch wertvollere Gaben in die Wiege gelegt; die Sprachgewandtheit, die Fähigkeit, ohne Reue zu lügen, eine gewisse Gnadenlosigkeit, die leidenschaftliche Freude am Lehren, die Verstiegenheit und der romantisch verbrämte Fanatismus.

Luke, Savannah und ich – wir drei übernahmen von unseren Eltern all diese Anlagen in Form eines lebensgefährlichen, in sich vielfältig variierten genetischen Mosaiks. Unsere Mutter sollte dies in späteren Jahren einmal auf eine von reinster Bitternis erfüllte Formel bringen, als sie ausrief: »Luke der Verbohrte, Tom der Versager, Savannah die Verrückte.«

Als diese Worte fielen, hatte unsere Mutter sich innerlich längst von ihrer Familie und von der ganzen Stadt abgewandt, weil niemand zu ermessen vermocht hatte, welch fürchterliche Schande es für sie war, nichts als die Ehefrau eines Krabbenfängers zu sein.

Während ich heranwuchs, war mein Herz voll mitleidiger Sorge um meine Mutter und unausgesprochener Wut gegen meinen Vater. Das hätte nicht unbedingt so sein müssen. Henry Wingo, mein Vater, war aus ganz anderem Holz geschnitzt als seine Frau. Er hatte ein zügelloses Temperament, enorme Körperkraft, schlagkräftige Fäuste und wirre Vorstellungen von plötzlichem Reichtum, aber meine Mutter hatte einen Plan. Sie führte uns allen vor, daß nichts stärker und unschlagbarer ist als ein einfacher Traum, der allmählich in die Tat umgesetzt wird. Sie wollte unbedingt eine Frau sein, die etwas darstellte, eine Frau, der man Beachtung schenkte. In einem Städtchen wie Colleton war ihr Status von vornherein festgeschrieben, doch sie weigerte sich, diese für sie so schmerzvolle gesellschaftliche Realität einfach hinzunehmen. Im Jahr 1957 brachte sie es irgendwie zuwege, für den Frauenverein von Colleton nominiert zu werden. Das war der Anfang einer unseligen Geschichte.

Der Frauenverein von Colleton war 1842 von Isabelle Newburys Urgroßmutter gegründet worden. Laut Satzung bestand sein Hauptzweck darin, zum Wohl aller Bürger gute Werke und nützliche Projekte zu fördern. Als Mitglieder kamen vor allem Frauen aus den angesehensten Familien, jedoch auch jene in Frage, die sich im Landkreis Colleton in irgendeiner Weise besonders hervorgetan hatten. Diese Vorschrift der Satzung beflügelte meine Mutter in ihrer unverdrossenen Hoffnung, daß man ihr eines Tages die volle Mitgliedschaft gewähren werde. Was bei ihr als Wunschtraum begann, steigerte sich zu unersättlichem Hunger. Doch dann wurde der Antrag meiner Mutter vom Vereinskomitee einstimmig verworfen, und Isabelle Newbury zog mit einem vernichtenden Satz, der meiner Mutter irgendwann zu Ohren kam, einen Schlußstrich unter die Angelegenheit: »Lila Wingo ist zweifellos nicht das richtige Material für unseren Verein.«

Nicht das richtige Material! Wie muß dieses leichthin gesagte und dennoch so endgültige Urteil meine Mutter getroffen haben! In den kleinen Städten des Südens halten die Menschen bei ihren unblutigen Autodafés nicht viel von protokollarischen Regeln und von Diskretion. Meine Mutter schien sich in ihre Lage zu schicken, denn sie beklagte sich nie, aber in aller Stille überzeugte sie zielstrebig ein Vereinsmitglied nach dem anderen davon, daß sie für den Damenzirkel eine Bereicherung darstellen würde. Erst im Jahr 1959 sah sie jedoch eine reelle Chance, die Mitglieder des Frauenverbandes von Colleton endgültig von ihrem Wert zu überzeugen.

Im April jenes Jahres verkündete der Frauenverein mittels einer ganzseitigen Anzeige im Wochenblatt, alle weiblichen Bewohner der Stadt seien aufgefordert, Vorschläge für ein Kochbuch einzureichen, das die besten Rezepte der Gegend enthalten sollte. Meine Mutter erblickte darin eine glänzende Gelegenheit, die Mitglieder des Kochbuch-Komitees, darunter eine stattliche Anzahl ihrer unerbittlichsten Gegnerinnen, durch ihre kulinarischen Künste zu beeindrucken. Sie ging zu ihrem Schlafzimmerschrank und entnahm ihm einen Stapel alter Jahrgänge des Magazins *Gourmet*.

Unsere Großmutter hatte ihr 1957 ein Abonnement dieser Zeitschrift geschenkt und sie damit in die Welt der Kochkunst eingeführt. Wenn meine Mutter eine der besten Köchinnen war, die jemals in South Carolina hinter einem Herd gestanden haben, dann war es dieser Zeitschrift zu verdanken.

Sie ließ es nicht damit bewenden, im *Gourmet* zu blättern, sondern sie las jedes Heft von vorn bis hinten durch. Schon immer hatte sie sich besonders gut auf die Küche der Südstaaten verstanden. Aus Brotteig, einer Handvoll Bohnen und einem frisch geschlachteten Hähnchen konnte sie etwas zu essen zaubern, das ihren unverwechselbaren Stempel trug. Sie hätte sogar Wagenschmiere schmackhaft anrichten können. Bei ihrer genauen Lektüre des *Gourmet* machte sie die Beobachtung, daß die Eßkultur in sehr beredter Weise die Klassenzugehörigkeit widerspiegelt. Sobald sie erst einmal begriffen hatte, daß die Küche der Südstaaten nicht der Weisheit letzter Schluß war, startete sie wieder einmal eines ihrer an Besessenheit grenzenden Selbstverbesserungsprojekte, durch das sie ihrem Ehemann noch fremder und uns, ihren Kindern, noch lieber wurde. Henry Wingo schwor auf ein anständiges Stück Fleisch mit Kartoffeln. Die *Sauce béarnaise* meiner Mutter war für ihn ein französisches Kompott und der Ruin eines guten Steaks.

»Mein Gott, Lila, da ist ja Wein drin!« beschwerte sich mein Vater eines Abends, als meine Mutter ihm einen *coq au vin* vorsetzte. »Den Wein kippt man doch nicht übers Geflügel! Man kippt ihn sich in den Hals!«

»Ist ja nur ein Experiment, Henry. Wenn ich nur wüßte, ob ich einen ganzen Stapel Rezepte einreichen sollte oder nur eins. Wie schmeckt es dir?«

»Es schmeckt wie ein betrunkener Gockel«, antwortete er.

»Ich finde, es schmeckt toll, Mama«, verkündete Luke. Damit war der Frontverlauf wieder mal klar.

Monatelang brütete unsere Mutter über den zerfledderten, mit Fettflecken übersäten Heften des *Gourmet*. Eifrig machte sie sich mit ihrer schwungvollen Handschrift Notizen, und das Abendessen im Kreis der Familie mußte für allerlei Experimente und Improvisationen herhalten. Sie durchforstete ihre eigene reichhaltige Rezeptesammlung, wobei sie die eine oder andere Variante und Verbesserung dazu erfand, indem sie einem Rezept einfach gewisse Zutaten entlehnte, um einem anderen mehr Würze und Schmackhaftigkeit zu verleihen. Allmählich wuchs in ihr auf diese Weise der Plan heran, ein ganz eigenes Rezept zusammenzustellen, etwas Aufsehenerregendes und Originelles, das ihrer Phantasie und ihren genauen, wenngleich begrenzten Kenntnissen eßbarer Dinge und ihrer Eigenschaften entsprang. Die vier Brenner ihres Gasherdes mußten Überstunden machen, so daß es in der Küche oft drückend heiß war, während auf den blauen Flammenkränzen trübe und klare Brühen vor sich hinköchelten, die meine Mutter später zu so cremigen Soßen verrührte, daß sie am Besteck klebten wie Ölfarbe. Von Anfang April bis Ende Mai entquoll den Kochtöpfen der markige Duft von Brühen aus Rinder- und Geflügelknochen, gewürzt mit allerlei aromatischen Gemüsen und Gewürzen aus Mutters üppigem Küchengarten. All diese Düfte vereinigten sich beim Essen auf der Zunge zu einer dunklen, seidenweichen Geschmacksnote. Wenn ich nach Hause kam, bebten schon in einiger Entfernung erwartungsvoll meine Nasenflügel. Daheim erwarteten mich dann herzhafte Brühen von der dunkelbraunen Farbe gegerbten Leders, leichte klare Suppen oder Fischsuppen mit reichlich Forellenköpfen darin, die wie ein eßbares Stück Torf rochen.

Wenn wir im Juni mit auf Krabbenfang gingen und abends müde, sonnenverbrannt und hungrig aus Vaters Lieferwagen kletterten, stieg uns schon draußen vor der Tür der Geruch der Köstlichkeiten in die Nase, die unsere Mutter mit großem Aufwand zubereitet hatte. In meinem trockenen, salzigen Mund lief mir dann derart das Wasser zusammen, als befände sich in ihm die Quelle eines Flusses. Auf dem kurzen Weg bis zur Haustür wurde man von Düften umweht, die mit Worten nicht zu beschreiben sind. Beim Betreten der Küche fanden wir dann unsere Mutter mit schweißglänzendem Gesicht am Herd. Ganz ihrer vergänglichen Kunst hingegeben, trällerte sie ein Liedchen aus ihrer gebirgigen Heimat. Nie zuvor hatte ich so köstliche Dinge gegessen – und auch später nie wieder. In jenem Sommer nahm mein Knabenkörper zehn Pfund zu, und es war lauter festes Fleisch. Das verdankte ich der traurigen Tatsache, daß meine Mutter unbedingt ein Mitglied des Frauenklubs von Colleton werden wollte.

Ein Tag Ende Juni. Meine Mutter hatte sich für das, was sie

selbst ›die größte Überraschung dieses Sommers‹ nannte, mächtig ins Zeug gelegt. Seit einiger Zeit bewahrte ihr der Metzger in Colleton die Innereien und Organe auf, die sich angeblich nicht für den menschlichen Verzehr eigneten. Die Folge war, daß wir, die Wingos, die ersten Bürger von Colleton wurden, die jemals Kalbsbries aßen, zubereitet nach einem in der Zeitschrift *Gourmet* abgedruckten Rezept.

Unser Vater saß wie immer am Kopfende des Tisches. Luke und ich nahmen links und rechts von ihm Platz, nachdem wir geduscht und uns umgezogen hatten, Savannah brachte das Kalbsbries aus der Küche und schaufelte davon mit einem breiten Grinsen reichlich auf Dads Teller. Mürrisch beäugte er die Speise und stocherte ein paarmal mit der Gabel darin herum. Meine Mutter betrat den Raum und setzte sich ans andere Ende des Tisches, ihrem Mann gegenüber, der mit einem Gesichtsausdruck auf seinen Teller hinabblickte, als mühte er sich, vom Gedärm eines Opfertieres die Geheimnisse der Zukunft abzulesen. Mom strahlte vor Freude, und auf dem Tisch stand ein Strauß frischer Rosen.

»Was zum Teufel ist das Lila?« fragte mein Vater.

»Das ist Kalbsbries in einer Sahnesoße mit Weißwein«, antwortete sie stolz. »Es ist eine sehr spezielle *Sauce française à la Wingo*.«

»Ich finde, es sieht aus wie Eiterbeulen«, verkündete mein Vater.

»Wie kannst du nur so am Eßtisch in Gegenwart der Kinder reden!« empörte sich meine Mutter. »Wir sind hier nicht in deinem Boot beim Krabbenfischen! Ich dulde solche Ausdrücke nicht bei Tisch! Außerdem hast du das Kalbsbries noch gar nicht probiert. Wie willst du da wissen, ob es dir schmeckt oder nicht?«

»Kalbsbries? Was ist das? Das stammt wohl auch aus deinem verdammten französischen Kochbuch, was?«

»Lieber Gott, ich bin mit einem Einfaltspinsel verheiratet!« entgegnete meine Mutter ärgerlich. »Dies sind die Thymusdrüsen einer Kuh, mein Lieber.«

»Warum setzt du mir so 'nen Quatsch vor, wo du doch genau weißt, daß mir ein T-bone-Steak lieber wäre? Seit drei Monaten kochst du pausenlos so 'n Zeug! Ich hab' jetzt die Schnauze voll!«

»Sind das Stiereier, Mama?« fragte Luke und stocherte in dem Kalbsbries herum.

»Nein, natürlich nicht! Red kein dummes Zeug! Die Thymusdrüse liegt beim Rind ganz woanders.«

»Wo?« fragte ich.

»Genau weiß ich es selbst nicht«, gab unsere Mutter zu, »aber auf jeden Fall weit, weit weg von den Genitalien, da bin ich mir hundertprozentig sicher.«

»Warum kann ein Mensch wie ich abends nicht ein Stück anständiges Fleisch auf dem Teller liegen haben?« fragte mein Vater und legte die Gabel hin. »Ist das zuviel verlangt? Meinetwegen braucht es ja nur ein Fisch oder ein paar Krabben mit irgend 'ner Soße zu sein. Statt dessen essen wir Zeug, das nicht mal ein Nigger anrühren würde. Und ein Hund auch nicht. Wo ist eigentlich Joop? Na komm, Alter, komm her Joop!«

Joop, der in seinem Sessel geschlafen hatte, hob gutmütig seinen grau gescheckten Kopf. Dies sollte sein letzter Sommer sein. Schwerfällig sprang er auf den Boden und trottete widerstrebend zu meinem Vater hin. Seine Augen waren milchig weiß vom Star. Er zitterte vor Anstrengung, denn in seinem Herzen hatten sich Fadenwürmer eingenistet, die ihn schon bald das Leben kosten sollten.

»Na los, komm her, Joop!« rief mein Vater ungeduldig. »Verdammter Köter, beweg deinen schwarzen Arsch!«

»Da merkt man, wie schlau Joop ist«, sagte Savannah. »Er hat Dad noch nie leiden können.«

Joop blieb anderthalb Meter von meinem Vater entfernt stehen und wartete den Verlauf der Dinge ab. Dad war das einzige Menschenwesen auf dieser Erde, dem er nicht bedingungslos zugetan war.

»He, Joop, du blöde Töle, hier ist ein Teller mit Kalbsbries für dich. Komm, friß das Zeug auf!«

Mein Vater stellte seinen Teller auf den Fußboden. Joop machte vorsichtig ein paar Schritte darauf zu. Er beschnüffelte das Kalbsbries leicht angewidert, leckte ein bißchen an der Soße, wandte sich ab und trollte sich zu seinem Sessel zurück.

»Ich hab' wegen dieser Mahlzeit den ganzen Tag in der Küche gestanden«, sagte meine Mutter.

»Siehst du?« erwiderte mein Vater triumphierend. »Das ist der lebende Beweis. Ich soll etwas essen, das nicht einmal ein Hund anrührt. Jeden Morgen stehe ich um fünf auf und rackere mich ab, um Krabben zu fangen. Den ganzen Tag muß ich schuften wie ein schwarzer Hafenarbeiter, und wenn ich dann nach Hause komme, setzt man mir was zu essen vor, das nicht einmal der dümmste Hund der Welt fressen will.«

»Versuch es doch mal als kleines Küchenabenteuer zu sehen, Lieber. Mehr ist es doch nicht. Ich möchte, daß die Kinder die unterschiedlichsten Speisen kennenlernen. Das erweitert den Horizont. Dies ist klassische französische Küche. Jawohl, ein echter Klassiker! Ich hab' das Rezept aus *Gourmet*.« Meine Mutter sagte dies in einem gekränkten, niedergeschlagenen Tonfall.

»Französisch!« brüllte mein Vater. »Bin ich etwa Franzose? Ich hasse diese gottverdammten Franzosen! Hast du schon mal einen reden gehört? Herrgott, Lila, das klingt, als hätten sie sich zwanzig Kilo Cheddar-Käse hinten reingeschoben. Ich bin Amerikaner, Lila, ein simpler, beschissener Amerikaner, der sich abstrampelt, um ein paar Dollar zu verdienen. Ich mag amerikanisches Essen – Steaks, Kartoffeln, Krabben, Mais, Erdnußbutter. Lauter so 'n Zeug. Mit Schnecken, Kaviar, Froschschenkeln, Wachteleiern und dem ganzen anderen Quatsch, um den die Franzosen so 'n Theater machen, kann ich nichts anfangen. Ich brauch' keine ›Küchenabenteuer‹, meine Liebe! Ich will nur was Anständiges zu essen. Deswegen brauchst du nicht gleich beleidigt zu sein.«

Luke machte sich mit übertriebener Begeisterung über das Kalbsbries her.

»Ich finde, es schmeckt wirklich toll, Mom«, sagte er. »Ehrlich gesagt, ist es das beste Essen, das ich bisher gegessen hab'.«

Ich schob mir vorsichtig einen kleinen Happen in den Mund und stellte verblüfft fest, wie angenehm es schmeckte.

»Prima, Mom«, lobte ich. »Richtig prima.«

»Ja, es schmeckt echt gut«, kam Savannah uns zu Hilfe. »Entspann dich, Dad! Ich brat' dir schnell ein paar Makrelen.«

»Nicht mal der blöde Hund wollte das Zeug fressen«, brummte unser Vater, der wohl spürte, wie sich der Rest der Familie gegen ihn verbündete.

»Der frißt sowieso nur Dosenfutter«, erklärte Luke.

»Warum geben wir Dad dann nicht einfach eine Dose Schappi?« schlug Savannah vor.

»Hört auf! Sonst läßt Dad seine Wut nur an Joop aus«, sagte ich.

Hätte unsere Mutter uns Pferdeäpfel in Weißwein serviert, dann hätten wir das Essen trotzdem als schmackhaft und appetitlich bezeichnet, denn für uns war es ungeschriebenes Gesetz, uns jederzeit auf Mutters Seite zu schlagen, wenn Vater wieder einmal eine seiner willkürlichen Attacken gegen sie ritt. Mochte Henry Wingo auch manchmal die besseren Argumente haben – nie gelang es ihm, das Image eines großmäuligen Grobians loszuwerden. Er fühlte sich isoliert und reagierte auf dieses Gefühl mit Wut, aber das änderte nichts an seinem Schicksal. Er konnte nur zuschauen, wie seine Kinder mit herausforderndem Trotz gegen ihn, den Hausherrn, wohlgemut die leckeren Thymusdrüsen verzehrten.

»Na gut«, sagte er. »Du hast es wirklich geschafft, Lila, meine eigenen Kinder gegen mich aufzuhetzen. Schätze, ich bin mal wieder der große Bösewicht.«

»Du brauchst doch nur 'n bißchen nett zu sein, Dad«, sagte Luke freundlich. »Mom hat sich für dieses Essen mächtig angestrengt.«

»He, du Grünschnabel, ich hab' schwer geschuftet, damit deine Mutter uns diesen Dreck servieren kann. Ich bin der Brötchenverdiener in dieser vorlauten Familie, und wenn ich mal Lust hab', ein bißchen zu meckern, dann hab' ich mir das Recht dazu redlich verdient.«

»Aber du könntest trotzdem nett bleiben, Dad«, sagte Savannah äußerlich ruhig, aber mit einem leisen Beben in der Stimme. »Wenn du dich nicht gerade wie ein Wüterich benimmst, kannst du richtig lieb sein.«

»Halt den Mund!« fuhr er sie an.

»Nein, ich hab' ein Anrecht auf eine eigene Meinung«, widersetzte sie sich und nahm noch einen Bissen von ihrem Teller. »Wir sind hier in Amerika! Du hast kein Recht, mir den Mund zu verbieten.«

»Ich sagte: Halt den Mund!« wiederholte er.

»Der große Mann, der große tapfere Mann hat gesprochen«, spottete Mutter. Für eine solche Bemerkung hätte sie sich keinen ungünstigeren Zeitpunkt aussuchen können.

»Geh und koch mir was Anständiges zu essen, Lila!« befahl ihr Mann. »Und zwar sofort! Ich hab' den ganzen Tag gearbeitet. Da hat man wohl einen Anspruch auf was Eßbares.«

»Nicht aufregen, Dad«, versuchte Luke Vater zu beschwichtigen, doch er holte aus und schlug Luke hart mit dem Handrücken auf den Mund. Luke starrte ihn fassungslos an, dann ließ er den Kopf sinken und blickte auf seinen Teller hinab.

»So, und jetzt setz mir ein Stück Fleisch vor!« sagte unser Vater zu unserer Mutter. »Irgend etwas aus Fleisch, egal was. Ich werd' euch beibringen, ein bißchen mehr Respekt für einen hart arbeitenden Mann zu zeigen!«

»Alles in Ordnung, Luke?« fragte meine Mutter.

»Ja, es geht schon«, antwortete er.

»In der Küche ist noch ein bißchen Gulasch von gestern, Henry. Und ein bißchen Reis. Ich mach' es dir warm«, sagte sie.

»Ich helf' dir, Mama«, sagte Savannah. Ich schob meinen Stuhl zurück, stand auf und sagte: »Ich auch.«

Nur Luke blieb bei Vater am Tisch sitzen.

Ich flüchtete mich in die Küche, denn die Erfahrung hatte mich seit langem gelehrt, daß es besser war, sich aus der Reichweite meines Vaters zurückzuziehen, wenn er mal wieder explodierte.

»Könntest du eine Zwiebel kleinhacken, Tom?« fragte mich meine Mutter.

»Na klar.«

»Und du, Savannah – kannst du den Reis warm machen, meine Süße? Er ist in einer zugedeckten Schüssel, hinten im Kühlschrank.«

»Du tust mir leid, Mama«, sagte Savannah und machte die Kühlschranktür auf.

»Leid? Dazu gibt es keinen Grund. Ich hab' es ja selbst so gewollt. Ich hab' kein anderes Leben verdient.«

Sie ging in die Speisekammer, kramte zwischen den Konserven herum und kam mit einer Büchse Hundefutter zurück. Ohne auf unsere ungläubigen Blicke zu achten, machte sie die Büchse auf und dünstete anschließend die Zwiebeln in Butter.

»Bitte schneid noch eine Zwiebel klein, Tom« sagte sie. Schon roch es in der Küche nach gedünsteten Zwiebeln. »Und pell ein paar Knoblauchzehen ab.«

Als die Zwiebeln und der Knoblauch in der Butter glasig geworden waren, gab meine Mutter das Hundefutter mit einem Löffel in die Bratpfanne und verrührte die Zutaten gründlich. Sie würzte das Essen mit Salz und Pfeffer, fügte einen Spritzer Worcestershire-

Soße und Tabasco hinzu und verlängerte das Ganze mit einer Tasse Tomatensoße. Am Schluß streute sie eine Handvoll kleingehackten Schnittlauch darüber, vermischte den Inhalt der Pfanne mit dem aufgewärmten Reis und ließ alles noch einmal aufkochen.

Anschließend füllte sie das seltsame Zeug auf einen sauberen Teller, so daß es richtig hübsch anzusehen war, und garnierte es mit kleingehackten Schalotten und frischer Petersilie. Stolz trug sie ihr Werk ins Wohnzimmer und stellte es mit triumphierendem Schwung vor unseren Vater auf den Tisch.

Prompt erwachte Joop ein zweites Mal. Mit einem Plumps sprang er auf den Fußboden und lief zum Eßtisch.

»Seht ihr? Der blöde Köter weiß genau, was schmeckt!« Mit diesen Worten füllte mein Vater ein wenig von dem Essen auf einen kleinen Teller und stellte ihn vor Joop auf den Boden. Der Hund fraß rasch alles auf, schnaubte zufrieden und kehrte zu seinem Sessel zurück.

»Der Vorkoster des Königs«, sagte Savannah, die sich wieder an den Tisch gesetzt hatte, um weiter zu essen.

Nachdem seine Autorität wieder hergestellt war, kostete Vater von dem Gemisch auf seinem Teller und äußerte sich anerkennend darüber. »Das nenne ich ein gutes Essen, Lila. Einfach, aber gut. Ich bin selbst ein einfacher Mensch und schäme mich dessen nicht. Aber ich weiß, was gut ist und was der Mensch braucht. Dies ist eine bekömmliche Mahlzeit. Danke, daß du dir die Mühe gemacht hast.«

»Oh, nicht der Rede wert, mein Lieber. Es war mir ein Vergnügen«, antwortete meine Mutter bissig.

»Ich finde es schlimm, daß wir uns beim Essen immer zanken«, meinte Luke. »Wenn ich mich an den Tisch setze, fühle ich mich immer wie ein Soldat bei der Landung in der Normandie.«

»Das sind eben die Freuden des Familienlebens, Luke«, ließ sich Savannah vernehmen. »Daran solltest du dich inzwischen gewöhnt haben. Erst kriegst du ein Zuckerbrot und dann die Peitsche.«

»Jetzt reicht's aber, junge Dame!« warnte meine Mutter.

»'ne Ohrfeige ist gut für den Charakter, Luke«, meinte mein Vater mit vollem Mund. Gerade hatte er sich ahnungslos noch eine Gabel voll Hundefutter in den Mund geschoben. »Ich wünschte, mein Vater hätte mir öfters den Hintern versohlt, wenn ich was ausgefressen hatte, statt mich zehn Seiten aus der Bibel lesen zu lassen.«

»Aber die Bibel hat deinem Vater doch geholfen, im Leben ein so erfolgreicher Mann zu werden«, höhnte meine Mutter.

»Tut mir leid, daß ich kein Herzchirurg und kein Bankier mit einem blütenweißen Hemd bin, Lila«, sagte mein Vater, »aber ich glaube, es wird allmählich Zeit, daß du aufhörst, dich zu schämen, bloß weil du einen Krabbei fänger geheiratet hast.«

»Ich schäm' mich nur darüber, daß du nicht mal als Krabbenfänger der beste bist. Von den zehn Leuten, die hier auf dem Fluß fischen, sind die Hälfte Farbige, und jeder von ihnen holt mehr raus als du.«

»Kann sein, aber sie haben nicht so viel gute Ideen, wie man ans große Geld rankommt. Dazu fehlt es ihnen an Köpfchen.«

»Du hast schon mehr Geld verplempert, als mancher von ihnen jemals verdient hat.«

»Das liegt daran, daß meine Ideen der Zeit so weit voraus sind, Lila. Sogar du mußt das zugeben. Ich hab' eben mehr Grips als der Durchschnitt. Ich muß mir nur irgendwo ein bißchen Startkapital borgen und ein bißchen Schwein haben.«

»Ach was, du bist der geborene Verlierer! Außerdem riechst du nach Krabben«, sagte meint Mutter geringschätzig.

»Ich leb' vom Krabbenfang«, sagte mein Vater. Seine Stimme klang müde. »Der Geruch ist unvermeidlich.«

»Wenn du deine Brust mit einer Knoblauchzehe abreibst, riechst du wie Scampi.«

»Ich mag den Geruch von frischen Krabben«, meinte Luke.

»Danke, Luke«, sagte mein Vater zu ihm.

»Haha!« Meine Mutter schaute Luke an. »Würdest du gern mit einer zweihundertzwanzig Pfund schweren Krabbe ins Bett gehen?«

»Seht ihr, da haben wir's wieder«, antwortete Luke. »Immer artet alles in Streit aus.«

»Ich kann mir Dad nicht als Krabbe vorstellen«, ließ sich Savannah vernehmen. Ihr Blick ruhte auf unserem Vater, der betrübt sein Hundefutter verzehrte.

»Warum reden und lachen wir nicht über das, was heute passiert ist, wie es die Familien im Fernsehen immer tun? Da haben die Väter zum Abendessen Jacketts und Krawatten an«, sagte Luke.

»Soll ich etwa bei Sturm mit Schlips und Kragen die Netze ausbringen, Luke? Diese Kerle in den Hollywood-Schnulzen sind doch gar keine richtigen Väter!«

»Aber sie sind bei Tisch immer gut gelaunt«, beharrte Luke.

»Du wärst auch gut gelaunt, wenn du 'n paar Millionen Dollar auf der hohen Kante hättest.« Unser Vater beschloß seine Mahlzeit zum Zeichen seiner völligen Zufriedenheit mit einem tierischen Rülpsen. »Das war absolute Spitzenklasse, Lila. Vergiß nicht, daß du für einen Amerikaner und nicht für einen Franzmann kochst.«

»Wenn ich dir fritierte Kieselsteine vorsetzen würde, würdest du sie genauso gierig wie ein Ferkel runterschlingen, Henry. Ich versuch' doch nur, unsern Kindern ein bißchen Lebensart beizubringen, und gleichzeitig möchte ich selbst ein bißchen mehr aus mir machen. Weißt du, ich versuche das richtige Rezept zu finden, um die Mitglieder vom Frauenverein zu beeindrucken, die gegen mich gestimmt haben. Deshalb werde ich in der Küche rumexperimentieren, bis ich etwas absolut Originelles gefunden hab' und alle kapieren, daß ich für den Verein ein echter Gewinn wäre.«

Dad ließ unsere Mutter nicht aus den Augen, als er die Worte sagte, die sich bisher niemnand an diesem Tisch auszusprechen getraut hatte: »Die werden dich niemals in den Frauenverein reinlassen, hast du das immer noch nicht kapiert? Den Verein gibt's doch nur, damit Frauen wie du nicht reinkommen. Selbst wenn du das ganze französische Kochbuch auswendig lernst und das italienische noch dazu, lassen sie dich nicht rein, egal wie gut du kochst. Es ist besser, daß du es von mir hörst als von ihnen. Du solltest dir nichts vormachen, sondern die Dinge so sehen, wie sie sind.«

»Mach dir bloß nicht die Mühe, ihnen ein Rezept zu schicken, Mom«, sagte ich. »Dad hat recht.«

Savannah fragte leise: »Mom, warum versuchst du eigentlich, den Damen im Frauenklub von Colleton zu helfen, indem du ihnen ein Rezept schickst? Du bist von ihnen doch immer nur gekränkt worden.«

»Wenn man sich von anderen Leuten kränken läßt, ist man immer selbst schuld«, erwiderte unsere Mutter würdevoll. »Ich weiß, daß ich genausoviel wert bin wie all die anderen Frauen, und im Grunde wissen sie das auch ganz genau. Auf meine eigene, unauffällige Art tue ich doch für das Leben in unserer Stadt genausoviel wie jede von ihnen. Sie hatten eben nur von Anfang an einen besseren Start als ich. Ich werde alles mobilisieren, was ich zu bieten hab', und eines schönen Tages bin ich Mitglied vom Frauenverein, das könnt ihr mir glauben.«

»Aber warum willst du da unbedingt rein, Mama?« fragte Savannah. »Ich würde nicht gern in einen Verein rein wollen, der mich nicht haben will.«

»Sie wollen mich haben«, erwiderte sie. »Nur wissen sie es noch nicht.«

Vater stand vom Tisch auf und sagte: »Du hast nicht die geringste Chance, Mitglied vom Frauenverein zu werden, Lila, aber das liegt an mir, nicht an dir.«

»Ja, ich weiß, Henry«, antwortete unsere Mutter, indem sie einen seltenen Anflug von Selbstkritik einfach überging. »Du bist wirklich nicht gerade das, was man ein Renommierstück nennt.«

Bis zum Ende des Sommers interessierte sich unsere Mutter beim Kochen hauptsächlich für alles, was unsere Heimat an Eßbarem zu bieten hatte. Ihre konzentrierte Aufmerksamkeit war verblüffend und heroisch. Hühnchen bereitete sie auf zehn verschiedene Weisen zu, und jede Variante schmeckte so, als hätte sie mit ihren geschickten Händen eine ganz neue Geflügelart geschaffen. Jedesmal, wenn sich Vater beschwerte, bekam er unweigerlich Reis mit Hundefutter vorgesetzt, doch selbst dieses Gericht wurde immer besser. Mit Schweinefleisch vollbrachte unsere Mutter wahre Wunder. Sie prägte mich in dieser Hinsicht für den Rest meines Lebens. Hätte sie ihre Grillrezepte veröffentlicht, dann wäre die Lebensqualität in den Südstaaten ohne Zweifel verbessert worden, doch da das Grillen von Fleisch am offenen Feuer sie unweigerlich an ihre eigene Herkunft und Vergangenheit erinnerte, verwarf sie es von vornherein als zu simpel und ärmlich. In unserer Familie gab es hitzige Diskussionen über die Frage, welches Rezept sie den Damen des Frauenvereins von Colleton vorlegen sollte. Eines Tages fabrizierte sie aus Krabben eine *mousse*, die mir besser schmeckte als alles, was meinen Gaumen bis zu jenem Tag erfreut hatte. Savannah favorisierte eine *bouillabaisse*, deren Zutaten unser Vater vom Krabbenfang mitgebracht hatte. Er selbst aß übrigens am liebsten Backhähnchen.

Es war der glücklichste Sommer, der unserer Familie jemals

beschieden war. Sogar in der Art, wie Joop starb und wie wir seinen Tod beweinten, lag eine süße Wehmut, eine stille Schönheit. Eines Tages fanden wir ihn tot auf seinem Sessel. Wir bastelten ihm eine Holzkiste und legten Fotos hinein, auf denen er und wir alle abgebildet waren. Das erste zeigte ihn als kleines Hündchen, das letzte war kurz vor seinem Tod aufgenommen worden. Er war die ganze Zeit bei uns gewesen und verkörperte sozusagen die beste Seite unserer Familie, nämlich die Fähigkeit zu lieben, ohne dafür Dank und Lohn zu erwarten. Wir begruben ihn neben unseren Geschwistern, die tot zur Welt gekommen waren, und wir legten ihm zwei Dosen Hundefutter als Wegzehrung ins Grab. Jeder, der vielleicht eines Tages seine sterblichen Überreste entdeckte, sollte wissen, daß Joop ein Hund gewesen war, dessen Familie sich liebevoll um ihn gekümmert hatte.

Am Tag nach Joops Beerdigung, genau gesagt an einem Sonntag nachmittag, fing Luke fürs Abendessen auf dem Steg mit der Angel eine zwölfpfündige spanische Makrele. Mom füllte sie mit Krabben, Muscheln und Schalotten, bestreute sie mit einer Handvoll aufs Geratewohl gepflückter Gewürzkräuter, legte sie in eine Soße aus Weißwein und Sahne und schob sie in die Backröhre. Beim Essen ließ sich das weiße Fleisch ganz leicht von den Gräten lösen, und die Schalentiere der Füllung schmeckten nach einer überwältigenden, perfekt abgestimmten Mischung aus Weinberg, Molkerei und Meer. Zwei Stunden zuvor hatte die Makrele, die nun von uns verspeist wurde, noch selbst im Colleton River Jagd auf etwas Freßbares gemacht, denn Luke fand beim Ausnehmen eine unversehrte Krabbe in ihrem Bauch. Der Fisch mußte sie wenige Augenblicke, bevor er nach Lukes Köder schnappte, heruntergeschluckt haben. Luke löste die Krabbe aus der Schale, und Mom nahm sie als Glücksbringer zur Füllung.

»Das muß sie sein!« sagte ich. »Ich glaub', ich hab' sie erwischt.«

»Schmeckt nicht schlecht«, meinte Vater, »aber ich glaub', gebraten wär mir so ein Fisch lieber.«

»So 'n gutes Essen würdest du nicht mal in einem richtig feinen Restaurant kriegen«, sagte Luke.

»Wie willst du das wissen?« spottete Savannah. »Du warst doch noch nie in einem Restaurant, in dem es was anderes gegeben hätte als Maisgrütze.«

»Ich hab' ein bißchen zuviel des Guten getan«, meinte Mutter, bedächtig kauend. »Zu viele und zu kräftige Gewürze. Schmeckt ein bißchen einfallslos. Ich hab' heute gelesen, daß Einfachheit in allen Dingen der Schlüssel zur Eleganz ist, aber ich finde, man kann es auch übertreiben.«

»Stimmt. Denk nur an Dad«, sagte Savannah.

»Haha!« erwiderte Vater aufgeräumt. »Einfachheit sagt ihr? Na, dann müßte ich ja einer der elegantesten Lackaffen weit und breit sein.«

»Nein, das wäre sicher eine falsche Folgerung«, entgegnete Mutter.

»Hast du heute noch ein paar andere gute Rezepte gefunden, Mom?« erkundigte ich mich.

»Ja, ich hab' eins für eine neapolitanische Suppe entdeckt, für die man Herz, Lunge und Luftröhre vom Schwein nimmt. Aber ich hab' dann lieber doch was anderes gekocht.«

»Gott sei Dank«, sagte Dad mit vollem Mund. »Allein schon beim Gedanken daran kommt mir das Essen hoch.«

»Wie eklig«, sagte Savannah.

»Ich möchte wetten, daß es gut schmeckt«, meinte Mutter. »Eklig ist es immer nur so lange, bis man daran gewöhnt ist. Der erste Mensch, der je eine Schnecke aß, hat dabei garantiert auch Ekel empfunden.«

»Ich wette, er hat gekotzt«, sagte Dad.

Anfang August verkündete unsere Mutter triumphierend, sie habe endlich *das* Rezept gefunden. Es stellte sich heraus, daß sie die acht Wildenten aufgetaut hatte, die Luke im Winter geschossen hatte. Die Brühe, die sie aus der Innereien und den Knochen gekocht hatte, war dunkelbraun wie Schokolade. Sie schmeckte nach Sonne und Wildnis, war jedoch in insgesamt eine Spur zu streng. Deshalb löschte sie Mutter mit ein wenig Rotwein und einem Spritzer Cognac. Danach saß sie eine Stunde lang da und vergegenwärtigte sich alles, was sie über den Geschmack von Wildenten wußte. Am Ende kochte sie die Enten auf kleinem Feuer mit weißen Rüben, Zwiebeln, Äpfeln und Muskateller-Trauben aus unserem Garten. Dabei hatte sie stets das Mysterium der Ausgewogenheit und der Stimmigkeit einer vollendeten Mahlzeit vor Augen. Abends, bei Tisch, spürten wir ihre gespannte Erwartung. Vor allem wegen der Trauben machte sie sich Sorgen, denn sie hatte für dieses Essen kein Kochbuch konsultiert, sondern sich gänzlich ohne Anleitung auf Neuland gewagt. Sie hatte verwendet, was sie in ihrer Speisekammer vorfand, und sie hatte sich nur auf sich selbst verlassen.

Ich hatte Vorbehalte gegen die Rüben, aber Mutter versicherte mir, das Fleisch von Wildenten sei das einzige, das sich sogar gegen Rüben behaupten könne. Dieses Argument verfing bei mir nicht: Ich haßte Rüben. Die Weintrauben nahmen den Rüben jedoch den bitteren Geschmack, und die Rüben funktionierten ebenfalls tadellos, indem sie den Trauben ihre schwüle Süße nahmen. Das Entenfleisch hatte die Farbe wilder Rosen.

Es schmeckte himmlisch. Nach dem Essen standen wir auf und applaudierten. Mutter erhielt die siebte stehende Ovation dieses Sommers.

Mom machte einen Knicks und warf uns Kußhände zu. Ihre Augen strahlten vor Freude, wie sie es selten in diesem Haus getan hatten. In einem ungewöhnlichen Anfall von Zärtlichkeit ging sie rund um den Tisch und gab uns der Reihe nach einen Kuß. Sogar unseren Vater küßte sie, und unversehens tanzten die beiden einen Walzer im Wohnzimmer. Mutter kicherte und summte ein Liedchen, das aus den glücklichen Tagen stammen mochte, da Vater in Atlanta um sie geworben hatte. Sie schien sich in seinen Armen wohl zu fühlen und wirkte ganz natürlich. Zum erstenmal fiel mir auf, was für ein hübsches Paar sie abgaben.

Für uns alle war es ein Sommer voll Ausgelassenheit und fast wehmütigem Glück. Mutter schaltete und waltete in der Küche am Herd, als wäre sie mit Zauberkräften begabt, während Vater draußen auf dem Wasser den Laderaum seines Bootes mit Krabben füllte. Unser Haus wurde allmählich zu einem richtigen Zuhause – zu dem Ankerplatz, nach dem ich mich mein Leben lang gesehnt hatte. Ja, es war ein sonniger, glücklicher Sommer. Ich hatte ein stattliches Elternpaar, und wenn wir abends vom Krabbenfischen heimkehrten, erwartete uns ein königliches Mahl.

Nach jedem Abendessen lächelte meine Mutter still in sich hinein, während sie einen Briefumschlag an den Kochbuch-Ausschuß des Frauenvereins adressierte. Alle Haustüren standen offen. Eine kleine Brise strich durch die Räume. Ich sah zu, wie Mutter mit der

Zunge eine Briefmarke befeuchtete und auf das Kuvert klebte. In diesem Augenblick fiel mir auf, mit welch traurigem Ausdruck Savannah sie beobachtete. Dann wandte sie sich mir zu. Unsere Blicke verschmolzen in einem Augenblick innigen, fast telepathischen Verständnisses, wie ihn Zwillinge manchmal erleben. Uns war klar, daß sich unsere Mutter wieder einmal in die Rolle des Opfers manövrierte – und wir mußten tatenlos zusehen.

Das Antwortschreiben kam vor Ablauf einer Woche. Wir ahnten sofort, daß ein Brief gekommen sein mußte, denn als wir abends heimkehrten, wehten uns aus der Küche keine leckeren Düfte entgegen. Niemand war im Haus. Luke und ich gingen in den Hof, wo Savannah versuchte, unsere Mutter zu trösten, die sich nach der Lektüre des Briefes weinend in die Laube geflüchtet hatte. Savannah reichte uns das Schreiben. Wir lasen:

Liebe Mrs. Wingo, im Namen des Ausschusses möchte ich Ihnen aus ganzem Herzen für die Zusendung Ihres ›alten Familienrezeptes‹ für Canard Sauvage de Casa de Wingo *danken. Leider sind wir uns jedoch alle einig, daß wir nur das Allerbeste der heimatlichen Küche in unser Kochbuch aufnehmen wollen und daß es nicht genug Platz gibt für exotische Rezepte aus dem Ausland, mögen sie auch von den besten Köchinnen unserer Stadt stammen. Nochmals vielen Dank für Ihre Zeit und Mühe.*
Mit freundlichen Grüßen,
Ihre Isabelle Newbury

P. S. Lila, Sie müssen mir unbedingt sagen, aus welchem Kochbuch Sie das Rezept abgeschrieben haben. Es klingt einfach göttlich.

Ich explodierte vor Wut und schrie: »Sag ihr, daß du das Rezept aus dem Handbuch amerikanischer Giftpilze hast und daß du es ihr demnächst gern zum Mittagessen kochst!«

»Jetzt reicht's«, sagte Luke. »Ich werd' ihrem Sohn die Knochen weich prügeln!«

»Hör auf, bitte!« sagte unsere Mutter unter Tränen. »Zu Gewalttätigkeiten besteht nicht der geringste Anlaß. Ihr Sohn hat damit nichts zu tun. Das Ganze ist nicht so wichtig. Ich bin mir jetzt ziemlich sicher, daß sie nur bestimmte Namen und Familien in dem Kochbuch erwähnen wollen. Immerhin hat man mich in Betracht gezogen, es war allein schon eine Ehre für mich, ein Rezept einreichen zu dürfen. Ich hab' ein bißchen Pech gehabt, aber damit werde ich fertig. Auf keinen Fall werd' ich mir anmerken lassen, daß ich beleidigt bin. Dazu hab' ich zuviel Stolz. Sagt mal, ist euch der Name von meinem Rezept nicht auch ein bißchen komisch vorgekommen? Ich hab' mich gefragt, ob er nicht 'n bißchen zu gewollt klingt.«

»Was bedeutet der Name eigentlich?« fragte Luke. »Ich dachte, dein Rezept hätte etwas mit Ente zu tun.«

»Stimmt, aber ich dachte, auf französisch würde es eleganter klingen«, antwortete Mom, deren Tränen inzwischen versiegt waren.

»Es ist ein prima Name für ein prima Essen«, sagte Savannah.

»Ich glaube, sie würden das Rezept wunderbar finden, glaubst du nicht auch, Liebes? Sie müßten ihm nur eine kleine Chance geben.«

»Wenn es nach mir ginge, würde ich ihnen das Essen wo hinschieben, daß sie sich mächtig anstrengen müßten, um überhaupt ranzukommen«, verkündete meine Schwester.

»Sie würde es ihnen in den fetten Hintern schieben, Mama«, erklärte Luke unbefangen.

»Vielleicht wissen sie genau, wie vulgär meine Kinder sind«, meinte unsere Mutter und stand von der Bank auf, auf der sie gesessen hatte. »Vielleicht glauben sie, daß ich es nicht verdiene, Mitglied des Frauenvereins zu werden, weil ich nicht einmal mit meinen eigenen Kindern fertig werde.«

Luke ging zu ihr, schlang beide Arme um sie und küßte sie zärtlich auf die Wangen. In seinen Armen sah sie aus wie eine Kleiderpuppe in der Kinderabteilung eines Kaufhauses.

»Mama«, sagte er, ohne sie loszulassen. »Es tut mir leid, daß man dir weh getan hat, und ich kann es nicht mitansehen, daß du weinst. Wenn sie dich noch mal beleidigen, dann spaziere ich in eine von ihren Versammlungen und verpaß jeder einzelnen einen Tritt in den Hintern. Ich zwing sie, so viel Wildente mit Rüben und Weintrauben zu essen, bis sie sich wie Zugvögel vorkommen und im Winter nach Süden fliegen.«

»Ach was, das ist ein Verein wie jeder andere, Luke«, erwiderte Mutter und strich sich das Kleid glatt. »Diese Sache macht euch

Kindern anscheinend mehr zu schaffen als mir. Ich will meine Position doch nur ein bißchen verbessern, damit ihr einen besseren Start habt als ich damals. Ich hab' nur geweint, weil ich den Namen von dem Rezept verpatzt hab'. Ich hab' es erst gemerkt, als ich Isabelle Newburys Brief gelesen hab'. Irgendwie sieht der Name komisch aus, finde ich. Wer weiß, vielleicht hat sie schallend darüber gelacht. *Casa* ist doch das französische Wort für Haus, oder?«

»Ja«, antworteten wir aus einem Mund. Dabei wußten wir nicht einmal das französische Wort für ›französisch‹. An jenem Abend lagen wir noch lange wach und lauschten dem Wind, der von Norden herangebraust kam, und den Wellen, die am Fluß gegen die Uferböschung schlugen. Trotz des Getöses von Wind und Wasser konnten wir nebenan unsere Mutter schluchzen hören. Unser Vater redete mit seiner rauhen Stimme murmelnd auf sie ein und versuchte vergeblich, sie zu trösten. Sie hatte nach dem Abendessen herausgefunden, daß *chez* das richtige französische Wort für ihr Rezept gewesen wäre. Unsere Mutter wurde mit nahezu jeder Demütigung fertig, doch das jemand dahinterkam, welch riesengroße Lücke ihre Bildung hatte, das konnte sie einfach nicht ertragen.

»Kann mir einer von euch sagen, warum Mom um jeden Preis in den Frauenverein will?« fragte ich meine Geschwister.

»Weil sie nicht so sein will, wie sie ist«, antwortete Savannah.

»Aber wo hat sie bloß diese komischen Ideen her?« fragte Luke. »Ich versteh' das einfach nicht. Könnt ihr mir das sagen?«

»Sie hat sich immer mehr darin verrannt«, erklärte Savannah.

»Verdammt!« sagte Luke. »Nächstes Jahr wird sie die Vorsitzende vom Kleingärtnerverein. Ist das etwa nichts?«

»In den Kleingärtnerverein kann jeder«, sagte Savannah. »Man muß nur Weißer sein und ein paar Samenkörner in die Erde buddeln können. Nein, Mom will unbedingt das, was sie *nicht* kriegen kann. Das ist das einzige, worauf es ihr ankommt.«

Eine böse Zeit brach über unsere Familie herein, eine unheilvolle Zeit, denn der Fluß und die See ließen uns und alle anderen Familien in South Carolina, deren Lebensunterhalt davon abhing, schmählich im Stich. Es begann im Januar, sechs Monate nach dem Wildenten-Mahl. Wir waren uns alle einig, daß es so kalt war wie nie zuvor. Zum erstenmal im Leben erblickten wir beim Aufwachen Schnee, eine vier Zoll dicke Decke über der ganzen Insel. Der dunkle Teich in der Mitte der Insel fror zu. Die Sumpfgebiete hatten weiße Ränder, und die Kaninchen und Feldmäuse wurden auf der Suche nach ein paar Körnern eine leichte Beute für die Habichte. Der Himmel wirkte feindselig und grau, und eine ganze Woche lang kletterte das Thermometer sogar tagsüber nicht über acht Grad unter Null. Die Wasserleitungen froren ein und platzten. Zwei Wochen lang gab es bei uns kein fließendes Wasser. Unter dem Gewicht eines von Eis ummantelten, herabstürzenden Astes rissen die Überlandleitungen, so daß wir im Dunkeln saßen. Kerosinlampen gaben dürftiges Licht. Wir heizten tüchtig ein, und wenn wir vom Holzsammeln zurückkehrten, stellte Mutter unsere Schuhe auf den Ofen, um den Schnee und das Eis abzutauen. Die Stimmung im Haus erinnerte ein wenig an die fröhliche Atemlosigkeit eines improvisierten Festes. Fünf Tage hatten wir schulfrei. Im ganzen Staat gab es kein einziges Fahrzeug zum Schneeräumen, und natürlich besaß auch niemand in Colleton einen Schlitten. Vor unserem Haus fand die erste Schneeballschlacht unseres Lebens statt, und wir bauten unseren ersten Schneemann.

Ein alter arthritischer Farbiger namens Clem Robinson starb keine drei Meilen von unserem Haus entfernt an Kälte und Entkräftung. Als wir schon alle glaubten, der Schnee würde endlich tauen, brauste ein Eissturm über das flache Land an der Küste hinweg. Nachts hörten wir die Klagelaute der Bäume, die unter dem ungewohnten, tödlichen Gewicht der glitzernden Pracht brachen. Wir hatten nicht gewußt, daß Bäume unter einer spiegelglatten Hülle aus Eis zugrunde gehen können. Und wir hatten auch nicht gewußt, daß sie sich, wenn der Frost sie tötete, mit krachenden Salven verabschiedeten. Es war, als hätte der Winter eine geisterhafte Artillerie aufgefahren. Im Atlantik sank die Wassertemperatur auf unter fünf Grad über dem Gefrierpunkt. Die Krabben, die unser Vater im Frühjahr aus dem Wasser zu ziehen gedachte, starben in immer größerer Zahl. Schon bald waren Milliarden von ihnen erfroren, aber die Kunde vor ihrer Dezimierung sprach sich erst im März herum, als die Krabbenfänger in ganz South Carolina leere Netze einholten. Diesmal bevölkerten die Krabben nicht die Wasserarme und Bäche in riesigen Scharen. Anscheinend kamen sie nur einzeln oder höchstens zu zweit. Mehr denn je hing die Erhaltung der Art von den trächtigen Weibchen ab, die jedes Jahr in den Küstengewässern der Marschen unzählige Eier ablegten. Siebzehn Krabbenfangboote wurden von der Bank übernommen und zur Versteigerung gebracht, weil die Besitzer mit ihren Zahlungen in Verzug geraten waren. Unser Vater schuftete von früh bis spät, doch nach zwei Wochen harter Arbeit betrug die Ausbeute ganze vierzig Pfund Krabben. Das Leben im Meer schien erstorben. Fische und Seevögel verhielten sich seltsam. Der Wechsel der Gezeiten kündete von Hunger und Not. Zum erstenmal seit Menschengedenken waren Krabben eine seltene und begehrte Speise bei den Bürgern von Colleton.

Im Mai konnte unser Vater zum erstenmal eine Rate für sein Boot nicht aufbringen. Schon am nächsten Tag nahm er Kurs auf Süden, zur Küste von Georgia. Aber auch dort war beim Einholen der Netze der Fang so mager, daß der Erlös nicht einmal für den Treibstoff reichte. Deshalb fuhr er noch weiter nach Süden. Unterwegs sprach er mit anderen Krabbenfängern. Auf diese Weise kamen ihm Gerüchte über fabelhafte Fänge bei den Florida Keys und im Golf zu Ohren. Als er bei Saint Augustina einen Flußarm abfischte, der nach dem bitterkalten Winter für Krabbenfänger verboten war, wurde er von der Polizei ertappt. Das Ganze war ein verzweifeltes Glücksspiel gewesen, und es endete damit, daß das Boot unseres Vaters einstweilen beschlagnahmt und ihm selbst eine Geldstrafe von fünfhundert Dollar auferlegt wurde. Daraufhin nahm er einen Job als Automechaniker in einer Reparaturwerkstatt am Highway 17 an. Es sollte sechs Monate dauern, bis er endlich die Strafe bezahlt und mit seinem Boot wieder die Küstengewässer von South Carolina erreicht hatte. Er rief bei uns zu Hause an und sagte zu meiner Mutter, wir sollten uns irgend etwas ausdenken, um die monatlichen Raten für das Boot zu bezahlen.

Luke, Savannah und ich machten es uns fortan zur täglichen Aufgabe, um fünf Uhr morgens aufzustehen und auf dem Fluß eine Anzahl Krabbenreusen zu setzen. Wenn wir die Reusen später einholten, kippten wir unseren Fang in ein großes Faß, das in der Mitte des Bootes stand. Dann köderten wir die Reusen neu mit frischen Barben und allerlei kleinen, ungenießbaren Fischen. Wir fingen mit zwanzig Reusen an, doch als der Sommer zu Ende ging, waren es schon fünfzig, und tagtäglich legten wir auf dem Fluß und seinen schmaleren Seitenarmen bis zu zwanzig Meilen zurück. Da wir Neulinge waren, mußten wir die angestammten Rechte der professionellen Krabbenfischher respektieren und auf Wasserarme weitab des eigentlichen Colleton River ausweichen. Wir schipperten also kreuz und quer auf den heimatlichen Gewässern herum, und überall, wo wir hinkamen, hinterließen wir zum Zeichen, daß wir da gewesen waren, die aus Maschendraht gefertigten Reusen, die wir mit einem weißen Schwimmer markierten. Anfänglich arbeiteten wir langsam und umständlich, aber allmählich wuchsen wir in unsere Aufgabe hinein. Wir paßten uns dem eigenen Rhythmus dieser Arbeit an und lernten aus unseren Fehlern. Im ersten Monat brauchten wir zehn Minuten, um eine Krabbenreuse zu leeren, mit neuem Köder zu versehen und wieder auszubringen. Doch schon im zweiten Monat benötigten wir für denselben Arbeitsgang weniger als zwei Minuten pro Reuse. Wir perfektionierten unsere Fangmethode, verfeinerten unseren Bewegungsablauf, erlernten die Anmut und Ökonomie präziser Gesten und erfuhren auf diese Weise, daß Krabbenfang wie alles in der Welt eine ganz besondere, fast tänzerische Schönheit besitzt. Im ersten Monat machten wir keinen Gewinn, denn wir investierten unsere gesamten Einnahmen in neue Reusen. Im zweiten Monat konnten wir schon die Rate bezahlen, die für Vaters Boot fällig wurde. Die älteren Krabbenfischer vermerkten genau, welche Fortschritte wir machten, wenn wir unsere Fänge zum Wiegen brachten. Anfänglich machten sie Witze und verspotteten uns, aber schon im August nahmen sie uns in ihre Bruderschaft auf. Nicht selten umringten sie Savannah, um ihre rauhen schwierigen Hände zu bestaunen. Auch gaben sie uns nützliche Ratschläge. Nach und nach erlernten wir die Geheimnisse ihres harten Berufs. Sobald wir die wichtigsten Dinge beherrschten, lobten sie uns durch anerkennendes Schweigen. Wir waren am Fluß geboren und groß geworden, und deshalb erwartete man von uns, daß wir etwas taugten.

Mochten wir uns auch noch so sehr auf dem Wasser abrackern – es gelang uns nicht, die Sorgen unserer Mutter zu zerstreuen. Das Geld reichte nicht, um alle Rechnungen zu bezahlen. Im September wurde uns der elektrische Strom gesperrt. Mutters Gesicht wirkte im sanften Licht der Petroleumlampe verletzlich und vergrämt. Dann kam der Tag, an dem kein Geld da war, um die Versicherungsprämie für das Krabbenfangboot zu bezahlen. Wenig später wurde das Telefon abgestellt. In der Schule machten sich die anderen Schüler über mich lustig, weil ich viel zu kurze Hosen für mein Alter trug.

Mutter klapperte alle Geschäfte in Colleton ab, um eine Stellung zu finden, vergeblich. Wenn ich am späten Nachmittag von der Schule heimkam, watete ich mit dem Wurfnetz in einen der Seitenarme hinaus, um uns etwas zu essen zu fangen. Wir machten sogar während der Schonzeit Jagd auf Rehwild und schossen nicht nur Damhirschkühe, sondern auch einjährige Rehkälber, um daheim Fleisch auf den Tisch zu bringen. Die stumme, doch offenkundige Verzweiflung unserer Mutter trieb uns zu solch aberwitzigen Taten. Wir durften niemandem erzählen, wie schlimm es um uns stand, nicht einmal unseren Großeltern. Eingezwängt in das Korsett ihres unbeugsamen Stolzes, brachte es Mutter nicht über sich, unsere Nachbarn um Hilfe zu bitten. Die Art, wie sie sich aus dem Leben unserer Kleinstadt zurückzog, hatte etwas Urzeitlich-Primitives. Da sie im Haushaltwaren- und Lebensmittelgeschäft ihre Rechnungen nicht mehr bezahlen konnte, ließ sie sich in der Stadt einfach nicht mehr blicken. Sie verkroch sich in sich selbst. Sie wurde immer schweigsamer, und ihre Schweigsamkeit hatte etwas Beunruhigendes. In ihrem Garten arbeitete sie mit fast zwanghafter Besessenheit. Eine seltsame, abwartende Stimmung machte sich in unserem Haus breit: Wir alle warteten darauf, daß sich das Glück zu unseren Gunsten wendete – und tatsächlich kehrten die Krabben zurück! Wenn wir die Netze auf dem Fluß einholten, waren sie wieder prall gefüllt mit weißen Krabben, aber unser Vater versuchte noch immer, irgendwo durch harte Arbeit das Geld zusammenzubringen, das er brauchte, um sein in Florida gestrandetes Boot auszulösen.

Einen Tag vor dem Erntedankfest hörten wir am anderen Ende unserer Insel ein Auto über die Holzbrücke fahren. Zehn Minuten später hielt es vor unserem Haus, und vier tadellos gekleidete Damen stiegen aus. Es waren Bettina Potts, Martha Randall, Thelma Wright und Isabelle Newbury, der komplette Vorstand des Frauenvereins von Colleton. Als ich ihnen die Tür öffnete, fragte mich Isabella Newbury, ob meine Mutter daheim sei.

Meine Mutter kam zur Tür, und beim Anblick der vier Frauen

schien etwas in ihren Augen zu ersterben. Sie trocknete sich die Hände an der Schürze ab und forderte sie auf, näher zu treten.

»Wir können nicht lange bleiben, Lila, wir müssen noch vor Einbruch der Dunkelheit drei weitere Truthähne abliefern«, flötete Isabelle Newbury.

»Ich verstehe nicht ganz, was Sie zu uns führt«, meinte meine Mutter, nachdem die vier Damen im Wohnzimmer Platz genommen und sich ein bißchen beklommen umgeschaut hatten.

»Sie haben doch sicher gehört, daß es sich unser Verein neben anderen Dingen zum Ziel gesetzt hat, beim Erntedankfest Truthähne an die minderbemittelten Familien zu verteilen, Lila, und deshalb haben wir darauf geachtet, daß Sie und ihre Familie an diesem Feiertag nicht leer ausgehen«, erklärte Bettina Potts.

»Da muß aber ein Irrtum vorliegen, Bettina. Unserer Familie geht es recht gut.«

»Könnten Sie ein bißchen Licht machen, Lila?« bat Mrs. Newburry. »Es ist hier so düster, daß man kaum etwas sieht.«

»Vielen Dank, daß Sie an uns gedacht haben, meine Damen«, sagte meine Mutter mit mühsam unterdrücktem Zorn. »Aber es gibt sicherlich in unserem Landkreis eine Menge Familien, die Ihre milden Gaben dringender brauchen als wir.«

»Bitte betrachten Sie dies nicht als milde Gabe, Lila«, meinte Thelma Wright. »Fassen Sie es als die Geste gutwilliger Freunde auf, die sich Sorgen um Ihre Familie machen.«

»Verschonen Sie mich damit, bitte!« hörte ich meine Mutter sagen.

»Heute ist Erntedankfest, und an einem solchen Tag sollten Sie an Ihre Kinder denken, Lila«, mahnte Mrs. Potts. »Es geht hier nicht um Sie.«

In diesem Augenblick riß Luke die Küchentür auf und platzte ins Zimmer. Seine Stimme bebte vor Wut, als er sagte: »Machen Sie, daß Sie rauskommen! Und lassen Sie meine Mutter in Ruhe!«

»Was für ein ungezogener Bengel!« entrüstete sich Martha Randall, gerade als Savannah und ich aus dem Schlafzimmer kamen, in das wir uns geflüchtet hatten.

»In diesem Licht kann man nicht einmal die Gesichter Ihrer Kinder sehen, Lila«, ließ sich Isabelle Newbury wiederum vernehmen. »Könnten Sie nicht eine Lampe anschalten?«

»Mein Sohn hat Sie aufgefordert, das Haus zu verlassen, Isabelle.«

»Das werden wir tun, sobald wir den Truthahn abgeliefert haben«, beharrte Bettina Potts.

»Den können Sie meinetwegen draußen vors Haus legen. Ich schicke dann einen Jungen raus und laß ihn holen«, erwiderte unsere Mutter ein wenig gefaßter.

»Sie machen es uns ganz schön schwer, Lila«, sagte Mrs. Randall.

»Nicht so schwer, wie Sie es mir machen, Martha«, antwortete meine Mutter.

Die vier Damen standen auf, um zu gehen. Draußen legten sie den tiefgefrorenen Truthahn ins Gras und fuhren davon. Tränen der Wut glitzerten in den Augen meiner Mutter. Sie ging zum Waffenschrank im Wohnzimmer und entnahm ihm eine Schrotflinte. Nachdem sie die Waffe geladen hatte, steckte sie sich eine Handvoll Patronen in die Schürzentasche, ging hinaus vors Haus und starrte lange den Truthahn an, die milde Gabe des Frauenvereins von Colleton, die absolute Demütigung.

»Darauf haben sie nur gewartet – jawohl, sie haben ruhig dagesessen und den richtigen Moment abgewartet«, sagte meine Mutter und brachte die Flinte in Anschlag. Der erste Schuß ließ den Truthahn über den Rasen kullern, der zweite ließ ihn in tausend Teilen davonstieben.

»Ich will, daß ihr das nie vergeßt, Kinder!« sagte unsere Mutter. »So sind die Leute. Ohne Ausnahme.« Sie ließ die Flinte sinken und ging zurück ins Haus.

Ich erinnere mich nicht mehr, was es an jenem Erntedankfest bei uns zu essen gab.

Ende Dezember, kurz nach der Rückkehr meines Vaters aus Florida, wurde nicht weit von unserer Anlegestelle eine große Karettschildkröte an Land geschwemmt. Als wir sie fanden, war sie schon tot. Dad befahl Luke und mir, sie fortzuschaffen, bevor sie zu verwesen anfing und die Gegend verpestete. Morgens beim Frühstück hatte Savannah im Lokalteil der Zeitung gelesen, daß Reese und Isabelle Newbury mit ihrem Sohn Todd nach Barbados gereist waren, um dort wie jeden Winter Ferien zu machen. Als

Luke den Namen Barbados hörte, hatte er plötzlich einen Einfall. Ich half ihm, die Schildkröte in unseren Boston Whaler zu heben. Abends vor dem Schlafengehen erklärte er Savannah und mir den Plan, den er sich ausgedacht hatte.

Um drei Uhr nachts kletterten wir aus unseren Betten und stiegen leise aus unserem Schlafzimmerfenster ins Freie. Heimlich schlichen wir uns zum Anlegeplatz. Luke startete den Motor des Bootes erst, als wir mit der Strömung schon eine Viertelmeile von unserem Haus fortgedriftet waren. Luke nahm Kurs auf die Lichter von Colleton, die uns über den Fluß entgegenblinzelten. Er gab Vollgas, und wir flogen geradezu über das wellengekräuselte Wasser. Als wir unter der Brücke waren, lachten wir, doch je näher wir der Anlegestelle an der Street of Tides kamen, desto schweigsamer wurden wir. Luke stellte den Motor ab. Wir trieben noch rund dreißig Meter am Ufer entlang, dann sprang ich an Land und machte das Boot an der städtischen Landungsbrücke fest. Mühsam hievten wir die Schildkröte ans Ufer, und während wir uns durch die dunklen, verlassen daliegenden Straßen des Städtchens dem Haus der Familie Newbury näherten, mußten wir immer wieder stehenbleiben, um uns auszuruhen. Wir gingen unter den Eichen hindurch, die mit ihren Wipfeln über der vornehmsten Häuserzeile zwischen den Städten Savannah und Charleston ein grünes Laubdach bildeten. Ich ritzte mir die Hand an einer der scharfen Muscheln, die am Panzer der Schildkröte klebten. Die Luft war kalt. In manchen Fenstern brannten Weihnachtskerzen.

Im rückwärtigen Hof der Newburys legten wir die Schildkröte auf den Boden. Luke ging um das Gebäude herum und suchte nach einem offenen Fenster. Am Ende kletterte er an einer der Säulen hoch und fand im zweiten Stock ein offenes Badezimmerfenster. Gleich darauf hörten Savannah und ich, wie die Hintertür geöffnet wurde. Luke gab uns einen Wink, ihm zu folgen. So schnell es ging schleppten wir die Schildkröte die Dienstbotentreppe hinauf und gingen geradewegs ins Elternschlafzimmer, wo Luke schon vorsorglich die Decke des riesigen Ehebettes von Reese und Isabelle Newbury zurückgeschlagen hatte. Wir packten die Schildkröte zwischen das Bettzeug, schoben ihr ein Kissen unter den Kopf und deckten sie bis zum Hals zu. Savannah drehte die Zentralheizung voll auf. Luke fand eine von Mrs. Newburys Schlafhauben und setzte sie neckisch auf den großen Kopf der Schildkröte. Im Zimmer roch es wie im Laderaum eines Krabbenfängers: Die Riesenschildkröte fing schon an zu verwesen. Als Mutter uns zum Frühstück rief, lagen wir längst wieder in unseren Betten.

Das Haus der Newburys war noch ein halbes Jahr nach ihrer Rückkehr aus Barbados nicht bewohnbar. Danach reisten sie nie wieder nach Barbados. Die Verwesung der Schildkröte und die Hitze hatten das Schlafzimmer abscheulich zugerichtet. Das große Ehebett und die Matratzen mußten verbrannt werden. Einen Monat lang konnte kein Zimmermädchen den Raum betreten, ohne sich zu übergeben. Reese Newbury setzte eintausend Dollar aus für jeden Hinweis, der ihn auf die Spur des Übeltäters brächte, der ihm eine Schildkröte ins Bett gelegt hatte. Der *Colleton Gazette* war die verbrecherische Tat ein Leitartikel wert. Nie habe ich meine Mutter glücklicher gesehen als beim Lesen jenes Artikels.

Am nächsten Geburtstag überreichte Savannah unserer Mutter ein Exemplar des Kochbuchs, das der Frauenverein von Colleton herausgegeben hatte. Es war ein Geschenk von uns dreien. Der altbekannte Ausdruck von Schmerz und Enttäuschung in den Augen meiner Mutter, als sie das Buch entgegennahm, entging mir nicht. Ein solches Geschenk machte ihr arg zu schaffen, und ich konnte ihr ansehen, daß sie sich fragte, ob wir uns über sie lustig machten.

»Schlag die letzte Seite auf, Mama«, sagte Savannah. »Luke, Tom und ich haben dir dein Rezept reingeschrieben.«

Auf der letzten Seite hatte Savannah das vollständige Rezept für *Canard Sauvage Chez Wingo* eingetragen – und auf der gegenüberliegenden Seite prangte ein Rezept, das wir selbst erfunden hatten:

KARETTSCHILDKRÖTE CHEZ NEWBU
Besorge dir eine möglichst reife Karettschildkröte, warte eine dunkle Nacht ab und befördere die Schildkröte über den Fluß, wenn deine Eltern schlafen. Sei vorsichtig, damit dich niemand sieht. Finde ein offenes Fenster, schließe die Hintertür auf, lege die Schildkröte in das große Ehebett und drehe die Zentralheizung voll auf. Laß die Schildkröte schmoren, bis sie gar ist (Garzeit: ca. zwei Wochen). Serviere das Gericht mit Toast und kredenze dazu einen kräftigen Rotwein. Wünsche deiner Mutter einen glückli-

chen Geburtstag und sag ihr, daß du sie liebhast. Denk dabei an den Truthahn.

Unter diesem ›Rezept‹ stand zu lesen: Alles Liebe von Savannah, Luke und Tom.

Ich werde mich nie davon abbringen lassen, daß dieses Rezept das erste echte Gedicht meiner Schwester Savannah war. Zuerst schimpfte uns Mutter aus. Sie schrie, sie habe uns zu anständigen, gesetzestreuen Bürgern und nicht zu Einbrechern erziehen wollen. Sie drohte, Reese Newbury alles zu erzählen und die Belohnung in Höhe von eintausend Dollar zu kassieren. Sie befahl uns, uns freiwillig dem Sheriff zu stellen, denn wir seien eine Schande für ihre Familie und hätten sie wieder einmal in Colleton zur Zielscheibe des Spottes gemacht. Nach einer Weile hörte sie jedoch auf zu schimpfen, las das Rezept ein zweites Mal und fing wider ihren Willen an zu kichern wie ein Schulmädchen. Am Ende packte sie uns alle drei und schloß uns in ihre Arme, eine seltene Geste der Zärtlichkeit. Mit einer Flüsterstimme, in der sich Wut und Begeisterung mischten, raunte sie uns zu: »Mein Gott, was hab' ich für Kinder! Kann sein, daß Lila Wingo ein Nichts ist, aber dafür hat sie ein paar Mordskinder.«

12

Es war das reinste Vergnügen, einem Burschen wie Bernard Woodruff, der nach einer alles anderen als ungetrübten Kindheit in einer Sackgasse steckte, Football beizubringen. Er war einer von diesen unsicheren und ruppigen Jungs, die man nur ein bißchen auf Trab bringen mußte, schon fanden sie bei ihren Kameraden Anerkennung. Er lechzte danach, ein richtiger Sportler zu werden, und ganz gleich, wie hart ich ihn anfaßte, er verlangte ständig mehr. Zu seinem Trainingsprogramm gehörte die Vorbereitung auf die schwere Aufgabe, sich beim Trainer beliebt zu machen und seine Wertschätzung durch brennenden Ehrgeiz zu erlangen. Trainer haben ein schlichtes Gemüt, erklärte ich Bernard. Sie wollen bloß, daß sich ihre Jungs auf dem Platz wie die wilden Tiere aufführen, auf dem Schulhof dagegen wie perfekte

Gentlemen. Im Spiel schätzen sie den Nimbus des Draufgängertums, nach dem Spiel jedoch die sanfte Tugend der Höflichkeit. Trainer wollen, daß du den Mann, der den Ball führt, fertigmachst. Danach darfst du ihn mit vom Platz tragen, ihm ins Krankenhaus schreiben und möglichst ohne Rechtschreibfehler gute Besserung wünschen. Bist du kein großartiger Sportler, dann tu einfach so, erklärte ich Bernard. Großartige Sportler haben es nicht nötig zu schauspielern, wir anderen um so mehr.

Ich erklärte Bernard die Grundzüge des Spiels. Wir fingen ganz von vorne an, und mit der Zeit brachte ich dem Jungen alles bei, was ich über Football wußte. Am ersten Tag begannen wir mit der *threepoint-stance*-Position und übten eine Stunde lang Flachschüsse aus dieser Stellung. Ich zeigte ihm, wie man den Ball richtig wirft, wie man den Arm abwinkelt, wie viele Schritte man braucht, um eine *pocket*-Deckung zu erreichen, wie man beim Paß auf den Fänger zuläuft und wie man den Ball abschirmt, wenn die Paßdeckung zusammengebrochen ist. Ich wollte Bernard nach und nach so weit bringen, daß er jede Position auf dem Platz spielen konnte, im Angriff und in der Abwehr. Meine Schwester weigerte sich immer noch, mich zu sehen, und ich hatte eine Menge Zeit. Es war ein gutes Gefühl, wieder Trainer zu sein, und ich stellte mit Genugtuung fest, daß Bernard ein gutes Tempo vorlegen konnte, saubere Pässe warf und einen Trainer genauso nötig hatte wie ich eine Mannschaft.

Ich brachte ihm bei, wie man Haken schlägt, wenn der gegnerische Verteidiger schneller ist, und wie man einen Verteidigungsblock überwindet. Wir gingen langsam und der Reihe nach vor und wiederholten alles Tag für Tag, bis Bernards Bewegungen auf dem Platz nicht mehr antrainiert, sondern ganz natürlich wirkten.

Jeden Morgen trafen wir uns um acht Uhr; er wartete immer schon, wenn ich aus dem Village in den Park gejoggt kam. Am Schluß des Trainings machten wir eine Reihe von kurzen Sprints, bei denen ich Bernard über vierzig Yard hetzte. Am ersten Tag gewann ich sechs von zehn Sprints, am Freitag der gleichen Woche gewann Bernard sieben. Nach dem Training kaufte ich ihm jedesmal eine Cola und schickte ihn zum Duschen nach Hause, bevor er zum Geigenunterricht mußte. Ich zwang ihn zu eiserner Disziplin. Zu seinem größten Erstaunen gefiel ihm das, denn er war ehrgeizig. Nach einer Woche kam er sich schon wie ein richtiger Footballspieler vor. Ich hatte ihn zu etwas gemacht, wozu er angeblich nicht geschaffen war. Bernard seinerseits verschaffte mir das gute Gefühl, wieder ein richtiger Trainer zu sein. Seine vorlaute Art machte mir noch Sorgen: Er stellte zu viele Fragen. Und er brauchte viel zu lange, um die Grundregeln des Spiels zu begreifen, aber er gab sich Mühe und liebte den Sport heiß und innig. Er gab mir so ein kribbelndes Gefühl, und mir kam wieder einmal deutlich zu Bewußtsein, warum ich es liebte, Jungs wie ihm ein Spiel beizubringen, das ich als Kind selbst gespielt hatte. Wenn ein Bursche vertrauensvoll zu mir kam und Football lernen wollte, konnte ich mehr aus ihm herausholen, als er je für möglich gehalten hätte. Ich konnte ihn richtig heiß machen, und die anderen Jungs würden es verfluchen, gegen ihn spielen zu müssen. Ich malte mir aus, daß es Jungs von der Phillip-Exeter-Universität gab, die in Newport oder Westchester auf der faulen Haut lagen und im kommenden Herbst ganz schön was abkriegen würden, weil Bernard Woodruff diesen Sommer im Central Park alle Tricks gelernt hatte.

Zehn Tage lang schuftete ich, um Bernard und mich selbst in Form zu bringen. Dann ging ich zu seiner Mutter, um mit ihr über den Kauf seiner Ausrüstung zu reden.

Immer wenn ich zu Susan Lowenstein in die Praxis ging, versuchte ich herauszufinden, was ihr Sohn von ihr geerbt hatte. Bernard hatte die langen Beine seiner Mutter, ihre vollen Lippen, die dunklen, ausdrucksvollen Augen und eine Haut, so samten wie ein Pfirsich. Abgesehen davon, daß er ständig finster dreinschaute, war er ein außerordentlich hübscher Junge. Unsere erste Übung am Morgen bestand darin, daß er mich anlächeln mußte. Er tat, als könnte er die Lächelgymnastik kaum aushalten; sie war das einzige, was er an unserem Trainingsprogramm haßte.

Ich war jetzt die vierte Noche in New York, und Sallie hatte noch kein einziges Mal angerufen oder geschrieben. Ich überlegte mir genau, wie ich Savannahs Wohnung streichen wollte. Ich hatte ein Tagebuch vollgeschriebcn und fing ein neues an. Jede Woche schrieb ich Savannah einen Brief in die Bellevue-Klinik und steckte ihn in ein Päckchen zu ihrer anderen Post. Am Morgen machte ich meine Übungen und trainierte Bernard; am späten Nachmittag ging ich zu seiner Mutter in die Praxis und machte mich wieder an die mühsame Arbeit, das auf Tonband aufgezeichnete Geschrei meiner Schwester mit ihrer Kindheit in Verbindung zu bringen. Ich las wundervolle Bücher aus Savannahs dreitausend Bände umfassender Bibliothek. Ich wollte mein verfahrenes Leben in Ordnung bringen. Zum erstenmal seit einem Jahr träumte ich wieder, ich sei Lehrer. Ich stand im Klassenzimmer, wir nahmen Tolstoi durch, und ich erzählte der Klasse, daß der Grund für Tolstois Größe in seiner Leidenschaft lag. Warum wurde ich eigentlich selbst so leidenschaftlich, wenn ich über Bücher sprach, die ich liebte? Im Traum war es einfach. Diese Bücher brachten mich weiter, veränderten mich. Die größten Schriftsteller saßen da mit mir allein am Tisch und erzählten mir auf ihre Art alles, was man von der Welt wissen muß. Als ich aus dem Traum aufwachte, stellte ich fest, daß es kein Klassenzimmer gab, in das ich gehen konnte. Ich brauchte jedoch Schüler, um ein ganzer Mensch zu sein. Also fing ich wieder an, Bewerbungen an alle High Schools in Charleston zu schreiben. Als Lehrer war ich glücklich gewesen, jetzt fühlte ich mich wie ein halber Mensch.

Nachdem ich Susan von dem vergeblichen Versuch meiner Mutter erzählt hatte, in den Frauenverein von Colleton aufgenommen zu werden, schaute sie auf die Uhr.

»Ich glaube, das wär's für heute, Tom«, sagte sie. »Wissen Sie, was mir besonders seltsam vorkommt an dieser ganzen Geschichte?« fragte sie. »Daß Ihre Familie den *Gourmet* abonniert hatte.«

»Sie dürfen nicht vergessen, daß meine Großmutter auf ihrer dreijährigen Weltreise eine Menge eigenartiger Ideen aufgeschnappt hat«, sagte ich. »Mir kam es viel seltsamer vor, daß sie Savannah ein Abonnement des *New Yorker* geschenkt hat. Wer hätte je gedacht, daß Savannah einmal als Erwachsene einen so großen Teil ihres Lebens in einer der berüchtigsten Klapsmühlen New Yorks verbringen würde.«

»Sie haben Savannah Briefe geschrieben, Tom«, stellte Susan fest.

»Ganz recht, Lowenstein«, sagte ich, ärgerlich über ihren vorwurfsvollen Tonfall. »Wissen Sie, sie ist nämlich meine Schwester, und in unserer Familie hat das Briefeschreiben Tradition, zumal wenn wir jemandem sagen wollen, daß wir ihn lieben und ihm alles Gute wünschen.«

»Die Briefe regen sie auf «, sagte sie. »Gestern kam einer von ihrer Mutter. Danach mußte man ihr ein Beruhigungsmittel geben.«

»Das ist verständlich«, sagte ich. »Wenn man einen von Mutters Briefen liest, triefen einem die Schuldgefühle aus allen zehn Fingern. Im Vergleich dazu sind meine Briefe geradezu Paradebeispiele an Wohlerzogenheit. Ich weiß aus Erfahrung sehr genau, daß man die Gefühle von Verrückten respektieren muß, selbst wenn sie mit einem verwandt sind.«

»Savannah ist nicht verrückt, Tom. Sie ist nur verwirrt.«

»Das sollte ein Witz sein, Lowenstein.«

»Es war aber nicht witzig.«

»Ich gebe zu, es war nicht Weltklasse, Lowenstein, aber Herrgott noch mal, es ist verdammt schwer, jemandem einen Witz zu erzählen, dem sie anscheinend den Sinn für Humor rausoperiert haben.«

»Ich finde die wenigsten Sachen lustig«, sagte sie. »Ich kann's nicht ändern.«

»Doch, das können Sie, Susan«, widersprach ich. »Wenn wir uns schon jeden Tag zusammensetzen, dann könnten Sie die Chance ergreifen und Ihre Persönlichkeit weiterentwickeln.«

»Sie, Tom Wingo aus South Carolina, sind der Meinung, Sie könnten meine Persönlichkeit weiterentwickeln?« gab sie zurück, und ihre Stimme sprühte vor Ironie.

»Bitte beachten Sie, daß ich die Anspielung auf meine Heimat nicht zur Kenntnis nehme und beim Thema bleibe. Sehen Sie, Lowenstein, ich bin ein Mensch mit sehr viel Humor. Wenn ich schon mal einen Witz erzähle oder mit einem überraschenden und albernen Bonmot herausplatze, könnten Sie wenigstens ein bißchen lächeln. Ich verlange ja nicht, daß Sie wiehern vor Vergnügen. Ansonsten finde ich Sie rundum perfekt.«

»Bernard erzählt, daß Sie mit ihm jeden Tag lächeln üben, Tom«, sagte sie und lächelte.

»Warum lächeln Sie jetzt?« fragte ich.

»Weil er sich darüber beklagt«, sagte sie. »Weil er sich wie ein Idiot vorkommt, wenn er fünfundzwanzigmal grinsen muß, bevor Sie ihn an den Ball lassen.«

»Er ist hübsch, wenn er lächelt«, sagte ich. »Wenn er sein finsteres Gesicht aufsetzt, sieht er aus wie ein Raubmörder.«

»Wollen Sie vielleicht, daß ich fünfundzwanzigmal lächle,

bevor wir mit unseren Sitzungen anfangen?« fragte sie schelmisch.

»Sie sehen großartig aus, wenn Sie lächeln, Lowenstein.«

»Wie sehe ich denn aus, wenn ich *nicht* lächle?« fragte sie.

»Absolut umwerfend«, sagte ich. »Aber es würde mich freuen, wenn Sie und Bernard ein bißchen lockerer wären. Übrigens, Susan, könnten Sie mich nicht mal nach Hause zum Abendessen einladen, wenn Herbert auf Tournee ist?«

»Warum?« fragte sie, und ich wußte genau, daß meine Dreistigkeit sie nervte.

»Weil Herbert nicht weiß, daß ich aus seinem Sohn einen *quarterback* mache, und ich nehme an, Sie wollen auch nicht, daß er es weiß.«

»Er gibt morgen abend ein Konzert in Boston. Hätten Sie da Zeit?«

»Ich werde was Tolles kochen«, antwortete ich. »Wir werden Tafeln wie die Könige.«

»Darf ich Sie etwas fragen, Tom?«

»Wegen des Essens?«

»Nein, wegen Bernard. Hat er denn Talent?«

»Ja, zu meiner größten Überraschung ist er verdammt gut.«

»Warum überrascht Sie das so?« fragte sie.

»Weil er nicht gerade in Bear Bryants Stall groß geworden ist.«

»Wer, bitte, ist Bear Bryant?« fragte sie.

»Das soll wohl ein Witz sein, Lowenstein!« sagte ich verblüfft. »Wollen Sie mich auf den Arm nehmen? Entschuldigung, war nicht so gemeint. Bear Bryant nicht zu kennen, bedeutet da, wo ich herkomme, dasselbe, als ob Ihr Mann Yehudi Menuhin nicht kennen würde. Er ist Footballtrainer.«

»Was heißt *line of scrimmage*?« fragte sie.

»Warum, um Himmels willen, wollen Sie das wissen, Susan?«

»Weil Bernard mich für einen Dorftrottel hält, wenn ich mit ihm über seine neue Football-Leidenschaft reden will«, sagte sie. »Bernard redet nur noch über Football, über so eigenartige Dinge wie *flare-put patterns, power-plays, screen passes* und *buttonhooks*. Manchmal komme ich mir vor wie eine Ausländerin.«

»Sie beherrschen den Jargon schon ganz gut, Doktor.«

»Muß er unbedingt Hanteln stemmen, Tom?«

»Ja«, sagte ich, »das gehört nun mal zu diesem Sport.«

»Was halten Sie von Bernard, Tom? Ich will eine ehrliche Antwort.« Ihre Stimme klang kehlig und nervös.

»Wie ehrlich?«

»So ehrlich wie möglich, ohne daß ich Ihnen böse sein muß«, sagte sie, und ich dachte schon, sie würde lächeln, aber sie tat es nicht.

»Er ist ein netter Junge, Susan.«

»Seien Sie ruhig ein bißchen ehrlicher, Tom«, sagte sie. »Sie wissen ganz genau, daß ich mehr verkraften kann.«

»Er ist unglücklich, Susan«, sagte ich. Ein Schatten huschte über ihr Gesicht. »Er scheint schrecklich unglücklich zu sein – aus Gründen, die mir unbekannt sind. Sein Elend berührt mich irgendwie, vielleicht, weil es meinem sehr ähnlich ist, vielleicht, weil ich einen Ausweg für Bernard sehe, für mich aber nicht.«

»Er hat mir erzählt, was Sie am ersten Tag zu ihm gesagt haben, Tom. Ich war böse auf Sie. Sie haben ihn zweimal zum Weinen gebracht.«

»Er war ungezogen«, antwortete ich. »Wie soll ich einen Jungen trainieren, der kein bißchen Respekt zeigt? Ich wollte nur, daß er höflich ist. Das hinterläßt garantiert keine bleibenden Schäden.«

»Er hat schon drei Jahre Therapie hinter sich«, sagte sie leise.

»Das hat aber nicht viel gebracht, Doktor. Irgend etwas stimmt mit ihm nicht. Man sieht ihm die Vernachlässigung buchstäblich an. Er hat in seinem ganzen Leben nie das Gefühl gehabt, rundum akzeptiert zu werden. Manchmal traut er sich kaum zu atmen.«

»Ich weiß«, antwortete sie. »Ich dachte, die Uni würde ihm guttun, er würde dort vielleicht ein paar Freunde finden. Wissen Sie, daß er noch nie bei einem Freund übernachtet hat? Er war von Geburt an ein schwieriges Kind. Nie war er so knuddelig und süß wie andere Babys, die man im Park sieht. Es gibt einen Bereich bei Bernard, zu dem ich nie Zugang gefunden habe: seine Einsamkeit.«

»Kommt die von Ihnen oder von Herbert?«

»Die Einsamkeit kommt von mir.«

»Football ist ein Spiel, bei dem es keine Einsamkeit gibt«, sagte ich. »Vielleicht ist Bernard deswegen so davon begeistert. Ich weiß, es ärgert Sie, daß Ihr Sohn Football spielt, aber er blüht richtig auf dabei. Und es ist ganz allein seine Sache. Er hat sich dafür entschieden, ohne seine Eltern zu fragen. Ich glaube, es ist nicht gelogen, wenn ich Ihnen sage, daß Bernard unglücklich ist. Aber wenn ich ihn über den Platz jage, bis ihm die Zunge raushängt, fühlt er sich sauwohl.«

»Tom«, sagte sie, »ich habe in meinem ganzen Leben noch kein einziges Footballspiel gesehen.«

»Menschenskind, da haben Sie was verpaßt, Lowenstein«, sagte ich.

»Und ich habe auch nicht vor, mir jemals eins anzusehen.«

»Ich wette, Sie und Herbert sind nächstes Jahr dabei, wenn Bernard in seiner Unimannschaft spielt.«

Sie stöhnte laut und fragte: »Wird das noch vor oder erst nach meiner Scheidung sein?«

Ich bückte mich, nahm ihre Handtasche aus dem Regal hinter dem Schreibtisch und legte sie in die Zimmermitte. Dann forderte ich Susan auf, sich auf die eine Seite der Handtasche zu stellen. Ich ging auf die andere.

»Alles klar, Susan«, sagte ich, deutete auf die Tasche und ging in die *three-point-stance*-Position. »Die Tasche ist der Ball. Sie verteidigen und ich greife an. Ich versuche jetzt, mir den Ball zu schnappen und ihn hinter der Torlinie abzulegen. Sie versuchen, mich aufzuhalten. Ihr Team muß sich immer auf dieser Seite des Balles aufstellen, solange der Ball von meinem Team gespielt wird, und mein Team muß sich immer sofort zurückziehen, sobald ihr uns den Ball abgenommen habt.«

»Tom, das ist fürchterlich langweilig«, sagte sie, lachte jedoch.

»Unterbrechen Sie Ihren Trainer nicht schon wieder, Lowenstein, sonst hetze ich Sie um den Teich im Central Park! Da wo der Ball auf dem Spielfeld gerade liegt, ist die *line of scrimmage*, verstehen Sie?«

»Ich verstehe kein Wort«, antwortete sie.

»Lowenstein, es ist unamerikanisch, nicht zu wissen, was *line of scrimmage* bedeutet«, sagte ich.

»Ihr Training ist vielleicht ein bißchen altmodisch.«

»Kann sein, aber alles habe ich noch nicht verlernt. Achten Sie morgen abend auf Bernards Augen – nach der großen Überraschung.«

»Was für eine Überraschung?« fragte sie.

»Der große Tag für jeden Sportler«, antwortete ich. »Morgen abend überreiche ich den Jungs, die in die Mannschaft kommen, ihre Ausrüstung. Bernard ist mit dabei. Soll ich Ihnen ein Buch über Football für Anfänger mitbringen?«

»Bloß nicht«, sagte sie und ging auf mich zu, als ich aufstand. Sie berührte mich leicht am Arm.

»Foul!« Ich spürte, wie sich in mir gewisse Lüste regten, und fühlte mich wie ein Tier, das nach langem, unruhigem Winterschlaf seine Starre abschüttelt.

13

Mein Leben fing eigentlich erst richtig an, als ich die Kraft aufbrachte, meinem Vater zu verzeihen, daß er aus meiner Kindheit eine Zeit des Schreckens gemacht hatte. Einen Diebstahl zu vergeben, fällt nicht schwer, es sei denn, bei dem Diebesgut handelt es sich um die eigene Kindheit. Ich sage es Ihnen klipp und klar: Er war ein schrecklich destruktiver Vater. Und es wird immer eines der unlösbaren Rätsel meines Lebens bleiben, wie ich für diesen Mann eines Tages Mitleid empfinden und sogar eine zwiespältige Liebe zu ihm entwickeln konnte. Seine Fäuste waren die Flaggschiffe seiner Willkürherrschaft. Aber er hatte die Augen eines Vaters, und irgend etwas in diesen Augen liebte mich, selbst wenn seine Hände es nicht konnten. Er brachte für die knifflige Aufgabe, seine Familie richtig zu lieben, kein Naturtalent mit. Seine Liebeslieder hielten wir für Schlachtrufe, und seine Aussöhnungsversuche verwechselten wir mit kurzfristigen, heuchlerischen Gefechtspausen in einem grausamen Zermürbungskrieg. Ihm fehlte jegliches Feingefühl, alle Häfen und Zugänge zu seinem Herzen schienen vermint. Nur wenn das Leben ihn auf die Knie zwang, konnte ich überhaupt an ihn herankommen und sein Gesicht berühren, ohne daß er mir meines blutig schlug. Der lange Belagerungszustand fand erst ein Ende, als ich das Haus verließ.

Als Jennifer, meine erste Tochter, geboren wurde, kam Savannah mit dem Flugzeug aus New York, um Sallie zu Hause zu helfen, sobald sie aus dem Krankenhaus entlassen wurde. Wir stießen mit einem Glas Cognac auf Jennifers Gesundheit an, und Savannah fragte mich mit einer Stimme, die unbeschreiblich traurig klang:

»Liebst du Dad, Tom?«

Ich brauchte eine ganze Zeit, um die Antwort herauszubringen, dann sagte ich: »Ja, ich liebe ihn. Ich liebe dieses Arschloch. Und du, Savannah?«

Sie ließ sich auch Zeit mit der Antwort: »Ja, Tom, es ist wirklich komisch, aber ich liebe ihn auch, und habe nicht die leiseste Ahnung, warum.«

»Vielleicht haben wir 'ne Macke«, gab ich zu bedenken.

»Vielleicht haben wir einfach kapiert, daß er nicht anders konnte. Und wir sind, wie wir sind, wenn wir ihn lieben und auch nicht anders können«, sagte sie.

»Nein, ich glaube, wir haben wirklich 'ne Macke«, sagte ich.

Henry Wingo, ein großer, stattlicher Mann, schien jeden Raum, den er betrat, mit seiner Energie zu überfluten. Er hielt sich für einen Selfmademan und für einen Südstaatler von echtem Schrot und Korn. Es fehlte ihm an der schwer zu beschreibenden Tiefe und Klarheit, die das Resultat kritischer Selbstbetrachtung ist. Er war völlig unbekümmert und stürzte sich mit Volldampf ins Leben. Wie von Sinnen und voller Überschwang stemmte er sich den kaum jemals abflauenden Stürmen entgegen, die er mit seinem Ungestüm nur noch mehr aufpeitschte. Er war eher eine Naturgewalt als ein Vater, und wenn er das Haus betrat, stand das Barometer immer auf Sturm.

Aber da es keinen verbindlichen Maßstab gab, an dem ich meinen heimlichen Haß auf diesen Mann hätte messen können, erlernte ich die Strategie des Schweigens und Ausweichens. Bei meiner Mutter nahm ich Unterricht im Guerillakampf, in der tödlichen Kunst des Heckenschützen, indem ich meinen Vater aus dem Verborgenen mit den rebellischen, unversöhnlichen Augen eines verstörten Kindes beobachtete. Alles, was ich über die menschliche Liebe weiß, stammt von meinen Eltern. Für sie war Liebe nichts als Mangel und Entbehrung. Meine Kindheit bestand aus Unruhe, Gefahren und Sturmwarnungen.

Mißerfolge schienen meinen Vater erst recht anzuspornen. Meine Schwester nannte es den ›Fluch des Sadim‹. Ich weiß nicht mehr, wann sie den Ausdruck prägte, es muß aber während ihrer High-School-Zeit gewesen sein, als sie sich für alles Anrüchige begeisterte, weil sie glaubte, ihre Vorstellungen und Ideen so besser verständlich machen zu können. Wenn im Herbst die Krabbensaison vorbei war, richtete Dad seine ganze Energie auf andere, phantasievollere Methoden, die Familie zu versorgen. In seinem Kopf wimmelte es von undurchführbaren Projekten, schnell und einfach Geld zu machen. Ein nie versiegender Strom von Ideen und Plänen sprudelte aus ihm heraus, und er versprach uns Kindern, daß wir bei Verlassen der High School Millionäre wären. Sein Leben lang ging er von der Voraussetzung aus, daß seine brillanten und unkonventionellen Ideen uns allen irgendwann zu unvorstellbarem Reichtum und größten Ehren verhelfen würden. Im übrigen besaß er eine Gabe, die die allerwenigsten amerikanischen Unternehmer aufzuweisen hatten: Er lernte nicht das geringste aus seinen Fehlern. Jeder Mißerfolg, von denen es Dutzende gab, bestärkte ihn in der Überzeugung, sein Durchbruch stünde unmittelbar bevor und seine Lehrzeit im rauhen Geschäftsleben neige sich dem Ende zu. Ihm fehle nur ein bißchen Glück, erzählte er uns immer wieder.

Aber hinter dem Steuer seines Krabbenfangbootes, wenn die Morgendämmerung sich wie ein feiner Ölschleier über das Wasser legte und die Winden unter dem Gewicht der Netze ächzten, war mein Vater ganz in seinem Element. Die Zeit auf dem Fluß hatte ihre Spuren hinterlassen: Er sah zehn Jahre älter aus, als er tatsächlich war. Sein von Wind und Wetter gegerbtes Gesicht verlor von Jahr zu Jahr an Spannkraft; die Tränensäcke unter seinen Augen hingen in der brennenden Mittagssonne Carolinas immer schlaffer herab. Seine Haut war rauh und ledrig. An seinem stoppeligen Kinn hätte man ein Streichholz anreißen können. Die Hände waren rissig, die unzähligen Schwielen waren zu einer pergamentartigen Schicht auf den Handflächen geworden. Er arbeitete hart und hatte einen guten Ruf als Krabbenfischer, doch sein Naturell war nicht das einer Amphibie: An Land ließen ihn seine Talente im Stich. Schon seit jeher hatte mein Vater die fixe Idee, vom Fluß wegzugehen. Krabbenfischen war für ihn nur ein ›provisorischer‹ Zustand. Meine Eltern wollten nie zugeben, daß sie eigentlich ein schönes Leben führten. Sie wollten mit den anderen Krabbenfischern nichts zu tun haben und sperrten sich gegen das natürliche Zusammengehörigkeitsgefühl, wie es sich unter Berufskollegen so leicht einstellt. Selbstverständlich waren die Krabbenfischer und ihre Frauen viel zu gewöhnlich für den höchst erlesenen Geschmack meiner Mutter. Meine Eltern hatten keine richtigen Freunde. Ihr Leben lang warteten sie darauf, daß sich das Schicksal wendete, als ob das Glück eine sagenhafte Flutwelle wäre, die das Marschland unserer Insel überschwemmen und weihen und uns mit den schillernden Wassern einer gnädigen Vorsehung taufen würde. Henry Wingo war felsenfest davon überzeugt, ein genialer Geschäftsmann zu sein. Nie lag jemand in seiner Selbsteinschätzung gründlicher daneben.

Wenn mein Vater nicht auf dem Fluß war, konnte er mühelos phantastische Ideen entwickeln, deren praktische Umsetzung regelmäßig in einer Katastrophe endete. Ein paar von seinen Projekten hätten durchaus funktionieren können, das gestanden ihm fast alle zu. Er erfand und konstruierte Maschinen zum Krabbenköpfen, Garnelensäubern und Fischausnehmen, und irgendwie funktionierten alle. Es gab weder totale Pleiten noch bahnbrechende Erfolge, nur einen Haufen komischer Maschinen, die in seiner kleinen Werkstatt hinter dem Haus herumstanden.

Die tollsten Ideen heckte mein Vater jedoch auf dein Fluß aus, wenn er sein Boot in der Morgendämmerung durch die flachen Kanäle lenkte und in einem endlosen Monolog aus dem Stegreif frei vor sich hinphantasierte. Da saß er dann am Steuerruder, das Brummen des Dieselmotors in den Ohren, und fuhr durch die nicht gekennzeichneten Wasserarme, die alle zum Hauptfluß führten. Das Marschland war, wenn auch unsichtbar, immer gegenwärtig, wenn er in alter Herrgottsfrühe, bevor die Vögel mit der Sonne erwachten, im düsteren Verschlag seines Steuerhauses lange Selbstgespräche hielt. Er nahm, was selten unter Krabbenfischern vorkommt, seine drei Kinder mit, so oft er uns der mütterlichen Aufsicht entreißen konnte, ich glaube, um die Einsamkeit auf dem Wasser ein bißchen erträglicher zu machen.

Frühmorgens im Sommer, wenn es noch stockfinster war, weckte uns mein Vater sanft; wir zogen uns lautlos an und gingen aus dem Haus. Unsere Schritte hinterließen flüchtige Spuren auf dem taufeuchten Boden. Dann saßen wir hinten im Lieferwagen und hörten im Radio das Morgenprogramm, während Vater die Schotterstraße entlangfuhr, die zur Holzbrücke auf der gegenüberliegenden Seite der Insel führte. Wir atmeten die frische Luft des Marschlandes ein, während der Sprecher den Wetterbericht verlas, die Sturmwarnungen zwischen Cape Hatteras und Saint Augustine durchgab, Windrichtung und -geschwindigkeit nannte und die Krabbenfischer in hundert Meilen Umkreis über alles Wissenwerte informierte. Jeden Morgen, wenn ich mit meinem Vater die fünf Meilen zu den Krabbendocks fuhr, tankte ich die frische Energie, mit der Frühaufsteher belohnt werden. Sobald unser Lieferwagen in Sicht kam, füllte Lester Whitehead, unser Bootsmann, der schon seit fünfzehn Jahren für meinen Vater arbeitete, den Laderaum mit fünf Zentnern Eis. Die Netze hingen wie dunkle Meßgewänder über den hochgestellten Auslegern. Auf dem Weg vom Parkplatz zum Dock, der über einen langen Steg führte, hing ein Geruch von Dieselkraftstoff, von Kaffee, der in den Kombüsen gebraut wurde, und ein alles überlagerndes Aroma von frischgefangenen Meerestieren in der Luft. Wir kamen an der riesigen, im trüben Licht schimmernden Waage vorbei, wo die farbigen Frauen bei unserer Rückkehr auf uns warten würden, um den Krabben mit atemberaubender Geschwindigkeit die Köpfe abzuschneiden. Jedesmal, wenn wir zum Boot gingen, rief der strenge Duft von frischem Fisch und Krabben die Vorstellung in mir wach, daß ich unter Wasser sei und daß die reinen, salzigen Fluten durch die Poren meiner Haut in mich einsickerten. Als Kinder eines Krabbenfischers waren wir gewissermaßen eine Art von Meeresbewohnern, die auch auf dem Festland leben konnte.

Wenn mein Vater das Kommando gab und der Motor aufheulte, machten wir das Boot los und sprangen an Bord, während er schon Kurs nahm auf die Kanäle und Sunde unseres mit Inseln gespickten Wasserreiches. Zu unseren Rechten erschien die noch tief im Schlaf liegende Stadt Colleton mit ihren vornehmen Häusern und Geschäften an der Uferpromenade. Mein Vater ließ die Sirene ertönen, um dem Brückenwärter zu signalisieren, er solle die Brücke hochziehen für die Durchfahrt der stolzen *Miss Lila* auf ihrem Weg ins offene Meer. Das Boot meines Vaters war ein achtundfünfzig Fuß langes Prachtstück mit einem für seine Größe unglaublich geringen Tiefgang. Wenn Vater richtig damit umging, konnte man verdammt viele Krabben fangen.

Über uns den Sternenhimmel, fuhren wir miteinander los und erlebten Hunderte von strahlenden Sonnenaufgängen. Als wir klein waren, nahm mein Vater öfters einen von uns auf den Schoß, ließ ihn steuern und korrigierte die Fehler durch sanften Druck auf das Steuerrad.

»Ich glaube, wir müssen ein bißchen mehr nach Steuerbord, Kleine«, flüsterte er Savannah zu. Oder:

»Vergiß nicht die Sandbank, Tom, die bei Ganders Point beginnt. Genau. Das ist der richtige Kurs.«

Doch meist führte mein Vater Selbstgespräche über Geschäfte und Politik, Träume und Enttäuschungen. Da wir stille Kinder waren und dem Mann mißtrauten, in den er sich an Land verwandelte, lernten wir ihn in erster Linie beim Zuhören kennen, wenn er in die Dunkelheit, zum Fluß oder zu den Lichtern anderer Boote sprach, die ebenfalls unterwegs zum Rendezvous mit den wimmelnden Krabbenschwärmen waren. Morgens redete er unaufhörlich, während wir langsam auf die vorgelagerte Inselgruppe zusteuerten. In der Krabbensaison war jeder Tag eine Wiederholung des vorherigen; die morgige Arbeit würde eine Neuauflage von heute sein, das Gestern war jeweils die Generalprobe für den nächsten Tag, der mit der sachkundigen Ausführung immer gleicher, bewährter Handgriffe erfüllt war.

»Aufgepaßt, Kinder«, sagte Vater eines Morgens, »hier spricht der Kapitän der *Miss Lila*, eines Achtundfünfzig-Fuß-Krabbenfängers, registriert im Staat South Carolina und zugelassen für die Gewässer zwischen Grand Strand und Daufuskie vor Gatch's Island. Wir nehmen heute östlichen Kurs auf den Leuchtturm vor Gatch's Island und legen unsere Netze in fünfzehn Fuß Tiefe eine halbe Meile steuerbord vom Wrack der *Windward Mary* aus. Gestern haben wir zweihundert Pfund weiße 30/50er Krabben rausgeholt. Savannah, was heißt 30/50er Krabben?«

»Das heißt, daß zwischen dreißig und fünfzig Krabben auf ein Pfund kommen, Dad.«

»Braves Mädchen. Der Wind kommt aus Norden mit einer Geschwindigkeit von acht Meilen pro Stunde. Sturmwarnungen für das Gebiet südlich von Brunswick in Georgia und nördlich von Wilmington in Delaware. Die Börsenkurse sind gestern bei mäßigen Geschäftsabschlüssen um durchschnittlich fünf Punkte gefallen, weil die Kapitalanleger über was weiß ich beunruhigt sind. Reese Newbury hat gestern hundert Hektar Ackerland von Clovis Bishop gekauft, den Hektar für tausend Dollar. Das bedeutet, übern Daumen gepeilt, daß Melrose Island bei den derzeitigen Preisen

’ne runde halbe Million wert ist – und dieser Hundesohn hat mir letztes Jahr fünfundzwanzigtausend für die ganze Insel geboten. Eine Frechheit! Das hab’ ich ihm glatt ins Gesicht gesagt. Der denkt wohl, der alte Henry Wingo hat keine Ahnung von Bodenpreisen. Ich besitze das beste Stück Land in ganz South Carolina. Eure Mutter weiß das genausogut wie ich. Ich bin Newbury und allen anderen Arschlöchern so haushoch überlegen, daß es schon fast verboten ist. Kinder, ich hab’ Pläne mit unserer Insel. Große Pläne, langfristige Pläne, die ich in die Tat umsetze, sobald ich ein bißchen Kapital hab. Erzählt es eurer Mutter noch nicht, aber ich hab’ vor, in der Nähe des Hauses eine kleine Chinchillafarm aufzubauen. Überall im Land verdienen sich die letzten Penner eine goldene Nase mit Chinchillas, da werde ich mir doch so etwas nicht durch die Lappen gehen lassen! Ihr könntet euch gut beim Füttern der kleinen Biester abwechseln, während ich mit den Pelzgroßhändlern in New York die Geschäfte abschließe und mir auf dem Weg zur Bank ins Fäustchen lache. Was haltet ihr davon? Gar nicht dumm, wie? Erst hab’ ich an eine Nerzfarm gedacht, aber Chinchillas sind viel rentabler. Ich hab’ meine Lektion gelernt: Wenn du nicht auf Draht bist, machen sie dich fertig. Stimmt, Kinder, eure Mutter lacht mich aus. Ja, ich hab’n paar Fehler gemacht. Ich hab’ eben nie den richtigen Zeitpunkt erwischt. Aber die Ideen selbst waren einsame Spitze. Ihr Kinder haltet wenigstens zu mir. Ich bin dem typischen Normalverbraucher dermaßen überlegen, daß es mir schon fast peinlich ist. Ich platze förmlich vor Projekten. Die Ideen schießen mir nur so durch die Rübe. Manchmal werd’ ich mitten in der Nacht wach und muß sie unbedingt aufschreiben. Sagt mal, Kinder, geht ihr gern in den Zirkus?«

»Wir waren noch nie im Zirkus«, antwortete Luke.

»Das müssen wir aber schleunigst nachholen! Nächstesmal, wenn ein Zirkus in die Nähe von Charleston oder Savannah kommt, schnappen wir uns den Lieferwagen und reservieren Plätze in der ersten Reihe. Ihr habt ja bisher nur so einen popeligen Wanderzirkus auf dem Jahrmarkt gesehen, aber das wird sich bald ändern. Barnum & Bailey, das ist ein richtiger Zirkus, mit allem Drum und Dran. Aber eins sag’ ich euch: Kein Sterbenswörtchen über meinen Plan, zu niemandem! Sobald ich ein bißchen Kohle beiseite geschafft hab’, zieh’ich die Sache mit den Chinchillas durch. Ich hab’s endgültig satt, daß diese Arschlöcher mit meinen Ideen Millionen machen. Paß auf, Luke, da vorn ist eine Boje. Wenn du sie passiert hast, gehst du auf 45 Grad und steuerst auf den Nordstern zu. Gut gemacht. Du bist ein Naturtalent, Junge. Da vorn an den Felsen hat der alte Winn vor ein paar Jahren sein Boot sauber auf Grund gesetzt. Ich hab' einmal bei Flut zweihundert Pfund Krabben aus dieser Bucht geholt. Normalerweise ist es keine ergiebige Stelle. Eins hab' ich nie kapiert, warum manche Buchten Jahr für Jahr mehr Krabben bringen als andere, aber so ist das nun mal. Krabben sind schon komische Viecher, sie haben ihre Vorlieben, genau wie wir Menschen.«

Er war wieder mitten in seinen ewigen Selbstgesprächen, seinem improvisierten Non-Stop-Monolog, der an niemanden speziell gerichtet war. Sein morgendlicher Sermon war so flüssig und wortgewandt, daß ich mir gut vorstellen konnte, wie er munter drauflos schwadronierte, auch wenn wir Kinder mal nicht im Steuerhaus waren. Unsere stumme Anwesenheit bei diesen höchstpersönlichen Selbstgesprächen und Grübeleien über Gott und die Welt kümmerte ihn so wenig wie das Sternbild des Orion am Firmament. Wenn er so vor sich hinredete, hätten wir genausogut ein Stück Landschaft, ein Stilleben oder Schaufensterpuppen sein können. Nur der Frühstücksduft, der aus der Kombüse zu uns emporstieg, konnte meinen Vater zum Schweigen bringen. Wenn Lester Whitehead kochte, hing der Geruch von Kaffee, Schinken und frischen Brötchen über dem Boot wie eine unsichtbare Wolke, und wenn wir die Einfahrt zum großen Sund passierten, konnte es gut sein, daß die Leute, die direkt am Fluß bei offenem Fenster schliefen, von einem gedeckten Frühstückstisch träumten. Das hölzerne Gerippe des Bootes vibrierte im Takt der Maschine, die unter unseren Füßen tuckerte, und der Fluß, der in der Morgendämmerung grauschwarz schimmerte, sang der Stadt ein leises Lied im Rhythmus der Wellen, die uns majestätisch in die Brandung hinaustrugen, der großen weiten Welt entgegen. Hier draußen war mein Vater ganz ruhig und entspannt. Nur auf dem Fluß konnten wir ihm ohne Angst gegenübertreten. Auf dem Boot hat er uns kein einziges Mal geschlagen. Wir waren Arbeiter und Matrosen, und er behandelte uns mit dem Respekt, den er allen entgegenbrachte, die ihren Lebensunterhalt auf dem Wasser verdienten.

Wenn mein Vater als Krabbenfischer auch noch so erfolgreich

gewesen wäre – für meine Mutter hätte es doch nichts bedeutet. In ihren Augen war er verwundbar, hilflos und verbohrt. Er gab sich alle Mühe, so zu sein, wie sie ihn seiner Meinung nach haben wollte. Er lechzte nach ihrer uneingeschränkten Anerkennung. Seine kläglichen Versuche waren von vornherein zum Scheitern verurteilt, aber er konnte einfach nicht anders. Die ganze Ehe stand unter einem schlechten Stern. Mit den Gewinnen aus der Krabbenfischerei finanzierte er seine wirtschaftlich katastrophalen Projekte. In der Bank lachten sie ihn hinter seinem Rücken aus. Man riß Witze über ihn, die seine Kinder dann in der Schule und seine Frau in den Straßen Colletons zu hören bekamen.

Aber auf dem Fluß war Henry Wingo mit sich und der Welt im Einklang, und die Krabben gingen anscheinend mit Vergnügen in seine Netze. Saison für Saison zog er tonnenweise Krabben heraus und führte darüber peinlich genau Buch. Er brauchte nur sein Logbuch aufzuschlagen und wußte sofort, wo er jemals ein Pfund Krabben aus den Gewässern um Colleton geholt hatte, wie damals der Wasserstand gewesen war und welche Wetterbedingungen geherrscht hatten. »Die ganze Leier«, sagte er immer. Der Fluß war für ihn wie ein geheimnisvoller Text, den er zum Spaß auswendig gelernt hatte. Ich konnte diesem Menschen vertrauen, wenn er Wasser unter den Füßen hatte und die Netze vor Krabben überquollen. Doch auf dem Wasser heckte er auch seine Pläne aus, die sein Leben zu einer ständigen Gratwanderung zwischen drohendem Ruin und erträumtem Reichtum machten.

»Ich hab' mir überlegt, nächstes Jahr Wassermelonen anzubauen«, sagte er eines Tages beim Abendessen.

»Bloß nicht, Henry«, entsetzte sich meine Mutter. »Wenn du Wassermelonen anbaust, gibt es in Colleton garantiert einen Schneesturm, eine Überschwemmung oder eine Heuschreckenplage. Bitte, Henry, laß die Finger davon! Denk dir lieber etwas anderes aus, wie du dein Geld rausschmeißt. Du kannst doch nicht mal Unkraut pflanzen.«

»Du hast vollkommen recht, Lila, wie immer. Eigentlich bin ich viel eher Techniker als Bauer. Ich fühl' mich bei einem gesunden Geschäft, das auf ökonomischen Prinzipien basiert, viel wohler als bei der Landwirtschaft. Das war mir natürlich schon immer klar, aber als ich mitkriegte, wie sie jetzt das große Geld mit Tomaten machen, dachte ich mir: Henry, in das Geschäft steigst du auch ein.«

»Bitte keine solchen Geschäfte mehr, Henry. Wenn wir Geld übrighaben, sollten wir uns lieber ein paar sichere Aktien kaufen, zum Beispiel von der *South Carolina Electric and Gas.*«

»Ich habe heute in Charleston eine Filmkamera gekauft, Lila.«

»Um Himmels willen, warum denn das, Henry?«

»Der Film hat Zukunft«, antwortete mein Vater mit glänzenden Augen.

Als meine Mutter anfing loszuschreien, packte mein Vater seelenruhig die nagelneue Handkamera aus, schloß ein Kabel an, schaltete den Scheinwerfer ein und filmte ihr ganzes Gezeter zum Ergötzen der Nachwelt. In den darauffolgenden Jahren war die Kamera bei Hochzeiten, Taufen und Familienfeiern unbarmherzig in Betrieb. Mein Vater setzte eine Anzeige mit dem lächerlich anmaßenden Firmennamen ›Wingos Professional Cinematics‹ in die Lokalzeitung. Allerdings verlor er im Filmgeschäft weniger Geld als bei seinen anderen Projekten. Wenn mein Vater durch das Objektiv seiner Kamera schaute, sah er rundum glücklich aus und lächerlich zugleich.

So blieb es also bei einer glänzenden Karriere auf dem Fluß, die jedoch durch sein leidenschaftliches, aber vergebliches Engagement in der freien Wirtschaft geschmälert wurde. Es gab viele gescheiterte Projekte, von denen wir erst später, als Erwachsene, erfuhren. Er war stiller Teilhaber eines Minigolfplatzes in Myrtle Beach, der nach einer Saison pleite ging. Er investierte in einen Tortilla-Stand, den ein waschechter Mexikaner führte, der nur sehr gebrochen Englisch sprach und keine Tortillas backen konnte. Zwischen meinen Eltern gab es entsetzliche Szenen, wenn es um Geld ging. Meine Mutter lachte ihn aus, beschimpfte ihn und schrie ihn an, sie bettelte und bettelte, aber es hatte alles keinen Zweck. Ihre Versuche, mäßigend auf ihn einzuwirken, ließen ihn absolut kalt. Zuerst hatten ihre Argumente nur einen warnenden Unterton, aber als das nichts nützte, malte sie ihm in den schrecklichsten Farben die apokalyptischen Zustände aus, die eintreten würden, wenn er weiterhin das Geld aufs Geratewohl hinauswarf. Die Wutausbrüche und stürmischen Auseinandersetzungen zerstörten uns immer wieder jeden Anflug von Harmonie. Da sich meine Eltern regelmäßig stritten, merkten wir Kinder nicht, wann bei meiner Mutter das Gefühl von Ärger und

Gereiztheit in tödlichen Zorn umschlug. Die Phase ohnmächtiger Wut fing jedenfalls schon sehr früh an, und dann folgten Jahre ergebnislosen Geplänkels, bis meine Mutter zu schrecklichen Vergeltungsschlägen ausholte. Henry Wingo war der Überzeugung, daß sich Frauen nicht in Geschäfte einmischen sollten. In den Südstaaten gab es zwei Sorten Männer: Die einen hörten auf ihre Frauen, die anderen nicht. Mein Vater war Weltmeister im Weghören.

Wenn man im Hause eines Mannes aufwächst, der einen zugleich liebt und mißhandelt, der aber die Widersprüchlichkeit seines Verhaltens nicht erfaßt, wird man aus Gründen der Notwehr zum hartnäckigen Beobachter seiner Gewohnheiten, zur Wetterfahne seines Temperaments. Ich machte mir Notizen über die auffälligsten Fehler meines Vaters und begriff sehr früh, daß er Possenreißer und Grobian in einem war. Wenn er nicht so grausam gewesen wäre, hätten wir Kinder Henry Wingo bewundert, glaube ich, und dieses Gefühl der Bewunderung wäre grenzenlos gewesen und hätte ihn durch alle Höhen und Tiefen seines Schicksals begleitet. Aber schon sehr früh in meinem Leben hatte er sich zum Tyrannen entwickelt, in einem Haus, in dem Frau und Kinder sehr gut daran taten, vor ihm auf der Hut zu sein.

In einem frühen Gedicht nannte Savannah ihn ›den Gebieter des Sturms‹, ›den Herrn der Winde‹, und als sie nach New York kam, behauptete sie immer lächelnd, sie und ihre Brüder seien in einem ›Blitzkrieg‹ gezeugt worden. Er mied alles, was schön war. Er fürchtete Zärtlichkeit, als bedeute sie den Verfall jeder Moralvorstellung, die ihm heilig war.

Nur an Grips fehlte es ihm, sagte meine Mutter einmal unter Tränen.

»Der Fluch des Sadim«, flüsterte mir Savannah zu Weihnachten hinter verschlossenen Türen zu, als meine Mutter entdeckte, daß mein Vater noch dreitausend Kartons unverkaufter Weihnachtskarten besaß, die er als Sonderposten gekauft hatte. Er war nur fünfundsiebzig Kartons in Charleston losgeworden, wo er von Tür zu Tür gegangen war.

»Das ist genau das Gegenteil der ›Glücklichen Hand des Midas‹«, sagte Savannah. »Alles, was Dad anfaßt, verwandelt sich in Scheiße.«

»Er hat Mama auch nicht erzählt, daß er noch Tausende von

Osterkarten dazugekauft hat«, sagte Luke. »Ich habe sie im Schuppen gefunden.«

»Er verliert immer einen Haufen Geld«, sagte Savannah.

»Hast du die Weihnachtskarten gesehen, die er verkauft hat?« fragte Luke vom Bett aus.

»Nein.«

»Jesus, Maria und Josef, die Hirten, die drei Weisen aus dem Morgenland und die Engel – lauter Neger!«

»Wie bitte?«

»Wenn ich's dir sage! Dad hat nur an Negerfamilien verkauft. Er hat gehört, daß die Karten im Norden weggegangen sind wie warme Semmeln, und er wollte hier unten groß ins Geschäft einsteigen.«

»Armer Dad«, sagte ich. »Was bist du doch für ein Schafskopf.«

»Es macht einen richtig zuversichtlich, wenn man weiß, daß man sein Blut in den Adern hat,« sagte Savannah. »Wie ich mich schäme!«

»Hat er überhaupt je mit etwas Geld verdient?«

»Mit Krabbenfischen«, sagte Luke. »Er ist der beste Krabbenfischer der Welt. Wirklich schade, daß unsere Eltern damit nicht zufrieden sind.«

»Wenn er nur das tun würde, gäbe es so etwas wie den ›Fluch des Sadim‹ nicht,« sagte Savannah.

»Du kannst dich über ihn lustig machen, solange du willst, Savannah,« sagte Luke, »aber denk dran, daß sich unser Vater in König Midas verwandelt, wenn er die Netze ins Wasser läßt.«

Ich glaube, die Ehe meiner Eltern wäre vielleicht aus reiner Gewohnheit so weitergegangen, wenn mein Vater nicht die Tankstelle gekauft hätte und wir nicht in den Wanderzirkus gegangen wären, der zum erstenmal überhaupt bei Colleton Station machte.

Ich glaube, ihr Zusammenleben wäre harmonisch, ja sogar erfüllt gewesen, wenn mein Vater gelernt hätte, die Impulse zu kontrollieren, die ihn zu solch übertriebenen und nutzlosen Aktionen trieben. Er traf die extravagantesten Entscheidungen, ohne daß er meine Mutter auch nur aus reiner Höflichkeit gefragt hätte. Er betrieb seine geschäftlichen Unternehmungen, als wären sie verdeckte Aktionen eines Geheimagenten, der den Kontakt zur

Zentrale verloren hat: Er operierte auf eigene Faust in Feindesland. Jedes Geschäft sollte seine verlorene Ehre wiederherstellen und sein verlorenes Kapital wieder einspielen. Nie verlor er den Glauben an seine Fähigkeit, seinen Träumen durch einen erfolgreichen Abschluß bei einer seiner außergewöhnlichen Improvisationen neue Nahrung zu geben. Für meinen Vater war das Geschäftemachen beides: Seuche und Sanatorium zugleich; es war wie eine unheilbare Krankheit, eine Art von Spielleidenschaft und Selbstzerstörung. Ich glaube, wenn jemand eine Million Dollar gegeben hätte, wären ihm tausend phantastische Möglichkeiten eingefallen, sie bis auf den letzten Penny auszugeben. Das war aber nicht sein verhängnisvollster Fehler – nein, davon hatte er mindestens ein Dutzend –, doch es war sicher einer seiner tragischsten, weil er seine Familie ständig in prekäre Situationen brachte. Sein Glaube an sich selbst war krankhaft und unverbesserlich. Zu ihrem eigenen und zu unserem Schutz entwickelte meine Mutter eine ausgesprochene Geschicklichkeit im Umgang mit Geld und eine gewisse Geheimnistuerei im Umgang mit ihm. Ihre ewigen Ausflüchte und Täuschungen unterhöhlten leider den gesamten Überbau ihrer verwundbaren Liebe. Beide verstanden es meisterhaft, die besten Eigenschaften im anderen abzutöten. So gesehen, hatte ihre Ehe etwas Klassisches und durch und durch Amerikanisches. Sie begannen als Verliebte und endeten als gefährliche, unversöhnliche Feinde. Die Kinder, die sie als Verliebte gezeugt hatten, erlitten durch die Feindschaft der Eltern bleibende Schäden.

Wie bei allen seinen Mitteilungen wartete mein Vater bis zum Abendessen, um zu verkünden, daß er die aufgelassene Esso-Tankstelle an der Brücke vor Colleton gekauft hatte. Dabei verließ er sich stillschweigend auf die guten Tischsitten meiner Mutter.

»Ich habe eine große Neuigkeit«, sagte mein Vater, aber in seiner Stimme schwang Unsicherheit mit, ein bei ihm seltener Mangel an Selbstvertrauen. »Besonders für die Jungs.«

»Mädchen haben zu staunen und zu schweigen«, sagte Savannah und aß ihre Suppe.

»Was denn, Dad?« fragte Luke. »Hast du mir einen neuen Baseballhandschuh gekauft?«

»Nee. Dein alter tut's noch. Wir waren damals ganz andere

Kerle, als ich noch spielte. Wir haben nicht jedes Jahr um einen neuen Handschuh gebettelt.«

»Lukes Hand paßt nicht mehr rein, Dad«, sagte ich. »Und meine auch nicht. Er hat den Handschuh ja schon, seit er in der C-Jugend gespielt hat.«

»Ich hab' uns heute ein kleines Geschäft gekauft«, sagte Vater und sah Mutter dabei nicht an. »Ich war ja schon immer der Ansicht, daß der Schlüssel zum Erfolg in der Flexibilität liegt. Nach dieser mickrigen Krabbensaison habe ich mir gedacht, wir könnten einen Notgroschen brauchen, auf den wir in schlechten Zeiten zurückgreifen können.«

»Was ist es denn diesmal, Henry?« fragte meine Mutter und versuchte sich mit aller Mühe zu beherrschen. »Was hast du uns diesmal eingebrockt? Lernst du eigentlich nie was dazu? Wir haben keine fünf Cent in der Sparbüchse. Wie kommst du überhaupt auf die Idee, etwas zu kaufen?«

»Banken sind dazu da, Kredite zu geben, mein Schatz. Das ist ihr Job.«

»Aber sie geben nur Leuten Geld, die schon Geld haben! *Das* ist ihr eigentlicher Job«, entgegnete sie. »Hast du eine neue Hypothek als Sicherheit aufgenommen? Du hast doch nicht etwa eine Hypothek auf das Krabbenfangboot aufgenommen?«

»Nein«, räumte er ein, »ich hab' ja die letzten Zinsen noch nicht ganz zurückgezahlt. Ich mußte ein bißchen kreativ sein, um dieses Geschäft an Land zu ziehen. Kreative Finanzierung nennt man das.«

»Wer nennt das so?«

»Die Großverdiener. Die nennen das so.«

»Da wir praktisch Almosenempfänger sind, mußt du aber verdammt kreativ gewesen sein, Henry«, sagte meine Mutter und preßte die Lippen zusammen, als hätte sie in eine Zitrone gebissen.

»Du hast doch hoffentlich nicht die Insel beliehen, Henry? Sag, daß du nicht unsere Zukunft und die Zukunft unserer Kinder verpfändet hast! So dumm kannst nicht mal du sein, Henry.«

»Ich habe nicht die *ganze* Insel beliehen«, sagte er, »nur vierzig Hektar, bei der Brücke. Es ist dort so morastig, daß man nicht mal Sumpfkohl anbauen könnte. Ich glaub', ich hab' das Beste draus gemacht, wenn du mich fragst. Außerdem dachte ich, es wäre an der Zeit, auch in anderen Bereichen Fuß zu fassen. Jetzt, wo ich eine Tankstelle hab', kann ich mein Boot mit meinem eigenen Benzin volltanken.«

»Wie willst du mit deinem Boot dreihundert Meter durch Sumpfgras zu den Zapfsäulen fahren?« sagte meine Mutter wütend. »Ich halte das nicht mehr aus, Henry. Ich kann das einfach nicht zulassen. Die Kinder gehen bald auf die Universität.«

»Universität?« sagte mein Vater. »Ich bin auch nie auf die Universität gegangen. Sollen sie doch arbeiten gehen, wenn sie unbedingt auf die Universität wollen.«

»Unsere Kinder werden aber auf die Universität gehen! Wir haben für sie eine Versicherung abgeschlossen, als sie noch Babies waren, und das ist das mindeste, was ich ihnen mitgebe. Sie sollen es einmal besser haben als wir. Wir haben das gleich nach unserer Hochzeit besprochen, und du warst hundertprozentig damit einverstanden.«

»Ich hab' mir die Versicherungsprämien auszahlen lassen«, sagte mein Vater, »weil ich die Tankstelle bar anzahlen mußte. Aber ich werd' bald genug Geld verdienen, um ihnen eine eigene Universität zu kaufen, wenn sie das tatsächlich wollen.«

»Hast du etwa die Ausbildung deiner Kinder für eine Tankstelle verkauft, Henry Wingo?« fragte meine Mutter. Sie war wirklich schockiert. »Du hast ihr Land und ihre Zukunft verkauft, um hinter der Zapfsäule zu stehen und für andere Leute den Ölstand zu überprüfen?«

»Die Jungs können ja in den Sommerferien jobben. Lanny Whittington hat mir versprochen, als Tankwart zu arbeiten. Wir stellen Leute ein, Lila, und die Jungs können die Tankstelle später einmal übernehmen.«

»Glaubst du, ich will, daß Tom und Luke ihren Lebensunterhalt an der Zapfsäule verdienen?«

»Ich zapfe gern Benzin, Mama«, sagte Luke.

»Ich hab' andere Pläne mit dir, Luke. Mit euch allen«, sagte sie.

»Sie will, daß ihre verzärtelten Jungs nur Superkraftstoff zapfen«, spottete mein Vater. »Schluß mit der Debatte! Wingos Esso-Tankstelle veranstaltet am Dienstag nächster Woche ein großes Eröffnungsfest. Es wird ein Riesenknüller! Mit Luftballons, Coca-Cola, Girlanden und Feuerwerk. Für die Kinder habe ich einen Clown aus dem Wanderzirkus engagiert.«

»Du brauchst keinen Clown zu engagieren, du hast schon einen. Sein Name ist Henry Wingo.«

»Dir hat es schon immer an Weitblick gefehlt, Lila«, sagte mein Vater beleidigt. »Was hätte ich alles zuwege bringen können, wenn ich eine Frau hätte, die an mich glaubt.«

»Das weiß ich, ich weiß es ganz genau, Henry. Nämlich überhaupt nichts«, sagte meine Mutter, stand vom Tisch auf, verschwand im Schlafzimmer und knallte die Tür hinter sich zu.

Als sie weg war, schaute mein Vater von einem zum anderen und sagte: »Will mir denn keiner gratulieren? Dies ist ein großer Augenblick in der Familiengeschichte der Wingos.«

»Herzlichen Glückwunsch, Dad«, sagte Savannah und prostete ihm mit einem Glas Milch zu.

»Wir haben's geschafft«, sagte mein Vater. »Das ist die Chance, auf die ich immer gewartet habe. Macht euch keine Sorgen wegen Mutter. Im Grunde freut sie sich über die ganze Angelegenheit. Sie hatte immer schon Probleme, ihre wahren Gefühle zu zeigen.«

Savannah sagte: »Ich hatte nicht den Eindruck, als hätte sie diesmal Schwierigkeiten gehabt, ihre wahren Gefühle zu zeigen, Dad. Sie denkt, daß du wieder mal baden gehst.«

»Nein, falsch. Diesmal ziehe ich das große Los. Diesmal ist Henry Wingo an der Reihe. Wartet nur ab. Die Tankstelle wird eine Goldgrube, eure Mutter wird Hermelin tragen und Perlenketten bis zu den Knöcheln. Sie versteht einfach nicht, daß man heutzutage was riskieren muß. Und in dieser Familie bin eben *ich* es, der was riskiert. Nur wer wagt, gewinnt. Ich nutze Gelegenheiten, an die der Durchschnittsmensch nicht mal im Traum denkt.«

Die Esso-Tankstelle, die mein Vater gekauft hatte, lag direkt gegenüber Fergusons Gulf-Tankstelle, die im Kreis Colleton mit Abstand am besten lief. Vor meinem Vater hatten bereits drei andere mit der Tankstelle ihr Glück versucht, doch ohne Erfolg. Es gab keinen plausiblen Grund, warum die Leute zur Gulf-Tankstelle und nicht zur Esso-Tankstelle fahren wollten, es sei denn, man glaubt an eine geheimnisvolle Anziehungskraft der Lage. In jeder Kleinstadt gibt es eine gute und eine schlechte Lage, und das hat weniger mit Metaphysik als mit Geographie zu tun. Die eine Straßenecke ist eben geeigneter für eine Tankstelle als die andere. Mein Vater hatte sich offenbar die falsche Ecke ausgesucht. Er glaubte, sein Charme und sein Showtalent würden ihm den Erfolg bringen, der anderen versagt geblieben war.

Er hatte einen Hang zum Theatralischen und eröffnete ›Wingo-Esso‹ mit Pauken und Trompeten, um die ganze Stadt an seine Straßenecke zu locken. Mit dem Leiter der Schulkapelle machte er aus, daß sie Punkt zwölf Uhr die Uferpromenade herunterkommen sollte, vorneweg der Tambourmajor und Mr. Fruit, der dann ausgelassen herumtanzte und wild auf- und abhüpfte, in seine Trillerpfeife blies, im Takt den Kopf in den Nacken warf, um gleich darauf wie ein Taschenmesser zusammenzuklappen, bis seine Nase fast die Schnürsenkel berührte. Als die Kapelle in die Tankstelle einbog, ließ mein Vater dreihundert mit Helium gefüllte Luftballons fliegen, die senkrecht in den Himmel stiegen und wie verstreute Blumen über der Stadt schwebten. An die Kinder verschenkte er Lutscher und Kaugummis. Auf dem Dach der Tankstelle wurden bengalische Lichter angezündet; der Funkenregen ergoß sich bis auf den Boden hinunter. Der Zirkusclown kam zu spät, aber mein Vater war angenehm überrascht, daß es ein Liliputaner war. Der Clown war betrunken und zerbrach ein paar Dutzend Colaflaschen, als er versuchte, auf der Ladefläche unseres Lieferwagens zu jonglieren. Boogie Weiters, der Bürgermeister von Colleton, hielt während der Einweihungszeremonie eine ziemlich schwungvolle Rede und wies darauf hin, wie wichtig es sei, neue Unternehmen in Colleton und Umgebung anzusiedeln. Der betrunkene Clown schrie, nichts sei leichter als das. In Colleton hätten sich noch nie irgendwelche Unternehmen angesiedelt. Die Menge applaudierte dem Clown, der sich mit einem spektakulären Handstand auf dem Dach des Lieferwagens bedankte. Die Freiwillige Feuerwehr erschien und bekam eine Tankfüllung Benzin umsonst, weil Henry Wingo zeigen wollte, daß er ihre verdienstvolle Arbeit, das Eigentum in Colleton zu schützen, wirklich zu schätzen wußte. Ein Reporter der *Colleton Gazette* interviewte meinen Vater und fotografierte ihn mit dem Clown auf der Schulter. Die Schulkapelle spielte ein Potpourri, und als sie die Nationalhymne anstimmte, hißte mein Vater die amerikanische Flagge auf dem Dach der Tankstelle. Gegen Ende der Feierlichkeiten wurde die Flagge vom Funkenflug eines bengalischen Lichtes in Brand gesetzt und sofort von Mitgliedern der Freiwilligen Feuerwehr gelöscht.

Abends feierten wir dann die erfolgreiche Eröffnung von ›Wingo-Esso‹ und begaben uns zum Zirkus. Obwohl sich meine Mutter geweigert hatte, den Eröffnungsfeierlichkeiten beizuwohnen, und auch nicht mit in den Zirkus ging, hatte ich meinen Vater noch nie so glänzend gelaunt und überschäumend vor Freude gesehen. Wäre er ein Artist gewesen, hätte er sicherlich einen Flic-Flac nach dem anderen geschlagen, bis hinein in die Zirkusmanege. Mit ganz neuem Schwung und Elan schritt er hoch erhobenen Hauptes durch die Menge, die sich zu den Klängen der Musik vorwärtsschob. Vor dem Zirkuszelt warf er so lange mit Baseballbällen auf Bowlingkegel, bis er für Mutter einen Teddybär gewonnen hatte. Er klatschte, als ich und Luke am Basketballkorb ein paar Freiwürfe verwandelten.

Wir gingen auch in das Kuriositätenkabinett und sahen fasziniert einer Dame mit Bart zu, die Kautabak in eine Pepsiflasche spuckte, Luke schüttelte einem hundertjährigen Baby die Hand, und wir hörten siamesischen Zwillingen zu, wie sie ›Ihr Kinderlein, kommet‹ sangen. Als Altus Rossiter, der größte Rabauke in der Stadt, von einem Känguruh mit Boxhandschuhen k. o. geschlagen wurde, klatschten wir begeistert Beifall.

Smitty Smith, der Zirkusdirektor, kam herüber, um sich mit meinem Vater zu unterhalten. Sie hatten sich morgens am Krabbendock getroffen, als der Zirkus in Colleton ankam, und Smitty hatte meinem Vater den gesamten Fang bis auf den letzten Fisch abgekauft, um die fünf Seehunde zu füttern, die Smitty als das Rückgrat des Zirkus bezeichnet hatte. Er hatte behauptet, er habe die beste Seehundnummer im gesamten Südosten und die mieseste Tiger- und Elefantenshow der Welt. Der Elefant wäre zu alt und der Tiger zu jung.

Es gebe nichts Armseligeres als die Ein-Mann-Show eines Clowns, hatte mein Vater am Nachmittag gesagt, als der Liliputaner auf der Ladefläche des Lieferwagens zusammengeklappt war, aber jetzt sahen wir den Zwerg schon wieder in der Menge am Eingang zum Hauptzelt. Obwohl er noch etwas wackelig auf den Beinen war, brachte er einen ganz passablen Handstand zuwege.

Wir zerrten unseren Vater weiter und setzten uns oben in die letzte Reihe der offenen Zuschauertribüne. Eine Frau mit einem Gewand aus Goldpailletten ritt auf einem Elefanten in der Arena im Kreis herum. Der Elefant war schon ganz verschrumpelt; jedesmal wenn er auf die Knie ging, mußten die Frau, der Clown und Smitty ihm wieder hochhelfen. Der Elefant sah so heruntergewirtschaftet aus, daß man jede Minute mit seinem Ableben rechnen mußte. Der Clown jonglierte mit zwei Bällen. Savannah behauptete, das könne sie auch.

»Was er wohl für den Elefanten verlangen würde?« hörte ich meinen Vater fragen. »Das wäre genau das Richtige für die Tankstelle.«

»Klar, der könnte mit seinem Rüssel Super zapfen«, sagte Luke.

Die Scheinwerfer waren auf Smitty gerichtet, der einen Zylinder und einen knallroten Smoking trug und in ein schepperndes Mikrofon sprach. Es klang, als würden mindestens vier Leute gleichzeitig sprechen. Seine Worte überschlugen sich und hallten durch das Zelt.

»Meine verehrten Damen und Herren, ich werde jetzt den Käfig des großen bengalischen Tigers betreten. Sein Name ist Caesar. Er mußte seine indische Heimat verlassen, nachdem er drei Radschas und dreizehn Dorfbewohner getötet hatte. Dreizehn Dorfbewohner, die zu langsam waren. Caesar ist eine Neuerwerbung in meinem Zirkus, und so viele Leute machen ihn noch ziemlich nervös. Deshalb bitte ich während der Raubtiernummer um absolute Ruhe. Caesar hat unseren letzten Dompteur in Aiken/South Carolina so übel zugerichtet, daß ich gezwungen bin, selbst einzuspringen, denn wie's so schön heißt, meine Damen und Herren: *The show must go on.*«

Der Elefant war nicht mehr der jüngste und das Känguruh etwas angeschlagen, doch der Tiger war ein prachtvolles junges Tier. Er beobachtete jede Bewegung von Smitty, als dieser, mit einer Peitsche und einem Stuhl bewaffnet, die vergitterte Manege betrat. Jede noch so geringe Muskelanspannung des Tigers wirkte wie eine gefährliche Drohung. Ihm fehlte die Unterwürfigkeit eines Zirkustieres, die Zahmheit und kriecherische Demut nach jahrelanger Gefangenschaft und Arbeit im Scheinwerferlicht. Sein Blick war der Inbegriff der Wildheit. Smitty ließ die Peitsche über einem Ohr des Tigers knallen und befahl ihm, im Kreis zu laufen. Der Tiger bewegte sich nicht von der Stelle. Er starrte Smitty unverwandt an, bis die Menge nervös wurde. Wieder knallte die Peitsche, und Smittys Stimme übertönte ein zweites Mal das Gemurmel der Menge. Der Tiger verließ seinen Platz, drehte widerwillig eine Runde und knurrte unzufrieden. Smitty warf ihm seinen Zylinder zu und rief: »Fang!« Der Tiger stürzte sich auf den Zylinder, schleuderte ihn durch die Luft und riß ihn mit seinen Klauen in Stücke, noch bevor er den Boden berührte. Die Peitsche traf den Tiger an der Schulter. Smitty trieb das Raubtier in eine Ecke und bückte sich dann ärgerlich, um nachzuschauen, was von seinem Hut übriggeblieben war. Der sah aus wie die Überreste eines geplatzten Reifens. Smitty nahm dem Tier die Sache mit dem Hut offensichtlich sehr übel. Die Vorstellung wurde für ihn Nebensache. Nun spürte man nur noch den unverhohlenen Haß zwischen Tiger und Zirkusdirektor.

Smitty entzündete einen Reifen und schlug immer wieder auf den Tiger ein, bis er durchs Feuer sprang; sein glänzendes Fell schimmerte im Flammenschein. Die Zuschauer klatschten. Smitty schwitzte aus allen Poren. Er ging mit dem Stuhl in der Hand auf Caesar zu, ließ die Peitsche über den gelben Augen des Tigers knallen und brüllte irgendeinen Befehl.

Caesar lief Smitty entgegen. Smitty wich zurück, die Raubkatze zwang ihn zur Flucht, Hals über Kopf floh er durch die Manege. Der furchteinflößende Anblick der Prankenhiebe ließ die eben begeistert grölende Menge furchtsam erschauern. Smitty hatte jetzt nur noch den Stuhl zwischen sich und dem sicheren Tod. Zwei Helfer eilten zum Gitter und wehrten den wütenden Angriff des Tigers mit langen Stangen ab, so daß Smitty durch die Käfigtür entkommen konnte. Caesar nahm eine der Stangen ins Maul und zerbiß sie, dann zog er sich würdevoll in die Mitte der Manege zurück und ließ sich in königlicher Pose nieder. Wütend schlug Smitty mit der Peitsche gegen das Gitter. Die Menge stand auf, um der unbezähmbaren Wildkatze zu applaudieren. Caesar rekelte und streckte sich genüßlich in seinem schwarzgoldenen Fell. Als er die Seehunde, die gerade in die Arena getrieben wurden, bellen hörte, blickte er auf. Die Scheinwerfer wurden geschwenkt, der Tiger verschwand im Dunkel.

Die Seehunde wirkten flink und voller Eifer, sie benahmen sich wie geborene Unterhalter, als sie ins Rampenlicht gewatschelt kamen und dabei große, gelbe Bälle auf ihren glänzenden Schnauzen bdancierten. Smitty hatte sich inzwischen erholt. Er führte jetzt wieder souverän durch das Programm. Nach jedem Kunststück warf er den Seehunden einen Fisch zu, den sie auffingen und mit einer einzigen, eleganten Bewegung verschluckten. Aus der Art, wie sie ihre glatten, schlüpfrigen Köpfe bewegten, sprach engelhafte Unschuld und Schalkhaftigkeit zugleich. Fröhlich applaudierten sie sich mit ihren Vorderflossen selbst.

»Das sind meine Fische, die die Seehunde da fressen, Kinder, meine Fische! Eigentlich hätte man das ankündigen müssen«, sagte mein Vater.

Die fünf Seehunde hießen Sambone, Helena von Troja, Nebukadnezar, Cleopatra und Nashua. Sambone war eindeutig der Star der Glanznummer. Die Robben bewegten sich wie eine Kreuzung aus Fischotter und Delphin, und ihre temperamentvollen Possen waren von linkischer Anmut. Sie ließen den kreiselnden Ball von einer schwarzen Schnauze zur anderen wandern, sie stießen ihn hoch in die Luft, aber er landete genau auf der Schnauze eines anderen Seehundes, der die gleichen exakten Bewegungen ausführte, und wieder wurde der Ball hoch ins Licht der Scheinwerfer katapultiert. Als Cleopatra den Ball am Ende verfehlte und er ins Dunkel flog, wurde sie nicht mit einem Fisch belohnt und schmollte. Danach spielten die Seehunde je eine Runde Baseball und Bowling, bevor Sambone auf ein kleines Podest robbte und auf einer Reihe von Hupen ›Dixie‹ zu spielen begann. Die Seehunde bellten im Takt mit, und die Menge stimmte in das Lied ein. Wir grölten gerade ›Look away, look away‹, als wir Caesar irgendwo im hinteren Teil der Manege laut brüllen hörten.

Als das Lied zu Ende war, schwenkten die Scheinwerfer zum Tiger hinüber, der seinen Kopf gegen das Gitter preßte, die mächtigen Tatzen durch die Stäbe steckte und seinen Haß auf die Seehunde herausbrüllte. Sambone nahm keinerlei Notiz von ihm, sondern fing erneut mit seiner schrägen Version von ›Dixie‹ an. Noch während der Seehundnummer ging Smitty zu Caesar hinüber, um ihn aus dem Rampenlicht zu scheuchen. Er schlug mit der Peitsche so lange auf den furchterregenden Tigerkopf ein, bis sich das Raubtier grollend zurückzog.

»Entweder haßt er Seehunde, oder das Gehupe geht ihm auf die Nerven«, sagte mein Vater.

»Vielleicht haßt er auch nur ›Dixie‹«, sagte Savannah.

Zum großen Finale stellten sich die Seehunde in einem weiten Kreis auf und begannen wieder mit dem Ballspiel; sie schleuderten den Ball sechs Meter hoch in die Luft. Sie versuchten, ihn immer höher zu spielen, und vergrößerten dabei gleichzeitig ihren Kreis. Jedesmal, wenn es aussah, als würde der Ball zu weit fliegen, watschelte ein Seehund rasch hin, fing den Ball geschickt auf, brachte ihn blitzschnell unter Kontrolle und beförderte ihn dann in hohem Bogen auf die andere Seite der Manege. Wieder war es Cleopatra, die sich verschätzte und die Nummer verpatzte. Der Ball von Nashua war so hoch geflogen, daß er das Trapez unter der Zirkuskuppel berührte, und Cleopatra erwischte den Ball nicht richtig. Er sprang von ihrer Schnauze ins Dunkel. Sambone, der mit dem leidenschaftlichen Einsatz eines Spielführers bei der Sache war, folgte dem Ball in die Dunkelheit. Gleichzeitig blies Smitty in seine Pfeife, um die Seehunde für die letzte Verbeugung zu versammeln.

Das Klatschen konnte die Todesschreie von Sambone nicht übertönen. Die Scheinwerfer schwenkten genau in dem Moment zum hinteren Teil der Empore, als der Tiger Sambone packte, ihn gegen das Gitter preßte und ihm den Kopf abbiß. Es war ein gespenstischer Anblick, wie Smitty im Halbdunkel dastand und mit der Peitsche auf den Tiger eindrosch. Die Kinder sprangen von den Sitzen, und die Menge stöhnte auf, als der Tiger Sambone zu Boden schleuderte und ihm mit einem einzigen Prankenhieb den Bauch aufschlitzte. Sambones Eingeweide quollen aus dem Körper, die Zähne des Tigers glänzten blutrot. Hysterisch und angewidert rannten die Leute zu den Ausgängen. Die Mütter hielten ihren Kindern die Augen zu. Der Tiger machte sich seelenruhig daran, den Seehund aufzufressen.

Das war der Abend, an dem mein Vater den Tiger kaufte.

Ich dachte, meine Mutter würde ihre Schrotflinte aus dem Waffenschrank holen und beide erschießen, meinen Vater und Caesar, als wir mit dem Tiger auf dem Anhänger zu Hause ankamen. Caesar kaute noch an dem schon halb aufgefressenen Seehund, als meine Mutter losschrie. Sie war nicht böse, sie war geradezu mordlüstern. Smitty wollte Caesar nach der Vorstellung eigenhändig umbringen, als mein Vater einschritt und anbot, ihm den Tiger abzukaufen. Irgend jemand hatte offenbar vergessen, den Tiger vor der Vorstellung zu füttern. Mein Vater bat um Gnade für ihn. Schließlich habe er das Natürlichste von der Welt getan, sagte er. Mein Vater schrieb Smitty einen Scheck über zweihundert Dollar aus und bekam noch den Käfig, die Peitsche und den Feuerreifen dazu. Sambone war das Herz und die Seele der Seehund-Nummer gewesen – und der einzige, der ›Dixie‹ hupen konnte. Die anderen Seehunde, erklärte Smitty hysterisch, könnten nur Ball spielen und Fische fressen. Als sich der Clown über Smittys Dressurkünste lustig machte, hängte Smitty den Liliputaner an einen Kleiderhaken in seinem Wohnwagen. Die Verwünschungen des Clowns verliehen dem Kauf von Caesar etwas Surreales. Draußen in der Dunkelheit stehend, schauten wir zu, wie der Tiger gierig und genußvoll die Eingeweide des Seehundes verschlang, die er durch die Gitterstäbe gezerrt hatte. Luke stellte die Vermutung an, Sambone sei der erste Seehund gewesen, der jemals von einem Tiger verschlungen worden sei.

»Seehunde müssen sich in freier Wildbahn wohl kaum vor Tigern vorsehen«, erklärte Luke, während wir dem Tiger zusahen und Vater mit Smitty um den Preis feilschte. »Die haben garantiert andere Sorgen.«

»Ich frag' mich, ob es sich unter allen Seehunden der Welt herumsprechen wird, daß man sich vor Tigern in acht nehmen muß, wenn man ›Dixie‹ hupt«, überlegte Savannah. »So funktioniert doch angeblich die Evolution, oder?«

»Ich würde mich bei allem vorsehen, was so groß ist«, sagte ich voller Ehrfurcht. »Um Himmels willen, was will Dad mit einem bengalischen Tiger?«

»Seit Joop tot ist, hatten wir kein Haustier mehr«, meinte Savannah.

»Du weißt doch, wie sentimental Dad ist.«

»Du hast es wieder einmal geschafft, uns zum Gespött von ganz Colleton zu machen, Henry«, sagte meine Mutter und betrachtete den Tiger aus sicherer Entfernung. »Ich wünsche, daß der Tiger bis morgen früh verschwunden ist! Ich will nicht schon wieder zu hören kriegen, daß ich den größten Dummkopf von South Carolina geheiratet hab'.«

»Ich kann doch die Bestie nicht einfach laufen lassen, Lila. Er ist imstande und frißt eine von diesen reizenden Familien, während sie sich gerade über die Wingos das Maul zerreißen. Er hat den Seehund umgebracht, auf dem er da drin rumkaut. Deshalb hab'ich ihn so billig gekriegt.«

»Es wäre ja auch zuviel verlangt gewesen, daß du dir eine solche Chance durch die Lappen gehen läßt, oder, Henry?«

»Das ist ein Werbegag für meine Tankstelle«, sagte Vater stolz. »Ich hab' gleich daran gedacht, als ich den Seehund schreien hörte. Peng! Das schlug bei mir ein wie ein Blitz: So was zieht die Kunden an.«

»Dad wird dem Tiger beibringen, wie man ›Dixie‹ hupt«, sagte Savannah.

»Nix da, er wird dem Tiger jeden Abend einen lebendigen Seehund vorwerfen und die Kunden wetten lassen, wer gewinnt«, sagte Luke und bog sich vor Lachen.

»Es könnte auch leicht passieren, daß ich dem Tiger meine Kinder vorwerfe, wenn sie nicht sofort ihre vorlaute Klappe halten und ein bißchen mehr Respekt vor ihrem Vater haben. Ich bin verdammt gut gelaunt und hab' keine Lust, mich von irgend jemand verarschen zu lassen, kapiert? Wenn ihr mir mal zuhört, könnt ihr lernen, worauf es heutzutage in der Welt ankommt. Wir haben gerade eine Esso-Tankstelle gekauft, stimmt's?«

»Stimmt«, sagte Luke.

»Esso macht auf der ganzen Welt Werbung, stimmt's? Könnt ihr mir folgen? Die geben Millionen Dollar für Werbung aus, damit diese grinsenden Fettärsche an eine Esso-Tankstelle fahren, obwohl sie genauso gut Shell, Texaco oder Gulf tanken könnten. Klar?«

»Ja, Herr Lehrer.«

»O. k., ihr Früchtchen. Und was macht Esso im Moment für Werbung?« fragte er. Seine Stimme überschlug sich vor Erregung. »In allen Radio- und Fernsehsendern der freien Welt? Damit die Leute Esso tanken und nicht den anderen Scheiß? Damit die Kunden vor den Esso-Zapfsäulen Schlange stehen und um den einzig wahren Sprit betteln? Weil man ihnen mit einem brillanten Werbeslogan eine 1-a-Gehirnwäsche verpaßt hat? Na, klingelt's?«

»Ja, natürlich.« Savannah wurde fast hysterisch. »Ist doch klar!«

»Was ist klar?« fragte meine Mutter ungeduldig.

»Bei Esso packen sie dir den Tiger in den Tank, Mama«, sagte sie.

»Du sagst es«, polterte mein Vater los. »Und wer, zum Teufel, hat die einzige Esso-Tankstelle weit und breit, die einen echten

Tiger neben der Zapfsäule sitzen hat? Henry Wingo natürlich, wer sonst! Henry Schlaumeier Wingo!«

Henry Schlaumeier Wingo betrieb die Tankstelle sechs Monate lang, und was den Tiger betraf, lag er ganz richtig. Er stellte den Tigerkäfig so auf, daß man ihn von der Brücke aus sah. Die Autofahrer konnten während des Tankens zuschauen, wie der Tiger hin- und herlief und knurrte. Die Kinder bettelten, daß ihre Eltern mit ihnen den Tiger besuchten, selbst wenn sie kein Benzin brauchten. Caesar hielt von den Kindern ungefähr genauso viel wie von Seehunden, und wir befürchteten anfangs, daß er die kleinen Kinder aus der Stadt zu seiner Leibspeise machen würde, aber der Tiger spornte die Mütter von Colleton zu ungewohnter Wachsamkeit an. Seine Stimmung schwankte meist zwischen Wut und Langeweile, aber der Anblick von Kindern reizte ihn zu wirklich außergewöhnlichen Wutausbrüchen. Dann wäre er am liebsten aus dem Käfig ausgebrochen. Er streckte die Pranken durch das Gitter und fuchtelte wild mit ihnen herum, so daß die Kinder mit ihren Eltern kreischend zurückwichen und sich köstlich amüsierten. Mein Vater fand, daß Caesar sich wie ein tollwütiger Hund aufführte, nur daß er vierhundert Pfund mehr auf die Waage brachte als jeder tollwütige Hund.

Caesar zu füttern war ein Problem, das Vater liebend gern seinen Söhnen überließ. Ich hatte nie irgendwelche Vorurteile gegen Tiger, bis mir klarwurde, daß Caesar zwischen mir und den Hühnerhälsen, die er zu fressen bekam, keinen Unterschied machte. Es war auch nicht einfach, an seinen Käfig heranzukommen, wenn Fütterung war. Die Beziehung zwischen Caesar und mir war klar und einfach und hatte eine solide Basis: Wir konnten uns nicht ausstehen. Caesar hatte Luke ins Herz geschlossen und ließ sich sogar von ihm durch die Gitterstäbe hindurch den Rücken kraulen, aber diese Zuneigung entwickelte sich erst allmählich. Während der ersten Monate von Wingos Esso-Tankstelle war es damit nichts. Wenn es ans Füttern ging, gab Luke mir ein Zeichen. Dann näherte ich mich von vorn dem Käfig und redete mit beruhigender Stimme auf den Tiger ein, der mir am liebsten mit seinen Wahnsinnspranken den Kopf abgerissen hätte. Während ich mein Leben riskierte, schlich sich Luke von hinten an den Käfig heran und schob eine Radkappe, randvoll mit Hühnerhälsen und Katzenfutter, unter den Gitterstäben durch. Caesar hörte das Geräusch, wendete sich von meiner Seite des Käfigs ab und sprang mit einem unberechenbaren, blitzschnellen Satz, wie ich ihn noch bei keinem Tier gesehen hatte, zu Luke hinüber und versuchte, ihn mit einem gewaltigen Prankenschlag zu massakrieren, woraufhin Luke sich vom Gitter abstieß und prompt auf dem Hintern landete.

»Du sollst ihn doch ablenken, Tom«, sagte Luke.

»Und wie soll ich das deiner Meinung nach anstellen? Soll ich ihm vielleicht meine Faust zum Knabbern hinhalten?«

»Pfeif einfach ›Dixie‹«, sagte Luke und klopfte sich den Dreck von der Hose. »Laß dir was einfallen.«

»Ich will aber nicht, daß er mich mit einem Seehund verwechselt.«

Luke stand nahe am Käfig. Er sah zu, wie Caesar genußvoll Hühnerhälse zerknackte.

»Er kommt gleich nach dem König der Tiere«, sagte er, »und er ist das schönste Tier der Welt.«

»Warum muß Esso unbedingt diese Werbung machen«, beschwerte ich mich. »Warum nicht so was wie: ›Pack den Goldfisch in den Tank‹ oder: ›Pack den Hamster in den Tank!‹?«

»Weil das ziemlich uninteressante Tiere sind, Tom. Caesar ist was ganz anderes. Er schenkt dir nichts. Genau das gefällt mir an ihm. Bei ihm mußt du dir alles verdienen.«

Fergusons Gulf-Tankstelle startete den ersten regelrechten Benzinkrieg in der Geschichte von Colleton. Ferguson senkte die Benzinpreise um einen Nickel pro Gallone, und meinem Vater blieb kaum eine andere Wahl als nachzuziehen. Er versuchte alles, um die Tankstelle zu halten – vergeblich. Es wurde gemunkelt, hinter Ferguson stünde ein mächtiger Sponsor. Als die Bank schließlich unsere Tankstelle einkassierte, war der Preis für eine Gallone Benzin von dreißig auf zehn Cent gefallen. Dad versuchte, den Tiger zusammen mit dem Inventar zu verkaufen, aber die Bank weigerte sich. Wieder einmal gab es schreckliche und endlose Streitereien im Hause Wingo. Dad hatte zwar die Hypothek auf die Insel zurückzahlen können, aber alles andere war futsch. Wieder einmal waren wir in furchtbaren Geldnöten, und wieder einmal rettete uns seine Krabbenfischerei. Es war seine beste Saison überhaupt. Kurz nach dem Verlust der Tankstelle kam Reese Newbury in seinem Cadillac angefahren und bot uns für die Insel fünfzigtausend Dollar bar auf die Hand. Vater lehnte ab. Eine Woche später erfuhr er, daß Reese Newbury der Sponsor gewesen war, der für Fergusons Sieg im Benzinkrieg gesorgt hatte.

»Er hat gedacht, er kriegt meine Insel«, sagte Vater. »Er hat mein Geschäft ruiniert, weil er die Insel haben wollte.«

Also ging mein Vater wieder Krabben fischen, und Mutter wurde noch stiller und verbitterter, aber die Wingos waren die einzige Familie in Colleton und Umgebung, die sich einen Tiger hielt, der durch einen Feuerreifen springen konnte.

In meiner Kindheit beobachtete ich immer wieder meine Eltern, wenn sie einträchtig zu Hause saßen und sich ausruhten. Insgeheim wollte ich herausbekommen, welche magischen Kräfte am Werk waren und ihre konfliktreiche Beziehung intakt hielten, welche Zärtlichkeit, welche Explosivität unter der Oberfläche ihrer so sonderbaren und doch so glühenden Liebe verborgen lag. Denn irgendwie spürte ich die Kraft einer tiefen Liebe, die selbst in den schlimmsten Krisen zwischen ihnen aufschimmerte. Da gab es etwas, das nicht greifbar war und das man nur erahnen konnte. Ich bekam nie heraus, was meine Mutter an Vater fand und warum sie bei ihm blieb, als seine Gebieterin und Dienerin zugleich. Die Zeichen, die sie sich gaben, waren immer verworren und undeutlich. Ich war nie fähig, ihre stets launische Beziehung zu ergründen. Mir war klar, daß Vater unsere Mutter anbetete, aber mir war unklar, warum er dem Menschen, den er am meisten liebte, unbedingt weh tun mußte. Meine Mutter schien alles zu verachten, was mein Vater darstellte, aber manchmal bestand zwischen ihnen eine merkwürdige Komplizenschaft; dann tauschten sie Blicke aus, die so voller Leidenschaft und Verständnis füreinander waren, daß ich ganz rot wurde, wenn ich zufällig im Zimmer war. Ich fragte mich, wie es mir ergehen würde, wenn ich mich eines Tages in eine Frau verliebte, und mit sehr zwiespältigen Gefühlen dachte ich daran, daß es irgendwo auf der Welt ein fröhlich lachendes und singendes Mädchen gab, das meine Frau werden sollte. Ich sah sie geradezu vor mir, wie sie tanzte, scherzte und flirtete und sich auf den ehrwürdigen Tag vorbereitete, an dem wir uns treffen und uns verzückt gestehen würden, daß wir ein Leben lang zusammenbleiben wollten. Wieviel von meinem Vater und wieviel von meiner Mutter würde dieses fröhliche Mädchen durch mich zu spüren bekommen? Und wie viele Tage würden vergehen, bis Tom Wingo, ein Kind des Sturms, ihr Lachen und ihren Gesang für immer zum Verstummen gebracht hätte? Wie lange würde es dauern, bis der Tanz des lachenden Mädchens ausgetanzt wäre, jenes Mädchens, das natürlich nichts wissen konnte von meinen Zweifeln und den Unzulänglichkeiten, die einer Liebe im Wege standen? Ich liebte das Bild, das ich mir von dieser jungen Frau machte, obwohl ich sie noch nie gesehen hatte, und wollte sie vor dem Tag warnen, an dem ich in ihr Leben treten würde. Irgendwo in Amerika verbrachte sie eine glückliche Jugend und ahnte noch nichts von ihrem tragischen Schicksal. Sie wußte nicht, daß sie auf Kollisionskurs mit einem Jungen war, der, verstört und geschädigt, sein ganzes Leben damit verbringen würde, herauszufinden, was Liebe ist, wie sie zwischen zwei Menschen entsteht und wie man ohne Kummer, ohne Wutanfälle und ohne Blutvergießen miteinander auskommt. Dreizehn Jahre war ich damals alt, als ich beschloß, daß dieses wunderbare Mädchen ein besseres Schicksal verdiente. Ich wollte sie warnen, lange bevor ich ihren Weg kreuzen und ihren zauberhaften Tanz beenden würde.

Während ich so über die Liebe nachdachte, ging mir eine Geschichte von meinen Eltern nicht aus dem Sinn, eine Geschichte, die Vater immer wieder erzählte, wenn er sein Boot bei Nacht durch die Brandung des Atlantik steuerte. Es war die Geschichte, wie sie sich in Atlanta kennengelernt hatten. Vater war damals ein junger Leutnant, der Urlaub hatte und zum erstenmal in der Stadt war, und meine Mutter verkaufte Kinderkleidung in Davison's Kaufhaus in Peachtree. Die Begeisterung stand Vater jedesmal im Gesicht geschrieben, und seine Stimme bebte vor Freude, wenn er von ihrer zufälligen Begegnung erzählte. Er war fremd in der Stadt und wollte ein paar Mädchen kennenlernen. Ein Friseur hatte ihm gesagt, daß die schönsten Mädchen im ganzen Süden in Peachtree spazierengingen. Vater trug Uniform und stolzierte herum, wie es nur junge Männer tun, die bald in den Krieg ziehen. Er erspähte Mutter, die mit der Arbeit fertig war und aus dem Kaufhaus kam, und er versicherte uns, er habe in seinem ganzen Leben kein schöneres Mädchen gesehen. Sie hatte ein Einkaufsnetz und eine rote Tasche in der Hand, und sie überquerte die stark befahrene Straße, um zur Bushaltestelle zu gehen. Er folgte ihr und überlegte, wie er an sie herankommen, sie ansprechen und nach ihrem Namen fragen könnte. Er war schüchtern im Umgang mit Mädchen, aber er hatte Angst, der Bus würde kommen und sie würde für immer aus seinem Leben verschwinden, noch ehe er ihre Schönheit rühmen und sich den Klang ihres Namens anhören könnte. Er faßte sich ein Herz, stellte sich vor und erzählte ihr, daß er Pilot bei der Luftwaffe in Atlanta auf Urlaub sei, und daß er ihr sehr dankbar wäre, wenn sie ihm die Stadt zeigen würde. Sie ignorierte ihn und schaute auf die Straße hinunter und hielt nach dem Bus Ausschau. In seiner Verzweiflung warf er ihr vor, sie wäre unpatriotisch, er müsse schließlich für ein, zwei Jahre in den Krieg und würde höchstwahrscheinlich fallen, aber er werde sich mit seinem Schicksal abfinden, wenn er sie zum Essen einladen dürfe. Er sagte, er sei Erroll Flynns kleiner Bruder, sein Vater sei der Besitzer von Davison's Kaufhaus, und er wünsche sich nur eins, daß es endlich regnete und er seinen Mantel über die nächstbeste Schlammpfütze breiten dürfe, damit sie darübergehen könne.

Der Bus kam, aber er redete ununterbrochen weiter. Wohlerzogen wie alle Mädchen aus dem Süden, ignorierte meine Mutter ihn noch immer, aber Vater bemerkte, wie sie verstohlen lächelte. Er zog einen Brief von seiner Mutter aus der Tasche und behauptete, das sei ein Empfehlungsschreiben von Franklin D. Roosevelt, in dem bescheinigt werde, daß Leutnant Henry Wingo ein Mann von Charakter sei, dem jedes amerikanische Mädchen Vertrauen schenken könne, insbesondere die hübscheste Frau, die je in der Geschichte Atlantas ihren Fuß auf die Peachtree Street gesetzt habe. Mutter errötete und löste den Fahrschein, ohne sich umzusehen. Sie ging zwischen den Sitzreihen durch und setzte sich an ein offenes Fenster. Vater stellte sich draußen vor das Fenster und bat sie flehentlich um ihre Telefonnummer. Sie lächelte und dachte nach. Der Bus fuhr langsam an. Vater lief nebenher. Als der Busfahrer in den zweiten Gang schaltete, blieb Vater, der so schnell rannte wie noch nie in seinem ganzen Leben, zurück und verlor ihr Gesicht aus den Augen. Er rannte weiter, obwohl der Bus schon fast weg war. Da sah er, wie Mutter den Kopf aus dem Fenster steckte und die ersten Worte rief, die er je von ihr gehört hatte: »Macon 3–7–2–8–4.«

Immer wenn mein Vater diese Geschichte erzählte, flüsterte Savannah: »Sag ihm die falsche Nummer, Mama! Bitte sag ihm die falsche Nummer.« Oder sie sagte: »Vergiß die Nummer, Dad. Vergiß sie einfach.«

Aber er hatte sie nicht vergessen. Henry Wingo wußte sie auch jetzt noch, als er sein Boot durch die Strömung steuerte.

Der Tiger im Hinterhof wurde zu einem dauernden Ärgernis für meine Mutter, während Luke sich sehr über ihn freute. Mutter sah in Caesar, wie er sich auf einem riesigen Knochenhaufen rekelte, ein Sinnbild für die unsinnigste und am schlechtesten eingefädelte von Vaters Torheiten, das lebende Wappentier seines Versagens. Aber Luke entwickelte eine ganz natürliche und ungekünstelte Beziehung zu Caesar. Langsam und zielstrebig machte er sich daran, sein Vertrauen und seine Zuneigung zu gewinnen. Luke stellte die Theorie auf, daß Smitty Caesar gequält hatte und daß der Tiger wie jedes andere Tier darauf ansprechen würde, wenn man ihm sanft die Hand auflegte und ihn über längere Zeit bewußt freundlich behandelte. Luke war der einzige, der Caesar fütterte. Es dauerte mehr als zwei Monate, bis er sich dem Käfig nähern konnte, ohne daß Caesar versuchte, ihn durch das Gitter zu ziehen. Dann sah ich eines Tages, wie Luke dem Tiger mit einem Gartenrechen den Rücken kraulte. Der Tiger schnurrte hingerissen, und ich verfolgte gebannt, wie Luke seine Finger durch das Gitter streckte und den großen, goldgelben Kopf streichelte.

Der Tiger war schon drei Monate bei uns, als Savannah mich während eines Gewitters aufweckte und mir zuflüsterte: »Das glaubst du nie!«

»Es ist zwei Uhr früh, Savannah«, sagte ich entnervt. »Vor Gericht wird man glatt freigesprochen, wenn man seine Schwester umbringt, weil sie einen um zwei Uhr früh geweckt hat.«

»Luke ist bei Caesar.«

»Von mir aus ist er bei den sieben Zwergen! Laß mich weiterschlafen.«

»Er hat den Tiger aus dem Käfig gelassen. Sie sind in der Scheune.«

Wir stiegen aus dem Fenster und schlichen uns zur Scheune. Vorsichtig spähten wir durch einen kleinen Spalt in der Tür und sahen, wie Luke mit Kette und Peitsche dastand und Caesar, der im Schein einer Laterne artig seine Runden drehte, herumkommandierte. Luke zündete den mit Kerosin getränkten Feuerreifen an und befahl dem Tiger zu springen. »Caesar, hopp«, sagte er, und der Tiger schnellte wie ein Blitz durch den Reifen. Er drehte eine Runde in der Scheune, dann brauste er mit geschmeidigen Bewegungen heran und sprang noch einmal. Luke gab Caesar zur Belohnung ein paar saftige Steaks und tätschelte seinen Kopf, während der Tiger die Steaks verschlang.

»Er ist übergeschnappt«, flüsterte ich Savannah zu.

»Nein«, sagte sie, »er ist dein Bruder, und er ist großartig.«

14

Als Kind haßte ich den Karfreitag. Das war eine Abneigung, die regelmäßig jedes Frühjahr wiederkehrte und kaum etwas mit Religion zu tun hatte, viel aber mit den Andachtsritualen meines Großvaters und seiner verschrobenen Manier, seine überspannte Gedenkfeier der Leiden Christi in Szene zu setzen.

Karfreitag war der Tag, an dem Amos Wingo alle Jahre wieder in den Schuppen hinter seinem Haus trat und das neunzig Pfund schwere Holzkreuz vom Staub befreite, das er als Vierzehnjähriger in einem heftigen Anfall religiöser Verzückung gezimmert hatte. Mit diesem Holzkreuz pflegte er an diesem denkwürdigen Tag von zwölf Uhr mittags bis drei Uhr die Street of Tides in ihrer ganzen Länge auf- und abzuschreiten, um die sündige, immer mehr vom rechten Weg abkommende Einwohnerschaft an das unvorstellbare Leiden Jesu Christi auf jenem traurigen Hügel oberhalb von Jerusalem vor so langer Zeit zu erinnern. Dieses Ritual war der Höhepunkt und *Grand Guignol* des liturgischen Jahres meines Großvaters; Heiligkeit und Wahnsinn lagen dabei dicht beieinander. Seine ›Prozession‹ war stets von abstruser Schönheit.

Mir persönlich wäre es lieber gewesen, wenn mein Großvater

den Karfreitag auf eine ruhigere, besinnlichere Art und Weise begangen hätte. Es verstörte mich zutiefst mitanzusehen, wie sich seine hagere, knochige Gestalt unter dem Gewicht des Kreuzes krümmte, wie er sich mühsam durch den stockenden Verkehr schleppte, an den Kreuzungen kurz stehenblieb, ohne der Mischung aus Spott und Ehrfurcht seiner Mitbürger Beachtung zu schenken, während Schweiß seine Kleidung verfärbte und seine Lippen sich unermüdlich in der lautlosen Anbetung seines Schöpfers bewegten. Einigen erschien er als majestätische Gestalt, für andere war er ein kompletter Idiot. Jedes Jahr verpaßte der Sheriff ihm einen Strafzettel wegen Verkehrsbehinderung, und jedes Jahr veranstalteten die Gemeindemitglieder der Baptistenkirche eine Sonderkollekte zur Bezahlung der Strafe. Im Lauf der Zeit war sein ungewöhnlicher geistlicher Alleingang so etwas wie ein bewundertes jährliches Ereignis geworden und hatte angefangen, eine beträchtliche Ansammlung von Pilgern und Touristen anzulocken, die sich entlang der Street of Tides einfanden, um zu beten und in der Bibel zu lesen, während Grandpa Wingo ächzend und stöhnend seine feierliche Wiederaufführung jenes einzigartigen Leidensweges betrieb, der einst die Geschichte der abendländischen Seele veränderte. Jedes Jahr in der Woche nach Ostersonntag veröffentlichte die *Colleton Gazette* eine Photographie von seiner Prozession. Als Kinder baten wir, Savannah und ich, ihn immer wieder darum, seinen feierlichen Auftritt nach Charleston oder Columbia zu verlegen, Städte, die uns, vom Standpunkt des Herrn aus betrachtet, weitaus prunksüchtiger und verwerflicher erschienen, als es das kleine, harmlose Colleton je sein konnte. Meine Großmutter brachte ihre persönliche Demütigung zum Ausdruck, indem sie sich mit einer vollen Flasche Beefeater Gin und einer Auswahl alter Ausgaben der *Police Gazette*, die sie in Fenders Friseurladen requiriert hatte, in ihr Schlafzimmer zurückzog. Punkt drei Uhr, mit dem Ende der Prozession, war auch die Flasche geleert, und meine Großmutter verfiel bis spät in den nächsten Vormittag in einen Dämmerzustand. Wenn sie dann mit ihren Gedenkfeierkopfschmerzen aufwachte, fand sie gewöhnlich meinen Großvater auf den Knien vor, im Gebet um ihre liebliche, alkoholisierte Seele.

Den ganzen Vorabend des Osterfestes über wachte Amos an der reglos daliegenden Gestalt seiner Frau, die ihr eigenes Ritual entwickelt hatte, aus Notwehrhandlung gegen seine geheiligte Zeremonie, von der er nicht abzubringen war. In der Gegensätzlichkeit ihrer Temperamente lag eine eigenartige Harmonie. Am Sonntag morgen stand meine Großmutter dann, wie sie es ausdrückte, ›von den verfluchten Toten wieder auf‹, gerade rechtzeitig, um meinen Großvater zum Ostergottesdienst zu begleiten; zwar war sie noch mitgenommen von ihrer Ausschweifung, aber sie hatte für dieses Jahr wieder einmal ihren Standpunkt klargemacht. Sonst ging sie das ganze Jahr über nicht in die Kirche, und ihr einmaliges Erscheinen wurde auf seine Weise ebenso zu einer Tradition im geistlichen Leben der Stadt wie die Prozession meines Großvaters.

In meinem ersten High-School-Jahr ging ich am Mittwoch vor Ostern nach der Schule mit Savannah zum Haus meines Großvaters. Wir schauten kurz in Longs Apotheke vorbei, um eine Cola mit Kirschgeschmack zu kaufen, nahmen sie mit hinaus an den Fluß und tranken sie, auf der Kaimauer sitzend, während wir den Winkerkrabben zusahen, die im Schlick unter uns mit ihren Scheren gestikulierten.

»Bald ist wieder Karfreitag«, sagte ich zu meiner Schwester. »Ich hasse diesen Tag.«

Sie grinste, boxte mich gegen den Arm und sagte: »Es tut einer Familie ganz gut, einmal im Jahr eine totale Demütigung verkraften zu müssen. Es stärkt den Charakter, wenn eine ganze Stadt erst deinen Großvater und dann dich selbst auslacht.«

»Ich wäre nicht traurig, wenn ich nicht dabeisein müßte«, antwortete ich, während ich gebannt auf die hypnotischen Bewegungen der Krabben unter uns starrte. Sie sahen aus wie Vierteldollarmünzen, die jemand zufällig über den Schlamm verstreut hatte. »Dad teilt dich dieses Jahr für den Limonadenstand ein. Er will wieder die absoluten Höhepunkte der Prozession filmen«, sagte ich zu meiner Schwester.

»Ach, wie absurd«, antwortete sie. »Er filmt sie schon seit fünf Jahren. Mit dem Filmmaterial von fünf Jahren kann er vor jedem Gericht beweisen, daß unser Großvater ein Irrer ist.«

»Dad sagt, es ist für das Familienarchiv. Er meint, wir seien ihm eines Tages dankbar dafür, daß er unsere Kindheit dokumentarisch festgehalten hat.«

»Aber sicher«, sagte sie. »Das ist genau das, was mir noch fehlt:

eine illustrierte Geschichte von Auschwitz. *Du* glaubst natürlich, daß diese Familie normal ist.«

»Ich weiß nicht, ob wir eine normale Familie sind oder nicht«, antwortete ich. »Schließlich ist es die einzige Familie, in der ich jemals gelebt habe.«

»Es ist eine Klapsmühle. Denk an meine Worte.«

Das Haus meines Großvaters mitten in Colleton war ein einfacher, einstöckiger, rot-weiß gestrichener Holzbau, der auf einem halben Morgen Land am Ufer des Colleton River stand. Als wir das Haus betraten, stand unsere Großmutter in der Küche und beobachtete gerade meinen Großvater bei der Arbeit an seinem Kreuz im Hinterhof.

»Schaut ihn euch an«, sagte sie in müdem, gereiztem Tonfall und deutete mit einem Kopfnicken in Richtung des Hinterhofes, als sie uns hereinkommen sah. »Euer Großvater. Mein Mann. Der Dorftrottel. Den ganzen Tag arbeitet er schon an dem Holzding.«

»Was macht er denn, Tolitha?« fragte ich.

»Ein Rad«, stellte Savannah lachend fest, während sie ans Fenster lief.

»Er meint, die Leute hätten wohl nichts dagegen, wenn ein sechzig Jahre alter Mann ein Rad an seinem Kreuz anbringt. Er sagt, daß Jesus erst dreiunddreißig war, als er damals den Hügel hinaustieg, und deshalb sollte niemand von einem Sechzigjährigen erwarten, es genauso leicht zu schaffen. Er verkalkt jedes Jahr mehr. Kein Zweifel, ich werde ihn bald in ein Pflegeheim geben müssen. Diese Woche war wieder die Highwaystreife bei uns und hat ihn zu überreden versucht, seinen Führerschein abzugeben. Sie sagen, er sei jedesmal eine Gefahr für die Öffentlichkeit, sobald er mit seinem Ford eine Spritztour macht.«

»Weshalb hast du ihn überhaupt geheiratet, Tolitha?« fragte Savannah. »Es kommt mir lächerlich vor zu glauben, daß zwei so grundverschiedene Menschen zusammenleben könnten.«

Meine Großmutter blickte wieder hinaus in den Hof; das Fenster spiegelte sich auf ihrer Brille mit einem trapezförmigen Lichtreflex und bildete auf den Gläsern ab, was sie vom Fenster aus sah. Die Frage hatte sie überrascht, und mir wurde klar, daß Savannah eine der verbotenen Fragen gestellt hatte, eine jener Fragen voll abgründiger Zusammenhänge, deren Geheimnis bis weit vor den Zeitpunkt unserer Geburt zurückreichte.

»Laßt uns einen Eistee trinken«, sagte Tolitha schließlich. »Er wird bald hereingetrödelt kommen. Jetzt, wo ihr erwachsen seid und Liebesgeschichten im Kopf habt und ähnliche Sachen, habe ich nicht so oft das Vergnügen, euch zu Besuch zu haben.«

Sie füllte drei riesige Teegläser und ließ Pfefferminzblätter über dem zerstoßenen Eis schwimmen. Sie nahm auf ihrem Hocker Platz und rückte ihre Brille zurecht.

»Als ich euren Großvater kennenlernte, wußte ich, daß er ein sehr christlicher Mann war. Schließlich war damals jeder in der Stadt christlich. Ich war auch christlich, nur daß ich erst vierzehn war, als wir heirateten, zu jung also, um überhaupt eine Ahnung von irgend etwas zu haben. Erst später wurde mir klar, daß er ein Fanatiker war. Als er um mich warb, hat er das irgendwie vor mir verheimlicht, weil er so scharf auf mich war und es kaum abwarten konnte mich zu kriegen.«

»Tolitha!« sagte ich peinlich berührt.

»Du bist manchmal so ein Kindskopf, Tom«, sagte Savannah. »Jedesmal, wenn die Sprache auf das Thema Sex kommt, benimmst du dich, als hätte dich eine Schlange gebissen.«

Meine Großmutter lachte und erzählte weiter: »Ich habe ihn als junges Mädchen ganz schön aus dem Gleichgewicht gebracht, und damals bekam ich nicht viel über Jesus zu hören, wenn ich euren Großvater bei mir im Bett hatte.«

»Tolitha, bitte, um Gottes willen«, bat ich. »Wir wollen das alles gar nicht hören.«

»Doch, das wollen wir«, widersprach Savannah. »Es ist faszinierend.«

»Du mit deinem Hang zum Exzentrischen! Wer außer dir will schon eine detaillierte Beschreibung vom Sex seiner Großeltern hören?« protestierte ich.

»Dann, im Laufe der Jahre, hatte er genug von mir, wie Männer so sind, und er fing an, zu Gott zu beten, und zwar sozusagen rund um die Uhr, bis er schließlich nicht mehr ganz richtig im Kopf war. In seinem ganzen Leben hat er kein einziges Mal auf ehrliche Weise Geld verdient. Nur eben Haare geschnitten, ein paar Bibeln verkauft und das Maul aufgerissen über Himmel und Hölle und alles, was es noch dazwischen gibt.«

»Aber er ist doch so ein guter Mann«, warf ich ein.

Sie drehte sich um und starrte durch das Fenster meinen Großvater an. In ihrem Blick lag kein Grimm, nur Milde und unverbrüchliche Zuneigung. Er stand immer noch über sein Kreuz gebeugt und befestigte am unteren Ende das Gummirad von einem Dreirad. »Die Leute fragen mich ständig, wie es ist, mit einem Heiligen verheiratet zu sein. Langweilig, sage ich ihnen. Es ist besser, einen Teufel zu heiraten. Im Lauf meines Lebens hab' ich ein bißchen Himmel und ein bißchen Hölle geschmeckt, und ich würde mich jederzeit für die Hölle entscheiden. Aber was du sagst, ist wahr, Tom. Er ist ein hochanständiger Mann.«

»Weshalb hast du ihn während der Wirtschaftskrise verlassen?« fragte Savannah, ermutigt durch ihre Offenheit, das arglose Ausplaudern alter Geheimnisse.

»Dad will nie darüber reden.«

»Ich glaub', ihr seid alt genug, es zu erfahren«, sagte sie, indem sie sich wieder zu uns wandte, und ihre Stimme klang plötzlich mutlos, fast träumerisch. »Mitten in der Wirtschaftskrise gab er seinen Job auf und begann, das Wort Gottes zu predigen, unten vor Baiterys Apotheke. Das brachte noch weniger Geld ein als das Haareschneiden. Er hatte die fixe Idee, die Wirtschaftskrise sei ein Vorzeichen des Weltuntergangs. Es war nicht schwer, auf so was zu kommen. Damals kamen 'ne Menge Kerle auf dieselbe Idee. Wir waren am Verhungern – oder kurz davor. Ich konnte mich mit dem Verhungern nicht so recht anfreunden. Ich sagte Amos, daß ich ihn verlassen wärde. Natürlich glaubte er mir kein Wort, denn damals ließ man sich eben nicht scheiden. Ich schärfte ihm ein, gut für euren Vater zu sorgen, sonst würde ich zurückkommen und ihn umbringen. Dann fuhr ich per Anhalter nach Atlanta. Noch in derselben Woche fand ich Arbeit in Rich's Warenhaus. Nach einiger Zeit lernte ich Papa John kennen, und ein paar Tage später heiratete ich ihn.«

»Das ist schrecklich, Tolitha«, sagte ich. »Das ist die schlimmste Geschichte, die ich je gehört habe.«

»Es ist die Wahrheit über den Heiligen da draußen im Hinterhof, Tom«, sagte sie. Dabei wurden ihre Augen schmal hinter den Brillengläsern, und ihre Augenbrauen zogen sich krumm und schief zusammen, wie zwei Raupen bei einer nicht ganz geglückten Paarung. »Die Frau, die diese Geschichte erlebt hat, steht hier in der

Küche vor euch. Ich bin nicht auf alles stolz, was ich getan habe, aber ich werd' euch trotzdem nichts verheimlichen.«

»Kein Wunder, daß Dad so verschlossen ist«, sagte ich und pfiff anerkennend.

»Halt doch den Mund, Tom! Du bist ja so konservativ«, sagte Savannah boshaft. »Von Überlebensfragen hast du nicht die geringste Ahnung.«

»Ich handelte, so gut ich unter den damaligen Umständen konnte. Irgendwie spielte die ganze Welt ein bißchen verrückt, und ich war keine Ausnahme«, schloß Großmutter.

»Erzähl weiter«, sagte ich. »Bevor Großvater reinkommt.«

»Mach dir wegen Großvater keine Sorgen. Er wird mit seinem Kreuz rumspielen, bis es Zeit fürs Abendessen ist. Also, am schlimmsten war es jedenfalls für Henry, euren Vater, das muß ich zugeben. Er war vielleicht gerade elf Jahre alt, als ich ihn zum erstenmal nach Atlanta holte, und er hatte mich seit ungefähr fünf Jahren nicht mehr gesehen. Er erkannte mich kaum noch und konnte weder verstehen, warum ich fortgegangen war, noch weshalb er Tolitha und nicht Mama zu mir sagen sollte. Er schreckte oft im Schlaf hoch und schrie: ›Mama, Mama, Mama!‹, und es wollte Papa John jedesmal sein gutmütiges Herz brechen, wenn er es hörte. Er ging dann immer zu Henry rein und sang ihm griechische Lieder vor, bis er wieder eingeschlafen war. Euer Vater kannte keine Tolitha, und er wollte sie auch nicht kennen. Heute würde ich es anders machen. Wirklich. Aber heute ist nicht damals. Und man kann die Zeit nicht zurückdrehen.«

»Es ist schwer, sich Dad als tragische Gestalt vorzustellen«, sagte Savannah, »vor allem als unglückliches Kind. Ich kann ihn mir nicht mal als *kleines* Kind vorstellen.«

»Hattest du noch andere Ehemänner, Tolitha?« fragte ich.

»Aha«, lachte sie, »eure Mutter hat wieder geplaudert.«

»Nein«, sagte ich schnell, »ich hab' nur in der Stadt davon reden gehört.«

»Nach Papa Johns Tod war ich halb verrückt vor Kummer. Ich nahm das Geld, das er mir hinterlassen hatte – eine ganz hübsche Summe, das könnt ihr mir glauben – und flog los, um mir all die Orte anzusehen, von denen ich soviel gehört hatte: Hongkong, Afrika, Indien. Ich fuhr mit dem Schiff um die ganze Welt. Erster Klasse von Hafen zu Hafen. Und ich hatte immer dasselbe Problem: Alle verliebten sich in mich. Ich bin eben so. Männer umschwirren mich einfach gerne, es ist, als verströmte ich einen anziehenden Duft. Ich saß bloß da und sah zu, wie sie Schlange standen, um mich zum Lachen zu bringen oder um mich zu 'nem Drink einzuladen. Ein paar von den Kerlen hab' ich sogar geheiratet. Die längste dieser Ehen dauerte ungefähr ein halbes Jahr. Das war genau die Zeit, die man braucht, um von Madagaskar nach Capetown zu segeln. Er verlangte unaussprechliche, schmutzige Dinge von mir.«

»Was denn für unaussprechliche, schmutzige Dinge?« fragte Savannah atemlos, wobei sie sich näher zu meiner Großmutter hinbeugte.

»Nein, nein, frag sie das nicht!« bat ich flehend. »Frag sie nicht.«

»Warum nicht?« fragte mich Savannah.

»Weil sie es uns erzählen wird, Savannah! Sie wird es uns erzählen, und es ist sicher irgendwas schrecklich Peinliches.«

»Er wollte, daß ich ihn an der Stelle zwischen den Beinen küsse«, erklärte Großmutter geradezu spröde für ihre Verhältnisse, wie ich zugeben mußte. Sie erzählte einem immer ein bißchen mehr, als man eigentlich hören wollte.

»Widerlich!« sagte Savannah.

»Er war animalisch veranlagt«, sagte Tolitha. »Es war ein Alptraum.«

»Wieso bist du zu Großvater zurückgekehrt?« fragte ich, weil ich von der animalischen Veranlagung ablenken wollte.

Sie schaute mich nachdenklich an und führte ihr Teeglas an die Lippen. Einen Augenblick lang dachte ich, daß sie nicht antworten wollte – oder könnte. »Ich wurde müde, Tom. Richtig müde. Und ich begann, alt zu werden, alt auszusehen, mich alt zu fühlen. Ich wußte, Amos würde immer hier am Fluß sein und auf mich warten. Ich wußte, daß ich hier wieder auftauchen könnte, ohne daß er je ein Wort darüber verlieren würde. Er wäre einfach nur dankbar für meine Rückkehr. Eurem Vater geht es mit Lila genauso. Er hat sich ein Leben lang nur für eine einzige Frau interessiert. Wie sein Vater. Daran könnt ihr sehen, daß fanatische Veranlagungen eher an eine neue Generation weitervererbt werden, als dieses undefinierbare Etwas, das jeden Mann in mich verliebt machte.«

»Aber Großvater lieben auch alle«, sagte ich, denn plötzlich tat mir der Mann da draußen leid.

»Sie lieben ihn, weil er ein Fanatiker ist. Weil er jedes Jahr wieder dieses Kreuz nimmt. Aber wenn du mich fragst: Wer braucht schon einen Heiligen? Mir sind ein Drink und ein bißchen Lachen lieber.«

»Aber du liebst Großvater doch, nicht wahr, Tolitha?« beharrte ich.

»Liebe.« Sie kaute an dem Wort wie an einem Bonbon ohne Geschmack. »Ja, vermutlich liebe ich ihn. Man *muß* das lieben, wohin man immer wieder zurückkehren kann, das Zuhause, das auf einen wartet. Erst vor kurzem hab' ich über Zeit nachgedacht – nicht über die Liebe, sondern über die Zeit, und irgendwie sind beide miteinander verwandt, aber ich bin nicht gescheit genug, um genau zu wissen, wie. Ich war mit eurem Großvater und mit Papa John ungefähr gleich lange verheiratet. Aber wenn ich auf mein Leben zurückblicke, dann kommt es mir vor, als wären es mit Papa John nur ein paar Tage gewesen, so glücklich war ich mit ihm. Und bei eurem Großvater kommt es mir vor, als wäre ich schon seit tausend Jahren mit ihm verheiratet.«

»Das ist ein richtiges Erwachsenengespräch«, verkündete Savannah stolz. »Ich hab' schon lange darauf gewartet, ein richtiges Erwachsenengespräch zu führen.«

»Eure Eltern versuchen, euch vor Dingen zu bewahren, die Kinder ihrer Meinung nach besser nicht wissen sollten. Sie sind mit dem Leben, das ich geführt hab', nicht einverstanden. Aber weil das hier ein Erwachsenengespräch ist, bin ich der Meinung, daß sie nicht unbedingt etwas davon erfahren müssen.«

»Ich würde nie etwas verraten«, sagte Savannah. »Aber Tom ist manchmal noch so kindisch.«

Ich beachtete Savannah nicht und fragte Tolitha: »Glaubst du, daß Dad je darüber hinweggekommen ist, daß er als kleiner Junge im Stich gelassen wurde?«

»Du meinst, Tom, ob ich glaub', daß er mir verziehen hat?« sagte sie. »Ich denke schon. In Familienangelegenheiten kann man über alles mögliche hinwegkommen. Das ist etwas, was du erst als Erwachsener verstehen wirst. Vieles von dem, was du noch lernen mußt, ist viel schlimmer als das. Du würdest nicht im Traum daran denken, einem Freund einige der Dinge zu verzeihen, die deine

Eltern dir angetan haben. Aber mit Freunden ist es eben anders. Freunde sind nicht der springende Punkt.«

»Ich muß Großvater dabei helfen, sein Kreuz herzurichten«, sagte ich.

»Aber ja, und ich muß noch in den Spirituosenladen gehen«, sagte Tolitha.

»Hast du wieder vor, dir am Karfreitag einen anzutrinken?« fragte ich.

»Tom, du bist gemein«, sagte Savannah.

Tolitha lachte und sagte: »Das ist die einzig sinnvolle Reaktion auf seine Prozession, die mir einfällt. Es erinnert ihn daran, daß ich nicht sein Eigentum bin und es auch nie sein werde. Es ist meine Art, ihm klarzumachen, wie lächerlich die ganze Angelegenheit ist. Selbstverständlich hat er vor ein paar Tagen Zwiesprache mit Gott gehalten und das Startsignal erhalten, deshalb kann man ihn nicht mehr zur Vernunft bringen.«

»Er tut nur seine Pflicht als guter Christ. Das hat er mir jedenfalls erzählt«, sagte ich. »Er meinte, wenn alle Menschen so handeln würden, wie sie sollten, dann wären sämtliche Einwohner Colletons mit Kreuzen unterwegs.«

»Dann würde man die ganze Stadt einsperren! Nein, Tom. Ich hab' nichts dagegen, ein guter Christ zu sein, glaub' mir. Ich möchte, daß auch du einmal ein aufrechter Christ wirst, nur sieh es doch nicht so verdammt ernst!«

»Bist du eine gute Christin, Tolitha?« fragte Savannah. »Glaubst du, daß du einmal in den Himmel kommst?«

»Ich hab' in meinem Leben nichts getan, weshalb ich es verdient hätte, für alle Ewigkeit in der Hölle zu schmoren. Ein Gott, der mich in die Hölle schickt, ist keiner. Ich hab' mir Mühe gegeben, ein interessantes Leben zu führen, und ich kann mir nicht vorstellen, daß ich damit irgendwelchen Schaden angerichtet hab'.«

»Glaubst du nicht, daß auch Großvater ein interessantes Leben geführt hat?« sagte ich.

»Tom, du stellst wirklich dumme Fragen«, schimpfte Savannah.

»Hör zu, Tom, wenn du mal wieder überlegst, was ein interessantes Leben ist, dann denk an folgendes: Während dein Großvater mit Haareschneiden beschäftigt war und deine Mutter und dein Vater Krebse ausnahmen und Krabben köpften, überquerte ich gerade den Khaiberpaß und ritt, als afghanischer Krieger verkleidet, nach Afghanistan hinein. Du wirst außer mir wahrscheinlich nie einen anderen Menschen treffen, der so was gemacht hat.«

»Aber du bist wieder *hier*, Tolitha! Was hat dir das alles genützt, wenn du am Schluß doch wieder in Colleton bist, wo du angefangen hast?« fragte ich.

»Das liegt daran, daß mir das Geld ausgegangen ist«, sagte sie. »Es bedeutet, daß ich nicht erreicht hab', was ich mir ursprünglich vorgenommen hatte.«

»Für mich bist du der einzig erfolgreiche Mensch, den unsere Familie je hervorgebracht hat, Tolitha«, sagte Savannah. »Das glaub' ich wirklich. Ohne dich wüßte ich nicht, daß ich aus all dem hier ausbrechen kann.«

»Du schlägst ganz nach mir, Savannah. Schon seit du ein kleines Mädchen warst. Fang es klüger an als ich! In mir steckte zwar die nötige Wildheit, aber ich hatte nicht genug Köpfchen. Und damals hatten wir Frauen es schwerer, viel schwerer. Wenn es irgendwie geht, versuche, hier rauszukommen. Colleton ist ein süßes Gift, aber es bleibt eben Gift. Wenn es erst einmal in deine Seele eingedrungen ist, wirst du es nie wieder los. Eigenartig! Dabei bin ich so weit rumgekommen! Manche Orte, die ich in Europa, Afrika und Asien gesehen hab', waren so schön, daß es dir Tränen in die Augen treiben würde, aber nichts konnte die Marsch und den Fluß da draußen aus meiner Erinnerung verdrängen. Den Geruch dieser Gegend hast du in der Nase, egal wohin du gehst. Ob das gut oder schlecht ist? Ich weiß es nicht.«

Sie stand auf und machte Feuer im Herd. Es war ein stiller Nachmittag. Gegen Abend wurde die Luft kühl und seidig. Ein mit Baumstämmen beladener Lastkahn trieb flußaufwärts vorbei. Wir sahen, wie mein Großvater der Besatzung zuwinkte. Die antwortete mit einem dröhnenden Salut aus dem Signalhorn. Im selben Augenblick begann die Hebebrücke über dem Fluß sich langsam und schwerfällig in der Mitte zu teilen.

»Geht raus und unterhaltet euch mit eurem Großvater, Kinder«, sagte Tolitha. »Ich werd' uns eine Kleinigkeit zum Abendessen machen. Aber bevor ihr geht: Habt ihr nicht Lust, ein paar Dutzend Austern aus dem Fluß zu holen? Die mach' ich uns dann zurecht, während wir darauf warten, daß das Huhn gar wird.«

Wir gingen in den Hof hinter dem Haus und betraten die ganz andere Welt von Grandpa Wingo. Er hob gerade das Kreuz auf, stützte es mit seiner Schulter und schob es über das Gras, um das Rad auszuprobieren. Es quietschte leise, als es über das Gras rollte.

»Hallo, Kinder«, sagte er lächelnd, als er uns sah. »Ich hab' es noch nicht ganz geschafft, diesem Rad das Quietschen abzugewöhnen.«

»Hallo, Großvater!« Wir liefen beide zu ihm, um ihn unter dem Kreuz zu küssen.

»Wie findet ihr das Kreuz, Kinder?« fragte er besorgt. »Seid jetzt ehrlich! Habt keine Angst, die Gefühle eures Großvaters zu verletzen. Findet ihr, daß das Rad gut aussieht?«

»Es sieht prima aus, Großvater«, sagte Savannah, »nur hab' ich noch nie ein Kreuz mit einem Rad gesehen.«

»Letztes Jahr mußte ich nach der Prozession für eine Woche ins Bett«, erklärte er. »Ich dachte, das Rad würde es mir ein wenig leichter machen, aber ich frage mich, ob die Leute nicht einen falschen Eindruck kriegen.«

»Sie werden es schon richtig verstehen, Großvater«, sagte ich.

»In diesem Winter ist das Kreuz im Regen naß geworden. Der Mittelbalken ist angefault. Vielleicht muß ich nächstes Jahr ein neues bauen, ein leichteres Modell, wenn ich das geeignete Holz dafür finde.«

»Weshalb setzt du dich nicht zur Ruhe, Großvater?« sagte Savannah. »Laß doch einen jüngeren Mann aus der Gemeinde weitermachen.«

»Darüber habe ich viel nachgedacht, Kind«, sagte er. »Ich hatte immer gehofft, daß Luke oder Tom meine Nachfolge antreten würden. Ich bete zum Allmächtigen drum. Es wäre doch schön, wenn es in der Familie bliebe, findet ihr nicht auch?«

»Ich bin sicher, daß Tom es furchtbar gerne tun würde«, schlug Savannah großzügigerweise vor. »Offen gesagt, habe ich um genau dasselbe zum Allmächtigen gebetet.«

Ich kniff Savannah kleinlich in den Arm und sagte: »Tolitha möchte, daß wir über den Fluß fahren und ein paar Austern sammeln, Großvater. Möchtest du nicht mitkommen?«

»Mit dem größten Vergnügen, Kinder. Tom, könntest du vielleicht gerade mal mit dem Kreuz zur Garage rübergehen? Ich muß rausfinden, wo das Quietschen herkommt.«

»Das macht er sicher gerne«, sagte Savannah. »Da kann er

gleich ein bißchen für später üben, wenn er den Job übernimmt.«

Ich nahm meinem Großvater das Kreuz ab, stützte es auf meine rechte Schulter und begann, es schnell über den Hof zu schieben. Ich konnte hören, wie meine Großmutter mir aus der Küche hinterher johlte.

»Einen Augenblick, Kind«, sagte mein Großvater. »Ich weiß jetzt jetzt, wo das Quietschen herkommt.«

Er bückte sich und ölte das Rad aus einer rostigen Kanne.

»Ich denke, das müßte reichen. Versuch es noch mal.«

Ich setzte verdrossen meinen Weg fort, wobei ich versuchte, weder Savannahs Grinsen zu beachten noch die vom Küchenfenster eingerahmte Gestalt meiner in sich hineinlachenden Großmutter. Mein Großvater bemerkte natürlich nirgends einen Grund zur Erheiterung oder zu erniedrigendem Spott.

»Ich finde, das Kreuz paßt gut zu ihm, was meinst du, Kind?« fragte mein Großvater Savannah.

»Ich finde, daß es himmlisch aussieht, Großvater«, stimmte Savannah zu. »Der Junge ist dazu geboren, dieses Kreuz zu tragen.«

»Es ist schwer«, sagte ich kläglich.

»Du solltest es aber doch ohne das Rad tragen! Das ist eine Aufgabe für einen Mann. Wenn ich nur an die Leiden unseres Herrn denke und an alles, was er für mich ertragen hat!«

»Genau, Tom. Hör auf zu jammern. Denk daran, was der Herr alles für dich durchgemacht hat«, mahnte Savannah.

»Schieb es doch mal hier vorbei, Kind«, sagte mein Großvater. »Ich möchte sicher sein, daß ich das Quietschen abgestellt hab'.«

Nachdem ich das Kreuz wieder zur Garage zurückgebracht hatte, stiegen wir drei in Großvaters kleines, grünes Boot. Er ließ den Motor an, ich machte die Taue los, und wir steuerten über den Colleton River auf die Austernbank beim Wrack der *Hardeville* bei St. Stephen's Island zu. Die *Hardeville* war eine alte Raddampferfähre, die im selben Orkan gesunken war, in dessen Verlauf Savannah und ich geboren wurden. Das große Schaufelrad lag halb im Schlamm. Von weitem sah es aus wie eine halbierte Uhr. Tausende von Austern klebten in Trauben am unteren Teil des Schiffsrumpfes. Beim Höchststand der Flut war dies einer der reichsten und ergiebigsten Fischgründe im ganzen Bezirk. Seit ich denken konnte, wohnte eine Otterfamilie in dem braun überkrusteten Schiffsrumpf. Nach altem Brauch waren diese Otter heilig und unantastbar; kein Jäger hatte je versucht, ihnen eine Falle zu stellen. Zwei Otterjunge veranstalteten gerade eine Verfolgungsjagd zwischen den Spanten des gestrandeten Schiffes, als mein Großvater den Motor abwürgte und wir auf die Untiefen zutrieben, die die Ebbe hatte entstehen lassen.

»War es nicht freundlich von Jesus, diese Austern so nahe am Haus wachsen zu lassen? Er weiß, wie gerne ich sie mir schmecken lasse«, sagte mein Großvater, als Savannah und ich uns über den Bootsrand beugten und anfingen, Austern von der Bank zu pflücken. Wir holten erst ein Dutzend einzelne, ungefähr männerfaustgroße Austern herauf, dann eine Traube von zehn kleineren, die wir mit einem Hammer vorne im Boot auseinanderschlugen. Ich kletterte hinaus auf den Schlick und versank bis zu den Knien. Vorsichtig suchte ich mir meinen Weg über die Austernbank, wobei ich die größten einzelnen Austern auswählte und nach hinten ins Boot warf.

»Für mich sehen Austern immer aus, als ob sie beten«, sagte mein Großvater. »Wie zwei zum Dankgebet gefaltete Hände.«

Sie waren aber auch gefährlich scharfkantig. Ich ging schwankend und behutsam, als liefe ich über ein mit Scherben übersätes Feld. Durch die Gummisohlen meiner Tennisschuhe hindurch konnte ich die messerscharfen Schalen abgestorbener Austern spüren, während ich mit der Zange hantierte und die Austern in das dämmernde Licht heraufzog.

Nachdem wir vierzig Austern gesammelt hatten, kletterte ich wieder ins Boot und stieß uns zur Flußmitte hin ab. Großvater schaffte es nicht sofort, den Motor anzulassen, und so trieben wir wie ein Eichenblatt auf zart perlmuttfarbenem Wasser dahin, während die Otter blitzschnell in glitzernden Wasserkreisen um uns herum auftauchten. Ihr ›Kielwasser‹ furchte die Wasserfläche und färbte sie eine Perlmuttnuance dunkler. Wieder und wieder zog Großvater die Reißleine, bis ihm der Schweiß auf die Stirn trat. Im Wrack kletterte gerade ein ausgewachsener Otter mit silbernem Gesicht auf eine der unteren Spanten, eine noch zuckende Forelle zwischen den Kiefern. Der Otter stellte sich auf seine Hinterbeine, begutachtete aufmerksam den Fisch in seinen Pfoten und fing dann erst an, ihn zu verzehren, wie ein Mensch, der an einem Maiskolben knabbert.

Savannah entdeckte Snow als erste. »Snow!« schrie sie laut und brachte beim Aufspringen fast das Boot zum Kentern. Mit beiden Händen brachte ich es wieder ins Gleichgewicht und verlagerte mein Gewicht so lange von einer Seite auf die andere, bis wir wieder ruhig in der Strömung lagen. Großvater gab den Versuch auf, den Motor anzulassen, blickte stromabwärts in die Richtung, in die Savannah mit dem Finger zeigte. Dann, keine zweihundert Meter von uns entfernt, sahen wir den weißen Tümmler aus den Wellen auftauchen und auf uns zuschwimmen.

Ich war zehn Jahre alt, als ich den weißen Tümmler, der unter dem Namen Carolina Snow berühmt geworden ist, zum erstenmal mit eigenen Augen sah. Nachdem wir einen ganzen Tag lang vor Spaulding Point mit unseren Schleppnetzen gefischt hatten, folgte er unserem Krabbenkutter, als wir abends zum Hafendock zurückfuhren. Soweit sich die Krabbenfischer zurückerinnern konnten, war es der einzige weiße Tümmler, der je vor der atlantischen Küste gerichtet wurde, und einige behaupteten sogar, es sei der einzige weiße Tümmler, der je auf der Welt gelebt habe. Überall im Landkreis Colleton mit seinen endlos weiten Salzwasserarmen und Prielen war es immer wieder ein Grund zum Staunen, wenn man Snow zu Gesicht bekam. Man sah ihn nie zusammen mit anderen Tümmlern. Einige Krabbenfischer, wie mein Vater, behaupteten, daß Tümmler genau wie Menschen nicht besonders freundlich zu Außenseitern seien und daß Snow wegen seiner ungewöhnlichen weißen Farbe dazu verurteilt sei, die grünen Gewässer Colletons zu durchstreifen wie ein Ausgestoßener.

An jenem Tag folgte er uns fast den ganzen Weg bis zur Brücke, bevor er wieder zurück ins Meer schwamm. Snow gab dem Landkreis das Gefühl, etwas Besonderes zu sein, und jeder, der ihn zum erstenmal sah, vergaß diesen Augenblick sein Leben lang nicht. Es war, als dämmerte einem die Erkenntnis, daß das Meer niemals seine Urgewalt, mit der es neues Leben schafft und vorhandenes in Erstaunen setzt, verlieren würde.

Im Laufe der Jahre wurde Snow zu einem Glückssymbol unserer Stadt. Solange er diesen Gewässern die Ehre seines Besuches erwies, würde Colleton blühen und gedeihen. Manchmal verschwand er für längere Zeit, um dann plötzlich in die Inselwelt vor der Küste Carolinas zurückzukehren. Sogar die Zeitung berichtete über sein Auftauchen und Verschwinden. Sobald er in die Hauptfahrrinne hineinschwamm, um langsam, mit träger Sinnlichkeit, die Stadt zu passieren, zog es alle Einwohner an die Flußufer. Die Geschäfte ruhten, und einträchtig unterbrachen die Menschen der Stadt ihre Beschäftigung, um Snow ihre Reverenz zu erweisen, zumal er sich nur selten blicken ließ. Stets näherte er sich uns als ein Sinnbild, als ein Herrscher, als ein Geschenk kam er zu uns aus einsamer Verbannung. Die Menschen am Ufer, die ihn beim Namen riefen, ihn lautstark begrüßten und seiner überirdischen, weißen Erscheinung Beifall zollten, bildeten sozusagen die einzige Familie, der er je angehören sollte.

Endlich sprang der Motor an. Großvater lenkte das kleine Boot hinaus in die Fahrrinne. Nicht weit von uns tauchte Snow aus dem Fluß auf; im schwächer werdenden Licht schimmerte sein Rücken lilienweiß.

»Er schwimmt in unsere Richtung«, sagte Großvater und steuerte mit dem Boot auf ihn zu. »Wenn das kein Beweis für die Existenz Gottes ist, dann gibt es keinen! Man sollte doch glauben, daß ER mit einem ganz gewöhnlichen Tümmler zufrieden wäre, einem, der so schön ist wie jede andere Kreatur auf Erden. Aber nein, ER dort oben denkt sich immer schönere Dinge aus, den Menschen zum Wohlgefallen.«

»So nahe habe ich ihn noch nie gesehen«, sagte Savannah. »Er ist makellos weiß wie eine Tischdecke.«

Aber als Snow zwanzig Meter vor uns auftauchte, sahen wir, daß er nicht einfach nur makellos weiß war. Sein Rücken schimmerte in matten, metallischen Farben, als er durch das Wasser glitt. Da war auch ein sekundenschnelles silbernes Aufblitzen von Flossen – flüchtige Farben, die nicht in Worte zu fassen waren. Man wußte nur, daß sich solche Farben nie wiederholen würden.

Wir beobachteten, wie Snow Kreise um das Boot zog, sahen ihn unter uns schwimmen, und es war, als ob Milch in Wasser fließe. Beim Auftauchen verharrte er scheinbar einen Moment in der Schwebe, und seine Farbe war die eines Pfirsichs oder eines hochstehenden Mondes, bis er wieder milchig weiß wegtauchte.

Dies sind die quecksilberhellen Augenblicke meiner Kindheit, die ich leider nicht in ihrer Ganzheit heraufzubeschwören vermag. Unwiderstehlich und gleichnishaft wie sie sind, kann ich sie mir nur als Bruchstücke und mit klopfendem Herzen ins Gedächtnis zurückrufen. Da gibt es den Fluß, die Stadt, meinen Großvater, der ein Boot durch die Fahrrinne lenkt, meine Schwester, reglos in jenem Zustand gespannter Ekstase, den sie später in ihre besten Gedichte einfließen lassen würde, den irgendwie metallischen Geruch frischer Austern, Kinderstimmen am Ufer... Mit dem weißen Tümmler taucht alles wieder auf und wird zugleich verklärt. Der Tümmler in meinen Träumen lebt in den Tiefen der Erinnerung, ein bleiches, gottähnliches Wesen, das über das Feuer und die Eiseskälte der schwarzen Gewässer meiner Vergangenheit wacht. Mögen viele Dinge an meiner Kindheit nicht gestimmt haben – der Fluß gehört nicht dazu, und die unschätzbaren Reichtümer, die ich ihm verdanke, sind weder käuflich noch mit Geld zu bezahlen.

Als wir unter der Brücke hindurchfuhren, blickte ich zurück und sah die Umrisse der Menschen, die sich versammelt hatten, um Snow vorbeischwimmen zu sehen. Ihre Köpfe erschienen in unregelmäßigen Abständen über dem zementierten Geländer der Brücke, wie Perlen eines lückenhaften Rosenkranzes. Ich hörte die Stimme eines kleinen Mädchens, das Snow darum bat, doch wieder unter die Brücke zu kommen. Männer und Frauen begannen sich auf den Schwimmdocks zu versammeln, die in der Flutströmung auf und ab schaukelten; sie alle deuteten auf die Stelle, an der Snow zuletzt an der Oberfläche erschienen war.

Als der weiße Tümmler auftauchte, erschien er meinem Großvater wie ein Lächeln Gottes.

»Ich danke dir, Herr«, sagte mein Großvater in einem jener Stegreifgebete, die spontan über seine Lippen kamen, wenn ihn etwas tief bewegte. »Wie sehr ich dir danke!«

Ich drehte mich zu ihm um, meine Schwester drehte sich um. Und der gütige Mann lächelte uns zu.

Später, lange nach dem Tod meines Großvaters, bedauerte ich, daß ich nie so sein konnte wie er. Obwohl ich ihn als Kind verehrte und mich angezogen fühlte von der Sicherheit und Schutz versprechenden Ausstrahlung seiner sanften, unbedarften Männlichkeit, habe ich ihn doch nie ganz zu schätzen gewußt. Ich verstand nicht, mit Heiligkeit behutsam umzugehen, ich fand keine Möglichkeit, eine derart natürliche Unschuld, eine so großherzige Schlichtheit zu würdigen, sie mit meiner schwachen Stimme zu loben. Heute weiß ich, daß ich eigentlich gerne so durch die Welt gegangen wäre wie er, ein Narr mit brennendem Glauben, ein Tor und ein Parzival, voll überschwenglicher Liebe zu Gott. Ich hätte gerne in seiner Welt des Südens gelebt; wie er hätte ich dann Gott gedankt für Austern und Tümmler, für den Gesang der Vögel und das Wetterleuchten. Ich hätte Gottes Bild in Bachtümpeln und in den Augen streunender Katzen gespiegelt gesehen und mit Hofhunden und mit Singvögeln gesprochen, als wären sie meine Freunde und Weggefährten auf den sonnenverbrannten Landstraßen, berauscht von der Liebe zu Gott. Nächstenliebe verströmend wie ein Regenbogen, der unbekümmert seine Farbe mischt und zwei weit entfernte Horizonte mit seinem prächtigen Bogen verbindet. Ich hätte die Welt mit Augen gesehen, die überall nur Wunder erkennen, und meine Stimme hätte nur das Lob Gottes verkündet.

Als der weiße Tümmler in seiner weltabgeschiedenen Einsamkeit des Einzelgängers flußabwärts zu schwimmen begann, fühlte ich mich diesem einsamen Geschöpf innig verbunden. Anders mein Großvater. Ach, ich wußte immer, was in meinem Großvater vorging, wenn er Snow flußaufwärts schwimmen sah. Er beobachtete, wie der Tümmler sich entfernte, wie er dem tiefen Wasser um eine scharfe Biegung im Kanal folgte, noch einmal kurz aufleuchtete und schließlich hinter einer grünen Landenge, an der sich der Fluß nach rechts wendet, verschwand.

Luke stand auf dem Landungssteg und wartete auf uns. Mit der Sonne im Westen hinter sich, schaute er, ein scheinbar gesichtsloses Wesen, ein Scherenschnitt, eine Säule aus Licht und Schatten, uns entgegen. Als Großvater den Motor abstellte, zog Luke das Boot mit der Fußspitze am Steg entlang und fing das Tau auf, das ich ihm zuwarf.

»Habt ihr Snow gesehen?« fragte er.

»Er war so ausgelassen wie ein Hund«, antwortete Großvater.

»Tolitha hat uns alle zum Abendessen eingeladen.«

»Wir haben genug Austern für alle«, sagte ich.

»Dad hat fünf Pfund Krabben gebracht. Tolitha wird sie braten.«

»Vom Flug aus hast du auf dem Steg wie ein Riese ausgesehen«, sagte Savannah. »Ich könnte schwören, daß du immer noch wächst.«

»Stimmt, kleine Schwester. Ich will nicht, daß irgendwelche Zwerge an meinen Bohnenstangen hochklettern können.«

Ich begann, die Austern einzusammeln, und warf sie hinauf auf den Steg, wo Luke sie in eine Schüssel legte. Wir machten das Boot fest und gingen über die Wiese zum Haus.

Savannah, Luke und ich blieben draußen auf der hinteren Veranda und öffneten die Austern. Wir legten sie auf eine Platte, die uns meine Großmutter durch die Küchentür herausgereicht hatte. Ich öffnete eine große Auster und schlürfte sie aus der Schale, behielt sie einen Moment lang im Mund, fühlte sie salzigfeucht auf der Zunge, atmete ihren Duft ein und ließ sie dann meine Kehle hinuntergleiten.

Es gibt nichts Vollkommeneres für mich als die Frische und das Aroma einer rohen Auster. Es ist der Geschmack des gerade eben zu Fleisch gewordenen Ozeans. Wir konnten die Stimmen meiner Mutter und meiner Großmutter in der Küche hören, die zeitlosen, ernsten Stimmen von Frauen, die für ihre Familie das Essen zubereiten. Im Osten ging der Abendstern wie ein sanfter Silbernugget auf. Die Zikaden eröffneten ihr verrücktes Parlament in den Bäumen. Irgendwer schaltete im Haus das Fernsehgerät ein.

»Ich habe heute mit Trainer Sams gesprochen«, sagte Luke, während er mit einer schnellen, anmutigen Handbewegung eine Auster aufklappen ließ. »Er erzählte mir, daß dieser farbige Junge wirklich unsere Schule besuchen wird.«

»Wen meinst du?« fragte Savannah.

»Benji Washington. Den Sohn des Leichenbestatters.«

»Ich hab' ihn schon mal gesehen«, sagte Savannah.

»Er ist ein Nigger«, sagte ich.

»Verwende nicht dieses Wort«, sagte Savannah und warf mir einen bösen Blick zu. »Ich mag das nicht. Ich mag das überhaupt nicht.«

»Ich kann sagen, was ich will«, konterte ich. »Ich muß dich nicht erst um Erlaubnis fragen, wenn ich was sagen will. Er wird nur Ärger machen und uns unser Abschlußjahr verderben.«

»Es ist ein widerliches, gehässiges Wort«, sagte sie, »und du hörst dich gemein an, wenn du es verwendest.«

»Er hat sich nichts dabei gedacht, Savannah«, sagte Luke sanft in der Dunkelheit. »Tom versucht immer, härter zu wirken, als er in Wirklichkeit ist.«

»Aber er ist doch ein Nigger! Was ist daran verkehrt, wenn ich ihn einen Nigger nenne?« sagte ich, erst recht ruppig.

»Weil nette Menschen dieses Wort nicht verwenden, du Mistkerl«, sagte sie.

»Schon gut«, sagte ich ärgerlich. »Ich nehme an, daß besonders nette Menschen ›Mistkerl‹ als Kosewort verwenden.«

»Es ist Zeit fürs Abendessen«, sagte Luke verdrießlich. »Zeit für einen neuen Streit, nehme ich an. Guter Gott, ihr beide! Hört doch damit auf! Es tut mir leid, daß ich damit angefangen hab'.«

»Ich warne dich, Tom! Benutz dieses Wort nicht noch mal«, sagte Savannah.

»Ich hab' wohl den genauen Zeitpunkt verpaßt, an dem du dich in eine Art Schönheitskönigin der ›Gesellschaft zur Förderung der Farbigen‹ verwandelt hast.«

»Nun laßt uns doch einfach Austern öffnen und den Fröschen zuhören«, beschwor uns Luke. »Ich kann es nicht leiden, wenn ihr euch so rumstreitet.«

»Wenn ich dabei bin, darfst du dieses Wort nicht verwenden, Tom! Ich warne dich. Ich hasse dieses Wort, und ich hasse die Leute, die es benutzen.«

»Dad sagt es ständig«, sagte ich.

»Er hat mildernde Umstände, er ist nämlich ein Idiot, aber du bist keiner.«

»Ich schäme mich nicht, ein Südstaatler zu sein, Savannah«, sagte ich. »Ich bin nicht wie gewisse Leute, die ich kenne und die jede Woche den *New Yorker* lesen.«

»Du solltest dich aber schämen, wie diese Art Südstaatler zu sein, wie dieser Abschaum von miesen, kleinen Pächtertypen.«

»Ich bitte vielmals um Entschuldigung, königliche Hoheit.«

»Jetzt seid aber ruhig, ihr zwei«, sagte Luke, wobei er zum Küchenfenster schaute. Die Brötchen meiner Großmutter verbreiteten ihren Duft. »Mutter hat uns verboten, dieses Wort in den Mund zu nehmen, Tom, das weißt du genau.«

»Du hast kein Recht, so zu denken wie der schlimmste Teil des Südens. Ich werd' solche Gemeinheiten nicht an dir dulden, und wenn ich sie aus dir herausprügeln müßte«, sagte Savannah.

»Und ich kann dich verprügeln, daß dir Hören und Sehen vergeht«, sagte ich und sah sie herausfordernd an. »Das weißt du genau.«

»Stimmt, du Grobian«, sagte sie hämisch. »Aber wenn du mir

auch nur ein Haar krümmst, wird Big Luke Kleinholz aus dir machen. Im Vergleich zu Luke bist du 'ne halbe Portion.«

Ich schaute zu meinem Bruder, der uns beide anlächelte. Er nickte mit dem Kopf.

»Denk dran, Tom: Ich kann nicht zulassen, daß du meinem süßen Küken weh tust«, sagte er.

»Komm, Luke, gib's doch zu: Sie hat diesen Streit vom Zaun gebrochen, oder? Ich hab' nur ganz harmlos was über Nigger gemurmelt.«

»Tja!« stimmte er zu. »Sie hat den Streit angefangen, und sie gewinnt ihn auch, kleiner Bruder«, sagte er lächelnd.

»Du bist voreingenommen«, sagte ich.

»Ich bin nur stärker«, antwortete Luke.

»Mein Prinz«, sagte Savannah, fiel ihm um den Hals und küßte ihn auf die Lippen. »Mein standhafter Prinz aus den Südstaaten!«

»Rück mir nicht so auf die Pelle, Savannah«, sagte er und wurde rot. »Das Berühren meiner alten Knochen ist verboten.«

»Mal angenommen, ich schlage Savannah«, sagte ich. »Das ist natürlich nur theoretisch gemeint. Stell dir vor, ich haue in Notwehr leicht auf ihre Backe, Luke. Du würdest mir doch nichts tun, oder? Ich meine, du liebst mich doch genau so sehr wie Savannah?«

»Ich liebe dich so sehr, daß es fast weh tut«, sagte Luke, während er eine Auster aufbrach. »Das weißt du genau, Tom. Aber wenn du Savannah anrührst, schlag' ich dich grün und blau! Es würde mir noch mehr weh tun als dir, aber ich würde dir trotzdem jeden Knochen einzeln brechen.«

»Ich hab' keine Angst vor dir, Luke«, sagte ich.

»Doch, Tom«, sagte er leichthin. »Du brauchst dich deshalb nicht zu schämen. Ich bin eben viel stärker als du.«

»Kannst du dich daran erinnern, als Mutter uns das *Tagebuch der Anne Frank* vorgelesen hat, Tom?« fragte Savannah.

»Natürlich.«

»Weißt du noch, wie du geweint hast, als das Buch zu Ende war?«

»Das hat überhaupt nichts mit dem zu tun, worüber wir gerade reden. In ganz Amsterdam gab es nicht einen einzigen Nigger, da bin ich mir sicher.«

»Aber die Nazis gab es, Tom! Es gab Nazis, die das Wort *Jude* so verwendeten, wie du das Wort *Nigger*.«

»Laß mich doch reden, wie ich Lust hab', Savannah.«

»Wenn Benji Washington nächstes Jahr am ersten Schultag durch die Schultür kommt, dann möchte ich, daß du an Anne Frank denkst.«

»Du lieber Gott! Ich will doch bloß in Ruhe meine Austern knacken.«

»Jetzt hat sie es dir aber gegeben, Junge. Ich höre euch beiden so gerne beim Streiten zu. Du legst los, als ob du es mit der ganzen Welt aufnehmen wolltest, Tom, aber zum Schluß kannst du kein Wort mehr sagen.«

»Mir macht das Streiten eben nicht sonderlich Spaß«, sagte ich. »Das ist der größte Unterschied zwischen Savannah und mir.«

»Das ist *nicht* der größte Unterschied zwischen uns, Tom«, widersprach Savannah, stand auf und ging zur Hintertür.

»Was denn sonst?« fragte ich und drehte mich zu ihr um.

»Du willst es wirklich wissen? Hast du keine Angst, daß es dich kränken könnte?«

»Du kannst meine Gefühle gar nicht verletzen. Ich weiß sowieso alles, was du denkst. Vergiß nicht, daß wir Zwillinge sind.«

»Aber *das* weißt du noch nicht!«

»Dann sag es mir.«

»Ich bin wesentlich intelligenter als du, Tom Wingo!«

Damit verschwand sie in der Küche und ließ Luke und mich bei den restlichen noch zu öffnenden Austern in der Dunkelheit sitzen. Das Lachen meines Bruders dröhnte über die Veranda.

»Sie hat's dir aber gegeben, Junge. Hat dir einfach deinen armen Provinzhintern versohlt.«

»Ich hatte auch ein paar ganz gute Sprüche drauf.«

»Nicht einen, nicht einen einzigen.«

»Anne Frank hat einen Dreck mit dieser Sache zu tun.«

»Savannah hat es aber geschafft, daß es sich so anhörte, als ob.«

Punkt zwölf Uhr am Karfreitag richtete mein Großvater das Holzkreuz auf und stützte es auf seine rechte Schulter. Er trug ein weißes Chorhemd und Sandalen, die er in einem Supermarkt in

Charleston gekauft hatte. Luke korrigierte noch in letzter Minute mit einer Zange etwas am Rad.

Mr. Fruit regelte den Verkehr und wartete auf das Startsignal meines Großvaters für die ›Prozession‹. Da Mr. Fruit bei uns nicht nur den Verkehr regelte, sondern auch alle Paraden anführte, hatte er am Karfreitag eine doppelte Aufgabe zu erfüllen. Denn aus Gründen, die nur er selbst kannte, betrachtete er die Prozession meines Großvaters als eine Art Parade. Eine kleine Parade, nicht sehr spaßig, aber immerhin eine Parade.

Mr. Fruit setzte die Trillerpfeife an die Lippen, und mein Großvater nickte ihm zu. Da blies Mr. Fruit kräftig in seine Pfeife und stolzierte die Street of Tides entlang; er marschierte wie ein Tambourmajor und hob seine Knie zackig bis zum Kinn. Zehn Meter hinter ihm folgte mein Großvater. Ich hörte, wie einige Leute lachten, als sie das Rad sahen. Weiter oben bei Baiterys Apotheke sah ich meinen Vater, der diesen ersten Teil der Prozession filmte.

Ungefähr auf der Hälfte des Rückwegs stürzte mein Großvater zum erstenmal. Es war ein spektakulärer Sturz. Großvater schlug hart auf die Straße, wobei das Kreuz auf ihn fiel. Diese Stürze liebte er jedoch am meisten an seiner dreistündigen Prozession. Sie kamen immer überraschend für die Menge, er war eben ein richtiger Fallkünstler. Mein Vater machte eine Großaufnahme, sobald mein Großvater hinfiel, und es war offensichtlich, daß die beiden ein Zeichen für die Höhepunkte der Prozession vereinbart hatten. Amos war auch ein begabter Taumler. Seine Knie knickten immer wieder unter ihm weg, wenn er versuchte, auf die Beine zu kommen. Mein Großvater hatte nie etwas vom *Absurden Theater* gehört, aber Jahr für Jahr brachte er es fertig, es neu zu erfinden.

Nach der ersten Stunde brach das Rad und mußte abmontiert werden. Sheriff Lucas erschien an der Ampel bei der Brücke und stellte das jährliche Strafmandat wegen Verkehrsbehinderung aus. Mr. Fruit hörte auf zu marschieren und dirigierte den Verkehr über die Kreuzung, während einige Leute aus der Menge den Sheriff auspfiffen. Mr. Kupincet, Diakon in Großvaters Kirche, las laut aus der Bibel vor: vom Leidensweg Christi durch die Straßen Jerusalems; von seiner Kreuzigung auf dem Berg von Golgatha, zusammen mit zwei Dieben; von der Finsternis über der Stadt; vom berühmten Aufschrei aus tiefster Not *Eli, Eli lama sabacht-*

hani (»Mein Gott, mein Gott, warum hast du mich verlassen?«), von den Worten des Zenturion, die immer dieselben bleiben werden, egal wie viele Jahrhunderte vergehen: »Wahrlich, dies ist Gottes Sohn.«

Und mein Großvater ging wie immer die Straße auf und ab, vorbei an Geschäften, in denen Schuhe, Immobilien und Unterwäsche verkauft wurden. Der Schweiß lief ihm über das Gesicht, aber seine Augen leuchteten, denn er wußte, daß er Gott diente, so gut er es verstand. Savannah und ich verkauften Limonade vor Sarah Postons Kleidergeschäft, und Luke hatte die Aufgabe, meinen Großvater mitten auf der Straße zum Stehen zu bringen und ihm hier, irgendwo in den Südstaaten, aus einer Tasse etwas Essig einzuflößen. Danach spielte Luke die Rolle des Simon von Kyrene: Er half meinem Großvater eine ganze Straßenlänge, das Gewicht des Kreuzes zu tragen. In der dritten Stunde fing mein Großvater wirklich an zu taumeln. Als er zum letztenmal stürzte, konnte er erst aufstehen, als Luke zu ihm rannte und das Kreuz von ihm nahm. Eine schmale Blutspur war an der Schulter des Chorhemdes zu sehen. Er stand auf, lächelte und bedankte sich bei Luke mit dem Versprechen, ihm später am Tag die Haare zu schneiden. Dann ging er – torkelnd und von einer Seite auf die andere schwankend – weiter die Straße hinunter.

Ich wußte damals nicht – und weiß es bis heute nicht –, was ich letztlich von der geradezu beängstigenden Liebe meines Großvaters zum Wort Gottes halten soll. Als Teenager fand ich seine Darbietung peinlich. Aber Savannah sollte später Gedichte von außergewöhnlicher Schönheit über seine ›Prozession‹ schreiben und sie als das ›scheue Oberammergau des umherziehenden Friseurs‹ feiern.

Als Amos Wingos Prozession an jenem Tag zu Ende war, wir ihn im Fallen auffingen und an den Limonadenstand trugen, wo wir sein Gesicht mit Eis abrieben und ihm ein Glas Limonade zu trinken gaben, hatte ich das Gefühl, daß das Streben nach Heiligkeit die schrecklichste und unheilbarste Krankheit auf Erden ist.

Er zitterte und phantasierte, als wir ihn auf den Gehweg legten. Die Leute drängten sich heran, um ihre Bibeln von Großvater signieren zu lassen, und mein Vater hielt den Kollaps seines Vaters im Film fest.

Luke und ich brachten ihn schließlich wieder auf die Beine und schleppten ihn nach Hause, indem wir seine Arme um unsere Schultern legten. Luke sagte unterwegs ständig: »Wie schön du bist, Großvater, wie schön du bist!«

15

Der Portier, der den Eingang des Hauses bewachte, in dem Susan Lowenstein wohnte, blickte mir so argwöhnisch entgegen, als sei er überzeugt, daß ich mit bösen Absichten käme, aber eine solche Einstellung gehörte wohl zu seinem Job. Er war ein kräftig gebauter Mann, der in einer farbenfrohen Operettenuniform steckte. Nachdem er gravitätisch meinen Namen zur Kenntnis genommen hatte, griff er zum Telefon, um mich zu melden. In der Eingangshalle standen ein paar mit rissigem Leder bezogene Polstermöbel herum. Sie erzeugten jene Atmosphäre lässiger Eleganz, wie sie ein Herrenclub ausstrahlt, dessen Mitglieder einmal fast für die Aufnahme von Frauen gestimmt hätten – fast.

Der Portier nickte mir zu, wies mit dem Kinn auf den Fahrstuhl und widmete sich wieder der Lektüre der *New York Post*. Trotz der beiden prall gefüllten Einkaufstüten gelang es mir, in der Kabine auf den richtigen Knopf zu drücken, und schon beförderte mich der Fahrstuhl mit vibrierenden Stahlseilen und so langsam, daß man sich vorkam wie unter Wasser, nach oben.

Bernard erwartete mich an der Wohnungstür.

»Guten Abend, Bernard«, sagte ich.

»Hallo, Trainer!« antwortete er. »Was haben Sie da in den Tüten?«

»Was zum Essen und noch ein paar andere Sachen«, erwiderte ich und trat ein. Nachdem ich mich ein bißchen umgesehen hatte, pfiff ich anerkennend durch die Zähne. »Mein Gott, was für ein Haus! Hier sieht's ja aus wie in einem Seitentrakt der *Met*.«

Im Vorraum gab es samtbezogene Sessel, Cloisonné-Vasen, ein paar Tischchen, einen kleinen Waterford-Kandelaber und zwei würdevolle Porträts im Stil des 18. Jahrhunderts. Ich erblickte auch einen großen Konzertflügel im Wohnzimmer und ein Gemälde von Herbert Woodruff beim Geigenspiel.

»Ich finde es gräßlich«, sagte Bernard.

»Kein Wunder, daß deine Mutter dich hier keine Gewichte stemmen läßt«, meinte ich.

»Das Verbot hat sie gestern aufgehoben. Ich darf jetzt Gewichte stemmen, wenn mein Vater nicht zu Hause ist, aber nur in meinem Zimmer. Und ich muß die Hanteln unter dem Bett verstecken, damit er nichts merkt.«

»Falls er Lust hat«, sagte ich mit einem Blick auf das Porträt des Hausherrn über dem Kamin, »bring' ich ihn ein bißchen in Form. Dann könnt ihr beide gemeinsam Gewichte stemmen.«

Bernards Vater war ein gutaussehender, feinknochiger Mann mit einem dünnlippigen Mund, der entweder auf große Sensibilität oder auf Grausamkeit schließen ließ.

»Wer – mein Vater?« staunte Bernard.

»Okay, jetzt wollen wir uns ein bißchen ranhalten, Bernard. Laß uns zuerst die Eßsachen in die Küche bringen, und dann zeig mir dein Zimmer. Ich möchte dich in voller Montur sehen, bevor deine Mutter zurückkommt.«

Bernards Zimmer lag am Ende der Etagenwohnung. Es war genauso geschmackvoll und teuer eingerichtet wie alle anderen Räume, in die ich auf dem Weg dorthin blickte. Nirgends sah ich den für Burschen seines Alters typischen Firlefanz, wie beispielsweise Poster von Sportgrößen oder Rock-'n'-Roll-Stars. Ich machte die große Plastiktüte auf, die ich mitgebracht hatte, und sagte zu Bernard: »Okay, Tiger, dann wollen wir mal. Zieh deine Klamotten aus! «

»Warum?«

»Weil ich gern zusehe, wenn sich einer wie du auszieht.«

»Das geht nicht«, sagte er peinlich berührt.

»Soll ich dir etwa auch beibringen, wie man sich auszieht, Bernard? Das steht nicht in meinem Vertrag«, frotzelte ich.

»Sind Sie etwa schwul?« fragte er verunsichert. »Ich meine, mir kann es ja egal sein, beziehungsweise will ich damit sagen, daß es Ihre Sache ist. Meiner Meinung nach soll jeder tun, wozu er Lust hat.«

Statt einer Antwort befreite ich zwei schöne Wilson-Schulterpolster von ihrer Verpackung.

»Sind die etwa für mich?« fragte Bernard.

»Nein«, antwortete ich, »aber ich möchte, daß du sie anprobierst, bevor ich sie deiner Mutter gebe.«

»Was soll meine Mutter damit?« wunderte er sich, aber ich hatte ihm die Riemen schon über den Kopf gestülpt und machte mich daran, die Schulterpolster festzuschnallen.

»Bernard, vielleicht sollten wir lieber deinen Sinn für Humor anstelle deines Stehvermögens trainieren«, sagte ich. »Gib mir zwei Stunden täglich, damit ich dir beibringe, was ein Witz ist.«

»Tut mir leid, daß ich Sie gefragt habe, ob Sie schwul sind. Mir kam die Sache 'n bißchen seltsam vor – Sie und ich hier ganz allein in dem Zimmer, verstehen Sie?«

»Schon gut, Bernard, aber jetzt steig aus deinen Klamotten! Ich muß gleich in die Küche, aber vorher will ich dir zeigen, wie man sich als Football-Spieler anzieht.«

Susan Lowenstein hatte sich verspätet. Ich setzte mich auf einen Stuhl mit hoher Lehne in ihrem Wohnzimmer und blickte hinaus auf den Central Park. Jenseits des Hudson River sank die Sonne immer tiefer. Im Backofen brutzelte eine Lammkeule und verbreitete in der ganzen Wohnung ihren braunen Duft. Ich erblickte vor mir in der Panoramascheibe mein eigenes, blasses Spiegelbild und die barock anmutenden Kandelaber, die träumerisch den Raum illuminierten. Im schwindenden Licht des Tages wurde das große Fenster nicht nur zu einem Spiegel, sondern auch zu einem Rahmen für die abendliche Stadt, die einem grandiosen Gemälde glich. Die riesigen Gebäude nahmen zuerst die Farbe von Saphiren an, dann begannen sie selbst von innen heraus zu strahlen. Die ganze City lag vor mir – ein steinerner Wald, eine verklärte Architektur, erhaben und prachtvoll. Die kraftlose Sonne erfaßte zu allerletzt noch ein einzelnes Gebäude und überzog tausend vor Dankbarkeit glühende Fenster mit dem Rot eines Korallenriffs, dann glitt sie Fensterreihe um Fensterreihe hinab in die Tiefe und erlosch auf halbem Wege ganz, während die Stadt ringsumher sich wie ein Feuervogel in die heitere Nacht zu erheben schien. Die City schüttelte den letzten Widerschein der Sonne ab, um sich in einer verhaltenen, dennoch alles umfassenden Ekstase in ein staunenswertes, scheinbar chaotisches Lichtermeer zu verwandeln. Ich saß jetzt in völliger Finsternis. Beim Anblick der Stadt kamen mir Votivkerzen aus Glas, zuckende Blitze und das Glimmen eines ersterbenden Feuers in den Sinn. Die Schönheit der hoch aufragenden geometrischen Formen und ihre fabelhafte Metamorphose machten den Sonnenuntergang noch grandioser und eindrucksvoller.

»Tut mir leid, daß ich so spät komme«, sagte Susan Lowenstein von der Wohnungstür her. »Es gab da ein Problem mit einem Patienten im Krankenhaus. Sie haben doch hoffentlich die Hausbar gefunden?«

»Ich hab' auf Sie gewartet.«

»Der Lammbraten riecht göttlich«, sagte sie. Sie warf einen Blick auf ihre Stadt und fuhr überschwenglich fort: »Geben Sie zu, daß Sie kaum jemals etwas Schöneres gesehen haben! Ich möchte den Menschen sehen, der noch über New York schimpfen kann, wenn sich die Stadt von ihrer besten Seite zeigt.«

»Es ist atemberaubend«, gab ich zu. »Leider ist mir ein solcher Anblick nicht sehr oft vergönnt.«

»Ich sehe das jeden Abend und finde es noch immer absolut hinreißend.«

»Das ist ja auch ein toller Platz, um einen Sonnenuntergang zu beobachten«, sagte ich bewundernd. »Sie und Ihr Mann haben 'ne Menge Geschmack, Susan – und anscheinend auch 'ne Menge Geld.«

»Mutter!« rief jemand hinter uns.

Wir drehten uns beide um und erblickten Bernard in voller Football-Montur. Seine Füße steckten in dicken Sportsocken. Leise und federnd ging er quer durch das Wohnzimmer. In den Händen hielt er seine Schuhe, die noch so neu waren, daß die Stollen matt glänzten.

In dem seltsamen Licht wirkte er riesengroß und unförmig, als wäre er ein anderer Mensch geworden, der sich etwas vorgenommen hatte, wozu er nicht geboren war.

»Das hat Trainer Wingo heute für mich mitgebracht. Es ist eine komplette Ausrüstung«, verkündete er.

»Mein Gott!« war das einzige, was die wie vom Donner gerührte Susan Lowenstein über die Lippen brachte.

»He, gefällt es dir etwa nicht, Mutter? Nun sag schon! Sag ruhig, daß du mich nicht gut findest! Alles paßt ganz toll, nur der Helm nicht, aber Trainer Wingo meint, daß er das in Ordnung bringen kann.«

»Dr. Lowenstein«, sagte ich, »ich möchte Sie mit Ihrem Sohn bekanntmachen, mit Bernard dem Killer.«

»Dein Vater läßt sich von mir scheiden, wenn er dich jemals so zu Gesicht bekommt«, sagte sie. »Du mußt mir versprechen, daß du ihm in dieser Aufmachung nie unter die Augen trittst, Bernard.«

»Gut, aber wie gefällt es *dir*, Mutter? Wie sehe ich aus?«

»Ich finde, du siehst irgendwie deformiert aus«, sagte sie und mußte lachen.

»Okay, Bernard, zieh dich jetzt zum Abendessen um«, sagte ich. »In fünfündvierzig Minuten werden wir speisen wie die Könige. Hast du heute mit den Hanteln trainiert?«

»Nein, Sir«, antwortete Bernard. Er war stinksauer auf seine Mutter, und sein Atem ging wieder schwer.

»Versuch mal, fünfundsiebzig Pfund zu stemmen. Ich glaube, du könntest es jetzt schaffen.«

»Ja, Sir.«

»Wenn wir nachher am Tisch sitzen, nenn mich bitte Tom! Ich mag beim Abendessen nicht mit Sir angeredet zu werden.«

»Du siehst so anders aus, Bernard«, sagte seine Mutter. »Ich wollte dich wirklich nicht kränken, aber es dauert eben eine Weile, bis ich mich daran gewöhnt hab', daß du so wild und stark aussiehst.«

»Du findest mich also wild und stark, was?« fragte Bernard glücklich.

»Mein Sohn, du siehst aus wie eine Bestie. Ehrlich.«

»Danke, Mom«, sagte Bernard und sprintete quer über den Perserteppich in Richtung seiner Bude.

»Komplimente können manchmal die seltsamsten Formen annehmen. Ich glaube, ich mixe uns jetzt erst einmal einen Drink«, meinte Susan Lowenstein.

Das Abendessen verlief anfänglich ruhig und ungetrübt. Bernard redete fast ausschließlich über Football, nämlich über seine Lieblingsmannschaften und -spieler. Seine Mutter schaute ihn immer wieder an, als säße ein anderer Sohn an ihrem Tisch. Sie stellte ihm mehrere Fragen zum Thema Football und zeigte dabei eine so erstaunliche Unkenntnis, daß es mir die Sprache verschlug.

Mir fiel auf, daß Mutter und Sohn ein bißchen nervös aufeinander reagierten und froh zu sein schienen, bei Tisch einen Gast zu haben, der die gespannte Atmosphäre ein wenig lockerte. Tatsächlich bewirkte diese Spannung bei mir, daß ich als Unterhalter kräftig auf die Tube drückte. Ich schlüpfte gewissermaßen in die Rolle des Geschichtenerzählers und des Hofnarren, der immer einen Trumpf im Ärmel hat und der jedes peinliche Schweigen mit einem passenden Scherz zu überbrücken versteht. Ich haßte mich in dieser Rolle, brachte es jedoch nicht fertig, mir selbst eine solche Darbietung zu untersagen. Nichts kann mich gereizter und neurotischer machen als wortlose Feindseligkeit zwischen Menschen, die sich liebhaben. So spielte ich denn an jenem Abend den Witzbold, tranchierte den Lammbraten mit der Miene eines Chirurgen, kredenzte den Wein mit dem übertriebenen Gehabe eines Oberkellners und wendete den Salat mit viel zu viel Schwung. Als ich schließlich die *crème brûlée* und den Espresso servierte, war ich von dem ganzen Theater total erschöpft. Während wir uns dem Nachtisch widmeten, stellte sich zwischen Mutter und Sohn wieder das beklommene Schweigen ein, unterbrochen nur vom leisen Geklimper der Silberlöffel in den kleinen Glasschalen, ein wahrhaft mörderisches Geräusch.

»Warum haben Sie eigentlich kochen gelernt, Mr. Wingo?« erkundigte sich Bernard.

»Als meine Frau Medizin studierte, blieb mir nichts weiter übrig. Ich kaufte mir ein gutes Kochbuch und verging mich während der nächsten drei Monate auf unsägliche Weise an den besten Stücken Fleisch. Das von mir gebackene Brot schlugen sogar die Vögel aus. Wer lesen kann, kann jedoch auch kochen lernen, und irgendwann stellte ich zu meiner eigenen Überraschung fest, daß mir das Kochen Spaß machte.«

»Kocht Ihre Frau nie?« wollte Bernard wissen.

»Doch, sie ist eine großartige Köchin, aber während des Studiums hatte sie keine Zeit dafür. Eigentlich hatte sie nicht einmal Zeit, um zu heiraten. Daran hat sich nicht viel geändert, seit sie ihren Doktor gemacht hat und wir Kinder haben.«

»Ihre Kinder haben also auch nicht viel von ihrer Mutter gesehen, als sie klein waren?« fragte Bernard weiter und warf seiner Mutter einen schnellen Blick zu.

»Meine Frau Sallie war eine Zeitlang wenig zu Hause, Bernard«, beeilte ich mich zu sagen, »aber sie ist sowieso keine Frau, die sich gern eine Schürze umbindet und am Herd steht. Dafür ist sie zu gescheit und zu ehrgeizig. Sie liebt ihren Beruf, aber dadurch ist sie als Mutter eher noch besser geworden.«

»Wie oft kochen Sie?«

»Ich koche daheim alle Mahlzeiten, Bernard«, antwortete ich. »Weißt du, ich bin seit mehr als einem Jahr arbeitslos.«

»Soll das heißen, daß Sie eigentlich gar kein richtiger Trainer sind?« fragte Bernard.

Ich glaubte aus seinem Tonfall eine gewisse Enttäuschung herauszuhören. »Meine Mutter hat also gar keinen richtigen Trainer für mich angeheuert?«

Susan Lowenstein wies ihren Sohn mit mühsam beherrschter Stimme und zusammengebissenen Zähnen zurecht: »Jetzt reicht's aber, mein Lieber!«

»Wen außer mir trainieren Sie zur Zeit sonst noch?« fragte Bernard weiter.

»Ich bin damals als Trainer gefeuert worden«, antwortete ich und trank einen Schluck Kaffee.

»Warum?«

»Das ist eine lange Geschichte, Bernard. Eine Geschichte, die ich einem Burschen deines Alters normalerweise nicht erzählen würde.«

»Er macht uns was vor«, sagte Bernard zu seiner Mutter gewandt. »Er ist nur mein Trainer geworden, weil er uns was vorgemacht hat.«

»Du entschuldigst dich augenblicklich bei Tom, Bernard!« erwiderte seine Mutter streng.

»Warum sollte ich mich entschuldigen? Er hat behauptet, er sei Trainer, und jetzt finde ich raus, daß er keiner ist. Er müßte sich bei *mir* entschuldigen!«

»Na gut, ich entschuldige mich bei dir, Bernard«, sagte ich und stocherte mit dem Löffel in meinem Nachtisch herum. »Mir war nicht klar, daß du für das, was du vorhast, keinen arbeitslosen Trainer gebrauchen kannst.«

»Ihr Erwachsenen macht mich fertig, ehrlich! Hoffentlich werd' ich nie so wie ihr.«

»Wahrscheinlich nicht, Bernard«, sagte ich. »Vielleicht bleibst du ewig ein Teenager.«

»Wenigstens mache ich anderen Leute nichts vor, was ich überhaupt nicht bin«, meinte er trotzig.

»Vergiß nicht, daß du gegenüber deinen Eltern behauptet hast, du seist in die Football-Mannschaft deiner Uni aufgenommen worden! Du weißt, daß das nicht stimmt. Es war eine kleine Lüge, aber sie hilft, die Dinge zwischen uns ins richtige Licht zu rücken«, erwiderte ich.

»Warum mußt du dich immer so aufführen, Bernard?« klagte seine Mutter, den Tränen nah. »Wieso fällst du über jeden her, der sich wirklich für dich interessiert oder der dir zu helfen versucht?«

»Ich bin dein Sohn, Mutter, und nicht einer deiner Patienten! Spar dir also diesen ganzen psychologischen Quatsch! Warum versuchst du nicht einfach, ganz normal mit mir zu reden?«

»Weil ich nicht weiß, *wie* ich mit dir reden soll, Bernard.«

»*Ich* weiß es!« mischte ich mich ein. Er fuhr wütend zu mir herum, und ich sah, daß auf seiner Oberlippe kleine Schweißperlen glänzten. Sein Atem ging heftig.

»Was wissen Sie?« fragte er.

»Ich weiß, wie man mit dir reden muß«, antwortete ich. »Mag sein, daß deine Mutter es nicht weiß, aber ich weiß es. Weil ich dich nämlich verstehe, Bernard. Du haßt dich selber, weil du diesen Abend ruinierst, aber du kommst nicht dagegen an. Dies ist für dich die einzige Art, deine Mutter zu kränken, und genau das mußtest du tun. Meinetwegen. Das geht nur euch beide etwas an, aber ich bin noch immer dein Trainer, Bernard! Ich will, daß wir uns morgen früh wieder an derselben Stelle treffen, aber diesmal bitte in voller Montur!«

»Warum sollte ich mich von Ihnen trainieren lassen? Sie haben eben doch selbst zugegeben, daß Sie ein Versager sind!«

»Morgen vormittag wird sich herausstellen, wer ein Versager ist – du oder ich«, sagte ich zu diesem traurigen, halbfertigen Mann.

»Was meinen Sie damit?«

»Morgen wird sich zeigen, ob du es mit der Angst kriegst, wenn es hart auf hart geht. Morgen wirst du zum erstenmal richtig getestet. Mal sehen, was du vertragen kannst. Morgen erlebst du zum erstenmal, was Nahkampf bedeutet.«

»Prima! Gegen wen soll ich denn antreten? Gegen einen Busch oder gegen irgendeinen Penner, der im Park rumgammelt?«

»Nein, gegen mich«, antwortete ich. »Du wirst gegen mich antreten, Bernard – und ich gegen dich. Mann gegen Mann.«

»Aber Sie sind viel größer und stärker als ich!«

»Deswegen brauchst du dir keine Sorgen zu machen«, spottete ich. »Vergiß nicht, daß ich ein Versager bin.«

»Haben Sie schon mal was von Fairneß gehört?«

»Und du – hast du etwa Angst davor, gegen mich anzutreten?«

»Nein«, sagte er trotzig. »Kein bißchen.«

»Weißt du, warum du keine Angst hast, Bernard?«

»Nein.«

»Nun, dann will ich es dir sagen: Weil du noch niemals Football gespielt hast, Bernard! Sonst würdest du nämlich wissen, daß du eigentlich jede Menge Angst haben müßtest. Mir ist klar, daß du unbedingt Football spielen willst. Aus irgendeinem verrückten Grund hast du dich in die Idee verrannt, daß du das mehr brauchst als irgendwas anderes auf der Welt, stimmt's?«

»Kann sein«, gab er zu.

»Falls du es so weit bringst, daß du dich gut gegen mich behauptest, Bernard«, sagte ich, »und falls du alles verkraftest, was du beim Spiel Mann gegen Mann von mir einstecken mußt – dann kommst du nächstes Jahr in die Uni-Mannschaft, das garantiere ich dir.«

»Tom, ich glaube, Sie sind für Bernard zu stark«, gab Bernards Mutter zu bedenken.

»Oh, Mutter, bitte!« entfuhr es Bernard ungeduldig. »Was weißt du schon von Football!«

»Komm, hilf mir den Tisch abzuräumen, Bernard«, sagte ich, stand auf und stellte die Dessertschalen ineinander. »Danach gehst du am besten zu Bett, damit du morgen fit bist.«

»Ich brauche bei uns zu Hause keine Teller abzuräumen«, erwiderte er. »Dafür haben wir eine Hausangestellte.«

»Hör mal, mein Lieber«, sagte ich, »ich kann es nicht leiden, daß du mir ständig widersprichst! Und bitte zieh gegenüber deiner Mutter und mir nicht noch mal so 'ne Schau ab wie heute abend! Schnapp dir gefälligst ein paar Teller und trag sie in die Küche, sonst mach' ich dir Beine!«

»Tom, Bernard ist hier zu Hause, nicht Sie«, meldete sich seine Mutter. »Unser Hausmädchen räumt morgen früh alles weg.«

»Halten Sie den Mund, Susan Lowenstein! Bitte seien Sie still!« sagte ich unbeherrscht und marschierte in die Küche.

Später, nachdem ich Bernard gute Nacht gesagt und ins Wohnzimmer zurückgekehrt war, ließ ich die unendliche Einsamkeit dieses scheinbar so harmonischen, übermäßig ordentlichen Raumes auf mich einwirken. Hier war alles teuer, aber nichts hatte eine persönliche Note. Selbst Herberts Porträt sah wie eine idealisierte Impression aus, nicht jedoch wie das wahrheitsgetreue Abbild eines Menschen. Das Gemälde zeigte ihn vor allem als Violinspieler, und die Darstellungsweise ließ keinerlei Rückschlüsse auf sein eigentliches Wesen zu, doch vermittelte sie etwas von dem Zauber seiner Kunst. Die Schiebetür zur Terrasse stand offen. Ich trat hinaus und fand Dr. Lowenstein. Sie hatte uns beiden einen Cognac eingeschenkt. Ich nahm Platz und schnupperte am Bouquet des Hennessy. Es stieg mir in den Kopf wie der Duft einer Rose. Ich nahm einen kleinen Schluck und spürte, wie mir der Cognac die Kehle hinabrann, seidig und voller Feuer zugleich. »Nun?« sagte Dr. Lowenstein. »Hat Ihnen die Bernard-und-Susan-Schau gefallen?«

»Gibt es hier solche Vorstellungen öfters?«

»Nein«, antwortete sie. »Normalerweise versuchen wir solche Szenen zu vermeiden, aber unterschwellig ist die Spannung immer da. Selbst unsere Höflichkeit ist irgendwie mörderisch. Jedesmal, wenn wir zusammen am Eßtisch sitzen, verkrampft sich mir der Magen. Wissen Sie, Tom, ich kann es nur schwer ertragen, von meinem einzigen Kind gehaßt zu werden.«

»Was ist, wenn Herbert da ist?« fragte ich.

»Bernard fürchtet seinen Vater. Deshalb kann es kaum zu einer Szene kommen wie heute abend«, antwortete sie nachdenklich. »Das liegt natürlich auch daran, daß Herbert keine Tischgespräche duldet.«

»Wie bitte?« Ich blickte sie überrascht an.

Sie lächelte und trank einen Schluck Cognac. »Es ist ein Familiengeheimnis, eine Art Zeremonie. Herbert liebt es, sich beim Essen total zu entspannen. Abends bei Tisch hört er klassische Musik. Es ist seine Art, sich nach der Arbeit auszuruhen. Am Anfang hab' ich mich dagegen gewehrt, aber dann gewöhnte ich mich daran. Jetzt ist es mir sogar sehr recht, seit Bernard sich altersbedingt so aggressiv aufführt.«

»Hoffentlich tragen Sie mir nicht nach, daß ich in Gegenwart Ihres Sohnes zu Ihnen gesagt hab', Sie sollen den Mund halten«, sagte ich. Sie war in dem spärlichen Licht nur eine dunkle Silhouette. »Sie müssen wissen, daß ich in der Küche von dem Gedanken besessen war, Sie könnten mich einfach rausschmeißen, nachdem ich abgewaschen und das Silberbesteck abgetrocknet hatte.«

»Warum haben Sie zu mir gesagt, ich soll den Mund halten?«

»Weil ich Bernard in dem Augenblick wieder ein bißchen unter Kontrolle hatte und den sauer erkämpften Vorteil nicht wieder verlieren wollte, bloß weil Sie jemand sind, der nicht mit ansehen kann, wie ein anderer Mensch Ihrem Sohn ein bißchen weh tut.«

»Er ist so verletzlich! Mir ist der Ausdruck auf seinem Gesicht nicht entgangen, als Sie streng mit ihm waren. Immer ist er gleich beleidigt.«

»Das kann man auch von uns sagen, Doktor. Bernard hat uns vorhin zehn Minuten lang behandelt, als wären wir Freiwild. Mir hat das kein bißchen gefallen.«

»Er ist genauso verzogen wie sein Vater. Meiner Meinung nach hat ihn am meisten gestört, daß wir beide uns so gut verstehen. Herbert hätte genauso reagiert. Er hat mir immer alle Freunde verprellt, die ich ohne ihn kennengelernt habe. Meist hat er sie so verächtlich, ja sogar gemein behandelt, daß ich sie lieber nicht mehr zum Abendessen eingeladen habe. Natürlich hat Herbert seinen eigenen Kreis von faszinierenden Freunden mit klingenden Namen, und manche von ihnen sind auch meine Freunde geworden, aber eines war von Anfang an klar: Es blieb immer Herbert vorbehalten, neue Freunde zu gewinnen und sie in den inneren Kreis aufzunehmen. Kommt Ihnen das nicht auch seltsam vor, Tom?«

»Nein«, antwortete ich. »Es klingt nach einer normalen Ehe.«

»Benehmen Sie sich gegenüber Sallie etwa auch so?«

Ich verschränkte meine Hände im Nacken und blickte zum Sternenhimmel über Manhattan hinauf. Die Sterne blinzelten matt auf den entfesselten Lichterzauber der City hinab. »Ja, ich glaube, das tue ich«, gestand ich. »Ein paar von den Ärzten und deren Ehefrauen, die Sallie uns über die Jahre ins Haus geschleppt hat, waren mir gründlich zuwider. Wenn ich irgendwann im Leben noch mal einem Mediziner zuhören muß, wie er sich über die Einkommensteuer beklagt oder über das staatliche Gesundheitswesen in England faselt, begehe ich vor seinen Augen rituellen Selbstmord. Allerdings habe ich auch manchmal ein paar befreundete Trainer zu uns nach Hause eingeladen, die dann den ganzen Abend auf ihren Papierservietten irgendwelche Spielzüge aufgezeichnet oder mit einem sensationellen Treffer geprahlt haben, den sie mal irgendwann in der High School gelandet hatten. Sallies Augen wurden dann jedesmal ganz trübe vor Langeweile. Immerhin ist ein kleines Grüppchen von gemeinsamen Freunden übriggeblieben. Es gibt da beispielsweise einen High-School-Trainer, den Sallie wunderbar findet, und auch ein, zwei Ärzte, die ich für prima Kerle halte. Leider ist einer von diesen prima Kerlen jetzt Sallies Geliebter. Deshalb kann es gut sein, daß ich das System zu ändern versuche, sobald ich wieder daheim bin. Ich finde Herberts System allmählich viel besser.«

»Ist Sallies Geliebter ein Freund von Ihnen?«

»Er war mein Freund, und ich mochte den Scheißkerl. Zwar hab' ich so getan, als würde es mich ärgern, daß Sallie sich ausgerechnet in einen Spinner wie ihn verknallt hat, aber in Wirklichkeit konnte ich es gut verstehen. Er sieht sehr gut aus, er ist erfolgreich, er hat Grips und er ist lustig. Er sammelt alte englische Motorräder und raucht nur Meerschaumpfeifen. Darüber hab' ich mich lustig gemacht, als Sallie mir alles gebeichtet hat, aber richtig hart bin ich nicht zu ihr gewesen.«

»Wieso nicht?«

»Weil ich verstehe, warum Sallie ihn mir vorzieht. Dieser Jack Cleveland ist als Mann genau so, wie ich hätte werden können, wenn ich nicht vom Kurs abgekommen wäre. Ja, er ist der Typ von Mann, zu dem ich auch das Zeug gehabt hätte.«

»Und wann ist es bei Ihnen schiefgelaufen?«

»Ich glaube, es fing alles damit an, daß ich mir die absolut falschen Eltern ausgesucht hab'. Ich weiß, Sie glauben, daß man als Kind keine andere Wahl hat, aber ich bin mir da nicht so sicher. Irgendwie sagt mir meine Intuition, daß es letztlich an mir lag, wenn ich in eine solche Familie hineingeboren wurde. Danach verbringt man sein ganzes Leben damit, sich von irrigen Mutmaßungen leiten zu lassen und einen falschen Schritt nach dem anderen zu machen. Man fabriziert seine eigene Katastrophe. Irgendwann gerät man in Gefahr, weil man sich für die falschen Dinge entschieden hat, und dann redet man sich ein, daß das Schicksal an allem schuld ist und einen in Sackgassen führt, denen man besser aus dem Weg gegangen wäre. Bis man das kapiert, ist man fünfunddreißig Jahre alt und hat das Schlimmste hinter sich – nein, das stimmt nicht: Das Schlimmste liegt noch vor einem, denn jetzt schleppt man den ganzen Horror der Vergangenheit mit sich herum, jetzt wird einem klar, daß man bis zum Ende seiner Tage mit seinen Erinnerungen, mit seinem Schicksal und mit seiner eigenen Geschichte leben muß. Das ist der große Katzenjammer, und man weiß, daß man ihn nie wieder los wird.«

»Glauben Sie, daß Savannah mitten drin ist?«

»Ja, sie hat es am ärgsten erwischt«, sagte ich. »Bedenken Sie nur, wo sie sich in diesem Augenblick befindet, Doktor. Sie ist in einem Irrenhaus, hat jede Menge Schnittwunden am Körper und heult mit einer Hundemeute, die nur sie sehen kann. Ich bin ihr lieber, aber ein bißchen dummer Bruder, der Ihnen ein paar Geschichten zu erzählen versucht, damit Sie aus Savannahs Vergangenheit schlau werden und meine Schwester holterdiepolter wieder heil machen können. Wenn ich über die Vergangenheit nachdenke, Doktor, stelle ich immer wieder fest, daß mein Gedächtnis Lücken hat, genauer gesagt schwarze Löcher, und ich weiß nicht, auf welche Weise ich in diese dunklen Bereiche vordringen könnte. Ich kann Ihnen die meisten Geschichten erzählen, die zu dem erschütternden, von Ihnen auf Tonband aufgenommenen Gestammel meiner Schwester gehören, aber was ist mit den Dingen, die sie vergessen hat? Was ist mit ihren Gedächtnislücken? Ich habe das Gefühl, daß es sehr viel mehr zu erzählen gäbe.«

»Würden Sie davor zurückschrecken, mir diese Dinge zu erzählen, Tom?« fragte sie. Ich konnte ihr Gesicht nicht sehen. Ich sah nur die schlanken Hochhäuser der City, die hinter ihr in den Himmel ragten wie leuchtende Pfeiler.

»Ich würde Ihnen alles erzählen, Doktor. Was ich Ihnen begreiflich machen will, ist, daß ich nicht weiß, ob ich Ihnen *genug* erzählen kann.«

»Sie waren bisher äußerst hilfsbereit, Tom, das muß ich wirklich sagen. Schon jetzt haben Sie manches aufgeklärt, das mir bei Savannah rätselhaft vorkam.«

»Was ist eigentlich mit Savannah los?« fragte ich und beugte mich näher zu ihr hin.

»Wie oft haben Sie sie in den letzten drei Jahren gesehen, Tom?« fragte sie zurück.

»Selten«, gestand ich und fügte nach kurzem Zögern hinzu: »Kein einziges Mal.«

»Und warum?«

»Weil sie sagte, es sei für sie zu deprimierend, jemanden aus unserer Familie um sich zu haben, und das gelte sogar für mich.«

»Ich bin so froh, daß Sie den ganzen Sommer hier bleiben, Tom.« Das Lichtergefunkel der Stadt umgab sie wie ein Rahmen, als sie aufstand und zu mir hinüberkam. Sie nahm mein Glas mit den Worten: »Ich geh' mal eben nachschenken.«

Ich schaute ihr nach und sah, daß sie drinnen in der Wohnung kurz zum Porträt ihres Mannes hinüberblickte, um jedoch sogleich den Blick wieder abzuwenden. Da spürte ich zum erstenmal, wieviel Traurigkeit in dieser beherrschten, behutsamen Frau steckte, die während dieses wehmütigen Sommers in meinem eigenen Dasein eine so entscheidende und wichtige Rolle spielte. Ich hatte in ihr stets nur die geduldig Zuhörende, die Verständnisvolle, die Heilende erblickt. Jeden Morgen stand sie auf, zog sich in ihrem Schlafzimmer an und wußte dabei schon die ganze Zeit, daß sie wieder einmal hinausgehen würde, um sich dem Schmerz und dem Leid von Menschen zu stellen, die sich aufgrund einer Empfehlung oder eines Zufalls bei ihr einfanden. Unwillkürlich fragte ich mich, ob die Lektionen, die ihre Patienten ihr erteilten, jemals von ihr selbst mit einigem Erfolg auf ihr eigenes Leben angewendet wurden. War ihre Kenntnis der Lehrsätze eines Sigmund Freud ein Garant für ihr eigenes Glück? Ich wußte, daß es nicht so war. Warum war ich jedesmal so tief bewegt beim Anblick ihres maskenhaften, ausdruckslosen Gesichtes, wenn ich es heimlich betrachtete? Dieses schön gerundete, liebreizende Gesicht schien alle grotesken Geschichten zu spiegeln, die sie jemals gehört hatte, als wäre es ein Archiv für all die mißglückten, leidvollen Lebensläufe. In ihrer eigenen häuslichen Umgebung vertiefte sich ihre Einsamkeit sogar noch. In ihrer Praxis wirkte sie weitaus entspannter. Dort konnte sie sich hinter ihren Titeln und ihrem Beruf verschanzen, und vor allem mußte sie im Gespräch mit Fremden nicht die Verantwortung für all die gräßlichen Dinge übernehmen, derentwegen die Patienten zu ihr kamen. Hier, bei ihr daheim, verfolgten sie jedoch ihre eigenen Probleme und Sorgen, deren Zahl Legion war, wie ein Spuk. Sie und ihr Sohn gingen miteinander um wie Emissäre verfeindeter Nationen. Die machtvolle Gegenwart ihres Mannes, die weitreichenden Folgen seiner Berühmtheit waren überall zu spüren. Ich hatte von Herbert Woodruff nach allem, was seine Frau oder sein Sohn über ihn gesagt hatten, keine klare Vorstellung. Immer wieder hatten sie hervorgehoben, er sei ein Genie. Beide fürchteten sie seinen Tadel und seinen Liebesentzug, ohne jedoch genau zu wissen, welche Form und welches Ausmaß seine grimmige Mißbilligung annehmen könnte. Bei Tisch pflegte er klassischer Musik zu lauschen, statt sich mit seiner Familie zu unterhalten, doch nachdem ich mir heute selbst das Kriegsgeschrei seiner Frau und seines Sohnes hatte anhören können, stand ich seiner Marotte nicht mehr ganz so verständnislos gegenüber. Unwillkürlich fragte ich mich, warum Dr. Lowenstein mir gegenüber den Verdacht geäußert hatte, ihr Mann könne eine Affäre mit jener bildschönen und dennoch so kummervollen Frau haben, der ich im Wartezimmer ihrer Praxis begegnet war.

Sex, der alte, alle Schranken mißachtende Störenfried, säte seinen Samen auch in reichen, kultivierten Häusern aus. Wer weiß, welch hybride Monster oder welch tödliche Orchideen bald in der gedämpften Atmosphäre dieser Salons gedeihen würden? Die Blumen meines eigenen Gartens, eine südliche Abart, kümmerlich und alles andere als originell, schienen mir schon abstoßend genug. Damals, nach meiner Heirat, war ich überzeugt gewesen, daß Sex fortan für mich kein Thema mehr wäre – oder genauer gesagt, daß ich nur noch in bezug auf meine Frau an Sex denken würde. Doch dann hatte sich die Ehe lediglich als Zugang zu einer erschreckenden Phantasiewelt erwiesen, erschreckend wegen ihrer hitzigen Anwandlungen, ihrer geheimen Tücken und ihrer unbeherrschbaren Gier nach all den schönen Frauen dieser Welt. Vor Liebe zu diesen fremden Frauen brennend ging ich durch die Welt, und alles Sträuben war vergebens. Im Geiste schlief ich mit tausend Frauen. Ich vollzog den Liebesakt mit den schönen Unbekannten, während ich in den Armen meiner Frau lag. Ich liebte und lebte und litt in einer Welt, die es eigentlich gar nicht gab, in einem Königreich, das nur in der Tiefe meiner Augen existierte. Meine Ohren waren die Pforten zu jenem Reich. Drinnen tobte und heulte ich wie ein Wilder, Geißbock, Satyr und Bestie zugleich. Ich haßte diesen Teil meines Wesens; mich überkam ein Zittern, wenn ich andere Männer lüstern kichern hörte und merkte, daß sie von demselben Fieber befallen waren. Ich verknüpfte Sex mit Macht und verabscheute den Bereich meines Wesens, in dem sich diese anrüchige und gefährliche Wahrheit eingenistet hatte. Zugleich sehnte ich mich nach Beständigkeit, Reinheit, Erlösung. Meine eigene Sexualität belastete ich mit einem mörderischen Geschenk: All die Frauen, die mich liebten, die mich gegen ihre Brust drückten, die mich in sich fühlten, die spürten, wie ich mich in ihnen bewegte, während ich ihren Namen flüsterte oder mich mit einem leisen Schrei in der Dunkelheit auf sie sinken ließ – all diese Frauen verriet ich, indem ich langsam, Schritt für Schritt, aus Geliebten Freundinnen machte. Ja, sie waren nur zu Beginn Geliebte, und dann verwandelte ich sie allesamt in Schwestern, die ich mit Savannahs Augen ausstattete. Sobald ich in eine dieser Frauen eingedrungen war, hörte ich zu meinem unsäglichen Schrecken die Stimme meiner Mutter. Mochte die jeweilige Gespielin auch »ja, ja, ja!« rufen – ihr Schrei kam nie gegen das »nein!« meiner Mutter an. Abend für Abend, mein ganzes Leben lang, war ich mit meiner Mutter ins Bett gegangen, und ich konnte nichts dagegen tun.

Diese Gedanken kamen ungebeten und ohne Vorankündigung. Sex, dachte ich, während ich von der Terrasse aus beobachtete, wie Susan Lowenstein mit zwei Cognacschwenkern zurückkam, Sex ist das Kernproblem meines an Konflikten und Niederlagen so reichen Männerlebens.

Sie reichte mir mein Glas, streifte die Schuhe ab und setzte sich in einen Korbsessel. Nachdem sie eine Weile geschwiegen hatte, sagte sie: »Tom, wissen Sie noch, daß wir einmal darüber gesprochen haben, wie verschlossen Sie als Mensch sind?«

Ich richtete mich in meinem Sessel auf und schaute auf die Uhr. »Bitte vergessen Sie nicht meine eingefleischte Abneigung gegen Psychotherapeuten, Dr. Lowenstein«, sagte ich. »Sie sind jetzt nicht im Dienst.«

»Tut mir leid, aber als ich uns gerade einen Drink einschenkte, mußte ich darüber nachdenken, daß ich, während Sie eine Geschichte nach der anderen über Ihre Familie erzählen, Savannah allmählich immer klarer sehe, genau wie Luke und ihren Vater. Mit Ihrer Mutter kann ich noch nichts anfangen, und Sie, Tom, sind mir am unbegreiflichsten. In all den Geschichten geben Sie so gut wie nichts von sich selbst preis.«

»Das liegt vermutlich daran, daß ich selbst nie weiß, wer ich eigentlich bin. Ich war eben nie eine fest umrissene Persönlichkeit, sondern ich habe immer versucht, ein anderer Mensch zu sein und ein anderes Leben zu führen. Das fällt mir allzu leicht. Ich weiß genau, wie sich Bernard in seiner Haut fühlt, Doktor. Deshalb reagiere ich so betroffen, wenn ich ihn leiden sehe. Ich kann mich sogar in Savannah hineinversetzen und mit ihr fühlen, wenn die Hundemeute wieder einmal über sie herfällt. Am liebsten würde ich ihr den ganzen Kummer abnehmen und meine eigene Seele damit belasten. Ich finde es nicht leicht, ich selbst zu sein, denn ich bin mir selbst fremd. Diese erbarmungswürdige Beichte müßte eigentlich den wißbegierigsten Therapeuten zufriedenstellen, meinen Sie nicht auch?«

»Können Sie sich auch in mich hineinversetzen, Tom?« fragte sie. »Können Sie sich vorstellen, was es heißt, ein Mensch wie ich zu sein?«

»Nein«, entgegnete ich beklommen und nahm einen kleinen Schluck Cognac. »Keine Ahnung.«

»Sie lügen, Tom!« stellte sie mit Nachdruck fest. »Ich bin überzeugt, daß Sie sich viele Gedanken über mich machen.«

»Ich seh' Sie ab und zu in Ihrem Büro und schütte mir eine Stunde lang das Herz aus. Manchmal haben wir zusammen ein Gläschen getrunken, und insgesamt haben wir bisher dreimal abends zusammen gegessen. Das alles hat jedoch nicht gereicht, damit ich mir von Ihnen ein klares Bild machen kann. Eigentlich hatte ich geglaubt, Sie hätten es geschafft. Sie sind schön, Sie sind eine Ärztin, Sie sind mit einem berühmten Musiker verheiratet, Sie sind wohlhabend, Sie leben wie eine Königin. Natürlich hat Bernard das strahlende Bild ein bißchen verfinstert, aber alles in allem gehören Sie zu der verschwindend kleinen Minderheit, die hoch über den dumpfen Menschenmassen thront.«

»Sie sagen noch immer nicht, was Sie denken«, sagte sie aus der Dunkelheit heraus.

»Und Sie sind eine sehr traurige Frau, Doktor! Ich verstehe nicht warum, aber es tut mir furchtbar leid. Wenn ich Ihnen helfen könnte, würde ich es tun. Leider bin ich nur ein Trainer und kein Priester oder Arzt.«

»Jetzt sagen Sie, was Sie meinen. Ich danke Ihnen dafür. Sie sind für mich der erste richtige Freund seit langer Zeit.«

»Und ich weiß zu schätzen, was Sie für Savannah tun, das können Sie mir glauben, Susan«, erwiderte ich, aber ich hatte dabei ein furchtbar ungutes Gefühl.

»Waren Sie jemals einsam?«

»Dr. Lowenstein, Sie reden mit dem Fürsten der Einsamkeit, wie Savannah mich in einem ihrer Gedichte genannt hat. Diese

Stadt schwitzt in demselben Maße Einsamkeit aus, wie eine Brausetablette ein Glas Wasser zum Sprudeln bringt.«

»Die Einsamkeit bringt mich seit einiger Zeit fast um«, gestand sie. Ich fühlte ihren Blick auf mir ruhen.

»Ich weiß nicht, was ich dazu sagen soll.«

»Es zieht mich sehr zu Ihnen hin, Tom – nein, gehen Sie noch nicht, bitte hören Sie mich an!«

»Bitte behalten Sie das für sich, Doktor«, sagte ich und stand auf, um zu gehen. »Ich darf über so was gegenwärtig nicht einmal nachdenken. Ich rede mir nun schon seit so langer Zeit ein, daß ich zur Liebe unfähig bin, daß mich allein die Vorstellung erschreckt. Lassen Sie uns Freunde sein, gute Freunde! Für Ihr Liebesleben wäre ich eine fatale Neuerwerbung. Ich bin nämlich als Mensch wie die *Titanic*. Die reinste Katastrophe, egal wo man hinschaut. Die ganze Zeit zerbrech' ich mir den Kopf darüber, wie ich meine Ehe retten könnte, und meine Chancen stehen schlecht. Ich darf nicht einmal im Traum daran denken, mich in eine Frau zu verlieben, die so schön ist wie Sie – und die so anders ist wie ich. Es wäre zu gefährlich... Ich muß jetzt gehen, aber ich möchte mich vorher für das bedanken, was Sie zu mir gesagt haben. Seit ich hier in New York bin, habe ich das dringend gebraucht. Es ist gut, sich wieder wie ein Mann zu fühlen, der attraktiv ist und einer Frau gefällt.«

»Ich hab' mich nicht sehr geschickt angestellt, stimmt's, Tom?« fragte sie lächelnd.

»Nein, das stimmt nicht«, widersprach ich. »Sie waren wundervoll, Susan Lowenstein! Sie waren in jeder Hinsicht großartig.«

Ich ging. Sie blieb und blickte weiter hinaus ins Lichtermeer der Stadt.

16

Es war schon fast Sommer, als die fremden Männer mit ihrem Boot in Colleton ankamen und sich an die langwierige, unerbittliche Jagd auf den weißen Tümmler machten. Meine Mutter war gerade damit beschäftigt, Brot zu backen, dessen köstlicher Duft sich mit dem der Rosen vermischte, so daß es in unserem Haus nach einem äußerst fein abgestimmten, aus würzigem Weihrauch hergestellten Parfüm roch. Mutter nahm einen frischen Brotlaib aus dem Ofen und bestrich ein paar Scheiben davon ausgiebig mit Butter und Honig. Wir nahmen das dampfende Brot mit hinunter zur Anlegestelle, und unterwegs rann uns das Gemisch aus Butter und Honig zwischen den Fingern hindurch. Prompt erregten wir das aufdringliche Interesse sämtlicher Wespen auf unserem Grundstück. Man mußte starke Nerven haben, wenn sie einem über die Hände krabbelten und sich an dem heruntergetropften Honig labten, als wären unsere Hände kleine Obstgärten mit Bienenstöcken. Meine Mutter kam und stellte den mit Zuckerwasser gefüllten Deckel eines Mayonnaiseglases auf den Bootssteg, um die Wespen abzulenken, so daß wir in Ruhe essen konnten.

Wir hatten unsere Brote schon fast verspeist, als wir das Boot sahen. Es war die in Florida registrierte *Amberjack*, die dort durch die Wasser des Colleton River pflügte. Dem Boot folgte nicht der übliche Möwenschwarm, woraus wir schlossen, daß es sich nicht um ein Fischereifahrzeug handelte. Die *Amberjack* hatte zwar nicht die schnittige, luxuriöse Linienführung einer Jacht, doch ihre Mannschaft bestand aus sechs tiefgebräunten Männern, die das Aussehen erfahrener Seeleute hatten. Noch vor Ende des Tages sollten wir erfahren, daß die *Amberjack* das erste Boot in den Gewässern von South Carolina war, dessen Aufgabe es war, Fische am Leben zu erhalten.

Die Besatzung machte kein Geheimnis aus dem Ziel ihrer Mission, und so wußte schon am Nachmittag jeder in Colleton Bescheid. Captain Otto Blair erklärte gegenüber einem Reporter der *Gazette*, die Leitung des Meerwasseraquariums von Miami habe von einem Bürger aus Colleton, der ungenannt zu bleiben wünschte, einen Brief des Inhalts erhalten, ein Albino-Tümmler treibe sich in den Gewässern von Colleton herum. Diesen weißen Tümmler wolle er, Captain Blair, mit seiner Mannschaft fangen und als touristische Attraktion, aber auch als Gegenstand wissenschaftlicher Forschung nach Miami bringen. Er sei mit seinen Männern im Interesse der Wissenschaft nach Colleton gekommen, und als Meeresbiologen fänden sie es aufregend, daß eines der seltensten Geschöpfe der Sieben Meere für die Menschen dieser Gegend ein täglicher Anblick sei.

Mag sein, daß diese Männer alles über Tümmler und deren Lebensgewohnheiten wußten, doch über den Charakter der Menschen, die die südlichen Küstengestade von South Carolina bewohnten, hatten sie sich gründlich getäuscht. Schon kurze Zeit später sollten die Bürger von Colleton ihnen ein paar kostenlose Lektionen erteilen. Eine geheime Welle der Entrüstung erfaßte das Städtchen. Alle waren alarmiert und auf der Hut. Der Plan, uns unseren Snow zu stehlen, war für uns ein unaussprechlich hinterhältiger Akt. Ohne es zu wissen, hatten sie die seltene Tugend der Solidarität in uns entfacht. Schon bald sollten sie die ganze Wucht unserer Entrüstung zu spüren bekommen. Für sie war der weiße Tümmler eine wissenschaftliche Kuriosität, aber für uns war er eine Offenbarung von unermeßlicher göttlicher Großzügigkeit und Schönheit, ein Stück Magie, ein hinreißendes Kunstwerk.

Es lohnte sich, für den weißen Tümmler zu kämpfen.

Tags darauf lief die *Amberjack* frühmorgens mit den Krabbenfangbooten aus, aber den Tümmler sichtete man nicht, und man brachte auch keine Netze aus. Die Männer aus Florida machten abends sichtlich enttäuscht am Landungssteg fest. Eifrig erkundigten sie sich, wann Snow zum letztenmal gesichtet worden war, aber sie trafen auf eine Mauer des Schweigens.

Am Ende des dritten Tages fuhren Luke und ich auf dem Fluß dicht an der *Amberjack* vorbei. Wir konnten deutlich hören, wie sich die Männer an Bord über die lange, noch immer ergebnislose Suche nach dem weißen Tümmler unterhielten. Sie hatten längst begriffen, daß die ganze Stadt gegen sie war, und deshalb ergriffen sie mit Freuden die Gelegenheit, sich mit uns zu unterhalten und alles aus uns herauszuholen, was wir über den Tümmler wußten.

Captain Blair ließ Luke und mich an Bord der *Amberjack* bringen und zeigte uns den großen Seewasserbehälter auf Deck, in dem die gefangenen Meerestiere unbeschadet nach Miami ins Aquarium gebracht werden konnten. Er zeigte uns auch die Netze, die zusammengerechnet eine halbe Meile breit waren. Damit hofften die Männer den Tümmler einzukreisen. Die Maschen dieser Netze waren so groß, daß man eine Hand hindurchstecken konnte. Der Kapitän war ein jovialer Mann mittleren Alters. Sein von Wind und Wetter gegerbtes Gesicht hatte tiefe Furchen. Mit einer

Stimme, die so leise war, daß man kaum etwas verstand, erklärte er uns, wie man einen gefangenen Tümmler dazu bringt, tote Fische zu fressen. Tümmler fasten nach ihrer Gefangennahme zwei Wochen lang, erläuterte er. Erst dann geben sie klein bei und fressen, was sie in der Freiheit nicht anrühren würden. Die größte Gefahr beim Fangen eines Tümmlers bestehe darin, daß er sich im Netz verfange und ertrinke. Damit dies nicht passiere, brauche man eine flinke und gut eingespielte Mannschaft. Nach diesen Erläuterungen zeigte uns Captain Blair auch die Schaumgummimatratzen, auf die seine Leute einen gefangenen Tümmler legten, sobald sie ihn an Bord gehievt hatten.

»Warum werfen Sie ihn nicht gleich in das Wasserbecken, Captain?« fragte ich.

»Normalerweise tun wir das, aber manchmal haben wir Haie im Becken und außerdem kann sich ein Tümmler verletzen, wenn er wie verrückt in einem so engen Behälter hin- und herschwimmt. Es ist viel besser, ein Tier auf die Matratze zu legen und ab und zu Wasser drüber zu kippen, damit die Haut nicht austrocknet. Wir drehen es sogar von Zeit zu Zeit um, damit es keine Probleme mit dem Kreislauf kriegt. Mehr kann man nicht machen.«

»Wie lange kann ein Tümmler außerhalb des Wassers überleben?« wollte Luke wissen.

»Ehrlich gesagt weiß ich das nicht, mein Junge«, antwortete der Captain. »Die längste Zeit, an die ich mich erinnern kann, waren fünf Tage, und der Tümmler hat prima bis Miami durchgehalten. Diese Biester sind hart im Nehmen. Sagt mal, Jungs, wann habt ihr eigentlich Moby zum letztenmal in diesen Gewässern gesehen?«

»Moby?« wunderte sich Luke. »Unser Tümmler heißt Snow – Carolina Snow.«

»Den Namen haben sie ihm in Miami verpaßt, Jungs – Moby der Tümmler. Das hat irgend so ein Kerl aus der Presseabteilung verbrochen.«

»Ich hab' noch nie so 'nen blöden Namen gehört«, sagte Luke.

»Der wird aber jede Menge Touristen anlocken, mein Sohn«, erwiderte Captain Blair.

»Touristen? Gestern morgen hat angeblich eine ganze Bootsladung von Touristen, die nach Fort Sumter unterwegs waren, den weißen Tümmler im Hafen von Charleston gesehen«, sagte Luke.

»Mensch, ist das wahr?« rief der Captain aus, und einer seiner

Männer, der den Schluß der Unterhaltung mit angehört hatte, sprang auf die Füße.

»Ich war nicht dabei«, sagte Luke, »aber ich hab's im Radio gehört.«

Am nächsten Morgen nahm die *Amberjack* Kurs auf Charleston. Eine Zeitlang kämmte sie den Ashley und den Cooper River nach dem weißen Tümmler ab, dann wurde die Suche drei Tage lang in der Gegend des Wappoo Creek und des Elliott Cut fortgesetzt, bis es den Männern dämmerte, daß Luke sie angeschwindelt hatte. Er hatte von ihnen gelernt, wie man einen Tümmler eine Zeitlang am Leben hält.

Zu offenen Feindseligkeiten kam es erst, als sich die Besatzung der *Amberjack* an einem Juniabend anschickte, den weißen Tümmler in Sichtweite der Stadt einzufangen. Sie hatten Snow im Sund von Colleton entdeckt, doch dort war das Wasser für die Fangnetze viel zu tief. Deshalb waren sie dem Tümmler den ganzen Tag über in einiger Entfernung gefolgt und hatten ihn mit unendlicher Geduld allmählich weiter flußaufwärts in seichtere Gewässer manövriert.

Unterdessen gaben die einheimischen Krabbenfischer an Bord ihrer Boote ständig über Kurzwelle die genaue Position der *Amberjack* durch. Jeder Kurswechsel wurde genau registriert und weitergemeldet – von Boot zu Boot, aber auch zu den Frauen daheim, die die Funksprüche auffingen und per Telefon weitergaben. Wohin die *Amberjack* in den Gewässern unseres Landkreises auch steuerte – stets wußte eine ganze Heerschar geheimer Zuhörer genau Bescheid über ihre Position und über ihren Kurs.

»Die *Amberjack* läuft jetzt in den Yemassee Creek ein«, vernahmen wir eines Tages eine Stimme durch das Rauschen und Knistern des Kurzwellenempfängers hindurch, den unsere Mutter in der Küche über dem Spülbecken in das Regal gestellt hatte. »Sieht nicht so aus, als hätten sie heute viel von Snow gesehen.« Und wenig später hieß es: »Die *Amberjack* hat den Yemassee Creek wieder verlassen. Sieht so aus, als ob die Jungs aus Miami sich 'n bißchen flußaufwärts beim Harper Dogleg und beim Goatch's Island umsehen wollen.«

Solche Meldungen erfolgten häufig und wurden überall in der

Stadt aufmerksam mitgehört. Eine Woche lang ließ sich der weiße Tümmler nicht blicken, und als er dann wieder auftauchte, war es die Besatzung eines Krabbenfangbootes, die ihn zuerst sah: »Hier spricht Kapitän Willard Punkett. Die *Amberjack* hat Snow im Colleton River gesichtet und folgt ihm flußaufwärts. Die Besatzung macht auf Deck die Netze klar. Sieht so aus, als wollte Snow unserer Stadt mal wieder einen Besuch abstatten.«

Die Nachricht verbreitete sich wie ein Lauffeuer in der Stadt. Während sich die Leute scheinbar gelassen miteinander unterhielten, ließen sie den Fluß nicht aus den Augen. Der Sheriff stellte sich mit seinem Auto auf den Parkplatz hinter dem Bankgebäude und hörte die Funksprüche der Krabbenfänger mit. Aller Augen waren auf die Flußbiegung des Colleton River gerichtet, wo die *Amberjack* irgendwann erscheinen würde. Jene Biegung war etwa eine Meile von der Stelle entfernt, wo sich der Colleton River zu einem Sund weitete, nachdem sich drei Nebenflüsse mit ihm vereinigt hatten.

Das Warten auf die *Amberjack* dauerte rund zwanzig Minuten. Als das Boot endlich um die Flußbiegung kam, ging ein Raunen durch die versammelte Menschenmenge. Das Boot ritt hoch über den Marschen auf der steigenden Flut. Ein Besatzungsmitglied stand am Bug und blickte durch einen Feldstecher auf einen bestimmten Punkt in Fahrtrichtung. Der Mann wirkte in seiner Reglosigkeit wie eine Statue, und sein Anblick war ein beredtes Zeugnis für den leidenschaftlichen Ernst, mit dem er sich seiner Aufgabe widmete.

Luke, Savannah und ich beobachteten die Szene von der Brücke aus. Dort hatten sich mehrere hundert Städter zusammengeschart, um mitzuerleben, wie das lebendige Symbol für das Glück und Wohlergehen unserer Stadt eingefangen wurde. Neugierde – und nichts als Neugierde – empfanden wir Bürger von Colleton jedoch nur, bis Carolina Snow selbst an der letzten Flußbiegung erschien, ein Anblick von schwelgerischer Schönheit. Seidig glänzend, schickte sich der Tümmler an, gleich einem Fabelwesen gemächlich durch die Stadt zu schwimmen. Seine helle Flosse schimmerte im Sonnenlicht fast silbern, während sie butterweich durch den Kamm einer kleinen Welle schnitt. Für uns erlangte das Tier nun vollends den Nimbus der Erhabenheit, aber auch der Verwundbarkeit, zumal es nicht zu ahnen schien, welche Gefahren ihm drohten. Von einem Licht überglänzt, wie es nicht besser hätte sein können, verblüffte uns der Tümmler wieder einmal mit seiner vollkommenen Schönheit. Er tauchte weg, und als er wieder an die Oberfläche kam, pflügte seine Rückenflosse schon hundert Meter näher an der Brücke durch die Wasser des Flusses. Zu unserer eigenen Überraschung brach in diesem Augenblick ein Freudenschrei aus allen Kehlen. Damit war die Apotheose des weißen Tümmlers endgültig vollzogen. Die Standarte des Volkszorns entrollte sich in Colleton wie in einem geheimnisvollen Wind, und unsere innere Einstellung als Beobachter veränderte sich unversehens, während sich auf unseren Lippen ein noch nie gehörter Schlachtruf formte. Es war, als tauchten aus dem Unterbewußtsein der Stadt in flammenden Lettern alle möglichen kämpferischen Wappensprüche, Mottos und Parolen auf.

Der Tümmler tauchte erneut, und als er wieder an der Wasseroberfläche erschien, schwamm er in einem weiten Bogen dem ihn begrüßenden Applaus entgegen. Wirklich, er war wie ein mysteriöses Wesen von einem anderen Stern, und seine Farbe, eine zarte Mischung aus Lilienweiß und Perlmutt, hätte aus der Retorte eines Alchimisten stammen können. Silbrig schimmernd glitt er dicht unter der sonnenhellen Wasseroberfläche dahin.

Als wir aufblickten, sahen wir, daß die *Amberjack* aufgeholt hatte. Ein paar Männer verstauten die Netze in einem kleinen Beiboot, das sie offenbar gleich zu Wasser lassen wollten. In diesem Augenblick brauchte unsere Stadt unbedingt einen unerschrockenen Anführer. Er stand neben mir, wie ich wenig später verblüfft feststellen sollte.

Auf der Brücke kam es zu einem Verkehrschaos, weil viele Autofahrer ihren Wagen einfach stehenließen und sich an das Geländer stellten, um zuzuschauen, wie der Tümmler gefangen wurde. Ein Lastwagen, der Tomaten geladen hatte, die von einer von Reese Newburys Farmen stammte, steckte mitten auf der Brücke fest. Der Fahrer hupte pausenlos, aber niemand fuhr weiter.

Neben mir hörte ich Luke flüstern: »Nein, das darf nicht sein!« Er lief zu dem Lastwagen, kletterte auf die Ladefläche und fing an, eine mit Tomaten gefüllte Kiste nach der anderen auf die Straße zu werfen, mitten unter die Leute. Zuerst dachte ich, Luke habe den Verstand verloren, doch dann begriff ich plötzlich, was er vorhatte.

Savannah und ich brachen eine der Kisten auf, griffen hinein und verteilten die Tomaten an die Gaffer. Der Lastwagenfahrer stieg aus, er brüllte Luke an, sofort aufzuhören, aber Luke achtete nicht auf ihn, sondern verteilte Tomatenkisten an Freunde und Nachbarn, die ihm die Arme entgegenstreckten. Als ein paar Leute Werkzeuge aus ihren Autos holten, und anfingen, die Kisten damit aufzubrechen, schnappte die Stimme des Lastwagenfahrers fast über. Ich sah, wie sich das Auto des Sheriffs auf dem Parkplatz in Bewegung setzte und in Richtung der am anderen Stadtrand beginnenden Landstraße nach Charleston davonfuhr.

Als sich die *Amberjack* der Brücke näherte, prasselte ein Trommelfeuer von mindestens zweihundert grünen Tomaten auf ihr Deck. Der Mann mit dem Feldstecher ging in die Knie, so hart waren die Tomaten. Einer der Männer, die achtern mit den Netzen herumhantiert hatten, hielt sich mit beiden Händen die Nase. Zwischen seinen Fingern sickerte Blut hindurch. Die zweite Tomatensalve ließ nicht lange auf sich warten. Verständnislos und halb benommen flüchteten sich die Männer stolpernd in die Sicherheit des Laderaumes und der Kajüte. Ein Wagenheber traf krachend das Beiboot. Die Leute auf der Brücke brüllten beifällig. Noch immer wurden die Tomatenkisten von Hand zu Hand weitergereicht, und auch der Lastwagenfahrer protestierte noch immer lautstark, aber niemand achtete auf ihn.

Die *Amberjack* verschwand unter der Brücke. Zweihundert Menschen drehten sich um und rannten wie im Delirium zum Geländer an der anderen Seite. Als das Boot wieder erschien, bombardierten wir es erneut mit Tomaten. Dabei kamen wir uns vor wie Bogenschützen, die von oben ein armes Häuflein Fußvolk mit einem Hagel von Pfeilen eindeckten. Savannah warf mit ganzer Kraft und sehr zielsicher. Rasch hatte sie ihren eigenen Rhythmus und Stil gefunden. Vor lauter Vergnügen kreischte sie laut. Luke schleuderte eine ganze Tomatenkiste in die Tiefe. Sie krachte achtern aufs Deck. Zerquetschte Tomaten kullerten wie Murmeln über die Planken. Gleich darauf war die *Amberjack* nur noch in der Reichweite der stärksten Arme – und da änderte der weiße Tümmler, gedankenlos einer rettenden Eingebung folgend, den Kurs und kam wieder zurück in Richtung Stadt geschwommen, unserem Beifall und unserer Hilfsbereitschaft entgegen. Von der Brücke herab sahen wir zu, wie er, ein flimmernder Schatten, ein unwirklich anmutender Traum aus Elfenbein, unter den kleinen, durchschneidenden Wellen dahinglitt. Während das Boot schwerfällig wendete, wurden auf der Brücke noch mehr Tomatenkisten verteilt. Inzwischen hatte sogar der Lastwagenfahrer klein beigegeben und sich von der Massenhysterie anstecken lassen, die uns alle befallen hatte. Mit angewinkelten Armen, eine Tomate in der Faust, stand er da und erwartete die *Amberjack*. Das Boot hielt auf die Brücke zu, drehte dann jedoch plötzlich ab und nahm auf dem Colleton River Kurs nach Norden, während Carolina Snow, wahrscheinlich der einzige weiße Tümmler unseres Planeten, wieder dem offenen Atlantik entgegenstrebte.

Am nächsten Tag verlieh der Rat der Stadt Carolina Snow die Bürgerrechte von Colleton und verfügte, daß sich jeder, der den Versuch machte, den weißen Tümmler gewaltsam aus den Gewässern des Landkreises zu entfernen, einer schweren Straftat schuldig mache. Kurz darauf erließ auch die Regierung von South Carolina ein ähnliches Gesetz, daß die Jagd auf Meeresbewohner von der Gattung *Phocaena* bzw. *Tursiops* in unserem Landkreis unter Strafe stellte. So wurde unsere Heimat innerhalb von knapp vierundzwanzig Stunden zur einzigen Gegend auf der ganzen Welt, in der das Fangen von Tümmlern praktisch ein Verbrechen war.

Captain Blair begab sich an jenem Abend nach seiner Rückkehr schnurstracks von der Anlegestelle zum Büro von Sheriff Lucas und verlangte von ihm, unverzüglich die Personen festzunehmen, die die *Amberjack* mit Tomaten beworfen hatten. Unglücklicherweise konnte der Captain jedoch keinen der Missetäter beim Namen nennen, wohingegen der Sheriff nach einigen Telefonaten vier Zeugen vorzuweisen hatte, die bereit waren, vor Gericht zu beschwören, daß sich kein Mensch auf der Brücke befunden hatte, als die *Amberjack* darunter hindurchgefahren war.

»Wie kommen dann Ihrer Meinung nach die hundert Pfund Tomaten an Deck meines Bootes?« fragte der Kapitän. Die lakonische Antwort, die er vom Sheriff erhielt, wurde überall in Colleton beifällig aufgenommen: »Wir stehen hier kurz vor der Tomatenernte, Captain. Die verdammten roten Dinger scheinen wirklich überall zu wachsen.«

Die Männer aus Miami erholten sich jedoch bald von ihrer

Schlappe und heckten einen neuen Plan aus, wie sie doch noch des Tümmlers habhaft werden konnten. Fortan hielten sie sich außer Sichtweite der Bewohner von Colleton und ließen sich in der Fahrrinne auf dem Colleton River nicht mehr blicken. Statt dessen setzten sie ihre Jagd am Rand der Hoheitsgewässer unseres Landkreises fort und warteten geduldig auf den Moment, in dem Snow den schützenden Geltungsbereich des neuen Gesetzes verlassen würde. Die *Amberjack* wurde jedoch ständig nicht nur von Booten der Fischereibehörde von South Carolina, sondern auch von einer kleinen Flottille privater Sportboote beschattet, die von Frauen und jungen Leuten aus unserer Stadt gesteuert wurden. Wann immer die *Amberjack* den Tümmler sichtete und ihm nachstellen wollte, manövrierten sich die kleinen Boote rasch zwischen sie und Snow und fuhren dann absichtlich langsam. Immer wieder versuchte die *Amberjack*, zwischen den Störenfrieden hindurch zu steuern, aber die Frauen und Jugendlichen aus Colleton waren auf dem Wasser groß geworden und wußten, wie man mit Booten umgeht. Sie blockierten den Männern aus Florida so lange den Weg, bis der weiße Tümmler das tiefere Wasser des Sunds von Colleton erreicht hatte und in Sicherheit war.

Tag für Tag fuhren Luke, Savannah und ich den Flußlauf ein Stück hinauf, um uns der kleinen Flotte der ›Aufständischen‹ anzuschließen. Luke steuerte unseren *Boston Whaler* oft direkt vor den Bug der *Amberjack*. Ohne auf das warnende Tuten der Schiffssirene zu achten, richtete er es unmerklich so ein, daß wir immer weniger Fahrt machten. Mochte Captain Blair auch noch so geschickt manövrieren – an Luke führte kein Weg vorbei. Savannah und ich machten unterdessen unser Angelzeug klar, und während Luke sich immer zwischen der *Amberjack* und dem weißen Tümmler hielt, angelten wir Makrelen. Immer wieder stellte sich jemand von der Crew auf den Bug der *Amberjack*, um uns von oben herab Drohungen und Verwünschungen zuzurufen. Das klang ungefähr so: »He, Kinder, haut gefälligst ab, bevor uns der Kragen platzt, verdammt noch mal!« brüllte einer der Männer.

»Wieso? Wir angeln doch nur ein bißchen«, rief Luke zurück.

»Angeln?« wiederholte der Mann entnervt. »Was wollt ihr hier schon rausholen!«

»Hier in der Nähe soll sich ein weißer Tümmler rumtreiben«,

erwiderte Luke. Mit einer winzigen Drehung des Handgelenks nahm er noch ein bißchen mehr Gas weg.

»Tatsächlich, du Klugscheißer? Da müßt ihr euch aber mächtig anstrengen, um den zu fangen!«

»Sie auch, Mister«, gab Luke schadenfroh lächelnd zurück.

»Wenn wir hier in Florida wären, würden wir euch unter Wasser drücken!«

»Dies ist aber nicht Florida, Mister! Das müßten Sie doch inzwischen gemerkt haben«, antwortete Luke.

»Bauerntölpel!« brüllte der Mann.

Luke drehte den Gashebel so weit zurück, daß wir nur noch im Schneckentempo vorankamen. Dicht hinter uns hörten wir die starken Motoren der *Amberjack* fast im Leerlauf tuckern, und über uns sahen wir drohend die Bugspitze des Schiffes.

»Der hat uns Bauerntölpel genannt«, sagte Luke.

»Was, mich auch?« fragte Savannah.

»Ich finde das sehr kränkend«, sagte ich.

Ein Stück flußaufwärts bog der weiße Tümmler gerade in den Langford Creek ein. Seine alabasterweiße, glänzende Rückenflosse verschwand hinter einer grünen Böschung. An der Mündung des Wasserarms warteten drei Boote für den Fall, daß es der *Amberjack* doch noch gelang, an uns vorbeizukommen...

Nach dreißig Tagen voller Behinderungen und Schikanen verließ die *Amberjack* die südlichen Randbereiche unseres Landkreises, um – scheinbar – ohne den weißen Tümmler Kurs auf ihren Heimathafen in Miami zu nehmen. In einem letzten Interview, das er der *Gazette* gab, listete Captain Blair all die Behinderungen auf, die sich die Bürger von Colleton hatten einfallen lassen, um die Mission der *Amberjack* zum Scheitern zu bringen. Man dürfe nicht erlauben, daß die Freiheit von Wissenschaft und Forschung durch solche Sabotageakte beeinträchtigt würde. Tags zuvor seien er und seine Mannschaft aus dem Hinterhalt beschossen worden, und deshalb habe er den unwiderruflichen Entschluß gefaßt, die Jagd auf den Tümmler abzubrechen.

Die ganze Flotte der Krabbenfischer war zugegen, als die *Amberjack* draußen vor der Küste die letzten der vorgelagerten Inseln hinter sich ließ, durch die Brandung fuhr und mit südlichem Kurs auf die offene See hinaussteuerte.

Die *Amberjack* fuhr jedoch nicht nach Miami zurück. Sie lief nur vierzig Meilen nach Süden, bog dann in die Mündung des Savannah River ein und machte in dem kleinen Fischerhafen von Thunderbolt fest. Eine ganze Woche lang blieb sie dort liegen. Während sich in Colleton die Gemüter allmählich abkühlten, fing die Besatzung der *Amberjack* auf Kurzwelle alle Funksprüche der Krabbenfischer auf und kannte deshalb stets die genaue Position des weißen Tümmlers.

Am Ende jener Woche lief die *Amberjack* mitten in der Nacht aus und fuhr außerhalb der Dreimeilenzone nach Norden, immer außerhalb der Sichtweite der Krabbenfischer, die sich mit ihren Trawlern in unmittelbarer Nähe der Küste hielten. Zuversichtlich warteten die Männer aus Miami auf einen bestimmten Funkspruch.

Sie kreuzten schon drei Tage draußen auf dem Meer herum, als sie endlich die sehnlichst erwarteten Worte vernahmen: »An alle Krabbenfänger! Im Zajac Creek treibt dicht unter der Oberfläche ein Baumstamm. Paßt mit euren Netzen auf, wenn ihr in diese Gegend kommt. Ende.«

»Im Zajac Creek gibt es keine Krabben«, meldete sich über Funk der Kapitän eines anderen Krabbenfangbootes. »Bist du nicht ein bißchen zu weit weg von zu Hause, Henry? – Ende.«

»Wo ich auf Krabbenfang geh, ist meine Sache. – Ende«, antwortete Henry Wingo, mein Vater. Während er dies sagte, beobachtete er, wie Carolina Snow einen Fischschwarm vor sich hertrieb, direkt auf eine Sandbank zu.

Der Zajac Creek gehörte nicht zum Landkreis Colleton. Die *Amberjack* drehte nach Westen ab und steuerte mit Volldampf auf diesen Wasserlauf zu. Unterwegs machte die Crew schon die Netze bereit, während Captain Blair ein letztes Mal den Blick über die Ufergestade von South Carolina schweifen ließ. Später sagte ein Krabbenfänger aus Charleston, er habe um elf Uhr dreißig vormittags die Gefangennahme des weißen Tümmlers als Augenzeuge miterlebt. Carolina Snow habe sich wie wahnsinnig gegen die Netze gewehrt, doch dadurch habe sie sich nur noch mehr darin verwickelt. Mit bewundernswerter Geschicklichkeit habe die Mannschaft der *Amberjack* das Tier mit Seilen gefesselt und die ganze Zeit darauf geachtet, daß sein Kopf stets über Wasser war, damit es nicht ertrank, bevor man es ins Motorboot ziehen konnte.

Als sich die Nachricht in Colleton herumgesprochen hatte, befand sich die *Amberjack* schon wieder außerhalb der Dreimeilenzone und nahm Kurs auf Miami, wo sie achtundfünfzig Stunden später eintraf. In unserer Stadt wurden die Kirchenglocken geläutet, ein Ausdruck unserer ohnmächtigen Wut. Wir fühlten uns, als sei unser Fluß entweiht und all seines Zaubers beraubt worden.

›Baumstamm unter der Wasseroberfläche‹, – das war das Stichwort, das mein Vater mit Captain Blair und dessen Crew ausgemacht hatte. Vereinbarungsgemäß hatte er in den Gewässern am Rand unseres Landkreises gefischt, bis er sah, daß der weiße Tümmler nach Norden, in die zum Landkreis von Gibbes gehörenden Hoheitsgewässer schwamm. Mein Vater war auch jener anonyme Bürger von Colleton gewesen, der einen Brief an das Meeresaquarium von Miami geschrieben und auf die Anwesenheit eines Albino-Tümmlers bei uns hingewiesen hatte. Zwei Wochen nach der Entführung von Carolina Snow – und eine Woche, nachdem ein Bild des Tümmlers in der *Colleton Gazette* erschienen war, das zeigte, wie Snow in einem großen Becken, seiner neuen Heimat, ausgesetzt wurde – erhielt mein Vater ein Dankschreiben von Captain Blair und einen Scheck über eintausend Dollar als Lohn für seine Hilfe.

»Ich schäme mich für das, was du getan hast, Henry!« schimpfte meine Mutter, einem Wutanfall nahe, als mein Vater mit dem Scheck vor unserer Nase herumwedelte.

»Ich hab' einen Tausender verdient, Lila! Noch nie in meinem Leben hab' ich so leicht so viel Geld verdient. Meinetwegen könnten bei uns lauter Albino-Tümmler rumschwimmen. Dann könnte ich mein ganzes Leben lang Pralinen futtern und mir 'ne ganze Bank kaufen.«

»Wenn in dieser Stadt irgend jemand Mumm in den Knochen hat, dann fährt er nach Miami und sorgt dafür, daß das Tier wieder freikommt«, erwiderte meine Mutter. »Laß hier bloß niemanden wissen, daß du dahintersteckst, Henry! Die Leute kochen noch vor Wut wegen dieser Sache mit dem Tümmler.«

»Wie konntest du nur unseren Snow verkaufen, Daddy?« fragte Savannah.

»Hör mal, mein Herzchen, der Tümmler lebt jetzt in Saus und Braus. Jeden Tag kriegt er die leckersten Makrelen und springt durch Reifen, um kleine Kinder glücklich zu machen. Snow braucht sich für den Rest seines Lebens keine Sorgen mehr um Haifische zu machen. Er ist in Miami so sicher wie in einem Altersheim. Ihr müßt auch die positiven Seiten sehen.«

»Ich glaub' trotzdem, daß du eine Sünde begangen hast, die dir nicht mal der liebe Gott verzeihen kann, Daddy«, meinte Luke düster.

»Ach ja?« Unser Vater zog eine höhnische Grimasse. »Hatte das Tier etwa den Stempel: *Eigentum der Stadt Colleton* auf dem Rücken? Ich hab' doch nichts weiter getan, als die Leute in Miami auf ein Naturphänomen aufmerksam zu machen, mit dem sie 'ne Menge Leute anlocken können, und sie haben mich für meine Wachsamkeit belohnt.«

»Sie hätten den Tümmler aber nicht gefunden, wenn du auf dem Fluß nicht per Funk seine Position durchgegeben hättest«, wandte ich ein.

»Stimmt. Ich war sozusagen ihr Verbindungsoffizier in der Gegend. Hört mal, ihr wißt genau, daß es dieses Jahr nicht viele Krabben gibt. Von diesen tausend Dollar können wir 'ne Weile leben und auch ein paar Klamotten für euch kaufen. Das Geld würde reichen, um einen von euch ein Jahr lang ein College besuchen zu lassen.«

»Ich würde kein Essen anrühren, das du von diesem Geld gekauft hast«, sagte Luke. »Und ich würd' mir auch keine Unterhose anziehen, die mit diesem Geld bezahlt worden ist.«

»Ich hab' Snow über fünf Jahre lang beobachtet«, sagte unsere Mutter. »Vor langer Zeit hast du Tom bestraft, weil er einen Weißkopfseeadler umgebracht hatte, Henry. Es gibt in dieser Welt viel mehr Adler als weiße Tümmler!«

»Ich hab' den Tümmler nicht umgebracht, Lila – im Gegenteil: Ich hab' dafür gesorgt, daß er für alle Zeiten in Sicherheit ist. Meiner Meinung nach stehe ich in dieser Angelegenheit von allen Beteiligten am besten da.«

»Du hast Snow für Geld verkauft, und er ist jetzt in Gefangenschaft«, beharrte Mutter.

»Sie werden ein Zirkustier aus ihm machen«, kam Savannah ihr zu Hilfe.

»Du hast dich selbst und deine Heimat verraten«, sagte Luke. »Wenn du irgend so ein Geschäftsmann warst, einer von diesen widerlichen, geldgeilen Kerlen mit öligen Haaren, dann könnte ich es gerade noch verstehen, aber du bist Krabbenfänger, Dad! Trotzdem hast du Snow für Geld verkauft.«

»Ich verkauf' auch Krabben für Geld, Luke!« brüllte unser Vater.

»Das ist nicht dasselbe«, erwiderte Luke. »Als Krabbenfischer verkaufst du nichts, was unersetzlich ist.«

»Ich hab' heute draußen auf dem Fluß mindestens zwanzig Tümmler gesehen.«

»Und ich möchte wetten, daß keiner von ihnen weiß war, Daddy! Keiner von ihnen war was Besonderes«, beharrte Luke.

»Unsere Familie ist schuld daran, daß Snow gefangen worden ist«, sagte Savannah. »Ich fühl' mich wie eine Tochter von Judas Ischariot, aber ich glaube, ich hätte Judas viel sympathischer gefunden.«

»Du hättest das nicht tun dürfen, Henry«, sagte Mutter tadelnd. »Es wird uns Unglück bringen.«

»Mehr Unglück als bisher kann es kaum geben«, verteidigte sich unser Vater. »Außerdem ist es sowieso zu spät. jetzt kann man die Sache nicht mehr rückgängig machen.«

»Doch, ich kann es«, sagte Luke.

Drei Wochen später – es war eine warme, sternenklare Nacht, meine Eltern schliefen schon, und das leise Grollen von Vaters Schnarchen drang bis zu uns – weihte uns Luke flüsternd in seinen Plan ein. Eigentlich hätten wir auf so etwas gefaßt sein müssen, aber noch Jahre später staunten Savannah und ich, wenn wir an die Stunde zurückdachten, in der sich unser großer Bruder von einem temperamentvollen, idealistischen Jüngling in einen Mann der Tat verwandelte. Die Kühnheit seines Vorhabens erschreckte und erheiterte uns zugleich, aber wir dachten nicht daran mitzumachen. Luke bearbeitete uns jedoch unverdrossen, bis wir uns der magnetischen Wirkung seiner ebenso originellen wie gutmütigen Überredungskunst nicht mehr länger entziehen konnten. Sein Entschluß stand ohnehin schon fest. Deshalb machte es ihm nichts aus, die halbe Nacht dranzugeben, um uns für das erste wirklich verrückte Ding, das wir jemals gedreht hatten, als Gefolgsleute zu gewinnen. Seit wir unseren Bruder eines Nachts in der Scheune Auge in Auge mit dem Tiger beobachtet hatten, wußten wir, daß er tapfer war, aber jetzt mußten wir uns mit dem Gedanken vertraut machen, daß er sogar zur Tollkühnheit neigte.

Drei Tager später – Luke hatte in der Zwischenzeit umfangreiche Vorbereitungen getroffen – donnerten wir schon auf dem Highway 17 gen Süden. Luke gab kräftig Gas und drehte das Radio voll auf. Ray Charles sang ›Hit the Road, Jack‹, und wir sangen mit. Ab und zu genehmigten wir uns ein Bier aus der mitgebrachten Kühltasche. Unser Autoradio ließen wir auf den *Gib-Ape-Sender* in Jacksonville eingestellt. Kurze Zeit später schossen wir über die Eugene Talmadge Memorial Bridge in Savannah. Beim Mauthäuschen am anderen Ende der Brücke mußten wir kurz haltmachen. Luke reichte dem alten Mann, der die Gebühr kassierte, einen Dollar.

»Ihr macht wohl 'ne kleine Einkaufstour, Kinder?« fragte der Alte.

»Nein, Sir«, antwortete Luke. »Wir sind unterwegs nach Florida, um einen Tümmler zu klauen.«

Während jener überstürzten, bizarren Fahrt nach Florida war mir, als würden meine fünf Sinne irgendwo hinter meinen Augen lichterloh brennen. Ich hatte das Gefühl, daß ich nur auf eine Palme zu zeigen brauchte, damit sie in Flammen aufginge. Ich fühlte mich wie elektrisch geladen, und ich war hin- und hergerissen zwischen ekstatischer Freude und furchtbarer Angst. Jeder Song, der aus den Radiolautsprechern kam, klang in meinen Ohren, als sei er nur dazu da, mir Freude zu bereiten, und obwohl ich eine fürchterliche Singstimme habe, kam mir mein eigenes Gegröle phantastisch vor. Wir zischten zuerst die Küstenautobahn und dann die von Eichen gesäumten Landstraßen im Staat Georgia entlang. Luke schaltete nur zurück, wenn wir in einer Ortschaft langsamer fahren mußten. Die Geschwindigkeit lag ihm im Blut. Schon zwei Stunden nach unserer Abreise auf Melrose Island erreichten wir die Grenze von Florida. Den Begrüßungstrunk, ein Glas Orangensaft, das an einem Stand gereicht wurde, schlugen wir aus und fuhren weiter, ohne anzuhalten.

Die Stadt Jacksonville kostete uns ein bißchen Zeit, aber wir fanden den St. Johns River grandios, nicht zuletzt, weil wir noch nie einen Fluß gesehen hatten, der nach Norden fließt.

Auf dem Highway AIA fuhren wir wieder mit Bleifuß. Der Asphalt sang unter unseren Reifen, und in gewissen Abständen tauchte links von uns kurz der Ozean auf. Vom warmen Fahrtwind umschmeichelt, hatten wir das Gefühl, daß das ganze Meer dort draußen mit uns nach Süden raste, als wüßte es, was wir vorhatten – ja, das Meer wußte Bescheid, es war auf unserer Seite und billigte unseren Plan.

Eine diebische Freude wohnte in unseren Herzen. Wir kamen uns vor wie Geächtete, die sich gegenseitig in ihrer wilden Entschlossenheit Mut machen. Als ich einmal zu Luke hinüberschaute, sah ich, wie er gerade über eine lustige Bemerkung Savannahs lachte. Ich fühlte das wehende Haar meiner Schwester an meiner Wange, ich roch seinen süßlichen Duft, und ich war randvoll von einer grenzenlosen, unauslöschlichen Liebe zu meinem Geschwistern, einer so lebhaften und starken Liebe, daß ich sie fast auf der Zunge zu schmecken und ihr köstliches Brennen in meiner Brust zu spüren vermeinte. Ich beugte mich zu Savannah hin, gab ihr einen Kuß auf den Nacken und drückte gleichzeitig Lukes Schulter mit der linken Hand. Er nahm meine Hand in seine und erwiderte den Druck – und dann tat er etwas Verblüffendes: In einer Geste Überwältigender Zärtlichkeit führte er meine Hand an seine Lippen. Ich lehnte mich zurück und ließ zu, daß die Gerüche des Staates Florida im wässerigen Licht jenes Sonntages meine Sinne überfluteten.

Nach einer zehnstündigen Gewalttour im Auto mit nur zwei Tankstopps erblickten wir vor uns die Stadt Miami, die sich direkt aus dem Meer zu erheben schien. Kokospalmen raschelten leise in der warmen Brise, und Gärten, in den Bougainvilleas wucherten, erfüllten die Luft in den breiten Alleen mit ihrem Duft. Wir waren noch nie in Florida gewesen, doch nun fuhren wir durch die von Avocado- und Limonenbäumen gesäumten Straßen von Miami und überlegten, wo wir unsere Zelte aufschlagen könnten.

»Was sollen wir jetzt machen, Luke?« fragte ich. »Wir können nicht einfach hingehen und sagen: ›Hallo, wir sind mit dem Auto gekommen, um euren weißen Tümmler zu entführen. Hättet ihr was dagegen, schon mal die Koffer zu packen?‹«

»Wir sehen uns erst mal ein bißchen um«, meinte Luke. »Danach werden wir weitersehen. Ich hab' schon einen Plan im Kopf, aber wir müssen uns gut vorbereiten. Zuerst spionieren wir den Laden aus und schauen uns den Nachtwächter an. Da gibt es bestimmt irgendeinen alten Clown, der dafür zu sorgen hat, daß sich nachts keine Lausbuben reinschleichen und Flipper mit der Angelrute aus dem Wasser holen.«

»Wie werden wir mit dem Nachtwächter fertig?« wollte Savannah wissen.

»Ich hab' keine Lust, ihn zu killen«, erwiderte Luke mit ausdrucksloser Miene. »Wie wär's mit euch beiden?«

»Bist du verrückt, Luke?« begehrte ich auf. »Verdammt, hat es dich jetzt total erwischt?«

»Nein, ich versuch' bei meinem Plan nur an alle Eventualitäten zu denken.«

»Eventualitäten?« erwiderte Savannah. »Wenn du das eine Eventualität nennst, dann wollen wir nichts davon wissen.«

»Ich hab' doch nur Spaß gemacht! Übrigens halten die hier auch einen Mörderwal gefangen. Den könnten wir morgen auch frei lassen.«

»Wir sind nicht hier, um einen Wal zu retten, Luke«, sagte Savannah. »Ich weiß, daß du irgendwas vorhast. Ich kann es deiner Stimme anhören, aber die Sache mit dem Wal kommt nicht in Frage.«

»Vielleicht sollten wir in diesem verdammten Aquarium alle Fische freilassen«, sagte Luke. »Ich meine, man könnte 'nen richtigen Massenausbruch organisieren.«

»Warum sagt man eigentlich Mörderwal?«

»Weil diese Viecher ab und zu ganz gern irgendeinen Deppen fressen, nehme ich an«, antwortete Luke.

Wir fuhren die Schnellstraße Richtung Key Biscayne lang, bis rechterhand das Aquarium auftauchte. Luke fuhr langsam quer über den großen Parkplatz auf das einzige Licht zu, das im Raum des Nachtwächters brannte. Als der Mann ans Fenster trat und hinausschaute, war sein Kopf von einem Strahlenkranz aus elektrischem Licht umrahmt. Wir konnten seine Gesichtszüge nicht erkennen. Ein acht Fuß hoher Zaun, oben mit Stacheldraht bewehrt, schützte das Gelände vor ungebetenen Besuchern. Luke gab wieder Gas, daß der Kies nur so spritzte.

Wir schossen aus dem Parkplatz hinaus, und als wir wenig später an einer Stelle vorbeikamen, wo es so ähnlich roch wie in Caesars Käfig, nur hundertmal stärker, wußten wir, daß hier irgendwo der Zoo sein mußte. Ein Elefant trompetete in der Dunkelheit. Luke antwortete ihm, indem er ihn nachahmte.

»Das klang aber nicht wie ein Elefant, Luke«, meinte Savannah.

»Ich fand es ziemlich echt«, erwiderte Luke. »Wie hat es denn deiner Meinung nach geklungen?«

»Wie eine Auster, die in einem Limonadenglas einen Furz läßt«, antwortete sie.

Luke mußte schallend lachen. Er warf die Arme um Savannah und preßte sie an sich.

In jener Nacht schliefen wir auf einer Parkbank in Key Biscayne. Die Sonne stand schon hoch am Himmel, als wir am nächsten Morgen aufwachten. Wir rafften unsere Habseligkeiten zusammen und machten uns auf den Weg zum Aquarium.

Dort angekommen, kauften wir uns eine Eintrittskarte und gingen durch die Drehkreuze hinein. Während der ersten halben Stunde machten wir einen Rundgang um die Anlage, indem wir dem hohen Zaun mit dem häßlichen Toupet aus Stacheldraht folgten. Neben einer Palmengruppe am Rand des Parkplatzes blieb Luke stehen und sagte: »Ich werd' so nah wie möglich rückwärts an diese Bäume ranfahren und an dieser Stelle ein Loch in den Zaun schneiden.«

»Was ist, wenn sie uns erwischen, Luke?« wollte ich wissen.

»Dann sagen wir einfach, wir seien aus Colleton und hätten mit unseren Klassenkameraden gewettet, daß wir es schaffen, den weißen Tümmler zu befreien. Wir benehmen uns, als wären wir nicht ganz richtig im Kopf und als hätte unsere bisher größte Heldentat darin bestanden, Melonenkerne gegen Muttis Bettlaken auf der Wäscheleine zu spucken.«

»Der Wächter hatte eine Pistole, Luke«, gab Savannah zu bedenken.

»Ich weiß, Engelchen, aber der wird nicht auf uns schießen.«

»Wie kannst du das wissen?«

»Ich weiß es, weil Tolitha mir ein ganzes Fläschchen voll

Schlaftabletten mitgegeben hat – von der Sorte, die sie ihre ›kleinen roten Teufel‹ nennt.«

»Aha! Wir gehen einfach zu dem Mann hin, bitten ihn, den Mund aufzusperren und schmeißen ein paar Pillen hinein?« spottete sie. Mir schwante, daß Lukes meisterhafter Plan ein paar ziemlich schwache Stellen hatte.

»Ich weiß noch nicht genau, wie wir es machen werden, Brüderchen«, gab Luke zu. »Immerhin haben wir schon die Stelle gefunden, wo wir ein Loch in den Zaun schneiden können.«

»Wie willst du Snow eigentlich aus dem Wasser holen?«

»Mit derselben Methode. Mit Schlaftabletten.«

»Nichts leichter als das«, sagte ich. »Wir springen einfach ins Wasser, schwimmen wie die Irren hinter dem Tümmler her, den ein ganzes Boot voll bestens ausgerüsteter Experten monatelang nicht fangen konnten, schnappen ihn uns und schieben ihm ein paar Tabletten zwischen die Lippen. Ein toller Plan, Luke. Ehrlich.«

»Ein paar Pillen werden nicht reichen, Tom. Wir müssen auf Nummer Sicher gehen. Snow muß richtig tief schlafen.«

»Er wird der erste Tümmler der Geschichte sein, der an einer Überdosis Schlaftabletten stirbt«, meldete sich Savannah zu Wort.

»Nein, das wird er nicht. Ich geh' davon aus, daß Snow ungefähr dreihundertfünfzig Pfund wiegt. Tolitha wiegt knapp hundert Pfund und sie nimmt jeden Abend eine Pille. Wir geben dem Tünunler einfach vier oder fünf von den kleinen Dingern.«

»Hast du schon jemals von einem Tümmler gehört, der freiwillig Schlaftabletten schluckt, Luke?« fragte Savannah. »Tom hat recht, es geht nicht.«

»Stimmt, ich hab' von so was noch nie gehört«, gab Luke zu, »aber Tümmler fressen doch Fisch, oder? Was ist, wenn wir ihm einen Fisch geben, der zufällig mit Schlaftabletten vollgestopft ist? Wenn er den frißt, dürfte es nach meiner Theorie nicht allzu lange dauern, bis er einschläft und 'n ziemlich langes Nickerchen macht.«

»Können Tümmler überhaupt schlafen, Luke?« fragte ich skeptisch.

»Keine Ahnung«, antwortete er. »Wir werden auf unserer Expedition noch 'ne Menge über Tümmler lernen müssen, Tom.«

»Was ist, wenn es nicht klappt, Luke?« fragte Savannah.

Luke antwortete achselzuckend: »Das wäre nicht schlimm, Savannah. Immerhin hätten wir es versucht. Hat die Sache bisher etwa keinen Spaß gemacht? Zu Hause in Colleton jammern und schimpfen die Leute, weil man ihnen ihren Tümmler weggenommen hat, aber du, Tom und ich, wird sind jetzt hier in Miami und planen einen Ausbruch wie aus dem Zuchthaus. Was meinst du, was los ist, wenn wir unseren Freunden davon erzählen! Falls wir es schaffen, Snow hier rauszuholen, dann wird man zu Hause wegen uns eine Parade veranstalten, uns mit Konfetti bestreuen und uns in einem Cabrio durch die Straßen fahren. Mit dieser Geschichte könnten wir bis an unser Lebensende angeben. Ich glaube, ihr könnt es euch einfach noch nicht vorstellen, aber das ist ganz wichtig. Kommt, ich werde euch dabei helfen. Macht die Augen zu!«

Savannah und ich schlossen die Augen und lauschten der Stimme unseres älteren Bruders.

»Okay, du und ich sind jetzt im Wasser, Tom. Wir haben den Tümmler und bugsieren ihn zu der Stelle, wo Savannah mit der Tragbahre wartet. Wir wickeln Seile um Snow, rollen ihn ganz vorsichtig aus dem Wasser und binden ihn auf der Bahre fest. Der Nachtwächter schläft, weil er vor ein paar Stunden eine Pepsi getrunken hat, in der wir ein paar Schlaftabletten aufgelöst haben. Kapiert? Könnt ihr es euch jetzt bildlich vorstellen? Wir packen den Tümmler auf unseren Lieferwagen und hauen ab. Jetzt kommt der wichtigste Teil. Hört gut zu! Wir stehen auf der Landungsbrücke in Colleton, binden Snow los und setzen ihn in dem Fluß aus, in dem er geboren wurde und wo er hingehört. Könnt ihr das sehen? Könnt ihr euch das alles vorstellen, Tom und Savannah?« Seine Stimme hatte etwas Hypnotisches, Beschwörendes. Savannah und ich schlugen gleichzeitig die Augen auf und nickten uns zu. Ja, jetzt konnten wir es auch sehen.

Wir setzten unsere lange Wanderung rund um den Park fort und kamen zum südlichen Ende des Meerwasseraquariums. Ein Stück weiter lag die *Amberjack* an ihrem Anlegeplatz vertäut. Von der Besatzung war weit und breit nichts zu sehen. Trotzdem gingen wir nicht zu nah an das Boot heran. Wir wandten uns vielmehr dem Gebäude zu, in dem sich das Delphinbecken befand. Auf dem Weg dorthin kamen wir über eine ziemlich hohe Holzbrücke. Unter uns, im klaren Wasser, sahen wir die schnittigen Silhouetten von Haien, die ruhelos im Kreis herumschwammen. Der Abstand zwischen den großen Fischen betrug nur wenige Meter, und dort unten war es so eng, daß keiner Anstalten machte, den vor ihm schwimmenden Artgenossen zu überholen. Außer uns gab es auf der Holzbrücke eine Menge gaffender Zuschauer. Sie hielten vor Staunen den Atem an, als zwei Hammerhaie mit ziemlich linkisch wirkenden Schwimmbewegungen unter uns hindurchschwammen. Die Schläge ihrer großen Schwänze wirkten so matt und resigniert, daß ihnen in der Beengtheit dieser Umgebung, die ihre Freiheit so sehr einschränkte, nichts Wildes und Gefährliches anhaftete. Im Gegenteil, sie wirkten zahm und harmlos wie Karpfen in einem Teich.

Wir ließen uns von der Schar gut gelaunter Touristen in Bermuda-Shorts und Gummisandalen zu dem von Tribünen umgebenen Becken treiben, in dem Dreadnought, der Mörderwal, um zwölf Uhr mittags eine Vorstellung geben sollte. Nach allem, was wir bisher gesehen hatten, schien Florida eine Gegend zu sein, wo lauter nette Leute hinfuhren, um ihre nackten, wabbeligen Arme und Beine von der Sonne bescheinen zu lassen. Diese Sonne hatte das Gras versengt, daß man es kaum noch grün nennen konnte. Rasensprenkler waren pausenlos in Betrieb, und zwischen Lilien schwirrten Kolibris. Wir kamen an einem Schild vorbei, auf dem zu lesen stand: ›Besuchen Sie Moby den Tümmler bei der nächsten Fütterung.‹

»Genau das haben wir vor«, sagte Luke.

Wir schnappten manches von dem auf, was die Touristen über den weißen Tümmler sagten, während sie sich durch die Bankreihen der Tribünen schoben, die ein riesiges, an die acht Millionen Liter fassendes Seewasserbecken umringten. Als wir alle Platz genommen hatten, erschien ein gutgebauter, blonder Knabe mit kupferbraun gebrannten Schultern. Er betrat eine Art Plattform, die über die Wasserfläche hinausragte, und winkte der Menge zu. Eine Ansagerin gab per Lautsprecher die wichtigsten Daten aus Dreadnoughts Leben bekannt. Der Mörderwal war bei der Queen Charlotte Strait, nicht weit von Vancouver Island, aus einer Herde von zwölf Walen herausgefischt und in einem Spezialflugzeug nach Miami gebracht worden. Insgesamt hatte der große Meeressäuger sechzigtausend Dollar gekostet, und es hatte ein Jahr gedauert, um ihn abzurichten. Leider könne man ihn nicht zusammen mit den Delphinen auftreten lassen, denn Delphine und Tümmler seien die Lieblingsspeise von *Orcinus Orca*, wie der Mörderwal auf lateinisch heiße.

Während dieser Ansage mußte sich unter Wasser ein unsichtbares Tor geöffnet haben, denn die Oberfläche kräuselte sich plötzlich, und etwas Dunkles, Furchteinflößendes glitt durch die dämmerigen Tiefen.

Der braungebrannte Jüngling blickte auf eine bestimmte Stelle der Wasseroberfläche, als käme etwas von unten herauf direkt auf ihn zu. Die Plattform, auf der er stand, war etwa sechs bis sieben Meter hoch. Vor lauter Konzentration legte er die Stirn in Falten, als er sich, eine Makrele am Schwanz festhaltend, ein wenig vorbeugte, den Arm ausstreckte und mit dem toten Fisch eine kreiselnde Bewegung machte. Plötzlich teilten sich die Fluten unter ihm so heftig, daß kreisförmige Wellen von der Mitte des Aquariums auf den Beckenrand zuliefen. Aber der Wal sprang noch nicht, sondern er glitt hinab zum Grund des Aquariums, machte dort, ohne Schwung und Tempo zu verlieren, eine Kehre und brach gleich darauf durch die Wasseroberfläche. Groß und massig wie ein Haus schnellte er in die Luft und schnappte sich neckisch den Fisch, so wie sich ein kleines Mädchen mit einem koketten Knicks ein Pfefferminzplätzchen schenken läßt. Schon fiel das riesige Tier in einem Bogen zurück ins Wasser. Einen Augenblick lang verdeckte sein Leib die Sonne, und als er dann auf der Oberfläche des Aquariums aufschlug, war es, als sei ein dicker Baumstamm von einer Steilküste ins Meer gestürzt. Eine große Welle aus salzigem Meerwasser schwappte über das Geländer des Bassins und durchnäßte die Zuschauer bis zur 23. Sitzreihe. Außer dem ganzen Spektakel bekam man sozusagen ein Gratisbad mitgeliefert. Mir lief das Salzwasser durch die Haare ins Hemd, und ich glaubte einen leichten Geruch von Lebertran wahrzunehmen.

»Mensch, ist das ein Mordsvieh!« staunte Luke.

»Kannst du dir vorstellen, wie du dich fühlen würdest, wenn ein Mörderwal hinter dir her wäre?« fragte Savannah.

»Wenn solch ein Bursche hinter dir her ist, Savannah«, antwortete Luke, »dann kannst du nur eins tun: aufgeben und dem Schicksal seinen Lauf lassen.«

»Es wäre toll, wenn wir so einen Wal in Colleton hätten«, sagte ich und mußte bei dem Gedanken lachen.

»Wißt ihr, wie man Schwerverbrecher hinrichten sollte?« fragte Luke unvermittelt. »Man sollte ihnen eine Art Badeanzug anziehen, ihnen ein paar Makrelen in die Hose stecken und sie quer durch ein Bassin wie dieses schwimmen lassen. Wer es bis drüben schafft, wird freigelassen. Wer es nicht schafft, hilft mit, die Futterkosten in diesem Aquarium niedrig zu halten.«

»Klingt richtig human, Luke«, meinte Savannah.

»Ich mein' doch nur echte Schwerverbrecher – Massenmörder, Leute, die kleine Babys killen, und Typen wie Hitler. Das ganze Gesocks, das auf diesem Planeten rumkriecht. Kleine Gauner und so meine ich natürlich nicht.«

»Was für ein gräßlicher Tod«, sagte ich. Der Wal sprang gerade durch einen großen brennenden Ring, dessen Flammen vom Spritzwasser gelöscht wurden, als das Tier wieder ins Wasser plumpste.

»Ach was, die könnten die Sache so aufziehen, daß sie einfach nur ein Teil der Show wäre. Unser Vater würde das bestimmt gut deichseln. Ich stell' mir das so vor: Der Mörderwal springt aus dem Wasser und läutet ein Glöckchen. Als Belohnung kriegt er einen Verbrecher.«

Dreadnought fiel nach einem letzten kolossalen Sprung ins Becken zurück und schickte uns noch einmal einen Sturzbach von Meerwasser. Dann schoben wir uns mit Hunderten anderer klatschnasser Touristen auf den Ausgang zu und nahmen Kurs auf das Haus der Tümmler. Deren Darbietungen wirkten nach der Show des Mörderwals eher dürftig und armselig, obwohl das, was sie vollführten, von viel mehr Witz und Können zeugte als Dreadnoughts mit Brachialgewalt ausgeführte Sprünge.

Tümmler sind eben keine Wale. Trotzdem: Sie präsentierten sich als ein lustiger, verspielter Verein, wenn sie sich mit ihren glatten Leibern zwanzig Fuß hoch aus dem Wasser schnellten. Mit ihrer gefurchten Stirn sahen sie aus, als würden sie unablässig lächeln wie ein Harlekin. Das verlieh ihren lustigen Kunststücken zusätzliche Glaubwürdigkeit. Sie spielten Baseball und Wasserball, sie tanzten auf ihren Schwänzen der Länge nach durch das ganze Becken, sie warfen Bälle durch Reifen und schnappten ihrem Trainer mehrmals die brennende Zigarette weg, als wollten sie ihn auf diese Weise dazu bringen, das Rauchen aufzugeben.

Wir fanden Carolina Snow ein wenig abseits in einem kleinen

Bassin. Kein Artgenosse leistete unserem Tümmler Gesellschaft. Eine neugierige Menschenmenge schaute zu, wie Snow ziellos und leicht gelangweilt hin- und herschwamm. Er hatte in der Zwischenzeit noch keinen einzigen Trick erlernt und verdiente sich sein Futter vorerst als reine Kuriosität. Die Ansagerin schilderte die Gefangennahme des weißen Tümmlers in einer Weise, daß es klang wie die gefährlichste, exotischste Unternehmung seit der Entdeckung der Nordwestpassage. Um drei Uhr kam ein Wärter mit einem Eimer voll Fisch, um Snow zu füttern. Er warf jeweils einen toten Barsch dorthin, wo sich Snow gerade nicht befand. Prompt wendete der Tümmler, beschleunigte mit müheloser, überraschender Eleganz und schnappte sich den auf der Wasseroberfläche treibenden toten Fisch. Wir hörten den Touristen zu, die sich in unserer Nähe über Snows Farbe unterhielten. Wir, die potentiellen Befreier des Tümmlers, lauschten voller Stolz, wie diese fremden Menschen Snows leuchtende Schönheit bestaunten. Schnell begriffen wir, daß die Fütterung Teil eines ausgeklügelten Schulungsprogramms war. Sobald der Wärter Snow beigebracht hatte, in gleichmäigem Tempo von einem Ende des Beckens zum anderen zu schwimmen, begann er mit der nächsten Übung: Er lockte den Tümmler immer näher zu sich heran, bis er ihm den letzten Fisch aus der Hand wegschnappte. Der Mann war geduldig und ging sehr geschickt vor. Die Menschenmenge applaudierte, als Snow zum erstenmal die Wasseroberfläche durchbrach und sich einen Fisch in den weit aufgerissenen Rachen stecken ließ, wie ein kleines Mädchen, das bei der Kommunion die Hostie empfängt.

»Wir müssen einen Fischmarkt finden, Tom«, flüsterte Luke. »Savannah, du versuchst nachher, dich an den Nachtwächter ranzumachen, bevor der ganze Laden geschlossen wird. Bis acht Uhr hast du Zeit.«

»Ich hab' schon immer 'ne männermordende Verführerin spielen wollen«, sagte sie.

»Du sollst aber niemanden verführen, sondern mit dem Scheißkerl Freundschaft schließen, damit wir ihn ungestört einschläfern können.«

In Coconut Grove kauften wir auf dem Markt ein Dutzend Weißfische und ein paar gebratene Hähnchen. Eine halbe Stunde vor Feierabend kamen wir wieder im Aquarium an. Savannah unterhielt sich mit dem Nachtwächter, der gerade seinen Dienst angetreten hatte.

»Meine Brüder«, stellte sie uns vor. Und zu uns gewandt fügte sie hinzu: »Jungs, ich hab' den nettesten Menschen der Welt kennengelernt.«

»Sie geht Ihnen doch hoffentlich nicht auf den Wecker, Mister?« erkundigte sich Luke. »Wissen Sie, sie hat heute ihren freien Tag in der Klapsmühle.«

»Sie stört mich absolut nicht. Ich hab' nur selten das Vergnügen, mit einem so hübschen Mädchen zu reden. Wenn ich hier anfange, gehen alle anderen nach Hause.«

»Mr. Beavers stammt aus New York City«, erklärte Savannah.

»Möchten Sie vielleicht 'n Stück Brathähnchen?« fragte Luke.

»Gern, aber ich will euch nichts wegessen.« Mr. Beavers nahm einen Hühnerschenkel.

»Wie wär's mit 'ner Pepsi dazu?«

»Danke, ich steh' mehr auf Kaffee. He, gleich wird hier alles dichtgemacht. Ich muß euch Kinder jetzt leider hier rausjagen. Hab' 'nen ganz schön einsamen Job erwischt. Das ist der einzige Nachteil.«

Er betätigte eine Art Nebelhorn, auf dessen lautes Tuten eine auf Band gesprochene Durchsage folgte: Alle Besucher wurden aufgefordert, das Gelände des Aquariums sofort zu verlassen. Am Schluß wurde die Öffnungszeit am Morgen durchgegeben, Mr. Beavers ging nach draußen, stellte sich auf den Platz zwischen dem Bassin mit dem Mörderwal und dem Haus der Tümmler und blies in eine Trillerpfeife. Savannah schenkte ihm inzwischen Kaffee nach, warf zwei Schlaftabletten in die Tasse und rührte so lange um, bis sie sich aufgelöst hatten. Luke und ich folgten Mr. Beavers, während er in der Anlage hin- und herging und die Touristen gutmütig ermahnte, jetzt endlich nach Hause zu gehen und lieber morgen wiederzukommen. An dem Bassin, in dem Snow ruhelos von einer Seite zur anderen schwamm, blieb er stehen.

»Ein Irrtum der Natur«, sagte er. »Aber ein schöner Irrtum.«

Als er sich umwandte, sah er in der Nähe einen Teenager, der das

Einwickelpapier von einem Kaugummi auf die Erde fallen ließ. »Hör mal, junger Mann!« rief er. »Wer unsere grüne Welt verunreinigt, versündigt sich an ihrem Schöpfer.«

Während er auf den Jungen zuging, ließ Luke rasch den präpazierten Fisch in Carolina Snows Becken fallen. Der Tümmler schwamm zweimal dicht vorbei, bevor er zuschnappte und ihn schluckte.

»Wie viele Pillen hast du in den Fisch getan?« fragte ich flüsternd.

»Genug, um dich oder mich umzubringen«, antwortete er.

Wenig später verabschiedeten wir uns von Mr. Beavers, der seinen Kaffee schlürfte. Als wir zu unserem Lieferwagen gingen, sagte ich leise zu Savannah: »Gute Arbeit, Mata Hari.«

Luke, der hinter uns ging, sagte: »Mir ist heiß. Wie wär's mit ein bißchen schwimmen in Key Biscayne?«

»Um wieviel Uhr müssen wir hier sein, um Snow zu holen?« wollte ich wissen.

»Gegen Mitternacht, schätze ich«, antwortete mein Bruder.

Wir sahen zu, wie der Mond am östlichen Himmel wie ein blasses Wasserzeichen aufging, und wir schwammen so lange, bis die Sonne sich anschickte, im Atlantik zu versinken. Dies war ein anderes Meer als der Ozean, der sich an den Gestaden unserer heimatlichen Ostküste brach. Kaum vorstellbar, daß es sich dennoch um dasselbe Meer handelte. Das aquamarinblaue Wasser hier in Florida war hell und klar wie manche Augen. Noch nie hatte ich so deutlich meine Füße sehen können, während ich bis zur Brust im Wasser stand.

»Irgendwas stimmt hier nicht mit dem Meer«, meinte Luke und drückte damit exakt meine eigenen Gefühle aus.

Für mich hatte das Meer schon immer etwas Weibliches gehabt, doch hier, in Florida, fehlte ihm gänzlich die grimmige Härte. Mit seinen azurenen Tiefen wirkte es weich und klar. Vom Mysterium dieses Landes eingehüllt, saßen wir später am Ufer und aßen zum erstenmal Mangos. Die Frucht schmeckte fremd, wie Sonnenlicht, das von einem Baum geduldig in etwas anderes verwandelt worden war, aber sie paßte hierher. Auch wir waren Fremde, doch wir saßen an einem Meer, das uns Vertrauen einflößte, das sanft im unmerklichen Wechsel der Gezeiten atmete, dessen durchscheinende Fluten gelassen die von Palmen gesäumten Strände benetzten. Der Mond legte über Hunderte von Meilen ein fein gesponnenes Netz aus Silber über das Wasser und glänzte auf Savannahs Zöpfen.

Irgendwann stand Luke auf und zog eine Uhr aus der Tasche seiner Jeans. »Tom und Savannah, wenn wir heute abend erwischt werden, dann überlaßt mir bitte das Reden. Ich hab' euch in diese Sache reingezogen, und deshalb muß ich euch auch wieder rausholen für den Fall, daß es Ärger gibt. Hoffen wir, daß Mr. Beavers im Traum Schäfchen zählt.«

Durch das Fenster seines kleinen Büros konnten wir Mr. Beavers sehen. Sein Kopf lag auf der Tischplatte. Offenbar schlief er fest. Luke fuhr den Lieferwagen rückwärts zwischen die kleine Baumgruppe am Zaun und schnitt rasch mit einer Drahtschere ein großes Loch in den Maschendraht. Wir schlüpften hindurch und huschten im Schatten an den Bassins vorbei, in denen Haie, nur als dunkle Silhouetten zu erkennen, ihre endlosen Kreise zogen – eine schreckliche Strafe für den unverzeihlichen Fehler, als Haifisch auf die Welt gekommen zu sein.

Während wir an den Tribünen des Walfischbeckens vorbeiliefen, hörten wir plötzlich, wie der Mörderwal prustend und zischend die Luft ausstieß. »Wartet hier 'ne Minute auf mich!« befahl Luke. Er angelte einen der Fische aus der Tüte, die er mitgebracht hatte, um Snow auf der Autofahrt nach Norden ab und zu einen Imbiß gönnen zu können.

»Tu's nicht, Luke!« rief ich erschrocken. »Wir haben jetzt keine Zeit für so 'nen Quatsch.«

Doch Luke lief schon die Treppe hinauf, die in das Amphitheater führte. Es blieb Savannah und mir nichts anderes übrig, als ihm zu folgen. Im Mondschein sahen wir zu, wie er auf die Plattform kletterte – und dann sahen wir auch, wie unter ihm eine riesige Flosse die Wasseroberfläche durchbrach. Luke ging bis an den Rand der Plattform und machte die Bewegungen des blonden Jünglings nach, dem wir nachmittags zugeschaut hatten: Er vollführte mit dem Arm eine kreiselnde Bewegung. Dreadnought – das konnten wir genau sehen – tauchte zum Grund des Beckens hinab. Das aufgewühlte Wasser schwappte gegen den Rand des Aquariums, als der Wal unter unserem Bruder mit zunehmender

Geschwindigkeit nach oben schoß. Luke nahm den toten Fisch in die rechte Hand und beugte sich weit über das Wasser hinaus.

Wie ein Geschoß schnellte sich der Wal in die Luft und schnappte sich den Köder, ohne Lukes Hand auch nur zu berühren. Im Fallen wälzte sich der Koloß behäbig auf die Seite, so daß wir seinen glänzend weißen Bauch sehen konnten. Als er auf dem Wasser aufprallte, erzeugte er eine fabelhafte Welle. Es spritzte derartig, daß alle Sitzplätze bis zur 23. Reihe naß wurden.

»Wahnsinn, Wahnsinn, Wahnsinn!« flüsterte ich, als Luke wieder bei uns war.

»Herrlich, herrlich, herrlich!« hielt Savannah begeistert dagegen.

Wir rannten zur *Amberjack* und öffneten eine Backskiste, von der wir wußten, daß die Mannschaft dort die Ausrüstungsgegenstände verwahrt hielt, die wir brauchten. Luke zog zuerst ein paar Taue und die Tragbahre heraus. Dann gab er Savannah die Schaumatratzen zum Tragen. Sie rannte damit zu unserem Lieferwagen und legte sie fein säuberlich hinten auf die Ladefläche. Luke und ich eilten unterdessen zum Tümmlerhaus. Wieder mußte mein Bruder auf die Drahtschere zurückgreifen, um uns Zugang zu dem Teil des Geländes zu verschaffen, wo sich Snows Bassin befand.

Wir kamen gerade rechtzeitig. Der Tümmler lag fast reglos im flachen Wasser. Ich glaube, er wäre ertrunken, hätten wir uns auch nur um eine Stunde verspätet. Als wir im Wasser auf ihn zuwateten, rührte er sich nicht, so stark war die Wirkung des Schlafmittels. Wir faßten ihn unter den Hals und den Bauch und schoben ihn zu der Stelle, wo wir die Tragbahre abgestellt hatten. Unterwegs gab er einen schwachen, fast menschlichen Laut von sich. Savannah schloß sich uns an. Zu dritt schoben wir die Bahre im Wasser unter den Tier und banden ihn an drei Steilen mit den Seilen fest.

Wieder huschten wir unter schattigen Palmen und Zitrusbäumen hindurch. Luke und ich trugen die Bahre wie Sanitäter in einem Krieg, gebückt und in höchster Eile. Wir schoben uns durch die Öffnung in dem ruinierten Zaun, machten Snow vorsichtig los und rollten ihn auf die Matratzen. Savannah und ich bespritzten den Tümmler mit dem Meerwasser, das wir aus Key Biscayne in Eimern und in unserer Kühltasche mitgebracht hatten. Luke machte die Heckklappe des Lieferwagens zu, schwang sich hinter das Lenkrad, ließ den Motor an, fuhr zwischen den Bäumen hindurch und über den Parkplatz auf die Schnellstraße und nahm Kurs auf die Lichter von Miami. Wahrscheinlich riskierten wir, besonders während der ersten paar Minuten, doch noch erwischt zu werden, denn als wir die fast verlassene Straße entlang fuhren, grölten und kreischten wir aus vollen Hälsen, drei Wingo-Kinder aus South Carolina.

Schon bald hatten wir Miami für immer hinter uns gelassen. Luke trat das Gaspedal bis fast zum Anschlag durch. Warme Luft zauste an unserem Haar, während wir uns Meile um Meile der Grenze zwischen Georgia und Florida näherten. Anfänglich klang Snows unregelmäßiger Atem, als würde jemand Papier in Stücke zerreißen. Ein oder zweimal schien die Atmung des Tümmlers sogar ganz auszusetzen. Ich blies Luft in sein Atemloch, und Gott sei Dank atmete er danach weiter, aber die Wirkung der Pillen schien erst nachzulasen, als wir in Daytona Beach einen Tankstopp machten. Von da an bis zum Ende der Reise war Snow zappelig und munter.

Nachdem wir getankt hatten, fuhr Luke zum Strand. Savannah und ich sprangen hinaus, rannten zum Meer, füllten die Eimer und die Kühltasche mit frischem Waser und kletterten wieder auf die Ladefläche. Luke wendete, daß der Sand nur so flog, und fädelte sich wieder in den Highway ein.

»Wir schaffen es, wir schaffen es!« schrie er uns durch das rückwärtige Kabinenfenster zu. »Noch fünf Stunden, dann sind wir zu Hause.«

Immer wieder bespritzten wir den Tümmler mit Salzwasser. Wir massierten ihn auch von Kopf bis zum Schwanz, um seinen Kreislauf in Gang zu halten. Dabei redeten wir ihm liebevoll zu, wie es Kinder sonst nur mit Hunden tun. Snow fühlte sich unter unseren Händen geschmeidig und seidenglatt an. Wir sangen ihm Wiegenliedchen, sagten ländliche Gedichte und Abzählreime auf – und wir flüsterten ihm zu, daß wir ihn zurück in seine Heimat brächten, damit er nie wieder tote Fische fressen müßte.

Als wir endlich in Georgia waren, tanzten Savannah und ich vor Freude um die Tragbahre herum. Luke mußte langsamer fahren, weil er befürchtete, wir könnten vor lauter Ausgelassenheit über Bord gehen.

Wenige Meilen nach Midway in Georgia zwang uns ein Streifenwagen rechts ran zu fahren. Luke war ungefähr vierzig Meilen pro Stunde zu schnell gefahren. Durch das Kabinenfenster rief er uns zu: »Deckt eine Matratze über Snows Kopf! Und mischt euch nicht ein!«

Die Sonne war schon aufgegangen. Der Polizist war ein junger gertenschlanker Bursche. Er bewegte sich mit der aufreizenden Arroganz eines angeberischen Neulings. Luke sprang aus dem Lieferwagen und fing an, wie ein Verrückter auf den Mann einzureden. Während Savannah und ich Snows Kopf zudeckten, hörte ich meinen Bruder sagen: »Tut mir ehrlich leid, Herr Polizeileutnant, aber ich war so aufgeregt darüber, daß ich solch einen Hai rausgeholt hab', und ich konnte es kaum abwarten, das Biest meinem Daddy zu zeigen, solange es noch lebt.«

Der Polizist blickte über den Rand der Ladefläche und pfiff durch die Zähne. »Das ist 'n schöner Brocken«, sagte er anerkennend, »aber deshalb darfst du noch lange nicht wie ein Irrer durch die Gegend rasen, Kleiner.«

»Aber verstehen Sie denn nicht, Herr Leutnant?« fragte Luke aufgeregt. »Das ist 'n Weltrekord! Ich hab' ihn mit 'ner ganz gewöhnlichen Angel gefangen. Es ist ein weißer Hai, ein richtiger Menschenfresser. Hab' ihn nicht weit von der Mole auf Saint Simond Island rausgeholt.«

»Womit hast du ihn geködert?«

»Mit 'ner lebendigen Krabbe, ob Sie es glauben oder nicht. Letztes Jahr hat jemand in Florida einen weißen Hai gefangen. Er hatte einen Stiefel im Bauch, und in dem Stiefel steckte ein menschliches Bein bis zum Knie.«

»Ich muß dir trotzdem einen Strafzettel verpassen, mein Junge.«

»Das ist mir klar, Sir. Ich bin vor lauter Aufregung zu schnell gefahren. Sagen Sie, haben Sie schon mal so einen großen Fisch gefangen?«

»Nein, ich bin aus Marietta. Der größte Fisch, den ich aus dem Lake Lanier geholt hab', war ein zwölfpfündiger Seebarsch.«

»Dann wissen Sie ja genau, wie ich mich fühle, Sir. Kommen Sie, ich zeig' Ihnen sein Gebiß. Er hat Zähne so scharf wie Rasierklingen. Meine armen Geschwister sind völlig erledigt. Was meinen Sie, wie anstrengend es ist, das Biest festzuhalten! He, Tom, zeig ihn mal dem Leutnant!«

»Laß nur, ich bin nicht besonders scharf drauf, Junge. Fahr jetzt weiter, aber nicht mehr so schnell! Schätze, daß ich an deiner Stelle auch 'n bißchen aufgeregt wär'. Der Barsch, den ich damals gefangen hab', war der größte, der an dem Tag aus dem Lake Lanier geholt wurde. Leider hat meine Katze ihn angefressen, bevor ich ihn meinem Vater zeigen konnte.«

»Danke, vielen Dank, Sir! Wollen Sie wirklich nicht seine Zähne sehen? Er hat ein Mordgebiß.«

»Ich würd' lieber am Steuerrad sitzen als auf dem verdammten Ding«, sagte der Polizist zu Savannah und mir. Dann stieg er wieder in seinen Streifenwagen.

Unsere Mutter hängte gerade Wäsche auf die Leine, als wir die ungepflasterte Straße entlanggedonnert kamen. Luke drehte ein paar triumphierende Runden, dann kam der Lieferwagen schlitternd zum Halten. Mutter kam angerannt, und als sie sah, was wir mitgebracht hatten, führte sie auf dem Rasen einen Freudentanz auf. Luke fuhr den Lieferwagen im Rückwärtsgang bis an die Böschung. Mit vereinter Kraft rollten wir den Tümmler auf die Tragbahre. Mama streifte sich die Schuhe ab. Zu viert wateten wir bei Hochwasser in den Fluß hinaus. Dabei hielten wir Snow mit den Armen fest und ließen ihm genügend Zeit, sich wieder an den Fluß zu gewöhnen. Als wir ihn einmal losließen, machte er unsichere, torkelige Schwimmbewegungen. Luke hielt seinen Kopf so lange über Wasser, bis wir spürten, daß die Schläge seiner kräftigen Schwanzflosse stärker wurden. Wieder ließen wir ihn los, und diesmal schwamm er langsam und immer noch ziemlich benommen von uns fort. Fünfzehn Minuten lang wirkte unser Tümmler, als würde er mit dem Tod ringen. Es tat uns weh, ihn so leiden zu sehen. Wir standen auf der Böschung, bangten um ihn und beteten mit unserer Mutter einen unsichtbaren Rosenkranz für ihn. Snow bewegte sich noch immer unkoordiniert und schien Atmungsprobleme zu haben. Anscheinend funktionierten weder sein Gleichgewichts- noch sein Orientierungssinn. Doch allmählich besserte sich sein Zustand. Seine Instinkte erwachten, er tauchte einmal kurz weg, und in der Art, wie er das tat, lag wieder etwas von seiner früheren Anmut und Geschmeidigkeit. Eine Minute lang blieb er weg, dann tauchte er zweihundert Meter weiter draußen auf dem Fluß auf und stieß die verbrauchte Luft aus.

»Er hat es geschafft!« schrie Luke gellend. Überglücklich fielen wir uns in die Arme. Ich war erschöpft, verschmitzt und hungrig, doch nie zuvor in meinem Leben hatte ich ein so herrliches Gefühl gehabt.

Wieder kam Snow an die Oberfläche. Er veränderte leicht seinen Kurs und schwamm in geringer Entfernung an uns vorbei. Wir jubelten ihm mit Freudentränen in den Augen von der Böschung herab zu. Dann rannten wir, die Bewohner der schönsten Insel der Welt, auf unseren schwimmenden Landungssteg und tanzten dort herum, wie vor uns noch nie jemand getanzt hatte.

Es war der schönste, der allerschönste Tag im Leben von Tom Wingo.

17

An dem Tag, als Benji Washington in die High School von Colleton eingeschult wurde, waren Kamerateams von Femsehsendern aus Charleston und Columbia zugegen, um den großen Augenblick zu filmen, als Benji aus dem hellgrünen Chevrolet seiner Eltem kletterte und feierlich auf die fünfhundert weißen Schüler zuging, die ihm schweigend entgegenblickten. Die Atmosphäre an jenem Tag in der Schule war unheilvoll und spannungsgeladen. In den Klassenzimmern schien die Luft elektrisiert wie die Luft über dem Meer kurz vor einem Wirbelsturm. Haß lauerte in allen Winkeln und Ecken. Das Wort *Nigger*, hastig und wutentbrannt hingekritzelt, verunzierte alle Klassenzimmer, in denen der Neue Unterricht hatte, bis der jeweilige Lehrer eintrat, einen Radiergummi nahm und mit nervösen, fahrigen Bewegungen, die an das Flattern von Vogelflügeln erinnerten, das schimpfliche Wort auslöschte. Vor jeder Unterrichsstunde setzte sich Benji Washington in die letzte Reihe nahe dem Fenster. Den größten Teil des ersten Schultages verbrachte er damit, äußerlich scheinbar ungerührt auf den Fluß hinaus zu blicken. Die Plätze um ihn herum blieben leer. Er saß inmitten einer verbotenen Zone, um die jeder weiße Schüler einen Bogen machte. Auf dem Klo, wo die vorwitzigen Burschen in den Pausen heimlich rauchten, zirkulierten wilde Gerüchte. Ich hörte einen Jungen neben mir sagen, er habe den Nigger beim Anstehen im Speisesaal mit einem Schubs aus der Reihe gedrängt. Ein anderer behauptete, er habe ihn mit der Gabel gepiekst. In beiden Fällen hatte der neue Schüler sich nicht provozieren lassen. Fast hätte man ihn für einen Menschen ohne Gefühle halten können – oder für einen, dem man eingebleut hatte, seine Gefühle nie zu zeigen. In den Fluren wurden Pläne ausgeheckt, ihn hinter der Turnhalle abzupassen. Manche Schüler versteckten in ihren Spinden Ketten und Knüppel, ja es war sogar von einer Pistole die Rede. Oskar Woodhead, der linke Stürmer der Football-Mannschaft, schwor, daß er den Nigger vor Ablauf des Schuljahres killen würde. Es kursierten Zeichnungen, die einen erschrockenen, zurückweichenden Knaben mit offenkundig geglättetem Kraushaar zeigten, auf dessen Gesäß die Klinge eines Klappmessers zielte.

Noch nie in meinem Leben hatte ich so viel Angst ausgestanden.

Ich ließ mich in meinem Verhalten wie stets von ein paar simplen Überlegungen lenken und nahm mir vor, Benji Washingtons Anwesenheit einfach zu ignorieren, mich um meine eigenen Angelegenheiten zu kümmern und mir inmitten der ganzen Aufregung gegenüber meinen Kameraden so gut es ging den Anschein heiterer Gelassenheit zu geben. Sollten jemals Zweifel an meiner Loyalität aufkommen, dann konnte ich es mit meinen gehässigen Bemerkungen über den Nigger mit den Vorlautesten meiner Mitschüler aufnehmen. Für den Notfall hatte ich sogar tausend Niggerwitze zu ihrer Belustigung auf Lager. Mein Rassismus entsprang jedoch eher meinem leidenschaftlichen Bedürfnis, mit dabei zu sein, als ernst zu nehmenden Überzeugungen und tief verwurzelten Vorurteilen. Ich vermochte voller Inbrunst zu hassen, jedoch nur, wenn ich mir absolut sicher sein konnte, daß mein Haß mit den Empfindungen der Mehrheit konform war. Zu meinem Leidwesen teilte meine Zwillingsschwester meinen geheimen Hang zur Oberflächlichkeit nicht.

Ich merkte erst, daß Benji Washington bei uns in der sechsten Klasse am Englischunterricht teilnahm, als ich sah, daß sich draußen vor der Tür eine Gruppe finster dreinblickender Klassenkameraden zusammengeschart hatten. Ich blickte mich nach dem Lehrer um, doch er war nirgends zu sehen. Da schob ich mich durch das Gedränge wie ein Sheriff, der sich in einem schlechten Western seinen Weg durch eine aufgeregte, zum Lynchen bereite Menschenmenge bahnt.

Drüben, am Fenster, saß mutterseelenallein unser schwarzer Mitschüler und starrte aus dem Fenster. Oscar Woodhead saß auf dem Fenstersims und flüsterte ihm irgend etwas zu. Ich setzte mich in eine der vorderen Reihen und tat so, als würde ich etwas in ein Schulheft schreiben. Oscar sagte laut und vernehmlich: »Du bist ein häßlicher Nigger, verstehst du, mein Junge? Du bist ein verdammt häßlicher Nigger, aber das ist bei Leuten wie dir wohl ganz natürlich, schätze ich, weil alle Nigger häßlich sind, oder?«

Ich sah Savannah nicht ins Klassenzimmer treten und hatte keine Ahnung, daß sie da war, bis ich plötzlich ihre Stimme dicht hinter mir hörte. »Hallo, Benji!« sagte sie munter und selbstbewußt. »Ich heiße Savannah Wingo. Willkommen in der High School von Colleton.« Sie hielt ihm ihre Hand hin.

Benji Washington, fraglos der verblüffteste Schüler im ganzen Raum, nahm widerstrebend ihre Hand und schüttelte sie.

»Sie hat ihn angefaßt!« rief Lizzie Thompson mit ihrer Quietschstimme von der Tür her.

»Wenn es Ärger gibt, halt dich an mich, Benji«, sagte Savannah. »Und falls du Hilfe brauchst, mußt du nur nach mir rufen. Diese Jungs sind gar nicht so böse, wie sie jetzt aussehen. In ein paar Tagen haben sie sich bestimmt an dich gewöhnt. Ist dieser Platz noch frei?«

Ich legte meinen Kopf auf die Tischplatte und stöhnte leise.

»Neben mich hat sich noch nie jemand gesetzt«, stellte Benji fest und schaute wieder auf den Fluß hinaus.

»Jetzt sitzt jemand neben dir.« Sie legte ihre Bücher auf das Pult rechts von Benji.

»Sie setzt sich neben einen Nigger!« sagte Oscar laut und vernehmlich. »Das darf nicht wahr sein!«

Dann hörte ich Savannah quer durchs Klassenzimmer rufen: »He, Tom, bring deine Sachen her. Juhu, Tom! Ich kann dich sehen. Ich bin's, Savannah, dein liebes Schwesterlein. Na los, setz deinen Arsch in Bewegung und komm her!«

Ich war wütend, aber ich wußte, daß es keinen Sinn hatte, sich vor der ganzen Klasse mit Savannah auf einen Streit einzulassen. Deshalb gehorchte ich und ging mit meinen Büchern unter den Augen aller Klassenkameraden nach hinten zur letzten Reihe.

»Hört euch das an!« sagte Oscar und schnaubte verächtlich. »Ich würde keinem Mädchen erlauben, so mit mir zu reden.«

»Mit dir will sowieso kein Mädchen reden, Oscar!« erwiderte Savannah schlagfertig. »Du bist viel zu blöd, und außerdem hast du mehr Pickel im Gesicht als Krabben im Fluß schwimmen.«

»Du hast also nichts dagegen, mit Niggern zu reden, Savannah?«

»Warum gehst du nicht runter ins Büro von der Schülerberatung und läßt deinen Intelligenzquotienten testen, du Ekel! Wer weiß, vielleicht schaffst du 'ne zweistellige Zahl«, spottete Savannah und stand von ihrem Stuhl auf.

»Laß nur, Savannah«, sagte Benji leise. »Ich wußte, daß es so kommen würde.«

»Hör mal, du Nigger, du hast keine Ahnung, was noch auf dich zukommt«, drohte Oscar.

»Und du hast so viele Pickel, daß sie für ein halbes Dutzend Teenager reichen würden, Oscar«, sagte Savannah. Sie machte mit geballten Fäusten ein paar Schritte auf ihn zu.

»Niggermieze!«

Mir war klar, daß ich jetzt etwas tun mußte, aber ich betrat die Arena nur widerstrebend. Ängstlich blickte ich mich nach Mr. Thorpe um, der immer zu spät aus dem Lehrerzimmer zum Unterricht kam.

»Red nicht so mit meiner Schwester, Oscar«, protestierte ich schwach. Meine Stimme klang wie die eines Eunuchen kurz nach der Operation.

»Willst du mir etwa den Mund verbieten, Tom Wingo?« fuhr Oscar mich an, dankbar, endlich einen männlichen Gegner gefunden zu haben.

»Ich werd's meinem Bruder Luke sagen«, erwiderte ich.

»Bist wohl noch nicht alt genug, um alleine zurechtzukommen, was?«

»Du weißt genau, daß ich nicht so stark bin wie du, Oscar. Du könntest mich ohne weiteres verprügeln, aber wenn du das tust, dann kriegst du es mit meinem Bruder Luke zu tun, und danach erkennst du dein eigenes Gesicht nicht wieder. Wenn du unbedingt Krach willst, dann kannst du mich genausogut aus dem Spiel lassen und dich direkt an ihn wenden.«

»Sag deiner Schwester, sie soll ihre freche Klappe halten!« befahl Oscar.

»Sei still, Savannah«, sagte ich.

»Du kannst mich mal, Tom«, antwortete sie mit der süßesten Stimme der Welt.

»Ich hab's ihr gesagt, Oscar«, sagte ich. »Mehr kann ich nicht machen.«

»Wir mögen es nicht gern, wenn sich weiße Mäuse mit einem Nigger unterhalten«, sagte er.

»Und ich rede, mit wem ich Lust habe, lieber Oscar«, antwortete sie schnippisch.

»Du weißt doch, daß Savannah sich nichts sagen läßt«, sagte ich zu Oscar.

»Komm hier rüber, Tom!« forderte Savannah mich auf.

»Sei still, ich rede grade mit meinem guten Freund Oscar«, sagte ich und lächelte Oscar an.

»Los, komm hier rüber, Tom!« wiederholte Savannah.

Lustlos ging ich zu ihr und gab Benji Washington sogar die Hand.

»Er hat seine Hand angefaßt!« quietschte Lizzie Thompson. »Ich würde lieber sterben, als einen Nigger zu berühren.«

»Du würdest lieber sterben, als ein einziges Mal nachzudenken, Lizzie«, sagte Savannah zu ihr, und zu mir gewandt fuhr sie fort: »Los, setz dich auf den Stuhl neben Benji, Tom! Das ist ab jetzt dein Platz.«

»Aber ich sitz' doch ganz vorne, Savannah! Seit wann sagst du mir, wohin ich mich setzen soll? Meinst du etwa, ich hätte Lust, mich von jedem Spinner anmachen zu lassen, bloß weil du als kleine Göre das Tagebuch der Anne Frank gelesen hast?«

»Setz dich auf den Stuhl, Tom!« zischte sie. »Ich mach' keinen Spaß!«

»Ich setz' mich aber nicht neben Benji, Savannah. Wenn du dich unbedingt lächerlich machen willst – meinetwegen!«

»Spielst du eigentlich Football, Benji?« fragte sie und ließ mich einstweilen in Ruhe.

»Ja«, antwortete er.

»Sie werden dich auf 'ner Bahre vom Feld tragen, mein Junge!« sagte Oscar.

»Wo ist der verdammte Lehrer?« fragte ich und blickte zur Tür.

»Ihr werdet ihm nichts tun, Oscar«, sagte Savannah mit schneidender Schärfe. »Kann sein, daß du stark bist, aber ich hab' Tom sagen gehört, daß du auf dem Platz soviel wert bist wie ein Häufchen Hühnerscheiße.«

»Hast du das gesagt, Wingo?«

»Nein, natürlich nicht, Oscar«, log ich. Oscar war einer von diesen schwergewichtigen Schlägertypen, die es nicht schafften, ihr unsoziales, rowdyhaftes Verhalten in sportliche Leistungen umzusetzen. In den Schulen der Südstaaten waren Raufbolde und Messerhelden, die beim Football als Stürmer oder Verteidiger kläglich versagten, keine Seltenheit.

»Tom wird's dir heute beim Training zeigen!« sagte Savannah. »Stimmt's, Tom?«

»Ich hab' Besseres zu tun, als mich mit Oscar anzulegen«, antwortete ich.

Savannah packte meine Handgelenke. Ihre Fingernägel gruben sich so tief in mein Fleisch, daß es ein bißchen blutete. »Doch, du wirst ihn dir vorknöpfen, Bruderherz!«

Da passierte es: Oscar warf den Fehdehandschuh. »Sie ist eine Schlampe, Wingo! Deine Schwester ist eine Schlampe, die einem Nigger schöne Augen macht.«

»Nimm das sofort zurück, Woodhead!«

»Das werd' ich nicht tun, Wingo, aber wenn du willst, können wir uns nach dem Unterricht draußen hinter dem Musikzimmer treffen.«

»Er wird da sein«, sagte Savannah. »Und er wird dich verprügeln, daß dir die Scheiße aus den Ohren kommt, Oscar.«

»Savannah!« protestierte ich.

»Er wird dich so zu Brei schlagen, daß du nur noch zum Krabbenfüttern taugst!« fuhr sie unbeirrt fort. »He, Lizzie, ruf schon mal das Krankenhaus an und sag Bescheid, daß Oscar heute nachmittag 'n guten Chirurgen für sein Gesicht braucht.«

»Dein Bruder ist kein Kämpfer, man merkt, daß er jetzt schon die Hosen voll hat«, sagte Oscar und hatte damit nicht unrecht.

»Er und Luke haben diesen Sommer Karate gelernt, und zwar gründlich. Sie haben sogar den Schwarzen Gürtel. Tom kann mit der Hand dicke Bretter durchhauen, Oscar. Schau dir mal seine Hände an. Die sind polizeilich registriert. *Deshalb* will er nicht mit dir kämpfen. Er kommt ins Gefängnis, wenn er sich mit diesen Händen an dir vergreift.«

Ich hob meine todbringenden Hände und betrachtete sie nachdenklich, als wären sie zwei Duellpistolen.

»Karate? Ist das so ähnlich wie Judo?« fragte Oscar argwöhnisch.

»Judo ist ein Kinderspiel«, sagte Savannah, »aber Karate ist tödlich. Tom hat diesen Sommer bei einem Karatemeister Unterricht gehabt – bei einem *asiatischen* Karatemeister!«

»Nigger und Schlitzaugen! Für Weiße habt ihr Wingos wohl überhaupt nichts mehr übrig, was? Na gut, wir treffen uns also hinter dem Musikzimmer, Tom Wingo! Vergiß deine polizeilich registrierten Hände nicht!«

Im Hof, hinter dem Musikzimmer, versammelte sich an jenem Nachmittag eine große Menge schaulustiger Mitschüler. Ich konzentrierte mich darauf, ruhig zu atmen, und ich dachte daran, wie schön es war, einfach so atmen zu können, und wie schwer es mir fallen würde, nachdem Oscar mich richtig fertiggemacht hätte. Bei meinem Erscheinen – gewiß ein kläglicher Anblick – erklangen irgendwo Hurrarufe, und dann sah ich Savannah mit neun weiteren Mädchen, die wie sie bei allen Paraden im Städtchen vorneweg zu marschieren und den Takt anzugeben pflegten, auf mich zustürzen. Sie umringten mich, wedelten mit zehn Pompons um meinen Kopf herum und stimmten das Kampflied der High School von Colleton an.

Kalte, brutale Wut funkelte in Oscars Augen. Er war von seinem üblichen Gefolge umgeben, lauter Söhne von Krabbenfängern, die ich seit meiner frühesten Kindheit kannte. Sie hatten ihre Hemdsärmel so weit es ging aufgekrempelt, ein kleiner, solidarischer Haufen, und blickten mir mit grimmig zusammengepreßten Lippen entgegen. Luke stand vor Oscar. Ich ging zu ihm, von den Pompons umflattert wie von einem Strauß nickender und wippender Chrysanthemen. Eigentlich hatte ich gehofft, daß nur ein paar sehnige Jungs vom Fluß zusehen würden, wie mich Oscar massakrierte. Auf keinen Fall war ich darauf gefaßt gewesen, daß Savannah das Gemetzel zu einer Art Spießrutenlaufen umfunktionieren könnte.

Gerade hörte ich Luke sagen: »Es wird behauptet, du hättest meine Schwester eine Schlampe genannt, Woodhead.«

»Sie hat mit dem Nigger geredet, Luke«, verteidigte sich Oscar und warf mir über Lukes Schulter einen Blick zu.

»Sie braucht dich nicht um Erlaubnis zu fragen, wenn sie mit jemandem reden will. Entschuldige dich sofort bei meiner Schwester, Woodhead!«

»Ich weiß, was du vorhast, Luke«, sagte Oscar. Es war nicht zu übersehen, wie beflissen und respektvoll er sich gegenüber Luke verhielt. »Du versuchst, mich zu 'ner Schlägerei zu provozieren, damit dein freches Brüderchen nicht gegen mich antreten muß.«

»Nein, Tom wird allein mit dir fertig. Aber wenn du meinen Bruder noch einmal beleidigst, dann kriegst du es mit mir zu tun, und dann ist der ganze Nachmittag im Eimer, das garantiere ich dir, Woodhead! Also los, entschuldige dich bei meiner Schwester dafür, daß du sie eine Schlampe genannt hast!«

»Tut mir leid, daß ich das zu dir gesagt hab', Savannah«, rief Oscar über die Köpfe der anderen hinweg. Die Pompons kamen zur Ruhe, und die Jungs vom Fluß lachten nervös.

»Ich will eine nette Entschuldigung, Woodhead, eine ehrliche Entschuldigung. Wenn sie nicht aufrichtig klingt, kriegst du eine in die Fresse.«

»Es tut mir echt leid, daß ich das gesagt hab', Savannah«, sagte Oscar demütig. »Ehrlich.«

»Das klang noch nicht gut genug, Luke«, sagte ich. Meine eigene Stimme klang noch kümmerlicher.

»Du willst ja bloß nicht kämpfen«, sagte Oscar zu mir.

»Willst du, daß ich ihn verprügel', Tom?« fragte Luke und blickte Oscar dabei starr in die Augen.

»Hm, ich laß dir gern den Vortritt«, antwortete ich.

»Aber eigentlich bist du dran, Tom Wingo«, sagte Art, Sohn eines Krabbenfischers.

»Laß mich 'ne Minute mit Tom reden«, sagte Luke zu Oscar. »Danach macht er dich zur Schnecke, wirst schon sehen!«

Luke legte mir einen Arm um die Schulter und führte mich ein Stückchen von den anderen fort. »Tom«, sagte er zu mir. »Weißt du eigentlich, wie schnell du bist?«

»Wieso – willst du etwa, daß ich weglaufe?« fragte ich ungläubig.

»Nein, ich meine deine Hände. Ist dir wirklich nicht klar, wie schnell du mit den Händen bist?«

»Was willst du damit sagen?«

»Daß er bei dir keinen Treffer landen kann, wenn du es richtig anstellst. Er ist stark, aber langsam. Deshalb mußt du ihn auf Distanz halten. Tänzle einfach um ihn herum, halt ihn zum Narren! Laß ihn nie an dich rankommen. Verpaß ihm jedesmal 'n Ding, wenn du ein Loch in seiner Deckung siehst, und bring dich schnell wieder in Sicherheit. Wenn es geht, hau ihm auch auf die Arme.«

»Die Arme?«

»Ja, wenn Arme müde werden, hängen sie schlaff herunter. Du mußt es so einrichten, daß er sie kaum noch hochkriegt. Dann kannst du näher ran und zuschlagen.«

»Ich hab' Angst, Luke.«

»Jeder hat vor einer Schlägerei Angst. Er auch.«

»Aber nicht so viel wie ich.«

»Du bist viel zu schnell, um gegen ihn zu verlieren. Laß ihn nicht an dich ran, sonst reißt er dich zu Boden, kniet sich auf deine Arme und poliert dir die Fresse.«

»Mein Gott! Kann ich wenigstens Savannah eine knallen, bevor ich selbst verprügelt werde? Sie hat mir diese Sache eingebrockt. Warum gehöre ich ausgerechnet zu der einzigen Familie von Colleton, in der man Nigger mag?«

»Hau ihr später eine runter. jetzt verdrisch erst mal diesen Oscar Woodhead. Aber vergiß nicht: Geh nicht zu nah ran! Sonst fängst du einen von seinen wilden Schwingern ein.«

Die Schar der Gaffer wich zurück, um uns Platz zu machen. Ich ging quer über den Rasen auf Oscar zu. Er würde mich windelweich schlagen, und schuld daran war, abgesehen von Benji Washington und meiner vorlauten Schwester, ein Urteil des Obersten Gerichtshofes über Rassengleichheit aus dem Jahr 1954. Oscar grinste und ging mit geballten Fäusten auf mich los. Ein erster Schlag traf mich unvorbereitet. Es war ein Schwinger mit der Rechten. Fast hätte er mir den Kiefer ausgerenkt. Ich verlor die Balance, und Oscar setzte mir nach. Während er auf mich eindrosch und mich vor sich her über die Rasenfläche trieb, heulte er wie ein Tier.

»Tänzeln!« kommandierte Luke.

Ich wich nach links aus, fort von Oscars furchtbarer Rechten. Einer seiner Schwinger streifte mich am Kopf, einen anderen blockte ich mit dem Arm ab. Ich ging auf Distanz und tänzelte im Kreis um ihn herum. Drei Minuten lang bewegte ich mich unaufhörlich und wich seinen Angriffen aus. Ihm war anzusehen, wie frustriert er war, weil er nicht an mich rankam. Dann, zuerst ganz unbewußt, fing ich an, ihn zu beobachten. Ich registrierte jede seiner Bewegungen, achtete auf seine Augen und wußte auf diese Weise genau, wann der nächste Schlag kam. Er hingegen konnte nicht wissen, ob und wann ich ihn angreifen würde, denn ich hatte noch nicht den leisesten Versuch gemacht, zurückzuschlagen.

»Bleib stehen und kämpf mit mir, du Dreckskerl!« keuchte er.

Ich blieb stehen. Er ging auf mich los, aber damit ließ er sich sozusagen auf einen anderen Sport ein und begab sich auf ein Gebiet, in dem ich mich gut auskannte und ihm bei weitem überlegen war. Während der vergangenen drei Jahre hatte ich beim Football immer wieder die Abwehrspieler gegnerischer Mannschaften frontal auf mich zustürmen gesehen. Ich tauchte weg, so daß Oscar ins Leere stieß. Als er an mir vorbeitaumelte, verpaßte ich ihm von der Seite ein saftiges Ding genau hinters Ohr. Von seinem eigenen Schwung mitgerissen, stürzte Oscar lang hin. Die Zuschauer grölten, und die Mädchen, angeführt von meiner jubelnden Schwester Savannah, stimmten wieder das Kampflied der High School von Colleton an.

Oskar war jedoch blitzschnell wieder auf den Beinen. Wutentbrannt trieb er mich erneut vor sich her. Ich konnte hören, daß er Probleme mit der Atmung hatte, und mir war klar, daß es für ihn darauf ankam, den Kampf so schnell wie möglich zu beenden.

Sechsmal schlug er zu, und sechsmal wich ich aus. Genau gesagt, trippelte und tänzelte ich um ihn herum. Dann fing ich an, seine Arme zu bearbeiten. Ich zielte absichtlich auf seinen Bizeps und auf seine Handgelenke. Meine Angriffe kamen jedesmal so überraschend, daß er unwillkürlich zurückwich. In seiner Wut feuerte er noch eine ganze Salve auf mein Gesicht ab, aber sie erreichte mich nicht. Ich lockte ihn hinter mir her, mitten hinein in die johlende Menge, und bearbeitete weiterhin seine Arme.

Er besann sich und versuchte mich gegen die Wand des Schulgebäudes zu drängen. Auch seine Schläge kamen jetzt überlegter.

Einer traf mich über dem Auge. Danach fühlte sich meine ganze rechte Gesichtshälfte wie betäubt an.

»Tänzeln!« rief Luke mir ein zweitesmal zu. Ich machte Finten nach links, Ausfälle nach rechts – und dann holte ich aus und verpaßte ihm mit der Rechten einen Schwinger, der ihn seitlich am

Kopf traf. Er taumelte rückwärts und ließ die Arme sinken. Sein Gesicht war ungedeckt.

»Jetzt!« befahl Luke.

Ich ging näher an ihn ran und fing an, sein Gesicht mit der Linken zu traktieren. Er versuchte, die Arme vors Gesicht zu nehmen, aber er hatte keine Kontrolle mehr über sie. Schlaff baumelten sie vor seiner Brust, und schon sickerte Blut aus seiner Nase und seinen Mundwinkeln. Der Mensch, der da auf ihn eindrosch, war ich, aber ich kam mir vor wie ein anderer, ich war mir selbst ein Fremder, obwohl ich genau spürte, wie meine Linke immer wieder vorschnellte und das Gesicht meines Gegners übel zurichtete. Irgendwann trat Luke von der Seite in mein Gesichtsfeld und beendete den Kampf.

Ich ließ mich auf die Knie sinken und fing vor lauter Erleichterung und Angst, aber auch wegen dem pochenden Schmerz über meinem linken Auge zu weinen an.

»Gut gemacht, Brüderchen«, flüsterte Luke mir zu.

»So was mach' ich nie wieder«, sagte ich mit tränenüberströmtem Gesicht. »Ich hasse es, mein Gott, wie ich es hasse! Sag Oscar, daß es mir leid tut.«

»Das kannst du ihm später selbst sagen. Wir müssen jetzt zum Training. Ich hab' dir doch gesagt, daß du schnell bist.«

Savannah wedelte mit einem arg ramponierten Pompon vor meinem Gesicht herum und sagte: »He, Tom, was ist los? Du hast gewonnen!«

»Ich kannte Oscar schon als kleines Baby.«

»Er war damals schon ein Miststück«, sagte Savannah.

»Mir hat das nicht gefallen«, wiederholte ich und fühlte mich plötzlich peinlich berührt, als ich mir bewußt wurde, daß mich sechzig Augenpaare weinen sahen.

»'n richtiger *quarterback* weint nicht«, sagte Luke. »Komm, wir müssen zum Training.«

An jenem Nachmittag ließ uns Trainer Sams wie immer nach dem Spiel noch ein paar Sprints über eine Distanz von vierzig Metern machen. Zuerst kamen die *guards* und die *centers* an die Reihe. Plump und nicht sonderlich schnell rannten sie auf den Trainer zu, der am anderen Ende des Spielfeldes stand und mit seiner Trillerpfeife das Startsignal gab. Danach stellten sich die *tackles*, ein ziemlich rauhbeiniger Haufen, in einer Reihe auf. Luke lief ihnen mit größter Leichtigkeit davon.

Ich trat anschließend gegen die anderen *backs* an und startete Seite an Seite mit Benji Washington. »Du giltst als sehr schnell«, sagte ich zu ihm. »Ich war im letzten Schuljahr immer der Schnellste in der Mannschaft.«

»Das war einmal«, erwiderte er.

Die Trillerpfeife! Ich hatte einen guten Start und führte von Anfang an. Deutlich spürte ich, wie sich die Stollen meiner Schuhe in die Erde gruben und der Sand nach hinten wegspritzte. Während ich alles aus mir herausholte, war ich erfüllt von der Selbstsicherheit eines Jungen, der in seiner Klasse vom ersten Schultag an der Schnellste gewesen war – doch dann zog Benji Washington links an mir vorbei und gewann den Sprint mit rund vier Metern Vorsprung.

Zum zweiten Sprint trat ich in dem Bewußtsein an, nur noch der Zweitschnellste meiner Klasse zu sein. Mir entging nicht, daß Trainer Sams auch diesmal wieder mit seiner Stoppuhr die genaue Zeit nahm. Vergangenes Jahr hatte er sich von allen Lehrern am lautstärksten und unnachgiebigsten gegen die Aufnahme farbiger Schüler ausgesprochen, doch nun half ihm die Stoppuhr, seinen menschlichen und gesellschaftlichen Horizont zu erweitern: Benji schaffte die vierzig Meter in 4,6 Sekunden! Meine Bestzeit waren 4,9 Sekunden, und die hatte ich nur mit starkem Rückenwind geschafft.

Wieder stieß der Trainer kurz in seine Trillerpfeife. Wir rannten auf ihn zu, und wieder überholte mich Benji Washington mit einer mühelosen Eleganz, als würde er kaum die Erde berühren.

»Dieser schwarze Bengel kann fliegen«, hörte ich einen meiner Schulkameraden sagen, aber in dieser Feststellung lag mehr Bewunderung als Gehässigkeit.

Wir machten insgesamt zehn Sprints. Benji gewann alle zehn.

Ich belegte zehnmal den zweiten Platz. Als Trainer Sams an diesem Tag zum letztenmal in seine Trillerpfeife blies und die ganze Mannschaft zum Umkleideraum rannte, waren die Weichen für das ganze Schuljahr gestellt und es herrschte eine andere Stimmung. Mit den kampferprobten Spielern des Vorjahres, die die Schule weiterhin besuchen würden, konnten wir ohne weiteres eine gute Football-Mannschaft aufstellen, aber vom heutigen Tag an hatten wir in unseren Reihen den schnellsten *backfield*-Spieler des Südens.

»Vielleicht sind wir bald Landesmeister von South Carolina«, dachte ich insgeheim.

18

1961 war das Jahr, in dem wir die meiste Zeit auf Melrose Island verbrachten.

Es ist September. Das Krabbengeschäft läuft gut. Das Boot meines Vaters kommt jeden Abend randvoll mit Fisch und Krabben vom Meer zurück. Es ist die beste Saison seit 1956, und hinter Vaters lauter und überheblicher Fröhlichkeit versteckt sich doch eine stille Dankbarkeit für die Freigebigkeit der See. Der Krabbenpreis liegt bei einem Dollar pro Pfund, und Vater kann den reichen Mann markieren, wenn er im Hafen auf die Waage schaut, die unter dem Gewicht der Krabben ächzt. Am Abend träumt er dann laut von einer eigenen Krabbenfangflotte. Er erzählt Mutter, er habe in der Bank gehört, wie Reese Newbury gerade ein paar Männern erklärte, Henry Wingo hätte die schönste Frau weit und breit geheiratet. Mutter wird ganz rot vor Freude und sagt, sie sei zwar nicht mehr die jüngste, aber sie versuche, das Beste aus dem zu machen, was ihr der Herrgott in die Wiege gelegt habe.

Savannah kommt aus dem Schlafzimmer. Sie hat ihre *cheerleader*-Uniform angezogen, die sie zu unserem ersten Football-Spiel tragen wird. Die Anmut ihrer blassen Erscheinung sorgt für gehöriges Aufsehen. Wir drehen uns zu ihr um, ihre Schönheit schlägt uns in den Bann. In unserer scheuen Ehrfurcht und unüblichen Schweigsamkeit schwingt Bewunderung mit. Bei Savannah hat sich in aller Stille ein Reifungsprozeß vollzogen, der uns jetzt deutlich vor Augen geführt wird. Sie steht mitten im Wohnzimmer und wartet auf ein Zeichen der Anerkennung. Langsam dreht sie sich im Kreis, ihre fraulichen Reize sind nicht zu übersehen. Ihr Teint ist rein und makellos, das gebürstete Haar schimmert goldgelb. Luke steht auf und fängt an zu klatschen, ich schließe mich ihm an; wir applaudieren ihr heftig. Sie hebt die

Arme und kommt auf uns zu. Sie glaubt, wir machen uns über sie lustig, aber als sie merkt, daß wir es ernst meinen, bleibt sie stehen, und ihre Augen füllen sich mit Tränen. Sie sieht sehr hübsch aus. Sie hätte früher in ihren kühnsten Träumen nicht zu hoffen gewagt, daß sie sich einmal zu einer Schönheit entwickeln würde. Wir drei zeigen uns unsere Gefühle deutlich. Wieder einmal bin ich überwältigt von der Liebe, die wir füreinander empfinden. Mutter blickt vom Herd auf, aber sie versteht, daß sie an diesem Moment nicht teilhaben kann, und Vater hat überhaupt nichts mitbekommen. Wir Wingos stehen am Anfang einer langen und unheilvollen Entwicklung. Wir werden Ehrlichkeit und Anstand beweisen, unsere guten Eigenschaften werden genauso auf dem Prüfstand stehen wie unsere schlechten. Eine einzige Schreckensstunde wird unser Leben von Grund auf verändern. Es wird Mord und Totschlag geben und wir werden vor dem Ruin stehen. Wenn alles vorbei ist, werden wir glauben, daß wir den schlimmsten Tag unseres Lebens hinter uns und das Schrecklichste durchgemacht haben, das uns überhaupt passieren konnte, doch wir werden uns täuschen. Jedenfalls, fängt all das *jetzt* an, in dem Augenblick, als Savannah für uns Brüder ihre bezaubernde Pirouette dreht. Es fängt an mit einem Moment schlichter Schönheit. In drei Stunden findet unser erstes Footballspiel statt, es ist September auf Melrose Island.

Mein Vater stellte als erster den Kontakt zwischen den Colleton High Tigers und unserem bengalischen Tiger her, der jede Nacht vor dem Haus brüllte. Vater vermietete Caesar für zehn Dollar pro Spiel an den Fanclub der Schule, eine armselige Summe, die kaum für die wöchentliche Hühnerhalsration reichte, aber dieses Geschäft ermutigte Vater bei dem Vorhaben, aus Caesar eine rentable Geldanlage zu machen.

»Was haltet ihr davon, Kinder«, fragte er, bevor wir zum Spiel gingen, »wenn ich Caesar für Geburtstagsparties vermiete. Oder für Halloweenparties. Ich könnte Caesar fotografieren, wie er ein Stück Geburtstagstorte ißt. Oder wie ein Kind auf ihm reitet. Wir müßten nur einen Sattel für ihn bauen.«

»Caesar mag keine Torte«, sagte Luke.

»Aber er mag Kinder. Wir könnten fotografieren, wie er ein Kind statt der Geburtstagstorte frißt. Und dann, wie die hysterische Mutter versucht, den Tiger von ihrem einzigen Kind wegzuzerren. Und zum Schluß fotografieren wir, wie Caesar die Mutter verschlingt«, sagte ich.

»Am besten wäre es, wir würden Caesar einschläfern lassen«, sagte Mutter. Das ganze Thema machte sie wütend. »Wir können uns nicht einmal einen Goldfisch leisten, geschweige denn einen Tiger.«

»Ha! Caesar hat uns zehn Piepen pro Spiel vom Fanclub gebracht, oder? Sechs Heimspiele mal zehn, macht sechzig Dollar Reingewinn. Dazu die fünfundzwanzig, die ich kriege, wenn ich das Spiel filme. Du siehst, das Geld fließt von allen Seiten rein.«

»Warum reitest *du* nicht auf Caesar, Dad?« schlug ich vor.

»Ich bin für die Ideen zuständig«, sagte Dad, entrüstet über den bloßen Gedanken. »Außerdem würde ich dem armen Tier das Kreuz brechen, und ich bin nicht gerade wie 'n Jockey gebaut. Aber wir wär's mit Savannah, sie ist schließlich die leichteste in der Familie.«

»Da wird nichts draus, Dad«, meldete sich Savannah zu Wort. »Ich reite schon auf dem Elefanten. Laß doch Tom den Tiger reiten.«

»Welchen Elefanten?« fragte Mama.

»Dad wird sicher bald einen kaufen«, erklärte Savannah. »Fürs Wahlhilfskomitee der Republikaner oder so was in der Art.«

»Wir hätten Caesar wirklich schnell loswerden sollen«, sagte Mutter. »Das wäre für uns alle das Beste gewesen.«

»Caesar wird nicht umgebracht«, sagte Luke.

»Mir wird schon noch was einfallen«, versprach Vater. »Die Idee mit den Geburtstagen war wohl nicht so ganz das Wahre. Es ist Zeit, ihr müßt zum Spiel. Ich häng' noch schnell Caesars Käfig an den Lieferwagen.«

»Ich fahr' mit den Kindern«, entschied Mutter.

»Warum das denn?«

»Weil ich noch ein bißchen Würde im Leib hab'! Glaub nicht, daß ich jetzt zu jedem Spiel mit einem Tiger im Schlepptau fahre. Die Leute in der Stadt lachen schon genug über uns.«

»Er soll doch nur die Jungs anspornen, Lila«, sagte Vater, »damit sie North Charleston schlagen.«

»Weißt du noch, Tom, wie wir in der ersten Klasse waren und gegen die gespielt haben?« fragte Luke.

»Dumme Frage! Sie haben uns damals zweiundsiebzig zu null geschlagen.«

»Als das Spiel zu Ende war, hat ihre Kapelle den *Tennessee Waltz* gespielt, und die ganze Mannschaft hat Walzer getanzt, aber wir sind wie begossene Pudel weggeschlichen.«

»Alles klar, Käpt'n?« fragte ich.

»Alles klar, Käpt'n«, kam Lukes Antwort. »Diesmal will *ich* Walzer tanzen, wenn das Spiel aus ist.«

»Und ich wackel' für euch mit dem Hintern, Jungs«, sagte Savannah und schlug Luke auf die Schulter, »weil unsereins als unterdrückte Frau ja überall die zweite Geige spielen muß.«

Unsere Mannschaft bestand aus vierzig Spielern, die jetzt alle in voller Montur über den Flur marschierten, der von den Umkleidekabinen zum Besprechungsraum führte. Die Stollen klapperten auf dem Zement wie die Hufe einer Bisonherde, die über die Prärie galoppiert. Die kahlen Glühbirnen strahlten unsere weiten Trikots an; in dem seltsamen Licht tanzten die Schatten unserer monströsen und unirdisch anmutenden Aufmachung an den Wänden.

Wir betraten den Besprechungsraum und setzten uns lässig auf die Klappstühle. Wir hörten, wie die Menge draußen im weiten Rund des Stadions tuschelte. Die Kapelle spielte ein paar Lieder zum Anfeuern. Wir hörten Caesar brüllen und brüllten auf Lukes Kommando zurück. Dann richtete der Trainer das Wort an uns:

»Heute abend werdet ihr mir und der ganzen Stadt beweisen, daß ihr kämpfen könnt. Bisher habt ihr nur gezeigt, wie man die Schulterpolster anschnallt und wie man Mädchen für die Party nach dem Spiel aufreißt. Erst wenn ich euch auf dem Platz in Aktion sehe, weiß ich, ob ihr kämpfen könnt oder nicht. Richtig kämpfen! Ein richtiger Kämpfer ist ein Killer, der seinem Gegner den Kopf in den Bauch rammt und erst zufrieden ist, wenn der andere nach dem Spiel auf dem letzten Loch pfeift. Ein richtiger Kämpfer kennt Angst nur in den Augen des Gegners, der den Ball hat und weiß, daß er gleich plattgewalzt wird. Ein richtiger Kämpfer liebt den Schmerz. Er liebt die Schreie und den tödlichen Haß im Kampfgetümmel auf dem Platz. Er ist immer da zur Stelle, wo Blut fließt und Zähne ausgeschlagen werden. Nur darum geht's bei unserem Sport, Männer. Das ist schlicht und einfach Krieg. Also ihr geht heut abend raus und knüppelt nieder, was euch in die Quere kommt. Alles, was sich bewegt, kickt ihr kurz und klein. Alles, was dann noch lebt, kickt ihr zusammen, und alles, was Titten hat, fickt ihr in Stücke.«

Ein paar müde Lacher waren zu hören. Trainer Sams hatte jetzt vier Jahre hintereinander die gleiche Ansprache gehalten, und selbst der obligatorische Schlußwitz war der gleiche. Er redete immer über Football, als würde er sich im Endstadium einer Tollwut befinden.

»Seid ihr also meine Kämpfer?« schrie er, und an seinen Schläfen traten die Adern hervor.

»Ja, Sir!« schrien wir zurück.

»Seid ihr meine Dampfwalzen?«

»Ja, Sir!«

»Seid ihr mein Killerkommando?«

»Ja, Sir!«

»Werd' ich draußen Blut sehn?«

»Ja, Sir!«

»Werd' ich ihre Eingeweide an euern Helmen baumeln sehn?«

»Ja, Sir!«

»Werd' ich über den ganzen Platz die Knochen splittern hören?«

»Ja, Sir!«

»Laßt uns beten«, sagte er.

Er betete mit der Mannschaft das Vaterunser. Dann erteilte er Luke das Wort, verließ den Raum und wartete draußen.

Luke stand auf, mit seinen Schulterpolstern wirkte er ziemlich massiv. Er ließ seinen Blick durch den Raum schweifen. Mit seinen zweihundert Pfund war Luke einer der stämmigeren Männer von Colleton und mit Sicherheit der stärkste weit und breit. Seine Anwesenheit wirkte überall wie ein Dämpfer.

»Laßt euch von Trainer Sams nicht verrückt machen«, beruhigte er die Neuen im Team. »Er haut gern ein bißchen auf den Putz. Ist alles halb so wild. Eins hat er vergessen zu erwähnen, und das betrifft uns alle: Der einzige Grund, warum wir Football spielen, ist, daß wir unseren Spaß haben wollen. Das ist der Punkt. Wir gehen da raus, und es macht uns Spaß, zu blocken und anzugreifen, schnell wie der Teufel zu rennen und für die Mannschaft alles zu geben. Aber ich will mit euch noch über eine andere Sache reden. Das hätten wir schon am Anfang der Saison tun sollen. Es geht um Benji.«

Unruhe entstand im Raum. Jeder drehte sich nach dem schwarzen Jungen um, der auf dem hintersten Stuhl saß und die gleiche ruhige und entschlossene Würde zur Schau trug, die seine Mannschaftskameraden von der Schule her kannten. Gelassen schaute er Luke an.

»Also – wir wollten alle nicht, daß Benji zu uns an die Schule kommt. Er hat es trotzdem getan. Wir wollten auch nicht, daß er zu uns in die Mannschaft kommt. Er hat es trotzdem getan. Beim Training sind wir über ihn hergefallen, wir haben ihn geschlagen und verprügelt, wir wollten ihm richtig weh tun – alles haben wir probiert, damit er abhaut. Ich hab' auch dabei mitgemacht. Er hat aber alles weggesteckt, was wir ausgeteilt haben. Und jetzt, Benji, bist du in unser Team aufgenommen, und ich bin stolz darauf. Ich glaube, mit dir in der Mannschaft sind wir tausendmal besser als vorher, und wenn jemand was dagegen sagt, schlag' ich ihm die Eier zu Brei. Komm nach vorn, Benji, und setz dich in die erste Reihe.«

Benji zögerte, und ich konnte hören, wie alle im Raum kräftig durchatmeten. Er stand auf und ging durch die Reihen. Alle Augen waren auf ihn gerichtet, während er immer noch Luke anschaute.

»Heute abend werden die von North Charleston hinter dir her sein, Benji. Sie werden dich einen Nigger und alles mögliche schimpfen, und wir können nichts dagegen tun. Aber ich will, daß euch allen eins klar ist: Benji ist von jetzt ab kein Nigger mehr, sondern ein Mannschaftskamerad. Ein schöneres Wort gibt's für mich nicht. Benji ist kein Nigger, jetzt nicht und auch für den Rest des Jahres nicht. Er ist einer der Colleton High Tigers wie wir alle, und wenn sie über ihn herfallen, zahlen wir's ihnen heim. Das ist jedenfalls meine Meinung. Ich hoffe, ich habe dich nicht in Verlegenheit gebracht, Benji, aber ich seh' nicht ein, warum ich's nicht hätte sagen sollen. Ich hab's einfach loswerden müssen. Hat jemand was dagegen einzuwenden?«

Alles war zu hören, die Kapelle, die draußen spielte, die Leute und das nervöse Getrappel der Stollen auf dem Fußboden, aber einen Einwand hörte man nicht.

»Tom, willst du den Jungs noch was sagen?«

Ich stand auf, drehte mich zu den Kameraden um und preßte mit aufgeregter Stimme hervor: »Auf in den Kampf!«

Stets begleiteten mich die Erinnerungen an meine aktive Zeit als Sportler und an die unvergeßlichen Abende, wenn ich aufs Spielfeld lief, um meine Stärke, Schnelligkeit, überhaupt meine ganze Persönlichkeit mit den anderen Jungs zu messen. Ich lebte vom Lob und vom Beifall der versammelten Zuschauer, der dröhnenden Musik der Kapellen, vom Rhythmus der Trommeln und vom Stechschritt der *cheerleader*, die in Sprechchören die sattsam bekannten Schlachtrufe mit religiöser Inbrunst skandierten. Der Anblick der gegnerischen Mannschaft mit ihren schwarzen Helmen und ernsten Mienen ließ uns einen freudigen Schauer über den Rücken laufen. Ich lauschte dem aufgeregten Geschnatter beim schwungvollen Aufwärmtraining, wie ein Blinder, der am Ententeich steht. »Und eins, und zwei, und drei!« gaben Luke und ich unserem Team die Einsätze bei der Gymnastik. Auf dem Spielfeld von Colleton sollte ich zum ersten und letzten Mal ein Gefühl von Unsterblichkeit erleben. Vom Fluß her konnte ich die salzige Luft schmecken, den intensiven Geruch dieser endlosen Landschaft mit ihren so vertrauten Gezeiten, gewürzt mit dem besonderen Duft auf einer Insel reifender Felder. Mir wurde warm ums Herz, und meine Sinne waren hellwach, ich fühlte mich wie ein Wesen, das am ersten Tag der Schöpfung Gottes Antlitz erblickte. Ich konnte seinen Atem spüren, der wie Licht durch meine Adern prickelte. Laut ermunterte ich meine Teamkameraden. Mit der Selbstsicherheit eines drahtigen, talentierten Jungen, der für dieses Spiel wie berufen schien, tänzelte ich herum, als der Pfiff des Schiedsrichters die Luft durchschnitt und Luke und ich zur Spielfeldmitte gingen, wo die Münze zur Seitenwahl geworfen wurde. Der Schiedsrichter warf ein Dollarstück hoch in die Luft. Luke rief »Kopf«. Und es war Kopf. Wir beschlossen, die anderen anfangen zu lassen.

An diesem Abend reckten Benji Washington und ich entschlossen die Fäuste, als wir gleichzeitig unsere Position im Rückraum einnahmen und den Anstoß der North Charleston Blue Devils erwarteten. Ich sah, wie ihr Spielmacher auf den Ball zuging, sah, wie ihr Team losstürmte, wie der Ball hoch in die Luft stieg, und ich hörte mich schreien: »Den nimmst *du*, Benji!«

Er fing ihn kurz vor der Auslinie und sprintete zur Fünfunddreißigyardlinie, bevor er von zwei North-Charleston-Spielern hart genommen wurde. Er verschwand in einem Haufen von Blauhemden. Die Jungs von North Charleston waren außer Rand und Band, verloren völlig die Kontrolle über sich, sprangen herum und brüllten. Fünfhundert North-Charleston-Fans waren zum Spiel in den Süden gereist und intonierten einen Sprechchor: »Nigger, Nigger, Nigger«, tönte es von den Rängen.

»Wir bringen dich um, Nigger«, rief ihr Ausputzer, der die Trikotnummer achtundzwanzig trug. Benji stand auf.

Sie rannten auf Benji zu und verfolgten ihn fast bis zu dem Punkt, wo die *huddle* stattfinden sollte; ein fluchender, gewalttätiger Haufen.

»Nigger, Nigger! Mieser Nigger!« schrien sie ihn an.

Sie schrien noch immer, als ich den ersten Angriff unserer Mannschaft in dieser Saison ankündigte. Meine Mannschaftskameraden waren sichtlich mitgenommen, und Benji war geschockt.

Wir nahmen Aufstellung ein, und auch die gegnerische Mannschaft ging nach und nach in Position. Sie rief: »Killt den Nigger!« Als ich mich über den Ball beugte, schrie ihr Ausputzer mir zu: »Den gottverdammten Nigger kauf' ich mir.«

Ich richtete mich auf, machte eine eindeutige Geste und rief unbeeindruckt: »Halt's Maul, Schwanzlutscher.«

Die Pfeife schrillte, und der Linienrichter signalisierte einen Fünfzehnyardstrafstoß gegen uns wegen unsportlichen Verhaltens: »Unsportliches Verhalten« sagte er wie einer, der hauptberuflich beim Ku-Klux-Klan ist. Ich hatte nicht erwartet, daß sich unter den Schiedsrichtern von South Carolina ein Mitglied des Obersten Gerichtshofes befindet.

»He, Schiri«, sagte ich, »können Sie nicht dafür sorgen, daß die endlich aufhören, unsere Vierundvierzig anzupflaumen?«

»Ich hab' nichts gehört«, sagte der Schiedsrichter.

»Dann können Sie auch nicht gehört haben, wie ich: ›Halt's Maul, Schwanzlutscher‹ zu diesem Pickelgesicht gesagt hab'.«

Die Pfeife ertönte ein zweitesmal, und der Schiedsrichter zeigte auf die Linie in halber Entfernung zum Tor. Bis jetzt hatte uns mein brillantes Quarterbackspiel fünfundzwanzig Yards gekostet, und ich hatte noch keinen einzigen Ball gekriegt.

»Halt's Maul und spiel weiter«, befahl der Schiedsrichter.

»Hol ihn dir doch, Nigger!« schrie der Ausputzer Benji zu. »Ich hau' dir in die Eier, Nigger! Heute abend wirst du geschlachtet. Dann werden wir Niggerfleisch essen.«

Die Schlachtenbummler von North Charleston riefen immer noch: »Nigger!« Die Fans von Colleton blieben ruhig und warteten ab. Ich sah Benjis Eltern ganz oben auf der Tribüne sitzen. Seine Mutter hatte sich vom Spielfeld abgewandt. Sein Vater schaute mit stoischem Blick zu, und jetzt wußte ich, woher Benji die Gelassenheit und ruhige Würde hatte.

»Auszeit«, rief ich.

Meine Mannschaftskameraden zogen beim *huddle* die Schwänze ein wie räudige Hunde, die auf Müllhalden von Abfällen leben. Ich war schon immer ein vorausschauender *quarterback* gewesen und hatte bemerkt, daß bei unseren Jungs einiges noch nicht klappte. Ihre Lethargie machte mich langsam wütend. Ich hätte am liebsten einen Torpfosten ausgerissen oder ihnen die Fresse eingeschlagen. Am unteren Teil des Spielfeldes, am Rande der Aschenbahn, sah ich Caesar der in seinem Käfig vor sich hinschlummerte und nichts Raubtierhaftes an sich hatte.

Ich ging vor meinem Team in die Hocke und sagte: »O. k., Jungs, hört auf euren *quarterback*, euern Goldjungen. Der alte Tom Wingo wird euch ein paar aufmunternde Worte sagen.«

»Nigger, Nigger, Nigger.« Die Schreie hallten von der Schulhausmauer wider; die Bürger von Colleton schwiegen furchtsam.

»Ich will, daß ihr lockerer seid! Benji, ich weiß, das ist hart für dich, aber es ist für uns alle hart. Es ist sogar grausam hart. Aber bevor wir ihnen zeigen, daß du der schnellste Bimbo der Welt bist, hab' ich euch noch 'ne Kleinigkeit zu sagen: Ich will mehr Einsatz. Habt ihr mich verstanden?« Ein paar ziemlich lahme Beifallsrufe. Das war mir zu wenig.

»Luke«, sagte ich, packte meinen riesigen Bruder an den Schulterschützern und schlug ihm mit der Handfläche auf den Helm.

»Luke, laß Caesar brüllen.«

»Wie bitte?«

»Laß Caesar brüllen«, wiederholte ich.

Luke sah hinüber zum Käfig, der im Dunkeln stand. Er ging zur

Mittellinie und blickte übers ganze Feld. Dann rief er Caesar über den Lärm der Sprechchöre hinweg etwas zu. Unser Tiger, der von den Lichtern geblendet und vom Football gelangweilt, inmitten von Fischgräten und den Überresten von Hühnerhälsen döste, wurde durch die lauten Schreie des einzigen Menschen, den er gern hatte, aufgeschreckt: »Los, Caesar, brüll!«

Caesar kam an die Gitterstäbe, nicht wie ein Kuscheltier, nicht zum Spaß, nicht wie ein Maskottchen, sondern wie ein bengalischer Tiger. Folgsam und treu grüßte er den stämmigsten Verteidiger von ganz South Carolina.

Luke brüllte liebevoll zurück.

Caesar brüllte noch einmal. Sein Gebrüll donnerte über das Spielfeld wie ein Düsenjäger und erstickte den gehässigen ›Nigger‹-Sprechchor, übertönte alle Geräusche in der Menge, überflog die Fünfzigyardlinie, drang uns in die Ohren, fegte über den Parkplatz und prallte auf die Backsteinmauer des Gymnasiums. Es hallte wider, als stünde dort ein zweiter Tiger. Caesar antwortete auf sein eigenes Echo, und ich schrie meine Mannschaftskameraden an: »Na los, ihr Arschlöcher, ihr feigen Scheißkerle, ihr Memmen! Antwortet gefälligst. Antwortet Caesar!«

Im Chor brüllten sie wie die Tiger. Sie hörten nicht auf zu brüllen. Caesar, nicht gerade ein Neuling im Geschäft, war es gewohnt, seine Schau abzuziehen und im Mittelpunkt zu stehen. Er antwortete auf seine unnachahmliche und wilde Art, die ihren Ursprung im tiefsten Dschungel Indiens hatte. Caesar, dessen Eltern nachts ganze Hindudörfer aufgeschreckt und Elefanten das Blut in den Adern hatten gefrieren lassen, hinterließ bei unserer Mannschaft einen bleibenden Eindruck. Schon sprang der Funken auf die Colletonfans über, die jetzt ihren Kampfgeist wiederfanden. Das Tigergebrüll setzte sich durch die Reihen fort, daß das Spielfeld erzitterte.

Ich rannte zur Seitenlinie und rief Mr. Chappel, dem Leiter der Schulkapelle, zu, er solle ›Dixie‹ anstimmen. Als die Kapelle begann, ›Dixie‹ zu spielen, drehte Caesar durch. Das Team von North Charleston starrte den riesigen Tiger an, der knurrend und halb wahnsinnig gegen das Gitter schlug und fauchend die Vordertatzen mit voll ausgefahrenen Krallen durch die Gitterstäbe steckte: ein Paradebeispiel für Wildheit hinter Gittern. Luke ging wütend auf mich los.

»Warum hast du das getan, Tom?« sagte er. »Du weißt doch, daß Caesar dieses Lied haßt.«

»Er ist scharf auf diese blöden Seehunde«, sagte ich mit stolzgeschwellter Brust. »Freu dich doch, Luke. Das ist die verrückteste Auszeit in der ganzen Footballgeschichte.«

Ich ging auf die Jungs von North Charleston zu, die wie angewurzelt dastanden, während ihre Fans immer kleinlauter wurden.

»He, Jungs«, rief ich über den Lärm hinweg, »wenn ihr mich noch einmal verarscht, laß ich den Tiger los.«

Ein Pfiff ertönte, und gegen uns wurde ein Strafstoß wegen Spielverzögerung verhängt.

Als wir uns zum *huddle* formierten, war ein kleines Wunder geschehen. In den Augen meiner Kameraden sah ich den heiligen Glanz einer eingeschworenen Gemeinschaft leuchten. Im Sport gibt es nichts Großartigeres. Dieser Glanz wohnt im Herzen, aber man erkennt ihn in den Augen. Ich sah, wie wir langsam ein richtiges Team wurden.

›Nigger, Nigger‹-Sprechchöre und Tigergebrüll. Das Getöse brach über uns herein.

»Der erste Angriff der Colleton Tigers heißt: die Quarterbackfinte«, sagte ich. »Keiner gibt mir Deckung. Während mir diese Lahmärsche auf den Fersen sind, knüpft sich jeder von uns, außer Benji, diesen Kotzbrocken von Ausputzer vor. Ich werd' ein bißchen hinten rumrennen, dann habt ihr genug Zeit, um ihn euch zu schnappen.«

›Nigger, Nigger‹-Sprechchöre und Tigergebrüll. Ich bekam den Ball zugespielt. Kaum hatte ich einen zaghaften Ausfall in die schmale Lücke neben dem linken Verteidiger angedeutet, als ich auch schon von einer Lawine aus Fleisch und Leder zu Boden gewalzt wurde. Mein Gesicht klatschte ins Gras und wirbelte den Kreidestaub der Fünfyardlinie auf. Ein Pfiff ertönte. Als ich wieder auf die Beine kam, sah ich ihren Ausputzer auf dem Rücken liegen. Er hielt sich das Gesicht und das Knie. Unsere Mannschaft wurde erneut mit einer Fünfzehnyardstrafe wegen unnötiger Härte belegt, und der Schiedsrichter schritt die halbe Distanz zur Torlinie ab. Ich hatte diesen Rückzug, der uns zweiunddreißig Yards hinter den ursprünglichen Ausgangspunkt brachte, geschickt eingefädelt. Erfreut sah ich, wie sie den Ausputzer vom Platz trugen. Er blutete aus allen Löchern, wie es Luke so treffend beschrieb.

»Das wird uns der Nigger büßen«, rief einer ihrer Spieler.

Wir steckten die Köpfe zusammen, und ich sprach zur Mannschaft: »Gut gemacht, Jungs. Hört gut zu, wenn Onkel Tom was sagt. Also, beim nächsten Spielzug versuchen wir einen *touchdown* zu landen.«

»Das ist was für Benji«, jauchzte Luke.

»Noch nicht«, sagte ich. »Der Meisterstratege bringt Benji noch nicht ins Spiel. Aber Benji wird Lockvogel. Ich schick' dich direkt in die Mitte, Benji. Ich mach'ihnen klar, daß du den Ball kriegen wirst, und ich zeige ihnen die Lücke, durch die du kommst.«

»Oh Gott«, sagte Benji.

»Das ist doch dumm, Tom«, sagte Luke.

»Aber du wirst den Ball nicht kriegen. Ich werde ihn links außen vorbeischmuggeln. Weiter unten auf dem Feld brauche ich ein bißchen Deckung. Alles klar? Los geht's!«

Bevor ich mich neben Milledge Morris niederkauerte, ging ich ganz dicht an die Linie ran. Wieder schallte mir der monotone ›Nigger‹-Sprechchor entgegen. Ich sagte laut zu den Jungs von North Charleston: »Wollt ihr den Nigger? Ich schick' ihn euch genau durch diese Lücke.« Ich zeigte auf die Lücke zwischen dem *center* und dem linken Verteidiger. »Und keiner von euch Arschgesichtern wird ihn aufhalten.«

Ich beobachtete, wie ihre Abwehrspieler sich ein paar Schritte auf die Lücke zubewegten, als ich unserem Team die Anweisung gab: »Achtung! Vierzehn auf Position drei.« Ich bekam den Ball und hielt ihn flach am Boden, während hinter mir die Helme und Schultern aneinander krachten. Dann bückte ich mich und tat so, als würde ich Benji den Ball an den Bauch drücken. Er sprintete auf die Lücke zu, wo er von den weißen Südstaatlern in Empfang genommen wurde.

Ich hielt den Ball in Hüfthöhe und schaute mich um, als wollte ich eine ruhigere Gangart einlegen. Die Blauhemden rissen Benji zu Boden. Seelenruhig marschierte ich zur Seitenlinie. Dort nahm ich die Beine in die Hand und rannte los, vorbei an allen Fans von North Charleston, die plötzlich merkten, daß es auch bei uns im Team ein paar Weiße gab. Auf Höhe der Zwanzigyardlinie zog Luke mit mir gleich. Wir hatten dabei immer den rechten Verteidiger im Auge, der sich von meiner Finte nicht hatte täuschen lassen. Er wollte mir an der Außenlinie den Weg abschneiden, und ich deutete eine Kehrtwendung an. Er bremste, richtete sich auf und Luke überrollte ihn wie eine Dampfwalze. Ich sprang mit einem Riesensatz über die beiden hinweg und hatte wieder freie Bahn...

Ich habe den Film aufgehoben, den mein Vater von dem Spiel gemacht hat. Diesen Fünfundzwanzigyardsprint entlang der Seitenlinie habe ich schon hundertmal angeschaut und werde ihn mir noch hundertmal anschauen. In dem grobkörnigen, unscharfen Film sehe ich den Jungen vor mir, der ich einmal war, und ich bewundere seine Schnelligkeit, während ich mir mit der Hand durchs schüttere Haar streiche. Ich erlebe den Moment noch einmal, wie ich auf die Torlinie zulief und die wütenden Blauhemden vergeblich hinter mir herjagten. Ich spürte, wie das Publikum zu jubeln anfing. Ich spürte in allen Knochen, wie die tobende Menschenmenge mich vorwärts peitschte. Ich rannte wie der Teufel. Ganz Colleton stand wie ein Mann hinter mir, und ich war glücklich. Ich war jung und begabt. Keiner konnte mich einholen, und selbst der Schiedsrichter sah nur noch meine Absätze. Ich schoß wie der Blitz durchs Flutlicht, rannte an Vater vorbei, dann an meiner Zwillingsschwester, die an der Außenlinie ihre Tänze vollführte und den Augenblick genoß, und auch an meiner Mutter, deren Schönheit nicht darüber hinwegtäuschte, wie sehr sie sich ihrer Familie schämte. Aber in diesem unvergeßlichen Augenblick war sie Tom Wingos Mutter, und sie war stolz auf ihren Sohn. Ich ließ die Vierzigyardlinie und gleich darauf die Dreißigyardlinie hinter mir. Mein ganzes Leben zog an mir vorbei, während ich auf die Torlinie zusprintete. Doch wenn ich diesen Film sehe, denke ich oft, daß jener Junge nicht recht wußte, wohin er eigentlich lief, daß es nicht die Torlinie war, die ihn erwartete. Irgendwann während dieses Zehnsekundensprints wurde der rennende Junge zu einem Sinnbild, wie der Erwachsene jetzt feststellte. Er würde immer schnell laufen können, und er würde immer vor allen Schwierigkeiten davonlaufen, vor allen Leuten, die ihn liebten, und vor allen Freunden, die ihn beschützen könnten. Aber wo soll man hinlaufen, wenn es keine Zuschauer, kein Flutlicht und keine Torlinien gibt? Wohin läuft man dann? dachte Tom Wingo, der Trainer, als er im Film den Jungen sah, der er einmal gewesen war. Wohin soll man laufen, wenn es keine Spiele mehr gibt? Wo kann man sich verstecken, wenn man merkt, daß man nur vor sich selber davonläuft?

Ich überquerte die Torlinie und schoß den Ball steil in die Luft. Dann warf ich mich hin und küßte den Rasen. Ich rannte zu Caesars Käfig und rüttelte an den Stäben. »Danke, gelbes Ungeheuer.« Majestätisch blickte er über mich hinweg.

Dann nahm mich Luke in die Arme, hob mich hoch und wirbelte mich hin und her. Jetzt hatten wir zwei auch unseren Walzer.

Der Kampf ging weiter. An der Art und Weise, wie wir den Gegner bedrängten, erkannte ich, daß dies unser Spiel war. Bei ihrem ersten Anspiel von der Mittellinie rannte Luke mit dem Kopf einen Verteidiger um und schleifte ihn fünf Yards weit über den Rasen. Auf der rechten Seite kam es zu einem Gerangel, aus dem heraus sie einen plötzlichen Konter landen wollten. Luke preschte vor und warf den *quarterback* um, bevor dieser abspielen konnte. Unser ganzes Team brannte förmlich vor Ehrgeiz, und wir trommelten uns auf die Schulterschützer und die Helme, umarmten uns nach jedem Spielzug und feuerten uns gegenseitig an. Der ganze Aufwand hatte sich gelohnt. Ein Gefühl der Siegesgewißheit machte sich breit. Ein gegnerischer Spieler schlug den Ball weit ins Seitenaus.

Jetzt wollte ich Benji einsetzen. Als ich den *touchdown* erzielt hatte, war Benji am Boden gelegen, begraben unter den Blauhemden, die ihn fürchterlich malträtierten. Er war ganz schön wütend.

»Benji, jetzt wollen wir diesen Knalltüten mal zeigen, warum Abe Lincoln recht gehabt hat: Spiel auf Position vier. Los geht's!«

Mir tat der Junge, der Lukes direkter Gegenspieler war, ein bißchen leid. Bei Spielbeginn war er immer ein netter, strammer und gesunder Junge. Nach Spielende war er dann mindestens einen Tag lang halbseitig gelähmt. Kein Wunder, daß Luke, dieses Monstrum, eine Zuneigung für den Tiger entdeckt hatte.

Ich spielte Benji Washington den Ball zu. Es war das erstemal in South Carolina, daß ein Weißer einem Schwarzen den Ball zuspielte. Er stürzte aus dem Gewühl hervor (Luke hatte seinen Gegenspieler bereits plattgemacht), säbelte einen Verteidiger um, der auf ihn losging und schleuderte einen zweiten zur Seite, der ihn am Arm packen wollte. Dann startete er leichtfüßig und mit atemberaubender Geschwindigkeit durch und tänzelte förmlich durch das gegnerische Team. Jetzt machte er richtig Dampf. Keiner konnte ihn bremsen. Er schlug einen Haken, täuschte einen Gegner an der Außenlinie, spurtete unvermittelt los und zog das gesamte Team von North Charleston hinter sich her. Drei Spieler versuchten sich auf ihn zu werfen, aber alle unterschätzten seine Geschwindigkeit. Im Vergleich zu ihm waren wir lahm wie Schnecken, als wir zur Torlinie rannten, aber er hatte bereits unseren zweiten *touchdown* in knapp zwei Minuten unter Dach und Fach gebracht. Ich konnte die gemischten Gefühle der Zuschauer aus Colleton gut verstehen. Für ein paar Minuten waren sie fassungslos und applaudierten kaum. Die Leute waren nun mal weiß, waschechte Südstaatler, steckengeblieben im Sumpf menschenunwürdiger Vorurteile. Sie wollten nicht, daß Benji es schaffte, auch wenn dies die Niederlage unserer Mannschaft bedeutete. Manche wünschten ihm wahrscheinlich sogar den Tod. Aber es muß irgendwann während Benjis Siebensekundensprint passiert sein, daß in Colleton der Widerstand gegen die Integration der Schwarzen – wenn auch unmerklich – schwächer wurde. Jedesmal, wenn Benji Washington an diesem Abend im Ballbesitz war, gewann die Liebe der Südstaatler zum Sport die Oberhand über die düstere Vergangenheit, die unserer Mannschaft den schnellsten Sprinter der Südstaaten beschert hatte.

Als die Mannschaft Benji in die Mitte nahm und fast erdrückte, sagte er zu Luke: »Mein Gott, seid ihr Weißen langsam.«

»Nein«, antwortete Luke, »du hattest nur Mordsschiß, daß sie dich kriegen.«

An diesem Abend wurde mir klar, daß ich mit Benji Washington an der Seite ein weitaus besserer *quarterback* sein konnte, als ich es eigentlich war. Ich schickte ihn an diesem Abend dreißigmal übers Feld. Er brach in der Mitte durch, ging außen vorbei und überlief die Gegner reihenweise. Im dritten Viertel der Spielzeit sprintete ich rechts entlang und täuschte ein Abspiel auf Benji vor, woraufhin sich einer der Verteidiger selbst austrickste. Dann überrannte ich den nächsten und lief zur Seitenlinie, wo mich der Außenverteidiger zu Fall brachte. Als ich stürzte, schlenzte ich den Ball zu Benji. Der fing ihn und flitzte achtzig Yards, ohne daß auch nur ein einziger Gegner an ihn rankam.

Im letzten Viertel rissen sich die Jungs von North Charleston zusammen und machten zwei *touchdowns*, aber das waren schwer verdiente und hart herausgespielte Punkte. Sie waren die Belohnung für lange und zermürbende Vorstöße. Beide Male brachen ihre Angreifer über die Fünfyardlinie durch, nachdem sie zuvor zweimal abgewehrt worden waren. Als das Spiel zu Ende ging und wir 42 zu 14 führten, spielte unsere Kapelle den *Tennessee Waltz*. Als North Charleston eine Auszeit einlegte, tanzten wir Helm an Helm an der Mittellinie, und die Zuschauer auf den Rängen sangen mit.

Dann ertönte der Schlußpfiff. Die ganze Stadt war aus dem Häuschen. Die Leute stürmten aufs Feld, und wir gingen in die Umkleidekabinen, von Tausenden von Studenten und Fans umringt und beklatscht. Savannah kam auf mich zu, küßte mich auf den Mund und lachte, als ich rot wurde. Luke packte mich an den Schultern und riß mich zu Boden. Drei Spieler von North Charleston kämpften sich einen Weg durch die Menge und gratulierten Benji. Einer von ihnen entschuldigte sich dafür, daß er ihn Nigger genannt hatte. Caesar fing wieder an zu brüllen, und die Menge brüllte mit. Mein Vater filmte alles. Meine Mutter warf sich Luke in die Arme, und er trug sie wie eine Braut über die Schwelle zum Umkleideraum. Sie hielt ihn fest umschlungen und sagte ihm, wie wunderbar sie ihn fände und wie stolz sie auf ihn sei.

Im Umkleideraum stellte die Mannschaft Trainer Sams in voller Montur unter die Dusche. Oscar Woodhead und Chuck Richards schnappten sich Benji und trugen ihn fast ehrerbietig in den Duschraum, wo sie ihn sozusagen mit dem Wasser des Sieges tauften. Auch Luke und ich wurden auf die Schultern genommen und hineingetragen, bis schließlich die gesamte Mannschaft ausgelassen jubelnd auf dem gekachelten Boden stand. Die Fotografen machten Schnappschüsse. Väter steckten sich vor dem Umkleideraum Zigaretten an und diskutierten das Spiel.

Nach dem Duschen saß ich neben meinem Bruder auf der Holzbank, zog mich ohne Eile an und spürte, wie sich die Schmerzen nach dem Kampf angenehm wie eine langsam wirkende Droge im Körper breitmachten. Ich zog mein Hemd an und konnte dabei kaum den Arm heben, um den oberen Knopf zuzumachen. Meine Kameraden zogen ihre Anzüge an, und der ganze Raum roch nach Dampf, Schweiß und Rasierwasser. Jeff Galloway, der linke Läufer, kam auf mich zu. Er hatte sich das schwarze Haar glatt nach hinten gekämmt.

»Gehst du auch zum Tanzen, Tom?« fragte er.

»Vielleicht schauen wir mal kurz vorbei.«

»Willst du etwa so gehen?« fragte er und deutete auf mein Hemd.

»Nein, meine richtigen Klamotten hängen draußen bei Caesar im Käfig, Jeff«, antwortete ich. »Natürlich geh' ich so.«

»Ihr zwei habt wirklich den schlechtesten Geschmack der Welt. Kauft euch doch einfach ein paar Gant-Hemden. Außerdem seid ihr die einzigen in der Schule, die keine Weejungs tragen. Mensch, in der Mannschaft hat doch jeder Weejungs an.«

»Ich mag keine Weejungs«, sagte Luke.

»Klar, ich wette, deine abgewetzten Tennislatschen sind dir lieber«, frotzelte er, als ich mir die Schuhe zuschnürte. »Was ist das überhaupt für ein Hemd, was du da anhast, Tom?«

Er zog meinen Hemdkragen hoch und las das Etikett.

»Belks.« Er schnaufte verächtlich. »Ein Polohemd von Belks! Mein Gott, das darf doch wohl nicht wahr sein. Damit kannst du bei der Modenschau im Altersheim auftreten. Und du hast schon seit zwei Wochen dieselben Khakihosen an.«

»Nein, ich hab' zwei Paar davon«, protestierte ich. »Ich zieh' sie abwechselnd an.«

»Bedauerlich. Sehr bedauerlich. Überhaupt nicht cool. Überhaupt nicht gut für das Image.«

»Dir paßt nicht, wie wir uns anziehen, Jeff?« fragte Luke.

»Wirklich nicht, Luke. Schaut euch doch mal an, wie ihr rumlauft. Jeder von den Jungs wirft sich nach dem Spiel in Schale. Wir sind nicht nur im Football gut. Wir machen an der Schule auch die Mode. Wenn wir bei der Schulparty auftauchen, sind alle Mädchen hingerissen, und selbst die Clowns von der Band sagen: ›Mensch, da sind sie. Das sind die Jungs von unserem Team, und sie sehen verdammt gut aus.‹ Benji hat todschicke Klamorten an, obwohl er nur ein –«

»– ein Nigger ist«, vervollständigte Luke den Satz. »Keine Angst, er ist schon weg. Er hat gerade für uns das Spiel gewonnen, aber das ist ja jetzt vorbei. Du kannst wieder Nigger zu ihm sagen.«

»Obwohl er nur ein Farbiger ist«, verbesserte sich Jeff. »Er ist halt ein Farbiger und war schon immer farbig, aber im Gegensatz zu euch zieht er sich einfach super an. Belks, Mann, das ist doch wirklich peinlich, wenn der eigene Mannschaftskapitän seine Klamotten bei Belks kauft.«

»Und woher kommen deine, Jeff?« fragte Luke. »Etwa aus dem beschissenen London?«

»Nein. Ich fahr' mit ein paar Jungs nach Charleston und kauf' bei Berlins und Krawchecks ein. Herrenbekleidungsgeschäfte. Spezialgeschäfte, Mann. Nicht bei Belks. Man kauft nicht in einem Geschäft ein, wo alle einkaufen. Das weiß doch jeder. Weißt du, in den Auslagen bei Krawchecks haben sie so viele Krokogürtel, daß sie bald eine eigene Krokodilfarm aufmachen können. Da solltet ihr mal hinfahren und euch umsehen. Ihr solltet endlich mal ein bißchen Geschmack an den Tag legen.«

»Ich bin froh, daß ich nicht denselben Geschmack hab' wie du, Jeff«, sagte Luke und schloß seinen Kabinenschrank. »Zwingt dich ja keiner, unsere Klamotten anzuziehen, also halt gefälligst den Mund.«

»He, das ist doch nur ein gutgemeinter Rat«, Sagte er. »Ich muß euren Anblick schließlich ertragen, also darf ich auch meine Meinung dazu sagen. Okay? Ihr wißt, der Trainer will, daß wir an den Spieltagen in Sportsakkos zur Schule gehen. Ist das nicht toll? Morgens den Dreiteiler, dann die Schweißausbrüche während des Spiels, Duschen, Frischmachen und dann wieder rein in den Dreiteiler und ran an die Miezen. Der Anzug hier hat bei Krawchecks nicht mal hundert Dollar gekostet.«

»Sieht bescheuert aus«, sagte Luke, der Jeffs hellblauen Anzug kurz gemustert hatte.

»Ha! Das ist der beste Anzug, den sie für diesen Preis hatten. Eure armseligen Khakihosen sind euch wohl lieber.«

»Ich mag sie jedenfalls«, sagte Luke. Er war sauer.

»Na gut, ihr beiden Vogelscheuchen, wir sehen uns dann bei der Party. Ihr werdet mich vielleicht nicht entdecken, weil sich Hunderte von Miezen um mich reißen, die alle meinen Anzug befingern wollen. Also bis später. Ihr wart heute trotzdem sehr gut beim Spiel«, sagte Jeff, als er den Umkleideraum verließ.

Wir hörten, wie die Band in der Cafeteria Rock 'n' Roll spielte. Luke und ich sperrten unsere Spinde ab.

»Hast du Lust auf die Party, Luke?«

»Und du?«

»Nicht besonders.«

»Ich auch nicht. Wahrscheinlich glotzt mich jeder an und denkt: Das ist das arme Schwein, das ein Belks-Polohemd trägt.«

»Das wär' mir egal«, sagte ich. »Aber ich kann nicht tanzen.«

»Ich auch nicht«, sagte er.

Trainer Sams kam vorbei und sagte: »Macht das Licht aus, Jungs. He, Tom und Luke, ich dachte, ihr wärt längst auf der Party. Die Mädchen werden scharenweise über euch herfallen, nach dem Spiel heute.«

»Wir wollten gerade gehen«, sagte ich.

»Und wo sind eure Sportsakkos?« sagte Trainer Sams. »Ich hab' doch ausdrücklich gesagt, daß ihr sie nach dem Spiel anziehen sollt. Ihr seid schließlich meine Mannschaftskapitäne.«

»Haben wir vergessen«, sagte Luke. »Wir sind zu aufgeregt gewesen vor dem Spiel.«

»He, he!« sagte der Trainer und zwickte Luke in den Arm.

»He, he!« wiederholten wir.

»He, he! He, he! He, he!« sagte er und grinste uns an. »He, das war vielleicht ein Spiel!«

Wir gingen mit ihm zur hinteren Tür und sahen zu, wie er das Flutlicht ausschaltete.

Luke und ich machten uns auf den Weg, der Musik entgegen.

Wenn ich mir die Stimme meiner Mutter ins Gedächtnis rufe, dann höre ich sie jedesmal über unsere finanzielle Situation jammern; ich habe die melancholischen Klagelieder noch im Ohr, mit denen sie ihrem tiefverwurzelten Glauben Ausdruck verlieh, daß wir alle einmal in schrecklichster Armut enden würden. Ich hätte damals nicht sagen können, ob wir arm waren oder nicht. Ich bin mir nicht sicher, ob Mutter geizig oder nur sparsam war. Aber eins weiß ich: Ich hätte mich lieber von ihr noch einmal an die Brust legen lassen, als sie um zehn Dollar zu bitten. Wenn es um Geld ging, veränderte sich schlagartig ihr ganzes Wesen; für uns Kinder sank sie dadurch in unserer Wertschätzung. Nicht etwa, weil sie kein Geld hatte. Es war das Gefühl, das sie uns gab, wenn wir sie um welches baten. Ich hatte immer den Verdacht, daß mehr da war als sie zugab, und ich hatte Angst, daß sie das Geld mehr liebte als mich. Sicher war ich mir da nie.

Daß ich kein Sportsakko hatte, ließ mir keine Ruhe, und am Morgen nach dem Spiel gegen North Charleston ging ich zu Mutter und sagte: »Mama, kann ich mal mit dir reden?«

»Natürlich, Tom«, sagte sie. Sie hängte im Hinterhof Wäsche auf, und ich half ihr dabei. »Du kannst immer ganz offen zu mir sein.«

»Soll ich dir ein bißchen im Haus helfen?«

»Aber du weißt doch, was du zu tun hast.«

»Ich mein', um nebenher ein bißchen Geld zu verdienen.«

»*Ich* bekomm' auch kein Geld für die Hausarbeit, Tom. Überleg dir das mal. Wenn ich fürs Kochen, fürs Saubermachen und fürs Wäschewaschen Geld kriegen würde, würd's uns nicht mal mehr fürs Essen reichen. Aber ich nehm' für die Arbeit natürlich nichts, ich tu's aus Liebe zu meiner Familie.«

»Ich liebe unsere Familie genauso«, sagte ich.

»Du weißt doch, daß wir momentan ein bißchen in Schwierigkeiten stecken.« Ihre Stimme wurde zu einem geheimnisvollen Flüstern. So ganz nebenbei nahm mich Mutter ins Vertrauen und machte mich zum Mitwisser ihrer ärgsten Sorgen.

»Obwohl die Krabben viel einbringen, hat uns dein Vater in eine schlimme Situation gebracht, weil er die Tankstelle und den Tiger gekauft hat. Ich erzähl' dir das nicht gern, weil ich weiß, wie sehr du dich um mich sorgst. Wir stehen kurz vor dem Bankrott. Das versuch' ich deinem Vater schon die ganze Zeit beizubringen. Aber er hört ja nicht auf mich.«

»Ich brauch' unbedingt ein Sportsakko.«

»Das ist doch lächerlich«, sagte sie, den Mund voller Wäscheklammern. »Du brauchst kein Sportsakko.«

»Doch«, antwortete ich. Sie tat gerade so, als ob sie mir eine Segeljacht kaufen sollte. »Trainer Sams will, daß wir an den Spieltagen Sakkos anziehen. Das ist Vorschrift. Luke und ich waren gestern die einzigen in der Mannschaft, die keins anhatten.«

»Eine absolut lächerliche Vorschrift, an die wir uns natürlich nicht halten werden. Du weißt, wie schlecht die letzte Krabbensaison war, Tom, und wieviel Geld dein Vater bei der Sache mit der Tankstelle verloren hat. Das weißt du ganz genau, und trotzdem machst du mir ein schlechtes Gewissen, weil ich dir nichts geben kann . Siehst du nicht, wie sehr ich mich abrackern muß, um uns gerade so über Wasser zu halten? Sportsakkos könnten wir uns schon leisten, aber man muß Prioritäten setzen. Dein Vater würde an die Decke gehen, wenn du ihn um ein Sakko bitten würdest. Schon der Gedanke daran ist purer Egoismus. Das überrascht mich, ehrlich gesagt bei dir, und ich bin ein bißchen enttäuscht.«

»Aber alle anderen haben Sportsakkos. Wir könnten doch irgendwo gebrauchte kaufen.«

»Du bist aber nicht alle anderen. Du bist Tom Wingo, und du bist allen anderen haushoch überlegen. Die anderen Jungs sind vielleicht besser angezogen, aber du bist der Mannschaftskapitän.«

»Warum hat Savannah immer gute Sachen an, aber Luke und ich müssen rumlaufen, als würden wir zum Krabbenfischen gehen?«

»Weil Savannah ein Mädchen ist. Für ein Mädchen ist es wichtig, sich von der besten Seite zu zeigen. Ich find' es ganz in Ordnung, wenn ich dafür Opfer bringe, daß meine Tochter anständig angezogen ist. Ich weiß gar nicht, warum du dich darüber aufregst und nicht verstehen willst, warum das notwendig ist.«

»Warum ist das notwendig? Sag's mir doch bitte, Mama.«

»Wenn sie einen netten jungen Mann heiraten will, muß sie sich ordentlich zurechtmachen. Die jungen Männer aus den besseren Familien würden doch keiner Frau den Hof machen, die sich nicht richtig kleiden kann. Die Kleidung ist das erste, was einem Mann bei einer Frau auffällt. Na ja, vielleicht nicht immer das allererste.«

»Und was ist das erste, was einem Mädchen bei einem Jungen auffällt, Mama?«

»Ganz sicher nicht die Kleidung«, sagte sie spöttisch. »Ein Mann braucht nicht auf seine Kleidung zu achten, außer wenn er Verkäufer oder Rechtsanwalt ist. Ein Mädchen schaut auf den Charakter eines Jungen, auf seine Zukunftsaussichten, seine Familie und seine Zielstrebigkeit.«

»Hast du Vater deswegen geheiratet?«

»Ich hab' mich in ihm getäuscht. Ich war dumm und hab' mich viel zu billig verkauft. Aber ich will nicht, daß Savannah die gleichen Fehler macht wie ich.«

»Du glaubst also, daß es einem Mädchen egal ist, wie ich aussehe?«

»Natürlich, außer sie ist dumm und oberflächlich, aber dann kommt sie sowieso nicht in Frage.«

»Wenn das so ist, warum achtet dann ein Mann bei einer Frau aufs Aussehen?«

»Weil Männer anders sind als Frauen. Sie sind von Natur aus oberflächlicher.«

»Bist du da sicher, Mama?«

»Da bin ich mir ganz sicher. Ich bin schließlich schon ein bißchen länger auf der Welt als du. Ich hab' da meine Erfahrungen.«

»Gibst du mir wenigstens Geld für eine Anzahlung?«

»Keinen Cent kriegst du. Wenn du etwas *wirklich* haben willst, mußt du's dir selbst verdienen. So ein Sakko weißt du erst richtig zu schätzen, wenn du dafür Blut und Wasser geschwitzt hast. Du mußt es dir verdienen, Tom. Du wirst erst dann Hochachtung vor dir selbst haben, wenn dir nicht alles auf einem Silbertablett serviert wird.«

»Ich hab' nie etwas auf einem Silbertablett serviert bekommen.«

»Ganz recht, Tom, und so wird's auch bleiben. Jedenfalls was mich betrifft. Jetzt bist du mir sicher böse.«

»Ja, Mama, allerdings.«

»Macht mir gar nichts aus. Und weißt du, warum? Weil ich weiß, daß die ganzen Jungs aus der Mannschaft sich nicht einmal an die Farbe von ihrem Sportsakko erinnern werden, wenn sie später mal an dieses Jahr zurückdenken.«

»Na und?«

»Sie kennen den Wert der Dinge nicht. Du schon, Tom. Wenn du an dieses Jahr zurückdenkst, wird dir immer einfallen, daß du dir kein Sportsakko kaufen durftest. Du wirst es vor dir sehen, du wirst es fühlen und sogar riechen können.«

»Was willst du damit sagen, Mama?«

»Wenn du mal irgendwann ein Sportsakko hast, wirst du es richtig zu schätzen wissen. Und du wirst dich an die Worte deiner Mutter erinnern. Du wirst dich dran erinnern, daß ich dir keins gekauft hab', und du wirst dir immer wieder die Frage stellen, warum.«

»Das frage ich dich ja gerade.«

»Ich versuch' dir nur beizubringen, das in Ehren zu halten, was du nicht haben kannst und was für dich unerschwinglich ist.«

»So was Dummes!«

»Jetzt findest du es vielleicht noch dumm, aber dein erstes Sportsakko wirst du heiß und innig lieben, das versprech' ich dir.«

»Mama, wir haben die beste Krabbensaison seit 1956. Wir haben doch das Geld.«

»Aber nicht für Sportsakkos, Tom. Ich muß das Geld für die nächste Fehlinvestition deines Vaters sparen. Ohne die würd' ich dir alles kaufen, was du willst.«

19

Ich machte mich daran, in Savannahs Wohnung nach Hinweisen zu suchen, die Licht auf das geheimnisvolle Leben werfen könnten, das sie geführt hatte, bevor sie sich die Pulsadern öffnete. Ihre Abwesenheit verschaffte mir das zweifelhafte Vergnügen, wie ein Voyeur in der Intimität ihres häuslichen Alltages herumzuschnüffeln. Gewisse Anzeichen von Nachlässigkeit legten auf beredte Weise Zeugnis über ihre zunehmende geistige Verwirrung ab. Ich fand ungeöffnete Post, darunter einen ganzen Stapel Briefe von unserer Mutter und mir selbst. Der elektrische Dosenöffner funktionierte nicht. Auf dem Gewürzregal standen zwei Dosen voll Cayennepfeffer, doch weder Majoran noch Rosmarin. Im Schlafzimmer fand ich ein Paar Joggingschuhe, die meine Schwester nicht ein einzigesmal getragen hatte. Im Badezimmer gab es kein Aspirin und keine Zahnpasta. Bei meiner Ankunft hatte ich in der Speisekammer nichts als eine einzige Dose Thunfisch vorgefunden, und der Kühlschrank war seit Jahren nicht abgetaut worden. Savannah, die ihr ganzes Leben lang geradezu peinlich sauber gewesen war, hatte zugelassen, daß sich auf ihren Möbeln eine dicke Staubschicht bildete. Dies war die Behausung eines Menschen, der nicht mehr leben wollte.

Dennoch: In dieser Wohnung gab es manches Geheimnis zu lüften. Ich mußte nur geduldig und mit offenen Sinnen abwarten. Deshalb versuchte ich, nichts zu überstürzen. Zugleich schärfte ich mein Wahrnehmungsvermögen für jeden Fingerzeig, der mir helfen könnte, den Schlüssel zu Savannahs krankem Geist zu finden.

An einem Sonntagnachmittag – ich war seit genau sechs Wochen in New York – las ich sämtliche Gedichte meiner Schwester von vorn bis hinten durch, sowohl die schon veröffentlichten als auch jene, die ich hier in der Wohnung entdeckt hatte. Ich bemühte mich, auch zwischen den Zeilen zu lesen und kein geheimes Schlüsselwort auszulassen. Zwar kannte ich die zentralen Probleme und Traumata im Leben meiner Schwester, aber ich hatte trotzdem das Gefühl, etwas Wichtiges zu übersehen, und mir war klar, daß sie sich in den vergangenen drei Jahren, in denen mir der Zugang zu ihr verwehrt gewesen war, in ein provisorisches Dasein voller Verzweiflung hineingelebt hatte.

Als kleines Mädchen hatte Savannah die seltsame Angewohnheit, alle für uns bestimmten Geschenke zu verstecken. Nie fanden wir etwas von ihr auf dem weihnachtlichen Gabentisch. Sie überreichte uns vielmehr komplizierte Lagepläne, die uns bei der Suche helfen sollten. Einmal versteckte sie einen Opalring, den sie mit Großmutters Unterstützung für unsere Mutter gekauft hatte. Das Versteck in dem aus schweren Tümpeln bestehenden Sumpf in der Mitte unserer Insel erwies sich als allzu gut gewählt. Dort hatte Savannah den Ring in das Nest einer bunten Spornammer in einem hohlen Baum gelegt. Ihre schriftliche Suchanleitung war leider so verworren und ungenau, daß weder sie noch unsere Mutter das Nest jemals fanden. Seither fühlte sich Savannah beim Anblick eines Opals stets an ein mißlungenes Weihnachtsfest erinnert. Immerhin wurde sie durch den Verlust des Ringes zu konventionelleren Formen des Schenkens bekehrt.

In späteren Zeiten erwähnte Savannah den Ring in ihren Schriften und bezeichnete ihn als ›das vollendetste Geschenk ohne Fehl und Tadel‹. Eine perfekte Gabe, schrieb sie, sei stets ein wenig zu gut versteckt, bliebe jedoch einem Poeten nicht verborgen. Und wenn sie sich, die Dichterin, als die ›Herrin der Eulen‹ bezeichnete, dann war dies gewiß einer der Schlüssel zu ihrem nicht sehr umfangreichen Werk: Sie brauche nur die Augen zu schließen, hieß es weiter, damit die große Waldohreule ihre Schwingen ausbreite, einen Dämmerschatten über den weiten, grünen Wald lege, zu den verlassenen Nestern ausgeflogener Ammern zurückkehre und im Herzen einer Zypresse, im vollendeten Rund eines Nestes, den verlorenen Opal finde, einen Stein von der Farbe der Buttermilch, getönt mit den Essenzen gepreßter Veilchen. Das Eulenweibchen, die mit scharfen Fängen gespornte und mit untrüglichem Instinkt ausgestattete Königin des Waldes, packe den Ring dann mit ihrem grausamen, vom Blut erregter Kaninchen verklebten Schnabel, um zu ihr, der Dichterin zu fliegen, quer durch das feine Gespinst märchenhafter Träume und die duftenden, von dunklem Raunen erfüllten Lüfte, um ihr den Ring zu bringen. Dies geschehe bei jedem Gedicht aufs neue...

Tatsächlich ging bei Savannah nie etwas verloren. Alles verwandelte sie in mysteriöse, sinnliche Gärten aus Worten. In ihren Gedichten lebte sie ihre Liebe für das Spielerische aus, verbarg sie Geschenke hinter Wortgeflechten, flocht sie Sträuße aus schmerzlichen Niederlagen und Alpträumen. Es gab in Savannahs Werk keine düsteren Gedichte, sondern nur schöne, mit Blumen geschmückte Früchte, die allerdings den, der von ihnen kostete, auf ein mit Zyankali bestäubtes Dornenbett sinken und in ewigen Schlaf fallen ließen. Für Savannah hatten sogar Rosen etwas Mörderisches. Alle ihre Gedichte enthielten Rätsel, führten absichtlich in die Irre, waren voller Finten und Kniffe. Nie nannte sie ein Ding unverblümt beim Namen. Sie blieb der lebenslangen Gewohnheit treu, ihre Geschenke zu verstecken. Selbst wenn sie über die Verwirrung ihres Geistes schrieb, klang es irgendwie verlockend: Es war ein durch die Verheißung des Paradieses gemildertes Inferno, eine mit Brotfrüchten und Mangos übersäte Wüste. Sie konnte über die tödlichen Strahlen der Sonne schreiben und hinterher stolz auf ihre gebräunte Haut verweisen. Bei all ihrer Schwäche war sie eine einzigartige, profunde Dichterin: Stets wandelte sie auf schmalem Grat hoch oben in den Bergen, ihrer Heimat, aber sie verfügte über keine Schwingen, auf denen sie hätte hinaufsegeln können zu den Strömungen in luftigeren Höhen. Der Ring wurde ihr immer dann zurückerstattet, wenn sie fast nicht mehr umhinkam, ihn endgültig verloren zu geben. Sogar ihre schrillsten Schreie gerannen zu bläßlicher Harmonie, wie das Tosen des Meeres im Gefängnis einer Muschel zu einem leisen Summen gemildert wird. Meine Schwester tat so, als sei das Summen in einer Muschel für sie Musik, doch ich wußte es besser: Sie vernahm Wolfsgeheul, düstere Klänge, satanische Madrigale; all dies klang so hübsch, wenn sie es niederschrieb, beschwingt von ihren Opal- und Eulenträumen. Sie sang von Wasserlilien, die auf einem Teich im von hohen Mauern umgebenen Hof eines Irrenhauses schwammen, als wären sie die Seelen verstorbener Schwäne. Kein Zweifel, meine Schwester war vernarrt in ihren eigenen, grandiosen Wahnsinn. Ihre letzten Gedichte hatte ich in irgendwelchen verborgenen Winkeln und Ecken überall in der Wohnung entdeckt. Sie klangen allesamt wie Todesanzeigen oder Nachrufe und waren erfüllt von tief empfundener Einsamkeit. Todessehnsucht hatte Savannahs Werk ins Groteske verkehrt.

Während ich ihr Appartement bewohnte, zahlte ich nicht nur die Miete, sondern auch alle Rechnungen, und ich nahm ihre Post in Empfang. Mit der tatkräftigen Hilfe von Eddie Detreville, Savannahs Nachbarn, strich ich die Wände in einem warmen, flachsgelben Farbton. Die Bibliothek ordnete ich nach Sachgebieten. Sie hätte jedem Büchernarren zur Ehre gereicht, nur behandelte Savannah ihre Bücher schändlich schlecht. Selten schlug ich einen Band auf, in dem die Stellen, die Savannah besonders gefallen hatten, nicht einfach mit Kugelschreiber unterstrichen waren. Ich hatte einmal zu meiner Schwester gesagt, ich würde lieber eine Bombe auf ein Museum werfen als in einem Buch etwas anzustreichen, aber sie tat dies als reine Sentimentalität ab und verschmierte weiterhin ihre Bücher, wenn sie auf einen frappierenden bildlichen Ausdruck stieß, den sie nicht aus den Augen verlieren wollte. Zwischen Schreiben und Lesen herrschte bei ihr ein reger, fruchtbarer Austausch. Sie hatte die reizvolle Gewohnheit entwickelt, Bücher über Themen zu sammeln, von denen sie nichts verstand. Beispielsweise fand ich einen mit vielen handschriftlichen Anmerkungen versehenen Band über den Lebenszyklus von Farnen und einen anderen über die Zeichensprache der Plains-Indianer. Sechs Bücher behandelten die unterschiedlichsten Aspekte der Meteorologie, drei befaßten sich mit sexuellen Perversionen im 19. Jahrhundert, eines war eine Anleitung zur Haltung und Fütterung von Piranhas, ein anderes erwies sich als Wörterbuch der Seefahrtssprache, und schließlich stieß ich noch auf eine lange Abhandlung über die im Staate Georgia heimischen Schmetterlinge. Savannah hatte einst ein Gedicht über die Schmetterlinge geschrieben, die im Garten unserer Mutter auf Melrose Island herumflatterten. Nun kam ich durch die Randnotizen in dem Buch dahinter, auf welche Weise sich meine Schwester ihr passables Wissen über Schwalbenschwänze, Bläulinge und alle möglichen Arten von Faltern angeeignet hatte. Wenn sie für ein Gedicht irgendeine Käferart brauchte, kaufte sie gleich zehn Fachwerke über Entomologie, damit sie sich genau den richtigen Käfer heraussuchen konnte. Sie schuf mysteriöse Welten mit Hilfe der für sie unschätzbar wertvollen Informationen, die sie aus lange unbeachteten Werken bezog. Da diese Bücher ziemlich ramponiert waren, wenn sie sie aus der Hand legte, konnte ich ihren Lesestoff sichten, indem ich mich nur mit den Bänden befaßte, in denen sie herumgekritzelt hatte. Dies, so dachte ich, ist eine vortreffliche Methode, etwas über die eigene Schwester zu erfahren. So durchforstete ich also ihre Bibliothek und machte mir Notizen über all die Dinge, die sie unterstrichen oder mit einer Randbemerkung versehen hatte. Was ich tat, war gewiß ein Vertrauensbruch, aber mir kam es darauf an, die Kluft von drei Jahren, in denen wir kein einziges Wort miteinander gewechselt hatten, zu überbrücken.

Zuerst las ich in jenem Frühsommer die Werke der vielen, mit Savannah befreundeten Schriftsteller und Dichter, die meiner Schwester handsignierte Exemplare ihrer Bücher geschenkt hatten. Aus dem Tonfall jener munteren und doch irgendwie formellen Widmungen schloß ich, daß die meisten Kollegen Savannahs Werk zwar bewunderten, sie als Person jedoch kaum kannten. Diese Poeten fristeten in stolzer Anonymität ein sehr amerikanisches Dasein. Nachdem ich ihre Schriften gelesen hatte, begriff ich warum: Sie waren allesamt Kleinkunst-Troubadoure, die sich über Lilienkelche und Granatäpfel ausließen, deren Thema jedoch letztlich Belanglosigkeit hieß. Nichts hatte Savannah je glücklicher gemacht als mein Eingeständnis, ich verstünde kein einziges ihrer Gedichte. Sie nahm dies als ein sicheres Zeichen dafür, daß sie ihrer Berufung treu geblieben war. Nachdem ich die Ergüsse ihrer Kollegen gelesen hatte, dachte ich bei mir, wie schön es wäre, wenn alle modernen Poeten gegen abstruses Wortgeklingel geimpft werden könnten.

Die Zeilen, die meine Schwester beim Lesen unterstrichen hatte, waren von düsterer, seltsam ungereimter Schönheit. Ich übertrug alles in mein Notizbuch, während ich mich bemühte, beim Lesen Savannahs bisherigen Lebensweg nachzuvollziehen. Aus Savannahs Gedichten bezog ich die Erkenntnis, daß sie dem Süden als Thema ihrer Kunst immer mehr Lebewohl sagte. Zwar leuchtete die Vergangenheit noch hier und dort auf, doch hatte es Savannah verstanden, allmählich zu dem zu werden, was stets ihr sehnlichster Wunsch gewesen war: eine New Yorker Dichterin. Ich stieß auf eine ganze Serie von ›Untergrundbahn-Gedichten‹ in denen sie die alptraumartige Atmosphäre der Stadt nach Mitternacht sehr gekonnt in wohlgesetzte Worte übersetzt hatte. Ich fand auch Gedichte über den Hudson River und über Brooklyn, aber anders als früher signierte sie jetzt keines ihrer Werke mehr, sobald sie abgeschlossen waren. Sie ließ ihre Gedichte vielmehr überall in der Wohnung in kleinen Stapeln liegen, und sie hätten genausogut von fremder Hand stammen können, hätte Savannahs überragendes, an Zauberei grenzendes Talent sie nicht unbezweifelbar als ihre Erzeugnisse ausgewiesen. Seit einigen Jahren war ihre Poesie kraftvoller und melancholischer, aber auch noch schöner geworden. Es gab da jedoch etwas, auf das ich mir keinen Reim machen konnte, und ich hätte noch lange darüber nachgegrübelt, wäre mir nicht das blauweiße Tagebuch in die Hände gefallen. Es lag unter der Bibel auf dem Nachttisch meiner Schwester. Quer über den Einband verlief ein weißer Streifen mit einem rautenförmigen grünen Feld in der Mitte, in dem ich die Worte *Seth Low High School* las. Das Buch hatte wie eine Mappe einen Reißverschluß, der im Lauf der Jahre Rost angesetzt hatte. Ich öffnete ihn, schlug die erste Seite auf und erblickte das Foto eines Mädchens namens Renata Halpern, das damals in der 8. Klasse gewesen war. Der Name kam mir irgendwie vertraut vor, aber ich wußte nicht, warum. Renata hatte ein hübsches, selbstbewußtes Gesicht, das leider durch eine unvorteilhafte Brille entstellt wurde. Ihr Lächeln wirkte unnatürlich und förmlich. Ich sah geradezu den Fotografen vor mir, wie er sie Grimassen schneidend zum Lächeln ermunterte und dabei sein unschönes Gebiß fletschte. Auf der nächsten Seite hatte Renata die Namen ihrer Lehrer eingetragen: Mrs. Satin, Mrs. Carlson, Mrs. Travers... Am 24. Juni 1960 hatte sie an der High School von Seth Low ihre Abschlußprüfung gemacht. Aus dem Buch war ersichtlich, daß sie in ihrer Klasse nie irgendein Amt bekleidet hatte, aber das hatte den Klassensprecher, einen gewissen Sydney Rosen, nicht gehindert, ihr eine handschriftliche Widmung in das Buch zu schreiben: ›Für Renata von einem, dessen Freundschaft bis zu dem Tag dauern wird, an dem den Schweinen Flügel wachsen. Möge dir das Leben/viel Erfolg und Liebe geben.‹ Dem hatte ein Mädchen in gestochen scharfer Handschrift hinzugefügt: »Liebe Renata: Wenn du funkelst wie ein Stern/ haben dich die Menschen gern. Dank Lippenstift und Puderdose/wirst du schöner als 'ne Rose. Glückwünsche für die Herzenskönigin von Seth Low!«

Wie wunderbar, daß diese Renata Halpern einst in ihrer Schule als das schönste Mädchen gegolten hatte, dachte ich. Wie und wo hatten sich wohl Renatas und Savannahs Wege gekreuzt? Meine Schwester hatte ein ganzes Regal voll alter Jahrbücher, die sie in sämtlichen Antiquariaten der Stadt ausgegraben hatte. Sie liebte es, dann und wann einen verstohlenen Blick in die Intimität eines ihr völlig fremden Lebens zu werfen.

Der Name ließ mich nicht los. Ich war mir sicher, daß ich ihn schon irgendwo gesehen hatte. Deshalb ging ich zurück ins Wohnzimmer und überflog die Buchrücken aller Werke, deren Verfasser Freunde oder Bekannte Savannahs waren. Dabei fiel mein Blick auf den Stapel Post der vergangenen Woche, und plötzlich wußte ich, wo ich dem Namen schon einmal begegnet war:

Die letzte Ausgabe der Zeitschrift *Kenyon Review* war an Renata Halpern adressiert, trug jedoch die Anschrift meiner Schwester. Als ich den Stapel Post zum erstenmal durchgesehen hatte, war ich in Versuchung geraten, die Zeitschrift einfach zu stiebitzen, hatte es aber unterlassen, weil ich möglicherweise einer von Savannahs Freundinnen, die ihre Anschrift als Postadresse benutzte, unrecht getan hätte. Nun riß ich jedoch den braunen Umschlag auf und fand zwischen den Seiten der Zeitschrift ein Begleitschreiben des Herausgebers der *Kenyon Review* an Renata Halpern. Es lautete:

Liebe Mrs. Halpern,
ich kann Ihnen nicht sagen, wie stolz ich bin, daß die Kenyon Review Ihr erstes Gedicht veröffentlicht hat. Zugleich möchte ich Ihnen versichern, daß wir uns sehr freuen würden, wenn Sie uns auch in Zukunft Einblick in Ihr schriftstellerisches Schaffen gewährten. Wir möchten nämlich so viel wie möglich von Ihnen bringen, bevor Sie uns von einer der ›großen‹ Zeitschriften weggeschnappt werden. In der Hoffnung, daß Sie mit Ihrer Arbeit gut vorankommen, verbleibe ich mit besten Grüßen Ihr Roger Murrell. – PS: Mazel ist ganz wild darauf, Ihre Kindergeschichte zu veröffentlichen.

Ich überflog das Inhaltsverzeichnis der Zeitschrift, schlug Seite 32 auf und machte mich daran, Renata Halperns Gedicht zu lesen. Schon nach acht Zeilen war mir klar, wer dieses Gedicht verfaßt hatte: meine Schwester Savannah.

Pelze, vollendete Musik unter meinen träumenden Händen.
Nur der Jäger weiß um die wahren Launen des Fells.
Er nimmt des Tigers von vielen Streben gehaltenes Gewand,
und er verbirgt sein Gesicht im Schein der Sterne
und in der Stärke tausend bengalischer Nächte.

Dieser Pelz ist der lautere Urtext der Schöpfung,
die Essenz einer geheiligten Wildnis.
Die weiche Schale seiner Schönheit brennt golden
auf den Leibern eitler Frauen.
Der Hermelin bezeugt die Verspieltheit Gottes,
wenn er seine milchigen Träume
von Gefieder und Schnee heraufbeschwört,
doch des Tigers Gewand ist wie ein Vermählungslied,
zum Ruhm der Lanzen angestimmt.

Tochter, nimm all die Worte von Blut und Lavendel und Zeit.
Trag sie schimmernd und heil ins Licht.
Suche sorgsam nach Fehlern und Makeln.
Wisse, daß der Tiger über die List
klug gestellter Fallen nachsinnt,
während sich seine Nüstern mit dem Weihrauch des Todes
füllen.
Furchtlos sieht er die Fremden mit Messern auf sich zutreten.
Wie erhaben, wie hoheitsvoll die Frau, die einst sein
Fell wird tragen.

Mit meinen eigenen Händen fertige ich die wundersamen
Gewänder
und sende sie hinaus, wie Liebesbriefe von Sigmund Halpern,
zu jenen schlanken, liebesbereiten Frauen, die mein Handwerk
ehren
mit jeder Bewegung in der einzigartigen Lust von Pelzen.
Für dich habe ich das beste meiner Werke gewählt, Tochter,
des Kürschners einziges Poem.
Diese Gabe ist die Schrift, die ich vom Rückgrat des Nerzes
abgelöst,
darauf bedacht, die gestreckten Linien
deiner scheuen Gestalt zu preisen.

Meine Häute sind die neuen Treuhänder deiner Anmut.
Bevor die Poetin solche Gewänder erträumt, muß sie
den Wappenschmuck der Felle meistern und lernen, Kunst zu
schaffen
aus dem Blut von Brüdern und Tigern.

Nachdem ich dieses Gedicht gelesen hatte, war ich von der Gewißheit erfüllt, daß es für alles eine simple Erklärung und eine Lösung gab. Über Juden wußte meine Schwester wenig und über Kürschnerei nichts, dessen war ich mir ziemlich sicher, und dennoch: Dieses Gedicht stammte von ihr. Allein schon der Tiger war ein unmißverständlicher Fingerzeig, von dem unnachahmlichen, unverwechselbaren Rhythmus und Tonfall ihrer Poesie ganz zu schweigen. Ich schlug erneut Renatas Tagebuch auf und fand auf den ersten Seiten schnell, wonach ich suchte – Beruf der Mutter: Hausfrau; Beruf des Vaters: Kürschner.

Ich war zu einem wichtigen Bereich im Leben meiner Schwester vorgedrungen, davon war ich überzeugt, aber noch wußte ich nicht, was es damit auf sich hatte. Auf jeden Fall hatte es etwas mit Savannahs grimmiger Verleugnung ihrer eigenen, in South Carolina verbrachten Jugend zu tun. Der Kürschner hatte vor den Augen der Dichterin die heimatliche Insel und die Kindheitsjahre neu erstehen lassen, und sie hatte das Geschaute in eine bildhafte Sprache übersetzt, die mir unter die Haut ging. Meine Schwester tastete sich an die Geschichte heran, die wir beide bisher niemals zu erzählen vermocht hatten, doch ihre Kunst litt an mangelnder Zielstrebigkeit. Gewiß war sie nicht auf Täuschung aus, nein, sie war nur ausweichend und verschwommen, denn sie umkreiste ein Thema, statt es am Schopf zu packen. Wenn du über den Tiger schreiben willst, dann schreib doch über *den* Tiger, verdammt noch mal, Savannah! Und versteck dich nicht hinter dem Kürschner und seinem Handwerk! Hör auf, deine Gedichte mit den kuscheligen Winterpelzen von Tieren auszupolstern, die in den Klauen grausamer Fallen zugrunde gegangen sind! Ein Kürschner spendet Wärme; du, die Dichterin, schmorst in deinen eigenen exquisiten Elixieren. Ein Kürschner näht aus Nerz- oder Leopardenfellen einen Pelzmantel zusammen; ein Dichter erweckt einen toten Nerz zu neuem Leben und steckt ihm einen zappelnden Fisch ins Maul; ein Dichter bringt den Leoparden zurück in die Steppe und sorgt dafür, daß seine Nüstern die Witterung verwesender Paviane aufnehmen. Du, Savannah, versteckst dich jedoch hinter allerlei Pelzwerk und kunstvoll gearbeiteten Mänteln. Du hauchst dem Grauen Wärme ein, verleihst ihm Schönheit, indem du es in die weichen Felle von Merinoschafen, Hermelinen und Chinchillas hüllst, statt es nackt und unbeschönigt in der Kälte stehen zu lassen.

Doch du näherst dich dem Kern, liebe Schwester, du bewegst dich darauf zu – und ich gehe mit dir.

Ich wandte mich wieder dem Postskriptum des Herausgebers der *Kenyon Review* zu und las es noch einmal aufmerksam: »Mazel ist ganz wild darauf, Ihre Kindergeschichte zu veröffentlichen.«

Meinte der Mann tatsächlich ein von Renata Halpern verfaßtes Kinderbuch, oder hatte meine Schwester angefangen, solche Geschichten unter demselben Pseudonym zu verfassen, unter dem das Gedicht veröffentlicht worden war?

Eine Stunde lang durchsuchte ich sorgfältig alle Bücherregale in der Wohnung und hielt nach einem von Renata Halpern verfaßten Kinderbuch Ausschau, wurde jedoch nicht fündig. Enttäuscht wollte ich gerade die Suche abbrechen, als ich mich daran erinnerte, daß in der *Kenyon Review* auf einer der letzten Seiten stets die Kurzbiographien der Autoren abgedruckt waren. Ich blätterte in dem Heft und fand unter dem Buchstaben H ein paar Zeilen über Renata Halpern:

Renata Halpern lebt in Brooklyn/New York. Sie ist in der Bibliothek des Brooklyn College tätig. Das in diesem Heft abgedruckte Gedicht ist ihre Erstveröffentlichung, wenn man von ihrer Kindergeschichte Im Süden *absieht, die vergangenes Jahr im Verlag Random House erschien. Renata Halpern arbeitet zur Zeit an einem Gedichtband.*

Als ich in der Kinderbuchabteilung des Scribner Book Store aus der Hand eines Verkäufers den schmalen Band entgegennahm, erschauerte ich ein wenig. Auf der Rückseite des Schutzumschlages fand ich kein Foto der Verfasserin. Das Bild auf der Vorderseite stellte drei junge Mädchen dar, die auf einer Holzbrücke standen und Möwen fütterten. Im Hintergrund stand vor einer Baumgruppe ein kleines weißes Haus, das genauso aussah wie mein Elternhaus. Sogar die Scheune stand an der richtigen Stelle, und auch die ungerade Zahl der Fenster in der Fassade des Hauses stimmte.

Ich schlug das Buch auf, las die erste Seite und wußte: Dies ist Savannahs Prosa.

Ich zweifelte nicht im geringsten daran, daß ich zufällig auf etwas unschätzbar Wichtiges gestoßen war, doch fühlte ich mich durch diese Entdeckung eher verwirrt als erleuchtet. Savannahs Fusion mit Renata war in meinen Augen nur eine weitere Ausflucht, eine neue Methode, der Insel auszuweichen, statt ein Landungsfahrzeug zum Sturm auf das Ufer klarzumachen.

Ich ging geradewegs zu Eddie Detrevilles Wohnung und klopfte geräuschvoll an die Tür.

»Dinner gibt es erst um acht, mein Lieber«, hörte ich Eddie sagen. »Du bist vier Stunden zu früh dran, aber komm trotzdem rein.«

»Okay, Eddie«, sagte ich und ließ mich ermattet in die Polster seines riesigen viktorianischen Sofas sinken. »Du hast mir also die ganze Zeit ein paar Dinge verheimlicht.«

»Ach ja?« erwiderte er mit mildem Spott. »Komm, ich mix' dir erst einmal einen Drink. Danach kannst du mir sagen, was Onkel Eddie dir vorenthalten hat. Wie wäre es mit einem Martini?«

»Wer ist Renata, Eddie?« fragte ich, während er mir an der Hausbar einen Drink einschenkte. »Und warum hast du mir nie etwas über sie erzählt?«

»Dafür gibt es einen guten Grund«, antwortete er mit nervtötender Gelassenheit. »Ich hab' noch nie von einem Wesen namens Renata gehört.«

»Du lügst, Eddie! Sie ist mit Savannah befreundet, und meine Schwester benutzt ihren Namen als Pseudonym.«

»Stell sie mir doch mal vor! Ich würde sie gern kennenlernen. Hier ist dein Drink, Tom. Am besten nimmst du einen großen Schluck, läßt den Alkohol ein Weilchen in deinen Adern zirkulieren und erklärst mir dann, warum du so sauer auf mich bist.«

»Weil du diese Renata garantiert kennst, auch wenn du es nicht zugibst! Bestimmt war sie mal bei Savannah zu Besuch und ist öfters mit ihr ausgegangen. Savannah hätte dir mit Sicherheit von einer so netten neuen Freundin erzählt, und sie würde auch Renatas Namen nicht benutzen, wenn es da nicht irgendeine starke Beziehung zwischen den beiden gäbe.«

»Savannah und ich halten nichts davon, in unseren Boudoirs herumzuschnüffeln, Tom – aus Gründen, die vielleicht sogar dir einleuchten.«

Ich schlug Renatas Tagebuch auf, hielt Eddie das Foto unter die Nase und fragte: »Hast du jemals diese Frau gesehen, Eddie?«

Er betrachtete das Foto lange, schüttelte den Kopf und sagte: »Nein, die hab' ich noch nie gesehen. Sieht niedlich aus. Schade, daß sie eine Frau ist.«

»Dieses Foto wurde vor über zwanzig Jahren gemacht. Denk scharf nach, Eddie! Das Gesicht sieht jetzt natürlich älter aus, mit Falten und so. Vielleicht ist das Haar inzwischen grau.«

»Nein, ich hab' sie noch nie in meinem Leben gesehen, Tom.«

»Was ist mit diesem Buch?« fragte ich und reichte es ihm. »Ich glaube, Savannah hat es geschrieben. Hat sie es dir jemals gezeigt?«

»Ich les' keine Kinderbücher, Tom«, sagte er. »Vielleicht ist es dir entgangen, aber ich bin zweiundvierzig. Bei diesem Dämmerlicht hier seh' ich anscheinend jünger aus. Gott sei Dank gibt es Dimmer!«

»Du willst mir also weismachen, Savannah, deine beste Freundin, habe dir dieses Buch noch nie gezeigt?«

»Ja, Sherlock Holmes! Genau das behaupte ich.«

»Ich glaub' dir nicht, Eddie! Das kaufe ich dir nicht ab.«

»Mich interessiert nicht im geringsten, ob du mir glaubst oder nicht. Warum sollte ich dich anschwindeln, Tom?«

»Um meine Schwester zu decken.«

»Sie decken? Wie denn, mein Lieber?«

»Sie könnte doch mit dieser Renata eine lesbische Affäre haben. Vielleicht glaubst du, ich würde das nicht verkraften.«

»Hör mal, Tom«, erwiderte Eddie, »ich würde es charmant, äußerst charmant finden, wenn Savannah eine Liebelei mit einer Lesbierin hätte, und mir wäre es schnurzegal, wie du das aufnehmen würdest. Bitte erweise mir doch die Ehre und glaube, wenn ich es dir versichere, daß ich von dieser Renata und von diesem Buch heute zum erstenmal gehört habe.«

»Ich weiß nicht recht. Ich hatte gedacht, du könntest mir diese ganze verdrehte Geschichte erklären. Weißt du, Eddie, ich hab' mich schon so dran gewöhnt, daß Savannah nicht ganz richtig im Kopf ist, daß ich jedesmal 'ne Heidenangst kriege, wenn irgend etwas darauf hinweist, daß sie noch verrückter ist, als ich es jemals für möglich gehalten hätte.«

»Die vergangenen Jahre waren für sie schrecklich, Tom. Nicht mal mich hat sie sehen wollen! Glaub mir, daß wir uns viel seltener gesehen haben, als es den Anschein hat. Richtig unterhalten haben wir uns eigentlich nur, nachdem mich mein ungetreuer Liebhaber verlassen hatte und auf die Suche nach jüngeren Knaben gegangen war. Da war Savannah wie eine gute Fee, aber sie hat sich ja schon immer großartig verhalten, wenn ein Freund in Not war und sie brauchte.«

»Das gilt auch für dich, Eddie. Ich komme um acht Uhr wieder. Was gibt's heute zum Essen?«

»In meinem Kühlschrank bibbern zwei verzagte Hummer vor sich hin. Ich werde sie leider ermorden und dir zum Fraß vorwerfen müssen.«

»Der Himmel segne dich, Eddie! Tut mir leid, daß ich vorhin so grob zu dir war.«

»Ach was, das hat diesem langweiligen Tag wenigstens ein bißchen Pep gegeben«, wehrte er ab.

Zurück in Savannahs Wohnung, ging ich zum Telefon und wählte die Nummer der Auskunft. »Ich brauche die Telefonnummer einer Familie namens Halpern. Sie wohnt – oder wohnte früher – in Brooklyn, 65. Straße Nr. 2403.«

»Wissen Sie den Vornamen des Fernsprechteilnehmers?« fragte das Fräulein von der Auskunft.

»Tut mir leid, aber ich bin auf der Suche nach einer alten Schulfreundin. Den Vornamen ihres Vaters oder ihrer Mutter kenne ich nicht. Ich weiß nicht einmal, ob diese Leute noch immer dieselbe Adresse haben.«

»Unter der genannten Anschrift ist ein Sigmund Halpern eingetragen. Die Nummer ist 2–3–2–7–3–2–1.«

Ich wählte die Nummer. Nach dem vierten Klingeln nahm eine Frau ab. »Guten Tag, spreche ich mit Mrs. Halpern?«

»Kann schon sein. Wer sind Sie, und was wünschen Sie?« fragte die Frau argwöhnisch und mit einem osteuropäischen Akzent.

»Mrs. Halpern, mein Name ist Sidney Rosen. Ich weiß nicht, ob Sie sich noch an mich erinnern, aber ich hab' zusammen mit Renata die High School besucht und war damals Klassensprecher.«

»Natürlich erinnere ich mich an Sie, Sidney! Renata hat damals pausenlos von Ihnen geredet. Ich glaub', sie war ganz schön in Sie verschossen, aber Sie wissen ja selbst, wie schüchtern sie war.«

»Ich rufe an, um mich nach Renatas Befinden zu erkundigen,

Mrs. Halpern. Ich bin gerade dabei, ein paar alte Klassenkameraden zu besuchen, und da hab' ich mich natürlich auch gefragt, was aus Renata geworden ist.«

Die Frau am anderen Ende der Leitung blieb stumm, verdächtig stumm.

»Mrs. Halpern, sind Sie noch dran?«

Es dauerte noch ein Weilchen, bis ich sie unterdrückt schluchzend sagen hörte: »Haben Sie denn nicht davon gehört, Sidney?«

»Gehört? Was denn, Mrs. Halpern?«

»Sie ist tot, Sidney! Renata hat sich vor zwei Jahren umgebracht. Sie hat sich im East Village vor eine U-Bahn geworfen. Wir haben alles versucht, um ihr zu helfen, aber sie hatte so schreckliche Depressionen, daß alles vergeblich war. Es hat uns das Herz gebrochen.«

»Sie war ein wundervolles Mädchen, Mrs. Halpern. Es tut mir furchtbar leid.«

»Vielen Dank, daß Sie angerufen haben, Sidney. Sie waren immer Renatas Vorbild.«

»Bitte grüßen Sie Ihren Mann von mir, Mrs. Halpern. Sagen Sie ihm, wie sehr ich mit ihm fühle.«

»Das werde ich tun. Wie sich Renata über Ihren Anruf gefreut hätte! Sie sind übrigens der einzige aus ihrer Klasse, der sich jemals nach ihr erkundigt hat. Dafür danke ich Ihnen.«

»Auf Wiedersehen, Mrs. Halpern. Ich wünsche Ihnen alles Gute. Es tut mir ja so leid für Sie! Renata war solch ein liebes Mädchen.«

»Ja, aber sie war so verzweifelt, Sidney, so furchtbar verzweifelt.«

Nachdem ich aufgelegt hatte, rief ich sofort Susan Lowenstein an. Nach dem dritten Klingeln nahm sie selbst den Hörer ab.

»Dr. Lowenstein«, sagte ich, »morgen reden wir mal nicht über meine eigenen Familienangelegenheiten.«

»Wieso, Tom? Was ist denn los?«

»Morgen werden Sie mir alles über Renata Halpern, die ›Herzenskönigin‹, erzählen!«

»Abgemacht! Wir werden über sie reden«, antwortete sie.

Ich legte auf und nahm wieder das Kinderbuch zur Hand.

Diesmal las ich ganz langsam und machte mir dabei sorgfältig Notizen.

IM SÜDEN
VON R. HALPERN

Auf einer Insel vor der Küste von South Carolina lebte eine schwarzhaarige Mutter allein mit ihren drei braunhaarigen Töchtern. Die Mutter hieß Blaise McKissick, und ihre Schönheit war von jener stillen Art, wie sie Kindern gefällt, wenn sie noch sehr klein sind. Blaise hatte ihre Schönheit großherzig an ihre drei Töchter weitergegeben, und ihre Gesichter waren wie drei verschiedene Versionen ein und derselben Blume.

Blaise' Ehemann Gregory wurde seit einem Sturm Anfang Juni auf See vermißt. Er war hinaus in den Golfstrom gefahren, um Thunfische und Delphine zu fangen, und einfach nicht mehr zurückgekehrt. Als er nicht nach Hause kam, alarmierte Blaise die Küstenwache, und die Männer fuhren mit einem viel kleineren Boot los, um den Vermißten zu suchen. Zwei Wochen lang suchte jedes Boot im County den Atlantik mit all seinen Buchten und Bais und Haffs ab. Abend für Abend standen die drei Mädchen am Dock und warteten auf ihre Mutter, warteten bei Regen und Sonnenschein, warteten, bis sie sie, als die Luft bereits kühler wurde, aus den Nebelschwaden auftauchen sahen.

Nach dem vierzehnten Tag ohne Lebenszeichen und Hoffnungsschimmer wurde die Suche aufgegeben und Gregory für tot erklärt. Man hielt einen Trauergottesdienst, und Gregory McKissick wurde, wie es unter den Fischern des Dorfes Sitte war, in einem leeren Sarg unter dem Eichenbaum unweit des weißen Hauses begraben. Die ganze Gemeinde nahm an dem Begräbnis teil. Kleine Städte haben weite Herzen.

Nach dem Begräbnis jedoch kehrten die Männer, Frauen und Kinder der Stadt zurück in ihre Heime, zu ihrem eigenen Leben. Das weiße Haus auf der Insel, einst ein Haus der Fröhlichkeit und des Lachens, blieb still. Abend für Abend sahen die Mädchen zu, wie ihre Mutter hinausging, um das Grab zu besuchen. Die Luft dort duftete nach ihrer Mutter Frisierkommode, in der sie Kristallphiolen mit rätselhaften Wohlgerüchen barg und vor der sie regelmäßig zu sitzen pflegte, bevor sie ihren Mann aufsuchte. Jeder ihrer Schritte durch das Haus war von Duft und Trauer begleitet. Beunruhigender fanden die Töchter jedoch, daß ihre Mutter nach dem Tode ihres Gatten verstummt war. Wenn sie sie ansprachen, so lächelte sie und versuchte zu antworten, doch kam kein Wort über ihre Lippen.

Bald gewöhnten sich die Mädchen an die Stille und betrauerten ihren Vater auf die gleiche Weise. Wenn sie miteinander sprachen, so geschah es nur noch im Flüsterton. Sie spürten, daß der Klang ihrer Stimmen die Mutter an die Zeit erinnerte, da ihr Vater noch am Leben war, und sie wollten ihre Traurigkeit nicht noch vergrößern.

So vergingen die Tage, und sie vergingen ohne Worte.

Die drei Mädchen waren so verschieden voneinander wie nur möglich. Rose McKissick war die älteste, die hübscheste und die geschwätzigste von allen. Sie litt am meisten unter dem Schweigen im Haus, und der Tod ihres Vaters traf sie härter als die anderen. Sie hatte ihn am längsten gekannt und war, als Erstgeborene, stets sein Liebling gewesen. Daß sie nicht mehr über alles reden konnte, was ihr in den Sinn kam, fiel ihr sehr schwer. Sie hätte gerne über ihren Vater gesprochen, sich gerne eine genaue Vorstellung davon machen können, wo der Himmel war und was ihr Vater dort wohl tat; sie hätte gerne gewußt, ob irgend jemand glaubte, er habe Zeit genug, sich mit Gott zu unterhalten, und worüber er sich mit Ihm wohl unterhielt. Aber da war niemand, den sie hätte fragen können, und das machte ihr angst. Sie war zwölf, und ihre Brüste begannen zu wachsen, und auch über dieses erstaunliche Geschehen hätte sie gerne mit ihrer Mutter gesprochen. Sie wollte ihre Mutter fragen, weshalb es so leicht war, Vaters Gesicht zu vergessen. Nur manchmal noch, im Schlaf, sah sie es deutlich vor sich. Da lachte er immer, hielt sie in seinen Armen, erzählte ihr einen seiner albernen Witze und kitzelte sie zwischen den Rippen. Dann aber sah sie hinter ihm Sturmwolken aufziehen und wußte, daß eine dieser Wolken jene schrecklichen Dolche aus Licht verbarg, die ihren Vater töten würden. Dunkle Wolken waren nun Feinde für die McKissick-Kinder, und Rose lebte in einem Haus, das Stürme fürchtete. Ganz besonders schwer aber fiel es ihr zu lernen, wie man in einem Haus des Schweigens glücklich sein konnte.

Lindsay McKissick hatte niemals Schwierigkeiten damit, sich ruhig zu verhalten. Diese Eigenschaft war ihr angeboren, und in den zehn Jahren ihres Lebens hatte sie sie gewissenhaft gepflegt. Wie ihre Mutter wog sie jedes Wort, bevor sie sprach. Nicht einmal Gewohnheit war im Spiel. Nachdem sie lange darüber nachgedacht hatte, erklärte sie ihr Verhalten mit eigenen Worten: »Ich bin nun einmal so ein Mädchen.« Im übrigen meinte sie: »Wer mag schon reden, wenn Rose in der Nähe ist?« Schon als Kleinkind hatte sie nur sehr selten geweint. Sie war von einer stillen Heiterkeit, die Erwachsene ebenso verwirrte, wie sie sie anzog. Die Großen wurden den Verdacht nicht los, Lindsay bilde sich ein Urteil über sie und fände sie lächerlich, und in den meisten Fällen stimmte das auch. Erwachsene waren ihr vor allem zu groß und zu laut. Sie war vollkommen glücklich damit, Kind zu sein und sich für alles genügend Zeit nehmen zu können. Nach dem Tod ihres Vaters fürchtete sie allerdings, sich bei ihm allzu viel Zeit gelassen zu haben, so daß er schließlich gestorben sei, ohne zu wissen, wie sehr sie ihn liebte. Dieser Gedanke beunruhigte sie außerordentlich und trug dazu bei, aus einem von Natur aus ruhigen Mädchen ein zurückhaltendes, ganz und gar in sich gekehrtes Wesen zu machen. Oft lag sie nun vor dem Haus in der Hängematte und starrte auf den Fluß hinaus, und im Blick ihrer blauen Augen schien das Ungestüm reinen Wassers oder sturmgepeitschter Wildblumen zu brennen. Was sich nicht darin fand, war Zorn. Da war nur die Liebe zu einem Vater, den sie nie wiedersehen würde, einem Vater, der sie nie gekannt hatte und nie kennenlernen würde.

Sharon McKissick war acht Jahre alt, und sie empfand es als elende Last, die jüngste zu sein. Weil sie so klein und zierlich war, glaubte sie, von niemandem in der Familie ernst genommen zu werden. Alle hatten sie ›Baby‹ McKissick genannt, bis sie sechs Jahre alt war und von sich aus jeden daran erinnerte, daß sie einen Namen besaß und Sharon hieß. Niemand hatte sich die Zeit genommen, ihr den Tod des Vaters zu erklären, weil alle dachten, sie sei noch zu klein, um zu verstehen, was vorgefallen war. Am Tag der Beerdigung war Mutter in ihr Zimmer gekommen und hatte mit zitternder Stimme gesagt, Vater sei schlafen gegangen. Sie hatte geantwortet: »Für wie lange?«, worauf ihre Mutter in Tränen ausgebrochen war. Seither war sie zu verängstigt gewesen, um weitere Fragen zu stellen. Sie hatte das Gras auf dem Grab ihres Vaters beobachtet: Zuerst sprossen nur wenige Halme aus der dunklen Erde; dann jedoch war plötzlich alles grün und überzog seine Schlafstätte mit einer hübschen bunten Decke. Sie konnte das Grab ihres Vaters von ihrem Fenster aus sehen, und des

Abends grämte sie sich, er könne einsam sein. Wenn die Nachtbrise vom Fluß her auffrischte, stieg Sharon aus dem Bett und starrte durchs Fenster auf das Grab. Im Mondlicht konnte sie es genau sehen, wenngleich es nichts mit ihrem Vater zu tun zu haben schien. Sie versuchte, sich vorzustellen, wie Engel sich um seinen Grabstein versammelten, um ihm beizustehen in der Einsamkeit der winddurchwehten Nacht.

Ihr selbst half das alles nichts. Sie schwor sich, daß – sollte sie selber einmal Mutter einer Achtjährigen sein – ihr Kind alles erfahren würde, was es über Leben und Tod und die Zeit dazwischen zu wissen gab. Wenn sie erst neun war, würde sie es ihnen allen zeigen. Da würden sie ihr zuhören, und es gab einiges, was sie ihnen zu sagen hatte.

Die Insel hieß Yemassee, nach dem Indianerstamm, der darauf gelebt hatte, bevor die Weißen kamen und sie ihm wegnahmen. Gregory McKissick hatte seinen Töchtern oft die Geschichten von dem Geisterstamm erzählt, der noch immer des Nachts die Wälder durchstreifte. Wenn die Eule in den Bäumen schrie, hörte man den Ruf des Häuptlings. Wenn die Zikaden in dem Wald, der das Haus umgab, lärmten, klatschten die Frauen. Die Indianerkinder ritten auf den Hirschen, die in stummen Rudeln über die Insel zogen. In Wirklichkeit gab es jedoch keine Indianer auf der Insel mehr, nur Pfeilspitzen, die Vater ausgrub, wenn er im Frühjahr die schwarzen Äcker im Herzen der Insel pflügte. Sie waren wie Gebete, herbeigezaubert für die Toten. Jede der Schwestern hatte ihre eigene Sammlung von Pfeilspitzen – Zeichen des Untergangs, gesammelt von bleichgesichtigen Mädchen. Und Vater erzählte ihnen, daß es Wörter waren, denen die Stämme im Tiefland von South Carolina ihr Fortleben verdankten. Manches aus der Indianersprache hatte überlebt, in Fragmenten, in symmetrischen Formen, wie Pfeilspitzen oder rasiermesserscharfe Gedichte. »Yemassee«, sagte ihr Vater. »Yemassee und Kiawah. Combahee«, flüsterte er. »Combahee und Edisto und Wando und Yemassee.« Die Mädchen wuchsen heran, und die Sprache der Pfeilspitzen war ihnen ebenso vertraut wie der Klang der verlorenen Wörter. Jedes der Mädchen dachte an ihren Vater, wenn es seine Pfeilspitzen-Sammlung betrachtete. Die Stämme waren untergegangen und ihr Vater auch. *Er* hatte ihnen keine Pfeilspitzen zur Erinnerung hinterlassen, aber wenn sie nur still genug waren, so würden sie seine Stimme hören können. In Gestalt einer Eule, einer Spottdrossel oder eines Falken würde er zu ihnen kommen. Sie würden ihn wieder hören, sie würden ihn wieder sehen, sie waren sich dessen ganz sicher. Sie wußten es. Schamanen hatten auf diesen Inseln ihre Zauber gewirkt, das hatte ihr Vater ihnen erzählt, und so hielten sie Ausschau nach ihm, der vielleicht auf dem Rücken eines großen Hirsches saß oder auf einem grünen Delphin ritt, der sich mit seinesgleichen in den Gezeitenströmen jenseits der Insel tummelte.

Sie glaubten an Magie, diese Mädchen, und sie erlebten sie, jede von ihnen für sich allein, zu ihrer Zeit, auf ihre Weise, in ihrer Welt. Sie erlebten sie, weil sie aufmerksam waren und schweigend zu beobachten verstanden.

Rose begegnete ihr eines Tages, als sie gerade in ihrem Tierkrankenhaus einem Vogel den Flügel verpflasterte. Sie hatte ihr Krankenhaus ursprünglich für die Welpen einer wilden Hündin gegründet, die von ihrem Vater mit dem Laster totgefahren worden war. Sie hatte die hilflosen Jungtiere aufgenommen, mit einem Tropfenfläschchen gepäppelt und zu ordentlichen Haustieren mit guten Manieren erzogen. Als sie alt genug waren, brachte sie sie alle in ordentlichen Häusern bei Leuten unter, die einen wohlerzogenen Hund zu schätzen wußten. Das war der Anfang. Rose fand, daß das gesamte Tierreich ihrer Dienste bedürfe. Immer wieder fielen Eichhörnchenkinder und junge Vögelchen aus ihren Nestern. Jäger, die sich um die Schonzeit nicht kümmerten, töteten Opossum- und Waschbärenmütter, deren Junge in ihren Verstecken zu verhungern drohten. Und da war irgendwer oder irgend etwas, das Rose stets zu jenen hohlen Baumstämmen und -stümpfen führte, in denen die Waisen auf die Rückkehr ihrer Eltern warteten. Sie ging in den Wald und hörte Stimmen, die ihr zuriefen: »Noch ein Stückchen weiter, Rose! Ein bißchen nach links, Rose! In der Nähe des Tümpels, Rose!« Rose folgte diesen Stimmen immer. Sie konnte nichts dafür. Sie wußte, wie man sich fühlte, wenn man verlassen worden war. Sie entdeckte, daß sie die Gabe besaß, zu heilen, die Ängste kleiner Kreaturen zu beschwichtigen, die Verwundeten zu trösten. Nichts davon überraschte sie. Was sie tatsächlich überraschte, war, daß sie auch mit allen Geschöpfen sprechen konnte, die bei ihr in Pflege waren. Im Fluß entdeckte sie einen Fuchs; er war verwundet und wurde verfolgt von Jagdhunden. Er schwamm auf Yemassee Island zu und zog eine Blutfahne hinter sich her. Die Meute hatte ihn schon beinahe eingeholt, als der Fuchs aufsah und Rose bemerkte, die die Szene vom Ufer aus beobachtete.

»Hilf mir«, sagte der Fuchs.

Ein fremdes Gemurmel stieg in ihre Kehle, unmenschlich und unnatürlich. »Halt!« befahl Rose den Hunden.

Die Tiere sahen verblüfft auf.

»Das ist unsere Arbeit.«

»Heute nicht! Kehrt zu eurem Herrn zurück!«

»Es ist Rose«, sagte einer der Jagdhunde, »das braunhaarige Mädchen, das uns das Leben gerettet hat, als unsere Mutter starb.«

»Ach so, Rose«, sagte ein anderer Jagdhund.

»Danke schön, Rose!« rief der dritte. »Gib acht auf den Fuchs. Es ist gut, daß du gekommen bist.«

»Warum jagt ihr?«

»Es ist uns angeboren, Rose«, erklärte der erste Hund, bevor sich alle drei umdrehten und ans andere Ufer zurückschwimmen.

Der Fuchs kämpfte sich an Land und brach, Rose zu Füßen, zusammen. Sie trug ihn in die Scheune, reinigte seine Wunde und pflegte ihn die ganze Nacht. Er war das fünfzigste Tier, das zu ihr gekommen war, und er erzählte ihr viele Dinge aus dem Leben der Füchse. Rose fand es sehr interessant. Im Haus war sie stets einsam und traurig, in der Scheune hingegen nie.

Im Haus ohne Worte lauschte Lindsay dem Gesang der Felder. Sie kümmerte sich um die Rinderherde, die auf den lieblichen Weiden im Süden der Insel graste. Von der Ladefläche des Lasters warf sie in Abständen von dreißig Metern – jedesmal, wenn Mutter anhielt – einen Ballen Heu hinunter. Die Herde lief um den Laster herum. Die weißen Gesichter der Rinder waren heiter und anmutig – mit einer Ausnahme: Der große Bulle Intrepid stierte sie aus einiger Entfernung an, taxierte sie mit dunklen, wilden Augen. Intrepid war ein gewaltiges Muskelpaket und sehr gefährlich, doch Lindsay erwiderte unbeugsam seinen Blick. Er war der Herr dieser Felder, das wußte sie, und sie wollte ihn wissen lassen, daß er von ihr nichts zu befürchten hatte.

Ich liebe die Herde, sagten ihm ihre Augen. – Du bist eine von *denen*, antworteten die seinen. – Dafür kann ich nichts, gab sie mit den Augen zurück. – Ich auch nicht, sagten die seinen.

Sie streifte allein über die Weiden, spielte mit den Kälbchen und gab ihnen hübsche Namen, die ihren Ohren schmeichelten. Da waren Petunia und Casper, Beelzebub und Jerusalem, Artischocke, Rumpelstilzchen und Washington, D. C. Von Intrepid, der einst auf einer Farm bei Charleston um ein Haar einen Eindringling getötet hätte, hielt sie gebührenden Abstand. Stets achtete sie darauf, daß das Tor zu seiner Weide geschlossen war.

Wenn eine der Kühe kalbte, flüsterte Lindsay der Mutter beruhigende Worte ins Ohr, legte, wenn nötig, bei der Geburt Hand an und harrte in jedem Fall aus, bis alles vorüber war. Sie bewunderte die Schicksalsergebenheit der riesigen, ruhigen Tiere. Sie waren gute Mütter und lebten ihr Leben nach einem einfachen Plan. Dennoch fühlte sich das Mädchen ganz besonders von der königlichen Aura Intrepids angezogen. Er war stumm wie ihr eigener Vater, nur seine Augen vermochten sich zu äußern – bis zu jener Nacht, da die Magie Lindsays Leben veränderte.

Sie schlief fest, und der Regen trommelte auf das Blechdach. Sie träumte von sich selbst und war im Traum ein Kalb, das am ersten Tag seines Lebens in der Sonne herumstakste. Ihre Traummutter war eine Kuh mit einem hübschen weißen Gesicht, und ihr Traumvater ein sanfter, freundlicherer Intrepid, der sorgsam über sie wachte. Sie vernahm eine Stimme und war überrascht, daß sie darauf antwortete – und ihre eigene Stimme war ein liebliches Murmeln, die geheime Sprache der Rinderherden, die wie Rauchwolken aus ihrem Traum aufstieg.

»Du mußt kommen«, sagte eine tiefe Stimme. »Du wirst gebraucht.«

»Wer bittet darum?«

»Der König der Herde. Du mußt dich beeilen.«

Sie öffnete die Augen und sah vor dem Fenster den gewaltigen, grimmigen Kopf Intrepids. Seine ehrfurchtgebietenden Züge hatte der Regen getrübt. Sie stieg aus dem Bett und ging zum Fenster. Sie öffnete es, und warme Regentropfen netzten ihr Gesicht. Sie kletterte hinaus und auf Intrepids Rücken. Sie schlang die Arme um seinen Nacken und klammerte sich mit den Fingern in seinem Fell fest. Der große Bulle rumpelte aus dem Hof und trabte mit donnernden Hufen den Feldweg hinunter zu den Weiden. Von den

Eichen längs des Weges hingen Flechten und feuchtes Moos, als hätten im Schutze der Nacht die Engel des Waldes Waschtag gehalten, und streiften ihren Körper. Die Erde wich vor ihr zurück, und Lindsay sah zwischen seinen großen Hörnern, daß der Weg, den Intrepid einschlug, in vielen Kurven aus dem Sumpfland hinausführte. Sie grub ihre Füße in seine Flanken, ihr Fleisch bewegte sich im Gleichklang mit seinem, und aus ihrem Haupthaar fühlte sie Hörner spießen, fühlte sich selbst Teil des Bullen werden, gehuft und gefährlich, aber auch Herr der südlichen Weiden. Lindsay lief mit Intrepid, und eine verzauberte Meile weit lief sie *als* Intrepid.

Bei den drei riesigen Fächerpalmen, die die Ostgrenze des Weidelands markierten, blieb der Bulle stehen.

Die junge Kuh Margarita bekam ihr erstes Kalb. Es kam zu früh, und irgend etwas stimmte nicht. Lindsay sprang ab und lief zu Margarita. Es war eine Steißgeburt, und die Beine des Kalbs ragten in einem seltsamen Winkel aus dem Leib der Mutter, die einen verzweifelten Kampf ausfocht. Lindsay ergriff die Beine des Kälbchens und fing an, es sachte zu sich her zu ziehen. Über eine Stunde verbrachte sie damit, das Kalb aus dem Mutterleib zu schmeicheln. Ihr Haar war naß, und sie fühlte die stumme Anwesenheit Intrepids in ihrem Rücken. Sie konnte seine Kraft geradezu riechen, während er sie stumm beobachtete. Nach langer Zeit spürte sie, ohne daß sie gewußt hätte warum, daß irgend etwas sich einrenkte, sich gleichsam von allein korrigierte, und kurz darauf lag ein Kuhkalb auf dem Gras, sichtlich erschöpft, aber lebendig. Margarita leckte das Kälbchen mit ihrer großen, silbernen Zunge sauber, und noch immer rauschte der Regen auf sie herab. Lindsay nannte das neue Kalb Bathseba und barg ihr Gesicht in seinem Fell.

Da kniete Intrepid nieder, und Lindsay stieg wieder auf. Im Triumph ritt sie nach Hause zurück, und alle Kühe ehrten sie mit leisem Gemuhe. Sie legte ihre Nase an das Fell des großen Bullen und atmete seine feuchte Kraft. Sie leckte das Regenwasser von seinem Nacken und kehrte in ihr Heim zurück, ein Wechselbalg nun, ein ganz neues, wildes, wunderbares Wesen. Sie kletterte wieder durchs Fenster in ihr Schlafzimmer, trocknete sich sorgfältig ab und erwähnte die Erlebnisse dieser Nacht ihrer Familie gegenüber mit keinem Wort.

Die Macht war über sie gekommen, und sie würde sie nicht

mißbrauchen. Davon zu sprechen, hieß, sie zu verraten. In einem Haus des Schweigens war Geheimhaltung jedoch ein Kinderspiel.

Am nächsten Tag machte sich Lindsay zu Fuß auf den Weg zur Weide. Sie folgte den Spuren Intrepids und konnte sehen, wie tief sich seine großen Hufe in die weiche Erde gegraben hatten. Sie trug einen Kranz aus geflochtenen Blumen bei sich, den sie Margarita um den Hals hängen wollte.

Dort, wo der Weg am Rand der Sümpfe entlangführte, vernahm Lindsay einen rauhen, grausigen Schrei; es war ein Ton, wie sie ihn auf der Insel noch nie gehört hatte. Sie spürte, wie die fremde Aura zurückkehrte und sich ein Antwortschrei aus ihrer Kehle löste, und es überraschte sie nicht, sondern erfüllte sie mit tiefem Vertrauen. Sie spürte eine Verwandtschaft mit der Wildnis, die ihr das Gefühl der Unverwundbarkeit gab. Sie fühlte sich lebendig und offen für alle Dinge.

Ein schrecklicher Ton drang aus ihrer Kehle, ein dämonisches Grunzen, doch war es nur die Antwort auf die heisere Stimme, die sie gerufen hatte.

»Bitte!« rief die Stimme, und Lindsay rannte Hals über Kopf in jenen Teil des Waldes, den zu betreten der Vater seinen Töchtern stets verboten hatte. Sie hielt sich an den festen Grund, sprang über Wasserlöcher, mied weichen, unsicheren Boden. Wie kleine, schwarze Periskope tauchten die Köpfe der Mokassinschlangen aus dem Wasser, wenn das Mädchen vorbeihastete. Sie sprachen Lindsay nicht an, gehörten nicht zu ihrem Zauber.

Irgendwo in der Mitte des Sumpfes erhob sich ein gewaltiges Getöse, und nachdem Lindsay eine Zypresse umrundet hatte, entdeckte sie Dreadnought, den alten Eber, der bis zu den Schultern im Treibsand steckte. Ihr Vater hatte jahrelang Jagd auf Dreadnought gemacht und ihn niemals auch nur zu Gesicht bekommen. Jedesmal, wenn der Eber sich freikämpfen wollte, zog ihn der bodenlose Grund mit sanfter Gewalt tiefer in seinen Schlund.

Es war wie der Kampf um des Kälbchens Geburt.

Dreadnoughts Hauer schimmerten tückisch im Sonnenschein. Seine Augen waren gelb, und die schwarzen Borsten auf seinem Rücken standen aufrecht wie eine Reihe Kiefern auf einem nackten Bergkamm.

Lindsay ergriff einen toten Ahornast, legte sich auf den Bauch und robbte langsam über den weichen Boden, bis sie spürte, daß er unter ihr nachgab. Sie wartete ab, verlagerte ihr Gewicht, schob sich dann weiter voran und stieß Dreadnought den Ast zu.

»Bitte!« drang es erneut zu ihr.

Der Ast hatte die Schnauze des Ebers erreicht, und Dreadnought packte mit seinen Zähnen zu. Zentimeterweise schob Lindsay sich rückwärts.

»Halt still!« befahl sie. »Laß dich tragen, als wäre es Wasser.«

Der wilde Eber lockerte seine Muskeln, und das gesträubte Fell auf seinem Rücken glättete sich. Er ließ sich von dem mörderischen Schlamm hochtragen und spürte die schwache Kraft eines zehnjährigen Mädchens an seinem Zahnfleisch. Sie war ausdauernd und geduldig und zog ihn mit jedem Ruck ein paar Zentimeter weit. Hinter ihr hatten sich alle Wildschweine versammelt, um ihren König sterben zu sehen. Lindsay zog, wenn es ging, und hielt inne, sobald es nötig war. Ihr ganzer Körper schmerzte, doch sie wußte gut genug um die Pflichten, die es im Dienste der Magie zu erfüllen gab. Schließlich setzte Dreadnought einen Huf auf einen gestürzten Baumstamm und hievte sich, an seinem ganzen, massigen Körper zitternd, aus dem Sumpf. Laut und lang anhaltend brüllte er seine Erleichterung und sein Glück über die Befreiung in den Wald hinaus. Mit äußerster Vorsicht balancierte er über den Stamm und tat danach keinen Schritt mehr, ohne den Grund vor sich sorgfältig zu prüfen. Lucifer, der beinahe fünf Meter lange Alligator, schwamm träge durch das flache Wasser und sah, wie der Eber das trockene Land erreichte.

»Zu spät, Lucifer!« schrie der Eber.

»Es wird ein nächstes Mal geben, Dreadnought! Vorige Woche habe ich einen deiner Söhne verspeist.«

»Und ich habe die Eier von Tausenden deiner Söhne gegessen!«

Dann wandte Dreadnought sich Lindsay zu. Ein einziger Ruck mit seinen Hauern konnte sie von Kopf bis Fuß aufschlitzen. Inmitten all der Wildschweine verlor sie beinahe ihren Glauben an die Magie. Der Eber aber beruhigte sie, bevor er mit seiner wilden schwarzen Herde davonstob, mit folgenden Worten: »Ich stehe in deiner Schuld, Tochter. Ich verdanke dir mein Leben.«

Und die Wildschweine schmolzen wie Schatten in den Wald hinein, und alle Schlangen der Insel zitterten vor Furcht und versteckten sich, sobald sich die wilde Horde näherte. Lindsay versuchte, mit Lucifer, dem Alligator, zu sprechen, doch der ließ sich zehn Meter weit von ihr entfernt ins schwarze Wasser gleiten, ohne das leiseste Geplätscher zu verursachen.

Mit Alligatoren kann ich also nicht reden, dachte das Mädchen, sei's drum! Doch sie hatte zum erstenmal erfahren, daß ihrer Gabe Grenzen gesetzt waren.

Von allen Kindern beunruhigte die Stille im Hause am meisten Sharon, die jüngste. Sie wollte über ihren Vater reden, ihre Lieblingsgeschichten von ihm erzählen. Es wäre ihr viel leichter gefallen, sein Andenken zu bewahren, wenn Mutter und die Schwestern ihr verraten hätten, was ihnen das liebste an ihm war. Wenn ich erst neun bin, werden sie auf mich hören... Sie zweifelte nicht daran.

Sharon gehörte zu jenen Mädchen, die ihren Blick stets auf den Boden gesenkt halten und dann heben, wenn sie in die Luft gucken. Für das, was sich dazwischen abspielte, interessierte sie sich nicht. Unterwegs im Gelände kam es immer wieder vor, daß sie gegen einen Baum lief, weil sie mit den Blicken eine Schar Enten auf ihrem Zug nach Norden oder Süden verfolgte. Die Freiheit der Vögel fand sie unwiderstehlich; und sie betrachtete es als ein Versehen des Herrn, daß er Adam und Eva nicht mit Flügeln ausgestattet hatte. Wenn die Sonne sank, ging sie mit Brot und Speiseresten hinaus ans Ende des Kais und fütterte die Seevögel. Sie warf die Brocken hoch in die Luft, und die Möwen erhaschten sie im Fluge. Sharon war umringt von heftigem Geflatter, und die ungeduldigen Schreie der Möwen erfüllten die Luft. Hunderte von Vögeln erwarteten sie jeden Abend. Die Mutter und die Schwestern standen dann ängstlich hinter ihrem Fliegengitter in der Tür und beobachteten sie. Sharon aber machten die Vögel glücklich.

Und glücklich machten sie auch die Insekten. Ihre Mutter züchtete Bienen, und Sharon war die einzige der drei, die Blaise half, den Honig in den Bienenstöcken zu sammeln. Für Sharon waren Bienen vollkommene Geschöpfe. Sie konnten nicht nur fliegen, sondern hatten auch noch diese wunderbare Aufgabe, den ganzen Tag lang Blumen und Gärten aufzusuchen. Wenn sie dann heimkehrten, schwatzten sie mit ihren Freunden, und des Nachts machten sie den Honig. Nachdem sie erst einmal auf die Bienen aufmerksam geworden war, widmete sie sich auch deren Verwandten. In ihrem Zimmer wimmelte es nur so von kleinen Schachteln und anderen Gefäßen voller Insekten. Da waren erstaunliche Käfer, Gottesanbeterinnen, Schmetterlinge und Heuschrecken, die ihr Tabaksaft auf die Hände spuckten, und es gab einen ganzen Ameisenstaat hinter Glas. Sie liebte die wunderbare Ökonomie der Insekten: Sie konnten nicht viel, doch das, was sie taten, konnten sie sehr gut.

Bei ihren Schwestern war Sharons Hobby alles andere als beliebt.

»Iiih, Wanzen!« hatte Rose einmal beim Betreten des Zimmers geschrien.

»Hunde und Rindviecher gern zu haben ist keine Kunst, das kann jeder«, hatte Sharon geantwortet. »Um Wanzen zu mögen, bedarf es schon echter Persönlichkeit!«

Ihre Schwester hatte gelacht.

Es geschah, als Sharon einmal wieder durch die Wälder streifte. Sie war auf der Suche nach neuen Ameisenstaaten und trug eine Tasche voller Schokoladenplätzchen bei sich. Fand sie einen Ameisenhaufen, so legte sie ein Plätzchen daneben und beobachtete vergnügt, wie sich die Arbeiterameisen auf den Leckerbissen stürzten und einen Abgesandten nach Hause schickten, um dort die süße Neuigkeit zu verbreiten.

Sofort kamen ganze Scharen aus dem Hügel gekrabbelt, bauten das Plätzchen Krümel für Krümel ab und schleppten jeden einzelnen unter die Erde.

An diesem Tag hatte Sharon zwei neue Ameisenhügel entdeckt und suchte nun bereits den dritten, als sie ein feines Stimmchen ihren Namen rufen hörte. Sie sah in die Richtung, aus der die Stimme gekommen war, und erblickte eine Wespe, die sich in dem großen, silberigen Netz einer Gartenspinne verwickelt hatte. Die Gartenspinne glitt auf sie zu, wobei sie sich so gewandt am Netz entlanghangelte wie ein Seemann an der Takelage. Die Wespe schrie erneut und versuchte verzweifelt, sich zu befreien. Sharon spürte, wie sich fremde Worte auf ihrer Zunge bildeten, doch was sie hervorbrachte, waren keine Worte, sondern geheimnisvolle Töne, und als sie merkte, daß sie in einer von keinem Menschen auf der Erde jemals gesprochenen Sprache redete, erschrak sie.

»Halt!«

Die Spinne hielt inne. Eins ihrer schwarzen Beine hatte sie bereits auf den Leib der Wespe gestellt.

»Das ist der Lauf der Welt«, sagte die Spinne.

»Diesmal nicht«, antwortete Sharon, nahm eine Haarnadel und schnitt die Wespe frei.

Das Netz, wie Spitze so fein, fiel in Fetzen zwischen die Bäume. Die Wespe sang Sharon ein Liebeslied und entschwand zwischen den Bäumen.

»Es tut mir leid«, sagte das Mädchen zu der Spinne.

»Es war nicht recht«, erwiderte die Spinne verdrießlich. »Ich bin nun einmal so.«

Sharon ließ ihre Finger durch die Blätter gleiten und fand eine tote Heuschrecke, die sie in den noch erhalten gebliebenen Teil des Spinnennetzes legte. Als sie es berührte, bebte es wie einen Harfensaite.

»Es tut mir leid, daß ich dein Netz kaputtgemacht habe. Aber ich konnte dir das nicht erlauben, was du vorhattest. Es war zu schrecklich.«

»Hast du schon mal gesehen, wie eine Wespe tötet?« fragte die Spinne.

»Ja«, gab Sharon zu.

»Das ist auch nicht schöner. Aber so ist es nun mal.«

»Ich wünschte, ich könnte dir beim Reparieren deines Netzes helfen.«

»Du kannst es. Von jetzt an kannst du es.«

Sharon fühlte ein Zittern in ihrer Hand, eine neugeborene Kraft. Die Adern in ihren Händen füllten sich mit Seide. Sie hielt die Hand an das zerstörte Netz, und silbrige Fäden begannen unter ihren Fingernägeln hervorzuströmen. Zunächst stellte sie sich noch ungeschickt an und wob statt einer graden Linie eine Schleife. Doch die Spinne war geduldig, und bald hatte Sharon ein hübsches Netz gewoben, daß wie ein Fischernetz zwischen zwei Bäume gespannt war.

Dann unterhielt sie sich mit der Spinne über deren einsame Arbeit. In einem nicht weit entfernten Eichenstumpf, so erfuhr sie, hauste eine Eidechse, die die Spinne schon zweimal beinahe erwischt hatte. Sharon schlug der Weberin vor, näher ans Haus zu ziehen, so daß sie sich öfter sehen könnten. Die Spinne war einverstanden und marschierte ihren Arm hinauf bis auf die Schulter. Auf dem Rückweg hörte Sharon die Ameisenvölkchen unter der Erde singen, die sie und ihre Schokoladenplätzchen priesen. Wespen flogen auf und küßten ihre Lippen, wobei sie sie mit ihren Flügeln an der Nase kitzelten. Noch nie zuvor war das kleine Mädchen so glücklich gewesen.

Für die Spinne fand sich ein neues, eidechsenfreies Heim: Sharon setzte sie zwischen zwei Kameliensträucher, und gemeinsam woben sie ein Netz, das noch schöner war als das erste. Als die Sonne unterging, verabschiedete sie sich von der Spinne. Sie hörte schon die Schreie der Möwen am Ende des Kais.

Schwebend in der Luftströmung über dem Fluß wie hundert Drachen an Schnüren unterschiedlicher Länge, warteten die Möwen schon auf sie. Sharon verließ das Haus mit einer Einkaufstasche voller Speisereste, die ihre Mutter für sie gesammelt hatte. Im Laufen vernahm sie die Stimmen von Grillen und Käfern im Gras, die sie ermahnten, auf ihre Füße zu achten. Selbst auf der kurzen Strecke zum Kai brachte man zwangsläufig einige der winzigen Geschöpfe in Lebensgefahr.

Als sie ihr Ziel erreicht hatte, warf sie eine ganze Handvoll Brotstücke in die Luft. Jedes einzelne wurde erhascht, ehe es ins Wasser fallen konnte. Wieder warf Sharon Brot in die Luft, und wieder schwirrte die Luft von Brotkrümeln und Flügeln. Sie war nicht überrascht, daß sie verstehen konnte, was die Möwen untereinander sprachen. Sie waren gereizt und zänkisch und stritten darüber, daß manche Vögel mehr Brot bekämen als andere. Hoch in den Lüften schwebte ein Fischadler und wartete auf Beute. Eine kleine Meeräsche blitzte an der Oberfläche, und Sharon hörte den Fischadler »Jetzt!« kreischen, bevor er aufs Wasser hinabstieß. Und schon erhob er sich wieder, in seinen Fängen den zappelnden Fisch.

Unter den Möwen war eine fremde, die die Szenerie beobachtete. Sie war größer als die anderen Möwen, mit schwarzem Rücken und ernster Miene, eine Ozeanfliegerin, die über dem Fluß verharrte wie im Stand und Sharon kritisch betrachtete. Sie rief ihr ein Hallo zu, erhielt aber keine Antwort.

Als die Fütterung zu Ende war, wünschte sie allen gute Nacht. Am anderen Ende des Kais schnitt ihr die Möwe mit dem schwarzen Rücken den Weg ab. In ihren Möwenaugen saß die Erschöpfung nach einer langen Reise.

»Was willst du?« fragte Sharon.

»Dein Vater ist am Leben.«

»Woher weißt du das?«

»Ich habe ihn getroffen«, sagte die müde Möwe.

»Ist er in Gefahr?«

»In großer Gefahr.«

»Kehr zu ihm zurück, Möwe. Bitte, hilf ihm.«

Die Möwe schlug matt mit ihren großen Flügeln, erhob sich in die Lüfte und drehte nach Süden ab. Sharon sah ihr nach, bis sie verschwunden war. Die Grillen zirpten im Gras, und Sharon verstand jedes einzelne Wort.

Sie ging nach Hause und fand ihre Mutter am Herd, auf dem das Abendessen brutzelte. Der Duft goldbrauner, in Butter gebratener Zwiebeln durchzog das Haus. Sharon wollte ihrer Mutter erzählen, was die Möwe gesagt hatte, wußte aber nicht, wie sie ihre Gabe erklären sollte. Das Wissen, daß ihr Vater noch lebte, machte sie jedoch ungeheuer glücklich. Sie half ihren Schwestern beim Tischdecken. In der Küche lief das Radio; Blaise ließ es den ganzen Tag lang laufen, da sie immer noch auf eine Nachricht über ihren Mann hoffte. An diesem Abend waren die Nachrichten indessen völlig belanglos: Der Preis für Schweinefleisch war gefallen, die Regenfälle hatten die Tomatenernte beeinträchtigt, und aus der staatlichen Strafanstalt in Columbia waren, nachdem sie einen Wachmann getötet hatten, drei Männer ausgebrochen. Vermutlich würden sie versuchen, in Richtung North Carolina zu entkommen.

Es war am späten Nachmittag des nächsten Tages. Vom stillen Waldrand aus beobachteten die drei Männer das Haus. Ihre Gesichter hatten längst vergessen, wie man lächelt. Sie sahen, wie die drei Mädchen und die Frau in dem Haus ein- und ausgingen. Keine Spur von einem Mann. Von Menschenaugen ungesehen, setzten sie sich in Bewegung. Dennoch blieben sie nicht unentdeckt. Die Spinne beobachtete ihr Näherrücken von ihrem Netz zwischen den Kamelienbüschen aus. Eine Wildsau – eine Tochter von Dreadnought – bemerkte sie. Eine Möwe ließ sich keine ihrer Bewegungen entgehen. In den Bäumen über ihnen summte eine Wespe, und ein Welpe in der Scheune, jüngst erst von Rose gefunden und kaum imstande zu gehen, schnupperte mit erhobener Nase und wunderte sich über den Gestank. Es war der Gestank des Bösen, das in friedliche Häuser einbricht.

Die drei Männer näherten sich dem Haus.

Sie brachen durch drei verschiedene Türen ein, und sie taten es gewaltsam und ließen niemandem eine Chance zur Flucht.

Rose kreischte auf, als sie die Gesichter der Männer und die Pistolen in ihren Händen sah. Alle drei Mädchen rannten zu dem Sessel, in dem ihre Mutter saß und ein Buch las.

Der kleine Mann rannte zum Gewehrständer, riß die drei Flinten heraus und stopfte Schachteln mit Munition in einen Papiersack. Der dicke Mann huschte in die Küche und packte Konservendosen in einen Müllbeutel. Der große Mann richtete seine Pistole auf Blaise und ihre Töchter. Und als er Blaise sah, konnte er die Augen nicht mehr von ihr wenden.

»Was wollen Sie?« fragte Blaise, und die Mädchen hörten das Entsetzen in ihrer Stimme.

»Nun macht schon!« rief der kleine Mann aus der Küche. »Wir müssen weiter!«

Der Mann starrte Blaise unverwandt an und sagte: »Bevor wir sie abknallen, will ich mit der Frau noch ins Hinterzimmer.«

»Wir haben doch keine Zeit«, quengelte der Dicke.

Der Große packte Blaise roh am Arm und zog sie an sich. Da ging Rose urplötzlich und voller Wut auf ihn los. Ihre Hände zu Krallen geformt, zerkratzte sie ihm die Wangen bis aufs Blut. Er versetzte ihr einen heftigen Schlag ins Gesicht, und sie ging in die Knie. Ihre Augen füllten sich mit Tränen, aber sie legte nur den Kopf auf den Boden, und aus ihrer Kehle drang eine seltsame Stimme, getragen von Zorn und Entsetzen. Es war eine unmenschliche Stimme, und die Männer lachten, als sie sie hörten.

Der Welpe aber in der Scheune lachte nicht. Er war auf der Schulhaustreppe ausgesetzt worden, und Rose hatte ihn gefunden und mit nach Hause genommen. Er verließ die Scheune und wandte sich zum Fluß. Einmal stolperte er über seine Schlabberohren und seine unförmigen Füße. Hechelnd erreichte er den Kai und rastete, bis er wieder zu Atem kam. Er hob den Kopf und ließ quer über den Fluß einen schrillen Hilfeschrei ertönen.

Sein Jaulen trug bis ans andere Ufer, doch er erhielt keine Antwort. Er versuchte es noch einmal. Immer noch nichts. Aber der Fuchs, den Rose einst vor den Hunden gerettet hatte, hatte ihn gehört. In der Nähe seines Baues stimmte er ein Klagelied an. Ein Hofhund von der anderen Seite des Flusses fiel ein, und die Klage ging von Farm zu Farm bis in die Stadt.

Rose lag noch immer wimmernd am Boden, überzeugt, daß niemand sie gehört hatte.

Doch genau in diesem Augenblick wurden alle Hunde im weiten grünen Land auf einmal unruhig. Sie buddelten Löcher und schlüpften unter Zäunen hindurch; sie entwischten aus Zwingern, sie sprangen aus Fenstern, alle ohne Ausnahmen. Der Strom der über Land ziehenden Hunde verstopfte sämtliche Schnellstraßen im County. Im Tierasyl, in dem die Streuner auf ihre Hinrichtung warteten, riß einer ein Loch in den Zaun des Geheges, und fünfzig herrenlose Hunde, die eine Woche später allesamt tot sein würden, schlossen sich dem gewaltigen Wettlauf zur Insel an. Sie bildeten eine windschnittige, fest zusammengeschweißte Meute, die besessen war von einem einzigen Ziel: Ein Bösewicht hatte Rose mißhandelt, die Kindfrau, die die Hunde liebte und sich die Zeit genommen hatte, ihre Sprache zu lernen. Die Meute kam rasch voran. Sie hatten eine Mission zu erfüllen.

Lindsay, die ihre Schwester auf dem Boden liegen und weinen sah, schnappte sich einen Aschenbecher und schleuderte ihn nach dem großen Mann. Sie senkte den Kopf und attackierte seine Beine. »Ich lasse nicht zu, daß Sie meine Mutter verletzen!« kreischte sie. Der große Mann versetzte ihr einen so harten Schlag ins Gesicht, daß sie quer durchs Zimmer geschleudert wurde und Blut aus ihrer Nase troff. Doch entgegen den Erwartungen der Männer heulte Lindsay nicht. Vielmehr hörten sie sie einen Schrei in der Sprache der nackten Angst ausstoßen, in der Sprache des Erstaunens und des Zorns, die keiner von ihnen verstand. Ihre bebende Stimme war alles andere als zart – es war die Sprache der Hörner und Hufe und Hauer. Sie rief nach den Rindern, die unweit der ehemaligen Reisfelder weideten, und nach den großen, wilden, schwarzen Schweinen, die im Herzen der Insel grasten.

Bathseba, das Kälbchen, bei dessen Geburt Lindsay geholfen hatte, war von seiner Mutter fortgelaufen und in die Nähe des Hauses gelangt. Ihm war die Sprache selbst noch neu, und es kannte nur wenige Worte jener geheimen Verständigungsart, die alle Rätsel der Weiden und Wiesen barg. Aber daß in dem weißen Haus etwas ganz Entsetzliches vor sich ging, war ihm klar, und so stolperte es auf dünnen, unsicheren Beinen die Hauptstraße hinunter, die quer über die ganze Insel führte. Bathseba lief schnell, bis sie aus dem Wald herauskam und die Herde sah, und dort rannte sie direkt zu Intrepid, dem Bullen, der abseits von der Herde graste.

Der Bulle maß sie mit finsterem Blick. »Was soll das, Tochter? Geh zurück zu deiner Mutter!«

»Mädchen«, sagte das Kalb atemlos.

»Mädchen? Welches Mädchen? Du etwa?« fragte der Bulle und stampfte mit den Füßen das Gras.

»Das blauäugige Mädchen.«

»Du meinst unser Mädchen. Lindsay. Die zur Herde gehört.«

»Ja. Das Mädchen, das zur Herde gehört.«

»Was ist mit ihr? Sprich ordentlich und rasch!«

»Hilfe.«

»Welche Hilfe, Tochter? Wem helfen? Wann helfen?«

»Das Mädchen ruft Hilfe. Das Mädchen sagt, es braucht die Herde.«

Ein Alarmruf erscholl, und Intrepid sah eben noch rechtzeitig auf, um Dreadnought zu erkennen, der geradewegs auf das Kalb zurannte. Der Bulle schob sich zwischen den Eber und die Herde und senkte die Hörner zum Zeichen der Warnung.

»Schwein«, sagte er.

Der alte Keiler, schrecklich und grausam und von den Kühen verachtet, hielt inne. Hinter ihm am Waldrand, tauchte sein Rudel auf, und die Hauer schimmerten im Sonnenlicht wie Speere.

»Was höre ich da? Was ist mit dem Mädchen?«

»Es ist unser Mädchen. Sie gehört zur Herde«, sagte der Bulle.

»Sie liebt uns Wildschweine«, widersprach Dreadnought.

»Sie liebt uns Rinder«, gab der Bulle grimmig zurück.

»Beide«, sagte das Kälbchen Bathseba. »Das hat das Mädchen gesagt. Sie liebt beide. Sie rief Hilfe.«

Dann vermischte sich die Sprache der Wildschweine mit der Sprache der Rinder, und die Huftiere rückten in einer furchterregenden Formation zum Haus am Fluß vor. Dreadnought und Intrepid marschierten an der Spitze des gewaltigen Regiments, und bald schallte ihnen das dumpfe Gebell der Hunde entgegen, die über die Brücke stürmten.

Blaise betrachtete ihre Tochter Lindsay, die blutend auf dem Boden lag. Flüchtig sah sie sich nach den drei bewaffneten Männern um und nahm den Geruch ihres bösen Wesens wahr, der das

Zimmer füllte wie der muffige Gestank verwelkter Blumen. Draußen sah sie den Fluß, der friedlich wie immer dahinfloß.

Sie sagte zu den Männern: »Ich gehe mit jedem von Ihnen nach nebenan, wenn Sie meine Töchter in Ruhe lassen und uns nichts antun.«

»Du hast keine Wahl, Lady«, sagte der große Mann und packte sie bei der Bluse, die an der Schulter aufriß.

Da ging auch die kleine Sharon auf den Mann los. »Aus dem Haus mit Ihnen!« sagte sie, begann jedoch mitten im Satz in einer märchenhaften, neu erlernten Sprache zu stottern, die für alle Menschen im Zimmer unverständlich war.

Die Gartenspinne bewegte sich wie eine Tänzerin über ihr schimmerndes Netz, erkletterte einen Fenstersims und lugte ins Wohnzimmer. Sie hörte, was Sharon sagte, und machte kehrt, um Alarm zu schlagen. Sie fühlte das Netz unter sich erbeben und sah die gelben Flügel eines Chrysippusfalters, der sich im unsichtbaren Geflecht verfangen hatte. In uralter, fürchterlicher Spinnenmanier näherte sie sich dem Schmetterling, der in Todesangst aufschrie, berührte ihn mit ihren schwarzen Beinen und befreite ihn sanft. Verwirrt und verblüfft erhob sich der Chrysippusfalter in die Lüfte.

»Alarmiere die anderen, Monarch! Das Mädchen braucht Hilfe.«

Der Schmetterling flog hoch über die Insel und stimmte das Alarmlied des Waldes an. Die Ameisen hörten es. Die Grillen hörten es. Eine Million Bienen ließen ihre Stöcke und ihre Blüten im Stich und flogen zum Haus. Wespen dröhnten wie Bombergeschwader durchs Geäst. Eine Möwe vernahm den Warnruf des Falters und rief die Vögel auf den Plan, und der Himmel um die Insel wurde schwarz von zornigen Seevogelschwingen.

Die Wildschweine, die Rinder und die Hunde rasten nun alle auf das Haus zu, und es entging ihnen nicht, daß sich die Blätter wild bewegten, daß die Bäume übersät waren mit Insekten, daß auch der Waldboden über und über mit Insekten bedeckt war und daß die Tierchen in einem einzigen riesigen Strom auf das Haus zueilten. Der Wald war in Aufruhr und die Erde nicht minder.

Der große Mann stieß Blaise roh vor sich her und trieb sie in den rückwärtigen Teil des Hauses. Die drei Mädchen kreischten und fuhren ihn an, er solle aufhören. Die Männer lachten sie aus.

Sie lachten, bis sie den Lärm von draußen hörten: Er begann mit einem tiefen, grausigen Summen, das immer höher und schriller wurde. Verwirrt von dem seltsamen Geräusch, sahen die Männer einander an. Es klang wie am Morgen nach dem Schöpfungstag, da alle Tiere der Welt zum erstenmal ihre Stimmen ausprobierten. Alle Furcht und Herrlichkeit von Eden barst in einem Rachegesang. Geschwinde Hirsche, geritten von den Geistern der Indianerjungen, patrouillierten am Flußufer. Den Himmel verdüsterten Millionen Vogelschwingen. Die Wiese war bedeckt mit Insekten jeder Farbe und Gestalt. Die Herde brüllte. Die Wildschweine donnerten heran. Die Vögel kreischten.

Die Männer im Haus standen wie festgefroren. Die Mädchen aber redeten weiter in ihren neuerlernten Sprachen.

»Tötet sie«, lautete die Übersetzung bei allen dreien.

»Tötet sie!«

Der große Mann kroch mit erhobener Pistole zum Fenster und sah hinaus. Er sah hinaus und schrie. Er schrie vor Furcht. Da gingen die beiden anderen Männer zu ihm, und ihre Schreie waren die Echos des seinen.

»Sie sind mein!« donnerte Intrepid, der Bulle.

»Überlaßt sie uns!« kommandierte Dreadnought, der wilde Eber.

»Die Bienen und Wespen werden kurzen Prozeß mit ihnen machen«, summte ein feines Stimmchen.

»Die Hunde werden sie zerfleischen«, sagte ein Jagdhund.

»Die Vögel werden Fischfutter aus ihnen machen!« schrie eine alte Möwe von hoch oben.

Was die Männer am Fenster sahen, war die vereinte Phalanx des Tierreiches, die aus dem Licht ihnen entgegentrat. Was sie nicht sahen, war das stumme Heer der Feuerameisen, die durch Türritzen marschierten, ihre Hosenbeine hinaufkrabbelten und ihre Hemden bedeckten. Und auch die Spinnen sahen sie nicht, die sich wie Fallschirmspringer von der Decke fallen ließen und sich in ihre Haare wühlten; noch bemerkten sie die Wespen, die sich wie Wäscheklammern an ihre Hemdrücken hefteten.

Die Nähe ihres eigenen Todes lähmte sie. Die Luft war erfüllt von der furchtbaren Sprache der Tiere, vom Schlagen der Flügel, dem Stampfen der Hufe, dem Krachen der Hörner und Hauer, dem Rascheln der Insekten, dem Zorn der Bienen, der Ankunft der streunenden Hunde. In ihren letzten Minuten war ihnen gestattet, zu übersetzen und zu verstehen, doch nicht zu reagieren. Der Wald kennt keine Gnade, das ist nicht seine Art.

Die Gartenspinne kletterte auf dem Hemd des großen Mannes sein Rückgrat hinauf. Am Hals angekommen, suchte sie sich ein weiches Plätzchen hinter dem Ohr. Sie sagte Sharon Lebewohl und jagte dem Mann ihr Gift in den Blutkreislauf. Der große Mann schrie auf und schlug die Spinne tot, doch die Wespen, die das Signal vernommen hatten, bohrten nun alle auf einmal ihren Stachel ins Fleisch der Männer, und die Ameisen taten das Ihre dazu, die Körper der drei zu entflammen. Sie taumelten durchs Zimmer, unentwegt mit den Armen fuchtelnd und auf sich selbst einschlagend. Gemeinsam hasteten sie zur Vordertür, dem tollen Lärm entgegen, öffneten – und stolperten in Hufe und Fänge und Flügel und Hauer.

Blaise und ihre Töchter saßen auf dem Sofa und lauschten dem Geschrei der drei Männer. Blaise ließ ihre Töchter nicht einmal in die Nähe des Fensters. Da sie Menschen waren, hatten sie Mitleid mit den Todgeweihten. Aber in diesem Augenblick war es ihnen verwehrt, irgend etwas zu tun. Sie konnten sich nur weigern, zuzusehen, und das taten sie auch. Nach einer Weile vererbte das Geschrei, und es kehrte wieder Stille ein auf der Insel.

Als Blaise aus dem Fenster blickte, war nichts zu sehen außer Gras und Himmel und Wasser. Von den Männern fehlte jede Spur, nicht ein einziger Fetzen Stoff, kein Knochensplitter, keine Haarlocke war übriggeblieben.

An jenem Abend begruben sie die Spinne auf dem familieneigenen Haustierfriedhof. Sie beteten für ihre Seele und dafür, daß ihre Netze Tausende von Meilen weit reichen und Fixsterne und Planeten miteinander verbinden mögen, daß Engel an ihrer Seite schliefen und ihre Webereien Gott gefällig seien.

Zwei Tage später trug die Strömung Gregory McKissicks Boot auf Cumberland Island in Georgia an Land. Wieder bei den Seinen, erzählte er, wie er wochenlang hilflos auf dem Meer getrieben war. Er wäre gewiß verhungert, so meinte er, wäre da nicht eine einzelne Möwe mit schwarzem Rücken gewesen, die immer wieder über ihm am Himmel erschien und Fische in sein Boot fallen ließ.

Nach seiner Rückkehr wurde das Haus wieder vollkommen. Die Mädchen wurden größer und älter und verloren allmählich ihre

Gaben. Über den Tag, an dem die drei Männer gekommen waren, verloren sie nie ein Wort. Rose kümmerte sich ihr Leben lang weiterhin um ausgesetzte Hunde, Lindsay verlor nie ihre Zuneigung zu Rindern und Schweinen, und Sharon behielt ihre Liebe zu Vögeln und Insekten bis ans Ende ihrer Tage. Sie liebten die Natur und ihre Familie und hörten ihre Mutter wieder singen.

Alle drei führten sie ein gutes Leben, ganz nach ihrer Art.

20

Wenn ich mich ärgere, so steht mir mein Mißvergnügen stets um den Mund geschrieben, welcher sich dann zu einem dünnlippigen, abwärtsgeneigten Bogen verzieht. Den Rest meines Gesichts kann ich jederzeit vollkommen beherrschen, nur mein Mund ist ein Verräter, der all meine Irritationen und Wutzustände in die Welt hinausposaunt. Freunde, die die Kunst beherrschen, meinen Mund zu lesen, können die emotionale Wetterkarte meiner Seele mit geradezu ungemütlicher Genauigkeit zeichnen. Ich kann daher weder Freund noch Feind jemals mit einem Angriff überraschen, gleichgültig, wie heftig unser Zusammenstoß ist. Stets bleibt es ihnen überlassen, ob sie sich zurückziehen oder gegen mich vorgehen wollen. Im Zorn ist mein Mund abscheulich.

Doch selbst, wenn ich nicht wütend war, hatte ich Susan Lowensteins unerschütterlicher Gelassenheit nichts entgegenzusetzen. Sie konnte meinen Zorn durch einen strategischen Rückzug unter die Schneedecke ihrer untadeligen Erziehung besänftigen. Wann immer ich sie angriff, zog sie sich zurück in die unendlichen, sicheren Gefilde ihrer Intelligenz. Mit ihren braunen Augen – Rosettenfenster, die Erinnerungen an eine prähistorische Eiszeit erhellten – konnte sie mich vernichten. Wenn ich die Beherrschung verlor, gaben mir diese Augen das Gefühl, eine Verirrung der Natur zu sein, ein Hurrikan, der sich einem verrammelten Küstenstädtchen nähert. War ich ruhig, so hatte ich das Gefühl, Dr. Lowenstein als Ebenbürtiger begegnen zu können; war ich aufgeregt, so konnte sie mich jederzeit dazu bringen, daß ich mich wie der sprichwörtliche Südstaatenarsch fühlte.

Mein Mund verzog sich zu einem Bogen vollkommenen Verdrusses, als ich Dr. Lowenstein gegenüberstand und das Kinderbuch quer über den Kaffeetisch nach der Therapeutin warf.

»Okay, Lowenstein«, sagte ich und setzte mich, »lassen wir all die Höflichkeitsphrasen wie ›Hatten Sie ein schönes Wochenende?‹ weg und kommen wir sofort zur Sache. Wer, zum Teufel, ist diese Renata, und was hat sie mit meiner Schwester zu tun?«

»Hatten Sie ein schönes Wochenende?« fragte sie.

»Ich werde mich bei den zuständigen Behörden beschweren, Lowenstein, und dafür sorgen, daß Sie Ihre Approbation verlieren. Sie haben nicht das Recht, mir irgendwelche Dinge, die meine Schwester betreffen, zu verschweigen.«

»Ich verstehe«, sagte sie.

»Also raus damit, Doktor. Spucken Sie's gleich hier und jetzt aus, und Ihre Karriere ist vielleicht noch zu retten!«

»Tom«, sagte sie, »Sie müssen wissen, daß ich Sie normalerweise sehr mag. Doch sobald Sie sich bedroht oder unsicher fühlen, empfinde ich Sie als ziemlich abstoßend.«

»Bedroht und unsicher fühle ich mich vierundzwanzig Stunden am Tag, Doktor. Aber das ist nicht der springende Punkt. Ich möchte bloß wissen, wer Renata ist. Renata ist ja wohl die Schlüsselfigur, oder? Wenn ich erst einmal über Renata im Bilde bin, werde ich auch wissen, weshalb ich den ganzen Sommer über in New York geblieben bin. Sie wußten von Anfang an über Renata Bescheid, Susan, stimmt's? Sie wußten von Anfang an über sie Bescheid und Sie haben mir absichtlich nichts davon erzählt!«

»Savannah hat Ihnen absichtlich nichts davon erzählt, Tom«, sagte Dr. Lowenstein. »Ich habe mich lediglich nach ihren Wünschen gerichtet.«

»Aber es würde mir helfen zu verstehen, was mit Savannah eigentlich los ist, Susan, nicht wahr? Oder wollen Sie das bestreiten?«

»Es *könnte* Ihnen dabei helfen, Tom. Sicher bin ich mir da nicht.«

»Dann schulden Sie mir eine Erklärung, Lowenstein.«

»Savannah kann es Ihnen selbst erzählen, wenn es an der Zeit ist. Sie hat ganz besonderen Wert auf mein Versprechen gelegt, mit Ihnen nicht über Renata zu sprechen.«

»Aber das war, bevor ich wußte, daß Renata etwas mit meiner Schwester zu tun hat. Und, Dr. Lowenstein, es handelt sich da offenbar um eine sehr bizarre Verbindung. Die Bücher und Gedichte, die Savannah jetzt schreibt, publiziert sie unter Renatas Namen.«

»Wer hat Ihnen von dem Kinderbuch erzählt, Tom?«

Ich überhörte ihre Frage und sagte: »Ich hab' bei Renata zu Hause in Brooklyn angerufen und herausgefunden, daß sie vor zwei Jahren den Bettel hin- und sich selber vor einen einfahrenden Zug geschmissen hat. Ihre Mutter hat mir ihr Ende ausführlich geschildert. Das läßt mehrere Schlußfolgerungen zu: Entweder hat Renata den Selbstmord vorgetäuscht, weil sie ihre liebe Mama aus Brooklyn gar zu gerne quält. Oder aber es gehen höchst seltsame Dinge vor im Kopf meiner Schwester.«

»Haben Sie das Kinderbuch gelesen?« fragte Dr. Lowenstein.

»Selbstverständlich hab' ich's gelesen.«

»Wie denken Sie darüber?«

»Was, zum Teufel, denken Sie, soll ich darüber denken?« fuhr ich sie an. »Es handelt von meiner verdammten Familie, Herrgott noch mal!«

»Woher wissen Sie das?«

»Weil ich kein Idiot bin. Weil ich lesen kann und weil ich in dieser Geschichte tausend Dinge finde, von denen allein Savannah und niemand außer Savannah wissen kann. Ich kann gut verstehen, daß sie für dieses Buch ein Pseudonym benutzt hat, Susan – meine Mutter würde ihr die Birne zermanschen, wenn sie es jemals zu lesen bekäme. Savannah müßte gar nicht erst Selbstmord begehen. Mutter würde ihr mit den Zähnen die Bauchspeicheldrüse rausbeißen. Also, wer ist nun diese Renata? Ich möchte wissen, in welcher Beziehung sie zu Savannah steht. Haben sie vielleicht ein Verhältnis miteinander? Sie können es mir ruhig erzählen, Susan. Savannah hat auch früher schon weibliche Geliebte gehabt, ich hab' sie kennengelernt, Kaktusbrot mit ihnen gebrochen, ihnen Bohnensprossenbrötchen geschmiert und Suppe auf Kartoffelschalenbasis serviert. Sie verknallt sich ständig in die närrischsten Männlein und Weiblein des ganzen Kontinents, und mir ist es völlig Wurscht, mit wem sie vögelt. Aber ich verlange ein paar Erklärungen. Sie haben mich jetzt wochenlang nicht zu Savannah gelassen. Warum? Ist Renata diejenige, die Savannah verletzt hat? Wenn sie's war, werd' ich sie mir vorknöpfen und sie windelweich schlagen.«

»Sie würden sich an einer Frau vergreifen?« fragte Dr. Lowenstein. »Erstaunlich.«

»Wenn sie meiner Schwester was angetan hat, prügle ich ihr das Gehirn grammweise raus.«

»Renata und Savannah waren befreundet. Mehr kann ich Ihnen nicht sagen.«

»Ach, Scheiße! Hören Sie, das können Sie nicht mit mir machen. Ich hab' alles getan, was Sie verlangten. Ich hab' Ihnen alles von meiner Familie erzählt, und ich...«

»Sie lügen, Tom«, sagte Dr. Lowenstein gelassen.

»Ich? Lügen? Wie meinen Sie das?«

»Sie haben mir nicht alles erzählt. Sie haben mir gerade das nicht erzählt, worauf es wirklich ankommt. Sie haben mir Ihre Familiengeschichte erzählt, so wie Sie sie gerne hätten: Großpapa war ein echter Urtyp und Großmama eine Exzentrikerin, wie sie im Buche steht: Papi war ein bißchen komisch und schlug uns, wenn er betrunken war, Mami aber war ein Goldstück und hielt mit ihrer Liebe die ganze Familie zusammen.«

»Ich habe die Geschichte noch nicht zu Ende erzählt, Susan«, sagte ich. »Ich versuche, alles in einen großen Zusammenhang zu bringen. Als ich zum erstenmal hier bei Ihnen war, haben Sie mir einen Stapel Tonbänder gegeben, auf denen Savannah bloß herumbrüllt, und das in einem weitgehend unverständlichen Kauderwelsch. Mitunter habe ich nicht die geringste Ahnung, was dies oder jenes bedeuten soll. Ich versuche, peu à peu alles auf die Reihe zu kriegen, aber ich kann Ihnen nicht das Ende erzählen, bevor Sie nicht die Ursprünge kennen.«

»Sie lügen sogar, wenn es um die Anfänge geht.«

»Woher wollen Sie das wissen? Wenn eins sicher ist, dann die Tatsache, daß ich um einiges besser weiß als Sie, was meiner Familie zugestoßen ist.«

»Vielleicht. Eine einzige Version davon kennen Sie vielleicht besser, und damit hat es sich dann. Ihre Version ist lehrreich und soweit ganz nützlich. Aber alles, was Sie auslassen, Tom, ist ganz genauso wichtig wie das, was Sie erzählen. Erzählen Sie mir ein bißchen weniger Huck-Finn-Geschichten über sich und Ihren Bruder und statt dessen ein bißchen mehr über das kleine Mädchen, das immer den Tisch decken mußte. Über dieses Mädchen will ich Bescheid wissen, Tom.«

»Sie spricht wieder«, sagte ich. »Savannah redet, und Sie lassen mich nicht zu ihr.«

»Sie wissen, daß Savannah selbst die Entscheidung getroffen hat, Sie nicht zu sehen, Tom. Aber das, was Sie über Ihre Kindheit erzählt haben, hat ihr außerordentlich geholfen. Sie haben ihr geholfen, sich an Dinge zu erinnern, die sie schon vor langer Zeit verdrängt hat.«

»Sie hat nicht eine von den Geschichten gehört, die ich über unsere Kindheit erzählt habe.«

»Doch, hat sie. Ich habe sie alle aufgenommen, und bei meinen Besuchen im Krankenhaus spiele ich ihr Teile daraus vor.«

»Watergate!« schrie ich, sprang auf und fing an, unruhig im Zimmer auf und ab zu tigern. »Verbinden Sie mich mit Richter Sirica! Diese Bänder gehören gelöscht, Lowenstein! Meinetwegen können Sie auch die Holzkohle damit anzünden, wenn Sie das nächste Mal auf Ihrer Terrasse Steaks grillen.«

»Ich nehme oft Sitzungen auf Band auf, Tom. Das ist überhaupt nichts Besonderes, und außerdem haben Sie mir versichert, alles tun zu wollen, was Ihrer Schwester helfen kann. Ich habe Sie lediglich beim Wort genommen. Also setzen Sie sich bitte wieder hin und hören Sie auf, mich herumkommandieren zu wollen.«

»Ich will Sie nicht herumkommandieren. Ich würde Ihnen am liebsten den Hintern versohlen.«

»Setzen Sie sich, Tom«, sagte Dr. Lowenstein. »Wir werden unsere Differenzen friedlich beilegen.«

Ich ließ mich schwerfällig in den weichen Sessel fallen und begaffte wieder einmal Susan Lowensteins untadelige Haltung.

»Es ist genau dieses männlich-egoistische Selbstmitleid, das mich für Ihren nächsten Besuch bei Savannah einiges befürchten läßt, Tom.«

»Ich bin ein vollständig besiegter Mann, Doktor«, sagte ich bissig. »Sie haben nichts zu befürchten. Das Leben und die Verhältnisse haben mich zum Neutrum gemacht.«

»Keine Spur. Mir ist noch kein einziger Mann begegnet, der nicht vollkommen beherrscht gewesen wäre von dem Glauben, sich ständig und um jeden Preis männlich verhalten zu müssen. Sie sind eins von den schlimmsten Exemplaren.«

»Von Männern verstehen Sie überhaupt nichts«, sagte ich.

Sie lachte. »Erzählen Sie mir, was Sie davon verstehen. Wir haben noch zehn Minuten.«

»Was für eine lausige Antwort! So leicht, wie Sie denken, ist es jedenfalls nicht, ein Mann zu sein.«

»Ach, dieses Klagelied habe ich schon so oft gehört, Tom! Die Hälfte meiner männlichen Patienten versucht auf diese Weise, mein Mitleid zu erregen. Selbst mein eigener Mann bedient sich dieser alten Leier, ohne zu wissen, daß ich sie fünfzigmal pro Woche zu hören bekomme. Gleich werden Sie mir was von der Qual der Herrschaft erzählen, Tom, oder? ›Es ist ja so einsam da oben an der Spitze, Kleines! Die schreckliche Verantwortung auf den Schultern des Haushaltsvorstands!‹ Es ist mir alles längst bekannt, alles.«

»Lowenstein«, sagte ich, »es gibt nur eins, was es so schwer macht, ein Mann zu sein, und das kapieren die Frauen von heute einfach nicht. Ganz gewiß haben es Savannah und ihre radikalfeministischen Freundinnen nicht kapiert. Immer, wenn Luke und ich Savannah in New York besuchten, schrien uns ihre Freundinnen nieder. Ich glaube, meine Schwester meinte, es könne ihren armen, hinterwäldlerischen Brüdern aus dem Süden nur guttun, wenn frau ihnen ins Gesicht schrie, wie sündhaft es ist, heutzutage noch mit einem Penis durch die Gegend zu laufen. Radikale Feministinnen! Der Herr möge mich fürderhin vor ihnen bewahren! Savannahs wegen hab' ich mich von Radikalfeministinnen anbrüllen lassen wie kein anderer Mann aus dem Süden vor mir. Die glauben, sie brauchen dich bloß alle achtundvierzig Stunden mal zusammenzuscheißen, bis du schließlich aus lauter Dankbarkeit für diese Behandlung deinen Lümmel in den Mixer steckst und auch noch selber auf den Knopf drückst.«

»Als Sie das erstemal hier waren, Tom, sagten Sie, Sie seien ein Feminist.«

»Freilich bin ich ein Feminist«, sagte ich. »Ich bin eins von diesen schwächlichen, trantütigen Männchen, die gelernt haben, wie man ein Soufflé schaumig schlägt und eine perfekte *Sauce béarnaise* macht, während die eigene Ehefrau Leichen seziert und Krebspatienten tröstet. Das behaupte ich, wohl wissend, daß ein Mann, der sich selber als Feminist bezeichnet, mit Abstand die lächerlichste Figur in unserer lächerlichen Zeit ist. Wenn ich es meinen Männerfreunden erzähle, dann lachen die und kommen mir mit dem neuesten dreckigen Witz. Wenn ich Frauen im Süden so was sage, betrachten sie mich mit grenzenlosem Abscheu und erzählen mir, wie sehr sie es genießen, daß sie Frauen sind und daß man ihnen die Autotür aufhält. Feministinnen aber reagieren am giftigsten von allen. Sie halten es nämlich für die verlogene, herablassende Geste einer Wanze, die ihnen nur das feindliche Lager in den Pelz gesetzt haben kann. Aber ich *bin* ein gottverdammter Feminist, Lowenstein. Ich, Tom Wingo, bin Feminist, Umweltschützer, liberal und weiß, Pazifist, Agnostiker, und weil ich das alles auf einmal bin, kann ich mich selber nicht ernst nehmen, und andere können es schon gar nicht. Ich erwäge, lebenslängliche Mitgliedschaft im Klub der Hinterwäldler zu beantragen, damit ich wenigstens ein gewisses Maß an Selbstachtung zurückbekomme.«

»Ich halte Sie immer noch für einen Hinterwäldler, Tom. Da können Sie protestieren, soviel Sie wollen.«

»Nein, ein Hinterwäldler besitzt Integrität.«

»Eigentlich wollten Sie mir ja etwas darüber erzählen, wie es ist, ein Mann zu sein. Was war das denn?« fragte Dr. Lowenstein.

»Sie werden mich einfach auslachen«, jammerte ich.

»Wahrscheinlich«, gab sie zu.

»Es gibt nur eins, was es so schwer macht, ein Mann zu sein. Nur eine einzige Sache. Man bringt uns nicht bei, wie man liebt. Es ist ein Geheimnis, das man uns vorenthält. Wir verbringen unser ganzes Leben mit der Suche nach einem Menschen, der uns lieben lehren könnte, und doch lüften wir das Geheimnis nie. Die einzigen Menschen, die wir jemals lieben können, sind andere Männer, weil die die Einsamkeit verstehen, in die wir durch diesen Entzug geraten. Wenn eine Frau uns liebt, sind wir überwältigt. Ihre Liebe erfüllt uns mit Furcht, macht uns hilflos und demütig. Daß Frauen uns nicht verstehen, liegt daran, daß wir ihre Liebe niemals in vollem Umfang erwidern können. Wir können nichts zurückgeben, denn die Gabe zu geben wurde uns nie zuteil.«

»Wenn Männer über die Qual sprechen, Mann sein zu müssen, dann landen sie immer wieder zwangsläufig bei ihrem Selbstmitleid.«

»Und wenn Frauen darüber sprechen, wie schwer sie es als

Frauen haben, dann landen sie zwangsläufig immer wieder dabei, den Männern die Schuld daran zuzuweisen.«

»Es ist nicht leicht, in dieser Gesellschaft eine Frau zu sein.«

»Ha-ha! Lassen Sie sich eins sagen, Lowenstein. Es macht einen fertig, ein Mann zu sein. Ich habe es so satt, stark, hilfreich, klug und königlich zu sein, daß ich jedesmal kotzen könnte, wenn ich wieder so tun muß, als besäße ich irgendeine dieser Eigenschaften.«

»Ich habe bislang kaum einen Beweis dafür gesehen, daß Sie auch nur eine dieser Eigenschaften besitzen, Tom«, sagte die unerschütterliche Frau Doktor. »Die meiste Zeit über frage ich mich, was Sie sind, was Sie nur darstellen oder was Sie eigentlich wollen. Es gibt Augenblicke, da sind Sie der netteste Mann, der mir je begegnet ist. Aber dann gibt es auch wieder Augenblicke, da reagieren Sie verbittert und wie in die Enge getrieben. Jetzt erzählen Sie mir, Sie könnten keine Liebe empfinden. Ein andermal behaupten Sie, jeden Menschen, der Ihnen über den Weg läuft, zu lieben. Sie haben mir immer wieder erklärt, wie sehr Sie Ihre Schwester lieben, doch wenn ich alles in meiner Macht Stehende unternehme, um Ihrer Schwester zu helfen, regen Sie sich maßlos auf. Ich kann Ihnen nie ganz vertrauen, Tom, weil ich nicht weiß, wer Sie sind. Wenn ich Ihnen alles über Savannah erzähle, muß ich damit rechnen, daß Sie nicht mit diesem Wissen umgehen können. Ich muß Sie bitten, sich wie ein erwachsener Mann zu benehmen, Tom. Ich erwarte, daß Sie sich stark und klug und verantwortungsvoll und ruhig verhalten. Das hilft mir und Savannah nicht weniger.«

»Doktor«, flüsterte ich, »ich habe diese Diskussion angefangen mit der simplen Frage nach dem Verhältnis zwischen Renata und meiner Schwester. Ich habe das für eine gerechtfertigte Frage gehalten. Mit Ihren rhetorischen Kniffen haben Sie es jedoch geschafft, mich in die Defensive zu drängen und am Ende wie ein perfektes Arschloch hinzustellen.«

»Sie haben mit der Diskussion angefangen, indem Sie hier ins Zimmer stürmten und dieses Buch nach mir warfen. Sie haben mich angebrüllt, und ich werde nicht dafür bezahlt, daß die Leute mich anbrüllen.«

Ich bedeckte meine Augen und spürte ihren Blick auf meinen Händen, unbeirrbar und verurteilend. Ich ließ meine Hände fallen und stellte mich ihren braunen Augen. Ihre Schönheit, dunkel und sinnlich und beunruhigend, erregte mich wie eh und je.

»Ich möchte Savannah sehen, Doktor. Sie haben kein Recht, mich von ihr fernzuhalten. Nicht das geringste Recht.«

»Sie ist meine Patientin, Tom, und wenn ich der Meinung wäre, es könnte ihr helfen, so würde ich Sie für den Rest ihres Lebens von ihr fernhalten. Und es kann durchaus sein, daß ich zu diesem Schluß komme.«

»Wovon reden Sie da eigentlich?«

»Savannah glaubt – und ich beginne allmählich, sie zu begreifen –, daß sie, um zu überleben, jede Beziehung zu ihrer Familie abbrechen muß.«

»Das ist das Schlimmste, was sie tun könnte, Doktor«, sagte ich.

»Da bin ich mir nicht so sicher.«

»Ich bin ihr Zwillingsbruder, Doktor«, sagte ich bissig. »Sie sind nichts als ihr beschissener Seelenklempner. Also, wer ist Renata? Ich möchte das gern wissen, und ich denke, ich habe mir inzwischen das Recht dazu erworben.«

»Renata war eine ganz besondere Freundin von Savannah«, begann Dr. Lowenstein. »Sie war sehr zart, sehr empfindsam und sehr zornig. Sie war Lesbierin, Radikalfeministin und sie war Jüdin. Von Männern hat sie, fürchte ich, nicht sehr viel gehalten...«

»Jesusmaria«, stöhnte ich. »Das paßt genau zu den Arschlöchern, mit denen Savannah sich hier umgibt.«

»Halt die Klappe, Tom, oder ich sage kein Wort mehr.«

»Entschuldigung. Es war unnötig.«

»Savannah hatte vor etwas über zwei Jahren eine Psychose, und Renata hat sie danach gepflegt. Sie hatten sich bei einem Lyrik-Workshop kennengelernt, den Savannah an der New School leitete. Nach ihrem Nervenzusammenbruch wollte Renata sie unter keinen Umständen in die Psychiatrie einliefern lassen und versprach Savannah hoch und heilig, sie selbst kurieren zu können. Savannah ging's damals nicht viel anders als während Ihres Besuches, Tom, und Renata hat ihr über die schlimmste Zeit hinweggeholfen. Savannah meint, Renata wäre wie ein ganz persönlicher Schutzengel um sie gewesen. Drei Wochen, nachdem Savannah soweit hergestellt war, daß sie wieder in ihre eigene Wohnung ziehen konnte, hat Renata sich vor den Zug geworfen.«

»Warum?« fragte ich.

»Wer kann das schon sagen? Aus demselben Grund, aus dem heraus jeder Selbstmordversuch entsteht. Das Leben ist unerträglich geworden, und es scheint nur einen einzigen Ausweg zu geben. Renata hatte, wie Savannah auch, schon mehrere Selbstmordversuche hinter sich. Nach dem Tod ihrer Freundin begann für Savannah wiederum eine lange Krankheitsphase. Sie fing an, halt- und ziellos in den Straßen herumzuirren. Nächtelang trieb sie sich in der Stadt herum und wachte des Morgens in fremden Treppenhäusern auf. Nie konnte sie sich später an diese langen Dämmerzustände erinnern. Sobald es ihr ein wenig besser ging, kehrte sie in ihre Wohnung zurück und versuchte zu schreiben. Nichts. Sie versuchte, sich an ihre Kindheit zu erinnern, Tom, aber ihr fiel nichts ein. Das einzige, was regelmäßig wiederkehrte, waren Alpträume über ihre Kindheit. Eines Nachts träumte sie von drei Männern, die auf ihre Insel kamen. Sie wußte, der Traum war wichtig, ungeheuer wichtig. Sie wußte, daß irgend etwas Ähnliches passiert war, aber die Einzelheiten blieben im dunkeln. Das Kinderbuch ist eine direkte Übertragung ihres Traums. Als es fertig war, beschloß sie, es unter dem Namen Renata Halpern anzubieten, als Hommage an die Freundin. Sie schickte es einem anderen Agenten, um zu sehen, ob es auch so eine Chance zur Veröffentlichung besaß. Und dann kam Savannah auf das, was sie für die großartigste Idee ihres Lebens hielt – die Idee, die ihr Leben retten sollte.«

»Ich wage nicht zu fragen, was das war«, sagte ich.

»Sie beschloß, Renata Halpern zu werden, Tom«, sagte Susan Lowenstein, indem sie sich mir zuneigte.

»Wie bitte?« fragte ich

»Sie beschloß, Renata Halpern zu werden«, wiederholte Susan.

»Noch mal von vorn, Doktor. Irgendwas muß mir entgangen sein.«

»Als Savannah zum erstenmal als Patientin zu mir kam, sagte sie, ihr Name sei Renata Halpern.«

»Wußten Sie, daß es sich in Wirklichkeit um Savannah Wingo handelte?« fragte ich.

»Nein. Woher hätte ich das wissen sollen?«

»Draußen im Wartezimmer stehen ihre Bücher.«

»Da stehen auch Bücher von Saul Bellow, aber ich würde ihn nicht erkennen, wenn er in meinen Praxis käme und behauptete, er sei George Bates.«

»O Gott«, sagte ich, »mir schmerzt die Seele. Wann, bitte schön, fanden Sie heraus, daß Savannah Renata war oder Renata Savannah oder Savannah Saul Bellow oder was immer?«

»Es ist nicht so einfach, mir eine Jüdin vorzuspielen.«

»Sie hat Ihnen erzählt, sie sei Jüdin?« fragte ich.

»Sie sagte mir, sie sei Renata Halpern. Als sie mir von ihren Eltern erzählte, sagte sie, die beiden hätten den Holocaust überlebt. Sie wußte sogar die Nummern, die in ihre Arme eintätowiert waren. Sie sagte, ihr Vater arbeite als Kürschner in der Bekleidungsindustrie...«

»Ich verstehe gar nichts mehr. Ich dachte, man unterzieht sich gemeinhin einer Therapie, damit einem geholfen wird. Ich meine – warum sollte sie zu Ihnen kommen und so tun, als wäre sie jemand anders?«

»Ich glaube, sie wollte ihre neue Identität ausprobieren und sehen, ob ihre Geschichte hieb- und stichfest war. Sie hatte, davon abgesehen, ganz enorme Schwierigkeiten, und dabei spielte es überhaupt keine Rolle, wer zu sein sie vorgab. Ob Renata oder Savannah – sie stand vor dem totalen Zusammenbruch, Tom. Daß sie sich Renata nannte, war nur ein Teilaspekt ihrer Krankheit.«

»Wann hat sie Ihnen gestanden, daß sie nicht Renata ist?«

»Ich begann, ihr eine Reihe von Fragen zu stellen, die sie nicht beantworten konnte. Ich fragte sie, in welche *schul* sie gegangen sei, und sie hatte keine Ahnung, was eine *schul* ist. Ich fragte sie nach dem Namen ihrer Synagoge und ihres Kindheits-Rabbis. Sie erzählte mir, ihre Mutter koche *koscher*, wußte aber nicht, was ich meinte, als ich sie fragte, ob sie schon einmal *treife* gegessen habe. Obwohl sie behauptete, ihre Eltern stammten aus einem *schtetl* in Galizien, konnte sie kaum ein Wort Jiddisch. Schließlich sagte ich ihr, daß ich ihr kein Wort glaube und daß sie mir, wenn ich ihr helfen solle, die Wahrheit erzählen müsse. Außerdem erwähnte ich, daß mir ihr Aussehen ganz und gar nicht jüdisch vorkäme.«

»Sie sind eine Rassistin, Lowenstein«, sagte ich. »Das war mir schon klar, als ich Sie zum erstenmal sah.«

»Ihre Schwester hat ein geradezu klassisches *Schicksen*gesicht«, antwortete sie lächelnd.

»Ist das ein unverzeihliches Vergehen?«

»Nein, aber es ist einfach eine nicht zu leugnende Tatsache.«

»Wie reagierte sie auf Ihre Aufforderung?«

»Sie stand auf und verließ meine Praxis, ohne auf Wiedersehen zu sagen. Zum nächsten Termin erschien sie nicht, rief jedoch an, um abzusagen. Als sie schließlich doch wiederkam, sagte sie, sie hätte einst Savannah Wingo geheißen, plane jedoch, eine neue Identität anzunehmen, an die Westküste zu ziehen und den Rest ihres Lebens als Renata Halpern zu verbringen. Sie wolle nie wieder mit irgendeinem Mitglied ihrer Familie in Berührung kommen, ihr Leben lang nicht mehr. Es sei zu qualvoll, diese Menschen auch nur zu sehen. Sie konnte ihre Erinnerungen nicht mehr ertragen, aber die wenigen, die sie noch hatte, verloren sich allmählich. Als Renata Halpern, so glaubte sie, könne sie vielleicht ein erträgliches Leben führen. Als Savannah Wingo dagegen bliebe ihr maximal noch ein Jahr.«

»Jesusmaria!« sagte ich, schloß die Augen und versuchte, mir uns drei Kinder vorzustellen, blond und schlank unter der Sonne von Carolina... Das Bild des Flusses stieg vor mir auf: Wasservögel fischten in den Buchten, wir drei schwammen in der Flut, das Wasser war grün und so glatt wie ein Tischtuch. Da gab es ein Ritual, das wir erfanden, als wir noch sehr klein waren, und das wir keiner Menschenseele verrieten: Immer, wenn wir verletzt, niedergeschlagen oder traurig waren, immer, wenn uns die Eltern bestraft oder geschlagen hatten, gingen wir bis ans Ende des Schwimmdocks, tauchten dort ins sonnensüße Wasser, schwammen zehn Meter hinaus in den Kanal und bildeten einen Kreis, indem wir uns an den Händen hielten. Gemeinsam ließen wir uns treiben, die Hände ineinander verschlungen, ein unzerstörbarer Ring. Ich hielt Savannahs Hand und ich hielt Lukes Hand, alle berührten alle, verbunden in einem Ring aus Fleisch und Blut und Wasser. Dann gab Luke das Signal, wir holten alle drei tief Luft und ließen uns auf den Grund des Flusses sinken, die Hände nach wie vor eng verschlungen. Wir blieben dort, bis einer von uns die Hände der beiden anderen drückte. Gemeinsam schossen wir an die Wasseroberfläche, genossen die Atemluft und das Sonnenlicht, die uns explosionsartig umfingen. Zuvor jedoch, unten am Grunde, öffnete ich immer meine Augen für Salz und Schatten und sah die schemenhaften Körper meines Bruders und meiner Schwester neben mir schweben wie Embryos. Ich spürte die verwirrende Bindung zwischen uns, wenn wir, Puls an Puls, ein Dreieck aus wortloser, erhabener Liebe, wieder hinauftrieben ins Licht und in das Entsetzen unseres Alltags. Hinabtauchend wußten wir uns in der Stille jener mutter- und vaterlosen Welt geborgen; erst, wenn unsere Lungen uns im Stich ließen, jagten wir wieder hinauf, dem Untergang zu. Die Orte der Geborgenheit boten nur vorübergehend Schutz, gewährten nur Augenblickserfahrungen, die im selben Moment der Vergangenheit angehörten, da wir in unser reales Leben zurückkehren und uns dem Heim am Fluß mit all seinen Wunden und all seiner Trauer stellen mußten.

In eben dieser Sekunde in Dr. Lowensteins Praxis wünschte ich mir, hinabtauchen zu können auf den Grund eines Flusses, ins heimliche Asyl der trägen Strömungen und dunklen Tiefen, und gerne hätte ich meine Schwester mitgenommen, sie an meine Brust gedrückt, und wäre so mit ihr hinabgesunken bis auf den Grund eines azurblauen Meeres. Was immer gekommen wäre, ihr Böses zu tun, hätte ich, ein neuer Mensch, verwundet oder zerstört. In meinen Träumen von Savannah verfügte ich immer über ein ganzes Arsenal scharfgeschliffener Waffen der besten Qualität, um ihr jederzeit beistehen zu können – im wirklichen Leben jedoch war ich nicht einmal imstande, die zarten Venen ihrer Handgelenke vor den Kämpfen zu schützen, die in ihrem Inneren tobten.

»Ich sagte Savannah«, fuhr Dr. Lowenstein fort, »ich wolle ihr auf jede erdenkliche Weise helfen, Voraussetzung aber sei, daß ich ganz genau erführe, vor welcher Vergangenheit oder vor welchen ganz speziellen Erinnerungen sie davonliefe. Solange die Probleme von Savannah Wingo nicht gelöst seien, glaubte ich auch nicht an eine Chance für Renata Halpern.«

»Warum wollten Sie jemandem dabei helfen, eine andere Person zu werden? Ich meine – was ist die Moral von der Geschichte oder besser: Was sind das für therapeutische Statistiken, auf die Sie sich da verlassen? Woher, in aller Welt, wollen Sie wissen, was das beste für Savannah ist? Was ist, wenn Sie unrecht haben, Lowenstein?«

»Ein Fall wie dieser war mir noch nie begegnet, und ich konnte – und kann – mich auch nicht auf irgendwelche Patentrezepte aus der Fachliteratur beziehen. Aber ich hatte Savannah ja auch gar nicht versprochen, ihr bei ihrer Verwandlung in Renata Halpern zu helfen, sondern ihr lediglich gesagt, daß ich alles in meiner Macht Stehende tun wollte, um ihr jenes Maß an Integrität zu verschaffen, zu dem sie fähig ist. Ich würde ihr keine einzige schwierige Entscheidung abnehmen, sondern nur dazu beitragen können, daß sie erkennt, welche Optionen sie hat.«

»Sie haben kein Recht, Savannah das anzutun, Dr. Lowenstein. Sie haben kein Recht, sie in eine Frau zu verwandeln, die ihre Familie nie wieder sehen will. Nicht einmal helfen dürfen Sie ihr dabei. Mit einer Therapie, die aus meiner Südstaatenschwester eine jüdische Schriftstellerin macht, kann ich mich nicht abfinden. Das ist keine Therapie, das ist Hokuspokus, Hexerei, Schwarze Kunst von A bis Z. Wenn Savannah sich wünscht, Renata Halpern zu werden, dann ist das nur ein weiterer Beweis für ihren Wahnsinn.«

»Es könnte ein Beweis für ihre Gesundheit sein. Ich weiß es einfach noch nicht.«

Plötzlich war ich erschöpft, ausgehöhlt bis ins tiefste Innere meiner Seele. Ich legte meinen Kopf nach hinten auf die Stuhllehne, schloß die Augen und versuchte, einen klaren Gedanken zu fassen. Verzweifelt bemühte ich mich, stichhaltige Argumente zu finden, die sich gegen Susan Lowenstein ins Feld führen ließen, doch war ich für vernünftige Entscheidungen welcher Art auch immer viel zu trübsinnig und verstört.

Endlich brachte ich die Kraft auf zu sagen: »Das ist der Grund, Lowenstein, weshalb ich dieses Jahrhundert, in das ich hineingeboren bin, hasse. Warum mußte ich ausgerechnet im Jahrhundert Sigmund Freuds geboren werden? Ich verachte seinen falschen Zauber, seine fanatischen Anhänger, seine heimlichtuerischen Psycho-Beschwörungen, seine traumverlorenen, unbeweisbaren Theorien, seine endlose Kategorisierung aller menschlichen Regungen. Ich möchte gern eine Aussage machen, und zwar nach langem, reiflichem Überlegen: Ich scheiße auf Sigmund Freud. Ich scheiße auf seine Mutter, seinen Vater, seine Kinder und seine Großeltern. Ich scheiße auf seinen Hund, seine Katze, seinen Papagei und auf alle Viecher im Zoo von Wien. Ich scheiße auf seine Bücher, seine Gedanken, seine Theorien, seine Tagträume, seine dreckige Phantasie und auf den Stuhl, auf dem er saß. Ich scheiße auf dieses Jahrhundert, auf jedes Jahr, jeden Tag, jede Stunde, und nehme diese gesamte hundertjährige Mißgeburt der Zeit und spüle sie in Sigmund Freuds duftendes Scheißhaus hinunter. Und last not least scheiße ich auf Sie, Lowenstein, auf

Savannah, auf Renata Halpern und auf jeden sonst, in den meine Schwester sich in Zukunft noch zu verwandeln wünschen könnte. Sobald ich imstande bin, mich zu rühren, werde ich Ihre schicke Praxis verlassen, meine dürftige Habe packen und einen dieser unsäglichen, skrofulösen Taxifahrer anweisen, mich nach La Guardia hinauszufahren. Der gute alte Tom kehrt nach Hause zurück, wo sich seine Frau in einen Herzspezialisten verliebt hat. Und so entsetzlich das auch sein mag, so ist es doch zumindest verständlich, wohingegen alles, was Savannah und Renata betrifft, unverständlich ist.«

»Sind Sie endlich fertig, Tom?« fragte Dr. Lowenstein.

»Nein. Sobald mir eine wirklich tödliche Beleidigung für Sie einfällt, beginne ich mit meiner nächsten Rede.«

»Vielleicht war es falsch, Ihnen nicht von Anfang an reinen Wein einzuschenken. Sehen Sie, Tom, ich wurde vor Ihnen gewarnt. Savannah kennt Sie sehr gut. Sie weiß genau, daß Sie sich zwar hilfreich gebärden, sich im Grunde genommen aber ihrer, Savannahs, Probleme schämen und sie fürchten, ja, beinahe alles tun würden, um sie loszuwerden, zu verleugnen und in die Dunkelheit hinauszujagen. Sie weiß aber auch, daß Sie einen ausgeprägten Familiensinn und ein starkes Verantwortungsgefühl besitzen. Ich mußte diese beiden gegensätzlichen Eigenschaften erst einmal austarieren. Wäre mir das ohne Ihre Mithilfe möglich gewesen, so hätte ich es, Gott sei mein Zeuge, getan. Ich habe mich gefürchtet vor dem Tag, da Sie alles herausfinden würden. Ich fürchtete Ihre Selbstgerechtigkeit und ihren Zorn.«

»Wie soll ich denn Ihrer Meinung nach reagieren?« fragte ich. »Was, wenn ich mit Bernard das gleiche gemacht hätte? Wenn ich, statt mit ihm zu trainieren, diesem todunglücklichen Jungen einen Weg gezeigt hätte, aus seinem elendigen Familienmief herauszukommen? Nimm einen anderen Namen an, Bernard. Komm mit mir nach South Carolina. Wir bringen dich in der Football-Mannschaft und in einer netten Familie unter, und da kannst du noch mal ganz von vorn anfangen.«

»Das ist nicht das gleiche, und Sie wissen das. Mein Sohn hat nicht versucht, sich umzubringen.«

»Lassen Sie ihm Zeit, Lowenstein«, sagte ich. »Lassen Sie ihm nur noch ein kleines bißchen Zeit.«

»Sie widerliches Ekel«, erwiderte sie, und bevor ich mich's versah, hatte sie das *American Heritage Dictionary* vom Tisch genommen und mit bemerkenswerter Zielsicherheit in meine Richtung geschleudert.

Es traf mich mitten auf der Nase, hopste nur über den Schoß und blieb schließlich auf dem Fußboden liegen, aufgeschlagen auf Seite 764. Schockiert sah ich hinunter und las die Kopfzeile *Ladeverdrängung*. Dann sah ich, wie der Eintrag über den russischen Ladoga-See von meinem Blut überschwemmt wurde. Als ich an meine Nase faßte, strömte mir das Blut durch die Finger.

»O mein Gott!« sagte sie, selbst entsetzt über ihre Unbeherrschtheit, und reichte mir ihr Taschentuch. »Tut es weh?«

»Ja«, sagte ich. »Es tut höllisch weh.«

»Ich habe Valium dabei«, sagte sie und öffnete ihre Handtasche.

Ich brüllte vor Lachen, doch dadurch strömte das Blut noch schneller, so daß ich abrupt wieder aufhörte. »Glauben Sie denn, ich kann die Blutung zum Stillstand bringen, indem ich mir zwei Valium in die Nasenlöcher schiebe? Es ist ein wahrer Segen für unsere Welt, daß Sie nicht auf die Idee gekommen sind, praktische Ärztin zu werden.«

»Es könnte sie ein wenig beruhigen.«

»Ich bin nicht aufgeregt, Lowenstein«, sagte ich. »Ich blute. Sie haben mich verletzt. Ich sehe schon einen tollen Kunstfehler-Prozeß auf Sie zukommen.«

»Sie haben mich bis an die Grenzen des Erträglichen getrieben«, sagte sie. »Ich bin in meinem ganzen Leben noch niemals gewalttätig geworden.«

»Und nun sind Sie's also. Es war ein guter Wurf.«

»Es blutet ja immer noch.«

»Das liegt daran, daß Sie mir beinahe die Nase abgerissen haben.« Ich bettete meinen Kopf auf die Rückenlehne. »Wenn Sie nun auch noch so freundlich wären, Doktor, und beim Hinausgehen die Türe ganz leise hinter sich schließen würden, dann könnte ich mich hier in aller Gemütsruhe zu Tode bluten.«

»Ich glaube, Sie sollten zum Arzt gehen.«

»Ich bin hier beim Arzt.«

»Sie wissen, was ich meine.«

»Sie können auch runtergehen in die Heilanstalt und dort einen Irren für mich auftreiben. Den drücke ich dann ein, zwei Stunden an meine Nase. Machen Sie doch bitte nicht soviel Wind, Doktor.

Ich hab' schließlich schon öfter Nasenbluten gehabt, es wird auch dieses Mal vorübergehen.«

»Es tut mir sehr leid, Tom«, sagte sie. »Es ist mir ungeheuer peinlich.«

»Ich werde es Ihnen nie verzeihen«, sagte ich und konnte erneut ein Kichern kaum unterdrücken. »Heiliger Himmel, was für ein Tag! Ein Wörterbuch schmeißt mich um, und ich entdecke, daß meine Schwester sich in der Rolle einer Jüdin aus Brooklyn übt. Unglaublich!«

»Wenn es nicht mehr blutet, Tom, gehen wir zum Lunch, ja? Ich lade Sie ein.«

»Das wird Sie teuer zu stehen kommen, Lowenstein«, sagte ich. »Keinen Hot dog bei Nathan heute! Keine Käsepizza. Das *Lutèce, La Côte Basque* oder die *Four Seasons* müssen es wenigstens sein. Ich werde nur Sachen bestellen, die am Tisch flambiert werden. Sie werden tief in die Tasche greifen müssen, Lowenstein. Sehr tief.«

»Ich hoffe, wir können uns beim Essen endlich einmal ernsthaft und vernünftig unterhalten, Tom«, gab Frau Dr. Lowenstein zurück. »Ich muß Ihnen, was Savannah, Renata und mich betrifft, noch einiges erklären...«

Mehr brachte sie nicht heraus. Mein schallendes Gelächter verschlug ihr die Sprache.

Als ich das *Lutèce* betrat, hatte ich das Gefühl, mich selbst in einem ganz privaten Dämmerzustand zu befinden, so wirr und kopflos hatten mich das heftige Nasenbluten und die Auflösung des Rätsels um Renata gemacht. Susan wurde von Madame Soltner persönlich begrüßt; die beiden plauderten in fließendem Französisch miteinander. Einmal mehr staunte ich über die Leichtigkeit, mit der Susan die Sitten, Gebräuche und kleinen Höflichkeitsrituale beherrschte, die zu ihrem charmant-kultivierten Lebensstil gehörten. Ihre Ausgeglichenheit wirkte so mühelos, ihre Korrektheit so ohne jeden Fehl und Tadel. Sie war wie eines jener brillanten Glückskinder, die gelernt haben, sich in jeder Umgebung richtig zu benehmen, stets Zugang haben zu den Kreisen, auf die es ankommt, und dabei immer auch über einen reichen Vorrat an großen Scheinen verfügen. Susan war für mich der erste

Mensch in New York, der vor der lärmenden, alles beherrschenden Grandezza dieser Stadt weder aufgelöst noch lächerlich wirkte. Ihre Gestik war, wie es sich für eine Eingeborene der Prachtstraßen gebührt, sparsam und sicher. Mir kam ihr Selbstvertrauen wie ein ungeheures Geschenk vor. Einschränkend muß ich allerdings sagen, daß ich zuvor in New York nur Fremde kennengelernt hatte. Susan Lowenstein war die erste waschechte New Yorkerin in meinem Bekanntenkreis, die erste, die wirklich von der großen Insel Manhattan stammte. Daß unter ihrem glatten, kühlen Äußeren eine leidenschaftliche Natur schlummerte, hatte ich erfahren; der pochende Schmerz in meiner Nase bezeugte es.

Wir wurden zu einem Tisch an einem guten Platz geführt, wobei Madame Soltner nur einen einzigen, abwägenden Blick auf den Fetzen warf, mit dem ich mein linkes Nasenloch zugestopft hatte. Es kam wohl nicht allzu häufig vor, daß sie Gäste mit Nasenbluten ins flüsterleise Interieur des *Lutèce* geleitete. Ich entschuldigte mich und ging zur Herrentoilette, um das grausige Stück Papiertaschentuch zu entfernen; die Blutung war glücklicherweise inzwischen zum Stillstand gekommen. Ich wusch mir das Gesicht und kehrte in den Speisesalon zurück. Meine Nase war angeschwollen wie ein feister Faschingskrapfen. Hübsch war ich nicht, aber hungrig.

Ein Ober, der den Eindruck erweckte, als sei er von oben bis unten mit Arroganz ausgestopft, nahm unsere Getränkebestellung entgegen. Ich beugte mich über das makellose Tischtuch und flüsterte: »Es ist Ihnen hoffentlich nicht allzu peinlich, wenn ich meine Nase nachher für ein paar Minuten in meinem Glas einweiche. Zum Desinfizieren.«

Sie steckte sich eine Zigarette an und blies mir den Rauch ins Gesicht. »Ein Glück, daß wenigstens Sie darüber lachen können. Für mich ist es immer noch völlig unfaßbar, daß ich mit einem Buch nach Ihnen geschmissen habe. Sie können einen aber auch manchmal zum Verzweifeln bringen, Tom.«

»Ja, ja, manchmal bin ich ein echter Widerling. Was ich über Bernard sagte, war unverzeihlich, also habe ich es nicht besser verdient. *Ich* muß um Entschuldigung bitten, nicht Sie.«

»Ich habe ständig das Gefühl, Bernard keine gute Mutter zu sein, und leide sehr darunter.«

»Klar sind Sie eine gute Mutter. Bernard ist ein Teenager. Teenager sind, wie der Name schon sagt, nicht reif für die menschliche Gesellschaft. Sie sind zu nichts anderem nutze, als sich wie Idioten aufzuführen und ihre Eltern ins Unglück zu stürzen.«

Der Ober brachte die Speisekarten, und ich studierte die meine ebenso gründlich wie ängstlich. Zum erstenmal in meinem Leben dinierte ich in Hörweite eines Küchenchefs von Weltrang, und dieses Erlebnis wollte ich mir nicht durch irgendeine phantasielose Bestellung verpatzen. Ich fragte Susan Lowenstein bis ins Detail über jedes einzelne Mahl aus, das sie im Laufe der Jahre hier im *Lutèce* gegessen hatte, und gestand offen, daß es mir sofort den Appetit verschlagen würde, wenn sie eine von mir getroffene, gewiß schon recht exklusive Wahl mit etwas Ambrosischem, Überweltlichem übertrumpfte. Schließlich erbot sie sich, für mich zu bestellen, und so konnte ich mich bequem zurücklehnen, während sie dem Ober ihre Wünsche nannte: Enten-Mousse bestreut mit Wacholderbeeren als ersten, *soupe de poisson au crabe*, deren Vortrefflichkeit sie mir mit einem Blinzeln garantierte, als zweiten Gang. Bei der Nennung der delikaten Fleischspezialitäten schwindelte mir vor Glückseligkeit. Schließlich wies sie den Ober an, Chef Soltner ein *râble de lapin* vorbereiten zu lassen.

»Kaninchen!« schnappte ich verblüfft. »Lowenstein! Jedes Feinschmeckerjournal in diesem Lande bezeichnet das *Lutèce* als Tempel der Gastronomie, und Sie gehen her und blamieren mich, indem Sie einen ordinären Karnickelbraten bestellen!«

»Es wird das Beste sein, was Sie jemals zu essen bekommen haben«, sagte sie zuversichtlich. »In dieser Hinsicht können Sie mir ruhig vertrauen.«

»Hätten Sie etwas dagegen, wenn ich dem Ober erzähle, ich sei der Chefgourmet der *New York Times*?« fragte ich. »Ich würde gern ein bißchen Dampf machen, damit André sich in seiner Küche auch richtig ins Zeug legt.«

»Es wäre mir lieber, wenn Sie das sein ließen, Tom. Statt dessen bestelle ich uns einen Wein, und wir unterhalten uns noch ein bißchen über Savannah.«

»Darf ich den Ober bitten, daß er alle potentiellen Wurfgegenstände vom Tisch räumt? Oder soll ich mir besser einen Sturzhelm aufsetzen? Ganz, wie Sie wollen...«

»Tom, finden Ihre Freunde und Ihre Familie diese Witzelei nicht manchmal ein bißchen übertrieben?«

»Ja, sie finden sie alle gräßlich. Okay, Doktor, für die Dauer dieser Mahlzeit reiß' ich mich zusammen und bleibe schön brav und langweilig. Sie haben mein Wort.«

Der Wein, ein *Château Margaux*, wurde gebracht, und beinahe gleichzeitig tauchte meine Enten-Mousse auf. Ich kostete vom Wein; es war ein wahrhaft edler Tropfen, blumig und wohlschmeckend. Als ich das Glas von den Lippen nahm, hätte ich in Freudengesänge ausbrechen können. Der Geschmack klang auf der Zunge nach wie ein herrlicher Akkord; Mund und Gaumen fühlten sich an wie ein Blütenfeld. Und die Mousse tat das Ihre dazu, mich in einen Zustand reinster Lebensfreude zu versetzen.

»Mein Gott, Lowenstein«, stöhnte ich. »Diese Mousse ist phantastisch. Ich spüre, wie die Kalorien in Bataillonsstärke auf meinen Kreislauf einstürmen. Ob in diesem Hause wohl ein Job frei ist, bei dem man zunehmen muß?«

»Savannah hat einen großen Teil ihrer Kindheitserlebnisse verdrängt, Tom«, sagte Dr. Lowenstein.

»Was hat das mit der Enten-Mousse zu tun?« fragte ich.

»Sie hat ganze Lebensphasen aus ihrem Gedächtnis gelöscht, Perioden, die sie selbst als ›weiße Intervalle‹ bezeichnet. Sie scheinen mit jenen Phasen zusammenzufallen, in denen sie ihre Halluzinationen nicht mehr bremsen kann, jenseits von Zeit und Raum und Vernunft...«

»Manche Dinge konnte sie einfach nicht behalten«, sage ich. »Das war schon immer so.«

»Ja, sie hat es mir erzählt. Sie litt darunter schon als Kind – zumal es ein Problem war, über das sie nicht sprechen konnte. Sie empfand es als ein ganz schlimmes, heimliches Leiden und fühlte sich deshalb oft sehr einsam, wie eine Außenseiterin. Sie wurde zu einer Gefangenen der verlorenen Zeit, der Tage ohne Erinnerung. Zum Schluß war sie aufs äußerste verstört, denn sie merkte, daß auch ihre Poesie darunter zu leiden begann. Sie hatte das Gefühl, dem Wahnsinn, der mit überwältigender Kraft auf sie einstürmte, nichts mehr entgegensetzen zu können. Ihre größte Befürchtung war, in eines jener erinnerungslosen Zeitlöcher zu fallen, ohne jemals wieder den Weg zurück zu sich selbst zu finden.«

Mir fiel auf, daß Susan Lowensteins Züge, während sie sprach, unmerklich weicher geworden waren. Die Leidenschaft für ihren Beruf riß sie mit. Es war eines der wenigen Male, daß ich die

Begeisterung spürte, die sie Tag für Tag in die Praxis trieb, jenen Geist, den sie beschwor, wenn sie in ihre Rolle als Gast unter lauter verletzten und befreiten Seelen schlüpfte. Ihre Stimme wurde lebhaft, als sie von jenen ersten Behandlungsmonaten sprach, in denen Savannah über ihr Leben, ihre Jugend, ihre Arbeit berichtete. Da waren immer wieder diese Lücken, Irrtümer, Sackgassen gewesen, in denen meine Schwester sich verrannte und verlor. Irgendwo in den Tiefen von Savannahs Unterbewußtsein war eine Kraft am Werke, die es darauf anlegte, ihre Jugend vollkommen auszuradieren. Sobald Savannah sich ihrer Kindheit zuwandte, konnte sie sich nur noch an eine Reihe zusammenhangloser Einzelheiten erinnern, die alle nur eines gemeinsam hatten: ein vages, zehrendes Gefühl des Entsetzens. Wenn es ihr tatsächlich einmal gelang, ein Bild aus ihrer Kindheit heraufzubeschwören – einen Wasservogel in schleppendem Flug, den aufheulenden Motor des Krabbenfängerboots, die Stimme unserer Mutter in der Küche –, dann geschah es sehr oft, daß sie im gleichen Moment ein Reich der Dunkelheit und der Zeitlosigkeit betrat und in ein Leben hinüberglitt, das nicht ihr eigenes war. Zwei Jahre lang kannte sie es überhaupt nicht anders. Mit ungeheurer Willensanstrengung zwang sie sich dann dazu, sich ausschließlich auf das Leben in New York zu konzentrieren. Ihren Gedichtzyklus *Nachdenken über Manhattan* vollendete sie in drei Monaten fieberhafter Arbeit, in denen sie spürte, wie die Macht ihrer Sprache zu ihr zurückkehrte, in denen sie sich wieder als Mittelpunkt der Welt empfand und Liebeslieder und Totenklagen hinaussang.

Die Niederschrift des Kinderbuchs war es dann, die Savannah wieder zurückversetzte in die schwerelosen Harmonien ihres Wahnsinns. Nachdem die Geschichte in einem Alptraum über sie gekommen war, übertrug sie sie in einem einzigen, acht Stunden währenden Schöpfungsakt aufs Papier, Wort für Wort, genau dem Traum entsprechend. Während der Arbeit wurde ihr klar, daß sie nichts anderes beschrieb, als die Geschichte eines jener verlorengegangenen Intervalle ihres eigenen Lebens. Sie spürte deutlich, daß ihrer Schilderung bestimmte Elemente fehlten, die weitaus stärker waren als das, was vor ihr auf dem Papier stand.

Vor allem das Bild der drei Männer war es, das einen schrillen Akkord in ihrem Inneren anschlug. Auch die Art und Weise, wie sie sich an das Haus heranschlichen, brachte etwas in ihr zum Klingen, aber so weit entfernt und unerreichbar wie die Töne einer vom Wind in sanfte Schwingungen versetzten Glocke in einem verlassenen Kirchlein. Savannah studierte den Text, als handle es sich um ein uraltes, heiliges Buch mit unergründlichen Anspielungen auf die Rätsel ihres eigenen Lebens. Überzeugt, eine Parabel oder den Entwurf zu einer Geschichte mit sehr viel tieferer Bedeutung vor sich zu haben, las sie den Text immer wieder aufs neue. Irgend etwas war ihr zugestoßen, doch aus der Erzählung, die sie niedergeschrieben hatte, konnte sie nur ein einziges Detail entnehmen, das ihr weiterhalf: die Statue des Jesuskindes von Prag, die ihr Vater aus dem Zweiten Weltkrieg mitgebracht und die auf dem Tischchen neben der Haustür gestanden hatte. Welche Rolle die Statue in ihrer persönlichen Geschichte gespielt hatte, wußte sie nicht, aber es stand für sie außer Zweifel, daß sie dazugehörte. Nach Renatas Selbstmord schlich sich die Statue in ihre Halluzinationen ein, die sie nun periodisch heimsuchten, und schloß sich dem Chor der inneren Stimmen an, dem bereits die schwarzen Hunde des Selbstmords und die Engel der Verneinung angehörten. Wiederum stimmten diese Erscheinungen jene zermürbende Litanei an, die sie seit ihrer Kindheit verfolgte, ihr jedes Selbstwertgefühl nahm, sie mit mörderischen Hymnen und Gesängen traktierte, nach ihrem Tod lechzte. Da sah sie schließlich die Hunde an den Wänden in ihrer Wohnung hängen, auf Fleischerhaken gespießt, sich in Todesqualen windend. Hunderte dieser gemarterten Tiere zischten ihr vielstimmig zu, sie solle sich selbst töten. »Das ist nicht die Wirklichkeit. In Wirklichkeit sind sie gar nicht da!« hatte Savannah sich immer wieder laut vorgesagt, doch ging ihre Stimme unter im dämonischen Geheul der gequälten Klagehunde. Dann stand sie, um dem Hundechor zu entgehen, von ihrem Wohnzimmersessel auf und floh ins Badezimmer – wo sie die menstruierenden Engel erwarteten, die von der Duschstange herabhingen, mit gebrochenen Hälsen, stöhnend vor lustvollem Leid. Mit zarten, leisen Stimmchen baten sie sie, mit ihnen heimzukehren, heim ins Haus der Geborgenheit mit seinen langen Korridoren, den Fluren des endlosen Schlafs, heim in die Nacht der Stimmlosigkeit und des ewigen Schweigens, dorthin, wo die Engel lebendig, rein und freundlich waren. In gleichermaßen solidarischer wie besitzergreifender Geste reckten sie ihr die Hände entgegen, und aus ihren schwarzen, leblosen Augenhöhlen quoll Eiter. Über ihnen sah sie die kleinen Füße des Kindes von Prag; es hing gelyncht von der Decke herab, sein Gesicht war entstellt, es sprach zu ihr mit der Stimme ihrer Mutter und verbot ihr, ihr Schweigen zu brechen. Jedesmal, wenn sie ihre Rasierklingen herausnahm und nachzählte, wie viele es waren, hörte sie die Hunde an den Fleischerhaken jubeln, und die verunstalteten Engel mit ihren sanften, einlullenden Stimmen gerieten in Ekstase. Nacht für Nacht zählte Savannah Rasierklingen und lauschte dem Volk der Besudelten, das die Gesetze des Sturms hinausschrie und in unendlicher Monotonie das Gebet um ihren Selbsttod vor sich hinmurmelte.

»Savannah kam erst zwei Monate vor ihrem Suizidversuch zu mir, Tom«, sagte Susan Lowenstein, »und ich erkannte nicht, wie groß die Gefahr war. Die Therapie mit ihr war ungemein anregend – *zu* anregend für eine Therapeutin, von der Ruhe, Zurückhaltung und Professionalität erwartet wird. Aber da war eine Dichterin zu mir gekommen und berauschte mich mit Worten und Bildern, und ich beging einen schweren Fehler: Ich wollte die Therapeutin sein, die eine verstummte Dichterin wieder zum Schreiben zurückführt. Aus reiner Einbildung und Arroganz habe ich einen furchtbaren Schnitzer gemacht, Tom.«

»Das war keine Arroganz, Susan«, sagte ich und schnitt ein Stück Kaninchenbraten ab. »Es ist Ihnen einfach über den Kopf gewachsen, genauso wie mir.«

»Wie meinen Sie das?«

»Sehen Sie doch, wie ich mich verhalten habe: Kaum höre ich, daß meine Schwester auf der glückseligen Insel Manhattan an ihren Handgelenken rumgeschnippelt hat, da komme ich auch schon angestürmt, mit nichts anderem im Kopf als der großen rituellen Rolle des Retters, ich, eine Christusfigur des zwanzigsten Jahrhunderts! Eine Rolle, die ich übrigens im Schlaf beherrsche, selbst mit auf dem Rücken gefesselten Händen. Sie gibt mir nämlich das Gefühl, gebraucht zu werden, und das wiederum gibt mir das Gefühl, überlegen zu sein.«

»Wie hätten Sie reagiert, Tom, wenn ich Ihnen gleich an jenem ersten Tag gesagt hätte, daß Savannah daran denkt, einfach aus New York zu verschwinden und in einer vollkommen fremden Stadt als Renata Halpern weiterzuleben?«

»Ich hätte mich halb totgelacht«, gab ich zu.

»Natürlich«, sagte sie. »Sie haben schließlich von Anfang an kein Geheimnis aus ihrem Abscheu vor der Psychotherapie gemacht.«

»Ich bin in einer glücklichen Stadt aufgewachsen, Doc«, sagte ich. »Dort weiß kein Mensch, was ein Psychiater ist.«

»Es muß in der Tat eine ungemein glückliche Stadt sein. Ihrer Beschreibung nach klingt es eher, als hätte ganz Colleton an einer kollektiven Psychose gelitten.«

»Na ja, mittlerweile leidet es an gar nichts mehr.« Ich widmete mich erst einmal ausgiebig meinem Braten, bevor ich fortfuhr. Dann aber sagte ich: »Sie haben mir immer noch nicht erklärt, warum Savannah Ihnen nicht die gleichen Geschichten erzählen kann wie ich.«

»Ich hab's versucht, Tom, aber Sie haben mir entweder nicht zugehört oder einfach nicht geglaubt. Savannahs Erinnerung weist große weiße Flecken auf, verdrängte Zeitspannen, die mitunter mehrere Jahre umfassen. Sie selbst hat mir einmal gesagt, daß Sie, Tom, derjenige seien, der die Lücken auffüllen könne. Und Sie haben mir von der seltsam engen Bindung zwischen Ihnen und Ihrer Zwillingsschwester erzählt. Ich habe diese Information zunächst nicht berücksichtigt, weil ich der Meinung war, Sie selbst seien ein wesentlicher Teil von Savannahs Problemen. Inzwischen jedoch haben Sie mich dazu gebracht, meine Meinung zu ändern.«

»Vielen Dank.«

»Sie und Ihr Bruder Luke, Tom, übten eine sehr wichtige und wertvolle Funktion aus in Savannahs Jugend. Beide boten Sie ihr Schutz vor der Welt und ganz besonders vor *ihrer* Welt. Während sie von Anfang an anders war, verliehen ihre Brüder ihr wenigstens den Schein der Normalität. Sie beide führten und begleiteten sie durch eine überaus schwierige Kindheit. Dabei fiel Ihnen, Tom, eine entscheidende Rolle zu: Sehr früh in ihrem Leben hatte Savannah damit begonnen, ihr Gedächtnis bei Gelegenheit einfach abzuschalten – das war ihre Methode, tödliche Erinnerungen auszuradieren. Ich würde es Verdrängung nennen, aber ich weiß, wie sehr es Sie stört, wenn ich mich der Freudschen Terminologie bediene. Wie dem auch sei, Savannah hat Ihnen jedenfalls schon sehr bald eine bestimmte Aufgabe zugewiesen: *Sie* wurden zu ihrem Gedächtnis, ihrem Fenster zur Vergangenheit. *Sie* konnten ihr, wenn sie aus einer ihrer dunklen Phasen wieder auftauchte, stets sagen, was geschehen, wo sie gewesen war und was sie gesagt hatte.«

»Wenn sie sich an nichts erinnert«, fragte ich, »wie konnte sie dann Gedichte schreiben?«

»Weil sie ein Genie ist und weil ihre Poesie dem Schmerz entspringt – dem Schmerz, ein Mensch zu sein, und dem Schmerz, als Frau in unserer Gesellschaft leben zu müssen.«

»Wann glauben Sie, hat Savannah damit angefangen, die Verantwortung für ihre Erinnerung auf mich abzuschieben?«

»Was ihre früheste Kindheit betrifft, so hat sie daran eine sehr viel bessere Erinnerung als Sie, Tom. Sie weiß noch genau, wie brutal Ihre Mutter damals war...«

»Blödsinn. Mutter war zwar keine Heilige, aber brutal war sie auch nicht. Savannah muß sie mit Vater verwechseln«, sagte ich und kaute bedächtig.

»Woher wissen Sie das?«

»Weil ich dabei war, Lowenstein«, fauchte ich zurück, »als Augenzeuge, sozusagen.«

»Als Sie mir die Chronik Ihrer Jugend erzählten, begannen Sie mit der Geschichte von Ihrer Geburt im Sturm, nicht wahr? Ist Ihnen denn nicht klar, daß Sie sich gar nicht an dieses Ereignis erinnern können? Sie haben lediglich – was vollkommen natürlich ist, Tom! – eine Familiensage wiedergegeben, die man Ihnen im Lauf der Jahre selber mehrfach erzählt hat. Danach haben Sie sechs Jahre übersprungen, bis zu Ihrem ersten Schuljahr in Atlanta. Was hat sich denn in jenen ersten sechs Jahren abgespielt?«

»Wir waren Babys. Wir haben gekotzt und die Windeln vollgeschissen, wir haben Muttermilch getrunken und sind gewachsen. Woher soll ich das alles so genau wissen?«

»Savannah weiß es noch. Sie weiß viel zu viel davon.«

»Alles Blödsinn, Doc, vollkommener Blödsinn«, sagte ich, der ich nur ein einziges Bild aus jener Zeit im Gedächtnis behalten hatte – das Bild, wie der Mond, von meiner Mutter herbeigerufen, am östlichen Himmel emporstieg.

»Kann sein, aber hier sitzt eine alte Irrenärztin vor Ihnen, die es durchaus für möglich hält.«

»Sparen Sie sich Ihren flapsigen Jargon! Bitte, Lowenstein, tun Sie das Ihre dazu, daß ich diese Stadt wieder verlassen kann, ohne daß mein totaler Abscheu vor Ihrem Beruf einen Knacks bekommen hat.«

»Ihr Haß auf die Psychoanalyse, Tom, ist gut aufgehoben bei mir«, sagte sie kühl. »Sie haben sich deutlich genug ausgedrückt, und es stört mich überhaupt nicht mehr. Im Gegenteil, ich finde, Sie entwickeln bei diesem Thema durchaus einen gewissen dümmlichen Charme...«

»Diskutieren wir das doch lieber später weiter«, sagte ich mit einer einladenden Geste, die das gesamte Lokal umfaßte. »Schauen Sie, Susan, wir sind im *Lutèce*, und ich träume seit Ewigkeiten davon, einmal in meinem Leben hier zu essen. Ich habe darüber gelesen. Die *New York Times* beschreibt das *Lutèce* als gastronomisches Paradies. Ich liebe es, in gastronomischen Paradiesen herumzusitzen und mein Essen vor Wonne anzustöhnen. Dieser Wein ist die wohlschmeckendste Flüssigkeit, die mir je über die Zunge gekommen ist. Das Ambiente ist wunderbar, voll dezenter Eleganz. Mir wäre natürlich indezente Eleganz lieber, weil ich 'n Trampel aus dem Süden bin, der gesellschaftlich noch nicht so weit entwickelt ist, um die Überlegenheit der dezenten Variante zu erkennen. Trotzdem, es ist hübsch, wirklich sehr hübsch hier. Und wenn man schon zum ersten- und gleichzeitig letztenmal in seinem Leben im *Lutèce* speist, dann möchte man das Erlebnis mit einem angeregten Gespräch über Kunst, Poesie, Haute Cuisine und allenfalls noch über Philosophie veredeln. Wenn Sie aber von Savannah anfangen, die Engel zu sehen glaubt, denen der Eiter aus den Augenhöhlen trieft, dann ist der Zauber futsch. Sie verstehen, was ich damit sagen will? Wir sind hier in einem Paradies der Kochkunst, und meine Nase tut weh, und ich brauche einfach ein bißchen Zeit, um alles zu verarbeiten. Sehen Sie, vor drei Stunden dachte ich noch, meine Schwester sei nichts weiter als die gute alte Savannah Wingo, und da kommen Sie und sagen: ›Ätsch, Tommylein, das ist ja gar nicht deine richtige Schwester.‹ Und wie ich ein wenig gereizt reagiere, weil man mich so lange im unklaren gelassen hat, da hält es doch die umfassend gebildete und ausgebildete Therapeutin meiner Schwester für angebracht, mir ein Wörterbuch an den Zinken zu schmeißen und mir einen halben Liter Blut abzuzapfen. Diese Mahlzeit hier, Frau

Doktor, ist nichts weiter als ein Akt der Wiedergutmachung Ihrerseits, der Ausgleich für das freigebige Vergießen meines kostbaren Blutes. So, und nun wäre es mir lieb, wenn sich unsere Konversation dem neuesten Film, den Hauptvorschlagsbänden des Buchclubs oder ähnlichen Themen zuwenden könnte.«

»Sprechen wir doch über Savannahs Kinderbuch«, schlug sie vor.

»Ha! Der Stein von Rosette! Da hat Savannah also versucht, über das Böse zu schreiben, und es dann doch nicht fertiggebracht. Statt dessen hat sie was Hübsches draus gemacht. Und damit hat sie sich selbst und ihre Begabung verraten.«

»Es geht um Fiktion, Tom. Es ist nur eine Erzählung.«

»Es sollte aber keine Fiktion sein, sondern ein eiskalter Tatsachenbericht. Meine Schwester kann genug, um diese Geschichte so zu schreiben, daß die ganze Welt den Atem anhält. Eine solche Verniedlichung jedoch, die Verwandlung in ein Märchen, das man jedem Kind vor dem Einschlafen vorlesen kann, ist dieser Story nicht angemessen. Sie sollte so geschrieben sein, daß sie erwachsene Männer und Frauen in die Knie zwingt, zitternd und bebend vor Mitleid und Zorn. Savannah ist der Geschichte nicht gerecht geworden. Es ist ein Verbrechen, sie so darzustellen, mit Happy-End und total verkünstelt. Jeder Leser sollte am Ende dieser Geschichte Rotz und Wasser heulen. Morgen werde ich Ihnen erzählen, was wirklich geschehen ist, und in *meiner* Geschichte kommt ein solcher Bockmist wie geschwätzige Spinnen und niedliche Hündchen und aufgeregte Kälbchen, die dem König der Bullen irgendwelche Botschaften vorstottern, garantiert nicht vor.«

»Eine Künstlerin muß nicht unbedingt die Wahrheit schreiben, Tom.«

»Freilich muß sie das, Teufel noch eins!«

»Sie wissen doch, wie ich das meine. Künstler sagen die Wahrheit auf ihre eigene Art.«

»Oder sie lügen auf ihre eigene Art. Und ich schwöre Ihnen, daß Savannah in dieser Erzählung lügt wie gedruckt.«

»Vielleicht schrieb sie die Wahrheit, soweit sie sie beschreiben konnte.«

»Quatsch, Frau Doktor. Ich weiß seit eh und je, daß sie eines Tages darüber schreiben würde, und meine Mutter lebt in ständiger Furcht davor. Bisher aber hat keiner von uns laut ausgesprochen, was an jenem Tag auf der Insel geschah. Am Anfang von Savannahs Buch dachte ich, sie würde nun endlich einmal das Schweigen brechen, doch dann erkannte ich, daß sie der Mut verließ, und zwar an jener Stelle, wo die Kinder ihre magischen Fähigkeiten entwickeln. *Wir* konnten uns damals nicht mit Magie behelfen.«

»Tom«, sagte Dr. Lowenstein, »sie hat immerhin so viel Wahrheit mit hineingepackt, daß es sie schließlich zu einem Selbstmordversuch trieb.«

»Da haben Sie recht«, sagte ich. »Würden Sie mir trotzdem einen Gefallen tun? Sagen Sie ihr, wenn sie sich entschließt, doch noch Renata Halpern zu werden, daß ich sie dann in San Francisco oder in Hongkong oder wo immer sie sich entschließt, hinzuziehen, besuchen werde. Und sagen Sie ihr, ich würde niemandem auch nur andeutungsweise verraten, daß ich ihr Bruder bin. Ich bin dann bloß irgendein Freund aus dem Süden, den sie bei der Dichterlesung oder bei einer Vernissage kennengelernt hat. Wenn sie einfach verschwände, so wäre es das Schlimmste, was mir passieren kann. Ich könnte es nicht ertragen, und warum das so ist, versteht niemand auf der Welt besser als Savannah selbst. Ich will, daß sie am Leben bleibt. Ich will, daß sie glücklich ist. Lieben kann ich sie auch, wenn ich sie nicht sehe. Ganz egal, was sie tut oder läßt, ich liebe sie.«

»Das werde ich ihr sagen, Tom. Und eins verspreche ich Ihnen: Wenn Sie mir weiterhin helfen, dann werde ich Ihnen ihre Schwester zurückbringen. Sie arbeitet an sich selbst. Sie gibt sich wirklich unendlich viel Mühe.«

Susan Lowenstein griff quer über den Tisch, faßte nach meiner Hand, hob sie an ihre Lippen und biß spielerisch in die Haut des Handrückens. Und dieser Moment ist mir von der gesamten Mahlzeit im *Lutèce* am allerdeutlichsten in Erinnerung geblieben.

21

Am Abend nach dem Essen im *Lutèce* rief ich bei meiner Mutter in Charleston an. Zwei kleine Bourbon reichten, und schon sah ich mich in der Lage, die schauerliche Zahlenfolge zu wählen, die Mutters Stimme herbeizaubern und mich wie ein steuerloses Schiff im Nebel der Vergangenheit versinken lassen würde. Meiner Mutter wiederum reichten ein, zwei Minuten, da hatte sie auch schon ihre fünf Sinne beisammen und konnte sich ernsthaft ihrer alten Aufgabe widmen, mein Leben zu ruinieren.

Den Rest des Nachmittags hatte ich damit verbracht, die Krankheitsgeschichten diverser Psychotiker durchzulesen, die Dr. Lowenstein mir geliehen hatte. Es handelte sich durchwegs um schwer geschädigte, leidende Seelen, denen in ihrer Kindheit Entsetzliches widerfahren war, worauf sie sich hinter raffinierte Verteidigungsbollwerke zurückzogen, von denen sie sich erhofften, sie würden ihnen die vielfältigen Unerträglichkeiten des Lebens vom Leibe halten. Welch ein Marktplatz der Leiden und Halluzinationen! All diesen Kranken gemeinsam war, daß sie das Glück gehabt hatten, in ebenso monströse wie herzliche Familien hineingeboren zu sein. Die Texte und Kommentare der behandelnden Psychiater atmeten den Geist ennuyierter Selbstzufriedenheit. Sie stellten sich dar als phantastische, Wunder wirkende Psychoheiler, die die armen, gespaltenen Seelen mir nichts dir nichts in wieder brave, pünktlich ihr Marihuana genießende Schlafstadtbewohner zurückverwandelten. Das Ganze war eine einzige Erfolgsstory, eine wahre Orgie der Selbstbestätigung, die mir die Galle hochkommen ließ. Aber ich verstand, worauf Frau Dr. Lowenstein hinauswollte: Ganz gleich, wie erschreckend Savannahs Zustand auf mich wirkte, man durfte hoffen! Ein bißchen Glück, eine clevere Therapeutin, endlich alle Karten offen auf den Tisch – und schon spazierte meine Schwester gesund und munter davon und ließ die Gespenster der Vergangenheit hinter sich im Straßengraben.

Als das Rufzeichen abging, genehmigte ich mir den dritten Bourbon.

»Hallo«, sagte Mutter.

»Hi, Mom«, antwortete ich. »Hier ist Tom!«

»Tom, Liebling! Wie geht es Savannah?«

»Prächtig, Mutter. Ich glaube, es wird alles wieder gut.«

»Ich las gerade, daß es einige ganz erstaunliche neue Erkenntnisse und Erfolge bei der Behandlung von Geisteskrankheiten gibt. Ich habe die Artikel ausgeschnitten und werde sie dir schicken. Bitte sorge dafür, daß die behandelnde Ärztin sie erhält.«

»Aber natürlich, Mutter.«

»Und laß sie nicht aus den Augen, bis sie sie gründlich durchgelesen hat. Kann ich Savannah jetzt endlich anrufen?«

»Ich weiß nicht genau, Mama. Aber es wird sicher nicht mehr lange dauern.«

»Gut. Aber nun sei so nett und erzähl mir, was du eigentlich den ganzen Sommer da oben treibst. Offen gestanden, bin ich der Ansicht, Tom, daß du deine Frau und deine Kinder vernachlässigst.«

»Ja, Mutter, du hast recht, gewiß. Aber ich komme bald zurück, wirklich... Und, was ich sagen wollte, Mutter, der eigentliche Grund für meinen Anruf ist der, daß ich der Therapeutin erzählen will, was damals, an jenem Tag, auf der Insel geschah.«

»*Nichts* geschah an jenem Tag!« erwiderte meine Mutter ruhig und mit fester Stimme. »Wir haben damals ein Gelübde getan, und ich erwarte von dir, daß du es einhältst.«

»Das war ein blödsinniges Gelübde, Mutter! Mir ist jetzt klar, daß diese Geschichte Savannah ungeheuer belastet, und ich bin fest davon überzeugt, daß es ihr und der Therapeutin enorm weiterhelfen wird, wenn ich berichte, was damals vorgefallen ist. Selbstverständlich bleibt alles streng vertraulich, und im Grunde ist es ja ohnehin Schnee von gestern...«

»Ich wünsche, daß du kein einziges Wort darüber verlierst!«

»Mutter, ich wußte schon vorher, daß du versuchen würdest, mich ins Unrecht zu setzen. Ich hätte dich gar nicht anrufen müssen. Ich hätte Dr. Lowenstein längst alles erzählen können, auch ohne Rücksprache mit dir. Aber ich glaube einfach, es könnte uns allen nur helfen, wenn wir endlich darüber sprächen. Dir auch.«

»Nein!« schrie sie. »Du darfst nicht darüber reden! Es hätte beinahe unser Leben zerstört.«

»Es *hat* unser Leben zerstört, Mutter, jedenfalls teilweise. Ich war nie imstande, das, was damals geschah, in Worte zu fassen. Nicht einmal Sallie weiß davon. Luke hat niemals darüber gesprochen, und Savannah erinnert sich an nichts. Aber es sitzt tief in uns allen drin, häßlich und ekelerregend, und ich glaube, es wird langsam Zeit, daß wir's ausspucken.«

»Das verbiete ich dir!«

»Das wird mich nicht daran hindern, Mutter.«

Am anderen Ende der Leitung herrschte Stille. Ich wußte, daß sie jetzt all ihre Kräfte zusammennahm.

»Tom«, fuhr sie dann fort, und der altbekannte, boshaft drohende Unterton in ihrer Stimme entging mir nicht. Ich machte mich auf eine schwere Breitseite gefaßt.

»Tom, mein Sohn, es ist mir ganz außerordentlich zuwider, daß ausgerechnet ich dir das sagen muß, aber Sallie hat ein sehr indiskretes Verhältnis mit einem ihrer Kollegen im Krankenhaus. Ganz Charleston spricht darüber.«

»Danke schön, Mutter. Ich weiß, wie gut es dir getan hat, daß du mir das unter die Nase reiben konntest, aber Sallie hat mich leider schon eingeweiht. Und was soll ich schon dazu sagen? Wir sind eben ein modernes Ehepaar. Wir lieben heiße Bäder, chinesisches Essen, ausländische Filme und ab und zu mal 'nen Fremdfick. Das ist Sallies Sache, Mutter, nicht deine.«

»Und was du zu enthüllen gedenkst, ist *meine* Sache«, sagte meine Mutter. »Wenn du Savannah die Geschichte erzählst, Tom, dann macht sie über kurz oder lang ein Gedicht darüber.«

»Das ist es also, was dir Sorgen macht!«

»Nein! Ich mache mir Sorgen, es könnte gräßliche neue Wunden aufreißen. Ich habe endlich alles vergessen und denke längst nicht mehr darüber nach. Und du hast versprochen, nie wieder ein Sterbenswörtchen darüber zu verlieren, Tom.«

»Ich würde niemandem damit weh tun.«

»*Mir* könnte es in der Tat sehr weh tun. Ich könnte alles verlieren – sogar meinen Mann, wenn er dahinterkommt An deiner Stelle, Tom, würde ich mich auf meinen Stolz besinnen. Denn wenn du plauderst, dann mußt du auch erzählen, was *dir* damals widerfahren ist.«

»Richtig, Mutter, das werde ich erzählen. Tja, Mama, war schön, mit dir zu sprechen. Sag mal, wie geht's den Kindern? Hast du sie die Tage mal gesehen?«

»Es scheint ihnen ganz gut zu gehen, soweit man das von drei prächtigen Kindern sagen kann, die von ihren Eltern im Stich gelassen wurden. Möchtest du, daß ich Sallie ins Gewissen rede und ihr sage, wie sehr mich ihr Benehmen abstößt?«

»Um Gottes willen, Mutter, bitte nicht! Das wäre das Schlimmste, was du uns antun könntest. Laß ihr doch ihr Techtelmechtel. Schließlich war ich in den letzten Jahren alles andere als ein perfekter Ehemann.«

»Es ist zum Heulen, wie ähnlich du deinem Vater bist!«

»Ich weiß, ich weiß, Mutter. Im Klartext: Ich bin ein Scheißkerl und tauge zu gar nichts. Dennoch wäre ich dir ungemein dankbar, wenn du Sallie gegenüber den Mund halten könntest.«

»Na gut«, erwiderte meine Mutter nachdenklich. »Vielleicht... Vielleicht können wir ja einen Tauschhandel machen. *Ich* halte hier meinen Mund – *du* hältst dort...«

»Mutter! Das tue ich doch nur, um Savannah zu helfen! Ich weiß, du glaubst mir nicht und denkst, ich wäre nur darauf aus, dich zu verletzen. Aber das stimmt einfach nicht!«

»Ich weiß nicht mehr, was ich glauben soll. Ich bin von meinen Kindern so oft verletzt worden, daß ich ihnen nicht einmal mehr traue, wenn sie nett zu mir sind. Ständig frage ich mich, was sie nun wieder im Schilde führen und auf welche Weise sie mich diesmal hintergehen wollen. Hätte ich geahnt, was aus euch einmal wird, so hätte ich euch schon als Babys in euren Betten erwürgt.«

»In Anbetracht der Kindheit, die wir durchgemacht haben, kommt mir das eher vor wie ein Akt der Nächstenliebe.« Ich spürte mein Blut in den Schläfen pochen und versuchte, meine Zunge im Zaum zu halten. »Hör, Mutter, das artet aus. Legen wir lieber auf, bevor wirklich noch Blut fließt. Ich habe dich lediglich angerufen, weil ich meinte, dir eine Art Erklärung zu schulden. Es liegt zwanzig Jahre zurück, was damals passiert ist. Heute kann uns niemand mehr einen Strick daraus drehen. Es war ein Werk Gottes.«

»Wohl eher eins des Teufels, mein Lieber«, sagte sie. »Und ich rate dir, Sohn: Du fährst am besten, wenn du so tust, als sei nichts gewesen. Das gleiche gilt für Savannah. Du weißt, wie morbid sie ist. Und was mich betrifft: Ich weiß genau, daß es das beste ist, für dich und für mich.«

»Was hast du dir da nur für eine Theorie zurechtgezimmert, Mutter?« fragte ich. »Wie kommst du bloß auf die Idee, du bräuchtest nur so zu tun, als sei etwas nicht geschehen – und hokuspokus!

so ist es tatsächlich nicht geschehen und geht dich auch nichts an?!«

»Das sagt mir mein gesunder Menschenverstand, mein Sohn. An deiner Stelle würde ich mich nicht so viel mit der Vergangenheit beschäftigen, Tom. Ich würde nach vorne blicken, in die Zukunft. So wie deine Mutter. *Ich* schaue nie zurück. Weißt du, daß ich in den letzten beiden Jahren niemals an deinen Vater gedacht habe, nicht ein einziges Mal?«

»Du warst dreißig Jahre lang mit ihm verheiratet, Mama. Bestimmt taucht er gelegentlich in deinen Alpträumen auf, als Graf Dracula oder so.«

»Kein einziges Mal«, beharrte sie. »Wenn ich einmal ein Kapitel in meinem Leben abgeschlossen habe, dann ist es wirklich geschlossen. Aus und vorbei. Dann verschwende ich nicht einen Gedanken mehr daran.«

»Und Luke? Was ist mit ihm?«

»Was?« fragte sie.

»Hast du auch an Luke kein einziges Mal gedacht?« präzisierte ich und bereute die unverblümte Grausamkeit meiner Worte schon im selben Moment, da sie ausgesprochen waren und durch die summenden Drähte gen Charleston reisten.

»Du bist gemein, Tom«, hörte ich meine Mutter sagen. Ihre Stimme brach; sehr behutsam legte sie den Hörer auf.

Im ersten Moment wollte ich sie gleich noch einmal anrufen, doch dann fielen mir all die unbewältigten Geister der Vergangenheit ein, die zwischen uns spukten, und ich ließ es bleiben. Das Wohlwollen meiner Mutter zurückzugewinnen, würde einen langwierigen und mühevollen Prozeß erfordern, einen Prozeß, der solche Mengen an Takt und Feinfühligkeit verlangte, wie ich sie am Telefon nie aufbrächte. Es war schon sehr lange her, daß Mutter und ich wie Freunde miteinander umgegangen waren. Seit vielen Jahren war es mir unmöglich, auch nur ein einziges Wort von ihr anzuhören, ohne es nicht sofort als Teil einer raffinierten Strategie zu begreifen, die mich hilflos ihren samtpfötigen, parfümierten Attacken auf meine zarte Seele ausliefern sollte. Und doch enthielt mein Haß auf sie auch ein gewisses Maß an Achtung, ja Bewunderung. Da ich Mutter nicht verstand, sah ich in allen Frauen, die mir begegneten, zunächst einmal Fremde und Feinde. Da ich die wilde, tückische Liebe, die sie mir entgegenbrachte, nicht begriff, sah ich mich nie imstande, die Liebe einer Frau ohne tiefsitzende Ängste zu akzeptieren. Die Liebe offenbarte sich mir stets verkleidet oder entstellt: im Gewand der Schönheit, verkrüppelt durch Weichheit. Die Welt mag einem Schlimmeres antun, als die eigene Mutter zur Feinden zu haben – viel Schlimmeres allerdings ist kaum möglich.

Wieder wählte ich. Es schnarrte viermal, dann hörte ich Sallie am anderen Ende der Leitung. »Hallo, Sallie«, sagte ich, »hier ist Tom.«

»Hallo, Tom.« Es klang schwesterlich. »Heute kam dein Brief, und unsere drei Mädchen haben sich an den Küchentisch gesetzt, um dir zu antworten.«

»Sehr schön. Hör, Sallie, meine Mutter hat mir gerade angedroht, sie wolle dich anrufen, um dir ihre moralische Entrüstung kundzutun. Irgendwie hat sie von dir und deinem Doktor Wind gekriegt.«

»Au verdammt, das fehlt mir gerade noch! Du hast es ihr doch nicht etwa gesagt, Tom?«

»Wo denkst du hin!«

»Hast du ihr gesagt, daß es sich um nichts als ein bösartiges Gerücht handelt? Daß du unerschütterlich von meiner Tugendhaftigkeit überzeugt bist?«

»Leider nicht«, erwiderte ich. »Auf die Idee bin ich gar nicht gekommen. Statt dessen hab' ich so getan, als wären wir alternde Hippies, die von Bett zu Bett hopsen und es treiben wie die Katzen im Frühling. Ich hab' ihr alles erzählt, was ich weiß.«

»Wie hat sie darauf reagiert?«

»Mit sanfter Ekstase. Daß *ihr* Sohn zum grinsenden Hahnrei verkommen konnte... Nun, und dann drohte sie eben, sie wolle dich anrufen und dich Mores lehren. Ich dachte, ich warne dich lieber. Sie behauptet, ganz Charleston sei über euer Verhältnis im Bilde.«

Sallie gab keine Antwort.

»Hast du dich inzwischen zu einer Entscheidung durchgerungen, Sallie?« fragte ich sie nach einer Weile und lehnte mich im Lieblingssessel meiner Schwester zurück. »Ich meine, was uns betrifft. Dich. Ihn. Und das verdammte Ende unserer kleinen Welt.«

»Laß das, Tom, hör auf.«

»Hat er seiner Frau Bescheid gesagt, Sallie?« fuhr ich fort. »Das ist die Stunde der Entscheidung: Wenn er seiner Frau reinen Wein einschenkt.«

»Er trägt sich mit dem Gedanken, es ihr zu sagen. Nächste Woche.«

»Dann komm ich wohl am besten gleich heim.«

»Ich fürchte, Tom, das wäre jetzt nicht der geeignete Moment.«

»Dann zieh doch aus und miete dich im *Francis Marion* ein. Hör zu, Sallie, ich möchte, daß du da bist, daß du wieder meine Frau bist. Ich möchte dir schöne Augen machen, dich vögeln, wo immer es uns paßt, am Strand, auf dem Küchentisch, auf dem Autodach, ja, sogar unter der Cooper River Bridge, wenn du willst. Ich steppe für dich, tauch' dich von oben bis unten in Schlagsahne und leck' sie Zug um Zug wieder ab. Ich tue alles, was du willst. Ehrenwort. Ich hab' 'ne Menge nachgedacht hier oben, und dabei ist mir vor allem eins klargeworden: Ich liebe dich, und ich bin nicht bereit, dich kampflos aufzugeben.«

»Ich weiß nicht, Tom«, sagte sie.

»Du weißt nicht!« schrie ich.

»Tom, das klingt alles so schön. Aber noch schöner wäre es, wenn du's ohne dumme Witze und ohne diese oberflächliche Cleverneß sagen könntest. Ich glaube, du hast mir nicht einmal in meinem Leben gesagt, daß du mich liebst, ohne es nicht sofort ins Lächerliche zu ziehen.«

»Das ist nicht wahr, Sallie, und das weißt du. Des Nachts habe ich dir gesagt, daß ich dich liebe, in aller Einfallt und Verlegenheit, unzählige Male.«

»Jack sagt es mir *immer*, Tom, und er ist dabei weder einfältig noch verlegen. Er sagt es ganz offen und ehrlich, und er meint es ernst.«

»Es ist verdammt schwer, am Telefon darüber zu reden. Gib den Mädchen 'nen dicken Schmatz von mir.«

»Ruf doch morgen früh mal an, damit sie mit dir sprechen können.«

»Mach' ich. Paß gut auf dich auf, Sallie, und laß dir alles in Ruhe durch den Kopf gehen.«

»Ich denke an fast nichts anderes mehr.«

»*Goodbye*, Sallie.«

Ich legte den Hörer auf und sagte in den dunklen, leeren Raum hinein: »Ich liebe dich, Sallie.« Ich sagte es offen und ehrlich, ohne dumme Witze und ohne jede oberflächliche Cleverneß, und ich meinte es ernst.

22

Am Abend der Abiturfeier – wir waren gerade dabei, uns umzuziehen – präsentierte Mutter Luke und mir je eine große Schachtel. Savannah erhielt ein kleineres Geschenk in sehr edler Verpackung.

»Wenn ich reich wäre«, sagte Mutter mit tränenerstickter, sehnsüchtiger Stimme, »dann stünden heute da draußen auf dem Rasen drei Cadillacs, und alles, was ihr jetzt von mir bekämt, wären die Schlüssel dazu.«

»Apropos reich«, fiel Vater ein. »Ich hatte da kürzlich eine tolle Idee...« Seine Stimme erstarb, ausgelöscht vom vernichtenden Blick meiner Mutter.

Savannah war die erste, die ihr Geschenk auspackte. Sie zog einen goldenen Füllfederhalter hervor und hielt ihn ins Licht.

Mutter sagte: »Damit kannst du dein erstes Buch schreiben, Savannah. In New York.«

Savannah fiel ihr um den Hals. »Vielen, vielen Dank, Mama! Ein wunderschöner Stift!«

»Normalerweise ist er viel zu teuer für unsere Verhältnisse, aber ich bekam ihn im Sonderangebot. Ich dachte mir, mit einem hübscheren Stift müßtest du eigentlich auch hübschere Gedichte schreiben können.«

»Ich werde wunderschöne Gedichte damit schreiben, Mama, das verspreche ich dir«, sagte Savannah.

»Schreib mal eins über deinen bedeutenden Vater«, sagte Vater. »Ein wahrhaft großes Gedicht bedarf eines wahrhaft großen Themas.«

»Ein dummer Scherz, Henry«, bemerkte Mutter.

Savannah lächelte uns an. »Ich werde über jeden von euch Gedichte schreiben. Ganz viele.«

Im Befehlston sagte Mutter zu Luke und mir: »Nun macht doch eure Geschenke auf!«

Gemeinsam wickelten Luke und ich die beiden großen Schachteln aus. Ich war etwas schneller und zog als erster den von meiner Mutter geschneiderten marineblauen Blazer heraus; kurz darauf hielt Luke ein identisches (wenngleich viel größeres) Stück in der Hand. Wir probierten die Jacketts an; sie paßten perfekt. Monatelang hatte Mutter, während wir in der Schule waren, an der Nähmaschine gesessen und diesen Augenblick vorbereitet. Ich ging in ihr Zimmer und betrachtete mich im großen Spiegel von Kopf bis Fuß. Zum erstenmal in meinem Leben fand ich mich gutaussehend.

Sie schlüpfte hinter mir ins Zimmer, surreal und leise wie eine wandernde Wolke, und flüsterte: »Ich habe dir ja gesagt, daß du dich zeitlebens an deinen ersten Blazer erinnern wirst.«

»Wie sehe ich aus?«

»Wenn ich jünger wäre, würde ich dich unwiderstehlich finden.«

Ich errötete. »Das... das sagt man nicht, Mutter.«

»Ich sage nur die Wahrheit. Du siehst besser aus als dein eigener Vater in der Blüte seines Lebens.«

»Feind hört mit!« rief Vater im Wohnzimmer. »Und das ist eine gottverdammte Lüge!«

Die Abiturfeier fand in der Turnhalle statt. Zu den Klängen von *Pomp and Circumstance* marschierten die Absolventen in Zweierreihen durch den Haupteingang. Als Savannah aufgerufen wurde, die Abschlußrede zu halten, erhoben sich Mutter, Großvater und Großmutter und jubelten ihr zu. Savannah ging zum Podium, Vater stand in unmittelbarer Nähe und bannte die gesamte Rede für die Nachwelt auf Zelluloid.

Savannah begann mit folgendem Satz: »Die Musik der Flüsse zog uns auf. Arglos und unbewußt verbrachten wir die Tage unserer Kindheit am Wasser, verzaubert und verführt vom Charme der lieblichsten Stadt im Marschland von Carolina.« Ihre Rede war ein impressionistisches Feuerwerk und enthielt eine Fülle von Bildern, die sich jedem von uns im Laufe der Jahre untilgbar ins Gedächtnis gebrannt hatten. Es war der erste öffentliche Auftritt der Dichterin, frech und selbstbewußt. Sie verstand sich auf die Macht der Worte und trug sie zur Schau wie der radschlagende

Pfau seine prächtigen Schwanzfedern, aus reiner Lust an der Selbstdarstellung. Savannah hatte eine ganz besondere Gabe für Schlußpointen und Abschiedsgesten. So sagte sie der Welt adieu, die wir hinter uns ließen, und sie tat es auf ihre Art – unnachahmlich und unvergeßlich.

Morgan Randel, der Schulrat, überreichte einem nach dem anderen das Abschlußzeugnis und wünschte uns viel Glück auf unserem künftigen Lebensweg. Die schwitzende Zuhörerschaft spendete jedem von uns bescheidenen Applaus. Dann aber, als Benji Washington nach vorne trat, um aus Mr. Randels Händen sein Zeugnis entgegenzunehmen, ging plötzlich ein Murmeln durch die Ränge, und die Abiturklasse murmelte nicht nur, sondern ehrte Benji mit einer stehenden Ovation. Steif und feierlich ließ er sich die Urkunde überreichen, und mit derselben unerträglich einsamen Würde schnitt er dann über die Bühne zurück zu seinem Sitz. Das Brimborium überraschte ihn und machte ihn verlegen. Als ich mich umdrehte, sah ich, wie seine Mutter das Gesicht an der Schulter ihres Gatten barg, unendlich erleichtert, daß der Leidensweg ihres Sohnes nun endlich ein Ende gefunden hatte.

Das ist ein geschichtsträchtiger Augenblick, dachte ich. Unser Applaus für Benji Washington gilt einem historischen Wandel und einem geradezu übermenschlichen Beispiel persönlichen Muts, wie es mir wohl nie wieder im Leben begegnen wird. Nie wieder werde ich die Flamme der Courage so hell emporlodern sehen, entzündet in totaler Hingabe an ein Ideal.

Benji hatte fast schon wieder seinen Platz erreicht, und noch immer schwoll der Applaus an. Wie viele Benji Washingtons wird es heute wohl im Süden geben, fragte ich mich, schwarze Söhne und Töchter nach Gottes Angesicht, gezwungen von Geburt an, ihre Kräfte und Fähigkeiten an weißen Kindern zu messen, die vom ersten Tag ihres Lebens darauf gedrillt werden, Jesus zu lieben und Nigger aus tiefstem Herzen zu hassen.

Wieder spielte die Musik, und wir marschierten hinaus in die Junihitze. Ich war schweißüberströmt, hatte ich doch darauf bestanden unter dem Talar der Graduierten meinen neuen Blazer zu tragen.

Mitternacht. Die Abiturfeier ist vorüber, und wir sitzen auf der Holzbrücke, die unsere Insel und unser Leben mit dem nordamerikanischen Kontinent verbindet. Atem der Flut. Der Mond zittert, schillert, eine blasse Scheibe im Strom. Über uns die Sterne im Zenit ihres fehllosen Gangs durch die Nacht, unter uns wiedergeboren mit all ihren Konfigurationen im leuchtenden Spiegel der Wasser. Das Marschland zu beiden Seiten empfängt die einlaufende Flut mit vegetabilischer Lust, in der Luft hängt der uralte Geruch von Brunst und Erneuerung. Besucher der Marschen empfinden diesen Geruch als unangenehm und aufdringlich, doch für die Eingeborenen ist es der Duft der Erde, der Weihrauch der Heimat, beißende Essenz des Landes. Unsere Nasenflügel beben. Die Fächerpalmen draußen auf den Halbinseln schließen die Reihen, der Fluß verliert sich in Rinnsalen wie die Vene in verästelten Kapillaren. Ein Stachelrochen schwebt knapp unter der Wasseroberfläche vorbei gleich einem alptraumhaften Riesenvogel, und über dem Land erhebt sich der Wind, der den Duft von Geißblatt und Jasmin mit sich trägt. Und da ändert sich der Geruch der Nacht, zieht sich zurück, verdichtet sich, entschwindet wieder, essigscharf und unvergleichlich wie Bayrum.

Savannah sitzt zwischen ihren Brüdern, die zart und zerbrechlich wirkende Silhouette unterstreicht ihren Reiz. Ich habe meinen Arm um ihre Schultern gelegt und spüre noch den bulligen Hals meines Bruders an meiner Hand. Luke trinkt einen Schluck *Wild Turkey* und reicht die Flasche an uns weiter; er hat den Bourbon nicht gekauft, weil er teuer ist, sondern weil er in ihm die Erinnerung an Truthahnjagden hervorruft – Truthahnjagden an kalten Wintertagen.

»Nun ist es also vorbei«, sagte Savannah. »Und was hatte es zu bedeuten?«

»Es war einfach was, wo wir durch mußten, bevor sie uns laufen ließen«, vermutete Luke.

Vom Bourbon milde gestimmt, sagte ich: »So schlimm war es nun auch wieder nicht. Ich wette, wir werden später sagen, es sei die schönste Zeit unseres Lebens gewesen.«

»Es war scheußlich«, sagte Savannah.

»Na, nun übertreib mal nicht. Du mußt auch die guten Seiten sehen, nicht immer nur die schlechten.« Ich reichte die Flasche an Savannah weiter.

»Der Himmel kann total blau sein, und du schreist ›Hurrikan, Hurrikan!‹«

»Ich bin Realistin«, erwiderte meine Schwester und rammte mir den Ellbogen in die Magengrube, »und du bist ein tumber Tor und der einzige Mensch, von dem ich mit Bestimmtheit weiß, daß er gerne in die Schule gegangen ist.«

»Und das macht mich zur Unperson, wie?«

»Ich werde niemals jemandem vertrauen können, von dem ich den Eindruck habe, daß er die Schule auch nur toleriert hat. Und wenn einer so aussieht, als habe er Football gespielt, dann spreche ich kein Wort mit ihm.«

Ihre kategorische Ablehnung verletzte mich. »Ich *habe* Football gespielt...«

Savannah lachte und warf den Kopf in den Nacken. »Ende der Beweisaufnahme«, sagte sie.

»Ich verstehe deinen Haß auf die Schule nicht, Savannah«, fuhr ich fort. »Du warst so gut, warst Klassensprecherin, durftest die Abschlußrede halten, und man hat dich per Abstimmung zur ›besten Persönlichkeit‹ erklärt.«

»›Beste Persönlichkeit‹!« schrie sie, vom Bourbon angetörnt, daß es weit über das nächtliche Marschland schallte. »Und gegen was für eine Konkurrenz! Ich war in dieser Schule eine der ganz wenigen, die überhaupt so etwas wie Persönlichkeit besaß.«

»Ich habe eine sehr schöne Persönlichkeit«, sagte ich.

»Das ist doch Phrasendrescherei«, gab sie zurück. »Durch Persönlichkeit allein wird die Welt auch nicht heller.«

Jetzt mischte sich Luke ein. »Genau, Tom«, sagte er mit spöttischem Unterton, »Persönlichkeit allein bringt's nicht, und das, was du davon hast, schon gar nicht!«

»Was ist das da für ein unförmiges Gebilde zu deiner Linken, Savannah?« frage ich und kniff Luke in den Nacken. »Für einen Menschen ist es zu feist und für ein Nilpferd zu dumm – ein toller Satz, nicht wahr? Sag bloß, wir haben es da nicht mit einer Persönlichkeit von Weltrang zu tun!«

»Ich wär' gern ein Nilpferd«, sagte Luke. »Nichts weiter zu tun, als im Fluß herumflacken und ab und zu mit'm Arsch wackeln.«

»Meinst du nicht, du solltest im College versuchen, dir darüber klarzuwerden, wer oder was du eigentlich bist, Tom?« fragte Savannah. »Nimm dir ein bißchen Zeit und versuch herauszufinden, was für ein Kerl das ist, der die Seele unter deinen Schulterblättern bewohnt.«

»Ich weiß genau, wer ich bin! Ich bin Tom Wingo, ein Kind des Südens und ein ganz normaler Typ, der ein ganz normales Leben führen will. Ich werde eine ganz normale Frau heiraten und ganz normale Kinder in die Welt setzen – und das, obwohl ich mit dieser bekloppten Familie verwandt bin und einen Bruder habe, der am liebsten ein Nilpferd wäre.«

»Harmlos wie du bist, wirst du das erstbeste dickbusige Mädchen heiraten, das dir über den Weg läuft«, meinte Savannah.

»Klingt nicht schlecht«, sagte Luke und nahm einen Schluck aus der Flasche.

»Und du, Luke?« fragte Savannah. »Wie sieht's bei dir aus?«

»Was?«

»Nun, das Leben, deine Zukunft! An einem Tag wie diesem redet man über sein kommendes Schicksal und schmiedet Zukunftspläne.«

»Ich werd' Krabbenfischer wie Dad«, sagte Luke. »Ende des Sommers will Dad mit mir zur Bank gehen und sehen, ob sie mir ein Boot vorfinanzieren.«

»So wie ich Dads tolle Kreditwürdigkeit einschätze«, sagte ich, »finanzieren die dir nicht mal 'n Netz oder 'ne Stange zum Staken.«

»Ja, er muß ein paar alte Schulden loswerden, bevor wir zur Bank gehen können.«

»Aus dir könnte echt mehr werden, Luke«, sagte Savannah. »Viel mehr, wirklich. Aber du hast dir ihr Geschwätz angehört und alles, was sie über dich gesagt haben, für bare Münze genommen.«

»Ihr wißt beide ganz genau, daß das College nichts für mich ist«, erwiderte Luke heftig. »Wenn ich nicht bei euch hätte abschreiben können, hätte ich nicht mal die Schule gepackt. Ich brauche kein College, um ständig daran erinnert zu werden, wie doof ich bin.«

»Du bist nicht doof, Luke«, sagte Savannah. »Das haben sie dir eingeredet, und du hast diese Lüge widerspruchslos geschluckt.«

»Lieb von dir, Savannah, daß du das sagst. Aber seien wir doch ehrlich: Der liebe Gott hat mir Muskeln geschenkt, aber kein Hirn dazugepackt. Ich hab' das zweitschlechteste Zeugnis der Klasse. Nur Viryn Grant war noch schlechter.«

»Hör mal, Luke, ich habe doch gegen Ende des Schuljahrs im

Sekretariat bei Mr. Lopatka ausgeholfen. Und da hab' ich mir einmal, als er beim Mittagessen war, den Ordner mit unseren IQs angesehen.«

»Du flunkerst«, sagte ich. »Die sind doch streng geheim!«

»Es stimmt aber«, sagte Savannah. »Ich habe sie gesehen. Es war hochinteressant! Weißt du, daß du einen höheren IQ hast als Tom, Luke?«

»Was?« schrie ich, zutiefst beleidigt.

Luke brüllte *»Whoopee!«* – so laut, daß ein Sumpfhuhn fluchtartig sein Nest im hohen Riedgras verließ. »Gib Tom die Flasche, der braucht jetzt 'n Schluck! Das verdirbt ihm glatt sein ganzes Abi!«

»Warum sollte es?« fragte Savannah. »Der IQ hat doch überhaupt nichts zu sagen, das weiß doch jeder!«

»Wie hoch war denn deiner, Savannah?« fragte ich.

»Hundertvierzig. Ganz oben bei den Genies. Ich nehme an, das überrascht meinen teuren Bruder nicht.«

»Und meiner?« fragte Luke. Der triumphierende Ton in seiner Stimme war unerträglich.

»Hundertneunzehn. Tom kam auf hundertfünfzehn.«

»Ich bin dein Zwillingsbruder!« rief ich. »Verdammt noch mal, ich bin dein Zwillingsbruder! Da muß noch mal nachgezählt werden, ich bestehe darauf!«

Luke grinste. »Tom kam mir schon immer ein wenig langsam vor.«

»Ach, rutsch mir doch den Buckel runter, Luke!« Ich war schwer gekränkt und kochte vor Wut. »Ich dachte, Zwillinge hätten automatisch den gleichen IQ.«

»Das stimmt nicht mal bei eineiigen Zwillingen, Tom.« Savannah amüsierte sich prächtig. »In diesem Fall hast du echt den kürzeren gezogen.«

»Nicht zu fassen!« Luke schüttelte den Kopf. »Es ist einfach nicht zu fassen. Ich bin gescheiter als du, Tom. Darauf trink' ich 'n Schluck.«

»Und wenn schon! Ich weiß jedenfalls mit dem, was ich hab', erheblich besser umzugehen.«

»Aber gewiß doch, kleiner Bruder. Hast dich tapfer geschlagen mit deinem mickrigen IQ.« Er und Savannah lachten hemmungslos.

»Na gut, ich habe beschlossen, Football-Trainer zu werden«, sagte ich und griff nach der Flasche. »Dazu braucht man keine Spitzenintelligenz.«

»Dazu brauchst du überhaupt keine, Tom«, sagte Savannah. »Aber wie kann man nur sein Leben so verschleudern.«

»Wieso?«

»Wenn's nach mir ginge, so würde ich eine Bande von Attentätern anheuern und alle Trainer der Welt massakrieren. Alle Männlein und Weiblein über einundzwanzig, die wir im Trainingsanzug und mit Trillerpfeife im Maul erwischen, würden wir einsperren und foltern.«

»Wie würde das aussehen?« fragte Luke. »Das Foltern, mein' ich?«

»Zuerst würde ich sie zwingen, sich klassische Musik anzuhören. Dann müßten sie eine Woche lang Ballettunterricht nehmen. Und dann, Moment... Ja, dann müßten sie die Gesammelten Werke von Jane Austen lesen. Zu guter Letzt würden sie alle ohne Narkose einer Geschlechtsumwandlung unterzogen.«

»Wie brutal, Savannah!« warf ich ein. »«Was gehen da für merkwürdige Gedanken in deinem hübschen Köpfchen herum!«

»Wenn Tom Trainer werden will, dann laß ihn doch.« Luke versuchte zu vermitteln. »Warum soll er nicht werden, was er will?«

Savannah ließ nicht locker. »Weil viel mehr in ihm steckt als das. Er verkauft sich an den Süden, und zwar viel zu billig. Tut mir leid, Tom, aber du bist von der Seuche des Südens befallen, und dagegen ist kein Kraut gewachsen.«

»Und du, Savannah, du willst da oben in dem verdammten New York wohl ganz groß rauskommen, was?«

»Man wird sich wundern, jawohl.«

»Mama wäre es immer noch am liebsten, wenn du das Stipendium vom Converse College annehmen würdest«, sagte Luke.

»Neulich hab' ich gehört, wie sie mit Tolitha darüber sprach.«

»Bevor ich einen Tag länger als unbedingt nötig in South Carolina bleibe, sterbe ich lieber! Ich weiß genau, was Mama für mich plant. Ich soll einen angehenden Arzt oder Anwalt auf dem College kennenlernen, ihn heiraten und mich dann in irgendeiner popeligen Kleinstadt in South Carolina niederlassen. Und dann soll ich Kinder werfen, fünf Stück, plop, plop, plop, plop, plop.

Wenn's Jungen sind, erwartet sie von mir, daß ich sie zu Ärzten oder Anwälten erziehe, und wenn's Mädchen sind, daß ich sie zu Ehefrauen von Ärzten oder Anwälten mache. Für mich stinken schon Mutters Träume nach Tod und Verwesung. Aber ich kauf' ihr das Programm nicht ab. Ich werde, was *ich* werden will. In Colleton setzt man gewisse Erwartungen in dich, und die ganze Stadt achtet darauf, daß du von diesem Idealbild nicht allzuweit abweichst. Die kleinen Mädchen sind alle hübsch und keck, und die Jungs alle kleine Draufgänger. Mir reicht's jetzt ein für allemal. Ich hab' keine Lust mehr, ständig meine Gefühle verbergen zu müssen. Ich geh' nach New York. Dort brauche ich keine Angst vor neuen Selbsterkenntnissen zu haben.«

Ein scheuer Nachtreiher erhob sich aus den Sümpfen.

»Wovor hast du denn Angst?« fragte Luke.

»Ich fürchte, wenn ich hierbleibe, ende ich wie Mr. Fruit, als verrückte oder schwachsinnige Pennerin, die an den Hintereingängen der Restaurants und Bars um Speisereste bettelt. Ich möchte irgendwo hin, wo es niemandem auffällt, wenn ich mal 'ne Weile spinne. In dieser Stadt macht mich allein der Druck, immer so tun zu müssen, als sei ich genauso wie alle anderen, wahnsinnig. Mir war immer klar, daß ich anders bin. Ich bin im Süden geboren, okay, aber ich war nie in meinem Leben das, was man einen typischen Südstaatler nennt. Es hat mich fast umgebracht. Von frühester Jugend an war ich krank, geisteskrank. Ich sehe Dinge, die andere nicht sehen. Ich höre Stimmen. Ich habe furchtbare Alpträume. Wenn ich Mama damit kam, hieß es immer: ›Nimm zwei Aspirin und verzichte heute auf den Nachtisch.‹ Daß ich es überhaupt so weit gebracht habe, hat mich verdammt viel Kraft gekostet.«

»Warum hast du uns nichts davon erzählt?« fragte Luke.

»Was hättet ihr daran ändern können?« antwortete sie.

»Wir hätten dir immerhin empfehlen können, *drei* Aspirin zu nehmen und auf deinen Nachtisch zu verzichten«, sagte ich.

»Wißt ihr, was ich da unten im Wasser sehe?« fragte Savannah und starrte in die mondlichtübergossene Flut. »Ich sag's euch: Ich sehe Hunde, Hunderte von ertrunkenen Hunden, und alle starren mich an aus weit aufgerissenen Augen...«

Ich blickte hinunter aufs Wasser und sah nur Wasser. »Tja«, meinte ich, »vielleicht solltest du wirklich nach New York City gehen.«

»Halt's Maul, Tom«, sagte Luke und sah Savannah fürsorglich an. »Da unten sind keine Hunde, Dummchen. Es sind bloß Hirngespinste.«

»Manchmal sehe ich das Jesuskind von Prag, die Statue, wißt ihr, die Dad aus Deutschland mitgebracht hat. Eiter trieft aus seinen Augäpfeln, und er gibt mir mit Gesten zu verstehen, daß ich ihm folgen soll. Manchmal sehe ich Mutter und Vater nackt an Fleischerhaken hängen. Sie bellen und knurren einander an. Sie haben Reißzähne wie Hunde und schnappen nacheinander...«

»Es muß die Hölle sein, einen IQ von hundertvierzig zu haben, was, Savannah?«

»Halt's Maul, Tom«, sagte Luke noch einmal sehr nachdrücklich, und ich fügte mich. Mit einemmal herrschte Schweigen, ein unangenehmes, peinliches Schweigen, und es dauerte eine Weile, bis ich es brach.

»Verflucht, das ist böse. Schieb den Bourbon rüber, Luke. Und du, Savannah, sauf die Hälfte. Also, wenn ich solche Stimmen hören und solche Dinge sehen würde – ich würde wahrscheinlich nie wieder nüchtern. Morgens nach dem Aufstehen ein Schlückchen, dann wieder ein Schlückchen und noch ein Schlückchen, und immer weiter so, bis du abends sanft entschlummerst.«

»Du solltest nicht Trainer werden, sondern Arzt«, sagte Luke. »Unsere Schwester hat Probleme und will uns was Wichtiges sagen, und du hockst da und machst dumme Witze. Wir sollten versuchen, ihr zu helfen, anstatt sie auszulachen.«

»Ihr könnt mir nicht helfen, Luke«, sagte Savannah. »Ich lebe schon lange damit, und zwar allein. Einmal hab' ich versucht, Mama dazu zu bewegen, mich zum Therapeuten in Charleston zu schicken. Aber sie fand schnell heraus, daß die Stunde vierzig Dollar kostet.«

Ich pfiff durch die Zähne.

»Vierzig Dollar die Stunde! Mensch, ich glaub', ich werd' Psychiater. Wenn ich zehn Stunden am Tag und sechs Tage in der Woche und fünfzig Wochen im Jahr arbeite... und dabei noch Leuten helfe, die ihre Mami am Fleischerhaken baumeln sehen... dann komm' ich ja auf hundertzwanzigtausend brutto im Jahr! Ich hatte ja nicht die geringste Ahnung, wie reich man werden kann als Beklopptenpfleger...«

»Du bist ja besoffen, Tom«, sagte Luke. »Mach den Reißverschluß vor deiner Fresse zu, oder ich schmeiß' dich in den Creek, damit du wieder nüchtern wirst.«

Ich bekam einen Lachkrampf. »*Du* willst mich in den Creek schmeißen? Weißt du überhaupt, mit wem du sprichst? Du sprichst mit einem Football-Star aus dem College-Team, ist dir das klar, Luke? Nicht mit einem milchgesichtigen Spinner aus der High School.«

»Entschuldige, Schätzchen«, sagte Luke, »aber ich muß meinem kleinen Brüderchen mal kurz etwas Respekt vor dem Alter beibringen.«

»Tu ihm nicht weh, Luke. Er verträgt nun mal keinen Alkohol!«

»Verträgt keinen Alkohol?« schrie ich und setzte die Flasche an. Ich fühlte mich großartig. »Ich saufe jeden Mann in der County unter den Tisch. Und du, Luke, setz dich bloß wieder hin. Ich will dich nicht vor dem Weibervolk blamieren...«

Luke erhob sich, und ich kam taumelig auf die Beine. Zwar umgab mich die Aura alkoholisierter Unbezwingbarkeit, doch als ich auf ihn losgehen wollte, schwankte ich hin und her. Ich sprang ihn an, um ihn in den Schwitzkasten zu nehmen, doch auf einmal sah ich überdeutlich den Großen Bären und flog kopfüber in den Fluß. Als ich, nach Luft ringend und Wasser spuckend, wieder auftauchte, schallte Savannahs Gelächter über die Sümpfe.

»Ihr College-Spieler seid beschissen«, sagte Luke, als ich gegen die Strömung wieder zur Brücke schwamm.

»Ich hoffe, du hast meinen Blazer nicht ruiniert, Luke. Sonst gibt es den gesamten Sommer über jeden Tag eine Schlägerei zwischen uns.«

»Bei dieser Hitze solltest du ihn gar nicht tragen«, erwiderte Luke und sprang zu mir in den Fluß. Wir rangen im Wasser weiter, und er tauchte mich mehrfach unter, bis ich schließlich aufgab.

»Komm, Savannah!« rief Luke. »Zieh deine Schuhe aus! Wir schwimmen nach Hause, wie damals in guten alten Kindertagen!«

Ich zog meine Schuhe und den Blazer aus und reichte beides Savannah. Unsere Schwester streifte ihr Baumwollkleid über den Kopf und dann stand sie in Schlüpfer und BH über uns, eine statuenhafte, im Mondlicht schimmernde Schönheit. Sie hielt die Bourbon-Flasche hoch in die Luft und rief:

»Die letzten Toasts auf unsere Zukunft. Zuerst trinke ich auf dich, Tom. Was wünschst du dir vom Leben, *quarterback*?«

In Rückenlage driftete ich im Wasser und sah auf zu meiner Schwester, ins mondbeschienene Gesicht einer Besessenen. »Ich will ein ganz normaler Bürger dieses Landes werden«, sagte ich.

»Nun gut! Trinken wir auf die Normalität!« Sie nahm einen Schluck aus der Flasche. »Und nun zu dir, Luke.«

»Ich bin Krabbenfischer. Ich bleib' solide.«

»Ein Toast auf die Solidität!«

»Und du, New York?« fragte ich. »Wir wollen auch einen auf dich trinken!«

»Ich will Gedichte schreiben und Amok laufen. Ja, ich will nicht nur Amok laufen, sondern mich ganz bewußt der Sünde ergeben. Splitterfasernackt will ich die Fifth Avenue auf und ab marschieren. Ich laß' mich ein mit Männern, Frauen und Tieren. Ich kauf' mir 'n Papagei und bring ihm die dreckigsten Flüche bei. Und genau wie Dad werde ich dafür sorgen, daß alles gefilmt wird, und die Filme dann nach Hause schicken.«

»Reich die Pulle runter«, sagte Luke und schwamm zur Brücke. Während er trank, trieb ihn die Strömung auf mich zu. Er rief: »Auf ihren Amoklauf!«, trank und gab mir die Flasche, wobei er sorgfältig darauf achtete, daß sie nicht unter Wasser geriet.

»Auf Savannah Wingo!« brüllte ich. »Auf das verrückteste Weib, das jemals New York City betreten hat.«

»*Goodbye,* Colleton«, schrie sie, dem Atlantik zugewandt. »*Goodbye,* Süden! *Goodbye,* Football! *Goodbye,* Mama! *Goodbye,* Papa! Und hallo, *Big Apple!*«

Ich leerte die Flasche mit einem Zug. Im selben Augenblick tauchte Savannah mit einem perfekten Kopfsprung ins Wasser, dessen Oberfläche sich kaum kräuselte.

Wir überließen uns der sanften Strömung, die uns nach Hause trug. Es war der schönste Sommer, den ich je auf der Insel erlebte, und nur langsam machte ich mich mit dem Gedanken an Abschied vertraut. Zu meiner Überraschung stellte ich fest, daß ich überhaupt keine Vorstellung davon hatte, wie mein Leben ohne die Familie aussehen sollte. Die vertrauten familiären Schlafgeräusche waren bisher nur in einigen wenigen Nächten nicht um mich gewesen, und ich war einfach noch nicht soweit, jenes Leben – das einzige, das ich bis dahin kannte oder kennen sollte – von einem Tag auf den anderen so einfach aufzugeben. Aber es gab keine Alternative zum Erwachsenwerden. Der Terror des bevorstehenden Abschieds ergriff von mir Besitz und schlich sich in die Rhythmen meiner eigenen zaghaften Abnabelungsbemühungen. Die Sprache meines Herzens äußerte sich in Ausbrüchen tonloser Leidenschaft, die sich all meinen Anstrengungen zum Trotz jeglicher Verbalisierung entzog. Ein achtzehn Jahre lang währendes Bankett voller Licht und Schatten näherte sich seinem Ende, und ich fühlte mich furchtbar elend und konnte doch meine Gefühle niemandem mitteilen. Eine Familie ist ein natürlicher, löslicher Stoff: Kommt die Zeit, schmilzt sie dahin wie Salz im Regenwasser.

Es ist Sommer, und die rivalisierenden Königinnen Hitze und Stille streiten um die Herrschaft über die Flußufer.

In der Zeitung lesen wir, daß die Feuerameisen den Savannah River überschritten und einen Brückenkopf in South Carolina errichtet haben. Nach stundenlangem Kampf ist es Luke in der Nähe von Kiawah Island gelungen, seinen ersten Tarpon zu fangen. Stark wie ein Pferd, hüpfte und tanzte der gewaltige Fisch über die Wellen. Als wir ihn endlich im Boot hatten, küßte Luke den Tarpon und ließ ihn wieder frei; es war eine Geste der Ehrfurcht und der Dankbarkeit. Savannah malte in diesem Sommer viele Aquarelle und schrieb Gedichte im Stil von Dylan Thomas. Die Tage endeten lautlos, und der irrlichternde Code der Glühwürmchen verwirrte die Nacht. Ich versuchte, das bruchstückhafte Wissen zusammenzutragen, welches ich meiner Kindheit auf der Insel verdankte, und eine gewisse Ordnung hineinzubringen. Langsam, stetig vergingen die Tage, und ich zählte sie wie die Perlen eines Rosenkranzes, die sich zwischen meinen Fingern auflösten. Wenn ich frühmorgens erwachte, sah ich, wie Vater das Haus verließ und zu seinem Krabbenboot ging. Abends schwebten die Glühwürmchen herein und zeichneten hin und her flutende, sich unablässig verändernde Sternbilder in die Dunkelheit. Befangen und voll innerer Spannungen waren wir in diesem grünen, sommerwarmen Juni und behandelten einander mit großer Rücksicht.

In den Augen meiner Mutter beobachteten und interpretierten wir einen kryptischen Text und übersetzten ihn als Altersfurcht und Sinnkrise. Sie wußte nicht, wie sie sich in einer Welt, in der sie nicht mehr Mutter war, zurechtfinden sollte. Unsere neue Freiheit beraubte sie allen Selbstverständnisses, und uns war nicht wohl bei dem Gedanken, sie nun mit unserem Vater allein lassen zu müssen. Sie war oft wütend auf uns und sah in unserem Flüggewerden einen unverzeihlichen Verrat. Nicht ein einziges Mal in diesem Sommer ließ sie uns mit Vater auf dem Krabbenboot hinausfahren; vielmehr verlangte sie von uns, einen letzten denkwürdigen Sommer über noch einmal rund um die Uhr Kind zu sein. Siebenunddreißig Jahre alt war sie jetzt, und ihr Dasein als Mutter ging zu Ende; der Gedanke, ein Haus führen zu müssen, in dem es kein Kinderlachen, keine Kindertränen mehr gab, war ihr unerträglich.

Die Krabben bevölkerten wieder den Fluß und die Creeks, die Kuhreiher zeigten sich wieder auf den Feldern im Herzen der Insel und reihten sich wie Säulen aus frischem Salz zu kleinen Kolonnaden auf – und wir drei blieben fast die gesamte Zeit über zu Hause, in Mutters Nähe. Alles war genau, wie es immer gewesen war, und doch standen uns, unwiderruflich und furchtbar, gewaltige Veränderungen bevor. Und es nahte der Tag, da all die alten, gewohnheitsgeadelten Rituale durch eine einzige, einmalige Begebenheit auseinanderfielen, ein Ereignis, das unser aller Leben eine entscheidende Wendung gab.

Am neunzehnten Juli wurde unsere Mutter siebenunddreißig, und wir veranstalteten eine Geburtstagsparty. Savannah buk einen Schokoladenkuchen für sie, während Luke und ich mit dem Boot in die Stadt fuhren und die größte Flasche *Chanel No. 5* erstanden, die Sarah Poston in ihrem Kleiderladen vorrätig hatte. Mrs. Poston versicherte uns, daß nur Frauen, die *›très elégant‹* seien, *Chanel* benutzten. Obwohl ihr Verkaufstalent erheblich besser war als ihr Französisch, kauften wir das Parfüm; vor unseren Augen wickelte sie es in lavendelfarbenes Geschenkpapier.

Am Geburtstagsabend mußte Mutter dreimal Luft holen, bis sie die letzte Kerze auf dem Kuchen ausgeblasen hatte. Wir machten darüber unsere Witze, worauf sie klagte, es handele sich wohl um die ersten Anzeichen einer bösartigen, altersbedingten Lungenkrankheit. Sie war ungewöhnlich schön im goldenen Kerzenschein, und wenn sie mich anlächelte, fühlte ich mich in der geheimen Grotte ihrer höchsten Zuneigung geläutert. In dieser Nacht küßte sie mich, und ich spürte den Duft des *Chanel*, der einer kleinen Ader auf ihrem Hals zu entströmen schien. Sie hielt mich in ihren Armen, und ich hätte am liebsten alle jene Wildheit und Zärtlichkeit, mit der ein Junge seine Mutter zu lieben vermag, laut herausgeschrien. Ich wollte ihr sagen, wie gut ich alles verstand, und daß ich wegen des Lebens, das wir hier auf der Insel geführt hatten, weder gegen sie noch gegen meinen Vater irgendeinen Groll hegte. Aber über meine Lippen kam kein Wort. Stumm lehnte ich meinen Kopf an ihre Schulter, betört vom süßen Duft ihres Haars.

Zu unser aller Bestürzung wurde Luke an jenem Abend von einem Weinkrampf geschüttelt. Es geschah, als Savannah und ich darüber sprachen, daß wir Ende August die Insel verlassen wollten. Wie Mutter sträubte auch Luke sich gegen die Einsicht, daß unser Leben sich nun ändern würde und daß unsere Kindheit ein für allemal dahin war, nicht mehr als eine im Strom der Zeit verlorene Melodie. Luke weinte und zitterte, ein sanftes Adagio des Schmerzes, aber in seinem Kummer lag auch Kraft. Ein weinender Luke ließ einen die Melancholie der Könige erahnen, den Ernst eines aus seinem Rudel ausgestoßenen, verwundeten Löwen. Nur allzu gerne hätte ich meinen Bruder in den Arm genommen und sein Gesicht an meinem gespürt – aber ich war unfähig, es zu tun. Wer es tat, war Savannah. Sie schwor ihm, daß alles so bleiben würde, wie es war. Luke war ein Teil der Insel, Savannah und ich waren nur zufällig hier geboren – jedenfalls war das die Legende, die uns aufrechthielt und unserem schönen Traum von einer Reise in die Regionen jenseits der engen Grenzen und dunklen Schatten unserer Familie Nahrung gab.

»Was soll die Heulerei?« fragte Vater

»Luke ist bloß traurig, weil wir wegziehen«, erklärte Savannah.

»Um Gottes willen, reiß dich zusammen, Junge«, sagte Vater. »Du bist jetzt Krabbenfischer, und Krabbenfischer sind keine Heulsusen.«

»Sei still, Henry«, sagte Mutter. »Und laß den Jungen in Ruhe.«

»Ich habe eine Familie von Weichlingen großgezogen«, gab Vater, einmal mehr auf sich allein gestellt, zurück. »Und ich hasse nichts so sehr wie Familien, die aus lauter Weichlingen bestehen.«

Wir verbrachten den Rest der Nacht draußen auf dem Schwimmdock. Wir lagen auf dem Rücken und sahen im spärlichen Licht der Neumondnacht jeden einzelnen Stern, den Gott in unserem Teil der Welt dem unbewehrten menschlichen Auge offenbart. Die Milchstraße über mir war ein weißer Strom aus Licht, den ich auslöschen konnte, indem ich die Hand vor mein Gesicht hielt. Die Flut ging zurück, und die Winkerkrabben waren aus ihren Schlammlöchern gekommen; in schauriger Harmonie schwenkten die männlichen Tiere ihre großen, verwegenen Scheren, bewegten sie im Rhythmus der Gezeiten, der Sterne und der wechselnden Winde. Mit ihren Elfenbeinarmen gaben sie Gott zu verstehen, daß die Welt so war, wie ihr von Anbeginn zu sein bestimmt war, daß Pegasus mit der gebührenden Leuchtkraft am Himmel strahlte, daß die Delphine im strömenden Wasser ihr Jagdlied sangen, daß der Mond seiner Gemeinde treu geblieben war. Die Bewegung der Krabben war Tanz, Vertrauen, Zelebration der Existenz Gottes. Und wie eine Winkerkrabbe erhob ich den Arm und winkte Orion zu, dem Krieger im Schlachtgewand, der dort oben ruhigen Schrittes seinen Weg ging. Sein Gürtel war Millionen Meilen von meinen Augen entfernt – und schien mir doch näher als die Lichter meines Elternhauses.

Am dritten August schlief ich erneut auf dem Schwimmdock, als sich gegen Morgen im Südosten ein Wind erhob. Gegen Mittag erreichte die Flut ihren höchsten Stand, und als das Wasser zurücklaufen wollte, hielten die Winde dagegen. Ein Titanenkampf entbrannte. Der Sturm verwüstete Obstgärten und Bohnenfelder. Nach dem Mittagessen fragte Luke Savannah und mich, ob wir ihn nicht zum Südende der Insel begleiten wollten. Er hatte vor, die Pecanobäume zu düngen, die schon seit zwei Jahren keine Früchte mehr trugen. Mir sei es vollkommen egal, ob die Pecanobäume auf Melrose Island in den nächsten fünfzig Jahren überhaupt noch irgendwelche Nüsse hervorbrächten, sagte ich gutgelaunt zu meinem Bruder; im übrigen hätte ich bei so einem Wetter nicht die geringste Lust zu einem Ausflug. Luke verließ daraufhin das Haus auf eigene Faust; er nahm, den Wind im Rücken, den Weg durch den Sumpf, während Savannah und ich bei Mutter blieben.

Wir hörten das Programm einer Radiostation in Georgia und bemühten uns beim Mitsingen unserer Lieblingssongs vergeblich um Einstimmigkeit. Als das Lied kam, das Mutter in diesem Sommer allen anderen vorzog, sangen wir den Text laut mit, und jeder von uns tat so, als schmettere er die Worte in ein unsichtbares Mikrophon, zum grenzenlosen Entzücken eines begeisterten Publikums. Danach applaudierten wir einander, verbeugten uns tief und warfen unseren hingerissenen Fans Kußhändchen zu.

Die Nachrichten unterbrachen unsere Vorstellung. Der Gouverneur von Georgia hatte die Bundesregierung in Washington um finanzielle Hilfe gegen die zunehmenden Erosionsschäden am Strand von Tybee ersucht. Aus dem Gefängnis von Reidsville in Zentral-Georgia waren drei Männer entkommen. Es handelte sich, wie es hieß, um gefährliche Verbrecher, die bei ihrer Flucht einen Wachmann getötet hätten und vermutlich bewaffnet seien; man rechne damit, daß sie sich nach Florida absetzen wollten. In einer Bar an der River Street war ein Mann festgenommen worden, der Alkohol an einen Minderjährigen ausgeschenkt hatte. Die glückliche Stimme meiner Mutter verschmolz mit der des Nachrichtensprechers.

Im gleichen Augenblick, da es im Wetterbericht hieß, daß im Gebiet des Savannah-River am Nachmittag mit vierzigprozentiger Wahrscheinlichkeit Regen zu erwarten sei, fielen draußen die ersten Tropfen.

Nach den Nachrichten spielten die *Shirelles* auf. Mutter stieß einen Jubelschrei aus und begann, mit Savannah einen *Carolina shag* aufs Parkett zu legen. Ich beobachtete die sinnlichen Bewegungen der beiden mit einer Mischung aus Freude und Scham. Wie so viele andere High-School-Boys aus meiner Generation hatte ich jahrelang nur den Sport im Kopf gehabt und nie tanzen gelernt. Hinzu kam, daß mich eine angeborene Scheu daran hinderte, meine Schwester oder meine Mutter darum zu bitten, es mir beizubringen. Allein der Gedanke daran, ihre Hände halten zu müssen, war mir peinlich. Mutter führte. Mit Eleganz und Bestimmtheit wirbelte sie Savannah durchs Wohnzimmer.

Keiner von uns dreien ahnte, daß unser Haus beobachtet wurde. In glücklicher Unschuld tanzte meine Mutter mit meiner Schwester, ich klatschte zum Rhythmus der Musik und sang mit den *Shirelles* den Text. Vom Fluß her ertönte Donnergrollen, doch unser Haus war erfüllt von Tanz und Musik und vom weichen Rauschen der Regentropfen. Eine furchtbare Lektion stand uns bevor: Die Angst ist eine schwarze Kunst und erfordert einen genialen Lehrer. Noch heute sollten wir unsere Namen mit unserem eigenen Blut in die gleichgültigen Blätter des Stundenbuchs eintragen. Unsere genialen Lehrer waren schon da. Doch alles begann mit Musik.

Es klopfte an der vorderen Tür. Wir sahen einander fragend an, denn keiner von uns hatte einen Wagen vorfahren hören. Ich hob die Schultern und ging hinaus. Ich öffnete die Tür und spürte den kühlen Stahl einer Pistole an meiner Schläfe. Ich sah den Mann an. Obwohl er bartlos war, erkannte ich sein Gesicht sofort, erinnerte mich durch das Fenster der Zeit an die Grausamkeit und den Magnetismus jener grauen Augen.

»Callanwolde«, sagte ich und hörte, wie Mutter hinter mir aufschrie.

Die beiden anderen Männer stürmten durch die Hintertür ins Haus, und wieder war im Radio die Rede von den drei bewaffneten Ausbrechern, von denen man annahm, sie seien auf dem Weg nach Florida. Jetzt fielen auch ihre Namen: Otis Miller (den wir früher einmal Callanwolde genannt hatten), Floyd Merlin und Randy Thompson. Von Schwäche, Furcht und Feigheit überwältigt, sank ich mit dem unartikulierten, jaulenden Ton eines Opfertiers in die Knie.

»Ich habe dich nie vergessen, Lila«, sagte der Riese. »All die Jahre im Knast habe ich nur an dich gedacht. Hier, das war mein Souvenir an dich...« Er hielt einen halb zerfetzten und verdreckten Brief in die Höhe. Es war der Brief, den Mutter damals während des Koreakriegs von Atlanta aus an meinen Großvater geschrieben hatte und der niemals auf der Insel angekommen war.

Der dicke Mann hatte Savannah bei der Kehle gepackt und schob sie gewaltsam in Richtung Schlafzimmer. Savannah wehrte sich und schrie, doch da riß er sie brutal an den Haaren und zwang sie durch die Tür. Bevor er die Tür hinter sich zuwarf, zwinkerte er den anderen zu und sagte: »Schätze, wir amüsieren uns erst mal ein bißchen.«

»Die Frau gehört mir«, sagte Callanwolde und starrte meine Mutter an; die primitive Geilheit in seinem Blick schien die Luft zu vergiften.

»Tom«, sagte Mutter, »bitte hilf mir.«

»Ich kann nicht, Mama«, flüsterte ich, sprang dann aber in einem einzigen Satz quer durchs Zimmer auf den Gewehrständer zu.

Callanwolde erwischte mich und schlug mich nieder. Dann ging er, die Pistole direkt auf ihr Gesicht gerichtet, auf Mutter zu und sagte etwas, was ich nicht begriff: »Der Junge gehört dir, Randy. Der gibt was her, glaube ich.«

»Rohes Fleisch«, sagte Randy und kam näher. »Nichts ist mir lieber, als rohes, frisches Fleisch.«

»Tom«, sagte Mutter erneut, »du mußt mir helfen.«

»Ich kann nicht, Mama«, antwortete ich. Callanwolde schob meine Mutter durch die Tür des Elternschlafzimmers und warf sie auf das Bett, auf dem ich gezeugt worden war.

Als Randy mir ein Messer an die Kehle hielt, schloß ich die Augen. Er schlitzte mir das Hemd über dem Rücken auf und befahl mir, den Gürtel meiner Hose zu öffnen. Nicht ahnend, was er vorhatte, tat ich es, und die Hose fiel zu Boden. Ich war in South Carolina großgeworden, auf dem platten Land. Ich wußte überhaupt nicht, daß auch Jungen vergewaltigt werden können. Aber an diesem Tag war mein Lehrer ins Haus gekommen.

»Nett. Wirklich nett. Wie heißt du, mein Hübscher, he? Sag Randy, wie du heißt.« Die Schreie meiner Mutter und meiner Schwester gellten durchs Haus, und der Druck der Klinge an meiner Gurgel verstärkte sich. Randys Atem roch scharf und metallisch. Ich fühlte seine Lippen am Genick. Er saugte an meinem Hals, und seine freie Hand streichelte meine Genitalien.

»Komm, sag mir, wie du heißt, Hübscher«, flüsterte er. »Sag es mir, bevor ich deine beschissen hübsche Kehle durchschneide.«

»Tom«, sagte ich mit einer Stimme, die ich selbst nicht erkannte.

»Schon mal 'n Mann gehabt, Tom?« sagte Randy, und ich hörte Savannah im Schlafzimmer weinen. »Nein, natürlich nicht, Tommy, ich bin dein erster. Ich besorg's dir toll, Tommy, ganz toll, bevor ich dir den Hals durchschneide.«

»Bitte«, wimmerte ich. Mit der Linken quetschte er mir den Kehlkopf zusammen, daß ich fürchtete, das Bewußtsein zu verlieren. Ich spürte die Messerklinge in Höhe meiner Taille durch die Unterwäsche fahren. Dann riß er mich an den Haaren und zwang mich in die Knie. Erst als ich seinen Schwanz an meinem Hintern spürte, wußte ich, was er vorhatte.

»Nein«, bettelte ich.

Hart riß er meine Haare zurück und ritzte meinen Po mit dem Messer bis aufs Blut. »Es macht mir nichts aus, wenn du verblutest, während ich dich ficke, Tommy«, raunte er.

Dann drang er in mich ein. Ich wollte schreien, brachte jedoch keinen Ton heraus. Sprache und Stimme versagten angesichts der Entsetzlichkeit dieser Erniedrigung. Sein Glied war riesengroß und verletzte mich. Ich spürte, wie eine Flüssigkeit an meinen Schenkeln hinabrann und dachte, er wäre gekommen, doch es war mein eigenes Blut. Er schraubte sich in mich hinein, tiefer und tiefer, während in den Zimmern nebenan Savannah und Mutter meinen Namen riefen und mich anflehten, ihnen zu Hilfe zu kommen.

»Tom, Tom!« schrie Savannah mit erschöpfter Stimme. »Er tut mir weh, Tom!«

Randy geriet in Fahrt, daß mir die Tränen in die Augen traten. »Sag mir, daß du es magst, Tommy«, keuchte er. »Sag, wie sehr du es magst.«

»Nein«, wisperte ich.

»Dann schlitz' ich deinen Hals gleich auf, Tommy. Ich wichs' dich voll, während du verblutest. Komm, Tommy, sag mir, daß du es magst.«

»Ich mag es.«

»Sag es freundlicher, Tommy.«

»Ich mag es«, sagte ich freundlich.

In diesem Augenblick meiner tiefsten Erniedrigung und Machtlosigkeit stöhnte der Mann auf, und ich spürte eine Veränderung in meinem Blutstrom. Es entging ihm, daß mich ein Schauer mörderischer Wut erfaßte. Ich sah auf und versuchte, das Entsetzen zu verdrängen, um wieder einigermaßen klar denken zu können. Ich sah mich im Zimmer um, und mein Blick fiel auf den schrägen Spiegel über dem Kamin. Vom Rahmen eingefaßt, erkannte ich meines Bruders Gesicht. Er schaute durchs Südfenster. Ich schüttelte meinen Kopf und sagte lautlos »Nein!« Ich wußte, daß alle Waffen im Haus waren und daß wir nur dann eine Chance hatten, wenn Luke rechtzeitig Hilfe holte. Als ich wieder in den Spiegel sah, war Lukes Gesicht verschwunden.

»Sag was, Tommy«, flüsterte Randy jetzt. »Sag mir was Schönes, mein Süßer...«

Dann hörte ich ein Geräusch im Wind. Ich kannte es von früher, wußte es aber nicht genau zu deuten. Es war wie der Schrei eines Kaninchens, das durchbohrt von den Fängen eines Falken, durch die Luft davongetragen wird. Der Sturm fuhr wie rasend durch die Bäume, und die Äste peitschten das Dach des Hauses. Wieder vernahm ich das Geräusch, und erneut konnte ich es weder einordnen noch sagen, aus welcher Richtung es kam. Hörten die anderen es auch?

Ich stöhnte laut, um es zu übertönen.

»Schööön, Tommy«, sagte Randy Thompson. »Ich mag das, wenn du stöhnst, ich mag das ungeheuer...«

»Bitte...bitte!« schrie meine Mutter im Nebenzimmer, und wieder hörte ich draußen im Regen das Geräusch, und diesmal erkannte ich es. Es war ein Rad, das sich um eine ungeschmierte Achse drehte. Es war das Geräusch des Spätsommers, jener unruhigen, hitzigen Tage im August vor einem Jahr, als Luke und ich mit unserem speziellen Trainingsprogramm für die im September startende Football-Saison begannen, die unsere letzte sein sollte. In vollem Dreß schoben wir den Tigerkäfig die Straße hinauf und hinunter, bis wir vor Erschöpfung zusammenbrachen. In einem wahren Anfall von Selbstschinderei trieben wir uns bis an die Grenzen des menschlichen Leistungsvermögens, um später auf dem Spielfeld stärker zu sein als all die anderen wilden Burschen in den gegnerischen Teams. Tag für Tag peinigten wir uns mit kompromißloser Härte, stählten unsere Körper in einem grausamen, selbst erfundenen Ritual. Rauf und runter schoben wir den Käfig, bis unsere Knie kaum noch imstande waren, unser eigenes Gewicht zu tragen. In der ersten Woche mußten wir alle paar Meter verschnaufen, dann aber bekamen wir Übung und konnten den Wagen bis zu einer Viertelmeile weit schieben, bis wir unter der heißen Augustsonne ins Taumeln gerieten und mitten auf dem Weg zusammenklappten.

Und jetzt kämpfte Luke mit dem Wagen, schob das Gefährt ohne Hilfe aufs Haus zu. Die Räder fraßen sich in den aufgeweichten Boden, und die am linken Rad quietschende Achse verriet sein Vorwärtskommen.

Der Mann in mir kam, vermischte seinen Samen mit meinem Blut. Ich schrie laut auf. Er zog sich aus mir zurück, verstärkte aber im gleichen Moment den Druck des Messers auf meiner Kehle.

»Na, Tommy, wie willst du sterben? Wie ist es dir lieber? Wovor hast du mehr Angst, vor dem Messer oder vor der Knarre?« Er preßte mich mit dem Rücken gegen die Wand, hielt die Pistole auf meine Schläfe und das Messer an mein Geschlecht. Dann spürte ich die Messerspitze an meinen Hoden. »Vor dem Messer, wie, Tommy?« sagte er. »Das dachte ich mir. Okay, Tommy, ich schneid' sie dir ab und schenk' sie dir, ist das nichts, Tommy? Ich schlitz'dich auf, Stück für Stück, hier ein bißchen, dort ein bißchen. Ich hab' dich im Hintern gefickt, Tommy. Du gehörst jetzt mir. Wenn sie dich finden, trieft dir noch mein Saft aus'm Arschloch, Tommy.«

Ich schloß die Augen, meine Arme strebten weit auseinander. Sein Gesicht berührte das meine. Er küßte mich, und seine Zunge rührte in meinem Mund herum. Meine rechte Hand fand Halt an einem Stück kalten Marmors. Obwohl mein Peiniger seine Augen nicht schloß, gelang es mir, die Finger um den Hals des Jesuskindes von Prag zu legen, jene Statue, die mein Vater nach dem Krieg aus der Kirche von Pater Kraus in Deutschland gestohlen hatte. Wieder hörte ich Mutter und Savannah weinen, dann schrie Mutter plötzlich schrill auf. »Tom!« kreischte sie, und ihre Stimme brach mir das Herz.

Wieder das quietschende Rad. Dann ein leichtes Poltern an der Hintertür, gefolgt von einem heftigeren Schlag. Es klang wie ein Nachbar, der auf einen Sprung vorbeikommen will.

»Keine Bewegung, Tommy«, raunte mir Randy Thompson zu. »Ein Wort, und du bist tot.«

Callanwolde kam aus Mutters Zimmer gerannt und zog sich im Laufen die Hose hoch. Durch die offene Tür sah ich Mutter,; nackt lag sie auf dem Bett, ein Arm bedeckte die Augen. Nun kam auch der Mann, der meine Schwester vergewaltigt hatte, aus dem Zimmer gestürmt, unter der Unterhose zeichnete sich sein noch halb erigiertes Glied ab. Beide Männer gingen in Stellung und richteten ihre Pistolen auf die Hintertür.

»Lauf fort, Luke, lauf!« schrie Mutter. Mit einer raschen Bewegung riß Callanwolde die Tür auf – und ich sah, wie die Schiebetür des Käfigs zur Seite glitt. Und dann stand der Mann, der meine Mutter vergewaltigt hatte, Auge in Auge mit einem bengalischen Tiger.

Randy Thompson stand da wie festgewurzelt und starrte gebannt auf die geöffnete Käfigtür, in der in diesem Augenblick Caesar erschien. Aus dem Halbdunkel kam er hervor, brüllte laut auf und war mit einem Satz im Zimmer.

Ein Schuß fiel. Ich sah, wie der Tiger zum Sprung ansetzte und Callanwolde rückwärts stolperte. Der Mann schrie, sein Gesicht umrahmt vom Gebiß des Tigers. Randy Thompson hob seine Waffe. Es gelang mir, die Marmorstatue voll in den Griff zu bekommen, und ich umklammerte sie mit beiden Händen wie einen Baseballschläger. Der Tiger zerfleischte dem Mann, der meine Mutter vergewaltigt hatte, gerade die Visage, als Teile von Randy Thompsons Hirn durchs Zimmer flogen und auf der gegenüberliegenden Seite an die Wand klatschten. Ich hatte ihn mit meinem Schlag nahezu enthauptet, während mein Mund noch den Geschmack seiner Zunge spürte. Nun vergaß ich den Tiger, den dritten Mann und die gellenden Schreie, warf mich auf Randy, der zu Boden gestürzt war und schmetterte die Statue ein ums andere Mal mit aller Wucht in sein Gesicht, bis es jegliche Ähnlichkeit mit einem menschlichen Antlitz verloren hatte. Eiskalt plazierte ich meine Schläge so, daß Schädelsplitter wie Nägel in sein Hirn getrieben wurden.

Floyd Merlin schrie wie am Spieß und feuerte ziellos einen Schuß nach dem anderen ab. Caesar blutete aus einer Schulterwunde. Callanwolde stöhnte noch leise unter dem Gewicht der Raubkatze, bis diese ihm mit einem Prankenhieb den Hals vom Rückgrat fetzte. Floyd Merlin wich zurück, noch immer um sich feuernd, kreischend. Das Haus war zur Hölle geworden, und in den wenigen Sekunden, die er noch zu leben hatte, erkannte Floyd Merlin am Gestank des Todes, am süßlichen Geruch nach Blut und Hirn und am Klang des Radios, aus dem ein Song von Jerry Lee Lewis dröhnte, daß es ein Fehler gewesen war, das Haus der Wingos zu überfallen. Schritt für Schritt versuchte er zu entkommen. Noch einmal feuerte er auf den Tiger; es war sein letzter Schuß. Er sah, wie ich mich erhob, die Statue fest in den Händen. Mit einem schnellen Satz nach links schnitt ich ihm den Weg zur Hintertür ab. Inzwischen war Savannah aufgesprungen und zu ihrem Schrank gerannt, wo sie in wilder Entschlossenheit ihr Gewehr herausgerissen und durchgeladen hatte. Jetzt stürmte sie ins Wohnzimmer, die gefährlichste Frau der Welt. Das Mädchen, an dem Floyd Merlin sich vergangen hatte, rammte ihrem Vergewaltiger den Gewehrlauf zwischen die Beine und drückte ab. Die geballte Ladung riß Merlin fast entzwei, sein Blut und seine Eingeweide spritzten mir ins Gesicht. Als Luke an mir vorbeistürmte, einen Wohnzimmerstuhl ergriff und damit auf den Tiger losging, konnte ich sekundenlang kaum etwas sehen.

»Rührt euch nicht«, sagte Luke zu uns. »Ich muß Caesar in den Käfig zurücktreiben.«

»Jag ihn zurück oder ich schick ihn ins Jenseits«, sagte Savannah unter Tränen.

Der Tiger drehte sich um. Er blutete und machte ein paar unsichere Schritte auf Luke zu. Sein Rachen troff von Blut, aber er war auch selbst verwundet und sichtlich durcheinander. Mit einem Prankenhieb brach er ein Bein des Stuhls ab, dennoch gelang es Luke, ihn zurückzudrängen.

»Schon gut, Junge«, sagte er. »Geh zurück in den Käfig, Caesar. Du hast deine Sache sehr gut gemacht, Caesar.«

»Caesar stirbt, Luke«, sagte Mutter.

»Nein, Mama, sag das nicht. Bitte, sag das nicht. Er hat uns gerettet. Jetzt müssen wir ihn retten.«

Der Tiger hinterließ blutige Fußstapfen auf dem Boden, groteske Rosen auf feingemaserten Dielen. Langsam zog er sich zurück und verschwand, nachdem er sich noch einmal nach uns umgesehen hatte, in der Geborgenheit seines Käfigs. Luke schob die Tür vor und schloß sie ab.

Danach brach die Familie auseinander, kollabierte, wehklagend wie gefallene Engel, während draußen der Sturm aufs Haus einpeitschte und das Radio gnadenlos weiterlief. Unser Weinen war hart, krampfhaft, unsere Hände und Gesichter, der Fußboden, die Wände und Möbel waren besudelt vom Blut der Angreifer. Die Statue des Jesuskindes lag neben mir, blutverschmiert. In weniger als einer Minute hatten wir die drei Männer, die unser Heim verwüstet und geschändet hatten, umgebracht und zu Herren über unsere Nächte und über unsere Alpträume gemacht. Unzählige Male würden sie sich, während wir schliefen, aus dem Staub unseres Entsetzens erheben, um uns zu mißbrauchen. Gewaltig in ihrer Unsterblichkeit, würden sich ihre zerfetzten Körper wieder zusammenfügen und von neuem unser Haus erstürmen, wie böse Khans, Marodeure oder Eroberer, und wir würden erneut ihren Atem in unserem fühlen und spüren, wie uns die Kleider vom Leib geschlitzt wurden. Vergewaltigung ist ein Verbrechen gegen den Schlaf und die Erinnerung; ihr Bild brennt sich ein wie ein nicht mehr umkehrbares Negativ aus der Camera obscura der Träume. Die drei Toten, die hier gemetzelt vor uns lagen, würden uns zeit unseres Lebens lehren, daß Wunden der Seele mit grauenvoller Hartnäckigkeit und Ausdauer schwären und schmerzen. Zwar sollten unsere Körper wieder heilen, unsere Seelen jedoch hatten nicht wieder gutzumachenden Schaden erlitten. Die Gewalt schlägt tiefe Wurzeln im Herzen, sie kennt weder Blüte- noch Erntezeit, ist immer reif, ist immer frisch.

Ich weinte, und mein Körper wurde von Krämpfen geschüttelt. Ich hob meine Hände, um mein Gesicht und meine Augen zu bedecken, und befleckte mich dabei unbewußt von neuem mit Randy Thompsons Blut. Ich spürte, wie sein Sperma aus mir heraussickerte. Mit einem hatte er recht gehabt: Ein Teil von mir gehörte nun auf ewig ihm. Ein Teil meiner Jugend und meiner Jungenhaftigkeit war ihm verpfändet; er hatte mir ein für allemal das reine Bild einer Welt geraubt, welche von einem mich liebenden Gott gelenkt wurde, einem Gott, der in der Schöpfung von Himmel und Erde einen Akt der Offenbarung und der Freude gesehen hatte.

Randy Thompson hatte mein Bild des Universums besudelt; seine Lektion von der Nichtigkeit eines ungebrochenen Glaubens an das Paradies war eine Lehre fürs Leben.

Eine Viertelstunde lang lagen wir auf dem Boden des Schlachthauses, das bisher unser Heim und unsere Zuflucht gewesen war.

Der erste, der etwas sagte, war Luke.

»Ich ruf' wohl am besten die Polizei an, Mama.«

»Untersteh dich!« antwortete Mutter in wilder Entschlossenheit. »Wir sind Wingos! Über das, was heute hier vorgefallen ist, verlieren wir kein Wort mehr. Dazu sind wir zu stolz.«

»Aber es geht doch gar nicht anders, Mama«, erwiderte Luke. »Bei uns liegen drei Leichen im Wohnzimmer. Das müssen wir doch irgendwie erklären.«

»Das sind keine menschlichen Leichen, das sind Tierkadaver«, sagte Mutter und spuckte auf den Körper des Mannes, der Savannah vergewaltigt hatte.

»Wir müssen Tom zum Arzt bringen, Mama«, warf Luke ein. »Er ist verletzt.«

»*Wo* bist du verletzt, Tom?« fragte Mutter mich, doch ihre Stimme klang abstrakt und entkörperlicht, und ihr Tonfall war so leidenschaftslos und kühl, als spräche sie zu einem Fremden.

»Tom ist von dem Mann vergewaltigt worden«, sagte Luke. »Er blutet, Mama.«

Sie lachte; es war ein deplaziertes, irres Lachen, »Ein Mann kann nicht von einem anderen Mann vergewaltigt werden, Luke«, sagte sie.

»Das hat dem Kerl aber niemand gesagt«, gab Luke zurück. »Außerdem habe ich gesehen, daß er... daß er Tom etwas angetan hat.«

»Diese Leichen müssen verschwinden. Tom, Luke, ihr beide vergrabt sie tief im Wald, so daß sie niemals entdeckt werden. Savannah und ich schrubben inzwischen das Haus mit Schlauch und Bürste. Wenn euer Vater heute abend heim kommt, will ich keine Spur mehr von diesen Tieren sehen. Und du, Savannah, reiß dich zusammen! Der Spuk ist vorbei. Denk an was Schönes, stell dir vor, du kaufst dir ein neues Kleid oder so was. Und zieh dir endlich was an, du zeigst dich entblößt vor deinen Brüdern. Du, Tom, ziehst dir auch sofort etwas über, und dann laßt ihr augenblicklich diese Kadaver verschwinden. Hör endlich auf zu heulen, Savannah! Reiß dich zusammen. Denk an was Hübsches – an eine romantische Dampferfahrt auf dem Mississippi zum Beispiel. Eine Musikkapelle spielt, der Wein fließt in Strömen, und eine sanfte Brise kühlt dein Gesicht. Da tritt aus dem Mondlicht ein wohlhabender Gentleman auf dich zu und bittet um einen Tanz. Sein Gesicht ist dir aus den Illustrierten vertraut, und du weißt, daß er aus einer der reichsten Familien von New Orleans stammt. Er züchtet Vollblüter und nährt sich nur von Austern und Champagner...«

»Mama, du redest irre«, sagte Luke sanft. »Komm, laß mich den Sheriff holen, der wird wissen, was zu tun ist. Außerdem muß ich den Tierarzt holen und sehen, wie Caesar geholfen werden kann.«

»Niemanden wirst du holen!« fuhr sie ihn an. »Hier ist nichts geschehen, verstehst du mich? Versteht ihr mich alle? *Nichts*, gar nichts ist geschehen. Euer Vater wird mich nie wieder anrühren, wenn er glaubt, ich hätte mit einem anderen Mann verkehrt. Und kein anständiger junger Mann wird Savannah jemals heiraten, wenn herauskommt, daß sie keine Jungfrau mehr ist.«

»Lieber Gott«, sagte ich ungläubig und sah meine nackte Mutter und meine nackte Zwillingsschwester vor mir, »lieber Gott, bitte sag, daß das alles nur ein böser Scherz war.«

»Zieh dich an, Tom, auf der Stelle!« befahl Mutter. »Es gibt genug zu tun jetzt.«

»Wir müssen irgend jemandem Bescheid sagen, Mama«, bat Luke. »Ihr müßt alle ärztlich untersucht werden. Und wir müssen Caesar helfen. Er hat uns das Leben gerettet. Mama, diese Männer hätten euch alle umgebracht!«

»Ich denke an den Ruf unserer Familie in dieser Stadt«, erwiderte Mutter. »Wir können es Amos und Tolitha nicht antun. Wir können es uns selbst nicht antun. Ich weigere mich, jemals wieder in die Stadt zu gehen, wenn jedermann sich dort fragt, ob ich diesem Monster den Brief ins Gefängnis geschickt habe. Dieser Brief wird gegen mich ausgelegt werden, und sie werden sagen, es sei mir nur recht geschehen. Aber das lasse ich nicht zu. Diesen Triumph gönne ich ihnen nicht.«

»Mama«, sagte ich, »mein Arschloch ist aufgerissen.«

»Ich verbitte mir diese Sprache in meinem Hause! Ich dulde keinerlei Vulgaritäten aus dem Mund meiner Kinder. Ich habe alles getan, euch zu anständigen, kultivierten Bürgern zu erziehen.«

Luke und ich schleppten die drei Leichen hinaus und warfen sie auf die Ladefläche des Lieferwagens. Um die Blutung zu stillen, hatte ich meine Unterhose mit einer Damenbinde ausgestopft, die Mutter mir gegeben hatte. Als wir das Haus verließen, waren sie und Savannah dabei, eimerweise Seifenlauge über die Holzdielen zu gießen. Im Garten hatte Mutter ein Feuer angezündet, in dem sie zwei Läufer und einen blutverschmierten Sessel verbrannte. Sie kommandierte uns herum und wirkte äußerst verletzlich, verstört und ganz und gar absonderlich auf uns. Caesar war schwer verwundet, ließ aber Luke, der sich um seine Verletzungen kümmern wollte, nicht einmal in die Nähe des Käfigs. Savannah weinte in einem fort; seit dem grausigen Ende des Überfalls hatte sie noch kein Wort gesprochen.

Wir verscharrten die Leichen in einem flachen Grab tief im Waldesinnern, unweit eines von Kudzu umwucherten Baumes. Schon im nächsten Sommer, das wußten wir, würde die gierige Schlingpflanze die Gräber bedecken und ihre grünen Wurzeln mit den Rippen der Toten verflechten. Ich war sehr scheu und schämte mich dessen, was mein Bruder gesehen hatte, und so arbeiteten wir in erschöpftem Schweigen. Als sich der Schock später etwas legte, überkam mich eine Müdigkeit, die so überwältigend war, daß sie mich keine Ruhe finden ließ. Ich hockte neben dem Grab, von Schaudern geschüttelt, schwach und leer. Luke mußte mich schließlich zum Wagen zurücktragen.

»Es tut mir leid, daß sie dir weh getan haben, Tom«, sagte er, »und daß ich nicht früher zurückgekommen bin. Ich hatte irgend etwas vergessen, sonst wäre ich überhaupt nicht gekommen. Ich weiß nicht einmal mehr, was es war. Dann sah ich ihre Fußspuren auf dem Weg.«

»Mama ist verrückt, Luke.«

»Nein, das ist sie nicht. Sie hat bloß Angst. Wir müssen jetzt einfach tun, was sie sagt.«

»So wie sie es sagt, klingt es, als sei es alles unsere eigene Schuld. Aber es würde uns doch niemand einen Vorwurf machen. Man würde Mitleid mit uns haben und versuchen uns zu helfen.«

»Mutter haßt es, sich bemitleiden zu lassen, Tom, das weißt du doch. Und es gibt nichts und niemanden, von dem sie Hilfe annehmen würde. Sie ist nun mal so. Wir beide können nichts weiter tun, als uns gegenseitig helfen – und gemeinsam Savannah.«

»Das ist nicht recht«, sagte ich. »Warum kann diese gottverdammte dämliche Familie nicht ein einziges Mal tun, was recht ist?«

»Ich weiß nicht. Wir sind eben etwas seltsam.«

»Die ganze Familie wird vergewaltigt, und wir bringen die drei Kerle um, die es getan haben, wir machen sie toter als tot, glaube ich, ihre Eingeweide sind im ganzen Haus herumgeflogen. Und dann kommt sie und verlangt von uns, so zu tun, als sei überhaupt nichts gewesen.«

»Es ist eben seltsam«, wiederholte Luke.

»Es ist verrückt und blödsinnig und krank! Und bloß weil Mom und Dad verrückt sind – soll unser Leben deswegen total besudelt und versaut sein, und das unserer Kinder ebenso und weiter so bis in alle Ewigkeit amen? Savannah hat es ganz übel erwischt, Luke. Welche Folgen mag das für sie haben? Wo sie schon vom täglichen Zusammenleben mit Mom und Dad Visionen kriegt und überall Hunde an Fleischerhaken herumhängen sieht! Was wird ihr das noch antun?«

»Sie wird das tun, was sie tun muß. Wie wir auch.«

»Und ich? Was wird mit mir?« fragte ich und begann wieder zu weinen. »Ich... ich meine, so ein Tag wie dieser, der geht nicht einfach spurlos an dir vorüber. Vor zwei Stunden erst, Luke, hat mir ein Kerl sein Messer an die Kehle gesetzt und mich bebockt. Ich dachte, mein letztes Stündlein hätte geschlagen. Der Kerl war drauf und dran, mich mitten im Wohnzimmer abzuschlachten wie ein Schwein. Er hat mich geküßt, Luke, und dann wollte er mich umbringen. Kannst du dir vorstellen, jemanden umzubringen, den du gerade geküßt hast?«

»Nein, das kann ich nicht.«

»Wir können nicht zulassen, was Mutter vorhat, Luke. Es ist unrecht.«

»Wir haben es bereits zugelassen, Tom. Wir haben soeben die Beweismittel vergraben. Man würde 'ne Menge Erklärungen von uns verlangen.«

»Man würde Verständnis für uns haben. Wir waren total im Schock!«

»In einem Monat wirst du dich an das alles kaum noch erinnern.«

»Ich werde mich bis zu meinem fünfhundertsten Geburtstag daran erinnern...«

»Am besten, wir reden nicht mehr darüber. Es ist eben passiert, und damit hat es sich. Ich muß jetzt überlegen, wie wir Caesar helfen können.«

Als wir nach Hause kamen, lag Caesar im Sterben. Sein Atem ging schwer, und sein großer schwarzgelber Leib lag ausgestreckt an die Gitterstäbe des Käfigs gepreßt. Als Luke ihn streichelte, wehrte sich Caesar nicht. Luke rieb seinen Kopf an dem des Tigers und streichelte das phantastische Fell über seinem Rückgrat.

»Du warst gut, Caesar«, flüsterte er. »Du warst so gut. Wir hatten kein Recht, dich in diesen stinkenden kleinen Käfig einzusperren. Aber schließlich hast du noch ein echter Tiger sein dürfen, Caesar. Und was für einer! Der wildeste Tiger, den es je gab. Boy, du wirst mir verdammt fehlen.«

Luke hob sein Gewehr. Tränen liefen über sein Gesicht, als er dem Tiger eine Kugel ins Hirn jagte. Ich beobachtete die Szene und wußte keinen Trost für meinen Bruder. Ich wußte nur, daß ich dergleichen nie wieder sehen würde: einen Jungen aus South Carolina, der den Tod eines bengalischen Tigers beweint.

Als mein Vater am Abend vom Krabbenhafen zurückkehrte, war auch Caesar längst begraben. Von der Schlacht am Nachmittag war keine Spur mehr zu sehen. Sämtliche sichtbaren Zeichen einer

Begebenheit, die nicht ihresgleichen hatte und unser aller Leben veränderte, waren von uns ausgelöscht worden. Ich hatte sogar die Fußspuren der drei Männer auf dem feuchten Boden der Inselstraße mit dem Traktor ausradiert. Wir fanden das Auto, das die Gangster in Georgia gestohlen hatten; auf dem Vordersitz lag eine Karte, auf der Melrose Island mit Kugelschreiber eingeringelt war. Luke und ich rollten den Wagen auf die Brücke und versenkten ihn im fünf Meter tiefen Wasser des Kanals. Das Haus blitzte nur so vor Sauberkeit – Ergebnis einer wahren Putzorgie meiner Mutter, geboren aus dem festen Willen, jede auch noch so winzige Spur von jenen Männern aus unserem Hause zu tilgen. Mit einer Drahtbürste hatte sie die Eichendielen gescheuert, bis ihre Knie zu bluten anfingen. Die Figur des Jesuskindes von Prag lag in einer Wanne voll blutigem Ammoniak. Savannah stand über eine Stunde lang unter der Dusche, wusch sich wie besessen und versuchte, den Fremden aus sich herauszuspülen. Unter Mutters Anweisungen stellten Luke und ich die Möbel um, nichts sollte mehr so sein wie am Vormittag. Wir putzten Fenster, wuschen Vorhänge und schrubbten getrocknetes Blut aus Polstern und Teppichen.

Mutter hatte sich gerade hingesetzt und einen Schluck getrunken, als Vater nach Hause kam. Er habe an diesem Tag nicht einmal vierzig Pfund Krabben gefangen, berichtete er. Das Haus roch nach Ammoniak und Detergenzien, doch mein Vater roch – wie immer – nach Fisch und Krabben und merkte nichts. Für meinen Vater gab es nur einen einzigen Geruch in der Welt. Bevor er unter der Dusche verschwand, stellte er einen gefüllten Eimer in den Küchenausguß und hieß mich und Luke, die Fische auszunehmen.

Mutter bereitete die Fische mit großer Sorgfalt zu. Während des Abendessens sprachen meine Eltern dann so wenig, daß ich den nahezu unerträglichen Drang, laut aufzuschreien und den Eßtisch umzuwerfen, nur mit Mühe niederhalten konnte. Unsere Schwester war in ihrem Zimmer geblieben, und Mutter ließ beiläufig verlauten, Savannah habe sich möglicherweise eine leichte Grippe zugezogen. Meinem Vater fiel nichts Ungewöhnliches auf. Der lange Tag draußen auf See, in einem frisch aufgekommenen, ungewöhnlichen und stürmischen Südwest hatte ihn erschöpft. Ich mußte meine ganze Beherrschung aufbieten, um ihm nicht doch zu erzählen, was vorgefallen war. Ich glaube, mittlerweile störte mich die Vergewaltigung weniger als die Einhaltung der Gebote des Verschweigens und der Heimlichtuerei, die Mutter über uns verhängt hatte. In jener einen Stunde, die das Abendessen währte, lernte ich, daß Schweigen die eloquenteste Form der Lüge sein kann. Und von Stund an konnte ich nie wieder Scholle essen, ohne an Randy Thompsons Blut an meinen Händen und an seine Zunge in meinem Mund zu denken.

Lange vor Vaters Heimkehr hatte Mutter uns drei im Wohnzimmer um sich geschart und uns einzeln das Versprechen abgenommen, niemals auch nur einer Menschenseele zu verraten, was unserer Familie an diesem Tage zugestoßen war. Mit ebenso ausgebrannter wie kompromißloser Stimme sagte sie uns, daß sie aufhören würde, unsere Mutter zu sein, wenn wir uns nicht an das Versprechen hielten. Sie schwor, nie wieder mit uns zu reden, wenn wir auch nur ein einziges Detail der Geschehnisse an jenem grauenvollen Tag ausplauderten. Es war ihr egal, ob wir ihre Gründe verstanden oder nicht. Sie kannte die Moral der Kleinstadt und wußte, wie man dort mit vergewaltigten Frauen umging: Man sah mitleidsvoll auf sie herab und verachtete sie zutiefst. Zu diesen Frauen wollte sie nicht zählen. Niemand von uns hat je das Versprechen gebrochen, und selbst untereinander verloren wir kein Wort mehr darüber. Es war eine ganz private, bindende Übereinkunft zwischen den Mitgliedern einer Familie vom Lande, eine Übereinkunft von bemerkenswerter Borniertheit und das Protokoll einer Verneinung, die in die Katastrophe führte.

Nur Savannah hielt sich nicht an die Absprache, doch brach sie sie ohne Worte in grausamer, einsamer Größe: Drei Tage später schnitt sie sich zum erstenmal die Pulsadern auf.

Unsere Mutter hatte eine Tochter großgezogen, die schweigen, aber nicht lügen konnte.

Als ich mit meiner Geschichte zu Ende war, sah ich auf und blickte Susan Lowenstein an, die mir gegenüber auf der anderen Seite des Zimmers saß. Eine Weile lang fiel kein Wort. Dann sagte ich: »Verstehen Sie jetzt, warum ich mich über Savannahs Kinderbuch so geärgert habe? Ich nehme es ihr nicht ab, daß sie sich nicht mehr an diesen Tag erinnern kann, und ich will einfach nicht, daß sie ihn hübsch darstellt.«

»Ihre ganze Familie wäre damals fast umgebracht worden.«

»Das wäre vielleicht nicht einmal das Schlimmste gewesen.«

»Was Sie mir da geschildert haben, ist das Entsetzlichste, was ich jemals von einer Familie gehört habe.«

»Das dachte ich zuerst auch«, sagte ich, »aber das war ein Fehler. Es war gerade nur ein Appetithäppchen.«

»Das verstehe ich nicht, Tom. Meinen Sie Savannah und ihre Krankheit?«

»Nein, Frau Dr. Lowenstein«, erwiderte ich. »Ich habe Ihnen noch nichts von der Verlegung der Stadt erzählt. Und Sie wissen noch nicht, was mit Luke geschehen ist.«

23

Ein Trainer spielt eine wichtige Rolle im Leben eines Knaben, und hierin liegt wohl auch die einzige tiefere Bedeutung meiner ansonsten eher unnützen Beschäftigung. Mit etwas Glück kann ein Trainer zu jenem perfekten, nie ganz erreichbaren Vater werden, von dem kleine Jungen stets träumen, den sie aber höchst selten bei sich zu Hause vorfinden. Gute Trainer formen, mahnen und treiben an. Sport ist einfach eine sehr schöne Sache und faszinierend anzuschauen. In meinem Erwachsenendasein hat es kaum einen Spätsommer, kaum einen Herbst gegeben, in dem ich nicht ganze Rudel junger Burschen über die Spielfelder getrieben hätte. Da lauschte ich im warmen Schein der Augustsonne dem eintönigen Singsang, der die gymnastischen Übungen begleitete, beobachtete die anfangs so läppischen Bewegungen von Jungen, die zu schnell gewachsen waren, und sah die Furcht in den Augen der Kleineren, die sich nichts anmerken lassen wollten. Ich lehrte nie brutales Tackling und harte Bodychecks. Ich kann mein Leben nach den von mir betreuten Mannschaften periodisieren und erinnere mich an den Namen jedes meiner Schützlinge. Geduldig arbeitete ich auf den Moment hin, da ich die Schwächen und Stärken der mir anvertrauten Knaben zur denkbar besten Formation vereinigt hatte. Und wenn diese wundersame Synthese geglückt ist, lasse ich meinen Blick zufrieden über das Spielfeld schweifen, sehe meine Jungs an und möchte in einem Anfall von rauschhaft schöpferischer Omnipotenz der Sonne zurufen: »Ich habe ein Team geschaffen, Gott sei mein Zeuge!«

Jeder Knabe ist eine Perle für sich, denn er steht an der Schwelle zu seiner Generation, und jeder hat Angst. Der Trainer weiß, daß Unschuld stets heilig ist, nicht aber Furcht. Der Sport gibt ihm die Möglichkeit, dem Knaben eine geheime Gasse zu jenem Mysterium zu bahnen, das wir Mannestum nennen.

Ich verbrachte den Sommer damit, Bernard Woodruff in sämtliche Tricks des Spiels einzuweihen, auch in die heimlichen. In jenen Doppelstunden im Herzen des Central Park lernte er von mir alles, was ich selbst über Football wußte. Er lernte angreifen, indem er mich angriff, und erwies sich dabei als sehr gelehrig. Bernard war kein besonders begabter Athlet, gehörte aber zu jener Sorte, die sich nicht scheut, dem Gegner weh zu tun. Er tat mir oft weh während unserer Übungsstunden, aber ich zahlte ebenso oft mit gleicher Münze zurück. Unser Publikum waren die Wolkenkratzer New Yorks, die rings um uns in den Himmel ragten.

Dann aber kam der Tag, an dem die Saison für uns abrupt zu Ende ging. Ich unterwies Bernard gerade in der Kunst des *pass blocking*.

»Der Baum hinter dir ist der *quarterback*, Bernard«, sagte ich. »Du darfst mich nicht zu ihm durchkommen lassen.«

Bernard, in voller Rüstung, nahm mich ins Visier. Ich war etwa dreißig Kilo schwerer als er.

»Also los!« rief ich. »Halt mich von deinem *quarterback* fern und sieh zu, daß du auf den Beinen bleibst.«

»Ich möchte selber *quarterback* spielen«, bat er.

»Du bist *offensive linesman* und bleibst es erst mal. Wirst den Job noch zu schätzen lernen.«

Dann rannte ich los, schlug ihm mit der Hand auf den Helm und warf ihn um. Ich berührte den Baum und rief: »Dein *quarterback* ist stinksauer, Bernie!«

»Der *offensive linesman* ist stinksauer, Mann«, erwiderte er. »Noch einmal!«

Diesmal kam er mir mit gesenktem Helm entgegen. Ich machte eine Körpertäuschung und wollte links an ihm vorbei, doch er blieb mir auf den Fersen. Als ich zum Sprint ansetzte, überraschte er mich mit einem Hechtsprung, tauchte nach unten und riß mir die

Füße vom Boden. Hart schlug ich auf dem Rasen auf und schnappte nach Luft.

»Jetzt ist der *quarterback* zufrieden, was, Trainer?« Bernard grinste triumphierend.

Japsend rappelte ich mich auf. »Du hast bloß den Trainer umgehauen. Ich werd' langsam zu alt für solche Scherze. Klasse, Bernard, du hast es dir verdient, *quarterback* zu spielen «

»Wieso humpeln Sie, Trainer?« fragte er.

»Ich humple, weil ich verletzt bin«, sagte ich und trat sehr vorsichtig auf, um mein schmerzendes linkes Knie zu schonen.

»Ein wirklich guter Spieler jammert nicht wegen ein paar blauer Flecken«, stichelte er.

»Wer hat dir denn das erzählt?«

»Sie, Trainer!« sagte er. »Weiterlaufen, dann vergißt du's – Ihre eigenen Worte damals, als ich mir den Fuß verstaucht hab'.«

»Du nervst mich, Bernard«, brummte ich.

»Gut, Trainer, dann machen wir's jetzt andersherum.« Ein unerträglich arrogantes Grinsen begleitete seine Worte. »Versuchen Sie jetzt, den Baum zu erreichen!«

Ich stellte mich in Position. Kaum ein halber Meter trennte unsere Gesichter. »Diesmal, Bernard, kill' ich dich.«

Es ging los. Wieder gelang es mir, ihn mit einem Schlag auf den Helm vorübergehend aus dem Gleichgewicht zu bringen, doch diesmal war er blitzschnell wieder auf den Beinen und schnitt mir den Weg ab. Er versuchte mich abzudrängen, ich deutete eine Körpertäuschung an und wollte vorbei, da hechtete er erneut nach meinen Beinen, und genau wie zuvor flog ich der Länge nach hin, diesmal allerdings nicht auf den Rasen, sondern direkt auf Bernard drauf. Er kicherte unter mir, und es kam zu einer vergnügten Balgerei.

»Ich glaub', aus dir ist endlich 'n richtiger Football-Spieler geworden, du kleiner Halunke«, fauchte ich.

»Wahrhaftig!« sagte eine Stimme hinter mir.

»Dad!« rief Bernard.

Ich drehte mich um und erblickte Herbert Woodruff, der unseren spontanen Ringkampf beobachtet hatte und alles andere als entzückt davon zu sein schien. Er hatte seine Arme vor der Brust verschränkt, so straff wie die Klingen eines Schweizer Armeemessers. Seine Haltung und seine trimme Eleganz hätten einem Flamenco-Tänzer gut angestanden, und er sah auch entsprechend gut aus. Sein Blick verriet kalte Reserviertheit.

»Auf diese Weise also läßt dich deine Mutter den Sommer vertändeln«, fuhr er seinen Sohn an. »Du machst dich vollkommen lächerlich.«

Bernard sah todunglücklich aus und versuchte gar nicht erst, eine Antwort zu finden.

»Ich erhielt gerade einen Anruf von Professor Greenberg«, fuhr Woodruff fort. »Er teilte mir mit, daß du in dieser Woche schon wieder zwei Stunden geschwänzt hast. Er hat dich nur angenommen, um mir einen Gefallen zu erweisen.«

»Er ist ein Pedant«, sagte Bernard.

»Er ist streng«, erwiderte der Mann. »Große Lehrer verlangen immer sehr viel. Was dir an Talent fehlt, mußt du mit Fleiß und Beharrlichkeit wettmachen.«

»Hallo«, sagte ich, den Woodruff bislang geflissentlich übersehen hatte. »Ich bin Tom Wingo, Mr. Woodruff, Bernards Football-Trainer.«

Er schlug meine ausgestreckte Hand aus. »Nein«, hörte ich ihn sagen. »Ich schüttele keine Hände. Meine Hände sind mein Leben. Ich bin Geiger.« Und er hielt seine schmalen, wohlgeformten Hände hoch ins helle Sonnenlicht.

»Wie wär's statt dessen mit einem Nasenkuß?« fragte ich amüsiert und hoffte insgeheim, seine Aufmerksamkeit von Bernard abzulenken.

Aber Herbert Woodruff ignorierte mich und wandte sich wieder an seinen Sohn: »Das Mädchen hat mir gesagt, daß du dich hier unten herumtreibst. Du gehst jetzt auf der Stelle in dein Zimmer und übst die nächsten drei Stunden, allerdings nicht, ohne dich vorher bei Professor Greenberg telefonisch entschuldigt zu haben.«

»Das Training ist noch nicht vorbei«, sagte Bernard.

»O doch, Bernard«, sagte sein Vater. »Und zwar ein für allemal. Das war wieder eine jener kleinen Verschwörungen von dir und deiner Mutter.«

»Okay, Bernard, lassen wir's für heute«, sagte ich. »Lauf heim und üb Geige, wie's dein Vater von dir wünscht. Ich seh' mal zu, was sich machen läßt.«

Bernard rannte in ziemlich schnellem Schritt davon, und ich stand allein neben Herbert Woodruff auf der Wiese.

»Er ist ein recht guter Spieler, Mr. Woodruff«, sagte ich, während Bernard vor unseren Augen im dichten Straßenverkehr verschwand.

Er drehte sich zu mir um. »Das ist mir scheißegal«, sagte er.

»Aber Bernard nicht«, gab ich zurück. Es fiel mir nicht leicht, meine Wut im Zaum zu halten. »Ihre Frau hat mich gebeten, Bernard in diesem Sommer zu trainieren.«

»Sie hat mir kein Wort davon gesagt«, erklärte Woodruff, »aber das dürfte wohl kaum noch ein Geheimnis für Sie sein, Mister... Wie war doch Ihr Name?«

»Wingo, Tom Wingo.«

»Ja, richtig. Meine Frau spricht ziemlich häufig von Ihnen. Sie kommen aus dem Süden, nicht wahr?«

»Ich habe Sie beim Spoleto Festival in Charleston gehört«, sagte ich. »Sie waren großartig.«

»Ja. Danke. Kennen Sie Bachs *Chaconne*, Mr. Wingo?«

»Ich muß zu meiner Schande gestehen, daß ich von Musik nicht allzuviel verstehe.«

»Schade«, sagte Woodruff. »Ich konnte die *Chaconne* bereits mit zehn Jahren fehlerfrei spielen. Bernard nahm sie erst dieses Jahr in sein Repertoire auf und beherrscht sie bis heute nicht korrekt.«

»Wie waren Sie als Zehnjähriger im Football?« fragte ich.

»Ich habe jegliche Art von Leistungssport sowie das dazugehörige Personal stets verachtet, Mr. Wingo. Und Bernard weiß das nur zu gut. Football mag für ihn einen gewissen exotischen Reiz haben – verglichen mit den Konzertsälen, in denen er aufgewachsen ist.«

»Ich glaube nicht, daß Football bei ihm irgendwelche bleibenden Schäden hervorrufen kann«, sagte ich.

»Und ob. Sein Wunsch, Geiger zu werden, könnte dadurch auf ewig unerfüllt bleiben.«

»Susan meint, Sie hätten vermutlich was dagegen, wenn Sie wüßten, daß ich ihn trainiere.«

»Was Bernard betrifft, so ist meine Frau sentimental. Ich bin es nicht. Auch ich hatte eine schwierige Pubertät, aber meine Eltern ließen mir nichts durchgehen. Für sie war Disziplin der höchste Ausdruck der Liebe. Wenn Bernard sich nach physischer Betätigung sehnt, bleibt ihm immer noch die *Chaconne*.«

Ich hob den Football auf, der vor mir auf dem Boden lag, und antwortete: »Warum kommen Sie nicht einfach mal mit raus und werfen Bernard vor dem Abendbrot ein paar Bälle zu?«

»Ihr Sinn für Humor ist köstlich, Mr. Wingo.«

»Es ist mein voller Ernst, Mr. Woodruff. Bernard hat momentan eben seine Football-Phase, aber das geht vorüber. Trotzdem wette ich mit Ihnen, daß er sich enorm freuen würde, wenn Sie ein bißchen Interesse für ihn und seine Leidenschaft zeigten. Kann durchaus sein, daß die Phase dann um so schneller vorüber ist und Sport ihn danach völlig kalt läßt.«

»Ich habe bereits Schritte zur Beschleunigung dieses Prozesses unternommen, Mr. Wingo. Er wird den Rest des Sommers in einem Musik-Camp in den Adirondacks verbringen. Bedauerlicherweise hat meine Frau Ihnen gestattet, seine Aufmerksamkeit von der Musik abzulenken.«

»Es geht mich ja nichts an, Sir, aber ich an Ihrer Stelle würde das nicht tun.«

»Ich kann Ihnen nur beipflichten, Mr. Wingo: Es geht Sie in der Tat nichts an.«

»Wenn Sie ihn in dieses Camp schicken, wird er mit Sicherheit nie der Geiger, den Sie aus ihm machen wollen!«

»Ich bin sein Vater, und ich garantiere Ihnen, daß genau dies geschehen wird«, meinte Mr. Woodruff, drehte sich um und marschierte in Richtung auf das große Apartmenthaus davon, in dem seine Wohnung lag.

»Ich bin sein Trainer«, sagte ich zu seinem Rücken. »Und ich kann Ihnen sagen, Sir, daß Sie soeben einen echten Football-Spieler geschaffen haben.«

Kaum war ich in die Wohnung meiner Schwester zurückgekehrt, klingelte das Telefon. Ich war nicht überrascht, Bernards Stimme zu hören.

»Er hat meinen Dreß weggeschmissen«, sagte Bernard.

»Du härtest deine Violinstunden nicht schwänzen sollen«, antwortete ich.

Er schwieg einen Augenblick und sagte dann: »Haben Sie meinen Vater je spielen hören, Trainer?«

»Gewiß. Und für nächste Woche hat mich deine Mutter zu einem Konzert mit ihm eingeladen.«

»Er gehört zu den fünfzehn besten Geigern der Welt«, sagte Bernard, »jedenfalls meint das Professor Greenberg.«

»Was hat das damit zu tun, daß du deine Musikstunden schwänzt?«

»Ich werd' nicht mal unter den besten zehn Geigern in diesem Camp sein, Trainer Wingo. Verstehen Sie, was ich damit sagen will?«

»Tu' ich. Wann fährst du?«

»Morgen«, antwortete er.

»Kann ich dich zum Bahnhof bringen?«

»Ja, das wäre ganz toll«, sagte er.

Tags drauf fuhren wir mit einem Taxi zur Grand Central Station. Während Bernard sich eine Fahrkarte besorgte, paßte ich auf sein Gepäck auf. Wir gingen hinunter zum Bahnsteig; er trug seinen Geigenkasten, ich seinen Koffer. »Du bist gewachsen in diesem Sommer«, sagte ich. Wir ließen uns auf einer Bank nieder.

»Vier Zentimeter«, antwortete er. »Und ich habe acht Pfund zugenommen.«

»Ich habe dem Coach in Phillips Exeter geschrieben.«

»Warum?«

»Ich hab' ihm geschrieben, daß ich dich diesen Sommer trainiert habe, und dich ihm für sein Juniorenteam empfohlen.«

»Vater hat mir verboten, jemals wieder Football zu spielen«, sagte Bernard traurig.

»Tut mir leid für dich«, sagte ich. »Ich glaube, aus dir hätte ein verdammt guter Spieler werden können.«

»Wirklich?«

»Du bist ein harter Bursche, Bernard. Als du mich gestern von den Socken geholt hast, war ich fest entschlossen, dich über'n Haufen zu rennen. Ich tat, was ich konnte...«

»Sagen Sie das noch mal, Trainer!«

»Was?«

»Daß ich ein harter Bursche bin. Das hat mir noch keiner gesagt.«

»Du bist ein verdammt harter Bursche, Bernard! Anfang des Sommers dachte ich, ich kriege dich innerhalb von einer Woche klein. Aber du hast mich überrascht. Du hast alles eingesteckt, was ich austeilte, und wolltest immer noch mehr. So was gefällt einem Trainer.«

»Sie sind der beste Trainer, den ich je gehabt hab'.«

»Ich bin der einzige, den du je hattest«, gab ich zurück.

»Ich meine Lehrer, nicht bloß Trainer«, erläuterte Bernard. »Seit meinem fünften Lebensjahr habe ich Musiklehrer. Aber Sie sind der beste Lehrer, Trainer Wingo.«

Das Kompliment rührte mich so sehr, daß es mir für einen Augenblick die Sprache verschlug. Schließlich sagte ich: »Danke, Bernard, das hat schon lange keiner mehr zu mir gesagt.«

»Warum hat man Sie gefeuert?« fragte Bernard.

»Ich hatte einen Nervenzusammenbruch«, sagte ich.

Seine Antwort kam sehr schnell: »Oh, das tut mir leid. Verzeihen Sie die Frage, es geht mich nichts an.«

»Doch, doch«, sagte ich.

»Wie ist das, ein Nervenzusammenbruch? Was empfindet man dabei?« Wieder schob er sofort eine Entschuldigung nach. »Es tut mir leid. Sagen Sie mir, ich soll die Klappe halten.«

Ich hielt Ausschau nach dem Zug. »Es war nicht sehr angenehm.«

»Wie ist es passiert? Und warum?«

Ich drehte mich zu ihm um und sah ihn an: »Es geschah, als mein Bruder starb, Bernard.«

»Es tut mir leid, Trainer Wingo... Standen Sie ihm sehr nahe?«

»Er war mein Idol.«

»Ich werde einen Brief schreiben«, sagte Bernard.

»An wen?«

»Egal an wen. Ich schreibe einen Brief, in dem ich sage, was Sie für ein toller Trainer sind. Sie brauchen mir bloß zu sagen, wohin ich den Brief schicken soll.« Ich lächelte. »Danke, Bernard, aber das ist wohl nicht nötig. Allerdings könntest du mir einen anderen Gefallen tun.«

»Und das wäre?« fragte er.

»Du könntest für mich was auf der Geige spielen.«

»Gerne«, sagte er und öffnete den Verschluß des Geigenkastens. »Was soll's denn sein?«

»Wie wär's mit der *Chaconne*?«

Als der Zug einfuhr, spielte Bernard die Chaconne. Es klang sehr schön, und er spielte mit einer Hingabe, die mich überraschte. Als das Stück zu Ende war, sagte ich zu ihm: »Wenn ich so Geige spielen könnte wie du, Bernard, dann würde ich nie wieder einen Football anrühren.«

»Kann man nicht beides tun?« fragte er.

»Doch«, sagte ich. »Schreib mir. Ich würde gerne wissen, was nächstes Jahr aus dir wird.«

»Mach' ich, Trainer«, versprach er und packte seine Geige wieder ein.

Ich reichte ihm eine Sporttasche.

»Was ist denn das?« fragte er.

»Ein neuer Football. Du mußt ihn aufpumpen lassen, wenn du im Camp bist. Und dann such dir einen Kumpel, mit dem du üben kannst. Und noch was, Bernard: Sei ein netter Junge, bemüh dich drum. Sei aufgeschlossen und behandle deine Lehrer anständig. Und paß auf dich auf.«

»Mein Vater haßt Sie, Trainer Wingo.«

»Aber er liebt dich. *Goodbye,* Bernard.«

»Danke für alles, Trainer«, sagte Bernard Woodruff, und wir umarmten einander.

Zurück im Appartement, erhielt ich einen Anruf von Herbert Woodruff.

Er lud mich zu einem Essen nach seinem Konzert am Samstag ein. Ich verstand nicht, wie Herbert dazu kam, einen Mann, den er haßte, zum Abendessen mit Freunden einzuladen, aber ich komme aus South Carolina und habe nie begriffen, wie diese Riesenstadt funktioniert.

Susan Lowenstein hatte, als ich mich ein paar Minuten vor Beginn des Konzerts zu ihr gesellte, bereits Platz genommen. Sie trug ein sehr glattes, bodenlanges schwarzes Kleid; als ich mich neben ihr niederließ, beugte sie sich herüber und gab mir einen Kuß. Die Farbe Schwarz verlieh ihrer scheuen Schönheit einen Hauch Sinnlichkeit.

»Tom, Sie kennen unsere Freunde Madison und Christine Kingsley noch nicht, oder?« Ich beugte mich vor und schüttelte einem der bekanntesten Dramatiker des Landes und seiner Frau die Hand.

»Was für Berühmtheiten kennen Sie sonst noch, Susan?« flüsterte ich ihr zu. »Ich möchte sie alle kennenlernen, damit ich zu Hause in South Carolina damit angeben kann.«

»Sie wohnen im gleichen Haus wie wir«, antwortete sie. »Im dritten Stock. Madison und Herbert sind schon zusammen in den

Kindergarten gegangen. Übrigens hat Herbert mir erzählt, daß er Sie mit Bernard im Park erwischt hat.«

»Er wirkte nicht sonderlich glücklich darüber.«

»Seien Sie vorsichtig heute abend, Tom«, sagte sie und drückte meinen Arm. »Herbert kann sehr charmant sein, aber auch sehr schwierig. Vorhersagen läßt sich das nie.«

»Ich geb' schon acht«, sagte ich. »Kam es für Sie eigentlich überraschend, daß er mich eingeladen hat, Frau Doktor?«

Sie sah mich an. Sie hatte ihr schwarzes Haar gelöst, so daß es frei über ihre Schultern fiel. Ihre Haut war durchsichtig weiß wie blasseste Chinoiserie. In ihrer Praxis verbarg sie ihre Schönheit stets mit schmuckloser, ganz auf Zweckmäßigkeit ausgerichteter Garderobe, an diesem Abend jedoch gab es nichts, was ihre Attraktivität hätte beeinträchtigen können. Schwarz läßt am Körper einer schönen Frau alle anderen Farben blaß erscheinen. In ihren Augen lag jene zwiespältige Melancholie, an die ich mich bereits gewöhnt hatte, doch hier, im weichen Licht der Konzerthalle, empfand ich ihren Blick als Ausdruck verschwenderischer Weiblichkeit. Ihr Parfum benebelte mich und erfüllte mich mit Begehren. Ich schämte mich sogar ein wenig – ein wenig! – der höchst angenehmen Gefühle, die mir die plötzliche Lust auf die Therapeutin meiner Schwester in diesen Sekunden bereitete.

»Ja«, sagte sie. »Es hat mir einen regelrechten Schock versetzt. Sie müssen ihm gefallen haben.«

Hinter dem Vorhang ertönten die eigenwilligen Selbstgespräche, die Instrumente führen, wenn sie gestimmt werden. Dann hob sich der Vorhang, Applaus brandete auf, und vor uns stand, würdevoll und impeccabel, Herbert Woodruff. Ein knapper Gruß ans Publikum, dann die Aufforderung an sein Ensemble, sich zu erheben und die Anwesenden mit einer Verbeugung zu begrüßen.

Seit unserer Begegnung in Susan Lowensteins Praxis hatte ich die Existenz der blonden, unglücklichen Flötistin fast vergessen. Nun, da ich sah, wie sie sich mit den anderen Musikern erhob, um sich für die Ovation zu bedanken, fiel sie mir wieder ein. Außerdem fiel mir wieder ein, daß ich nie zuvor eine so schöne Frau gesehen hatte, daß sie Monique hieß, daß ich sie angelogen hatte, indem ich vorgab, Rechtsanwalt zu sein, und daß Susan glaubte, sie habe eine Affäre mit Herbert Woodruff.

Monique nahm wieder Platz und hob ihre Flöte in einer silbrigen, fließenden Bewegung an den Mund. Durch ihre vollen Lippen sog sie Luft ein und atmete Musik aus. Mit Lippen, Atem und Fingern beschwor sie Vivaldi, erweckte seine Musik gleichsam zu neuem Leben. Dann, mit einer leidenschaftlichen, weit ausholenden Armbewegung, setzte Herbert Woodruff ein und antwortete in der Sprache Vivaldis. Flöte und Violine verschmolzen in erotischer Kumpanei. Herbert zog Musik aus seiner Geige, als höbe er Seide vom Tisch eines Maßschneiders. Sein Kinn ruhte auf dem Instrument, das einem Frauenkörper ähnelte, und die Musik schien in seiner Muskulatur und in seinem Blut Resonanz zu finden. Aus seinen Armen und Handgelenken sprach eine luzide Kraft; er war Tänzer und Athlet in einem. Die Musik stellte Fragen in Sätzen aus Milch und Honig und beantwortete sie mit Sturm. Die Kammermusiker verwandelten den Konzertsaal in einen Ort, an dem Schmetterlinge und Engel geboren werden. Zwei Stunden lang lauschten wir der Konversation der Instrumente, und in Herbert Woodruff offenbarte sich uns die Kraft und die konturenlose Größe des Genies. Er beherrschte die Technik mit priesterlicher Grandeur und fesselte sein Publikum gleichermaßen durch brennende Leidenschaft wie durch kühle Selbstzucht. Nie im Leben war ich so eifersüchtig auf einen Mann gewesen. Ein einziges Mal in meinem Leben war es mir gelungen, den Football fünfzig Yards weit zu werfen; doch jetzt kam mir dieses – mein einziges – Talent auf einmal überflüssig und läppisch vor. Niemand in meiner Familie ist imstande, auch nur eine einzige Note zu lesen, dachte ich, während die abschließende Bach-Sonate, einer dunklen, aufbrechenden Blüte gleich, den Saal erfüllte.

Wir erhoben uns und jubelten Herbert Woodruff und den drei anderen Künstlern zu, deren Spiel den Hintergrund geschaffen hatte, vor dem die Transzendenz seines Genies zu voller Geltung kam. Ich applaudierte in dem Wissen, daß es nicht der Mangel an eigener Genialität war, den ich zeitlebens als Bürde empfand und empfinden sollte, sondern die Tatsache, daß ich mir dieses Mangels deutlich bewußt war.

Bei dem Gedanken, daß ich zu dem intimen Kreis gehören sollte, der sich nach der Vorstellung in Herbert Woodruffs Wohnung zusammenfand, war mir etwas unbehaglich, doch erst auf der Taxifahrt mit Susan und den Kingsleys wurde mir richtig klar, *wie* klein und exklusiv dieser Kreis war. Susan wirkte nervös und verbrachte die meiste Zeit damit, ihre Küchenhilfe herumzudirigieren. Ich mixte Drinks für Christine und Madison und erzählte ihnen gerade vom Leben in South Carolina, als Herbert Woodruff mit Monique am Arm das Zimmer betrat. Seine sehnige Gestalt schien gleichsam nachzuglühen, und in seinen schimmernden Venen pochte das noch vom Rampenlicht erhitzte Blut. Ich kannte diese überschäumende Erregung nur allzu gut; sie begleitet die frohe Erschöpfung des Sportlers, der in dem Gefühl vom Platz geht, das Spiel seines Lebens gemacht zu haben. Auch Herbert versuchte jetzt, den unwiederbringlichen Augenblick festzuhalten, und ein ekstatischer Ausdruck beseelte seine Augen.

Als er meiner ansichtig wurde, fixierte er mich kurz und sagte dann mit einem überraschend charmanten Lächeln: »Unser Freund aus dem Süden! Freut mich, daß Sie gekommen sind!«

»Sie waren großartig«, gab ich zur Antwort.

»Wir haben noch nie so gut miteinander gespielt«, sagte Monique. Als Herbert uns vorstellte, fügte sie hinzu: »Wir kennen uns«, doch ließ der Ton, in dem sie das sagte, keinen Zweifel, daß das Thema für sie damit erledigt war.

Ich war erleichtert und fragte die beiden, ob ich ihnen einen Drink bringen könne.

»Ja, bitte, Tom«, sagte Herbert. »Für mich Scotch mit Eis, und für die zauberhafte Monique ein Glas Weißwein. Und während Sie die Drinks zubereiten, Tom, werde ich noch etwas spielen, speziell für Sie. Was wollen Sie hören? Mir ist noch nicht danach, die Stradivari zur Nacht zu betten.«

Ich goß Whisky in ein Glas und sagte: »Mir ist alles recht, Herbert. Ich kenne mich nicht so gut aus in klassischer Musik.«

»Unser Freund Tom ist Football-Trainer und stammt aus South Carolina, Monique«, sagte Herbert Woodruff und hob die Geige ans Kinn.

»Ich dachte, er wäre Rechtsanwalt«, sagte Monique.

»Ich konnte mir einfach nicht erklären, warum Bernards Leistungen plötzlich so verdammt nachließen«, fuhr Herbert fort, »bis ich schließlich herausfand, daß Tom ihn in der mannhaften Kunst des Football-Spiels unterwies.«

»Ich hatte keine Ahnung, daß Bernard weiß, wie ein Football aussieht«, warf Madison Kingsley ein, und Christine fügte hinzu:

»Ich finde es schon gut, daß er sich überhaupt einmal für etwas interessiert.«

Ich spürte eine gewisse Gereiztheit um mich, zwang mich jedoch zu einem Lächeln und reichte Monique das gefüllte Weinglas. Herberts Scotch stellte ich auf ein kleines Tischchen. Leute aus dem Süden begehen immer wieder den Fehler, sich einzubilden, sie könnten sich auf Partys, auf denen sie fehl am Platze sind, einfach hinter den alten, geläufigen Höflichkeitsritualen verschanzen und sich dadurch quasi unsichtbar machen. Ich spürte, daß mir Herberts Blicke folgten, und ahnte die Gefahr. Mit einemmal war mir klar, daß ich die Einladung nie hätte annehmen dürfen, doch für eine Korrektur meiner Entscheidung war es inzwischen zu spät. Mir blieb nichts anderes übrig, als mich vorbehaltlos dem vergnüglichen Teil des Abends auszuliefern, der nach Herberts Zugabe beginnen würde. Ich besaß eine chamäleonhafte Fähigkeit zur Anpassung und Selbstverleugnung, zumindest bildete ich mir das ein. Ich hielt mich für einen heroischen Zuhörer, einen dankbaren Bewunderer fremder Geistesblitze, und meinte, mit dem instinktiven Wissen des Südstaatlers um seine eigenen Grenzen gesegnet zu sein. Geriet ich in Wasser, die zu tief für mich waren, schrillten meine Alarmglocken in Sekundenbruchteilen.

Allen unguten Ahnungen zum Trotz erfüllte mich an jenem Abend ein großer Erlebnishunger. Eine seltene Aufgeschlossenheit und Offenheit hatte sich meiner bemächtigt. Zu viele Nächte hatte ich allein in Savannahs Wohnung zugebracht, zwangsernährt mit Einsamkeit in wöchentlichen Rationen, derer ich allmählich überdrüssig wurde. Allein schon der wohlige, gedämpfte Klang menschlicher Stimmen im Raum erregte mich und erweichte die Kadaver der Einsamkeit, die diese große Stadt stets in die Nähe meines Herzens hängte. Hinzu kam die Neugier des Außenseiters auf den privaten Smalltalk der Prominenz. Ich wollte an diesem Abend teilhaben, und ich wollte diese Leute mit dem ungebrochenen Charme meiner Herkunft und meiner Heimat für mich gewinnen.

Dann spielte Herbert Woodruff den *Dixie* auf seiner Stradivari. Noch nie hatte ich den Marsch auf diese Weise gehört, so perfekt, so bewußt ironisch. Herbert unterstrich die Satire noch durch seine übertriebene Gestik. Als er geendet hatte, grinste er mich verschlagen an, und ich sah, daß Susan nicht mehr in der Küche, sondern zu uns ins Wohnzimmer gekommen war. Sie wirkte erschrocken und wütend.

»Nun, Tom«, sagte Herbert schließlich, »was sagen Sie dazu?«

»Alle Achtung, Beethoven hat ja ein paar wirklich prima Dinger geschrieben!«

Während des allgemeinen Gelächters, das meiner Antwort folgte, bat Susan uns, ins Eßzimmer zu gehen und unsere Drinks nicht zu vergessen.

Herbert leerte sein Glas und genehmigte sich einen weiteren Scotch, ehe er nachkam. Er nahm an der Schmalseite des Tisches Platz, flankiert von Monique zur Linken und Christine Kingsley zur Rechten. Das Essen war von kundiger Hand auf Limoges-Porzellan arrangiert und offensichtlich farblich aufeinander abgestimmt; es sah hübscher aus, als es schmeckte. Der dazu servierte Bordeaux dagegen schmeichelte meiner Zunge aufs angenehmste. Zu meiner grenzenlosen Erleichterung hatte sich die Spannung mittlerweile gelegt, und die Stimmung war recht ausgeglichen. Herbert verwickelte Monique in ein Gespräch unter vier Augen und schien mich vollkommen vergessen zu haben. Dann aber begann New York sich von seiner besten Seite zu zeigen, und es kam zu einer angeregten Diskussion zwischen Herbert Woodruff und Madison Kingsley.

Die beiden unterhielten sich, ohne ein Blatt vor den Mund zu nehmen und ohne ein Risiko zu scheuen. Jedes ihrer Worte wirkte taufrisch und spontan und dabei wohlbedacht, verriet ätzende Schärfe und Schlagfertigkeit. Ich lachte ein bißchen zu laut über die boshaften Scherze, mit denen Madison über andere Stückeschreiber herzog, die nicht halb so berühmt waren wie er selbst. Die Frauen beschränkten sich zumeist auf knappe intelligente Bemerkungen zu den wichtigsten der von den beiden Männern angesprochenen Themen. Ich selbst ertappte mich, trotz bester Absichten, bei dem Versuch, mir längere Passagen der Konversation zwischen dem Dramatiker und dem Musiker einzuprägen. Als Herbert über ein Wohltätigkeitskonzert mit Yehudi Menuhin sprach und dabei jede subtile Einzelheit und jede Modulation beschrieb, die dieses Ereignis ausgezeichnet hatte, verstummten alle anderen Gespräche. Wenn er über seine Kunst redete, war er ein ernster Mann. Danach sprach Madison Kingsley über die technischen Probleme, die sich bei der Inszenierung seines jüngsten

Stückes ergaben. Den beiden Männern bereitete die Diskussion zusehends Vergnügen, und beinahe unmerklich wandelte sich ihre Konversation zum Wettstreit. Beide waren umgeben von der Aura des Erfolgs, beide verstanden damit umzugehen. Man erwartete von ihnen, daß sie den Ton angaben, brillierten und unterhielten, und beide waren sich dessen voll bewußt. Sie waren Männer von Format und Rang, und ich gefiel mir das gesamte Dinner über in meiner Rolle als Satellit und Beobachter. Einmal fing ich einen Blick von Susan auf und lächelte ihr zu, als sie mir zuzwinkerte. Auf den Moment, da Herbert Woodruff erneut gehässig werden sollte, war ich nicht vorbereitet.

Madison Kingsley skizzierte den Plot seines neuen Stückes. Es hieß *Das Wetter zu Zeiten der Trockenheit*; Thema war der Antisemitismus in Wien vor Ausbruch des Zweiten Weltkriegs. Er war gerade dabei zu erklären, wie problematisch es ist, das Leben eines anständigen Kerls zu dramatisieren, der zufällig überzeugter Nazi war, als Herbert ihn mitten im Satz unterbrach, um eine Frage an mich zu richten. »Sagen Sie, Tom, da unten in Charleston, wo Sie herkommen – gibt es da sehr viele Antisemiten?«

»Massenhaft«, sagte ich. »Allerdings machen die Snobs in Charleston keine allzugroßen Unterschiede. Sie hassen so gut wie jeden.«

»Ich kann mir nicht vorstellen, da unten im Süden zu leben«, meinte Monique, »und es ist mir schleierhaft, wie andere das können.«

»Wenn man dort geboren ist, gewöhnt man sich irgendwie daran«, sagte ich.

»Ich habe mich nie an New York gewöhnt«, wandte Christine Kingsley ein, »und das, obwohl ich mein ganzes Leben hier verbracht habe.«

Aber Herbert war noch nicht fertig mit mir. »Wie verhalten Sie sich persönlich, Tom«, fragte er, »wenn der Antisemitismus sein häßliches Haupt erhebt? Wie reagieren Sie, wenn ein Freund von Ihnen verlauten läßt, daß er Juden haßt?«

»Herbert«, sagte Susan und legte ihre Gabel beiseite, »bitte hör auf, Tom zu provozieren.«

»Es ist eine gute Frage«, sagte Madison. »Genau das Problem, das ich in meinem Stück lösen will. Seht mal, diese Figur, dieser

Horst Werkmann, ist zwar ein Nazi, aber kein Antisemit. Also, Tom, was tun Sie?«

Ehe ich antworten konnte, sagte Monique: »Sobald ich mit irgendeiner Form von Rassismus konfrontiert werde, pflege ich das Zimmer zu verlassen.«

»Aber jetzt ist Tom gefragt«, sagte Herbert. »Wie verhält sich Tom Wingo, unser Gast, der High-School-Football-Trainer aus South Carolina?«

»Manchmal tu' ich genau dasselbe«, antwortete ich mit einem nervösen Blick auf Susan. »Aber manchmal springe ich sie auch an, wie ein Blitz aus heiterem Himmel, Sie wissen schon. Dann werfe ich den Kerl zu Boden, und ehe einer der anderen anwesenden Antisemiten ihm zur Hilfe eilen kann, habe ich ihm schon den Kehlkopf ausgebissen und quer durchs Zimmer gespuckt. Bei Antisemiten kenne ich kein Pardon.«

»Das war großartig, Tom«, sagte Christine freundlich, und an Woodruff gewandt: »Du hast es nicht anders verdient, Herbert.«

»In der Tat, sehr witzig«, meinte der. »Aber nun Spaß beiseite. Sagen Sie uns, wie Sie sich tatsächlich verhalten. Es interessiert mich wirklich sehr.«

»Und ich bin wirklich sehr daran interessiert, daß du jetzt deinen Mund hältst, Liebling«, sagte Susan.

Herbert hatte sich vorgelehnt und die Ellbogen auf den Tisch gestützt; seine Haltung war die einer Gottesanbeterin, und in seinen Augen funkelte die Konzentration eines Raubtiers. Weit entfernt davon, zu durchschauen, was hier vorging, hatte ich doch den Eindruck, einbezogen zu sein in einen alten, traurigen Tanz zwischen Susan und Herbert. Die Art und Weise, wie Herbert die Diskussion manipulierte, entbehrte nicht einer gewissen Unersättlichkeit, und ich war überzeugt, daß alle Anwesenden das Ritual von ähnlichen Gelegenheiten her bereits kannten. Ich spürte, wie die Atmosphäre sich auflud, und suchte noch immer nach einem Gag, mit dem ich mich unbeschadet aus der Affäre ziehen konnte. Auf Moniques schönen Lippen erkannte ich den Anflug eines süffisanten Lächelns. Was wurde hier gespielt? Was motivierte die handelnden Personen? Wieso brachte ein Ehemann seine Geliebte mit zum Abendessen, und wieso ließ seine Frau das zu? Warum war Herbert so scharf darauf, mir den Rest zu geben? Ich hatte die unverzeihliche Sünde begangen, seinen Sohn zu trainieren. Ich war mit seiner Frau befreundet. Ich kannte den Tanz noch nicht, aber ich wußte, daß Herbert drauf und dran war, mir jeden einzelnen Schritt beizubringen.

»Hat's Ihnen die Sprache verschlagen, Tom?« sagte Monique schließlich, um das Schweigen zu brechen.

»Ich muß jetzt wohl gehen, Susan«, sagte ich und erhob mich.

»Nein, Tom, ich bitte Sie!« fuhr Herbert dazwischen. »Sie nehmen das zu persönlich. Sie sind doch Football-Trainer. Nehmen Sie's von der sportlichen Seite! Das ist so eine Art After-dinner-Sport von uns, der Sport dieser durchtriebenen New Yorker. Wir hatten hier noch nie einen Trainer am Tisch und auch noch nie einen Mann aus dem Süden, da ist es doch ganz natürlich, daß wir wissen wollen, wie Sie gepolt sind. Meine Frau ist Jüdin, Tom, das haben Sie doch gewiß von Anfang an vermutet. Finden Sie es nicht auch entzückend, wie sie an den Restbeständen ihrer dereinst vielleicht vorhandenen jüdischen Identität festhält, indem sie sich an ihren eher mißtönenden Mädchennamen klammert? Ich habe Susan schon gesagt, daß ich Sie im Verdacht habe, Antisemit zu sein. Aber das wäre ja nichts Ungewöhnliches. Der ganze Süden wimmelt davon, nicht wahr?«

»Wo kommen Sie her, Herbert?« fragte ich und setzte mich wieder.

»Aus Philadelphia, Tom«, sagte er. »Nett, daß Sie fragen!«

»Mir reicht es jetzt, Herbert«, fiel Christine ein.

»Oh, ich bitte dich, Christine...« Herbert lachte. »Wir müssen Madison neuen Stoff liefern, sonst wird er altmodisch.«

»Ich bin kein Antisemit, Herbert«, sagte ich. »Aber ich verabscheue alle Leute, die aus Philadelphia kommen.«

»Sehr gut, Trainer!« sagte er und wirkte sichtlich befriedigt über meine Antwort. »Ich glaube, ich habe unseren kleinen Jungen aus dem Süden unterschätzt. Aber kommen wir noch einmal auf die schmerzhafte Frage zurück, deren Beantwortung Sie bisher so geschickt vermieden haben. Was tun Sie da unten im Süden, wenn Sie eine antisemitische Bemerkung hören?«

»Ich tue gar nichts«, sagte ich schließlich entschlossen. »Ich verhalte mich genauso, wie ich mich verhalte, wenn ich unter Leuten bin, die weiße Südstaatler hassen. Ich bleib' sitzen und hör' zu.«

»Wissen Sie, Tom«, sagte Herbert, »der Süden erweckt in mir

dieselben Gefühle wie der Gedanke an Nazi-Deutschland. Er verkörpert für mich das Böse an sich, und gerade das macht ihn interessant. Ich habe übrigens persönlich am Marsch auf Selma teilgenommen. Ich kenne den Süden – und es ist eines meiner Lebensziele, ihn zu ändern.«

Ich lächelte und sagte: »Wir alle im Süden, Mr. Woodruff, ob schwarz oder weiß, werden ihnen ewig dankbar sein.«

»Ich schlage vor, das Thema zu wechseln!« Susans Stimme klang schrill und verzweifelt.

»Aber warum denn, Liebes?« sagte Herbert. »Das Thema ist doch faszinierend – und erheblich niveauvoller als das übliche New Yorker Dinner-Party-Geschwätz, meinst du nicht? Außerdem sind wir dir diese Diskussion schuldig, Susan. Du bist diejenige, die den kleinen Tom entdeckt und bei uns eingeführt hat. Und der Mann sorgt für Spannung und echte Feindseligkeit – ›echte Gefühle‹, und das verdanken wir unserem Freund Tom. Seien wir doch ehrlich: Bis wir Tom so weit hatten, daß er aus sich herausging, war die Party ein bißchen langweilig. Wer ahnt schon die Tiefen der Mittelmäßigkeit, die wir an diesem Abend noch erkunden werden?«

»Madison, sorg dafür, daß Herbert jetzt endlich aufhört«, sagte Christine, an ihren Gatten gewandt.

»Sie sind erwachsen, meine Gute, sie können alleine aufhören«, erwiderte Madison, und ich erkannte in seinem Blick die heimliche Lust des Voyeurs; mit Sicherheit war er schon bei früheren Gelegenheiten am Entstehen solcher Situationen beteiligt gewesen.

»Warum bist du so neugierig?« fragte Monique Herbert, ohne mich auch nur anzusehen.

»Weil mich der kleine Tom fasziniert!« antwortete Herbert, und die Feindseligkeit, die aus seinen Blicken sprach, begann mich zu zermürben. »Meine Frau spricht fast nur noch über ihn. Sie tischt mir seine schlichten Weisheiten und dummen Sprüche auf, die ihn als eine Art modernen Mark Twain erscheinen lassen. Und mir gefällt die Art, wie er sich gibt, sein Stolz, seine Unverfrorenheit...«

»Hören Sie einfach nicht hin, Tom«, sagte Susan in die nur noch von Kerzenschein erhellte Runde, in der mittlerweile eine geradezu mörderische Atmosphäre herrschte. »Tom ist unser Gast,

Herbert. Laß ihn jetzt gefälligst in Ruhe. Du hast es mir versprochen.«

»Ganz recht, Liebling«, erwiderte Herbert Woodruff. »Wie gefühllos von mir. Wo Tom doch nach New York gekommen ist, weil seine Schwester, die berühmte feministische Dichterin aus dem Süden, im Laufe einer aufopferungsvollen Behandlung durch meine Gattin sich das Leben nehmen wollte.«

»Verzeihen Sie, daß ich ihm das erzählt habe, Tom«, sagte Susan kläglich. »Aber manchmal begeht man eben Fehler. Wie zum Beispiel den, dem eigenen Ehemann zu vertrauen.«

»Gemessen am bisherigen Verlauf dieses Abends«, sagte ich, »kommt mir das eher wie eine Lappalie vor.«

»Nun führ hier kein Melodram auf, Teuerste«, sagte Herbert und wandte sich an Susan. »Wir alle wissen, wie stolz du auf deine literarische Klientel bist, auf diese psychotischen Schreiberlinge. Sie müssen wissen, Tom, daß meine Frau in den erlauchten Künstlerkreisen dieser Stadt als *der* Seelendoktor schlechthin gilt. Ständig führt sie die Namen der Prominenz im Munde und tut, als wäre das reiner Zufall. Wir finden das alle ganz reizend!«

»Susan ist eine hervorragende Therapeutin«, sagte Monique. »Ich kann das aus eigener Erfahrung bestätigen.«

»Du brauchst mich nicht vor Herbert in Schutz zu nehmen, Monique«, sagte Susan. »Er gehört nun einmal zu jener Sorte von Ehemännern, die sich nur in der Gruppe trauen, ihre Frauen anzugreifen und zu erniedrigen. Dieser Typ ist viel weiter verbreitet, als man gemeinhin glaubt; in meiner Praxis werde ich tagtäglich damit belämmert. Tom, ich entschuldige mich bei Ihnen für Herberts Verhalten. Sie sind mein Freund, und in Herberts Augen gibt es kein schlimmeres Verbrechen als das. Hinzu kommt, daß auch sein Sohn Sie sehr gern hat.«

»Ich kann mir nicht vorstellen, daß ihr beide echt miteinander befreundet seid«, sagte Monique und machte eine ebenso abschätzige wie elegante Bewegung mit dem Finger.

»Halt deine verdammte Klappe, Monique!« brüllte Susan und stand auf.

»Wie bitte?« fragte Monique verblüfft. »Ich habe lediglich meine Meinung geäußert.«

»Halt jetzt endlich die Fresse!« Susan brüllte noch lauter. »Und wenn du, Herbert, auch nur noch ein einziges Wort zu Tom sagst, dann knall' ich dir jeden einzelnen Teller, der hier auf dem Tisch steht, an deinen häßlichen kleinen Schädel!«

»Aber meine Teuerste!« Herbert lächelte. »Unsere Gäste müssen ja denken, wir hätten Eheprobleme. Wir wollen doch keinen falschen Eindruck erwecken, oder?«

»Und du, Monique«, fuhr Frau Dr. Lowenstein in ungeminderter Lautstärke fort, »nimm sofort die Finger vom Schwanz meines Mannes! So ist's recht. Tu meinetwegen, als hättest du gar nicht unterm Tisch an ihm herumgefummelt, während er meinen Freund beleidigt hat. Ich hab' dieses gräßliche Gefummel mittlerweile schon an die zwanzigmal mit angesehen, und allmählich reicht's mir. Drum setz' ich euch ja immer so weit wie möglich auseinander. Daß ihr's heimlich miteinander treibt, daran hab' ich mich schon gewöhnt. Aber ich sehe nicht ein, daß ich auch noch zugucken soll, wie du in aller Öffentlichkeit an ihm herumfingerst.«

Monique erhob sich, sah erst Susan an, dann Herbert, und stolperte schließlich aus dem Zimmer hinaus auf den Flur.

Herbert hatte offenbar seine Dinnerparty nicht mehr so recht im Griff. Er sah mich an und sagte: »Der Wind hat umgeschlagen, mein Junge.« Dann ignorierte er mich und wandte sich an Susan: »Du wirst dich auf der Stelle bei Monique entschuldigen, Susan. Wie kannst du es wagen, einen Gast in unserer...«

»Na los, sag's schon!« schrie sie. »Einen Gast in unserem beschissenen trauten Heim so zu demütigen, wie? Eben hab' ich miterlebt, wie du Tom in unserem ach so trauten Heim gedemütigt hast. Ich habe es bei jedem anderen Freund, den ich ins Haus gebracht habe, miterlebt. Keiner von uns, weder Christine noch Madison noch ich, hat je den Mut gehabt, dir in die Parade zu fahren, weil wir immer Angst hatten, du würdest dann mit uns genauso umspringen. Und jetzt geh und entschuldige dich selber bei dieser billigen Nutte!«

»Ich glaube, es wäre eher an dir, das zu tun, Susan«, antwortete Herbert.

»Na, hübsche Party, was?« fragte ich Madison und Christine, die beide ihre Teller anstarrten.

Susan fing an zu lachen. »Du kommst wohl nicht vom Tisch hoch, Herbert, wie? Sag unseren Gästen doch bitte, woran das liegt, Herbert. Na gut, ich kann's auch für dich tun. Weil du von

Moniques Wühlarbeit unterm Tisch noch immer 'n strammen Johnny hast. Komm, Herbert, steh auf und zeig mal her, damit es alle sehen können. Sie kann phantastisch mit der Flöte umgehen, nicht wahr? Und natürlich auch mit allem, was 'ner Flöte auch nur entfernt ähnlich sieht. Jeder hier am Tisch weiß, daß ihr seit zwei Jahren ein Verhältnis miteinander habt, jeder, außer Tom. Wir stehen uns doch alle so nahe, und jeder hilft dem anderen, so gut er kann. Christine und Madison waren sogar so liebenswürdig, euch letzten Winter in ihrem Haus auf Barbados freizuhalten.«

»Wir wußten nicht, daß sie mitkommen würde, Susan« sagte Madison.

»Darüber sprechen wir später«, sagte Herbert.

»Darüber reden wir, sobald du mit deiner Flötistin Schluß gemacht hast«, giftete Susan.

»Ein kleiner Flirt, sonst nichts, meine Gute«, sagte Herbert, der langsam wieder zu seiner Haltung zurückfand. »Nur, was unsere Freunde betrifft... Im Gegensatz zu dir stelle ich tagtäglich meinen guten Geschmack unter Beweis.«

»Da gibt es einen kleinen Unterschied, Herbert«, sagte Susan. »Tom und ich vögeln nicht miteinander.«

»Das wäre ja wohl auch selbst für dich zu geschmacklos«, sagte er.

»Mein Gott, Herbert!« stöhnte Madison Kingsley.

»Ach, halt's Maul, Madison!« fuhr Herbert ihn an. »Und schmink dir deine fromme Leidensmiene ab. Das ist schließlich nicht das erstemal, daß du Susan und mich streiten siehst.« Er wandte sich wieder an seine Frau: »Gib's zu, du genießt es, Mrs. Herbert Woodruff zu sein, Liebste. Ruhm – das ist deine einzige Schwäche. Sehen Sie Tom, ich habe den Charakter meiner Frau genau analysiert. Die Reichen und die Berühmten ziehen sie an, sonst niemand. Und Sie sind ein Nichts. Aber Ihre Schwester! Ja, Ihre Schwester, die macht Sie interessant. Ansonsten, wie gesagt: *Sie* sind ein Nichts. So, Susan, und nun geh und entschuldige dich bei Monique.«

»Nicht, bevor du dich bei Tom entschuldigt hast«, antwortete sie.

»Ich habe deinem kleinen Freund nichts zu sagen.«

Einen Augenblick lang schwiegen beide. Ich brach die Stille, indem ich sagte: »Ich kann Herbert dazu bringen, sich bei uns beiden zu entschuldigen, Susan.«

»Sie sind noch hier, Tom?« fragte Herbert. »Wie schade. Sagen Sie, wie wollen Sie das denn anstellen?«

»Nun«, sagte ich, »ich hab' mir gerade überlegt, welche Möglichkeiten es da gibt, Herbert. Ich könnte Ihnen natürlich ein paar Tritte versetzen, so daß Sie die Treppe rauf- und runterpurzeln. Aber diesen Plan habe ich bereits verworfen, würde seine Ausführung doch nur beweisen, daß ich genau der Barbar bin, für den Sie mich halten. Sie zu verprügeln, würde mich persönlich zwar zufriedenstellen, wäre aber gesellschaftlich anstößig. Und deshalb habe ich mir etwas anderes ausgedacht, etwas, von dem ich glaube, daß es origineller und kultivierter ist...«

»Herbert hat sich noch nie entschuldigt, für nichts und bei niemandem«, sagte Christine.

Ich ging zum Sideboard und goß mir einen großen Cognac ein. »Zur Durchführung meines Planes muß ich noch ein bißchen besoffener sein«, sagte ich. Kurz darauf spürte ich, wie der Cognac meine Blutzirkulation beschleunigte.

Dann ging alles sehr schnell. Mit ein paar Schritten war ich im Wohnzimmer.

Ich ging vorbei an dem großen Konzertflügel und ließ den Verschluß des Geigenkastens aufschnappen, in dem Herbert Woodruffs Stradivari lag. Gut, dachte ich bei mir, du bist besoffen genug.

»Herbert!« rief ich, »Der Bengel aus dem Süden hat Ihre Fiedel gemopst! Am besten kommen Sie mal schnell 'rüber!«

Als die versammelte Dinner-Party erschien, stand ich bereits draußen auf der Terrasse und hielt die Violine mit ausgestrecktem Arm über die Brüstung, acht Stockwerke hoch über Central Park West.

»Das ist eine Stradivari, Tom«, sagte Madison Kingsley.

»Ja doch«, gab ich fröhlich zurück, »das habe ich heute abend an die fünfzig- oder sechzigmal gehört, glaub' ich. Hübsches kleines Dingelchen, nicht?«

»Sie ist dreihunderttausend Dollar wert, Wingo«, sagte Herbert mit, wie mir schien, leicht belegter Stimme.

»Aber nicht, wenn ich sie fallen lasse, Herb. Dann kriegen Sie keinen Cent mehr dafür.«

»Tom, haben Sie den Verstand verloren?« fragte Susan.

»X-mal schon, Susan«, rief ich, »aber diesmal nicht. So, Herbert, entschuldigen Sie sich bei Ihrer Frau. Ich liebe sie, und vielleicht ist sie die beste Freundin, die ich je hatte.«

»Sie bluffen ja nur, Tom«, sagte er, diesmal mit ein wenig festerer Stimme.

»Kann schon sein, Sie Arschloch, is' aber 'n starker Bluff, was?« Ich warf die Geige in die Luft und fing sie, weit über die Brüstung gelehnt, wieder auf.

»Sie ist voll versichert«, sagte Herbert.

»Kann ja sein, Herb. Aber 'ne neue Stradivari kriegen Sie bis an Ihr Lebensende nicht, wenn ich die hier segeln lasse.«

»Es handelt sich um ein Kunstwerk, Tom«, sagte Christine.

»Entschuldigen Sie sich bei Ihrer Frau, Sie Nulpe«, forderte ich Herbert auf.

»Es tut mir sehr leid, Susan«, sagte er. »Und jetzt her mit meiner Geige, Wingo! «

»Noch nicht, Tiger! Entschuldigen Sie sich bei ihren netten Freunden dafür, daß Sie Ihre Freundin mit nach Barbados gebracht haben.«

»Tut mir sehr leid, Christine, Madison«, sagte Herbert.

»Ein bißchen aufrichtiger, Herb!« insistierte ich. »Ganz aufrichtig, bitte. Ich möchte keinerlei Ironie mehr in Ihrer Stimme hören, sonst hopst Ihre kleine Fiedel gleich wie ein Wasserball da unten zwischen den Taxis herum.«

»Es tut mir sehr leid, Christine, Madison«, wiederholte er, diesmal ohne Ironie.

»Deine Entschuldigung wird dankbar entgegengenommen«, sagte Christine.

»Na also, Herbert, das war schon besser«, fuhr ich fort, »Aufrichtigkeit steht Ihnen. Und jetzt zu mir, Herbert. Entschuldigen Sie sich bitte für Ihren unverzeihlichen Bruch der Etikette bei Tisch. Ich finde es sehr bedauerlich, daß Sie Ihrer Frau keine Freunde gönnen, aber letztlich geht mich das nichts an. Nur gibt Ihnen das noch lange nicht das Recht, mich so mies zu behandeln, Sie spatzenhirniger Stinkstiefel.«

Er sah erst Susan an, dann mich. »Entschuldigung, Tom.«

»Demut, Herbert, ein wenig mehr Demut!« sagte ich mit trauriger Stimme. »Wir wollen doch versuchen, die Erniedrigung mit ein klein wenig mehr Grazie zu ertragen. Ein winziges Zeichen wahrer Demut noch, und ich verlasse Ihr gastliches Haus auf Nimmerwiedersehen. Andernfalls aber werden sich die Penner da unten mit Splittern aus Ihrer Fiedel in den Zähnen rumpulen.«

»Es tut mir leid, Tom, es tut mir sehr leid«, sagte er und fügte hinzu: »Und ich meine das ehrlich, Susan, ganz unabhängig von seiner Drohung.«

»Brav, Herb, brav«, sagte ich und reichte ihm seine Geige. »Und es tut mir sehr leid, Susan, wenn ich Sie beleidigt haben sollte.«

Ich verzichtete auf standesgemäße Abschiedsrituale und marschierte geradewegs zur Wohnungstür hinaus auf den Fahrstuhl zu.

Unten auf der Straße wollte ich eben ein Taxi herbeiwinken, als ich hinter mir Susan Lowensteins Stimme vernahm.

»Deshalb also sind Sie immer so traurig, Susan«, sagte ich, als sie auf mich zukam. »Und ich hielt Sie immer für 'n Glückspilz auf der Schokoladenseite der menschlichen Existenz.«

»Hast du schon mal mit einer Psychotherapeutin geschlafen, Tom«, fragte sie.

»Nein. Hast du schon mal mit einem Football-Trainer geschlafen, Susan?« fragte ich zurück.

»Nein«, sagte sie. »Aber diese Frage beabsichtige ich morgen früh anders zu beantworten.«

Und mitten auf der Straße küßte ich Susan Lowenstein, die schwarzgewandete Schönheit. Damit brach die schönste Nacht an, die ich je in Manhattan erlebt habe.

Nach dem Aufwachen am Sonntag morgen liebten wir uns gleich noch einmal. Wir waren recht gut in Form in meiner Schwester Bett, und die Sonnenstrahlen tanzten auf meinem nackten Rücken. Danach schliefen wir engumschlungen wieder ein und wachten erst gegen zehn Uhr wieder auf.

Ich war als erster auf den Beinen. Ich trat ans Wohnzimmerfenster und brüllte hinunter auf die Straße: »Ich liebe New York City! Ich liebe dich, New York, verdammt noch mal, ich liebe dich!«

Nicht eine Menschenseele dort unten sah zu mir herauf, und so ging ich in die Küche, um ein perfektes Omelett für Susan Lowenstein in die Pfanne zu hauen.

»Was hat dich veranlaßt, deine Meinung über New York zu ändern, Tom?« rief Susan aus dem Schlafzimmer.

»Dein bos- und sündhafter Leib!« rief ich zurück. »Dein fabelhafter, phantastischer Körper und die bezaubernde Art, wie er sich bewegt. Das hat mir die Augen geöffnet und mich meinen Irrtum erkennen lassen. Seit meiner Ankunft in New York war ich noch nie verliebt, das ist der entscheidende Unterschied. Ich fühle mich absolut großartig, und es gibt nichts, was mir heute diese Stimmung vermiesen könnte.«

Sie kam in die Küche. Der Speck brutzelte in der Pfanne, und wir küßten uns.

»Du küßt gut«, flüsterte sie.

»Wenn du erst von Toms perfektem Omelett gekostet hast, Lowenstein, dann wirst du mir nicht mehr von der Seite weichen. Du wirst mir überallhin folgen und mich ständig darum bitten, gequirlte Eier in eine heiße Pfanne zu schlagen.«

»Hat es dir Spaß gemacht, mit mir zu schlafen?« fragte sie.

»Hör zu, Lowenstein«,gab ich zurück, »du mußt immer daran denken, daß ich Katholik bin. Ich mag Sex, aber nur bei Dunkelheit, und hinterher darf ich nicht darüber reden. Mich werden den ganzen Tag über Schuldgefühle plagen, weil es so verdammt phantastisch war.«

»Es war phantastisch?« fragte sie.

»Warum fällt es dir so schwer, das zu glauben?«

»Weil du Sex mit mir hattest! Und auf diesem Gebiet hab' ich 'ne Menge Beschwerden bekommen von jedem Mann in meinem Leben. Außerdem bin ich neurotisch und brauche sexuell massig viel Bestätigung.«

Im Wohnzimmer klingelte das Telefon. »Verdammt!« rief ich. »Was harren da meiner schon wieder für Schreckensmeldungen?«

»Willst du rangehen?« fragte Susan, ergriff eine Gabel und wendete den Speck.

Ich nahm den Hörer ab und wäre, als ich die Stimme meiner Mutter »Hallo!« sagen hörte, vor Schreck beinahe in die Knie gesunken.

»O Gott«, stammelte ich. »Du bist's Mom?«

»Ich bin in New York«, sagte meine Mutter. »Ich nehme mir gleich ein Taxi und komme. Ich möchte mit dir sprechen.«

»Nein!« schrie ich. »Um Gottes willen, Mom, hier sieht es absolut chaotisch aus, und ich bin noch gar nicht angezogen.«

»Ich bin deine Mutter«, sagte sie. »Mir ist es gleichgültig, ob du was anhast oder nicht.«

»Warum bist du hier?« fragte ich.

»Ich möchte mit Savannahs Therapeutin reden.«

»O ja, du möchtest mit Savannahs Therapeutin reden«, wiederholte ich.

»Sag ihr, ich muß nur schnell noch meine Strumpfhose anziehen«, flüsterte Susan, die in der Tür zur Küche stand.

»Mom, es ist Sonntag«, sagte ich. »Jeder Seelendoktor verbringt das Wochenende in seinem Haus auf dem Land. Du wirst hier in der City heute nicht einen einzigen Psychiater oder Therapeuten finden.«

»Entschuldigen Sie, Sir«, flüsterte Susan. »Ich bin zufällig Therapeutin.«

»Ich möchte aber noch heute mit dir reden, Tom«, sagte Mutter unbeirrt. »Außerdem möchte ich unbedingt Savannahs Wohnung kennenlernen.«

»Gib mir eine halbe Stunde Zeit zum Aufräumen, Mutter«, bat ich.

»Nur keine Umstände, Tom, das ist völlig unnötig.«

An der Wohnungstür klopfte es. »*Goodbye,* Mutter«, sagte ich schnell, »in einer halben Stunde dann.«

Susan öffnete die Tür, und ich sah Eddie Detreville draußen im Flur; in der Hand hielt er eine Tüte mit frischen Croissants.

»Hallo, Sallie«, sagte er. »Ich bin Eddie Detreville von nebenan. Ich kenn' Sie aus Toms und Savannahs Erzählungen.«

»Hallo, Eddie«, antwortete Susan. »Ich bin Susan.«

Ich legte den Telefonhörer auf und hörte Eddie sagen: »Tom, es gibt nichts, was ich mehr hasse als billige Heterosexualität.«

Als meine Mutter die Wohnung betrat, küßte sie mich auf die Wange und sagte: »Ich rieche das Parfüm einer Frau.«

Ich schloß die Tür. »Ich hab' einen homosexuellen Nachbarn, Mom. Er war gerade hier, um sich 'ne Tasse Zucker zu borgen.«

»Und was hat das mit dem Parfüm zu tun?« Ihr Argwohn war noch nicht beseitigt.

»Du weißt doch, wie Homosexuelle sind, Mom. Sie sind dauernd am Herumwuseln, nebeln sich mit Parfüm ein und kaufen afghanische Windhunde.«

Mutter setzte ihren Vormarsch in die Wohnung fort. »Ich weiß, daß dir mein Besuch in New York zuwider ist, Tom.«

»*Au contraire*, Mama«, erwiderte ich, froh darüber, daß sie nicht weiter auf dem Parfüm herumritt. »Seit ich die Nachricht von deinem Kommen hörte, tanze ich durch die Straßen. Wie wär's, soll ich dir Toms perfektes Omelett brutzeln?«

»Ich habe bereits gefrühstückt, im *St. Regis*.«

»Hast du deinen Ehemann mitgebracht?« fragte ich aus der Küche. »Oder kauft er gerade Indonesien, oder was?«

»Er ist im Hotel geblieben«, antwortete sie. »Er weiß ja, daß du ihn nicht sehen willst.«

»Ein einsichtsvoller Mann«, sagte ich und reichte meiner Mutter eine Tasse Kaffee. »Er sieht direkt in meine Seele hinein.«

»Wie lange willst du ihn noch für etwas bestrafen, von dem du genau weißt, daß ich es zu verantworten habe?« fragte sie und fügte dann hinzu: »Der Kaffee ist hervorragend.«

»Wenn er auf dem Sterbebett liegt, werde ich ihm wahrscheinlich vergeben, Mom. Das mach' ich bei allen so.«

»Sogar bei mir?« fragte sie.

»Dir habe ich schon vor langer Zeit vergeben.«

»Das hast du gewiß *nicht* getan«, sagte sie. »Du hast mich abscheulich behandelt und bist immer noch so wütend auf mich, daß du mir kaum in die Augen schauen kannst!«

»Ich bin nicht nur wütend auf dich, Mutter«, sagte ich ruhig. »Ich bin wütend auf alle Welt. Ich bin von jener allesumfassenden, titanischen Wut auf alles, was auf diesem Planeten kreucht und fleucht, befallen.«

»Ich hätte keine Kinder haben sollen«, sagte meine Mama. »Da tust du alles für sie, opferst dein ganzes Leben ausschließlich ihrem Wohlergehen, und zum Dank wenden sie sich schließlich gegen dich. Es wäre besser gewesen, wenn ich mir mit zwölf hätte die Eileiter abklemmen lassen! Das ist jedenfalls das, was ich jedem jungen Mädchen empfehlen würde.«

»Jedesmal, wenn wir uns sehen, Mama, schaust du mich an, als suchtest du einen Arzt, der mich noch im nachhinein abtreiben kann!« rief ich und bedeckte mein Gesicht mit den Händen. »Komm, hören wir doch mit diesem Geschwätz auf, Mama. Welche abstrusen Gründe haben dich veranlaßt, nach New York zu kommen? Durch welches Jammertal willst du mich diesmal wieder wandern lassen?«

»Hörst du eigentlich selbst, was du da sagst, Tom?« fragte sie. »Wer hat dich gelehrt, so grausam zu sein?«

»Du, Mama«, sagte ich. »Und du hast mich auch gelehrt, daß es Menschen gibt, für die man eine unausrottbare Liebe empfinden kann, selbst wenn sie einem das Leben ruiniert haben.«

»Eines deiner typischen Komplimente: Alles dient einzig und allein dem Zweck, deiner Mutter das Herz zu brechen.«

»Ich habe keine andere Möglichkeit, mich gegen dich zu wehren, Mutter. Meine einzige Waffe ist bedingungslose, bittere Ehrlichkeit.«

»Ich glaube, dir ist es vollkommen egal, daß ich nichts auf der Welt so sehr liebe wie meine Kinder, nicht wahr, Tom?«

»Das glaube ich dir sogar, Mama. Denn wenn ich es dir nicht glaubte, müßte ich dich auf der Stelle eigenhändig erwürgen.«

»Und das sagst du, obwohl du gerade eben noch behauptet hast, du liebtest mich!«

»Das sagst du, nicht ich«, gab ich zurück. »Ich sagte nur, ich habe dir vergeben. Von Liebe war nicht die Rede. In deinem seltsamen Gefühlshaushalt mag das ja ein und dasselbe sein. In meinem jedenfalls nicht, Mama.«

»Du bist immer so grausam zu mir, Tom.« Ich sah Tränen in ihren Augen.

»Ja, du hast recht, Mama, das war eben ganz besonders herzlos, und ich entschuldige mich dafür. Aber gestehen wir uns wenigstens ein, daß uns eine gemeinsame Vergangenheit verbindet. Und aus entsprechender Erfahrung weiß ich, daß du wahrscheinlich gleich wieder irgendeine ganz besondere Scheußlichkeit aus dem Ärmel schüttelst.«

»Darf ich rauchen?« fragte sie und holte ein Päckchen *Vantages* aus ihrer Handtasche.

»Aber selbstverständlich«, antwortete ich. »Ich habe doch nichts dagegen, von meiner eigenen Mutter Lungenkrebs zu bekommen.«

»Kannst du mir Feuer geben?«

»Mutter«, sagte ich müde, »der Tag der Befreiung aller Frauen steht unmittelbar bevor. Es wäre taktlos von mir, dir Feuer anzubieten, zumal ich weiß, daß du dich noch nicht einmal fürs Frauenwahlrecht erwärmen kannst.«

»Falsch«, sagte sie. »Aber ich bin in anderer Hinsicht etwas altmodisch. Ich bin einfach gerne Frau. Ich mag es, wenn man mir die Tür aufhält und wenn mir bei Tisch ein Gentleman den Stuhl zurechtrückt. Ich verbrenne keine Büstenhalter und glaube auch nicht, daß es nötig ist, die Gleichberechtigung in der Verfassung zu verankern. Ich bin immer überzeugt gewesen, daß Frauen den Männern überlegen sind, deshalb bin ich gegen alles, was einen Mann auf den Gedanken bringen könnte, er sei mir ebenbürtig. So, und nun gib mir bitte Feuer.«

Ich entzündete ein Streichholz, und als ich es an ihre Zigarette hielt, berührte sie mein Handgelenk.

»Und jetzt erzähl mir, was du von Savannah weißt«, fuhr sie fort.

»Die Zwangsjacke steht ihr ausgezeichnet.«

»Du solltest Komiker werden, Tom. Ehrlich, ich wäre froh darüber und es wäre sehr schön, wenn du wenigstens in diesem Job eine Weile bei der Stange bliebest. Ich würde dir sogar eine Konzerthalle mieten oder einen Nachtclub, damit du deine müden Scherze nicht mehr alle an mir ausprobieren mußt.«

»Savannah geht es sehr schlecht, Mutter«, sagte ich. »Ich habe sie bisher nur einmal zu sehen bekommen. Und dann habe ich Dr. Lowenstein die Geschichte ihrer Jugend erzählt, alle grausigen Details inbegriffen.«

»Und dabei hieltest du es natürlich für nötig, auch über die Ereignisse jenes Tages auf der Insel zu plaudern.«

»Ja, ich hielt es für nötig«, sagte ich, »es kam mir merkwürdig wichtig vor.«

»Glaubst du, daß man Dr. Lowenstein eine solche Information anvertrauen kann?«

»Nun ja, Mutter – also seltsamerweise steht jedes dunkle Geheimnis, das ich Dr. Lowenstein anvertraue, am nächsten Tag in der *New York Times*. Abgesehen davon, ist sie absolut vertrauenswürdig. Wirklich, Mama – sie ist ein Profi in ihrem Geschäft.«

»Mein Stolz würde es nicht zulassen, einem wildfremden Menschen so eine peinliche Episode zu enthüllen«, sagte meine Mutter.

»Und ich würde am liebsten jedem davon erzählen. ›Hi, ich bin

Tom Wingo. Mich hat mal ‘n entflohener Sträfling gepimpert, aber dann hab’ ich ihn mit einer Statue des Jesuskindes erschlagen.‹ Auf diese Weise erreicht man sofort eine gewisse Vertraulichkeit, weißt du.«

Leidenschaftslos sah meine Mutter mich an. Dann fragte sie: »Hast du mit Frau Dr. Lowenstein auch über deine eigenen Probleme gesprochen, Tom? Du bist offenbar recht gut im Ausplaudern familiärer Geheimnisse, aber ich frage mich, ob du auch über deine eigenen sprechen kannst?«

»Da gibt’s nicht viel zu enthüllen, Mama. Jeder kann sehen, daß ich ein unglückliches, verzweifeltes Wrack bin. Die Einzelheiten würden andere Leute nur langweilen.«

»Hast du Dr. Lowenstein erzählt, daß Sallie und ich dich voriges Jahr im zehnten Stock der Universitätsklinik einliefern mußten?«

»Nein, hab’ ich nicht«, log ich. »Ich hielt es für besser, sie in dem Glauben zu lassen, daß mein Haß auf ihren Berufsstand angelesen ist und nicht persönlicher Erfahrung entspringt.«

»Ich glaube, sie sollte wissen, daß die Geschichten, die sie da zu hören bekommt, von einem stammen, der schon einmal in einer geschlossenen Anstalt gewesen ist.«

»Ich nenne das lieber die Psychologische Abteilung einer Universitätsklinik«, sagte ich und schloß die Augen. »Schau, Mama, ich weiß, wie peinlich es dir war, daß ich eine Woche im zehnten Stock verbringen mußte. Mir war es noch peinlicher, ja, es hat mich deprimiert. Was soll ich noch sagen? Ich bin immer noch deprimiert, aber langsam geht es wieder aufwärts. Der Sommer hier oben hat mir gutgetan, trotz Sallie und ihrem Doktorfreund. Ich habe mich intensiv mit meinem bisherigen Leben beschäftigt, und mit dem Leben der Familie, aus der ich stamme. Allein dies tun zu können, ist für einen Mann in diesen grausigen Zeiten eine Art Luxus. Gelegentlich gibt es sogar Augenblicke, in denen ich mich selbst wieder mag.«

»Ich werde Dr. Lowenstein sagen, daß diese Vergewaltigungsgeschichte und alles, was du ihr sonst noch erzählt hast, erstunken und erlogen ist«, sagte meine Mutter, »und daß sie dir mehrere Elektroschocks verpassen mußten, um dich wieder auf die Rolle zu kriegen.«

»Ja, sie haben mich zweimal mit Elektroschocks behandelt,

Mutter. Es hat eine ganze Weile gedauert, bis ich mein Erinnerungsvermögen wiederhatte.«

»Ich werde Dr. Lowenstein erzählen, daß die Behandlung dein Gedächtnis verwirrt hat und daß du seitdem Geschichten erfindest.« Meine Mutter drückte ihre Zigarette aus.

Ich zündete ihr eine neue an. »Mama«, sagte ich, »Tag für Tag werden in Amerika Menschen vergewaltigt. Es war nicht unsere Schuld, es hat nur zufällig uns getroffen. In Amerika werden Tag für Tag Tausende von Frauen vergewaltigt. Die Kerle, die das tun, sind samt und sonders krank. In den Gefängnissen werden junge Burschen zu Dutzenden mißbraucht. Es ist grausam und entsetzlich und läßt dich dein Leben lang nicht mehr los. Aber es hilft niemandem, wenn man einfach so tut, als sei nichts geschehen.«

»Ich bin gar nicht vergewaltigt worden«, sagte Mutter.

»Was?«

Sie fing an zu weinen. »Du hast ja nicht gesehen, was damals im Schlafzimmer passiert ist. Er hat mich gar nicht vergewaltigt. Du kannst es nicht beweisen.«

»Beweisen? Was brauch' ich da noch für Beweise? Daß ihr beiden euch nicht über Humphrey-Bogart-Filme unterhalten habt, lag ja wohl auf der Hand. Du kamst splitterfasernackt aus dem Zimmer gestürmt, und deine Kommentare waren ziemlich eindeutig.«

Sie weinte heftiger, und ich reichte ihr ein Taschentuch. »Wir haben es ihnen gezeigt, was, Tom?« sagte sie unter Tränen.

»Und ob, Mutter! Heimgeleuchtet haben wir ihnen.«

»Es war entsetzlich, was mir der Kerl im Schlafzimmer angetan hat«, schluchzte sie.

»Das letztemal, daß ich den Burschen lebendig sah, war, als er gerade einen Tiger auf Mundfäule untersuchte«, sagte ich. »Ich glaube, das hat ihm den ganzen Tag verdorben. Und noch am selben Abend wuchs ihm Kudzu aus den Augenhöhlen.«

»Es ist doch merkwürdig, wie das Schicksal spielt, Tom. Wenn dein Vater damals nicht diese Tankstelle gekauft hätte, wären wir heute nicht mehr am Leben. Nur der Umstand, daß wir zufällig einen Tiger besaßen, hat uns gerettet.«

»Luke hätte auch einen anderen Ausweg gefunden, Mama. Luke hat immer einen Ausweg gefunden.«

»Nicht immer«, sagte Mutter und verstummte. Nach einer längeren Pause fragte sie dann: »Will Savannah mich sehen?«

»Sie will momentan überhaupt niemanden von der Familie sehen, Mama. Sie überlegt sich sogar, ob sie nicht besser jegliche Verbindung zu uns aufgibt.«

»Weißt du, daß sie seit drei Jahren kein Wort mehr mit mir gesprochen hat?«

»Sie hat auch mit mir nicht gesprochen. Und mit Dad auch nicht. In unserer Familie sind üble Dinge geschehen, Mama.«

»Worin wir uns um nichts in der Welt von anderen Familien unterscheiden.«

»Savannah behauptet außerdem, daß wir die verkorksteste Famihe der ganzen Menschheitsgeschichte seien«, sagte ich.

»Wir können Savannah wohl kaum als unvoreingenommene Gutachterin heranziehen. Sie sitzt in der Irrenanstalt.«

»Ich glaube, das verleiht ihren Argumenten zusätzliches Gewicht«, widersprach ich. »Warum bist du nach New York gekommen, Mama?«

»Ich möchte so gern, daß ihr beide mich wieder liebhabt«, sagte sie mit brechender Stimme.

Ich wartete, bis sie sich wieder einigermaßen gefangen hatte. Sie wirkte verletzlich und tief betroffen. Es fiel mir schwer zu glauben, daß ich einen Menschen verehrte, dem ich so abgrundtiefes Mißtrauen entgegenbrachte.

»Es steht nicht in meiner Macht, die Vergangenheit zu ändern«, keuchte sie. »Könnte ich es, so bliebe keine Minute ungeschoren, doch ich kann es nun einmal nicht. Aber es besteht nicht die geringste Veranlassung, den Rest unseres Lebens als Feinde zu verbringen. Mir ist klar geworden, daß ich es einfach nicht mehr ertrage, wenn meine eigenen Kinder mich verachten. Ihr sollt es wieder gut mit mir meinen. Ich sehne mich nach eurer Liebe, Tom, und ich glaube, ich habe sie mir verdient.«

»Ich war wütend auf dich, Mama«, sagte ich, »aber ich habe niemals aufgehört, dich zu lieben. Du hast mir beigebracht, daß selbst Monster noch Menschen sind – das war übrigens ein Scherz.«

»Ein schlechter Scherz«, gab sie schniefend zurück.

»Ich möchte auch wieder in Frieden und Eintracht mit dir leben, Mutter. Das ist mein voller Ernst. Ich habe es wahrscheinlich sogar noch nötiger als du. Aber ich weiß, daß dich alles, was ich sage, anwidert. Ich will versuchen, von jetzt an keinerlei Gemeinheiten mehr von mir zu geben. Von diesem Augenblick an werde ich mich darum bemühen, meinen Status als mustergültiger Sohn zurückzuerlangen.«

»Würdest du heute abend mit uns essen gehen?« fragte meine Mutter. »Mir liegt sehr viel daran.«

»*Uns* sagtest du? O Gott, Mama, das ist zu viel verlangt! Warum kann ich meine neue Liebe zu dir nicht mit dem Fortleben meiner unsterblichen Verachtung für deinen Mann verbinden? Das kann doch in Amerika nichts Ungewöhnliches sein. Ich bin eben ein Stiefsohn, und von Stiefsöhnen erwartet man, daß sie ihre Stiefväter hassen. Denk nur an Hamlet, Aschenputtel und solche Leute...«

»Bitte, Tom. Mir zuliebe. Ich möchte, daß ihr beide miteinander auskommt.«

Ich gab mich geschlagen. »Gut, Mama, es wird mir ein Vergnügen sein, mit euch essen zu gehen.«

Sie erhob sich. »Du hast mir gefehlt, Tom.«

»Du mir auch, Mutter.« Wir umarmten einander, und es war schwer zu sagen, wer von uns beiden heftiger weinte. Und in der Dauer und Innigkeit unserer Berührung lag die ganze Verzweiflung der verlorenen Jahre.

»Sei niemals wieder so gemein zu mir, Mama«, sagte ich, und sie lachte, obwohl ihr die Tränen über die Wangen liefen.

»Es ist mein Recht, gemein zu dir zu sein. Schließlich bin ich deine Mutter.«

»Wir haben zu viele Jahre vertan.«

»Wir holen sie wieder rein«, antwortete sie. » Das mit Luke tut mir furchtbar leid, Tom. Ich weiß, daß du mich seinetwegen gehaßt hast. Ich weine jeden Tag um ihn.«

»Er hat uns allen Grund dazu gegeben.«

»Sallie möchte, daß du sie anrufst, Tom. Ich habe kurz vor der Abreise noch mit ihr gesprochen.«

»Sie wird mich verlassen wollen, Mama. Ich habe mich hier in New York an das Leben ohne Sallie gewöhnt.«

»Ich glaube nicht, daß sie dich verlassen will, Tom. Ich glaube, er hat sie sitzengelassen.«

»Warum hat sie mir das nicht selbst erzählt? Ein Anruf hätte genügt.«

»Ich weiß es nicht, Tom«, sagte Mutter. »Wahrscheinlich hat sie sich nicht getraut. Sie hat mir gesagt, daß du am Telefon und in deinen Briefen schon fast wieder wie der alte Tom klingst.«

»Der alte Tom!« rief ich aus. »Ich hasse den alten Tom. Und den neuen genauso!«

»Ich liebe den alten Tom«, sagte meine Mutter. »Und der neue Tom geht heute abend mit mir und meinem Mann aus, und deshalb liebe ich ihn auch.«

»Hab Geduld mit mir, Mama«, sagte ich. »Das meiste, was du von dir gibst, kotzt mich nach wie vor an.«

»Wenn wir uns nur versprechen, einander zu lieben, dann kommt alles andere von ganz alleine, Tom.«

»Ich erwarte von deinem Ehemann, daß er mir was Anständiges vorsetzt, Mama. Die Versöhnung soll ihn teuer zu stehen kommen. Beim Anblick der Rechnung soll sein Blutdruck ebenso hoch steigen, wie seine Lebenserwartung sinkt.«

»Wir haben einen Tisch im *Vier Jahreszeiten* reservieren lassen«, sagte sie. »Ich habe einen Tisch für drei Personen bestellt.«

»Du Hexe«, sagte ich. »Ich wußte doch, daß ich deinen bösen Zaubersprüchen erliegen würde.«

An der Bar des *St. Regis* traf ich Mutter wieder. Sie war allein. Plötzlich sah sie auf, und als ich mich umdrehte, erblickte ich ihren Ehemann, der gerade die Bar betrat. Ich stand auf und ging ihm ein paar Schritte entgegen.

»Hallo, Tom«, sagte er.« Es freut mich sehr, daß du kommen konntest.«

»Ich bin ein Esel«, sagte ich, »es tut mir furchtbar leid...«

Und dann schüttelte ich Reese Newbury, meinem Stiefvater, die Hand.

24

Ende August 1962 meldete ich mich als frischgebackener Student bei der Football-Mannschaft der University of South Carolina an. Ich war der erste Wingo, der sich je an einer Universität immatrikulierte, und obwohl dies allenfalls ein kleiner Fortschritt war, vollzog ich damit einen Schritt von monumentaler familiengeschichtlicher Bedeutung. Am Tag dieses denkwürdigen

Ereignisses fischte mein Bruder Luke mit seinem neuen Boot, das er *Miss Savannah* getauft hatte, in den Gewässern vor Colleton Krabben und war dabei mittlerweile erfolgreicher als unser gemeinsamer Vater. Savannah zog erst im November nach New York – gegen den heftigen Protest unserer Eltern, die es vorgezogen hätten, wenn sie noch eine Weile in Colleton geblieben wäre; sie habe, hieß es, ›einfach noch zu viele Rosinen im Kopf‹. Das Schweigegelöbnis hatte Bestand, und das Bewußtsein, wohl als einziger Bursche im Team das zweifelhafte Glück gehabt zu haben, von einem entflohenen Sträfling vergewaltigt worden zu sein, erfüllte mich mit einem Gefühl der Schuld. Unter der Dusche war ich prüde, weil ich fürchtete, in meiner Nacktheit ein Schandmal preiszugeben, das der Mannschaft meine Schmach verraten könnte. Ich hatte mir geschworen, ein neues Leben zu beginnen und alles daranzusetzen, jene unverwüstliche Begeisterungsfähigkeit wiederzuerlangen, die ich durch den grauenvollen Überfall auf mein Elternhaus verloren hatte. Ich wollte mich auf allen Gebieten des College-Lebens auszeichnen, doch war mir dies, wie sich herausstellen sollte, nicht gegeben. Das College lehrte mich, daß ich zu Höherem nicht geschaffen war. Wohl war ich begierig, Großes zu leisten, doch fehlten mir die dazu erforderlichen Gaben.

Schon in der ersten Trainingswoche teilte mir mein Coach mit, daß mir die Voraussetzungen für die Position des *quarterback* im College-Team fehlten. Meine Träume vom Starathleten endeten statt dessen auf dem Verteidigerposten, den mir der Trainer zuwies.

Drei Jahre lang tat ich nichts anderes, als *kickoffs* und *punts* zu retournieren; dann, im vierten und letzten College-Jahr, gelang es mir, vier Pässe abzufangen und in die zweite Mannschaft aufgenommen zu werden. In all der Zeit warf ich nicht einen einzigen Paß, stürmte nicht ein einzigesmal offensiv ins gegnerische Feld. Mein Talent setzte mir enge Grenzen, und mein Ehrgeiz überstieg bei weitem meine Fähigkeiten. Allerdings erwarb ich mir im Lauf der Jahre den Ruf eines unermüdlichen Arbeitstiers und damit eine gewisse Beliebtheit bei den Trainern. Bei gegnerischen Angriffsspielern, die über unsere Verteidigungslinie stürmten, war ich gefürchtet. Ich attackierte sie mit brutaler Härte und wildem Mutwillen, denen der Mangel an Talent nicht entgegenstand. Und nur ich selbst wußte, daß mein Draufgängertum ein Kind der Angst war. Niemals sollte ich meine tiefsitzende Furcht vor dem Spiel überwinden, doch blieb sie über all die Jahre mein ureigenes, mit keiner anderen Seele geteiltes Geheimnis. Es gelang mir sogar, diese Furcht in einen Vorteil umzumünzen; sie half mir während meiner vierjährigen Lehrzeit bei der Selbstfindung. Ich spielte voller Angst, verlor aber nie die Ehre. Ich begeisterte mich für das Spiel um eben dieser Angst willen, deren Umwandlung in draufgängerische, ja weihevolle Leidenschaft mich schließlich dazu befähigte, mich selbst zu lieben.

Bevor ich aufs College kam, hatte ich nicht die geringste Ahnung, wie provinziell und naiv ich auf andere Menschen wirkte. Meine Mannschaftskameraden im Erstsemester-Team kamen aus allen Teilen Amerikas. Ein Erstaunen, das an Bestürzung grenzte, überfiel mich, wenn ich die vier Kommilitonen aus New York miteinander schwatzen hörte. Wo nahmen diese Burschen, die doch nicht älter waren als ich, nur ihr Selbstbewußtsein, ihren lockeren Umgangston, ihr souveränes, ungezwungenes Auftreten her? Es war mir schleierhaft. Sie kamen mir exotisch wie Türken vor, und ihre forsche, rasante Redeweise klang in meinen Ohren wie eine sinistre Fremdsprache.

Der Wechsel von der Insel ins College und die Flut der neuen Eindrücke überwältigten mich derart, daß ich im ersten Jahr nur wenig Kontakte knüpfte. Leichtfüßig und wachsam, behielt ich meine Meinung für mich, nahm alles in mich auf und versuchte gescheiter zu werden, indem ich jene von mir grenzenlos bewunderten, selbstbewußten Jungs aus den Großstädten imitierte. Egal ob Anfänger oder fortgeschrittene Semester, diese Burschen stolzierten einher wie die Könige, und ich bemühte mich, ihre Eleganz, ihre unbefangene Cleverneß und ihren sprühenden Witz zu kopieren. Ich teilte mein Zimmer mit einem Jungen namens Boisfeuillet Gaillard aus Charleston, der am liebsten einfach mit ›Bo‹ angeredet wurde. Er stank geradezu nach guter Erziehung und privilegierter Herkunft. Sein Name klang für mich wie ein französisches Menü, und einer seiner hugenottischen Vorfahren war vor der großen Erhebung gegen König George I. Gouverneur der Kolonie gewesen. Ich war hochzufrieden über das Los, das mir einen solchen Zimmergenossen beschert hatte, und meine Mutter geriet fast in Verzückung, als sie davon erfuhr. Ein Wingo hatte sein Schicksal mit einem Gaillard verknüpft! Heute weiß ich längst, wie entsetzt Bo darüber war, mit einem so schlichten Zimmergenossen geschlagen zu sein, doch war er viel zu gut erzogen, um mich sein diesbezügliches Unbehagen je spüren zu lassen. Nach Überwindung des ersten Schocks sah es sogar so aus, als wolle er mich unter seine Fittiche nehmen, gleichsam als eine Art gesellschaftliches Entwicklungshilfeprojekt. Er machte mir lediglich eine einzige Auflage: Nie und unter keinen Umständen durfte ich mir Kleidung von ihm borgen. Sein Schrank war eine wahre Schatzkammer voller phantastischer Anzüge und Sportjacketts. Meine eigene kümmerliche Garderobe schien ihn zu bestürzen, doch enthielt er sich auch hier jeglichen Kommentars; alles, was ich seinem Blick entnehmen konnte, als ich ihm stolz den blauen Blazer zeigte, den Mutter mir zum Schulabschluß geschneidert hatte, war gelinde Überraschung.

Damals war mir das nicht bewußt, doch tatsächlich begegnete mir in Boisfeuillet Gaillard der geborene Politiker, jenes typische Eigengewächs der Südstaaten-Kultur. Bereits in der ersten Woche unseres Zusammenseins erklärte er mir, daß er mit Vierzig Gouverneur sein wolle, und als er dann seinen Amtseid schon zwei Jahre vor dem anvisierten Datum ablegte, war ich alles andere als überrascht. Er bat mich auch, jedes Mädchen auf dem Campus daraufhin zu begutachten, ob es eventuell das Zeug zur First Lady von South Carolina hätte, und ich versprach ihm, die Augen offenzuhalten. Nie zuvor war ich einem Menschen wie Bo Gaillard begegnet. Ich war ein Junge vom Lande und völlig bar jeder überdurchschnittlichen Menschenkenntnis: Noch roch ich ein Arschloch nicht gegen den Wind.

Es war Bo, der in mir den Wunsch erweckte, Mitglied einer Studentenverbindung zu werden, und so folgte ich ihm in der Vorstellungswoche von Verbindungslokal zu Verbindungslokal, wobei er regelmäßig von meiner Seite wich, sobald wir die verrauchten, lauten Gastzimmer betreten hatten. Die gutgekleideten Verbindungsstudenten erschienen mir als die nettesten Leute, die ich je kennengelernt hatte, und es gefiel mir überall gleich gut. Bo überzeugte mich davon, daß die SAE die beste sei und die einzige, die man ernst nehmen könne, was mich jedoch nicht davon abhielt, jede Einladung anzunehmen. Jede Verbindung gab Dinnerpartys für Erstsemester, und ich ging hin, lachte über jeden Witz, beteiligte mich an jedem Gespräch und hielt mit meiner Meinung über Gott und die Welt nicht hinterm Berg.

Als der Tag kam, an dem ich angeben mußte, welcher Verbindung ich beitreten wolle, überlegte ich angestrengt und schrieb dann die Namen der fünf beliebtesten Gruppen als persönliche Präferenz auf die Antragskarte. Um fünf Uhr nachmittags sollten die Verbindungen ihre Entscheidung bekanntgeben. Vor dem College-Postamt hatte sich eine große Menge aufgeregter Mädchen und Jungen versammelt und wartete auf die Verteilung der schriftlichen Antworten. Immer wieder hörte man Freudenschreie: Ein Applikant oder eine Applikantin war von der erwünschten Verbindung aufgenommen worden. So viel Freude und Festlichkeit beherrschte die Atmosphäre, daß mir die freudige Erwartung beinahe den Atem benahm. Wie gebannt spähte ich durch das kleine Sichtfenster meines Postfachs.

Um sieben Uhr stand ich immer noch da und starrte in das leere Fach. Ich fragte mich, ob nicht irgendwo ein entsetzlicher Fehler passiert war. Um acht entdeckte mich Bo; bestürzt und übellaunig wartete ich noch immer vor dem Postfach, während es um uns herum langsam dunkel wurde.

»Ich habe fünf Angebote erhalten«, sagte er, »aber ich bin nun mal ein geborener SAE-Mann. Komm, ich lad' dich zur Feier des Tages auf ein Bier ein.«

»Nein, lieber nicht, Bo«, erwiderte ich. »Sag mal, werden vielleicht morgen auch noch Angebote verschickt?«

»Wo denkst du hin?« Er lachte. »Da würden 'n paar Leute ja durchdrehen, wenn sie bis morgen warten müßten.«

»Ich habe kein Angebot bekommen, Bo.«

»Das überrascht dich doch nicht, Tom, oder?« Seine Stimme klang nicht unfreundlich.

»Doch«, antwortete ich, »es überrascht mich sogar sehr.«

»Ich hätte dich warnen sollen, Tom, aber ich wollte dich nicht verletzen. Du warst der Witz der Woche, und als solcher in aller Munde.«

»Warum?« fragte ich.

»Auf jeder Party und bei jeder Veranstaltung auf dem Campus hattest du denselben Blazer an. Als dann irgend jemand herausfand, daß deine Mutter das Ding selbst genäht hat, sind sie alle ausgeflippt. Die Mädchen fanden es ja ganz süß, so was Entzückendes hätten sie noch nie gehört, aber für die Verbindungsbrüder war es nicht gerade eine Empfehlung. Ich meine, wer hat schon jemals von einem Korporierten gehört, der in einem selbstgeschneiderten Jackett herumläuft? Sag, haben die *Dekes* dich auch abgelehnt?«

»Schätze, ja.«

»Also, wenn du nicht einmal bei den *Dekes* landen kannst, dann sind die Chancen gleich Null, Tom. Aber tröste dich, es gibt 'ne ganze Menge fähiger Typen auf dem Campus, die mit den Verbindungen nicht das geringste zu tun haben wollen. Komm, ich spendier' dir ein Bier.«

»Ich muß zu Hause anrufen.«

Ich ging zu den Münztelefonen neben dem Eingang. Bevor ich den Hörer abhob, versuchte ich in der dunklen Abgeschiedenheit der Zelle meine verletzten Gedanken zu ordnen. Schmerz und Scham überwältigten mich. Ich versuchte, mein Verhalten auf all den verwirrend vielen Partys, an denen ich teilgenommen hatte, zu analysieren. Hatte ich zu laut gelacht, mich grammatikalisch falsch ausgedrückt oder den Eindruck erweckt, ich wolle mich anbiedern? Ich hatte immer als selbstverständlich vorausgesetzt, daß man mich mochte; das war etwas, woran ich nie gezweifelt hatte. Mit einemmal kamen mir gewaltige Zweifel. Wenn es nur möglich gewesen wäre, zu den Verbindungsleuten hinzugehen und ihnen zu erzählen, was es mit dem Blazer auf sich hatte, welche Rolle er in meinem Leben spielte! Ich hätte es ihnen schon klargemacht und sie dazu veranlaßt, ihre Entscheidung zu revidieren. Doch selbst damals schon erkannte ich die Vergeblichkeit eines so armseligen Vorgehens. Ich hatte ganz einfach nicht begriffen, was für ein Milieu das war, in welches ich Einlaß begehrte. Ich hatte versucht, einer Verbindung beizutreten, und mußte nun feststellen, daß die besseren Kreise von Colleton mir den Zugang versperrten. Meine Mutter hatte mir nichts von den Leiden derer erzählt, die zu hoch hinauswollen.

Ich rief Mutter an, doch am Telefon meldete sich Savannah.

»Hallo, Savannah, wie geht's? Hier ist Tom.«

»Hallo, College-Mann!« sagte sie, die Stimme noch immer schwach und zittrig infolge der erlittenen Qual. »Es geht mir gut, Tom, täglich ein bißchen besser. Mach dir keine Sorgen, Tom, ich schaffe es.«

»Ist Mama da?«

»Sie ist in der Küche.«

»Savannah, ich bin in keine Verbindung reingekommen.«

»Macht dir das was aus, Tom?«

»Ja, sogar 'ne ganze Menge, ich kann mir nicht helfen. Ich mochte diese Typen alle, Savannah, echt; das waren die tollsten Kerle, die mir je über den Weg gelaufen sind.«

»Es sind Armleuchter, Tom. Wenn sie dich nicht aufgenommen haben, sind sie miese kleine Armleuchter, sonst gar nichts.« Sie senkte ihre Stimme, damit Mutter nichts verstehen konnte.

»Ich muß irgendwas falsch gemacht haben, aber ich weiß nicht was. Viele Studenten, von denen ich dachte, sie hätten keinerlei Chancen, sind aufgenommen worden. Savannah, das College ist ganz merkwürdig...«

»Tut mir wirklich leid für dich, Tom. Soll ich am Wochenende raufkommen? Die Narben an meinen Handgelenken sind inzwischen völlig verheilt.«

»Nein, nicht nötig, Savannah. Ich wollte euch nur sagen, wie sehr ich euch vermisse, dich und Luke. Ohne euch bin ich nicht so gut. Die Welt ist nicht so gut.«

»Du bist nie ohne mich, denk dran, Tom. Hier kommt Mama.«

»Ich werd' das Mama vielleicht nicht erzählen, Savannah.«

»Verstehe. Ich hab' dich gern, Tom. Sei fleißig!«

»Tom«, sagte meine Mutter, »der große Tag ist vorüber! Du mußt sehr aufgeregt sein.«

»Mutter«, begann ich, »ich hab' sehr viel nachgedacht seit meiner Ankunft hier im College. Ich habe mich schließlich entschieden, im ersten Jahr noch keiner Verbindung beizutreten. Damit warte ich lieber ein, zwei Jahre.«

»Das halte ich nicht gerade für eine sehr vernünftige Idee«, sagte sie. »Du mußt immer daran denken, daß dir deine Verbindungsbrüder nach dem Examen den Einstieg ins Berufsleben erleichtern.«

»Aber das ist auch alles! In Wirklichkeit lenkt dich eine Verbindung nur vom Studium ab. Ich war in letzter Zeit auf so vielen Partys, daß meine Arbeit darunter gelitten hat.«

»Nun, Tom, das klingt allerdings sehr gereift. Trotzdem kann ich dir nicht ganz beipflichten. Nach meiner Überzeugung ist es besser, wenn man sich gleich im ersten Jahr in einer Verbindung etabliert. Aber natürlich, wenn du den Anschluß verpaßt...«

»Ja, ich habe letzte Woche zwei Arbeiten verhauen...«

»Wenn du dein Stipendium verlierst, können wir dich nicht länger auf dem College lassen, Tom, das weißt du. Wir können uns das nicht leisten.«

»Das weiß ich doch, Mama! Deswegen meine ich ja, daß die Verbindung warten kann. Ich glaube ganz einfach, daß mein Studium für 'ne Weile wichtiger ist als mein Sozialleben.«

»Nun gut. Du bist jetzt erwachsen und kannst solche Entscheidungen alleine treffen. Savannah geht es übrigens schon viel besser, Tom. Ich möchte aber, daß du ihr einen Brief schreibst und versuchst, ihr diese fixe Idee auszureden, unbedingt nach New York zu wollen. Für ein Mädchen aus dem Süden ist diese Stadt viel zu gefährlich.«

»Auch nicht gefährlicher als das Leben auf unserer Insel«, antwortete ich. Nie zuvor war ich im Gespräch mit ihr dem Thema Überfall so nahe gekommen.

Sie wechselte es denn auch sofort. »Erzähl mir von den Seminaren, an denen du teilnimmst, Tom.«

Nachdem ich den Hörer aufgelegt hatte, blieb ich noch ein oder zwei Minuten in der Zelle und zerbrach mir den Kopf, wie ich mich nun gegenüber den Burschen verhalten sollte, die sich mit so überwältigender Mehrheit entschlossen hatten, mich nicht in ihren Kreis aufzunehmen. Ich erwog, auf ein kleineres College zu wechseln, das näher an Zuhause lag, und überlegte, wie lange ich wohl noch warten müßte, um möglichst unbehelligt von den Mitleidsbekundungen meiner Kommilitonen ins Studentenheim zu gelangen. Inzwischen würden alle wissen, daß ich kein einziges Angebot erhalten hatte.

Daß ein junges Mädchen an meiner Zelle vorbeigegangen war und die Telefonzelle hinter mir betreten hatte, fiel mir erst auf, als ich hörte, wie sie die Vermittlung um ein R-Gespräch bat. Bevor ich die Zelle verlassen konnte, vernahm ich ein verzweifeltes Aufschluchzen, das mich auf der Stelle zur Salzsäule erstarren ließ. Ich wollte dem Mädchen die Erkenntnis ersparen, im Augenblick tiefster Niedergeschlagenheit belauscht worden zu sein.

»Oh, Mama«, weinte sie, »niemand hat mich gewollt. Ich habe kein einziges Angebot erhalten...«

Sie ließ ihren Tränen freien Lauf. Mit zurückgelehntem Kopf hörte ich zu.

»Die können mich einfach nicht leiden, Mama, die wollen mich einfach nicht... Nein, das verstehst du nicht, Mama, ich habe ihnen überhaupt nichts getan. Ich war nett zu ihnen, höflich und nett, du kennst mich doch. Oh, Mama, ich fühle mich so gräßlich, ganz furchtbar gräßlich.«

Zehn lange Minuten redete und weinte sie und hörte schluchzend zu, wenn ihre Mutter sie zu trösten versuchte. Als das Gespräch schließlich vorüber war, legte sie den Kopf aufs Telefon und weinte weiter. Da gab ich mich zu erkennen und sagte: »Mir ist heute genau das gleiche passiert. Darf ich dir 'n Coke spendieren?«

Erschrocken sah sie auf. Noch immer liefen ihr die Tränen über die Wangen. »Ich hab' nicht gewußt, daß da noch jemand ist«, sagte sie.

»Ich habe gerade meine Mutter angerufen, um ihr genau dasselbe zu erzählen. Der Unterschied ist bloß der, daß ich gelogen habe. Ich hatte nicht den Mut, ihr zu sagen, daß ich kein einziges Angebot bekommen habe.«

»Kein einziges?« fragte sie und sah mich an. »Obwohl du so nett aussiehst?«

Ihre Offenheit verblüffte mich derart, daß ich puterrot anlief.

»Was is' nun mit dem Coke?« stotterte ich.

»Gerne. Aber ich muß mir erst das Gesicht waschen.«

»Ich heiße Tom Wingo«, sagte ich.

»Und ich Sallie Pierson«, erwiderte sie unter Tränen.

Und so lernte ich meine Frau kennen.

Unser gemeinsames Leben begann in einem Augenblick der Niederlage und des Selbstmitleids, den keiner von uns je vergessen sollte. Die Zurückweisung demütigte mich und wies mich in meine Schranken. Aktivitäten, die Kühnheit oder Imagination erforderten, waren von nun an meine Sache nicht mehr; ich wurde zaghaft, argwöhnisch und langweilig. Ich lernte, meine Zunge im Zaum zu halten und die Zukunft mit einer gewissen Skepsis zu betrachten. Schließlich verlor ich jenen unbekümmerten Optimismus, der mich die Welt und das, was sie mir bot, so hatte nehmen lassen, wie es war –, und wurde damit jener Eigenschaft beraubt, die meine größte Stärke und meine Stütze gewesen war. Trotz meiner verkorksten Kindheit, trotz der Vergewaltigung hatte ich mir den Glauben an die Schönheit der Welt bewahrt – bis zu jenem Tag, da die SAE beschloß, mich nicht in ihre Reihen aufzunehmen.

Sallie Pierson war aus anderem Holz geschnitzt. Sie stammte aus Pelzer, South Carolina, wo ihre Eltern in einer Baumwollspinnerei arbeiteten. Die Ablehnung durch die Studentenverbindung war nur mehr eine weitere gesellschaftliche Katastrophe in einer langen Reihe ähnlicher Vorfälle, von denen sie seit frühester Kindheit heimgesucht wurde. Daß sie eine Krabbenfischer-Familie für etwas Exotisches und Solides hielt, war bezeichnend für ihre Unschuld in allen Fragen, die das gesellschaftliche Leben betrafen. Ihr Studium verdankte sie einem Stipendium, das die Spinnerei, in der ihre Eltern beschäftigt waren, alljährlich dem Arbeiterkind mit dem besten Notendurchschnitt verlieh. In der High School hatte sie ohne jede Ausnahme nur Einser im Zeugnis, und während der gesamten College-Jahre gab es nur zweimal eine Zwei. Der Singsang der Webstühle und das Bild ihrer von Jahren der Plackerei gezeichneten Eltern, die sich nichts sehnlicher wünschten, als daß es ihrer einzigen Tochter später einmal besser gehen möge, ging Sallie nicht aus dem Kopf. An jenem ersten Abend sagte sie mir, sie wolle Ärztin werden und nach Beendigung ihrer Ausbildung drei Kinder haben. Sallie Pierson hatte ihr Leben einer generalstabsmäßigen Planung unterworfen. Am zweiten Abend sagte sie, sie wolle mich ja nicht erschrecken, aber sie habe beschlossen, mich zu heiraten.

Ein Mädchen wie Sallie Pierson war mir noch nie begegnet.

Jeden Abend trafen wir uns in der Bibliothek und lernten miteinander. Sie nahm das Studium ernst und übertrug diesen Ernst auf mich. Jeden Abend (die Samstage ausgenommen) arbeiteten wir an den gleichen Tischen hinter der Abteilung für englische Literatur. Sie gestattete mir ein Liebesbriefchen pro Abend, mehr nicht. In der High School hatte sie die Erfahrung gemacht, daß akademische Brillanz besondere Früchte trug; wenn wir nur fleißig genug waren, würden sie uns eines Tages in den Schoß fallen. Liebesbriefchen schrieb sie mir nie, dafür aber lange Wunschzettel voller Erwartungen.

Lieber Tom,

Du wirst Phi Beta Kappa, kommst ins* Who's Who in American Colleges and Universities, *wirst Kapitän des Football-Teams und Klassenbester im Englisch-Seminar. In Liebe, Sallie.*

Liebe Sallie (schrieb ich zurück und schob ihr den Zettel zu), *was ist* Phi Beta Kappa*? – In Liebe, Tom.*

Lieber Tom,

die einzige Verbindung, in die du aufgenommen werden kannst, country boy. *Und jetzt lern was. Schluß mit den Zetteln. In Liebe, Sallie.*

Wie Savannah verstand sich Sallie auf die Macht des geschriebenen Wortes. Zwei Jahre später wurden wir an einem denkwürdigen Abend gleichzeitig bei *Phi Beta Kappa* eingeführt. Zu meiner großen Überraschung hatte ich festgestellt, daß ich der einzige Student meines Jahrgangs war, der schon mal von William Faulkner gehört hatte. Ich entwickelte große Begeisterung für die Englisch-Seminare und vermochte mein Glück, ein Leben führen zu können, in dem ich die bedeutendsten Bücher der Weltliteratur lesen mußte und durfte, kaum zu fassen. So begann eine lange Liebesaffäre zwischen mir und dem *English Department* der University of South Carolina, dessen Lehrkräfte zuerst gar nicht glauben wollten, daß ein Football-Spieler imstande sei, einen korrekten englischen Satz zu Papier zu bringen.

Als meine Mutter erfuhr, daß ich mit einem Mädchen aus einem Weberstädtchen ging, war sie alles andere als entzückt und tat, was in ihrer Macht stand, um uns wieder auseinanderzubringen. In einer Reihe von Briefen teilte sie mir mit, wie die Frau, nach der ich mich umsehen sollte, beschaffen zu sein habe. Ich zeigte diese Briefe Sallie, und sie stimmte meiner Mutter zu.

»Wer im Schatten der Spinnereien aufgewachsen ist, kommt zeitlebens nicht mehr ganz von dem Milieu los, Tom«, sagte sie. »Das, was dir diese anderen Mädchen vielleicht geben können, kannst du von mir nicht erwarten.«

»Ich werd' meinen Krabbengeruch auch nie los.«

»Ich mag Krabben.«

»Und ich mag Baumwolle.«

»Wir werden es ihnen zeigen, Tom«, sagte Sallie und gab mir

* Vereinigung von Studenten, die sich durch besondere akademische Leistungen ausgezeichnet haben (Anm. d. Übers.).

einen Kuß, »Tom und Sallie werden es ihnen zeigen. Wir werden nicht alles bekommen, was wir uns wünschen, und es wird immer Dinge geben, die uns verschlossen bleiben. Aber unsere Kinder werden alles haben – alles!«

Das waren die Worte, die ich mein ganzes Leben lang hatte hören wollen. Und jetzt war mir klar, daß in dieses Leben die richtige Frau getreten war.

Drei Jahre lang rackerte ich mich auf den Football-Feldern ab, obwohl ich mir meiner eigenen Unzulänglichkeiten voll bewußt war. Ich war umgeben von hervorragenden Athleten, die mir meine Schwächen täglich neu vor Augen führten. Dennoch trainierte ich in der spielfreien Zeit intensiv an den Hanteln und unterwarf meinen Körper einem gezielten Bodybuilding-Programm. Am Anfang meines Studiums wog ich fünfundachtzig Kilo, vier Jahre später fünfundneunzig, im ersten Jahr stemmte ich im Liegen Gewichte von fünfundfünfzig, im letzten von hundertfünfundvierzig Kilo. Nach wie vor spielte ich auf meinem Verteidigerposten. Dann aber, im dritten Jahr, passierte es: Während eines Spiels gegen Clemson verletzte sich Everett Cooper, unser *kickoff-returner*. Als kurz darauf Clemson einen Treffer erzielte, hörte ich Trainer Bass meinen Namen rufen.

Die goldene Zeit meiner College-Jahre begann.

Ich lief zurück, in Erwartung des *kickoff*. Zu diesem Zeitpunkt wußte auf den Zuschauerrängen außer Sallie, Luke und meinen Eltern kein Mensch, wer ich war.

Der *kicker* von Clemson machte sich bereit, und in der gegnerischen Spielhälfte formierten sich die Orangehelme in ehrfurchtgebietender Phalanx zum Angriff. Hoch stieg der Ball in den klaren Himmel von South Carolina und segelte fünfzig Meter weit durch die Luft, bis ich ihn in unserem Torraum fing und ihn mir unter den Ann klemmte. Der Name, *›ladies and gentlemen‹*, schrie ich in Imitation des Stadionsprechers, »der Name ist Wingo!« und stürmte auf der linken Spielfeldseite los. In Höhe der Fünfundzwanzigyardlinie wurde ich angegriffen, konnte mich jedoch mit einer Körperdrehung befreien. Ein anderer Clemson-Spieler hechtete ins Leere. Ich übersprang zwei Teamkameraden, die ihrerseits zwei Gegenspieler gefällt hatten, und spurtete hakenschlagend über das gesamte Feld. Wieder tauchte ein Gegner nach meinen Beinen, ich stolperte, aber stürzte nicht, rannte weiter und sah mich nun dem *kicker* gegenüber, dem letzten Clemson-Spieler, der meinen Durchbruch in den Torraum noch verhindern konnte.

Aber da waren sechzigtausend Zuschauer auf den Rängen, die nicht einmal meinen Namen kannten, und vier Menschen, die ich liebte, und ihre Stimmen peitschten mich vorwärts in einem Stadion, das den Namen *Death Valley* trug. Da hatte ich nicht die geringste Absicht, mich von einem *kicker* bremsen zu lassen. Ich senkte den Kopf und rammte ihm den Helm gegen die Brust, so daß er vor dem Angesicht des Herrn dahinschmolz wie Schnee in der Sonne, niedergeworfen von dem einzigen Burschen auf dem Feld, der Byrons Namen kannte und sogar schon mal ein paar Zeilen gelesen hatte. An der Fünfyardlinie erwischten mich zwei Clemson-Spieler und ich nahm sie mit, taumelte mit ihnen in den Torraum... So endete der Lauf, der meinem Leben eine entscheidende Wendung geben sollte.

Es stand jetzt 13:6 für Clemson, und drei Viertel des Spiels waren bereits vorüber. Da hörte ich die Stimme des Stadionsprechers, und was er sagte, war Musik in meinen Ohren.

»Der Lauf von Nummer dreiundvierzig, Tom Wingo, ging über hundertunddrei Yards. Das bedeutet einen neuen Rekord für die Atlantik-Liga.«

Ich lief zurück an die Seitenlinie und fand mich umgeben von einem Pulk aus Mannschaftskameraden und Trainern. Als ich wieder freikam, wandte ich mich zur Tribüne und winkte wie ein Verrückter den hochgelegenen Rängen zu, auf denen irgendwo Sallie, Luke und meine Eltern standen und mir zujubelten.

George Lanier kickte den Zusatzpunkt. Vor Beginn des letzten Viertels betrug unser Rückstand somit sechs Punkte. Zwei Minuten vor Ende der Partie gelang es uns, Clemson in der eigenen Hälfte zu stoppen. An der Seitenlinie rief einer der Assistenten Trainer Bass zu. »Lassen Sie Wingo ran!«

»Wingo!« brüllte Trainer Bass, und ich lief zu ihm hin.

»Wingo«, sagte er, während ich meinen Helm zurechtrückte, »mach es noch einmal!«

Es war mein goldener Tag, und Trainer Bass hatte mir eine Beschwörungsformel zugeraunt. Ich ging an der Fünfunddreißigyardlinie in Stellung und überlegte noch immer, bei welcher

Gelegenheit ich diese Worte schon einmal gehört hatte. Ich versuchte mich zu konzentrieren und das infernalische Getöse der Zuschauer zu vergessen. Und da fiel mir jener lange zurückliegende Sonnenuntergang auf der Insel ein, als Mutter mit uns Knirpsen hinaus an den Landungssteg gegangen war und den Mond hinter den Bäumen hervorgezaubert hatte, worauf Savannah mit ihrem aufgeregten Stimmchen rief: »Oh, Mama, mach es noch einmal!«

»Mach es noch einmal«, sagte ich, während der Ball bereits hoch über das Spielfeld wirbelte und zum langen Senkflug in die Arme eines jungen Mannes ansetzte, der hier und heute den goldenen Tag seines Lebens erlebte.

Ich fing den Ball und spähte über das Feld.

Und dann setzte ich zu einem *run* an, der mich für die Dauer eines Jahres, welches ich bis an mein Lebensende in bester Erinnerung halten werde, zum berühmtesten Football-Spieler South Carolinas machte. Ich hatte den Ball ungefähr in Höhe der Vierzigyardlinie gefangen und stürmte nun der rechten Seitenlinie entlang los. Alles was ich sah, war ein Feld voller orangefarbener Blumen, das sich auf mich zubewegte. Von links kamen drei Gegenspieler angerannt, bereit zur Attacke. Ich blieb unvermittelt stehen und schlug die entgegengesetzte Richtung ein, rannte also auf unsere eigene Torlinie zu, um von dort aus die andere Seite des Spielfelds zu erreichen. An der Siebzehner-Linie wurde ich um ein Haar erwischt, doch Jim Landon, einer unserer Abwehrspieler, holte den Angreifer mit einem knochenharten Tackling von den Beinen. Als ich nach vorn blickte, geschah etwas Merkwürdiges: Unser Block war aufgebrochen, doch hatten alle meine Teamkameraden meinen Rückzug genau beobachtet, ein jeder gedeckt von einem Clemson-Mann. Auf einer Strecke von etwa fünfzig Yard reihte sich ein gegnerischer *blocker* um den anderen. Das Spiel begann. Sobald ein Clemson-Mann Anstalten machte, mich anzugreifen, fuhr einer meiner Mitspieler dazwischen und holte ihn von den Socken. Mein Lauf glich einem Slalom durch eine Säulenhalle. Ich fühlte mich in der Form meines Lebens, war der schnellste, fähigste, schärfste Bursche, der je die klare Luft von Clemson geatmet hatte. Als ich so schnell, wie ich es mir nie zugetraut hätte, die Dreißiger-Linie erreichte, stand kein Gegenspieler mehr auf den Beinen. Ich überquerte die Torlinie, fiel auf die Knie und dankte Gott, daß er mir das Privileg gewährt hatte, schneller zu sein als alle anderen und mich einen glorreichen, unwiederholbaren Tag lang wie der König der Welt fühlen zu dürfen.

Georg Lanier markierte wieder den Zusatzpunkt, und wir stoppten Clemsons Gegenangriff in Höhe unserer Dreiundzwanziger-Linie. Kurz darauf ertönte der Schlußpfiff.

Wie ein Sturzbach ergoß sich die Flut der Fans über das Spielfeld, und ich fürchtete um mein Leben. Es wäre ein Tod in höchster Verzückung gewesen. Ein Fotograf erwischte genau den Moment, in dem Sallie sich zu mir durchgedrängt hatte, in meine Arme flog und mich auf den Mund küßte, ohne auch nur für eine Sekunde ihren begeisterten Jubel zu unterbrechen. Am nächsten Morgen erschien das Foto im Sportteil aller Zeitungen im Staate South Carolina an prominenter Stelle – man sah es sogar in Pelzer.

Mitternacht. Als wir *Yesterday's Restaurant* in Five Points verließen, wo meine Eltern uns zum Essen eingeladen hatten, spürte ich mit einer gewissen Wehmut, daß der große Tag zu Ende ging.

In der folgenden Woche konnte man überall in South Carolina Aufkleber mit der Zeile *Kick it to Wingo, Clemson!* an den Stoßstangen der Autos sehen. Am Sonntag erschien im Columbia State ein Kommentar über mich aus der Feder des Redakteurs Herman Weems. Er bezeichnete mich als ›Intellektuellen‹ unter den Football-Spielern und als die ›größte Geheimwaffe dieses Sports in der Geschichte von South Carolina‹. Auch Trainer Bass wurde zitiert: ›Er ist gar kein so guter Spieler. Aber denen da unten in Clemson werde ich das nie verklickern können.‹ Im letzten Absatz seines Artikels erwähnte Weems, daß ich mit der ›brillantesten Studentin‹ meines Jahrgangs befreundet sei, ›die obendrein ein bildhübsches Mädchen ist‹. Dieser Teil des Kommentars gefiel Sallie am besten.

Wenige Wochen später trug mir eine Delegation der Studentenverbindung SAE, darunter Bo Gaillard, in aller Form die Mitgliedschaft an. Ich lehnte dankend ab, genauso wie bei sieben anderen Verbindungen, die mich im Laufe des Jahres umwarben. Nie zuvor hatte das Wort *nein* einen so ätherisch-schönen Klang in meinen Ohren gehabt. Die *Tri Delts*, eine der führenden Verbindungen für Studentinnen, schickten die hübschesten und beliebtesten Mädchen des College' zu Sallie, um sie für ihren Verein zu ködern. Sallies Antwort war hinreißend: »Ihr könnt mich mal an meinem Baumwoll-Arsch!« sagte sie.

Nie wieder sollte ich einen solchen Tag der höchsten Verklärung erleben. Zwar blieb ich bis zum Ende meiner sportlichen Karriere durchaus ein guter Football-Spieler, doch mußte ich die Erfahrung machen, daß die Natur überaus sparsam mit edlem Gold umgeht. Wäre ich begabter gewesen, so wäre es gewiß nicht bei einem einzigen Tag dieser Art geblieben. Ich lernte indes recht bald, daß ich mich glücklich schätzen durfte, wenigstens diesen einen erlebt zu haben. Am tiefsten Punkt meiner College-Zeit hatte ich die Frau meines Lebens kennengelernt, am höchsten aber, im Zenit meiner sportlichen Leistungsfähigkeit, einen Tag lang gespürt, was es heißt, berühmt zu sein. Es war letztlich, zu meiner großen Überraschung, gar kein besonders aufregendes Gefühl.

Nach dem Examen heirateten wir. Die Hochzeit fand in Pelzer statt; Luke und Savannah waren die Trauzeugen. Die Hochzeitsreise führte uns nach Melrose Island, wo wir in dem kleinen Zwei-Zimmerhäuschen wohnten, das Luke sich unweit der Brücke gebaut hatte. Savannah blieb eine Woche bei Mom und Dad, Luke übernachtete auf seinem Kutter, und ich weihte Sallie in alles ein, was ich über das Leben im Marschland wußte.

Wenn sie des Nachts in meinen Armen lag, flüsterte Sallie mir zu: »Wenn ich erst die medizinische Hochschule hinter mir habe, setzen wir ein paar hübsche Babys in die Welt, Tom. Aber jetzt müssen wir erst mal genießen lernen.«

Wir schlugen in jenem langen Sommer das zarteste Kapitel der Weltgeschichte auf und lasen es in inniger Umarmung. Zärtlich streichelten wir alle Geheimnisse hervor, die unsere Körper bislang scheu für sich behalten hatten. Unser Liebesspiel war wie ein Gedicht aus reichen, lodernden Flammen.

Nach den Flitterwochen arbeitete ich bei Luke auf dem Boot. Wir waren schon vor Sonnenaufgang auf den Beinen und trafen meinen Bruder unten am Krabbenhafen. Im Kielwasser des Bootes unseres Vaters liefen wir aus. Wenn der Laderaum voll war, kühlten wir die Krabben mit Eis, und während Luke die *Miss Savannah* zurück in den Hafen steuerte, säuberte ich das Deck. Für jedes Pfund Krabben, das wir auf die Waage brachten, zahlte Luke mir zehn Cent, so daß ich, als mein Dasein als Lehrer und Football-Trainer an der Colleton High School begann, einiges Geld auf dem Konto hatte.

Ende August wurde in einer jungen Lyrikern gewidmeten Sonderausgabe des *Saturday Review* erstmals ein Gedicht von Savannah veröffentlicht. Es erschien an dem Tag, an dem Luke davon unterrichtet wurde, daß sein militärischer Tauglichkeitsgrad in I-A geändert worden war. Savannahs Gedicht gegen den Krieg erschien genau zu dem Zeitpunkt, da dieser Krieg bei uns in der Familie zum Thema wurde.

Am nächsten Abend fragte uns Luke: »Was denkt ihr beide denn über diese Vietnam-Geschichte, Tom und Sallie?«

»Als die Sache heiß wurde, hat Sallie sofort dafür gesorgt, daß ich die Reservistenübungen aufgab«, antwortete ich und reichte Luke eine Tasse Bohnenkaffee.

»Tote Ehemänner sind verdammt schlechte Väter«, sagte Sallie. »Für Tom ist das nichts.«

»Für mich gibt's wohl keinen Ausweg«, sagte Luke. »Ich habe gestern mit dem alten Knox Dobbins von der Einberufungsbehörde telefoniert. Er meinte, daß Krabbenfischer nicht mehr zurückgestellt werden. Es gäbe sowieso schon zu viele Krabbenfischer hier am Fluß.«

»Da hat er ja nun eine todsichere Methode gefunden, den Bestand auszudünnen«, gab ich wütend zurück.

»Werden sie dich auch holen, Tom?« fragte Luke.

»Lehrer aus Agrargebieten in South Carolina werden nicht eingezogen«, sagte ich. »Sie begnügen sich damit, uns Hungerlöhne zu zahlen.«

»Ist dir jemals ein Kerl aus Vietnam über den Weg gelaufen?« fragte Luke.

»In Columbia hab' ich mal 'n Typen kennengelernt, dem ein chinesisches Restaurant gehört.«

»Das war ein Chinese, Tom«, sagte Sallie, »das ist was anderes.«

»Für mich ist da kein Unterschied«, sagte ich.

»Mom sagt, ich muß hin, weil man uns beigebracht hat, Amerika zu lieben.«

»Tun wir ja auch«, meinte ich. »Nur – was hat das eine mit dem anderen zu tun?«

»Ich habe ihr gesagt, daß ich nicht Amerika liebe, sondern Colleton County. Den Rest können meinetwegen die Vietnamesen haben. Ich finde das alles beschissen. Werde sogar den Kutter verkaufen müssen.«

»Tu das nicht, Luke«, sagte Sallie. »Tom kann sich doch um den Kutter kümmern. Sobald die Sommerferien angefangen haben, kann er für dich rausfahren und wenigstens genug fangen, um die Raten zu bezahlen.«

»Tom ist aufs College gegangen, damit er nicht Krabbenfischer werden mußte, Sallie«, antwortete Luke.

»Nein«, sagte ich.

»Tom ist aufs College gegangen, damit er sich aussuchen kann, ob er Krabbenfischer wird oder nicht. Es wäre mir eine Ehre, Luke, dich bis zu deiner Rückkehr zu vertreten und dafür zu sorgen, daß dein Geschäft weiterläuft.«

»Ich danke dir, Tom«, sagte mein Bruder. »Es ist mir lieb, wenn ich weiß, daß mein Boot hier auf mich wartet.«

»Bleib hier, Luke«, sagte Sallie. »Sag ihnen, du seist Kriegsdienstverweigerer aus Gewissensgründen. Erzähl ihnen irgend etwas.«

»Dann stecken sie mich ins Gefängnis, Sallie«, sagte Luke. »Und bevor ich mich einsperren lasse, sterbe ich lieber.«

Während wir uns in Colleton allmählich an das träge Einerlei des Lehrerlebens in der Provinz gewöhnten, wurde Luke aus unserer Mitte gerissen, um sein Scherflein beizutragen zu dem einzigen Krieg, den anzuzetteln es Amerika in unserer Generation gelang. Während ich vor meiner Klasse stand oder draußen auf dem Platz, auf dem Luke und ich einst Co-Captains gewesen waren, Football-Stunden gab, und während Savannah oben an der Ostküste keine einzige Demonstration gegen den Krieg ausließ, patrouillierte Luke die Flüsse Vietnams als Soldat der SEALS, der mysteriösesten Eliteeinheit der Marine*. Die Navy war nicht dumm, und sie wußte die Talente des stärksten und gescheitesten Burschen, der sich in einer Zeit nörglerischer Selbstkritik freiwillig gemeldet hatte, gut zu nutzen. Luke wurde ausgebildet in Unterwasser-

* SEAL = Die Abkürzung ist auch als Wortspiel zu verstehen: *seal* = Seehund, Robbe (Anm. d. Übers.).

Sabotage, im Fallschirmspringen aus niedrigen Flughöhen sowie in Guerillabekämpfung; außerdem brachte man ihm bei, wie man hinter den Linien des Feindes lautlos tötet.

»SEAL«, schrieb Savannah in einem Brief an mich, als sie von der Einheit, bei der Luke gelandet war, erfahren hatte, »SEAL ist ein schlechtes Omen, Tom, ein sehr schlechtes Omen. Ein übles Wort und ein gefährliches dazu in der Familienmythologie der Wingos. Erinnerst Du Dich an den Brief, den Du mir nach dem Spiel gegen Clemson geschrieben hast? An jenem Tag war ein magisches Wort auf Deiner Seite. Das Wort hieß *Tiger*. Ihr spieltet gegen die Clemson *Tigers*, und das Wort *Tiger* hat uns immer Glück gebracht. Aber SEAL, Tom... weißt Du noch, was damals mit dem Seehund im Zirkus geschah? Weißt du noch, wie Tiger mit Seehunden umgehen? Ich glaube, Luke zieht als Seehund in ein Tigerland, und diese Vorstellung entsetzt mich, Tom. Dichter suchen in Worten Zeichen und Symbole. Vergib mir, Tom, aber ich fürchte, Luke wird diesen Krieg nicht überleben.«

Lukes Krieg vollzog ich an Hand seiner Briefe nach, die er an mein Büro in der Colleton High School adressierte. Auch unsere Eltern und Großeltern und Savannah erhielten Briefe von ihm – heitere Briefe voller hübscher Lügen. Da beschrieb er Sonnenuntergänge über dem Südchinesischen Meer, Tiere, die er am Rande des Dschungels beobachtet hatte, Witze, die man sich im Kreis der Kameraden erzählte, und kulinarische Genüsse aus Saigon. Seine Briefe an mich dagegen klangen, als seien sie von einem Ertrinkenden geschrieben. Da war die Rede von Brückensprengungen in Nordvietnam, Nachtangriffen auf gegnerische Stellungen, Aktionen zur Befreiung gefangener Kameraden und Überfällen auf Nachschubtransporte. Einmal schwamm er vier Meilen flußaufwärts, um einem Dorfhäuptling, der mit dem Vietkong gemeinsame Sache machte, die Kehle durchzuschneiden. Luke war der einzige Überlebende eines Kommandotrupps, der eine auf dem Rückzug befindliche Kolonne regulärer Soldaten der nordvietnamesischen Armee überraschen wollte. Sein bester Freund starb in seinen Armen, nachdem er auf eine Mine getreten war, und er starb nicht unmittelbar durch die Mine, sondern von der Hand meines Bruders. Der Schwerverwundete hatte Luke um eine Morphiuminjektion gebeten, weil er lieber sterben wollte als ohne Beine dahinzuvegetieren. Er wäre ohnehin gestorben, doch da mein Bruder ihn liebte, starb er schneller. »In der Nacht träume ich nie, Tom«, schrieb Luke in einem seiner Briefe, »aber wenn ich hellwach bin und die Augen weit geöffnet habe, dann kommen die Alpträume, und ich muß mit ihnen leben. Das Töten hat einen Haken, der mir zu schaffen macht: Es fällt einem nach einiger Zeit sehr leicht. Ist das nicht furchtbar?«

Jedesmal, wenn er einen Menschen getötet hatte, erstattete mir Luke in platter, emotionsloser Sprache Bericht und bat mich, für die Seele des Getöteten in der Kathedrale von Savannah eine Kerze zu stiften. Wir waren alle drei in dieser Kirche getauft worden, und sie war Lukes liebste Andachtsstätte. Fünfunddreißig Kerzen sollten es werden, die ich bis zur Rückkehr meines Bruders dort zu Füßen der Maria der immerwährenden Gnade entzündete, fünfunddreißigmal rezitierte ich im zitternden Kerzenschein das Totengebet für die Unbekannten.

Gegenüber dem Rest der Familie hielt Luke beharrlich daran fest, daß er mit Kampfhandlungen überhaupt nichts zu tun habe. Seine Briefe an die Eltern klangen wie die Versuche eines Reiseveranstalters, zögerlichen Touristen einen exotischen Landstrich irgendwo im Orient schmackhaft zu machen. Im Dschungel pflückte er Orchideen und preßte sie zwischen den Seiten der Bibel, die Großvater ihm zum Abschied geschenkt hatte; das so ausgestattete Buch sandte er Mutter als Weihnachtsgeschenk. Als Mutter die Bibel aufschlug, roch sie wie ein vergessener Garten, und alle hundert Seiten fand sich eine getrocknete Orchideenblüte, die aussah wie das Haupt eines scheuen Drachen. Es war das erstemal, daß Luke zu Weihnachten nicht zu Hause war, und Mutter weinte bitterlich darüber.

»Tote Blumen«, mokierte sich mein Vater. »Luke ist da drüben ein richtiger Knauser geworden.«

»Mein süßer Kleiner«, schluchzte Mutter. »Gott sei Dank ist er nicht in Gefahr!«

Mein Leben als Lehrer in Colleton ging inzwischen seinen geregelten Gang. Fünf Stunden täglich gab ich in verschiedenen Klassen Englische Literatur und Aufsatzlehre. Ich paukte meinen

Schülern die tückische Architektur der englischen Grammatik ein und zwang sie zu Gewaltmärschen durch die Sprachdschungel von *Silas Marner* und *Julius Caesar*. Als Strafe dafür, daß ich auf dem College Englisch als Hauptfach gewählt hatte, durfte ich auf Anweisung unseres Direktors in meinem ersten Jahr an der Colleton High School Zweitkläßler unterrichten – Heranwachsende also, in denen die Hormone brausten, die heimgesucht wurden von allerlei körperlichen Veränderungen, die ihnen kaum verständlich waren. Da dämmerten sie dann abgeschlafft und mit hängenden Unterkiefern vor sich hin, während ich über die Tücken beim Gebrauch von *which* und *that* sezierte oder die Perfidie des Cassius zu erläutern versuchte. Unsicher wie ich war, kamen mir Wörter wie *Perfidie* in jenem ersten Jahr viel zu häufig über die Lippen; ich war ein wandelndes Wörterbuch, aber kein Lehrer, und die Schüler von Colleton County litten unter dieser Unzulänglichkeit.

Es gab in der Schule eine Kantine, die dem Lehrpersonal vorbehalten war, und dort saß ich während der Mittagspause und korrigierte beim Essen die schauerlichen Aufsätze meiner Schützlinge, die ein beachtliches Talent darin entwickelten, der englischen Sprache jegliche Spur von Schönheit und Eleganz zu rauben. Nach dem Unterricht zog ich mir den Trainingsanzug an, hängte mir die Trillerpfeife um den Hals und brachte die Jugendmannschaft auf Trab. Um sechs Uhr war Feierabend, eine Stunde später war ich daheim und kümmerte mich ums Essen. Sallie kam immer erst spät nach Hause. Sie besuchte die Medizinische Hochschule von South Carolina in Charleston, und die lange Hin- und Herfahrerei ermüdete sie sehr. Wir hatten ein kleines Haus in der Nähe des Anwesens meiner Großeltern gemietet, obgleich Luke uns sein Häuschen auf der Insel angeboten hatte. In realistischer Einschätzung des Charakters meiner Mutter war Sallie schnell zu dem Schluß gekommen, daß Melrose Island ein Unternehmen war, das keine zweite Frau duldete. Unser Haus war zwar nicht sehr groß, doch grenzte das Grundstück an einen Creek, so daß wir bei Flut direkt vom Landungssteg aus ins Wasser springen konnten. Bevor ich morgens zur Arbeit ging, stellte ich Krabbenkörbe auf, im Herbst angelten wir Barsche. Und an einem Abend, an dem Savannah im New Yorker Central Park an einer Antikriegsdemonstration teilnahm und mein Bruder die Ufer eines nordvietnamesischen Flusses verminte, spielte ich in der Kantine bei einem Schülerball den Anstandswauwau.

In den Osterferien setzten Vater und ich die *Miss Savannah* aufs Trockendock und zogen sie aus dem Wasser. Wir kratzten den Muschelbesatz und alte Farbreste vom Rumpf und gaben dem blitzblank gescheuerten Holz einen neuen Anstrich. Ich bestellte die Netze für die kommende Saison, und wir überholten die Maschine; bei ihrem Probelauf im Kanal schnurrte sie schließlich wie ein Kätzchen.

In diesem Sommer fuhr ich zum erstenmal als Kapitän eines Krabbenbootes hinaus auf den Fluß – ein Novize in jener harten, sonnengegerbten Brüderschaft.

Im Hafen lag die *Miss Savannah* neben Vaters Boot und war mit diesem vertäut; der Weg an Bord führte über Vaters Deck.

»Guten Morgen, Captain«, sagte Vater.

»Morgen, Captain«, antwortete ich.

Meistens folgte nun eine kleine Provokation: »Ich wette ein Bier, daß ich heute mehr Krabben auf die Waage bringe als du.«

Worauf ich antwortete: »Ich hasse es, einem alten Mann sein Bier zu stehlen.«

»Das Boot is 'ne Nummer zu groß für dich«, sagte Dad dann mit einem Blick auf die *Miss Savannah*.

An jedem Morgen in diesem Sommer wiederholte ich diese unbewußten Rituale meiner Kindheit. Und unaufhörlich redete mein Vater, schwelgte in abenteuerlichen Plänen, die ihm Millionen einbringen sollten. Ich kannte inzwischen die Wasserwege in der Umgebung von Colleton wie die Unebenheiten auf meinen Daumennägeln und behielt den Tiefenanzeiger in Gewässern, die mir nicht vertraut waren, immer mit nervöser Wachsamkeit im Auge. Stets folgte ich bei den morgendlichen Ausfahrten dem Boot meines Vaters unmittelbar, und wir fischten im Tandem.

Bei Sonnenaufgang hatten wir die zuvor vereinbarten Positionen erreicht, ich drosselte den Motor und lauschte den Klängen der Winde mit deren Hilfe Ike Brown, den ich als Deckshand angeheuert hatte, die Netze zu Wasser ließ. Wenn sie sich im Wasser öffneten, ging ein Ruck durch das Boot, und es kam fast zum Stillstand. Dann sorgte ich dafür, daß wir wieder eine Geschwindigkeit von anderthalb Knoten erreichten. In diesem ersten Sommer fing ich über dreizehntausend Kilo Krabben, zahlte Ike einen guten Lohn, mir selbst einen noch besseren und überwies die fälligen Raten für das Boot. Als ich am zwanzigsten August das Sommertraining aufnehmen mußte, hatte Ike Brown so viel gelernt, daß er selbst das Boot übernehmen konnte. Irvin, sein Sohn, ging ihm dabei zur Hand. Als Luke später aus Übersee zurückkehrte, kaufte Ike Brown sich, von meinem Bruder mit einer Bankbürgschaft unterstützt, seinen eigenen Kutter und taufte ihn *Mister Luke* – bei der Wahl eines Bootsnamens spielen immer Ehrerbietung und Sentiment mit hinein.

Ich kehrte also gegen Ende August zum Football-Training zurück. Zu diesem Zeitpunkt hatte Savannah ihre erste Dichterlesung hinter sich, und Lukes militärische Karriere näherte sich ihrem Ende. Mein Bruder kam zurück an den Fluß, zu dem er gehörte. Und für alle unsichtbar zogen sich in den stillen Wassern, die die Familie des Krabbenfischers umgaben, die Netze zusammen, in denen wir gefangen werden sollten.

Ein Abend im Südchinesischen Meer. Nach Einsätzen über Nordvietnam kehren die Kampfflugzeuge zu ihrem Mutterschiff zurück. Da empfängt die Radiokontrollstation die Eilmeldung eines Piloten, der nur eine knappe Meile landeinwärts von der Küste zu einer Notlandung in einem Reisfeld gezwungen ist. Der Pilot hatte noch die genauen Koordinaten seiner Position angeben können, bevor der Funkkontakt abbrach. Auf der Brücke des Flugzeugträgers beschließen die befehlshabenden Offiziere nach kurzer Beratung, daß ein Kommandotrupp an Land geschickt werden soll, um den Piloten der abgeschossenen Maschine zu retten.

Lieutenant Christopher Blackstock soll den Einsatz leiten. Auf die Aufforderung seines Kommandanten, er möge die anderen Mitglieder seines Teams benennen, sagt Blackstock nur ein Wort: »Wingo.«

Nach Einbruch der Dunkelheit werden sie auf einem schwarzen Rettungsfloß zu Wasser gelassen. Drei Meilen paddeln sie durch die rauhe See. Trotz des Vollmonds erreichen sie den Strand ohne besondere Vorkommnisse. Sie verstecken das Boot in einem Kokospalmenhain, überprüfen ihre Position und machen sich auf den Weg. Es dauert eine Stunde, bis sie das Flugzeug finden, das tatsächlich mitten in ein Reisfeld gestürzt ist; in tausend klaren Teichen spiegelt sich der Mond. Luke sagte mir später einmal, daß ein Reisfeld für ihn die harmonischste Verbindung zwischen Wasser und Fruchtbarkeit darstelle, die er je gesehen habe.

Luke und Lieutenant Blackstock robben einen jener schmalen Dämme entlang, die das Feld in ein Schachbrett aus schimmernden, symmetrischen Teichen aufteilt. Das Reisfeld heischt Ehrfurcht und atmet Gefahr. Das Flugzeug hat eine Tragfläche verloren und liegt auf der Seite, der Rumpf funkelt im Mondlicht, der Reis steht hoch, und seine Spitzen reichen bis an die Triebwerke. Die Halme bewegen sich im Wind und erinnern Luke an die Salzmarschen in Carolina, doch ist der Geruch, der über der Landschaft liegt, noch feiner und sinnlicher.

»Das war echter Reis, Tom, nicht so'n *Uncle-Ben*-Zeugs! Verdammt gute Farmer waren das, die in jenem Teil der Welt auf ihren Matten schliefen!«

»Hieltet ihr es denn für möglich, daß der Pilot den Absturz überlebt hatte?«

»Nein, nachdem wir das Flugzeug gesehen hatten, nicht mehr.«

»Warum seid ihr dann nicht sofort zurück und habt zugesehen, daß ihr wieder auf euer Schiff kamt?«

Luke, ein Jahr später daheim in Colleton, lachte und sagte: »Wir waren SEALS, Tom.«

»Spinner.«

»Blackstock war der beste Soldat, den ich je gesehen habe, Tom«, fuhr Luke fort. »Wenn er es von mir verlangt hätte, wäre ich bis nach Hanoi gerobbt...« Als sie den abgeschossenen Jet erreichten, bittet Blackstock Luke mit einem Wink um Feuerschutz, dann klettert er auf die noch intakte Tragfläche und späht ins leere Cockpit. Da nehmen sie plötzlich unter einer Baumreihe in etwa einer Viertelmeile Entfernung eine Bewegung wahr. Blackstock taucht mit einem Hechtsprung ins weiche, schlammige Erdreich, als bereits die erste Salve aus einer AK-47 ins Triebwerk der Maschine kracht. In diesem Moment sieht Luke fünf nordvietnamesische Soldaten, die flink und in geduckter Haltung durch den hochgewachsenen Reis näher kommen. Er wartet, bis der Wind ein weiteres Mal die Halme beugt, reißt, als es soweit ist, seine Maschinenpistole hoch, zielt, feuert und sieht einen Sekundenbruchteil später die fünf mit lautem Platschen im Wasser versinken. Aber dann ist es plötzlich, als habe sich ganz Nordvietnam erhoben, um den beiden Amerikanern den Rückzug zum Meer hin zu vereiteln.

Während das Flugzeugwrack hinter ihnen durch Mörserbeschuß in Stücke gerissen wird, stürzen die beiden eine Böschung hinunter. Als dann vietnamesische Kommandos durch die Dunkelheit schallen, sprinten sie in südlicher Richtung einen schmalen Weg entlang. Noch immer konzentriert sich das Feuer vorrangig auf das Flugzeugwrack, und sie bemühen sich, den Abstand zu der Maschine so schnell wie möglich zu vergrößern. Schließlich kommen sie wieder an einen jener schnurgeraden, empfindlichen Dämme, die das Feld parzellieren, werfen sich auf den Boden und kriechen weiter. Sie hören, wie die Soldaten den Weg erreichen. Keine hundert Meter entfernt von ihnen explodiert eine Handgranate.

»Es sind höchstens hundert Mann, Luke«, raunt Blackstock Luke ins Ohr.

»Und ich dachte schon, sie seien uns zahlenmäßig überlegen«, flüstert Luke zurück.

»Die armen Hunde wissen nicht, daß sie's mit SEALs zu tun haben«, flüstert Blackstock.

»Macht denen aber offenbar nichts aus, Sir.«

»Sehen wir zu, daß wir die Bäume erreichen. Da müssen sie uns in der Dunkelheit erst mal finden«, flüstert Blackstock, und das Gespräch ist beendet.

Doch während die beiden auf die tiefen Schatten des Waldes zu robben, haben die Nordvietnamesen die Parzelle mit dem Flugzeugwrack gestürmt und entdeckt, daß die Amerikaner dem Hinterhalt entkommen sind. Luke hört rennende Männer, hört Füße durchs Wasser patschen. Aber das Reisfeld ist sehr groß und vielfach durchzogen von Dämmen und Trampelpfaden, so daß eine gezielte Suche unmöglich ist. Erst als ein kleiner Trupp nordvietnamesischer Soldaten plötzlich aus dem Dunkel auftaucht, Hals über Kopf und leichtsinnig genau auf ihrem Damm dahergerannt kommt, lassen sich Blackstock und Luke auf entgegengesetzten Seiten ins Wasser gleiten und warten, bis die Männer fast direkt über ihnen sind.

Innerhalb von drei Sekunden töten sie sieben Verfolger. Dann rennen sie los, stürmen durch Wasser und hohen Reis, der um sie herum von Kugeln gedroschen wird. Als sie die Bäume erreichen und Blackstock mit ein paar Sätzen im Dschungel verschwinden will, hört Luke einen einzelnen Schuß aus einer AK-47, irgendwo aus den Bäumen.

Abrupt bricht das Feuer aus Blackstocks Maschinenpistole ab, dann hört Luke den Kameraden zu Boden fallen. Jetzt kommt auch er aus dem Reisfeld und spuckt Maschinenpistolensalven in alle Richtungen. Er kauert nieder und feuert, bis er keine Munition mehr hat, greift dann nach Blackstocks Waffe und feuert weiter. Als auch die Waffe leergeschossen ist, wirft er nach rechts und nach links Handgranaten, eine nach der anderen. Später wird er zugeben, daß das völlig nutzlos war und nur dazu dienen sollte, die Aufmerksamkeit des Feindes abzulenken.

Blackstocks lebloser Körper liegt auf der Leiche des Nordvietnamesen, der ihn getötet hat. Luke nimmt Blackstock auf die Schultern und macht sich auf den Weg, zurück zur Küste des Pazifischen Ozeans. Sobald er den Dschungel erreicht hat, richtet er sich auf, geht ein paar Schritte, hält inne, lauscht. Sobald er seine Verfolger hört, bleibt er einfach stehen, bis die Geräusche wieder verschwunden sind. Er faßt seinen Rückzug als eine Art Pirsch auf und bedient sich der Erfahrungen, die er über die Jahre bei der Beobachtung der Weißwedelhirsche gewonnen hat. Bewegung kann einen Hirsch töten oder retten, je nachdem. Es hängt alles davon ab, welche Entscheidung der Hirsch trifft, wenn er die erste Witterung der Jäger aufnimmt. Eine Stunde lang verbirgt sich Luke unter dem Wurzelwerk eines umgestürzten Baums, der eine merkwürdige, ihm völlig unbekannte Frucht trägt. Er hört Stimmen, Schritte und Gewehrschüsse in unmittelbarer Nähe und meilenweit entfernt. Dann nimmt er Blackstock wieder über die Schulter und trägt seinen Einsatzleiter weiter, wobei er sich am fernen Rauschen der Brandung orientiert. Für einen knappen Kilometer braucht er drei Stunden. Luke gerät nicht in Panik. Er verläßt sich auf seine Ohren und vergewissert sich, daß niemand in der Nähe ist und seine Schritte hören kann, sobald er weitergeht. Ich bin im Land des Feindes, sagt er sich, und der hat den gewaltigen Vorteil, daß ihm das Gelände vertraut ist. Andererseits unterscheidet sich die Landschaft gar nicht so sehr vom Marschland an der Küste South Carolinas. Und davon habe ich als Junge einiges mitbekommen, sagt er sich. Es ist dunkel, und im Dunkeln ist es unmöglich, eine Spur zu verfolgen.

Gegen vier Uhr morgens hat Luke den Pazifik erreicht. Eine Patrouille kommt vorüber, die Gewehre schußbereit. Er wartet, bis sie etwa einen Kilometer weiter nördlich ist, und geht dann aufrecht und schnurgerade aufs Wasser zu, ohne jeden Blick zur Seite. Er weiß: Wenn ihn jetzt jemand beobachtet, ist er ein toter Mann; wenn er aber wartet, bis es hell wird, hat er überhaupt keine Chance. Er schafft es. Am Wasser angelangt, wirft er Blackstock in die Brandung und taucht hinterher. Er braucht eine Viertelstunde, um die schweren Brecher zu überwinden, dann aber ist er im offenen Meer und damit in seinem Element. Und er weiß, daß kein lebendes Wesen in ganz Nordvietnam imstande ist, es im Salzwasser mit Luke Wingo aufzunehmen.

Draußen auf dem offenen Meer prüft er den Stand der Sterne und versucht sich Klarheit über seine Position zu verschaffen. Mit Lieutenant Christopher Blackstocks Leiche im Schlepptau schwimmt er viereinhalb Kilometer weit. Um elf Uhr vormittags nach sechseinhalb Stunden im Wasser, wird er von einem amerikanischen Patrouillenboot aufgenommen.

Der Admiral der Pazifikflotte bestellt Luke zum Rapport. Luke berichtet, daß der Pilot des Kampfflugzeugs zur Zeit der visuellen Inspektion durch Lieutenant Blackstock nicht mehr im Wrack gewesen sei. Ob der Mann vor dem Absturz den Schleudersitz betätigt habe, ob er noch lebe und vielleicht in Gefangenschaft geraten sei, hätten sie nicht mehr feststellen können, da sie plötzlich auf heftigen Widerstand gestoßen und auf dem Weg zurück zum Strand in ein Feuergefecht verwickelt worden seien. Lieutenant Blackstock sei durch Gewehrfeuer getötet worden. Er, Luke Wingo, sei dann, seiner Order gemäß, in das Gebiet zurückgekehrt, von dem die Mission ausgegangen sei.

»Soldat Wingo«, fragte der Admiral, »wieso haben Sie Lieutenant Blackstocks Leiche mit zurück aufs Schiff gebracht? Sie wußten doch, daß er tot war.«

»Das haben wir in der Ausbildung gelernt, Admiral«, antwortete Luke.

»Was haben Sie gelernt?«

»SEALs lassen ihre Toten nicht zurück«, antwortete Luke.

Nach Beendigung seiner Dienstzeit kehrte Luke nach Colleton zurück. Wir saßen auf derselben Brücke, auf der wir damals unseren High-School-Abschluß gefeiert hatten. Luke war mit einem Silbernen Stern und zwei Bronzesternen ausgezeichnet worden.

»Hast du eigentlich gelernt, die Nordvietnamesen zu hassen, Luke?« fragte ich ihn und reichte ihm die *Wild-Turkey*-Flasche.

»Nein«, sagte er, »ich habe sie bewundert. Die Burschen sind gute Farmer und gute Fischer.«

»Aber sie haben deine Freunde getötet, haben Blackstock umgebracht.«

»In diesem Reisfeld, Tom«, antwortete Luke, »habe ich mir folgendes gesagt: Du, Luke Wingo, bist der erste Weiße, der dieses Reisfeld betritt. Und du kommst mit einer Maschinenpistole. Sie hatten ein Recht darauf, mich zu töten. Ich hatte dort nichts zu suchen.«

»Wofür hast du dann gekämpft?«

»Ich habe gekämpft, weil ich in einem Land lebe, wo sie dich ins Gefängnis stecken, wenn du nicht kämpfen willst. Ich habe mir das Recht erworben, nach Colleton zurückzukehren, und ich werde diese Insel hier nie wieder verlassen. Ich habe mir das Recht erworben, den Rest meines Lebens hier und nirgendwo anders zu verbringen.«

»Wir hier in Amerika haben echt Glück«, sagte ich. »So was wie 'n Krieg auf unserem eigenen Territorium gibt es nicht, da brauchen wir uns keine Sorgen zu machen.«

»Ich weiß nicht, Tom«, erwiderte mein Bruder, »die Erde ist ein beschissenes Durcheinander.«

»In Colleton passiert nie was, Luke.«

»Deshalb gefällt es mir hier ja so gut. Hier ist alles noch wie am ersten Schöpfungstag. Man könnte meinen, man sei im Garten Eden geboren.«

25

Obwohl die Ehe meiner Eltern als eine Art Handbuch für die Kunst der Mesalliance hätte dienen können, glaubte ich lange Zeit, die reine Kraft der Gewohnheit habe sie unzerstörbar gemacht. Als ich dann älter wurde und selbst Kinder hatte, fiel es mir gar nicht mehr auf, daß die Erosion des Respekts, den meine Mutter früher einmal meinem Vater entgegengebracht haben mochte, unaufhörlich fortschritt. Seit wir aus dem Haus waren, konnte Mutter ihre beträchtlichen Energien auf außerfamiliäre Aktivitäten konzentrieren. Wir hatten, indem wir erwachsen wurden, das Verbrechen begangen, Mutter jener Kriterien zu berauben, nach denen sich ihr Selbstverständnis definierte, ihr allerdings auch die Möglichkeit verschafft, sich von den Fesseln und der Beschränktheit dieser Definition zu befreien. Ihr ganzes Leben hatte Mutter auf den geeigneten Moment gewartet, da sie ihren Machtinstinkt und ihre Begabung für Intrigen aller Art der Feuertaufe des Kleinstadtlebens unterziehen konnte. Und als er kam, war sie nicht faul.

Allein schon mit ihrer Schönheit hätte Lila Wingo Königen schlaflose Nächte bereiten können – mit ihrer Schönheit *und* ihrer Raffinesse jedoch hätte sie Anarchisten und Königsmörder dazu inspirieren können, ihr auf blaßblauem Wedgewood-Porzellan die mit Petersilie und Rosen garnierten Häupter eines ganzen Dutzends von Königen darzubringen.

Später haben wir uns oft gefragt, ob Mutters spektakulärer Bruch mit der Vergangenheit Ergebnis langjähriger Planung war oder ob sie intuitiv die Gunst des Augenblicks erkannte und gleichsam auf den fahrenden Zug aufsprang. Daß Mutter in ihrer Art eine geniale Frau war, hatten wir schon lange vermutet; daß sie aber darüber hinaus auch kühn war und keinerlei Skrupel kannte, kam lediglich für Savannah nicht überraschend. Lila Wingo begründete ihre Handlungen nicht und entschuldigte sich auch nicht dafür, plötzliche Anflüge von Ehrlichkeit oder Selbstzweifeln waren ihr von jeher fremd gewesen.

Begabt mit beeindruckendem taktischem Geschick, entpuppte sie sich als designierte Terroristin der Schönheit, als Königin des unblutigen Autodafés, und verschlang im Zuge der Ereignisse

Henry Wingo bei lebendigem Leibe. Aber sie zahlte dafür einen hohen Preis.

In der Stunde ihres größten Triumphes, als sie endlich erreicht hatte, was sie wollte, und die Welt ihr zu Füßen lag, als sie uns endlich bewiesen hatte, wie sehr wir ihren Wert und ihre Bedeutung unterschätzt hatten, verschwand mein Vater hinter Gefängnismauern, nachdem auch sein letzter heroischer Versuch, ihre Achtung zu gewinnen, gescheitert war. Und das Haupt, das man ihr auf dem Tablett servierte, war der Kopf ihres ältesten Sohnes. Mutters Schicksal war es, nicht die Süße, sondern die Bitterkeit erhörter Gebete zu schmecken.

Eines schönen Tages im Jahr, als ich mit Luke im offenen Meer jenseits der Coosaw Flats auf Krabbenfang war, meldete sich Mutter über Bordfunk bei uns.

»Captain Wingo. Captain Luke Wingo. Bitte melden. *Out.*«

»Hallo, Mama. *Out*«, antwortete Luke.

»Luke, du kannst Tom sagen, daß er Vater wird. Ich gratuliere. *Out.*«

»Ich komme sofort, Mama. *Out*«, schrie ich ins Mikrophon.

»Das bedeutet auch, daß ich Großmutter werde. *Out.*«

»Herzlichen Glückwunsch, Großmutter! *Out.*«

»Ich finde das nicht komisch, mein Sohn. *Out.*«

»Herzlichen Glückwunsch, Tom. *Out*«, sagte mein Vater.

»Herzlichen Glückwunsch, Tom«, fielen die Kapitäne von zehn anderen Krabbenkuttern ein. Ich war bereits dabei, die Netze einzuholen, und Luke änderte den Kurs in Richtung auf Colleton.

Wir fuhren direkt zum Krankenhaus, das südlich der Stadt auf einer Anhöhe über dem Fluß thronte. Luke steuerte das Boot so nahe ans Ufer wie möglich, dann sprang ich ab und schwamm an Land, kletterte die Böschung hinauf und stürmte tropfnaß in die Entbindungsstation. Eine Schwester brachte mir ein Handtuch und einen krankenhauseigenen Bademantel, und dann saß ich bei Sallie und hielt ihre Hand, bis Dr. Keyserling sagte, es sei nun Zeit, und Sallie in den Kreißsaal geschoben wurde.

Um 23.25 Uhr wurde Jennifer Lynn Wingo geboren. Sie brachte sechs Pfund und hundertundeinunddreißig Gramm auf die Waage. Alle Krabbenfischer der Umgebung schickten Blumen, und alle

Lehrer der High School besuchten Mutter und Kind. Mein Großvater brachte dem kleinen Wesen am nächsten Morgen eine weiße Bibel und füllte eigenhändig den Stammbaum in der Mitte des Buches aus.

Weiter hinten auf der gleichen Etage, auf der Sallie lag, entdeckte meine Mutter Isabelle Newbury. Krank und voller Angst. Sie hatte Blut in ihrem Stuhl beobachtet und war am Tag danach eingewiesen worden. Mrs. Newbury vertrug das Krankenhausessen nicht, weshalb Mutter ihr nun bei jedem Besuch, den sie Sallie und dem Baby abstattete, gesonderte Verpflegung mitbrachte. Die vorläufige Diagnose Darmkrebs bestätigte sich erst, nachdem sich Mrs. Newbury einer speziellen Untersuchung in Charleston unterzogen hatte. Es war Mutter, die sie nach Charleston chauffierte, und es war Mutter, die ihr auf ihrem Leidensweg durch die Operationssäle Trost zusprach. Von unseren drei Töchtern war Jennifer Mutter stets die liebste – und zwar nicht, weil sie die Erstgeborene war, sondern weil sie mit ihrer Geburt Lila Wingo den Weg zu der so wichtigen Zufallsbekanntschaft mit Isabelle Newbury gebahnt hatte.

Niemand vermag zu sagen, wann genau die ersten Landvermesser in Colleton County auftauchten, um jeden Winkel und jeden Fleck mit Theodolit und Bandmaß aufs peinlichste zu untersuchen. Es herrscht jedoch weitgehend Übereinstimmung darüber, daß es in jenem Sommer gewesen sein muß, in dem meinem Großvater, Amos Wingo, von der Straßenverkehrsbehörde der Führerschein entzogen wurde. Amos war schon als junger Mann ein berüchtigt schlechter Autofahrer gewesen, doch als mit zunehmendem Alter seine körperlichen Fähigkeiten nachließen, wurde er zur tödlichen Gefahr für sämtliche Lebewesen auf den Schotterstraßen des flachen Landes. Mit ganz untypischer Eitelkeit weigerte er sich, am Steuer eine Brille zu tragen, und er hatte auch keinerlei Verständnis dafür, daß man ihn für das Überfahren einer roten Ampel, die er überhaupt nicht gesehen hatte, zur Rechenschaft ziehen wollte.

»Die haben die Ampel viel zu hoch gehängt«, erklärte er mir. »Ich mache doch keine vogelkundlichen Beobachtungen, wenn ich am Steuer sitze! Meine Devise beim Fahren heißt: Die Augen auf die Straße und das Herz bei Gott.«

»Du hättest letzte Woche um ein Haar Mr. Fruit über den Haufen gefahren«, sagte ich. »Die Zeugen sagen, er hätte sich mit einem Hechtsprung in Sicherheit bringen müssen.«

»Ich habe keinen Mr. Fruit gesehen«, antwortete Amos. »Abgesehen davon ist er für einen Verkehrspolizisten viel zu klein. Das ist ein Job, der stattlichen, dicken Kerlen vorbehalten bleiben sollte. Mr. Fruit sollte jetzt, wo er älter wird, ruhig ein bißchen kürzer treten.«

»Wachtmeister Sasser sagt, daß er dich auf dem Charleston-Highway auf der falschen Straßenseite erwischt hat.«

»Sasser!« fauchte Großvater. »Ich fuhr schon benzingetriebene Kraftfahrzeuge, als der Junge noch in den Windeln lag! Ich habe ihm gesagt, daß ich gerade einen Schwarm Kuhstare betrachtete, der sich auf einem Feld niedergelassen hatte, und mich der Welt erfreute, die Gott uns zur Freude geschaffen hat. Und außerdem kam überhaupt nichts entgegen, was soll also das ganze Theater?«

»Ich sollte mir ein Herz fassen und ihn in ein Heim bringen«, sagte Großmutter. »Über kurz oder lang wird er mit diesem Automobil noch jemanden umbringen.«

»Auf einen Körper wie den meinen könnten Kerle stolz sein, die halb so alt sind wie ich«, sagte Großvater gekränkt.

»Ich rede von den kleinen grauen Zellen, Amos«, antwortete Großmutter und wandte sich an mich. »Mir ist, als lebte ich mit Methusalem höchstpersönlich zusammen, Tom. Er weiß am Morgen nicht mehr, wo er am Abend zuvor sein Gebiß hingelegt hat. Kürzlich fand ich es im Kühlschrank.«

»Sie fänden es gut, wenn du deinen Führerschein freiwillig zurückgeben würdest, Opa«, sagte ich.

»Davon habe ich noch nichts gehört«, erwiderte er. »Ich glaube, es gibt langsam zu viele Beamte hier in Colleton.«

»Gibst du mir jetzt den Schein, Opa?« fragte ich. »Andernfalls kommt Sasser hierher und holt ihn sich ab.«

»Ich will darüber nachdenken und mit Gott darüber zu Rate gehen.«

»Siehst du, Tom?« sagte Tolitha. »Mir wird bald gar nichts anderes mehr übrigbleiben, als ihn in ein Heim zu stecken.«

Nach einer längeren Unterredung, deren Ergebnis keinen von uns überraschte, gestattete der Herr Großvater Amos, den Führerschein zu behalten, vorausgesetzt, er trage fortan regelmägig seine

Brille. Für Amos war der Herr alles: Verkehrspolizist, Vermittler und Optiker.

Zwei Tage später überfuhr mein Großvater Mr. Fruit genau an derselben Stelle, wo er ihn schon das letztemal übersehen hatte. Mit der Brille auf der Nase hatte Amos gerade sein Interesse dem Landvermessertrupp zugewandt, der die Grundstücksgrenzen entlang der Baitery Street und der Street of Tides vermaß, als es geschah. Er sah weder das Rotlicht noch hörte er Mr. Fruits verzweifelten Trillerpfeifenpfiff. Erst als Mr. Fruit unsanft auf der Motorhaube des 1950er Ford landete, trat Amos Wingo auf die Bremse. Bis auf ein paar oberflächliche Wunden und Abschürfungen blieb Mr. Fruit unverletzt, doch hatte die Polizei von Großvaters Lebensfreudebekundungen hinter dem Steuerrad nun endgültig die Nase voll.

Wachtmeister Sasser kassierte an Ort und Stelle Amos' Führerschein und zerschnippelte ihn eigenhändig mit der Schere eines kleinen Schweizer Armeemessers.

»Ich bin schon Auto gefahren, als an Sie noch nicht zu denken war, Sasser junior!« beschwerte sich Großvater.

»Und ich möchte genau so alt werden wie Sie, Mr. Wingo«, gab Sasser zurück. »Aber wenn Sie nicht von den Straßen hier verschwinden, dann überleben weder ich noch sonstwer in der County, Sir. Stellen Sie sich den Tatsachen, Mr. Wingo! Sie sind gebrechlich, Sir, und eine Gefahr für die Allgemeinheit!«

»Gebrechlich«, knurrte Großvater, während der angeschlagene Mr. Fruit vor Schmerzen stöhnte. Mit heulender Sirene fuhr ein Krankenwagen vor.

»Ich tue Ihnen einen Gefallen, Mr. Wingo«, sagte Sasser unnachgiebig, »und schütze das Gemeinwohl.«

»Gebrechlich«, wiederholte Großvater. »Kommen Sie, Sasser, ringen wir's aus. Probieren wir, wer hier gebrechlich ist. Die ganze Stadt ist Schiedsrichter.«

»Nein, Sir«, erwiderte Sasser. »Ich fahre jetzt ins Krankenhaus und kümmere mich um Mr. Fruit.«

Die Konfrontation zwischen Großvater und Wachtmeister Sasser wurde von meiner Mutter beobachtet, die mit einem Rezept für die todkranke Isabelle Newbury in der Tasche auf dem Weg zu Long's Apotheke war. Als sie den Aufschrei von Mr. Fruit hörte und Amos' Ford mit quietschenden Bremsen anhalten sah, hatte sie im Eingang von *Woolworth* Schutz gesucht. Wenn ein Wingo sich in aller Öffentlichkeit bis auf die Knochen blamierte, wollte sie nichts davon wissen und schon gar nicht offizielle Zeugin sein. Später erfuhren wir, daß sie danach der einzige Mensch auf den Straßen des Städtchens war, der schon ganz genau wußte, warum überall in Colleton County Vermessungstrupps am Werke waren.

In der darauffolgenden Woche schrieb Großvater einen Brief an die *Colleton Gazette*, in dem er sich bitter über die anmaßende Behandlung durch Wachtmeister Sasser sowie die unverschämte Führerscheinzerstörung auf offener Straße mittels eines Schweizer Armeemessers beschwerte. Er bekundete darin ferner seine Absicht, sowohl gegenüber Sasser als auch gegenüber der Gemeinde Colleton den Beweis anzutreten, daß er nicht ›gebrechlich‹ sei, und kündigte an, er werde die nahezu siebzig Kilometer lange Inland-Passage zwischen Savannah, Georgia und Colleton auf Wasserskiern befahren, der ›junge Springinsfeld Sasser‹ sei aufgefordert, ihn zu begleiten. Nach erfolgreicher Beendigung des Unternehmens erwarte er eine öffentliche Entschuldigung der Straßenverkehrsbehörde sowie die unverzügliche Ausstellung eines neuen Führerscheins.

Großmutter reagierte prompt: Sie erkundigte sich stadtauf, stadtab in allen Alters- und Pflegeheimen nach freien Plätzen. Luke und ich indessen nahmen ein Wochenende frei, um den *Boston Whaler* für den geplanten Trip auf Vordermann zu bringen. Unser Großvater war ein einfacher Mann, den zeitlebens glorreiche Ideen davor bewahrt hatten, ein Langweiler zu werden. Das erste Paar Wasserski, das je in der County gesehen wurde, war weiland von Amos Wingo eingeführt worden. Mit Fünfzig war er der erste, der den Sport barfüßig betrieb. Zehn Jahre lang hielt er den staatlichen Weitsprung-Rekord im Wasserski, bis er ihm von einem eigens zum Water-Festival angereisten Kerl aus Cypress Gardens entrissen wurde. Zehn Jahre waren allerdings auch vergangen, seit er das letztemal auf Wasserskiern gestanden hatte.

»Du willst wohl Räder drunter schnallen, Opa, wie?« frotzelte Luke, als Amos ein brandneues Paar Skier in das Boot lud, das wir auf einem Anhänger nach Savannah bringen wollten.

»Ich kann dich überallhin fahren, wo du hinmußt, Amos«, sagte Großmutter. »Es ist völlig überflüssig, daß du aller Welt beweist, was für ein Idiot du bist. Fahren kannst du nicht, okay, das weiß inzwischen jeder. Aber es gibt immerhin noch 'ne ganze Menge Leute, denen bisher entgangen ist, daß du nicht mehr ganz dicht bist.«

»Ich muß mich einfach besser konzentrieren, Tolitha«, gab Großvater zurück. »Ich weiß, daß ich ein paar Fehler gemacht habe, aber ich lauschte in diesen Momenten der Stimme des Herrn.«

»Und es war der Herr, der dir diesen Wasserski-Trip von Savannah hier herauf eingeredet hat?«

»Wer sonst?« fragte er.

»War ja nur eine Frage, Amos«, sagte Großmutter und wandte sich an Luke und mich: »Paßt gut auf euren Großvater auf, Jungs!«

»Machen wir, Tolitha«, versprach ich.

»Ich hab' hundert Dollar auf dich gesetzt, Dad«, fügte mein Vater hinzu und klopfte Amos auf die Schulter.

»Du weißt, daß ich deine Wetterei nicht gutheiße«, ermahnte Amos seinen Sohn.

»Mit wem hast du gewettet, Dad?« fragte Luke.

»Mit Sasser, dem kleinen Mistkerl. Er wartet am Kai mit einem funkelnagelneuen Führerschein, sagt er. Er rechnet damit, daß du es höchstens bis Stancil Creek schaffst, Dad.«

»Stancil Creek? Das ist gerade mal 'n Kilometer außerhalb von Savannah, gleich diesseits der Grenze.«

»Du hättest dich vorher von Dr. Keyserling untersuchen lassen sollen, Amos«, sagte Großmutter und fügte mit Blick auf uns hinzu: »Er ist noch kein einziges Mal in seinem Leben ärztlich untersucht worden.«

»Du schaffst das schon, Amos«, hörte ich Sallie sagen. »Ich weiß es. Du wirst es schaffen.«

»Hier, fühl mal, Sallie«, sagte Großvater stolz und wies auf seinen gespannten Bizeps. »Der Herr hat den männlichen Wingos nicht übermäßig viel Intelligenz verliehen, aber er hat sie stark gemacht. Und er segnet sie mit einem superben Geschmack für Frauen.«

»Ich wünschte, er hätte mich mit einem besseren Geschmack für Männer gesegnet«, sagte Tolitha. »Du benimmst dich mal wieder wie ein Narr, Amos. Lila ist die Sache so peinlich, daß sie sich gar nicht erst blicken läßt.«

»Ach was, sie kümmert sich lediglich um Isabelle Newbury«,

sagte Vater. »Seit Isabelle krank ist, habe ich Lila kaum noch zu Gesicht bekommen. Sie ist wie eine Heilige zu ihr.«

Luke nahm fünf Zwanzigdollarnoten aus seiner Brieftasche und gab sie Vater. »Hier sind hundert Dollar, Dad«, sagte er. »Hundert Dollar, von denen jeder einzelne sagt, daß Amos Wingo die gesamte Strecke von Savannah bis Colleton auf Wasserskiern zurücklegt. Wette mit jedem, der drauf eingeht.«

»Eure Schwester rief mich gestern abend aus New York an, Boys«, sagte Amos. »Sie sagte, sie würde mich in eines ihrer Gedichte aufnehmen, wenn ich es schaffe.«

Wir kletterten in den Laster. »Im Badekostüm siehst du aus wie ein Narr, Amos«, sagte Tolitha.

»Das wird sich ändern, sobald ich meinen neuen Führerschein habe, Tolitha. Dann putz' ich mich fein heraus, und wir machen einen schönen, langen Ausflug.«

»Ich werde Mr. Fruit warnen«, sagte Tolitha.

Unvergeßliche, geheiligte Momente der Überraschung und der Hingabe! So kann das Leben im Süden sein, so werde ich es in Erinnerung behalten, für immer in seiner Schuld und in seinem Bann. Ich fürchte die Leere, das Vakuum, die Langeweile und Hoffnungslosigkeit eines taten- und ereignislosen Lebens. Ich fürchte, bei lebendigem Leibe abzusterben in bürgerlichem Alltagstrott, und der Gedanke daran reizt meine Nerven und sendet Schauer wie aus alter Zeit durch die offenen Poren meiner Seele. Wenn ich vor Sonnenaufgang einen Fisch fange, fühle ich mich von neuem dem Pulsschlag des Planeten verbunden; wenn ich den Fernsehapparat anstelle, weil ich es, allein gelassen mit mir selbst oder mit der Familie, nicht schaffe, den Abend über die Runden zu bringen, bekenne ich mich zur Staatsbürgerschaft im Reich der lebendigen Toten. Der Süden in mir lebt, er ist die innere Kraft, die mich erhält, der Leitstern meiner Authentizität als Mensch und als Mann. In unserer impulsiven Familie gab es eine fatale Neigung zur außergewöhnlichen Geste, zur unerhörten, überzogenen Reaktion auf im Grunde belanglose Anlässe. Immer, wenn ein Wingo in einer feindlichen Welt sein Licht unter den Scheffel gestellt fühlte, spreizte er in bizarrer Übertreibung sein Gefieder. Als Familie reagierten wir stets emotional, nie rational. Wir waren nie imstande, unsere Gegner zu überlisten, verstanden uns aber immer darauf, sie mit phantasievollen Gegenzügen zu überraschen. Am besten waren wir in Risiko und Gefahr, da kannten wir uns aus, ja, wir brauchten unseren kleinen Privatkrieg gegen den Rest der Welt, um wahrhaft glücklich zu sein. Selbst in den Gedichten meiner Schwester spürte man immer die Spannung nahender Gefahr; sie klangen wie Kompositionen aus dünnem Eis und bröckelndem Felsgestein, waren voller Bewegung, Tiefe, Glanz und Poesie. Wild und eigensinnig rauschten sie durch den Strom der Zeit – nicht unähnlich einem alten Mann, der sich auf Wasserskiern ins Mündungsgebiet des Savannah River begibt, um zu beweisen, daß er noch bei Kräften ist.

»Ich glaube, es ist ein bißchen kühler, als wir dachten, Opa«, schrie ich ihm zu, während ich das Zugseil ausrollen ließ. »Es ist bewölkt und sieht nach Regen aus. Wir können alles noch abblasen.«

»Sie warten am Kai«, sagte Amos und nahm die Griffstange in die Hand.

»Okay«, sagte ich, »Wir haben die ganze Strecke über Flut, so daß wir uns wegen der Sandbänke nicht allzuviel Gedanken machen müssen. Wo es irgend geht, nehmen wir den direkten Weg und fahren so schnell, wie das Boot uns läßt.«

»Was hältst du davon, bis Colleton Slalom zu fahren?« fragte er.

»Du wirst zwei Skier brauchen, bis du ankommst.«

»Aber am Schluß könnte ich doch stilistisch gekonnt...«

»Nein, Großvater«, sagte ich. »Und denk dran: Ich werde dir unterwegs ab und zu eine Orange zuwerfen.«

»Wo gibt's denn das, daß man auf einem einfachen Wasserski-Trip Orangen mampft?«

»Das ist kein simpler Trip, Großvater. Du hast eine Strecke von nahezu siebzig Kilometern vor dir.« Ich sprach laut, um den im Leerlauf brummenden Motor zu übertönen.

»Da braucht man was gegen den Flüssigkeitsverlust. Paß also auf die Orangen auf. Wenn dir eine an den Kopf knallt, bestatten wir dich auf See.«

»Kommt mir trotzdem irgendwie komisch vor.«

»Du tust, was der Trainer dir sagt«, rief ich ihm zu. »Bist du bereit, alter Mann?«

»Nenn mich nicht ›alter Mann‹!«

»Wenn wir erst mal in Colleton sind und du immer noch auf den Brettern stehst, laß ich's sein!«

Die Spitzen seiner Wasserski wiesen himmelwärts. Luke gab Gas, und wir fuhren los, Richtung Süden. Am Ufer hatte sich eine kleine Menschenmenge gebildet, die Großvaters Start mitbekommen wollte. Die Leute jubelten ihm zu, als er sich sanft aus dem Wasser hob, das Kielwasser des Bootes verließ und die Zuschauer in einen Schleier aus sprühendem Wasser einhüllte, um dann in einer eleganten Kurve wieder zum Boot zurückzukehren.

»Keine Tricks!« rief ich ihm zu, als er plötzlich begann, im Kielwaser von Wellenkamm zu Wellenkamm zu springen.

»Der alte Mann kann es noch!« schrie er über den Lärm des Motors hinweg.

Erst als wir Stancil Creek und damit die Gewässer South-Carolinas erreichten, nahm er sich zusammen und gewöhnte sich an eine etwas ruhigere Gangart. Er blieb nun direkt hinter uns und überließ dem Boot die Hauptarbeit. Während Luke sich auf die Fahrrinnenmarkierungen konzentrierte, hielt ich ein Auge auf Großvater. Insel um Insel zog an uns vorbei, alle sehr klein, alle mit einer Handvoll Bäumen auf unbesonnten Gestaden. Die Farbe des Meeres wandelte sich von blassem Jadegrün zu metallischem Grau. Man spürte, daß die Sonne hinter den massigen Kumuluswolken eine Lücke suchte, doch konnte uns nicht verborgen bleiben, daß sich im Norden, dunkel und unheilverkündend, gewaltige Gewitterwolken sammelten.

Aufrecht stand Großvater auf seinen Skiern, die Arme und Beine dünn und funktionell wie Bleistifte. Es gab keine weichen Linien an Amos, und sein Körper besaß die verblüffende Kraft einer Sprungfeder. Als sich der Himmel immer mehr verdüsterte und die Temperatur merklich zurückging, überzog sich seine Haut mit einem leichten Blauschimmer, wie man ihn gelegentlich auf den Eiern wilder Vögel beobachten kann. Nach ungefähr fünfzehn Kilometern zitterte er und wirkte sehr alt, hielt sich aber nach wie vor aufrecht und war ungebrochen.

»Er sieht aus wie 'ne aufgetaute Leiche«, rief Luke mir zu. »Versuch mal, ob du ihm 'ne Orange zuwerfen kannst.« Ich nahm eine Orange und schnitt mit dem Taschenmesser ein kleines Loch in die Oberseite. Dann ging ich zum Heck, hielt die Frucht hoch, und Amos gab mir mit einem Nicken zu verstehen, daß er meine

Absicht verstand. Ich warf die Orange hoch in die Luft – viel zu hoch, wie sich zeigte, denn sie segelte unerreichbar über Amos' Kopf hinweg. Trotzdem unternahm er noch einen Versuch, ihrer habhaft zu werden und wäre dabei um ein Haar gestürzt.

»Nicht springen, Großvater!« schrie ich. »Warte, bis eine direkt zu dir kommt!«

Erst bei der vierten Orange schätzte ich die Entfernung und die Geschwindigkeit richtig ein. Er fing sie auf wie ein Baseballspieler. Luke hob den Arm zum Zeichen des Triumphs, und Amos saugte den Saft aus der Frucht und schlang ihr Fleisch in sich herein, bevor er die Schalen ins Wasser warf, wo sie wie helles Seidenpapier auf den Wellen trieben und rasch hinter uns zurückblieben.

»Fünfzehn Meilen«, sagte Luke, als wir die Leuchtboje an der Einfahrt zum Hanahan Sound passierten.

Es gibt Augenblicke, da kann man den Stoff, aus dem die Familie geschaffen ist, buchstäblich sehen, und dies war einer dieser Momente. In Amos' Blick destillierten sich der Mut und die Entschlossenheit, die er dem Wingo-Erbe verdankte in ihrer reinsten Form, und plötzlich waren wir stolz darauf, die Söhne seines Sohnes zu sein. Nach zwanzig Meilen war er erschöpft und zitterte am ganzen Leibe, und seine tiefliegenden Augen waren trüb wie verdorbener Aspik. Aber noch immer stand er aufrecht, und Colleton rückte immer näher.

Erst als wir schon den Colleton Sound erreicht hatten, als das heranziehende Gewitter die See aufwühlte und die Blitze wie auf- und zuschnappende Scheren durch die Wolkengebirge im Norden zuckten, fiel er um.

Luke ließ das Boot in einer weiten Kurve beidrehen und nahm den Gang raus. Ich sprang ins Wasser, in der Hand eine frische Orange, und achtete darauf, daß kein Salzwasser in die Scheitelöffnung dringen konnte.

»Sasser hat recht«, sagte Amos mit kaum vernehmbarer Stimme. »Ich bin völlig verkrampft.«

»Wo denn, Großvater?« fragte ich und versuchte ihn aufzumuntern. »Immerhin hast du deinen Masseur im Troß, das kann nicht jeder Wasserski-Fahrer von sich behaupten.«

»Ich bin ein einziger, riesiger Krampf«, sagte er. »Ich habe plötzlich Zehen, die ich vor diesem Krampf nie gespürt habe.

Selbst mein Gebiß verkrampft sich, obwohl es gar nicht mein eigenes ist.«

»Komm, iß die Orange, leg dich auf den Rücken und laß mich dich durchwalken.«

»Es ist sinnlos, Tom. Ich habe verloren.«

Luke war inzwischen mit dem Boot herangekommen der Motor tuckerte im Leerlauf. Ich begann, Großvaters Nacken und Arme zu massieren.

»Er sagt, er will aufgeben, Luke«, rief ich.

»Wird er nicht«, antwortete mein Bruder.

»Ich bin fix und fertig, Luke«, keuchte Amos.

»Dann steckst du ganz übel in der Klemme, Großvater«, rief Luke von oben herab zurück.

»Wieso?« fragte Amos und stöhnte unter meinen Bemühungen, seine völlig verspannten Muskeln zu lockern.

»Weil ich mir einbilde, daß es viel leichter ist, die zehn Meilen bis nach Colleton auf Skiern zurückzulegen, als sie schwimmen zu müssen«, sagte Luke und hielt mit einemmal seinen eigenen Führerschein in der Hand. »Hier, Opa, schau her: So ein nettes Papierchen wartet auf dich nur ein paar Meilen weiter flußaufwärts. Und ich will unbedingt Sassers dämliches Kindergesicht sehen, wenn wir anlegen.«

»Die Beine!« rief Amos mir zu. »Massier mir die Beine! Und du, Luke, wirf mir noch so eine süße Orange her. Ich schwöre euch, ich wußte bis heute nicht, wie gut Orangen schmecken können!«

»Denk an Jesus, wie er nach Golgatha hinaufstieg«, sagte Luke von oben. »Stell dir mal vor, er hätte einfach schlappgemacht. Wie stünde es dann heute um die Welt? Er war stark, als er stark sein mußte. Ruf Ihn um Seine Hilfe an.«

Großvater rang nach Luft. »Er ist Golgatha nicht auf Wasserskiern rauf, Boys. Das waren andere Zeiten damals!«

»Aber er hätte es getan, wenn es anders nicht gegangen wäre, Großvater.« Luke ließ nicht locker. »Um die Menschheit zu erlösen, hätte er alles getan. Und darauf kommt's an: Er hat nicht schlappgemacht. Das hätte er nie.«

»Massier noch mal meinen Nacken, Tom«, sagte Amos mit geschlossenen Augen. »Er tut verdammt weh.«

»Entspann dich, Großvater«, sagte ich, schwamm um ihn herum

und begann, Schläfen und Hals zu massieren. »Laß dich einfach auf der Schwimmweste treiben und gönn deinen Muskeln 'ne kurze Rast.«

»Dein ganzes Leben lang bis du jeden Karfreitag drei Stunden lang marschiert«, sagte Luke, »und bisher hast du niemals schlappgemacht. Morgen kannst du die ganze Familie durch die Gegend kutschieren.«

»Jetzt halt mal 'n Moment die Klappe, Luke, und schmeiß die Feldflasche runter, damit Großvater ein paar Schluck Wasser trinken kann.«

Amos ruhte in meinen Armen wie ein Schlafender. Doch dann rief Luke: »Am besten, du kommst jetzt ins Boot, Großvater. Du würdest Sasser zum glücklichsten Menschen in South Carolina machen.«

Da öffnete Amos Wingo die Augen und sagte: »Reich mir die Leine, mein Sohn. Und ich verbitte mir fortan alle frechen Bemerkungen.«

»Die See ist jetzt ziemlich rauh«, sagte ich.

»Um so schöner, mich da durchziehen zu lassen«, sagte er.

Ich kletterte wieder ins Boot, spülte die Leine ab und reichte Amos die Stange. Als das Seil so straff war, daß es direkt mit seinem Nabel verbunden zu sein schien, und als die Skispitzen beiderseits des Seils aufwärts zeigten, rief ich: »Los!« Luke gab Gas, und das Boot schoß vorwärts. Diesmal erhob sich Amos wie ein Sterbender – ein alter, schwankender, von Gischt und Erschöpfung gebleichter Mann, der gegen das Seil, die Wellen, das Gewitter und gegen sich selbst kämpfte. In diesen Minuten brach ein Wolkenbruch über uns herein, und es regnete so stark, daß Amos' Konturen hinter uns verschwammen wie auf einem unscharfen Negativ. Blitze fuhren auf die Inseln nieder, und der Donner rollte über das Wasser, eine bestürzende Stimme der Verneinung. Regen trübte meine Augen, und Luke steuerte das Boot blind, wenngleich geleitet von seiner perfekten Kenntnis aller Untiefen und Gezeitenströme. Hinter uns focht Großvater einen einsamen Kampf gegen die Zeit und gegen den Sturm.

»Meinst du, wir bringen ihn um?« schrie ich Luke zu.

»Wenn er's nicht schafft – das bringt ihn um!« brüllte Luke zurück.

»Er ist wieder unten!« rief ich. Amos hatte eine Welle nicht richtig genommen, die nächste konnte ihn aus dem Gleichgewicht werfen.

Wieder drehte Luke bei, wieder sprang ich ins Wasser und kämpfte mich durch die aufgewühlte See zu Großvater durch. Wieder massierte ich seinen Hals, seine Arme. Diesmal schrie er laut auf, als meine Finger die malträtierten Schulter- und Armmuskeln berührten und bearbeiteten. Seine Farbe war beängstigend, sein Körper schlaff und entkräftet, und als ich mich um seine Beine und Füße kümmerte, begann er zu phantasieren.

»Ich glaube, wir sollten ihn ins Boot holen«, rief ich Luke zu.

»Nein«, krächzte Großvater. »Wie weit?«

»Sieben Meilen«, rief Luke.

»Wie seh' ich aus?«

»Beschissen«, antwortete ich.

»Du siehst aus wie der Einemilliondollarmann, Opa, hör nicht auf Tom«, rief Luke.

»Ich bin der Trainer«, sagte ich.

»Und ich hab' dir das Wasserski-Fahren beigebracht, Sohn«, keuchte Amos, auf dem Rücken liegend. Seine Schwimmweste tanzte auf den Wellen wie ein Korken.

»Ja«, sagte ich, »du hast mir beigebracht, niemals bei solchem Wetter zu fahren.« Meine Finger gruben sich in die verhärteten Muskeln seiner Schenkel.

»Das war ein sehr guter Rat«, sagte er und lachte, »du hattest einen guten Lehrer.«

»Also dann, zurück ins Boot«, kommandierte ich, »du hast dein Bestes gegeben. Niemand kann behaupten, du hättest nicht alles versucht.«

»Der Herr Jesus will, daß ich weiterfahre«, sagte Amos.

»Hör auf den Donner, Großvater. Er sagt nein.«

»Richtig, Tom, er sagt: ›Nein, gib nicht auf, Amos!‹ Das höre ich auch.«

»Tom war nie besonders gut in Fremdsprachen«, schrie Luke. Er half mir ins Boot, und Großvater schnallte wieder seine Skier an.

»Ich seh' das nicht gerne, Luke«, sagte ich.

»Noch sieben Meilen, dann springst du im Quadrat!«

Wir sahen zu, wie Amos die im Wasser treibende Stange ergriff, um die letzte Etappe in Angriff zu nehmen. Luke gab Gas, und wieder richtete sich Großvater auf, und allein schon das war ein

Kampf gegen den Regen und die weißbemützten Wellen. Er schaffte es auch diesmal, jenseits der Schwelle von Lust oder Leid, brennend vor Gier nach Vollendung.

Zwei Meilen vor Colleton sahen wir, daß die Uferstraße von Autos gesäumt und die Anfahrt zum Kai sogar völlig verstopft war – so viele Schaulustige erwarteten unsere Ankunft. Als sie uns erblickten und sahen, daß Amos noch auf den Skiern stand, ertönte eine wahre Hupen-Symphonie. Colleton würdigte Amos' Triumph mit einem Feuerwerk auf- und abblendender Autoscheinwerfer, und der Gefeierte bedankte sich mit einer eleganten Handbewegung. An der Flußbiegung erlaubte er sich sogar wieder ein paar Tricks, ließ die alte Könnerschaft aufblitzen. Entlang der Street of Tides war das Hupkonzert so ohrenbetäubend, daß es sogar mit dem Donner konkurrieren konnte. Die Zugbrücke war vollgepackt mit Menschen und Regenschirmen. Als wir darunter hindurchfuhren, brandete Applaus auf, und Amos Wingo winkte huldvoll hinauf. Lukes Ziel war der öffentliche Anleger, wo sich ebenfalls eine Menschenmenge versammelt hatte. Er gab noch einmal Vollgas und machte dann eine plötzliche Kehre. In halsbrecherischer Geschwindigkeit raste Großvater auf die Anlegestelle zu, ließ das Zugseil los und legte gleich einem Mann, der auf dem Wasser wandelt, die letzten Meter seiner Fahrt gleitend zurück. Am Anleger fing Vater ihn mit offenen Armen auf.

Luke drehte bei, und gemeinsam wurden wir Zeuge des denkwürdigen Augenblicks, da Amos Wingo vor einer jubelnden Menge einen funkelnagelneuen Führerschein in Empfang nahm – aus den Händen eines sichtlich beeindruckten Wachtmeisters Sasser, der gute Miene zum bösen Spiel machte.

Was wir nicht mehr mitbekamen, war die Schrecksekunde später auf dem Parkplatz, als Amos plötzlich zusammenbrach. Vater mußte ihn so schnell wie möglich ins Krankenhaus bringen. Dr. Keyserling verordnete ihm einen Tag Bettruhe und gab ihm kreislaufstabilisierende Mittel.

Ein Jahr später schickte Tolitha Amos zum Einkaufen; er sollte ein Pfund Fertigmehl und eine Flasche Steaksauce besorgen. Kurz vor der Regalreihe mit den Saucen blieb er abrupt stehen, stieß einen Schrei aus und stürzte kopfüber in einen Stapel Konservendosen.

Er war bereits tot, als er auf dem Boden aufschlug, und da half auch die Mund-zu-Mund-Beatmung nicht mehr, mit der ihn Wachtmeister Sasser ins Leben zurückrufen wollte. Es hieß, als der Krankenwagen mit Amos Wingos Leiche davonfuhr, habe Sasser geweint wie ein Baby. Aber Sasser war nur der erste an jenem Abend, der Tränen vergaß. Die ganze Stadt wußte, daß sie etwas Besonderes, Unersetzliches verloren hatte, und es gibt nichts, was eine Kleinstadt so berührt wie der Tod des vortrefflichsten Mannes der Gemeinde. Und nichts trifft eine Südstaatenfamilie so sehr wie der Tod des Mannes, der ihr in einer aus den Fugen geratenen Welt voller verderbter Wertvorstellungen Gleichgewicht und Zartheit verleiht. Sein Glaube war immer eine Art edlen Wahns, und seine Liebe zur Welt eine einzige beredte Lobeshymne zu Ehren ihres Schöpfers. Von nun an gab es keine Leserbriefe mehr an die *Colleton Gazette* mit wortgetreuen Transkriptionen der Plaudereien zwischen Jesus und Amos. Ihre Gespräche würden von nun an Aug' in Aug' geführt werden, wenn Amos in einem Haus, das vom zwitschernden Gesang der Engel erfüllt war, dem Herrn Jesus die Haare schnitt – so jedenfalls drückte es Pfarrer Turner Ball in seiner Predigt bei der Beerdigung meines Großvaters aus, und seine Worte hallten durch die weiße, schindelgedeckte Kirche.

Für mich starb an jenem Tag der Süden; zumindest aber verlor ich den für mich wichtigsten, hervorragendsten Teil. Verloren war seine heitere Magie, die für mich stets ein Zeichen rechtmäßig erworbener Widersprüchlichkeit war. Großvater hatte Fliegen und Mücken in Marmeladegläsern gefangen – und sie hinter dem Haus wieder freigelassen, weil er es einfach nicht über sich bringen konnte, ein Gottesgeschöpf zu töten.

»Sie sind ein Teil der Kolonie«, hatte er gesagt, »ein Teil des großen Plans.«

Durch Amos Wingos Tod sah ich mich gezwungen, jene geheime Weisheit anzuerkennen, die eine natürliche Folge kontemplativen Lebens ist. Er hatte ein von materiellen und weltlichen Dingen losgelöstes Leben geführt. In meiner Jugend war mir die unverfälschte Inbrunst seines Glaubens peinlich gewesen. Als Erwachsener sollte ich ihn stets um die stille Einfalt und edle Größe seiner Vision vom erfüllten, teilnehmenden Menschen beneiden. Bei seiner Beerdigung weinte ich nicht wegen des Verlusts, den ich persönlich erlitten hatte – einen Mann wie Amos nimmt man in sich auf, man vergißt ihn nicht, er bleibt eine unsterbliche Rose im Garten des menschlichen Egos. Nein, ich weinte, weil ich wußte, daß meine Kinder ihn nie kennenlernen würden und mir die sprachlichen Mittel fehlten, die einsame Größe und vollendete christliche Nächstenliebe eines Mannes zu beschreiben, der jedes einzelne Bibelwort glaubte und lebte – Worte aus einem Buch, das er kreuz und quer im amerikanischen Süden, Haus für Haus und Tür für Tür, angeboten und verkauft hatte. Das einzige Wort für Güte ist Güte, und es reicht nicht aus.

»Halleluja!« riefen die Leute und »Gelobt sei Gott!«, als sechs Männer, die frischgezimmerte Holzkreuze trugen, begannen, mit ihrer schweren Last auf den Holzboden der Kirche zu trommeln, Großvater zu Ehre. Im Gleichklang stampften sie einen lähmenden, unergründlichen Zapfenstreich, die dunkle Musik der Kreuzträger. Vater erhob sich und führte seine Mutter am Arm den Mittelgang hinunter, bis sie vor dem offenen Sarg standen und Tolitha Amos ein letztesmal sah. Da lag er, nun das Haar streng zurückgekämmt und mit vertrackt grinsenden Gesichtszügen (die unverkennbar die Handschrift des Totengräbers, Winthrop Ogletree, trugen), und sah aus wie ein auf die schiefe Bahn geratener Chorknabe. In einer weißen Bibel wurde die Seite aufgeschlagen, auf der Jesus die rot gesetzten Worte spricht: »Ich bin die Auferstehung und das Leben.« Der Organist spielte *Blessed Be the Tie that Binds* zum Gesang der Gemeinde, und Tolitha beugte sich nieder, um Großvaters Lippen ein letztesmal zu küssen.

Von der Kirche zum Friedhof gingen wir zu Fuß. Ich hielt Sallies Hand, und Luke ging mit Mutter. Savannah kümmerte sich gemeinsam mit Vater um Tolitha. In einer feierlichen, schweigenden Prozession folgte die gesamte Stadt, Weiß und Schwarz vereint. Mr. Fruit führte die Polizeistaffel, die den Zug begleitete; er blies auf seiner Trillerpfeife, während ihm die Tränen über das Gesicht liefen. Wachtmeister Sasser war einer der Sargträger.

Wir begruben ihn im trüben Licht eines Tages, an dem keine Sonne schien. Nachdem der Sarg hinabgelassen war, blieben Luke, Savannah und ich allein zurück, um die Grube eigenhändig zuzuschaufeln. Wir brauchten eine Stunde dazu, weil wir es ordentlich machen wollten. Als wir fertig waren, ließen wir uns am Fuße der Wassereiche nieder, die das Familiengrab der Wingos beschattete. Wir weinten, und unser Großvater, der unter uns im traumlosen Schlaf lag, sprach zu uns durch unsere Erinnerungen, die uns umschwärmten wie das Bienenvolk. Das letzte Lebewohl zu sagen, ist eine Kunst, doch waren wir damals noch zu jung, um sie zu beherrschen. Wir erzählten uns ganz einfach Geschichten von dem Mann, der uns seit frühester Jugend die Haare geschnitten und sein Leben in einen unvergänglichen Psalm zu Ehren seines Schöpfers verwandelt hatte.

Schließlich sagte Savannah: »Bei allem fälligen Respekt bin ich nach wie vor der Ansicht, daß Opa verrückt war.«

»Das nennst du fälligen Respekt?« fragte Luke.

»Erinnere dich, Luke, Großvater sprach täglich mit Jesus«, sagte sie. »Das ist nicht gerade das, was Psychiater als normales Benehmen bezeichnen.«

»Ach verdammt, *du* quatschst täglich mit Hunden und Engeln«, erwiderte Luke ärgerlich. »Wenn du mich fragst, also mir kommt das Gespräch mit Jesus erheblich ›normaler‹ vor.«

»Das war gemein, Luke«, sagte Savannah, die Augen niedergeschlagen und mit umflortem Blick. »Ich möchte nicht, daß du dich über meine Probleme lustig machst. Mir geht es ziemlich schlecht, und ich fürchte, es wird mir auch in Zukunft nie wieder richtig gut gehen.«

»Er hat es nicht so gemeint, Savannah«, sagte ich.

»Ich hätte nicht hierherkommen sollen«, fuhr sie fort. »Die Nähe meiner Familie bekommt mir nicht. Sie ist gefährlich für mich.«

»Wieso das, Savannah?« fragte ich sie. »Ist das der Grund dafür, daß wir dich kaum jemals zu Gesicht bekommen?«

»Die Dynamik dieser Familie ist böse«, antwortete sie. »Und euch wird sie eines Tages auch überrollen, genauso, wie sie mich überrollt hat.«

»Wovon redest du eigentlich, Savannah?« fragte Luke. »Wir unterhalten uns hier friedlich über Großvater, da mußt du ankommen und alles mit deinem Psychogewäsch kaputtmachen.«

»Du bist der nächste, Luke«, sagte sie. »Es steht dir ins Gesicht geschrieben.«

»Der nächste wobei?« fragte er.

»Keiner von euch hat sich je damit auseinandergesetzt, was in unserer Kindheit geschah. Und da ihr Männer seid und noch dazu aus dem Süden stammt, besteht durchaus die Chance, daß ihr es niemals tun werdet.«

»Ich bitte um Verzeihung für mein Geschlecht und meine Herkunft, Savannah«, sagte Luke. »Wie hättest du's denn lieber? Wenn ich Eskimo wäre oder japanischer Perlentaucher?«

»Ich möchte nur, daß du die Augen aufmachst und siehst, was um dich herum geschieht«, sagte sie gleichmütig. »Ihr beide wißt ja nicht einmal, was jetzt, genau in dieser Minute, alles vorgeht...«

»Du mußt uns vergeben, Savannah«, sagte ich, inzwischen auch ziemlich in Rage. »Wir sind bloß Männer, noch dazu aus dem Süden!«

»Warum haßt du Frauen, Luke?« fragte sie. »Warum gehst du nie mit einem Mädchen aus? Warum hat es in deinem Leben nie auch nur eine einzige ernsthafte Beziehung zu einer Frau gegeben? Hast du dir diese Fragen jemals selbst gestellt?«

»Ich hasse Frauen nicht«, antwortete Luke, und aus seiner Stimme klang echte Betroffenheit. »Ich verstehe sie ganz einfach nicht, Schätzchen. Ich weiß nicht, was in ihren Köpfen vorgeht und warum es darin vorgeht.«[4]

»Und du, Tom?« Savannah wandte sich an mich. »Was hältst du von den Frauen?«

»Ich? Ich hasse ihren Mut und ihre Chuzpe. Ich halte Frauen für den Abschaum dieser Erde. Darum habe ich auch eine geheiratet und drei Töchter in die Welt gesetzt. Die treibende Kraft dahinter war der Haß.«

»Ich verstehe nicht, warum ihr immer gleich meint, ihr müßtet euch verteidigen«, sagte Savannah mit perfekter Selbstbeherrschung.

»Ich verteidige mich ja gar nicht«, widersprach ich. »Luke und ich reagieren lediglich auf deine unerträgliche Salbaderei, Savannah. Jedesmal, wenn wir dich sehen, müssen wir uns ellenlange Vorträge darüber anhören, wie wir hier unten unser Leben vertun, während du da oben in New York unter den begnadetsten Geistern unserer Zeit ein phantastisches Leben führst, kreativ und in wahrer Selbstverwirklichung...«

»Das stimmt nicht«, sagte Savannah. »Mein einziger Vorteil besteht darin, daß ich die Dinge besser erkenne als ihr, weil ich nur einmal alle zwei Jahre nach Hause komme. Mir fallen immer sofort verschiedene Dinge, die euch, die ihr zu nah dran seid, einfach entgehen, auf. Hat einer von euch sich in letzter Zeit mal mit Mutter unterhalten?«

»Ja«, sagte Luke, »täglich und immer wieder.«

Savannah ging auf die Ironie in seiner Stimme nicht ein. »Wißt ihr, was sie denkt, was in ihr vorgeht? Kennt ihr ihre Pläne?«

»Sie verbringt momentan jeden wachen Augenblick ihres Lebens bei der armen Isabelle Newbury«, sagte Luke. »Wenn sie nach Hause kommt, fällt sie total erledigt ins Bett. Für anderes hat sie kaum noch Zeit.«

»Sallie sieht unglücklich aus, Tom«, sagte Savannah unvermittelt zu mir. »Sie wirkt sehr erschöpft.«

»Sie ist Ärztin und Mutter von drei Kindern, Savannah«, sagte ich. »Das sind *zwei* harte Jobs, vor allem, wenn der Vater als Lehrer und Trainer auch noch berufstätig ist.«

»Immerhin bleibt es ihr erspart, für den Rest ihres Lebens Hausfrau sein zu müssen.«

»Was hast du, verdammt noch mal, gegen Hausfrauen?« fragte ich.

»Ich wurde von einer erzogen«, sagte Savannah, »und das hätte fast mein Leben ruiniert.«

»Mir hat als Kind ein Krabbenfischer die Hammelbeine langgezogen«, warf Luke ein, »aber den Krabben habe ich daraus nie einen Vorwurf gemacht.«

»Mom will sich von Dad scheiden lassen«, sagte Savannah. »Das hat sie mir gestern abend gesagt.«

»Was ist daran so sensationell?« fragte Luke. »Wie oft hat sie uns das schon verkündet?«

»Nicht besonders oft«, sagte ich. »Höchstens achtundsechzigmillionenmal.«

»Wie viele Male«, fuhr Luke fort, »hat sie uns ins Auto gepackt und die Insel verlassen und dabei hoch und heilig gelobt, sie wolle nie wieder auch nur eine einzige Nacht mit Henry Wingo unter demselben Dach verbringen?«

»Nicht oft«, wiederholte ich. »Höchstens zwanzig- oder dreißigmal.«

»Wo hätte sie hin können?« fragte Savannah. »Wie hätte sie uns ernähren und kleiden können? Wie hätte sie ohne Mann überhaupt überleben können? Ein typisches Frauenschicksal in den Südstaaten: Mom saß in der Falle, und das ist letztlich dafür verantwortlich, daß sie ein bißchen engherzig geworden ist. Im übrigen bin ich ziemlich sicher, daß sie es diesmal ernst meint. Sie wird Dad verlassen. Nächste Woche hat sie einen Termin. Sie hat sich einen Anwalt genommen, und der erledigt den ganzen Papierkram.«

»Hat sie Dad schon Bescheid gesagt?« fragte ich.

»Nein«, sagte Savannah.

»Eins nach dem anderen, Tom«, warf Luke ein.

»Kommt euch das nicht seltsam vor?« fuhr Savannah fort. »Daß sie eine so wichtige Entscheidung trifft, ohne daß ihr die geringste Ahnung davon habt? Ist das nicht bezeichnend für die Art und Weise, wie in dieser Familie miteinander kommuniziert wird?«

»Savannah«, sagte Luke, »warum hast du bei jedem Besuch in South Carolina nichts anderes im Sinn, als mir und Tom auseinanderzusetzen, was für ein Leben wir zu führen haben? Wir mischen uns mit keiner Silbe in dein Leben ein, aber du kommst jedesmal mit tausend klugen Ratschlägen für uns an. Wir sind hierher gekommen, um von Großvater Abschied zu nehmen, und du mußt daraus eine Gruppentherapie machen. Wenn Mama Dad verlassen will, dann ist das vor allem eine Angelegenheit, die die beiden betrifft. Tom und ich müssen zusehen, wie wir ihnen nach bestem Wissen und Gewissen helfen können, alles über die Bühne zu bringen. Und du hockst dann wieder in New York und sagst uns am Telefon, was wir hier alles falsch machen.«

»Ich hasse ›Kommunikation‹, Savannah«, sagte ich. »Jedesmal, wenn wir mit dir ›kommunizieren‹, endet es mit Zank und Streiterei. Jedesmal, wenn ich mit einem Familienmitglied ›kommuniziere‹, kommen Dinge heraus, von denen ich gar nichts wissen will. Und das, was mich interessiert, bleibt genauso unklar wie vorher.«

»Wenn Mom sich von Dad scheiden läßt – ist dir das egal?« fragte Savannah.

»Ganz und gar nicht«, gab ich zur Antwort. »Seitdem Dad mich nicht mehr prügelt und keinerlei Macht mehr über mich besitzt, kommt er mir vor wie ein armes Würstchen. Früher habe ich ihn gehaßt, weil ich in seinem Haus immer Angst hatte und weil es nicht leicht ist, jemandem zu vergeben, der einem die Kindheit gestohlen hat. Inzwischen habe ich ihm jedoch vergeben, Savannah, und zwar nicht nur ihm allein, sondern auch Mama.«

»Ich kann keinem von beiden vergeben«, sagte meine Schwester. »Dazu ist der Schaden zu groß, den sie angerichtet haben. Ich habe noch heute darunter zu leiden, Tag für Tag.«

»Das geschah alles nicht in böser Absicht«, sagte Luke versöhnlich, legte einen Arm um Savannahs Schultern und zog sie an seine Brust. »Sie waren eben Arschlöcher und wußten nicht einmal, wie man ein gutes Arschloch wird. Sie haben sich zwar alle Mühe gegeben, aber besonders viel ist dabei nicht herausgekommen.«

»Ich hatte eigentlich nicht die Absicht, euch so anzustänkern«, sagte Savannah. »Ich habe bloß ständig Angst, dieses Nest hier könnte euch doch noch auf sein Niveau herunterziehen.«

»Colleton zu lieben ist keine Sünde«, meinte Luke. »Die einzige wahre Sünde liegt darin, es nicht *genug* zu lieben. Das pflegte jedenfalls Großvater immer zu sagen.«

»Du siehst ja, wie weit er es damit gebracht hat«, gab Savannah zurück und wies mit dem Kopf auf Amos Wingos Grab.

»So übel ist es im Himmel nicht«, sagte Luke.

»Du glaubst doch selber nicht an den Himmel.«

»Doch, Savannah«, antwortete Luke. »Ich bin bereits dort. Das ist der große Unterschied zwischen uns beiden. Colleton ist für mich die Erfüllung aller Wünsche und Bedürfnisse. Ich brauche nicht mehr.«

»Hier ist doch nichts los«, sagte Savannah. »Kein Glanz, keine vorwärtsdrängenden Menschenmassen, keinerlei Anregung.«

»Was dachtest du, als während seiner Totenrede diese sechs Diakone plötzlich anfingen, mit ihren Kreuzen auf den Boden zu stampfen?« fragte ich sie.

»Ich dachte, die spinnen wohl...«

»Aber es war sicher recht anregend, wie?« fragte Luke.

»Nein, es war reiner Schwachsinn«, sagte Savannah. »Ich wäre am liebsten davongelaufen, raus aus der Stadt, so schnell wie möglich.«

»Es ging ihnen nur darum, allen Anwesenden mitzuteilen, wieviel sie von Großvater hielten«, erklärte Luke. »Sie wollten damit zeigen, wie sehr sie ihn geliebt haben.«

»Man könnte ein Gedicht daraus machen«, sagte Savannah wie im Selbstgespräch. »Die *Kreuz-Trommler* könnte ich es nennen.«

»Was ist mit dem Gedicht über Großvaters Wasserski-Trip?« fragte ich. »Ist es fertig?«

»Bald. Ich muß noch dran arbeiten.«

»Warum dauert das so lange?« fragte Luke.

»Kunst funktioniert nicht auf Knopfdruck.«

»Ja«, bestätigte ich. »Du bist und bleibst ein dummer Hund, Luke. Kunst funktioniert nicht auf Knopfdruck.«

Savannah ging darauf nicht mehr ein. Sie erhob sich und sagte: »Wir müssen Großvater jetzt Lebewohl sagen.« Auch Luke rappelte sich auf. Er ging zu einer freien Rasenfläche neben Großvaters Grab und sagte: »Hier werden wir mal liegen. Der Fleck, auf dem ich stehe, ist mein Plätzchen – hier nebenan kommt ihr hin, und der Platz reicht auch noch für unsere Frauen und Kinder.«

»Wie morbid und deprimierend, Luke«, sagte Savannah.

»Für mich ist es tröstlich zu wissen, wo ich hinkomme, wenn ich den Löffel aus der Hand gegeben habe.«

»Ich laß mich verbrennen und meine Asche über dem Grabmal von John Keats in Rom verstreuen.«

»Ein bescheidener Wunsch«, sagte ich.

»O nein, kleine Schwester«, widersprach Luke im freundschaftlichsten Ton. »Ich werde dich persönlich zurück nach Colleton bringen und hier an Ort und Stelle verbuddeln. Auf diese Weise hab' ich dich besser unter Kontrolle.«

»Wie grotesk«, sagte Savannah.

»Kommt, wir gehen nach Hause«, schlug ich vor. »Die meisten Hitzköpfe dürften inzwischen fort sein.«

»*Bye-bye,* Großvater«, sagte Savannah leise und bedachte das frisch aufgeschüttete Erdreich über dem Grab mit einem Handkuß. »Ich weiß nicht, was ohne dich und Tolitha aus uns geworden wäre.«

»Wenn *du* nicht im Himmel bist, Großvater«, sagte Luke, als wir uns auf den Heimweg machten, »dann ist das alles totaler Humbug.«

Ich lebte in einem Land, in dem es weder Schnee noch Rhododendron gibt. Mein drittes Lebensjahrzehnt verrann, indem ich tolpatschige und wieselflinke junge Burschen in mehreren Sportarten unterwies und das Jahr am einlullenden Rhythmus der Trainings- und Spielprogramme maß. Da war im Herbst die Musik des hoch durch den grauen Himmel wirbelnden Footballs, und im Winter, wenn hochaufgeschossene Jungen sich beim Basketballspiel zum Korb hinaufschraubten, das Quietschen von Gummisohlen auf schimmerndem Parkett. Im Spätfrühling krachten Eschenholzschläger gegen Baseballs. Der Trainerberuf war für mich nicht die Erfüllung einer fehlgeleiteten Leidenschaft, was mir daran gefiel, war, daß man – im günstigsten Falle – die Knabenzeit eines jungen Mannes mit Sinn erfüllen konnte. Ich war sicher kein besonders hervorragender Trainer, doch gehörte ich auch nicht zu jenen, die in den Alpträumen ihrer Schützlinge Hauptrollen übernehmen. Nicht ein einzigesmal gelang es einer von mir betreuten Football-Mannschaft, eines jener so furchtbar disziplinierten Teams des großen John McKissick aus Summerville zu besiegen. McKissick begründete Dynastien, ich dagegen war ein Trainer mit einem ziemlich beschränkten Wirkungskreis. Siege und Niederlagen nahm ich hin ohne besondere Affinität zum einen oder zum anderen. Ich hatte als Spieler beides erlebt, und obwohl Siegen natürlich besser war, fehlte es mir an jenem feinen Gespür, das einen aus einem Spiel, welches trotz idealer Einstellung und hingebungsvollen Einsatzes verlorengegangen ist, die richtigen Schlüsse ziehen läßt. Ich sagte meinen Schützlingen, daß auch das anständige Verlieren gelernt sein will, der Stoff, aus dem wahre Männer gemacht sind, sei jedoch der Sieg. Niederlagen, so erklärte ich ihnen, sorgten dafür, daß man den Sinn für Proportionen nicht verliert.

Ich tat mein Bestes, mir das Leben im Land ohne Schnee und Rhododendron so angenehm wie möglich zu gestalten. Ich begann, mich für Vögel zu interessieren, und legte mir als Amateur-Lepidopterologe eine private Schmetterlingssammlung an. Ich warf alljährlich beim Heringszug meine Netze aus und sammelte Platten: Bach und *Carolina beach music*. Ich wurde einer jener anonymen Amerikaner, die sich, obwohl sie tagtäglich die erniedrigenden Rituale der Mittelklasse praktizieren, ihren klaren Verstand und ihre gesunde Neugier erhalten wollen. Zum Lehrer-Vorzugspreis hatte ich fünf Zeitschriften abonniert, *The New Yorker, Gourmet, Newsweek, The Atlantic* und *The New Republic* – und bildete mir ein, mit dieser Auswahl das Image des nachdenklichen Liberalen zu pflegen. Nicht ein einziges Mal kam mir der Gedanke, daß diese so sorgfältig getroffene Wahl eine unumstößliche Wahrheit enthüllte: Ich war eine Witz- und Klischeefigur meiner Zeit. Paketweise schickte Savannah mir Bücher, die sie bei *Barnes & Nobel* gekauft hatte. Sie war davon überzeugt, daß ich mit der Entscheidung, im Süden zu bleiben, meinen Verstand verkauft hätte. Ihr Vertrauen in Bücher erinnerte an die Einstellung eines kleinen Kaufmanns: Man verteilte sie wie Rabattmarken und löste sie später für irgendwelche nützlichen Kleinigkeiten wieder ein. Ich weiß, daß Savannah sich meinetwegen Sorgen machte, insbesondere, weil sie meine fatale Neigung zum Konventionellen, zum Auf-Nummer-Sicher-Gehen kannte, doch glaube ich, daß sie mich in dieser Hinsicht falsch einschätzte. Meine Krankheit war viel merkwürdiger: Mein gesamtes Erwachsenenleben war beherrscht von nostalgischer Sehnsucht; ich trauerte meiner verlorenen Kindheit nach. Mein sehnlichster Wunsch war es, meine Kinder in jenem Süden aufzuziehen, den meine Eltern mir gestohlen hatten. Ich besaß viele Kenntnisse und Fähigkeiten, die jedoch alle nichts mit dem Leben in den großen Städten zu tun hatten. Savannah begriff nicht, daß mich der brennende Wunsch erfüllte, einfach nur ein anständiger Kerl zu sein – nicht mehr und nicht weniger. Auf dem Sterbebett wollte ich erleben, daß Sallie vor dem letzten Kuß zu mir sagte: »Ich habe den Richtigen gewählt.« Das war die Flamme, die mich nährte, die eine große Idee, die ich zu meinem Lebensprinzip erhob. Daß ich letztlich scheiterte, lag, wie ich glaube, weniger an mir als an der Tücke der Umstände. Als ich damals beschloß, nach Colleton zurückzukehren, wäre ich nie auf den Gedanken gekommen, daß die Gemeinde Colleton einmal von der Landkarte South Carolinas verschwinden könnte, ja, ich hätte jeden ausgelacht, der so etwas behauptete. Aber das sollte sich ändern: Eine ganze Reihe von Lektionen über mein Jahrhundert stand mir bevor – und keine einzige sollte mir gefallen.

Drei Wochen nach Großvaters Beerdigung stand, als ich abends vom Training nach Hause kam, der LKW meines Vaters vor unserer Tür. Auf der hinteren Stoßstange klebte ein Friedenssymbol mit dem Text: *This is the footprint of the American chicken.**

Als ich eintrat, unterhielten sich Vater und Sallie im Wohnzim-

* Wortspiell: chicken = Huhn, Feigling (Anm. d. Übers.).

mer. Jennifer saß auf Vaters Schoß, und Sallie wechselte Lucy die Windeln. »Hallo, Dad«, sagte ich. »Kann ich dir einen Drink anbieten?«

»Aber ja doch, Sohn. Irgendwas, mir ist alles recht.«

Ich stand in der Küche und mixte die Drinks, als Sallie hereinkam. »Willst du auch einen?« fragte ich. »Oder willst du lieber warten, bis diese kleinen Tigerkatzen im Bett sind?«

»Irgendwas muß passiert sein«, flüsterte Sallie mir zu. »Er hat vorhin geweint!«

»Mein Vater? Geweint?« fragte ich leise nach. »Das ist doch unmöglich. Nur Menschen, die emotional aus dem Gleichgewicht geworfen sind, weinen. Und mein Vater kam ohne Emotionen auf die Welt, so wie es ja auch Menschen gibt, die ohne kleinen Finger geboren werden.«

»Sei bitte nett zu ihm, Tom«, sagte Sallie, »sei ganz lieb zu ihm! Ich bringe die Mädchen zu Tolitha rüber. Er will dich unter vier Augen sprechen.«

»Laß mich mit ihm irgendwohin gehen, Sallie«, sagte ich. »Für uns ist es leichter als für dich.«

»Er braucht das Gespräch *jetzt*«, sagte sie und ging aus der Küche, um die Kinder zu holen.

Ich ging ins Wohnzimmer zurück. Vater saß im Armsessel, den Kopf zurückgelehnt. Er atmete schwer und war so aufgeregt, wie ich ihn nie zuvor gesehen hatte. Man hätte meinen können, er säße festgeschnallt auf einem elektrischen Stuhl. Seine Hände zitterten, und seine Fingerknöchel hatten sich lila verfärbt.

»Na, was macht deine Mannschaft?« fragte er, als ich ihm seinen Drink reichte.

»Sie macht sich ganz gut, Vater«, antwortete ich. »Ich glaube, unsere Chancen gegen Georgetown stehen nicht schlecht.«

»Kann ich mit dir sprechen, Sohn?«

»Natürlich, Vater.«

»Deine Mutter ist vorgestern ausgezogen«, sagte er, und jedes Wort fiel ihm schwer. »Ich habe mir anfangs nicht viel dabei gedacht – wie in jeder Ehe gibt es auch bei uns Höhen und Tiefen, und normalerweise renkt sich das schnell wieder ein. Aber heute bekam ich vom Sheriff die Papiere zugestellt. Sie will die Scheidung.«

»Es tut mir leid, Dad.«

»Hat sie mit dir darüber gesprochen?« fragte er. »Hast du von ihren Plänen gewußt?«

»Savannah erwähnte so was nach Großvaters Begräbnis«, sagte ich, »aber ich habe das nicht recht ernst genommen.«

»Warum hast du mir bloß nichts gesagt, Tom?« fragte er gekränkt. »Ich hätte ihr ein paar Blumen kaufen und sie in ein hübsches Restaurant in Charleston einladen können.«

»Ich habe mir gedacht, das geht mich nichts an«, sagte ich. »Ich dachte, das müßt ihr unter euch ausmachen.«

»Geht dich nichts an!« schrie er. »Ich bin dein Vater, und sie ist deine Mutter. Wenn es dich nichts angeht, wen denn dann? Was, zur Hölle, ist mein verfluchtes Leben ohne deine Mutter? Warum, glaubst du wohl, habe ich mein ganzes Leben lang so geschuftet? Ich wollte ihr all ihre Wünsche und Träume erfüllen. Das hat zwar nicht immer so geklappt, wie ich mir das erhoffte, aber zumindest habe ich es immer wieder versucht.«

»Das stimmt«, bestätigte ich. »Versucht hast du's immer wieder. Das kann wirklich niemand bestreiten.«

»Wenn ich nur ein einziges Mal richtig Kies gemacht hätte, wäre sie mir nie davongelaufen«, sagte er. »Du hast ja keine Ahnung, wie versessen deine Mutter auf Geld ist.«

»Doch, Vater, eine gewisse Ahnung schon.«

»Und deshalb wird sie auch wieder zu mir zurückkehren. Sie hat nie gelernt, auf eigenen Füßen zu stehen und sich ihren Lebensunterhalt selbst zu verdienen. Und jetzt ist sie garantiert zu alt dazu.«

»Mama ist eine sehr clevere Frau«, sagte ich. »Wenn sie dich verläßt, hat sie konkrete Pläne, darauf kannst du Gift nehmen.«

»Sie kann sämtliche Pläne der Welt haben, aber es fehlt ihr an Geld, um diese Pläne in die Tat umzusetzen. Sag mir, Tom, warum hat sie das getan? Bitte, hilf mir. Warum ist sie fortgegangen, warum hat sie mir das angetan?«

Er barg sein Gesicht in den riesigen Händen und weinte hemmungslos. Die Tränen quollen zwischen seinen Fingern hervor und liefen über Handrücken und Handgelenk. Aber es war nicht Trauer, die Vater da vor meinen Augen bewältigte, es war vielmehr die Agonie eines Mannes, der genau wußte, daß er für seine schroffe Tyrannei zur Kasse gebeten wurde, und das nicht zu knapp. Er wußte, daß er für ein dreißigjähriges Schreckensregiment zur Rechenschaft gezogen wurde, und er war für diese Prüfung nicht gewappnet, denn es fehlte ihm die Fähigkeit zur Reue.

»Ich habe sie wie eine Königin behandelt«, jammerte er, »und genau das war mein Fehler. Ich war immer viel zu gut zu ihr. Sie bekam alles von mir, was sie wollte. Sie bildete sich ein, Gott weiß wer zu sein, und ich ließ sie gewähren. Immer wenn ich die Zügel hätte straffer ziehen sollen, ließ ich ihr freien Lauf.«

»Du hast sie geschlagen, Vater«, sagte ich, »genauso wie du uns geschlagen hast.«

Er versuchte zu antworten, brachte jedoch kein Wort hervor. Seine Seufzer klangen wie das Brandungsgrollen an gefährdeter Küste. Einen Augenblick tat er mir leid, doch dann entsann ich mich meiner achtzehnjährigen Lehrzeit in seinem Pakt mit dem Sturm. Weine um meine Mutter, Dad, wollte ich zu ihm sagen. Weine um meinen Bruder und um meine Schwester. Vergieß eine Träne um meinetwillen. Doch um seine gedankenlosen Verbrechen als Ehemann und Vater zu sühnen, hätte es mehr Tränen bedurft, als sein Körper zu fassen imstande war. Ich konnte diesem Mann, von dem ich als Kind keine anderen Berührungen als Schläge empfangen hatte, jetzt nicht die Absolution erteilen.

Als er sich schließlich so weit gefangen hatte, daß er wieder sprechen konnte, sagte er etwas, was mich zutiefst erschütterte: »Ich habe niemals Hand an deine Mutter gelegt und meine Kinder nicht ein einzigesmal geschlagen.«

»Was?« brüllte ich ihn an, worauf er sofort wieder in hemmungsloses Weinen ausbrach.

Es dauerte eine Weile, bis er sich beruhigt hatte. Ich kniete neben seinem Sessel nieder und flüsterte: »Weißt du, Dad, das genau ist es, was mich an dieser Familie manchmal zum Wahnsinn treibt. Ich nehme es dir heute nicht mehr übel, Dad, daß du uns so oft verprügelt hast, wirklich nicht. Das ist vorbei, und keiner von uns kann noch was dran ändern. Was ich aber nicht ertragen kann, ist, daß ich irgendein simples Ereignis aus unserem Leben erwähne, um mir dann von dir oder Mutter sagen lassen zu müssen, es habe überhaupt nicht stattgefunden. Aber du mußt einfach wissen, Dad – und ich sage dir das als dein Sohn, der dich liebt –, daß du dich Mutter und uns Kindern gegenüber oft wie ein Scheißkerl aufgeführt hast. Nicht immer, auch nicht jeden Tag oder jeden Monat oder so. Das Schlimme war nur, daß wir nie genau wußten, was deine Anfälle auslöste. Ständig mußten wir damit rechnen, und wenn es dann so weit war, dann verfolgte uns der stärkste Krabbenfischer von South Carolina bis in den hintersten Winkel des Hauses und verdrosch uns gnadenlos. Unter diesen Umständen lernten wir, wie man sich fürchtet, ohne einen Laut von sich zu geben. Und Mama hielt immer treu zu dir. Sie hat uns strengstens untersagt, irgend jemandem zu erzählen, daß wir von dir geschlagen wurden. Genau wie du hat sie nachher behauptet, daß alles ganz anders war, als wir es uns einbildeten.«

»Du bist ein Lügner, Tom«, sagte mein Vater unvermittelt. »Du bist ein verdammter Lügner, der sich von seiner Mutter gegen mich hat aufhetzen lassen. Ich war zu gut. Ich war einfach zu gut, und das war mein einziger Fehler.«

Ich packte seinen rechten Arm und drehte ihn mit der Innenfläche nach oben, suchte und fand eine klauenförmige Narbe mit purpur verfärbtem Hautwulst, tief eingegraben im muskulösen Unterarm. Ich starrte sie an, und eine Woge der Zärtlichkeit überkam mich. Härteste Arbeit hatte Vaters Armen poetische Schönheit verliehen. Die Venen standen hervor wie das freiliegende Wurzelgeflecht eines großen Baumes an einem erodierten Flußufer. Die Hände meines Vaters waren rauh und ölverschmiert, die Hornhaut auf seinen Daumen so dick, daß man mit einer Rasierklinge einen guten Zentimeter tief schneiden konnte, bis der erste Blutstropfen kam. Diese Hände hatten mich geschlagen, aber sie hatten auch für mich gearbeitet, und daß ich Lehrer geworden war, verdankte ich ihnen.

»Wie kommst du zu dieser Narbe, Dad?« fragte ich ihn. »Dein Sohn, der Lügner, der dich so sehr liebt, möchte wissen, woher diese Narbe auf deinem Arm stammt.«

»Woher soll ich das wissen?« sagte er. »Ich bin Krabbenfischer. Mein ganzer Körper ist voller Narben.«

»Tut mir leid, Dad, aber diese Antwort genügt mir nicht.«

»Was hast du vor, Tom? Was willst du mir antun?«

»Wenn du dir nicht ehrlich eingestehst, was für ein Mensch du gewesen bist, wirst du nie in der Lage sein, dich zu ändern. Denk jetzt scharf nach, Vater. Woher kommt diese Narbe? Ich werde dir helfen. Savannah und ich sitzen im Eßzimmer am Tisch. Wir feiern unseren zehnten Geburtstag. Auf dem Tisch steht ein Kuchen... nein, pardon, *zwei* Kuchen stehen auf dem Tisch. Mutter hat immer dafür gesorgt, daß wir beide einen eigenen Kuchen bekamen.«

»Ich habe nicht die geringste Ahnung, wovon du redest«, warf mein Vater ein. »Es wäre besser, wenn ich mich Luke anvertraut hätte. Du willst mir bloß ein schlechtes Gewissen einreden.«

»Ich möchte nur wissen, woher diese Narbe kommt, Vater«, beharrte ich. »Du hast mich einen Lügner genannt, und ich versuche, dir klarzumachen, daß ich mich haargenau daran erinnere, wie diese Narbe entstanden ist. Sie hat mich bis in meine Alpträume verfolgt.«

»Du kannst mich umbringen, und ich werde mich nicht daran erinnern! Es ist doch kein Verbrechen, wenn man mal was vergißt...«

»Doch, Vater, manchmal schon. Und jetzt hör mir bitte zu. Ich werde dir erzählen, was an jenem Abend geschah. Es ist sehr wichtig. Ein einziger Abend von zehntausend – aber die Schilderung wird dir vielleicht einen kleinen Einblick in Mutters Beweggründe verschaffen.«

»Ich habe dich nicht um einen Einblick gebeten«, jammerte Henry Wingo. »Ich bat dich um Hilfe.«

»Ich will dir ja helfen«, sagte ich und begann zu erzählen, während mein Vater von neuem zu weinen begann und sein Gesicht mit seinen übergroßen Händen bedeckte.

Es fing an, wie es immer anfing – ohne Vorwarnung und ohne Chance auf einen geordneten Rückzug. Vater hatte den Abendbrottisch vorzeitig verlassen und sah im Fernsehen die *Ed Sullivan Show*. Es war gegen Ende der Fangsaison, die nicht sehr erfolgreich verlaufen war, und so war er gefährlich und unberechenbar. Während des Essens hatte er kein Wort gesagt und sich danach mit einer Flasche Bourbon ins Wohnzimmer zurückgezogen, doch dieses Verhalten war an sich noch nicht bedrohlich. Selbst sein Schweigen konnte gutartig und eher auf physische Erschöpfung denn auf sich kumulierende Wut zurückzuführen sein. Mutter zündete auf unseren Geburtstagskuchen zweimal zehn Kerzen an, und Savannah klatschte vor Freude in die Hände und sagte: »Jetzt sind wir zweistellig, Tom! Und das bleiben wir bis zu unserem hundertsten Geburtstag!«

»Komm her, Henry, setz dich zu uns«, rief Mutter. »Die Kinder wollen ihre Geburtstagskerzen ausblasen.«

Hatten sie sich am Abend vorher gestritten? Gab es irgendeine unbeglichene Rechnung zwischen ihnen? Ich weiß es nicht, und es spielte auch gar keine Rolle.

»Henry, hast du mich gehört?« rief meine Mutter und ging hinüber ins Wohnzimmer. »Wir haben noch nicht *Happy Birthday* für Tom und Savannah gesungen.«

Mein Vater rührte sich nicht und gab mit keiner Regung zu verstehen, daß er auch nur Mutters Stimme vernommen hatte.

»Laß ihn in Ruhe, Mama«, betete ich hinter meinen zehn flackernden Kerzen.

»Komm, steh auf und feiere Geburtstag mit deinen Kindern!« befahl Mutter, ging mit entschlossenen Schritten zum Fernsehapparat und stellte ihn ab.

Ich konnte Vaters Augen nicht sehen, aber mir fiel auf, daß sich seine Schultern versteiften. Er hob das Glas an die Lippen und leerte es in einem Zug.

»Tu das nicht noch einmal, Lila«, sagte er. »Ich will die Sendung sehen.«

»Wenn du ihnen nicht einmal zum Geburtstag gratulierst, werden deine Kinder denken, du hast sie nicht lieb«, gab Mutter zurück.

»Und wenn du nicht sofort den Fernseher wieder anstellst, dann wirst du den Tag deiner Geburt verfluchen, Lila.« Vaters Stimme war tonlos und eiskalt.

»Laß es gut sein, Mama«, rief Savannah. »Stell den Fernseher wieder an, bitte, Mama.«

»Nein«, sagte Mutter. »Wenn der Kuchen angeschnitten ist, kann euer Vater fernsehen, soviel er will.«

Unvermittelt war das komplizierte Räderwerk der elterlichen Haßliebe in Fahrt gekommen und sandte bereits Schockwellen durch mein gerade zehn Jahre altes Nervensystem. Machtlos sah ich zu, wie mein Vater sich erhob, löwenäugig zwar, aber in der ganzen Tumbheit und Taubheit seines verpfuschten Lebens, und wie er meine Mutter rauh auf den Fernseher zu stieß, sie dann bei den Haaren packte und zu den Schreien seiner vom kitschigen Licht der Geburtagskerzen beschienenen Kinder auf die Knie zwang.

»Stell den Apparat an, Lila«, sagte er. »Und wag es nicht, mir jemals wieder in meinem eigenen Hause Vorschriften machen zu wollen. Dies ist mein Haus, und du bist hier nur geduldet.«

»Nein«, sagte sie.

Er hieb ihr Gesicht so hart gegen den Bildschirm, daß ich mich fragte, warum er nicht zersprang.

»Nein«, wiederholte Mutter, der aus beiden Nasenlöchern Blut troff.

»Stell ihn an, Mama«, schrie ich.

Savannah war auf den Beinen, verschaffte sich Zugang zum Fernsehapparat, und schon erfüllte Ed Sullivans Stimme den Raum.

»*Sie* hat ihn angestellt«, keuchte meine Mutter, »nicht ich.«

Vater bückte sich und stellte den Apparat wieder ab. Die neuerlich eintretende Stille war voller Krampf, Entsetzen und tiefer Traurigkeit.

»Ich habe dir gesagt, *du* sollst ihn anstellen, Lila«, sagte Vater. »Du bist den Jungen ein sehr schlechtes Vorbild. Sie müssen schließlich lernen, daß eine Frau einen Mann in seinem Haus zu respektieren hat.« Wiederum stellte Savannah den Fernsehapparat an, drehte diesmal jedoch die Lautstärke zu weit auf, so daß Ed Suffivan brüllend unser Heim betrat. Vater schlug meiner Schwester mit dem Handrücken so heftig ins Gesicht, daß sie rückwärts über das Kaffeetischchen flog. Wie ein Fötus zusammengerollt, blieb sie auf dem Teppich liegen.

Mutter stürzte zu ihr hin, und die beiden nahmen einander schützend in die Arme. Langsam und überlegt ging mein Vater auf die beiden Weinenden zu. Er blieb gerade drohend vor ihnen stehen, als in schneller Folge sechs Schüsse aus einem 38er Revolver fielen. Es gab einen lauten Knall, Holz- und Glassplitter flogen umher – der Fernsehapparat war explodiert.

Ich drehte mich um und sah Luke in der Tür zu unserem Schlafzimmer stehen. Ruhig lud er die Pistole nach, aus deren Lauf eine kleine Rauchspirale aufstieg.

»Der Fernseher ist hinüber«, sagte mein Bruder. »Jetzt kannst du für die Kinder *Happy Birthday* singen.«

Vater ließ von Mutter und Savannah ab und ging langsam auf Luke zu. Seine Augen waren blaß und brutal, ein stumpfer, animalischer Schimmer lag über den Pupillen. Der Mann, der Luke nun immer näher kam, war der erzböse Feind, der Söhneprügler und Frauenschläger, ein Mann auf dem Kriegspfad, voll gleißender, kochender Wut. Aber Luke hatte durchgeladen und den Hahn gespannt. Der Lauf der Pistole war auf Vaters Herz gerichtet.

»Wie kann ein Mann so etwas tun?« fragte Luke. »Wie kann einer, der so stark und so groß ist wie du, sich an einer Frau und einem kleinen Mädchen vergreifen? Warum bist du so gemein?«

Vater blieb nicht stehen, sondern setzte seinen Weg unbeirrt fort. Die Pistole nach wie vor auf Vaters Brust gerichtet, wich Luke Schritt für Schritt in die Küche zurück. Um uns herum war ein einziger Schrei – die vereinten Stimmen von Mutter, Savannah und mir in unablässiger Todesangst.

Es gelang Vater, Luke beim Handgelenk zu packen und ihm die Pistole zu entwenden. Mit der zur Faust geballten freien Hand schlug er ihn ins Gesicht. Luke ging in die Knie, doch Vater hob seinen halb bewußtlosen Ältesten hoch und versetzte ihm einen weiteren furchtbaren Schlag.

Da war ich mit einem Satz auf Henry Wingos Rücken und hieb meine Zähne in sein linkes Ohr. Er brüllte auf, und ich spürte, wie ich über die Anrichte flog und mitten auf dem Küchenherd landete. Ich ließ mich zu Boden fallen und sah, als ich aufblickte, wie meine Mutter sein Gesicht mit den Fingernägeln bearbeitete. Ich sprang auf und drängte mich zwischen die beiden, um sie zu trennen, hörte aber, wie er ihr ein ums andere Mal ins Gesicht schlug. Ich trommelte mit meinen kleinen Fäusten gegen seinen Bauch und seine Brust, bis ein schwerer Schlag auf meinen Kopf niederging. Stimmen, Lärm, grelles Licht drang auf mich ein, und als ich aufsah, funkelte die Klinge des Schlachtermessers, mit dem Mutter meinen Geburtstagskuchen hatte anschneiden wollen, vor meinen Augen. Und Sekundenbruchteile später schoß mir ein Blutstrahl mitten ins Gesicht und blendete mich. Ich wußte nicht, wer wen verwundet hatte. Savannah schrie, ich schrie, und Mutter schrie uns zu, wir sollten sofort nach draußen laufen, doch geblendet vom Blut meiner Eltern und unfähig, mich davon zu reinigen, hatte ich die Orientierung verloren und krampfte meine Finger in die Augenhöhlen.

Es war Luke, der mich packte und zur Tür zog, und von dort aus sah ich dann wie durch einen roten Schleier meinen Vater, der rückwärts gegen die Tür des Schlafzimmers taumelte. Aus einer

Wunde im rechten Unterarm spritzte Blut. Meine Mutter hielt das blutverschmierte Messer in Händen und schrie meinem Vater zu, sie wolle es ihm ins Herz rammen, wenn er je wieder die Hand gegen uns erhöbe. Luke zerrte und schob Savannah und mich zur Eingangstür hinaus und sagte, wir sollten so schnell wie möglich zum Lastwagen laufen.

»Und wenn er aus dem Haus kommt und hinter euch her ist, rennt in den Wald und versteckt euch dort!« rief er uns noch zu und war schon wieder auf dem Weg zurück ins Haus, um Mutter beizustehen.

Savannah und ich stolperten auf den Laster zu, und wir kreischten beide schrill vor Grauen und Entsetzen. Savannah dachte – was mir allerdings erst später klar wurde, *ich* hätte einen Messerstich mitten ins Gesicht erhalten. Das Blut meines Vaters bedeckte mein gesamtes Gesicht wie eine groteske, blutige Maske, und meine Hände sahen aus wie Tupfer von einem Operationstisch.

Es war schon ziemlich dunkel. Plötzlich erschienen Luke und Mutter gemeinsam im Licht des Eingangs und stürmten auf uns zu. Hinter ihnen, in gespenstischem Taumel, kam Vater durch den Flur, doch da hatten die beiden den Laster schon erreicht. Mutter sprang auf den Fahrersitz, Luke hechtete auf die Ladefläche.

»Schnell, Mama, er kommt!« schrie Luke, während Lila Wingo ihre Handtasche nach den Wagenschlüsseln durchwühlte.

Schwankend tappte Vater durch das Gras auf uns zu. Bei jedem Schritt verlor er eine Menge Blut, blieb aber mit bösartiger Sturheit auf Kurs. Mutter hatte die Schlüssel gefunden und suchte mit zitternden Fingern den richtigen heraus. Als endlich der Motor ansprang, schrie Savannah gellend: »Er ist gleich hier, Mama!«, doch da gab Mutter auch schon Vollgas, und der torkelnde blutende Mann blieb hinter uns im Hof zurück.

Auf dem ungeteerten Weg, der zur Brücke hinabführte, gelobte uns Mutter: »Nie wieder kehren wir zu ihm zurück, das verspreche ich euch. Was wäre ich für eine Mutter, ließe ich meine Kinder bei einem solchen Scheusal aufwachsen?«

Zwei Tage lang blieben wir bei Amos und Tolitha, dann kehrten wir auf die Insel zurück. Doch bevor wir das taten, rief Mutter uns zusammen und trichterte uns ein, niemals ein Sterbenswörtchen über die Ereignisse jenes Abends verlauten zu lassen. Die größte Tugend in unserer Welt, behauptete sie, sei unbedingte Loyalität innerhalb der Familie, und nur die besten und feinsten Menschen seien einer solchen Tugend fähig. Am Abend nach unserer Rückkehr gingen unsere Eltern ungewöhnlich liebevoll miteinander um. Es dauerte fast sechs Monate, bis er erneut die Hand gegen Frau und Kinder erhob.

»Bis heute«, sagte ich zu meinem weinenden Vater, »bis heute glaube ich, daß du uns damals alle umgebracht hättest, wenn es dir gelungen wäre, den Laster zu erreichen.«

»Das stimmt doch einfach nicht«, sagte er jammervoll, »daran ist doch kein einziges wahres Wort. Wie kannst du so etwas nur über deinen eigenen Vater sagen?«

»Du machst es dir ziemlich leicht, Vater«, sagte ich.

»Ich kann mich an nichts von alledem erinnern. Wenn das wirklich passiert ist, dann muß ich sturzbetrunken gewesen sein. Ich muß nicht mehr gewußt haben, was ich tat. Sternhagelvoll muß ich gewesen sein. Ich geb' zu, ich hab' nie sehr viel Alkohol vertragen.«

»Savannah kann sich auch an nichts mehr erinnern, Dad«, sagte ich. »Ich habe sie einmal danach gefragt. Und Luke will mit mir nicht darüber sprechen.«

»Dann kann es ja sehr wohl sein, daß deine eigene Phantasie mit dir durchgeht, Tom. Ja, das wird es sein. Du hast schon immer die verrücktesten Geschichten über andere Leute erfunden. Ich wette, du steckst mit Mutter unter einer Decke. Ihr habt euch zusammengesetzt und diese Story ausgebrütet, um den Richter damit zu beeindrucken,stimmt's?«

»Woher stammt diese Narbe, Vater?« fragte ich.

»Ich habe dir schon einmal gesagt, daß ich Krabbenfischer bin. Ich habe einen gefährlichen Beruf. Das kann die Winde gewesen sein oder ein zurückschnappendes Kabel...«

»Es war ein Schlachtmesser«, sagte ich ruhig. »Und was war mit dem Fernseher, Vater? Erinnerst du dich, daß du einen neuen kaufen mußtest? Als stumpfsinnige Südstaatler, die wir nun einmal sind, wären wir eher verhungert, bevor wir auch nur für vierundzwanzig Stunden auf den Fernseher verzichtet hätten. Und daher wurde der Apparat ziemlich schnell ersetzt, ja, ich glaube, der neue stand schon da, als wir zurückkamen. Und sämtliche Blutspuren und jede Unordnung waren beseitigt. Wir verfielen wieder in den alten Trott und taten – wie immer – so, als sei überhaupt nichts geschehen.«

»Nun, mein Junge – vielleicht sollten wir uns jetzt genauso verhalten«, sagte Henry Wingo. »Tu eben einfach so, als sei nichts geschehen – wenn du dich schon von mir partout nicht überzeugen lassen willst.«

»Aber es *ist* doch etwas geschehen, Dad! Wenn Mutter dich verläßt, mußt du dir endlich einmal klarmachen, was für ein Mannsbild du gewesen bist. Wir können doch nicht so tun, als sei das nun auch nicht geschehen, oder? Die Familie ist jetzt an einem Punkt angekommen, wo es einfach unmöglich ist, weiterhin die Realität zu leugnen.«

»Warum haßt du mich nur so sehr?« fragte er, und wieder flossen die Tränen.

»Es ist nicht schwer, einen Mann zu hassen, der dich als Kind so verdroschen hat, Vater«, sagte ich in mildem Ton. »Aber ich hasse dich nur, wenn ich aus irgendeinem Grund gezwungen bin, mich an diese Dinge zu erinnern.«

»Wenn ich all das wirklich getan haben sollte, Tom, dann tut es mir leid«, sagte Vater und sah mich an. »Aber ich kann mich wirklich nicht mehr daran erinnern, ehrlich. Und ich weiß nicht, wie ich das, was ich dir da vielleicht angetan habe, je wieder gutmachen kann.«

»Mit 'ner Masse Geld, das wär' immerhin mal 'n Anfang, vorzugsweise in Zwanzigdollarnoten«, antwortete ich und fügte, als er mich verwirrt anstarrte, hinzu: »Das war nur 'n Versuch, es mit Humor zu nehmen, teurer Vater. Aber jetzt sag mir mal, was ich für dich tun kann. Wie kann ich dir helfen? In einer Beziehung sicher nicht, soviel steht fest: Du bist und bleibst ein Armleuchter aus dem finstersten Süden. Daran kann ich nichts ändern.«

»Kannst du mal mit ihr reden und herausfinden, was sie eigentlich will?« fragte er. »Sag ihr, ich tue alles für sie, wenn sie nur zurückkommt. Jeder Wunsch, den sie ausspricht, wird auf der Stelle erfüllt, das verspreche ich.«

»Und wenn sie ganz einfach nicht mehr zurückkehren will?«

»Ja... was würde ich dann tun?« fragte er. »Was wäre ich ohne eure Mutter?«

»Du wärst noch immer der beste Krabbenfischer hier am Fluß«, sagte ich. »Und du würdest noch immer die schönste Insel der Welt dein eigen nennen.«

»Aber ich hätte die schönste Frau der Welt verloren«, gab er zurück.

»Zweifellos. Aber du hast ja auch lange genug mit aller Kraft darauf hingearbeitet, nicht wahr? Wo ist sie denn? Ich geh' zu ihr und rede mit ihr.«

»Sie ist dort, wo sie immer ist«, antwortete er. »Sie ist bei dieser verdammten Isabelle Newbury. Ich werde nie begreifen, warum sich eure Mutter ausgerechnet um diese Frau so kümmert – um die einzige Frau in der Stadt, von der sie immer wie der letzte Dreck behandelt worden ist.«

»Ich verstehe sie vollkommen«, sagte ich. »Mutter hat ihr Leben lang auf eine Situation gewartet, in der Isabelle Newbury sie braucht.«

»Aber *ich* brauche sie doch!« jammerte mein Vater.

»Hast du ihr das jemals gesagt?«

»Warum?« fragte er. »Ich habe sie doch geheiratet.«

»Oh, ich verstehe«, sagte ich. »Wirklich geschmacklos von mir, so eine dumme Frage zu stellen.«

Wieder fing er an zu weinen, und ich unterbrach ihn nicht mehr. Kummer, dachte ich, mag die Empfindung sein, die Henry Wingo dereinst erlösen kann. Aber es war auch ein anderer, kalter Gedanke in mir, der mir sagte, daß sich unsere Familie jede einzelne dieser Tränen verdient hatte und daß sie verdammt lange auf sich hatten warten lassen.

Als er sich wieder einigermaßen unter Kontrolle hatte, sagte mein Vater: »Du weißt, daß Tolitha deinen Großvater verlassen hat, als ich ein kleiner Junge war?«

»Ja«, sagte ich.

»Ich habe nie gelernt, wie ein Ehemann seine Frau behandeln soll«, sagte er. »Ich dachte, Tolitha habe Amos verlassen, weil mein Vater schwach war. Er kam mir zeitlebens nicht sehr männlich vor. Ich wollte nie, daß es mir genauso ergeht.«

»Meine Mutter hat meinen Vater nicht verlassen«, sagte ich und beugte mich zu ihm. »Und so habe ich, indem ich zusah, wie du mit Mom umgegangen bist, gelernt, wie man eine Ehefrau behandelt. Ich lernte, daß es ganz normal ist, wenn ein Mann seine Frau schlägt. Ich lernte, daß es normal ist, wenn ein Mann seine Kinder schlägt und die ganze Familie brutal mißhandelt, wann immer ihm der Sinn danach steht. Denn der Mann ist stärker als die anderen, und sie können sich nicht wehren und nirgendwo anders hin. Ich lernte alles, was man wissen muß, um ein Mann zu werden und ich lernte es von dir, Dad, und ich möchte mich dafür bedanken. Denn alles, was ich von dir lernte, erweckte in mir den Wunsch, so ein Mann zu werden, wie Amos einer war. Schwach, sanft und freundlich gegenüber jedem Geschöpf auf dieser Erde wollte ich sein. Und ich wäre lieber tot als ein Mann nach deinem Vorbild, Vater.«

»Du hältst dich wohl für was Besseres, was?« sagte er. »Auch deine Mutter meinte, was Besseres zu sein, obwohl der letzte Hillbilly aus den Bergen 'n kleiner König ist, verglichen mit ihren Eltern.«

»Ich glaube nicht, daß ich besser bin als du, Vater«, antwortete ich, »aber ich bin vermutlich netter.«

»Ich hätte zu Luke gehen und mich mit ihm unterhalten sollen«, sagte er. »Ich hätte nie hierher kommen sollen. Luke hätte nie so furchtbare Dinge über seinen leibhaftigen Vater gesagt...«

»Aber er hätte sich auch nicht bereit erklärt, zu Mutter zu gehen und mit ihr zu sprechen.«

»Du willst das immer noch für mich tun?«

»Ja«, sagte ich. »Ich seh' da eine gewisse Chance für dich – nämlich die, daß du zum erstenmal in deinem Leben etwas dazulernst. Wer hätte wohl gedacht, daß der alte Berggorilla in Tränen ausbricht, weil seine Frau ihn verlassen will? Und selbst wenn Mom dich wirklich verlassen sollte... Es besteht immer noch die Chance, daß du durch diese Erfahrung endlich ein guter Vater wirst. Und ich hätte ganz und gar nichts dagegen, zum erstenmal in meinem Leben einen Vater zu haben...«

»Es ist mir zuwider, irgend jemanden um etwas zu bitten«, sagte Henry Wingo.

»Das macht es ja so schwierig, dir etwas zu geben, Dad!«

»He«, gab er zurück, »vergiß nicht, daß ich es war, der dir das Leben geschenkt hat.«

Ich brüllte auf. »Tausendfachen Dank!« rief ich.

26

Ich stand auf der Veranda des Newbury-Anwesens und sah zu, wie das Mondlicht die Marschen entflammte und mit Traumgold überzog. Auf dem Gesicht von Reese Newbury, der mir die Tür öffnete, zeitigte es eine ganz andere Wirkung: Die Ecken und Kanten waren seit meinem letzten Besuch in diesem Hause runder geworden, die Tränensäcke unter den Augen schlaff und schwer. Geblieben war der krude Glanz in seinem Blick, der ungewöhnliche Selbstbeherrschung verriet. Die Augen waren es, die diesen aufgeschwemmten, bläßlichen Leib nach wie vor mit der Aura enormer Machtvollkommenheit umgaben.

»Ich muß mit meiner Mutter sprechen, Mr. Newbury«, sagte ich.

Er blinzelte im Zwielicht des Mondes und der Flurbeleuchtung, und er, dauerte eine Weile, bis er mich erkannte. »Sie ist ein Engel, Tom«, sagte der dann. »Ich weiß nicht, was wir ohne sie tun würden. Deine Mutter, mein Junge, ist eine unglaubliche Frau. Ich hoffe, du bist dir dessen bewußt...«

»Ja, Sir, das ist mir seit langem bekannt. Würden Sie ihr bitte mitteilen, daß ich hier bin?«

»Komm herein, Tom, bitte«, sagte Mr. Newbury, und ich folgte ihm in den stillen Flur.

»Sie ist bei Isabelle«, flüsterte er. »Sie weicht kaum noch von ihrer Seite, nicht einmal zum Essen. Der Arzt sagt, es wird nicht mehr lange dauern. Der Krebs hat den ganzen...«

Die Stimme versagte ihm; es war, als würgten ihn die Worte, die er aussprechen wollte. Während Newbury um Fassung rang, begannen im Haus die Uhren zu schlagen. Es waren große Uhren von metallischem Klang, die mit langen Pendeln das Seidengespinnst der Zeit durchschnitten. Wir standen im Halbdunkel, und in jedem Zimmer des Hauses schlugen alle Uhren gleichzeitig neun, und ihr dunkler, dumpfer Glockenklang schien die Zeit anzuhalten. Unwillkürlich fragte ich mich, ob man die Allgegenwart der Uhren nur im Hause von Sterbenden so deutlich wahrnimmt.

»Am besten wartest du oben in meinem Arbeitszimmer«, sagte Newbury. »Da könnt ihr euch in aller Ruhe unterhalten.«

»Ich weiß, wo es ist«, sagte ich und folgte ihm die teppichbelegte Treppe hinauf.

Oben angekommen, allein in seinem Arbeitszimmer, fragte ich mich, ob er mich wohl in einer bestimmten Absicht in diesen Raum geführt hatte, schloß es aber nach kurzem Nachdenken aus. Reese Newbury hatte in seinem Leben so viele Scheußlichkeiten begangen, daß er sich wahrscheinlich gar nicht mehr daran erinnern konnte, vor vielen Jahren einen zwölfjährigen Jungen geschlagen zu haben, der sich mit seinem Sohn gestritten hatte. Noch immer schmückten sterile Reihen ungelesener Bücher die Regale, noch immer hing an der Wand eine Karte, auf der bunte Stecknadeln die Grundstücke bezeichneten, die der Hausherr sein eigen nannte.

Meine Mutter kam herein. »Isabelle möchte dich sehen, Tom«, flüsterte sie. »Sie freut sich so sehr, daß du sie besuchst. Ist das nicht lieb?« Sie nahm mich bei der Hand und führte mich durch den stillen, abgedunkelten Flur.

»Es ist gleich hier«, sagte sie, ohne daran zu denken, daß ich schon einmal daran mitgewirkt hatte, eine nahezu zweihundert Pfund schwere echte Karettschildkröte in das betreffende Zimmer zu schleppen.

Ich weiß nicht, wie groß der Groll war, den ich insgeheim noch gegen Isabelle Newbury hegte. Fest steht, daß er in dem Moment verflog, als ich ihren grausam ausgezehrten Körper erblickte. Von einem Kissengebirge gestützt, lag sie halb aufgerichtet im Bett. Selbst meinen ärgsten Feinden würde ich einen solchen Tod nicht wünschen, ja ich würde Gott anflehen, ihnen dergleichen zu ersparen. Ihr Körper war nur noch perlmuttenes Dahinwesen, ihr Gesicht von fiebrigem Glanz umgeben. Im Zimmer hing der Odem des Todes, eine Mischung aus Medikamentengeruch, Blumenduft und Eau de Cologne, verdichtet zum Bukett schalgewordenen Weins.

»Deine Mutter ist die einzige, Tom«, sagte Isabelle Newbury zu mir. »Alle anderen fürchten sich vor meinem Anblick.«

»Aber, Isabelle«, unterbrach Mutter sie, »das stimmt doch gar nicht! Ich tue nur, was jede gute Freundin tun würde. Und du bekommst so viele Genesungswünsche und Blumen! Davon würden andere kaum zu träumen wagen.«

»Ich war gemein zu dir und deiner Familie, Tom«, sagte die Kranke langsam. »Ich habe deine Mutter schon hundertmal um Vergebung gebeten.«

»Und ich habe dir gesagt, Isabelle, daß es gar nichts gibt, wofür du dich entschuldigen müßtest«, warf Mutter ein. »Ich habe dich immer zu meinen besten Freundinnen gerechnet. Wir hatten nur beide alle Hände voll damit zu tun, unsere Kinder großzuziehen, und sahen daher nicht viel voneinander.«

»Ihre Entschuldigung ist angenommen, Mrs. Newbury«, sagte ich. »Und ich finde es sehr nett von Ihnen, daß Sie sie ausgesprochen haben.«

»Tom, wie ungehörig!« schalt meine Mutter.

»Ich danke dir dafür, daß du sie annimmst«, fuhr Mrs. Newbury fort. »Ich liege hier seit Wochen herum und denke über mein Leben nach, und da gibt es ein paar Sachen, die ich einfach nicht begreife. Ich weiß nicht, was für eine Person das war, die all diese Dinge getan hat. Sie ist mir völlig fremd, scheint gar nichts mit mir zu tun zu haben. Es ist eine Schande, mit diesem Wissen sterben zu müssen.«

»Aber Isabelle, wer redet denn da von Sterben?« sagte meine Mutter. »Ich meine nach wie vor, daß du es schaffen wirst. Und dann machst du mit Reese eine schöne, lange Seereise.«

»Die einzige Reise, die ich noch machen werde, ist die in Ogletrees Leichenhaus«, antwortete Isabelle Newbury.

»Du sollst nicht solche Reden führen, Isabelle«, sagte meine Mutter und barg ihr Gesicht in den Händen. »Du darfst nicht aufgeben, ja nicht einmal darüber sprechen. Ich möchte, daß du Widerstand leistest, daß du kämpfst.«

»Sterben ist nur die letzte Phase des Lebens, Lila. Wir müssen alle da hindurch. Natürlich ist es nicht die angenehmste, darauf gebe ich dir mein Wort...«

»Wie geht es Todd, Mrs. Newbury?« fragte ich.

»Todd? Todd hat sich nicht geändert. Er ist verwöhnt und egoistisch. Er hat ein nettes Mädchen geheiratet, eine Lee aus Virginia, und verbringt seine Freizeit damit, sie zu drangsalieren. Seit Beginn meiner Krankheit hat er mich ganze zwei Male besucht. Aber einmal im Monat ruft er an, ob es mir paßt oder nicht.«

»Er war erst letztes Wochenende hier, Tom«, sagte meine Mutter. »Man sah es ihm an, daß ihm die Erkrankung seiner Mutter das Herz bricht. Er liebt dich so innig, Isabelle, aber er ist ein typischer Mann – einfach unfähig, seinen Gefühlen Ausdruck zu verleihen.«

»Er verleiht ihnen sehr beredt Ausdruck«, sagte die Kranke. »Er besucht mich nicht.«

»Du wirst müde, Isabelle«, erwiderte meine Mutter. »Du sagst Tom jetzt gute Nacht, und dann mache ich dir das Bett.«

»Kannst du mir bitte noch etwas Eiswasser holen, Lila, meine Gute?« sagte Mrs. Newbury und wies auf den leeren Krug, der auf dem Nachttisch stand. »Ich bin so durstig.«

Mutter nickte. »Ich bin gleich wieder da«, sagte sie.

Kurz darauf hörten wir ihre Schritte draußen auf der Treppe. Da wandte mir Isabelle Newbury ihre sterbenden, erschöpften Augen zu und sagte zu mir jene Worte, die mein Leben von Grund auf ändern sollten.

»Mein Mann liebt deine Mutter, Tom. Und ich bin voll damit einverstanden.«

»Was?« flüsterte ich entgeistert.

»Reese braucht jemanden, der sich um ihn kümmert. Allein ist er einfach nicht überlebensfähig.« Ihr Stimme klang so sachlich und nüchtern, als rede sie übers Wetter. »Und deine Mutter ist ja so nett zu mir«, fuhr sie fort. »Ich habe sie sehr schätzengelernt.«

»Na, wie find' ich denn das?« fragte ich. »Haben Sie dabei jemals an meinen Vater gedacht?«

»Sie hat mir alles über deinen Vater erzählt, Tom«, sagte sie. »Ich nehme an, du haßt ihn genauso, wie sie ihn haßt.«

»Nein, Madam«, sagte ich. »Vor allem mag ich ihn tausendmal lieber als Reese Newbury.«

»Es ist rein platonisch, das versichere ich dir. Wahrscheinlich weiß deine Mutter noch gar nichts davon.«

»Wie können Sie eine Frau ins Bett Ihres Mannes lassen, für die nicht mal Platz in Ihrem beschissenen Kochbuch war?«

»Ich dulde diese vulgäre Ausdrucksweise nicht«, sagte sie bissig.

»Sie wagen es, mich vulgär zu nennen, Mrs. Newbury? Ausgerechnet Sie, die Sie noch auf dem Sterbebett ihren Mann verkuppeln?«

»Ich versuche nur, mein Haus zu bestellen«, sagte sie. »Und ich dachte mir, ich sage dir lieber Bescheid. Ich möchte nicht, daß ihr vor Überraschung aus allen Wolken fallt.«

»Richtig, ich hasse Überraschungen«, sagte ich. »Weiß meine Mutter denn schon Bescheid?«

»Nein«, sagte Mrs. Newbury. »Ich habe es mit Reese so besprochen. Wir sprechen über alles miteinander.«

»Dann teilen Sie Reese bitte mit, daß der Weg zur Hochzeit zwischen ihm und meiner Mutter über meine Leiche führt. Ich kann eine Menge ertragen, aber Reese Newburys Stiefsohn zu sein, das geht über meine Kräfte. Und Todd Newburys Stiefbruder genauso. Was ist eigentlich in Sie gefahren, Mrs. Newbury? Seit ich denken kann, haben Sie einen Dreckskübel nach dem anderen über meine Familie ausgeleert. Und jetzt das. Ist das nun die Krönung des Ganzen, wie? Die letzte Geste, mit der Sie zeigen wollen, wie sehr Sie uns verachten?«

Wir hörten die Schritte meiner Mutter näher kommen. Mrs. Newbury legte einen Finger an die Lippen, als Mutter das Zimmer betrat.

Lila Wingo goß der Kranken ein Glas Eiswasser ein. »Habt ihr euch in meiner Abwesenheit nett unterhalten?« fragte sie und wandte sich an mich. »Ich habe Isabelle viel von euch erzählt, Tom. Sie sagt, ihr sei noch nie eine Mutter begegnet, die so stolz auf ihre Kinder ist wie ich, und ich glaube, da hat sie recht. Mein Leben – das waren für mich immer meine Kinder.«

»Vielen Dank für deinen Besuch, Tom«, sagte Mrs. Newbury und gab mir die Hand. »Und bitte – komm bald wieder vorbei.«

»Ich hoffe, es geht Ihnen bald wieder besser, Mrs. Newbury«, sagte ich formell. »Bitte lassen Sie mich wissen, wenn ich irgend etwas für Sie tun kann. Gute Nacht.«

Meine Mutter und ich saßen im Arbeitszimmer einander gegenüber. Ich überdachte die Situation, in der ich mich befand, und kam zu dem Schluß, daß ich unbegrenzte Möglichkeiten hatte, einen Narren aus mir zu machen. Wenn Reese Newbury und meine Mutter über dem Sterbebett seiner todkranken Gemahlin Liebesgrüße wechselten, dann war das ihre Sache, nicht meine. Zumal besagte Gemahlin sich in ihrer Rolle als großherzige, selbstlose Ehevermittlerin recht gut zu gefallen schien.

»Warum ist sie nicht im Krankenhaus, Mom?« fragte ich und vermied damit zunächst einmal alle kritischen Themen. »Sie liegt ganz offensichtlich im Sterben.«

»Sie möchte unter demselben Dach sterben, unter dem auch ihre Vorfahren gestorben sind«, sagte meine Mutter. »Es war ihre Entscheidung.«

»Was für einen Krebs hat sie eigentlich?«

»Inzwischen ist der ganze Körper voller Metastasen. Angefangen hat es am Darmausgang.«

»Mutter, bitte! Soviel Humor kann nicht einmal der liebe Gott haben...«

Meine Mutter stand auf und ging zur Tür, um sicher zu sein, daß wir auch nicht belauscht wurden. »Das ist eine der bösartigsten Bemerkungen, die ich je gehört habe«, sagte sie. »Isabelle Newbury und ich, Tom, sind sehr eng miteinander befreundet, und ich erwarte von dir, daß du ihr den gebührenden Respekt entgegenbringst. Es hat sie sehr gekränkt, daß ihre besten Freunde sie während dieser schweren Prüfung praktisch alleingelassen haben. O ja, sie schauen ab und zu vorbei, ein- und zweimal im Monat, und bleiben dann ein Stündchen bei ihr. Aber Isabelle merkt, daß sie nichts anderes im Sinn haben, als möglichst schnell wieder fortzukommen.«

»Das wirklich Überraschende ist doch«, sagte ich, »daß Lila Wingo, eine ihrer ärgsten Feindinnen, sich beinahe rund um die Uhr um sie kümmert.«

»Vergangenes sollte man in Ruhe lassen, das ist immer meine Überzeugung gewesen. Ich war niemals nachtragend. Und den armen Reese nimmt das alles entsetzlich mit. Er ist ganz außer sich vor Kummer.«

»Sehr schön«, sagte ich, »das freut mich. Die Tiefe des Hasses auf Reese Newbury war für mich immer ein Gradmesser der Menschlichkeit.«

»Der Mann wird von allen mißverstanden.«

»Nein, Mutter, man versteht ihn nur zu gut«, erwiderte ich. »Wenn der Kerl jetzt auch noch Krebs am Arschloch bekommt, dann wissen wir, daß wir in der Tat alle Teil eines göttlichen Plans sind.«

»Ich lasse nicht zu, daß du weiterhin in diesem Ton von den Newburys sprichst!« fuhr meine Mutter mich an. »Verstanden, Tom? Sie sind inzwischen meine besten Freunde hier in Colleton. Ich weiß, daß dir das merkwürdig vorkommen wird – aber sie sind von einer geradezu erschütternden Dankbarkeit mir gegenüber erfüllt. Nun war ich ja nie jemand, der sich die selbstverständliche Erfüllung nachbarlicher Pflichten hat vergelten lassen, aber mir ist im Laufe der Zeit klargeworden, wie enorm vereinsamt Reese und

Isabelle sind. Jawohl, sie haben keinerlei wahre Freunde in dem Sinne, wie du oder ich diesen Begriff verstehen. Es gibt nur Leute, die in irgendeiner Weise von ihrem Geld oder ihrer gesellschaftlichen Stellung profitieren wollen. Weltklug und erfahren wie sie sind, erkennen die beiden solche Heuchler natürlich schon von weitem.«

»Und ob!« rief ich aus. »Jeder Spiegel muß sie glatt verrückt machen! Du, Mama, ich bin hierher gekommen, weil Dad mich vorhin besucht hat.«

»Das wußte ich schon«, sagte sie. »Ich habe dich erwartet.«

»Er sagt, es tue ihm leid, und er will alles für dich tun, wenn du zu ihm zurückkehrst«, sagte ich. Ich hatte die gleichen, unbeholfenen Worte benutzt wie Vater und kam mir komisch dabei vor.

»Ich habe zu viele Jahre meines Lebens mit deinem Vater vertan«, sagte sie. »Ist dir eigentlich klar, daß ich ihn schon zur Zeit unserer Hochzeit nicht geliebt habe?«

»Er bekam heute die Unterlagen zugestellt. Ich glaube, die Papiere haben ihn davon überzeugt, daß du es ernst meinst.«

»Reese und Isabelle haben mir gestattet, ein kleines Haus drüben in der Lanier Street zu bewohnen, das ihnen gehört. Sie verlangen nicht einmal Miete von mir. Ist das nicht reizend?«

»Um auf Vater zurückzukommen... Was soll ich ihm von dir ausrichten, Mutter?«

»Sag ihm«, sie richtete sich zu voller Größe auf, »sag ihm, daß ich es bedauere, ihm jemals begegnet zu sein. Sag ihm, daß ich es bedauere, von ihm Kinder empfangen zu haben, und daß der Tag, an dem ich ihn endlich los bin, der glücklichste Tag in meinem Leben sein wird.«

»Bist du sicher, daß du es nicht noch ein bißchen drastischer ausdrücken willst?« fragte ich.

»Woher nimmst du das Recht, meine Entscheidung zu mißbilligen?« fragte sie. »Du hast mich früher doch immer zur Scheidung gedrängt, gebettelt hast du darum! Wieso denkst du heute anders?«

»Er kommt mir so erbärmlich vor, Mutter«, antwortete ich. »Ich kann mir nicht helfen, aber jedesmal, wenn ich ihn sehe, empfinde ich tiefes Mitleid für ihn. Er ist von so einer... unübertrefflichen Aura des Versagens umgeben, die er nie in seinem Leben abzuschütteln vermocht hat. Ich kann mir manchmal gar nicht mehr vorstellen, daß das mein Vater sein soll, er kommt mir eher vor wie irgendein entfernter, verkrüppelter oder sonstwie mißgestalteter Onkel dem man ein- oder zweimal im Jahr am Wochenende einen Besuch abstattet.«

»Du bist also der Meinung, ich sollte ihn *nicht* verlassen?«

»Ich bin der Meinung, daß du genau das tun sollst, was du tun willst«, erwiderte ich, als unsere Blicke sich trafen. »Ich meine, du solltest das tun, was dich glücklich macht, Mama.«

»Ist das dein Ernst?«

»Wahrscheinlich nicht, aber es klingt genau wie die Worte, die du von mir erwartest.«

»Dann unterstützt du mich also?«

»Ich unterstütze euch beide von ganzem Herzen.«

»Dann bist du also bereit, vor Gericht für mich auszusagen?«

»Nein, ich werde für keinen von euch vor Gericht aussagen.«

»Und das verstehst du unter ›Unterstützung‹?« fragte sie. Der Schatten der Lampe verdüsterte eine Hälfte ihres Gesichtes.

»Mama«, sagte ich, »hör mir mal zu. Diese Familie hat mir genug zugesetzt. Mit euch beiden als Eltern aufzuwachsen war schmerzhaft genug. Ich bin jetzt ein erwachsener Mann und habe, mit Verlaub, nicht die Absicht, die Walstatt eurer Scheidung mit meinem Herzblut zu begießen. Du und Dad, ihr beide seid alt genug, eine Scheidung allein durchzuziehen, da braucht ihr nicht auch noch eure Kinder mit hineinzureißen. Das möchte ich euch wenigstens wärmstens empfehlen.«

»Du bist nicht bereit zu bezeugen, wie er mich geschlagen hat, als ihr klein wart?« fragte sie.

»Nein. Ich werde sagen, daß ich mich daran nicht mehr erinnern kann.«

»Ich weiß, warum du dich daran lieber nicht erinnerst«, sagte sie wütend. »Weil das nämlich meistens dann passierte, wenn ich versuchte, ihn dir oder Luke vom Leibe zu halten.«

»Mama, ich weiß genau, was damals alles vorgefallen ist«, gab ich zurück. »Versuch doch, uns noch dieses eine Mal zu beschützen, darum geht es mir. Eine Aussage vor Gericht – gegen wen auch immer – würde uns nicht gut bekommen.«

»Nun gut, ich benötige dich nicht«, sagte meine Mutter. »Savannah hat mir bereits zugesagt, daß sie sich vor Gericht zur Verfügung stellen will, wenn ich sie brauche. Sie sagt, sie kenne kaum eine Frau, die so übel mißhandelt und ausgebeutet worden ist wie ich, und sie will alles tun, um mir den Start in ein neues Leben zu erleichtern.«

»Tut mir leid, daß ich dir nicht helfen kann, Mom«, sagte ich. »Aber es muß auch jemanden geben, der Vater nach deinem Auszug hilft, die Scherben wieder aufzulesen.«

»Genauso wie ich damals die Scherben zusammensetzen mußte, wenn er dir mal wieder das Gesicht zerschlagen hatte.«

»Mama«, fragte ich, »warum machst du mir zum Vorwurf, daß Henry Wingo mein Vater ist? Was kann *ich* denn dafür?«

»Es gibt nur eins, was ich dir stets vorhalten werde«, erwiderte sie, »und das ist, daß du mir das einzige Mal, wo ich dich darum gebeten habe, deine Hilfe verweigert hast. Zum erstenmal in meinem Leben öffnet sich mir die Chance, wirklich glücklich zu sein, und da bist du nicht bereit, mich zu unterstützen.«

»Mrs. Newbury hat mir gerade gesagt, daß Mr. Newbury in dich verliebt ist, Mom«, sagte ich und schloß die Augen.

»Sie deliriert. Sie phantasiert und gibt allerhand unsinniges Zeug von sich, das ist eben der Krebs in ihr. Wenn sie mit solchen Geschichten anfängt, lachen wir nur darüber, Reese und ich. Wir nehmen das nicht ernst.«

»Wie dem auch sei, es geht mich nichts an, es ist deine Sache«, sagte ich. »Aber ich verspreche dir, daß alles, was dich glücklich macht, auch mich beglücken wird. Du, versprich mir eins, Mama: Ruinier Vater in dem Prozeß nicht völlig, ja?«

»Ich will nur, was mir zusteht«, sagte sie, »was mir durch die Ehe rechtmäßig zufällt.«

»Genau das habe ich befürchtet, Mama«, erwiderte ich. »Während wir hier sitzen und miteinander reden, fällt mein Blick auf die Karte an der Wand hinter dir. Erinnerst du dich an meinen Streit mit Todd Newbury vor vielen Jahren? Als du mich hierhergebracht und von mir verlangt hast, mich zu entschuldigen? Damals sah ich diese Karte zum erstenmal. Todd erklärte mir, daß die Nadeln mit den grünen Köpfen Grundstücke markieren, die sich bereits im Besitz seines Vaters befinden, die rotköpfigen dagegen solche, die er haben möchte, aber noch nicht hat. Es sind ja momentan die wildesten Gerüchte im Umlauf, man munkelt von einem Großprojekt der Regierung hier in der Gegend. Überall schwirren Grundstücksspekulanten herum, und die verschiedensten Leute wittern große Geschäfte...«

»Ich weiß nicht, wovon du sprichst, Tom«, sagte meine Mutter kühl.

»Nach der Zahl der grünen Stecknadeln zu urteilen, war Reese sehr erfolgreich bei seinen Bemühungen. Es fehlt nicht viel, und ganz Colleton gehört ihm.«

»Jedermann weiß, daß Reese der größte Grundbesitzer von Colleton ist«, sagte sie, und aus ihrer Stimme sprach ein merkwürdig deplazierter Stolz.

»Ich finde es ziemlich dreist«, sagte ich und deutete mit dem Finger auf die Karte, »daß Reese eine grüne Nadel auf unsere Insel steckt, obwohl er sie noch gar nicht besitzt, das kannst du ihm ruhig sagen. Und es betrübt mich, daß du unsere Insel verschacherst, obwohl du noch gar nicht die legale Eigentümerin bist. Eines ist sicher, Mama: Wenn du die Insel bekommen willst, muß Reese Newbury sie für dich stehlen. Und wir alle wissen, daß er dazu durchaus imstande ist. Er hat überall in der Stadt seine Speichellecker, und die Hälfte davon sind Richter.«

»Ich habe nicht das geringste Interesse an der Insel«, sagte meine Mutter. »Ich bin da draußen vor Einsamkeit fast zugrunde gegangen. Ich bin heilfroh, wenn ich sie nie wieder betreten muß.«

»Vater verstand sich darauf, seine Macht zu mißbrauchen«, sagte ich. »Ich möchte nicht, daß du denselben Fehler begehst.«

»Der einzige Fehler, den ich in meinem Leben begangen habe, war der, daß ich zu allen Menschen viel zu gut war.«

»Komisch, das hat Dad auch gesagt.«

»In meinem Falle«, gab sie zurück, »entspricht es zufällig der Wahrheit.«

Ich erhob mich. »Mom«, sagte ich, »rein objektiv gesehen hast du sicher recht. Er war nie der richtige Mann für dich.«

»Aus mir hätte eine First Lady werden können«, sagte meine Mutter aus heiterem Himmel.

»Wie bitte?«

»Ich glaube ganz einfach, daß ich aus dem Holz geschnitzt bin, aus dem die Ersten Damen unseres Landes gemacht sind. Ich habe die entsprechende Haltung, die Würde... An der Seite des Präsidenten oder eines Gouverneurs wäre ich sicher bald unentbehrlich. Ich habe ein völlig brachliegendes und von niemandem je beachtetes Talent für die Organisation und Durchführung gesellschaftlicher Ereignisse. Und es macht mir Spaß, mit Leuten von Rang Umgang zu haben. Manchmal denke ich, das ist mir alles nur deshalb entgangen, weil ich damals in Atlanta deinem Vater begegnet bin.«

Ich wandte mich zur Tür. »Ich bleibe in der Angelegenheit neutral, Mom«, sagte ich. »Ich weiß, daß du mir das sehr übelnehmen wirst, aber ich habe mich nun einmal dazu entschlossen.«

»Du bist ein Versager, Tom«, erwiderte meine Mutter beim Abschiedskuß. »Du bist ein Versager wie dein Vater. Jahrelang habe ich mir was vorgemacht und mir eingeredet, von allen meinen Kindern seiest du mir am ähnlichsten. Du hattest so vielversprechende Anlagen.«

»Und wer ist dir wirklich am ähnlichsten?«

»Luke«, antwortete sie. »Er kämpft für das, was er will. Er ist der geborene Kämpfer, genau wie seine Mutter.« Bevor ich das Zimmer verließ, fügte sie noch hinzu: »Bitte behalte für dich, was Isabelle heute abend zu dir gesagt hat, Tom. Eine Sterbende kann man für ihre Wort nicht verantwortlich machen.«

»Ich werde schweigen, Mama«, versprach ich.

Draußen im Flur küßte ich meine Mutter noch einmal. Ihre Schönheit berührte mich tief. Sie ließ mich stolz darauf sein, daß ich ihr Sohn war, machte mich aber auch besorgt, was ihre Zukunft betraf.

»Schau«, sagte sie, führte mich ins Wohnzimmer und flüsterte: »Acht Möbel in diesem Raum besitzen Museumsqualität. Acht!«

»Gar nicht so einfach, sich hier zu entspannen, wie?« fragte ich.

Abrupt wechselte sie das Thema. »Ich mache mir Sorgen. Ich habe Angst, dein Vater könnte mir was antun, wenn ich Ernst mache mit der Scheidung.«

»Er wird dir nichts antun, Mutter, das verspreche ich dir.«

»Wieso bist du dir da so sicher?«

»Weil Luke und ich ihn umbringen würden, wenn er je wieder Hand an dich legte. Du brauchst dir deswegen nie wieder Sorgen zu machen, Mama. Luke und ich sind keine kleinen Kinder mehr.«

Aber meine Mutter hörte mir gar nicht mehr zu. Ihr Blick wanderte durch den Raum und verweilte ruhig auf jedem einzelnen Gegenstand. Ein freudiger Glanz erhellte ihre Augen.

Bevor ich die Villa der Newburys verließ, fragte sie mich:

»Willst du nicht mal versuchen, ob du herausfindest, welche *acht* Möbel Museumsqualität haben, Tom?«

Nach langem schwerem Leiden starb Isabelle Newbury im Schlaf. Bei der Beerdigung saß meine Mutter im Kreis der engsten Verwandten.

Mein Vater widersetzte sich der Scheidung mit der nicht eben originellen Begründung, daß er Katholik sei und daß die katholische Kirche die Scheidung ablehne. Der souveräne Staat South Carolina dachte darüber anders. Einen Tag vor der Gerichtsverhandlung reiste Savannah aus New York an, um sich für ihren Auftritt als Zeugin vorzubereiten.

Savannah weinte während der Dauer ihrer gesamten Aussage, ebenso wie Lila und Henry Wingo. Richter Cavender war ein alter Geschäftspartner von Reese Newbury. Trauer bestimmte die Verhandlung, Überraschungen blieben aus. Auf den Korridoren des Gerichtsgebäudes drifteten meine Mutter und mein Vater aneinander vorüber ohne das geringste Zeichen gegenseitigen Erkennens, der kalte Prozeß der völligen Entfremdung hatte bereits begonnen. Die Geschichte ihrer Ehe bot sich dar wie ein ermordetes Kind im Schnee. Die Verhandlung war eine Totenwache, eine Abstraktion, und wir Kinder, die wir wie gelähmt der Trennung einer Ehe beiwohnten, welche nach unser aller Überzeugung entsetzlich gewesen war, symbolisierten gleichsam die Entfremdung. Henry Wingos Fäuste und seine Wut waren nichts gegen die eloquente Verachtung, die das Gesetz gewalttätigen Ehemännern entgegenbringt. Im Zeugenstand jammerte und greinte mein Vater, er log und versuchte sich beim Richter einzuschmeicheln. Er benahm sich sehr menschlich, und sein Auftritt brach mir schier das Herz. Meine Mutter war schön, gefaßt und dezent, doch ihre Stimme klang ziemlich künstlich, als sei sie von dem, was sie sagte, nicht überzeugt. Es schien, als richte sie ihre Worte an einen heimlichen Zuhörer am Fenster und nicht an die Anwälte und Richter Cavender.

Nach der Zeugenbefragung sprach der Richter sofort die Scheidung aus. Dann teilte er das Eigentum auf. Henry Wingo behielt seinen Krabbenkutter, das Haus und das Mobiliar auf der Insel, sämtliche Einlagen auf Spar- und Girokonten, alle Fahrzeuge und landwirtschaftlichen Maschinen sowie sämtliche sonstigen liquiden Guthaben. Mein Vater brauchte keinerlei Unterhaltszahlungen zu leisten und auch nicht für eventuelle Schulden aufzukommen, die Mutter nach ihrem Auszug aus seinem Haus gemacht hatte. Es sah schon so aus, als wolle der Richter meine Mutter völlig mittellos zurücklassen, da verkündete er die letzte und erstaunlichste Klausel seiner Entscheidung: Melrose Island ging in den alleinigen Besitz und die Verfügungsgewalt meiner Mutter über.

Ein Jahr später heiratete meine Mutter Reese Newbury. Die Trauung leitete der Gouverneur von South Carolina. Noch in derselben Woche nahm sie erstmals als standesgemäßes Mitglied an einer Sitzung der Colleton League teil.

Am Morgen ihrer Wiederverheiratung verließ mein Vater mit seinem Krabbenboot die Dreimeilenzone und steuerte einen südlichen Kurs Richtung Florida. Sechs Monate blieben wir ohne jede Nachricht von ihm, dann erhielt Luke eine Postkarte, die in Key West abgestempelt war. Henry Wingo berichtete, daß er die Krabben tonnenweise fange und endlich eine Möglichkeit gefunden habe, richtig zu Geld zu kommen. Mutter erwähnte er mit keinem Wort und ließ uns auch im unklaren, ob und wann wir wieder mit ihm rechnen könnten. Er war irgendwo westlich von Jamaika auf hoher See, als Beamte der Bundesregierung in Washington endlich die Karten auf den Tisch legten.

Auf einer Pressekonferenz im Sitz des Gouverneurs in Columbia, an der auch Reese Newbury und meine Mutter teilnahmen, verkündete die Atomenergiebehörde der Vereinigten Staaten, daß der Auftrag für die Errichtung einer neuen Nuklearanlage an die *Y. C. Mewshaw Company* aus Baltimore/Maryland vergeben und Colleton County/South Carolina zum Standort bestimmt worden sei. Die Größe des Projekts, das fortan als *Colleton River Project* bezeichnet wurde, mache es erforderlich, den gesamten Bezirk Colleton für die Anlage zu beanspruchen. Aufgabe derselben sei die Produktion von Materialien, die sowohl zur Herstellung von Atombomben als auch als Brennstoff für Kernkraftwerke geeignet seien. Für den Baubeginn hatte der Kongreß eine Summe von 875 Millionen Dollar bewilligt.

Ein Sprecher der Behörde führte aus, man habe vor der Entscheidung mehr als dreihundert potentielle Standorte überall in den Vereinigten Staaten eingehend geprüft, und hob hervor, daß wegen der Größe der Anlage und der erforderlichen Sicherzeitszonen innerhalb der kommenden achtzehn Monate ungefähr dreitausendvierhundert Familien umgesiedelt werden müßten. Das Landwirtschaftsministerium und die zuständigen Behörden des Staates würden die Betroffenen unterstützen. Die Anlage solle innerhalb von drei Jahren betriebsfertig sein, und das schöne Städtchen Colleton würde zum bedeutendsten Plutoniumproduzenten der Welt und zur wichtigsten Fertigungsstätte für Wasserstoffbomben außerhalb der Sowjetunion.

Die Behörde pries das Vorhaben lautstark als das ›bisher größte und aufwendigste Industrieprojekt der Regierung südlich der Mason-Dixon-Linie‹. Investitionen in Milliardenhöhe würden die Wirtschaft South Carolinas beleben und von Charleston bis Savannah zahllose neue Arbeitsplätze schaffen. Wegen der nationalen Bedeutung des Projekts beanspruche die Regierung der Vereinigten Staaten den gesamten Grund und Boden von Colleton County, das, wie hervorgehoben wurde, der ›ärmste und am dünnsten besiedelte Bezirk des Staates‹ sei. Regierungsbeauftragte würden in Colleton und Umgebung die betreffenden Grundstücke und Immobilien schätzen und dann zum fairen Marktpreis von den Eigentümern erwerben: Im Falle von Konflikten zwischen Schätzern und Grundbesitzern obliege die Entscheidung einem eigens zu diesem Zwecke eingesetzten Appellationsgericht. Die Regierung versprach darüber hinaus, sämtliche den Betroffenen entstehenden Umzugskosten innerhalb eines Umkreises von zweihundert Meilen um Colleton zu ersetzen.

Die Zeitungen von South Carolina sprachen von Colleton bald nur noch in der Vergangenheitsform. Die Leitartikler begrüßten die Entscheidung der Regierung, einen Industriekomplex so gewaltigen Ausmaßes in South Carolina anzusiedeln, und priesen die Bevölkerung von Colleton für ihre Opferbereitschaft im Interesse der nationalen Sicherheit. Sämtliche Politiker im Staat erwiesen sich als glühende Befürworter des Projekts. Es war eine Zeit übelster Platitüden und edel verbrämter Lügen. Der Bürgermeister von Colleton stand ebenso hinter dem Projekt wie der Stadtrat und jeder einzelne Amtsträger in der County. Sie alle waren von Reese Newbury rechtzeitig vor der offiziellen Bekanntmachung informiert worden und hatten sich daraufhin eifrigst als Grundstücksspekulanten betätigt – kaum ein Quadratmeter verfügbaren Landes blieb verschont.

Zwar wurden einige öffentliche Versammlungen abgehalten, auf denen es zu wütenden Auseinandersetzungen zwischen einzelnen Bürgern und Vertretern der Stadt kam, doch waren wir nicht einmal imstande, das Verfahren zu verzögern. Die unbarmherzige Maschinerie der Vollzugsmaßnahmen lief, und der Moloch bemächtigte sich unseres Landes. Alteingesessene Bürger von Colleton schrieben Protestbriefe an die Zeitungen und an ihren Kongreßabgeordneten, doch die Machthabenden sahen über den Tag hinaus: Das vorübergehende Verschwinden eines hübschen, aber rückständigen Städtchens war angesichts der Vielzahl brillanter Wissenschaftler und hochqualifizierter Facharbeiter, die demnächst Colleton County bevölkern würden, leicht zu verschmerzen. Nur insgesamt achttausendzweihundert Menschen würden im Zuge der Umsiedlung ihren Wohnsitz verlieren, und denen versprach die Regierung jede erdenkliche unbürokratische Hilfe. Es gab keine Abstimmung und kein Referendum, ja nicht einmal eine private Meinungsumfrage unter den Betroffenen. Wir waren einfach eines schönen Tages aufgewacht, um zur Kenntnis zu nehmen, daß unsere Stadt demnächst in den Wanderdünen der Erinnerung verschwinden würde, ohne eine Spur zu hinterlassen. Es bestand nicht die geringste Chance, eine Rücknahme der Entscheidung zu erwirken, denn alle, die sich weigerten, die Prämisse der Regierung, daß Colleton im sakrosankten Namen des Fortschritts verlegt werden müsse, zu akzeptieren, riskierten die entschädigungslose Enteignung.

Auf einer – einer einzigen! – öffentlichen Veranstaltung in Colleton wollte die Regierung den Ablauf der Zwangsexilierung erläutern. Die Versammlung fand in der Turnhalle der High School statt, in der kräftezehrenden Hitze eines Augusttags. Die Turnhalle bot nicht genug Platz für die Menschen, die gekommen waren, und so wurden Lautsprecher installiert, damit auch die draußen Wartenden hören konnten, was drinnen gesagt wurde. Hauptredner war ein Regierungsbeamter im Dienste der Atomenergiekommission. Er hieß Patrick Flaherty, war schlank und gutaussehend, und seine Manieren waren untadelig. Er wirkte unberührbar und anspruchsvoll und sprach mit akzentloser, atonaler Stimme. Er war Jurist und repräsentierte die Regierung, die

Wissenschaft, die Fremden, die in undämmbarer Flut unseren Landstrich überschwemmten, und all jene entstellten Grundsätze und Sprachbarbarismen, die über die simple Tatsache hinwegtäuschen sollten, daß man unserer Stadt den Garaus machen wollte.

Patrick Flaherty war der Prototyp des modernen amerikanischen Mannes. Fasziniert hörte ich ihm zu, als er mit seiner Rede begann, war geradezu narkotisiert von seiner grandiosen Perfektion im Umgang mit sprachlichen Klischees jedweder Art. Seine Rede war ein Sanktuarium der Banalität. Jede Bewegung, jedes Wort, das über seine Lippen kam, troff von leutseliger Herablassung. Er war die fleischgewordene Macht der Organisation, jedes *i* in seiner Rede hatte einen Punkt, und seine Sätze waren geometrisch präzise Monumente der Inhaltslosigkeit. Aalglatt, sauber und bar jeden Mitgefühls stand dieser Patrick Flaherty vor uns, ein Dorn im Auge unseres irregeleiteten, halluzinierenden Jahrhunderts, und seine kupferne, seelenlose Stimme füllte die Turnhalle wie eine große Lostrommel mit statistischen Daten. Jedes seiner Worte schien mit einer hauchdünnen Schicht hellen, tödlichen Silikatstaubs überzogen. Schweigend hörten wir ihm zu, als er ausführte, wie unsere Stadt, Haus für Haus und Ziegelstein für Ziegelstein, umquartiert werden sollte.

Dann kam er zum Schluß und verkündete: »Ich möchte Ihnen sagen, daß Sie, die Bewohner von Colleton, nach meinem Dafürhalten die glücklichsten Menschen Amerikas sind. Sie haben die Chance, Ihren Patriotismus vor aller Welt unter Beweis zu stellen, und Sie tun es in dem Wissen, daß Amerika dank Ihres Opfers sicherer wird. Amerika braucht Plutonium, atomgetriebene Unterseeboote und Interkontinentalraketen mit Mehrfach-Sprengköpfen, denn Amerika liebt den Frieden. Plutonium buchstabiert man F-R-I-E-D-E-N. Wir wissen, daß es unter Ihnen viele Menschen gibt, die ihr Heim nur ungern verlassen, und, glaubt mir, Leute, unter denen, die mit diesem Projekt befaßt sind, gibt es nicht einen einzigen, dem euer Schicksal nicht zu Herzen geht. Ich spüre es direkt in mir, so wahr ich hier stehe. Aber wir alle wissen, daß Sie Amerika genauso lieben wie Colleton und vielleicht noch ein bißchen mehr. Und wenn Sie Colleton lieben, dann warten Sie einmal ab, wie schön es erst in New Colleton wird: Wir stellen Ihnen eine neue Feuerwache, ein neues Amtsgericht, eine neue Polizeistation hin, Sie bekommen neue Schulen und großzügige neue

Parkanlagen. Wir geben Ihnen unser Wort, daß New Colleton, wenn es erst einmal fertig ist, eine der schönsten Gemeinden Amerikas sein wird. Wenn Sie am Haus ihrer Vorfahren hängen, so wird es uns ein Vergnügen sein, es auf unsere Kosten nach New Colleton zu transportieren, mit allem Drum und Dran. Wir sind hier, Leute, um euch glücklich zu machen. Denn als Amerika eure Hilfe brauchte, da standet ihr auf wie ein Mann und sagtet ja zu dem Programm *Atome für den Frieden* der Atomenergierkommission. Ich glaube, Sie sollten sich jetzt alle von ihren Plätzen erheben und sich selbst eine stehende Ovation geben.«

Niemand rührte sich. Der einzige, der in die Hände klatschte, war Patrick Flaherty selbst, ansonsten herrschte absolute Stille in der Turnhalle.

Entnervt von dem Schweigen, bat Flaherty die Bürger von Colleton um Wortmeldungen.

Da erhob sich neben mir mein Bruder Luke und durchmaß mit langen Schritten die Turnhalle. Die Augen aller Anwesenden richteten sich auf ihn. Dort, wo die Menschen sich zusammendrängten, um ihn durchzulassen, entstand Unruhe. Er bewegte sich mit geschmeidiger Entschlossenheit, und auf seinem Gesicht lag ein dunkler, schimmernder Ausdruck tiefer innerer Betroffenheit. Als er hinter dem Mikrophon stand, verzichtete er auf Grußworte an die hinter ihm sitzenden Politiker, er bedachte auch seine Mutter, die mit anderen Ehrengästen an einem Tisch auf der Bühne saß, mit keinem Blick und keinem Wort. Sorgfältig holte er drei engbeschriebene gelbe Papierbögen hervor, legte sie vor sich aufs Rednerpult und begann zu sprechen.

»Als ich in Asien kämpfte, haben sie mich mal nach Japan in Urlaub geschickt. Dort habe ich mir zwei Städte angesehen – Hiroshima und Nagasaki. Ich habe dort mit Leuten geredet, die das Glück hatten, *Atome für den Frieden* im Einsatz zu sehen. Es waren Menschen, die 1945 in einer der beiden Städte den Abwurf der Bombe miterlebt hatten. Ein Mann zeigte mir ein Foto von einem Baby in einer Ruinenlandschaft, das von einem ausgemergelten Hund gefressen wird. Ich sah Frauen mit entsetzlichen Narben. Ich besuchte ein Museum in Hiroshima, und das Bewußtsein, Amerikaner zu sein, drehte mir den Magen um. Plutonium hat nichts mit Frieden zu tun, es ist vielmehr ein Codewort für die Apokalypse, für den Antichrist. Sie werden in Kürze damit beginnen, unsere schöne Stadt in einen Ort zu verwandeln, der der Zerstörung der Welt gewidmet ist, und ich habe nicht einen Mann, nicht eine Frau in dieser Stadt ›nein‹ sagen hören. Immer wieder stelle ich mir die Frage: ›Wo sind die Löwen? Wo schlafen sie?‹ Von dem Tag an, da die Regierung öffentlich bekanntgab, daß sie mir meine Heimatstadt stehlen will, habe ich, in alter Südstaaten-Tradition, Zuspruch und Stärkung in der Bibel gesucht. Ich suchte nach einer Botschaft, die nur in einer Zeit der Not Trost zu spenden vermag. So las ich zum Beispiel die Geschichte von Sodom und Gomorrha, um herauszufinden, ob es zwischen diesen beiden versuchten Städten und Colleton vielleicht Parallelen gibt, und ich muß euch gestehen, daß ich keine Parallelen fand. Colleton ist eine Stadt der Gärten und der Ausflugsschiffe, und sonntags läuten die Kirchenglocken. Es ist nach allen mir verfügbaren Kriterien weder versucht noch böse. Der einzige Fehler dieser Stadt besteht darin, daß die Menschen, die hier aufgewachsen sind, ihre Heimat nicht so lieben, wie sie es verdient, sondern bereit sind, sie für dreißig Silberlinge zu verkaufen. So las ich denn weiter in der Bibel, immer in der Hoffnung, irgendwo eine Botschaft Gottes zu finden, die mir während des Zorns der Philister Beistand gewähren könnte. Denn wenn ich nicht versuche, die einzige Stadt in der Welt, die ich von ganzem Herzen liebe, zu retten, dann soll mich Gott in eine Salzsäule verwandeln, weil ich *nicht* zurückgeschaut habe. Lieber bin ich eine leblose Salzsäule aus Salz in Colleton als irgendwo anders ein goldbedeckter Judas Ischariot, an dessen Händen das Blut seiner Heimat klebt.«

Lukes Rede, das spürte man, erweckte das stimmlose Gewissen der Stadt von den Toten. Aus dem Raunen der Menge sprach der Geist des Aufruhrs, und jeder Mann, jede Frau und jedes Kind, die der leidenschaftliche Schrei der Heimat nicht unberührt ließ, spürte in seiner Brust den Widerhall einer Stimme, die sie vereinte. Gerade die Sanftheit seiner Stimme war es, die Lukes Rede zur Anklage werden ließ gegen die lähmende Lethargie, die sich wie fühlloser Staub über die Stadt gelegt hatte. Und als er den Namen Ischariot beschwor, da ging ein Ruck durch die Menge, und man spürte Kraft und eine heitere Klarheit in der Halle, merkte, das da etwas freigesetzt worden war durch die läuternden Flammen des Widerstands.

»Ich fand in der Bibel nichts, was mir weiterhalf, bis ich noch einmal ganz von vorne anfing. Da hörte ich Gott in einer Stimme zu mir sprechen, die ich verstand, und der ich gehorchen konnte. Viele von euch glauben, daß man die Bibel wörtlich nehmen muß, und auch ich glaube an die buchstabengetreue Interpretation des göttlichen Wortes. Aber wir wissen alle, daß Gott auf zweierlei Art in der Bibel zu uns spricht. Es gibt die Bücher der Offenbarung und die Prophezeiungen. Die Bücher der Offenbarung sind diejenigen, die uns mit den geschichtlichen Ereignissen wie der Geburt Jesu, seiner Kreuzigung und seinem Tod vertraut machen. Das Buch der Offenbarung selbst ist ein Werk der Prophezeiung, in dem der Evangelist das Jüngste Gericht und die Ankunft der Vier Reiter der Apokalypse voraussagt. Bisher ist noch keine dieser Prophezeiungen eingetreten, aber wir wissen, daß sie eintreten werden, denn sie wurden im Namen des Herrn niedergeschrieben. Und es war bei der Lektüre der Schöpfungsgeschichte, daß es mich überkam wie eine Vision. Die Schöpfungsgeschichte ist kein Buch der Offenbarung, sondern eines der Prophezeiung. Ich glaube, daß sie uns weissagt, was uns die Zukunft bringt, daß sie also nicht Ereignisse aus der Vergangenheit beschreibt. Und ist es denn so schwer für einen, der hier am Ufer des Colleton River aufgewachsen ist und die Schönheit des Marschlands und der Jahreszeiten kennt, ist es denn so schwer für uns, sich vorzustellen, daß wir hier noch im Paradies leben, und daß uns die Vertreibung aus dem Garten Eden erst noch bevorsteht? Ist es so schwer zu glauben, daß Adam und Eva noch gar nicht geboren sind und daß wir alle, die wir hier wohnen, im Paradies leben, ohne uns dessen überhaupt bewußt zu sein? Ihr alle wißt, daß Jesus in der Bibel gern in Gleichnissen zu uns spricht. Ist es da nicht erkennbar, daß auch die Schöpfungsgeschichte nichts anderes ist als ein Gleichnis, eine in die Form einer Geschichte gekleidete göttliche Warnung vor den Gefahren dieser Welt? Und wenn ihr mir hier folgen könnt und in der Genesis ein Gleichnis seht, dann bedenkt doch das: Wenn Eva nach dem Apfel greift und die verbotene Frucht pflückt, wenn Adam und Eva des Paradieses verlustig gehen und aus der vollendeten Glückseligkeit des Gartens Eden vertrieben werden – ist es dann nicht möglich, daß hier heute in Colleton Gott zu uns spricht? Und was zerstört unsere Heimat? Was vertreibt uns aus dem Paradies und verschlägt uns in ein unbekanntes Land? Was wird uns alles nehmen, das uns lieb und vertraut ist und wofür wir Gott an jedem Tag unseres Lebens danken? Ich habe die Genesis gelesen, meine Freunde und Nachbarn, und ich glaube, ich weiß jetzt die Antwort. Ich habe zu Gott gebetet, er möge mir Erkenntnis schenken, und ich glaube, er hat mein Gebet erhört. Die Genesis ist ein Gleichnis, mit dem Gott über Zeit und Raum hinweg die Bevölkerung von Colleton und alle Menschen auf Erden vor dem einen Übel warnen will, das unser aller Paradies zerstören kann.«

Luke machte eine Pause und fuhr dann fort. »Es war kein Apfel, den Eva pflückte. Ich glaube, die verbotene Frucht heißt Plutonium.«

Lucy Emerson, die Kassiererin der Bank, die hinter mir auf den Zuschauerrängen saß, sprang auf und rief: »Amen, Bruder Luke!«

Und ein Aufschrei der Zustimmung ging durch die Menge.

Da ging Patrick Flaherty aufs Podium und traf Anstalten, Luke das Mikrophon fortzunehmen. Doch Luke wies ihn zurück, und das Mikrophon verbreitete seine Worte überall im Raum: »Setzen Sie sich hin, Sie Eierkopf, ich bin noch nicht fertig!«

Die Versammlung war inzwischen unruhig, schwerelos im gleißenden Sonnenlicht, gewandelt durch die Macht des gesprochenen Wortes.

Und Luke fuhr fort: »Ich glaube, wir hier in Colleton besitzen all das, wovon andere nur träumen können. Unsere Stadt ist es wert, daß wir für sie kämpfen, ja, ich glaube, sie ist es sogar wert, daß wir für sie sterben. Es überrascht mich, meine Freunde, daß wir Fremde hier eingelassen haben, die keinen Hehl daraus machen, daß sie unsere Stadt zerstören, unsere Häuser entfernen und unsere Toten wieder ausgraben wollen. Ich dachte immer, das, was uns Menschen hier im Süden von allen anderen Amerikanern unterscheidet, wäre vor allem die Liebe zu unserem Land. Dann aber erinnerte ich mich, daß es ja Bürger aus Colleton waren, die die Fremden in unsere Stadt gebracht und Colleton für eine Handvoll Dollar verschachert haben.«

Er drehte sich um und warf einen Blick aufs Podium, wo im Kreise der Politiker und Geschäftsleute auch seine Mutter saß, machte eine abschätzende Armbewegung und fuhr fort: »Diese Leute dort sind diejenigen, die heute im Süden das Sagen haben. Ihre Herzen und Seelen sind käuflich. Sie sind nicht mehr meine

Brüder und meine Schwestern, sind nicht mehr Teil meiner Heimat, wie ich sie kenne und liebe. Sie können, wenn sie wollen, nach New Colleton ziehen oder meinetwegen auch direkt zur Hölle fahren... Ich möchte euch eine Ankündigung machen, und zwar aus Verzweiflung heraus, denn sie haben bereits angefangen, die Insel, auf der ich geboren wurde, zu roden. Erinnern wir uns daran, wer wir eigentlich sind: die Nachkommen von Menschen, die dereinst die Welt erschütterten, weil sie sich weigerten, der Bundesregierung ihre Rechte abzutreten. Unsere Vorfahren starben auf den Schlachtfeldern von Bull Run, Antietam und Chancellorsville. Ich glaube, sie kämpften für eine schlechte Sache, denn ich möchte keinen Menschen zum Sklaven haben. Aber umgekehrt will ich selbst auch kein Sklave sein, und ich werde es auch nicht dulden, daß irgend jemand mich von dem Land vertreibt, das Gott mir bei meiner Geburt geschenkt hat. Es heißt, Luke Wingo hätte seine Sachen zu packen und innerhalb eines Jahres Colleton zu verlassen; tut er dies nicht, droht ihm die Strafe des Gesetzes.«

Luke hielt einen Moment inne. Dann sagte er mit ruhiger, beherrschter Stimme: »Ich gelobe euch: Luke Wingo wird *nicht* gehen. Ich verspreche euch, daß sie kommen und mich mit Gewalt von meinem Land vertreiben müssen. Und Luke Wingo verspricht euch, daß ihnen das nicht leichtfallen wird. Ich habe mit den meisten von euch gesprochen und weiß, daß ihr aus tiefsten Herzen dagegen seid. Aber sie verwirren euer Denken und reden euch ein, es sei eure patriotische Pflicht, wie geprügelte Hunde mit eingezogenem Schwanz die Brücke zu überschreiten, die in die Fremde führt. Sie wissen, daß ihr Südstaatler seid und halten euch deswegen für blöde – und blöde seid ihr auch, wenn ihr eure Heimat kampflos verlaßt. Sie sagen euch, daß diese Bomben und U-Boote und Raketen Russen töten sollen. In dieser Turnhalle hier sitzt nicht eine einzige Person, die schon einmal einen Russen gesehen hat. Wie würdet ihr wohl reagieren, wenn heute abend irgendein verdammter Russe bei euch vorbeikäme und zu euch sagte: ›Wir schmeißen euch hier raus und siedeln euch vierzig Meilen weiter wieder an. Wir reißen eure Schulen und Kirchen auseinander, und wir entweihen die Gräber eurer Nächsten.‹ Der ganze Bezirk wäre am Tag darauf mit toten Russen übersät, wenn dies geschähe, das wißt ihr so gut wie ich. Ob sie mich nach Rußland schicken wollen oder New Colleton, das ist mir egal. Ich kenne kein New Colleton.«

»Sag uns, was wir tun sollen, Luke«, rief eine Stimme.

»Ja, sag es uns«, fielen andere ein.

»Ich weiß es nicht, aber ich habe ein paar Vorschläge«, antwortete er. »Ich weiß nicht, ob es uns weiterhilft, aber es lohnt den Versuch. Laßt uns morgen eine Petition unterzeichnen, die alle gewählten Beamten hier in der County zum Rücktritt auffordert. Jagen wir diese geldgierigen Hunde einfach davon. Und dann verabschieden wir ein Gesetz, das sämtliche Bauvorhaben der Regierung in Colleton County für illegal erklärt. Sie werden sich natürlich dagegen wehren und unter Berufung auf Bundes- und Staatsgesetze alles in Bewegung setzen, um unsere Maßnahmen rückgängig zu machen. Aber wenn sie nicht lockerlassen, können auch wir noch einen Schritt weiter gehen. Wir werden dann, so lautet mein Vorschlag, eine Unabhängigkeitserklärung verkünden, die die Trennung unseres Bezirks vom Staate South Carolina zum Inhalt hat. Laßt uns unser Schicksal in die eigene Hand nehmen und feierlich erklären, daß Colleton County in seinen Grenzen niemals, bis in alle Ewigkeit nicht, die Herstellung von Plutonium zulassen wird. Wenn es sich als notwendig erweist, müssen wir Colleton County sogar zum souveränen Staat proklamieren. Geben wir der Regierung dreißig Tage Zeit, um sämtliche Arbeiten am *Colleton River Project* sowie alle Enteignungsmaßnahmen einzustellen. Und wenn sie bei uns an die Türen klopfen, laßt uns ihnen die Worte Thomas Jeffersons aus der Unabhängigkeitserklärung entgegenschreien: ›Sobald aber eine Regierung sich an diesen Zielen – Leben, Freiheit und die Verfolgung persönlichen Glücks – vergreift, so ist es das Recht des Volkes, die Regierung zu verändern oder sie abzusetzen und eine neue Regierung zu installieren.‹ Wenn sie sich aber weigern, auf uns zu hören, dann müssen wir ihnen eben den Krieg erklären. Natürlich würden wir diesen Krieg schnell verlieren, aber es wäre uns immerhin möglich, unsere Häuser zu verlassen, ohne unsere Ehre drangegeben zu haben. In hundert Jahren wird man unseren Mut in Liedern besingen. Wir könnten mit unserem Beispiel anderen die Kraft zum Neinsagen geben. Wenn aber die Beamten der Regierung weiterhin an eure Türen klopfen und sich beharrlich weigern, von der Zwangsumsiedlung der Bürger Colletons abzulassen, dann kann ich euch, meine Freunde und Nachbarn, die ich euch von Kindesbeinen an kenne und liebe, nur sagen: Kämpft! Kämpft! Zeigt ihnen, wenn sie auf eurer Schwelle stehen, daß ihr ein grünes Armband tragt, und gebt ihnen damit zu verstehen, daß ihr zu uns gehört, es sei die Uniform des Widerstands! Bittet sie höflich, euren Grund und Boden zu verlassen. Wenn sie sich weigern, greift zur Waffe und wiederholt eure Bitte. Wenn sie sich dann immer noch weigern, jagt ihnen eine Kugel in den Fuß. Ich habe irgendwo einmal gelesen, daß es vor langer Zeit in England dem König untersagt war, das Haus selbst des geringsten Bauern ohne dessen Erlaubnis zu betreten. Ich fordere, daß der König auch die Schwellen unserer Häuser nicht überschreitet. Wir haben diesen Kerl schließlich nicht eingeladen.«

Von hinten kam Sheriff Lucas und legte Luke Handschellen an. Zusammen mit zwei Helfern führte er ihn ab und drängte ihn unsanft zur Tür hinaus. Die Versammlung wurde geschlossen, ohne daß die etwa eintausend Zuhörer einen Ton von sich gegeben hätten. Es gab böses Blut und eine gewisse Unruhe in der Menge, aber nicht genug.

Auf der Wache nahm man Luke die Fingerabdrücke ab. Die Vorwürfe gegen ihn lauteten: terroristische Drohungen gegen Bundes- und Staatsbeamte sowie aufrührerische Agitation gegen den Staat South Carolina. Luke sagte, daß er die Autorität der Staats- und Bundesregierung nicht mehr anerkenne und sich fortan als Kriegsgefangener im Rahmen der feindlichen Auseinandersetzungen zwischen Colleton und den Vereinigten Staaten von Amerika betrachte. Er gab seinen Namen, seinen Dienstgrad und seine Dienstnummer an und verweigerte unter Berufung auf die Genfer Konvention zur Behandlung von Kriegsgefangenen jede weitere Aussage.

Am nächsten Tag berichtete der *Charleston News and Courier* in ironischem Ton, der Sheriff von Colleton sei gezwungen gewesen, die erste sezessionistische Versammlung in South Carolina seit mehr als hundert Jahren aufzulösen. Es gab keine Petitionslisten, und niemand trug ein grünes Armband zum Zeichen des Widerstands gegen das *Colleton River Project*. Nur ein einziger Mann hatte sich Lukes Appell zu Herzen genommen, und der saß bereits im Gefängnis, eingesperrt in eine Zelle, von der aus man den Fluß überblicken konnte.

Luke Wingos Krieg hatte begonnen.

Nur widerwillig begleitete ich meine Mutter am nächsten Abend bei ihrem Besuch im Gefängnis. Auf dem Weg in die Stadt hängte sie sich bei mir ein. Überall in den Häusern schimmerten blaß die Fenster, hinter denen die Menschen gerade beim Abendessen saßen. Noch vor gar nicht langer Zeit schien es mir, als seien all diese Häuser für die Ewigkeit geschaffen, doch nun kamen sie mir so fragil und vergänglich vor wie in den Schnee geschriebene Liebesbriefe. Unter einer Straßenlaterne parkte ein Bulldozer, bucklig und bullig, Symbol des Schicksals dieser Stadt. Milder Regen näßte die Straßen, und aus den Gärten drang der Duft der fließenden Wisterien und disziplinierten Rosen zu uns. Was wird mit diesen Gärten geschehen? fragte ich mich und spürte den Schmerz eines Verlustes, der sich nicht in Worte fassen ließ. Auch tat mir weh, weil ich nicht imstande war, ein einziges freundliches Wort zu meiner Mutter zu sagen. Wäre ich Manns genug gewesen, hätte ich sie in die Arme genommen und ihr gesagt, daß ich volles Verständnis für sie hätte. Aber bei Tom Wingo kann man Gift darauf nehmen, daß er immer Mittel und Wege finden wird, all das in den Schmutz zu ziehen und kaputtzumachen, was mit den Tugenden einer selbstbewußten Männlichkeit erreicht werden könnte. Meine Männlichkeit trug einen falschen Glanz, war vergleichbar mit der schimmernden Artillerie eines Ländchens, das sich kampflos ergeben hat.

Bevor wir das Gefängnis betraten, drückte Mutter meine Hand und sagte: »Bitte hilf mir jetzt, Tom. Ich weiß, daß du eine furchtbare Wut auf mich hast, aber ich habe Angst vor dem, was Luke möglicherweise vorhat. Ich kenne ihn besser als jeder andere, Tom. Sein ganzes Leben lang schon sucht er nach etwas, für das es sich lohnt zu sterben, und ich fürchte, er hat es nun gefunden. Wenn wir ihn jetzt nicht stoppen, werden wir ihn verlieren.«

Luke starrte hinaus auf den Fluß, als der Sheriff uns vor seine Zeile führte und uns durch die Gittertür mit ihm sprechen ließ. Das Licht des Mondes spielte in seinem Haar, und die Schatten der Stäbe teilten sein Gesicht präzise auf wie die Tastatur eines Klaviers. Das Licht floß über Hals und Schultern, und mit einemmal wurde mir bewußt, daß ich nie wieder einen schöner gebauten Männerkörper sehen würde. Die Muskeln waren lang und schmal und paßten sich dem Knochenbau in perfekter Übereinstimmung und Symmetrie an. Er war von einer Aura kalter Entschlossenheit umgeben. Man konnte seine stille Wut geradezu riechen, konnte sie lesen in den Graffiti seiner gespannten Schultern. Als wir eintraten, drehte er sich nicht um.

»Hallo, Luke«, sagte Mutter unsicher.

»Hallo, Mama«, antwortete er, ohne den Blick vom schimmernden Band des Flusses zu nehmen.

»Du hast eine Stinkwut auf mich, Luke, wie?« fragte Mutter bemüht burschikos.

»Ja, Mama«, sagte er. »Wie lange weißt du schon Bescheid? Wann hat dich Newbury in das große Geheimnis eingeweiht? Wann entstand sein Plan, Vater das einzige Gut zu stehlen, das er je besessen hat?«

»Ich habe mir das Recht auf die Insel mit meinem eigenen Blut verdient«, sagte Mutter.

»Du hast sie nach allen Regeln der Kunst gestohlen. Und du darfst von deinen Kindern nicht erwarten, daß sie dir das noch hoch anrechnen.«

»Ändern kannst du auf jeden Fall nichts mehr daran«, gab Mutter zurück. »Die Insel ist weg, Colleton ist weg. Wir müssen noch einmal von vorne anfangen.«

»Wie willst du das anstellen, Mutter?« fragte er den Fluß. »Wie willst du von vorne anfangen, wenn du nicht zurückblicken kannst? Wie, glaubst du, ist einem Mann zumute, der sich umschaut, um zu sehen, woher er gekommen ist, und das einzige, was er sieht, ist ein Schild mit der Aufschrift BETRETEN VERBOTEN?«

»Wer hat dir diese Rede geschrieben?« fragte Mutter.

»Ich habe sie geschrieben. Es gibt sonst keinen, der so denkt wie ich.

»Gott sei Dank sind andere vernünftiger als du. Aber wer hat dir bei der Rede geholfen? Du kannst es mir ruhig sagen.«

»Mein ganzes Leben hast du mich für dumm gehalten, Mama«, erwiderte Luke. »Ich habe nie verstanden, warum. Und es ist dir sogar gelungen, mich davon zu überzeugen. Ich kam mir in der Schule dumm und unbedarft vor, und ich kam mir in Gegenwart von Tom und Savannah dumm vor. Dabei sehe ich die Dinge lediglich etwas anders als andere Leute, sehe sie ganz einfach aus einem anderen Blickwinkel. Die meisten Menschen kennen sich in hundert verschiedenen Gebieten aus, ich bin dagegen nur auf vier oder fünf Gebieten stark. In einer Beziehung hast du recht: Daß die Genesis eine Prophezeiung ist, stammt nicht von mir, das habe ich von Amos, und zwar aus einer Predigt, die er kurz vor seinem Tode in seiner kleinen Kirche hielt. Die Predigt gefiel mir sehr gut.«

»Willst du mir damit weismachen, daß Amos der Meinung war, Plutonium sei die verbotene Frucht?« fragte Mutter säuerlich.

»Nein, den Teil habe ich geändert. Amos hielt Klimaanlagen für die verbotene Frucht. Das paßte nicht in mein Konzept.«

»Die Regierung weiß es am besten«, sagte Mutter versöhnlich. »Sie braucht diese Fabrik für die Verteidigung unseres Landes.«

»Seit wann weiß die Regierung, was für uns das Beste ist, Mutter?« fragte Luke zurück, und seine Stimme klang müde und mutlos. »Das hast du mir schon damals erzählt, als ich nach Vietnam ging, haargenau denselben Mist. Und da bin ich eben rüber nach Vietnam und hab' kleine Bauern umgebracht – ja, Mama, wirklich, nur Bauern, die so arm waren, daß man hätte heulen können. Ich habe ihre Wasserbüffel getötet, ihre Frauen, ihre Kinder alles, was sich vor meinen Augen bewegte. Ja, sogar ein paar Soldaten habe ich getötet, Mutter, aber nicht viele. Und all das habe ich getan, weil meine Regierung angeblich wußte, was für uns das Beste ist. Hier stehe ich, Mama, und ich sage dir, die Regierung hat keinen blassen Schimmer. Die Regierung ist niederträchtig und gemein, egal welche es gerade ist. Wenn sie einem armen Mann was zu essen geben, so tun sie das nur aus Furcht, er könne sich erheben und ihnen die Gurgel durchschneiden. Und dann all dieses Gerede über Rußland. Weißt du, was ich von Rußland halte? Ich halte es für beschissen. Ich halte auch Amerika für beschissen, genauso wie die südvietnamesische Regierung, die ich verteidigen half, und die Nordvietnamesen nicht minder.

Weißt du, warum ich in Vietnam gekämpft habe, Mutter? Weil sie mich ins Gefängnis gesteckt hätten, wenn ich mich geweigert hätte. Tolle Auswahl, wie? Aus dem gleichen Grund zahle ich meine Steuern – denn wenn ich mich weigere, lochen sie mich ein. Und neuerdings lochen sie mich sogar ein, wenn ich zurück will an den Ort, wo ich geboren bin. Und gestern habe ich aus der Unabhängigkeitserklärung zitiert – und was tut diese fabelhafte Regierung: Sie steckt mich in den Knast.«

»Du kannst nicht gegen das Gesetz kämpfen, mein Sohn«, warf Mutter ein.

»Wer sagt denn das? Ich habe gegen den Vietkong gekämpft. Sag mir, warum ich nicht gegen das Gesetz kämpfen kann!«

»Du gehst davon aus, Luke, daß du dir die Welt nach deinem eigenen Gutdünken zurechtschneidern kannst«, erwiderte Mutter und lehnte ihren Kopf ans Gitter der Zellentür. »Du bist so hart und starrsinnig und...«

»Dumm, ja?» Luke stand auf und kam zu uns ans Gitter. »Das denkst du doch, ich weiß es.«

»Nein, *dumm* war nicht das Wort, das ich suchte«, erwiderte Mutter. »Es war *rein*. Aber Reinheit führt nie zur Weisheit. Sie führt nur dazu, daß du dich immer wieder in irgendeine aussichtslose Sache verliebst.«

»Es handelt sich nicht um eine aussichtslose Sache. Ich sage nein, das ist alles. Ich habe ein Recht darauf, nein zu sagen. Ich bin ein gottverdammter Amerikaner. Ich habe mir in einem Krieg das Recht darauf erkämpft, nein zu sagen. Mein Land hat einen beschissenen Krieg in einem beschissenen Land geführt, und ich habe dazu ja gesagt. Der Grund dafür, daß wir dort kämpften, war, wie man uns sagte, der, daß wir das Recht der Menschen auf die eigene freie Wahl ihres Lebensstils verteidigten. Immer wieder haben sie uns das vorgebetet, und natürlich war das alles erstunken und erlogen. Aber damals mußte ich es glauben. In Vietnam hätte ich nicht im Traum gedacht, daß meine eigene Regierung eines Tages kommen und mir meine Heimat wegnehmen könnte. Hätte ich das geahnt, ich wäre sofort zum Vietkong übergewechselt. Savannah und Tom sagten nein zu diesem Krieg, und ich kämpfte dafür, daß sie es auch weiterhin sagen durften. Und zwar, weil du recht hast, Mama. Weil ich dumm war. Ich nahm alles für bare Münze, was man mir über Amerika erzählte. Es gibt niemanden, der dieses Land mehr liebt als ich – nur liebe ich eben nicht das ganze Land. Idaho und South Dakota sind mir scheißegal, ich bin nie dortgewesen. Meine Heimat ist Colleton County, das Land, das ich von meinem Fenster aus überblicken kann, ganze vierzig Quadratmeilen auf diesem Planeten. Dieses Land liebe ich, und dafür habe ich gekämpft.«

»Und dieses Land wirst du verlassen, Luke«, sagte Mutter. »Hast du gehört, was mit dem armen Mr. Eustis passiert ist? Er hat heute den Beamten der Regierung den Zutritt zu seiner Farm am Kiawah River verweigert, anscheinend hat er deine Rede von gestern abend ernst genommen. Der alte Jones tat dasselbe, obwohl er nur in einem Wohnwagen lebt. Gegen beide wurde Haftbefehl erlassen.«

»Mama, ich werde die Insel nicht mehr verlassen, wenn ich erst einmal wieder draußen bin.«

»Du redest bloß, um dich reden zu hören, Luke«, antwortete Mutter. »Wenn du versuchst, auf der Insel zu bleiben, dann kommen sie eben und holen dich, genauso wie sie es jetzt mit Eustis und Jones tun werden.«

»Ich bin nicht Eustis und auch nicht der alte Jones.«

»Du bist von uns zu einem gesetzestreuen Bürger erzogen worden, Luke.«

»Der Ort, wo ich erzogen wurde, existiert nicht mehr. Dein Ehemann und diese verfluchten Politiker haben ihn verraten und verkauft.«

»Reese hat niemanden verraten und verkauft. Ich verbitte mir diese Unterstellungen.«

»Seit Jahren kauft er Land auf, Mama«, sagte Luke. »Einen verarmten Farmer nach dem anderen hat er aus dem Bezirk Colleton vertrieben. Er wußte seit langem, was da im Busch war. Seit zehn Jahren ist die Bevölkerungszahl von Colleton Countv rückläufig, weil er die Leute systematisch davonjagt. Und dich hat er geheiratet, weil auf diese Weise der letzte große Brocken Land, der unverkäuflich war, in seine Hände geriet.«

Mutter streckte den Arm durch die Gitterstäbe und schlug Luke hart ins Gesicht. »Er hat mich geheiratet«, rief sie wutentbrannt, »weil er mich verehrt! Und selbst wenn es meinen Kindern bisher entgangen sein sollte: Ich bin es wert, daß man mich so verehrt.«

»In der Tat, das bist du«, gab Luke ruhig zurück. »Ich hielt dich immer für etwas ganz Besonderes und Wertvolles, Mutter, und es tat mir leid, daß ihr beide, du und Vater, so unglücklich miteinander wart. Es freut mich, daß du jetzt glücklich bist, und ich kann verstehen, daß du getan hast, was du tun mußtest. Aber ebensogut mußt du nun auch Verständnis für mich haben. Ich habe mir alles sehr sorgfältig überlegt. Seit der Bekanntgabe des Projekts habe ich an nichts anderes mehr gedacht.«

»Was glaubst du denn, daß du ausrichten kannst, Luke?« fragte Mutter.

»Ich glaube, daß ich sie stoppen kann.«

»Du bist verrückt, Luke«, sagte ich, der ich bislang kein Wort von mir gegeben hatte. »ich hab' mit dem Sheriff gesprochen. Er läßt dich raus, wenn du dich bereit erklärst, zwei Wochen lang freiwillig in die Nervenklinik zu gehen, zur Beobachtung. Ich glaube, du solltest darauf eingehen.«

»Warum, Tom?« fragte er.

»Weil du vor dich hin phantasierst, Luke«, sagte ich. »Du stehst vor vollendeten Tatsachen, da gibt es nichts mehr, was man dagegen tun könnte. Die Sache ist gegessen, und du solltest lieber darüber nachdenken, wie du deine Zukunft gestalten willst.«

»Jeder sagt mir, daß ich nichts mehr dagegen tun kann«, sagte er. »Das sind alles Menschen, und sie kippen reihenweise um, legen sich auf den Rücken und strampeln mit den Füßen wie junge Hunde.«

»Was hast du vor?« fragte ich.

»Ich werde einen kleinen Protest einlegen«, antwortete er. Im Mondlicht schimmerte sein Haar wie Baumwolle.

»Das nützt niemandem«, sagte ich.

»Richtig, Tom, das stimmt«, erwiderte er lächelnd.

»Warum tust du's dann?«

»Damit ich vor mir selbst bestehe«, sagte Luke. »Warum begleitest du mich nicht, Tom? Wir beiden könnten ihnen was bieten für ihr Geld! Niemand kennt die Gewässer und die Wälder hier in der Gegend besser als wir. Gegen uns wären die Vietkong blutige Anfänger.«

»Ich habe Familie«, sagte ich ärgerlich. »War dir das entfallen? Meine Situation ist ganz anders als deine.«

»Ja, da hast du recht. Deine Situation ist ganz anders.«

»Mir gefällt der Ton nicht, in dem du das sagst.«

»Ich nehme nichts zurück«, sagte mein Bruder. »Weißt du, Tom, ich glaube von uns dreien warst du derjenige, von dem man am meisten erwarten konnte. Aber irgendwann in deinem Leben hat sich das Etwas, das in dir steckte, in ein Nicht-sehr-viel verwandelt. Und aus Nicht-sehr-viel kann ziemlich schnell ein Garnichts werden, so wie ich dich einschätze. Ein Mann kann ja sagen bis zu einem gewissen Punkt. Aber dann ist Schluß.«

»Zu dir sage ich nein!« rief ich erregt.

»Nein, kleiner Bruder«, gab er zurück. »Du hast gerade ja gesagt. Zu den anderen.«

»Du kannst die Regierung nicht von ihrem Vorhaben abbringen«, sagte Mutter zu ihm.

Luke sah sie an, seine Augen waren dunkel und traurig und leuchteten wie die Augen eines zahmen Panthers.

»Ich weiß, Mama«, sagte er. »Aber ich glaube, ich kann ein achtbarer Gegner sein.«

27

Und Luke Wingo wurde ein achtbarer Gegner.

Ich spreche jetzt nicht als Zeuge, sondern als Betroffener, der bemüht ist, Fäden zu entwirren und Fragmentarisches zusammenzufügen. Ein einziges Jahr genügte, um meine Familie und meine Heimatstadt aufzulösen. In dieser Zeit spitzte ich die Ohren und versuchte aus der Flut der Gerüchte und Verleumdungen das Wesentliche herauszufiltern. Ich protokollierte den Niedergang. Schmuck war die Stadt an der Biegung des Flusses, die sie innerhalb von zwölf Monaten vom Erdboden verschwinden ließen. Schön war Colleton in seinem letzten Frühling, und es streute uns aus vollen Händen Azaleenblüten wie ein Mädchen Reiskörner auf der verwegenen Hochzeit. Üppig und prachtvoll reifte die Stadt, betäubt vom Flor süßer Gärten und sehnsuchtsvoll leidend unter einem schweren Baldachin aus verführerischen Düften. Blaureiher, agil und behende und dabei ätherisch-still, staksten durchs hohe Riedgras, eine Otterfamilie tummelte sich zwischen den weißbemützten Wellen beim Wrack unweit der Brücke, und in den Baumveteranen am Flußufer nistete scheu eine Silberreiherkolonie. Hoch oben auf den Telefonmasten horsteten Fischadler in hutartigen Nestern und nährten ihre Brut mit zuckenden Forellen. In den Kanälen tanzten die Wasserschildkröten, und die Creeks füllten sich mit fortpflanzungswilligen Krabben.

Doch in diesem Jahr gab es keine Krabbenfischerflotte, die auf sie wartete, nicht ein einziges Netz unterbrach den Zug der Myriaden ins weite Land der Marschen: Aus Sicherheitsgründen waren die Gewässer von Colleton für die Fischerei zum Sperrgebiet erklärt worden. Es war das Frühjahr, in dem die Stadt umzog.

Ich sah, wie sie die großen Gebäude in der Street of Tides demontierten. Hunderte von Arbeitern mit Hebebühnen, Rollen, Flaschenzügen und schiefen Ebenen lösten die Häuser von ihren Fundamenten und bugsierten sie unter Anwendung aller erdenklichen physikalischen Tricks und Geheimnisse auf riesige Lastkähne, die unten am Pier vor Anker lagen. Festgezurrt mit Stahltrossen, traten sie ihre Reise flußaufwärts Richtung Charleston an. Ich sah das Haus meiner Mutter auf der Flut treiben; es sah aus wie der Hochzeitskuchen eines guten Königs. Sie selbst stand neben Reese Newbury auf der Veranda, und beide winkten den Menschen am Ufer huldvoll zu. Sie gossen Champagner in feine Kristallgläser, erhoben sie, tranken sie aus mit einem Toast auf die Stadt und warfen sie dann ins trübbraune Wasser. Die Zugbrücke öffnete sich, und meine Mutter trieb mitsamt ihrem neuen Haus und ihrem neuen Ehemann zwischen den hochgezogenen Brückenhälften hindurch, urplötzlich in der Gemeinschaft einer ganzen Armada weißer Häuser mit säulenbewehrten Veranden. In den kommenden Wochen war es unmöglich, auf den Fluß hinauszusehen, ohne daß ein vertrautes Haus dort entlangtrieb, in eigentümlicher Würde die Marschen überragend und langsam entschwindend aus glorreicher Vergangenheit.

Auch auf den Straßen tat sich einiges. Die Highways waren verstopft mit riesigen Tiefladern, auf denen Häuser in alle Himmelsrichtungen transportiert wurden. Einmal sah ich ein Haus vorbeifahren, das mir seltsam bekannt vorkam. Es dauerte einige Minuten, bis mir bewußt wurde, daß ich die Jungfernfahrt des Hauses meiner Großmutter beobachtet hatte. Nur wenige Minuten später zog der Turm der Baptistenkirche, der auf dem Tieflader lag wie eine Interkontinentalrakete, an mir vorüber. Ich machte zahllose Aufnahmen und sandte sie Savannah, die die Demontage ihrer Stadt in einem langen Gedicht beschrieb. Durch den Sucher meiner Kamera sah ich auch die schwitzenden Arbeiter, die die Särge exhumierten, in Plastiksäcke verpackten und auf neuangelegten, kahlen Friedhöfen entlang des Highways zwischen Charleston und Columbia deponierten. Gebäude, die nicht transportfähig oder unverkäuflich waren, wurden niedergerissen oder verschrottet, streunende Hunde von Jägern mit Sonderlizenzen erschossen, Katzen in Fallen gefangen und vor dem öffentlichen Anleger ersäuft. Plötzlich wucherten hier und dort wilde Tomaten, die keiner mehr wollte. Wassermelonen und Kantalupen verrotteten auf den Feldern an ihren Ranken. Die Schule und das Gerichtsgebäude wurden mit Dynamit in die Luft gejagt, jeder einzelne Laden an der Street of Tides niedergerissen. Am ersten September war Colleton vom Erdboden verschwunden wie Pompeji oder Herculaneum.

Für das enteignete Land zahlte die Regierung eine Gesamtsumme von achtundneunzig Millionen und neunhundertsiebenundsechzigtausend Dollar; zwei Millionen und zweihundertfünfundzwanzigtausend Dollar davon erhielt meine Mutter für den Verlust von Melrose Island.

Mutter, die sich der gemischten Gefühle ihrer geschiedenen Familie wohl bewußt war, schrieb vier Barschecks über je einhunderttausend Dollar aus. Savannah und ich akzeptierten dankend. Meine Schwester konnte sich damit aus der von ihr verabscheuten Rolle der armen Poetin befreien, Sallie und ich konnten das Darlehen zurückzahlen, das wir zur Finanzierung von Sallies Studium aufgenommen hatten, und uns zudem das Haus auf Sullivans Island kaufen. Vater war seit dem Tag der Eheschließung zwischen Mutter und Reese Newbury nicht mehr gesehen worden; Mutter zahlte daher seinen Anteil auf ein Sparkonto ein.

Luke verbrannte den Scheck vor Mutters Augen. Sie weinte, und er erinnerte sie daran, daß er Luke Wingo war, ein Junge vom Fluß, und daß sie ihn in dem Bewußtsein erzogen habe, daß ein Junge vom Fluß nicht käuflich sei.

Im Juni hatte der Boß des Projekts einen Abwracktrupp nach Melrose Island geschickt, der das Haus, in dem Luke aufgewachsen war, zerstören sollte. Zwölf Mann, drei LKWs und zwei Bulldozer rückten an. Als einer der Arbeiter mit einer Brechstange die Tür aufbrechen wollte, fiel hinter ihm im Wald ein Schuß, und drei Zentimeter über seinem Kopf zersplitterte eine Kugel das Holz des Türrahmens. Alle drei Lastwagen wurden durch Schüsse in die Reifen lahmgelegt, und die Arbeiter liefen über die Inselstraße davon, zurück in die Stadt.

Als sie fort waren, kam Luke aus dem Wald und sprengte mit Hilfe von Molotow-Cocktails, die er im Schuppen versteckt hatte, die drei LKWs und die beiden Bulldozer in die Luft, mit denen Fremde sein Haus hatten niederreißen wollen.

Es war Ernst geworden.

Am nächsten Tag kehrte der Trupp zurück, diesmal in Begleitung eines Bataillons der Nationalgarde, das ausschwärmte und die Wälder der Umgebung durchkämmte, bevor es dem Abbruchteam grünes Licht gab. Von einem Baum am jenseitigen Ufer des Flusses aus beobachtete Luke, wie sein Elternhaus geschleift wurde; er sagte mir später, es sei ihm vorgekommen, als würde vor seinen Augen seine gesamte Familie ermordet.

So wurde meine Heimatstadt zur geplanten Ruine, doch im Gegensatz zu den mannhaften, wie für die Ewigkeit geschaffenen Überresten älterer Kulturen, blieben von Colleton nicht einmal unterirdische Existenznachweise erhalten. Das gesamte Stadtgebiet wurde dem Erdboden gleichgemacht, umgepflügt und unter der Ägide des Landwirtschaftsministeriums mit Weymouthskiefern bepflanzt. Tag für Tag strömten sechstausend Arbeiter über die Brücken, die zu den Großbaustellen führten; ihre Autos waren mit speziellen Aufklebern gekennzeichnet. Vom ersten Oktober an war der Zutritt zu Colleton County nur noch Mitarbeitern der Atomenergiekommission gestattet. Die Zivilluftfahrtbehörde untersagte das Überfliegen des Geländes. Es gab vier separate Baustellen, und die Arbeiten schnitten zügig voran.

Der Gouverneur von South Carolina gab bekannt, daß die Umsiedlung der betroffenen Bürger erfolgreich abgeschlossen sei und daß das Colleton River Projekt innerhalb von drei Jahren in Betrieb gehen könne.

Wir, die Bürger von Colleton, verließen die Stadt fügsam wie eine Schafherde und fanden uns verbannt in sprachlose, städtebauliche Neuschöpfungen, ungeleitet vom dunklen Widerhall der Erinnerungen. Zwar berührten unsere Füße noch den Boden Carolinas, doch fehlte uns das Wissen und das gesammelte Leid unserer Vorfahren, die uns in Zeiten der Gefahr und Verblendung Stütze und Lehre hätten sein können. Dem Spiel der Gezeiten preisgegeben, drifteten wir ziellos umher, bis wir am Spülsaum der großen Stadt angeschwemmt wurden. Wir verließen unsere Heimat nicht wie ein besiegter Stamm, sondern angetan mit den schwarzen Schleiern und Gewändern der völligen Vernichtung. Einzeln oder zu Paaren verließen wir unseren grünen Archipel, dem lange die schlimmsten Entstellungen (und Entschädigungen) unserer Zeit erspart geblieben waren. Die Stadt hatte den Fehler begangen, klein zu bleiben – ein Verbrechen, das Amerika nicht verzeiht.

Wortlos fügten wir uns ihren Befehlen, und sie priesen unsere Selbstlosigkeit. Ihre Großzügigkeit brach uns das Genick. Sie verstreuten uns in alle Winde und zwangen uns, unter Fremden zu leben. Auf allen vieren krochen wir über jene Brücken, winselnd vor Dankbarkeit für jedes lobende Wort, das sie vor uns in den Dreck spuckten, wo wir es aufschlecken konnten. Wir waren Amerikaner, wir waren Südstaatler, und – Gott helfe uns – von wahrhaft heroischer, unwiderruflicher Dummheit und Unterwürfigkeit. Die Sanftmütigen werden dereinst vielleicht das Erdreich besitzen – doch Colleton werden sie nicht mehr bekommen.

Nur einer von uns blieb zurück, um einen kleinen Protest einzulegen.

Luke hatte inzwischen sein Boot an einen Krabbenfischer in Saint Augustine verkauft und sich einen kleinen Stützpunkt errichtet, von dem aus er den Fortgang der Bauarbeiten ein wenig behindern wollte. Er plante den einen oder anderen Überraschungscoup, der der Mewshaw Company und ihren Arbeitern einige Unannehmlichkeiten bereiten sollte. Sein Traum von der großen Revolte entwickelte sich jedoch erst nach diversen Anfangserfolgen. Seine Aktionen wurden wagemutiger, und er schlug öfter zu. Je mehr er wagte, desto mehr erreichte er. Der schnelle Erfolg ließ ihn gefährliche Schlüsse ziehen.

Etwa einen Monat nach Baubeginn fiel dem Werkschutzleiter der Company auf, daß auf der größten der vier Baustellen an der Westgrenze des Gebiets vier Tonnen Dynamit fehlten. Der Sprengstoff mußte über einen längeren Zeitraum hinweg in kleinen Mengen entfernt worden sein. Unweit des Tatorts wurden auf einem Parkplatz, auf dem die Bauarbeiter ihre Wagen abstellten, sechzig Autoreifen aufgeschlitzt. In einer einzigen Nacht gingen zehn Bulldozer in Flammen auf. Der Wohnwagen des Chefingenieurs wurde mit Dynamit in die Luft gesprengt. Am Rande des Geländes wurden vier Wachhunde erschossen.

Irgendwer verbarg sich in den Wäldern. Er war bewaffnet und gefährlich, und wenn die Arbeiter frühmorgens über die Brücken zur Arbeit fuhren, beschlich sie ein Gefühl des Unbehagens.

Es war etwa um diese Zeit, daß Henry Wingo wieder einmal die Gewässer South Carolinas ansteuerte. Beim Krabbenfischen in

Key West war Vater von einem gutgekleideten Herrn angesprochen worden, der eine *Accutron*-Uhr und einen Diamantring trug. Der Mann fragte Henry Wingo, ob er an einem lukrativen Job interessiert sei. Drei Tage später war Vater unterwegs nach Jamaika, wo er an einer Luxusbar in Montego Bay einen Geschäftspartner des Herrn mit dem Diamantring traf, und es entging ihm nicht, daß auch jener einen bohnengroßen Diamanten am kleinen Finger trug. Ein ganzes Leben hatte Henry Wingo darauf gewartet, Kerlen über den Weg zu laufen, die reich und geschmacklos genug waren, um ihre Hände mit Damenschmuck zu beschweren. Niemals erfuhr er ihre Nachnamen – er vertraute ganz ihrem Stilgefühl.

»Klasse«, würde er später sagen. »Rasse und Klasse.«

Zwei Jamaikaner beluden Vaters Krabbenkutter mit knapp siebenhundert Kilo hochwertigem Marihuana (was ihm bekannt war) und vierzehn Kilo reinem Heroin (was ihm vorenthalten blieb). Einer der beiden Jamaikaner verdiente sich seinen Lebensunterhalt als Aushilfskellner in einem Ferienhotel und beteiligte sich an Rauschgifttransporten, wann immer sich Gelegenheit dazu ergab. Der andere Jamaikaner, Victor Paramore, arbeitete als Informant des amerikanischen Finanzministeriums und war später, als mein Vater in Charleston vor Gericht stand, der erste Zeuge der Anklage. Als Vater mit seinem Boot zurückkam und zwischen Kiawah und Seabrook anlegte, harrte seiner bereits die fast vollzählige Belegschaft des für unseren Teil der Welt zuständigen Rauschgiftdezernats. Wie sich herausstellen sollte, war dies der letzte Versuch meines Vaters, die feinen Nuancen des Risikokapitalismus zu erlernen.

Vor Gericht trat Henry Wingo auf eigenen Wunsch ohne Verteidiger auf. Was er getan habe, sei von Grund auf falsch und verwerflich gewesen, sagte er dem Richter, er habe keine Entschuldigungen anzubieten und wolle sich auch keine ausdenken. Er verdiene die volle Härte des Gesetzes für sein Verbrechen, das Schimpf und Schande über seine Familie gebracht habe. Er wurde zu zehn Jahren Haft und zehntausend Dollar Geldstrafe verurteilt. Mutter bezahlte die Strafe von dem Geld, das sie nach dem Verkauf der Insel für Vater zurückgelegt hatte,

Innerhalb eines einzigen Jahres sah ich sowohl meinen Bruder als auch meinen Vater hinter Gittern. Doch als Vater zur Verbüßung seiner Strafe ins Gefängnis von Atlanta eingeliefert wurde, hatte ich kaum noch Hoffnung, meinen Bruder Luke noch einmal lebend wiederzusehen.

»Du mußt in größeren Dimensionen denken!« redete Luke sich auf seinen nächtlichen Streifzügen ein. In den ersten Monaten seiner Rebellion kam ihm vor allem zugute, daß die Behörden nicht genau wußten, daß er, Luke Wingo, der Saboteur in den Wäldern war. Er war natürlich der Hauptverdächtige, doch war er bisher von niemandem gesehen worden, der ihn zweifelsfrei hätte identifizieren können. Wie der Vietkong, den er zu bewundern gelernt hatte, gehörten ihm die langen Stunden des frühen Morgens, die Stunden nach Mitternacht; da verstand er es, den schlechtbezahlten Wachen auf seine Art das Leben zur Hölle zu machen. Er bewegte sich nur des Nachts durch sein zweckentfremdetes Land und vermied mit Bedacht die Patrouillenboote auf den Flüssen und die auf den aufgerissenen Straßen Streife fahrenden Polizeiwachen. Mit der Zeit bemächtigte sich seiner in den Wäldern, die ihm von Kindesbeinen an vertraut waren, das schreckliche Gefühl einsamer Priesterschaft. Er hörte Stimmen und sah die Gesichter seiner Familie im Geäst der Bäume erscheinen. Und all die Figuren seiner Halluzinationen (die er selber lieber ›Visionen‹ nannte), waren voll des Lobes für seine Mission und priesen seine Erfolge. Als er merkte, daß er Selbstgespräche zu führen begann, erschrak er zutiefst.

Trotz allem war er in diesen ersten Wochen seines Krieges gegen den Staat sicher, denn er besaß eine nicht übertragbare Kenntnis aller Mysterien des Marschlands. Zu Fuß und mit einem kleinen Segelboot umrundete er das gesamte Gelände. Er registrierte den Schiffsverkehr auf den Wasserwegen, die Lastwagenkolonnen auf den Brücken und die Zahl der Güterwaggons, mit denen über die Eisenbahnbrücken im Norden des Bezirks Kohle transportiert wurde. Er richtete sich in Savannah und in Brunswick/Georgia zwei sichere Unterschlüpfe ein. Nach jedem Anschlag verschwand er für etwa drei Wochen aus der Gefahrenzone und wartete, bis die Männer, die ihn jagten, der ergebnislosen Suche müde waren. Und überall auf den kleinen Inseln im Küstengebiet, in alten Brunnenschächten oder tief vergraben unter den Fundamenten ehemaliger Häuser, verbarg er Konterbande, Waffen und Proviant.

Seine ersten Aktionen waren reiner Vandalismus, wenngleich durchaus von hoher Qualität. Er zog seine Lehren daraus, analysierte seine Fehler ebenso wie seine kleinen Siege, sammelte Daten für künftige Operationen, verbesserte seine Technik bis hin zur Perfektion. Seine Isolation und die ständige Angewiesenheit auf sich selbst sowie der unbedingte Zwang zu äußerster Konzentration machten ihn gleichermaßen vorsichtig wie gefährlich. In den tiefen Wäldern und am Rande der großen Sümpfe jagte er Weißwedel-Hirsche mit Pfeil und Bogen und wunderte sich, wenn er oberhalb einer Salzlecke im Baum saß und wartete, über seine eigene Fähigkeit zu absoluter Reglosigkeit und Stille. Er fühlte sich frisch und lebendig und wie verzaubert, und die Freude an den Bäumen, Hirschen und Inseln ließ sein Herz höher schlagen. Auf der Jagd befiel ihn ein Staunen, als sei er tausend Jahre zurückversetzt in reine, zeitlose Sphären und Epochen, da die Stämme der Yemassee hier in gleicher Weise den Hirschen aufgelauert hatten. Luke war den Tieren, die ihn am Leben hielten, dankbar, und er verstand nun, warum die Urmenschen Hirsche als Götter verehrt und ihre Ebenbilder an Höhlenwänden verewigt hatten. Nie zuvor hatte er sich so bestürzend lebendig, nie so echt und wahrhaftig, nie so von der Wichtigkeit seines Auftrages erfüllt gefühlt. Visionen hatte er immer gehabt, doch besaßen sie bislang nur die sanfte Intensität von Träumen. Während er schlief, suchte man von Flugzeugen und Hubschraubern aus nach einer Spur von ihm. Er träumte von zauberhaften, verwirrenden Dingen und war glücklich darüber, wenn er bei Sternenlicht erwachte und feststellen konnte, daß die Traumbilder nicht dahinschwanden, sondern in Freskos aus Licht und Blut auf den Himmel gemalt waren. Er glühte vor revolutionärem Eifer, und Ideen erblühten in seinem Kopf wie Wildblumen auf der Wiese.

Manchmal kam es ihm vor, als sei er der letzte vernünftige Mensch in Amerika. Wann immer ihn Zweifel an seiner Mission beschlichen, zitierte er in Gedanken die Todesstatistiken von Hiroshima und Nagasaki. Wenn es mir gelingt, dachte er, den Bau von tausend Atombomben zu verhindern, dann kann das theoretisch die Rettung von hundert Millionen Menschen bedeuten...

Eine einsame Stimme in ihm trieb ihn an, beriet ihn und forderte ihn voller Leidenschaft und Engagement. Sie stellte Verhaltensregeln für ihn auf, setzte langfristige Ziele, plante Guerilla-Angriffe und sorgte für ihre Ausführung. Luke, allein unterwegs und grenzenlos frei in einem Staat ohne Staat, vermeinte, es sei die Stimme des eigenen Gewissens, die ihn rief, und er hörte ihr gebannt zu. Und freudig entdeckte er, daß ihm das Leben des edlen Räubers, ein aufgeklärtes Banditentum, gar nicht schwerfiel. Er stahl Vorräte, Feuerwaffen und Munition, gelegentlich auch ein schnelles Boot. Kompromißlos trat er ein für ein geliebtes Land, das in Gefahr war, und es war nicht seine Schuld, daß seine Visionen bald die Grenzen von Colleton County sprengten und den gesamten wunderbaren Planeten umfaßten.

Oft besuchte Luke den surrealen, verwüsteten Ort, wo einst die Stadt gestanden hatte. Er ging über Straßen, die keine mehr waren, und sprach laut die Namen der Familien aus, die auf diesem oder jenem inzwischen überwachsenen und überwucherten Fleck gelebt hatten. Er schlenderte ziellos über die geborstene Erde der Friedhofe und spürte die kleinen Wunden in dem von Bulldozern zermalmten Boden, die einst die Toten seiner Stadt beherbergt hatten. Er ging die Street of Tides entlang, die für immer zum Schweigen gebracht worden war: Niemand mehr trieb hier Handel, der nachbarliche Plausch war verstummt, fort war das köstliche, dunkle Aroma von schwarzem Kaffee, erstorben die dezente Geräuschkulisse des Verkehrs. Und doch fühlte Luke die vitale Gegenwart der Stadt unter seinen Füßen. Er glaubte zu spüren, wie sie alles daransetzte, von neuem emporzuwachsen, neugeboren, gesund, blühend, umgeben von der heiteren Aura der Auferstehung. Wachträume suchten ihn heim, und er konnte hören, wie die Stadt nach ihm schrie, die lange Elegie ihres Leidens rezitierte, den Hymnus von Niedergang, Verlust und Tod sang und mit heiserer Stimme Genugtuung verlangte. Im Mondlicht suchte er das Haus unserer Großmutter und schäumte vor Wut, als es ihm nicht gelang, das kleine Grundstück am Flußufer zu finden. Alle vertrauten Zeichen waren ausradiert, und erst als er den alten Eichbaum entdeckte, in dessen Rinde er, Savannah und ich an einem Ostersonntag unsere Namen eingeritzt hatten, wußte er, daß er an der richtigen Stelle war. Gras und Schlingpflanzen überwucherten die zerpflügte Erde, die einstmals Amos' und Tolithas Heimat gewesen war. Auf dem Weg zurück zum Fluß stolperte er über ein Hindernis im hohen Gras. Er bückte sich und fand Großvaters Kreuz. Er hob es auf, nahm es auf seine Schultern und schleppte es zurück zur Street of Tides. Zu Ehren und Andenken seines Großvaters trug er das Kreuz die ganze lange Straße hinunter, beseelt von glücklichen Erinnerungen. Er spürte das Gewicht des Kreuzes, spürte, wie sich die unversehrte Maserung des Holzes in sein Fleisch einschrieb, es zeichnete und verwundete und ihn an die Rechtmäßigkeit seiner Mission erinnerte. Und wieder waren die Stimmen in der Luft, schwollen an zu einem mächtigen Chor. Sie riefen ihn, Luke Wingo, den Jungen vom Fluß, ihren Bruder aus dem Marschland ihren Fürsprecher und Vorkämpfer. Und sie jubelten ihm zu, als er schwor, er werde es nicht geschehen lassen, werde nie bereit sein, den Tod der Stadt hinzunehmen, die er liebte wie keine andere. Er gelobte, seine Botschaft in die Welt zu tragen, der verwundeten Erde Colletons neues Leben einzuhauchen und die Stadt wie Lazarus von den Toten zu erwecken.

»Sie werden mich kennenlernen!« brüllte Luke. »Sie werden sich meinen Namen merken müssen! Sie werden Respekt vor mir haben! Und ich werde dafür sorgen, daß sie die Stadt genauso wieder aufbauen, wie sie einst gewesen ist.«

Er unterbrach sich, und die Stimmen verschwanden. Er legte das Kreuz auf den Boden und hörte die Melodien der Befreiung. Er tanzte auf der Straße, drehte sich im Kreise, jubelte. Da und dort blieb er stehen und sagte: »Hier kommt Mr. Danners Geschäft für Herrenkleidung hin, gleich daneben Mr. Scheins Lebensmittelladen und eins weiter Sarah Postons Boutique, dahinter Bitty Walls Blumengeschäft und danach...« Unter seinen Füßen bebte die Erde, die ganze Stadt lag in den Wehen der Wiedergeburt. Und von den Dächern einstmals vorhandener Häuser jubelten sie ihm zu. Aus seiner Erinnerung heraus schuf er die ganze Stadt neu in dieser Nacht, originalgetreu in allen Details. Und als er sich später davonmachte, blickte er noch einmal zurück und sah alle Geschäfte und Häuser in der Street of Tides hell erleuchtet vor sich, und quer über die Fahrbahn waren Weihnachtsdekorationen gespannt. Mr. Luther fegte den Platz vor seinem Laden, und Sheriff Lucas verließ gerade nach einem üppigen Mahl *Harry's Restaurant*, lockerte den Gürtel über seinem Bauch und gab einen Rülpser von sich.

Endlich, dachte er, bin ich ein Mann, auf den es ankommt, ein Sonntagskind, ein Mann in Flammen.

Da vernahm er hinter sich ein Geräusch. Er wirbelte herum und zog seine Pistole.

Wieder das Geräusch. Es war ein Pfiff. Er sah einen Mann, der am Ufer entlang auf ihn zukam, sprachlos vor Freude.

Mr. Fruit.

Mit einer Tat, die für ihn selbst – aber nicht für den Staat –, rein symbolische Bedeutung hatte, erweiterte Luke Wingo die Taktik der kleinen Nadelstiche zum ausgewachsenen Guerillakrieg und bekannte sich öffentlich dazu. Am vierzehnten März um drei Uhr morgens wurden die vier Brücken, die die Nord- und Ostgrenze Colletons mit dem Festland verbanden, von vier primitiven Bomben mit nichtsdestoweniger gewaltiger Sprengkraft in die Luft gejagt. Eine Stunde später zerstörten zwei weitere Bomben die beiden Eisenbahnbrücken, über die die Güterzüge der *Southern Railway* in den Bezirk kamen.

Zwanzig Minuten nach der Explosion raste, aus Charleston kommend, einer jener Züge heran. Er sollte eine riesige Fracht Kohle zu den Baustellen bringen. Der Lokomotivführer fuhr mit Höchstgeschwindigkeit auf die lange Brücke, flog mit dem gesamten Zug fünfzig Meter weit durch die Luft und krachte denn mit ohrenbetäubendem Lärm in die schwarzen Fluten des Little Carolina River. Der Zugführer und drei weitere Bahnarbeiter waren auf der Stelle tot. Zum erstenmal war in der Auseinandersetzung, die die Zeitungen alsbald den *Sezessionskrieg von Colleton* tauften, Blut geflossen.

Luke schrieb einen Brief an die Redaktionen von fünfzehn Zeitungen in South Carolina. Darin erklärte er das Gebiet in einem Vierzigmeilenradius um Colleton – das dreißig Inseln und knapp zwanzigtausend Hektar Festland umfaßte – zur plutoniumfreien Zone. Er entschuldigte sich bei den Familien der bei dem Zugunglück ums Leben gekommenen Männer und versprach, alles zu tun, um die Toten wieder lebendig zu machen. Er sähe seine Aufgabe nicht darin, Leben zu zerstören, sondern vielmehr darin, es zu bewahren. Der Brief war eine verkürzte Version der Rede, die er bei jener Veranstaltung mit Patrick Flaherty gehalten hatte. Er verfaßte ein Manifest, in dem er verkündete, daß der Landstrich, der vormals als Colleton County bekannt war, von nun an ein souveräner Staat sei, dem er selbst als Couverneur, Polizeichef, Armeekommandeur und – solange es noch keine Bevölkerung gab – auch als einziger Bürger angehöre. Die Bundesregierung in Washington, so hieß es, habe behauptet, das betreffende Gebiet gehöre der Bevölkerung der Vereinigten Staaten, und er, Luke, stimme dem zu; umstritten sei lediglich die Frage der Regierung. Der Name des neuen Staates sei Colleton. Luke setzte der Bundesregierung eine Frist von dreißig Tagen für die Einstellung sämtlicher Arbeiten am Colleton-River-Projekt sowie die Rückgabe aller im Zuge der Enteignungmaßnahmen den Bürgern gestohlenen Grundstücke. Für den Fall, daß die Regierung das Projekt nicht einstellen sollte, kündigte Luke den formalen Austritt Colletons aus der Union und die sofortige Kriegserklärung an. Alle Bauarbeiter würden fortan als Mitglieder einer feindlichen Invasionsarmee angesehen und entsprechend behandelt werden.

In seinem Manifest rief Luke freiwillige Helfer dazu auf, sich als Partisanen zur Verfügung zu stellen. Es gelte zunächst, die Infiltration der Grenzen Colletons durch Agenten der Bundesregierung zu stoppen. Wer sich ihm anschließen wolle, solle zunächst allein das Territorium betreten und sich durch das Tragen eines grünen Armbands identifizieren. Überall in dem entrechteten Gebiet sollten dann Horchposten und kleine Stellungen eingerichtet werden. Sobald das Netz dicht genug sei, würde er sich zu erkennen geben; die Truppe könne sich dann zu einer kleinen Armee zusammenschließen und gemeinsame Operationen in die Wege leiten. Zunächst jedoch müßten jede Frau und jeder Mann auf sich allein gestellt arbeiten und mit gezielten Guerilla-Attacken versuchen, die Nachschubwege zu blockieren und den Fortgang der Arbeiten an der Plutoniumfabrik zu unterbinden.

Lukes Brief und sein Manifest sorgten im ganzen Staat für Schlagzeilen. Auf einem Foto waren Luke und ich zu sehen, wie wir nach dem Sieg im staatlichen Football-Wettbewerb für Schülermannschaften in Triumphpose den riesigen Pokal präsentierten. Ein anderes Bild zeigte Savannah; es war dem Schutzumschlag ihres Buches *Die Tochter des Krabbenfischers* entnommen. Die Nationalgarde wurde mit dem Schutz der Zufahrtswege betraut, und man begann unverzüglich mit dem Wiederaufbau der zerstörten Brücken. Die Sicherheitsmaßnahmen um die Baustellen wurden erheblich verschärft, und Luke wurde steckbrieflich gesucht. Ich glaube, es gibt keinen Polizisten in South Carolina und keinen Beamten der Strafverfolgungsbehörde, der in der Zeit nach der Veröffentlichung von Lukes Brief nicht irgendwann einmal bei mir auftauchte. Man betrachtete Luke als gefährlichen, bewaffneten Kriminellen, der vermutlich sogar seinen Verstand verloren habe. Manche Leitartikel in den führenden Tageszeitungen hatten einen geradezu hysterischen Unterton. Senator Ernest Hollings wurde mit der Bemerkung zitiert: ›Vielleicht ist der Junge ja tatsächlich verrückt. Aber eines ist sicher: Es gibt nicht mehr viele Brücken nach Colleton rüber. ‹

An der Universität von South Carolina wurde eine ›Party der Grünen Armbänder‹ veranstaltet, auf der Geld für behinderte Kinder gesammelt wurde. Und ein Leserbriefschreiber in der *Columbia State Gazette* bezeichnete Luke Wingo als den ›letzten großen Bürger South Carolinas‹.

Drei Wochen nach Erscheinen von Lukes Brief wurde unweit der Hauptbaustelle des Colleton-River-Projekts der siebzigjährige Lucius Tuttle, ein ehemaliger Pelztierjäger, festgenommen und verhaftet. Der Zwischenfall wurde in der Zeitung *News and Courier* erwähnt. Unerwähnt blieb indessen, daß der Mann ein grünes Armband trug und sich seiner Festnahme mit Waffengewalt widersetzt hatte: Er lieferte sich ein Feuergefecht mit zwanzig Polizisten, bis ihn Munitionsmangel zur Aufgabe zwang. Zehn Frauen, die der Organisation *Frauen streiken für den Frieden* angehörten, legten sich vor einen Bus, der Bauarbeiter zu ihren Arbeitsplätzen bringen sollte. Sie trugen alle grüne Armbänder und riefen im Sprechchor: »Atomraketen stop!«, als die Polizei sie abführte.

In konservativen Kreisen galt Luke als geisteskranker Mörder. Aber es gab auch einige Frauen und Männer – nicht sehr viele, muß ich gestehen –, die in ihm den personifizierten Umwelt-Helden sahen, den einzigen Menschen in der ganzen Republik, der auf die schauerlichen Grotesken des Atomzeitalters einigermaßen logisch reagiert hatte. Und genau in dem Augenblick, da offenbar wurde, daß sich die Einstellung der Öffentlichkeit gegenüber Lukes Revolte zu ändern begann, machte die Regierung Ernst. Mit allen Mitteln versuchte sie, Luke Wingos Krieg gegen den Staat ein Ende zu setzen. Als Guerilla hatte er Schrecken verbreitet und gezeigt, daß er ein verschlagener Gegner war – wenn er jedoch zur Symbolfigur wurde, geriet das gesamte Colleton-River-Projekt in Gefahr. Luke war zum Risiko geworden, vor allem aber ein Public-Relations-Problem. Mit der Ausschaltung der sechs Brücken hatte er bewiesen, daß hinter seinem zerstörerischen Genie auch taktisches Geschick stand. Scharenweise reisten nun FBI-Agenten an, und eine im Antiguerillakarnpf ausgebildete Spezialeinheit aus Fort Bragg/North Carolina durchkämmte die Inseln in nächtlichen Razzien. Luke wog die Zeit, die ihm blieb, gegen das Prestige der Leute, die man auf seine Spur gehetzt hatte. Er merkte, daß die Zahl der Erkundungsflüge über dem Marschland zunahm. Die Küstenwache verstärkte ihre Patrouillentätigkeit auf dem Fluß. Im wachsenden Aufwand und Einsatz seiner Gegner sah er eine Hommage an sich selbst. Er wußte die Qualität der Männer, deren Auftrag es war, ihn festzunehmen und der Justiz zu überstellen, zu schätzen. Aber obwohl die Leute, die ihm das Handwerk legen sollten, hervorragend für ihre Aufgabe ausgebildet waren, blieb er ihnen zunächst noch um Längen voraus – dank einer lebenslangen Vertrautheit mit dem Terrain.

Bald konnte ich einen FBI-Agenten auf hundert Meter Entfernung oder mehr erkennen, und nie unterlief mir dabei eine Fehlbestimmung. Ihre äußeren Merkmale sind so unverkennbar wie die der Diamantklapperschlange. Alle haben sie zu viele Filme gesehen und zu viele Bücher gelesen, in denen ihre fabelhaften detektivischen Fähigkeiten ausführlich dargestellt und geschildert werden. Und alle glauben sie fest an den seligmachenden Quatsch, den das FBI seinen Agenten in reichhaltigster Dosierung zuführt. Ich habe Männer mit kantigen Unterkiefern und vergleichbarem Händedruck immer gehaßt, Männer, die aussehen, als wollten sie zweitklassige Schauspieler imitieren. Alle FBI-Agenten scheinen ihre farblosen Anzüge in ein und demselben billigen Herrenkonfektionsgeschäft von ein und derselben Stange geholt zu haben. Der attraktivste Teil ihrer Garderobe sind ihre Dienstmarken.

Im ersten Jahr nach Lukes Verschwinden in den Wäldern von Colleton wurde ich etwa von einem Dutzend Vertretern dieser Spezies verhört – sehr zu meinem Mißvergnügen, wie ich sagen muß. Im Gespräch mit Männern, die eines Tages vielleicht meinen Bruder töten würden, konnte ich sehr ausfällig werden. Das FBI betrachtete mich als Gegner, und der Gedanke an dieses Prädikat konnte mich in trüben Stunden aufmuntern.

Fast ein Jahr war vergangen, als J. William Covington mit dem Fall Wingo betraut wurde. Er kam an einem Frühjahrstag während des Trainings. Ich war gerade dabei, eine taktische Variante zu üben, die dem *quarterback* meines Teams auf den Leib geschneidert war: Der Junge rannte wie ein Stier, war aber auch kaum wendiger. Bob Marks, der seit kurzem mein Assistent war, entdeckte Covington in seinem typischen Chevrolet-Dienstwagen.

»Wieder 'n Bulle, Tom«, sagte Bob.

»Ich glaub', nächstes Jahr zahl' ich mal Steuern«, gab ich zurück und ging auf den Wagen zu.

Als ich näher kam, stieg Covington aus. J. William war ein Musterexemplar seiner Gattung. Selbst wenn er splitterfasernackt durch ein Lilienbeet getanzt wäre, hätte ich keinerlei Schwierigkeiten gehabt, ihn als FBI-Agenten zu identifizieren.

»Entschuldigung Sie, Sir«, sagte ich zu ihm. »Auf unserem Platz stellen Hare-Krishna-Jünger keine Büchertischchen auf. Der Flughafen ist zwanzig Kilometer weiter westlich.«

Er lachte, und zu meiner Überraschung klang das Lachen echt. »Ich habe schon gehört, daß Sie Humor haben«, sagte er und streckte mir die Hand entgegen.

»Das ist nicht wahr«, gab ich zurück. »Sie haben gehört, daß ich ein Klugscheißer bin.«

»In Ihrer Akte steht, daß Sie unkooperativ sind. Übrigens – mein Name ist J. William Covington. Meine Freunde nennen mich Cov.«

»Und wie nennen Ihre Feinde Sie?«

»Covington.«

»Nett, Sie kennenzulernen, Covington«, antwortete ich. »So, und um meinem Ruf gerecht zu werden, sage ich Ihnen jetzt alles, was ich weiß. Ich weiß nicht, wo mein Bruder sich versteckt hält. Ich habe kein Wort mehr von Luke gehört. Er hat weder geschrieben noch angerufen noch telegrafiert. Ich versorge ihn weder mit Lebensmitteln, noch gewähre ich ihm Unterschlupf oder sonstige Hilfe welcher Art auch immer. Und, nein, ich werde Ihnen bei Ihrer Untersuchung in keiner Weise behilflich sein.«

»Ich möchte Luke da raushelfen, Tom«, sagte Covington. »Alles, was ich bisher über Luke gehört habe, gefällt mir sehr. Ich glaube, ich kann mit dem Büro des Staatsanwalts was aushandeln. Wenn er sich stellt und gesteht, kommt er vielleicht mit drei bis fünf Jahren davon.«

»Und die vier Toten in dem Zug?« fragte ich.

»Es steht eindeutig fest, daß er von dem Zug nichts wußte. All die Jahre, als Sie und Ihre Familie dort lebten, ist die Strecke nachts nicht befahren worden. Ich nenne so was Totschlag, ohne Absicht.«

»Allein für die Zerstörung der Brücken kann er mehr als fünf Jahre bekommen«, sagte ich. »Warum sollte sich der Staatsanwalt auf so einen Kuhhandel einlassen?«

»Weil ich den Staatsanwalt davon überzeugen kann, daß er damit vielleicht die Brücken im südlichen Teil des Bezirks retten kann.«

»Warum erzählen Sie mir das?« fragte ich. »Ich sehe nicht, wie ich Ihnen dabei helfen kann.«

»Weil ich Lukes Akte sehr genau studiert habe, Tom. Danach gibt es drei Menschen, die Luke finden können, wenn sie es darauf anlegen. Da wäre einmal Ihr Vater, Tom, aber der ist, wie Sie ja wissen, gegenwärtig indisponiert.«

»Indisponiert!« sagte ich. »Wie Sie mit der Sprache umgehen, gefällt mir, Covington.«

»Die anderen beiden sind Sie und Ihre Schwester. Sie schreibt übrigens ausgezeichnete Gedichte, ich bin ein großer Fan von ihr.«

»Sie wird von dem Vorschlag begeistert sein.«

»Kann ich mit Ihrer Hilfe rechnen?« fragte er.

»Nein, können Sie nicht, Cov. Sie haben mir vorhin nicht richtig zugehört. Ich bin nicht bereit, Ihnen bei Ihrer Untersuchung in irgendeiner Weise behilflich zu seien.«

»Die Mewshaw Company zahlt dem, der ihren Bruder neutralisiert, eine Belohnung von fünfundzwanzigtausend Dollar«, fuhr Covington fort. »Muß ich Ihnen das Wort *neutralisieren* übersetzen? Die schicken jetzt die Kerle in die County, die ihrem Bruder mehr als gewachsen sind, Tom. Zwei Green Berets, beide Träger der Ehrenmedaille des Kongresses, sind bereits dort und hetzen ihn. Sie werden ihn zwar nicht gleich morgen oder übermorgen erwischen, aber eins ist sicher: Über kurz oder lang bringen sie ihn um. Ich bewundere Ihren Bruder sehr, Tom, und ich würde ihm gerne dieses Schicksal ersparen. Aber dazu benötige ich Ihre Hilfe.«

»Sie sind bisher, Mr. Covington«, sagte ich, »der erste Mitarbeiter des Federal Bureau of Investigation, dessen Visage mich nicht von vornherein ankotzt. Und gerade das macht mich sehr unruhig. Was hat ausgerechnet Sie dazu gebracht, FBI-Agent zu werden? Und warum, um Gottes willen, nennen Sie sich J. William?«

»Mein erster Vorname lautet Jasper«, erwiderte er, »und lieber sterbe ich, als daß ich mich mit diesem Namen anreden lasse. Auf den J. William kam meine Frau, weil ich in einer Organisation tätig bin, die von einem J. Edgar gegründet worden ist. Sie meinte, es könne sogar bei Beförderungen unterschwellig zu meinen Gunsten wirken. FBI-Agent bin ich geworden, weil ich in der Schule ein verdammt schlechter Sportler war. Und wie bei den meisten anderen verdammt schlechten Sportlern in amerikanischen High Schools führte das bei mir zu Komplexen bezüglich meiner Männlichkeit. Uns FBI-Agenten sind solche Komplexe natürlich fremd.«

»Sie geben gute Antworten, Jasper«, sagte ich. »Anders als bei Ihren Kollegen glaube ich bei Ihnen vage Anzeichen von Menschlichkeit wahrnehmen zu können.«

»Ich habe Ihre Akte genau durchgelesen«, sagte er. »Und mir war klar, daß ohne eine gewisse Vertrauensbasis von Ihnen keine Unterstützung zu erwarten wäre.«

»Ich habe nicht gesagt, daß ich Ihnen traue, Jasper. Und von Unterstützung war absolut keine Rede.«

»Das wird sich ändern«, antwortete Covington. »Und zwar deshalb, weil Sie mit dem einzigen Menschen in der Welt sprechen, der ein Interesse daran hat, daß Ihr Bruder lebendig aus der Sache herauskommt.«

Ich betrachtete J. William Covingtons Züge. Er sah gut aus, mitfühlend, ritterlich – ein Gesicht, das mich mit geradezu titanischem Mißtrauen erfüllte. Er wich meinem Blick nicht aus, sondern sah mich offen an – noch ein Punkt, der gegen ihn sprach. Seine Augen waren klar und ruhig.

»Ich glaube, ich kann meinen Bruder für Sie finden, Jasper«, sagte ich. »Aber ich möchte, daß der Deal schriftlich fixiert wird.«

»Geht in Ordnung. Und ich gebe Ihnen mein Wort, daß sich alle Betroffenen daran halten werden.«

»Ich tue es für Sie, aber das heißt noch lange nicht, daß ich Sie jemals sympathisch finden werde, Jasper«, sagte ich. »Und außerdem gefällt mir Ihr Anzug nicht.«

»Mich interessiert die Adresse Ihres Schneiders auch nicht, Tom«, gab er zurück und deutete auf meine Khakis und mein Turnhemd.

Als das Schuljahr zu Ende war, kam Savannah mit dem Flugzeug nach Charleston. Einige Tage verbrachten wir mit den Vorbereitungen für die Expedition in unsere verlorene Heimat: Wir besorgten Vorräte, planten die Route, saßen zusammen mit Sallie abends vor der Seekarte des Gebiets (Maßstab 1:80000), auf der bei jedem Fluß oder Creek die mittlere Niedrigwassermarke in Fuß angegeben war. Mit unseren Zeigefingern folgten wir Sümpfen und Kanälen, der ausgedehnten brettebenen Topographie unserer Kindheit. Wir versuchten, uns in Luke hineinzuversetzen und die Welt mit seinen Augen zu sehen. Ich ging davon aus, daß er sich tagsüber im Savannah-River-Sumpfland südlich der Grenze von Colleton County aufhielt, von dort aus zu seinen nächtlichen Sabotageakten aufbrach, um noch vor Morgengrauen wieder in den schier undurchdringlichen Sumpf zurückzukehren.

Savannah teilte meine Ansicht nicht. Sie meinte, Luke halte sich an einem uns allen vertrauten Platz *innerhalb* der County auf, und erinnerte mich daran, daß unser Bruder ein Gewohnheitstier war. Für ihn sei es unlogisch, meinte sie, einen Befreiungskrieg um Colleton zu führen, ohne dort tatsächlich auch zu leben.

Ich wandte ein, daß die Verfolger Luke überall auf den Inseln mit Bluthunden hetzten. Den Hunden konnte ein häufig frequentiertes Basislager nicht so lange Zeit verborgen geblieben sein.

»Dann muß es sich um einen Ort handeln, von dem seine Verfolger keine Ahnung haben, Tom«, sagte Savannah, »um einen Ort, den nur Luke kennt.«

»Die kennen inzwischen das Gebiet fast so gut wie Luke selbst, Savannah. Du kannst diese Karte hier in jedem Hafen der Vereinigten Staaten kaufen. Und wenn man eines ganz bestimmt nicht über Amerika sagen kann, dann, daß es schlecht kartiert ist...«

»Aber wenn es so gut kartiert ist – warum finden sie ihn dann nicht?« fragte Savannah.

»Sag mal, Tom«, mischte Sallie sich ein, »wie heißt dieser Fleck, von dem Du mir damals im College erzählt hast? Dein Vater hat dort immer gefischt oder so.«

»Die Sumpfhuhn-Insel!« riefen Savannah und ich unisono.

Als kleiner Junge hatte Vater einmal mit einem Freund in den weitausgedehnten Marschen des Upper Estill River Sumpfhühner gejagt. Sie paddelten bei Flut mit ihrem kleinen Boot durch das Riedgras und scheuchten so die Vögel aus ihren Deckungen auf. Henry Wingo hatte bereits ein Dutzend Sumpfhühner geschossen, als ihm und seinem Freund ein kleiner Hain aus niedrigen Bäumen auffiel, der sich in einiger Entfernung vor ihnen aus dem Sumpfland erhob. Als sie die kleine Insel erreichten, lief das Wasser bereits wieder ab, weshalb ihnen nichts anderes übrigblieb, als bis zur nächsten Flut dort zu bleiben. Sie befanden sich etwa achtzehn Kilometer von der nächsten menschlichen Siedlung entfernt und hatten rein zufällig einen jener heimlichen Ankerplätze entdeckt, wie sie in den Träumen jedes kleinen Jungen vorkommen: ein Drittel Hektar unkartiertes Land mit einem kleinen Gebüsch aus Fächerpalmen und einem mageren Eichbaum. Es war ein verlorenes Inselchen in der riesigen Salzmarsch, die vom Fluß und vom Festland kaum zu sehen war. Sie rupften und säuberten die Sumpfhühner und tränkten sie in Seewasser. Sie schlugen ihr Zelt auf, machten ein Lagerfeuer und dünsteten Zwiebeln in drei Eßlöffeln ausgelassenem Speck. Dann wälzten sie die Vögel in Mehl und brieten sie, bis sie so braun waren wie Schokolade, gossen ein wenig Wasser in die Pfanne und köchelten die Vögel auf kleiner Flamme gar. In der Zwischenzeit gruben sie Muscheln aus dem freiliegenden Watt und aßen sie roh als Vorspeise. Beide Knaben waren überzeugt, einen Fleck Erde entdeckt zu haben, den noch nie eines Menschen Fuß betreten hatte. Sie erklärten die Insel zu ihrem Eigentum und ritzten ihre Namen in den Stamm der Eiche. Und bevor sie ihre Entdeckung mit der nächsten Flut verließen, tauften sie sie auf den Namen ›Sumpfhuhn-Insel‹.

Als meine Großmutter ihren Mann Amos verlassen hatte und nach Atlanta gezogen war, lief mein Vater von zu Hause fort. Seine Freunde fanden ihn auf der Sumpfhuhn-Insel, wo er um seine verlorene Mutter weinte. jedes Jahr im Frühling, wenn die Fische ihre Laichgründe in den küstennahen Gewässern aufsuchten, verbrachte Vater eine Woche auf seiner Insel, fing Fische und Krabben und kampierte unter den Sternen. Ich war sieben, als er seine drei Kinder zum erstenmal mitnahm. Inzwischen hatte er auf der Insel eine kleine Hütte zum Schutz gegen den Regen errichtet. Mit einem lebenden Aal als Köder fing ich in diesem ersten Jahr einen fünfundzwanzig Pfund schweren Königsbarsch, und im Fluß setzten wir ein Netz für Süßwasserheringe. Eine Woche lebten wir von Barsch-Steaks, die wir über der Glut des Lagerfeuers rösteten, und blassem Heringsrogen mit Speckstreifen. Der Gedanke an Vaters Refugium war für mich fortan untrennbar verbunden mit der Vorstellung opulenter Fischgerichte und dem Lachen Henry Wingos am Ruder seines Boots. Die Flut schwemmte uns hinauf auf jenes unbedeutende Stück Land, wo wir in völliger Isolation vom Rest der Welt existierten. Erst als er viel später einmal bemerkte, daß sein Camp von anderen Fischern entdeckt und benutzt worden war, stellte Vater seine alljährlichen Pilgerfahrten zur Insel ein. Sie war nicht mehr sein Geheimnis, war entweiht und wertlos. Die Sumpfhuhn-Insel hatte Fremde an ihre Gestade gelassen und somit ihren Entdecker verraten. Und in der Philosophie meines Vaters war einmal verlorene Unschuld unwiderruflich dahin. Nie wieder kehrte er zur Insel zurück, und wir Kinder, die wir die Tiefe seiner Enttäuschung spürten, verzichteten ebenfalls darauf.

Savannah und ich aber wußten, daß man ein ganzes Leben in Colleton County und dabei seine gesamte Freizeit auf der Suche nach guten Fisch- und Krabbengründen in den obskuren Creeks und Nebenflüssen verbringen konnte, ohne auch nur eine Ahnung von jenem herzförmigen Fleckchen festen Bodens zu bekommen, das wie ein Saphir im toten Herzen der größten Salzmarsch nördlich von Glynn County/Georgia eingebettet war. Außer uns beiden wußten nur noch unser Vater, Luke und jene anonymen Fischer, deren unschuldige Spuren die göttliche Einzigartigkeit von Vaters Eremitenklause befleckt hatten, von der Existenz der Insel.

Ich markierte auf der Karte die Stelle, an der ich die Sumpfhuhn-Insel vermutete, mit einem Kreuz und war mir dabei bewußt, daß allein die Bezeichnung ›Insel‹ irreführend war – es handelte sich um nichts weiter als ein winziges Stück Land, das über kurz oder lang wieder von der Marsch verschluckt werden würde.

Am Abend vor unserem Aufbruch nach Colleton las ich den drei Mädchen noch eine Geschichte vor und brachte sie ins Bett. Sallie hatte Spätschicht im Krankenhaus. Ich mixte für mich und Savannah zwei Drinks und brachte sie hinaus auf die vordere Veranda. Im leichten Dunst jenseits des Hafens schimmerten die Lichterketten von Charleston.

Meine Mutter hatte mit uns zu Abend gegessen, und die Spannung war unerträglich gewesen. Sie gab uns und unserem Vater die Schuld an Lukes Verschwinden. Sie verkündete, daß Reese sich bereit erklärt habe, die besten Anwälte von South Carolina für Lukes Verteidigung zu engagieren, und tobte vor Wut, als Savannah den Einwand wagte, Luke werde mit diesem Vorhaben möglicherweise nicht einverstanden sein. Mutter war unfähig zu erkennen, daß Reese Newbury die abstruse Kunst der Erniedrigung durch Zuvorkommenheit beherrschte. Es war alles andere als ein Vergnügen für uns, daß Mutter weinte, als sie das Haus verließ.

»Egal, was mit Luke passiert«, sagte Savannah, »die wirkliche tragische Figur in der Geschichte wird Mom sein, glaube ich.«

Wir starrten hinaus in Richtung Fort Sumter.

»Sie verdient es nicht anders«, sagte ich. »Sie hat unredlich gehandelt.«

»Du hast ja keine Ahnung, wie schwer es ist, eine Frau zu sein«, gab Savannah scharf zurück. »Nach allem, was sie durchgemacht hat, kann sie meinetwegen tun und lassen, was sie will.«

»Und warum tust du dann, wenn sie da ist, als könntest du sie auf den Tod nicht ausstehen?« fragte ich. »Warum bist du nicht imstande, ein einziges vernünftiges Wort mit ihr zu wechseln? Wieso schaffst du es nicht, ihr ein einziges Mal das Gefühl zu geben, daß du sie magst?«

»Weil sie meine Mutter ist und weil es ein Naturgesetz und ein Zeichen von seelischer Gesundheit ist, wenn eine Frau genügend Kraft aufbringt, ihre Mutter zu hassen. Meine Therapeutin sagt, das sei ein ganz wichtiges Stadium, durch das ich hindurch muß.«

»Deine Therapeutin!« rief ich aus. »Sag mal, wie viele Analytiker, Therapeuten und sonstige Seelenklempner hast du schon verschlissen, seitdem du South Carolina verlassen hast?«

»Ich versuche, leben zu können«, sagte sie gekränkt. »Du hast kein Recht, meine Therapie zu torpedieren.«

»Gibt es einen einzigen Menschen in New York City, der noch nicht beim Therapeuten war?« fragte ich. »Ich meine, es muß doch irgendeinen armen Schlucker geben, der in La Guardia auf 'n Anschluß gewartet und daher nicht die Zeit gehabt hat, mal eben zu 'ner fünfzigminütigen Seelenpflege rauf in die Upper East Side zu flitzen.«

»Ich hab' noch nie einen gesehen, der eine Therapie nötiger gehabt hätte als du«, antwortete Savannah. »Wenn du nur deine eigene Stimme hören könntest. Wenn du nur wüßtest, wie wütend du klingst.«

»Ich weiß nicht, wie ich mich einem geliebten Menschen gegenüber verhalten soll, der auf alles eine Antwort hat«, sagte ich. »Mom hat auf alles eine Antwort, und du hast auf alles eine Antwort, das ist wie eine endemische Krankheit, von der alle weiblichen Mitglieder dieser Familie betroffen sind. Plagen dich eigentlich niemals irgendwelche Zweifel?«

»Ja«, antwortete meine Schwester, »gerade, was dich betrifft, habe ich große Zweifel. Ich sehe keine Richtung in deinem Leben, keinen Ehrgeiz, keine Risikobereitschaft, keinen Wunsch nach irgendwelchen Veränderungen. Du driftest einfach so dahin, ein bißchen abgehoben von Frau und Kindern, ein bißchen entfremdet von deinem Job, ohne zu wissen, was du willst oder wohin du willst.«

»Das sind die Eigenschaften, die mich zum Amerikaner machen, Savannah. Daran ist nichts Ungewöhnliches.«

»Du kommst nach Hause von deinen Trainingsstunden, holst dir einen Drink, hockst dich vor den Fernseher und bleibst dort so lange sitzen, bis du müde oder besoffen genug bist, um ins Bett zu gehen. Du liest keine Bücher, du unterhältst dich mit niemandem, du vegetierst einfach so vor dich hin.«

»Ich unterhalte mich beispielsweise jetzt, in dieser Minute. Und das erklärt, warum mir Unterhaltungen zuwider sind.«

»Du haßt es, über dich selbst nachzudenken, Tom«, sagte sie und kniff mich in den Arm. »Du lebst völlig unreflektiert vor dich hin. Irgendwann wirst du die Suppe auslöffeln müssen – und das ist es, was mich bedrückt.«

»Warum, Savannah«, fragte ich sie, »zwingst du buchstäblich jeden, der dir über den Weg läuft, sich zu irgendeiner Form des Wahnsinns oder des Unglücklichseins zu bekennen?«

»Gerüchteweise habe ich mal gehört, daß es auch geistig und seelisch gesunde Menschen geben soll, begegnet ist mir aber von dieser Spezies noch niemand. Sie sind wie die Inkas: Du kannst Bücher über sie lesen und die Ruinen ihrer Siedlungen studieren, aber du kannst sie nie persönlich fragen, wie sie funktionieren.«

»Savannah«, sagte ich, »wenn es uns nicht gelingt, Luke zu finden, dann bringen sie ihn um. Und wenn sie ihn umbringen – ich weiß nicht, wie ich das verkrafte.«

»Dann finden wir ihn eben und holen ihn zurück.«

»Die haben ihm Leute auf die Fersen gesetzt, die ihn hetzen, als wäre er ein Hirsch oder so was Ähnliches.«

»Dann mach' ich mir mehr Sorgen um diese Kerle als um Luke. Wir beide wissen doch, wie gut er ist. Für Luke gab es bisher immer einen Ausweg, und ich glaube, wenn es auch nur einmal schiefgegangen wäre, dann hätte er sich auf die Sache da draußen nicht eingelassen. Wenn man uns damals erwischt hätte, als wir den Tümmler retteten. Wenn wir die Schildkröte nicht in Newburys Bett gekriegt hätten. Wenn er es nicht geschafft hätte, mitsamt der Leiche seines Kameraden aus Nordvietnam rauszuschwimmen... Er vertraute immer darauf, daß es letztlich gut ausgehen würde, und hat damit immer recht behalten.«

»Aber es ist doch sinnlos«, erwiderte ich. »Er erreicht doch nichts damit.«

»Auf jeden Fall hat er erreicht, daß man auf ihn aufmerksam geworden ist«, sagte Savannah und fragte: »Denkst du oft an ihn, Tom?«

»Ich versuche, es zu vermeiden«, sagte ich. »Ich versuche, weder über ihn noch über Dad nachzugrübeln. Es gibt Zeiten, da bilde ich mir ein, keiner von beiden habe in meinem Leben je eine Rolle gespielt.«

Savannah lachte. »Das ist ja Mutters altes System: Wahr ist nur, was du erinnern willst.«

»Einmal in der Woche schreibe ich Dad einen Brief. Es ist, als schriebe ich einem Brieffreund in Estland, einem Fremden, den ich nie gesehen habe. Seine Briefe dagegen sind sehr liebevoll und intelligent. Wie kommuniziert man mit einem liebevollen Vater? Das ist noch schwieriger als der Umgang mit einem intelligenten... Durch unsere Korrespondenz ist unsere Beziehung nahezu freundschaftlich geworden, doch wenn ich an unsere Kindheit denke, empfinde ich größte Zärtlichkeit und Dankbarkeit gegenüber Mutter. Ich ströme geradezu über vor Liebe zu ihr, doch so, wie sie heute ist, kann ich ihre Gegenwart kaum noch ertragen. Die Geschichte mit Luke bringt sie um, und ich kann ihr in keiner Weise helfen.«

»Wieso bist du so wütend auf Luke?« fragte Savannah.

»Weil ich ihn für einen Idioten halte«, antwortete ich. »Weil ich ihn für egomanisch, kompromißlos und selbstsüchtig halte. Aber da ist noch etwas anderes, was ich nicht begreife, Savannah: Ich beneide ihn um die Freiheit, die er sich genommen hat, um den Mut, in der vollen Wut seiner Überzeugungen auszusteigen, gerüstet mit einer Leidenschaft, die ich selbst nie gekannt oder gefühlt habe. Ich bin eifersüchtig darauf, daß Luke mit dieser kalten, unberechenbaren Leidenschaft das ganze Land in Alarm versetzen kann. Ich muß ihn schon deshalb stoppen, weil ich im tiefsten Innern meiner Seele von der Rechtmäßigkeit seines Privatkriegs gegen den Rest der Welt überzeugt bin – und zwar so sehr, daß mir seine Aktivitäten und sein Engagement eine ständige Erinnerung an meine eigene Kapitulation sind. Ich bin durch Hypotheken, Ratenzahlungen fürs Auto, Lehrpläne, Kinder und eine Frau, die ehrgeizigere Zukunftsträume hat als ich, domestiziert worden. Mein Leben verrinnt in einer Schlafstadt mit den Siebenuhrnachrichten im Fernsehen und dem täglichen Kreuzworträtsel, während mein Bruder sich draußen in der Wildnis von rohem Fisch ernährt und Widerstand leistet gegen eine Okkupationsarmee, die uns unsere Heimat gestohlen hat. Du bist weder ein Fanatiker noch ein Saboteur, rede ich mir ein. Du bist ein guter Bürger, rede ich mir ein. Du hast Pflichten und Verantwortungen, rede ich mir ein. Und trotzdem hat Lukes Beispiel mir eines bewiesen – nämlich das, daß ich ein Mann ohne Überzeugungen bin und kein Mann der Tat. Ich habe die Seele eines Kollaborateurs, eine Seele, in der eine Vichy-Regierung ihr Hauptquartier aufgeschlagen hat. Ich bin zu dem Typ Mann geworden, der mir schon immer am meisten verhaßt war. Ich halte den Rasen in meinem Vorgarten kurz und habe noch nie einen Strafzettel wegen Geschwindigkeitsüberschreitung bekommen.«

»Mir kommt Luke vor wie ein moderner Don Quichotte«, sagte Savannah. »Ich möchte darüber ein langes Gedicht schreiben.«

»Ich glaube, er sieht sich genauso«, antwortete ich. »Aber ich sehe nicht, wie das ihm oder sonstwem weiterhilft. Vier Menschen sind seinetwegen gestorben, und wie sehr ich mich auch bemühe, die Sache nüchtern zu sehen – Mord ist nun einmal nicht meine Geschmacksrichtung.«

»Er hat diese Männer nicht ermordet«, sagte Savannah, »es war ein Unfall.«

»Würdest du das auch ihren Frauen und Kindern so erklären?«

»Du bist sentimental, Tom«, sagte meine Schwester.

»Die Frauen und Kinder der Getöteten sind es wahrscheinlich auch.«

»Luke ist kein Mörder«, sagte Savannah.

»Und was, zum Teufel, ist er denn dann?«

»Er ist ein Künstler und ein vollkommen freier Mensch«, antwortete sie. »Zwei Dinge, die du nie verstehen wirst.«

Wir hatten auf eine ruhige Nacht und einen Mond, der uns bei der Navigation helfen würde, gewartet. Am Yachthafen von Charleston küßte Sallie uns zum Abschied und wünschte uns für unsere Expedition nach Colleton alles Gute.

»Bringt Luke wohlbehalten zurück«, sagte sie. »Sagt ihm, daß viele Menschen ihn zutiefst bewundern und lieben und daß die Mädchen ihren Onkel brauchen.«

»Mach' ich, Sallie«, sagte ich und umarmte sie. »Ich kann dir aber nicht sagen, wie lange es dauern wird.«

»Ihr habt den ganzen Sommer über Zeit«, antwortete meine Frau. »Morgen kommt meine Mutter; sie wird sich um die Kinder kümmern. Und nächsten Monat nimmt Lila sie mit nach Pawleys Island. Ich arbeite währenddessen wie eine Wilde, rette Leben, mache mich um das Wohl der Menschheit verdient.«

»Bete für uns, Sallie«, sagte Savannah. Ich hatte gerade den Motor angeworfen und steuerte das Boot auf den Ashley River hinaus. »Und für Luke«, fügte sie noch hinzu.

»Ich dachte, du glaubst nicht an Gott«, sagte ich. Langsam zog die Küstenwachstation am Ende der Charleston-Halbinsel an uns vorbei.

»Das tu' ich auch nicht«, antwortete Savannah, »aber ich glaube an Luke, und Luke glaubt an Gott. Und außerdem glaube ich auch an Gott, und zwar immer dann, wenn ich ihn brauche.«

»Sogenannter Bedarfsglaube«, sagte ich.

»Ganz recht, Kumpel«, antwortete Savannah fröhlich. »Sag, Tom, ist es nicht wunderbar? Wir gehen wieder einmal gemeinsam auf Abenteuer! Genau wie damals, als wir nach Miami fuhren, um den weißen Tümmler zu retten. Wir werden Luke finden, ich spüre es in meinen Knochen. Schau, dort oben, Tom!«

Ich folgte ihrem ausgestreckten Finger und sagte: »Orion, der Jäger«.

»Nein«, gab sie zurück, »du mußt das poetischer sehen. Ich bring' es dir bei, Tom. Das da oben ist Luke in seinem Versteck. Der Nachthimmel reflektiert seine Silhouette.«

»Savannah, es kotzt mich an, daß du in Luke nur noch ein Objekt künftiger Gedichte zu sehen scheinst«, sagte ich. »Wir sind hier nicht in einem Gedicht, sondern wir unternehmen eine Reise – und diese Reise ist die letzte Chance, unseren Bruder zu retten.«

»Es ist eine Odyssee«, sagte sie spöttisch.

»Das Leben und die Kunst sind nicht identisch, Savannah.«

»Und ob«, gab sie zurück. »Nur hast du das nie begriffen.«

Ich steuerte das Boot vorbei an den Lichtern von Mount Plessant, dem einsamen Schatten von Fort Sumter und den Lichtern meines eigenen Hauses auf Sullivans Island, vorbei an Leuchttürmen und dem leise tuckernden Boot des Hafenlotsen, der auf einen panamesischen Frachter zulief. Mit James Island auf der Steuerbordseite passierten wir die Molen; schimmerndes Mondlicht floß über die Strandhaferrasen auf den Dünen. Wie sanfter Flügelschlag plätscherten die Wellen, phosphoren und voller Plankton, gegen den Bug. Die See schwappte, und die Luft war fremd wie Milch. Bald verließen wir die träge Ruhe der im Schutz der Inseln liegenden Gewässer. Vor uns lag, sternenübersät, das weiche Auge des Atlantik, und der Mond lag auf dem Wasser in einer Stola aus hellem Hermelin.

Der Kurs, den ich steuerte, führte hinaus in den Golfstrom,

führte zu den Bermuda-Inseln und weiter im Osten bis hinüber nach Afrika. Erst als ich die Lichter von South Carolina hinter uns nicht mehr sehen konnte, brachte ich das Boot auf Südkurs und näherte mich somit dem Land meiner Geburt. Ich betete, daß es mir gelingen möge, meinen Bruder aus der Tyrannis einer absoluten Vision zu befreien. Ich betete, es möge mir gelingen, ihm die Kunst des Kompromisses und des In-die-Knie-Gehens vor höheren Autoritäten beizubringen. Ich betete, es möge mir gelingen, ihm den Luke auszutreiben und ihn zum Tom zu machen.

Savannah und ich hielten einander an den Händen, als Colleton näher rückte. Der Fahrtwind hob das Haar meiner Schwester wie einen Schleier. Zwei Stunden lang beobachtete ich den Stand der Sterne und achtete auf den Kompaß – dann sah ich die grünblinkenden Leuchtzeichen, die den Eingang zur Bucht von Colleton markierten. Als Rechtsbrecher fuhren wir in die verbotenen Gewässer ein, an deren Gestaden wir während des Hurrikans im Jahr 1944 unsere ersten Atemzüge getan hatten.

Kurz nach Mitternacht, bei mittlerem Niedrigwasser, warfen wir auf der Leeseite von Kenesaw Island Anker und warteten auf die Flut. Um zur Sumpfhuhn-Insel zu gelangen, brauchten wir einen Tidenhub von mindestens sechzig Zentimetern. Als die Flut kam, spürten wir, wie sich die Ankerkette straffte. Gegen drei Uhr morgens warf ich den Motor an und begann, mich langsam in die verwunschensten und obskursten Gewässer des Bezirks Colleton vorzutasten. Das Brummen des Bootes klang wie eine obszöne Störung der absoluten Ruhe, die uns umgab. Etwa eine Stunde brauchten wir, bis wir die riesige Salzmarschenfläche erreichten, in deren Herz sich die Sumpfhuhn-Insel verbarg. Dreimal führte der Versuch, auf einem kleinen Wasserlauf in das Gelände einzudringen, in die Sackgasse, dreimal mußte ich zurück in den Fluß, die Position prüfen und es von neuem probieren. Zwei weitere unscheinbare Abzweigungen führten gleichfalls ins Nichts. Da wir niedriger waren als die Marsch, bildete das Riedgras auf beiden Seiten undurchdringliche Mauern. Erst bei voller Flut, als im Osten bereits die Sonne aufging, in einem Augenblick tiefster Verzweiflung über den bisherigen Mißerfolg, trafen wir wieder auf einen kleinen Seitenarm, von dem ich zunächst annahm, wir hätten ihn bereits erforscht. Er führte uns direkt zu der gesuchten Insel; fast wären wir auf sie aufgelaufen.

Ich hob den Motor aus dem Wasser, und Savannah kletterte über den Bug aufs Trockene. Ich schloß den Motor ab und hörte meine Schwester hinter mir im Dämmerlicht sagen: »Er ist hier gewesen, Tom! Jesus Christus, Tom, er war hier!«

»Wir müssen das Boot verstecken, Savannah«, sagte ich, »sonst entdecken sie uns vom Flugzeug aus.«

»Er hat es uns leichtgemacht«, sagte sie.

Unter der windgebeugten Eiche und verborgen unter den dichtberaubten Fächerpalmen stand meine Schwester mitten in Lukes Operationszentrale. Er hatte Tarnnetze in die Bäume gehängt und darunter ein großes, wasserdichtes Zelt aufgeschlagen. Wir entdeckten in Öltuch eingewickelte Kästen voller Dynamit und Benzinfässer. Da waren Gewehre, Munitionsvorräte und Kisten mit Krabbensuppe in Dosen. Wir fanden ein kleines Segelboot und ein zweites kleines Boot mit einem 8-PS-Motor. Savannah entdeckte einen Vorrat von einunddreißig Gallonen Trinkwasser.

Luke hatte die kleine Fischerhütte, die Henry Wingo einst hier errichtet hatte, wiederhergestellt, hatte das Dach neu gedeckt und die verrotteten Dielenbretter ersetzt. In einer Ecke lag sein Schlafsack, in der Mitte des Raums standen ein Tisch und ein hölzerner Stuhl. Neben einem Gedeck für eine Person stand auf dem Tisch eine halbvolle Flasche *Wild Turkey*, und neben dem Teller lag ein Exemplar von *Die Tochter des Krabbenfischers* mit persönlicher Widmung der Autorin.

»Luke hatte schon immer einen guten literarischen Geschmack«, sagte Savannah.

»Es überrascht mich nicht, daß er nicht die Mao-Bibel liest«, gab ich zurück.

»Er braucht sie nicht zu lesen«, sagte Savannah, »Er lebt sie.«

Schnell entluden wir unser Boot und zogen es in das getarnte Zelt. Die aufgehende Sonne überzog das Marschland mit gekräuselter Goldfolie. Noch immer stieg das Wasser; bald hatte es die tiefe Furche, die der Bootskiel auf dem feuchten Boden am Ufer hinterlassen hatte, ausradiert. Wir legten unsere Schlafsäcke neben Lukes, und als die Sonne schon etwas höher am Himmel stand, braute ich uns auf einem kleinen Campingkocher einen Kaffee.

»Er war wohl 'ne ganze Zeit nicht mehr hier«, sagte ich.

»Wo hättest du nach ihm gesucht, wenn wir hier nichts gefunden hätten?« fragte Savannah. »Ich weiß es nicht«, antwortete ich.

»Irgendwie mußte das hier der richtige Fleck sein. Für einen Guerillakrieg ist Colleton County im Grunde ein lausiges Gelände. Auf den Inseln rennt man nur allzuleicht in eine Falle.«

»Bisher scheint er sich ganz gut zu halten«, meinte sie.

»Covington, der FBI-Agent, sagte mir, daß sie ihn letzte Woche fast erwischt hätten. Oberhalb der Stadt hatten sie ihn in die Enge getrieben. Hundert Mann und sechs Bluthunde versuchten, ihn aus dem Wald zu scheuchen...«

»Und wie ist er ihnen entkommen?« fragte Savannah.

»Es war Nacht. Vor Sonnenuntergang ist von Luke nichts zu sehen und nichts zu hören, Covington meint, sie sind nicht schnell genug gewesen. Luke dürfte ins Marschland entkommen und durch den Sumpf gerobbt sein, bis zum Fluß. Dann hat er sich von der Flut mitnehmen lassen. Im Fluß waren zwei Patrouillenboote postiert, aber denen ist er auch durch die Lappen gegangen.«

»Prima. Ich habe schon immer die Filme gemocht, in denen der Gute den Bösen entwischt.«

»Wer hier der Gute ist und wer der Böse, ist ziemlich umstritten, Savannah«, sagte ich. »Als sie ihm offenbar schon reichlich dicht auf den Pelz gerückt waren, ließ er 'ne Stange Dynamit hochgehen. Da wurden die Hunde verrückt, und die Verfolger bekamen Muffensausen.«

»Wurde jemand verletzt?«

»Er hat eine Pappel in ein Mikadospiel verwandelt. Wie durch ein Wunder wurde niemand getroffen.«

»Was willst du zu ihm sagen, wenn er hier auftaucht?« fragte Savannah, als ich ihr eine Tasse Kaffee reichte. »Du weißt genau, daß er an das, was er tut, glaubt, du weißt, daß er glaubt, moralisch im Recht zu sein, weißt, daß sein Kampf die einzige Sache ist, die ihm etwas bedeutet. Und doch willst du ihn zur Aufgabe überreden. Wie willst du das anstellen?«

»Ich habe vor, ihm des langen und breiten auszumalen, wie traurig wir beide, du und ich, sein werden, wenn er zu Grabe getragen wird. Ich habe vor, über seine nicht vorhandene Frau und seine nicht vorhandenen Kinder mit ihm zu sprechen, und was ihm da entgeht. Und ich will ihm ganz allgemein klarmachen, daß er hier nicht lebendig rauskommt, wenn er diesen sinnlosen Blödsinn auf die Spitze treibt.«

»Luke hat nie in seinem Leben eine Freundin gehabt«, sagte

Savannah. »Wie du ihn mit so einem Geschwätz über Ehefrau und flachsblonde Kinderchen, über gemütliches Kaminfeuer und ausgelatschte Pantoffeln aus dem Wald holen willst, ist mir schleierhaft. Für manche von uns, Tom, bedeutet das Leben im Stil der amerikanischen Mittelklasse soviel wie ein Todesurteil.«

»Das heißt, mein Leben ist ein Todesurteil, Savannah, oder?«

»Für mich wäre es eins«, antwortete meine Schwester. »Und ich glaube, für Luke nicht minder. Schau, ich will nicht deine Gefühle verletzen, Tom, aber...«

»Gott sei Dank, Savannah«, erwiderte ich, »kann ich mir die Brutalität der Äußerungen, die du von dir geben würdest, wolltest du tatsächlich meine Gefühle verletzen, gar nicht vorstellen. Allerdings sind wir Amerikaner, die wir unter der lebenslangen Hinrichtung durch unsere bürgerliche Existenz leiden, ziemlich abgestumpft und gefühllos. Es ist nicht leicht, uns zu verletzen.«

»Empfindlich, empfindlich«, sagte Savannah. »Wenn jemand mich als lebende Leiche bezeichnet, behalte ich mir das Recht auf eine empfindliche Reaktion vor.«

»Es ist doch nicht meine Schuld, daß du mit deinem Leben nicht zufrieden bist.«

»Deine herablassende Art ist geradezu unerträglich, Savannah«, antwortete ich. »Immer wenn wir über unser Leben und die Entscheidungen, die wir getroffen haben, sprechen, steigst du aufs hohe Roß. Du hockst da oben in Manhattan herum und gratulierst anderen Emigranten vom Lande zu ihrem glorreichen Entschluß.– Dabei hast du dir die New Yorker Krankheit zugezogen, die mich die Wände hochtreibt!«

»Ich muß dir gegenüber aufrichtig sein«, gab sie zurück. »Die besten und gescheitesten Südstaatler habe ich in New York City getroffen. Der Süden verlangt von dir, zuviel von deinem eigenen Selbst aufzugeben, das macht das Leben hier unten fast unmöglich.«

»Ich möchte darüber jetzt nicht reden.«

»Natürlich nicht, Tom!« rief sie. »Das muß ein sehr unangenehmes Thema für dich sein.«

»Es ist mir überhaupt nicht unangenehm!« fuhr ich sie an. »Ich kann bloß diese Selbstgefälligkeit nicht ausstehen, mit der du dich umgibst. Alles, was du zu diesem Thema zu sagen hast, finde ich beschissen, und dich selbst ganz schön gemein. Es bereitet dir ganz offensichtlich großes Vergnügen, mir einzureden, daß ich mein Leben vertue«, sagte ich.

»Es bereitet mir durchaus kein Vergnügen, Tom«, sagte sie ruhig. »Es tut mir sogar sehr weh, dir das sagen zu müssen. Das einzige, was ich will, ist, daß euch beiden, dir und Luke, die Welt offensteht, daß ihr aufnahmebereit bleibt, und daß sie euch nicht eure Seelen stehlen und klassische Südstaatler aus euch machen.«

»Siehst du die Sonne da oben, Savannah?« fragte ich und deutete über das Marschland. »Das ist die Sonne von Carolina, und in ihrer Hitze wurden wir gebacken. Und ganz egal, wie lange du in New York lebst – du kriegst sie nicht raus aus dir.«

»Wir reden jetzt über etwas anderes«, sagte Savannah. »Ich hab' die Befürchtung, der Süden saugt dich aus, blutet dich aus, bis nichts Originelles, Eigenständiges mehr an dir ist. Ich fürchte, er wird Luke umbringen, weil ihn die Vision eines tödlichen Paradieses im Süden verführt hat.«

»Bitte«, sagte ich, »bitte hilf mir, Savannah, wenn Luke kommt. Hilf mir dabei, ihn davon zu überzeugen, daß er mit uns zurückkehren muß. Laß dich von ihm nicht auf seine Seite ziehen, obwohl er verdammt gute Argumente hat und ein toller Romantiker ist. Aber er ist auch ein toller Fanatiker. In ihm brennt diese gottverdammte innere Flamme, und dann bekommen seine Augen so einen seltsamen Glanz, und er hat nicht mehr die geringste Lust, Gegenargumente zu hören. Die Dichterin in dir wird den Guerilla in Luke lieben.«

»Ich bin hier, um dir zu helfen, Tom«, sagte sie. »Ich bin hier, um Luke nach Hause zu bringen.«

»Er wird dir sagen, daß er *hier* zu Hause ist.«

»Was ein verdammt starkes Argument ist, nicht wahr?« Savannah griff nach der Kaffeekanne.

»In der Tat, Savannah«, gestand ich zu.

»Ich spiel' nicht mehr das New Yorker Schandmaul, Tom«, sagte sie nach einer Weile. »Das ist ein Versprechen.«

»Und ich spiel' nicht mehr den Doofen aus dem Süden«, antwortete ich. »Das ist auch ein Versprechen.«

Wir gaben uns die Hand, und das lange Warten auf Luke begann.

Eine Woche lang lebten Savannah und ich allein im Herzen der großen Salzmarsch. Wir erneuerten in dieser Zeit die fragilen und zarten Bande der gemeinsamen Geburt – Mysterium und Nimbus jenes Phänomens, der Welt als Zwillinge zu begegnen. Tagsüber verbargen wir uns in der Hütte und verbrachten unsere Zeit mit Geschichten aus unserer gemeinsamen Kinderzeit. Wir erzählten einander sämtliche Erlebnisse aus jenen Tagen, an die wir uns erinnern konnten, und versuchten herauszufinden, welche Stärken und Schwächen uns als Folge der Erziehung durch Henry und Lila Wingo bis ins Erwachsenenleben hinein begleitet hatten. Unser Leben im Haus am Fluß war gefährlich und voller Tücken gewesen, und doch empfanden wir es beide als irgendwie großartig. Es hatte ungewöhnliche, wenngleich etwas merkwürdige Kinder aus uns gemacht. Das Haus war die Keimzelle von Wahnsinn, Dichtung, Mut und unerhörter Loyalität. Unsere Kindheit war hart gewesen, dabei aber auch gnadenlos interessant. Obwohl wir leidenschaftliche Anklagen gegen unsere Eltern formulieren konnten, waren sie und ihre Eigenarten es gewesen, die unsere Seelen vor dem Lohn der Langeweile bewahrten. Zu unser beider Überraschung stimmten Savannah und ich darin überein, daß wir von Geburt an mit den denkbar schlimmsten Eltern geschlagen waren – und keine anderen hätten haben wollen. Auf der Sumpfhuhn-Insel, während des Wartens auf Luke, begannen wir, wie ich glaube, unseren Eltern zu verzeihen – zu verzeihen, daß sie so waren, wie zu sein es ihnen bestimmt war. Unser Gespräch fing an mit den Erinnerungen an Brutalität und Niedertracht – und endete damit, daß wir wieder und immer wieder bestätigten, wie innig unsere Liebe zu Henry und Lila Wingo allen Widrigkeiten zum Trotz doch war. Endlich waren wir alt genug, um ihnen vergeben zu können, daß sie nicht vollkommen waren.

Abends warfen wir abwechselnd unsere Krabbennetze in die steigende Flut. Krabben tanzten zu Tausenden auf und unter der Wasseroberfläche, und wir fingen weit mehr, als wir je zu essen vermochten. Ich kochte erlesene Gerichte, die wir mit unendlichem Genuß verspeisten. Einmal fing ich einen zehnpfündigen Seebarsch, füllte ihn mit frischem Krabbenfleisch und kochte ihn in der Holzkohlenglut. Zum Frühstück erhitzte ich Krabben in ausgelassenem Fett, rührte Rotaugen-Soße an und schüttete schließlich Krabben und Soße über einen Teller voller Hafergrütze.

Abends, bevor wir schlafen gingen, saßen wir unter den Sternen und tranken französischen Wein. Savannah rezitierte aus dem Gedächtnis alle Gedichte, die sie je geschrieben hatte. Die meisten waren Liebeslieder an das Marschland, und sie gereichten der Sprache zur Ehre. Erregt und wie von Silberflügeln getragen, trieben ihre Worte über den Sumpf, Schmetterlingen gleich, die sich nährten vom heimlichen Nektar der Zeit, des Sternenlichts und der Winde über dem Atlantik. Ihre Gedichte über Carolina gewannen unmittelbare Authentizität dadurch, daß sie die Dinge beim richtigen Namen nannte. Die Vögel in ihren Texten waren eben nicht einfach Vögel, sondern Tangaras und Finken und Kernbeißer. Ihr Schatz an exakten Bezeichnungen, den sie sich hierzulande erworben hatte, war nahezu unerschöpflich. Sie pries die glücklich-geniale Mimikry der Schwärmer, lobte überschwenglich die Virtuosität der Spottdrosseln, vermochte jede nur denkbare Form marinen Lebens zu benennen, die ein Krabbennetz an die Wasseroberfläche schwemmen konnte, und kannte dreißig verschiedene Varietäten von Nelken und Rosen. Ihre intime Kenntnis des Marschlands war von geradezu prahlerischer Üppigkeit, und sie war ihr zugewachsen mit der natürlichen Selbstverständlichkeit, mit der sich im Sommer dem einsamen Strandwanderer das Haupthaar bleicht. In ihrer Dichtung warf sie Rosen in die lodernden Fluten unserer gemeinsamen Geschichte, und wenn es keine Rosen zu werfen gab, so beschwor sie die verwirrten Engel des Alptraums herauf, die das Hohelied des Messers und der verletzlichen blauen Venen an ihren blassen Handgelenken sangen. Wie bei allen hervorragenden Dichterinnen unseres Jahrhunderts nährten die eigenen Schreie und Verwundungen die unerträgliche Schönheit ihrer Poesie.

Bei manchen Gedichten, die sie im Dunkel der Nacht vortrug, liefen Savannah Tränen über das Gesicht.

»Laß die, die dich traurig machen, lieber weg, Savannah«, sagte ich und nahm sie in den Arm.

»Das sind aber die einzigen, die was taugen«, antwortete sie.

»Du solltest Gedichte über ein phantastisches, wunderbares Thema schreiben, das Glück und Seligkeit über die Menschheit bringt«, riet ich. »Du solltest Gedichte über *mich* schreiben.«

»Ich schreibe gerade Gedichte über New York.«

»Ein sehr unterhaltsames Thema«, sagte ich.

»Markier nicht mehr den Doofen aus dem Süden! Du hast es mir versprochen. Sag mal, haßt du New York etwa deshalb so sehr, weil ich es liebe?«

»Ich weiß es nicht, Savannah«, sagte ich und lauschte gleichzeitig dem Gesang der Zikaden über den Inseln. »Ich bin in einer Stadt von sechstausend Einwohnern aufgewachsen und war nicht einmal dort die interessanteste Person, ja nicht mal in der eigenen Familie war ich das! Ich war nicht im geringsten vorbereitet auf eine Achtmillionenstadt. Ich bin in Telefonzellen marschiert und habe gemerkt, daß allein schon das Fernmeldeamt mit eindrucksvolleren Persönlichkeiten bestückt ist, als ich eine bin. Ich mag keine Städte, die mir zubrüllen: ›Wingo, du bist ein Nichts!‹, wenn ich bloß um die Ecke gehe, um mir einen Hamburger zu holen. Da oben gibt es von allem viel zuviel, Savannah. Ich kann mich an alles anpassen, glaube ich, nur sicher nicht an das Kolossale und Gigantische. Deswegen bin ich aber noch lange kein schlechter Mensch.«

»Aber es ist eben die völlig voraussagbare Antwort eines Mannes aus der Provinz«, sagte sie, »und das macht mir Kummer. Früher waren deine Antworten nie voraussagbar.«

»Falsch, geliebte Schwester«, sagte ich. »Erinnere dich an unsere gemeinsamen Wurzeln. Unser Vater ist das Klischee eines Südstaatlers. Unsere Mutter ist genauso ein Klischee – überspitzt bis zur Genialität oder zur Parodie, wie du willst. Luke ist natürlich auch das Klischee eines Südstaatlers – verdammt noch mal, der Kerl führt ja sogar einen eigenen Sezessionskrieg! Und ich, Tom Wingo, bin ein totales Klischee. Bei uns hier im Süden gibt's keine Ideen, sondern nur Röstfleisch. Meine Füße sind in der roten Erde des Südens festgenagelt, aber ich kriege so viel Röstfleisch, wie ich nur haben will. Die Flügel, Savannah, sind dir gewachsen, nicht mir. Und zuzusehen, wie du abhebst und emporflatterst in himmlische Gefilde, das war mir immer ein besonderes Vergnügen.«

»Und was hast du dafür bezahlt, Tom?« fragte sie.

»Überleg dir, was du bezahlt hättest, wenn du in Colleton geblieben wärst«, antwortete ich.

»Ich wäre längst tot. Frauen wie mich bringt der Süden um.«

»Darum exportieren wir ja Weiber wie dich nach Manhattan, das spart uns Begräbniskosten.«

»Das erste Gedicht meines New-York-Zyklus heißt: *Etüde: Sheridan Square«*, verkündete Savannah, und von neuem schleuderte ihre Stimme Anapäste durch die Nacht.

Tagsüber blieben wir unsichtbar, und Savannah arbeitete wie besessen an ihrem Tagebuch. Sie notierte jede einzelne Episode aus unserer Jugend, die ich erzählte, und zum erstenmal wurde ich mir ihrer riesigen, unüberbrückbaren Gedächtnislücken in vollem Umfange bewußt. Verdrängung war ein großes Thema und eine große Last in ihrem Leben. Ihr Wahnsinn war ein rücksichtsloser Zensor, der sich nicht damit begnügte, ihr die Gegenwart in New York zur Hölle zu machen, sondern er eliminierte auch die Vergangenheit und ersetzte sie durch das weiße, wirre Raunen des Vergessens. In ihren Tagebüchern sammelte und bewahrte sie die Einzelheiten ihres Lebens – sie füllte sie mit den nackten Tatsachen, und sonst nichts. Die Tagebücher waren die Rosettenfenster, die ihr Einblick in ihre Vergangenheit verschafften. Und das Tagebuchschreiben war nur eine von mehreren Techniken, die Savannah ersonnen hatte, um am Leben zu bleiben.

Zu jedem Weihnachtsfest seit dem College-Abschluß hatte ich von Savannah eines jener schönen ledergebundenen Tagebücher bekommen, wie sie sie auch selbst benutzte. Immer wieder riet sie mir, darin die Ereignisse des Tages und Details aus meinem Leben festzuhalten. Inzwischen füllten die schmucken braunen Bände ein Regalbrett oberhalb meines Schreibtischs und zeichneten sich lediglich dadurch aus, daß sie nicht einen einzigen Eintrag, nicht einen einzigen flüchtig hingeworfenen Gedanken enthielten. Aus mir selbst unbekannten Gründen hatte ich im Buch meines eigenen Lebens das Schweigegelübde nie gebrochen. Mir gehörte ein Regalbrett voller Tagebücher, die in stummer Anklage nicht den geringsten Hinweis auf mein Innenleben zu geben vermochten. Ich besaß durchaus die Gabe zur Selbstkritik, doch bildete ich mir ein, daß die Geschichte meiner Unzulänglichkeiten von unverzeihlicher Eitelkeit besudelt war. Das Bewußtsein, den lieben langen Tag lang heiteren Sinnes meine eigenen Fehler zu registrieren, konnte nicht darüber hinwegtäuschen, daß es mir nie gelang, das Gefühl der Selbstbeweihräucherung, das ich dabei empfand, loszuwerden. Ich redete mir ein, daß ich erst dann Tagebuch schreiben wolle, wenn ich wirklich etwas Interessantes und Originelles zu sagen hätte – simpler Biograph meines eigenen Scheiterns wollte ich nicht sein. Die leeren Bände waren eine eloquente Metapher auf mein Erwachsenenleben. Ich lebte in dem furchtbaren Wissen, daß ich dereinst ein alter Mann sein und immer noch auf den eigentlichen Beginn des Lebens warten würde. Schon jetzt tat mir dieser alte Mann leid.

In der sechsten Nacht auf der Insel badeten wir gegen Mitternacht in der heranrollenden Flut. Wir schwammen weit in die Marsch hinaus, seiften unsere nackten Körper ab und spürten den Zug der Flut in unseren Haaren. Der Mond regierte das glitzernde Wasser. Wir fragten uns, wie lange wir hierbleiben und auf Luke warten könnten, bevor wir nach Charleston zurückkehren müßten, um neue Vorräte zu besorgen. In der Hütte trockneten wir uns ab und schenkten uns vor dem Schlafengehen noch ein Glas Cognac ein. Savannah sprühte die Hütte mit Mückenspray aus, und ich rieb meinen Körper mit einer öligen Creme ein, die den gleichen Zweck verfolgte. Den Moskitos war es zuzuschreiben, daß unser Aufenthalt auf der Sumpfhuhn-Insel kein perfekter Urlaub war; mit dem Blut, das sie uns in dieser Woche abzapften, hätte man ein Blutspendeteam des Roten Kreuzes befriedigen können. Savannah kam zu dem Schluß, daß die Welt schöner wäre, wenn Moskitos so gut wie Krabben schmeckten und mit einem Schleppnetz vom Boot aus gefischt werden könnten. Als wir schlafen gingen, erhob sich im Westen ein kühler Wind.

Ich erwachte vom Druck eines Gewehrlaufs an meinem Hals. Als ich mich aufrichtete, blendete mich ein bleistiftdünner Lichtstrahl.

Dann hörte ich Luke lachen.

»Che Guevara, I presume«, sagte ich.

»Luke!« schrie Savannah, und die beiden stolperten in der Dunkelheit einander in die Arme. Zwei Schatten umfingen einander im Mondlicht und wirbelten auf den Holzdielen im Kreis herum; scheppernd flog der Stuhl gegen die Wand.

»Ich bin so froh, daß ich euch nicht getötet habe!« rief Luke. »Ihr habt mich total überrascht.«

»Es freut uns, daß du uns nicht getötet hast, Luke«, sagte Savannah.

»Uns töten!« sagte ich. »Um Gottes willen! Wie könntest du auch nur auf so einen Gedanken kommen?«

»Sie finden diesen Schlupfwinkel, kleiner Bruder«, antwortete Luke. »Die Uhr ist abgelaufen. Hätte nie gedacht, daß ihr beiden Hübschen euch noch an diesen Fleck erinnert.«

»Wir sind gekommen, Luke, um dich zu überreden, mit uns mit zu kommen«, sagte Savannah.

»So gut könnt selbst ihr nicht reden«, sagte Luke. Wir gingen ins Freie und sahen zu, wie er sein Kajak in das Zelt schob. Savannah brachte die Flasche *Wild Turkey* und schenkte ihm ein Glas ein. Wir saßen auf der winzigen Veranda und spürten den Wind, der über die Marsch strich, in unseren Nasen. Zehn Minuten lang sagte keiner von uns ein Wort. Alle drei sammelten wir unsere Argumente und gegenseitigen Liebeserklärungen. Ich wollte die Worte aussprechen, die meinem Bruder das Leben retten sollten, war mir aber unsicher, welche die richtigen waren. Meine Zunge lag mir im Mund wie ein Stein. Mein Kopf war randvoll mit Grobheiten, Behauptungen und Forderungen mit Absolutheitsanspruch, und alle gingen auf Kollisionskurs. Es waren stumme Overtüren, voller Gefahr und elektrischer Spannung. »Du siehst gut aus, Luke«, sagte Savannah schließlich. »Die Revolution scheint dir zu bekommen.«

Luke lachte und sagte: »Mit der Revolution ist es nicht so weit her. Im Moment sprichst du mit der gesamten Revolutionsarmee. Ich muß mich ein bißchen mehr um neue Rekruten kümmern.«

»Was willst du eigentlich beweisen, Luke?« fragte ich.

»Ich weiß es nicht, Tom«, antwortete er. »Ich glaube aber, ich will beweisen, daß es auf der Erde noch ein einziges menschliches Wesen gibt, das kein Schaf ist. So fing es jedenfalls an. Ich war so gottverdammt wütend auf Mom, auf die Stadt, auf die Regierung, daß ich zwischen die Mühlsteine geriet und mich nicht mehr befreien konnte. Nachdem ich dann die Brücken hochgejagt hatte und diese Burschen dabei ums Leben gekommen waren, gab es kein Zurück mehr. Inzwischen verbringe ich den größten Teil meiner Zeit auf der Flucht.«

»Hast du jemals an Aufgabe gedacht?« fragte Savannah.

»Nein«, antwortete er. »Sie müssen wissen, daß ihr Projekt auf unverbrüchlichen Widerstand stößt. Außer dem Tod dieser vier Männer bereue ich nichts. Ich hätte mir von meinen Aktionen lediglich noch ein bißchen mehr Wirkung versprochen.«

»Da draußen auf den Inseln laufen jetzt überall Kerle herum, die dich zur Strecke bringen sollen, Luke«, sagte ich.

»Ich habe sie gesehen.«

»Nach meinen Informationen sind das harte Burschen, Luke, unter ihnen zwei ehemalige Green Berets, die morgens zum Frühstück kleine Babys verspeisen, bevor sie in den Wald gehen und dich suchen.«

»Sie kennen das Gelände nicht«, gab Luke zurück. »Das erschwert ihnen die Sache ganz gewaltig. Ich hab' mir schon überlegt, ob ich sie umlegen soll, aber ich hab' ja gar keinen Streit mit ihnen.«

»Keinen Streit mit Leuten, die man mit dem Auftrag losgeschickt hat, dich zu töten?« fragte Savannah.

»Es ist eben ihr Job«, sagte Luke. »So wie Krabbenfischen mein Job war. Wie geht's Mom und Dad?«

»Dad stanzt Nummernschilder, um seine Schuld an der Gesellschaft abzutragen«, sagte ich. »Und Mom ist es immer etwas peinlich, wenn sie im Postamt Steckbriefe ihres Ältesten sieht, aber sie ist ja inzwischen eine Newbury und furzt durch Samt und Seide.«

»Sie sind beide vor Sorge um dich fast krank, Luke«, sagte Savannah. »Sie wollen, daß du aufgibst und mit uns zurückkommst.«

»Als ich anfing, war mir alles vollkommen klar«, sagte Luke. »Ich war überzeugt, das Richtige zu tun. Meine Reaktion, so glaube ich, war die einzig vernünftige Antwort, die es gab. Also tat ich, was mir auf ganz natürliche Weise aufgetragen war. Der Gedanke, ich könne gehandelt haben wie das letzte Arschloch, fällt mir verdammt schwer. Wißt ihr, daß ich genug Dynamit gestohlen habe, um halb Charleston in die Luft zu jagen? Das Dumme ist nur, daß ich inzwischen nicht mal mehr die Brotbüchse von 'nem Arbeiter hochgehen lassen kann, weil ich gar nicht mehr an die Baustellen rankomme. Die letzten drei Male, wo ich's versucht hab', hätten sie mich fast erwischt. Vor einem Monat hab' ich 'nen Zwinger voller Wachhunde hochgejagt.«

»Um Gottes willen!« sagte ich. »Nix mehr Gentleman, was, Luke?«

»Hunde sind eine ernste Gefahr für mich, Tom«, sagte er. »Sie jagen mich mit Hunden.«

»Sämtliche Umweltschützer sind auf deiner Seite«, sagte Savannah. »Sie stimmen deinen Methoden nicht zu, sind aber der Meinung, daß dein Protest sie mobilisiert hat, auch selbst was zu unternehmen.«

»Alle Mitglieder des *Sierra Club* und der *Audubon Society* tragen auf ihren Versammlungen Armbänder«, fügte ich hinzu.

»Gecken!« sagte Luke. »Ich habe das alles genau geprüft. Ich weiß, daß ihr beide meint, ich hätte nie im Leben ein Buch aufgeschlagen, aber ich habe mich genauestens informiert. Wo immer es heißt Großkapital gegen Umwelt, da gewinnt das Großkapital. Es ist ein amerikanisches Gesetz, genau wie die Versammlungsfreiheit. Irgend jemand wird mit der Plutoniumherstellung hier in der County Millionen verdienen, und das zählt. Und irgend jemand verdient dann wieder Millionen, indem er aus dem Plutonium Atombomben fertigt. Allein der Gedanke an diese Waffen ist mir unerträglich, Tom, Savannah. Ich kann da nicht mitmachen. Alle Politiker, Generäle, Soldaten und Zivilisten, die solche Waffen produzieren, sind für mich keine menschlichen Wesen mehr. Und es ist mir völlig gleichgültig, ob mir da jemand zustimmt. Ich bin nun einmal so und nicht anders. Daß sie Colleton fortgegeben haben, war eine Sache, ich hätte das hinnehmen können, ja wirklich! Wenn sie meinetwegen sechstausend Jobs für Austern- und Tomatenzüchter oder Blumengärtner geschaffen hätten, ja, ich hätte dieses Opfer bringen können. Sogar, wenn es ein Stahlwerk oder eine chemische Fabrik gewesen wäre, hätte ich mich damit zwar ungern, aber eben doch irgendwie abgefunden. Aber das Andenken von Colleton mit Plutonium zu entweihen – tut mir leid, ohne mich.«

»Die meisten halten dich für verrückt, Luke«, sagte ich. »Sie sagen, du seist ein geistesgestörter Mörder.«

»Ich habe manchmal furchtbare Kopfschmerzen, Tom«, erwiderte er, »sonst fehlt mir nichts.«

»Ich hab' auch manchmal Migräne«, sagte ich, »aber ich habe keine vier Menschenleben auf dem Gewissen.«

»Das geschah ohne meine Absicht. Der Zug war außerplanmäßig.«

»Trotzdem suchen sie dich wegen Mordes.«

»Sie bauen Wasserstoffbomben und nennen mich einen Mörder!« sagte Luke und trank einen großen Schluck Bourbon. »Die Welt ist ein beschissenes Nest, Tom und Savannah.«

»Es ist nicht deine Aufgabe, die Welt am Bau von Wasserstoffbomben zu hindern«, meinte Savannah.

»Wessen Aufgabe ist es denn dann, Savannah?« fragte er.

»Du siehst das alles viel zu einfach«, sagte ich.

»Na, dann bring mir bei, alles ein bißchen komplizierter zu sehen«, antwortete er. »Was ich tue, kommt mir in der Tat nicht sehr sinnvoll vor. Was du und alle andern tun, das ergibt überhaupt keinen Sinn.«

»Wo kommt nur diese erstaunliche moralische Empfindsamkeit her?« fragte ich. »Wieso bist du eigentlich nicht schon in Vietnam darauf gekommen? Da bist du fröhlich durch den Urwald gestiefelt und hast die Taktik der verbrannten Erde gepflegt. Und als Savannah und ich gegen den Krieg demonstrierten, warst du beleidigt.«

»Man hat uns erzählt, wir kämpften, um den Vietnamesen ein freies Leben zu ermöglichen, und das klang mir ganz vernünftig. Ich wußte ja nicht, daß ich nur kämpfte, damit sie mir nach meiner Rückkehr mein Haus stehlen konnten.«

»Warum hast du dich nicht auf gewaltlosen Protest gegen das *Colleton River Project* beschränkt?« fragte Savannah.

»Ich dachte mir, mein Protest würde mehr Aufmerksamkeit erregen, Savannah. Und ich hielt mich für gut genug, diese Saukerle aus der County jagen zu können. Ich habe sie unter- und mich überschätzt. Ich hab' es nicht mal erreicht, sie zu bremsen.«

»Die Zerstörung der Brücken hat sie ganz schön gebremst«, sagte ich, »das kannst du mir glauben, Junge. Du hast 'n ganzen Haufen Laster umgelenkt.«

»Ich dachte aber, ich könnte das Projekt kippen, verstehst du?«

»Wie?« fragte Savannah.

»Ich sah es vor mir. Ich hatte eine ganz klare, visuelle Vorstellung davon. Und bisher war es in meinem Leben immer so, daß ich das, was ich vor meinem geistigen Auge sah, schließlich auch realisieren konnte. Als wir damals zum Beispiel diesen weißen Tümmler holten, da gab es nichts, was mich hätte überraschen können. In Gedanken hatte ich die Reise schon hundertmal gemacht.«

»Für mich war alles überraschend«, sagte Savannah. »Es fiel

mir schwer zu glauben, daß ich es war, die da auf einem Tümmler liegend, den Highway raufdüste.«

»Ich dachte, ich könnte den Bauarbeitern soviel Angst einjagen, daß sie Colleton nicht mehr betreten würden«, fuhr Luke fort.

»Hast du auch«, sagte ich. »Sie haben entsetzliche Angst vor dir, aber sie müssen ihre Familien ernähren.«

Er lächelte. »Wenn ich allein hier im Gelände bin, ist mir alles viel klarer. Ich kann mir alles einreden. Erinnert ihr euch noch daran, wie Mama uns Kindern das *Tagebuch der Anne Frank* vorlas?«

»Hätte sie nie tun dürfen«, sagte ich. »Jahrelang hatte Savannah Alpträume von Nazis, die unsere Haustür aufbrechen.«

»Erinnert ihr euch daran, wie Savannah uns danach veranlaßte, Mrs. Regenstein aufzusuchen?« fragte Luke.

»Ich erinnere mich an gar nichts«, sagte Savannah.

»Ich auch nicht«, sagte ich. »Wir waren noch ziemlich klein, als Mutter uns das Buch vorlas.«

»Mrs. Regenstein war aus Deutschland geflohen und hatte ihre gesamte Familie im Konzentrationslager verloren. Sie lebte damals bei Aaron Greenberg und seiner Familie.«

Mir dämmerte etwas. »Sie zeigte uns eine Tätowierung«, sagte ich.

»Nein, keine Tätowierung, Tom«, berichtigte mich Luke. »Es war die Nummer, die sie ihr im KZ in den Unterarm geritzt hatten.«

»Und was ist die Pointe der Geschichte?«

»Es gibt keine Pointe«, sagte er. »Aber es war das erstemal, daß ich Savannahs Größe erkannte.«

Savannah fiel ihm um den Hals: »Erzähl weiter Tom! Ich mag Geschichten, in denen von meiner Größe die Rede ist.«

»Hast du'n Vorrat an Kotztüten in deinem Rebellenlager, Luke?« fragte ich.

»Als Mama uns das *Tagebuch der Anne Frank* vorlas, brachte Savannah drei Tage damit zu, im Schuppen ein Versteck einzurichten. Sie schleppte Lebensmittel hinein, Trinkwasser, alles. Sie hat sogar ein kleines Schwarzes Brett aufgehängt, wo ein anderes Kind Bilder würde aufkleben können, genau wie Anne Frank.«

»Lächerlich«, sagte ich.

»Stimmt«, sagte Luke. »Aber es war immerhin eine Geste, Tom, es war *etwas*. In Europa hat kaum jemand eine Hand gerührt, als das Schicksal der Juden bekannt wurde. Aber wir beide, wir hatten eine achtjährige Schwester, die im Schuppen für den Fall der Fälle ein Versteck einrichtete. Aber das war für mich noch nicht einmal das Wichtigste an der Geschichte.«

»Ich bin sicher, ich habe was ausgesprochen Heroisches geleistet,« sagte Savannah voller Vergnügen.

»Nein, es war eher was ganz Süßes«, sagte Luke. »Wie gesagt, du brachtest Tom und mich so weit, dich bei deinem Besuch bei Mrs. Regenstein zu begleiten. Ich wollte erst nicht, weil sie so einen harten Akzent hatte, der mir Angst machte, aber du hast uns überredet. Als Mrs. Regenstein die Tür öffnete, standen wir hinter dir. Sie sagte ›Guten Morgen, Kinder‹. Sie war sehr dünn, trug aber eine Brille mit ganz dicken Gläsern. Erinnerst du dich, was du zu ihr sagtest, Savannah?«

»Ich kann mich an die ganze Szene nicht mehr erinnern, Luke«, erwiderte sie.

»Du sagtest: ›Wir verstecken Sie, Mrs. Regenstein. Sie brauchen keine Angst vor den Nazis zu haben, wenn sie nach Colleton kommen, weil meine Brüder und ich Sie verstecken werden. Wir haben im Schuppen ein Plätzchen für Sie eingerichtet und werden ihnen regelmäßig was zu essen und zu lesen bringen.‹«

»Wie hat Mrs. Regenstein darauf reagiert, Luke?« fragte Savannah.

»Sie flippte völlig aus, Savannah. Sie weinte, wie ich nie zuvor eine Frau habe weinen sehen. Du dachtest, du hättest einen furchtbaren Fehler gemacht und fingst an, dich zu entschuldigen. Da kam Mrs. Goldberg an die Tür und beruhigte Mrs. Regenstein, und bevor wir gingen, gab sie uns noch Milch und Plätzchen.«

»Ich wußte, daß ich ein wunderbares Kind war«, sagte Savannah. »Vielen Dank für die Geschichte, Luke, vielen Dank!«

»Ich kann dir dreißig andere erzählen, in denen du ein absolutes Biest bist, Savannah«, sagte ich.

»Wer hat *den* denn hierher geladen?« fragte sie und deutete mit dem Finger auf mich.

»Ich bestimmt nicht«, sagte Luke.

»Wir sind mit einem Vorschlag hierher gekommen, Luke«, sagte ich. »Die Kräfte des Bösen sind zum Einlenken bereit.«

Seine Stimme klang traurig, als er antwortete. »Sag bloß, Sie überlassen mir den gesamten Staat South Carolina, wenn ich an den Verhandlungstisch komme.«

»Ich glaube nicht, daß wir gar so weit auseinander sind, Luke«, sagte ich. »Da gibt es einen Kerl namens Covington...«

Zwei Tage lang ließen wir Luke in einer Welt, die durch seine Gegenwart lebendiger geworden war, die Geschichte seiner bescheidenen Rebellion gegen sein Land erzählen. Unrecht war geschehen, und seine Entrüstung darüber hatte ihn zu den Waffen greifen und rachedurstig seine gestohlene Heimat durchstreifen lassen. Als er erkannte, daß er nichts ausrichtete, war aus seinem Anliegen eine Sucht geworden. Zuerst glaubte er, daß er nach Colleton zurückgekehrt sei, weil er der einzige prinzipientreue Mann war, den diese Stadt hervorgebracht hatte. Aber im Laufe seines langen, einsamen Kampfes war ihm klargeworden, daß es seine eigene streitsüchtige Eitelkeit gewesen war, die eine einfache politische Entscheidung in einen trotzigen Ehrenhändel verwandelt hatte. Er wußte nicht mehr, wie er sich aus der Verstrickung befreien sollte, und es gab noch immer Augenblicke, in denen er das Gefühl hatte, das einzig Richtige zu tun. Luke war sich keines Unrechts bewußt; er spürte jedoch, daß er allein auf weiter Flur gekämpft hatte, und meinte, dieser Einzelkampf sei sein schlimmstes Vergehen.

Er erzählte uns seine Geschichte, und seine Stimme war wie Musik. Er erzählte von seinen langen Streifzügen durch das zerstörte Land, seinen Begegnungen mit den bewaffneten Wachen, seinem wiederholten Abtauchen und von den Gefahren, die jedesmal, wenn er mit einem Boot auf den Fluß hinausfuhr, auf ihn lauerten. Vom Vietkong hatte er gelernt, mit der Dunkelheit zu konspirieren und die Geduld als wirksame Waffe gegen einen zahlenmäßig überlegenen Feind einzusetzen. Lange Zeit, so erzählte er, habe er die vier Brücken im Norden des County beobachtet, bevor er sie ausschaltete. Sie seien unglaublich schlecht bewacht gewesen, und die Installation der simultan um zwei Uhr morgens explodierenden Sprengsätze war kaum mehr als ein Kinderspiel. Er habe, so meinte er, mit seiner Aktion zu einer umfangreichen Verschärfung der Sicherheitsmaßnahmen beigetragen. Der Charakter seines Protests habe sich aber durch den Tod der vier Männer im

Zug verändert. Nachdem Blut geflossen war, hätte sein Krieg gegen das Eigentum des Staates jeden Beiklang von Moral verloren. Wenn er schon hatte töten müssen, so wäre es ihm lieber gewesen, wenn es die wirklich Schuldigen getroffen hätte.

»Ich hätte die drei Chefingenieure der Mewshaw Company erschießen sollen, die das Projekt leiten. Ich hatte sie alle drei im Fadenkreuz und dachte daran, sie umzulegen. Dann aber mußte ich an die Frauen und Kinder denken und wie beschissen die sich fühlen würden. Plötzlich war mir klar, daß ich den dämlichsten, mickrigsten Guerillakrieg führte, von dem ich je gehört habe. Ich werde ja nicht einmal von der einheimischen Bevölkerung unterstützt – es gibt ja gar keine! Da, wo ihre Häuser standen, findet man nur noch zerfurchte Erde. Also jagte ich ein paar Traktoren und Lastwagen in die Luft und machte ein paar Wachleuten die Hölle heiß – doch mein einziger wirklicher Erfolg, wenn man das so bezeichnen will, liegt darin, daß sie mich bis jetzt nicht erwischt haben. Aber versucht haben sie es, weiß Gott, mit allen Mitteln.«

Er fühlte sich nicht besiegt, wohl aber in die Enge getrieben. Die Vorstellungen und Ideale, von denen er sich zu Beginn seines Streits hatte antreiben lassen, waren schal geworden. In seiner Einsamkeit hatte er herausgefunden, daß ihm die philosophischen Grundlagen zum Widerstand fehlten. Der Welt der Inseln galt seine Leidenschaft, doch gebrach es ihm an einem zusammenhängenden, systematischen Bekenntnis. Seine Gedanken waren widersprüchlich und romantisch, streitsüchtig und unbeherrscht. Es war ihm unmöglich, sein Jahrhundert zur Vernunft zu zwingen, und es gelang ihm nicht, sich mit ihm zu versöhnen. Er hatte versucht, als Ehrenmann zu handeln, als ein Mann, der weder genoch verkauft werden konnte, und war doch eines Morgens aufgewacht und hatte feststellen müssen, daß man einen Preis auf seinen Kopf ausgesetzt hatte. Im tiefsten Innern seiner Seele war es ihm unverständlich, daß es nach der Bekanntgabe der Gründe für seine Auseinandersetzung mit der Regierung noch Amerikaner geben konnte, die sich seinem Kampf nicht anschlossen. Er hatte geglaubt, die amerikanische Seele zu verstehen, und mußte die Erfahrung machen, daß er nicht einmal die Tiefen der eigenen zu ergründen vermochte. Nie hatte er begriffen, daß der Verkauf des eigenen Landes und des Geburtsrechts *der* Sport in Amerika war. Unsere Eltern hatten uns in dem Glauben erzogen, daß ein Südstaatler seinem Land die höchste Achtung zolle. Das Land und die Verehrung, die wir ihm entgegenbrachten, zeichneten uns aus und definierten unser legendäres Anderssein. Luke hatte, wie er meinte, einen einzigen Fehler gemacht: Anstatt nur Lippenbekenntnisse abzulegen, hatte er tatsächlich an die Einzigartigkeit und Erhabenheit des Südens geglaubt.

»Zuerst dachte ich, ich sei der letzte echte Südstaatler«, sagte er. »Jetzt halte ich mich eher für den letzten Hinterwäldler im Süden.«

»Wir haben einen Gen-Pool wie Loch Ness, Luke«, sagte Savannah. »Bei jedem von uns kommen Ungeheuer an die Oberfläche, bevor es vorüber ist.«

»Wenn du den Glauben an das, was du tust, schon verloren hast«, fragte ich, »warum spielst du dann immer noch Krieg?«

»Weil ich bei allen Fehlern, die ich gemacht habe, nicht so total falsch liege wie sie, Tom«, sagte er. »Und weil meine Gegenwart sie ständig daran erinnert, daß das Stehlen und Niederreißen einer Stadt gewisse Gesundheitsrisiken mit sich bringt. Ich dachte schon einmal an einen Angriff auf das Baustellencamp am hellichten Tage, Ich würde zuerst die bewaffneten Wachen umlegen und dann versuchen, zwanzig oder dreißig Bauarbeiter zu erwischen. Ich weiß, wie man einen solchen Krieg führt, mir fehlt bloß der Mut, ihn tatsächlich auch so zu führen, wie er geführt werden muß.«

»Wenn du so viele Leute umbringst, schicken sie Marines«, sagte ich.

»Auf mich allein gestellt, habe ich nicht den Mut, Unschuldige zu töten«, erwiderte Luke. »Das konnte ich nur in Vietnam, als ich das stärkste Land der Welt hinter mir wußte. Es ist mir ziemlich früh klargeworden, daß man ohne die Bereitschaft, Unschuldige zu töten, nicht gewinnen kann. Man wird nicht einmal beachtet.«

»Kompromisse waren nie deine Stärke, Luke«, sagte ich.

»Kompromisse!« rief er aus. »Wo war denn da ein Kompromiß, verdammt noch mal?! Von denen hat keiner gesagt, daß sie ihre Fabrik ans eine Ende der County stellen und uns am anderen Ende weiterleben lassen wollten. Die haben gesagt: ›Verschwindet, ihr Arschlöcher, verschwindet!‹ Und ich weiß auch, warum, Tom. Es blieb ihnen gar nichts anderes übrig. Wenn in dieser Fabrik auch nur ein einziger Unfall passiert, dann wird jedes Lebewesen flußabwärts für die nächsten zweihundert Jahre verstrahlt sein, jeder Krebs, jeder Oktopus, jede Hufeisen-Krabbe. Eine einzige Schlamperei, und in einem Umkreis von fünfzig Meilen stirbt die gesamte Meeresfauna ab. Sie können die Salzmarsch hier in eine Wüste verwandeln.«

»Wann bist du zum Radikalen geworden?« fragte Savannah. »In Vietnam?«

»Ich bin kein gottverdammter Radikaler, Savannah«, gab er vehement zurück. »Ich hasse Radikale aller Art, egal, ob Linke oder Rechte. Politik ist mir verhaßt, und Politiker und Demonstranten genauso.«

»Falsch, Luke, Schätzchen«, sagte Savannah. »Du selbst bist der beste Demonstrant, den ich je gesehen habe.«

Luke erzählte von seiner wiederholten Rückkehr nach Melrose Island. Einmal hatte er auf dem Fleck übernachtet, wo einst unser Schlafzimmer gewesen war. Er holte sich Honig aus den Bienenstöcken, die von den Abbruchteams zurückgelassen worden waren. In Mutters Garten hatte er Azaleen, Rosen und Dahlien gepflückt und das unbezeichnete Grab des Tigers damit geschmückt. Im Süden der Insel schoß er mit Pfeil und Bogen einen wilden Eber, der den Boden nach Pekanüssen durchwühlte.

Am zweiten Abend erzählte er von seiner Rückkehr in die ehemalige Stadt und der phantastischen Vision von ihrer Wiederauferstehung. Furcht und Bestürzung sprach aus seinen Worten, als er berichtete, wie er immer häufiger in lange Monologe mit sich selbst verfiel. Diese Meditationen bereiteten ihm ernsthaften Kummer, verliehen ihm aber andererseits auch immer wieder neue Perspektiven und neue Klarheit. Er beschwor die Häuser und Läden der Stadt herbei und beobachtete die Wehen ihrer Wiedergeburt. Sie war wiedererstanden aus der Verwüstung, und er hatte es mit eigenen Augen gesehen. Und dann hatte er sich umgedreht und Mr. Fruit auf sich zukommen sehen, ein verstoßener Wilder, der an der Straßenkreuzung, auf der er den größten Teil seines Lebens verbracht hatte, einen irren, exotischen Tanz vollführte. Mr. Fruit pfiff mit seiner Trillerpfeife und regelte mit der wortlosen Einfachheit und Grandeur seines Gewerbes einen imaginären Straßenverkehr. Doch als Mr. Fruit Gestalt annahm, verschwand die wiedererstandene Stadt in einer alptraumhaften Fata Morgana aus Staub.

»Aber sie war da, für einen Augenblick lang war sie da«, sagte Luke ehrfürchtig. »Ich weiß nicht, wie ich es erklären soll. Einen Augenblick lang konnte ich die frische Farbe und den Kaffee riechen, die Stimmen der Ladenbesitzer hören, das Geräusch ihrer Besen auf den Bürgersteigen. Es war alles so schön, so absolut real...«

Savannah nahm Lukes Hand und küßte sie sanft. Dann sagte sie: »Du brauchst mir nichts zu erklären, Luke. Ich sehe solche Dinge seit meiner Geburt.«

»Aber ich bin nicht verrückt«, protestierte Luke. »Das war alles direkt vor mir. Ich sah die Läden. In den Schaufenstern waren Schilder mit Sonderangeboten. Ich konnte sogar den Ara im Schuhgeschäft ›Guten Morgen!‹ krächzen hören. Alle Ampeln waren in Betrieb. Ihr müßt es mir glauben, das war kein Traum!«

»Ich weiß, daß es kein Traum war«, sagte Savannah. »Es war nur eine nette kleine Halluzination. Ich bin die Königin der Halluzinationen. Ich kann dir alles darüber erzählen.«

»Du willst damit sagen, daß ich verrückt bin, Savannah«, erwiderte Luke. »Aber die Verrückte bei uns in der Familie warst immer du.«

»Nein, Luke«, sagte sie, »ich bin bloß die einzige, die es immer gewußt hat.«

»Aber bei mir war das was Religiöses«, beharrte Luke. »Mir war, als habe Gott mich berührt und mich einen Blick in die Zukunft werfen lassen. Als habe Er mir zeigen wollen, was geschehen wird, wenn ich meiner Mission treu bleibe.«

»Du warst zu lange alleine hier draußen in der Wildnis«, sagte ich.

»Aber Mr. Fruit habe ich mir nicht herbeigeträumt«, sagte Luke.

»Ja, das ist der merkwürdige Punkt in deiner Halluzination«, warf Savannah ein.

»Nein. Er war da, leibhaftig. Sie haben ihn vergessen, als sie die Stadt räumten. Er muß es mit der Angst zu tun bekommen haben, als sie anfingen, die Häuser niederzureißen. Er hat sich dann im Wald versteckt und dort mehr schlecht als recht versucht zu überleben. Als ich ihn auf der Kreuzung stehen und den Verkehr dirigieren sah, war er halbverhungert und trug nur Lumpen am Leib.

Wie willst du einem Mann wie Mr. Fruit erklären, was man unter Plutonium und Enteignungsrecht versteht? Er war schon halbtot vor Hunger, als ich ihn entdeckte. Ich habe ihn zur Katholischen Mission in Savannah gebracht, obwohl es verdammt schwierig war, ihn von seiner Kreuzung loszueisen und ins Boot zu bekommen. Sie haben Mr. Fruit dann in die Staatliche Nervenheilanstalt nach Milledgeville geschickt. Niemand hörte auf mich, als ich erklärte, daß er zu seinem Wohlbefinden nichts weiter brauche als 'ne neue Straßenkreuzung – um Mr. Fruit zu verstehen, muß man eben in Colleton aufgewachsen sein. Kein Mensch hat auf mich gehört. Es war mir unmöglich, ihnen die Bedeutung Mr. Fruits im großen Weltenplan zu verdeutlichen...«

Savannah sagte: »Du brauchst auch Hilfe, Luke, genau wie Mr. Fruit. Du bist genauso ein Opfer der Stadtverlegung wie er.«

»Daß ich die Stadt wiedersah, war ein Moment der Klarheit, Savannah. Wenn du dich hinsetzt und ein Gedicht schreibst, dann mußt du es doch bereits irgendwo auf dem weißen Blatt Papier vor dir verborgen sehen. Ich sah unsere Stadt auf einem Stück dunkler Erde. Ich spreche von der Imagination, nicht vom Wahnsinn.«

»Du mußt mit uns zurückkommen«, sagte Savannah. »Es wird Zeit für dich, mit dem Leben zu beginnen.«

Er barg sein Gesicht in den riesigen Händen. Sein Kummer hatte etwas Tierisches, Urzeitliches. Seine Miene war löwenhaft und königlich, doch seine Augen verrieten die Scheu und den Schrecken eines wilden Hirschs.

»Dieser FBI-Agent Covington, Tom«, sagte er, »traust du dem?«

»Ich traue ihm in dem Maße, wie ich einem Mann, der meinen Bruder jagt, trauen kann«, antwortete ich.

»Er hat gesagt, ich kriege drei Jahre Knast?«

»Er sagte, drei bis fünf Jahre. Das ist der Handel, den er ausgetüftelt hat.«

»Vielleicht kann ich mit zu Dad in die Zelle«, sagte Luke.

»Er will auch, daß du zurückkommst«, sagte Savannah. »Er macht sich große Sorgen um dich. Und Mama auch.«

»In fünf Jahren können wir vielleicht ein großes Familientreffen veranstalten«, sagte Luke.

»Am besten in Auschwitz«, fügte Savannah hinzu.

»Sag Covington, daß ich mich an der Charleston-Brücke stellen werde, Tom. Ich möchte mich einem Offizier der Nationalgarde ergeben. Ich möchte mich als Soldat ergeben.«

»Warum kommst du nicht einfach heute nacht mit uns zurück?« fragte ich. »Ich kann Covington von zu Hause anrufen.«

»Ich möchte noch ein paar Nächte allein sein«, sagte Luke. »Ich möchte mich von Colleton verabschieden. Am Freitag bin ich an der Charleston-Brücke.«

»Die Flut kommt, Savannah«, sagte ich. »Wir müssen bald los.«

»Laß mich bei dir bleiben, Luke«, sagte sie besorgt. »Der Gedanke, dich hier allein zu lassen, macht mir angst.«

»Ich kann auf mich aufpassen, Schwesterchen«, sagte Luke. »Mach dir keine Sorgen. Tom hat recht. Wenn ihr nicht innerhalb der nächsten Stunde die Flut erwischt, schafft ihr's heute nacht nicht mehr.«

Luke half mir, das Boot ins Wasser zu ziehen. Dann nahm er Savannah in die Arme, und sie weinte lange an seiner Brust.

Schließlich wandte er sich mir zu. Als er mich berührte, brach ich zusammen.

»Es ist vorbei, Tom«, sagte er und hielt mich fest. »In drei Jahren lachen wir uns kaputt über diese Geschichte. So, wie es jetzt endet, ist es ziemlich beschissen, aber wir können es nun einmal nicht in irgendwas Tolles zurückverwandeln. Irgendwann komm' ich wieder raus, und dann kaufen wir uns einen großen Kutter und fangen mehr gottverdammte Krabben als irgendwer sonst an der Ostküste. Wir werden berühmt, schmeißen die Matrosen aus den Seemannskneipen und saufen den Schnaps pur.«

Savannah und ich kletterten ins Boot, und er stieß uns in die Flut. Savannah warf ihm Kußhändchen zu, und wir ließen ihn zurück, verschwanden in den anmutigen Boulevards der großen Salzmarsch. Zum letztenmal in unserem Leben verließen wir unsere Heimat. Auf dem Weg durch den schmalen Kanal sandte ich ein kleines Gebet an den Fluß – ein Gebet der Dankbarkeit. Wiewohl Gott mich mit eigenartigen, arg geschädigten Eltern geschlagen hatte, so war ich zum Ausgleich von ihm doch mit zwei großartigen Geschwistern beschenkt worden. Ich hätte die Reise ohne sie nicht antreten können – noch hätte ich das gewollt.

Auf dem Weg zum Treffpunkt an der Charleston-Brücke stattete Luke der Insel, auf der er in einem kleinen weißen Haus aufgewachsen war, einen letzten Besuch ab. Auf den Fundamenten des

Hauses stehend, wurde er von einem einzelnen Schuß aus dem Gewehr eines der beiden ehemaligen Green Berets, deren Auftrag es war, ihn zur Strecke zu bringen, tödlich getroffen. J. William Covington überbrachte uns die Nachricht am Samstag, einen Tag, nachdem Luke sich nicht wie vereinbart an der Charleston-Brücke Colonel Bryson Kelleher ergeben hatte.

Nach der Trauerfeuer bestatteten Savannah und ich Lukes Leiche auf See – weit draußen jenseits der Dreimeilenzone in seinem geliebten Golfstrom. Als wir den mit Gewichten beschwerten Sarg zu Wasser ließen, las Savannah ein Gedicht, ihren letzten Abschiedsgruß an Luke. Sie nannte es *Der Herr der Insel*.

Danach kehrten wir nach Charleston zurück. Uns war bewußt, daß wir bis zum Ende unserer Tage würden lernen müssen, ohne Luke zu leben. Jahre standen uns bevor, in denen wir erleben konnten, wie man sich in seine Bestandteile auflöst – und wie man *hübsch* tut.

Epilog

Wenige letzte Dinge bleiben zu berichten.

Es dauerte seine Zeit, bis ich Susan Lowenstein Lukes Geschichte erzählt hatte, und jedes einzelne Wort fiel mir schwer. Erleichtert wurde mir der Bericht dadurch, daß ich ihn einer Frau erzählen konnte, die ich liebte und die mir jeden Tag zuflüsterte, daß sie mich liebte. Sie hatte etwas in mir geweckt, das viel zu lange geschlummert hatte. Es war nicht nur die zurückkehrende Leidenschaft, es war auch die Rückkehr der Hoffnung und die Beseitigung aller Sturmzeichen in den Gefahrenzonen der Erinnerung.

Den ganzen Sommer über hatte ich Liebeslieder auf meine Töchter und Liebesbriefe an meine Frau geschrieben. Meine Töchter fehlten mir furchtbar; allein die Erwähnung ihrer Namen bereitete mir Schmerz. Aber meine Töchter konnten mich nicht aus ihrem Leben verdrängen, das konnte nur Sallie, und sie glaubte ich für immer verloren zu haben. Meine Briefe an Sallie hatten stets den gleichen Tenor: Niemand, so schrieb ich, verstehe besser als ich, warum sie außerhalb der Familie Liebe und Zuneigung suchen müsse. In meiner Trauer und Verbitterung hatte ich meine eigene Frau in eine Fremde verwandelt, in einen Störenfried, ja sogar – und das war der Gipfel meiner seelischen Grausamkeit – in eine Witwe, der die Oberaufsicht über ein Haus voll Kummer und Sorge oblag. Der Junge von der Insel, Tom Wingo, hatte alle Verbindungen zu den Menschen, die ihn liebten, gekappt und sich ziellos den Strömungen einer langen, traumlosen Selbstzersetzung preisgegeben. Ich schrieb Sallie, ihre Affäre mit Dr. Cleveland habe mir gezeigt, daß ich an jenen Stellen meiner Seele, die der Tod meines Bruders in Wüsteneien verwandelt hatte, noch immer Schmerz empfinden konnte. Sie hatte mein kontinuierliches Abgleiten in die Niederungen des Selbstmitleids zum Stillstand gebracht; ich spürte den Kämpfer in mir, der einmal mehr um Anerkennung rang. Ich wußte nun, daß Erlösung oftmals des vorherigen Judaskusses bedarf; es gibt Zeiten, da der Betrug oder Verrat ein Akt der Liebe sein kann. Die Antwortbriefe, die ich von Sallie bekam, waren Briefe einer verletzten und verwirrten Frau. Sie brauche Zeit, meinte sie, und ich gab ihr die Zeit und wartete auf ihre Entscheidung. Niemals wäre ich auf den Gedanken gekommen, daß ihre Entscheidung die meine war und daß ich etwas anderes als Freude empfinden könnte, wenn ich eines Tages New York City wieder verlassen müßte.

In den letzten beiden Augustwochen mietete ich mir mit Susan Lowenstein eine Blockhütte an der Küste von Maine und erzählte ihr vor der Kulisse des hier viel wilderen und kälteren Atlantischen Ozeans die Geschichte von Lukes Tod. In einem Leben ohne meinen Bruder sah ich nicht den geringsten Wert. In jener Landschaft, die jetzt in wildem Sommergrün entflammt war, sich aber alljährlich zur Säuberung und Läuterung unter unendliche Decken aus Schnee zurückzog, pries ich den Geist meines Bruders und betrauerte seinen Tod. Ich erzählte Susan alles und ließ die tristen und schmucklosen Strophen meiner Ergebenheit und meines Kummers nicht aus. Unmeßbar war der Preis einer so innigen und doch von so kalter Wut erfüllten Liebe, wie ich sie der Familie, aus der ich stammte, entgegenbrachte.

Als ich von Lukes Bestattung auf hoher See sprach, hielt Susan Lowenstein mich in ihren Armen, streichelte mein Haar und trocknete meine Tränen. Meinen Bericht über Luke hörte sie nicht mehr als Savannahs Therapeuten, sondern als meine Geliebte, Gefährtin und beste Freundin. Zwei Wochen lang liebten wir uns, als hätten wir ein Leben lang nur darauf gewartet, dem anderen in die Arme zu fallen. Tag für Tag unternahmen wir meilenweite Wanderungen am Strand und auf den Dünen, pflückten Blumen und Brombeeren und gruben Muscheln aus dem Sand, bis Susan plötzlich ihre Arme um mich legte, mit den Fingernägeln über meinen Rücken fuhr und flüsterte: »Komm, wir gehen zurück und lieben uns und erzählen uns alles, was man sich erzählen kann.« Es war eine Lust, Susan Lowenstein alles zu erzählen.

In unserer letzten Nacht in Maine saßen wir eng aneinandergekuschelt auf einem Felsen, ein Handtuch über den Schultern. Der Mond breitete ein Silbertuch über den Ozean, und der Himmel war klar und voller Sterne.

»Freust du dich nicht auch wieder auf die Stadt, Tom?« fragte sie und küßte mich auf die Wange. »Ich hab' diese Ruhe und diesen Frieden, die Schönheit, das tolle Essen und den phantastischen Sex langsam satt.«

Ich lachte und sagte: »Wenn wir zusammenbleiben, Lowenstein, muß ich dann Jude werden?«

»Ach was«, antwortete sie. »Herbert ist auch kein Jude.«

»Ich hab' nichts dagegen«, sagte ich. »Bei uns in der Familie ist das so üblich. Denk an Renata.«

»War diese Zeit hier nicht ein vielversprechender Auftakt für ein gemeinsames Leben?« fragte sie. »Ein Vorgeschmack auf kommende Attraktionen?«

Ich antwortete nicht sofort. Lebhaft und hell wie Leuchtkäfer erblühten in der Dunkelheit die Bilder meiner Frau und meiner Kinder. »Bevor ich dich kannte«, sagte ich schließlich, »lag ich in einem tiefen Schlaf, war tot, ohne es zu wissen. Soll ich dich von jetzt ab Susan nennen, Lowenstein?«

»Nein«, antwortete sie, »mir gefällt die Art, wie du ›Lowenstein‹ sagst, besonders wenn wir uns lieben. Mir geht es wieder phantastisch, Tom, absolut phantastisch.«

Ich wartete einen Augenblick und sagte dann: »Wenn wir zurückkommen, muß ich Savannah sehen.«

Sie stimmte mir zu. »Du hast recht, es wird Zeit. Für euch beide.«

»Ich habe ihr einiges zu sagen«, sagte ich, »und nicht nur ihr. Allen.«

»Was wird geschehen, wenn Sallie anruft und dich zurückhaben will?« fragte sie. »Ich habe Angst davor.«

»Woher weißt du, *daß* sie mich zurückhaben will?«

»Ich habe die Ware geprüft«, flüsterte sie. »Ich kann's gar nicht abwarten, nach Hause und aus den Kleidern zu kommen... Damit wir einander alles erzählen können, was es gibt.«

»Lowenstein«, sagte ich und drehte mich ihr zu, um sie zu küssen, »über das Leben im Freien mußt du noch 'ne Menge lernen.«

Und ich knüpfte langsam ihre Bluse auf.

Ein Krankenpfleger brachte Savannah ins Besuchszimmer. Sie wirkte überrascht, als sie mich sah, und ein wenig verlegen, als sie mich zur Begrüßung küßte, doch preßte sie mich für einen Augenblick fest an sich.

»Sie haben dich hereingelassen«, sagte sie.

»Lowenstein gewährt dir einen Tag Ausgang«, sagte ich. »Wenn du mit 'm Auerbach voller Drehung vom Empire State Building hopst, bin ich voll rechenschaftspflichtig.«

»Ich tu' mein Bestes, daß das nicht passiert«, sagte sie, und der Anflug eines Lächelns huschte über ihr Gesicht.

Ich führte sie ins *Museum of Modern Art*, wo gerade Georgia O'Keeffes Werke und Fotografien von Alfred Stieglitz ausgestellt wurden. In der ersten Stunde schlenderten wir Seite an Seite durch die Galerien, sprachen aber nur sehr wenig. Die Piratenstreiche eines grausamen Geschicks hatten uns Jahre gekostet, und keinem von uns lag daran, zu schnell zu sprechen.

Auf ihre erste Frage war ich nicht vorbereitet.

»Du weißt Bescheid über Renata Halpern?« fragte sie vor dem Foto einer New Yorker Straßenszene.

»Ja.«

»Es schien mir durchaus sinnvoll«, sagte sie. »Ich war damals nicht in bester Verfassung.«

»Du brauchtest einen Ausweg«, sagte ich. »Das versteht jeder, und ich ganz besonders.«

»Wirklich?« fragte sie zurück, und ihre Stimme klang ein wenig ärgerlich. »Du bist doch im Süden geblieben.«

»Weißt du, was der Süden für mich bedeutet?« sagte ich.

»Nein«, antwortete meine Schwester, doch es war eine Lüge.

»Seelennahrung, Savannah. Ich kann mir nicht helfen. Der Süden bin ich.«

»Er ist gemein, billig und primitiv«, sagte sie. »Im Süden leben zu müssen, ist ein Todesurteil.«

Ich wandte den Blick von einem Foto, das die junge, schöne Georgia O'Keeffe zeigte, und sagte: »Ich kenne deine Einstellung, Savannah. Wir haben tausendmal darüber gesprochen.«

Sie nahm meine Hand und drückte sie. »Du hast dich zu billig verkauft, Tom«, sagte sie. »Aus dir hätte mehr werden können als ein Lehrer und Football-Trainer.«

Ich erwiderte den Druck. »Hör zu, Savannah«, sagte ich, »es gibt kein Wort in unserer Sprache, das ich mehr verehre als das Wort *Lehrer*. Keines! Wenn ein Kind von mir als seinem *Lehrer* spricht, schlägt mein Herz höher, und so war das schon immer. Indem ich Lehrer wurde, ehrte ich mich selbst und die gesamte Menschheit.«

Savannah sah mich an. »Und warum bist du dann trotzdem unglücklich, Tom?«

»Aus den gleichen Gründen wie du«, erwiderte ich.

Wir betraten den Monet-Saal, ließen uns auf einer Bank nieder und betrachteten Teiche und Lilien auf großen Ölgemälden. Es war Savannahs liebster Platz auf Erden, den sie immer wieder aufsuchte, um trübe Gedanken zu verscheuchen.

»Lowenstein läßt dich bald nach Hause«, sagte ich.

»Ich glaube, ich bin soweit.«

»Wenn du jemals wieder fortgehen willst, laß mich dir dabei helfen, Savannah.«

»Kann durchaus sein, daß ich mich noch lange, lange Zeit von euch allen fernhalten muß.«

»Ich kann dich lieben, egal was du tust oder läßt«, sagte ich, »aber der Gedanke an eine Welt ohne dich ist mir unerträglich.«

»Manchmal denke ich, die Welt wäre ohne mich besser dran«, sagte Savannah, und die Traurigkeit in ihrer Stimme berührte mich tief.

»Seit seinem Tod haben wir untereinander Lukes Namen nicht mehr erwähnt«, sagte ich und nahm meiner Schwester Hand. Sie legte ihren Kopf an meine Schulter, und ihre Stimme klang erschöpft und angstvoll.

»Noch nicht, Tom, bitte«, sagte sie.

»Es ist an der Zeit«, gab ich zurück. »Wir haben Luke so sehr geliebt, daß wir darüber vergaßen, wie sehr wir einander lieben.«

»Irgend etwas in mir ist gebrochen«, sagte sie mit erstickter Stimme, »etwas, das sich nie wieder heilen läßt.«

»Doch, ich weiß ein Heilmittel«, sagte ich und deutete auf Monets traumverlorene, zeitlose Blüten auf den kühlen Wassern von Giverny. »Die Heilung liegt in deiner Kunst. Du kannst wunderschöne Gedichte über deinen Bruder schreiben. Du bist die einzige, die uns Luke zurückbringen kann.«

Savannah begann zu weinen, doch ich spürte ihre Erleichterung. »Aber er ist doch tot, Tom.«

»Nur, weil du seit seinem Tod nichts mehr über ihn geschrieben hast«, sagte ich. »Tu mit Luke, was Monet mit Blumen tat. Bedien dich deiner künstlerischen Fähigkeiten. Gib ihn uns zurück. Laß alle Welt an unserer Liebe zu Luke Wingo teilhaben.«

Am Spätnachmittag desselben Tages rief Sallie an. Es war der Anruf, den Susan Lowenstein befürchtet hatte. Sie fing an zu sprechen, doch dann brach ihre Stimme. »Was ist los, Sallie?« fragte ich.

»Er hat noch mit zwei anderen Frauen ein Verhältnis, Tom«, sagte sie. »Ich hatte vor, dich zu verlassen, und wollte, daß er zu uns zieht, zu mir und den Mädchen, und dabei hat er es nebenbei noch mit zwei anderen Frauen getrieben.«

»Das lag an dieser Sammlung englischer Motorräder«, sagte ich. »Die Meerschaumpfeifen waren harmlose Gags, aber wenn ein Arzt anfängt, Motorräder zu sammeln, dann ist das ein Zeichen dafür, daß etwas mit seinem männlichen Ego nicht stimmt.«

»Ich habe ihn geliebt, Tom«, sagte Sallie. »Ich mach' dir nichts vor.«

»Dein Geschmack war mir, was Männer betrifft, schon immer ein bißchen suspekt.«

»Ich fühle mich benutzt und mißhandelt. Ich wußte nicht, wie man so ein Verhältnis führt, es war ja etwas ganz Neues für mich. Ganz bestimmt habe ich mich wie eine Vollidiotin benommen.«

»Ach was, Sallie, du warst prima«, antwortete ich. »Niemand weiß, wie man sich in so einer Situation richtig verhält.«

»Er war abscheulich zu mir, als ich ihm das mit den anderen Frauen vorhielt. Er hat mir ganz furchtbare Dinge an den Kopf geschmissen.«

»Soll ich ihm mal 'ne Abreibung verpassen?«

»Nein«, sagte sie, »selbstverständlich nicht. Warum?«

»Wär' mir ein Vergnügen. Du darfst zusehen.«

»Er würde nicht einmal im Traum daran denken, mich zu heiraten, sagte er. Ich sei ihm viel zu alt. Eine seiner Freundinnen sei neunzehn.«

»Seelische Tiefe war schon immer seine besondere Stärke«, erwiderte ich.

»Was ist mit uns?« fragte sie. »Wie geht es weiter? Deine Briefe waren so schön. Aber wenn ich du wäre, würde ich mir nie verzeihen.«

»Ich muß dir von Lowenstein erzählen, Sallie«, antwortete ich.

Ich wartete, an einen Laternenpfahl gelehnt, bis Lowenstein ihre Praxis verließ. Als sie die braunen Sandsteintreppen herunterkam, war ich noch dabei, meine Worte zurechtzulegen. Sie sah mich von der anderen Straßenseite aus. Ihre Schönheit berührte mich; was mir diesmal jedoch fast das Herz brach, war ihre unbefangene Freundlichkeit. Ich versuchte, etwas zu sagen, doch da kamen mir plötzlich die Tränen. Die angemessenen Abschiedsworte an Lowenstein waren noch nicht erfunden. Sie sah, was mit mir los war, schrie auf und rannte über die Straße.

»Nein, nein, Tom! Das ist nicht fair!«

Achtlos ließ sie ihren Aktenkoffer auf den Bürgersteig fallen und warf mir die Arme um den Hals; der Koffer sprang auf und diverse Papiere flatterten heraus und verschwanden zwischen den am Straßenrand parkenden Autos.

Sie wischte mir eine Träne aus dem Gesicht und küßte eine andere fort.

»Wir wußten, daß dieser Tag kommen würde«, sagte sie. »Wir haben darüber gesprochen. Zu den Dingen, die mir an dir so gut gefallen, Tom, gehört ja auch, daß du einer von den Männern bist, die immer zu ihrer Familie zurückkehren. Trotzdem verfluche ich sie. Ich verfluche Sallie, weil sie dich vor mir gekannt und geliebt hat.«

Ihre Worte trafen mich ins Fleisch, und ich weinte noch heftiger und barg mein Gesicht an ihrer Schulter. Sie fuhr mir zärtlich übers Haar und sagte: »Ich muß 'n netten Judenjungen finden. Ihr Gojim bringt mich noch um.« Und unter Tränen brachen Lowenstein und ich in lautes Gelächter aus.

Sie saß im Wohnzimmer ihres Apartments in einem Sessel und starrte durchs Fenster hinaus auf die Bleecker Street. Als ich eintrat, drehte sie sich nicht um. Ich hatte am Abend zuvor meine Koffer gepackt; sie standen neben der Küchentür. In einem Blumenladen an der Eighth Avenue hatte ich für sie eine Gardenie in voller Blüte erstanden. Ich schnitt eine Blüte ab, nahm sie mit zu meiner Schwester und steckte sie ihr ins Haar.

Dann stellte ich ihr die alte Frage: »Das Leben zu Hause – wie war es, Savannah?«

»Hiroshima«, antwortete sie.

»Und das Leben, das du führst, nachdem du diese wundervolle Familie verlassen hast?«

»Nagasaki«, sagte sie, nach wie vor ohne mich anzusehen.

»Wie heißt das Gedicht, das du zu Ehren deiner Familie geschrieben hast?« fragte ich.

»Die Geschichte von Auschwitz«, antwortete sie, und mir war, als wolle sie lächeln.

»Jetzt kommt die allerwichtigste Frage«, sagte ich, wobei ich mich über sie beugte und den Duft der Gardenie in ihrem Haar spürte. »Wen liebst du mehr als alles andere in der Welt?«

Sie zog meinen Kopf an ihre tränenfeuchte Wange und flüsterte: »Ich liebe meinen Bruder, Tom Wingo, meinen fabelhaften, gottverdammten Zwillingsbruder. Es tut mir alles so furchtbar leid.«

»Schon gut, Savannah«, sagte ich. »Wir haben wieder zueinander gefunden. Wir können jetzt versuchen, die Ruinen zu restaurieren; Zeit genug haben wir.«

»Halt mich, Tom«, sagte sie. »Halt mich ganz fest.«

Als ich aufbruchbereit war, brachte ich mein Gepäck in den Flur, wo Eddie Detreville bereits auf mich wartete, er wollte mir helfen. Ich umarmte und küßte ihn auf die Wangen. Nur selten, sagte ich zu ihm, sei mir ein so großzügiger und liebevoller Mann wie er begegnet. Dann wandte ich mich Savannah zu. Von ihrem Sessel sah sie zu mir auf; ihr Blick hatte etwas Prüfendes an sich.

»Glaubst du, wir beide sind Überlebende, Tom?« fragte sie.

»Ich schon, glaube ich. Bei dir bin ich mir nicht ganz sicher.«

»Überleben. Das also ist die Gabe, die du den Wingos verdankst.«

Ich küßte sie, ging zur Tür, ergriff mein Gepäck und sagte: »Ja, das stimmt. Aber du verdankst den Wingos etwas viel Besseres.«

»Ha!« rief sie aus, und viel Bitterkeit lag darin. »Und das wäre?«

»Genie«, sagte ich. »Du verdankst ihnen dein Genie.«

Am Abend führte mich Susan Lowenstein zum Abschiedsessen ins *Windows on the World*, hoch oben über der City. Als wir eintrafen, war die Sonne bereits untergegangen und ein paar feine Streifen Rubinrot waren in die Wolkenmassen am Horizont eingewoben. Die Stadt unter uns war wie ein geräuschloses Gedeck aus Feuer und Kristall. Gleichgültig, wie oft man es sah und aus welchen Blickwinkeln – New York war immer anders. Nichts in Gottes Schöpfung ist so schön wie der Anblick des nächtlichen Manhattan aus großer Höhe.

Beim Aperitif fragte ich: »Wonach steht dir heute abend der Geschmack, Lowenstein?«

Einen Augenblick lang sah sie mich an, ohne ein Wort zu sagen. Dann antwortete sie: »Ich werde irgendeinen lausigen Fraß bestellen. An dem Tag, da du dich auf Nimmerwiedersehen von mir verabschieden willst, vertrage ich kein Luxusdinner.«

»Ich gehe zurück nach South Carolina, Lowenstein«, sagte ich und drückte ihre Hand. »Da gehöre ich hin.«

»Du kannst überall hingehören, wo du hingehören willst«, sagte sie und ließ ihren Blick über die Lichter der Stadt schweifen. »Du hast einfach beschlossen, daß du hier nicht hingehörst, das ist alles.«

»Warum machst du es uns so schwer, in Freundschaft auseinanderzugehen?« fragte ich.

»Ich will, daß du bei mir bleibst, Tom«, erwiderte sie. »Ich glaube, du liebst mich, ich weiß, daß ich dich liebe und daß wir eine Chance haben, einander glücklich zu machen bis ans Ende unserer Tage.«

»Ich könnte niemanden bis ans Ende seiner Tage glücklich machen«, gab ich zurück.

»Lauter Ausreden«, sagte sie und verbarg sich unvermittelt hinter der Speisekarte, um den direkten Blickkontakt zu meiden. Schließlich fragte sie: »Was ist der übelste Fraß auf dieser Karte?«

»Irgend jemand hat mir mal Tatar vom Schweinearsch empfohlen.«

»Untersteh dich, mich heute abend zum Lachen zu bringen«, sagte sie, noch immer hinter der Speisekarte versteckt. »Du verläßt mich heute einer anderen Frau wegen.«

»Bei der es sich zufällig um meine Ehefrau handelt...«

»Wenn du immer wußtest, daß du am Ende zu Sallie zurückkehrst – warum hast du es dann zwischen uns so weit kommen lassen?«

»Ich wußte das keineswegs von Anfang an. Ich dachte, wir beide – du und ich – blieben zusammen.«

»Was geschah dann?«

»Mein Charakter offenbarte sich«, sagte ich. »Ich mußte einsehen, daß ich schlicht und einfach nicht den Mut habe, meine Frau und meine Kinder zu verlassen und mit dir ein neues Leben zu beginnen. Ich kann das nicht, du mußt mir verzeihen, Lowenstein. Ein Teil von mir will dich und sonst nichts und niemanden. Der andere Teil hat einen Horror vor jeder einschneidenden Veränderung in meinem Leben. Und der zweite Teil ist stärker.«

»Aber du liebst mich, Tom.«

»Ich ahnte nicht, daß man zwei Frauen gleichzeitig lieben kann.«

»Aber deine Wahl fiel auf Sallie.«

»Die Wahl fiel auf meine Vergangenheit«, sagte ich. »Wäre ich mutiger, hätte sie anders ausfallen können.«

»Was kann ich tun, um dich hierzubehalten?« fragte sie hart und entschlossen. »Sag es mir, bitte! Ich weiß nicht, wie man bettelt, aber ich bin bereit, es zu lernen, in Theorie und Praxis.«

Ich schloß meine Augen und ergriff ihre Hände. »Mach, daß ich in New York City geboren bin. Nimm meine Vergangenheit von mir. Nimm alles von mir, was mir lieb und teuer ist. Mach, daß ich Sallie nie begegnet bin und keine Kinder mit ihr gezeugt habe. Mach, daß ich Sallie nicht liebe.«

Susan Lowenstein lächelte. »Ich dachte, wenn ich dir nur genug Schuldgefühle einrede, könnte ich dich zum Bleiben veranlassen«, sagte sie. »Wenn ich dich so weit bringen könnte, daß du dich für mich verantwortlich fühlst.«

»Ihr Seelenklempner seid eine schamlose Brut.«

»Wenn es mit dir und Sallie nun doch nicht mehr klappt...« fuhr sie fort, beendete aber den Satz nicht.

»Dann wirst du mich wie einen jaulenden Hund auf dem Trottoir vor deiner Wohnung finden«, sagte ich. »Merkwürdig, Lowenstein, hier und jetzt, in diesem Augenblick, liebe ich dich mehr, als ich Sallie je geliebt habe, soweit ich mich entsinnen kann.«

»Dann bleib bei mir, Tom.«

»Ich will etwas Schönes aus den Ruinen machen, Lowenstein«, sagte ich und sah ihr in die Augen. »Ich weiß nicht, ob ich dabei Erfolg haben werde, aber ich muß es zumindest versuchen. Das habe ich heute nachmittag auch zu Savannah gesagt.«

»Apropos Ruinen... Herbert rief heute an.« Mit einer Handbewegung schickte sie den Kellner fort, der gekommen war, um unsere Bestellung aufzunehmen. »Er hat mich inständig darum gebeten, ihm eine neue Chance zu geben. Er behauptet sogar, mit Monique Schluß gemacht zu haben.«

»Du hast nicht zufällig Moniques Telefonnummer da?« fragte ich.

»Das ist selbst auf deinem Slapstick-Niveau nicht sehr witzig.«

»Die Atmosphäre ist schwer wie Titanium. Ich wollte sie ein bißchen auflockern.«

»Ohne mich, bitte«, sagte sie. »Ich fühl' mich ausgesprochen mies und habe ein Recht darauf, in meinem Leid zu schwelgen.«

»Herbert und inständig bitten... nicht schlecht, Lowenstein«, sagte ich. »Muß ihm gut stehen...«

»Er kann's noch nicht sehr gut. Als ich ihm von uns erzählte, meinte er, es sei völlig unvorstellbar für ihn, wie ich mich mit so einem wie dir trösten könne.«

»Erzähl dem Kerl was von meinen elefantösen Geschlechtsteilen«, sagte ich, leicht verärgert. »Oder daß ich beim GV den Chinesischen Korbtrick praktiziere, und zwar auf ganz perverse Weise.«

»Ich hab' ihm gesagt, daß wir im Bett phantastisch sind«, sagte sie mit verschleiertem Blick auf die Stadt. »Ich hab' ihm gesagt, wir kochen... Es ist furchtbar, aber es macht mir immer mehr Spaß, ihn zu verletzen. Hast du übrigens Sallie von uns erzählt?«

»Ja.«

»Dann hast du mich benutzt, Tom.«

»Ja, Susan. Aber erst, als ich dich bereits liebte.«

»Wenn du mich so gern hättest, Tom...«

»Nein, Lowenstein, ich habe dich nicht gern, ich vergöttere dich. Du hast mein Leben verändert. Endlich konnte ich mich wieder als ganzer Mann fühlen, als attraktiver, sinnlicher Mann. Du hast mich gelehrt, mich all meinen Problemen zu stellen, und es dabei so aussehen lassen, als täte ich das alles nur, um meiner Schwester zu helfen.«

»Und das ist nun also das Ende vom Lied.«

»Ja, Lowenstein, ich glaube schon.«

»Dann laß uns unsere letzte Nacht genießen«, sagte sie und küßte meine Hand und dann jeden Finger für sich. Ein starker Nordwind blies und versetzte den Wolkenkratzer in leichte Schwingungen.

Nach dem Abendessen gingen wir in den *Rainbow Room* im Rockefeller Center und tranken Champagner auf unser Wohl. Wir nahmen uns ein Zimmer im *Plaza* und blieben die ganze Nacht wach. Wir sprachen miteinander, liebten uns, sprachen erneut. Da wir keine Pläne hatten, waren acht gemeinsame Stunden alles, was uns blieb. Ich hatte meine Entscheidung getroffen, ich hatte nein gesagt.

Auf dem La-Guardia-Flughafen gab ich ihr einen letzten Kuß. Hastig und ohne Blick zurück ging ich durch die Sperre.

Dann aber hörte ich sie meinen Namen rufen und drehte mich um.

»Erinnerst du dich an den Traum, Tom, von dem ich dir erzählt habe? Wie wir beide im Schneesturm miteinander tanzen?«

»Ich werde ihn nie vergessen«, sagte ich.

Jetzt weinte Susan, und der Abschied war wieder ein mörderisches Geschäft. Sie sagte: »Versprich mir eins, Trainer: Träum einen Traum für mich, wenn du wieder in South Carolina bist. Träum einen Traum für Lowenstein.«

Ein Jahr nach meinem Sommer in New York fuhr ich nach Atlanta, um meinen Vater abzuholen, der an diesem Tag aus dem Bundesgefängnis entlassen wurde. Ich wollte ihm ein wenig Zeit geben, sich zurechtzufinden, bevor ich die überschäumende, schuldbewußte Liebe einer kaputten Familie auf ihn losließ, die nicht wußte, wie sie ihn empfangen sollte. Niemand von uns konnte sagen, wie sich sein Leben fortan gestalten würde, nachdem er so viel Zeit und Kraft verloren hatte. Er hatte stark abgenommen, sein Gesicht war fahl und kantig. Ich war bei ihm, als er seine persönlichen Habseligkeiten abholte und der Gefängnisdirektor die Entlassungspapiere unterzeichnete. Der Direktor sagte, das Gefängnis würde ihn vermissen, es brauche mehr Gefangene, die so seien wie Henry Wingo.

»Zum erstenmal hab' ich was richtig gemacht«, sagte mein Vater. »Ich bin ein prima Knastbruder geworden.«

Wir sahen uns im Stadion ein Football-Spiel der *Braves* an und verbrachten die Nacht im *Hyatt Regency*. Am nächsten Morgen brachen wir früh auf und fuhren über Nebenstraßen nach Charleston. Wir ließen uns Zeit, und wir brauchten sie auch, um wieder miteinander vertraut zu werden. Beide bemühten wir uns um die richtigen Worte, die sicheren Worte, und waren peinlich darauf bedacht, ja kein falsches Thema aufkommen zu lassen.

Mein Vater sah älter aus, aber ich ja auch. In seinem Gesicht erkannte ich Lukes Züge; er, der mein Gesicht mit scheuen Blicken musterte, hatte dort, dessen war ich mir sicher, Mutters Züge entdeckt. Mein Anblick schmerzte ihn jetzt, und keiner konnte etwas daran ändern, weder er noch ich. Wir sprachen über Sport und meinen Trainerberuf. Die langen, klar umrissenen Spielzeiten der Football-, Basketball- und Baseball-Liga hatten stets unser Leben gegliedert und boten diesem Vater und seinem Sohn die einzige Sprachebene, auf der sie liebevoll miteinander kommunizieren konnten.

»Hast du ein gutes Team für die kommende Saison?« fragte er.

»Ich glaube, wir werden einige Leute ganz schön überraschen«, sagte ich. »Willst du mir beim Training der Außenstürmer helfen?«

»Gerne«, sagte er.

Als wir unser Haus auf Sullivans Island erreichten, war auch Savannah bereits eingetroffen. Meine Kinder stürmten aus dem Haus – um dann recht zurückhaltend auf ihren Großvater zuzugehen.

»Vorsichtig, Mädchen«, sagte ich, »er schlägt aus.«

»Nein, das stimmt nicht, Kinder. Kommt her und gebt eurem Großvater einen Kuß.« Seine Stimme klang müde und resigniert, und ich bereute, was ich gesagt hatte.

Sallie erschien in der Tür, schlank, dunkelhaarig, sonnengebräunt und ernst. Sie lief auf meinen Vater zu, fiel ihm um den Hals, und Tränen flossen über ihr Gesicht. Er wirbelte sie rundherum und barg sein Gesicht an ihrer Schulter.

»Willkommen zu Hause, Dad«, sagte sie.

Dann trat Savannah aus dem Haus. Und als sie aufeinander zuliefen, da fühlte ich tief in mir, an einem bislang unberührten

Fleck, eine Art Zittern. Es kam aus dem Instinkt, war verwurzelt im Ursprung der Art – unbenennbar noch, doch wußte ich, daß es benannt werden konnte, wenn man es fühlen konnte. Es waren nicht Savannah oder Vaters Tränen, die diesen Widerhall verursachten, diese rasante innere Musik des Blutes, der Wildheit, der Identität, es waren die Faszination der Verwandtschaft und die Furcht davor, die unaussprechlichen Familienbande, die gleichermaßen rasenden Schrecken und ehrfürchtige Liebe in mir anschlagen ließen. Da war mein Vater, Quelle und Ursprung all dieses Lebens, das mich hier umgab, Quell alter Tränen, die jetzt flossen – und dieser Mann weinte, laut und ohne Scham. Die Tränen waren Wasser, salziges Wasser, und hinter ihm konnte ich den Ozean sehen, konnte ihn riechen, schmeckte seine eigenen Tränen und die See und spürte, wie der Schmerz, der in mir war, ans Licht der Sonne floß, und sah meine Kinder, die weinten, weil sie mich weinen sahen. Die Geschichte meiner Familie war die Geschichte von Salzwasser, Kuttern, Krabben, Tränen und Sturm.

Und da war meine Zwillingsschwester, meine schöne, verwundete Schwester, deren vernarbte Handgelenke nun Vaters Hals umschlossen, und ihre Augen waren getrübt von einem Leben voller Visionen; meine Schwester, die in sich eine Sprache barg, welche stark genug war, diese Visionen aufzuhellen und Alptraum und Schrecken in erregende Verse zu verwandeln, die sich wie Feuer ins Bewußtsein ihrer Zeit brannten, und Kummer und Sorge in lebensspendende Schönheit. Da war meine Frau, die in diese Familie hineingeheiratet hatte und ein umfangreiches Ensemble familiärer Dämonen hatte erdulden lernen müssen, und die dies tat, weil sie mich liebte, obgleich ich unfähig war, auf die Liebe einer Frau zu reagieren, unfähig, ihr das Gefühl zu geben, geliebt, gebraucht oder gewollt zu sein, obwohl es nichts in der Welt gab, das ich ihr lieber gegeben hätte. Und da waren meine Kinder, drei Töchter, die ich mit einer Perfektion liebte, welche mit mir selbst gar nichts zu tun zu haben schien, die aber daher rührte, daß ich unter allen Umständen vermeiden wollte, daß sie auch nur entfernt ihrem Vater nachgerieten. Nie sollte ihre Kindheit mit der meinen vergleichbar sein, nie sollten sie von mir geschlagen werden, nie Angst vor meinem Kommen oder meiner Gegenwart haben. Bei meinen Kindern versuchte ich, meine eigene Kindheit zu wiederholen – und zwar so, wie ich sie mir erträumt hätte. Durch sie versuchte ich die Welt zu verändern.

Am späten Nachmittag beluden wir unseren Kombi mit einer Kühltasche voller Bierdosen und einem Picknickkorb und fuhren los Richtung Charleston. Am Krabbenhafen bei Shem Creek parkte ich den Wagen in Sichtweite des einzigen Kutters, der dort am Anleger lag.

»Kannst du mit Booten dieser Bauart umgehen?« fragte ich meinen Vater.

»Nein«, antwortete er. »Aber wetten, daß ich das schnell lernen würde?«

»Es ist registriert unter dem Namen von Kapitän Henry Wingo«, sagte ich. »Mutters Geschenk zu deiner Rückkehr.«

»Das kann ich nicht annehmen«, sagte er.

»Du hast geschrieben, daß du zurück auf den Fluß willst«, sagte ich. »Mom wollte ein Zeichen setzen. Ich glaube, es ist kein Schlechtes.«

»Ein feines Boot«, sagte Vater und nickte. »Wie ist die Saison dies Jahr? Holen sie viele Krabben raus?«

»Die guten ja«, sagte ich. »Das Training fängt erst in einem Monat an. Bis dahin kann ich mit dir rausfahren.«

»Ich zahl' dir sechs Cent pro Pfund«, sagte er.

»Ich werd' dir was erzählen, du Geizkragen!« rief ich. »Du zahlst mir zehn Cent das Pfund, wie sich's gehört, die Löhne sind gestiegen! «

Er lächelte. »Sag deiner Mutter, daß ich ihr sehr dankbar bin.«

»Sie will dich sehen.«

»Ich weiß nicht...«

»Du hast genug Zeit, Dad«, sagte ich. »So, und nun möchte ich, daß du uns den Wando River raufschipperst.«

Wir erreichten die Hauptfahrrinne des Hafens von Charleston eine Stunde vor Sonnenuntergang. Hell und klar tönten die Glocken der St.-Michael-Kirche durch das schimmernde Licht und die feuchtwarme, duftende Luft der alten Stadt. Vater steuerte den Krabbenkutter unter den gewaltigen eisernen Wirbelsäulen der beiden Cooper-River-Brücken hindurch, und ein weißer Frachter, der an den Docks von North Charleston Ladung aufgenommen hatte, kam uns auf seinem Weg ins offene Meer hinaus entgegen. Alle winkten wir ihm zu, und der unsichtbare Kapitän ließ zum Gruß das Signalhorn tuten. Dann bogen wir nach steuerbord in den Wando River. Die Flut war so hoch, daß Vater nicht ein einziges Mal die Navigationskarten konsultieren mußte. Nach ungefähr zwei Kilometern erreichten wir ein ausgedehntes Marschengebiet, und weit und breit war kein Haus mehr zu sehen.

Sallie kam ins Ruderhaus. »Jetzt ist es bald Zeit, Tom«, sagte sie.

»Zeit wofür?« fragte Vater.

»Eine Überraschung für dich und Savannah, zur glücklichen Heimkehr«, sagte Sallie und schaute auf ihre Armbanduhr.

»Bitte sag es uns, Mama«, baten meine Töchter.

»Nein«, gab Sallie zurück, »dann wär's ja keine Überraschung mehr.«

Vom Bug des Kutters aus tauchten wir tief ins trübe Wasser des Flusses und badeten. Danach setzten wir uns zu einem abendlichen Picknick zusammen und tranken Champagner auf Vaters Rückkehr. Schließlich flüsterte Savannah ihm etwas zu, und sie gingen Hand in Hand zum Bug des Schiffes.

Ich überlegte, ob ich nicht irgend etwas sagen sollte, ein kleines Resümee ziehen oder dergleichen, aber mir fiel nichts Passendes ein. Meine Familie umgab mich in Geborgenheit, und ich betete, daß sie immer sicher und geborgen sein möge und daß ich zufrieden bliebe mit dem, was ich besaß. Der Süden hat mich geschaffen, der Süden hat mich gezähmt, Herr, aber ich flehe dich an, mir zu lassen, was ich habe. Herr, ich bin Lehrer und Trainer, das ist alles, und das ist genug. Und abends kommt der weiße Tümmler zu mir, der im Strom der Zeit singt, und tausend Delphine, die sich in der Runde sammeln, um ihm zu lauschen, bringen gottgesandte Grüße vom Herrn der Insel und rufen unseren Namen: Wingo, Wingo, Wingo. Es ist genug, Herr, es ist genug.

»Es ist soweit«, sagte Sallie, erhob sich und küßte mich auf die Lippen.

Und die gesamte Familie versammelte sich am Bug, um zu sehen, wie der Tag zu Ende ging.

Rot und gewaltig senkte sich die Sonne am westlichen Himmel, während gleichzeitig, am anderen Ufer des Flusses, der Mond aufstieg, umgeben vom eigenen prächtig-roten Hof, und er erhob sich aus den Bäumen wie ein roter Feuervogel, Mond und Sonne schienen einander zu grüßen und vollführten über den Wipfeln der

Eichen und Palmen einen atemberaubenden Tanz aus Licht.

Mein Vater sah gebannt dem Schauspiel zu, und ich glaubte, er würde wieder zu weinen anfangen. Sein Herz war das Herz eines Mannes der Marschen. Die Kinder schrien aufgeregt, deuteten auf die Sonne, drehten sich um, sahen den höher steigenden Mond, riefen die Sonne an, den Mond...

Mein Vater sagte: »Morgen holen sie mächtig was an Krabben raus.«

Savannah kam zu mir und legte mir den Arm um die Taille. Gemeinsam gingen wir zum Heck.

»Eine tolle Überraschung, Tom«, sagte sie.

»Ich dachte mir, das wär' was für dich«, antwortete ich.

»Susan läßt dich grüßen«, sagte Savannah. »Sie ist jetzt mit einem Rechtsanwalt befreundet.«

»Ja, sie erwähnte es in einem Brief«, sagte ich. »Du siehst gut aus, Savannah.«

»Ich schaffe es, Tom«, gab sie zurück, und während ihr Blick wieder zwischen Sonne und Mond hin und her wanderte, fügte sie hinzu: »Vollendung, Tom. Alles kehrt wieder. Es ist alles ein Kreis.«

Sie drehte sich um, sah den Mond an, hob sich auf die Zehenspitzen, reckte die Arme in die Luft und schrie mit brüchiger, aber herausfordernder Stimme: »Oh, Mama, mach es noch einmal!«

Mit diesen Worten Savannahs sollte ich eigentlich den Schlußpunkt setzen, aber das geht nicht.

Abends nach dem Training, wenn ich bei geöffnetem Verdeck mit meinem Volkswagen-Cabriolet nach Hause fahre, ist es schon dunkel in den Straßen von Charleston. Herbstfrische kühlt die Luft, und der Wind fegt durch mein Haar. Hoch oben auf der Brücke, unter dem Sternenlicht, das den Hafen bescheint, wende ich meinen Blick nach Norden und wünsche mir ein ums andere Mal, daß es jedem Mann und jeder Frau gegeben wäre, zwei Leben führen zu können. Während hinter mir die Stadt Charleston in den kalten Elixieren ihrer unberechenbaren Schönheit gärt, harren vor mir Frau und Kinder meiner Heimkehr. In ihren Augen erkenne ich mein wahres Leben, mein Schicksal. Hier oben jedoch nährt und bewegt mich das andere, geheime Leben, und wenn ich den allerhöchsten Punkt der Brücke erreiche, dann flüstere ich das Wort, das Gebet, Lobpreisung und Ausdruck tiefen Bedauerns ist. Ich kann nicht sagen, warum ich es tue oder was es zu bedeuten hat, doch jeden Abend, wenn ich zurückkehre zu meinem Heim und meinem Leben im Süden, da flüstere ich die Worte: »Lowenstein, Lowenstein.«

FIRST C
E D I T I
Eine erstklassige
Roman-Auslese
12 neugestalteter
Sonderausgaben in
limitierten Auflagen
zu attraktiven
Aktionspreisen

GREGORY
Die Glut
ISBN 3-404-25236-5
DM 12,-/öS. 94,-/sFr.12,-
OLDFIELD
Zwischen Ebbe und Flut
ISBN 3-404-25237-3
DM 10,-/öS. 78,-/sFr.10,-
LAFFEATY
Weites verbotenes Land
ISBN 3-404-25238-1
DM 12,-/öS. 94,-/sFr.12,-
WALTARI
Minutus der Römer
ISBN 3-404-25239-X
DM 10,-/öS. 78,-/sFr.10,-
NYARY
Und sie schufen ein Reich
ISBN 3-404-25240-3
DM 10,-/öS. 78,-/sFr.10,-
CONROY
Die Herren der Insel
ISBN 3-404-25241-1
DM 10,-/öS. 78,-/sFr.10,-
STEPHEN KING
The Stand
ISBN 3-404-25242-3
DM 10,-/öS. 78,-/sFr.10,-
GOUDGE
Im Garten der Lügen
ISBN 3-404-25243-8
DM 10,-/öS. 78,-/sFr.10,-
PETER STRAUB
Der Hauch des Drachen
SBN 3-404-25244-6
M 12,-/öS. 94,-/sFr.12,-
ROBERT SILVERBERG
Herr der Finsternis
ISBN 3-404-25245-4
DM 14,-/öS. 109,-/sFr.14,-
GIFFORD
Assassini
ISBN 3-404-25246-4
DM 12,-/öS. 94,-/sFr.12,-
SWINDELLS
Die Ernte des Sommers
ISBN 3-404-25247-0
DM 10,-/öS. 78,-/sFr.10,-